藏

中华经典藏书

第九卷

诸子经典（二）

北京出版社

北京出版社

本卷目录

诸子经典（二）

诸子经典

（二）

吕氏春秋

（下）

〔战国〕吕不韦等　撰

吕氏春秋卷第十

镇洋毕氏校本

孟冬纪第十

节丧　安死　异宝　异用

吕氏春秋训解

高　氏

孟　冬　纪

一曰：孟冬之月，日在尾，昏危中，旦七星[①]中。其日壬癸[②]，其帝颛顼[③]，其神玄冥[④]，其虫介[⑤]，其音羽，律中应钟。其数六，其味咸，其臭朽[⑥]，其祀行[⑦]，祭先肾。水始冰，地始冻，雉入大水为蜃[⑧]，虹藏不见。天子居玄堂左个[⑨]，乘玄辂，驾铁骊[⑩]，载玄旂，衣黑衣，服玄玉，食黍与彘，其器宏以弇[⑪]。

是月也，以立冬。先立冬三日，太史谒之天子曰："某日立冬，盛德在水。"天子乃斋。立冬之日，天子亲率三公、九卿、大夫以迎冬于北郊[⑫]。还，乃赏死事[⑬]，恤孤寡。

是月也，命太卜祷祠龟策[⑭]，占兆审卦吉凶[⑮]。于是察阿上乱法者则罪之[⑯]，无有掩蔽。

是月也，天子始裘。命有司，曰："天气上腾，地气下降，天地不通，闭而成冬。"命百官谨盖藏[⑰]。命司徒循行积聚[⑱]，无有不敛。坿城郭[⑲]，戒门闾，修楗闭[⑳]，慎关籥[㉑]，固封玺[㉒]，备边境，完要塞，谨关梁[㉓]，塞蹊径，饬丧纪，辨衣裳[㉔]，审棺椁之厚薄。营丘垄之小大、高卑、薄厚之度[㉕]，贵贱之等级。

是月也，工师效功[㉖]，陈祭器，按度程[㉗]，无或作为淫巧[㉘]，以荡上心，必功致为上[㉙]。物勒工名[㉚]，以考其诚；工有不当，必行其罪[㉛]，以穷其情[㉜]。

是月也，大饮蒸[㉝]，天子乃祈来年于天宗[㉞]。大割[㉟]，祠于公社及门闾，飨先祖五祀[㊱]，劳农夫以休息之[㊲]。天子乃命将率讲武，肄射御、角力[㊳]。

是月也，乃命水虞渔师收水泉池泽之赋，无或敢侵削众庶兆民，以为天子取怨于下[㊴]，其有若此者，行罪无赦。

孟冬行春令，则冻闭不密[㊵]，地气发泄，民多流亡。行夏令，则国多暴风，方冬不寒，蛰虫复出。行秋令，则雪霜不时，小兵时起[㊶]，土地侵削。

节 丧

二曰：审知生，圣人之要也；审知死，圣人之极也[42]。知生也者，不以害生，养生之谓也；知死也者，不以害死，安死之谓也[43]。此二者，圣人之所独决也。

凡生于天地之间，其必有死，所不免也。孝子之重其亲也，慈亲之爱其子也，痛于肌骨[44]，性也。所重所爱，死而弃之沟壑，人之情不忍为也，故有葬死之义。葬也者，藏也，慈亲孝子之所慎也。慎之者，以生人之心虑[45]。以生人之心为死者虑也，莫如无动，莫如无发[46]。无发无动，莫如无有可利，则此之谓重闭[47]。

古之人有藏于广野深山而安者矣，非珠玉国宝之谓也，葬不可不藏也。葬浅则狐狸扫之[48]，深则及于水泉。故凡葬必于高陵之上，以避狐狸之患、水泉之湿。此则善矣，而忘奸邪、盗贼、寇乱之难，岂不惑哉？譬之若瞽师之避柱也，避柱而疾触杙也[49]。狐狸、水泉、奸邪、盗贼、寇乱之患，此杙之大者也。慈亲孝子避之者，得葬之情矣。

善棺椁，所以避蝼蚁蛇虫也。今世俗大乱，之主愈侈其葬[50]，则心非为乎死者虑也，生者以相矜尚也。侈靡者以为荣，俭节者以为陋，不以便死为故[51]，而徒以生者之诽誉为务，此非慈亲孝子之心也。父虽死，孝子之重之不怠[52]；子虽死，慈亲之爱之不懈。夫葬所爱所重，而以生者之所甚欲[53]，其以安之也，若之何哉？

民之于利也，犯流矢，蹈白刃，涉血盩肝以求之[54]。野人之无闻者[55]，忍亲戚兄弟知交以求利。今无此之危，无此之丑[56]，其为利甚厚，乘车食肉，泽及子孙，虽圣人犹不能禁，而况于乱？

国弥大，家弥富，葬弥厚。含珠鳞施[57]，夫玩好货宝，钟鼎壶滥[58]，暴马衣被戈剑，不可胜其数。诸养生之具[59]，无不从者。题凑之室[60]，棺椁数袭[61]，积石积炭，以环其外。奸人闻之，传以相告。上虽以严威重罪禁之，犹不可止。且死者弥久，生者弥疏；生者弥疏，则守者弥怠；守者弥怠而葬器如故，其势固不安矣。

世俗之行丧，载之以大輴[62]，羽旄旌旗、如云偻翣以督之[63]，珠玉以备之，黼黻文章以饬之[64]，引绋者[65]左右万人以行之，以军制[66]立之然后可。以此观世[67]，则美矣，侈矣；以此为死，则不可也。苟便于死，则虽贫国劳民，若慈亲孝子者之所不辞为也。

---

①尾、危、中、七星：都是星宿名。

②壬癸：五行说认为冬季属水，壬癸也属水，所以说“其日壬癸”。下面都是根据阴阳五行配四时。

③颛顼：即高阳氏，五帝之一。五行家认为他以水德王天下，故尊之为水德之帝。

④玄冥：少皞之子，名循，被尊为水德之神。

⑤介：甲，指有甲壳的动物，如龟。

⑥朽：若有若无的气味。

⑦行：五祀之一。指门内之地。

⑧雉：山鸡。　大水：指淮河。　蜃：蛤蜊。

⑨玄堂左个：北向堂西头室。

⑩铁骊：黑色的马。　铁：因其为黑，所以指代黑色。　骊：黑色的马。

⑪宏：大。　弇：掩闭，这里指器物的口敛缩而小。

⑫北郊：邑北六里。

⑬死事：指为国事而死的人。

⑭太卜：掌管卜筮的官。　祷祠：祈祷。　龟策：占卜的用具。

⑮占：视。　兆：占卜时龟甲上烧出的裂纹。　审：仔细研究。　卦：卦象。

⑯阿上：阿谀取悦上司。　罪：判罪，处罚。

⑰谨：对事慎重认真，不敢疏忽。　盖藏：指仓禀府库所掩盖贮藏的物品。

⑱循行：巡视。　积聚：指谷物等收敛积聚的情况。

⑲坿：增加，加固加高城墙。

⑳楗：门上的木栓。　闭：穿门栓的孔。

㉑关：当作"管"。　管籥：锁籥。

㉒封玺：指盖有印章的加封处。

㉓关：关口。　梁：桥梁。

㉔辨：分别。　丧纪：指丧事的等级规格。

㉕营：经造。　丘垄：坟墓。　度：标准。

㉖工师：工官之长。　效功：呈上百工所作的器物，意为考核功效。

㉗度程：法度程式，指器物大小容量。

㉘作为：制作。　淫巧：过分奇巧。

㉙功致：精巧细致。

㉚勒：刻。　工名：制作该物的工匠的名字。

㉛行其罪：治他的罪。　行：给予。

㉜穷：深究。　情：诈巧之情。

㉝大饮：盛大的宴会。　蒸，祭名。　这句意思是蒸祭结束后君臣大饮酒。

㉞天宗：指日月星辰。日为阳宗，月为阴宗，北辰为星宗。

㉟大割：指大杀祭祀用的牺牲。

㊱公社：官社、国社，即祭祀后土之神的地方。　飨：飨祀。　五祀：指户、灶、门、行、中霤五祀。

㊲劳：慰劳。　休息之：使之休息。

㊳将率：即将帅。　讲武：讲习武事。　肆：练习。

㊴为：替。　怨：怨恨。　下：下民。

㊵密：致密。指冰结得很厚实。

㊶小兵：指小的战事。

㊷极：通"亟"。

㊸安死：使死者安行。

㊹痛入肌骨：疼爱深入肌肉骨髓，形容爱之深。

㊺生人：活着的人。　虑：考虑，计划。

㊻发：掘开。

㊼重闭：大闭，即永远埋藏。

㊽扫（hú，音狐）：挖掘。

㊾瞽师：盲乐师。　疾：用力。　杙（yì，音艺）：一头尖的短木，小木桩。

㊿之主：疑为"人主"。

51便：利于。　故：事。

52重：尊敬。　怠：松懈。

53所甚欲：非常想得到的东西。

54涉血：趟着鲜血。𦞦（chōu，音愁）肝：这里指残杀。𦞦：通"抽"，引。

55无闻：指没有听到礼义。

56丑：耻辱。

57含（hàn）珠：古代贵族丧礼，人死后把珍珠放入死者口中。　鳞施：玉制的葬服，因套在死者身上，玉片有如鱼鳞，故名。

58玩好：赏珍，嗜好的物品。　滥（jiàn）：通"鉴"，浴盆。

59具：器物。

60题凑：古代天子的椁制，也赐用于大臣。椁室用大木累积而成，好象四面有檐的屋子，木头都向内，故名题凑。题：

头。凑：聚。

㉛袭：层。

㉜輴（chūn，音春）：载棺柩的车。

㉝羽旄旌旗：泛指各种旗帜。如云偻（liǔ，音柳）翣（shà，音厦）：因偻翣之上画有云气，故称"如云偻翣。"偻：盖在柩车上的饰物。翣：用羽毛制成的伞形之物，有柄，灵车行时持之在两旁随行。督：正，这里有装饰的意思。

㉞黼黻（fǔfú，音甫浮）：古代礼服上绘绣的花纹。黑白相间的花纹叫黼，黑与青相间的花纹叫黻。文章：错杂的色彩或花纹。古以青赤相配为文，赤白相配为章。饬：同"饰"。

㉟绋（fú，音浮）：牵引棺柩的绳索。古时送葬都执绋。

㊱军制：军法。

㊲欢世：给世人看。

安　死

三曰：世之为丘垄[①]也，其高大若山，其树之[②]若林，其设阙庭、为宫室、造宾阼也若都邑[③]，以此观世示富则可矣，以此为死则不可也。夫死，其视万岁犹一瞚也[④]。人之寿，久之不过百，中寿不过六十，以百与六十为无穷者之虑[⑤]，其情必不相当矣。以无穷为死者之虑，则得之矣。

今有人于此，为石铭置之垄上，曰："此其中之物，具珠玉、玩好、财物、宝器甚多，不可不扣，扣之必大富，世世乘车食肉。"人必相与笑之，以为大惑[⑥]。世之厚葬也，有似于此。

自古及今，未有不亡之国也；无不亡之国者，是无不扣之墓也。以耳目所闻见，齐、荆、燕尝亡矣，宋、中山亡矣，赵、魏、韩皆亡[⑦]矣，其皆故国[⑧]矣。自此以上[⑨]者，亡国不可胜数，是故大墓无不扣也。而世皆争为之，岂不悲哉？

君之不令[⑩]民，父之不孝子，兄之不悌弟，皆乡里之所釜鬲者而逐[⑪]之。惮耕稼采薪[⑫]之劳，不肯官人事[⑬]，而祈美衣侈食之乐，智巧穷屈[⑭]，无以为之，于是乎聚群多之徒，以深山广泽林薮，扑击遏[⑮]夺，又视名丘大墓葬之厚者，求舍便居，以微[⑯]扣之，日夜不休，必得所利，相与分之。夫有所爱所重，而令奸邪、盗贼、寇乱之人卒必辱之，此孝子、忠臣、亲父、交友之大事[⑰]。

尧葬于谷林，通树[⑱]之；舜葬于纪市[⑲]，不变其肆；禹葬于会稽，不变人徒[⑳]。是故先王以俭节葬死也，非爱[㉑]其费也，非恶[㉒]其劳也，以为死者虑也。先王之所恶，惟死者之辱也。发则必辱，俭则不发，故先王之葬，必俭、必合、必同。何谓合？何谓同？葬于山林则合乎山林，葬于阪隰[㉓]则同乎阪隰，此之谓爱人。夫爱人者众，知爱人者寡。故宋未亡而东冢[㉔]扣。齐未亡而庄公冢扣，国安宁而犹若此，又况百世之后而国已亡乎？故孝子、忠臣、亲父、交友不可不察于此也。夫爱之而反危之，其此之谓乎？《诗》曰："不敢暴虎，不敢冯河，人知其一，莫知其他。"[㉕]此言不知邻类也。

故反以相非，反以相是。其所非方其所是也，其所是方其所非也。是非未定，而喜怒斗争反为用矣。吾不非斗，不非争，而非所以斗，非所以争。故凡斗争者，是非已定之用也。今多不先定其是非而先疾斗争，此惑之大者[㉖]也。

鲁季孙有丧[㉗]，孔子往吊之。入门而左[㉘]，从客也。主人以玙璠[㉙]收，孔子径庭而趋，历级而上[㉚]，曰："以宝玉收，譬之犹暴骸中原[㉛]也。"径庭历级，非礼也；虽然，以救过也[㉜]。

---

①丘垄：坟墓。

②之：代上文“丘垄”。

③阙：陵墓前两边的石牌坊。宾阼（zuò）：堂前东西台阶。西阶曰宾，东阶曰阼。

④瞚（shùn）：同“瞬”，眨眼。

⑤无穷者：指死者。

⑥惑：悖。

⑦韩、赵、魏皆亡矣：此处与史实有出入，疑“亡”当另有所指。

⑧故国：旧国。

⑨以上：以前。

⑩令：善待。

⑪所釜鬲（lì，音丽）者：用釜鬲吃饭的人。这里指所有的人。

⑫惮：害怕。采薪：砍柴。

⑬官：居官、管理。人事：政事。

⑭屈：竭，尽。

⑮薮：草木茂盛的沼泽地。遏：阻拦，这里是抢劫的意思。

⑯微：悄悄地，隐蔽地。

⑰亲父：慈父。交友：挚友。

⑱谷林：地名，传说尧葬于成阳，疑谷林即在成阳。通：到处。

⑲纪市：地名，传说舜葬于江南九疑（今湖南宁远县南），疑纪市即在九疑山下。

⑳变：动，这里是打搅的意思。人徒：众人。

㉑爱：吝惜，舍不得。

㉒恶，担心。

㉓阪：山坡。隰（xí）：潮湿的低洼地。

㉔东冢：宋文公之墓，因墓在城东，故称东冢。

㉕不敢暴虎，莫知其他：引诗见《诗·小雅·小旻》。引诗批评世人只知爱死者，却不知爱法不当会带来其他祸害。暴虎：徒手搏虎。冯河：徒涉过河。

㉖故反以相非…此惑之大者也：此段内容与全文不合，疑它篇之文错简于此。

㉗季孙：春秋时鲁国最有权势的贵族。丧：指季平子意如之丧。

㉘左：站到左边。

㉙主人：主丧之人，指季平子之子季桓子。玙璠（yú fán，音鱼繁）：鲁国宝玉。收：装殓。

㉚径庭：指自西阶之下越过中庭而向东行。历级：登阶。

㉛暴骸：暴露尸骨。中原：原野。

㉜救：阻止。

异　宝

四曰：古之人非无宝也，其所宝者异也。

孙叔敖疾，将死，戒[①]其子曰：“王数封我矣，吾不受也。为我死，王则封汝，必无受[②]利地。楚越之间有寝之丘[③]者，此其地不利，而名甚恶[④]。荆人畏鬼，而越人信禨[⑤]。可长有者，其唯此也。”孙叔敖死，王果以美地封其子，而子辞，请寝之丘，故至今不失。孙叔敖之知，知不以利为利矣，知以人之所恶为己之所喜，此有道者之所以异乎俗也。

五员[⑥]亡，荆急求之，登太行而望郑曰：“盖是国也，地险而民多知；其主，俗主也，不足与举。”去郑而之许，见许公而问所之。许公不应，东南向而唾[⑦]。五员载拜受赐曰：“知所之矣。”因如[⑧]吴。过于荆，至江上[⑨]。欲涉，见一丈人，刺[⑩]小船，方将渔，从而请[⑪]焉。丈人度之，绝江[⑫]。问其名族，则不肯告，解其剑以予丈人，曰：“此千金之剑也，愿献之丈人。”丈人不肯受曰：“荆国之法，得五员者，爵执圭[⑬]，禄万檐[⑭]，金千镒[⑮]。昔者子胥过，吾犹不取，今我何以子之千金剑为乎？”[16]五员过于吴，使人求之江上，则不能得也。每食必祭之，祝曰：“江上之丈人！”天地至大矣，至众矣，将奚不有为也？而无以为[17]。为矣，而无以为之。名不可得而闻，身不可得而见，其惟江上之丈人乎？

宋之野人，耕而得玉，献之司城子罕[18]，子罕不受。野人请曰：“此野人之宝也，愿相国为之赐而受之也。”子罕曰：“子以玉为宝，我以不受为宝。”故宋国之长者曰：“子罕非无宝也，所宝者异也。”

今以百金与抟黍以示儿[19]子，儿子必取抟黍矣；以和氏之璧与百金以示鄙人[20]，鄙人必取百金矣；以和氏之璧、道德之至言以示贤者，贤者必取至言矣。其知弥精，其所取弥精；其知弥粗，其所取弥粗。

异　用

五曰：万物不[21]同，而用之于人异也，此治乱存亡死生之原。故国广巨，兵强富，未必安也；尊贵高大，未必显也：在于用之。桀、纣用其材而以成其亡，汤、武用其材而以成其王。汤见祝网[22]者，置四面，其祝曰：“从天坠者，从地出者，从四方来者，皆离[23]吾网。”汤曰：“嘻！尽之矣。非桀，其孰为此也？”汤收其三面，置其一面，更[24]教祝曰：“昔蛛蝥作网罟[25]，今之人学纾[26]。欲左者左，欲右者右，欲高者高，欲下者下，吾取其犯命者。”汉南[27]之国闻之曰：“汤之德及禽兽矣。”四十国归之。人置四面，未必得鸟；汤去其三面，置其一面，以网其四十国，非徒网鸟也。

周文王使人扣池，得死人之骸，吏以闻于文王，文王曰：“更葬之。”吏曰：“此无主矣。”文王曰：“有天下者，天下之主也；有一国者，一国之主也。今我非其主也？”遂令吏以衣棺更葬之。天下闻之曰：“文王贤矣！泽及髊骨[28]，又况于人乎？”或[29]得宝以危其国，文王得朽骨以喻其意[30]，故圣人于物也无不材[31]。

孔子之弟子从远方来者，孔子荷杖而问之曰：“子之公不有恙乎？”搏杖而揖[32]之，问曰：“子之父母不有恙乎？”置杖而问[33]曰：“子之兄弟不有恙乎？”杙步而倍[34]之，问曰：“子之妻子不有恙乎？”故孔子以六尺之杖，谕贵贱之等，辨疏亲之义，又况于以尊位厚禄乎？

古之人贵能射也，以长幼养老[35]也；今之人贵能射也，以攻战侵夺也。其细者以劫弱暴寡[36]也，以遏夺为务[37]也。仁人之得饴[38]，以养疾侍老也。跖与企足得饴，以开闭取楗[39]也。

---

①戒：告诫。

②利地：肥沃的土地。

③寝之丘：春秋楚邑，在今河南固始、沈丘两县之间。

④名：地名。恶：不吉利。　“寝丘”含有陵墓之意，所以说：“其名甚恶。”

⑤禨：迷信鬼神和灾祥。

⑥五员：即伍员，伍子胥。

⑦许公不应，东南向而唾：许公想让伍员投奔吴国，但又不敢得罪楚国，所以“不应”，只能暗示。

⑧因：于是。　如：往。

⑨江上：长江边上。

⑩刺：撑。

⑪从：走近。

⑫绝：渡过。

⑬爵：给予爵位。 执圭：春秋时诸侯国爵位名称。

⑭檐（dàn）：通“儋”，今作“担”，容积为一石。

⑮镒：古代重量单位，二十两为一镒。

⑯何以…为：用…做什么。

⑰无以为：等于说“无所以为”，即无所求的意思。

⑱司城子罕：春秋时宋国的执政大臣。司城：官名，即司空，相当于相国，执掌国政。

⑲抟黍：捏成团的黄米饭。 儿子：小儿。

⑳和氏之璧：春秋时楚人和氏所得的宝玉。 鄙人：鄙陋无知的人。

㉑不：根据通篇文意，当为衍文。

㉒祝：向神祷告求福。

㉓离：通“罹”，遭，落入。

㉔更：重新。

㉕蛛蝥（máo，音毛），虫名，类似于蜘蛛。 罟（gǔ，音古）：网。

㉖纾：疑通“杼”。 杼（zhù，音注）：织布梭，这里是织的意思。

㉗汉南：汉水以南。

㉘泽：恩泽。 髊（cī，音疵）：同“骴”，肉未烂尽的骸骨。

㉙或：有人。

㉚喻：说明。

㉛材：以为材，用。

㉜搏杖：持杖。

㉝置杖：即拄杖。置：立。

㉞杙（yì，音艺）步：当作“曳杖”。曳：拖。 倍：背向。

㉟射：射箭。古代射箭之礼，射中者让射不中者饮罚酒，酒在古代被认为是养老养病之物，射者力求射中免饮，以示自己非老非病，不仅无须别人供养，还能供养老幼病弱之人。

㊱其细者：指“今之人”中地位卑微的小人。 暴：欺侮。 寡：势孤力单的人。

㊲遏夺：抢劫。

㊳饴：麦芽糖。

㊴跖：春秋战国之际奴隶起义领袖。企足：即庄跻，战国时楚国奴隶起义领袖。闭：门闩的孔。楗：关门的木闩。

吕氏春秋卷第十终

总校王诒寿分校

章乃锡　　吴承志校

吕氏春秋卷第十一

镇洋毕氏校本

仲冬纪第十一

至忠　忠廉　当务　长见

吕氏春秋训解

高　氏

仲　冬　纪

一曰：仲冬之月，日在斗，昏东壁中，旦轸中。其日壬癸，其帝颛顼，其神玄冥。其虫介，其音羽，律中黄钟。其数六，其味咸，其臭朽，其祀行，祭先肾。冰益壮，地始坼[①]，鹖鴠[②]不鸣，虎始交[③]。天子居玄堂太庙，乘玄辂，驾铁骊，载玄旂，衣黑衣，服玄玉，食黍与彘，其器宏以弇。

命有司曰："土事无作[④]，无发盖藏[⑤]，无起大众，以固而闭[⑥]。"发盖藏，起大众，地气且泄，是谓发天地之房[⑦]。诸蛰则死，民多疾疫，又随以丧[⑧]，命之曰畅月[⑨]。

是月也，命阉尹，申宫令[⑩]，审门闾，谨房室，必重闭[⑪]，省妇事，毋得淫[⑫]，虽有贵戚近习[⑬]，无有不禁。乃命大酋[⑭]，秫稻必齐[⑮]，麹蘖必时[⑯]，湛饎必洁[⑰]，水泉必香，陶器必良，火齐必得[⑱]，兼用六物，大酋监之，无有差忒。天子乃命有司，祈祀四海、大川、名原、渊泽、井泉。

是月也，农有不收藏积聚者，牛马畜兽有放佚者，取之不诘。山林薮泽，有能取疏食[⑲]田猎禽兽者，野虞教导之；其有侵夺者，罪之不赦。

是月也，日短至，阴阳争，诸生[⑳]荡。君子斋戒，处必弇[㉑]，身欲宁，去声色，禁嗜欲，安形性，事欲静，以待阴阳之所定[㉒]。芸始生，荔挺出[㉓]，蚯蚓结，麋角解，水泉动[㉔]。日短至，则伐林木，取竹箭。

是月也，可以罢官之无事者，去器之无用者，涂阙庭门闾，筑囹圄，此所以助天地之闭藏也。仲冬行夏令，则其国乃旱，气雾冥冥，雷乃发声。行秋令，则天时雨汁，瓜瓠不成[㉕]，国有大兵。行春令，则虫螟为败，水泉减竭，民多疾疠。

至　忠

二曰：至忠逆于耳，倒于心[26]，非贤主其孰能听之？故贤主之所说[27]，不肖主之所诛也。人主无不恶暴劫者，而日致之[28]，恶之何益？今有树于此，而欲其美[29]也，人时灌之，则恶之，而日伐其根，则必无活树矣。夫恶闻忠言，乃自伐之精[30]者也。荆庄哀王猎于云梦[31]，射随兕[32]，中之。申公子培[33]劫王而夺之。王曰："何其暴而不敬[34]也？"命吏诛之。左右大夫皆进谏曰："子培，贤者也，又为王百倍[35]之臣。此必有故，愿察之也。"不出三月，子培疾而死。荆兴师，战于两棠[36]，大胜晋，归而赏有功者。申公子培之弟进请赏于吏曰："人之有功也于军旅，臣兄之有功也于车下。"王曰："何谓也？"对曰："臣之兄犯暴不敬之名，触死亡之罪于王之侧，其愚心将以忠于君王之身，而持千岁之寿[37]也。臣之兄尝读故记[38]曰：'杀随兕者，不出三月'。是以臣之兄惊惧而争之，故伏其罪而死。"王令人发平府[39]而视之，于故记果有，乃厚赏之。申公子培，其忠也可谓穆行[40]矣。穆行之意，人知之不为劝[41]，人不知不为沮[42]，行无高乎此矣。

齐王疾痟[43]，使人之宋迎文挚。文挚至，视王之疾，谓太子曰："王之疾必可已[44]也。虽然，王之疾已，则必杀挚也。"太子曰："何故？"文挚对曰："非怒王则疾不可治，怒王则挚必死。"太子顿首强请曰："苟已王之疾，臣与臣之母以死争之于王，王必幸[45]臣与臣之母，愿先生之勿患也。"文挚曰："诺。请以死为王。"与太子期[46]，而将往不当者三[47]，齐王固已怒矣。文挚至，不解屦登床，履王衣，问王之疾，王怒而不与言。文挚因出辞以重怒王，王叱而起，疾乃遂已。王大怒不说，将生烹[48]文挚。太子与王后急争之，而不能得，果以鼎生烹文挚。爨之三日三夜，颜色不变。文挚曰："诚欲杀我，则胡不覆[49]之，以绝阴阳之气？"王使覆之，文挚乃死。夫忠于治世易，忠于浊世难。文挚非不知活[50]王之疾而身获死也，为太子行难，以成其养也。

---

①坼：裂开。这里指地被冻裂。

②鹖鴠（hé dàn，音何旦）：山鸟。

③交：交配。

④土事：指土木工程。　作：兴建。

⑤发：发掘。　盖藏：贮藏东西的仓廪之类。

⑥固：使…坚固。　闭：使…封闭。

⑦房：房舍。这里比喻天地闭藏万物之所。

⑧随以丧：随之而丧亡。

⑨命：命名。　畅月：此月阴气盛，百姓空闲无事，所以称为"畅月"。

⑩阉尹：宫官之主管。宫令：宫中之禁令。

⑪审：严加看管。　门闾：宫中之门。　谨：小心看管。　重闭：房室内外之门都要关闭，以闭阳助阴。

⑫妇事：妇女的手工艺。　淫：过分，即不得制作过分巧饰的东西。

⑬贵戚：尊贵的近亲。　近习：君王身边宠幸之人。

⑭大酋：酒官之长。

⑮秫：粘高梁，可以酿酒。　稻：糯米稻，也可以酿酒。　齐：齐备。

⑯曲蘖：酿酒时引起发酵的物质。　时：及时。

⑰湛：浸渍。　饎（chì，音赤）：烹煮。

⑱火齐：指火候。　得：适中。

⑲疏食：草木的果食，即榛栗等。

⑳诸生：各种生物。　荡：动，即生物萌动。

㉑处：住处。 掩：深邃。

㉒定：成。 这句意思是此时阴阳方争，须待阴阳的消长。

㉓芸：草名，象苜蓿。 荔：草名，象蒲而小，根可以作刷子。 挺出：长出。

㉔结：弯曲，指蚯蚓在穴内扭动。 解：脱落。 动：湧动。

㉕雨：下雨。 汁：雨夹雪。 瓠（hù，音户）：一年生草本植物，果实长圆形，嫩时可食。

㉖倒：逆。

㉗说：同“悦”。

㉘致之：招致侵暴劫夺。这是说，君主为暴虐之政，必然招致侵暴劫夺。

㉙美：成，长大。

㉚精：尤甚。

㉛荆庄哀王：即楚庄王。 云梦：云梦泽。

㉜随兕（sì，音似）：一种猛兽。

㉝申公：楚申邑邑宰。

㉞暴：臣下侵凌君主称为暴。

㉟百倍：指子培之贤过人百倍。

㊱战于两棠：指春秋时楚晋邲之战。 两棠：可能为邲的属地，在郑国境内。

㊲持：保持。

㊳故记：古书。

㊴发：打开。 平府：府名，当是楚国收藏古籍文书的地方。

㊵穆：美。

㊶劝：鼓励。

㊷沮：止，这里是丧气、泄劲的意思。

㊸痏（wěi，音伟）：生恶疮。

㊹已：痊愈。

㊺幸：可怜。

㊻期：约定日期。

㊼不当者三：三次不如期前往。

㊽烹：煮，即用鼎把犯人煮死，是古代一种酷刑。

㊾覆：盖。

㊿活：治愈。

忠 廉

三曰：士议之不可辱[①]者，大之也。大之则尊于富贵也，利不足以虞其意[②]矣。虽名为诸侯，实有万乘，不足以挺其心[③]矣。诚辱则无为乐生。若此人也，有势则必不自私矣，处官则必不为污[④]矣，将众则必不挠北[⑤]矣。忠臣亦然。苟便于主利于国，无敢辞违，杀身出生以徇[⑥]之。国有士若此，则可谓有人矣。若此人者固难得，其患虽得之有不智。

吴王欲杀王子庆忌而莫之能杀，吴王患之。要离[⑦]曰：“臣能之。”吴王曰：“汝恶[⑧]能乎？吾尝以六马逐之江上[⑨]矣，而不能及；射之矢，左右满把[⑩]，而不能中。今汝拔剑则不能举臂，上车则不能登轼，汝恶能？”要离曰：“士患不勇耳，奚患于不能？王诚能助，臣请必能。”吴王曰：“诺。”明旦加要离罪焉，挚执妻子[⑪]，焚之而扬其灰。要离走，往见王子庆忌于卫。王子庆忌喜曰：“吴王之无道也，子之所见也，诸侯之所知也。今子得免而去之，亦善矣。”要离与王子庆忌居有间[⑫]，谓王子庆忌曰：“吴之无道也愈甚，请与王子往夺之国。”王子庆忌曰：“善。”乃与要离俱涉于江。中江，拔剑以刺王子庆忌，王子庆忌捽[⑬]之，投之于江，浮则又取而投之，如此者三。其卒曰：“汝天下之国士也，幸汝以成而名[⑭]。”要离得不死，归于吴。吴王大说，请与分国。要离曰："不可。臣请必死。"吴王止之。要离曰："夫杀妻子，焚之而扬其灰，以便事[15]也，臣以为不仁。夫为故主杀新主，臣以为不义。夫捽而浮乎江，三入三出，特王子庆忌为之赐而不杀耳，臣已为辱矣。夫不仁不义，又且已辱，不可以生。"吴王不能止，果伏剑[16]而死。要离可谓不为赏动矣，故临大利而不易其义，可谓廉矣。廉，故不以贵富而忘其辱。

卫懿公有臣曰弘演[17]，有所于使[18]。翟人攻卫，其民曰："君之所予位禄者，鹤也；所贵富者，宫人也。君使宫人与鹤战，余焉能战?"遂溃而去。翟人至，及懿公于荣泽[19]，杀之，尽食其肉，独舍其肝。弘演至，报使于肝[20]，毕，呼天而啼，尽哀而止，曰："臣请为襮[21]。"因自杀，先出其腹实，内懿公之肝。桓公闻之曰："卫之亡也，以为无道也。今有臣若此，不可不存。"于是复立卫于楚丘。弘演可谓忠矣，杀身出生以徇其君。非徒徇其君也，又令卫之宗庙复立，祭祀不绝，可谓有功矣。

当　务

四曰：辨而不当论[22]，信而不当理，勇而不当义，法而不当务[23]，惑而乘骥也，狂而操吴干将[24]也，大乱天下者，必此四者也。所贵辨者，为其由所[25]论也；所贵信者，为其遵所理也；所贵勇者，为其行义也；所贵法者，为其当务也。

跖之徒问于跖曰："盗有道乎？"跖曰："奚啻其有道[26]也？夫妄意关内[27]，中藏[28]，圣也；入先，勇也；出后，义也；知时，智也；分均，仁也。不通此五者而能成大盗者，天下无有。"备说非六王、五伯[29]，以为"尧有不慈之名[30]，舜有不孝之行[31]，禹有淫湎之意[32]，汤、武有放杀之事[33]，五伯有暴乱之谋[34]。世皆誉之，人皆讳之，惑也。"故死而操金椎以葬，曰："下见六王、五伯，将敲[35]其头矣。"辨若此不如无辨。

楚有直躬[36]者，其父窃羊而谒之上，上执而将诛之。直躬者请代之。将诛矣，告吏曰："父窃羊而谒之，不亦信乎？父诛而代之，不亦孝乎？信且孝而诛之，国将有不诛者乎?"荆王闻之，乃不诛也。孔子闻之曰："异哉！直躬之为信也。一父而载[37]取名焉。"故直躬之信不若无信。

齐之好勇者，其一人居东郭[38]，其一人居西郭。卒然相遇于涂[39]，曰："姑相饮[40]乎？"觞数行[41]曰："姑求肉乎?"一人曰："子肉也，我肉也，尚胡革求肉而[42]为？于是具染而[43]已。"因抽刀而相啖，至死而止。勇若此不若无勇。

纣之同母三人，其长曰微子启，其次曰中衍，其次曰受德。受德乃纣也，甚少矣。纣母之生微子启与中衍也尚为妾，已而为妻而生纣。纣之父、纣之母欲置微子启以为太子[44]，太史据法而争之曰："有妻之子，而不可置妾之子。"纣故为后[45]。用法若此，不若无法。

---

①议：通"义"，名节。

②虞：使…高兴。

③挺：动摇。

④处官：做官。　为污：做败坏名节的事。

⑤将众：率领军队。　挠北：败北，溃逃。　挠：通"桡"，屈服。

⑥出生：舍弃生命。　循：通"殉"，为某种目的而献身。

⑦要离：吴王阖庐之臣。

⑧恶（wū，音乌)：怎么能。

⑨六马：六匹马驾的车。　江上：长江岸边。

⑩左右满把：指庆忌左右手接箭，都握满了箭。
⑪挚：通“絷”，拘囚，束缚。妻子：妻子儿女。
⑫有间：不长的一段时间。
⑬捽（zuó，音昨）：揪住头发。
⑭幸：活，饶命。而：通“汝”。
⑮便事：有利于干事业。　便：利。
⑯伏剑：用剑自杀。
⑰卫懿公：春秋时卫国国君，名赤，公元前668－前660年在位，好鹤而亡国。弘演：卫懿公之臣。
⑱有所于使：受命出使在外。
⑲及：追上。　荣泽：疑为”荧泽“之误。　荧泽：在今黄河之北。
⑳报使于肝：向卫懿公的肝复使命。
㉑襮（bó，音博）：表，外衣。弘演剖腹，把懿公的肝置入自己腹中，犹如给肝穿上外衣，故有此言。
㉒辨：通“辩”。　当：合。　论：同“伦”，伦理。
㉓法：守法。
㉔干将：古之利剑，相传为干将所铸。
㉕所：疑为衍为。　下文之“所理”亦如此。
㉖啻（chì，音赤）：只。
㉗妄意：凭空推测。　关：门。
㉘中：猜中。　藏：指室内所藏之物。
㉙备：具。　非六王五伯：可参阅《庄子·盗跖》。
㉚尧有不慈之名：传说尧杀长子丹朱，故有“不慈”之说。
㉛舜有不孝之行：传说舜放逐其父瞽瞍，故有“不孝”之说。
㉜禹有淫湎之意：传说帝女令仪狄造酒，进献给禹，禹饮后认为很甘美，故有此说。
㉝汤、武有放杀之事：商汤起兵伐桀，桀流窜南巢，如同放逐；武王伐纣，纣在鹿台自焚；故有此说。
㉞五伯有暴乱之谋：指五霸为争霸主，骨肉相残，兼并小国，故有“暴乱”之说。
㉟毃（què，音确）：同“敲”，击。
㊱直躬：以直道立身。　楚直躬者告发其父窃羊可见《论语·子路》、《庄子·盗跖》。
㊲载：再。
㊳郭：外城。
㊴卒然：通“猝然”。
㊵姑：暂且。
㊶觞：酒器，这里用作动词，饮酒。　数行：数次。
㊷革：另外。
㊸具：备办。　染：调味的豉酱。
㊹置：立。
㊺后：王位继承人。

长　见

五曰：智所以相过[①]，以其长见与短见也。今之于古也，犹古之于后世也；今之于后世，亦犹今之于古也。故审知今则可知古，知古则可知后，古今前后一也。故圣人上知千岁，下知千岁也。

荆文王曰：“苋谆数犯我以义[②]，违我以礼，与处则不安[③]，旷之而不谷得焉[④]。不以吾身爵[⑤]之，后世有圣人，将以非不谷。”于是爵之五大夫。“申侯伯善持养吾意[⑥]，吾所欲则先我为之，与处则安，旷之而不谷丧焉。不以吾身远之，后世有圣人，将以非不谷。”于是送而行[⑦]之。申侯伯如郑，阿郑君之心[⑧]，先为其所欲，三年而知郑国之政[⑨]也，五月而郑人杀之。是后世之圣人使文王为善于上世也。

晋平公铸为大钟，使工听之，皆以为调[⑩]矣。师旷[⑪]曰："不调，请更铸之。"平公曰："工皆以为调矣。"师旷曰："后世有知音者，将知钟之不调也，臣窃为君耻之。"至于师涓而果知钟之不调[⑫]也。是师旷欲善调钟，以为后世之知音者也。

吕太公望封于齐，周公旦封于鲁。二君者，甚相善也。相谓曰："何以治国?"太公望曰："尊贤上功[⑬]。"周公旦曰："亲亲上恩[⑭]。"太公望曰："鲁自此削矣！"周公旦曰："鲁虽削，有齐者，亦必非吕氏也。"其后齐日以大，至于霸，二十四世而田成子有齐国[⑮]。鲁公以削，至于觐存[⑯]，三十四世而亡。

吴起治西河之外[⑰]，王错谮之亡魏武侯[⑱]，武侯使人召之。吴起至于岸门[⑲]，止车而望西河，泣数行而下。其仆谓吴起曰："窃观公之意，视释天下若释蹝[⑳]。今去西河而泣，何也？"吴起抿泣而应之[㉑]曰："子不识，君知我而使我毕能西河可以王[㉒]。今君听谗人之议，而不知我，西河之为秦取不久矣！魏从此削矣！"吴起果去魏入楚。有间，西河毕入秦，秦日益大。此吴起之所先见而泣也。

魏公叔座[㉓]疾，惠王往问之，曰："公叔之病甚矣，将奈社稷何?"公叔对曰："臣之御庶子鞅[㉔]，愿王以国听之也。为[㉕]不能听，勿使出境。"王不应，出而谓左右曰："岂不悲哉！以公叔之贤，而今谓寡人必以国听鞅，悖也夫！"公叔死，公孙鞅西游秦，秦孝公听之，秦果用强[㉖]，魏果用弱。非公叔座之悖也，魏王则悖也。夫悖者之患，固以不悖为悖。

---

①过：超过。这里是有差异的意思。

②苋谆：楚文王之臣。　数：多次。　犯：冒犯。

③与处：和他在一起。

④旷：久。　不谷：不善之人，春秋时诸侯的谦称。

⑤以：从。爵：授予爵位。

⑥申侯伯：楚文王之臣。　持：把握。　养：长养，助长。

⑦行：用如动词。

⑧阿：曲从，迎合。

⑨知：主持，执掌。

⑩工：乐工。　调：和谐。

⑪师旷：春秋时著名乐师，名旷，相传他能辨音以知吉凶。

⑫师涓：春秋时卫灵公乐官，善音乐。

⑬上：崇尚。

⑭上恩：崇尚恩爱。

⑮田成子：即田常。齐简公四年，田常杀简公，拥立简公弟为平公，其为相，专齐权，齐之政尽归田氏。

⑯觐（jǐn，音仅）：通"仅"。

⑰西河：魏地，居黄河西，故名，地约在陕西华阴、华县、白水、澄城一带。

⑱王错：魏大夫，魏武侯卒后两年，王错出奔韩。　谮（zèn，音怎去声）：加诬。

⑲岸门：邑名，在今山西省河津县南。

⑳释：舍弃。　蹝（xǐ，音徙）：与屣同，即履，鞋。

㉑抿（wěn，音稳）：同抆，擦。　泣：眼泪。

㉒毕能：竭尽全力。

㉓公叔座：战国时魏惠王相。

㉔御庶子鞅：即公孙鞅，卫国人，所以又名卫鞅，初为公叔座的家臣，后入秦变法，受封于商。

㉕为：相当于"若"。

㉖用：因而。

吕氏春秋卷第十二

镇洋毕氏校本

季冬纪第十二

士节　介立　诚廉　不侵　序意

吕氏春秋训解

高　氏

季　冬　纪

一曰：季冬之月，日在婺女，昏娄中，旦氐中。其日壬癸，其帝颛顼，其神玄冥，其虫介，其音羽，律中大吕。其数六，其味咸，其臭朽，其祀行，祭先肾。雁北[①]乡，鹊始巢，雉雊鸡乳[②]。天子居玄堂右个，乘玄骆，驾铁骊，载玄旂，衣黑衣，服玄玉，食黍与彘，其器宏以弇。

命有司大傩，旁磔[③]，出土牛[④]，以送寒气。征鸟厉疾[⑤]，乃毕行山川之祀，及帝之大臣、天地之神祗[⑥]。

是月也，命渔师始渔，天子亲往，乃尝鱼，先荐寝庙。冰方盛，水泽复[⑦]，命取冰。冰已入[⑧]，令告民，出五种[⑨]。命司农，计耦耕事[⑩]，修耒耜，具田器[⑪]。命乐师，大合吹而罢[⑫]。乃命四监，收秩薪柴[⑬]，以供寝庙及百祀之薪燎。

是月也，日穷于次[⑭]，月穷于纪[⑮]，星回于天[⑯]，数将几终[⑰]，岁将更始。专于农民，无有所使[⑱]。天子乃与卿大夫饬国典[⑲]，论时令，以待来岁之宜[⑳]。乃命太史次诸侯之列[㉑]，赋之牺牲[㉒]，以供皇天上帝社稷之享。乃命同姓之国，供寝庙之刍豢[㉓]。令宰历卿大夫至于庶民土田之数[㉔]，而赋之牺牲，以供山林名川之祀。凡在天下九州之民者，无不咸献其力，以供皇天上帝社稷寝庙山林名川之祀。

行之是令，此谓一终[㉕]，三旬二日。季冬行秋令，则白露蚤降，介虫为妖，四邻入保[㉖]；行春令，则胎夭多伤，国多固[㉗]疾，命之曰[㉘]逆；行夏令，则水潦败国，时雪不降，冰冻消释。

士　节

二曰：士之为人，当理不避其难[㉙]，临患忘利，遗生行义[㉚]，视死如归。有如此者，国君不得而友，天子不得而臣。大者定天下，其次定一国，必由如此人者[31]也。故人主之欲大立功名者，不可不务求此人也。贤主劳于求人，而佚于治事。

齐有北郭骚[32]者，结罘罔，捆蒲苇，织葩屦[33]，以养其母犹不足，踵门见晏子[34]曰："愿乞所以养母。"晏子之仆谓晏子曰："此齐国之贤者也。其义不臣乎天子，不友乎诸侯，于利不苟取，于害不苟免。今乞所以养母，是说夫子之义[35]也，必与之。"晏子使人分仓粟、分府金而遗之。辞金而受粟。

有间，晏子见疑于齐君，出奔，过北郭骚之门而辞。北郭骚沐浴而出见晏子曰："夫子将焉适[36]？"晏子曰："见疑于齐君，将出奔。"北郭子曰："夫子勉之矣。"晏子上车，太息而叹曰："婴之亡岂不宜哉？亦不知士甚矣。"晏子行。

北郭子召其友而告之曰："说晏子之义，而尝乞所以养母焉。吾闻之曰：'养及亲者，身伉其难[37]。'今晏子见疑，吾将以身死白[38]之。"著衣冠，令其友操剑奉笥[39]而从，造于君庭，求复者[40]曰："晏子，天下之贤者也，去则齐国必侵矣。必见国之侵也，不若先死。请以头托白晏子也。"因谓其友曰："盛吾头于笥中，奉以托。"退而自刎也。其友因奉以托。其友谓观者曰："北郭子为国故死，吾将为北郭子死也。"又退而自刎。齐君闻之，大骇，乘驲而自追晏子[41]，及之国郊，请而反之。晏子不得已而反，闻北郭骚之以死白己也，曰："婴之亡岂不宜哉？亦愈不知士甚矣。"

介　立

三曰：以贵富有人易，以贫贱有人难。今晋文公出亡，周流天下[42]，穷矣，贱矣，而介子推不去[43]，有以有之也[44]。反国有万乘，而介子推去之，无以有之也。能其难[45]，不能其易，此文公之所以不王也。

晋文公反国，介子推不肯受赏，自为赋诗曰："有龙于飞[46]，周遍天下。五蛇从之[47]，为之丞辅。龙反其乡，得其处所。四蛇从之，得其露雨。一蛇羞之[48]，桥死于中野[49]。"悬书公门[50]，而伏于山下。文公闻之曰："譆！此必介子推也。"避舍变服[51]，令士庶人曰："有能得介子推者，爵上卿，田百万。"或遇之山中，负釜盖簦[52]，问焉曰："请问介子推安在？"应之曰："夫介子推苟不欲见而欲隐[53]，吾独焉知之？"遂背而行，终身不见。

人心之不同，岂不甚哉？今世之逐利者，早朝晏退，焦唇干嗌[54]，日夜思之，犹未之能得，今得之而务疾逃之，介子推之离俗远矣。东方有士焉曰爰旌目[55]，将有适也[56]，而饿于道。狐父之盗曰丘[57]，见而下壶餐以餔[58]之。爰旌目三餔之而后能视，曰："子何为者也？"曰："我狐父之人丘也。"爰旌目曰："譆！汝非盗邪？胡为而食我？吾义不食子之食也。"两手据地而吐之，不出，喀喀然遂伏地而死。

郑人之下鄚也，庄跻之暴郢[59]也，秦人之围长平[60]也，韩、荆、赵，此三国者之将帅贵人皆多骄矣，其士卒众庶皆多壮矣，因相暴以相杀，脆弱者拜请以避死，其卒递而相食[61]，不辨其义，冀幸以得活。如爰旌目已食而不死矣，恶其义而不肯不死。今此相为谋[62]，岂不远哉？

---

①乡：向。

②雉：山鸡。　雊（gòu，音够）：山鸡鸣叫。　乳：鸡孵小鸡。

③旁磔：在四方之门都割裂牺牲，举行祭祀，以攘除阴气。　旁：遍。

④出：制作。　土牛：按五行说，土能克水，冬属水，牛属土，所以制作土牛，用它送走冬季阴寒之气。

⑤征鸟：远飞的鸟。　厉：高。　疾：快，迅速。

⑥毕：全。　行：举行。　帝之大臣：有功于民的前世公卿。神：天神。　祇：地神。

⑦方：正。　盛：冰厚而坚硬，此时坚厚至极点。　水泽：聚水的洼地。复：重叠，指冰一层层。

⑧入：指冰入地窖。

⑨五种：五谷。这句意思是从谷仓中取出各种谷物，选择出好的，以作为种子。

⑩计：筹划。　耦耕：古代的一种耕作方法。

⑪具：准备。　田器：耕作的农具。

⑫大合吹：大规模合奏各种吹奏乐。　罢：止，指结束一年之事。

⑬四监：四监大夫，监临各郡的大夫。　秩薪柴：按常规应缴的薪柴。秩：常。

⑭穷：尽。　次：指十二次。　古人为了说明日月星辰的运行，把黄道附近一周天从西向东分为十二个等分，每个等分给一个名称，如星纪、玄枵等，这叫十二次。季冬之月，日处于玄枵，运行一年，又终于玄枵，所以说“日穷于次。”

⑮纪：日月相会。

⑯回：返回。　以上三句是说日月星辰运行了一周天，又回到了原来的位置。

⑰数：指一年的天数。　几：快要。

⑱所使：役使之事。　这句意思是农事将要开始，要让农民专心准备农事，不要有别的役使之事。

⑲饬：饬正。　国典：国家的典章制度。

⑳待：准备。　宜：所适合作的事。

㉑次：编排。　诸侯：这里指与天子异姓的诸侯国。　列：次序。

㉒赋：贡赋，这里作动词。

㉓同姓之国：指与天子同姓的诸侯国。　刍豢：祭祀用的牺牲，即牛羊、猪狗。

㉔宰：小宰，太宰的属官。　历：排列，依次列出。

㉕一终：指一年终了。

㉖邻：即四边。　保：城堡。

㉗固疾：久治不愈的疾病。

㉘逆：违背时气。

㉙当：面对。　理：义。

㉚遗生：舍生。

㉛由：用。

㉜北郭骚：春秋时齐国的隐士。北郭：姓。　骚：名。

㉝罘（fú，音浮）：捕兽的网。罔：网。　捆：砸，编蒲苇时要边编边砸使之坚固。萉屦（fēi jù，音非据）：麻鞋。

㉞踵门：走到门上。　踵：脚后跟，这里用作动词。

㉟说：悦服，诚服。

㊱适：往，去。

㊲伉（kàng，音抗）：承担，当。

㊳白：明了。

㊴奉：捧。　笥（sì，音侍）：苇或竹制的方形盛器。

㊵复者：指君庭门前负责传说通禀的下级官吏。

㊶驲（rì，音日）：古代驿站专用的车。

㊷流行：遍行。

㊸介子推：春秋时晋国隐士，他曾随晋文公出亡十九年，文公返国后，他不肯受赏，隐居山中。

㊹有以：有可以用来…的…

㊺能其难：能以贫贱有人。

㊻有龙于飞：比喻晋文公出亡。

㊼五蛇：比喻跟公子重耳（晋文公）出亡的五位贤士：赵衰、狐偃、贾佗、魏犨（chóu），介子推。

㊽一蛇：比喻介之推自己。

㊾桥死：疑为“槁死”。　中野：野外。

㊿书：指介子推的诗。

51避舍变服：古礼，国有凶丧祸乱之事，君主离开宫室居处，改穿凶丧之服。晋文公这样做表示引咎自责。

52簦（dēng，音灯）：有长柄的笠，类似今天的伞。

53见（xiàn）：显现，这里是出仕的意思。

54嗌（yì，音艺）：咽喉。

55爰旌目：人名。

56适：往，去。

57狐父：地名，在今江苏砀（dàng）山附近。　丘：人名。

58壶餐：盛在壶中的水泡饭。餔（bǔ，音补）：通“哺”，给…吃，喂。

59暴：劫掠。　郢：楚国国都。

60秦人之围长平也：秦昭王四十七年（公元前260年），秦将白起围赵军于长平，赵帅赵括被射死，四十万卒尽坑之。

61卒：终。　递：顺次，一个接一个。

62今：疑为“令”字之误。

诚　廉

四曰：石，可破也，而不可夺坚；丹[①]，可磨也，而不可夺赤。坚与赤，性之有也。性也者，所受于天也，非择取而为之也。豪士之自好者，其不可漫以污也，亦犹此也。

昔周之将兴也，有士二人，处于孤竹[②]，曰伯夷、叔齐。二人相谓曰：“吾闻西方有偏伯[③]焉，似将有道者，今吾奚为处乎此哉？”二子西行如周，至于岐阳[④]，则文王已殁矣。武王即位，观周德[⑤]，则王使叔旦就胶鬲于次四内[⑥]，而与之盟曰：“加富三等，就官一列[⑦]。”为三书，同辞，血之以牲，埋一于四内，皆以一归[⑧]。又使保召公就微子开于共头之下[⑨]，而与之盟曰：“世为长侯，守殷常祀，相奉桑林[⑩]，宜私孟诸[⑪]。”为三书，同辞，血之以牲，埋一于共头之下，皆以一归。伯夷、叔齐闻之，相视而笑曰：“譆，异乎哉！此非吾所谓道也。昔者神农氏之有天下也，时祀尽敬而不祈福[⑫]也。其于人也，忠信尽治而无求焉。乐正与为正，乐治与为治[⑬]，不以人之坏自成也[⑭]，不以人之庳自高也[⑭]。今周见殷之僻乱也，而遽为之正与治，上谋而行货[⑮]，阻丘而保威也[⑯]。割牲而盟以为信，因四内与共头以明行，扬梦以说众[⑰]，杀伐以要利[⑱]，以此绍殷[⑲]，是以乱易暴也。吾闻古之士，遭乎治世，不避其任；遭乎乱世，不为苟在。今天下闇[⑳]，周德衰矣。与其并[㉑]乎周以漫吾身也。不若避之以洁吾行。”二子北行，至首阳之下而饿焉。人之情莫不有重，莫不有轻。有所重则欲全之，有所轻则以养所重。伯夷、叔齐，此二士者，皆出身弃生以立其意，轻重先定也。

不　侵

五曰：天下轻于身，而士以身为人[㉒]。以身为人者，如此其重也，而人不知，以奚道相得？贤主必自知士[㉓]，故士尽力竭智，直言交争[㉔]，而不辞其患。豫让、公孙宏是矣。当是时也，智伯、孟尝君知之矣。世之人主，得地百里则喜，四境皆贺；得士则不喜，不知相贺：不通乎轻重也。汤、武，千乘也[㉕]，而士皆归之；桀、纣，天子也，而士皆去之；孔、墨，布衣之士也，万乘之主、千乘之君不能与之争士也。自此观之，尊贵富大不足以来士矣，必自知之然后可。

豫让之友谓豫让曰：“子之行何其惑也？子尝事范氏、中行氏[㉖]，诸侯尽灭之，而子不为报，至于智氏，而子必为之报，何故？”豫让曰：“我将告子其故。范氏、中行氏，我寒而不我衣[㉗]，我饥而不我食，而时使我与千人共其养，是众人畜我也[㉘]。夫众人畜我者，我亦众人事之。至于智氏则不然，出则乘我以车，入则足我以养，众人广朝，而必加礼于吾所[29]，是国士畜我也。夫国士畜我者，我亦国士事之。"豫让，国士也，而犹以人之于己也为念，又况于中人乎？

孟尝君为从[30]，公孙宏谓孟尝君曰："君不若使人西观秦王。意者秦王帝王之主也[31]，君恐不得为臣，何暇从以难之[32]？意者秦王不肖主也，君从以难之未晚也。"孟尝君曰："善。愿因请公往矣[33]。"公孙宏敬诺，以车十乘之秦。秦昭王闻之，而欲丑之以辞[34]，以观公孙宏。公孙宏见昭王[35]，昭王曰："薛之地小大几何？"公孙宏对曰："百里。"昭王笑曰："寡人之国，地数千里，犹未敢以有难也。今孟尝君之地方百里，而因欲以难寡人犹可乎？"公孙宏对曰："孟尝君好士，大王不好士。"昭王曰："孟尝君之好士何如？"公孙宏对曰："义不臣乎天子，不友乎诸侯[36]，得意则不惭为人君，不得意则不屑为人臣，如此者三人。能治可为管、商之师[37]，说义听行，其能致主霸王，如此者五人。万乘之严主[38]，辱其使者，退而自刎也，必以其血污其衣，有如臣者七人。"昭王笑而谢[39]焉，曰："客胡为若此？寡人善孟尝君，欲客之必谨谕寡人之意也。"公孙宏敬诺。公孙宏可谓不侵矣。昭王，大王也；孟尝君，千乘也。立千乘之义而不可凌[40]，可谓士矣。

序　意

维秦八年，岁在涒滩[41]，秋甲子朔[42]。朔之日，良人请问十二纪。文信侯[43]曰："尝得学黄帝之所以诲颛顼矣，爰有大圜在上[44]，大矩在下[45]，汝能法之，为民父母。"蓋闻古之清世，是法天地。凡十二纪者，所以纪治乱存亡也，所以知寿夭吉凶也。上揆之天[46]，下验之地，中审之人，若此，则是非可不可无所遁矣。

天曰顺，顺杂生[47]；地曰固，固维宁；人曰信，信维听。三者咸当，无为而行。行也者，行其理也[48]。行数[49]，循其理，平其私。夫私视使目盲，私听使耳聋，私虑使心狂。三者皆私设，精则智无由公[50]。智不公，则福日衰，灾日隆。以日倪而西望知之[51]。

赵襄子游于囿中，至于梁[52]，马卻不肯进。青荓为参乘。襄子曰："进视梁下，类有人[53]！"荓进视梁下，豫让卻寝[54]，佯为死人。叱青荓曰："去！长者吾[55]且有事。"青荓曰："少而与子友，子且为大事，而我言之，是失相与友之道；子将贼吾君[56]，而我不言之，是失为人臣之道。如我者，惟死为可。"乃退而自杀。青荓非乐死也，重失人臣之节，恶废交友之道也。青荓、豫让，可谓之友也。

---

①丹：朱砂。

②孤竹：古国名，在今河北卢龙一带。

③偏伯：一方之长，指西伯姬昌。姬昌死后谥为文王。

④岐阳：岐山之阳。

⑤观：显示。

⑥叔旦：周公旦。　就：到…去。　胶鬲（gé）：殷的贤臣，最初贩鱼盐。　四内：古地名。

⑦富：俸禄。　就官一列：官居第一等。

⑧为三书，…皆以一旧：古人为盟，"先凿地为方坎，杀牲于坎上，割牲方耳，盛以珠盘，又取血盛以玉敦，用血为盟书，成，乃歃血而读书。"书有几份，一分埋于盟所，盟者各持一份归。

⑨保召公：即姬奭（shì），周武王之臣，封地在召。武王灭纣后，封召公于北燕。成公时任太保，故又称保召公。　微子开：即微子启。　共头：山名。

⑩相（xiàng）：即"使"。　桑林：乐曲名，为殷天子祭祀之乐。

⑪私孟诸：把孟诸作为个人封地。

⑫时祀：四时的祭祀。

⑬乐正与为正，乐治与为治：大意是百姓乐于公正，就帮助他们实现公正；百姓乐于太平，就帮助他们实现太平。　与：连词，因，就。

⑭自成：使自己成功。

⑮庳：低下。

⑯上：通“尚”，崇尚。　行货：行贿，指与胶鬲、微子启盟誓中的“加富三等”，“宜私孟诸”之类。

⑰阻丘：疑为“阻兵”。　阻：倚仗。

⑱扬梦：宣扬武王承受天命灭殷的梦，其大意是，周文王妻太姒梦见商之庭长出荆棘，其子姬发取来周庭的梓树，植于宫阙之间，化为松柏棫柞。太姒惊醒，告诉文王。文王说，把姬发召来，在明堂拜谢吉梦，这个梦兆示姬发从皇天上帝那里承受商之天命。说：同“悦”。

⑲要（yāo）：求

⑳绍：继承。

㉑并：通“傍”，依附。

㉒以身为（wèi）人：为他人献出生命。

㉓自知：无须他人教谕而知。

㉔交争：相谏。　争：同“诤”。

㉕千乘：指有兵车千乘的诸侯。

㉖范氏：即春秋时晋国贵族士氏，因士会受封于范，故称范氏，这是指范吉射。　中行（hàng）氏：即春秋时晋国贵族荀氏，因荀林父为中行主持，后以中行为姓。

㉗不我衣：不给我衣穿。　衣：用如动词，给…衣。下文“食”用法相同。

㉘众人：名词作状语，象畜养众人一样对待我。下文“国士”用法相同。

㉙朝：朝会。　所：所在之处。

㉚从（zòng）：合纵。

㉛意者：抑或。

㉜难：抵抗。这句意思是没有机会合纵抵抗秦国。

㉝因：就。

㉞丑之以辞：指用言词羞辱公孙宏。

㉟昭王：即秦昭襄王，名稷，公元前306年至前251年在位。

㊱臣：称臣。　友：交友。

㊲管、商：指管仲、商鞅。

㊳严：尊。这里是威重的意思。

㊴谢：道歉。

㊵凌：凌辱。

㊶维：句首语气词，无义。　岁：岁星，这里指太岁。　涒（tūn，音吞）滩：太岁年名，即申年。

㊷甲子朔：即初一那天日名为甲子。

㊸文信侯：吕不韦，他被封为文信侯。

㊹爰：通“曰”。　大圜：天。

㊺大矩：地。

㊻揆：度量。

㊼顺：运行。　维：句中语气词。　这句话的意思是天要运行，运行能生物。

㊽理：应为“数”，即天数。

㊾行数：当作“行其数”。

㊿精：甚。

51倪：通“睨”，斜视。　西望：日暮。

52梁：桥。

53类：象。

[54]却：仰。

[55]长者：豫让自称。 吾：当为衍文。

[56]贼：杀。

校吕氏春秋卷第十三

镇洋毕氏校本

有始览第一

应同 去九 听言 谨听 务本 谕大

吕氏春秋训解

高 氏

有 始 览

一曰：天地有始，天微以成，地塞以形[1]。天地合和，生之大经也[2]。以寒暑日月昼夜知之，以殊形殊能异宜说之[3]。夫物合而成，离而生。知合知成，知离知生，则天地平矣[4]！平也者，皆当察其情，处其形[5]。

天有九野，地有九州，上有九山，山有九塞，泽有九薮，风有八等，水有六川。

何谓九野[6]？中央曰钧天，其星角、亢、氐；东方曰苍天，其星房、心、尾；东北曰变天，其星箕、斗、牵牛；北方曰玄天，其星婺女、虚、危、营室；西北曰幽天，其星东壁、奎、娄；西方曰颢天[7]，其星胃、昴、毕；西南曰朱天[8]，其星觜巂、参、东井；南方曰炎天[9]，其星舆鬼、柳、七星；东南曰阳天[10]，其星张、翼、轸。

何谓九州？河、汉之间为豫州[11]，周也；两河之间为冀州[12]，晋也；河、济之间为兖州[13]，卫也；东方为青州，齐也；泗上为徐州[14]，鲁也；东南为扬州，越也；南方为荆州，楚也；西方为雍州，秦也；北方为幽州，燕也。

何谓九山？会稽、太山[15]、王屋、首山、太华、岐山、太行、羊肠、孟门。

何谓九塞？大汾、冥阨、荆阮、方城[16]、殽、井陉、令疵、句注、居庸。

何谓九薮？吴之具区，楚之云梦，秦之阳华，晋之大陆，梁之圃田，宋之孟诸，齐之海隅，赵之钜鹿，燕之大昭。

何谓八风？东北曰炎风，东方曰滔风，东南曰熏风，南方曰巨风，西南曰凄风，西方曰飂风，西北曰厉风，北方曰寒风。

何谓六川？河水、赤水、辽水、黑水、江水、淮水。

凡四海之内，东西二万八千里，南北二万六千里，水道八千里，受水者亦八千里。通谷[17]六，名川六百，陆注三千[18]，小水万数。

凡四极之内，东西五亿有九万七千里，南北亦五亿有九万七千里。

极星与天俱游[19]，而天极不移。冬至日行远道，周行四极[20]，命曰玄明[21]。夏至日行近道，乃参于上[22]。当枢之下无昼夜。白民之南[23]，建木之下[24]，日中无影，呼而无响，盖天地之中也。

天地万物，一人之身也，此之谓大同。众耳目鼻口也，众五谷寒暑也，此之谓众异。则万物备也。天斟万物，圣人览焉，以观其类。解在乎天地之所以形，雷电之所以生，阴阳材物之精，人民禽兽之所安平。

应　同

二曰：凡帝王者之将兴也，天必先见祥乎下民。黄帝之时，天先见大螾大蝼[25]，黄帝曰“土气胜”，土气胜，故其色尚黄，其事则土。及禹之时，天先见草木秋冬不杀[26]，禹曰“木气胜”，木气胜，故其色尚青，其事则木。及汤之时，天先见金刃生于水，汤曰“金气胜”，金气胜，故其色尚白，其事则金。及文王之时，天先见火，赤乌衔丹书集于周社[27]，文王曰“火气胜”，火气胜，故其色尚赤，其事则火。代火者必将水，天且先见水气胜，水气胜，故其色尚黑，其事则水。水气至而不知，数备[28]，将徙于土。

天为者时，而不助农于下。类固相召[29]，气同则合，声比则应。鼓宫而宫动，鼓角而角动。平地注水[30]，水流湿。均薪施火，火就燥[31]。山云草莽，水云鱼鳞，旱云烟火，雨云水波，无不皆类其所生以示人。故以龙致雨，以形逐影[32]。师之所处，必生棘楚[33]。祸福之所自来，众人以为命，安知其所？

夫覆巢毁卵，则凤凰不至；刳兽食胎，则麒麟不来；干泽涸渔，则龟龙不往。物之从同，不可为记[34]。子不遮乎亲[35]，臣不遮乎君。君同则来，异则去。故君虽尊，以白为黑，臣不能听；父虽亲，以黑为白，子不能从。

黄帝曰：“芒芒昧昧[36]，因天之威，与元[37]同气。故曰：同气贤于同义，同义贤于同力，同力贤于同居，同居贤于同名。帝者同气，王者同义，霸者同力，勤者同居则薄矣，亡者同名则觕矣。其智弥觕者，其所同弥觕；其智弥精者，其所同弥精。故凡用意不可不精。夫精，五帝三王之所以成也，成齐类同皆有合[38]，故尧为善而众善至，桀为非而众非来。

《商箴》云：“天降灾布祥，并有其职。”以言祸福人或召之也。故国乱非独乱也，又必召寇[39]。独乱未必亡也，召寇则无以存矣。凡兵之用也，用于利，用于义。攻乱则脆[40]，脆则攻者利。攻乱则义，义则攻者荣。荣且利，中主犹且为之，况于贤主乎？故割地宝器，卑辞屈服，不足以止攻，惟治为足[41]。治则为利者不攻矣，为名者不伐矣。凡人之攻伐也，非为利则因为名也[42]。名实不得，国虽强大者，曷为攻矣？解在乎史墨来而辍不袭卫[43]，赵简子可谓知动静矣[44]。

去　尤

三曰：世之听者，多有所尤[45]。多有所尤则听必悖矣。所以尤者多故，其要必因人所喜，与因人所恶。东面望者不见西墙，南乡视者不睹北方，意有所在也。

人有亡𫓧[46]者，意其邻之子。视其行步，窃𫓧也；颜色，窃𫓧也；言语，窃𫓧也；动作态度，无为而不窃铁也。扫其谷而得其铁，他日复见其邻之子，动作态度无似窃铁者。其邻之子非变也，己则变矣。变也者无他，有所尤也。

邾之故法[47]，为甲裳以帛[48]。公息忌谓邾君曰："不若以组[49]。凡甲之所以为固者，以满窍[50]也。今窍满矣，而任力者半耳。且组则不然，窍满则尽任力矣。"邾君以为然，曰："将何所以得组也?"公息忌对曰："上用之则民为之矣。"邾君曰："善。"下令，令官为甲必以组。公息忌知说之行也，因令其家皆为组。人有伤之者曰："公息忌之所以欲用组者，其家多为组也。"邾君不说，于是复下令，令官为甲无以组。此邾君之有所尤也。为甲以组而便[51]，公息忌虽多为组何伤也？以组不便，公息忌虽无组亦何益也？为组与不为组，不足以累公息忌之说。用组之心不可不察也。

鲁有恶[52]者，其父出而见商咄[53]，反而告其邻曰："商咄不若吾子矣。"且其子至恶也，商咄至美也。彼以至美不如至恶，尤乎爱也。故知美之恶，知恶之美，然后能知美恶矣。庄子曰："以瓦投者翔[54]，以钩投者战[55]，以黄金投者[56]殆。其祥一[57]也，而有所殆者，必外有所重者也。外有所重者泄[58]，盖内掘[59]。"鲁人可谓外有重矣。解在乎齐人之欲得金也，及秦墨者之相妒也，皆有所乎尤也。

老聃则得之矣。若植木[60]而立乎独，必不合于俗，则何可扩[61]矣。

听　言

四曰：听言不可不察。不察，则善、不善不分。善、不善不分，乱莫大焉。三代分善、不善，故王。今天下弥衰，圣王之道废绝。世主多盛其欢乐，大其钟鼓，侈其台榭苑囿以夺人财；轻用民死，以行其忿；老弱冻馁，夭瘠壮狡[62]，汔尽穷屈[63]，加以死虏。攻无罪之国以索地，诛不辜之民以求利，而欲宗庙之安也，社稷之不危也，不亦难乎？

今人曰："某氏多货，其室培湿[64]，守狗死，其势可穴[65]也。"则必非之矣。曰："某国饥，其城郭庳，其守具寡，可袭而篡之。"则不非之。乃不知类[66]矣。

《周书》曰："往者不可及，来者不可待，贤明其世，谓之天子。"故当今之世，有能分善不善者，其王不难矣。善不善本于义，不于爱，爱利之为道大矣。夫流于海者，行之旬月，见似人者而喜矣。及其期年也，见其所尝见物于中国者而喜矣。夫去人滋久，而思人滋深欤！乱世之民，其去圣王亦久矣。其愿见之，日夜无间，故贤王秀士之欲忧黔首者，不可不务也。

功先名，事先功，言先事。不知事，恶能听言？不知情，恶能当言？其与人谷言也，其有辩乎？其无辩[67]乎？

造父始习于大[68]豆，蠭门始习于甘蝇[69]，御[70]大豆，射甘蝇，而不徙人以为性者[71]也。不徙之，所以致远追急[72]也，所以除害禁暴也。凡人亦必有所习其心，然后能听说。不习其心，习之于学问。不学而能听说者，古今无有也。解在乎白圭之非惠子也，公孙龙之说燕昭王以偃兵及应空洛之遇也，孔穿之议公孙龙、翟翦之难惠子之法。此四士者之议，皆多故矣，不可不独论[73]。

谨　听

五曰：昔者禹一沐而三捉发，一食而三起[74]，以礼有道之士，通乎己之不足也。通乎己之不足，则不与物争矣。愉易平静以待之，使夫自得之；因然而然之[75]，使夫自言之。亡国之主反此，乃自贤而少人[76]，少人则说者持容而不极[77]，听者自多而不得[78]，虽有天下何益焉？是乃冥之昭[79]，乱之定，毁之成，危之宁，故殷、周以亡，比干以死，诗而不足以举。

故人主之性，莫过乎所疑，而过于其所不疑；不过乎所不知，而过于其所以知。故虽不疑，虽已知，必察之以法，揆之以量[80]，验之以数。若此则是非无所失，而举措无所过矣。夫尧恶得贤天下而试舜[81]？舜恶得贤天下而试禹？断之于耳而已矣。耳之可以断也，反性命之情也。今夫惑者，非知反性命之情，其次非知观于五帝、三王之所以成也，则奚自知其世之不可也？奚自知其身之不逮[82]也？太上知之，其次知其不知。不知则问，不能则学。《周箴》曰："夫自念斯，学德未暮[83]。"学贤问[84]，三代之所以昌也。不知而自以为知，百祸之宗也。

名不徒立[85]，功不自成，国不虚存，必有贤者。贤者之道，牟而难知[86]，妙而难见。故见贤者而不耸则不惕于心，不惕于心则知之不深。不深知贤者之所言，不祥莫大焉。

主贤世治，则贤者在上；主不肖世乱，则贤者在下。今周室既灭，而天子已绝。乱莫大于无天子，无天子则强者胜弱，众者暴寡，以兵相残，不得休息。今之世当之[87]矣。故当今之世，求有道之士，则于四海之内、山谷之中、僻远幽闲之所，若此，则幸于得之矣。得之，则何欲而不得？何为而不成？太公钓于滋泉，遭纣之世也，故文王得之而王。文王，千乘也；纣，天子也。天子失之而千乘得之，知之与不知也。诸众齐民[88]，不待知而使，不待礼而令。若夫有道之士，必礼必知，然后其智能可尽[89]。解在乎胜书之说周公，可谓能听矣；齐桓公之见小臣稷，魏文侯之见田子方[90]也，皆可谓能礼上矣。

务　本

六曰：尝试观上古记，三王之佐，其名无不荣者，其实无不安者，功大也。《诗》云[91]："有晻凄凄[92]，兴云祁祁[93]，雨我公田[94]，遂及我私。"三王之佐，皆能以公及其私矣。俗主之佐，其欲名实也，与三王之佐同，而其名无不辱者，其实无不危者，无公故也。皆患其身不贵于国也，而不患其主之不贵于天下也；皆患其家之不富也，而不患其国之不大也；此所以欲荣而愈辱，欲安而益危。安危荣辱之本在于主，主之本在于宗庙，宗庙之本在于民，民之治乱在于有司。《易》[95]曰："复自道，何其咎，吉。"[96]以言本无异，则动卒有喜[97]。今处官则荒乱，临财则贪得，列近则持谏[98]，将众则罢怯[99]，以此厚望于主，岂不难哉？

今有人于此，修身会计则可耻[100]，临财物资尽则为己，若此而富者，非盗则无所取。故荣富非自至也，缘功伐也。今功伐甚薄，而所望厚，诬也；无功伐而求荣富，诈也；诈诬之道，君子不由[101]。

人之议多曰："上用我，则国必无患。"用己者未必是也，而莫若其身自贤，而已犹有患，用己于国，恶得无患乎？己，所制[102]也，释其所制，而夺乎其所不制[103]，悖，未得治国治官可也。若夫内事亲，外交友，必可得也。苟事亲未孝，交友未笃，是所未得，恶能善之矣？故论人无以其所未得，而用其所已得，可以知其所未得矣。

古之事君者，必先服能[104]然后任，必反情然后受。主虽过与[105]，臣不徒取[106]。《大雅》曰："上帝临[107]汝，无贰尔心。"以言忠臣之行也。解在郑君之问被瞻之义[108]也，薄疑应卫嗣君以无重税，此二士者皆近知本[109]矣。

谕　大

七曰：昔舜欲旗古今而不成[110]，既足以成帝[111]矣。禹欲帝而不成，既足以正殊俗矣。汤欲继禹而不成，既足以服四荒矣。武王欲及汤而不成，既足以王道矣。五伯欲继三王而不成，既足以为诸侯长矣。孔丘、墨翟欲行大道于世而不成，既足以成显名矣。夫大义之不成，既有成矣已。《夏书》[12]曰："天子之德广运[13]，乃神[14]，乃武，乃文。"故务在事，事在大。地大则有常祥、不庭、歧母、群抵、天翟、不周[15]，山大则有虎、豹、熊、螇、蛆，水大则有蛟、龙、龟、鳖、鳣、鲔。《商书》曰："五世之庙，可以观怪；万夫之长，可以生谋。"空中之无泽陂也[16]，井中之无大鱼也，新林之无长木也，凡谋物之成也，必由广大众多长久，信也。

季子曰："燕雀争善处于一室之下，子母相哺也，姁姁焉相乐[17]也，自以为安矣。灶突决，则火上焚栋，燕雀颜色不变，是何也？乃不知祸之将及已也。"

为人臣免于燕雀之智者，寡矣。夫为人臣者，进其爵禄富贵，父子兄弟相与比周于一国[18]，姁姁焉相乐也，以危其社稷，其为灶突近也，而终不知也，其与燕雀之智不异矣。故曰："天下大乱，无有安国；一国尽乱，无有安家；一家皆乱，无有安身，此之谓也。故小之定也必恃大，大之安也必恃小。小大贵贱，交相为恃，然后皆得其乐。"定贱小在于贵大，解在乎薄疑说卫嗣君以王术[19]，杜赫说周昭文君以安天下[20]，及匡章之难惠子以王齐王[21]也。

---

①微：轻微之物。　　浊：重浊之物。

②合：交合。　　和：和气。　　经：道，根本。

③能：才质。　　宜：合理。　　说：解说，宣述人意。

④平：成，形成。

⑤情：实。　　处：审度辨察。

⑥九野：即九天，古代指天的中央及八方。　　野：星宿所在的星空区域。

⑦颢天：西方属金，金色白，所以称为颢天。　　颢：白。

⑧朱天：西南为少阳，所以称为朱天。　　朱：阳。

⑨炎天：南方属火，火性炎上，所以称为炎天。

⑩阳天：东南即将至太阳（东方为太阳），所以称为阳天。

⑪河：黄河。　　汉：汉水。

⑫两河：指清河与西河。清河在今河北境内。西河：古人称冀州西边南北流向的黄河为西河。

⑬济：济水。

⑭泗上：泗水之滨。

⑮太山：即泰山。

⑯冥阨、荆阮、方城：险塞名，都在楚国。

⑰通谷：最大的河。

⑱陆注：内陆河。

⑲极星：即北极璇玑。　　与天俱游：指日月星辰围绕北天极作周日运动。

⑳周行四极：地与日月星辰在一年中浮动，能达到东西南北四个极限点，各自的轨迹又是个圆形，所以叫"周行四极"。

㉑玄明：大明。

㉒参于上：意思是太阳此时正当头顶之上。

㉓白民：古代传说中的海外名国。

㉔建木：古代传说中的一种树名，在白民国之南。

㉕螾：同"蚓"，蚯蚓。　　蝼：蝼蛄。

㉖杀：凋零。

㉗赤乌：由火幻化而成的赤色的乌鸦。　　集：栖息。

㉘数备：气数已经具备。

㉙固：当作"同"。

㉚平地：同样平的地。

㉛均薪：铺放均匀的柴草。　就：靠近，接近。
㉜以形逐影：凭着形体寻找影子。
㉝棘楚：指丛生多年的灌木。
㉞不可为记：即不可胜记。
㉟遮：遏制。　乎：于。
㊱芒芒昧昧：广大纯厚的样子。
㊲元：天。
㊳齐类同皆有合：大意是同类事物都能相聚合。
㊴寇：外患。
㊵脆：脆弱易破。
㊶惟治为足：只有治理得好，才足以制止敌人的攻伐。
㊷因：当作“固”。
㊸史墨：春秋时晋国史官。　辍：停止。
㊹赵简子：晋国正卿。　知动静：知道该动即动，该静即静的道理。
㊺尤：蒙蔽，局限。
㊻铁（fū，音夫）：斧子。
㊼邾（zhū，音朱）：古国名，亦称“邾娄”，后改称“邹”。
㊽为甲裳以帛：用帛来联缀战衣。
㊾组：用丝编织的绳带。
㊿窍：孔。
51便：利。
52恶：容貌丑陋。
53商咄：人名，以貌美著称。
54瓦：古代纺织用的纺砖。投：当为“豉”之误，下赌注。　翔：安然，坦然的意思。
55钩：衣带钩。　战：恐惧，担心。
56殆：迷惑。
57祥：这里指赌技的精巧。
58泄：亲近。
59内掘：内心不宁。掘：不安详。
60植木：直立的木头。
61扩：这里指由于受到外物的干扰而心神不安。
62夭膌（jī，音脊）壮狡：使强壮有力的人夭折瘦弱。　膌：通“瘠”，瘦弱。
63汔（qì，音气）：几乎。　穷屈：走投无路。
64培：房屋后墙。
65穴：用如动词，打洞（以便偷盗）。
66类：类比。
67其人谷言也，其无辩乎：这句意思是不能听言，与不能当言，那么人言与鸟言就没什么区别了。
68造父、大豆：都是古代善驾车之人。
69蠭（páng，音旁）门、甘绳：古代善射之人。
70御：向大豆学习驾车。　下文射用法类似。
71不徙人以为性：即以不徙人为性，大意是不向别人学习，而专门向他们学习，以便学到他们的技术。
72致远追急：指驭术的功效。下文“除害禁暴”指射术的功效。
73独论：单独多加以论说。
74一沐而三捉发，一食而三起：都是形容为延揽人材而操心忙碌。　沐：洗发。
75因然而然之：顺其自然之意。　然之：使之然。
76少人；认为别人不好，即轻视别人。少：用如动词，轻视。
77持容：矜持。　不极：不至。

⑱自多：自以为贤。　多：用如动词。

⑲冥之昭：以冥为昭，即把昏暗当成光明。　下文“乱之定”，“毁之成”，“危之宁”结构类似。

⑳揆：揣度。

㉑尧恶得贤天下而试舜：尧怎样在天下得到贤人而任用舜呢？

㉒不逮：赶不上。

㉓暮：晚。

㉔贤：疑应为“且”。

㉕徒：无缘无故地。

㉖牟：大

㉗当：当其时，恰逢其时。

㉘诸众齐民：那些普通人。

㉙可尽：可尽得而用，即完全发挥出来。

㉚魏文侯之见田子方：当为“魏文侯之见段子木。”

㉛《诗》云：引诗见《诗·小雅·大田》

㉜晻（yǎn，音掩）：阴雨。凄凄：寒凉的样子。

㉝祁祁：众多的样子。这里形容浓云密布。

㉞雨（yù，音预）：降雨。　公田：古井田制中中间属于国家的部分，其余为私田。

㉟《易》曰：引文见《周易·小畜》。

㊱复自道，何其咎，吉：按正常的轨道返回，有什么灾祸？吉利。

㊲以言本无异，则动卒有善：这句意思是，天道运行，周而复始，只要根本没有变异，一举一动终究会有喜庆。

㊳列：指官位。　持谏：疑为“持谀”之误。　持谀：玩弄阿谀奉承的手段。

㊴将众：统兵。　罢：通“疲”，疲劳。　怯：胆怯。

⑩修身会计：使自己从事于会计。

⑩由：用。

⑩己，所制也：自身是自己所能制约的。

⑩释：放弃。夺：当为“奋”之误。　奋：奋力。　所不制：指治国治官之事。

⑩服：服其能。

⑩过与：多给。

⑩徒取：无功受禄的意思。

⑩监：从高处往低处看，引伸为监视。

⑩郑君：郑穆公。　被瞻：郑大夫，事郑文公。　被瞻之义：指被瞻不死君难，不随亡君的主张。

⑩此二士者，皆近知本矣：被瞻之义意在讽谏君主听贤任贤，薄疑之说意在养民安民。民为宗庙之本，百官主民之治乱，所以说这二人都近于知道根本了。

⑪旗古今：包罗古今的意思。

⑪既足以成帝矣：已经足以成就帝业了。　这句和以下几句都是说要有远大志向，即使不能实现也必有成就。

⑫《夏书》：古逸书。引文今见于《尚书·大禹谟》，但文字有出入。

⑬广运：广大深远。

⑭乃：助词，无义。　神：玄妙神奇。

⑮常祥…不周：都是山名。

⑯空：通“孔”，小洞穴。　陂（bēi，音卑）：池。

⑰姁姁（xū xū，音虚虚）：喜悦自得的样子。

⑱比周：结党营私。

⑲薄疑说卫嗣君以王术：这句话强调了贵大之意。

⑳杜赫：周人。　周昭文君：战国时小国东周之君。　这句仍在明“务大”。

㉑匡章：齐人，曾为齐威王、齐宣王将。　惠子：惠施。

吕氏春秋卷第十四

镇洋毕氏校本

孝行览第二

本味 首时 义赏 长攻 慎人 遇合 必己

吕氏春秋训解

高 氏

孝 行 览

一曰：凡为天下[①]，治国家，必务本而后末。所谓本者，非耕耘种殖之谓，务其人也。务其人，非贫而富之，寡而众之，务其本也。务本莫贵于孝。人主孝，则名章荣[②]，下服听，天下誉[③]。人臣孝，则事君忠，处官廉，临难死；士民孝，则耕芸疾，守战固，不罢北[④]。夫孝，三皇五帝之本务，而万事之纪也。

夫执一术而百善至，百邪去，天下从者，其惟孝也。故论人必先以所亲而后及所疏，必先以所重而后及所轻。今有人于此，行于亲重，而不简慢于轻疏，则是笃谨孝道，先王之所以治天下也。故爱其亲，不敢恶人；敬其亲，不敢慢人。爱敬尽于事亲，光燿加于百姓，究于四海，此天子之孝也。

曾子曰："身者，父母之遗体也。行父母之遗体，敢不敬乎？居处不庄[⑤]，非孝也；事君不忠，非孝也；莅官不敬，非孝也；朋友不笃，非孝也；战陈无勇[⑥]，非孝也。五行不遂[⑦]，灾及乎亲，敢不敬乎？"《商书》曰："刑三百，罪莫重于不孝。"

曾子曰："先王之所以治天下者五：贵德、贵贵、贵老、敬长、慈幼。此五者，先王之所以定天下也。所谓贵德，为其近于圣[⑧]也。所谓贵贵，为其近于君也。所谓贵老，为其近于亲也。所谓敬长，为其近于兄也。所谓慈幼，为其近于弟也。"曾子曰："父母生之[⑨]，子弗敢杀。父母置之，子弗敢废。父母全之，子弗敢阙[⑩]。故舟而不游[⑪]，道而不径[⑫]，能全支体[⑬]，以守宗庙，可谓孝矣。"

养有五道：修宫室，安床第[⑭]，节饮食，养体之道也；树五色，施五采，列文章，养目之道也；正六律，和五声，杂八音，养耳之道也；熟五谷，烹六畜，和煎调，养口之道也；和颜色，说言语，敬进退，养志之道也。此五者，代进而厚用之[⑮]，可谓善养矣。

乐正子春下堂而伤足，瘳而数月不出[⑯]，犹有忧色。门人问之曰："夫子下堂而伤足，瘳而数月不出，犹有忧色，敢问其故?”乐正子春曰：“善乎而问之[17]。吾闻之曾子，曾子闻之仲尼：父母全而生之[18]，子全而归之，不亏其身，不损其形，可谓孝矣。君子无行咫步而忘之[19]。余忘孝道，是以忧。”故曰：身者非其私有也，严亲之遗躬[20]也。

民之本教曰孝，其行孝曰养。养可能也，敬为难。敬可能也，安为难。安可能也，卒为难。父母既没，敬行其身，无遗父母恶名，可谓能终矣。仁者仁此者也[21]，礼者履此者也，义者宜此者也，信者信此者也，强者强此者也。乐自顺此生也，刑自逆此作[22]也。

本　味

二曰：求之其本，经旬必得；求之其末，劳而无功。功名之立，由事之本也，得贤之化[23]也。非贤，其孰知乎事化?故曰：其本在得贤。

有侁氏女子采桑[24]，得婴儿于空桑之中[25]，献之其君。其君令烰人养之[26]，察其所以然。曰：“其母居伊水之上，孕，梦有神告之曰：‘臼[27]出水而东走，毋顾。’明日，视臼出水，告其邻，东走十里，而顾其邑尽为水，身因化为空桑。故命之曰伊尹。”此伊尹生空桑之故也。长而贤，汤闻伊尹，使人请之有侁氏，有侁氏不可。伊尹亦欲归汤，汤于是请取妇为婚[28]。有侁氏喜，以伊尹媵女[29]。故贤主之求有道之士，无不以也[30]；有道之士求贤主，无不行也；相得然后乐。不谋而亲，不约而信，相为殚智竭力，犯危行苦，志欢乐之，此功名所以大成也。固不独[31]，士有孤而自恃，人主有奋而好独者，则名号必废熄，社稷必危殆。故黄帝立四面[32]，尧、舜得伯阳、续耳然后[33]成。

凡贤人之德有以知之也。伯牙鼓琴，锺子期听之。方鼓琴而志在太山[34]，锺子期曰：“善哉乎鼓琴！巍巍乎若太山。”少选之闲[35]，而志在流水，锺子期又曰：“善哉乎鼓琴！汤汤乎若流水。”锺子期死，伯牙破琴绝弦，终身不复鼓琴，以为世无足复为鼓琴者。非独琴若此也，贤者亦然。虽有贤者，而无礼以接之，贤奚由尽忠?犹御之不善，骥不自千里也。

汤得伊尹，祓之于庙[36]，爝以爟火[37]，衅以牺猳[38]。明日，设朝而见之，说汤以至味[39]，汤曰：“可对而为乎?”对曰：“君之国小，不足以具之，为天子然后可具。夫三群之虫[40]，水居者腥，肉玃者臊[41]，草食者膻，臭恶犹美，皆有所以[42]。凡味之本，水最为始。五味三材，九沸九变，火为之纪[43]。时疾时徐，灭腥去臊除膻，必以其胜，无失其理。调和之事，必以甘酸苦辛咸，先后多少，其齐甚微[44]，皆有自起。鼎中之变，精妙微纤，口弗能言，志不能喻，若射御之微，阴阳之化，四时之数，故久而不弊[45]，熟而不烂，甘而不哝[46]，酸而不酷[47]，咸而不减[48]，辛而不烈，淡而不薄，肥而不腴[49]。肉之美者：猩猩之唇，獾獾之炙[50]，隽觾之翠[51]，述荡之掔[52]，旄象之约[53]。流沙之西，丹山之南，有风之丸[54]，沃民所食[55]。鱼之美者，洞庭之鲌，东海之鲕，醴水之鱼，名曰朱鳖，六足、有珠、百碧。雚水之鱼，名曰鳐，其状若鲤而有翼，常从西海夜飞游于东海。菜之美者，昆仑之蘋[56]，寿木之华[57]。指姑之东，中容之国，有赤木玄木之叶焉[58]。余瞀之南，南极之崖，有菜，其名曰嘉树，其色若碧。阳华之芸[59]，云梦之芹，具区之菁，浸渊之草，名曰土英。和之美者：阳朴之姜，招摇之桂，越骆之菌[60]，鳣鲔之醢[61]，大夏之盐，宰揭之露，其色如玉，长泽之卵。饭之美者：玄山之禾，不周之粟，阳山之穄[62]，南海之秬[63]。水之美者：三危之露；昆仑之井；沮江之丘，名曰摇水；臼山之水；高泉之山，其上有涌泉焉，冀州之原。果之美者：沙棠之实；常山之北，投渊之上，有百果焉，群帝所食；箕山之东，青鸟之所，有甘栌焉；江浦之橘；云梦之柚。汉上石耳[64]，所以致之。马之美者，青龙之匹，遗风之乘。非先为天子，不可得而具。天子不可强为，必先知道[65]。道者止彼在己，己成而天子成，天子成则至味具。故审近所以知远也，成已所以成人也。圣王之道要矣[66]，岂越越多业哉[67]！”

首　时

三曰：圣人之于事，似缓而急[68]，似迟而速，以待时。王季历困而死[69]，文王苦之。有不忘羑里之丑[70]，时未可也。武王事之[71]，夙夜不懈[72]，亦不忘王门之辱。立十二年[73]，而成甲子之事[74]。时固不易得。太公望，东夷之士也，欲定一世而无其主，闻文王贤，故钓于渭以观之。伍子胥欲见吴王而不得。客有言之于王子光者，见之而恶其貌，不听其说而辞之。客请之王子光，王子光曰：“其貌适吾所甚恶[75]也。”客以闻伍子胥，伍子胥曰：“此易故也。愿令王子居于堂上，重帷而见其衣若手[76]，请因说之[77]。”王子许。伍子胥说之半，王子光举帷，搏其手而与之坐。说毕，王子光大说。伍子胥以为有吴国者必王子光也，退而耕于野七年。王子光代吴王僚为王，任子胥。子胥乃修法制，下贤良，选练士，习战斗。六年，然后大胜楚于柏举。九战九胜，追北千里[78]。昭王出奔随[79]，遂有郢。亲射王宫，鞭荆平之坟三百。乡之耕[80]，非忘其父之仇也，待时也。墨者有田鸠，欲[81]见秦惠王，留秦三年而弗得见。客有言之于楚王者，往见楚王。楚王说之，与将军之节以如秦。至，因见惠王。告人曰：“之秦之道，乃之楚[82]乎？”固有近之而远，远之而近[83]者。时亦然。有汤武之贤而无桀纣之时不成[84]，有桀、纣之时而无汤、武之贤亦不成。圣人之见时，若步之与影不可离。

故有道之士未遇时，隐匿分窜[85]，勤以待时。时至，有从布衣而为天子者，有从千乘而得天下者，有从卑贱而佐三王者，有从匹夫而报万乘者[86]，故圣人之所贵，唯时也。水冻方固，后稷不种，后稷之种必待春，故人虽智而不遇时，无功。方叶之茂美，终日采之而不知，秋霜既下，众林皆羸[87]。事之难易，不在小大，务在知时。郑子阳之难[88]，猘狗溃之[89]；齐高、国之难，失牛溃之[90]；众因之以杀子阳、高国。当其时，狗牛犹可以为人唱[91]，而况乎以人为唱乎？

饥马盈厩，嗼然[92]，未见刍也；饥狗盈窖，嗼然，未见骨也；见骨与刍，动不可禁。乱世之民，嗼然，未见贤者也，见贤人则往不可止。往者非其形，心之谓乎[93]？齐以东帝困于天下而鲁取徐州[94]，邯郸以寿陵困于万民而卫取茧氏[95]。以鲁、卫之细而皆得志于大国，遇其时也。故贤主秀士之欲忧黔首者，乱世当之矣。天不再与，时不久留，能不两工，事在当之[96]。

义　赏

四曰：春气至则草木产，秋气至则草木落。产与落，或使之[97]，非自然也。故使之者，至物无不为；使之者不至，物无可为。古之人审其所以使，故物莫不为用。

赏罚之柄[98]，此上之所以使也。其所以加者义，则忠信亲爱之道彰。久彰而愈长，民之安之若性，此之谓教成，[99]。教成则虽有厚赏严威弗能禁。故善教者，不以赏罚而教成，教成而赏罚弗能禁。用赏罚不当亦然。奸伪贼乱贪戾之道兴，久兴而不息，民之雠之若性[100]，戎、夷、胡、貉、巴、越之民是以[101]，虽有厚赏严罚弗能禁。郢人之以两版垣[102]也，吴起变之而见恶[103]，赏罚易而民安乐；氐羌之民，其虏也，不忧其系累[104]，而忧其死不焚也；皆成乎邪也。故赏罚之所加，不可不慎。且成而贼民。

昔晋文公将与楚人战于城濮，召咎犯而问曰：“楚众我寡，奈何而可？”咎犯对曰：“臣闻繁礼之君，不足于文[105]；繁战之君，不足于诈。君亦诈之而已。”文公以咎犯言告雍季，雍季曰：“竭泽而渔，岂不获得？而明年无鱼。焚薮而田，岂不获得？而明年无兽。诈伪之道，虽今偷可[106]，后将无复。非长术也。”文公用咎犯之言，而败楚人于城濮。反而为赏[107]，雍季在上。左右谏曰：“城濮之功，咎犯之谋也。君用其言而赏后其身，或者不可[108]乎！”文公曰：“雍季之言，百世之利也。咎犯之言，一时之务也。焉有以一时之务先百世之利者乎？”孔子闻之曰：“临难用诈，足以却敌，反而尊贤，足以报德。文公虽不终始，足以霸矣。”赏重则民移之[109]，民移之则成焉。成乎诈，其成毁，其胜败。天下胜者众矣，而霸者乃五，文公处其一，知胜之所成也。胜而不知胜之所成，与无胜同。秦胜于戎而败乎殽，楚胜于诸夏而败乎柏举。武王得之矣，故一胜而王天下。众诈盈国，不可以为安，患非独外也。

赵襄子出围[110]，赏有功者五人，高赦为首。张孟谈曰：“晋阳之中，赦无大功，赏而为首，何也？”襄子曰：“寡人之国危，社稷殆，身在忧约之中，与寡人交而不失君臣之礼者惟赦，吾是以先之。”仲尼闻之曰：“襄子可谓善赏矣。赏一人而天下之为人臣莫敢失礼。”为六军则不可易。北取代，东迫齐。令张孟谈逾城潜行，与魏桓、韩康期而系智伯，断其头以为觞，遂定三家，岂非用赏罚当邪？

长　攻

五曰：凡治乱存亡，安危强弱，必有其遇[111]，然后可成，各一则不设[112]。故桀、纣虽不肖，其亡，遇汤、武也。遇汤、武，天也，非桀、纣之不肖也。汤、武虽贤，其王，遇桀、纣也。遇桀、纣，天也，非汤、武之贤也。若桀、纣不遇汤、武，未必亡也。桀、纣不亡，虽不肖，辱未至于此。若使汤、武不遇桀、纣，未必王也。汤、武不王，虽贤，显未至于此。故人主有大功，不闻不肖，亡国之主不闻贤。譬之若良农，辩土地之宜，谨耕耨之事，未必收也。然而收者，必此人也。始在于遇时雨。遇时雨，天地也，非良农所能为也。

越国大饥，王恐[113]，召范蠡而谋。范蠡曰：“王何患焉？今之饥，此越之福而吴之祸也。夫吴国甚富而财有馀，其王年少，智寡才轻，好须臾之名[114]，不思后患。王若重币卑辞以请籴于吴，则食可得也。食得，其卒越必有吴[115]，而王何患焉？”越王曰：“善。”乃使人请食于吴，吴王将与之。伍子胥进谏曰：“不可与也。夫吴之与越，接土邻境，道易人通[116]，仇雠敌战之国也，非吴丧越，越必丧吴。若燕、秦、齐、晋，山处陆居，岂能逾五湖九江越十七厄以有吴哉[117]？故曰非吴丧越，越必丧吴。今将输之粟，与之食，是长吾雠而养吾仇也。财匮而民恐，悔无及也。不若勿与而攻之，固其数也，此昔吾先王之所以霸。且夫饥，代事也[118]，犹渊之与阪，谁国无有？”吴王曰：“不然。吾闻之：‘义兵不攻服，仁者食饥饿[119]。’今服而攻之，非义兵也；饥而不食，非仁体也。不仁不义，虽得十越，吾不为也。”遂与之食，不出三年而吴亦饥，使人请食于越，越王弗与，乃攻之，夫差为禽。楚王欲取息与蔡[120]，乃先佯善蔡侯，而与之谋曰：“吾欲得息，奈何？”蔡侯曰：“息夫人，吾妻之姨也[121]。吾请为飨息侯与其妻者[122]，而与王俱，因而袭之。”楚王曰：“诺。”于是与蔡侯以飨礼入于息，因与俱，遂取息。旋舍于蔡[123]，又取蔡。

赵简子病，召太子而告之曰：“我死，已葬，服衰而上夏屋之山以望。”太子敬诺。简子死，已葬，服衰，召大臣而告之曰：“愿登夏屋以望。”大臣皆谏曰：“登夏屋以望，是游也。服衰以游，不可。”襄子曰：“此先君之命也，寡人弗敢废。”群臣敬诺。襄子上于夏屋，以望代俗[124]，其乐甚美。于是襄子曰：“先君必以此教之也。”及归，虑所以取代，乃先善之。代君好色，请以其弟姊妻之，代君许诺。弟姊已往，所以善代者乃万故[125]。马郡宜马[126]，代君以善马奉襄子。襄子谒于代君而请觞之。马郡尽，先令舞者置兵其羽中[127]，数百人，先具大金斗[128]。代君至，酒酣，反斗而击之，一成[129]，脑涂地。舞者操兵以斗，尽杀其从者。因以代君之车迎其妻，其妻遥闻之状，磨笄以自刺，故赵氏至今有刺笄之证与反斗之号[130]。

此三君者，其有所自而得之。不备遵理[131]，然而后世称之，有功故也。有功于此而无其失，虽王可也。

慎　人

六曰：功名大立，天也。为是故[132]，因不慎其人，不可。舜遇尧，天也。舜耕于历山，陶于河滨[133]，钓于雷泽，天下说之[134]，秀士从之，人也。夫禹遇舜，天也。禹周于天下，以求贤者，事利黔首，水潦川泽之湛滞壅塞可通者[135]，禹尽为之，人也。夫汤遇桀，武遇纣，天也。汤、武修身积善为义，以忧苦于民，人也。

舜之耕渔，其贤不肖与为天子同。其未遇时也，以其徒属，掘地财[136]，取水利[137]，编蒲苇，结罘网，手足胼胝不居[138]，然后免于冻馁之患。其遇时也，登为天子，贤士归之，万民誉之，丈夫女子，振振殷殷[139]，无不戴说[140]。舜自为诗曰："普天之下，莫非王土，率土之滨，莫非王臣。"所以见尽有之也。尽有之，贤非加也；尽无之，贤非损也。时使然也。

百里奚之未遇时也，亡虢而虏晋，饭牛于秦，传鬻以五羊之皮[141]。公孙枝得而说之，献诸缪公，三日，请属事焉[142]。缪公曰："买之五羊之皮而属事焉，无乃天下笑乎？"公孙枝对曰："信贤而任之，君之明也；让贤而下之，臣之忠也。君为明君，臣为忠臣，彼信贤，境内将服，敌国且畏，夫谁暇笑哉？"缪公遂用之。谋无不当，举必有功，非加贤也。使百里奚虽贤，无得缪公，必无此名矣。今焉知世之无百里奚哉？故人主之欲求士者，不可不务博也。

孔子穷于陈、蔡之间[143]，七日不尝食，藜羹不糁[144]。宰予备矣[145]，孔子弦歌于室，颜回择菜于外。子路与子贡相与而言曰："夫子逐于鲁，削迹于卫[146]，伐树于宋，穷于陈、蔡。杀夫子者无罪，藉夫子者不禁[147]，夫子弦歌鼓舞，未尝绝音，盖君子之无所丑也若此乎[148]？"颜回无以对，入以告孔子。孔子憱然推琴[149]，喟然而叹曰："由与赐，小人也。召，吾语之。"子路与子贡入。子贡曰："如此者可谓穷矣。"孔子曰："是何言也？君子达于道之谓达，穷于道之谓穷。今丘也拘仁义之道，以遭乱世之患，其所也，何穷之谓？故内省而不疚于道，临难而不失其德。大寒既至，霜雪既降，吾是以知松柏之茂也。昔桓公得之莒，文公得之曹，越王得之会稽。陈蔡之厄，于丘其幸乎？"孔子烈然返瑟而弦[150]，子路抗然执干而舞[151]。子贡曰："吾不知天之高也，不知地之下也。"古之得道者，穷亦乐，达亦乐。所乐非穷达也，道得于此，则穷达一也，为寒暑风雨之序矣。[152]故许由虞乎颍阳[153]，而共伯得乎共首[154]。

遇　合

七曰：凡遇，合也[155]。时不合，必待合而后行。故比翼之鸟死乎木，比目之鱼死乎海。孔子周流海内，再干世主[156]，如齐至卫，所见八十余君，委质为弟子者三千人[157]，达徒七十人。七十人者，万乘之主得一人用可为师，不为无人。以此游，仅至于鲁司寇，此天子之所以时绝也，诸侯之所以大乱也。乱则愚者之多幸也[158]，幸则必不胜其任矣。任久不胜，则幸反为祸。其幸大者，其祸亦大，非祸独及己也。故君子不处幸，不为苟，必审诸己然后任，任然后动。

凡能听说者，必达乎论议者也。世主之能识论议者寡，所遇恶得不苟？凡能听音者，必达于五声。人之能知五声者寡，所善恶得不苟？客有以吹籁见越王者[159]，羽角宫徵商不缪[160]，越王不善，为野音而反善之[61]。

说之道亦有如此者也。人有为人妻者，人告其父母曰："嫁不必生也[62]。衣器之物，可外藏之，以备不生。"其父母以为然，于是令其女常外藏。姑妐知之[63]，曰："为我妇而有外心，不可畜。"因出之。妇之父母，以谓为己说者以为忠，终身善之，亦不知所以然矣。宗庙之灭，天下之失，亦由此矣。

故曰遇合也无常，说适然也[64]。若人之于色也，无不知说美者，而美者未必遇也。故嫫母执乎黄帝[65]，黄帝曰："厉女德而弗忘，与女正而弗衰，虽恶奚伤[66]？"若人之于滋味，无不说甘脆，而甘脆未必受也。文王嗜昌蒲菹[67]，孔子闻而服之，缩頞而食之[68]，三年然后胜之。人有大臭者[69]，其亲戚兄弟妻妾知识，无能与居者，自苦而居海上。海上人有说其臭者，昼夜随之而弗能去。

说亦有若此者。陈有恶人焉，曰敦洽雠麋，椎颡广颜[70]，色如漆赭，垂眼监鼻，长肘而盭[71]。陈侯见而甚说之，外使治其国，内使制其身。楚合诸侯，陈侯病不能往，使敦洽雠麋往谢焉。楚王怪其名而先见之。客有进状有恶其名言有恶状。楚王怒，合大夫而告之，曰："陈侯不知其不可使，是不知也；知而使之，是侮也。侮且不智，不可不攻也。"兴师伐陈，三月然后丧。恶足以骇人，言足以丧国，而友之足于陈侯而无上也[72]，至于亡而友不衰。

夫不宜遇而遇者，则必废[73]，宜遇而不遇者，此国之所以乱，世之所以衰也。天下之民，其苦愁劳务从此生。

凡举人之本，太上以志，其次以事，其次以功。三者弗能，国必残亡，群孽大至，身必死殃，年得至七十、九十犹尚幸。贤圣之后[74]，反而孽民[75]，是以贼其身，岂能独哉[76]？

必己

八曰：外物不可必[77]，故龙逄诛[78]，比干戮，箕子狂，恶来死，桀纣亡。人主莫不欲其臣之忠。而忠未必信。故伍员流乎江[79]，苌弘死[80]，藏其血三年而为碧。亲莫不欲其子之孝，而孝未必爱，故孝已疑，曾子悲。

庄子行于山中。见木甚美，长大，枝叶盛茂，伐木者止其旁而弗取。问其故，曰："无所可用。"庄子曰："此以不材，得终其天年矣。"出于山，及邑，舍故人之家。故人喜，具酒肉，令竖子为杀雁飨之。竖子请曰："其一雁能鸣，一雁不能鸣，请奚杀？"主人之公曰："杀其不能鸣者。"明日，弟子问于庄子，曰："昔者山中之木以不材得终天年，主人之雁以不材死，先生将何以处[81]？"庄子笑曰："周将处于材、不材之间。材不材之间，似之而非也，故未免乎累。若夫道德则不然。无讶无訾[82]，一龙一蛇，与时俱化，而无肯专为；一上一下，以禾为量[83]，而浮游乎万物之祖[84]，物物而不物于物[85]，则胡可得而累？此神农黄帝之所法。若夫万物之情、人伦之传则不然[86]：成则毁，大则衰，廉则剉[87]，尊则亏，直则骫[88]，合则离，爱则隳，多智则谋，不肖则欺，胡可得而必？"

牛缺居上地，大儒也。下之邯郸[89]，遇盗于耦沙之中[90]。盗求其橐中之载则与之，求其车马则与之，求其衣被则与之。牛缺出而去。盗相谓曰："此天下之显人也。今辱之如此，此必愬我于万乘之主[91]，万乘之主必以国诛我，我必不生，不若相与追而杀之，以灭其迹。"于是相与趋之，行三十里，及而杀之[92]。此以知故也[93]。

孟贲过于河，先其五[94]，船人怒，而以楫虓其头[95]，顾不知其孟贲也。中河，孟贲瞋目而视船人，发植，目裂，鬓指，舟中之人尽扬播入于河[96]。使船人知其孟贲，弗敢直视，涉无先者[97]，又况于辱之乎？此以不知故也。

知与不知，皆不足恃，其惟和调近之。犹未可必，盖有不辨和调者，则和调有不免也。宋桓司马有宝珠[198]，抵罪出亡。王使人问珠之所在，曰：“投之池中。”于是竭池而求之，无得，鱼死焉。此言祸福之相及也。纣为不善于商，而祸充天地，和调何益？

张毅好恭，门闾帷薄。聚居众无不趋[199]，舆隶姻媾小童无不敬[200]，以定其身[201]，不终其寿，内热而死。单豹好术，离俗弃尘，不食谷实，不衣芮温[202]，身处山林岩堀[203]，以全其生，不尽其年，而虎食之。孔子行道而息，马逸，食人之稼，野人取其马。子贡请往说之，毕辞[204]，野人不听。有鄙人始事孔子者，曰：“请往说之。”因谓野人曰：“子不耕于东海，吾不耕于西海也，吾马何得不食子之禾？”其野人大说，相谓曰：“说亦皆如此。其辩也，独如向之人[205]？”解马而与之。说如此其无方也而犹行，外物岂可必哉？

君子之自行也，敬人而不必见敬，爱人而不必见爱。敬爱人者，己也；见敬爱者，人也。君子必在己者，不必在人者也，必在己无不遇矣。

---

①为：治理。

②章：同“彰”，卓著。

③誉：赞誉。

④罢：通“疲”，疲困。　　北：战败逃跑。

⑤庄：敬。

⑥陈（zhèn）：军阵。

⑦五行不遂：上面所说的五种情况不能做到。

⑧近于圣：与圣贤接近。

⑨生之：生下子女之身。　　下文的“置之”、“全之”的“之”都是指子女之身。

⑩阙：通“缺”，损，这里是毁坏的意思。

⑪舟而不游：渡水时乘船而不趟水，这样可以防止淹死。

⑫道而不径：走路时走大路而不走小路，这样可以免于危险。

⑬支：同“肢”。

⑭床笫（zǐ，音子）：泛指卧具。

⑮代：更替。　　厚：当为“序”字之误。　　序：次第。

⑯瘳（chōu），病愈。

⑰善乎而问之：你们这个问题问得太好了。　　而：汝。

⑱全而生之：完好地生下孩子来。

⑲咫（zhǐ）步：极言距离之近。　　古代以八寸为咫。

⑳躬：身体。

㉑仁此：以此为仁。

㉒作：实施。

㉓得贤之化：得到贤人的教化。

㉔有侁（shēn，音申）氏：即有莘氏，古部族名。

㉕ 空桑：中空的桑树。

㉖烰（fú，音浮）人：疱人，厨师。

㉗臼：舂米的器具。

㉘取：娶妻。婚：结为婚姻。

㉙媵（yìng，音映）女：指让伊尹作有侁氏之女的陪嫁臣仆。媵：随嫁。

㉚以：用。

㉛固：必定。

㉜黄帝立四面：黄帝任用从四方寻得的贤人为辅佐。

㉝伯阳、续耳：相传都是尧时贤人。

㉞方：刚刚。志在太山：志向在登大山。

㉟少选：须臾，一会儿。

㊱祓（fú，音浮）：古代为除邪而举行仪式。

㊲爝（jué，音决）：束苇为炬，燃炬以祓除不祥。爟（guàn，音灌）：祓除不祥的火。

㊳衅：指以牲血涂祭器。牺猳（jiā，音夹）：祭祀用的纯色雄猪。

㊴说汤以至味：即为汤说美味。至味：美味。

㊵三群之虫：指下文的水居者（鱼美），肉玃者（肉食美），草食者。虫：泛指各种动物。

㊶玃：通“攫”，用爪抓取。

㊷所以：缘故，即下文所说的烹调方法。

㊸纪：调节，节制。

㊹齐（jì）：剂量。

㊺弊：通“敝”，败坏，

㊻哝：当作“嗳”（yuàn，音愿）。嗳：足、厚。

㊼酷：过分。

㊽减：减损食物原来的味道。

㊾膑：即肥而不腻。

㊿獾獾：鸟名。炙：通“跖”，鸟脚掌。

51隽觾：鸟名。翠：鸟尾肉。

52述荡：兽名。擎：通“腕”，这里指兽的小腿。

53旄：旄牛。　约：短尾。

54丸：卵。

55沃民：沃民国，在西方。

56蘋：一种水生野菜。

57寿木：指昆仑山之树，传说吃了这种树的果实可以不死，所以叫寿木。华：果实。

58赤木玄木之叶：传说赤木玄木之叶可食，食而能成仙。

59芸：一种菜名。

60菌：通“箘”，即竹笋。

61鳣（zhān，音沾）：即鲟鳇鱼。鲔（wěi，音伟）：即鲟鱼。醢（hǎi，音海）：肉酱。

62穄（jì，音际）：也叫糜子，即黍之不粘者。

63秬（jù，音巨）：黑黍。

64石耳：即石耳菜。

65知道：知道仁义之道。

66要：简约。

67越越：轻易的样子。

68缓：迟，这里指无为。急：速，这里指成功。

69王季历：大（tài）王之子，文王之父。　困而死：为国事辛劳而死。

70有：通“又”。羑里之丑：指文王被纣王拘押在羑里之事。

71武王事之：武王以臣事纣。

72夙：早晨。

73立十二年：指武王继位十二位。

74甲子之事：武王伐纣，于甲子日在牧野大败殷军，纣自焚而死，商遂灭亡。“甲子之事”即指此。

75适：恰好，正好。恶：厌恶。

76重帷而见其衣若手：意思是，自己在帷幕之中，只露出衣服和手来，这样王子光就看不到自己的容貌了。重帷：两层帐幕。若：和。

77因：凭借。

78北：失败，这里指败军。

⑲昭王：楚平王之子，前515－前488年在位。
⑳乡：通“向”，先前。
㉑田鸠：即田俅，齐国人。
㉒乃：竟。
㉓近之而远：指留秦三年却不能见惠王。远之而近：指先去楚国反而能见到惠王。
㉔不成：指不成就王业。
㉕分窜：藏伏到各处。分：别。窜：藏伏。
㉖从匹夫而报万乘者：指豫让为智伯刺杀赵襄子之事。
㉗羸（léi，音累）：疲，这里指树叶落尽。
㉘郑子阳：郑相，驷氏之后。
㉙猘（zhì，音制）狗：疯狗。溃：乱。
㉚失牛溃之：指齐国借失牛之乱而杀死贵族高氏、国氏。
㉛唱：通“倡”，先导。
㉜嗼（mò，音莫）然：安静的样子。
㉝往者非其形，心之谓乎：过去这些贤者值得我们向往的不是形式，而是身心。
㉞ 齐以东帝困于天下：指公元前288年齐湣王称东帝，导致燕国联合秦、楚、韩、赵、魏五国伐齐，湣王出奔之事。
㉟邯郸以寿陵困于万民：指赵肃侯因修寝陵扰民而万民不附。
㊱工：精巧。当：逢，遇到。
㊲产与落，或使之：大意是，生长与衰落，是时间让它们这样。或：无所指代词，这里指时间。
㊳柄：权柄。
㊴教成：教化就能成功。
⑩0雠：等同，匹敌。
⑩1是：指示代词，复指前面讲的那几个少数民族。以：与，跟…一样。
⑩2版：出作‘板’，指筑墙用的夹板。垣：墙，这里用作动词，筑墙。
⑩3恶：怨恨。
⑩4累（léi，音雷）：这里是被捆绑的意思。
⑩5足：满足。文：指礼乐的盛大。
⑩6偷：苟且。
⑩7反：同“返”。
⑩8或者：或许，也许。
⑩9移：归附。
⑪0赵襄子出围：指赵襄子被智伯、韩、魏围于晋阳，后得脱困。
⑪1遇：逢，遇合。
⑪2各一不设：意思是，如果彼此相同，就不实现这些（即治乱存亡安危强弱）了。
⑪3王：指越王勾践。
⑪4须臾：片刻、短暂。
⑪5卒：最终。
⑪6易：平坦。
⑪7厄：险要之地。
⑪8代事：更替出现的事。代：更替。
⑪9食（sì，音四），给…吃。
⑫0楚王：指楚文王。
⑫1妻之姨：即妻妹。
⑫2飨：用酒食款待人。
⑫3旋：返。舍：军队临时驻扎。
⑫4俗：风土人情。
⑫5善，好，这是是讨好的意思。故：事。

⑫⑥马郡：代郡产马，故称马郡。宜马：适合养马。

⑫⑦羽：舞者所持舞具。

⑫⑧斗：酒器。

⑫⑨成：一下。

⑬⓪刺笄之证：当作“刺笄之山”。反斗之号：即“反斗”的称号。

⑬①备：完全。遵：遵循。

⑬②是：这个。故：缘故。

⑬③陶：制陶器。

⑬④说：喜欢。

⑬⑤湛：通“沉”，沉积。

⑬⑥堀：即掘，发掘。

⑬⑦水利：即鱼鳖之类。

⑬⑧胼胝：手掌和脚底磨起茧子。居：停止，休息。

⑬⑨振振殷殷：形容喜悦的样子。

⑭⓪戴：爱戴，拥护。

⑭①传鬻：转卖。

⑭②属事：指委任官职。

⑭③穷：不得志。这里指被困。

⑭④藜羹：指煮的野菜。藜：一种野菜，嫩叶可食，糁（sǎn，音散）：以米和羹。

⑭⑤备：同“惫”，疲困，这里指饿得不行。

⑭⑥削迹：指隐居。

⑭⑦藉：凌侮。

⑭⑧丑：羞耻。

⑭⑨慼（cù，音促）然：不高兴的样子。

⑮⓪烈然：威严的样子。返：更新。

⑮①抗然：威武的样子。

⑮②为：如。序：更代。

⑮③虞：快乐。许由在颍水之北的箕山自耕得乐，故有此说。

⑮④共伯：即共公，宣王即位后，他归共国，逍遥得志于共首山，故有此说。

⑮⑤遇：指得到君主赏识。合：指合于时机。

⑮⑥再：两次。干：求取，这里指谋求官职。

⑮⑦委质：指初次拜见尊长时献上礼物。

⑮⑧幸：宠幸。

⑮⑨籁：古代一种管乐器。

⑯⓪缪：通“谬”，错乱。

⑯①野音：鄙俗之音。

⑯②生：指生子。

⑯③姑妐（zhōng，音中）：公婆。姑：夫之母。妐：夫之父。

⑯④说：通“悦”，喜欢。适然：偶然。

⑯⑤执：这里指亲厚的意思。

⑯⑥恶：相貌丑陋。

⑯⑦昌蒲菹（zū，音租）：腌制的菖蒲根。菹：腌菜。

⑯⑧缩頞（è，额）：皱眉。頞：鼻梁。

⑯⑨大臭：一种腋病，即狐鼻。

⑰⓪椎颡（sǎng，音嗓）：尖顶。椎：椎击器具，这里是尖的意思。颡：额。广颜：宽额。

⑰①盭（lì，音厉）：下当脱“股”字（依毕沅说）。盭股：两腿歪向两边。

⑰②友之足于陈侯而无上：意思是，陈侯喜欢敦洽雠麇到极点，没有人能赶上他。

⑰③废：指长久得不到赏识。
⑰④圣贤之后：指陈国。陈国君为舜之苗裔，所以这样说。
⑰⑤孽民：害民。
⑰⑥岂能独哉：哪只是独自受害呢？言外之意是还要害及其民。
⑰⑦必：依恃，凭仗。
⑰⑧龙逢（páng，音旁）：即关龙逢，传说夏时贤臣，因谏桀而被杀。
⑰⑨伍员流乎江：伍子胥因劝谏吴王拒绝越国求和而被赐死后，吴王用皮口袋装上他的尸体投入江中，使其顺江而浮流。
⑱⓪苌弘：周敬王的大夫，在晋卿内讧中帮助范氏，后被周人杀死，传说苌弘的血三年化为碧玉。
⑱①处：居。这句意思是，先生您在材与不材两者间站在哪一边呢！
⑱②讶：惊讶。訾：非议。
⑱③以禾为量：当作“以和为量”。和：和同，即顺应自然。量：界限。
⑱④祖：始
⑱⑤物物而不物于物：主宰外物而不为外物所主宰。
⑱⑥人伦之传：指人伦相传之道，即流传下来的人与人之间的准则。
⑱⑦廉：锋利。剉（cuò，音错）：缺损。
⑱⑧骩（wěi，音伟）：骨弯曲。
⑱⑨下：指从高处往低处走。秦地高，邯郸低，故说“下”。
⑲⓪耦沙，即“湡水”，又称“沙河”，在今河北省境内。
⑲①愬：告诉。
⑲②及：赶上。
⑲③此以知故也：这是因为牛缺让强盗知道了自己是贤人的缘故。
⑲④失其五：指孟贲不按次序，抢先上了船。 五：通“伍”，行列。
⑲⑤摅：通“敲”（què，音确），击头。
⑲⑥扬：骚动。 播：散开。
⑲⑦涉无先者：没人敢在孟贲之前渡河。
⑲⑧桓司马：指桓魋（tuī，音推）。
⑲⑨帷薄：帐幔，这里指人居住之处。 聚居众：聚集众人之处。趋：快步走，表示恭敬。
⑳⓪舆隶：指奴隶或差役。姻媾：由婚姻关系而结成的亲戚。
⑳①定：使…平安。
⑳②芮：粗的丝绵。 温：通“缊”，旧絮。
⑳③堀：同“窟”，穴。
⑳④毕辞：话都说完了。
⑳⑤独如向之人：谁象刚才的人一样呢！ 独：哪里，谁。 向：刚才。

吕氏春秋卷第十五

镇洋毕氏校本

慎大览第三

权勋 下贤 报更 顺说 不广 贵因 察今

吕氏春秋训解

高 氏

慎 大 览

一曰：贤主愈大愈惧，愈强愈恐。凡大者，小邻国也[①]；强者，胜其敌也。胜其敌则多怨，小邻国则多患。多患多怨，国虽强大，恶得不惧？恶得不恐？故贤主于安思危，于达思穷，于得思丧。《周书》曰："若临深渊，若履薄冰。"以言慎事也。

桀为无道，暴戾顽贪[②]，天下颤恐而患之，言者不同，纷纷分分[③]，其情难得。干辛任威[④]，凌轹诸侯[⑤]，以及兆民，贤良郁怨。杀彼龙逢，以服群凶。众庶泯泯[⑥]，皆有远志，莫敢直言，其生若惊[⑦]。大臣同患，弗周而畔[⑧]。桀愈自贤，矜过善非，主道重塞，国人大崩。汤乃惕惧，忧天下之不宁，欲令伊尹往视旷夏，恐其不信，汤由亲自射伊尹。伊尹奔夏三年，反报于亳，曰："桀迷惑于末嬉[⑨]，好彼琬、琰，不恤其众。众志不堪，上下相疾[⑩]，民心积怨，皆曰：'上天弗恤，夏命其卒。'"汤谓伊尹曰："若告我旷夏尽如诗。"汤与伊尹盟，以示必灭夏。伊尹又复往视旷夏，听于末嬉。末嬉言曰："今昔天子梦西方有日，东方有日，两日相与斗，西方日胜，东方日不胜。"伊尹以告汤。商涸旱，汤犹发师，以信伊尹之盟，故令师从东方出于国，西以进。未接刃而桀走，逐之至大沙[⑪]，身体离散，为天下戮[⑫]。不可正谏，虽后悔之，将可奈何？汤立为天子，夏民大说，如得慈亲。朝不易位[⑬]，农不去畴，商不变肆，亲邦如夏[⑭]。此之谓至公，此之谓至安，此之谓至信。尽行伊尹之盟，不避旱殃，祖伊尹世世享商[⑮]。

武王胜殷，入殷，未下轝，命封黄帝之后于铸，封帝尧之后于黎，封帝舜之后于陈；下轝，命封夏后之后于杞，立成汤之后于宋。以奉桑林[⑯]。武王乃恐惧。太息流涕，命周公旦进殷之遗老，而问殷之亡故，又问众之所说、民之所欲。殷之遗老对曰："欲复盘庚之政。"武王于是复盘庚之政，发巨桥之粟[⑰]，赋鹿台之钱[⑱]，以示民无私。出拘救罪，分财弃责[⑲]，以振穷困。封比干之墓，靖箕子之宫，表商容之闾，士过者趋，车过者下。三日之内，与谋之士，封为诸侯，诸大夫赏以书社[⑳]，庶士施政去赋。然后济于河，西归报于庙[㉑]。乃税马于华山[㉒]，税牛于桃林，马弗复乘，牛弗复服。衅鼓旗甲兵，藏之府库，终身不复用。此武王之德也。故周明堂外户不闭，示天下不藏也。唯不藏也可以守至藏。

武王胜殷。得二虏而问焉，曰："若国有妖乎？"一虏对曰："吾国有妖。昼见星而天雨血，此吾国之妖也。"一虏对曰："此则妖也。虽然，非其大者也。吾国之妖甚大者，子不听父，弟不听兄，君令不行，此妖之大者也。"武王避席再拜之。此非贵虏也，贵其言也。故《易》曰："愬愬履虎尾，终吉㉓。"

赵襄子攻翟，胜老人、中人㉔，使使者来谒之。襄子方食抟饭㉕，有忧色。左右曰："一朝而两城下，此人之所以喜也。今君有忧色，何？"襄子曰："江河之大也㉖，不过三日；飘风暴雨，日中不须臾。今赵氏之德行，无所于积，一朝而两城下，亡其及我乎？"孔子闻之曰："赵氏其昌乎！"

夫忧所以为昌也，而喜所以为亡也；胜非其难者也，持之其难者也㉗。贤主以此持胜，故其福及后世。齐、荆、吴、越皆尝胜矣，而卒取亡，不达乎持胜也。唯有道之主能持胜。孔子之劲㉘，举国门之关㉙，而不肯以力闻；墨子为守攻，公输般服，而不肯以兵加。善持胜者，以术强弱。

---

①小：使…小。

②顽：贪婪。

③纷纷：混乱的样子。　分分：恐恨的样子。

④干辛，桀之谀臣。　任：放纵。

⑤凌轹（lì，音丽）：欺压、干犯。　轹：车轮辗过，这里指欺压。

⑥泯泯：纷乱的样子。

⑦惊：乱。

⑧弗周：不亲附。周：亲和。　畔：通"叛"。

⑨末嬉：有施氏之女，嫁给桀，很得桀的宠信，它书有作"妹喜"的。

⑩疾：怨恨。

⑪大沙：地名，即南巢。

⑫戮：耻笑。

⑬位：官位。

⑭郼（yī，音依）：汤为天子之前的封国。这句大意是夏民得以安居乐业，所以亲近殷商如同亲近自己的民族一样。

⑮祖：对始建功德者的尊称。

⑯桑林：汤祈祷的地方。

⑰巨桥：粮仓名，纣储粮于此。

⑱赋：布施。　鹿台：钱库名，纣藏钱财于此。

⑲责（zhài），债务。

⑳书社：古代二十五家为一社，在册籍上书写社人姓名，称为书社。

㉑西归：指回到丰镐。庙：指文王庙。

㉒税：释放。

㉓愬愬：恐惧的样子。这里引用这句话是要君主小心谨慎行事。

㉔老人、中人：皆为邑名。

㉕抟饭：弄成团的饭。

㉖大：指涨水。

㉗持：守。

㉘劲：坚强有力

㉙关：门闩。

权 勋

二曰：利不可两，忠不可兼。不去小利则大利不得，不去小忠则大忠不至。故小利，大利之残也[①]；小忠，大忠之贼也。圣人去小取大。

昔荆龚王与晋厉公战于鄢陵，荆师败，龚王伤。临战，司马子反渴而求饮[②]，竖阳谷操黍酒而进之。子反叱曰："訾！退！酒也。"竖阳谷对曰："非酒也。"子反曰："亟退，却也。"竖阳谷又曰："非酒也。"子反受而饮之。子反之为人也嗜酒，甘而不能绝于口，以醉。战既罢，龚王欲复战而谋，使召司马子反。子反辞以心疾。龚王驾而往视之，入幄中，闻酒臭而还[③]，曰："今日之战，不谷亲伤，所恃者司马也。而司马又若此，是忘荆国之社稷，而不恤吾众也。不谷无与复战矣。"于是罢师去之。斩司马子反以为戮[④]。故竖阳谷之进酒也，非以醉子反也，其心以忠也，而适足以杀之[⑤]，故曰：小忠，大忠之贼也。

昔者晋献公使荀息假道于虞以伐虢。荀息曰："请以垂棘之璧与屈产之乘以赂虞公，而求假道焉，必可得也。"献公曰："夫垂棘之璧，吾先君之宝也；屈产之乘，寡人之骏也。若受吾币而不吾假道，将奈何？"荀息曰："不然。彼若不吾假道，必不吾受也。若受我而假我道，是犹取之内府而藏之外府也，犹取之内皁而著之外皁也[⑥]。君奚患焉？"献公许之，乃使荀息以屈产之乘为庭实[⑦]，而加以垂棘之璧，以假道于虞而伐虢。虞公滥于宝与马而欲许之[⑧]。宫之奇谏曰："不可许。虞之与虢也，若车之有辅也[⑨]。车依辅，辅亦依车，虞、虢之势是也。先人有言曰：'唇竭而齿寒。'夫虢之不亡也恃虞，虞之不亡也亦恃虢也。若假之道，则虢朝亡而虞夕从之矣。奈何其假之道也？"虞公弗听，而假之道。荀息伐虢，克之。还反伐虞，又克之。荀息操璧牵马而报。献公喜曰："璧则犹是也。马齿亦薄长矣。"故曰：小利，大利之残也。

中山之国有夙繇者[⑩]，智伯欲攻之而无道也，为铸大钟，方车二轨以遗之[⑪]。夙繇之君将斩岸堙溪以迎钟。赤章蔓枝谏曰："《诗》云：'唯则定国。'我胡以得是于智伯？夫智伯之为人也贪而无信，必欲攻我而无道也，故为大钟，方车二轨以遗君。君因斩岸堙溪以迎钟，师必随之。"弗听。有顷，谏之，君曰："大国为欢，而子逆之，不祥。子释之[⑫]。"赤章蔓枝曰："为人臣不忠贞，罪也。忠贞不用，远身可也。"断毂而行[⑬]，至卫七日而夙繇亡。欲钟之心胜也，欲钟之心胜则安夙繇之说塞矣。凡听说，所胜不可不审也，故太上先胜。

昌国君将五国之兵以攻齐[⑭]。齐使触子将，以迎天下之兵于济上。齐王欲战，使人赴触子，耻而訾之曰："不战，必刬若类[⑮]，掘若垄[⑯]。"触子苦之，欲齐军之败。于是以天下兵战[⑰]，战合，击金而却之，卒北，天下兵乘之[⑱]，触子因以一乘去，莫知其所，不闻其声。达子又帅其余卒，以军于秦周，无以赏，使人请金于齐王。齐王怒曰："若残竖子之类，恶能给若金？"与燕人战，大败，达子死，齐王走莒。燕人逐北入国，相与争金于美唐甚多[⑲]。此贪于小利以失大利者也。

下 贤

三曰：有道之士，固骄人主，人主之不肖者亦骄有道之士，日以相骄，奚时相得？若儒、墨之议与齐、荆之服矣[⑳]。

贤主则不然。士虽骄之，而己愈礼之，士安得不归之？士所归，天下从之，帝。帝也者，天下之适也；王也者，天下之往也。得道之人，贵为天子而不骄倨，富有天下而不骋夸，卑为布衣而不瘁摄[21]，贫无衣食而不忧慑[22]，恳乎其诚自有也，觉乎其不疑有以也[23]，桀乎其必不渝移也，循乎其与阴阳化也，匆匆乎其心之坚固也[24]，空空乎其不为巧故也[25]，迷乎其志气之远也，昏乎其深而不测也，确乎其节之不庳也[26]，就就乎其不肯自是，鹄乎其羞用智虑也[27]，假乎其轻俗诽誉也[28]，以天为法，以德为行[29]，以道为宗。与物变化而无所终穷，精充天地而不竭，神覆宇宙而无望。莫知其始，莫知其终，莫知其门，莫知其端，莫知其源，其大无外，其小无内。此之谓至贵。士有若此者，五帝弗得而友[30]，三王弗得而师，去其帝王之色[31]，则近可得之矣[32]。

尧不以帝见善绻[33]，北面而问焉。尧，天子也；善绻，布衣也。何故礼之若此其甚也？善绻，得道之士也。得道之人，不可骄也。尧论其德行达智而弗若，故北面而问焉，此之谓至公。非至公其孰能礼贤？

周公旦，文王之子也，武王之弟也，成王之叔父也，所朝于穷巷之中、瓮牖之下者七十人[34]。文王造之而未遂，武王遂之而未成，周公旦抱少主而成之[35]，故曰成王，不唯以身下士邪？

齐桓公见小臣稷，一日三至弗得见。从者曰："万乘之主见布衣之士，一日三至而弗得见，亦可以止矣。"桓公曰："不然。士骜禄爵者[36]，固轻其主；其主骜霸王者，亦轻其士。纵夫子骜禄爵，吾庸敢骜霸王乎？"遂见之，不可止。世多举桓公之内行[37]，内行，虽不修，霸亦可矣。诚行之此论而内行修，王犹少。

子产相郑，往见壶丘子林[38]，与其弟子坐必以年，是倚其相于门也[39]。夫相万乘之国而能遗之，谋志论行，而以心与人相索，其唯子产乎？故相郑十八年，刑三人，杀二人，桃李之垂于行者莫之援也[40]，锥刀之遗于道者莫之举也[41]。

魏文侯见段干木，立倦而不敢息，反见翟黄，踞于堂而与之言[42]。翟黄不说。文侯曰："段干木官之则不肯，禄之则不受。今女欲官则相位，欲禄则上卿，既受吾实[43]，又责吾礼，无乃难乎？"故贤主之畜人也，不肯受实者其礼之。礼士莫高乎节欲，欲节则令行矣。文侯可谓好礼士矣。好礼士，故南胜荆于连隄，东胜齐于长城，虏齐侯，献诸天子，天子赏文侯以上闻[44]。

---

①残：害。

②司马：官名，掌军政。子反：楚公子侧之子，子反是这次战斗的主帅。饮：饮水。

③臭（xiù，音嗅）：气味。

④戮：陈尸。

⑤适：恰好。

⑥皁：即皂，通"槽"，牛马槽。

⑦庭实：诸侯间相互聘问，把礼物陈于中庭，叫庭实。

⑧滥：贪。

⑨车：牙床。辅：颊骨。

⑩仇繇（qiú yóu，音求由）：春秋时国名。

⑪方车，两车并排。轨：两轮间的距离。遗：赠送。

⑫释：放下来，意思是不要再说了。

⑬断毂（gǔ，音股）：砍掉车轴两头长出的部分。断毂而行是因为山路狭窄。

⑭昌国君：指燕昭王亚卿乐毅，因功封于昌国，故号昌国君。将：率领。五国：秦楚韩赵魏。

⑮刬：消灭。

⑯垄：坟墓。

⑰以：与。

⑱乘：乘胜追击。

⑲美唐：齐国藏金之所在。

⑳儒墨之议：指儒、墨互相非议。齐、荆之服：指齐、楚互相不服。

㉑猝摄：失意屈辱，这里是感到失意屈辱的意思。

㉒慑：恐惧。

㉓有以：有原因。

㉔匆匆：明确的样子。

㉕空空：诚实的样子。巧故：诈伪之事。

㉖确：刚强。库：低下。

㉗鹄：通"浩"，大。

㉘假：通"遐"，远。

㉙行：品行。

㉚友：用如动词，与之交友。下文"师"用法亦同。

㉛去：除掉。帝王之色：指帝王尊宠得意的神色。

㉜得之：指得贤士为师为友。

㉝善绻（quǎn）：尧时有道之士。

㉞穷巷：陋巷。瓮牖（wèng yǒu，音瓮有）：用破瓮遮蔽窗户，形容贫困简陋。

㉟抱：奉。

㊱骜：通"傲"，傲视。

㊲内行：指私生活。

㊳壶丘子林：郑国的高士。

㊴是：比。这句意思是，子产去拜见壶丘子林，与他的弟子按年龄的长幼排定座次，不因自己是相而居上座，这好象把相的尊贵放在门外似的。

㊵援：攀。

㊶锥刀：小刀，比喻微小之物。

㊷踞：非正规的"坐"。这是一种不恭敬的姿势。

㊸实：指爵禄。

㊹上闻：指始列为诸侯，名字上闻于天子。

报　更

四曰：国虽小，其食足以食天下之贤者，其车足以乘天下之贤者，其财足以礼天下之贤者。与天下之贤者为徒[①]，此文王之所以王也。今虽未能王，其以为安也，不亦易乎？此赵宣孟之所以免也，周昭文君之所以显也，孟尝君之所以却荆兵也。古之大立功名与安国免身者，其道无他，其必此之由也[②]。堪士不可以骄恣屈也[③]。

昔赵宣孟将上之绛，见骪桑之下[④]有饿人卧不能起者，宣孟止车，为之下食，蠲而铺之[⑤]，再咽而后能视。宣孟问之曰："女何为而饿若是？"对曰："臣宦于绛，归而粮绝，羞行乞而憎自取，故至于此。"宣孟与脯二朐[⑥]，拜受而弗敢食也。问其故，对曰："臣有老母，将以遗之。"宣孟曰："斯食之，吾更与女。"乃复赐之脯二束，与钱百，而遂去之。处二年，晋灵公欲杀宣孟，伏士于房中以待之，因发酒于宣孟[⑦]。宣孟知之，中饮而出。灵公令房中之士疾追而杀之。一人追疾，先及宣孟之面曰："嘻，君轝[⑧]！吾请为君反死。"宣孟曰："而名为谁？"反走对曰："何以名为？臣骪桑下之饿人也。"还斗而死。宣孟遂活。此《书》之所谓"德几无小"者也。宣孟德一士犹活其身，而况德万人乎？故《诗》曰："赳赳武夫，公侯千城"，"济济多士，文王以宁。"

人主胡可以不务哀士[9]？士其难知，唯博之为可，博则无所遁矣。

张仪，魏氏余子也[10]，将西游于秦。过东周，客有语之于昭文君者曰："魏氏人张仪，材士也，将西游于秦，愿君之礼貌之也[11]。"昭文君见而谓之曰："闻客之秦。寡人之国小，不足以留客。虽游，然岂必遇哉？客或不遇，请为寡人而一归也。国虽小，请与客共之。"张仪还走，北面再拜。张仪行，昭文君送而资之。至于秦，留有间，惠王说而相之。张仪所德于天下者[12]，无若昭文君。周，千乘也，重过万乘也。令秦惠王师之。逢泽之会，魏王尝为御，韩王为右，名号至今不忘，此张仪之力也。

孟尝君前在于薛，荆人攻之。淳于髡为齐使于荆，还反，过于薛。孟尝君令人礼貌而亲郊送之，谓淳于髡曰："荆人攻薛，夫子弗为忧，文无以复侍矣[13]。"淳于髡曰："敬闻命矣。"至于齐，毕报[14]。王曰："何见于荆？"对曰："荆甚固[15]，而薛亦不量其力。"王曰："何谓也？"对曰："薛不量其力，而为先王立清庙[16]。荆固而攻薛，薛清庙必危，故曰薛不量其力，而荆亦甚固。"齐王知颜色[17]，曰："嘻！先君之庙在焉。"疾举兵救之，由是薛遂全。颠蹙之请[18]，坐拜之谒，虽得则薄矣。故善说者，陈其势，言其方[19]，见人之急也，若自在危厄之中，岂用强力哉？强力则鄙矣。说之不听也，任不独在所说，亦在说者。

顺　说

五曰：善说者若巧士，因人之力以自为力[20]，因其来而与来[21]，因其往而与往，不设形象，与生与长，而言之与响，与盛与衰，以之所归[22]。力虽多，材虽劲，以制其命。顺风而呼，声不加疾也；际高而望[23]，目不加明也。所因便也。

惠盎见宋康王，康王蹀足謦欬[24]，疾言曰："寡人之所说者勇有力也，不说为仁义者。客将何以教寡人？"惠盎对曰："臣有道于此，使人虽勇，刺之不入；虽有力，击之弗中。大王独无意邪？"王曰："善！此寡人所欲闻也。"惠盎曰："夫刺之不入，击之不中，此犹辱也。臣有道于此，使人虽有勇弗敢刺，虽有力不敢击。大王独无意邪？"王曰："善！此寡人之所欲知也。"惠盎曰："夫不敢刺、不敢击，非无其志也。臣有道于此，使人本无其志也。大王独无意邪？"王曰："善！此寡人之所愿也。"惠盎曰："夫无其志也，未有爱利之心也。臣有道于此，使天下丈夫女子莫不欢然皆欲爱利之，此其贤于勇有力也，居四累之上[25]。大王独无意邪？"王曰："此寡人之所欲得。"惠盎对曰："孔、墨是也。孔丘、墨翟，无地为君[26]，无官为长[27]，天下丈夫女子莫不延颈举踵而愿安利之[28]。今大王，万乘之主也，诚有其志，则四境之内皆得其利，其贤于孔、墨也远矣。"宋王无以应。惠盎趋而出，宋王谓左右曰："辨矣。客之以说服寡人也[29]。"宋王，俗主也，而心犹可服，因矣[30]。因则贫贱可以胜富贵矣，小弱可以制强大矣。

田赞衣补衣而见荆王。荆王曰："先生之衣何其恶也？田赞对曰："衣又有恶于此者也。"荆王曰："可得而闻乎？"对曰："甲恶于此。"王曰："何谓也？"对曰："冬日则寒，夏日则暑，衣无恶乎甲者。赞也贫，故衣恶也。今大王万乘之主也，富贵无敌，而好衣民以甲，臣弗得也[31]。意者为其义邪[32]？甲之事，兵之事也，刈人之颈，刳人之腹，隳人之城郭，刑人之父子也，其名又甚不荣。意者为其实邪？苟虑害人，人亦必虑害之；苟虑危人，人亦必虑危之。其实人则甚不安。之二者，臣为大王无取焉。"荆王无以应。说虽未大行，田赞可谓能立其方矣[33]。若夫偃息之义[34]，则未之识也。

管子得于鲁，鲁束缚而槛之，使役人载而送之齐，其讴歌而引。管子恐鲁之止而杀己也，欲速至齐，因谓役人曰："我为汝唱，汝为我和。"其所唱适宜走[35]，役人不倦，而取道甚速，管子可谓能因矣。役人得其所欲，己亦得其所欲。以此术也，是用万乘之国，其霸犹少[36]，桓公则难与往也[37]。

不　广

六曰：智者之举事必因时，时不可必成[38]，其人事则不广。成亦可，不成亦可，以其所能托其所不能，若舟之与车。北方有兽，名曰蹶[39]，鼠前而兔后，趋则跲[40]，走则颠，常为蛩蛩距虚取甘草以与之[41]。蹶有患害也，蛩蛩距虚必负而走。此以其所能托其所不能。

鲍叔、管仲、召忽，三人相善，欲相与定齐国，以公子纠为必立。召忽曰："吾三人者于齐国也，譬之若鼎之有足，去一焉则不成。且小白则必不立矣，不若三人佐公子纠也。"管仲曰："不可。夫国人恶公子纠之母，以及公子纠；公子小白无母，而国人怜之。事未可知，不若令一人事公子小白。夫有齐国必此二公子也。"故令鲍叔傅公子小白，管子、召忽居公子纠所。公子纠外物则固难必[42]。虽然，管子之虑近之矣[43]。若是而犹不全也，其天邪，人事则尽之矣。

齐攻廪丘。赵使孔青将死士而救之，与齐人战，大败之。齐将死，得车二千，得尸三万以为二京[44]。宁越谓孔青曰："惜矣，不如归尸以内攻之[45]。越闻之，古善战者，莎随贲服[46]，却舍延尸[47]，彼得尸而财费乏，车甲尽于战，府库尽于葬。此之谓内攻之。"孔青曰："敌齐不尸则如何[48]?"宁越曰："战而不胜，其罪一。与人出而不与人入，其罪二。与之尸而弗取，其罪三。民以此三者怨上，上无以使下，下无以事上。是之谓重攻之。"宁越可谓知用文武矣。用武则以力胜，用文则以德胜。文武尽胜，何敌之不服?

晋文公欲合诸侯。咎犯曰："不可。天下未知君之义也。"公曰："何若?"咎犯曰："天子避叔带之难[49]，出居于郑。君奚不纳之，以定大义？且以树誉。"文公曰："吾其能乎？"咎犯曰："事若能成，继文之业，定武之功[50]，辟土安疆，于此乎在矣。事若不成，补周室之阙[51]，勤天子之难，成教垂名，于此乎在矣。君其勿疑。"文公听之，遂与草中之戎、骊土之翟，定天子于成周[52]。于是天子赐之南阳之地，遂霸诸侯。举事义且利，以立大功，文公可谓智矣。此咎犯之谋也。出亡十七年，反国四年而霸，其听皆如咎犯者邪!

管子、鲍叔佐齐桓公举事，齐之东鄙人有常致苦者[53]。管子死，竖刀、易牙用[54]，国之人常致不苦。不知致苦，卒为齐国良工，泽及子孙。知大礼，知大礼虽不知国可也。

贵　因

七曰：三代所宝莫如因[55]，因则无敌。禹通三江、五湖，决伊阙，沟回陆[56]，注之东海，因水之力也。舜一徙成邑，再徙成都，三徙成国，而尧授之禅位，因人之心也。汤、武以千乘制夏、商，因民之欲也。如秦者立而至，有车也；适越者坐而至，有舟也。秦、越，远涂也，竫立安坐而至者，因其械也。

武王使人候殷[57]，反报岐周曰："殷其乱矣。"武王曰："其乱焉至？"对曰："谗慝胜良[58]。"武王曰："尚未也。"又复往，反报曰："其乱加矣。"武王曰："焉至?"对曰："贤者出走矣。"武王曰："尚未也。"又往，反报曰："其乱甚矣。"武王曰："焉至?"对曰："百姓不敢诽怨矣。"武王曰："嘻!"遽告太公。太公对曰："谗慝胜良，命曰戮[59]；贤者出走，命曰崩[60]；百姓不敢诽怨，命曰刑胜[61]。其乱至矣，不可以驾矣[62]。”故选车三百，虎贲三千，朝要甲子之期[63]，而纣为禽，则武王固知其无与为敌也。因其所用，何敌之有矣？

武王至鲔水，殷使胶鬲候周师，武王见之。胶鬲曰：“西伯将何之？无欺我也。”武王曰：“不子欺[64]，将之殷也。”胶鬲曰：“朅至？”武王曰：“将以甲子至殷郊，子以是报矣。”胶鬲行，天雨，日夜不休，武王疾行不辍。军师皆谏曰：“卒病，请休之。”武王曰：“吾已令胶鬲以甲子之期报其主矣。今甲子不至，是令胶鬲不信也。胶鬲不信也，其主必杀之。吾疾行以救胶鬲之死也。”武王果以甲子至殷郊，殷已先陈矣。至殷，因战，大克之。此武王之义也。人为人之所欲，己为人之所恶，先陈何益？适令武王不耕而获[65]。

武王入殷，闻殷有长者。武王往见之，而问殷之所以亡。殷长者对曰：“王欲知之，则请以日中为期。”武王与周公旦明日早要期，则弗得也。武王怪之。周公曰：“吾已知之矣。此君子也，取不能其主，有以其恶告王，不忍为也。若夫期而不当，言而不信，此殷之所以亡也，已以此告王矣。”

夫审天者，察列星而知四时，因也。推历者，视月行而知晦朔，因也。禹之裸国[66]，裸入衣出，因也。墨子见荆王，锦衣吹笙[67]，因也。孔子道弥子瑕见厘夫人[68]，因也。汤、武遭乱世，临苦民，扬其义，成其功，因也。故因则功，专则拙[69]。因者无敌。国虽大，民虽众，何益？

---

①徒：伙伴。

②此：指与贤者为徒。由：经由。“此”为“由”的前置宾语。

③堪：通“媅”，乐，喜爱。

④骫（wěi，音伟）桑，蟠曲的桑树。

⑤蠲（juān，音娟）：清洁，这里用作动词。餔：通“哺”，给人食物吃。

⑥脯：干肉。朐：弯曲的干肉。

⑦发：送给。

⑧轝（yǔ，音雨）：车。这里用作动词，乘车。

⑨哀：爱。

⑩余子：大夫的庶子。

⑪礼貌：用作动词，以礼相待。

⑫德：得到的恩德。

⑬文：孟尝君，姓田，名文。侍：侍奉。

⑭毕报：汇报完毕。

⑮固：本指独占，这里是贪婪的意思。

⑯清庙：即宗庙。宗庙肃然清静，故称清庙。

⑰齐王：指齐宣王。知颜色：变了颜色。知：显现。

⑱颠蹷：仆倒。

⑲方：主张。

⑳因：凭借。

㉑与来：与之来。

㉒所归：终极目的。以上几句说的是，善说者要善于顺应形势，加以引导，以便达到自己的目的。

㉓际：到，接近。

㉔蹀足：顿足。謦欬（qǐng kài，请亥）：咳嗽。

㉕四累：指上面提到的四种行为（刺击、不敢刺击、无志不刺击、未有爱利之心），因为这四种行为有害于世，所以称为“四累。”

㉖无地为君：没有领土，却能象君主一样得到尊荣。

㉗无官为长：没有官职，却能象官长一样受到尊敬。

㉘丈夫：成年男子。延颈举踵：表示亟切盼望。

㉙以说服寡人：以言论使我信服。

㉚因：便，因势利导。

㉛弗得：不主张。

㉜意者：抑或，料想。

㉝方：道，主张。

㉞偃息之义：指段干木隐居不仕而安魏。

㉟其唱适宜走：他唱的歌节拍正好适合快走。

㊱其霸犹少：不仅仅至于成就霸业。

㊲难与往：指难以跟他达到成就王业的地步。往：人心归附。

㊳成：这里是得的意思。

㊴蹶：通"蟨"（jué，音决），兽名。

㊵跲（jiá，音夹）：牵绊，绊倒。

㊶蛩（qiáng，音强）蛩距虚：古代传说中的兽名，前足高，善走而不善求食，与蟨互相依赖生存。

㊷固难必：指公子纠在外，不能说一定能成为齐国之主。

㊸虑：谋。

㊹京：人工堆成的高丘，这里指收集敌尸封成的高丘。

㊺归尸以内攻之：意思是归还齐国尸体，齐人必怨其上，且葬死者必将耗其钱财，所以说"内攻之"。内攻：从内部进攻。

㊻莎随：相守，不进不退。贳服：犹言进退。此句大意是该坚守就坚守，该进退就进退。

㊼却舍：后退三十里。延尸：使敌军收尸。

㊽敌齐：指齐军。尸：用如动词，收尸。

㊾天子：指周襄王。叔带之难：周襄王同母弟叔带在周作乱，襄子出走郑，史称叔带之难。

㊿文：指晋文侯，文侯辅佐周平王东迁，受珪赞秬鬯。武：指曲沃武公，公子重耳的祖父，灭晋侯湣，统一晋国。

(51)阙：过失。

(52)成周：即洛邑，在今洛阳。

(53)致苦：向上传达困苦的情况。

(54)竖刀、易牙：齐桓公臣，管仲死后专权，桓公死后作乱。

(55)因：凭借，顺应。

(56)沟回陆：当作"迵沟陆"（依王念孙说），指疏通沟道。迵（tóng，音同）：通。

(57)候：刺探。

(58)谗慝：邪恶，这里指邪恶之人。　良：贤良之人

(59)戮：暴。

(60)崩：坏。

(61)刑胜：刑法太过。

(62)驾：增加。

(63)朝：朝会。要：约定。

(64)不子欺：即"不欺子。"

(65)适：恰好。不耕而获：指不战而胜。

(66)裸国：指不知穿衣服的部族。

(67)锦衣：指穿上华丽的衣服。墨子好俭，"锦衣吹笙"是为了顺应荆王的嗜好。

(68)道：由。弥子瑕：卫灵公宠姬。厘夫人：指卫灵公夫人南子。

(69)专则拙：单凭个人力量就会失败。拙：这里是失败的意思。

察　今

八曰：上胡不法先王之法？非不贤也，为其不可得而法。先王之法，经乎上世而来者也，人

或益之，人或损之，胡可得而法？虽人弗损益，犹若不可得而法。东、夏之命[①]，古今之法，言异而典殊，故古之命多不通乎今之言者，今之法多不合乎古之法者。殊俗之民，有似于此。其所为欲同，其所为异。口惛之命不愉[②]，若舟车衣冠滋味声色之不同，人以自是，反以相诽。天下之学者多辩，言利辞倒，不求其实，务以相毁，以胜为故。先王之法，胡可得而法？虽可得，犹若不可法。

凡先王之法，有要于时也[③]，时不与法俱至。法虽今而至，犹若不可法。故择先王之成法，而法其所以为法。先王之所以为法者何也？先王之所以为法者，人也。而己亦人也。故察己则可以知人，察今则可以知古，古今一也，人与我同耳。有道之士，贵以近知远，以今知古，以益所见知所不见。故审堂下之阴，而知日月之行、阴阳之变；见瓶水之冰，而知天下之寒、鱼鳖之藏也；尝一脟肉[④]，而知一镬之味、一鼎之调。

荆人欲袭宋，使人先表澭水[⑤]。澭水暴益[⑥]，荆人弗知，循表而夜涉，溺死者千有余人，军惊而坏都舍。向其先表之时可导也，今水已变而益多矣，荆人尚犹循表而导之，此其所以败也。今世之主，法先王之法也，有似于此。其时已与先王之法亏[⑦]矣，而曰“此先王之法也”而法之以为治，岂不悲哉？

故治国无法则乱，守法而弗变则悖。悖乱不可以持国。世易时移，变法宜矣。譬之若良医，病万变药亦万变。病变而药不变，向之寿民今为殇子矣。故凡举事必循法以动，变法者因时而化。若此论则无过务[⑧]矣。夫不敢议法者，众庶[⑨]也；以死守者，有司也；因时变法者，贤主也。是故有天下七十一圣，其法皆不同，非务相反也，时势异也。故曰：良剑期乎断，不期乎镆铘；良马期乎千里，不期乎骥骜。夫成功名者，此先王之千里也。

楚人有涉江者，其剑自舟中坠于水，遽契其舟曰：“是吾剑之所从坠。”舟止，从其所契者入水求之。舟已行矣，而剑不行，求剑若此，不亦惑乎？以此故法为其国，与此同。时已徙矣，而法不徙，以此为治，岂不难哉？

有过于江上者，见人方引婴儿而欲投之江中。婴儿啼，人问其故。曰：“此其父善游。”其父虽善游，其子岂遽善游哉？此任物亦必悖[⑩]矣。荆国之为政有似于此。

---

①东：指东夷，东方少数民族，夏：指华夏，中原各国。命：名，指事物的名称。

②口惛之命：指方言。愉：通“渝”，改变。

③要：合。

④一脟（luán，音峦）肉：一块肉。脟：通“脔”，切成块状的肉。

⑤表：作标记。

⑥益：通“溢”。

⑦亏：通“诡”，异。

⑧无过务：即无错事。务：事。

⑨众庶：指老百姓。

⑩任：用，对待。

吕氏春秋卷第十六

镇洋毕氏校本

先识览第四

观世　知接　悔过　乐成　察徵　去宥　正名

吕氏春秋训解

高　氏

先　织　览

一曰：凡国之亡也，有道者必先去，古今一也。地从于城[①]，城从于民，民从于贤。故贤主得贤者而民得，民得而城得，城得而地得。夫地得岂必足行其地、人说其民哉？得其要而已矣。

夏太史令终古，出其图法，执而泣之。夏桀迷惑，暴乱愈甚，太史令终古乃出奔如商。汤喜而告诸侯曰："夏王无道，暴虐百姓，穷其父兄，耻其功臣，轻其贤良，弃义听谗，众庶咸怨，守法之臣，自归于商。"

殷内史向挚见纣之愈乱迷惑也，于是载其图法，出亡之周。武王大说，以告诸侯曰："商王大乱，沈于酒德，辟远箕子，爰近姑与息[②]，妲己为政，赏罚无方，不用法式，杀三不辜[③]，民大不服。守法之臣，出奔周国。"

晋太史屠黍见晋之乱[④]也，见晋公之骄而无德义也，以其图法归周。周威公见而问焉，曰："天下之国孰先亡？"对曰："晋先亡。"威公问其故。对曰："臣比在晋也，不敢直言。示晋公以天妖[⑤]，日月星辰之行多以不当[⑥]，曰：'是何能为？'又示以人事多不义，百姓皆郁怨，曰：'是何能伤？'又示以邻国不服，贤良不举，曰：'是何能害？'如是，是不知所以亡也，故臣曰晋先亡也。"居三年，晋果亡。威公又见屠黍而问焉，曰："孰次之？"对曰："中山次之。"威公问其故。对曰："天生民而令有别。有别，人之义也，所异于禽兽麋鹿也，君臣上下之所以立也。中山之俗，以昼为夜，以夜继日，男女切倚[⑦]，固无休息，康乐[⑧]，歌谣好悲，其主弗知恶，此亡国之风也。臣故曰中山次之。"居二年，中山果亡。威公又见屠黍而问焉，曰："孰次之？"屠黍不对。威公固问焉。对曰："君次之。"威公乃惧，求国之长者，得义莳、田邑而礼[⑨]之，得史骈、赵骈以为谏臣，去苛令三十九物[⑩]，以告屠黍。对曰："其尚终君之身乎！"曰："臣闻之：国之兴也，天遗之贤人与极言之士；国之亡也，天遗之乱人与善谀之士。"威公薨，肂，九月不得葬，周乃分为二。故有道者之言也，不可不重也。

周鼎著饕餮[⑪]，有首无身，食人未咽，害及其身，以言报更也[⑫]。为不善亦然。白圭之中山，中山之王欲留之，白圭固辞，乘舆而去；又之齐，齐王欲留之仕，又辞而去。人问其故。曰："之二国者，皆将亡。所学有五尽。何谓五尽？曰：莫之必则信尽[⑬]矣，莫之誉则名尽矣，莫之爱则亲尽矣，行者无粮、居者无食则财尽矣，不能用人、又不能自用则功尽矣。国有此五者，无幸必亡。中山、齐皆当此。"若使中山之王与齐王闻五尽而更[⑭]之，则必不亡矣。其患不闻，虽闻之又不信。然则人主之务，在乎善听而已矣。夫五割而与赵，悉起而距军乎济上，未有益也。是弃其所以存，而造其所以亡也。

---

①从：依附于。

②姑：妇女，这里指宠姬。　　息：小儿，这里指娈童。

③三不辜：指三种酷刑，即剖比干之心，断贤士之腿，剖孕妇腹看胎胞。

④屠黍：晋出公之太史。

⑤示：把…看作。

⑥当：合乎法度。

⑦切：磨。　　倚：近。　　这句是指男女沉湎于色欲之中。

⑧康：安。　　康乐：安于酒色之乐。

⑨义莳、田邑：当时周之贤人。

⑩物：事、种。

⑪著：着，这里指铸有。

⑫更：偿。

⑬必：任用。

⑭更：革。

观　世

二曰：天下虽有有道之士，国犹少。千里而有一士，比肩[①]也；累世而有一圣人，继踵也。士与圣人之所自来，若此其难也，而治必待之，治奚由至？虽幸而有，未必知也，不知则与无贤同。此治世之所以短，而乱世之所以长[②]也。故王者不四[③]，霸者不六[④]，亡国相望，囚主相及[⑤]。得士则无此之患。此周之所封四百余[⑥]，服国八百余，今无存者矣，虽存皆尝亡矣。贤主知其若此也，故日慎一日，以终其世。譬之若登山，登山者，处已高矣，左右视，尚巍巍焉山在其上。贤者之所与处，有似于此：身已贤矣，行已高矣，左右视，尚尽贤于己。故周公旦曰："不如吾者，吾不与处，累我者也；与我齐者[⑦]，吾不与处，无益我者也。"惟贤者必与贤于己者处。贤者之可得与处也，礼之也。主贤世治，则贤者在上[⑧]；主不肖世乱，则贤者在下。今周室既灭，天子既废。乱莫大于无天子，无天子则强者胜弱，众者暴寡，以兵相刬[⑨]，不得休息，而佞进[⑩]。今之世当之矣。故欲求有道之士，则于江海之上，山谷之中，僻远幽闲之所，若此则幸于得之矣。太公钓于滋泉，遭纣之世也，故文王得之。文王千乘也，纣天子也，天子失之，而千乘得之，知之与不知也。诸众齐民[⑪]，不待知而使[⑫]，不待礼而令[⑬]；若夫有道之士，必礼必知，然后其智能可尽也。

晏子之晋，见反裘负刍息于涂[⑭]者，以为君子也，使人问焉，曰："曷为而至此？"对曰："齐人累之[⑮]，名为越石父。"晏子曰："譆！"遽解左骖以赎之，载而与归。至舍，弗辞而入。越石父怒，请绝。晏子使人应之曰："婴未尝得交[16]也，今免子于患，吾于子犹未邪?"越石父曰："吾闻君子屈乎不己知者，而伸乎己知者[17]，吾是以请绝也。"晏子乃出见之曰："向也见客之容而已，今也见客之志。婴闻察实者不留声[18]，观行者不讥辞。婴可以辞而无弃乎？"越石父曰："夫子礼之，敢不敬从?"晏子遂以为客。俗人有功则德[19]，德则骄。今晏子功免人于阨矣，而反屈下之，其去俗亦远矣。此令功之道[20]也。

子列子穷，容貌有饥色。客有言之于郑子阳[21]者，曰："列御寇盖有道之士也，居君之国而穷，君无乃为不好士乎?"郑子阳令官遗之粟数十秉[22]。子列子出见使者，再拜而辞。使者去，子列子入，其妻望而拊心[23]曰："闻为有道者妻子，皆得逸乐。今妻子有饥色矣。君过而遗先生食[24]，先生又弗受也，岂非命也哉！"子列子笑而谓之曰："君非自知我也，以人之言而遗我粟也，至已而罪我也。有罪且以人言，此吾所以不受也。"其卒民果作难，杀子阳。受人之养，而不死其难则不义，死其难则死无道也。死无道，逆也。子列子除不义、去逆也，岂不远哉？且方有饥寒之患矣，而犹不苟取，先见其化也。先见其化而已动，远乎性命之情[25]也。

---

①比肩：肩并肩。

②短：少。长：多。

③王者不四：古有三王：禹、汤、文王，后世再无贤者之助，故不能出现第四个王。

④霸者不六：春秋有五霸，后世无贤者之助，不能出现第六个霸主。

⑤及：绝。

⑥此：疑为"比"。封：指封建。

⑦齐：等同，差不多。

⑧上：指上位。

⑨刬：灭。

⑩佞：指奸佞小人。　　进：升用，提拔。

⑪诸众、齐民：都指一般人。

⑫不待：不必要。

⑬令：使用。

⑭反裘：反穿着皮衣。息：休息，睡。刍：草料。

⑮齐人累之：意思是为齐人奴仆。

⑯交：指交友。

⑰伸：伸展。

⑱声：指名声。

⑲德：用如动词，有功德。

⑳令：善。

㉑子阳：郑相。

㉒秉：古代计量单位，相当于十六斛。

㉓望：怨。拊：同"抚"。

㉔过：拜访，这里指令人拜访。

㉕远：疑为"达"。

知　接

三曰：人之目以照见之也，以瞑则与不见，同，其所以为照[1]、所以为瞑异。瞑士未尝照，故未尝见，瞑者目无由接[②]也。无由接而言见，谎[③]。智亦然，其所以接智、所以接不智同，其所能接、所不能接异。智者其所能接远也，愚者其所能接近也。所能接近而告之以远化，奚由相得？无由相得，说者虽工，不能喻矣。戎人见暴布者而问之[④]曰："何以为之莽莽[⑤]也？"指麻而示之。怒曰："孰之壤壤也[⑥]，可以为之莽莽也？"故亡国非无智士也，非无贤者也，其主无由接故也。无由接之患，自以为智，智必不接。今不接而自以为智，悖。若此则国无以存矣，主无以安矣。智无以接而自知弗智，则不闻亡国，不闻危君。

管仲有疾，桓公往问之曰："仲父之疾病[⑦]矣，将何以教寡人？"管仲曰："齐鄙人有谚曰：'居者无载，行者无埋[⑧]。'今臣将有远行[⑨]，胡可以问？"桓公曰："原仲父之无让也。"管仲对曰："愿君之远易牙、竖刀、常之巫、卫公子启方。"公曰："易牙烹其子以慊寡[⑩]人，犹尚可疑邪？"管仲对曰："人之情，非不爱其子也。其子之忍[⑪]，又将何有于君？"公又曰："竖刀自宫以近寡[⑫]人，犹尚可疑邪？"管仲对曰："人之情，非不爱其身也。其身之忍，又将何有于君？"公又曰："常之巫审于死生，能去苛病[⑬]，犹尚可疑邪？"管仲对曰："死生，命也；苛病，失也[⑭]。君不任其命、守其本，而恃常之巫，彼将以此无不为[⑮]也？"公又曰："卫公子启方事寡人十五年矣，其父死而不敢归哭，犹尚可疑邪？"管仲对曰："人之情，非不爱其父也。其父之忍，又将何有于君？"公曰："诺。"管仲死，尽逐之，食不甘，宫不治，苛病起，朝不肃。居三年，公曰："仲父不亦过乎？孰谓仲父尽之乎[⑯]？"于是皆复召而反。明年，公有病，常之巫从中出曰："公将以某日薨。"易牙、竖刀、常之巫相与作乱，塞宫门，筑高墙，不通人，矫以公令。有一妇人逾垣入，至公所。公曰："我欲食。"妇人曰："吾无所得。"公又曰："我欲饮。"妇人曰："吾无所得。"公曰："何故？"对曰："常之巫从中出曰：'公将以某日薨。'易牙、竖刀、常之巫相与作乱，塞宫门，筑高墙，不通人，故无所得。卫公子启方以书社四十下卫[⑰]。"公慨焉叹涕出曰："嗟乎！圣人之所见，岂不远哉？若死者有知，我将何面目以见仲父乎？"蒙衣袂而绝乎寿宫[⑱]。虫流出于户[⑲]，上盖以杨门之扇[⑳]，三月不葬。此不卒听管仲之言也。桓公非轻难而恶管子也，无由接见也。无由接，固却其忠信，而爱其所尊贵也。

悔　过

四曰：穴深寻则人之臂必不能极[㉑]矣，是何也？不至故也。智亦有所不至。所不至，说者虽辩，为道虽精，不能见矣。故箕子穷于商，范蠡流乎江。

昔秦缪公兴师以袭郑，蹇叔谏曰："不可。臣闻之，袭国邑，以车不过百里，以人不过三十里，皆以其气之趋与力之盛，至，是以犯敌能灭，去之能速。今行数千里、又绝诸侯之地以袭国[㉒]，臣不知其可也。君其重图[㉓]之。"缪公不听也。蹇叔送师于门外而哭曰："师乎，见其出而不见其入也！"蹇叔有子曰申与视，与师偕行。蹇叔谓其子曰："晋若遏师必于殽。女死不于南方之[㉔]岸，必于北方之岸，为吾尸女之易[㉕]。"缪公闻之，使人让蹇叔[㉖]曰："寡人兴师，未知何如？今哭而送[㉗]之，是哭吾师也。"蹇叔对曰："臣不敢哭师也。臣老矣，有子二人，皆与师行，比其反也，非彼死则臣必死矣，是故哭。"师行过周[㉘]，王孙满要门而窥之[㉙]，曰："呜呼，是师必有疵！若无疵，吾不复言道矣。夫秦非他，周室之建国也。过天子之城宜橐甲束兵，左右皆下，以为天子礼。今袀服回建[㉚]，左不轼，而右之超乘者五百乘[㉛]，力则多矣，然而寡礼，安得无疵？"师过周而东。郑贾人弦高、奚施将西市于周，道遇秦师，曰："嘻！师所从来者远矣，此必袭郑。"遽使奚施归告，乃矫郑伯之命以劳之，曰："寡君固闻大国之将至久矣。大国不至，寡君与士卒窃为大国忧，日无所与焉，惟恐士卒罢弊与糗粮匮乏。何其久也，使人臣犒劳以璧，膳以十二牛。”秦三帅对曰：“寡君之无使也，使其三臣丙也、术也、视也于东边候晋之[32]道，过是[33]，以迷惑陷入大国之地。”不敢固辞，再拜稽首受之。三帅乃惧而谋曰：“我行数千里、数绝诸侯之地以袭人，未至而人已先知之矣，此其备必已盛[34]矣。”还师去之。当是时也，晋文公适薨，未葬。先轸言于襄公，曰：“秦师不可不击也，臣请击之。”襄公曰：“先君薨，尸在堂，见秦师利而因击之，无乃非为人子之道欤？”先轸曰：“不吊吾丧，不忧吾哀，是死吾君而弱其孤[35]也。若是而击，可大强。臣请击之。”襄公不得已而许之。先轸遏秦师于淆而击之，大败之，获其三帅以归。缪公闻之，素服庙临，以说于众曰：“天不为秦国，使寡人不用蹇叔之谏，以至于此患。”此缪公非欲败于淆也，智不至也。智不至则不信。言之不信，师之不反也从此生，故不至之为害大矣。

乐　成

五曰：大智不形，大器晚成，大音希声。

禹之决江水也，民聚瓦砾。事已成，功已立，为万世利。禹之所见者远也，而民莫之知，故民不可与虑化举始[36]，而可以乐成功。

孔子始用于鲁。鲁人鹥诵[37]之曰：“麛裘而韠[38]，投之无戾[39]，韠而麛裘，投之无邮[40]。”用三年，男子行乎涂右，女子行乎涂左，财物之遗者，民莫之举[41]。大智之用，固难逾也。

子产始治郑，使田有封洫[42]，都鄙有服。民相与诵之曰：“我有田畴，而子产赋之[43]；我有衣冠，而子产贮之；孰杀子产，吾其与之[44]。”后三年，民又诵之曰：“我有田畴，而子产殖之；我有子弟，而子产诲之；子产若死，其使谁嗣之？”使郑简、鲁哀当民之诽讹也而因弗遂用，则国必无功矣，子产、孔子必无能矣。非徒不能也，虽罪施，于民可[45]也。今世皆称简公、哀公为贤，称子产、孔子为能，此二君者，达乎任人也[46]。

舟车之始见也[47]，三世然后安之[48]。夫开善岂易哉？故听无事治[49]。事治之立也，人主贤也。魏攻中山，乐羊将，已得中山，还反报文侯，有贵功之色。文侯知之，命主书曰：“群臣宾客所献书者，操以进之。”主书举两箧以进。令将军视之，书尽难攻中山之事也。将军还走，北面再拜曰：“中山之举，非臣之力，君之功也。”当此时也，论士殆之日几矣，中山之不取也，奚宜二箧哉？一寸而亡[50]矣。文侯，贤主也，而犹若此，又况于中主邪？中主之患，不能勿为，而不可与莫为。凡举无易之事，气志视听动作无非是者，人臣且孰敢以非是邪疑为哉？皆一于为[51]，则无败事矣。此汤、武之所以大立功于夏、商，而勾践之所以能报其仇也。以小弱皆一于为而犹若此，又况于以强大乎？

魏襄王与群臣饮，酒酣，王为群臣祝[52]，令群臣皆得志。史起兴而对曰：“群臣或贤或不肖，贤者得志则可，不肖者得志则不可。”王曰：“皆如西门豹之为人臣也。”史起对曰：“魏氏之行田也以百亩[53]，邺独二百亩，是田恶也。漳水在其旁而西门豹弗知用，是其愚也；知而弗言，是不忠也。愚与不忠，不可效也。”魏王无以应之。明日，召史起而问焉，曰：“漳水犹可以灌邺田乎？”史起对曰：“可。”王曰：“子何不为寡人为之？”史起曰：“臣恐王之不能为也。”王曰：“子诚能为寡人为之，寡人尽听子矣。”史起敬诺，言之于王曰：“臣为之，民必大怨臣。大者死，其次乃藉臣[54]。臣虽死藉，愿王之使他人遂之[55]也。”王曰：“诺。”使之为邺令。史起因往为之。邺民大怨，欲藉史起。史起不敢出而避之。王乃使他人遂为之。水已行，民大得其利，相与歌之曰：“邺有圣令，时为史公，决漳水，灌邺旁，终古斥卤[56]，生之稻粱。”使民知可与不可，则无所用矣。贤主忠臣，不能导愚教陋，则名不冠后、实不及世矣。史起非不知化也，以忠于主也。

魏襄王可谓能决善矣。诚能决善，众虽讻哗[57]而弗为变。功之难立也，其必由哅哅[58]邪。国之残亡，亦犹此也。故哅哅之中，不可不味也。中主以之哅哅也止善，贤主以之哅哅也立功。

---

①照：明亮。
②接：所见。
③诬（wū，音乌）：同“诬”，不正确。
④暴：同“曝”，晒。
⑤莽莽：又长又大的样子。
⑥壤壤：纷乱错杂的样子。
⑦病：困，这里指疾病很深重。
⑧居：居家。载：车辆。行：出门。埋：埋藏。
⑨远行：这里指管仲自知病入膏肓，将死。
⑩慊：快乐，这里指取悦。
⑪其子之忍：他对儿子都这么忍心。
⑫宫：指阉割。
⑬苛：鬼病，即鬼降病于人。
⑭失：指失去其精神。
⑮为：妖惑。
⑯尽：全部，这里指全部采用。
⑰书社：古代以二十五家为社。下：投降。
⑱蒙：盖住。衣：袖子。
⑲虫：指尸虫。户：门。
⑳杨门：门名。扇：屏风。
㉑寻：古代长度单位，八尺为寻。极：抵达，至。
㉒绝：过。
㉓其：句中语气助词，无义。
㉔岸：疑为阜。阜，即“陵”，殽南北有二陵，即是。
㉕易：识别容易。
㉖让：责备。
㉗而：通“汝”。
㉘周：即西周的王城。
㉙要：徼，关门。
㉚均服：一样的服装，指全军将帅都着戎装。回建：兵车四乘。
㉛超乘：指跃上车。
㉜候：视察。晋：晋国。
㉝过是：走过了头。
㉞盛：强大。
㉟死吾君：即吾君死。弱：瞧不起，视弱。
㊱始：首。
㊲翳（yì，音亿）：人名。
㊳麛裘：鹿皮衣。韠（音 fèi 音芾）：朝衣
㊴投：抛弃。
㊵邮：通“尤”，罪过。
㊶举：取。
㊷封：界。洫：沟。
㊸赋：征收赋税。

㊹与：帮助。

㊺虽罪施，于民可也：即使要给他们加罪，老百姓也会赞成。

㊻达：通晓。

㊼见：同“现”，出现。

㊽安：习惯。

㊾听：指听贤臣之言。

㊿一寸：指一寸之信。

(51)一：专一。为：做。

(52)祝：祝酒。

(53)田：指井田。

(54)藉：蹂躏。

(55)遂：成。

(56)斥卤：盐碱地。

(57)亶浒：即喧哗，吵闹。

(58)啕啕（xiōng xiōng，音匈匈）：喧闹声。

察 微

六曰：使治乱存亡若高山之与深溪，若白垩之与黑漆，则无所用智，虽愚犹可矣。且治乱存亡则不然[①]，如可知、如可不知[②]，如可见、如可不见。故智士贤者相与积心愁虑以求之[③]，犹尚有管叔、蔡叔之事与东夷八国不听之谋。故治乱存亡，始若秋毫。察其秋毫，则大物不过[④]矣。

鲁国之法，鲁人为人臣妾于诸侯，有能赎之[⑤]者，取其金于府。子贡赎鲁人于诸侯，来而让，不取其金。孔子曰：“赐失之矣。自今以往，鲁人不赎人矣。取其金则无损于行，不取其金则不复赎人矣。”子路拯溺者，其人拜之以牛，子路受之。孔子曰：“鲁人必拯溺者矣。”孔子见之以细，观化远[⑥]也。

楚之边邑曰卑梁，其处女与吴之边邑处女桑于境上[⑦]，戏而伤卑梁之处女。卑梁人操其伤子以让吴人，吴人应之不恭，怒杀而去之。吴人往报之，尽屠其家。卑梁公怒，曰：“吴人焉敢攻吾邑？”举兵反攻之，老弱尽杀之矣。吴王夷昧闻之怒，使人举兵侵楚之边邑，克夷而后去之。吴、楚以此大隆[⑧]。吴公子光又率师与楚人战于鸡父，大败楚人，获其帅潘子臣、小帷子、陈夏啮[⑨]。又反伐郢，得荆平王之夫人以归，实为鸡父之战。凡持国，太上知始，其次知终，其次知中。三者不能，国必危，身必穷。《孝经》[⑩]曰：“高而不危，所以长守贵也；满而不溢，所以长守富也。富贵不离其身，然后能保其社稷，而和其民人。”楚不能之也。

郑公子归生率师伐宋。宋华元率师应之大棘，羊斟御[⑪]。明日将战，华元杀羊飨士，羊斟不与[⑫]焉。明日战，怒谓华元曰：“昨日之事，子为制[⑬]；今日之事，我为制。”遂驱入于郑师。宋师败绩，华元虏。夫弩机差以米则不发。战，大机也。飨士而亡其御也，将以此败而为虏，岂不宜哉？故凡战必悉熟偏备[⑭]，知彼知已，然后可也。

鲁季氏与郈氏斗鸡。郈氏介其鸡[⑮]，季氏为之金距[⑯]。季氏之鸡不胜。季平子怒，因归郈氏之宫而益其宅[⑰]。郈昭伯怒，伤之于昭公[⑱]，曰：“禘于襄公之庙[⑲]也，舞者二人而已[⑳]，其余尽舞于季氏。季氏之无道，无上久[㉑]矣，弗诛必危社稷。”公怒，不审，乃使郈昭伯将师徒以攻季氏，遂人其宫。仲孙氏、叔孙氏相与谋曰：“无季氏，则吾族也死亡无日矣。”遂起甲以往，陷西北隅以入之，三家为一，郈昭伯不胜而死。昭公惧，遂出奔齐，卒于乾侯。鲁昭听伤而不辩其义[㉒]，惧以鲁国不胜季氏，而不知仲、叔氏之恐而与季氏同患也，是不达乎人心也。不达乎人心，位虽尊，何益于安也？以鲁国恐不胜一季氏，况于三季？同恶固相助[23]。权物若此，其过也。非独仲、叔氏也，鲁国皆恐。鲁国皆恐，则是与一国为敌也，其得至乾侯而卒犹远[24]。

---

①且：相当于“而”。

②可不：应为“不可”，下句同。

③愁虑：等于说“积虑”。

④过：失。

⑤臣妾：即做男仆女仆。

⑥观化远：指对事情的发展变化有远见。

⑦桑：用如动词，采桑。

⑧隆：通“哄”(hòng)，格斗。

⑨潘子臣、小帷子：都是楚大夫。夏啮：陈大夫，因鸡父之战，陈助楚，故也为吴所擒。

⑩《孝经》曰：引文见今《孝经·诸侯章》。

⑪羊斟：宋人，华元的车夫，后奔鲁。御：驾车。

⑫与：及，在其中。

⑬制：控制，掌握。

⑭偏：通“遍”。

⑮介：甲，这里用作动词，给……披上甲。

⑯为之金距：给鸡套上金属爪。距：鸡爪。

⑰归：疑为“侵”之误。

⑱伤：诋毁。

⑲禘（dì，音帝）：古代祭名。

⑳二人：当为“八人”之误。古礼天子八佾，诸侯六佾。鲁本诸侯，舞礼当用六佾，今只用二佾，其余四佾为季氏占有。

㉑无上：目无君主。

㉒辩：通“辨”。

㉓同恶（wù）：所厌恶相同。这里指仲、叔、孙都厌恶昭公。

㉔其得至乾侯而卒犹远：大意是，昭公与一国为敌，在国内就该被杀，今得以死在乾侯，还有幸死得运呢。

去宥

七曰：东方之墨者谢子将西见秦惠王。惠王问秦之墨者唐姑果。唐姑果恐王之亲谢子贤于己也，对曰：“谢子，东方之辩士也，其为人甚险，将奋于说以取[①]少主也。”王因藏怒以待之。谢子至，说王，王弗听。谢子不说，遂辞而行。凡听言，以求善也。所言苟善，虽奋于取少主，何损？所言不善，虽不奋于取少主，何益？不以善为之悫[②]，而徒以取少主为之悖，惠王失所以为听[③]矣。用志若是，见客虽劳，耳目虽弊，犹不得所谓[④]也。此史定所以得行其邪[⑤]也，此史定所以得饰鬼以人、罪杀不辜、群臣扰乱、国几大危也。人之老也，形益衰，而智益盛。今惠王之老也，形与智皆衰邪！

荆威王学书于沈尹华，昭釐恶之。威王好制[⑥]，有中谢佐制[⑦]者，为昭釐谓威王曰：“国人皆曰：王乃沈尹华之弟子也。”王不说，因疏沈尹华。中谢，细人[⑧]也，一言而令威王不闻先王之术[⑨]，文学之士不得进，令昭釐得行其私。故细人之言不可不察也。且数怒人主，以为奸人除路[⑩]。奸路以除而恶壅却[⑪]，岂不难哉？夫激矢则远，激水则旱，激主则悖，悖则无君子矣。夫不可激者，其唯先有度。

邻父有与人邻者，有枯梧树。其邻之父言梧树之不善也，邻人遽伐之。邻父因请而以为薪。

其人不说，曰："邻者若此其险也，岂可为之邻哉?"此有所宥也[12]。夫请以为薪与弗请，此不可以疑枯梧树之善与不善也。齐人有欲得金者，清旦，被衣冠，往鬻金者之所，见人操金，攫而夺之。吏搏而束缚之，问曰："人皆在焉，子攫人之金，何故?"对吏曰："殊[13]不见人，徒见金耳。"此真大有所宥也。

夫人有所宥者，固以书为昏，以白为黑，以尧为桀，宥之为败亦大矣。亡国之主，其皆甚有所宥邪?故凡人必别宥然后知，别宥则能全其天[14]矣。

---

①奋于说：竭力游说。

②为之悫（què，音确）：认为他忠厚老实。为：通"谓"。悫：诚实，忠厚。

③所以为听：指听言的目的。

④所谓：指宾客言谈的宗旨。

⑤史定：秦国史官。

⑥制：术数。

⑦中谢：官职名，侍奉帝王的近臣。

⑧细人：小人，指地位卑贱的人。

⑨术：道术。

⑩除路：扫除仕进之路。除：修治。

⑪壅却：指贤人的仕进之路被阻塞。

⑫宥：利。

⑬殊：仅仅。

⑭天：指身。

正　名

八曰：名正则治，名丧则乱[1]。使名丧者，淫说也[2]。说淫则可不可而然不然，是不是而非不非[3]。故君子之说也，足以言贤者之实、不肖者之充而已[4]矣，足以喻治之所悖[5]、乱之所由起而已矣，足以知物之情、人之所获以生而已矣。

凡乱者，刑名不当也。人主虽不肖，犹若用贤，犹若听善，犹若为可者。其患在乎所谓贤从不肖也，所为善而从邪辟，所谓可从悖逆也，是刑名异充而声实异谓也。夫贤不肖[6]、善邪辟、可悖逆，国不乱、身不危奚待也?齐湣王是以知说士，而不知所谓士也。故尹文问其故，而王无以应。此公玉丹之所以见信而卓齿之所以见任也。任卓齿而信公玉丹，岂非以自仇[7]邪?

尹文见齐王。齐王谓尹文曰："寡人甚好士。"尹文曰："愿闻何谓士?"王未有以应。尹文曰："今有人于此，事亲则孝，事君则忠，交友则信，居乡则悌。有此四行者，可谓士乎?"

齐王曰："此真所谓士已。"尹文曰："王得若人?肯以为臣乎?"王曰："所愿而不能得也。"尹文曰："使若人于庙朝[8]中，深见侮而不斗，王将以为臣乎?"王曰："否。大夫见侮而不斗，则是辱也。辱则寡人弗以为臣矣。"尹文曰："虽见侮而不斗，未失其四行也。未失其四行者，是未失其所以为士一矣。未失其所以为士一，而王以为臣，失其所以为士一，而王不以为臣，则向之所谓士者乃士乎?"王无以应。尹文曰："今有人于此，将治其国，民有非则非之，民无非则非之，民有罪则罚之，民无罪则罚之，而恶民之难治，可乎?"王曰："不可。"尹文曰："窃观下吏之治齐也，方若此也。"王曰："使寡人治信若是[9]，则民虽不治，寡人弗怨也。意者未至然[10]乎。"尹文曰："言之不敢无说[11]。请言其说。王之令曰：'杀人者死，伤人者刑。'民有畏王之令，深见侮而不敢斗者，是全王之令也。而王曰‘见侮而不敢斗，是辱也’。夫谓之辱者，非此之谓也，以为臣不以为臣者罪之也，此无罪而王罚之也。”齐王无以应。论皆若此，故国残身危，走而之谷，如卫。齐湣王，周室之孟侯[12]也，太公之所以老[13]也。桓公嘗以此霸矣，管仲之辩名实审也[14]。

---

①名丧：名分不正。

②淫说：浮夸失实的言辞。

③可不可而然不然，是不是而非不非：把不可说成可，把不是这样说成这样，把不对说成对，把不错说成错。

④充：实。

⑤悖，通“勃”，旺盛。

⑥贤不肖：以不肖为贤。贤：用如动词。下文的“善”“可”用法类似。

⑦自仇：湣王宠信公玉丹、卓齿，行无道，后被卓齿所杀，所以说他“自仇”。仇：树立仇敌。

⑧庙朝：古代帝王，诸侯皆有三朝，即外朝、中朝、内朝。宗庙在中朝之左，聘享、命官等事都在这里进行，与朝廷出政令并重，故合称庙朝。这里是大庭广众的意思。

⑨使：假如。信：确实。

⑩意者：或许。

⑪说：解说，道理。

⑫孟侯：诸侯之长，指齐国最首先受封。

⑬老：养老送终。

⑭辩：同“辨”。

吕氏春秋卷第十七

镇洋毕氏校本

审分览第五

君守　任数　勿躬　知度　慎势　不二　执一

吕氏春秋训解

高　氏

审　分　览

一曰：凡人主必审分①，然后治可以至，奸伪邪辟之涂可以息，恶气苛疾无自至②。夫治身与治国，一理之术也。今以众地③者，公作则迟，有所匿其力也；分地则速，无所匿迟④也。主亦有地，臣主同地，则臣有所匿其邪⑤矣，主无所避其累⑥矣。

凡为善难，任善易。奚以知之？人与骥俱走，则人不胜骥矣；居于车上而任骥，则骥不胜人矣。人主好治人官之事[7]，则是与骥俱走也，必多所不及矣。夫人主亦有车居，无去车[8]，则众善皆尽力竭能矣，谄谀诐贼巧佞之人无所窜其奸[9]矣，坚穷廉直忠敦之士毕竞劝骋骛矣[10]。人主之车，所以乘物也。察乘物之理，则四极可有。不知乘物而自怙恃[11]，夺其智能[12]，多其教诏，而好自以[13]。若此则百官恫扰，少长相越，万邪并起，权威分移。不可以卒，不可以教，此亡国之风也。

王良之所以使马者，约审之以控其辔，而四马莫敢不尽力。有道之主，其所以使群臣者亦有辔。其辔何如？正名审分，是治之辔已。故按其实而审其名，以求其情；听其言而察其类，无使放悖[14]。夫名多不当其实、而事多不当其用者，故人主不可以不审名分也。不审名分，是恶壅而愈塞[15]也。壅塞之任，不在臣下，在于人主。尧、舜之臣不独义[16]，汤、禹之臣不独忠，得其数[17]也；桀、纣之臣不独鄙，幽、厉之臣不独辟，失其理也。

今有人于此，求牛则名[18]马，求马则名牛，所求必不得矣。而因用威怒，有司必诽怨矣，牛马必扰乱矣。百官，众有司也；万物，群牛马也。不正其名，不分其职，而数用刑罚，乱莫大焉。夫说以智通，而实以过悗[19]；誉以高贤，而充以卑下；赞以洁白，而随以污德；任以公法，而处以贪枉；用以勇敢，而尘以罢怯[20]。此五者，皆以牛为马，以马为牛，名不正也。故名不正，则人主忧劳勤苦，而官职烦乱悖逆矣。国之亡也，名之伤也，从此生矣。白之顾益黑[21]，求之愈不得者，其此义邪？故至治之务，在于正名。名正则人主不忧劳矣。不忧劳则不伤其耳目之主[22]。问而不诏[23]，知而不为[24]，和而不矜，成而不处[25]。止者不行[26]，行者不止，因刑而任之，不制于物，无肯为使，清静以公，神通乎六合，德耀乎海外，意观乎无穷，誉流乎无止，此之谓定性于大湫[27]，命之曰无有[28]。故得道忘人，乃大得人[29]也，夫其非道也；知德忘知，乃大得知[30]也，夫其非德也。至知不几，静乃明几也[31]，夫其不明也。大明不小事，假乃理事[32]也，夫其不假也。莫人不能，全乃卫能也[33]，夫其不全也。是故于全乎去能，于假乎去事，于知乎去几，所知者妙[34]矣。若此则能顺其天，意气得游乎寂寞之宇矣，形性得安乎自然之所矣。全乎万物而不宰，泽被天下而莫知其所自始[35]，虽不备五者，其好之者是也。

君　守

二曰：得道者必静。静者无知，知乃无知[36]，可以言君道也。故曰：中欲不出谓之扃[37]，外欲不入谓之闭。既扃而又闭，天之用密[38]。有准不以平[39]，有绳不以正[40]，天之大静。既静而又宁，可以为天下正[41]。身以盛心，心以盛智，智乎深藏，而实莫得窥乎。

《鸿范》曰："惟天阴骘下民[42]。"阴之者，所以发之[43]也。故曰：不出于户而知天下，不窥于牖而知天道。其出弥远者，其知弥少，故博闻之人、强识之士阙[44]矣，事耳目、深思虑之务败矣，坚白之察、无厚之辩外矣。不出者，所以出之也；不为者，所以为之也。此之谓以阳召阳，以阴召阴。东海之极，水至而反；夏热之下，化而为寒。故曰天无形，而万物以成；至精无象，而万物以化；大圣无事，而千官尽能。此乃谓不教之教，无言之诏。故有以知君之狂也，以其言之当[45]也，有以知君之惑也，以其言之得也。君也者，以无当为当，以无得为得者也。当与得不在于君，而在于臣。故善为君者无识[46]，其次无事。有识则有不备矣，有事则有不恢[47]矣。不备不恢，此官之所以疑，而邪之所从来也。今之为车者，数官然后成[48]。夫国岂特为车哉？众智众能之所持也，不可以一物一方安车也[49]。

夫一能应万、无方而出之务[50]者，唯有道者能之。鲁鄙人遗宋元王闭[51]，元王号令于国，有巧者皆来解闭。人莫之能解。儿说之弟子请往解[52]之，乃能解其一，不能解其一，且曰："非可解而我不能解也，固不可解也。"问之鲁鄙人。鄙人曰："然，固不可解也。我为之而知其不可解也。今不为而知其不可解也，是巧于我。"故如儿说之弟子者，以"不解"解之[53]也。郑大师文终日鼓瑟而兴[54]，再拜其瑟前曰："我效于子[55]，效于不穷也。"故若大师文者，以其兽者先之，所以中之也。故思虑自心伤也，智差自亡[56]也，奋能自殃[57]，其有处自狂[58]也。故至神逍遥倏忽而不见其容，至圣变习移俗而莫知其所从，离世别群而无不同[59]，君民孤寡而不可障壅，此则奸邪之情得而险陂谗慝谄谀巧佞之人无由入。凡奸邪险陂之人，必有因也。何因哉？因主之为。人主好以己为，则守职者舍职而阿主之为[60]矣。阿主之为，有过则主无以责之，则人主日侵而人臣日得[61]。是宜动者静，宜静者动也。尊之为卑，卑之为尊，从此生矣。此国之所以衰而敌之所以攻之者也。

奚仲作车，苍颉作书，后稷作稼，皋陶作刑，昆吾作陶，夏鲧作城[62]，此六人者所作当矣，然而非主道者[63]，故曰作者忧[64]，因者平[65]。惟彼君道，得命之情，故任天下而不强，此之谓全人。

---

①审分：指明察君臣的职分。分：名分。

②自：从。

③地：用作动词，耕种田地。

④匿：指匿其力。迟：指耕作迟，缓慢。

⑤邪：私。

⑥累：负担。

⑦人官：指官吏。

⑧去：离开。

⑨诐（bì，音毕）：邪僻。窜：容纳。

⑩坚：刚强。穷：疑为"睿"之误，明智。驰骛：奔跑，这里指竭力效劳。

⑪怙恃：凭借，依仗。

⑫夸：当作"奋"。奋：矜夸。

⑬自以：自以为是。

⑭放：放纵。悖：悖乱。

⑮恶壅而愈塞：厌恶壅闭，反而更加阻塞。

⑯不独义：不全都是仁义之辈。

⑰得其数：御之得其术，即驾驭得法。数：术。

⑱名：称，说。

⑲悗（mán，音蛮）：迷惑。

⑳堙（yīn，音因）：堵塞。罢：通"疲"。

㉑顾：反，反而。

㉒耳目之主：指耳目之性。

㉓问而不诏：征询臣下的看法，自己不专断地下命令。

㉔知而不为：君主知道怎样去做，但不亲自去做。

㉕不处：不居功。处：居。

㉖止者不行：本身静止的东西不让它运动。行：运动。

㉗性：命。大湫：大的空洞，这里指深邃幽微之处。

㉘无有：无形。这里指"道"而言，"道"无形，故曰"无有"。

㉙得道忘人，乃大得人：得至道则能无为，无为则能忘人。无为而能治，人皆仰慕，则能大得人。

㉚知德忘得，乃大得知：知道自己有德，不在乎让人知道，人皆仰慕，这样就更能为人所知。

㉛至知不几，静乃明几也：非常有德的人外表不机敏，安然处之，机敏就会显露出来。几：机敏。
㉜大明不小事，假乃理事也：最贤明的君主不做小事，大事才会去做。假：大。
㉝莫人不能，全乃备能也：修真得道之人并不事事都能做，但人们全归附于他，于是就无所不能了。莫人：修道得真之人。
㉞妙：微。
㉟自：从。始：首。
㊱知乃无知：知道却象不知道一样。乃：若。
㊲中欲：内心的欲望。中：内心。扃（jiōng）：关闭。
㊳天：天性。
㊴准：取平的仪器。
㊵绳：墨绳，取直的工具。
㊶正：主。
㊷惟无阴骘下民：大意是，只有上天默默地庇护人民并使人民安定。阴：同“荫”，庇护。骘：安定。
㊸发之：使之发，即使人民繁衍生息。
㊹识（zhì）：记忆。阙：通“缺”，短缺。
㊺有以知君之狂也，以其言之当也：有办法知道君主狂妄，就是根据他说话恰当。有以：有办法。
㊻无识：不担当具体官职。识：通“职”。
㊼不恢：不周备。恢：周备，全面。
㊽数官然后成：古代做车，轮、舆、辕、轴等分别由不同部门去做，所以说“数官然后成”。
㊾方：方法。
㊿无方而出之务：即无方而务出之，指没有方法却能做成事情。
(51)鄙人：边远之人。闭：连环结。
(52)儿（ní音倪）说：宋国善辩之士。
(53)以“不解”解之：意思是说，结本不可解，指出其不可解，也就是解决了绳结的问题。
(54)大师（tài，音太）：古代乐官职名。文：大师之名。
(55)效：用，这里是学习的意思。
(56)智差：智巧。差：巧诈。
(57)奋：矜夸。
(58)有处：指有职位。处：居。
(59)同：和。
(60)阿主之为：曲从君主所做的事。阿：曲从，迎合。
(61)侵：侵夺，这里是受损害的意思。
(62)鲧：也作鲧（gǔn），禹之父，他采用筑堤防水的办法治水。
(63)非主道：不是为君之道，即不是君主所做的事。
(64)忧：当作“扰”，纷乱。
(65)平：安静。

任　　数

三曰：凡官者，以治为任，以乱为罪。今乱而无责，则乱愈长矣。人主以好暴示能[①]，以好唱自奋[②]，人臣以不争持位[③]，以听从取容，是君代有司为有司也，是臣得后随以进其业[④]。

君臣不定[⑤]，耳虽闻不可以听，目虽见不可以视，心虽知不可以举[⑥]，势使之也。凡耳之闻也藉于静，目之见也藉于昭[⑦]，心之知也藉于理。君臣易操[⑧]，则上之三官者废矣。亡国之主，其耳非不可以闻也，其目非不可以见也，其心非不可以知也，君臣乱扰，上下不分别，虽闻曷闻，虽见曷见，虽知曷知，驰骋而因耳矣[⑨]，此愚者之所不至也。不至则不知，不知则不信。无骨者不可令知冰[10]。有土之君，能察此言也，则灾无由至矣。

且夫耳目知巧，固不足恃，惟修其数、行其理为可。韩昭釐侯视所以祠庙之牲，其豕小，昭釐侯令官更之。官以是豕来也，昭釐侯曰："是非向者之豕[11]邪?"官无以对。命吏罪之。从者曰："君王何以知之?"君曰："吾以其耳也[12]。"申不害闻之，曰："何以知其聋？以其耳之聪也[13]。何以知其盲？以其目之明也。何以知其狂？以其言之当也。故曰去听无以闻则聪[14]，去视无以见则明，去智无以知则公。去三者不任则治，三者任则乱。"以此言耳目心智之不足恃也。耳目心智，其所以知识甚阙，其所以闻见甚浅。以浅阙[15]博居天下、安殊俗[16]、治万民，其说固不行。十里之间而耳不能闻，帷墙之外而目不能见，三亩之宫而心不能知。其以东至开梧，南抚多颣[17]，西服寿靡，北怀儋耳，若之何哉？故君人者，不可不察此言也。治乱安危存亡，其道固无二也。故至智弃智，至仁忘仁，至德不德。无言无思，静以待时，时至而应，心暇者胜。凡应之理，清净公素[18]，而正始[19]卒。焉此治[20]纪，无唱有和，无先有随。古之王者，其所为少，其所因多。因者，君术也；为者，臣道也。为则扰矣，因则静矣。因冬为寒，因夏为暑，君奚事哉？故曰君道无知无为，而贤于有知有为，则得之矣。

有司请事于齐桓公。桓公曰："以告仲父。"有司又请。公曰："告仲父。"若是三。习者[21]曰："一则仲父，二则仲父，易哉为君!"桓公曰："吾未得仲父则难，已得仲父之后，曷为其不易也?"桓公得管子，事犹大易，又况于得道术乎？

孔子穷乎陈、蔡之间，藜羹不斟，七日不尝粒，昼寝。颜回索米，得而爨之。几熟，孔子望见颜回攫其甑中而食[22]之。选间[23]，食熟，谒孔子而进食。孔子佯为不见之。孔子起曰："今者梦见先君，食洁而后[24]馈。"颜回对曰："不可。向者煤炱入甑中[25]，弃食不祥，回攫而饮之。"孔子叹曰："所信者目也，而目犹不可信；所恃者心也，而心犹不足恃。弟子记之，知人固不易矣。"故知非难也，孔子之所以知人难也。

勿 躬

四曰：人之意苟善，虽不知可以为长。故李子[26]曰："非狗不得兔，兔化而狗，则不为兔。"人君而好为人官，有似于此。其臣蔽之，人时禁之，君自蔽则莫之敢禁。夫自为人官，自蔽之精者也[27]。祓篲日用而不藏于箧[28]，故用则衰，动则暗，作则倦[29]。衰、暗、倦，三者非君道也。

大桡作甲子，黔如作虏首[30]，容成作历，羲和作占日，尚仪作占月，后益作占岁，胡曹作衣，夷羿作弓，祝融作市，仪狄作酒，高元作室，虞姁作舟，伯益作井，赤冀作臼，乘雅作驾，寒哀作御，王冰作服牛，史皇作图，巫彭作医，巫咸作筮，此二十官者，圣人之所以治天下也。圣王不能二十官之事，然而使二十官尽其巧、毕其能，圣王在上故也。圣王之所不能也、所以能之也，所不知也、所以知之也。养其神、修其德而化矣，岂必劳形愁弊耳目哉[31]？是故圣王之德，融乎若日之始出，极烛六合而无所穷屈[32]；昭乎若日之光，变化万物而无所不行。神合乎太一，生无所屈，而意不可障；精通乎鬼神，深微玄妙，而莫见其形。今日南面，百邪自正，而天下皆反其情，黔首毕乐其志，安育其性，而莫为不成。故善为君者，矜服性命之情[33]，而百官已治矣，黔首已亲矣，名号已章矣。

管子复于桓公[34]，曰："垦田大邑[35]，辟土艺粟[36]，尽地力之利，臣不若宁速[37]，请置以为大田[38]。登降辞让，进退闲习，臣不若隰朋，请置以为大行[39]。蚤人晏出，犯君颜色，进谏必忠，不辟死亡[40]，不重贵富，臣不若东郭牙，请置以为大谏臣。平原广城，车不结[41]轨，士不旋踵[42]，鼓之，三军之士，视死如归，臣不若王子城父，请置以为大司马。决狱折中[43]，不杀不辜，不诬无罪，臣不若弦章，请置以为大理。君若欲治国强兵，则五子者足矣；君欲霸王，则夷吾在此。桓公曰："善。"令五子皆任其事，以受令于管子。十年，九合诸侯，一匡天下，皆夷吾与五子之能也。管子，人臣也，不任己之不能，而以尽五子之能，况于人主乎？人主知能、不能之可以君民也，则幽诡愚险之言无不职[44]矣，百官有司之事毕力竭智矣。五帝三王之君民也，下固不过毕力竭智也。夫君人而知无恃其能、勇、力、诚、信，则近之矣。凡君也者，处平静、任德化以听其要[45]，若此则形性弥羸[46]而耳目愈精；百官慎职，而莫敢愉綖[47]，人事其事，以充其名。名实相保，之谓知道。

---

①暴（pù，音曝）：显示，显露。

②唱：倡导。

③争：诤谏。持位：保住官职。

④进其业：指做"持位"、"取容"之事。

⑤君臣不定：君臣的正常关系不能确立。

⑥举：指举荐人、选取人。

⑦藉：凭借。昭：明亮。

⑧易操：交换彼此的职守。操：职守。

⑨驰骋而因：大意是，要想达到随心所欲无所不至的地步，就要有所凭借。驰骋：比喻无拘无束，无所不至。因：凭借。耳：语气词。

⑩无骨者不可令知冰：无骨之虫春生秋死，不知有冰雪。这里比喻愚君不可使知治国之道。

⑪是：此，这。向者：刚才。

⑫以其耳：凭着猪的耳朵辨认出来。

⑬以其耳之聪：根据他的耳朵听觉好。

⑭去听无以闻则聪：去掉听觉没有办法去听了，那么听觉就真的好了。去：抛弃。

⑮阙：通"缺"。

⑯安殊俗：使不同习俗的地区安定。安：用如使动。

⑰多颢（yǐng，音影）：古代传说中的南极之国。

⑱公素：公正质朴。素：质朴。

⑲卒：终。

⑳焉此：于此。纪：纲纪，法纪。

㉑习者：指所亲近的臣子。习：近习。

㉒攫：用手抓取。甑（zèng）：古代蒸饭的炊具。

㉓选间：一会儿。

㉔馈：送给人食物，这里指献给鬼神的祭品。

㉕煤炱（tái，音台）：烟尘。

㉖李子：即李悝，战国初期法家代表人物。

㉗精：甚。

㉘祓篲（fú huì，音浮会）：扫帚。箧（qiè，音惬）：箱子一类的东西。

㉙用则衰…作则倦：君主思虑人臣之事，那么心志就会衰竭；君主亲自去做人臣之事，必不能事事得当，结果就会受蒙蔽；君主亲自去做人臣之事，就会疲惫不堪。

㉚虏首：疑为蔀（pǒu）首。蔀首：古代历法蔀的起算点。

㉛愁：通"揫"，积。弊：通"蔽"，使…受蒙蔽。

㉜极：遍。烛：照耀。

㉝矜：慎重。

㉞复：报告。

㉟大：扩大。

㊱艺：种植。

㊲宁速：即宁戚，春秋时卫人。为人挽车至齐，于车下饭牛而歌，齐桓公拜为大夫。

㊳大田：官名，田官之长。

㊴大行：官名，掌接待宾客。

㊵辟：躲避。

㊶车不结轨：指战车行进得有条不紊。结：交错。

㊷士不旋踵：指大兵不退缩。旋：掉转。踵：脚后跟，这里指脚。

㊸折中：调节过与不及，使适中。

㊹幽：幽隐，隐蔽。诡：诈伪。愚：欺骗。职：通“识”。

㊺听：治理。

㊻赢：满，充盈。

㊼愉：通“偷”，苟且，懈怠。綖：通“延”，延缓，缓慢。

知　度

五曰：明君者，非遍见万物也，明于人主之所执[①]也。有术之主者，非一自行之[②]也，知百官之要也。知百官之要，故事省而国治也。明于人主之所执。故权专而奸止。奸止则说者不来，而情谕[③]矣；情者不饰，而事实见矣。此谓之至治。

至治之世，其民不好空言虚辞，不好淫学流说[④]，贤不肖各反其质。行其情，不雕其素[⑤]；蒙厚纯朴[⑥]，以事其上。若此则工拙愚智勇惧可得以故易官[⑦]，易官则各当其任矣。故有职者安其职，不听其议；无职者责其实，以验其辞。此二者审，则无用之言不入于朝矣。君服性命之情，去爱恶之心，用虚无为本，以听有用之言谓之朝[⑧]。凡朝也者，相与召理义也，相与植法则也。上服性命之情，则理义之士至矣，法则之用植矣，枉辟邪挠之人退矣[⑨]，贪得伪诈之曹远矣。故治天下之要，存乎除奸；除奸之要，存乎治官；治官之要，存乎治道；治道之要，存乎知性命。故子华子曰：“厚而不博，敬守一事，正性是喜[⑩]。群众不周，而务成一能。尽能既成，四夷乃平。唯彼天符，不周而周。此神农之所以长，而尧、舜之所以章也。”

人主自智而愚人，自巧而拙人，若此则愚拙者请矣，巧智者诏矣，诏多则请者愈多矣，请者愈多，且无不请也。主虽巧智，未无不知也。以未无不知，应无不请，其道固穷。为人主而数穷于其下，将何以君人乎？穷而不知其穷，其患又将反以自多，是之谓重塞之主[⑪]，无存国矣。故有道之主，因而不为[⑫]，责而不诏，去想去意，静虚以待，不伐之言，不夺之事，督名审实，官复自司[⑬]，以不知为道，以奈何为实？尧曰：“若何而为及日月之所烛？”舜曰：“若何而服四荒之外？”禹曰：“若何而治青北、化九阳、奇怪之所际[⑭]？”

越襄子之时，以任登为中牟令，上计[⑮]，言于襄子曰：“中牟有士曰胆胥已，请见之。”襄子见而以为中大夫。相国曰：“意者君耳而未之目[⑯]邪？为中大夫若此其易也，非晋国之故。”襄子曰：“吾举登也，已耳而目之矣。登所举，吾又耳而目之，是耳目人终无已也。”遂不复问，而以为中大夫。襄子何为任人，则贤者毕力。

人主之患，必在任人而不能用之，用之而与不知者议之也。绝江者托于船，致远者托于骥，霸王者托于贤。伊尹、吕尚、管夷吾、百里奚，此霸王者之船骥也。释父兄与子弟[⑰]，非疏之也；任庖人钓者与仇人仆虏[⑱]，非阿之也；持社稷立功名之道，不得不然也。犹大匠之为宫室也，量小大而知材木矣，訾功丈而知人数矣[⑲]。故小臣、吕尚听，而天下知殷、周之王也；管夷吾、百里奚听，天下知齐、秦之霸也。岂特骥远哉？

夫成王霸者固有人，亡国者亦有人。桀用羊辛，纣用恶来，宋用唐鞅，齐用苏秦，而天下知其亡。非其人而欲有功，譬之若夏至之日而欲夜之长也，射鱼指天而欲发之当[20]也，舜、禹犹若困，而况俗主乎。

---

①所执：指所应掌握的东西。

②一：一概。

③情谕：真情显露出来让人知道。谕：知道。

④淫学：指邪僻的学说。流说：流言，指无稽之谈。

⑤雕：雕饰。素：质朴。

⑥蒙厚：敦厚。

⑦易官：改换官职。

⑧朝：听朝。

⑨邪挠：邪曲。挠：曲。

⑩正性是喜：即“喜正性”。是：指示代词，复指前置宾语“正性”。

⑪重塞：双重的阻塞。道术穷为一塞，穷而自多为又一塞，所以说“重塞”。

⑫因而不为：依靠臣子做事，自己不亲自去做。

⑬官复自司：官府之事让官吏自己管理。

⑭奇怪：当作“奇肱”，传说中的西方国名。

⑮上计：古代考核地方官员政绩的方法。战国时，官员于年终须将赋税收入等写在木券上，呈送国君考核，叫做“上计”。

⑯耳而未之目：对这个人只是耳闻，尚未亲眼见到为人如何。

⑰释：舍弃，不用。

⑱庖人：指伊尹。仇人：指管夷吾。

⑲訾：估量。

⑳当：中。

慎　势

六曰：失之乎数，求之乎信，疑。失之乎势，求之乎国，危。吞舟之鱼，陆处则不胜蝼蚁。权钧则不能相使[1]，势等则不能相并，治乱齐则不能相正，故小大、轻重、少多、治乱不可不察，此祸福之门也。凡冠带之国[2]，舟车之所通，不用象、译、狄、鞮[3]，方三千里。古之王者，择天下之中而立国，择国之中而立宫，择宫之中而立庙。天下之地，方千里以为国，所以极治任也[4]。非不能大也，其大不若小，其多不若少。众封建，非以私贤也，所以便势全威，所以博义。义博利则无敌，无敌者安。故观于上世，其封建众者，其福长，其名彰。神农十七世有天下，与天下同之也。

王者之封建也，弥近弥大，弥远弥小，海上有十里之诸侯。以大使小，以重使轻，以众使寡，此王者之所以家以完也[5]。故曰，以滕、费则劳，以邹、鲁则逸，以宋、郑则犹倍日而驰也[6]，以齐、楚则举而加纲旃而已矣[7]。所用弥大，所欲弥易。

汤其无郼，武其无岐，贤虽十全，不能成功。汤、武之贤，而犹藉知乎势，又况不及汤、武者乎？故以大畜小吉，以小畜大灭，以重使轻从，以轻使重凶。自此观之，夫欲定一世，安黔首之命，功名著乎槃盂[8]，铭篆著乎壶鉴[9]，其势不厌尊[10]，其实不厌多。多实尊势，贤士制之，以遇乱世，王犹尚少。天下之民，穷矣苦矣。民之穷苦弥甚，王者之弥易。凡王也者，穷苦之救也。水用舟，陆用车，涂用辒[11]，沙用鸠[12]，山用樏[13]，因其势也者令行。

位尊者其教受，威立者其奸止，此畜人之道也。故以万乘令乎千乘易，以千乘令乎一家易[14]，以一家令乎一人易。尝识及此，虽尧、舜不能。诸侯不欲臣于人，而不得已，其势不便，则奚以易臣？权轻重，审大小，多建封，所以便其势也。王也者，势也；王也者，势无敌也。势有敌则王者废矣。有知小之愈于大、少之贤于多者，则知无敌矣。知无敌则似类嫌疑之道远矣。故先王之法，立天子不使诸侯疑焉，立诸侯不使大夫疑焉，立适子不使庶孽疑[15]焉。疑生争，争生乱。是故诸侯失位则天下乱，大夫无等则朝廷乱，妻妾不分则家室乱，适孽无别则宗族乱。慎子曰："今一兔走，百人逐之。非一兔足为百人分也，由未定。由未定，尧且屈力，而况众人乎？积兔满市，行者不顾[16]。非不欲兔也，分已定矣。分已定，人虽鄙不争。故治天下及国，在乎定分而已矣。"

庄王围宋九月，康王围宋五月，声王围宋十月，楚三围宋矣而不能亡，非不可亡也，以宋攻楚，奚时止矣？凡功之立也，贤不肖强弱治乱异也。

齐简公有臣曰诸御鞅，谏于简公曰："陈成常与宰予，之二臣者甚相憎也，臣恐其相攻也。相攻唯固则危上[17]矣。愿君之去一人也。"简公曰："非而细人所能识[18]也。"居无几何，陈成常果攻宰予于庭，即简公于庙。简公喟焉太息曰："余不能用鞅之言，以至此患也。"失其数，无其劳，虽悔无听鞅也与无悔同，是不知恃可恃而恃不恃也。周鼎著象[19]，为其理之通也。理通，君道也。

---

①钧：通"均"。

②冠带之国：指文明开化的国家。

③象、译、狄、鞮（tí，音提）：古代通译南、北、西方民族语言的官。

④极：达到最高程度。治任：治理国家的担子。

⑤此王者之所以家以完也：这就是王者能够保全天下的原因。

⑥倍日而驰：一天跑两天的路。这里极其快速。

⑦举而加纲旃（zhān，音沾）：举纲纪加之于小国，这里极言其易。旃：之，这里指小国。

⑧槃盂：都是古代盛水的器皿，以青铜铸成。

⑨铭篆：铭刻。鉴：镜子。

⑩厌：满足。

⑪涂：泥泞的道路。輴（chūn）：古代用于泥泞路上的交通工具。

⑫鸠：用于沙路的一种小车。

⑬檋（léi，音雷）：登山的用具。

⑭家：指大夫之家，即大夫的采地食邑。

⑮适子：正妻所生之子。适：通"嫡"。庶孽：庶子。

⑯顾：回头看。

⑰固：固执。

⑱细人：小人，浅陋之人。识：知道。

⑲著象：指刻铸上人物的图象。

不　二

七曰：听群众人议以治国，国危无日矣。何以知其然也？老耽贵柔，孔子贵仁，墨翟贵廉，关尹贵清，子列子贵虚，陈骈贵齐①，阳生贵己②，孙膑贵势，王廖贵先，兒良贵后。此十人者，皆天下之豪士也。

有金鼓，所以一耳；必同法令，所以一心也；智者不得巧，愚者不得拙，所以一众也；勇者不得先，惧者不得后，所以一力也。故一则治，异则乱；一则安，异则危。夫能齐万不同[③]，愚智工拙皆尽力竭能，如出乎一穴者[④]。其唯圣人矣乎！无术之智，不教之能，而恃强速贯习[⑤]，不足以成也。

---

①陈骈：即田骈。

②阳生：即杨朱。

③齐万不同：使众多不同的事物齐同。

④如出乎一穴：这是比喻的说法，意思是说从一个起点出发。

⑤速：敏捷。贯：贯通。习：熟习。

执　一

八曰：天地阴阳不革[①]，而成万物不同。目不失其明，而见白黑之殊；耳不失其听，而闻清浊之声。王者执一，而为万物正[②]。军必有将，所以一之也；国必有君，所以一之也；天下必有天子，所以一之也；天子必执一，所以抟之也[③]。一则治，两则乱。今御骊马者，使四人，人操一策[④]，则不可以出于门闾者，不一也。

楚王问为国于詹子。詹子对曰："何闻为身，不闻为国。"詹子岂以国可无为哉？以为为国之本在于为身，身为而家为，家为而国为，国为而天下为。故曰以身为家，以家为国，以国为天下。此四者，异位同本。故圣人之事，广之则极宇宙，穷日月，约之则无出乎身者也。慈亲不能传于子，忠臣不能入于君，唯有其材者为近之。

田骈以道术说齐，齐王应之曰："寡人所有者齐国也，愿闻齐国之政。"田骈对曰："臣之言，无政而可以得政。譬之若林木，无材而可以得材。愿王之自取齐国之政也。骈犹浅言之也。博言之，岂独齐国之政哉？变化应求而皆有章，因性任物而莫不宜当，彭祖以寿，三代以昌，五帝以昭，神农以鸿[⑤]。"

吴起谓商文曰："事君果有命矣夫！"商文曰："何谓也？"吴起曰："治四境之内，成训教，变习俗，使君臣有义，父子有序，子与我孰贤？"商文曰："吾不若子。"曰："今日置质为臣[⑥]，其主安重；今日释玺辞官，其主安轻；子与我孰贤？"商文曰："吾不若子。"曰："士马成列，马与人敌，人在马前，援桴一鼓，使三军之士，乐死若生，子与我孰贤？"商文曰："吾不若子。"吴起曰："三者，子言不吾若也，位则在吾上，命也夫事君！"商文曰："善。子问我，我亦问子。世变主少，群臣相疑，黔首不定，属之子乎[⑦]？属之我乎？"吴起默然不对，少选曰："与子。"商文曰："是吾所以加于子之上已。"吴起见其所以长，而不见其所以短；知其所以贤，而不知其所以不肖。故胜于西河，而困于王错，倾造大难，身不得死焉。夫吴胜于齐，而不胜于越；齐胜于宋，而不胜于燕。故凡能全国完身者，其唯知长短赢绌之化邪[⑧]。

---

①革：变.

②正：主。

③抟：通“专”。

④策：马鞭。

⑤鸿：昌盛。

⑥置质：这里是献身的意思。

⑦属：委托，托付。

⑧赢绌：意思是“伸屈”。

吕氏春秋卷第十八

镇洋毕氏校本

审应览第六

重言　精论　离谓　淫辞　不屈　应言　具备

吕氏春秋训解

高　氏

审　应　览

一曰：人主出声应容[①]，不可不审。凡主有识，言不欲先。人唱我和，人先我随。以其出为之人[②]，以其言为之名，取其实以责其名，则说者不敢妄言，而人主之所执其要矣。

孔思请行。鲁君曰：“天下主亦犹寡人也，将焉之?”孔思对曰：“盖闻君子犹鸟也，骇则举。[③]”鲁君曰：“主不肖而皆以然也，违不肖[④]，过不肖[⑤]，而自以为能论天下之主乎?”凡鸟之举也，去骇从不骇。去骇从不骇，未可知也。去骇从骇，则鸟曷为举矣?孔思之对鲁君也亦过矣。

魏惠王使人谓韩昭侯曰：“夫郑乃韩氏亡之也，愿君之封其后也，此所谓存亡继绝之义[⑥]，君若封之则大名[⑦]。”昭侯患之。公子食我曰：“臣请往对之。”公子食我至于魏，见魏王曰：“大国命弊邑封郑之后，弊邑不敢当也。弊邑为大国所患，昔出公之后声氏为晋公，拘于铜鞮，大国弗怜也，而使弊邑存亡继绝，弊邑不敢当也。”魏王惭曰：“固非寡人之志也，客请勿复言。”是举不义以行不义也[⑧]。魏王虽无以应，韩之为不义愈益厚也。公子食我之辩，适足以饰非遂过[⑨]。

魏昭王问于田诎曰：“寡人之在东宫之时，闻先生之议曰：‘为圣易’有诸乎?”田诎对曰：“臣之所举[⑩]也。”昭王曰：“然则先生圣于[⑪]?”田诎对曰：“未有功而知其圣也，是尧之知舜也；待其功而后知其舜也，是市人之知圣也。今诎未有功，而王问诎曰：‘若圣乎?’敢问王亦其尧邪?”昭王无以应。田诎之对，昭王固非曰：“我知圣也”，耳，问曰：“先生其圣乎”，已因以知圣对昭王，昭王有非其有，田诎不察。

赵惠王谓公孙龙曰：“寡人事偃兵十余年矣而不成，兵不可偃乎?”公孙龙对曰：“偃兵之意，兼爱天下之心也。兼爱天下，不可以虚名为也，必有其实。今蔺、离石入秦，而王缟素布总[12]；东攻齐得城，而王加膳置酒。秦得地而王布总，齐亡地而王加膳，所非兼爱之心也。此偃兵之所以不成也。”今有人求于此，无礼慢易而求敬[13]，阿党不公而求令[14]，烦号数变而求静，暴戾贪得而求定，虽黄帝犹若困。

卫嗣君欲重税以聚粟，民弗安，以告薄疑曰：“民甚愚矣。夫聚粟也，将以为民也。其自藏之与在于上奚择?”薄疑曰：“不然。其在于民而君弗知，其不如在上也；其在于上而民弗知，其不如在民也。”凡听必反诸己，审则令无不听矣。国久则固，固则难亡，今虞、夏、殷、周无存者，皆不知反诸己也。

公子沓相周，申向说之而战。公子沓訾之曰：“申子说我而战，为吾相也夫?”申向曰：“向则不肖。虽然，公子年二十而相，见老者而使之战，请问孰病哉?”公子沓无以应。战者，不习也；使人战者，严驵[15]也。意者恭节而人犹战，任不在贵者矣。故人虽时有自失者，犹无以易恭节。自失不足以难，以严驵则可。

---

①出身：说话。　　应容：脸上做出反应。

②以其出为之人：根据他外在的表现考察他的内心。

③举：这里是飞的意思。

④违：离开。

⑤过：往。

⑥存亡继绝：使被灭亡的国家得以存在，使被灭绝的诸侯得以延续。

⑦大名：使名声大加显扬。

⑧举不义以行不义：举出别国的不义行为（指魏不救声氏）来为自己行不义（韩不封郑之后）辩解。

⑨饰非遂过：即文过饰非。遂：成。

⑩举：提出，说出。

⑪于：乎。

⑫缟素布总：指丧国之服。缟素：白色的丧服。布总：以布束发。

⑬慢易：轻慢。

⑭阿党：偏私一方。令：善。

⑮严驵：严厉骄横。驵：通“怚”（jù，音具）骄。

重　言

二曰：人主之言，不可不慎。高宗，天子也，即位谅闇①，三年不言。卿大夫恐惧，患之。高宗乃言曰：“以余一人正四方，余唯恐言之不类也，兹故不言。”古之天子，其重言如此，故言无遗者。

成王与唐叔虞燕居②，援梧叶以为珪③，而授唐叔虞曰：“余以此封女。”叔虞喜，以告周公。周公以请曰：“天子其封虞邪?”成王曰：“余一人与虞戏也。”周公对曰：“臣闻之，天子无戏言。天子言，则史书之，工诵之，士称之。”于是遂封叔虞于晋。周公旦可谓善说矣，一称而令成王益重言，明爱弟之义，有辅王室之固④。

荆庄王立三年，不听而好讔⑤。成公贾入谏。王曰：“不谷禁谏者，今子谏，何故?”对曰：“臣非敢谏也，愿与君王讔也。”王曰：“胡不设不谷⑥矣?”对曰：“有鸟止于南方之阜，三年不动不飞不鸣，是何鸟也？”王射之[⑦]曰：“有鸟止于南方之阜，其三年不动，将以定志意也；其不飞，将以长羽翼也；其不鸣，将以览民则也。是鸟虽无飞，飞将冲天；虽无鸣，鸣将骇人。贾出矣，不谷知之矣。”明日朝，所进者五人，所退者十人，群臣大说，荆国之众相贺也。故《诗》曰：“何其久也，必有以也，何其处也，必有与也[⑧]。”其庄王之谓邪？成公贾之讔也，贤于太宰嚭之说也。太宰嚭之说，听乎夫差，而吴国为墟；成公贾之讔，喻乎荆王，而荆国以霸。

齐桓公与管仲谋伐莒，谋未发而闻于国。桓公怪之曰：“与仲父谋伐莒，谋未发而闻于国，其故何也？”管仲曰：“国必有圣人也。”桓公曰：“譆！日之役者，有执蹠痞而上视者[⑨]，意者其是邪？”乃令复役，无得相代。少顷，东郭牙至。管仲曰：“此必是已。”乃令宾者延之而上[⑩]，分级而立[⑪]。管子曰：“子邪言伐莒者？”对曰：“然。”管仲曰：“我不言伐莒，子何故言伐莒？”对曰：“臣闻君子善谋，小人善意。臣窃意之也。”管仲曰：“我不言伐莒，子何以意之？”对曰：“臣闻君子有三色：显然喜乐[⑫]者，钟鼓之色也；湫然清静[⑬]者，衰绖之色[⑭]也；艴然充盈，手足矜[⑮]者，兵革之色也。日者臣望君之在台上也，艴然充盈，手足矜者，此兵革之色也。君呿而不唫[⑯]，所言者‘莒’也；君举臂而指，所当者莒也。臣窃以虑诸侯之不服者，其惟莒乎。臣故言之。”凡耳之闻以声也，今不闻其声，而以其容与臂，是东郭牙不以耳听而闻也。桓公、管仲虽善匿，弗能隐矣。故圣人听于无声，视于无形，詹何、田子方、老耼是也。

---

①谅闇（ān，音安）：指帝王丧居。

②燕居：退朝而居，闲居。

③珪：古玉名，诸侯用为守邑信符。

④有：通“又”。辅王室之固：古代诸侯乃天子屏障，叔虞封于晋，可藩屏周王室，使之巩固，所以这样说。

⑤讔（yǐn，音隐）：隐语。

⑥设：施，行。这里有讲隐语之意。

⑦射：猜测。

⑧处：安居。有与：义同“有以”，即有原因。

⑨蹠（zhǐ，音趾）痞：当指可以用足踏的耒。痞：疑为“枱（sì）”之异文，指农具上的木柄。

⑩延：引。

⑪分级而立：分别在左右台阶上站定。

⑫显然：欢乐的样子。

⑬湫然：清冷的样子。

⑭衰绖（cuīdié）：指丧服。

⑮艴（bó，音博）然：恼怒的样子。矜：奋，挥动。

⑯呿（qū，音曲）：张口。唫（jìn，音尽）：闭口。

精　谕

三曰：圣人相谕不待言，有先言言者[①]也。海上之人有好蜻者，每居海上，从蜻游，蜻之至者，百数而不止，前后左右尽蜻也，终日玩之而不去。其父告之曰：“闻蜻皆从女居，取而来，吾将玩之。”明日之海上，而蜻无至者矣。

胜书说周公旦曰：“廷小人众，徐言则不闻，疾言则人知之。徐言乎？疾言乎？”周公旦曰：

“徐言。”胜书曰：“有事于此，而精言之而不明[②]，勿言之而不成。精言乎？勿言乎？”周公旦曰：“勿言。”故胜书能以不言说，而周公旦能以不言听，此之谓不言之听。不言之谋，不闻之事，殷虽恶周，不能疵矣。口喑不言[③]，以精相告，纣虽多心，弗能知矣。目视于无形，耳听于无声，商闻虽众，弗能窥矣。同恶同好，志皆有欲，虽为天子，弗能离矣。

孔子见温伯雪子，不言而出。子贡曰：“夫子之欲见温伯雪子好矣[④]，今也见之而不言，其故何也。”孔子曰：“若夫人者，目击而道存矣，不可以容声矣。”[⑤]故未见其人而知其志，见其人而心与志皆见，天符同也[⑥]。圣人之相知，岂待言哉？

白公问于孔子曰：“人可与微言[⑦]乎？”孔子不应。白公曰：“若以石投水奚若？”孔子曰：“没人能取之。[⑧]”白公曰：“若以水投水奚若？”孔子曰：“淄、渑之合[⑨]者，易牙尝而知之[⑩]。”白公曰：“然则人不可与微言乎？”孔子曰：“胡为不可？唯知言之谓者为可[⑪]耳。”白公弗得也。知谓则不以言矣。言者，谓之属也。求鱼者濡[⑫]，争兽者趋，非乐之也。故至言去言，至为无为。浅智者之所争则末矣。此白公之所以死于法室[⑬]。

齐桓公合诸侯，卫人后至。公朝而与管仲谋伐卫，退朝而入，卫姬望见君，下堂再拜，请卫君之罪。公曰：“吾于卫无故[⑭]，子曷为请？”对曰：“妾望君之入也，足高气强，有伐国之志也；见妾而有动色，伐卫也。”明日君朝，揖管仲而进之。管仲曰：“君舍卫乎？”公曰：“仲父安识之？”管仲曰：“君之揖朝也恭，而言也徐，见臣而有惭色。臣是以知之。”君曰：“善。仲父治外，夫人治内，寡人知终不为诸侯笑矣。”桓公之所以匿者不言也，今管子乃以容貌音声，夫人乃以行步气志，桓公虽不言，若暗夜而烛燎也。

晋襄公使人于周曰：“弊邑寡君寝疾，卜以守龟曰：‘三涂为祟[⑮]。’弊邑寡君使下臣愿藉途而祈福焉。”

天子许之。朝，礼使者事毕，客出。苌弘谓刘康公[⑯]曰：“夫祈福于三涂，而受礼于天子，此柔嘉之事[⑰]也。而客武色，殆有他事，愿公备之也。”刘康公乃儆戎车卒士以待之[⑱]。晋果使祭事先，因令杨子将卒十二万而随之，涉于棘津，袭聊阮、梁、蛮氏，灭三国焉。此形名不相当，圣人之所察也，苌弘则审矣。故言不足以断小事，唯知言之谓者可为[⑲]。

---

①有先言言者：思想可以先于言语表达出来。第一个言是名词，第二个言是动词。

②精：微。

③喑（wěn，音稳）：同“吻”。

④好：久。

⑤不可以容声矣：用不着说话了。

⑥天符：天道。同：合。

⑦微言：不明言。

⑧没人：在水中潜行之人。

⑨淄、渑：齐国境内二水名。合：汇合。

⑩易牙：齐桓公近臣，善别滋味。

⑪谓：意思，思想。

⑫濡：沾湿。

⑬法室：刑室，监狱。

⑭故：事，这里指战争。

⑮三涂：山名，在今河南嵩县西南，伊河北岸。这里指“三塗”的山神。祟：作怪。

⑯刘康公：周定王之子，食邑在“刘”，谥“康公”。

⑰柔嘉：温和而美善。

⑱儆（jǐng，音警）：使人警惕。

⑲可为：当作“为可”。

离　谓

四曰：言者，以谕意也。言意相离，凶也。乱国之俗，甚多流言，而不顾其实，务以相毁，务以相誉，毁誉成党，众口熏天①，贤不肖不分。以此治国，贤主犹惑之也，又况乎不肖者乎？惑者之患，不自以为惑，故惑惑之中有晓焉②，冥冥之中有昭焉。亡国之主，不自以为惑，故与桀、纣、幽、厉皆也③。然有亡者国，无二道矣④。

郑国多相县以书⑤者。子产令无县书，邓析致之⑥。子产令无致书，邓析倚之。令无穷，则邓析应之亦无穷矣。是可不可无辨也。可不可无辨，而以赏罚，其罚愈疾⑦，其乱愈疾，此为国之禁也。故辨而不当理则伪，知而不当理则诈，诈伪之民，先王之所诛也。理也者，是非之宗也。

洧水甚大，郑之富人有溺者。人得其死者。富人请赎之，其人求金甚多，以告邓析。邓析曰：“安之。人必莫之卖矣。”得死者患之，以告邓析。邓析又答之曰：“安之。此必无所更买矣。”夫伤忠臣者，有似于此也。夫无功不得民，则以其无功不得民伤之；有功得民，则又以其有功得民伤之。人主之无度者，无以知此，岂不悲哉？比干、苌弘以此死，箕子、商容以此穷，周公、召公以此疑，范蠡、子胥以此流，死生存以安危，从此生矣。

子产治郑，邓析务难之，与民之有狱者约，大狱一衣，小狱襦袴⑧。民之献衣襦袴而学讼者，不可胜数。以非为是，以是为非，是非无度，而可与不可日变。所欲胜因胜，所欲罪因罪。郑国大乱，民口欢哗。子产患之，于是杀邓析而戮之⑨，民心乃服，是非乃定，法律乃行。今世之人，多欲治其国，而莫之诛邓析之类，此所以欲治而愈乱也。

齐有事人者，所事有难而弗死也，遇故人于涂。故人曰：“固不死乎？”对曰：“然。凡事人以为利也。死不利，故不死。”故人曰：“子尚可以见人乎？”对曰：“子以死为顾可以见人乎⑩？”是者数传⑪。不死于其君长，大不义也，其辞犹不可服，辞之不足以断事也明矣。夫辞者，意之表也。鉴其表而弃其意，悖。故古之人，得其意则舍其言矣。听言者以言观意也。听言而意不可知，其与桥言无择⑫。齐人有淳于髡者，以从说魏王⑬。魏王辩之⑭，约车十乘⑮，将使之荆。辞而行，有以横说魏王⑯，魏王乃止其行。失从之意，又失横之事。夫其多能不若寡能，其有辩不若无辩。周鼎著倕而龁其指⑰，先王有以见大巧之不可为也。

---

①熏天：形容气势之盛。熏：侵袭。

②惑惑，迷惑。

③皆：通“偕”，相同。

④无二道矣：没有另外的途径了。意思是，被灭亡的国家，都是由于“不自以为惑”。

⑤相县以书：把法令悬挂出来示人。

⑥致：细密。这里是指完善的意思。

⑦疾：猛烈。

⑧襦（rú，音如）：短衣。袴：裤子。

⑨戮：陈尸示众。

⑩顾：反而。

⑪是者数传：这样的话多次传述。是：此。传：传述。

⑫桥：乖戾。择：区别。

⑬从：通“纵”，即合纵。 魏王：指魏惠王。

⑭辩之：以之为辩，认为他说得好。

⑮约车：套车。约：束。

⑯有：通“又”。横：即连横。

⑰倕（chuí，音垂）：相传为尧时巧匠。龁（hé，音合）：咬。

淫 辞

五曰：非辞无以相期[①]，从辞则乱。乱辞之中又有辞焉[②]，心之谓也。言不欺心，则近之矣。凡言者，以谕心也。言心相离，而上无以参之[③]，则下多所言非所行也，所行非所言也。言行相诡[④]，不祥莫大焉。

空雄之遇[⑤]，秦赵相与约。约曰：“自今以来，秦之所欲为，赵助之；赵之所欲为，秦助之。”居无几何，秦兴兵攻魏，赵欲救之。秦王不说，使人让赵王曰：“约曰：‘秦之所欲为，赵助之；赵之所欲为，秦助之。’今秦欲攻魏，而赵因欲救之，此非约也。”赵王以告平原君。平原君以告公孙龙。公孙龙曰：“亦可以发使而让秦王曰：‘赵欲救之，今秦王独不助赵，此非约也。’”

孔穿、公孙龙相与论于平原君所，深而辩，至于藏三牙[⑥]。公孙龙言藏之三牙甚辩，孔穿不应，少选，辞而出。明日，孔穿朝。平原君谓孔穿曰：“昔者公孙龙之言甚辩。”孔穿曰：“然。几能令藏三牙矣。虽然难，愿得有问于君，谓藏三牙甚难而实非也，谓藏两牙甚易而实是也，不知君将从易而是者乎？将从难而非者乎？”平原君不应。明日，谓公孙龙曰：“公无与孔穿辩。”

荆柱国庄伯令其父视曰，“日在天”；视其奚如，曰：“正圆”；视其时，曰：“当今”。令谒者驾，曰：“无马。”令涓人取冠，“进上”。问马齿，圉人曰：“齿十二与牙三十[⑦]。”人有任臣不亡[⑧]者，臣亡，庄伯决之，任者无罪。

宋有澄子者，亡缁衣，求之涂。见妇人衣缁衣，援而弗舍，欲取其衣，曰：“今者我亡缁衣。”妇人曰：“公虽亡缁衣，此实吾所自为也。”澄子曰：“子不如速与我衣。昔吾所亡者，纺缁也[⑨]。今子之衣，禅缁也[⑩]。以禅缁当纺缁，子岂不得哉？”

宋王谓其相唐鞅曰：“寡人所杀戮者众矣，而群臣愈不畏，其故何也？”唐鞅对曰：“王之所罪，尽不善者也。罪不善，善者故为不畏。王欲群臣之畏也，不若无辨其善与不善而时罪之，若此则群臣畏矣。”居无几何，宋君杀唐鞅。唐鞅之对也，不若无对。

惠子为魏惠王为法。为法已成，以示诸民人，民人皆善之。献之惠王，惠王善之，以示翟翦，翟翦曰：“善也。”惠王曰：“可行邪？”翟翦曰：“不可。”惠王曰：“善而不可行，何故？”翟翦对曰：“今举大木者，前乎舆謣[⑪]，后亦应之，此其于举大木者善矣，岂无郑、卫之音哉？然不若此其宜也。夫国亦木之大者也[⑫]。

①相期：这里是相互交往的意思。 期：会合。

②乱：疑为衍文。

③参：检验。

④诡：背离。

⑤空雄：当作“空雒”。 遇：盟会。

⑥藏三牙：当作“藏三耳”。藏：即臧，通“牂”（zāng，音脏），母羊。所谓羊三耳，乃名家论辩之一论题：羊有耳是一个集合概念，羊又有两耳，加起来是三个概念，所以说“羊三耳。”

⑦荆柱国庄伯…牙三十：这几句都是讲答非所问之事。

⑧任：担保。 臣：奴隶。 亡：逃跑。

⑨纺：纺帛，用纺丝的方法织成的丝织品。

⑩禅（dān，音单）：单衣。

⑪舆謣（yū，音于）：指举重物时所喊的号子。

⑫夫国亦木之大者也：意即谓，治理国家也象举大木那样，自有其宜用之法，而惠子之法如同郑、卫之音，众人虽善之，但不可行于国。

不　屈

六曰：察士以为得道则未也[①]。虽然，其应物也，辞难穷矣。辞难穷，其为祸福犹未可知。察而以达理明义，则察为福矣；察而以饰非惑愚[②]，则察为祸矣。古者之贵善御也[③]，以逐举禁邪也。

魏惠王谓惠子曰：“上世之有国，必贤者也。今寡人实不若先生，愿得传国。”惠子辞。王又固请曰：“寡人莫有之国于此者也，而传之贤者，民之贪争之心止矣。欲先生之以此听寡人也。”惠子曰：“若王之言，则施不可而听矣[④]。王固万乘之主也，以国与人犹尚可[⑤]。今施，布衣也，可以有万乘之国而辞之，此其止贪争之心愈甚也。”惠王谓惠子曰：“古之有国者必贤者也。”夫受而贤者舜也，是欲惠子之为舜也；夫辞而贤者许由也，是惠子欲为许由也；传而贤者尧也，是惠王欲为尧也。尧、舜、许由之作，非独传舜而由辞也[⑥]，他行称此[⑦]。今无其他，而欲为尧、舜、许由，故惠王布冠而拘于鄄[⑧]，齐威王几弗受，惠子易衣变冠，乘舆而走，几不出乎魏境。凡自行不可以幸，为必诚。

匡章谓惠子于魏王之前曰：“蝗螟，农夫得而杀之，奚故？为其害稼也。今公行，多者数百乘，步者数百人；少者数十乘，步者数十人。此无耕而食者，其害稼亦甚矣。”惠王曰：“惠子施也，难以辞与公相应。虽然，请言其志。惠子曰：‘今之城者，或者操大筑乎城上[⑨]，或负畚而赴乎城下，或操表掇以善睎望[⑩]。若施者，其操表掇者也。使工女化而为丝，不能治丝；使大匠化而为木，不能治木；使圣人化而为农夫，不能治农夫。施而治农夫者也[⑪]。’公何事比施于胜螟乎？”惠子之治魏为本，其治不治。当惠王之时，五十战而二十败，所杀者不可胜数，大将、爱子有禽者也。大术之愚，为天下笑，得举其讳，乃请令周太史更著其名[⑫]。围邯郸三年而弗能取，士民罢潞[⑬]，国家空虚，天下之兵四至[⑭]。罪庶诽谤，诸侯不誉，谢于翟翦而更听其谋，社稷乃存。名宝散出，土地四削，魏国从此衰矣。仲父，大名也；让国，大实也。说以不听、不信[⑮]。听而若此，不可谓工矣。不工而治，贼天下莫大焉，幸而独听于魏也。以贼天下为实，以治之为名，匡章之非，不亦可乎？

白圭新与惠子相见也，惠子说之以强[⑯]，白圭无以应。惠子出，白圭告人曰：“人有新取妇者，妇至，宜安矜烟视媚行[⑰]。竖子操蕉火而钜[⑱]，新妇曰：‘蕉火大钜[⑲]。’入于门，门中有敛陷[⑳]，新妇曰：‘塞之，将伤人之足。’此非不便之家氏也[㉑]，然而有大甚者。今惠子之遇我尚新，其说我有大甚者。”惠子闻之曰：“不然。《诗》曰‘恺悌君子，民之父母。’恺者，大也；悌者，长也。君子之德，长且大者，则为民父母。父母之教子也，岂待久哉？何事比我于新妇乎？《诗》

岂曰'恺悌新妇'哉?"诽汙因汙[22]，诽辟因辟，是诽者与所非同也。白圭曰："惠子之遇我尚新其，说我有大甚者"，惠子闻而诽之，因自以为为之父母，其非有甚于白圭亦有大甚者。

---

①察士：明察之士，此指善辩之人。

②惑愚：惑弄愚笨的人。

③贵善御：看重善于驾车的人，这里是指看重善于治国的人。

④不可而听：不可以听从。

⑤犹尚可：指尚且可以止贪争之心。

⑥非独传舜而由辞也：大意是，不单单是尧把帝位传给舜舜接受了，尧把帝位传给许由而许由拒绝了。

⑦他行称止：其他的作为也与此相称。

⑧布冠而拘于鄄（juàn，音绢）：指惠王穿上丧国之服自拘于鄄，请求归服各国。

⑨筑：捣土的杵。乎：于。

⑩表掇：本指用来表示分界的挂有毛皮的直木，后引伸为仪范。睎望：远望，看方位的斜正。

⑪而：乃。

⑫更著其名：魏惠王尊惠子为仲父，这里的"更著其名"指更改其仲父之名。

⑬罢潞：疲惫羸弱。　罢：通"疲"。　潞：通"路"，羸弱。

⑭兵：指救邯郸之兵。

⑮说以不听、不信：指以不可听、不可信之言游说惠王。

⑯强：指强国之法。

⑰安矜：安稳持重。　烟视：微视。　媚行：徐行。

⑱蕉火：通"爝火"，小火把。　钜：大。

⑲大（tai）：同"太"。

⑳竷（hán，音犴）：疑为"欿"之误。　欿：通"坎"，坑。

㉑之：于。　家氏：夫家。

㉒诽：责难。　因：凭借。

应　言

七曰：白圭谓魏王曰："市丘之鼎以烹鸡[1]，多洎之则淡而不可食[2]，少洎之则焦而不熟，然而视之蝺焉美无所可用[3]。惠子之言，有似于此。"惠子闻之曰："不然。使三军饥而居鼎旁，适为之甑，则莫宜之此鼎矣。"白圭闻之曰："无所可用者，意者徒加其甑邪?"白圭之论自悖，其少魏王大甚[4]。以惠子之言蝺焉美无所可用，是魏王以言无所可用者为仲父也，是以言无所用者为美也。

公孙龙说燕昭王以偃兵。昭王曰："甚善。寡人愿与客计之。"公孙龙曰："窃意大王之弗为也。"王曰："何故?"公孙龙曰："日者大王欲破齐，诸天下之士，其欲破齐者，大王尽养之；知齐之险阻要塞君臣之际者，大王尽养之；虽知而弗欲破者，大王犹若弗养。其卒果破齐以为功。今大王曰'我甚取偃兵'。诸侯之士，在大王之本朝者，尽善用兵者也，臣是以知大王之弗为也。"王无以应。

司马喜难墨者师于中山王前以非攻，曰："先生之所术非攻夫[5]?"墨者师曰："然。"曰："今王兴兵而攻燕，先生将非王乎?"墨者师对曰："然则相国是攻之乎[6]?"司马喜曰："然。"墨者师曰："今赵兴兵而攻中山，相国将是之乎?"司马喜无以应。

路说谓周颇曰："公不爱赵，天下必从。"周颇曰："固欲天下之从也。天下从则秦利也。"路说应之曰："然则公欲秦之利夫?"周颇曰："欲之。"路说曰："公欲之，则胡不为从矣?"

魏令孟卬割绛、䢵、安邑之地以与秦王[7]。王喜，令起贾为孟卬求司徒于魏王。魏王不说，应起贾曰："卬，寡人之臣也。寡人宁以臧为司徒[8]，无用卬。愿大王之更以他人诏之也"起贾出，遇孟卬于廷，曰："公之事何如?"起贾曰："公甚贱于公之主。公之主曰：'宁用臧为司徒，无用公。'"孟卬入见，谓魏王曰："秦客何言?"王曰："求以女为司徒。"孟卬曰："王应之谓何?"王曰："宁以臧无用卬也。"孟卬太息曰："宜矣，王之制于秦也。王何疑秦之善臣也[9]? 以绛、䢵、安邑令负牛书与秦[10]，犹乃善牛也。卬虽不肖，独不如牛乎? 且王令三将军为臣先曰'视卬如身[11]'，是重臣也。令二轻臣也，令臣责[12]，卬虽贤固能乎?"居三日，魏王乃听起贾。凡人主之与其大官也，为有益也。今割国之锱锤矣，而因得大官，且何地以给之? 大官，人臣之所欲也。孟卬令秦得其所欲，秦亦令孟卬得其所欲，责以偿矣[13]，尚有何责? 魏虽强犹不能责无责[14]，又况于弱? 魏王之令乎孟卬为司徒以弃其责，则拙也。

秦王立帝，宜阳许绾诞魏王，魏王将入秦。魏敬谓王曰："以河内孰与梁重?"王曰："梁重。"又曰："梁孰与身重?"王曰："身重。"又曰："若使秦求河内，则王将与之乎?"王曰："弗与也。"魏敬曰："河内，三论之下也[15]；身，三论之上也。秦索其下而王弗听，索其上而王听之，臣窃不取也。"王曰："甚然。"乃辍行。秦虽大胜于长平，三年然后决，士民倦，粮食[16]。当此时也，两周全，其北存[17]。魏举陶削卫，地方六百，有之势是[18]，而入大蚤，奚待于魏敬之说也? 夫未可以入而入，其患有将可以入而不入[19]。入与不入之时，不可不熟论也。

---

①市丘之鼎：市丘所出的鼎。

②洎（jì，音鸡）：肉汁。

③蝺焉：高大美好的样子。

④少：轻视。　大：同"太"。

⑤所术：所推行的主张。

⑥是：以…为是，赞成。

⑦孟卬：齐人，仕于魏。　䢵：当为"汾"字之异文。　汾：古邑名

⑧臧：古代对奴隶的贱称。

⑨善：以…为善。

⑩以绛、䢵、安邑令负牛书与秦：让牛驮着绛、䢵、安邑的地图送给秦。　负牛书：即使牛负书。

⑪身：指魏王自身。

⑫令臣责：意思是，日后让我去秦责求秦答应的东西。　责：索求。

⑬责已偿矣：双方（秦与孟卬）所欠对方之债（土地与官职）都已偿还了。

⑭责无责：向不欠债者索债。

⑮三论：指上文提到的"河内、梁、身三种情况比较。

⑯粮食：此二字下当脱一字。　据文意，当是粮食匮乏之类的意思。

⑰其北存：指大梁以北的地区仍未失去。

⑱有之势是：当作"有之是势"，有这样的形势。

⑲有：通"又"。

具　备

八曰：今有羿、蠭蒙、繁弱于此，而无弦，则必不能中也。中非独弦也，而弦为弓中之具

也[①]。夫立功名亦有具，不得其具，贤虽过汤、武，则劳而无功矣。汤尝约于郼薄矣[②]，武王尝穷于毕裎矣，伊尹尝居于庖厨矣，太公尝隐于钓鱼矣，贤非衰也，智非愚也，皆无其具也。故凡立功名，虽贤必有其具，然后可成。

宓子贱治亶父[③]，恐鲁君之听谗人，而令己不得行其术也。将辞而行，请近吏二人于鲁君[④]，与之俱至于亶父。邑吏皆朝，宓子贱令吏二人书。吏方将书，宓子贱从旁时掣摇其肘。吏书之不善，则宓子贱为之怒。吏甚患之，辞而请归。宓子贱曰："子之书甚不善，子勉归矣[⑤]。"二吏归报于君，曰："宓子不得为书。"君曰："何故？"吏对曰："宓子使臣书，而时掣摇臣之肘，书恶而有甚怒，吏皆笑宓子，此臣所以辞而去也。"鲁君太息而叹曰："宓子以此谏寡人之不肖也。寡人之乱子[⑥]，而令宓子不得行其术，必数有之矣[⑦]。微二人[⑧]，寡人几过。"遂发所爱，而令之亶父，告宓子曰："自今以来，亶父非寡人之有也，子之有也。有便于亶父者，子决为之矣。五岁而言其要[⑨]。"宓子敬诺，乃得行其术于亶父。三年，巫马旗短褐衣弊裘，而往观化于亶父，见夜渔者，得则舍之。巫马旗问焉，曰："渔为得也。今子得而舍之，何也？"对曰："宓子不欲人之取小鱼也。所舍者小鱼也。"巫马旗归，告孔子曰："宓子之德至矣。使民闇行[⑩]，若有严刑于旁。敢问宓子何以至于此？"孔子曰："丘尝与之言曰：'诚乎此者刑乎彼[⑪]。'宓子必行此术于亶父也。"夫宓子之得行此术也，鲁君后得之也。鲁君后得之者，宓子先有其备也。先有其备，岂遽必哉？此鲁君之贤也。

三月婴儿，轩冕在前[⑫]，弗知欲也，斧钺在后，弗知恶也，慈母之爱谕焉，诚也。故诚有诚乃合于情，精有精乃通于天。乃通于天，水木石之性皆可动也，又况于有血气者乎？故凡说与治之务莫若诚。听言哀者，不若见其哭也；听言怒者，不若见其斗也。说与治不诚，其动人心不神[⑬]。

---

①具：器具，这里引伸为条件。

②约：穷困。　薄：通"亳"，汤时都城。

③宓（fú，音浮）子贱，孔子弟子宓不齐，字子贱。　亶父（dǎnfǔ），即单父，春秋时鲁邑。

④近吏：君主身边的人。

⑤勉：趣，尽快。

⑥乱子：当作"乱宓子"，脱一"宓"字。

⑦数：屡次。

⑧微：假如没有。

⑨言其要：报告施政的主要情况。　要：约，要点。

⑩闇：夜。

⑪诚乎此者刑乎彼：即诚于心而刑于外。

⑫轩冕：古代卿大夫的车服。

⑬不神：指不能感化人。

吕氏春秋卷第十九

镇洋毕氏校本

离俗览第七

高义　上德　用民　适威　为欲　贵信　举难

吕氏春秋训解

高　氏

离　俗　览

一曰：世之所不足者，理义也；所有余者，妄苟也①。民之情，贵所不足，贱所有余。故布衣人臣之行，洁白清廉中绳②，愈穷愈荣。虽死，天下愈高之，所不足也。然而以理义斫削③，神农、黄帝犹有可非，微独舜、汤。飞兔、要裒，古之骏马也，材犹有短。故以绳墨取木，则宫室不成矣。

舜让其友石户之农。石户之农曰："棬棬乎后之为人也⑥，葆力之士也⑦。"以舜之德为未至也，于是乎夫负妻戴，携子以入于海，去之终身不反。舜又让其友北人无择。北人无择曰："异哉后之为人也，居于甽亩之中，而游入于尧之门。不若是而已，又欲以其辱行漫我⑧，我羞之。"而自投于苍领之渊。汤将伐桀，因卞随而谋。卞随辞曰："非吾事也。"汤曰："孰可?"卞随曰："吾不知也。"汤又因务光而谋。务光曰："非吾事也。"汤曰："孰可?"务光曰："吾不知也。"汤曰："伊尹何如?"务光曰："强力忍诟⑨，吾不知其他也。"汤遂与伊尹谋夏伐桀，克之，以让卞随。卞随辞曰："后之伐桀也，谋乎我，必以我为贼也⑩。胜桀而让我，必以我为贪也。吾生乎乱世，而无道之人再来诟⑪我，吾不忍数闻也。"乃自投于颍水而死。汤又让于务光曰："智者谋之，武者遂之，仁者居之，古之道也。吾子胡不位之？请相吾子⑫。"务光辞曰："废上，非义也；杀民，非仁也；人犯其难，我享其利，非廉也。吾闻之：'非其义，不受其利；无道之世，不践其土。'况于尊我乎？吾不忍久见也。"乃负石而沈于募水。故如石户之农、北人无择、卞随、务光者，其视天下若六合之外，人之所不能察；其视贵富也，苟可得已，则必不之赖⑬；高节厉行，独乐其意，而物莫之害；不漫于利⑭，不牵于埶⑮，而羞居浊世。惟此四士者之节。若夫舜、汤，则苞裹覆容⑯，缘不得已而动，因时而为，以爱利为本，以万民为义。譬之若钓者，鱼有小大，饵有宜适，羽有动静⑰。

齐、晋相与战，平阿之余子亡戟得矛⑱，却而去，不自快，谓路之人曰："亡戟得矛，可以归乎?"路之人曰："戟亦兵也，矛亦兵也，亡兵得兵，何为不可以归?"去行，心犹不自快，遇高唐之孤叔无孙⑲，当其马前曰："今者战，亡戟得矛，可以归乎？"叔无孙曰："矛非戟也，戟非矛也，亡戟得矛，岂亢责也哉？”平阿之余子曰：“嘻！还反战，趋尚及之。”遂战而死。叔无孙曰：“吾闻之，君子济人于患[20]，必离其难[21]。”疾驱而从之，亦死而不反。令此将众，亦必不北矣；令此处人主之旁，亦必死义矣。今死矣而无大功，其任小故也。任小者，不知大也。今焉知天下之无平阿余子与叔无孙也？故人主之欲得廉士者，不可不务求。

齐庄公之时，有士曰宾卑聚，梦有壮子，白缟之冠，丹绩之袧[22]，东布之衣[23]，新素履，墨剑室[24]，从而叱之，唾其面，惕然而寤，徒梦也。终夜坐不自快。明日，召其友而告之曰：“吾少好勇，年六十而无所挫辱。今夜辱，吾将索其形，期得之则可，不得将死之。”每朝与其友俱立乎衢，三日不得，却而自殁。谓此当务则未也。虽然，其心之不辱也，有可以加乎[25]？

---

①妄苟：妄作苟为，指违背理义的行为。
②中绳：合乎法度。
⑤斫削：砍切，这里是衡量的意思。
⑥惓惓：用力的样子。　后：君，即舜。
⑦葆力：勤劳任力。
⑧漫：污辱。
⑨诟：通“诟”，耻辱。
⑩贼：残忍。
⑪无道之人：指汤。卞随认为诸侯不应伐天子（桀），故称汤为“无道”。　再：两次。
⑫请相吾子：我甘愿辅佐您。
⑬不之赖：即不赖之，不把它（富贵）当作有利的事。　赖：认为…有利。
⑭漫：玷污。
⑮牵：拘。　埶：同“势”。
⑯苞裹覆容：包装容纳的意思。
⑰羽：钓鱼用的浮漂。
⑱平阿：邑名。　余子：周代兵制规定，每户以一人为正卒，余者为羡卒，即“余子”。
⑲高唐：齐邑名。孤：古代官名，这里指守邑大夫。　叔无孙：人名
⑳济人于患：让人蒙难的意思。　济：入，把…引到。
㉑离：同“罹”，遭受。
㉒丹绩：红麻线。　袧（xún，音旬）：缨，系帽子的带。
㉓东布：东当为“柬”之误，即练帛，白色的熟绢。
㉔室：指剑鞘。
㉕加：超过。

高　　义

二曰：君子之自行也，动必缘义，行必诚义，俗虽谓之穷，通也；行不诚义，动不缘义，俗虽谓之通，穷也；然则君子之穷通，有异乎俗者也。故当功以受赏，当罪以受罚。赏不当，虽与之必辞；罚诚当，虽赦之不外。度之于国，必利长久，长久之于主必宜，内反于心，不惭然后动。

孔子见齐景公，景公致廪丘以为养①，孔子辞不受，入谓弟子曰：“吾闻君子当功以受禄。今说景公，景公未之行而赐之廪丘，其不知丘亦甚矣。”令弟子趣驾，辞而行。孔子，布衣也，官在鲁司寇，万乘难与比行②，三王之佐不显焉③，取舍不苟也夫！

子墨子游公上过于越[①]。公上过语墨子之义，越王说之，谓公上过曰："子之师苟肯至越，请以故吴之地，阴江之浦，书社三百，以封夫子。"公上过往复于子墨子。子墨子曰："子之观越王也，能听吾言、用吾道乎？"公上过曰："殆未能也。"墨子曰："不唯越王不知翟之意，虽子亦不知翟之意。若越王听吾言、用吾道，翟度身而衣，量腹而食，比于宾萌[⑤]，未敢求仕。越王不听吾言、不用吾道，虽全越以与我，吾无所用之。越王不听吾言、不用吾道，而受其国，是以义翟也[⑥]。义翟何必越，虽于中国亦可。"凡人不可不熟论。秦之野人，以小利之故，弟兄相狱，亲戚相忽[⑦]。今可得其国，恐亏其义而辞之，可谓能守行矣，其与秦之野人相去亦远矣。

荆人与吴人将战。荆师寡，吴师众，荆将军子囊曰："我与吴人战，必败。败王师，辱王名，亏壤土，忠臣不忍为也。"不复于王而遁。至于郊，使人复于王曰："臣请死。"王曰："将军之遁也，以其为利也。今诚利，将军何死？"子囊曰："遁者无罪，则后世之为王臣者，将皆依不利之名而效臣遁。若是则荆国终为天下挠[⑧]。"遂伏剑而死。王曰："请成将军之义。"乃为之桐棺三寸[⑨]，加斧锧其上[⑩]。人主之患，存而不知所以存，亡而不知所以亡，此存亡之所以数至也。郼、岐之广也，万国之顺也，从此生矣。荆之为四十二世矣。尝有乾溪、白公之乱矣，尝有郑襄、州侯之避矣[⑪]，而今犹为万乘之大国，其时有臣如子囊与？子囊之节，非独厉一世之人臣也[⑫]。荆昭王之时，有士焉，曰石渚。其为人也，公直无私，王使为政。道有杀人者，石渚追之，则其父也。还车而反[⑬]，立于廷曰："杀人者，仆之父也。以父行法，不忍；阿有罪，废国法，不可。失法伏罪，人臣之义也。"于是乎伏斧锧，请死于王。王曰："追而不及，岂必伏罪哉？子复事矣[⑭]。"石渚辞曰："不私其亲，不可谓孝子；事君枉法，不可谓忠臣。君令赦之，上之惠也；不敢废法，臣之行也。"不去斧锧，殁头乎王廷。正法枉必死，父犯法而不忍，王赦之而不肯，石渚之为人臣也，可谓忠且孝矣。

---

①以为养：把它作为食邑。

②比：并。

③不显焉：不比他显赫。

④游：使…游。

⑤萌宾：客居之民，从外地迁人的人。

⑥翟：通"粜"，卖，拿…做交易。

⑦亲戚：这里指兄弟。　忽：残害。

⑧挠：弱，挫败。

⑨铜棺三寸：指刑人之棺。

⑩加斧锧其上：表示处以刑罚的意思。

⑪郑襄、州侯之避：指郑袖、州侯助晋伐楚，楚人避之。

⑫厉：磨砺、勉励。

⑬还车：掉转车头。

⑭复：重新担任。　事：职事。

上　德

三曰：为天下及国，莫如以德，莫如行义。以德以义，不赏而民劝，不罚而邪止，此神农、黄帝之政也。以德以义，则四海之大，江河之水，不能亢矣[①]；太华之高，会稽之险，不能障矣；阖庐之教，孙、吴之兵[③]，不能当矣。故古之王者，德回乎天地[③]，澹乎四海[④]，东西南北，极日月之所烛，天覆地载，爱思不臧[5]，虚素以公[6]，小民皆之[7]，其之敌而不知其所以然[8]，此之谓顺天；教变容改俗而莫得其所受之，此之谓顺情。

故古之人，身隐而功著，形息而名彰[9]，说通而化奋[10]，利行乎天下而民不识，岂必以严罚厚赏哉？严罚厚赏，此衰世之政也。三苗不服，禹请攻之。舜曰："以德可也。"行德三年，而三苗服。孔子闻之曰："通乎德之情，则孟门、太行不为险矣。故曰德之速，疾乎以邮传命[11]。"周明堂，金在其后[12]，有以见先德后武也。舜其犹此乎？其臧武通于周矣[13]。

晋献公为丽姬远太子。太子申生居曲沃，公子重耳居蒲，公子夷吾居屈。丽姬谓太子曰："往昔君梦见姜氏[14]。"太子祠而膳于公，丽姬易之。公将尝膳，姬曰："所由远，请使人尝之。"尝人人死，食狗狗死，故诛太子。太子不肯自释[15]，曰："君非丽姬，居不安，食不甘。"遂以剑死。公子夷吾自屈奔梁。公子重耳自蒲奔翟。去翟过卫，卫文公无礼焉。过五鹿如齐，齐桓公死。去齐之曹，曹共公视其骈胁[16]，使袒而捕池鱼。去曹过宋，宋襄公加礼焉。之郑，郑文公不敬，被瞻谏曰："臣闻贤主不穷穷[17]。今晋公子之从者，皆贤者也。君不礼也，不如杀之。"郑君不听，去郑之荆，荆成王慢焉。去荆之秦，秦缪公入之。晋既定，兴师攻郑，求被瞻。被瞻谓郑君曰："不若以臣与之。"郑君曰："此孤之过也。"被瞻曰："杀臣以免国，臣愿之。"被瞻入晋军，文公将烹之。被瞻据镬而呼曰："三军之士皆听瞻也，自今以来，无有忠于其君，忠于其君者将烹。"文公谢焉，罢师，归之于郑。且被瞻忠于其君、而君免于晋患也，行义于郑、而见说于文公也，故义之为利博矣。

墨者巨子孟胜，善荆之阳城君。阳城君令守于国[18]，毁璜以为符，约曰："符合听之。"荆王薨，群臣攻吴起，兵于丧所[19]，阳城君与焉，荆罪之[20]。阳城君走，荆收其国。孟胜曰："受人之国，与之有符。今不见符，而力不能禁，不能死，不可。"其弟子徐弱谏孟胜曰："死而有益阳城君，死之可矣。无益也，而绝墨者于世，不可。"孟胜曰："不然。吾于阳城君也，非师则友也，非友则臣也。不死，自今以来，求严师必不于墨者矣，求贤友必不于墨者矣，求良臣必不于墨者矣。死之所以行墨者之义而继其业者也。我将属巨子于宋之田襄子[21]。田襄子，贤者也，何患墨者之绝世也？"徐弱曰："若夫子之言，弱请先死以除路[22]。"还殁头前于。孟胜因使二人传巨子于田襄子。孟胜死，弟子死之者百八十。三人以致令于田襄子，欲反死孟胜于荆。田襄子止之曰："孟子已传钜子于我矣。"不听，遂反死之。墨者以为不听巨子不察[23]。严罚厚赏，不足以致此。今世之言治，多以严罚厚赏，此上世之若客也。

---

①亢：同"抗"。

②孙：指孙武。吴：指吴起。

③回：通，运转。

④澹：通"赡"，足。

⑤臧：匮乏。

⑥虚素：处虚服素，恬淡质朴。

⑦ 皆：通"偕"。

⑧之：与。　敌：通"适"，往。　大意是，小民与王皆往而不知其所以然。

⑨形息：指身死。

⑩化奋：教化大行。　奋：发扬。

⑪疾：速。　邮：古代传递文书，供应食宿车马的驿站。

⑫金在其后：金属乐器及器具陈列于后。金主杀气。所以把它作为"武"的象征。

⑬通：达到。这两句话的意思是，舜大概就是这样的人吧！他不轻易用武的精神流传到了周代。

⑭昔：同“夕”。

⑮释：解释，申辩。

⑯胼胁：肋骨紧密相连，是一种生理畸形。

⑰不穷穷：不永远穷窘。

⑱国：指阳城君的食邑。

⑲兵于丧所：在停丧的地方动起了兵器。楚悼王死后，旧贵族们箭射吴起，吴起伏于王尸而死，所以这里说“兵于丧所”。

⑳荆罪之：楚肃王即位以后，因为旧贵族们射吴起时射中悼王尸体，所以要对这些人治罪。

㉑属：托付。

㉒除路：清除道路。

㉓不察：不知，指不知墨家之义。

用　　民

四曰：凡用民，太上以义，其次以赏罚。其义则不足死，赏罚则不足去就[①]，若是而能用其民者，古今无有。民无常用也，无常不用也，唯得其道为可。阖庐之用兵也不过三万，吴起之用兵也不过五万。万乘之国，其为三万五万尚多。今外之则不可以拒敌，内之则不可以守国，其民非不可用也，不得所以用之也。不得所以用之，国虽大，势虽便，卒虽众，何益？古者多有天下而亡者矣，其民不为用也。

用民之论，不可不熟。剑不徒断[②]，车不自行，或使之也。夫种麦而得麦，种稷而得稷，人不怪也。用民亦有种，不审其种，而祈民之用，惑莫大焉。当禹之时，天下万国，至于汤而三千余国，今无存者矣。皆不能用其民也。民之不用，赏罚不充也[③]。汤、武因夏、商之民也[④]，得所以用之也。管、商亦因齐、秦之民也，得所以用之也。民之用也有故，得其故，民无所不用。

用民有纪有纲[⑤]，一引其纪，万目皆起[⑥]，一引其纲，万目皆张。为民纪纲者何也？欲也恶也。何欲何恶？欲荣利，恶辱害。辱害所以为罚充也，荣利所以为赏实也。赏罚皆有充实，则民无不用矣。阖庐试其民于五湖，剑皆加于肩，地流血几不可止；句践试其民于寝宫，民争入水火，死者千余矣，遽击金而却之。赏罚有充也。莫邪不为勇者兴惧者变[⑦]，勇者以工，惧者以拙，能与不能也。

夙沙之民[⑧]，自攻其君，而归神农。密须之民，自缚其主，而与文王。汤、武非徒能用其民也，又能用非己之民。能用非己之民[⑨]，国虽小，卒虽少，功名犹可立。古昔多由布衣定一世者矣，皆能用非其有也。用非其有之心，不可察之本。三代之道无二，以信为管[⑩]。

宋人有取道者，其马不进，倒而投之鸂水。又复取道[⑪]，其马不进，又倒而投之鸂水。如此者三。虽造父之所以威马，不过此矣。不得造父之道，而徒得其威，无益于御。人主之不肖者，有似于此。不得其道，而徒多其威。威愈多，民愈不用。亡国之主，多以多威使其民矣。故威不可无有，而不足专恃。譬之若盐之于味，凡盐之用，有所托也，不适则败托而不可食。威亦然，必有所托，然后可行。恶乎托？托于爱利。爱利之心谕，威乃可行。威太甚则爱利之心息，爱利之心息而徒疾行威，身必咎矣，此殷、夏之所以绝也。君，利势也，次官也。处次官，执利势，不可而不察于此。夫不禁而禁者[⑫]，其唯深见此论邪。

---

①去就：指去恶就善。

②徒：凭空无故。　断：指断物。

③赏罚不充：意思是说，赏罚不能兑现。　充：充实。

④因：依仗，凭借。

⑤纪：本指丝缕的头绪，又可指网上的绳，引申为有法纪。 纲：提网的绳，引申为有纲纪。

⑥目：网上的眼，引申为有细目。

⑦兴：当为"与"。

⑧夙沙：传说中上古部族名。

⑨非己之民：不是属于自己所有的人民。

⑩管：枢要，准则。

⑫取道：出行，赶路。

⑬不禁而禁：不须威罚禁止，就可禁止人为非。

适 威

五曰：先王之使其民，若御良马，轻任新节[①]，欲走不得，故致千里。善用其民者亦然。民日夜祈用而不可得，若得为上用，民之走之也，若决积水于千仞之溪，其谁能当之？《周书》曰："民善之则畜也[②]，不善则仇也。"有仇而众，不若无有。厉王，天子也，有仇而众，故流于彘，祸及子孙，微召公虎而绝无后嗣[③]。

今世之人主，多欲众之[④]，而不知善，此多其仇也。不善则不有[⑤]。有必缘其心爱之谓也，有其形不可谓有之[⑥]。舜布衣而有天下。桀，天子也，而不得息，由此生矣。有无之论，不可不熟。汤、武通于此论，故功名立。

古之君民者，仁义以治之，爱利以安之，忠信以导之，务除其灾，思致其福。故民之于上也，若玺之于涂也[⑦]，抑之以方则方，抑之以圆则圆；若五种之于地也，必应其类，而蕃息于百倍。此五帝、三王之所以无敌也。身已终矣，而后世化之如神，其人事审也。魏武侯之居中山也，问于李克曰："吴之所以亡者何也？"李克对曰："骤战而骤胜[⑧]。"武侯曰："骤战而骤胜，国家之福也。其独以亡，何故？"对曰："骤战则民罢，骤胜则主骄。以骄主使罢民，然而国不亡者，天下少矣。骄则恣，恣则极物；罢则怨，怨则极虑。上下俱极，吴之亡犹晚[⑨]，此夫差之所以自殁于干隧也。"

东野稷以御见庄公，进退中绳，左右旋中规，庄公曰："善。"以为造父不过也，使之钩百而少及焉[⑩]。颜阖入见。庄公曰："子遇东野稷乎？"对曰："然。臣遇之。其马必败[⑪]。"庄公曰："将何败？"少顷，东野之马败而至。庄公召颜阖而问之曰："子何以知其败也？"颜阖对曰："夫进退中绳，左右旋中规，造父之御，无以过焉。乡臣遇之，犹求其马，臣是以知其败也。"

故乱国之使其民，不论人之性，不反人之情，烦为教而过不识[⑫]，数为令而非不从[⑬]，巨为危而罪不敢[⑭]，重为任而罚不胜。民进则欲其赏，退则畏其罪。知其能力之不足也，则以为继矣[⑮]。以为继知，则上又从而罪之，是以罪召罪，上下之相仇也，由是起矣。故礼烦则不庄，业烦则无功，令苛则不听，禁多则不行。桀、纣之禁，不可胜数，故民因而身为戮，极也，不能用威适。

子阳极也好严，有过而折弓者，恐必死，遂应猘狗而弑子阳[⑯]，极也。周鼎有窃曲[⑰]，状甚长，上下皆曲，以见极之败也。

---

①任：载，负担。 节：马鞭。

②畜：通"慉"(xù)，喜爱。

③微召公虎而绝无后嗣：厉王被逐后，太子靖藏于召公虎家中，国人包围了召公虎家，召公虎以己子代替太子，太子才免

于死，所以这里这样说。

④众之：使百姓众多，意即谓治民越多越好。

⑤不有：指不能得到人民拥护。

⑥有其形不可谓有之：只是表面上占有了人民，不能叫做得到人民拥护。

⑦玺：印。　涂：指封泥。

⑧骤：屡次。

⑨犹：尚。

⑩钩百：绕一百个圈子。

⑪败：坏，这里是累坏的意思。

⑫过不识：责备人们不懂。　识：知。

⑬非不从：责备人们不听从。

⑭罪不敢：对人们不敢赴危难加罪。　下文“罚不胜”用法相同。

⑮为：通“伪”。

⑯遂应猘（zhì，音制）狗而弑子阳：乘追赶疯狗之机杀死了子阳。　猘：狗发疯。

⑰窃曲：古代铜器上的一种花纹。

为欲

六曰：使民无欲，上虽贤犹不能用。夫无欲者，其视为天子也与为舆隶同①，其视有天下也与无立锥之地同，其视为彭祖也与为殇子同。天子至贵也，天下至富也，彭祖至寿也，诚无欲则是三者不足以劝。舆隶至贱也，无立锥之地至贫也，殇子至夭也，诚无欲则是三者不足以禁。会有一欲②，则北至大夏，南至北户，西至三危，东至扶木，不敢乱矣；犯白刃，冒流矢，趣水火，不敢却也；晨寤兴③，务耕疾庸④，槈为烦辱⑤，不敢休矣。故人之欲多者，其可得用亦多；人之欲少者，其得用亦少；无欲者，不可得用也。

人之欲虽多，而上无以令之，人虽得其欲，人犹不可用也。令人得欲之道，不可不审矣。善为上者，能令人得欲无穷，故人之可得用亦无穷也。蛮夷反舌殊俗异习之国，其衣服冠带、宫室居处、舟车器械、声色滋味皆异，其为欲使一也。三王不能革，不能革而功成者，顺其天也；桀、纣不能离，不能离而国亡者，逆其天也。逆而不知其逆也，湛于俗也。久湛而不去则若性⑥。性异非性，不可不熟。不闻道者，何以去非性哉？无以去非性，则欲未尝正矣。欲不正，以治身则夭，以治国则亡。故古之圣王，审顺其天而以行欲，则民无不令矣，功无不立矣。圣王执一，四夷皆至者，其此之谓也！执一者至贵也，至贵者无敌。圣王托于无敌，故民命敌焉⑦。

群狗相与居，皆静无争。投以炙鸡，则相与争矣。或折其骨，或绝其筋，争术存也⑧。争术存，因争；不争之术存，因不争。取争之术而相与争，万国无一。凡治国，令其民争行义也；乱国，令其民争为不义也。强国，令其民争乐用也；弱国，令其民争竞不用也。夫争行义乐用与争为不义竞不用，此其为祸福也，天不能覆，地不能载。

晋文公伐原，与士期七日。七日而原不下，命去之。谋士言曰：“原将下矣。”师吏请待之，公曰：“信，国之宝也。得原失宝，吾不为也。”遂去之。明年，复伐之与士期必得原然后反，原人闻之乃下。卫人闻之，以文公之信为至矣，乃归文公。故曰攻原得卫者，此之谓也。文公非不欲得原也，以不信得原，不若勿得也，必诚信以得之，归之者非独卫也。文公可谓知求欲矣。

贵信

七曰：凡人主必信。信而又信，谁人不亲？故《周书》曰：：“允哉允哉⑨！”以言非信则百事不满也[10]，故信之为功大矣。信立则虚言可以赏矣。虚言可以赏，则六合之内皆为己府矣。信之所及，尽制之矣。制之而不用，人之有也；制之而用之，己之有也。己有之，则天地之物毕为用矣。人主有见此论者，其王不久矣；人臣有知此论者，可以为王者佐矣。天行不信[11]，不能成岁；地行不信，草木不大。春之德风[12]，风不信，其华不盛，华不盛则果实不生；夏之德暑，暑不信，其土不肥，土不肥则长遂不精；秋之德雨，雨不信，其谷不坚，谷不坚则五种不成；冬之德寒，寒不信，其地不刚，地不刚则冻闭不开。天地之大，四时之化，而犹不能以不信成物，又况乎人事？君臣不信，则百姓诽谤，社稷不宁；处官不信，则少不畏长，贵贱相轻；赏罚不信，则民易犯法，不可使令；交友不信，则离散郁怨，不能相亲；百工不信，则器械苦伪[13]，丹漆染色不贞[14]。夫可与为始[15]，可与为终，可与尊通，可与卑穷者，其唯信乎！信而又信，重袭于身[15]，乃通于天。以此治人，则膏雨甘露降矣，寒暑四时当矣。

齐桓公伐鲁，鲁人不敢轻战，去鲁国五十里而封之，鲁请比关内侯以听[17]，桓公许之。曹翙谓鲁庄公曰："君宁死而又死乎[18]？其宁生而又生乎[19]？"庄公曰："何谓也？"曹翙曰："听臣之言，国必广大，身必安乐，是生而又生也。不听臣之言，国必灭亡，身必危辱，是死而又死也。"庄公曰："请从。"于是明日将盟，庄公与曹翙皆怀剑至于坛上。庄公左搏桓公，右抽剑以自承[20]，曰："鲁国去境数百里，今去境五十里，亦无生矣。钧其死也[21]，戮于君前。"管仲、鲍叔进，曹翙按剑当两陛之间曰："且二君将改图[22]，毋或进者[23]。"庄公曰："封于汶则可，不则请死。"管仲曰："以地卫君，非以君卫地，君其许之。"乃遂封于汶南，与之盟。归而欲勿予。管仲曰："不可。人特劫君而不盟。君不知，不可谓智；临难而不能勿听，不可谓勇；许之而不予，不可谓信。不智、不勇、不信，有此三者，不可以立功名。予之，虽亡地亦得信。以四百里之地见信于天下，君犹得也。"庄公，仇也[24]；曹翙，贼也[25]。信于仇贼，又况于非仇贼者乎？夫九合之而合，一匡之而听，从此生矣。管仲可谓能因物矣。以辱为荣，以穷为通，虽失乎前，可谓后得之矣。物固不可全也。

举　难

八曰：以全举人固难，物之情也。人伤尧以不慈之名[26]，舜以卑父之号，禹以贪位之意，汤、武以放弑之谋，五伯以侵夺之事。由此观之，物岂可全哉？故君子责人则以人[27]，自责则以义。责人以人则易足，易足则得人；自责以义则难为非，难为非则行饰。故任天地而有余。不肖者则不然，责人则以义，自责则以人。责人以义责难瞻[28]，难瞻则失亲；自责以人则易为，易为则行苟。故天下之大而不容也，身取危、国取亡焉，此桀、纣、幽、厉之行也。尺之木必有节目[29]，寸之玉必有瑕瓋[30]。先王知物之不可全也，故择务而贵取一也[31]。

季孙氏劫公家。孔子欲谕术则见外[32]，于是受养而便说，鲁国以訾。孔子曰："龙食乎清而游乎清，螭食乎清而游乎浊，鱼食乎浊而游乎浊。今丘上不及龙，下不若鱼，丘其螭邪。"

夫欲立功者，岂得中绳哉？救溺者濡，追逃者趋。魏文侯弟曰季成，友曰翟璜。文侯欲相之而未能决，以问季充[33]。季充对曰："君欲置相，则问乐腾与王孙苟端孰贤？"文侯曰："善。"以王孙苟端为不肖，翟璜进之[34]；以乐腾为贤，季成进之。故相季成。凡听于主，言人不可不慎。季成，弟也，翟璜，友也，而犹不能知，何由知乐腾与王孙苟端哉？疏贱者知，亲习者不知，理无自然。自然而断相过，季充之对文侯也亦过。虽皆过，譬之若金之与木，金虽柔犹坚于木。

孟尝君问于白圭曰："魏文侯名过桓公，而功不及五伯，何也？"白圭对曰："文侯师子夏，友田子方，敬段干木，此名之所以过桓公也。卜相曰'成与璜孰可"，此功之所以不及五伯也。

相也者，百官之长也。择者欲其博也。今择而不去二人[35]，与用其仇亦远矣。且师友也者，公可也；戚爱也者，私安也[36]。以私胜公，衰国之政也。然而名号显荣者，三士羽翼之也[37]。"

宁戚欲干齐桓公[38]，穷困无以自进，于是为商旅将任车以至齐[39]，暮宿于郭门之外。桓公郊迎客，夜开门，辟任车，爝火甚盛，从者甚众。宁戚饭牛居车下，望桓公而悲，击牛角疾歌。桓公闻之，抚其仆之手曰："异哉，之歌者非常人也!"命后车载之[40]。桓公反，至，从者以请。桓公赐之衣冠，将见之。宁戚见，说桓公以治境内。明日复见，说桓公以为天下。桓公大说，将任之。群臣争之曰："客，卫人也。卫之去齐不远，君不若使人问之，而固贤者也，用之未晚也。"桓公曰："不然。问之，患其有小恶，以人之小恶，亡人之大美，此人主之所以失天下之士也已。"凡听必有以矣。今听而不复问，合其所以也。且人固难全，权而用其长者。当举也，公得之矣。

---

①舆隶：都指奴隶、奴仆。

②会：适逢。

③寤：睡醒。　兴：起。

④庸：通"佣"，受雇佣代人种田。

⑤椇：古耕字。　烦辱：繁杂劳苦。

⑥湛：通"沉"。

⑦敌：通"适"，往。

⑧争术：指引起争夺的手段或条件。

⑨允：诚信，真诚。

⑩满：完，成。

⑪天行不信：天的运行不遵循规律，指节气失调等。

⑫德：事物的属性，这里有表征、象征的意思。

⑬苦（gǔ，音股）：粗劣。　伪：作假。

⑭贞：纯正。

⑮可与为始：即"可与之为始"，意思是可以跟它一块开始。下面三句结构相同。

⑯重袭：重叠。

⑰鲁请比关内侯以听：鲁国请求象齐国的关内侯一样服从齐国，意即做齐的附属国。

⑱死而又死：指身危国亡。

⑲生而又生：指身安国存。

⑳自承：把剑冲着自己。庄公这样做是表示自己决心同齐桓公拼命。

㉑钧：通"均"，同。

㉒改图：另作商量。

㉓毋或进者：谁也不要上去。

㉔庄公，仇也：意思是，庄公乃是桓公的仇敌。

㉕贼：与"仇"义近，指外敌。

㉖伤：诋毁。

㉗以人：指按一般人的标准。

㉘责：通"则"。难瞻：疑为"难赡"，难以满足要求。

㉙节目：树干交接之处为节，文理纠结不顺的部分为目。

㉚瑕適（zhè)：玉上的斑点。

㉛取一：取其长处。

㉜见外：被疏远。

㉝季充：乃李克，因形近而讹。　李克：战国初人，子夏的学生，仕于魏。

㉞进：举荐

㉟去：离。

㊱私安：私利。

㊲羽翼：用如动词，辅佐。

㊳宁戚：即宁速。　干：谋求官职。

㊴任车：装载货物的车子。　任：装载。

㊵后车：副车，侍从之车。

吕氏春秋卷第二十

镇洋毕氏校本

恃君览第八

长利　知分　召类　达郁　行论　骄恣　观表

吕氏春秋训解

高氏

恃君览

一曰：凡人之性，爪牙不足以自守卫，肌肤不足以捍寒暑，筋骨不足以从利辟害，勇敢不足以却猛禁悍。然且犹裁万物①，制禽兽，服狡虫②，寒暑燥湿弗能害，不唯先有其备，而以群聚邪。群之可聚也，相与利之也。利之出于群也，君道立③也。故君道立则利出于群，而人备可完④矣。

昔太古尝无君矣，其民聚生群处，知母不知父，无亲戚兄弟夫妻男女之别，无上下长幼之道，无进退揖让之礼，无衣服履带宫室畜积之便，无器械舟车城郭险阻之备，此无君之患。故君臣之义，不可不明也。

自上世以来，天下亡国多矣，而君道不废者，天下之利也。故废其非君，而立其行君道者。君道何如？利而物利章⑤。非滨之东，夷、秽之乡，大解、陵鱼、其、鹿野、摇山、扬岛、大人之居，多无君；扬、汉之南，百越之际，敝凯诸、夫风、余靡之地，缚娄、阳禺、驩兜之国，多无君；氐、羌、呼唐、离水之西，僰人、野人、篇笮之川，舟人、送龙、突人之乡，多无君；雁门之北，鹰隼、所鸷、须窥之国，饕餮、穷奇之地，叔逆之所，儋耳之居，多无君⑥。此四方之无君者也。其民麋鹿禽兽，少者使长，长者畏壮，有力者贤，暴傲者尊，日夜相残，无时休息，以尽其类⑦。圣人深见此患也，故为天下长虑，莫如置天子也；为一国长虑，莫如置君也。置君非以阿君[⑧]也，置天子非以阿天子也，置官长非以阿官长也。德衰世乱，然后天子利天[⑨]下，国君利国，官长利官，此国所以递兴递废也，乱难之所以时作也。故忠臣廉士，内之则谏其君之过也，外之则死人臣之义也。

豫让欲杀赵襄子，灭须去眉，自刑以变其容，为乞人而往乞于其妻之所。其妻曰："状貌无似吾夫者，其音何类吾夫之甚也?"又吞炭以变其音。其友谓之曰："子之所道甚难而无功[⑩]。谓子有志则然矣，谓子智则不然。以子之材而索事襄子，襄子必近子，子得近而行所欲，此甚易而功必成。"豫让笑而应之曰："是先知报后知也，为故君贼新君矣，大乱君臣之义者无此，失吾所为为之矣。凡吾所为为此者，所以明君臣之义也，非从易也。"

柱厉叔事莒敖公，自以为不知，而去居于海上，夏日则食菱芡，冬日则食橡栗。莒敖公有难，柱厉叔辞其友而往死之。其友曰："子自以为不知故去，今又往死之，是知与不知无异别[⑪]也。"柱厉叔曰："不然。自以为不知故去。今死而弗往死，是果知我也。吾将死之以丑后世人主之不知其臣者[⑫]也，所以激君人者之行，而厉人主之节也。行激节厉，忠臣幸于得察。忠臣察则君道固[⑬]矣。"

---

①裁：主宰。

②狡虫：指毒虫。狡：凶暴。

③利之出于群也，君道立也：古人能把群聚百姓作为君主的职守，而能群聚，百姓自然彼此都有利，所以这里说"利之出于群也，君道立也"。

④人备：人事方面的准备。

⑤利而物利章：意思是，为君之道，应把利民而不自利作为准则。物：通"勿"。章：准则。

⑥以上皆为无君之古部落或古国名。

⑦尽其类：灭绝自己的同类。

⑧阿：为，私。

⑨利天下：以有天下为己利。

⑩所道：所由，所选取的道路。

⑪不知：指不为莒敖公所知。

⑫丑：使……惭愧。

⑬察：知，了解。

长　利

二曰：天下之士也者，虑天下之长利，而固处之以身若[①]也。利虽倍于今，而不便于后，弗为也；安虽长久，而以私其子孙，弗行也。自此观之，陈无宇之可丑亦重[②]矣，其与伯成子高、周公旦、戎夷也，形虽同，取舍之殊，岂不远哉?

尧治天下，伯成子高立为诸侯。尧授舜，舜授禹，伯成子高辞诸侯而耕。禹往见之，则耕在野。禹趋就下风而问[③]曰"尧理天下，吾子立为诸侯，今至于我而辞之，故何也?"伯成子高曰："当尧之时，未赏而民劝，未罚而民畏，民不知怨，不知说，愉愉其如赤子。今赏罚甚数，而民争利且不服，德自此衰，利自此作，后世之乱自此始。夫子盍行乎，无虑吾农事。"协而耰[④]，遂不顾。夫为诸侯，名显荣，实佚乐，继嗣皆得其泽，伯成子高不待问而知之，然而辞为诸侯者，以禁后世之乱也。

辛宽见鲁缪公曰："臣而今而后知吾先君周公之不若太公望封之知也。昔者太公望封于营丘之渚，海阻山高，险固之地也，是故地日广，子孙弥隆。吾先君周公封于鲁，无山林溪谷之险，诸侯四面以达，是故地日削，子孙弥杀[⑤]。”辛宽出，南宫括入见。公曰：“今者宽也非周公，其辞若是也。”南宫括对曰：“宽少者[⑥]，弗识也。君独不闻成王之定成周之说乎？其辞曰：‘惟余一人[⑦]，营居于成周。惟余一人，有善易得而见也，有不善易得而诛也。’故曰善者得之，不善者失之，古之道也。夫贤者岂欲其子孙之阻山林之险以长为无道哉？小人哉宽也！今使燕爵为鸿鹄凤皇虑[⑧]，则必不得矣。其所求者，瓦之间隙，屋之翳蔚[⑨]也；与一举则有千里之志，德不盛、义不大则不至其郊。愚庳之民，其为贤者虑，亦犹此也。固妄诽訾，岂不悲哉？”

戎夷违齐如鲁[⑩]，天大寒而后[⑪]门，与弟子一人宿于郭外，寒愈甚，谓其弟子曰：“子与我衣，我活也；我与子衣，子活也。我国士也，为天下惜死；子不肖人也，不足爱也。子与我子之衣。”弟子曰：“夫不肖人也，又恶能与国士之衣哉？”戎夷太息叹曰：“嗟乎，道其不济[⑫]夫。”解衣与弟子，夜半而死。弟子遂活。谓戎夷其能必定一世，则未之识[⑬]；若夫欲利人之心，不可以加矣。达乎[⑭]分，仁爱之心识[⑮]也，故能以必死见其义。

---

①固处之以身若也：必定要身体力行。

②丑：耻辱。陈无宇与鲍文子攻打栾氏、高氏，栾、高出奔，陈、鲍乃分其土地财产，所以这里说他“可丑”。

③趋就下风：快步走到下风头。这样做是为了表示卑谦。

④协：和悦。耰（yōu，音优）：播种后用土盖住种子。

⑤杀：衰弱。

⑥少者：年轻无知之人。

⑦余一人；古代帝王的自称。

⑧爵：通“雀”。

⑨翳（yì音艺）蔚：遮盖。翳：遮蔽。

⑩违：离开。

⑪后门：在关城门之后。门：用作动词，关城门。

⑫道其不济夫：道大概行不通啦。济：成功。

⑬未之识：不能知道是否是这样。之：代词，是“识”的宾语。

⑭达乎分：指达乎死生之分，即谓通晓生和死的区别，当生则生，当死则死。

⑮识：当为“诚”之误。

知　分

三曰：达士者，达乎死生之分。达乎死生之分，则利害存亡弗能惑矣。故晏子与崔杼盟而不变其义。延陵季子[①]，吴人愿以为王而不肯。孙叔敖三为令尹而不喜，三去令尹而不忧。皆有所达也。有所达则物弗能惑。

荆有次非者，得宝剑于干遂，还反涉江，至于中流，有两蛟夹绕其船。次非谓舟人曰：“子尝见两蛟绕船能两活者乎？”船人曰：“未之见也。”次非攘臂祛衣拔宝剑[②]曰：“此江中之腐肉朽骨也。弃剑以全己，余奚爱焉[③]？”于是赴江刺蛟，杀之而复上船，舟中之人皆得活。荆王闻之，仕之执圭。孔子闻之曰：“夫善哉！不以腐肉朽骨而弃剑者，其次非之谓乎？”

禹南省，方济乎江，黄龙负舟。舟中之人，五色无主。禹仰视天而叹曰：“吾受命于天，竭力以养人。生，性也；死，命也。余何忧于龙焉？”龙俯耳低尾而逝。则禹达乎死生之分、利害之经也。

凡人物者，阴阳之化也。阴阳者，造乎天而成者也。天固有衰嗛废伏[④]，有盛盈坌息[⑤]；人亦有困穷屈匮，有充实达遂。此皆天之容、物理也，而不得不然之数也。古圣人不以感私伤神，俞然而以待耳[⑥]。

晏子与崔杼盟，其辞曰："不与崔氏而与公孙氏者[⑦]，受其不祥。"晏子俯而饮血，仰而呼天曰："不与公孙氏而与崔氏者，受此不祥。"崔杼不说，直兵造胸[⑧]，句兵钩颈[⑨]，谓晏子曰："子变子言，则齐国吾与子共之；子不变子言，则今是已。"晏子曰："崔子！子独不为夫诗乎？《诗》曰：'莫莫葛藟[⑩]延于条枚。凯弟君子[⑪]，求福不回[⑫]'。婴且可以回而求福乎？子惟之矣！"崔杼曰："此贤者，不可杀也。"罢兵而去。晏子援绥而乘，其仆将驰，晏子抚其仆之手，曰："安之！毋失节。疾不必生，徐不必死。鹿生于山而命悬于厨。今婴之命，有所悬矣。"晏子可谓知命矣。命也者，不知所以然而然者也，人事智巧以举错者不得与[⑬]焉。故命也者，就之未得，去之未失。国士知其若此也，故以义为之决而安处之。

白圭问于邹公子夏后启曰："践绳之节[⑭]，四上之志[⑮]，三晋之事[⑯]，此天下之豪英。以处于晋，而迭闻晋事。未尝闻践绳之节、四上之志，愿得而闻之。"夏后启曰："鄙人也，焉足以问?"白圭曰："愿公子之毋让也。"夏后启曰："以为可为，故为之；为之，天下弗能禁矣。以为不可为，故释之；释之，天下弗能使矣。"白圭曰："利弗能使乎？威弗能禁乎?"夏后启曰："生不足以使之，则利曷足以使之矣？死不足以禁之，则害曷足以禁之矣?"白圭无以应。夏后启辞而出。凡使贤不肖异：使不肖以赏罚，使贤以义。故贤主之使其下也必义，审赏罚，然后贤不肖尽为用矣。

---

①延陵季子：季札，吴王寿梦少子，受封于延陵，故号"延陵季子"。季札贤，寿梦欲立之，季札不受。后吴人固立季札，季札于是弃其室而耕。

②攘臂：捋衣出臂，表示振奋。袪（qū音曲）衣：撩起衣服。

③弃剑以全己，余奚爱焉：如果丢弃剑能保全自己，我何必舍不得这剑呢。

④嗛（qiàn，音欠）：通"歉"，不足，亏缺。废：毁坏。伏：伏藏，隐藏不明。

⑤坌：通"坌"（bèn，音笨），坟起，聚积起。息：繁衍，生息。

⑥俞然：安然。

⑦与：亲附。公孙氏：齐群公子之子，故称"公孙氏"，此指齐公室而言。

⑧直兵：矛一类的兵器。造：到，触到。

⑨句兵：戟一类的兵器。句（gōu）：通"勾"，弯曲。

⑩莫莫：繁茂的样子。葛藟：木质藤本植物。

⑪凯弟：通"恺悌"，平易近人的样子。

⑫回：邪曲，邪僻。

⑬举错：举止。错：通"措"。

⑭践绳之节：指正直的节操。

⑮四上之志：指君主。

⑯三晋之事：指战国初赵、魏、韩三家执晋权，最后分晋一事。

召　类

四曰：类同相召，气同则合，声比则应。故鼓宫而宫应，鼓角而角动。以龙致雨，以形逐影。祸福之所自来，众人以为命，焉不知其所由。故国乱非独乱，有必召寇[①]。独乱未必亡也，召寇则无以存矣。

凡兵之用也，用于利，用于义。攻乱则服，服则攻者利；攻乱则义，义则攻者荣。荣且利，中主犹且为之，有况于贤主乎？故割地宝器，戈剑卑辞屈服，不足以止攻，唯治为足[②]。治则为利者不攻矣，为名者不伐矣。凡人之攻伐也，非为利则固为名也。名实不得，国虽强大，则无为攻矣。

兵所自来者久矣：尧战于丹水之浦，以服南蛮；舜却苗民，更易其俗；禹攻曹、魏屈、骜有扈，以行其教。三王以上，固皆用兵也。乱则用，治则止。治而攻之，不祥莫大焉；乱而弗讨，害民莫长焉。此治乱之化也，文武之所由起也。文者爱之征也，武者恶之表[③]也。爱恶循义，文武有常，圣人之元[④]也。譬之若寒暑之序，时至而事生之。圣人不能为时[⑤]，而能以事适时。事适于时者其功大。

士尹池为荆使于宋，司城子罕觞之。南家之墙，犨于前而不直[⑥]；西家之潦，径其宫而不止[⑦]。士尹池问其故，司马子罕曰："南家，工人也，为鞔者[⑧]也。吾将徙之，其父曰：'吾恃为鞔以食三世矣。今徙之，是宋国之求鞔者不知吾处也。吾将不食。愿相国之忧吾不食也。'为是故，吾弗徙也。西家高，吾宫庳，潦之经吾宫也利，故弗禁也。"士尹池归荆，荆王适兴兵而攻宋，士尹池谏于荆王曰："宋不可攻也。其主贤，其相仁。贤者能得民，仁者能用人。荆国攻之，其无功而为天下笑乎！"故释宋而攻郑。孔子闻之曰："夫修之于庙堂之上，而折冲乎千里之外者[⑨]，其司城子罕之谓乎？"宋在三大万乘之间[⑩]，子罕之时，无所相侵，边境四益，相平公、元公、景公以终其身，其唯仁且节与？故仁节之为功大矣。故明堂茅茨蒿柱[⑪]，土阶三等，以见节俭。

赵简子将袭卫，使史默往睹之，期以一月，六月而后反。赵简子曰："何其久也？"史默曰："谋利而得害，犹弗察也。今蘧伯玉为相，史鰌佐焉，孔子为客，子贡使令于君前，甚听。《易》曰：'涣其群，元吉[⑫]。'涣者，贤也。群者，众也。元者，吉之始也。'涣其群元吉者'，其佐多贤也。"赵简子按兵而不动。凡谋者，疑[⑬]也。疑则从义断事，从义断事则谋不亏，谋不亏则名实从之。贤主之举也，岂必旗偾将毙而乃知胜败[⑭]哉？察其理而得失荣辱定矣。故三代之所贵，无若贤也。

---

①有：通"又"。

②足：指足以止攻。

③表：标志，标记。

④元：根本。

⑤为时：创造或改变时令。

⑥犨（chōu，愁）：突出。

⑦潦：地面的积水。径：经过。宫：室，这里指庭院。

⑧鞔（mán，音蛮）：本指鞋帮，引申指鞋。

⑨折冲乎千里之外：意思是，制胜敌人于千里之外。折冲：指击退敌军。冲：战车。

⑩宋在三大万乘之间：宋北有晋，南有楚，东有齐，故有此说。

⑪茅茨：用茅草盖的屋顶。蒿柱：用蒿秆做柱子。

⑫涣其群，元吉：贤者很多，大吉。

⑬凡谋者，疑也：凡进行谋划的，都是因为有疑惑。

⑭偾（fèn，音愤）：仆倒。

达 郁

五曰：凡人三百六十节，九窍、五藏、六府。肌肤欲其比[①]也，血脉欲其通也，筋骨欲其固也，心志欲其和也，精气欲其行也，若此则病无所居而恶无由生[②]矣。病之留恶之生也，精气郁也。故水郁则为污，树郁则为蠹，草郁则为蒉[③]。国亦有郁。生德不通，民欲不达，此国之郁也。国郁处久，则百恶并起，而万灾丛至矣。上下之相忍也，由此出矣。故圣王之贵豪士与忠臣也，为其敢直言而决郁塞也。

周厉王虐民，国人皆谤。召公以告曰："民不堪命矣。"王使卫巫监谤者，得则杀之。国莫敢言，道路以目。王喜，以告召公曰："吾能弭谤矣。"召公曰："是障之也，非弭之也。防民之口，甚于防川；川壅而溃，败人必多。夫民犹是也。是故治川者决之使导，治民者宣之使言。是故天子听政，使公卿列士正谏，好学博闻献诗，矇箴师诵[④]，庶人传语，近臣尽规，亲戚补察，而后王斟酌焉。是以下无遗善，上无过举。今王塞下之口，而遂上之过，恐为社稷忧。"王弗听也。三年，国人流王于彘。此郁之败也。郁者，不阳也。周鼎著鼠，令马履之，为其不阳也[⑤]。不阳者，亡国之俗也。

管仲觞桓公[⑥]，日暮矣，桓公乐之而征烛。管仲曰："臣卜其昼，未卜其夜[⑦]。君可以出矣。"公不说，曰："仲父年老矣，寡人与仲父为乐将几之？请夜之[⑧]。"管仲曰："君过矣。夫厚于味者薄于德，沈于乐者反于忧；壮而怠则失时，老而解则无名[⑨]。臣乃今将为君勉之，若何其沈于酒也？"管仲可谓能立行矣。凡行之堕也于乐，今乐而益饬[⑩]；行之坏也于贵，今主欲留而不许。伸志行理，贵乐弗为变，以事其主，此桓公之所以霸也。

列精子高听行乎齐湣王，善衣东布衣[⑪]，白缟冠，颡推之履，特会朝雨袪步堂下[⑫]，谓其侍者曰："我何若？"侍者曰："公姣且丽。"列精子高因步而窥于井，粲然恶丈夫之状[⑬]也，喟然叹曰："侍者为吾听行于齐王也，夫何阿哉？又况于所听行乎万乘之[⑭]主，人之阿之亦甚矣，而无所镜[⑮]，其残亡无日矣。孰当可而镜？其唯士乎！人皆知说镜之明己也，而恶士之明己也。镜之明己也功细，士之明己也功大。得其细，失其大，不知类耳。"

赵简子曰："厥也爱我[⑯]，铎也不爱我[⑰]。厥之谏我也，必于无人之所；铎之谏我也，喜质我于人中，必使我丑。"尹铎对曰："厥也爱君之丑也，而不爱君之过也；铎也爱君之过也，而不爱君之丑也。臣尝闻相人于师，敦颜而土色者忍丑[⑱]。不质君于人中，恐君之不变也。"此简子之贤也。人主贤则人臣之言刻[⑲]。简子不贤，铎也卒不居赵地，有况乎在简子之侧哉？

---

①比：细密。

②恶：指恶疾。

③蒉：当为"菑"（zì，今作甾）之误，本指树木直立而死，这里指草枯死。

④矇：盲人，指乐官。箴：箴言。师：乐师。诵：诵读。

⑤周鼎著鼠……不阳也：大意是，周鼎上铸有鼠形图案，让马踩着它，就是因为它不属阳。

⑥觞：向人进酒，这里指宴饮。

⑦卧其昼，未卜其夜：白天招待您饮酒，我占卜过；至于夜间招待您饮酒，我未曾占卜过。

⑧夜之：夜里继续饮酒。

⑨解：同"懈"，懈怠。

⑩饬：严正。

⑪东布：东当为"柬"字之误。柬布即练布，也就是练帛，白色的熟绢。

⑫特：特意。会朝：指天黎明。雨：当为"而"之误。袪步：撩起衣服走路。

⑬粲然：明显的样子。

⑭所听行：所听所行之人，即听从意见加以实行的人，这里指齐王。

⑮无所镜：无法照见自己。

⑯厥：人名，指赵厥，赵简子家臣。

⑰铎：人名，尹铎，赵简子家臣。

⑱敦颜：面色敦厚。土色：黄色。

⑲刻：尽。

行　论

六曰：人主之行与布衣异，势不便，时不利，事仇以求存。执民之命。执民之命，重任也，不得以快志为故。故布衣行此，指于国[①]，不容乡曲。

尧以天下让舜。鲧为诸侯，怒于尧曰："得天之道者为帝，得帝之道者为三公。今我得地之道，而不以我为三公。"以尧为失论[②]。欲得三公，怒甚猛兽，欲以为乱。比兽之角，能以为城；举其尾，能以为旌[③]。召之不来，仿佯于野以患帝。舜于是殛之于羽山[④]，副之以吴[⑤]刀。禹不敢怨，而反事之，官为司空，以通水潦，颜色黎黑，步不相过[⑥]，穷气不通，以中帝心。昔者纣为无道，杀梅伯而醢之，杀鬼侯而脯之，以礼诸侯于庙。文王流涕而咨之[⑦]。纣恐其畔，欲杀文王而灭周。文王曰："父虽无道，子敢不事父乎？君虽不惠，臣敢不事君乎？孰王而可畔也？"纣乃赦之。天下闻之，以文王为畏上而哀下也。《诗》曰："惟此文王，小心翼翼，昭事上帝，聿怀多福[⑧]。"

齐攻宋，燕王使张魁将燕兵以从焉，齐王杀之。燕王闻之，泣数行而下，召有司而告之曰："余兴事而齐杀我使，请令举兵以攻齐也。"使受命矣。凡繇进见，争之曰："贤贤故愿为臣，今王非贤主也，愿辞不为臣。"昭王曰："是何也？"对曰："松下乱[⑨]，先君以不安、弃群臣也。王苦痛之而事齐者，力不足也。今魁死而王攻齐，是视魁而贤于先君。王曰："诺。""请王止兵。"王曰："然则若何？"凡繇对曰："请王缟素辟舍于郊[⑩]，遣使于齐，客而谢焉，曰：'此尽寡人之罪也。大王贤主也，岂尽杀诸侯之使者哉？然而燕之使者独死，此弊邑之择人不谨也。愿得变更请罪。'"使者行至齐。齐王方大饮，左右官实、御者甚众[⑪]，因令使者进报。使者报言燕王之甚恐惧而请罪也。毕，又复之，以矜左右官实。因乃发小使以反令燕王复舍。此济上之所以败，齐国以虚也[⑫]。七十城，微田单，固几不反。湣王以大齐骄而残，田单以即墨城而立功。《诗》曰："将欲毁之，必重累之；将欲踣之[⑬]，必高举之。"其此之谓乎？累矣而不毁，举矣而不踣，其唯有道者乎。

楚庄王使文无畏于齐，过于宋，不先假道。还反，华元言于宋昭公曰："往不假道，来不假道，是以宋为野鄙也。楚之会田也[⑭]，故鞭君之仆于孟诸。请诛之。"乃杀文无畏于扬梁之隄。庄王方削袂，闻之曰："嘻。"投袂而起，履及诸庭，剑及诸门，车及之蒲疏之市[⑮]，遂舍于郊，兴师围宋九月。宋人易子而食之，析骨而爨之。宋公肉袒执牺，委服告病[⑯]，曰："大国若宥图之，唯命是听。”庄王曰：“情矣宋公之言也[17]。”乃为却四十里，而舍于卢门之阖，所以为成而归也[18]。凡事之本在人主。人主之患，在先事而简人，简人则事穷矣。今人臣死而不当，亲帅士民以讨其故，可谓不简人矣。宋公服以病告而还师，可谓不穷矣。夫舍诸侯于汉阳，而饮至者，其以义进退邪[19]？强不足以成此也。

---

①指：通“旨”，志，意旨。

②失论：丧失道理。

③比：排列。旌：旗上的装饰物，这里指旌旗。以上几句是以兽之怒喻鲧之怒。

④殛（jí，音及）：诛杀。

⑤副（pì）：剖开，即分尸。吴刀：吴地所产的快刀。

⑥步不相过：形容极度疲劳，步履艰难的样子。

⑦咨：叹息。

⑧聿：语气词，无实义。

⑨松下乱：指齐伐燕，燕王子哙（昭王之父）与之战于松下，被齐俘获。

⑩辟舍：离开自己的宫室。辟：同“避”。

⑪官实：官属。御者：侍从。

⑫虚：虚弱。

⑬踣（bó，音博）：仆倒，这里用如动词，使…仆倒。

⑭田：田猎。

⑮蒲疏：街市名。以上几句言庄王行动急迫，来不及穿鞋、佩剑、乘车就要起兵报仇，捧鞋的侍从追到庭院中才给他穿上鞋，捧剑的侍从追到寝门才给他佩上剑，驾车的驭者追到蒲疏才让他乘上车。

⑯委服：表示屈服的意思。病：困苦。

⑰情：真诚。

⑱成：讲和。

⑲以义进退：进与退都是根据义的原则。

骄　恣

七曰：亡国之主，必自骄，必自智，必轻物。自骄则简士，自智则专独，轻物则无备。无备召祸，专独位危，简士壅塞。欲无壅塞必礼士，欲位无危必得众，欲无召祸必完备。三者人君之大经也。

晋厉公侈淫，好听谗人，欲尽去其大臣而立其左右。胥童谓厉公曰：“必先杀三郤。族大多怨，去大族不偪[1]。”公曰：“诺。”乃使长鱼矫杀郤犨、郤锜、郤至于朝而陈其尸。于是厉公游于匠丽氏，栾书、中行偃劫而幽之，诸侯莫之救，百姓莫之哀，三月而杀之。人主之患，患在知能害人，而不知害人之不当而反自及也[2]。是何也？智短也。智短则不知化，不知化者举自危。

魏武侯谋事而当，攘臂疾言于庭曰：“大夫之虑莫如寡人矣？”立有间，再三言。李悝趋进曰：“昔者楚庄王谋事而当，有大功，退朝而有忧色。左右曰：‘王有大功，退朝而有忧色，敢问其说？’王曰：‘仲虺有言[3]，不谷说之’。曰：“诸侯之德，能自为取师者王，能自取友者存，其所择而莫如己者亡。”今以不谷之不肖也，群臣之谋又莫吾及也，我其亡乎？’”曰：“此霸王之所忧也，而君独伐之[4]，其可乎！”武侯曰：“善。”人主之患也，不枉于自少，而在于自多。自多则辞受[5]，辞受则原竭[6]。李悝可谓能谏其君矣，一称而令武侯益知君人之道。

齐宣王为大室，大益百亩，堂上三百户。以齐之大，具之三年而未能成。群臣莫敢谏王。春居问于宣王曰："荆王释先王之礼乐而乐为轻[7]，敢问荆国为有主乎？"王曰："为无主。""贤臣以千数而莫敢谏，敢问荆国为有臣乎？"王曰："为无臣。""今王为大室，其大益百亩，堂上三百户。以齐国之大，具之三年而弗能成。群臣莫敢谏，敢问王为有臣乎？"王曰："为无臣。"春居曰："臣请辟矣。"趋而出。王曰："春子！春子！反！何谏寡人之晚也？寡人请今止之。"遽召掌书曰："书之：寡人不肖，而好为大室，春子止寡人。"箴谏不可不熟。莫敢谏若，非弗欲也。春居之所以欲之与人同，其所以入之与人异[8]。宣王微春居，几为天下笑矣。由是论之，失国之主，多如宣王，然患在乎无春居。故忠臣之谏者，亦从入之，不可不慎，此得失之本也。

赵简子沈鸾徼于河，曰："吾尝好声色矣，而鸾徼致之。吾尝好宫室台榭矣，而鸾徼为之。吾尝好良马善御矣，而鸾徼来之[9]。今吾好士六年矣，而鸾徼未尝进一人也，是长吾过而绌善也[10]。"故若简子者，能厚以理督责于其臣矣。以理督责于其臣，则人主可与为善，而不可与为非；可与为直，而不可与为枉。此三代之盛教。

---

①不偪：指不逼迫公室。

②自及：自己赶上祸害。

③仲虺（huī，音辉）：相传为汤的左相，奚仲的后代。

④伐：夸耀。

⑤辞受：对该接受的意见加以推辞。

⑥原竭：源泉枯竭，这里指进言之路堵塞。

⑦为轻：为之轻，因此而轻浮。

⑧所以入之：指用来劝阻的方法。

⑨来之：使之来。

⑩绌（chù，音触）：减，损。

观　表

八曰：凡论人心，观事传[1]，不可不熟，不可不深。天为高矣，而日月星辰云气雨露未尝休也；地为大矣，而水泉草木毛羽裸鳞未尝息也[2]。凡居于天地之间、六合之内者，其务为相安利也，夫为相害危者，不可胜数。人事皆然。事随心，心随欲。欲无度者，其心无度；心无度者，则其所为不可知矣。人之心隐匿难见，渊深难测，故圣人于事志焉[3]。圣人之所以过人以先知，先知必审征表，无征表而欲先知，尧、舜与众人同等。征虽易，表虽难，圣人则不可以飘矣[4]，众人则无道至焉。无道至则以为神，以为幸。非神非幸，其数不得不然。郈成子、吴起近之矣。

郈成子为鲁聘于晋，过卫，右宰谷臣止而觞之，陈乐而不乐[5]，酒酣而送之以璧，顾反，过而弗辞，其仆曰："向者右宰谷臣之觞吾子，吾子也甚欢，今侯渫过而弗辞[6]？"郈成子曰："夫止而觞我，与我欢也；陈乐而不乐，告我忧也；酒酣而送我以璧，寄之我也。若由是观之，卫其有乱乎？"倍卫三十里，闻宁喜之难作，右宰谷臣死之。还车而临，三举而归[7]。至，使人迎其妻子，隔宅而异之[8]，分禄而食之，其子长而反其璧[9]。孔子闻之曰："夫智可以微谋、仁可以托财者，其郈成子之谓乎！"郈成子之观右宰谷臣也，深矣妙矣，不观其事而观其志，可谓能观人矣。

吴起治西河之外，王错谮之于魏武侯，武侯使人召之。吴起至于岸门，止车而休，望西河，泣数行而下。其仆谓之曰："窃观公之志，视舍天下若舍屣。今去西河而泣，何也？"吴起雪泣而应之[10]，曰："子弗识也。君诚知我，而使我毕能，秦必可亡，而西河可以王。今君听谗人之议，而不知我，西河之为秦也不久矣，魏国从此削矣。"吴起果去魏入荆，而西河毕入秦，魏日以削，秦日益大。此吴起之所以先见而泣也。

古之善相马者：寒风是相口齿[11]，麻朝相颊，子女厉相目，卫忌相髭，许鄙相尻[12]，投伐褐相胸胁，管青相膹吻[13]，陈悲相股脚[14]，秦牙相前，赞君相后。凡此十人者，皆天下之良工也，若赵之王良，秦之伯乐、九方堙，尤尽其妙矣。其所以相者不同，见马之一征也，而知节之高卑，足之滑易，材之坚脆，能之长短。非独相马然也，人亦有征，事与国皆有征。圣人上知千岁，下知千岁，非意之也，盖有自云也。绿图幡薄[15]，从此生矣。

---

①事传：事迹，事情。

②毛：指虎狼之类有毛皮的动物。羽：指飞禽。裸：指麋鹿牛羊之类裸蹄动物。鳞：指龙鱼之类。　以上两句说，天地之间的事物都有可以察见的征兆。

③志焉：观其志。志：用作动词。

④飘：迅疾。

⑤第一个"乐"：乐器。　后一个"乐"：快乐。

⑥侯：何。渫（xiè，音泄）过：重过。

⑦三举：举哀三次，即哭了三次。

⑧异之：使之异，让他们与自己分开住。异：分开。

⑨反：归还。

⑩雪：擦拭。

⑪寒风是：即"韩风氏"，与下文的"麻朝"，"子女厉"，"卫忌"，"许鄙"，"投伐褐"，"管青"，"陈悲"，"秦牙"，"赞君"都是古代善相马的。

⑫尻（kāo）：臀部。

⑬膹：当为"唇"字误。吻：同"吻"。

⑭股：大腿。脚：小腿。

⑮绿图：相传江河所出图篆皆为绿色，故称"绿图"。幡薄：簿册，帝王受命之瑞。

吕氏春秋卷第二十　总校王诒寿分校校

吕氏春秋卷第二十一

镇洋毕氏校本

开春论第一

察贤　期贤　审为　爱类　贵卒

吕氏春秋训解

高　氏

开　春　论

一曰：开春始雷则蛰虫动矣，时雨降则草木育矣，饮食居处适则九窍百节千脉皆通利矣。王者厚其德，积众善，而凤皇圣人皆来至矣。共伯和修其行，好贤仁，而海内皆以来为稽矣[1]。周厉之难，天子旷绝[2]，而天下皆来谓矣。以此言物之相应也，故曰行也成也。善说者亦然，言尽理而得失利害定矣，岂为一人言哉[3]？

魏惠王死，葬有日矣[4]。天大雨雪，至于牛目。群臣多谏于太子者曰："雪甚。如此而行葬，民必甚疾之，官费又恐不给。请弛期更日。"太子曰："为人子者，以民劳与官费用之故，而不行先王之葬，不义也。子勿复言。"群臣皆莫敢谏，而以告犀首[5]。犀首曰："吾未有以言之。是其唯惠公乎？请告惠公。"惠公曰："诺。"驾而见太子曰："葬有日矣。"太子曰："然。"惠公曰："昔王季历葬于涡山之尾[6]，栾水啮其墓。见棺之前和[7]。文王曰：'譆！先君必欲一见群臣百姓也天[8]！故使栾水见之。'于是出而为之张朝，百姓皆见之，三日而后更葬，此文王之义也。今葬有日矣，而雪甚，及牛目，难以行，太子为及日之故，得无嫌于欲亟葬乎？愿太子易日。先王必欲少留而抚社稷安黔首也，故使雨雪甚。因弛期而更为日，此文王之义也。若此而不为，意者羞法文王也?"太子曰："甚善。敬弛期，更择葬日。"惠子不徒行说也，又令魏太子未葬其先君而因有说文王之义。说文王之义以示天下，岂小功也哉?

韩氏城新城[9]，期十五日而成。段乔为司空。有一县后二日，段乔执其吏而囚之[10]。囚者之子走告封人子高曰："唯先生能活臣父之死，愿委之先生。"封人子高曰："诺。"乃见段乔，自扶而上城[11]。封人子高左右望曰："美哉城乎，一大功矣！子必有厚赏矣。自古及今，功若此其大也，而能无有罪戮者，未尝有也。"封人子高出，段乔使人夜解其吏之束缚也而出之。故曰封人子高为之言也，而匿己之为而为也；段乔听而行之也，匿己之行而行也。说之行若此其精也。封人子高可谓善说矣。

叔向之弟羊舌虎善栾盈，栾盈有罪于晋，晋诛羊舌虎，叔向为之奴而 朡[12]。祈奚曰："吾闻小人得位，不争不祥，君子在忧，不救不祥。"乃往见范宣子而说也，曰："闻善为国者，赏不过而刑不慢。赏过则惧及淫人[13]，刑慢则惧及君子。与其不幸而过，宁过而赏淫人，毋过而刑君子。故尧之刑也，殛鲧于虞而用禹；周之刑也，戮管、蔡而相周公。不慢刑也。”宣子乃命吏出叔向。救人之患者，行危苦，不避烦辱，犹不能免。今祈奚论先王之德，而叔向得免焉。学岂可以已哉？类多若此[14]。

察　贤

二曰：今有良医于此，治十人而起九人[15]。所以求之万也[16]。故贤者之致功名也，比乎良医，而君人者不知疾求，岂不过哉！今夫塞者[17]，勇力、时日、卜筮、祷祠无事焉，善者必胜。立功名亦然，要在得贤。魏文侯师卜子夏，友田子方，礼段干木，国治身逸。天下之贤主，岂必苦形愁虑哉？执其要而已矣。雪霜雨露时，则万物育矣，人民修矣[18]，疾病妖厉去矣。故曰尧之容若委衣裘，以言少事也。

宓子贱治单父，弹鸣琴，身不下堂而单父治。巫马期以星出，以星入，日夜不居，以身亲之，而单父亦治。巫马期问其故于宓子。宓子曰：“我之谓任人，子之谓任力。任力者故劳[19]，任人者故逸。”宓子则君子矣，逸四肢，全耳目，平心气，而百官以治义矣[20]，任其数而已矣。巫马期则不然，弊生事精[21]，劳手足，烦教诏，虽治犹未至也。

---

①稽：停留，这里有归附的意思。

②旷：废缺。

③岂为一人言：善说者谈论的都是天下之理，而不是根据对某一个人的爱憎随意而发的。

④有日：不久就会到来，临近。

⑤犀首：即公孙衍，战国时魏人，纵横家，曾在魏、秦等国为相。

⑥尾：山脚。

⑦和：棺材两头的木板。

⑧天：当为“夫”字之误。

⑨城新城：修筑新城墙。

⑩执：逮捕。

⑪扶：攀缘。

⑫奴：为奴。朡（zōng，音宗）：系缚。

⑬淫：邪僻。

⑭类：事类。

⑮起：使……起，治愈。

⑯所以求之万也：这就是找他治病的人成千上万的原因。

⑰塞：古代一种棋类游戏。

⑱修：好，善。

⑲故：本来，当然。

⑳义：宜，合宜，应该。

㉑弊：损害。事：耗费。精：指人的精气。

期　贤

三曰：今夫爚蝉者①，务在乎明其火，振其树而已。火不明，虽振其树，何益？明火不独在乎火，在于闇。当今之时世闇甚矣，人主有能明其德者，天下之士，其归之也，若蝉之走明火也[②]。凡国不徒安，名不徒显，必得贤士。赵简子昼居[③]，喟然太息曰："异哉！吾欲伐卫十年矣，而卫不伐[④]。"侍者曰："以赵之大，而伐卫之细，君若不欲则可也。君若欲之，请令伐之[⑤]。"简子曰："不如而言也[⑥]。卫有士十人于吾所，吾乃且伐之，十人者其言不义也，而我伐之，是我为不义也。"故简子之时，卫以十人者按赵之兵，殁简子之身。卫可谓知用人矣，游十士而国家得安。简子可谓好从谏矣，听十士而无侵小夺弱之名。

魏文侯过段干木之闾[⑦]而轼[⑧]之，其仆曰："君胡为轼？"曰："此非段干木之闾欤？段干木盖贤者也，吾安敢不轼？且吾闻段干木未尝肯以己易寡人也，吾安敢骄之？段干木光[⑨]乎德，寡人光乎地；段干木富乎义，寡人富乎财。"其仆曰："然则君何不相之？"于是君请相之，段干木不肯受。则君乃致禄百万，而时往馆[⑩]之。于是国人皆喜，相与诵之曰："吾君好正，段干木之敬。吾君好忠，段干木之隆。"居无几何，秦兴兵欲攻魏。司马唐谏秦君曰："段干木，贤者也，而魏礼之，天下莫不闻。无乃[⑪]不可加兵乎？"秦君以为然，乃按兵，辍不敢攻之。魏文侯可谓善用兵矣。尝闻君子之用兵，莫见其形，其功已成，其此之谓也。野人之用兵也，鼓声则似雷，号呼则动地，尘气充天，流矢如雨，扶伤舆[⑫]死，履肠涉血，无罪之民其死者量[⑬]于泽矣，而国之存亡，主之死生，犹不可知也，其离仁义亦远矣。

---

①爚（yuè，音月）：用火照。

②走：奔向。

③居：闲坐。

④伐：被伐。

⑤令；疑为"今"之误。今：立即。

⑥而：你。

⑦闾（lǘ）：里巷的门，这里指里巷。

⑧轼：车前横木。古礼，双手扶轼，表示礼敬。

⑨光：明亮，这里比喻显耀。

⑩馆：这里是到其住处探望的意思。

⑪无乃：恐怕，大概。

⑫舆：抬。

⑬量：满。

审　为

四曰：身者，所为也；天下者，所以为也。审所以为而轻重得矣。今有人于此，断首以易冠，杀身以易衣，世必惑之。是何也？冠所以饰首也，衣所以饰身也。杀所饰，要所以饰，则不知所为矣。世之走利，有似于此。危身伤生，刈颈断头以徇[①]利，则亦不知所为也。

太王亶父居邠，狄人攻之。事[②]以皮帛而不受，事以珠玉而不肯。狄人之所求者，地也。太王亶父曰："与人之兄居而杀其弟，与人之父处而杀其子，吾不忍为也。皆勉处[③]矣！为吾臣与狄人臣，奚以异？且吾闻之不以所以养害所养。"杖策而去。民相连而从之，遂成国于岐山之下。太王亶父可谓能尊生矣。能尊生，虽贵富，不以养伤身；虽贫贱，不以利累形。今受其先人之爵禄，则必重[④]失之。生之所自来者，久矣！而轻失之，岂不惑哉。

韩魏相与争侵地。子华子见昭釐侯[⑤]。昭釐侯有忧色。子华子曰："今使天下书铭于君之前。

书之曰：'左手攫[6]之则右手废，右手攫之则左手废。然而攫之必有天下。'君将攫之乎？亡其不与[7]？"昭釐侯曰："寡人不攫也。"子华子曰；"甚善。自是观之，两臂重于天下也，身又重于两臂。韩之轻于天下，远；今之所争者，其轻于韩又远。君固愁身伤生以忧之，戚[8]不得也。"昭釐侯曰："善！教寡人者众矣，未尝得闻此言也。"子华子可谓知轻重矣。知轻重，故论不过。

中山公子牟谓詹子曰："身在江海之上，心居乎魏阙之下[9]，奈何？"詹子曰："重生。重生则轻利。"中山公子牟曰："虽知之，犹不能自胜也[10]。"詹子曰："不能自胜，则纵之，神无恶乎！不能自胜而强不纵者，此之谓重伤。重伤之，人无寿类矣[11]。"

---

①徇：殉。

②事：奉献

③勉处（chǔ）：好好住下去。

④重（zhòng）：把……看得严重，舍不得。

⑤昭釐（xī）侯：韩昭釐侯，战国韩国君，谥昭釐。

⑥攫（jué）：抓取。

⑦亡（wú）其：选择连词，还。

⑧戚：近。

⑨魏阙：宫门两侧高大的楼观，代指朝廷。

⑩自胜：自我克制。

⑪寿类；长寿的人。

爱　类

五曰：仁于他物，不仁于人，不得为仁。不仁于他物，独仁于人，犹若为仁[1]。仁也者，仁乎其类者也。故仁人之于民也，可以便之，无不行也。神农之教曰："士有当年而不耕者，则天下或受其饥矣。女有当年而不绩[2]者，则天下或受其寒矣。"故身亲耕，妻亲织，所以见致民利也。贤人之不远海内之路，而时往来乎王公之朝，非以要利也，以民为务故也。人主有能以民为务者，则天下归之矣。王也者，非必坚甲利兵选卒练士也，非必隳[3]人之城郭，杀人之士民也。上世之王者，众矣，而事皆不同。其当世之急，忧民之利，除民之害同。

公输般为高云梯欲以攻宋。墨子闻之，自鲁往，裂裳裹足，日夜不休，十日十夜而至于郢。见荆王，曰："臣北方之鄙人[4]也，闻大王将攻宋，信有之乎？"王曰："然。"墨子曰："必得宋，乃攻之乎？亡其不得宋且不义，犹攻之乎？"王曰："必不得宋且有不义，则曷为攻之？"墨子曰："甚善。臣以宋必不可得。"王曰："公输般，天下之巧 工也，已为攻宋之械矣。"墨子曰："请令公输般试攻之，臣请试守之。"于是公输般设攻宋之械，墨子设守宋之备。公输般九[5]攻之，墨子九却之，不能入。故荆辍，不攻宋。墨子能以术御荆，免宋之难者，此之谓也。

圣王通士[6]不出于利民者，无有。昔上古龙门未开，吕梁未发，河出孟门，大溢逆流，无有丘陵、沃衍[7]、平原、高阜[8]，尽皆灭之，名曰：鸿水。禹于是疏河决江，为彭蠡之障，干东土，所活者千八百国，此禹之功也。勤劳为民，无苦乎禹者矣。

匡章谓惠子曰："公之学去尊[9]，今又王齐王，何其到也？"惠子曰："今有人于此，欲必击其爱子之头，石可以代之"匡章曰："公取之代乎？其不与？""施[10]取代之，子头所重也，石所轻也，击其所轻，以免其所重，岂不可哉！"匡章曰："齐王之所以用兵而不休，攻击人而不止者，其故何也？"惠子曰："大者可以王，其次可以霸也。今可以王齐王而寿黔首之命，免民之死。是以石代爱子头也，何为不为？”民，寒则欲火，暑则欲冰，燥则欲湿，湿则欲燥。寒暑燥湿相反，其于利民一也。利民岂一道哉！当其时而已矣。

---

①犹若：犹然，仍然。
②绩，缉麻，搓麻成线。
③隳：毁坏。
④鄙：鄙野，偏远之地。
⑤九：这里指多次。
⑥通士：知识渊博，通达事理的读书人。
⑦沃衍：肥沃而平坦的高地。
⑧阜：高山。
⑨去尊：废弃尊位。
⑩施：惠子之名，此处为自称。

贵　　卒

六曰：力贵突[①]，智贵卒[②]。得之同，则遬为上；胜之同，则湿为下。所为贵骥者，为其一日千里也。旬日取之，与驽骀同[③]。所为贵镞矢者，为其应声而至。终日而至，则与无至同。

吴起谓荆王曰：“荆所有余者，地也。所不足者，民也。今君王以所不足益所有余，臣不得而为也。”于是令贵人往实[④]广虚之地，皆甚苦之。荆王死，贵人皆来，尸在堂上，贵人相与射吴起。吴起号呼曰：“吾示子吾用兵也。”拔矢而走，伏尸插矢而疾言曰：“群臣乱王！”吴起死矣，且荆国之法，丽兵于王尸者，尽加重罪，逮三族。吴起之智，可谓捷矣。

齐襄公即位，憎公孙无知，收其禄。无知不说[⑤]，杀襄公。公子纠走鲁，公子小白奔莒，既而国杀无知，未有君。公子纠与公子小白皆归，俱至，争先入公家。管仲扜[⑥]弓射公子小白，中钩。鲍叔御公子小白僵[⑦]。管子以为小白死，告公子纠曰：“安之，公子小白已死矣。”鲍叔因疾驱，先入。故公子小白得以为君。鲍叔之智，应射而令公子小白僵也，其智若镞矢也。

周武君使人刺伶悝于东周[⑧]。伶悝僵，令其子速哭，曰：“以谁刺我父也？”刺者闻，以为死也。周以为不信，因厚罪之。

赵氏攻中山，中山之人多力者曰吾丘鸩[⑨]，衣铁甲操铁杖以战，而所击无不碎，所冲无不陷，以车投车，以人投人也。几至将所而后死[⑩]。

---

①突：突然，出其不意。
②卒（cù）：通“猝”，迅疾，敏捷。
③驽（nú）骀（tái）：都是劣马。
④实：充实。
⑤说：通“悦”，高兴，满意。
⑥扜（yū）：把弓拉满。
⑦御：使。僵：仰倒。
⑧周武君：战国时西周国君。伶悝（kuī）：东周之臣。
⑨吾丘鸩（yù）：姓吾丘，名鸩。
⑩几至将所而后死：这是说吾丘鸩虽多力，仍不免于死。

吕氏春秋卷第二十二

镇洋毕氏校本

慎行论第二

无义　疑似　一行　求人　察傅

吕氏春秋训解

高　氏

慎　行　论

一曰：行不可不孰[①]。不孰，如赴深谿[②]，虽悔无及。君子计行虑义，小人计行其利[③]，乃不利。有知不利之利者，则可与言理矣。

荆平王[④]有臣，曰费无忌。害[⑤]太子建，欲去之。王为建取妻于秦而美，无忌劝王夺。王已夺之，而疏太子。无忌说王曰："晋之霸也，近于诸夏。而荆，僻也，故不能与争。不若大城城父而置太子焉，以求北方。王收南方，是得天下也。"王说，使太子居于城父。居一年，乃恶之曰："建与连尹[⑥]将以方城外反。"王曰："已为我子矣，又尚奚求？"对曰："以妻事怨，且自以为犹宋[⑦]也。齐晋又辅之，将以害荆，其事已集矣。"王信之，使执连尹。太子建出奔，左尹郄宛[⑧]，国人说之。无忌又欲杀之。谓令尹子常曰："郄宛欲饮令尹酒。"又谓郄宛曰："令尹欲饮酒于子之家。"郄宛曰："我贱人也，不足以辱[⑨]令尹，令尹必来辱，我且何以给[⑩]待之？"无忌曰："令尹好甲兵，子出而置之门，令尹至，必观之已，因以为酬[⑪]。"及飨日，惟门左右而置甲兵焉。无忌因谓令尹曰："吾几祸令尹！郄宛将杀令尹，甲在门矣。"令尹使人视之，信。遂攻郄宛，杀之。国人大怨，动作者[⑫]莫不非令尹。沈尹戍谓令尹曰[⑬]："夫无忌，荆之谗人也。亡夫太子建，杀连尹奢，屏王之耳目。今令尹又用之，杀众不辜，以兴大谤，患几及令尹。"令尹子常曰："是吾罪也，敢不良图。"乃杀费无忌，尽灭其族，以说其国。动而不论其义，知害人而不知人害己也，以灭其族，费无忌之谓乎。

崔杼[⑭]与庆封谋杀齐庄公。庄公死，更立景公[⑮]，崔杼相之。庆封又欲杀崔杼，而代之相。于是㧌[⑯]崔杼之子，令之争后[⑰]。崔杼之子相与私哄[⑱]。崔杼往见庆封而告之。庆封谓崔杼曰："且留，吾将兴甲以杀之。"因令卢满嫳兴甲以诛之。尽杀崔杼之妻子及枝属，烧其室屋，报崔杼曰："吾已诛之矣。"崔杼归，无归，因而自绞也。庆封相景公，景公苦之。庆封出猎，景公与陈无宇、公孙灶、公孙虿诛封[⑲]。庆封以其属斗，不胜，走如鲁。齐人以为让[⑳]，去鲁而如吴，王予之朱方[㉑]。荆灵王[㉒]闻之，率诸侯以攻吴，围朱方，拔之。得庆封，负之斧质[㉓]，以徇[㉔]于诸侯军，因令其呼之曰："毋或如齐庆封，弑其君而弱其孤，以亡其大夫。"乃杀之。黄帝之贵而死，尧舜之贤而死，孟贲之勇而死，人固皆死，若庆封者，可谓重死矣。身为僇[25]，支属不可以见，行忮[26]之故也。凡乱人之动也，其始相助，后必相恶。为义者则不然，始而相与，久而相信，卒而相亲，后世以为法程。

无　义

二曰：先王之于论[27]也，极之矣。故义者，百事之始也，万利之本也，中智之所不及也。不及则不知，不知趋利，趋利固不可必也。公孙鞅、郑平、续经、公孙竭是已。以义动则无旷[28]事矣。人臣与人臣谋为奸，犹或与之，又况乎人主与其臣谋为义，其孰不与者？非独其臣也，天下皆且与之。

公孙鞅之于秦，非父兄也，非有故也，以能用也。欲堙之责[29]，非攻无以。于是为秦将而攻魏，魏使公子卬将而当之[30]。公孙鞅之居魏也，固善公子卬，使人谓公子卬曰："凡所为游而欲贵者，以公子之故也。今秦令鞅将，魏令公子当之，岂且忍相与战哉！公子言之公子之主，鞅请亦言之主，而皆罢军。"于是将归矣，使人谓公子曰："归未有时相见，愿与公子坐而相去别也。"公子曰："诺。"魏吏争之曰："不可。"公子不听，遂相与坐。公孙鞅因伏卒与车骑以取公子卬。秦孝公薨，惠王立，以此疑公孙鞅之行，欲加罪焉。公孙鞅以[31]其私属与母归魏，襄疵[32]不受，曰："以君之反公子卬也，吾无道知君。"故士自行不可不审也。

郑平于秦王[33]，臣也；其于应侯[34]，交也。欺交反主，为利故也。方其为秦将也，天下所贵之无不以[35]者，重也。重以得之，轻必失之，去秦将，入赵魏，天下所贱之无不以也，所可羞无不以也。行方[36]可贱可羞，而无秦将之重，不穷奚待？

赵急求李欬。李言、续经与之俱如卫，抵公孙与。公孙与见而与入，续经因告卫吏使捕之。续经以仕赵五大夫。人莫与同朝，子孙不可以交友。公孙竭与阴君之事，而反告之樗里相国[37]，以仕秦五大夫，功非不大也，然而不得入三都[38]，又况乎无此其功而有行乎！

疑　似

三曰：使人大迷惑者，必物之相似也。玉人之所患，患石之似玉者；相剑者之所患，患剑之似吴干[39]者；贤主之所患，患人之博闻辩言而似通者。亡国之主似智，亡国之臣似忠。相似之物，此愚者之所大惑，而圣人之所加虑也。故墨子见歧道而哭之[40]。

周宅酆镐，近戎人，与诸侯约：为高葆祷于王路[41]，置鼓其上，远近相闻。即戎寇至，传鼓相告，诸侯之兵皆至，救天子。戎寇当[42]至，幽王击鼓，诸侯之兵皆至，褒姒大说，喜之。幽王欲褒姒之笑也[43]，因数击鼓，诸侯之兵数至而无寇。至于后，戎寇真至，幽王击鼓，诸侯兵不至，幽王之身乃死于丽山之下，为天下笑。此夫以无寇失真寇者也。贤者有小恶以致大恶，褒姒之败，乃令幽王好小说，以致大灭。故形骸相离，三公九卿出走，此褒姒之所用[44]死，而平王[45]所以东徙也，秦襄[46]、晋文之所以劳王劳而赐地也。

梁北有黎丘部，有奇鬼焉，喜[47]效人之子侄昆弟之状。邑丈人有之市而醉归者，黎丘之鬼效其子之状，扶而道苦之[48]。丈人归，酒醒而诮[49]其子，曰："吾为汝父也，岂谓不慈哉。我醉，汝道苦我，何故？"其子泣而触地曰："孽矣！无此事也。昔也，往责于东邑人，可问也。"其父信之曰："谆！是必夫奇鬼也。我固尝闻之矣。"明日端[50]复饮于市，欲遇而刺杀之。明旦之市而醉，其真子恐其父之不能反也，遂逝迎之。丈人望其真子，拔剑而刺之。丈人智惑于似其子者，而杀其真子。夫惑于似士者，而失于真士，此黎丘丈人之智也。疑似之迹不可不察，察之必于其人也。舜为御，尧为左，禹为右，入于泽而问牧童，入于水而问渔师[51]，奚故也？其知之审也。夫孪子之相似者，其母常识之，知之审也。

一　行

四曰：先王所恶，无恶于不可知[52]。不可知，则君臣父子兄弟朋友夫妻之际[53]败矣。十际皆败，乱莫大焉。凡人伦，以十际为安者也，释十际则与麋鹿虎狼无以异，多勇者则为制耳矣。不可知，则知无安君、无乐亲矣，无荣兄、无亲友、无尊夫矣。

强大未必王也，而王必强大。王者之所藉以成也何？藉其威与其利。非强大则其威不威，其利不利。其威不威则不足以禁也，其利不利则不足以劝[54]也，故贤主必使其威利无敌。故以禁则必止，以劝则必为。威利敌，而忧苦民，行可知者王，威利无敌，而以行不知者亡。小弱而不可知，则强大疑之矣。人之情，不能爱其所疑，小弱而大不爱，则无以存。故不可知之道，王者行之，废；强大行之，危；小弱行之，灭。

今行者见大树，必解衣系冠倚剑而寝其下。大树非人之情亲知交也，而安之若此者，信也。陵上巨木，人以为期，易知故也。又况于士乎？士义可知故也，则期为必矣。又况强大之国？强大之国诚可知，则其王不难矣。

人之所乘船者，为其能浮而不能沈也。世之所以贤君子者，为其能行义而不能行邪辟也。孔子卜，得贲[55]。孔子曰："不吉[56]。"子贡曰："夫贲亦好矣[57]，何谓不吉乎？"孔子曰："夫白而白，黑而黑，夫贲又何好乎？"故贤者所恶于物，无恶于无处。

夫天下之所以恶，莫恶于不可知也。夫不可知，盗不与期，贼不与谋。盗贼大奸也，而犹所得匹偶，又况于欲成大功乎？夫欲成大功，令天下皆轻劝而助之，必之士可知。

求　人

五曰：身定，国安，天下治，必贤人[58]。古之有天下也者，七十一圣，观于《春秋》，自鲁隐公以至哀公十有二世，其所以得之，所以失之，其术一也。得贤人，国无不安，名无不荣；失贤人，国无不危，名无不辱。先王之索贤人，无不以也。极卑极贱，极远极劳。虞用宫之奇、吴用伍子胥之言，此二国者，虽至于今存可也。则是国可寿[59]也。有能益人之寿者，则人莫不愿之。今寿国有道，而君人者而不求，过矣。

尧传天下于舜，礼之诸侯，妻以二女，臣以十子，身请北面朝之，至卑也。伊尹，庖厨之臣也。传说，殷之胥靡也，皆上相天子，至贱也。禹东至榑木[60]之地，日出九津，青羌之野[61]，攒树之所，搢天之山[62]，鸟谷、青丘[63]之乡，黑齿之国；南至交阯、孙朴、续樠之国，樠丹粟漆树沸水漂漂九阳之山[64]，羽人、裸民之处，不死之乡；西至三危之国，巫山之下，饮露吸气之民，积金之山[65]，其肱[66]、一臂、三面之乡；北至人正之国[67]，夏海之穷，衡山之上，犬戎之国，夸父之野，禺强之所[68]，积水、积石之山。不有懈堕[69]，忧其黔首，颜色黎黑，窍藏不通[70]，步不相过[71]，以求贤人，欲尽地利：至劳也。得陶、化益、真窥、横革、之交五人佐禹[72]，故功绩铭乎金石，著于盘盂。

昔者尧朝许由于沛泽之中，曰："十日出而焦火不息，不亦劳乎？夫子为天子，而天下已定矣，请属天下于夫子。许由辞曰："为天下之不治与？而既已治矣。自为与？啁噍巢于林[73]，不过一枝；偃鼠饮于河，不过满腹。归已，君乎！恶用天下？"遂之箕山之下，颍水之阳，耕而食，终身无经天下之色。故贤主之于贤者也，物莫之妨，戚爱习故[74]，不以害之，故贤者聚焉。贤者所聚，天地不坏，鬼神不害，人事不谋，此五常之本事也。皋子，众疑取国，召南宫虔、孔而众口止。

晋人欲攻郑，令叔向聘焉，视其有人与无人。子产为之诗曰："子惠思我，褰裳涉洧[75]，子不我思，岂无他士！"叔向归曰："郑有人，子产在焉，不可攻也。秦、荆近，其诗有异心，不可攻也。"晋人乃辍攻郑。孔子曰："《诗》云：'无竞惟人，'子产一称而郑国免。"

察　传

六曰：夫得言，不可以不察。数传，而白为黑，黑为白。故狗似玃[76]，玃似母猴，母猴似人，人之与狗则远矣。此愚者之所以大过也。闻而审，则为福矣；闻而不审，不若无闻矣。齐桓公闻管子于鲍叔，楚庄闻孙叔敖于沈尹筮，审之也，故国霸诸侯也。吴王闻越王句践于太宰嚭，智伯闻赵襄子于张武，不审也，故国亡身死也。

凡闻言必熟论[77]，其于人必验之以理。鲁哀公问于孔子曰："乐正夔一足[78]，信乎？"孔子曰："昔者，舜欲以乐传教[79]于天下，乃令重黎举夔于草莽之中，而进之舜，以为乐正。夔于是正六律，和五声，以通八风而天下大服。重黎又欲益求人。舜曰：'夫乐，天地之精也，得失之节也，故唯圣人为能和乐之本也。夔能和之以平天下，若夔者，一而足矣。故曰：夔一足，非一足也。宋之丁氏，家无井而出溉汲，常一人居外。及其家穿井，告人曰："吾穿井得一人。"有闻而传之者曰："丁氏穿井得一人。"国人道之，闻之于宋君。宋君令人问之于丁氏。丁氏对曰："得一人之使，非得一人于井中也。"求能之若此，不若无闻也。

子夏之晋，过卫。有读《史记》者曰："晋师三豕涉河。"子夏曰："非也，是己亥也。夫己与三相近，豕与亥相似。"至于晋而问之，则曰："晋师己亥涉河也。"辞多类非而是，多类是而非，是非之经[80]，不可不分。此圣人之所慎也。然则何以慎？缘[81]物之情及人之情以为所闻，则得之矣。

---

①孰：熟，这里是熟虑的意思。

②谿（xī）：山谷。

③其：通"期"，期求。

④荆平王：楚平王，春秋楚国君，名熊居，公元前528—前516年在位。费无忌：平王臣，姓费，名无忌。

⑤害：嫉恨。

⑥连尹：楚官名，这里指伍奢。

⑦自以为犹宋：意指自以为象宋那样的独立小国。

⑧左尹：楚官名，位在令尹之下。郄（xī）宛，楚大夫，字子恶。

⑨辱：表尊敬的委婉说法，意为"辱没了身份"。

⑩给（jǐ）：供给，这里是酬报的意思。

⑪酬：报献。宴饮中主人劝客饮酒时报献宾客的礼物。

⑫动作者：疑当作"进胙者"，指向国君进献祭肉的人，即卿大夫。胙，祭庙之肉。

⑬沈尹戍：楚国沈县之尹（官长），名戌。

⑭崔杼：春秋齐大夫，谥武子。庆封，齐大夫，字子家。齐庄公：春秋齐国君，名光，公元前553－前548年在位。

⑮景公：齐景公，齐庄公弟，名杵臼，公元前547－前490年在位。

⑯豚（zhuó）：挑拨。

⑰争后：争立为后嗣。春秋时各国实行世卿世禄制，只有正式被立为后嗣才有资格继承爵禄。

⑱私哄（hòng）：私自兴兵争斗。哄，争斗。

⑲陈无宇：齐大夫，谥桓子。公孙灶：齐大夫，字子雅。公孙虿（chài）：齐大夫，字子尾。诛：讨伐。

⑳以为让：用接纳庆封事责备鲁。让：责备。

㉑朱方：春秋吴邑，在今江苏镇江市丹徒镇南。

㉒荆灵王：楚灵王，春秋楚国君，初名围，即位后改名虔，公元前540－529年在位。

㉓负：使……负。斧质：杀人的刑具。质，通"锧"，杀人时垫于身下的砧板。

㉔徇（xùn）：巡行示众。

㉕僇：通戮。

㉖忮（zhì）：嫉恨。

㉗论：道理。

㉘旷：废。

㉙堙（yīn）之责：对秦尽到责任。堙：塞。

㉚公子卬（áng）：战国魏人，魏惠王时为将。

㉛以：率领。私属：家众。

㉜襄疵：魏人，魏惠王时曾为邺令。

㉝郑平：即《史记·范雎列传》中的郑安平，秦将，后降赵。秦王：指秦昭王。

㉞应侯：即范雎，魏人，入秦为昭王相，封于应，所以称为应侯。

㉟以：为，做。

㊱方：比并。

㊲樗（shū）里相国：即樗里疾，又称樗里子，战国时秦惠王异母弟，秦武王、昭王时为相。

㊳三都：指赵、卫、魏三国国都。

㊴吴干：宝剑名，传为春秋时吴人干将所铸，故称"吴干"，又名"干将"。

㊵见歧道而哭之：因为歧路使人捉摸不定，所以为之哭泣。

㊶葆：通"堡"，小城。王路：大路。

㊷当：通"尝"，曾经。

㊸褒姒（bāo sì）：周幽王宠妃。

㊹所用：所以。

㊺平王：周平王，名宜臼，幽王子，公元前770－－720年在位。幽王死，平王为避戎人，迁都于洛邑（今洛阳），是为东周。

㊻秦襄：秦襄公，公元前777 －－前766年在位。晋文：晋文侯，名仇，公元前780－－前746年在位。秦襄公、晋文侯都曾护卫平王东迁，有功于周王朝。

㊼喜：当作"善"。

㊽苦之：折磨他。

㊾诮（qiào）：责备。

㊿端：故意。

51渔师：有经验的渔夫。

52不可知：指言行无信，变化无常，令人不可捉摸。

53际：界限。

54劝：鼓励。

55贲（bì）：卦名，六十四卦之一。

56不吉："贲"是文饰的意思，其色斑驳不纯，这里说贲卦"不吉"，表示贵在纯粹专一。

57夫贲亦好矣：《周易》贲卦卦辞说："小利有攸往"，所以子贡说"夫贲亦好矣。"

58必贤人：一定要依赖圣人。

(59)寿：使……延长存在。

(60)榑（fú）木：传说中的地名，即扶桑，太阳升起的地方，是东方的尽头。

(61)九津：传说中的山名，日出之处。津：崖。青羌之野：东方的原野。

(62)攒（cuán）树之所：树木丛生之处。揢（mǐn）天之山：耸入云天的高山。

(63)青丘：传说中东方海外之国，产九尾狐。

(64)九阳之山：南方山名。依五行学说，南方积阳，阳数终于九，故称“九阳之山”。

(65)三危：神话中的西方山名。积金之山：西方山名。西方属金，故称“积金之山”。

(66)其肱：即“奇（jī）肱”。

(67)人正：地名，据说在北海。

(68)夸父（fǔ）：神话中的勇士，曾与太阳赛跑，半路渴死。禺（yù）强：北海之神，人面鸟身。

(69)懈堕：懈怠。堕，通“惰”。

(70)窍：九窍。藏（z àng）：五脏。

(71)步不相过：走路后脚不能超过前脚，步子很小，表示非常疲惫。

(72)陶（yáo）：即皋陶。化益：即伯益。真窥：应作”直成“。直成、横革：禹的辅臣。

(73)啁噍（zhōu jiāo）：鸟名，即鷦鷯（jiāo liáo），又名桃雀。

(74)戚：亲属。爱：爱幸的人。习：近习，身边的人。故：故旧。

(75)褰（qiān）：把衣服提起来。裳：下衣。洧，水名，源出河南登封县东阳城山，春秋时其地属郑。

(76)玃（jué）：兽名，似猕猴而形体较大。

(77)熟论：深入研究、考察。

(78)乐正：乐官之长。夔（kuí）：人名：善音律，舜时为乐正。

(79)传教：传布教化。

(80)是非之经：是非的界限。

(81)缘：顺着。

吕氏春秋卷二十三

镇洋毕氏校本

贵直论第三

直谏 知化 过理 壅塞 原乱

吕氏春秋训解

高 氏

贵 直 论

一曰：贤主所贵莫如士。所以贵士，为其直言也。言直则枉者见矣[①]。人主之患，欲闻枉而恶直言。是障其源而欲其水也，水奚自至？是贱其所欲而贵其所恶也，所欲奚自来？

能意[②]见齐宣王。宣王曰："寡人闻子好直，有之乎？"对曰："意恶能直？意闻好直之士，家不处乱国，身不见污君。身今得见王，而家宅乎齐，意恶能直？"宣王怒曰："野士也！"将罪之。能意曰："臣少而好事，长而行之。王胡不能与野士乎，将以彰其所好耶！"王乃舍之。能意者，使谨乎论于主之侧，亦必不阿主。不阿，主之所得岂少哉？此贤主之所求，而不肖主之所恶也。

狐援说齐湣王曰[③]："殷之鼎陈于周之廷，其社盖于周之屏[④]，其干戚之音在人之游[⑤]。亡国之音不得至于庙，亡国之社不得见于天，亡国之器陈于廷，所以为戒。王必勉之！其无使齐之大吕[⑥]陈之廷，无使太公之社盖之屏，无使齐音充人之游。"齐王不受。狐援出而哭国三日，其辞曰："先出也，衣絺纻[⑦]；后出也，满囹圄。吾今见民之洋洋然东走而不知所处。"齐王问吏曰："哭国之法若何？"吏曰："斮[⑧]。"王曰："行法！"吏陈斧质于东闾，不欲杀之，而欲去之。狐援闻而蹶往过之[⑨]。吏曰："哭国之法斮，先生之老欤？昏欤？"狐援曰："曷为昏哉？"于是乃言曰："有人自南方来，鲋入而鲵居[⑩]，使人之朝为草[⑪]而国为墟。殷有比干，吴有子胥，齐有狐援，已不用，若言，又斮之东闾，每斮者以吾参夫二子者乎！"狐援非乐斮也，国已乱矣，上已悖矣，哀社稷与民人，故出若言。出若言非平论也，将以救败也，固嫌于危。此触子之所以去之也，达子之所以死之也。

赵简子攻卫，附郭。自将兵，及战，且远立，又居于犀蔽屏橹[⑫]之下。鼓之而士不起。简子投桴[⑬]而叹曰："呜呼！士之遫弊一若此乎！"行人烛过免胄横戈，而进曰："亦有君不能耳，士何弊之有？"简子艴然作色曰："寡人之无使，而身自将是众也。子亲谓寡人之无能，有说[⑭]则可，无说则死！对曰："昔吾先君献公即位五年，兼国十九，用此士也。惠公即位二年，淫色暴慢，身好玉女，秦人袭我，逊去绛七十，用此士也。文公即位二年，底之以勇，故三年而士尽果敢；城濮之战，五败荆人，围卫取曹，拔石社，定天子之位，成尊名于天下，用此士也。亦有君不能取，士何弊之有?”简子乃去犀蔽屏橹，而立于矢石之所及，一鼓而士毕乘之。简子曰：“与吾得革车千乘也，不如闻行人烛过之一言。”行人烛过可谓能谏其君矣。战斗之上，枹鼓方用，赏不加厚，罚不加重，一言而士皆乐为其上死。

直　谏

二曰：言极则怒，怒则说者危。非贤者孰肯犯危？而非贤者也，将以要利矣；要利之人，犯危何益？故不肖主无贤者。无贤则不闻极言，不闻极言，则奸人比周[15]，百邪悉起。若此则无以存矣。凡国之存也，主之安也，必有以[16]也。不知所以，虽存必亡，虽安必危。所以不可不论也。

齐桓公、管仲、鲍叔、甯戚相与饮。酒酣，桓公谓鲍叔曰：“何不起为寿?”鲍叔奉杯而进曰：“使公毋忘出奔在于莒也，使管仲毋忘束缚而在于鲁也，使甯戚毋忘其饭牛而居于车下。”桓公避席再拜曰：“寡人与大夫能皆毋忘夫子之言，则齐国之社稷幸于不殆矣!”当此时也，桓公可与言极言矣。可与言极言，故可与为霸。

荆文王得茹黄之狗[17]，宛路之矰[18]，以畋[19]于云梦，三月不反。得丹之姬，淫，期[20]年不听朝。葆申[21]曰：“先王卜以臣为葆，吉。今王得茹黄之狗，宛路之矰，畋三月不反，得丹之姬，淫，期年不听朝。王之罪当笞。”王曰：“不谷免衣繈緥而齿于诸侯[22]，愿请变更而无笞。”葆申曰：“臣承先王之令，不敢废也。王不受笞，是废先王之令也。臣宁抵罪于王，毋抵罪于先王。”王曰：“敬诺。”引席，王伏。葆申束细荆五十，跪而加之于背。如此者再，谓王：“起矣!”王曰：“有笞之名一也，遂致之!”申曰：“臣闻君子耻之，小人痛之。耻之不变，痛之何益?”葆申趣出，自流于渊，请死罪。文王曰：“此不谷之过也，葆申何罪?”王乃变更，召葆申，杀茹黄之狗，析宛路之矰，放丹之姬。后荆国兼国三十九。令荆国广大至于此者，葆申之力也，极言之功也。

知　化

三曰：夫以勇事人者，以死也。未死而言死，不论[23]。以虽知之，与勿知同。凡智之贵也，贵知化[24]也。人主之惑者则不然。化未至则不知；化已至，虽知之，与勿知一贯[25]也。事有可以过[26]者，有不可以过者。而身死国亡，则胡可以过？此贤主之所重，惑主之所轻也。所轻，国恶得不危？身恶得不困？危困之道，身死国亡，在于不先知化也。吴王夫差是也。子胥非不先知化也，谏而不听，故吴为丘墟，祸及阖庐[27]。

吴王夫差将伐齐，子胥曰：“不可。夫齐之与吴也，习俗不同，言语不通。我得其地不能处，得其民不得使。夫吴之与越也，接土邻境，壤交通属，习俗同，言语通。我得其地，能处之，得其民能使之，越于我亦然。夫吴越之势不两立。越之于吴也，譬若心腹之疾也，虽无作，其伤深而在内也。夫齐之于吴也，疥癣之病也，不苦其已也，且其无伤也。今释越而伐齐，譬之犹惧虎而刺猏[28]，虽胜之，其后患无央。”太宰嚭曰：“不可。君王之令所以不行于上国者，齐晋也。君王若代齐而胜之，徙其兵以临晋，晋必听命矣。是君王一举而服两国也，君王之令必行于上国。’夫差以为然，不听子胥之言，而用太宰嚭之谋。子胥曰：“天将亡吴矣，则使君王战而胜。天将不亡吴矣，则使君王战而不胜。”夫差不听。子胥两祛高蹶而出于廷[29]，曰：“嗟乎！吴朝必生荆棘矣！”夫差兴师伐齐，战于艾陵，大败齐师，反而诛子胥。子胥将死，曰：“与吾安得一目以视越人之入吴也？”乃自杀。夫差乃取其身而流之江，抉其目，著之东门，曰：“女胡视越人之入我也？”居数年，越报吴，残其国，绝其世，灭其社稷，夷其宗庙，夫差身为擒。夫差将死，曰：“死者如有知也，吾何面以见子胥于地下？”乃为幎[30]以冒而死。夫患未至，则不可告也；患既至，虽知之无及矣。故夫差之知惭于子胥也，不若勿知。

过　理

四曰：亡国之主一贯。天时虽异，其事虽殊，所以亡同者，乐不适也[31]。乐不适则不可以存。糟丘酒池，肉圃为格，雕柱而桔[32]诸侯，不适也。刑鬼侯之女而取其环[33]，截涉者胫而视其髓，杀梅伯而遗文王其醢，不适也。文王貌受以告诸侯。作为琁室，筑为顷宫。剖孕妇而观其化，杀比干而视其心，不适也。孔子闻之曰：“其窍通则比干不死矣。”夏商之所以亡也。

晋灵公无道，从上弹人，而观其避丸也。使宰人臑熊蹯，不熟[34]，杀之，令妇人载而过朝以示威，不适也。赵盾骤谏而不听，公恶之，乃使沮麛。沮麛见之不忍贼[35]，曰：“不忘恭敬，民之主也。贼民之主，不忠；弃君之命，不信。一于此，不若死。”乃触廷槐而死。

齐湣王亡居卫，谓公王丹曰：“我何如主也？”王丹对曰：“王贤主也。臣闻古人有辞天下而无恨色者，臣闻其声，于王而见其实。王名称东帝，实辨天下。去国居卫，容貌充满，颜色发扬，无重国之意。”王曰：“甚善！丹知寡人。寡人自去国居卫也，带益三副矣。”

宋王筑为蘖帝鸱夷血，高悬之，射著甲胄[36]，从下，血坠流地。左右皆贺曰：“王之贤过汤武矣。汤武胜人，今王胜天，贤不可以加矣。”宋王大说，饮酒。室中有呼万岁者，堂上尽应。堂上已应，堂下尽应。门外庭中闻之，莫敢不应。不适也。

壅　塞

五曰：亡国之主不可以直言。不可以直言，则过无道闻，而善无自至矣。无自至则壅[37]。

秦缪公时，戎强大。秦缪公遗之女乐二八与良宰[38]焉。戎主大喜，以其故数饮食，日夜不休。左右有言秦寇之至者，因扜弓而射之。秦寇果至，戎主醉而卧于樽下，卒生缚而擒之。未擒则不可知，已擒则又不知。虽善说者，犹若此何哉？

齐攻宋，宋王使人候齐寇之所至。使者还，曰：“齐寇近矣，国人恐矣。”左右皆谓宋王曰：“此所谓肉自生虫者也[39]。以宋之强，齐兵之弱，恶能如此？”宋王因怒而诎杀之。又使人往视齐寇，使者报如前，宋王又怒诎杀之。如此者三，其后又使人往视。齐寇近矣，国人恐矣。使者遇其兄，曰：“国危甚矣，若将安适？”其弟曰：“为王视齐寇。不意其近而国人恐如此也。今又私患，乡之先视齐寇者，皆以寇之近也报而死；今也报其情，死，不报其情，又恐死。将若何？”其兄曰：“如报其情，有且先夫死者死[40]，先夫亡者亡。”于是报于王曰：“殊不知齐寇之所在，国人甚安。”王大喜。左右皆曰：“乡之死者宜矣。”王多赐之金。寇至，王自投车上，驰而走，此人得以富于他国。夫登山而视牛若羊，视羊若豚。牛之性不若羊，羊之性不若豚，所自视之势过也。而因怒于牛羊之小也，此狂夫之大者。狂而以行赏罚，此戴氏之所以绝也。

齐王欲以淳于髡[41]傅太子，髡辞曰：“臣不肖，不足以当此大任也，王不若择国之长者而使之。”齐王曰：“子无辞也。寡人岂责子之令太子必如寡人也哉？寡人固生而有之也。子为寡人令太子如尧乎？其如舜也？”凡说之行也，道不智听智，从自非受是也。今自以贤过于尧舜，彼且胡可以开说哉？说必不入，不闻存君。

齐宣王好射，说人之谓己能用强弓也。其尝所用不过三石，以示左右，左右皆试引之，中关[42]而止。皆曰：“此不下九石，非王其孰能用是？”宣王之情，所用不过三石，而终身自以为用九石，岂不悲哉！非直士其孰能不阿主？世之直士其寡不胜众，数[43]也。故乱国之主，患存乎用三石为九石也。

原　乱

六曰：乱必有弟[44]，大乱五，小乱三，訓乱三。故诗曰：“毋过乱门”，所以远之也。虑福未及，虑祸之，所以皃之也。武王以武得之，以文持之，倒戈弛弓，示天下不用兵，所以守之也。

晋献公立骊姬以为夫人，以奚齐[45]为太子。里克率国[46]人以攻杀之。荀息立其弟公子卓。已葬，里克又率国人攻杀之。于是晋无君。公子夷吾重赂秦以地而求入，秦缪公率师以纳之。晋人立以为君，是为惠公。惠公既定于晋，背秦德而不予地。秦缪公率师攻晋，晋惠公逆之，与秦人战于韩原。晋师大败，秦获惠公以归，囚之于灵台。十月，乃与晋成，归惠公而质太子圉[47]。太子圉逃归也。惠公死，圉立为君，是为怀公。秦缪公怒其逃归也，起奉公子重耳以攻怀公，杀之于高梁，而立重耳，是为文公。文公施舍，振废滞，匡乏困，救灾患，禁淫慝[48]，薄赋敛，宥罪戾，节器用，用民以时，败荆人于城濮，定襄王，释宋，出谷戍，外内皆服，而后晋乱止。故献公听骊姬，近梁五、优施，杀太子申生，而大难随之者五，三君死，一君虏，大臣卿士之死者以百数，离咎[49]二十年。自上世以来，乱未尝一。而乱人之患也，皆曰一而已，此事虑不同情也。事虑不同情者，心异也。故凡作乱之人，祸希不及身。

---

①枉：邪曲。见（xiàn）：显露。

②能意：战国时齐国人，姓能，名意。

③狐援：战国齐臣。齐湣王：战国齐国君，名地，齐宣王子。

④社：祭祀土神处，也是国家政权的象征。屏：屏障，这里指遮盖神社的棚屋之类。

⑤干戚之音：武舞的音乐。干：盾牌。戚：大斧。游：游乐。

⑥大吕：齐钟名。

⑦衣絺纻（chī zhū）：意思是生活可得温饱。絺：用葛草纤维织成的布。纻：用苎麻织的粗布。

⑧斮（zhuó）：斩。

⑨蹶：跌倒，这里指走路跌跌撞撞。过：访，见。

⑩鲋（fù）入：象鲫鱼一样地走进来。鲵（ní）居：象鲸鲵一样地处于齐国。

⑪为草：变为草莽。

⑫犀蔽屏橹：当作“屏蔽犀橹”。屏蔽：掩蔽物。犀橹：犀皮制作的大盾牌。

⑬桴（fú）：鼓槌。

⑭说：解释。

⑮比周：为私利而结合。

⑯有以：有原因。以，原因。

⑰荆文王：楚文王，春秋楚国君。茹黄：猎犬名，他书或作“如黄”。

⑱矰（zēng）：带丝绳的短箭。

⑲畋（tián）：打猎。

⑳期（jī）年：一周年。

㉑葆申：名叫申的太葆。太葆：即太保，官名。
㉒衣：穿，裹。褓：背婴儿用的宽带。褓：背婴儿用的布兜。齿：并列。
㉓论：察，知。
㉔化：变化，指事物发展变化的必然趋势。
㉕一贯：一样。
㉖过：错，失误。
㉗阖庐：春秋吴国君，夫差之父。
㉘惧虎：担心虎患。豜（jiān）：同“豜”，三岁的猪。
㉙袪（qū）：举，这里指提起衣服。高蹶：把脚抬得高高地走路。两袪高蹶，形容生气的样子。
㉚幎（mì）：这里指幎目，覆盖死者面部的巾。
㉛乐不适：以不适为乐。不适，指不合礼义。
㉜雕：通“铸”。桔：当为“梏”字，通酷，虐害。
㉝刑：杀。鬼侯：商末诸侯，纣时为三公之一。鬼侯的女儿为商纣之妾。环：玉圈，古人的一种饰物。
㉞臑：通“胹”，煮。蹯（fān）：野兽的足掌。
㉟贼：杀。
㊱鸱（chī）夷：大的皮口袋。著（zhuó）：穿。胄：头盔。
㊲壅：阻塞，指思想闭塞不通。
㊳宰：厨师。
㊴肉自生虫：比喻无事自扰。
㊵有（yòu）：又。且：将。
㊶淳于髡（kūn）：战国齐人，姓淳于，名髡，博学善辩，滑稽多智，齐威王、宣王时游于稷下，被待以大夫之礼。
㊷中：半。关（wān）：把弓拉满。
㊸数：定数，常理。
㊹弟：次序。
㊺奚齐：献公之子，骊姬所生。
㊻里克：晋大夫。
㊼圉（yǔ）：晋惠公太子的名字。
㊽淫慝（tè）：邪恶。
㊾离：通“罹（lí）”，遭受。咎：灾祸。

吕氏春秋卷第二十四

镇洋毕氏校本

不苟论第四

赞能　自知　当赏　博志　贵当

吕氏春秋训解

高　氏

不　苟　论

一曰：贤者之事也，虽贵不苟为，虽听①不自阿，必中理然后动，必当义然后举。此忠臣之行也，贤主之所说，而不肖主之所不说。非恶其声也。人主虽不肖，其说忠臣之声与贤主同，行其实则与贤主有异。异，故其功名祸福亦异。异，故子胥见说于阖闾，而恶乎夫差；比干生而恶于商，死而见说乎周。

武王至殷郊，系②堕。五人御于前，莫肯之为，曰："吾所以事君者，非系也。"武王左释白羽，右释黄钺③，勉而自为系。孔子闻之曰："此五人者之所以为王者佐也，不肖主之所弗安也。"故天子有不胜细民者，天下有不胜千乘者。

秦缪公见戎由余，说而欲留之，由余不肯。缪公以告蹇叔。蹇叔曰："君以告内史廖。"内史廖对曰："戎人不达④于五音与五味，君不若遗⑤之。"缪公以女乐二八人，与良宰遗之。戎王喜，迷惑大乱，饮酒昼夜不休。由余骤⑥谏而不听，因怒而归缪公也。蹇叔非不能为内史廖之所为也，其义不行也。缪公能令人臣时立其正义，故雪殽之耻，而西至河雍也。

秦缪公相百里奚。晋使叔虎、齐使东郭蹇如秦，公孙枝请见之。公曰："请见客，子之事欤？"对曰："非也。""相国使子乎？"对曰："不也。"公曰："然则子事非子之事也。秦国僻陋戎夷，事服其任⑦，人事其事，犹惧为诸侯笑，今子为非子之事！退！将论而罪。"公孙枝出，自敷⑧于百里氏。百里奚请之。公曰："此所闻于相国欤？枝无罪，奚请？有罪，奚请焉？"百里奚归，辞公孙枝。公孙枝徙，自敷于街。百里奚令吏行其罪。定分官，此古人之所以为法也。今缪公乡⑨之矣。其霸西戎，岂不宜哉？

晋文公将伐邺，赵衰言所以胜邺之术。文公用之，果胜。还，将行赏。衰曰"君将赏其本乎？赏其末乎？赏其末，则骑乘者存；赏其本，则臣闻之郤子虎。"文公召郤子虎曰："衰言所以胜邺，邺既胜，将赏之，曰：盖闻之于子虎，请赏子虎。"子虎曰："言之易，行之难，臣言之者也。"公曰："子无辞。"郤子虎不敢固辞，乃受矣。凡行赏欲其博也，博则多助。今虎非亲言者也，而赏犹及之，此疏远者之所以尽能竭智者也。晋文公亡久矣，归而因大乱之余，犹能以霸，其由此欤?

赞　能

二曰：贤者善人以人，中人以事。

不肖者以财。得十良马，不若得一伯乐；得十良剑，不若得一欧冶；得地千里，不若得一圣人。舜得皋陶而舜受之，汤得伊尹而有夏民，文王得吕望而服殷商。夫得圣人，岂有里数哉[10]?

管子束缚在鲁，桓公欲相鲍叔。鲍叔曰："吾君欲霸王，则管夷吾在彼。臣弗若也。"桓公曰："夷吾，寡人之贼也，射我者也，不可。"鲍叔曰："夷吾，为其君射人者也。君若得而臣之，则彼亦将为君射人。"桓公不听，强相鲍叔。固辞让而相，桓公果听之。于是乎使人告鲁曰："管夷吾，寡人之仇也。愿得之而亲加手焉。"鲁君许诺，乃使吏鞹其拳[11]，胶其目，盛之以鸱夷，置之车中。至齐境，桓公使人以朝车迎之，祓以爟火[12]，衅以牺猳焉[13]，生与[14]之如国。命有司除庙筵[15]几而荐之曰："自孤之闻夷吾之言也，目益明，耳益聪。孤弗敢专，敢以告于先君。"因顾而命管子曰："夷吾佐予!"管仲还走，再拜，稽首，受令而出。管子治齐国，举事有功，桓公必先赏鲍叔，曰："使齐国得管子者，鲍叔也。"桓公可谓知行赏矣。凡行赏，欲其本也。本则过无由生矣。

孙叔敖、沈尹茎相与友。叔敖游于郢三年，声问[16]不知，修行不闻[17]。沈尹茎谓孙叔敖曰："说义以听，方术信行[18]，能令人主上至于王，下至于霸，我不若子也。耦世接俗[19]，说义调均，以适主心，子不若我也。子何以不归耕乎？吾将为子游。"沈尹茎游于郢五年，荆王欲以为令尹。沈尹茎辞曰："期思之鄙人有孙叔敖者[20]，圣人也。王必用之，臣不若也。"荆王于是使人以王舆迎叔敖，以为令尹，十二年而庄王霸。此沈尹茎之力也，功无大乎进贤。

---

①听：被听信。阿：私。

②系：带子，这里指袜带。

③白羽：用白色羽毛装饰的旗帜。黄钺：用黄金作装饰的大斧。白羽、黄钺都是古代的仪仗。

④达：通晓。

⑤遗（wèi)：赠送，送给。

⑥骤：屡次。

⑦事：政事。服：使用，任用。其任：指适于担任各种政事的人。

⑧敷：陈说。

⑨乡（xiàng)：向，趋向。

⑩岂有里数哉：得圣人即可得天下，而天下地不止千里，所以说“岂有里数哉”。

⑪鞹（kuò)：皮革，这里用如动词，用皮革套住。

⑫祓（fú)：举行仪式以去灾祈福。爟（guàn）火：祭祀时点的火炬。

⑬衅：血祭。牺猳（jia)：祭祀用的纯色的公猪。

⑭生：表明桓公实际不想杀管仲，告鲁的话只是为保全管仲生命。

⑮除：扫除。筵：竹席。

⑯声问：问，通“闻（wèn)”，名声。

⑰修行：好的品行。

⑱方、术：都是道的意思，指主张和学说。信：确实。

⑲耦、接：都是合的意思。

⑳期思：地名，春秋楚邑。鄙人：草野之民。

自　知

三曰：欲知平直，则必准绳；欲知方圆，则必规矩；人主欲自知，则必直士。故天子立辅弼，设师保[①]，所以举过也。夫人故不能自知，人主犹其。存亡安危，勿求于外，务在自知。

尧有欲谏之鼓[②]，舜有诽谤之木[③]，汤有司过之士，武王有戒慎之鞀[④]，犹恐不能自知。今贤非尧舜汤武也，而有掩蔽之道，奚繇自知哉！

荆成、齐庄不自知而杀，吴王智伯不自知而亡，宋中山不自知而灭，晋惠公赵括不自知而虏。镄荼庞涓太子申不自知而死。败莫大于不自知。

范氏之亡也，百姓有得钟者，欲负而走，则钟大，不可负，以椎毁之，钟况然有音。恐人闻之而夺己也，遽掩其耳。恶人闻之可也，恶己自闻之，悖矣。为人主而恶闻其过，非犹此也？恶人闻其过尚犹可。

魏文侯燕饮，皆令诸大夫论己。或言君之智也。至于任座[⑤]，任座曰："君不肖君也。得中山不以封君之弟，而以封君之子，是以知君之不肖也。"文侯不说，知[⑥]于颜色。任座趋而出。次及翟黄，翟黄曰："君贤君也。臣闻，其主贤者，其臣之言直。今者任座之言直，是以知君之贤也。"文侯喜，曰："可反欤？"翟黄对曰："奚为不可？臣闻忠臣毕其忠，而不敢远其死。座殆尚在于门。"翟黄往视之，任座在于门。以君令召之，任座入，文侯下阶而迎之，终座以为上客。文侯微[⑦]翟黄则几失忠臣矣。上顺乎主心以显贤者，其唯翟黄乎。?

---

①师保：负责教养、辅导帝王的官。

②欲谏之鼓：供想进谏的人敲击的鼓。

③诽谤之木：供书写批评意见所立的木柱。诽谤：批评指责。

④戒慎之鞀（tāo）：供想告诫君主使之谨慎的人播的鼓。

⑤任座：魏文侯臣。

⑥知：表现，显露。

⑦微：如果没有。

当　赏

四曰：民无道知天，民以四时寒暑、日月星辰之行知天。四时寒暑、日月星辰之行当，则诸生有血气之类皆为得其处而安其产[①]。人臣亦无道知主，人臣以赏罚爵禄之所加知主。主之赏罚爵禄之所加者宜，则亲疏远近贤不肖皆尽其力而以为用矣。

晋文公反国，赏从亡者，而陶狐[②]不与。左右曰："君反国家，爵禄三出，而陶狐不与，敢问其说？"文公曰："辅我以义，导我以礼者，吾以为上赏；教我以善，强我以贤者，吾以为次赏；拂吾所欲，数举吾过者，吾以为末赏。三者所以赏有功之臣也。若赏唐国之劳徒[③]，则陶狐将为首矣。"周内史兴闻之，曰："晋公其霸乎！昔者圣王先德而后力，晋公其当之矣。"

秦小主夫人用奄变[④]，群贤不说，自匿。百姓郁怨非上。公子连亡在魏，闻之，欲入，因群臣与民从郑所之塞。右主然守塞[⑤]，弗入，曰："臣有义，不两主，公子勉去矣！"公子连去，入翟，从焉氏塞，菌改[⑥]入之。夫人闻之大骇，令吏兴卒。奉命曰："寇在边。"卒与吏其始发也，皆曰："往击寇。"中道因变曰："非击寇也，迎主君也。"公子连因与卒俱来，至雍围夫人，夫人自杀。公子连立，是为献公。怨右主然，而将重罪之；德菌改，而欲厚赏之。监突争之曰："不可。秦公子之在外者众，若此，则人臣争入，亡公子矣，此不便[7]主。"献公以为然，故复右主然之罪，而赐菌改官大夫，赐守塞者人米二十石。献公可谓能用赏罚矣，凡赏非以爱之也，罚非以恶之也，用观归也[8]。所归善，虽恶之，赏；所归不善，虽爱之，罚。此先王之所以治乱安危也。

---

①得其处：等于说得其所。安其产：安其生，安于自己的处境。

②陶狐：跟随晋文公出亡的贱臣。不与（yù）：不在其中。

③唐国之劳徒：唐国，即晋国。周成王封其弟叔虞于唐，叔虞子燮父徙居晋水，始改国名为晋。劳徒：辛劳的徒役。

④小主，战国秦国君，秦惠公之出子，即位时仅两岁，故称"小主"。小主夫人：出子的母亲。

⑤右主然：秦守塞之吏。

⑥菌改：秦守塞之吏。

⑦便：利。

⑧用观归也：这句话的意思是根据观察到的行为所导致的结果来决定。

博　志

五曰：先王有大务[1]，去其害之者，故所欲以必得，所恶以必除，此功名之所以立也。俗主则不然，有大务而不能去其害之者，此所以无能成也。夫去害务与不能去害务，此贤不肖之所以分也。使獐疾走，马弗及至，已而得者，其时顾[2]也。骥一日千里，车轻也，以重载则不能数里，任重也。贤者之举事也，不闻无功，然而名不大立、利不及世者，愚不肖为之任也[3]。

冬与夏不能两刑[4]，草与稼不能两成，新谷熟而陈谷亏，凡有角者无上齿[5]，果实繁者木必庳[6]，用智褊者无遂功，天之数也。故天子不处全，不处极，不处盈。全则必缺，极则必反，盈则必亏。先王知物之不可两大，故择务，当而处之。

孔、墨、宁越，皆布衣之士也，虑于天下，以为无若先王之术者，故日夜学之。有便于学者，无不为也；有不便于学者，无肯为也。盖闻孔丘、墨翟，昼日讽诵习业，夜亲见文王、周公旦而问焉。用志如此其精也，何事而不达？何为而不成？故曰："精而熟之，鬼将告之。"非鬼告之也，精而熟之也。今有宝剑良马于此，玩之不厌，视之无倦，宝行良道[7]，一而弗复。欲身之安也，名之章也，不亦难乎！

宁越，中牟之鄙人也。苦耕稼之劳，谓其友曰："何为而可以免此苦也？"其友曰："莫如学。学三十岁则可以达矣。"宁越曰："请以十五岁。人将休，吾将不敢休；人将卧，吾将不敢卧。十五岁而周威公师之。矢之速也，而不过二里，止也。步之迟也，而百舍，不止也。今以宁越之材而久不止，其为诸侯师岂不宜哉！

养由基、尹儒皆文艺[8]之人也。荆廷尝有神白猿，荆之善射者莫之能中，荆王请养由基射之。养由基矫弓操矢而往，未之射而括中之矣[9]，发之则猿应矢而下，则养由基有先中中之者矣。尹儒学御，三年而不得焉，苦痛之，夜梦受秋驾[10]于其师。明日，往朝其师。望而谓之曰："吾非爱道也，恐子之未可与也。今日将教子以秋驾。"尹儒反走，北面再拜曰："今昔臣梦受之。"先为其师言所梦，所梦固秋驾已。上二士者可谓能学矣，可谓无害之矣，此其所以观后世已。

①务：事。

②顾：回头看。

③为之任：成为他的负担。

④刑：通“形”，成。

⑤凡有角者上无齿：指有些长角的动物如牛、羊等上颌缺门齿及犬齿。

⑥庳（bēi）：低矮。

⑦宝行良道：可贵的行为和好的思想。

⑧文艺：指高超的技艺。文：羡、善。艺：技艺。

⑨未之射而括中之矣：箭还没射出去，实际上就已经把白猿射中了。

⑩秋驾：一种驾驭马车的高超技术。

贵　当

六曰：名号大显，不可强求，必繇其道。治物者，不于物于人。治人者，不于事于君。治君者，不于君于天子。治天子者，不于天子于欲。治欲者，不于欲于性。性者，万物之本也，不可长，不可短，因其固然而然之，此天地之数也。窥赤肉而乌鹊聚，狸处堂而众鼠散，衰绖[1]陈而民知丧，竽瑟陈而民知乐，汤武修其行而天下从，桀纣慢其行而天下畔。岂待其言哉？君子审在己者而已矣。

荆有善相人者，所言无遗策[2]，闻于国。庄王见而问焉。对曰：“臣非能相人也，能观人之友也。观布衣也，其友皆孝悌[3]纯谨畏令，如此者，其家必日益[4]，身必日荣矣，所谓吉人也。观事君者也，其友皆诚信有行好善，如此者，事君日益，官职日进，此所谓吉臣也。观人主也，其朝臣多贤，左右多忠，主有失皆交争证谏，如此者，国日安，主日尊，天下日服。此所谓吉主也。臣非能相人也，能观人之友也。”庄王善之。于是疾收士，日夜不懈，遂霸天下。故贤主之时见文艺之人也，非特具之而已也，所以就大务也。夫事无大小，固相与通。田猎驰骋，弋射走狗，贤者非不为也，为之而智日得焉，不肖主为之而智日惑焉。志曰：“骄惑之事[5]，不亡奚待？

齐人有好猎者，旷日持久而不得兽，入则媿其家室，出则媿其知友州里。惟其所以不得之故，则狗恶也。欲得良狗，则家贫无以[6]。于是还疾耕。疾耕则家富，家富则有以求良狗，狗良则数得兽矣，田猎之获常过人矣。非独猎也，百事也尽然。霸王有不先耕而成霸王者，古今无有。此贤者不肖之所以殊也。贤不肖之所欲与人同，尧、桀、幽、厉皆然，所以为之异。故贤主察之，以为不可，弗为；以为可，故为之。为之必繇其道，物莫之能害，此功之所以相万也。

---

①衰绖（cuīdié）：丧服。衰：丧服的上衣。绖，服丧的人头上或腰间系的麻带。

②遗策：谋划考虑不当之处。

③悌（tì）：顺从兄长。

④益：增益。

⑤骄惑之事：即“事骄惑”。事：做。

⑥无以：没有用来买狗的钱。

吕氏春秋卷第二十五

镇洋毕氏校本

似顺论第五

别类　有度　分职　处方　慎小

吕氏春秋训解

高　氏

似　顺　论

一曰：事多似倒而顺，多似顺而倒①。有知顺之为倒、倒之为顺者，则可与言化矣。至长反短，至短反长②，天之道也。

荆庄王欲代陈，使人视之。使者曰："陈不可伐也。"庄王曰："何故?"对曰："城郭高，沟洫③深，蓄积多也。"寍国曰："陈可伐也。夫陈，小国也，而蓄积多，赋敛重也，则民怨上矣。城郭高，沟洫深，则民力罢矣。兴兵伐之，陈可取也。"庄王听之，遂取陈焉。

田成子之所以得有国至今者，有兄曰完子，仁且有勇。越人兴师诛田成子，曰："奚故杀君而取国?"田成子患之。完子请率士大夫以逆越师，请必战，战请必败，败请必死。田成子曰："夫必与越战可也，战必败，败必死，寡人疑焉。"完子曰："君之有国也，百姓怨上，贤良又有死之臣蒙耻，以完观之也，国已惧④矣。今越人起师，臣与之战，战而败，贤良尽死，不死者不敢入于国。君与诸孤处于国，以臣观之，国必安矣。"完子行，田成子泣而遣之。夫死败，人之所恶也，而反以为安，岂一道⑤哉？故人主之听者与士之学者，不可不博。

尹铎为晋阳，下，有请于赵简子。简子曰："往而夷夫垒。我将往，往而见垒，是见中行寅与范吉射也。"铎往而增之。简子上之晋阳，望见垒而怒曰：譆！铎也欺我!"于是乃舍⑥于郊，将使人诛铎也。孙明进谏曰："以臣私之，铎可赏也。铎之言固曰：见乐则淫侈，见忧则诤治，此人之道也。今君见垒念忧患，而况群臣与民乎？夫便国而利于主，虽兼于罪，铎为之。夫顺令以取容者，众能之，而况铎欤？君其图之!"简子曰："微子之言，寡人几过。"于是乃以免难之赏赏尹铎⑦。人主太上⑧喜怒必循理，其次不循理，必数更，虽未至大贤，犹足以盖浊世矣。简子当此。世主之患，耻不知而矜自用，好愎过而恶听谏⑨，以至于危。耻无大乎危者。

---

①倒：逆，指违背事理。顺：一致，指合于事理。

②至长反短，至短反长：夏至白天最长，过了夏至反而要逐渐缩短；冬至白天最短，过了冬至反要逐渐变长。

③沟洫（xù）：指护城河。洫：沟渠。

④惧：值得忧惧。

⑤道：做事的方法。

⑥舍：驻扎。

⑦免难之赏：使君主免于患难的重赏。

⑧太上：指德行最高的。

⑨愎（bì）过：坚持错误。愎：执拗，固执。

别类

二曰：知不知上[①]矣。过者之患，不知而自以为知。物多类然而不然，故亡国僇民无已。夫草有莘[②]有藟，独食之则杀人，合而食之则益寿。万堇[③]不杀。漆淖[④]水淖。合两淖则为蹇[⑤]，湿之则为乾。金柔锡柔，合两柔则为刚，燔[⑥]之则为淖。或湿而干，或燔而淖，类固不必，可推知也？小方，大方之类也；小马，大马之类也；小智，非大智之类也。

鲁人有公孙绰者，告人曰："我能起死人。"人问其故，对曰："我固能治偏枯，今吾倍所以为偏枯之药，则可以起死人矣。"物固有可以为小，不可以为大，可以为半，不可以为全者也。相剑者曰："白所以为坚也，黄所以为牣[⑦]也。黄白杂则坚且牣，良剑也。"难者曰："白所以为不牣也，黄所以为不坚也，黄白杂则不坚且不牣也。又柔则锩[⑧]，坚则折。剑折且锩，焉得为利剑？"剑之情未革，而或以为良，或以为恶？说使之也。故有以聪明听说，则妄说者止；无以聪明听说，则尧桀无别矣。此忠臣之所患也，贤者之所以废也。

义，小为之则小有福，大为之则大有福。于祸则不然，小有之不若其亡也。射招者欲其中小也，射兽者欲其中大也，物固不必，安可推也？

高阳应将为室家，匠对曰："未可也。木尚生[⑨]，加涂其上，必将挠。以生为室，今虽善，后将必败。"高阳应曰："缘[⑩]子之言，则室不败也。木益枯则劲，涂益干则轻，以益劲任益轻，则不败。"匠人无辞而对，受令而为之。室之始成也善，其后果败。高阳应好小察[⑪]，而不通乎大理也。

骥、骜、绿耳背日而西走[⑫]，至乎夕则日在其前矣。目固有不见也，智固有不知也，数固有不及也。不知其说所以然而然，圣人因而兴制[⑬]，不事心[⑭]焉。

---

①上：高明。

②莘（shēn）、藟（lěi）：都是有毒的药草。

③万："虿（chài）"的古字。虿：蝎子。堇（jǐn）：紫堇，药草名，有毒。

④淖（nào）：本为烂泥，这里指流体。

⑤蹇（jiǎn）：凝固，干硬。漆遇水气容易干燥。

⑥燔（fān）：烧。

⑦牣：通"韧"。

⑧锩（juǎn）：刀剑的刃卷曲。

⑨生：指木材湿。涂：泥。

⑩缘：顺着，按照。

⑪小察：在小处明察。

⑫骥、骜（áo）、绿耳：均为良马名。

⑬兴制：创订制度。

⑭事心：用心，指凭主观进行判断。

有 度

三曰：贤主有度而听，故不过。有度而以听，则不可欺矣，不可惶矣，不可恐矣，不可喜矣。以凡人之知，不昏乎其所已知，而昏乎其所未知，则人之易欺矣，可惶矣，可恐矣，可喜矣，知之不审也。

客有问季子曰："奚以知舜之能也?"季子曰："尧固已治天下矣，舜言治天下而合己之符，是以知其能也。"若虽知之，奚道知其不为私？季子曰："诸能治天下者，固必通乎性命之情者，当无私矣。"夏不衣裘，非爱裘也，暖有余也。冬不用 翣[①]，非爱翣也，清有余也。圣人之不为私也，非爱费也，节乎己也。节己，虽贪汙之心犹若止，又况乎圣人?

许由非强也，有所乎通也。有所通则贪汙之利外矣。

孔墨之弟子徒属充满天下，皆以仁义之术教导于天下，然而无所行。教者术犹不能行，又况乎所教？是何也？仁义之术外[②]也。夫以外胜内[③]，匹夫徒步[④]不能行，又况乎人主？唯通乎性命之情，而仁义之术自行矣。

先王不能尽知，执一而万物治。使人不能执一者，物感之也。故曰：通意之悖，解心之缪，去德之累，通道之塞。贵富显严名利，六者悖意者也。容动色理气意，六者缪心者也。恶欲喜怒哀乐，六者累德者也。智能去就取舍，六者塞道者也。此四六者不荡乎胸中则正。正则静，静则清明[⑤]，清明则虚，虚则无为而无不为也。

①翣（shà）：扇子。

②外：外在的，不是本性所具有的。

③内：内在的，指私欲。

④徒步：意同"匹夫"。

⑤清明：清净明彻。

分 职

四曰：先王用非其有[①]如己有之，通乎君道者也。夫君也者，处虚素服而无智[②]，故能使众智也。智反无能，故能使众能也。能执无为，故能使众为也。无智无能无为，此君之所执也。人主之所惑者则不然。以其智强[③]智，以其能强能，以其为强为。此处人臣之职也。处人臣之职，而欲无壅塞，虽舜不能为。

武王之佐五人，武王之于五人者之事无能也，然而世皆曰取天下者武王也。故武王取非其有如己有之，通乎君道也。通乎君道，则能令智者谋矣，能令勇者怒矣，能令辩者语矣。夫马者，伯乐相之，造父御之，贤主乘之，一日千里无御相之劳而有其功，则知所乘矣[④]。

今召客者，酒酣，歌舞鼓瑟吹竽，明日不拜乐己者而拜主人，主人使之也。先王之立功名有似于此。使众能与众贤，功名大立于世，不予佐之者，而予其主，其主使之也。譬之若为宫室，必任巧匠，奚故？曰：匠不巧则宫室不善。夫国，重物也，其不善也岂特宫室哉！巧匠为宫室，为圆必以规，为方必以矩，为平直必以准绳。功已就，不知规矩绳墨，而赏匠巧匠之[⑤]。宫室已成，不知巧匠，而皆曰："善，此某君某王之宫室也。"此不可不察也。人主之不通主道者则不然。自为人则不能，任贤者则恶之，与不肖者议之。此功名之所以伤，国家之所以危。

枣，棘之有；裘，狐之有也。食棘之枣，衣狐之皮，先王固用非其有而己有之。汤武一日而尽有夏商之民，尽有夏商之地，尽有夏商之财。以其民安，而天下莫敢之危；以其地封，而天下莫敢不说；以其财赏，而天下皆竞⑥。无费乎郼⑦与岐周，而天下称大仁，称大义，通乎用非其有。

白公胜⑧得荆国，不能以其府库分人。七日，石乞曰："患至矣，不能分人则焚之，毋令人以害我。"白公又不能。九日，叶公入⑨，乃发太府之货予众，出高库之兵以赋民，因攻之。十有九日而白公死。国非其有也，而欲有之，可谓至贪矣。不能为人，又不能自为，可谓至愚矣。譬白公之啬，若枭⑩之爱其子也。

卫灵公天寒凿池，宛春谏曰："天寒起役，恐伤民。"公曰："天寒乎?"宛春曰："公衣狐裘，坐熊席，陬隅有灶⑪，是以不寒。"今民衣弊不补，履决不组，君则不寒矣，民则寒矣。"公曰："善"。令罢役。左右以谏曰："君凿池，不知天之寒也，而春也知之。以春之知之也而令罢之，福将归于春也，而怨将归于君公。"公曰："不然。夫春也，鲁国之匹夫也，而我举之，夫民未有见焉。今将令民以此见之。曰春也有善于寡人有也，春之善非寡人之善欤?"灵公之论宛春，可谓知君道矣。君者固无任，而以职受任。工拙，下也⑫；赏罚，法也；君奚事哉？若是则受赏者无德，而抵诛者无怨矣，人自反而已。此治之至也。

---

①非其有：不是自身所有的东西，指下文"众智"、"众能"、"众为"。

②处虚：居于清虚。素服：执守素朴，返朴归真。无智：大智若愚之意。

③强（qiǎng）：勉强。

④所乘：乘车的原则。

⑤而赏匠巧匠之：此句当作"而赏巧匠也"。

⑥竞：进，奋发努力。

⑦郼（yī）：殷商统一天下前的封国名。

⑧白公胜：春秋楚人，楚平王太子建之子，惠王十年（前479年）作乱，杀令尹、司马，后事败自杀。

⑨叶公：楚叶县大夫沈诸梁。

⑩枭（xiāo）：猫头鹰。

⑪陬（zōu）、隅（yú）：角落。

⑫工：巧。下：臣下。

处　方

五曰：凡为治必先定分：君臣父子夫妇。君臣父子夫妇六者当位，则下不逾节而上不苟为矣，少不悍辟而长不简慢矣①。金木异任②，水火殊事，阴阳不同，其为民利一也。故异所以安同也，同所以危异也。同异之分，贵贱之别，长少之义，此先王之所慎，而治乱之纪也。

今夫射者仪豪③而失墙，画者仪发而易貌④，言审本也。本不审，虽尧舜不能以治。故凡乱也者，必始乎近而后及远，必始乎本而后及末。治亦然。故百里奚处乎虞而虞亡，处乎秦而秦霸；向挚⑤处乎商而商灭，处乎周而周王。百里奚之处乎虞，智非愚也；向挚之处乎商，典⑥非恶也：无其本也。其处于秦也，智非加益也；其处于周也，典非加善也：有其本也。其本也者，定分之谓也。

齐令章子[7]将而与韩魏攻荆，荆令唐蔑将而应之。军相当，六月而不战。齐令周最趣章子急战，其辞甚刻。章子对周最曰："杀之免之，残其家，王能得此于臣。不可以战而战，可以战而不战，王不能得此于臣。"与荆人夹水而军。章子令人视水可绝者，荆人射之，水不可得近。有刍[8]水旁者，告齐候者曰："水浅深易知，荆人所盛守，尽其浅者也；所简守，皆其深者也。"候者载刍者，与见章子。章子甚喜，因练卒以夜奄荆人之所盛守，果杀唐蔑。章子可谓知将分矣。

韩昭釐侯出弋[9]靷偏缓。昭釐侯居车上，谓其仆：靷不偏缓乎[10]?"其仆曰："然。"至，舍，昭釐侯射鸟，其右摄[11]其一靷适之。昭釐侯已射，驾而归。上车，选间，曰："乡者靷偏缓，今适，何也?"其右从后对曰："今者臣适之。昭釐侯至，诘车令[12]，各避舍。故擅为妄意之道，虽当，贤主不由也。

今有人于此，擅矫行则免国家，利轻重则若衡石，为方圆则若规矩，此则工矣巧矣，而不足法。法也者，众之所同也，贤不肖之所以其力也。谋出乎不可用，事出乎不可同，此为先王之所舍也。

---

①悍辟：凶暴，奸邪。

②任：职责。

③仪：察。豪：毫毛，喻细微之物。

④易貌：忽略容貌。

⑤向挚：商朝太史令，谏纣不听而归周，周武王采用他的建议而称王天下。

⑥典：指太史所掌的国家法典。

⑦章子：战国时人，齐威王、宣王时为将。

⑧刍（chú）：割草。

⑨弋（yì）：以带有丝线的箭射鸟，这里泛指射猎。

⑩靷（yǐn）：骖马拉车所用的皮带。偏缓：一侧的皮带松了。

⑪摄：收束，结系。

⑫诘（jié）：责问。车令：官名。靷偏缓是车令失职，所以责问他。

慎　小

六曰：上尊下卑。卑则不得以小观上。尊则恣，恣则轻小物，轻小物则上无道知下，下无道知上。上下不相知，则上非下，下怨上矣。人臣之情，不能为所怨；人主之情，不能爱所非。此上下大相失道也。故贤主谨小物以论好恶。

巨防[1]容蝼，而漂邑杀人。突泄一熛[2]，而焚宫烧积。将失一令，而军破身死。主过一言，而国残名辱，为后世笑。

卫献公戒孙林父、宁殖食[3]。鸿集于囿，虞人以告，公如囿射鸿。二子待君，日晏[4]，公不来至。来，不释皮冠[5]而见二子。二子不说，逐献公，立公子黚[6]。卫庄公立，欲逐石圃。登台以望，见戎州[7]，而问之曰："是何为者也?"待者曰："戎州也。"庄公曰："我姬姓也，戎人安敢居国?"使夺之宅，残其州。晋人适攻卫，戎州人因与石圃[8]杀庄公，立公子起。此小物不审也。人之情，不蹶于山而蹶于垤。

齐桓公即位三年，三言而天下称贤，群臣皆说。去肉食之兽，去食粟之鸟，去丝罝[9]之网。

吴起治西河，欲谕其信于民，夜日置表于南门之外，令于邑中曰：明日有人能偾南门之外表者[10]，仕长大夫。"明日日晏矣，莫有偾表者。民相谓曰："此必不信。"有一人曰："试往偾表，不得赏而已，何伤?”往偾表，来谒吴起。吴起自见而出，仕之长大夫。夜日又复立表，又令于邑中如前。邑人守门争表，表加植，不得所赏。自是之后，民信吴起之赏罚。赏罚信乎民，何事而不成，岂独兵乎?

---

①防：堤。

②突：烟囱。熛（biāo）：迸飞的火花。

③卫献公：春秋卫国君，名衎（kān）。戒：告诫，叮嘱，这里是约的意思。孙林父（fǔ）、宁殖：都是卫大夫，又称孙文子、宁惠子。

④晏：晚。

⑤不释皮冠：按礼节，国君见臣属应脱去皮冠，否则是不礼貌的举动。

⑥公子黚（qiān）：据《左传》，二人所立为献公之弟公孙剽。

⑦戎州：戎人聚居的城邑。

⑧石圃：卫大夫。

⑨罝（jū）：捕兽的网。

⑩偾（fèn）：仆倒。此处意为“使……仆倒。”

吕氏春秋卷第二十六

镇洋毕氏校本

士容论第六

务大　上农　任地　辩土　审时

吕氏春秋训解

高　氏

士　容　论

一曰：士不偏不党①，柔而坚，虚而实，其状朗然不傧②，若失其一③。傲小物而志属于大，似无勇而未可恐狼④，执固横敢而不可辱害⑤。临患涉难而处义不越，南面称寡而不以侈大⑥，今日君民而欲服海外，节物甚高而细利弗赖，耳目遗俗而可与定世⑦，富贵弗就而贫贱弗埸，德行尊理而羞用巧卫，宽裕不訾而中心甚厉⑧，难动以物而必不妄折⑨。此国士之容也。

齐有善相狗者，其邻假以买取鼠之狗。期年乃得之，曰：“是良狗也。”其邻畜之数年，而不取鼠，以告相者。相者曰：“此良狗也。其志在獐麋豕鹿。不在鼠。欲其取鼠也则桎之。”其邻桎其后足，狗乃取鼠。夫骥骜之气[10]，鸿鹄之志，有谕乎人心者，诚也。人亦然，诚有之则神应乎人矣，言岂足以谕之哉？此谓不言之言也。

客有见田骈者，被服[11]中法，进退中度，趋翔闲雅，辞令逊敏[12]。田骈听之毕而辞之。客出，田骈送之以目。弟子谓田骈曰："客士欤？"田骈曰："殆乎非士也。今者客所弇[13]敛，士所术施也，士所弇敛，客所术施也。客殆乎非士也。"故火烛一隅，则室偏无光。骨节蚤成，空窍哭历[14]，身必不长。众无谋方，乞谨视见，多故不良。志必不公，不能立功。好得恶予，国虽大不为王，祸灾日至。故君子之容，纯乎其若钟山之玉，桔乎其若陵上之木[15]；淳淳乎慎谨畏化，而不肎自足[16]；乾乾乎取舍不侻[17]，而心甚素朴。

唐尚敌年为史[18]，其故人谓唐尚愿之，以谓唐尚，唐尚曰："吾非不得为史也，羞而不为也。"其故人不信也。及魏围邯郸，唐尚说惠王而解之围，以与伯阳[19]，其故人乃信其羞为史也。居有间，其故人为其兄请，唐尚曰："卫君死，吾将汝兄以代之。"其故人反兴[20]再拜而信之。夫可信而不信，不可信而信，此愚者之患也。知人情不能自遗，以此为君，虽有天下何益？故败莫大于愚。愚之患，在必自用。自用则戆[21]陋之人从而贺之。有国若此，不若无有。古之与贤从此生矣。非恶其子孙也，非徼[22]而矜其名也，反其实也。

务　大

二曰：尝试观于上志，三王之佐，其名无不荣者，其实无不安者，功大故也。俗主之佐，其欲名实也与三王之佐同，其名无不辱者，其实无不危者，无功故也。皆患其身不贵于其国也，而不患其主之不贵于天下也，此所以欲荣而逾辱也，欲安而逾危也。

孔子曰："燕爵争善处于一屋之下[23]，母子相哺也，区区焉相乐也[24]，自以为安矣。灶突决，上栋焚，燕爵颜色不变，是何也？不知祸之将及之也。不亦愚乎？为人臣而免于燕爵之智者，寡矣。夫为人臣者进其爵禄富贵，父子兄弟相与比周[25]于一国，区区焉相乐也，而以危其社稷，其为灶突近矣，而终不知也，其与燕爵之智不异。"故曰："天下大乱，无有安国；一国尽乱，无有安家；一家尽乱，无有安身。此之谓也。故细之安，必待大；大之安，必待小。细大贱贵交相为赞，然后皆得其所乐。

薄疑说卫嗣君以王术[26]，嗣君应之曰："所有者千乘也，愿以受教。"薄疑对曰："乌获举千钧，又况一斤[27]？"杜赫[28]以安天下说周昭文君，昭文君谓杜赫曰："愿学所以安周。"杜赫对曰："臣之所言者不可，则不能安周矣；臣之所言者可，则周自安矣。"此所谓以弗安而安者也。

郑君问于被瞻曰[29]："闻先生之义，不死君，不亡君，信有之乎？"被瞻对曰："有之。夫言不听，道不行，则固不事君也。若言听道行，又何死亡哉？"故被瞻之不死亡也，贤乎其死亡者也。

昔有舜，欲服海外而不成，既足以成帝矣。禹欲帝而不成，既足以王海内矣。汤武欲继禹而不成，既足以王通达[30]矣。五伯欲继汤武而不成，既足以为诸侯长矣。孔墨欲行大道于世而不成，既足以成显荣矣。夫大义之不成，既有成已，故务事大。

---

①偏：偏私。党：结党。

②朗然：心地光明的样子。儇（xuān）：乖巧。

③若失其一：好象忘记了他自身。

④恐狼：当为“恐猲（hè）”之误。恐猲：恐吓。

⑤执固：意志坚定，不可动摇。横（hèng）：放纵，无所顾忌。敢：果敢。

⑥侈大：骄恣，自大。

⑦遗俗：超脱世俗，屏弃世俗之见。与：以。

⑧宽裕：指心胸开阔。訾（zǐ）：诋毁。厉：飞扬，这里是高远的意思。

⑨妄：胡乱，随便。折：折节，屈节。

⑩骥、骜（áo）：良马名。

⑪被（pī）服：穿戴，服饰。

⑫逊敏：恭顺敏捷。

⑬弇（yǎn）敛：掩蔽收藏，这里指弃置不为。术施：申说施行。术：通“述”。

⑭空：通“孔”。哭历：空疏，不细密。

⑮桔（jié）：挺直。

⑯淳淳：朴实敦厚的样子。化：教令。自足：自满。

⑰乾乾（qián qián）：自强不息的样子。侻（tuō）：简易，轻忽。

⑱唐尚：战国时人。敌年：年龄相当。此指年龄相当的人。

⑲伯阳：邑名，先属赵，赵惠文王时归魏。

⑳反兴：站起来转身退避。

㉑戆（zhuàng）：刚直而愚。

㉒徼（yāo）：求。

㉓爵：通“雀”。

㉔区区：怡然自得的样子。

㉕比周：结党营私。

㉖薄疑：战国时人，曾居赵、卫等国。卫嗣君：战国卫国君。

㉗乌获举千钧，又况一斤：比喻如果能行五术，那么治千乘之国就象能举千钧的乌获举一斤的重物那么容易。

㉘杜赫：战国时谋士，曾游说于东周、齐、楚等国。昭文君：战国时东周国君。

㉙郑君：指郑穆公，春秋郑国君。被瞻：郑人，曾事文公、穆公。

㉚通达：指人力和舟车等交通工具能够到达的交通较为方便的地方。

上 农

三曰：古先圣王之所以导其民者，先务于农。民农非徒为地利也，贵其志也。民农则朴，朴则易用，易用则边境安，主位尊。民农则重，重则少私义，少私义则公法立，力专一。民农则其产复[①]，其产复则重徙，重徙则死其处而无二虑。民舍本而事末则不令[②]，不令则不可以守，不可以战。民舍本而事末，则其产约[③]，其产约则轻迁徙，轻迁徙则国家有患皆有远志，无有居心。民舍本而事末，则好智，好智则多诈，多诈则巧法令，以是为非，以非为是。

后稷曰：“所以务耕织者，以为本教也。”是故天子亲率诸侯耕帝籍田[④]，大夫、士皆有功业。是故当时之务，农不见于国以教民尊地产也，后妃率九嫔蚕于郊，桑于公田，是以春秋冬夏皆有麻枲丝茧之功，以力妇教也。是故丈夫不织而衣，妇人不耕而食，男女贸功以长生，此圣人之制也。故敬时爱日，非老不休，非疾不息，非死不舍。

上田夫食九人，下田夫食五人，可以益，不可以损。一人治之，十人食之，六畜皆在其中矣。此大任地之道也。

故当时之务，不兴土功，不作师徒，庶人不冠弁、娶妻、嫁女、享祀，不酒醴聚众；农不上闻，不敢私籍于庸。为害于时也。然后制野禁。苟非同姓，农不出御[⑤]，女不外嫁，以安农也。

野禁有五：地未辟易，不操麻不出粪[⑥]；齿年未长，不敢为园囿；量力不足，不敢渠地而耕；农不敢行贾；不敢为异事。为害于时也。

然后制四时之禁：山不敢伐材下木，泽人不敢灰僇[7]，缳网罝罦[8]不敢出于门，罛罟[9]不敢入于渊，泽非舟虞不敢缘名。为害其时也。若民不力田，墨乃[10]家畜。国家难治，三疑[11]乃极。是谓背本反则，失毁其国。凡民自七尺以上，属诸三官：农攻粟，工攻器，贾攻货。时事不共，是谓大凶，夺之以土功，是谓稽[12]，不绝忧唯，必丧其粃；夺之以水事，是谓[13]籥；丧以继乐，四邻来虚；夺之以兵事，是谓厉，祸因胥岁[14]，不举铚艾[15]。数夺民时，大饥乃来。野有寝耒，或谈或歌，旦则有昏，丧粟甚多。皆知其末，莫知其本真。

---

①产：家产，指土地、农具等。复：繁多。

②本：根本，指农业。末：末业，指工商。不令：不受令，不听从命令。

③约：简易。

④籍田：古代供帝王举行亲耕仪式的田地，其出产用于宗庙祭祀。

⑤农：指从事农耕的男子。出御：从外地娶妻。

⑥辟易：整治。操麻：操作麻事。出粪：清除污秽。

⑦灰：用作动词，烧草木成灰。僇：通"戮"，这里指割草。

⑧缳（xuàn）：罗网。罝（jū）：捕兽网。罦（fú）：捕鸟网。

⑨罛（gū）、罟（gǔ）：都是捕鱼的网。

⑩墨：通"没"，没收。乃：略同"其"。畜：通"蓄"，积蓄。

⑪三：指农、工、商三类人。疑：通"拟"，仿效。

⑫稽：迟延，指延误农时。

⑬籥（yuè）：通"瀹"，浸渍。比喻"夺之以水事"，就象把农民浸泡在水里一样。

⑭胥岁：全年。胥：皆，尽。

⑮不举铚艾（zhì yì）：不用开镰收割。铚：收割用的短镰。艾：收割。

任　地

四曰：后稷曰：子能以洼为突乎？子能藏其恶而揖之以阴乎？子能使吾士靖而甽[1]浴士乎？子能使保湿安地而处乎？子能使萑夷毋淫乎[2]？子能使子之野尽为泠风乎？子能使藁数节而茎坚乎？子能使穗大而坚均乎？子能使粟圆而薄糠乎？子能使米多沃而食之强乎？无之若何？

凡耕之大方[3]：力者欲柔，柔者欲力；息者欲劳，劳者欲息；棘者欲肥，肥者欲棘；急者欲缓，缓者欲急；湿者欲燥，燥者欲湿。

上田弃亩，下田弃甽；五耕五耨[4]必审以尽。其深殖之度，阴土必得。大草不生，又无螟蜮[5]，今兹美禾，来兹美麦。是以六尺之耜，所以成亩也；其博八寸，所以成甽也；耨柄尺，此其度也；其耨六寸，所以间稼也。地可使肥，又可使棘。人肥必以泽，使苗坚而地隙；人耨必以旱，使地肥而土缓。

草諯大月。冬至后五旬七日，菖[6]始生。菖者，百草之先生者也。于是始耕，孟夏之昔，杀[7]三叶而获大麦。日至，苦菜死而资生，而树麻与菽。此告民地宝尽死[8]，凡草生藏，日中出，狶首生而麦无叶，而从事于蓄藏。此告民究也。五时见生而树生，见死而获死。天下时，地生财，不与民谋。

有年瘗土[9]，无年瘗土。无失民时，无使之治下。知贫富利器，皆时至而作，渴时而止。是以老弱之力可尽起，其用日半，其功可使倍。不知事者，时未至而逆之，时既往而慕之，当时而薄之，使其民而郄之。民既郄，乃以良时慕，此从事之下也。操事则苦。不知高下，民乃逾处。种稑[⑩]禾不为稑，种重[⑪]禾不为重，是以粟少而失功[⑫]。

①甽（quǎn）：同“畎”，田垄间的小沟。

②雚：通“萑”（huán）。夷：通荑（tí）。均指杂草。淫：蔓延滋长。

③大方：大道，大原则。

④耨（nòu）：锄地。

⑤螟：食苗心的害虫。蜮（yù）：食苗叶的害虫。

⑥莒：莒蒲。

⑦杀：枯死。三叶：指荠（jì）、葶苈（tíng lì）、菥蓂（xī míng）三种植物，都是夏历四月末枯死，正是大麦成熟的时候。

⑧地宝：指种地的宝贵时令。

⑨年：收成。瘗（yì）土：祭祀土神。“有年瘗土”是为报谢土神。

⑩稑（lù）：晚种早熟的谷物品种。

⑪重：通“穜”（tóng），早种晚熟的谷物品种。

⑫失功：没有成效。

辩　土

五曰：凡耕之道，必始于垆[①]，为其寡泽而后枯。必厚其靹[②]，为其唯厚而及。𩞄者荏之，坚者耕之，泽其靹而后之。上田则被其处，下田则尽其污。无与三盗[③]任地，夫四序参发，大甽小亩，为青鱼胠，苗若直猎，地窃之也。既种而无行，耕而不长，则苗相窃也。弗除则芜，除之则虚，则草窃之也。故去此三盗者，而后粟可多也。

所谓今之耕也，营而无获者，其蚤者先时，晚者不及时，寒暑不节，稼乃多菑。实其为亩也，高而危则泽夺，陂则埒[④]，见风则僱[⑤]，高培则拔，寒则雕，热则修[⑥]，一时而五六死，故不能为来。不俱生而俱死，虚稼先死，众盗乃窃。望之似有余，就之则虚，农夫知其田之易也，不知其稼之疏而不适也；知其田之际也，不知其稼居地之虚也。不除则芜，除之则虚，此事之伤也。故亩欲广以平，甽欲小以深，下得阴，上得阳，然后咸生。

稼欲生于尘而殖于坚者。慎其种，勿使数，亦无使疏。于其施土，无使不足，亦无使有余。熟有耰[⑦]也，必务其培。其耰也植，植者其生也必先。其施土也均，均者其生也必坚。是以亩广以平则不丧本。茎生于地者五分之以地。茎生有行，故速长；弱不相害，故速大。衡行必得，纵行必术。正其行，通其风，夬心中央[⑧]，帅为泠风。苗，其弱也欲孤，其长也欲相与居，其熟也欲相扶。是故三以为族，乃多粟。

凡禾之患，不俱生而俱死。是以先生者美米，后生者为粃。是故其耨也，长其兄而去其弟[⑨]。树肥无使扶疏，树墝不欲专生而族居。肥而扶疏则多粃，墝而专[⑩]居则多死。不知稼者，其耨也，去其兄而养其弟，不收其粟而收其粃。上下不安，则禾多死。厚土则孽不通，薄土则蕃[⑪]辒而不发。垆埴[⑫]冥色，刚土柔种，免耕杀匿，使农事得。

①垆（lú）：性质刚硬的黑土。

②靹：当作“韧（nà）”。韧：松软，这里指柔润的土地。

③三盗：即下文的说的地窃，苗窃，时窃。

④陂（bì）：斜险。埒（liè）：倾颓。

⑤僪（jué）：倒伏。

⑥修：干缩，枯萎。

⑦耰（yōu）：用土覆盖种子，与“施土”同义。

⑧夬心中央：大意为，一定要使田地的中心地块都疏通。夬（guài）：决，打开，疏导。

⑨兄：比喻先生的壮苗。弟：比喻晚出的弱苗。

⑩墝（qiāo）：瘠薄的土地。专，通“抟（fuán），聚集。

⑪蓄辐（fān）而不发：种子闭锢不得发芽。蓄，通“藩”，闭藏。

⑫埴（zhí）：粘土。冥：暗。

审　　时

六曰：凡农之道，厚之为宝。斩木不时，不折必穗；稼就而不获，心遇天菑。夫稼，为之者人也，生之者地也，养之者天也。是以人稼之容足，耨之容耨，据之容手。此之谓耕道。

是以得时之禾，长稠[①]长穗，大本而茎杀[②]，疏机而穗大，其粟圆而薄糠，其米多沃而食之强。如此者不风。先时者，茎叶带芒以短衡，穗巨而芳夺，秮米而不香。后时者，茎叶带芒而末衡，穗阅而青零，多粃而不满。

得时之黍，芒茎而徼下，穗芒以长，抟米而薄糠，舂之易，而食之不噮[③]而香。如此者不饴[④]。先时者，大本而华，茎杀而不遂，叶藁短穗。后时者，小茎而麻长，短穗而厚糠，小米钳[⑤]而不香。得时之稻，大本而茎葆，长稠疏机，穗如马尾，大粒无芒，抟米而薄糠，舂之易而食之香。如此者不益。先时者，本大而茎叶格对，短稠短穗，多粃厚糠，薄米多芒。后时者，纤茎[⑥]而不滋，厚糠多粃，庢辟[⑦]米，不得恃定熟，卬天[⑧]而死。

得时之麻，必芒以长，疏节而色阳，小本而茎坚，厚枲[⑨]以均，后熟多荣，日夜分复生。如此者不蝗。

得时之菽，长茎而短足，其荚二七以为族，多枝数节，竞叶蕃实，大菽则圆，小菽则抟以芳，称之重，食之息以香，如此者不虫。先时者，必长以蔓，浮叶疏节，小荚不实。后时者，短茎疏节，本虚不实。

得时之麦，稠长而颈黑，二七以为行，而服薄[⑩]䅂而赤色，称之重，食之致香以息，使人肌泽且有力，如此者，不蚼蛆。先时者，暑雨未至，胕动蚼蛆而多疾。其次羊[⑪]以节。后时者，弱苗而穗苍狼，薄色而美芒。

是故，得时之稼兴，失时之稼约。茎相若，称之，得时者重，粟之多。量粟相若，而舂之，得时者多米。量米相若而食之，得时者忍饥。是故，得时之稼，其臭香，其味甘，其气章，百日食之，耳目聪明，心意睿[⑫]智，四卫变强，𣧑[⑬]气不入，身无苛殃。黄帝曰：“四时之不正也，正五谷而已矣。”

---

①稠（tóng）：禾穗的总梗。

②杀：指有节制不徒长。

③噮（yuán）：过分甘美。

④饴：通“餲（ài）”，食物经久而变味。

⑤钳：当作“黚”。黚（qián）：黄黑色。

⑥纤：细。滋：繁衍，增益。

⑦庢：为衍文。辟：半，指谷粒小而壳内不实。

⑧卬："仰"的本字。

⑨枲（xǐ）：这里指麻杆的外皮，即麻的纤维。

⑩服：穿，色裹。穛（zhuó）：本指禾茎的外皮，此指麦粒的外壳。

⑪其次羊以节：疑为"其粢羸以节"之讹。麦粒小。

⑫睿（ruì）：有远见。

⑬恟（xióng）：恶。

淮南子

〔汉〕刘安等　撰

卷一 原道训[①]

夫道者，覆天载地，廓四方，柝八极[②]，高不可际，深不可测；包裹天地，禀授无形[③]。原流泉浡，冲而徐盈；混混滑滑，浊而徐清[④]。故植之而塞于天地，横之而弥于四海，施之无穷而无所朝夕[⑤]。舒之幎于六合[⑥]，卷之不盈于一握。约而能张，幽而能明；弱而能强，柔而能刚。横四维而含阴阳，纮宇宙而章三光[⑦]；甚淖而滒，甚纤而微[⑧]。山以之高，渊以之深；兽以之走，鸟以之飞；日月以之明，星历以之行；麟以之游，凤以之翔。

泰古二皇，得道之柄[⑨]，立于中央。神与化游[⑩]，以抚四方。是故能天运地滞，轮转而无废[⑪]，水流而不止，与万物终始。风兴云蒸，事无不应；雷声雨降，并应无穷；鬼出电入，龙兴鸾集；钧旋毂转，周而复匝[⑫]；已雕已琢，还反于朴。无为为之而合于道，无为言之而通乎德[⑬]。恬愉无矜而得于和，有万不同而便于性[⑭]。神托于秋豪之末，而大宇宙之总。其德优天地而和阴阳，节四时而调五行；呴谕覆育[⑮]，万物群生；润于草木，浸于金石；禽兽硕大，豪毛润泽；羽翼奋也，角觡生也[⑯]；兽胎不贕，鸟卵不毈[⑰]。父无丧子之忧，兄无哭弟之哀；童子不孤，妇人不孀；虹霓不出，贼星不行；含德之所致也[⑱]。

夫太上之道，生万物而不有，成化像而弗宰[⑳]。跂行喙息，蠉飞蠕动[⑳]，待而后生，莫之知德；待之后死，莫之能怨。得以利者不能誉，用而败者不能非；收聚畜积而不加富，布施禀授而不益贫；旋县而不可究，纤微而不可勤[㉑]。累之而不高，堕之而不下；益之而不众，损之而不寡。斫之而不薄，杀之而不残；凿之而不深，填之而不浅。忽兮怳兮，不可为象兮[㉒]；怳兮忽兮，用不屈兮[㉓]；幽兮冥兮，应无形兮；遂兮洞兮，不虚动兮[㉔]；与刚柔卷舒兮，与阴阳俯仰兮[㉕]。

昔者冯夷、大丙之御也[㉖]，乘云车，入云霓，游微雾，骛怳忽[㉗]，历远弥高以极往[㉘]；经霜雪而无迹，照日光而无景，扶摇抮抱羊角而上[㉙]。经纪山川，蹈腾昆仑，排阊阖，沦天门[㉚]。末世之御，虽有轻车良马，劲策利锻[㉛]，不能与之争先。

是故大丈夫恬然无思，澹然无虑；以天为盖，以地为舆，四时为马，阴阳为御；乘云陵霄，与造化者俱；纵志舒节，以驰大区；可以步而步，可以骤而骤[㉜]；令雨师洒道，使风伯扫尘；电以为鞭策，雷以为车轮；上游于霄雿之野，下出于无垠之门。刘览偏照，复守以全[㉝]；经营四隅，还反于枢。故以天为盖，则无不覆也；以地为舆，则无不载也；四时为马，则无不使也；阴阳为御，则无不备也。是故疾而不摇，远而不劳，四支不动[㉞]，聪明不损，而知八纮九野之形埒者[㉟]，何也？执道要之柄，而游于无穷之地。

是故天下之事不可为也，因其自然而推之；万物之变不可究也，秉其要归之趣[㊱]。夫镜水之与形接也，不设智故[㊲]，而方圆曲直弗能逃也。是故响不肆应[㊳]，而景不一设[㊴]；叫呼仿佛，默然自得。人生而静，天之性也；感而后动，性之害也；物至而神应，知之动也[㊵]；知与物接，而好憎生焉。好憎成形，而知诱于外，不能反己，而天理灭矣。故达于道者，不以人易天；外与物化，而内不失其情。至无而供其求，时骋而要其宿[㊶]。小大修短，各有其具，万物之至，腾踊肴乱而不失其数[㊷]。是以处上而民弗重，居前而众弗害，天下归之，奸邪畏之；以其无争于万物也，故莫敢与之争。

夫临江而钓，旷日而不能盈罗，虽有钩箴芒距[43]，微纶芳饵，加之以詹何、娟嬛之数[44]，犹不能与网罟争得也。射者扜乌号之弓，弯棋卫之箭[45]，重之羿、逢蒙子之巧，以要飞鸟[46]，犹不能与罗者竞多，何则？以所持之小也。张天下以为之笼，因江海以为之罟，又何亡鱼失鸟之有乎！故矢不若缴，缴不若无形之像[47]。夫释大道而任小数，无以异于使蟹捕鼠、蟾蜍捕蚤，不足以禁奸塞邪，乱乃逾滋。昔者夏鲧作三仞之城[48]，诸侯背之，海外有狡心。禹知天下之叛也，乃坏城平池，散财物，焚甲兵，施之以德，海外宾伏，四夷纳职；合诸侯于涂山[49]，执玉帛者万国。故机械之心藏于胸中，则纯白不粹，神德不全，在身者不知，何远之所能怀！是故革坚则兵利，城成则冲生，若以汤沃沸，乱乃逾甚。是故鞭噬狗，策蹄马，而欲教之，虽伊尹、造父弗能化[50]；欲寅之心亡于中，则饥虎可尾，何况狗马之类乎！故体道者逸而不穷，任数者劳而无功。

夫峭法刻诛者，非霸王之业也；垂策繁用者，非致远之术也。离朱之明[51]，察箴末于百步之外，不能见渊中之鱼；师旷之聪，合八风之调[52]，而不能听十里之外。故任一人之能，不足以治三亩之宅也[53]；修道理之数，因天地之自然，则六合不足均也。

是故禹之决渎也，因水以为师；神农之播谷也，因苗以为教。夫萍树根于水，木树根于土；鸟排虚而飞，兽蹠实而走[54]；蛟龙水居，虎豹山处，天地之性也。两木相摩而然，金火相守而流[55]；员者常转，窾者主浮[56]，自然之势也。是故春风至则甘雨降，生育万物，羽者妪伏，毛者孕育，草木荣华[57]，鸟兽卵胎，莫见其为者，而功既成矣；秋风下霜，倒生挫伤[58]，鹰雕搏鸷，昆虫蛰藏，草木注根，鱼鳖凑渊，莫见其为者，灭而无形。木处榛巢[59]，水居窟穴；禽兽有艽[60]，人民有室；陆处宜牛马，舟行宜多水；匈奴出秽裘，于、越生葛絺[61]；各生所急以备燥湿，各因所处以御寒暑，并得其宜，物便其所。由此观之，万物固以自然，圣人又何事焉！

九疑之南[62]，陆事寡而水事众。于是民人被发文身，以像鳞虫；短绻不裤[63]，以便涉游；短袂攘卷[64]，以便刺舟，因之也。雁门之北，狄不谷食；贱长贵壮，俗尚气力；人不弛弓，马不解勒，便之也。故禹之裸国[65]，解衣而人，衣带而出，因之也。今夫徙树者，失其阴阳之性，则莫不枯槁。故橘树之江北则化而为枳，鸲鹆不过济[66]，貉渡汶而死，形性不可易，势居不可移也。

是故达于道者反于清净，究于物者终于无为。以恬养性，以漠处神，则入于天门。所谓天者，纯粹朴素，质直皓白[67]，未始有与杂糅者也；所谓人者，偶䁥智故[68]，曲巧伪诈，所以俯仰于世人而与俗交者也。故牛歧蹄而戴角，马披髦而全足者，天也；络马之口，穿牛之鼻者，人也。循天者，与道游者也；随人者，与俗交者也。夫井鱼不可与语大，拘于隘也；夏虫不可与语寒，笃于时也[69]；曲士不可与语至道，拘于俗束于教也。故圣人不以人滑天，不以欲乱情；不谋而当，不言而信，不虑而得，不为而成；精通于灵府，与造化者为人[70]。

夫善游者溺，善骑者堕，各以其所好，反自为祸。是故好事者未尝不中[71]，争利者未尝不穷也。昔共工之力，触不周之山，使地东南倾；与高辛争为帝，遂潜于渊，宗族残灭，继嗣绝祀。越王翳逃山穴，越人熏而出之，遂不得已。由此观之，得在时，不在争；治在道，不在圣。土处下，不争高，故安而不危；水下流，不争先，故疾而不迟。昔舜耕于历山，期年，而田者争处墝埆[72]，以封壤肥饶相让；钓于河滨，期年，而渔者争处湍濑[73]，以曲隈深潭相予[74]。当此之时，口不设言，手不指麾[75]，执玄德于心[76]，而化驰若神[77]。使舜无其志，虽口辩而户说之，不能化一人。是故不道之道，莽乎大哉！夫能理三苗[78]，朝羽民[79]，徙裸国，纳肃慎[80]，未发号施令而移风易俗者，其唯心行者乎[81]？法度刑罚何足以致之也！

是故圣人内修其本而不外饰其末，保其精神，偃其智故，漠然无为而无不为也，澹然无治也而无不治也。所谓无为者，不先物为也；所谓无不为者，因物之所为。所谓无治者，不易自然也；所谓无不治者，因物之相然也[82]。万物有所生，而独知守其根；百事有所出，而独知守其门[83]。故穷无穷，极无极；照物而不眩，响应而不乏；此之谓天解[84]。

故得道者，志弱而事强[85]，心虚而应当[86]。所谓志弱而事强者，柔毳安静，藏于不敢，行于不能，恬然无虑，动不失时，与万物回周旋转，不为先唱，感而应之。是故贵者必以贱为号[87]，而高者必以下为基；托小以包大，在中以制外；行柔而刚，用弱而强；转化推移，得一之道[88]，而以少正多。所谓其事强者，遭变应卒[89]，排患扞难，力无不胜，敌无不凌；应化揆时[90]，莫能害之。是故欲刚者必以柔守之，欲强者必以弱保之；积于柔则刚，积于弱则强，观其所积，以知祸福之乡[91]。强胜不若己者，至于若己者而同；柔胜出于己者，其力不可量。

故兵强则灭，木强则折，革固则裂，齿坚于舌而先之敝。是故柔弱者，生之干也，而坚强者，死之徒也[92]；先唱者，穷之路也，后动者，达之原也。何以知其然也？凡人中寿七十岁，然而趋舍指凑[93]，日以月悔也，以至于死。故蘧伯玉年五十而有四十九年非，何者？先者难为知，而后者易为攻也[94]。先者上高，则后者攀之；先者逾下，则后者蹶之[95]；先者聩陷，则后者以谋；先者败绩，则后者违之。由此观之，先者则后者之弓矢质的也[96]，犹錞之与刃[97]，刃犯难而錞无患者，何也？以其托于后位也。此俗世庸民之所公见也，而贤知者弗能避也。所谓后者，非谓其底滞而不发，凝结而不流，贵其周于数而合于时也[98]。夫执道理以耦变[99]，先亦制后，后亦制先。是何则？不失其所以制人，人不能制也。时之反侧，间不容息，先之则太过，后之则不逮。

夫日回而月周，时不与人游，故圣人不贵尺之璧，而重寸之阴，时难得而易失也。禹之趋时也，履遗而弗取，冠挂而弗顾，非争其先也，而争其得时也。是故圣人守清道而抱雌节[100]，因循应变，常后而不先；柔弱以静，舒安以定，攻大磏坚[101]，莫能与之争。

天下之物，莫柔弱于水。然而大不可极，深不可测；修极于无穷，远沦于无涯；息耗减益，通于不訾[102]；上天则为雨露，下地则为润泽；万物弗得不生，百事不得不成；大包群生而无好憎，泽及蚑蛲而不求报；富赡天下而不既[103]，德施百姓而不费；行而不可得穷极也，微而不可得把握也；击之无创，刺之不伤，斩之不断，焚之不然。淖溺流遁，错缪相纷而不可靡散[104]；利贯金石，强济天下；动溶无形之域，而翱翔忽区之上；邅回川谷之间，而滔腾大荒之野；有余不足，与天地取与，授万物而无所前后。是故无所私而无所公，靡滥振荡，与天地鸿洞[105]；无所左而无所右，蟠委错紾[106]，与万物始终，是谓至德。夫水所以能成其至德于天下者，以其淖溺润滑也[107]。故老聃之言曰："天下至柔，驰骋天下之至坚。出于无有，入于无间。吾是以知无为之有益。"

夫无形者，物之大祖也；无音者，声之大宗也。其子为光，其孙为水，皆生于无形乎？夫光可见而不可握，水可循而不可毁，故有像之类，莫尊于水[108]。出生入死，自无蹠有，自有蹠无，而以衰贱矣[109]。

是故清静者，德之至也；而柔弱者，道之要也；虚无恬愉者，万物之用也。肃然应感，殷然反本[110]，则沦于无形矣。所谓无形者，一之谓也。所谓一者，无匹合于天下者也。卓然独立，块然独处[111]；上通九天，下贯九野；员不中规，方不中矩；大浑而为一，叶累而无根；怀囊天地，为道关门[112]；穆忞隐闵[113]，纯德独存；布施而不既，用之而不勤。是故视之不见其形，听之不闻其声，循之不得其身。无形而有形生焉，无声而五音鸣焉，无味而五味形焉，无色而五色成焉。是故有生于无，实出于虚，天下为之圈[114]，则名实同居[115]。音之数不过五，而五音之变不可胜听也；味之和不过五，而五味之化不可胜尝也；色之数不过五，而五色之变不可胜观也。故音者，宫立而五音形矣；味者，甘立而五味亭矣[116]；色者，白立而五色成矣；道者，一立而万物生矣。是故一之理，施四海；一之解，际天地[117]。其全也，纯兮若朴；其散也，混兮若浊，浊而徐清，冲而徐盈；澹兮其若深渊，泛兮其若浮云；若无而有，若亡而存。万物之总，皆阅一孔[118]；百事之根，皆出一门。其动无形，变化若神；其行无迹，常后而先。是故至人之治也，掩其聪明，灭其文章[119]，依道废智，与民同出于公；约其所守，寡其所求，去其诱慕，除其嗜欲，损其思虑。约其所守则察，寡其所求则得。夫任耳目以听视者，劳形而明；以知虑为治者，苦心而无功；是故圣人一度循轨，不变其宜，不易其常，放准循绳，曲因其当[120]。

夫喜怒者，道之邪也；忧悲者，德之失也；好憎者，心之过也；嗜欲者，性之累也。人大怒破阴，大喜坠阳；薄气发喑[121]，惊怖为狂；忧悲多恚，病乃成积；好憎繁多，祸乃相随。故心不忧乐，德之至也；通而不变，静之至也；嗜欲不载，虚之至也；无所好憎，平之至也；不与物散，粹之至也。能此五者，则通于神明；通于神明者，得其内者也。

是故以中制外，百事不废；中能得之，则外能收之[122]。中之得，则五藏宁[123]，思虑平，筋力劲强，耳目聪明；疏达而不悖，坚强而不鞼[124]，无所大过而无所不逮；处小而不逼，处大而不窕[125]；其魂不躁，其神不娆[126]；湫漻寂寞[127]，为天下枭。

大道坦坦，去身不远；求之近者，往而复反。迫则能应，感则能动，物穆无穷[128]，变无形像；优游委纵[129]，如响之与景；登高临下，无失所秉；履危行险，无忘玄伏[130]。能存之此，其德不亏；万物纷糅，与之转化；以听天下，若背风而驰。是谓至德，至德则乐矣。古之人有居岩穴而神不遗者，末世有势为万乘而日忧悲者。由此观之，圣亡乎治人[131]，而在于得道；乐亡乎富贵，而在于德和。知大己而小天下，则几于道矣[132]。

所谓乐者，岂必处京台、章华[133]，游云梦、沙丘，耳听《九韶》、《六莹》[134]，口味煎熬芬芳，驰骋夷道，钓射鹔鷞之谓乐乎[135]？吾所谓乐者，人得其得者也。夫得其得者，不以奢为乐，不以廉为悲；与阴俱闭，与阳俱开。故子夏心战而臞[136]，得道而肥。圣人不以身役物[137]，不以欲滑和；是故其为欢不欣欣，其为悲不惙惙[138]。万方百变，消摇而无所定，吾独慷慨，遗物而与道同出！是故有以自得之也，乔木之下，空穴之中，足以适情；无以自得也，虽以天下为家，万民为臣妾，不足以养生也。能至于无乐者，则无不乐；无不乐，则至极乐矣！

夫建钟鼓，列管弦，席旃茵[139]，傅旄象[140]，耳听朝歌北鄙靡靡之乐，齐靡曼之色；陈酒行觞，夜以继日；强弩弋高鸟，走犬逐狡兔；此其为乐也，炎炎赫赫[141]，怵然若有所诱慕。解车休马，罢酒彻乐[142]，而心忽然若有所丧，怅然若有所亡也。是何则？不以内乐外，而以外乐内，乐作而喜，曲终而悲，悲喜转而相生，精神乱营[143]，不得须臾平。察其所以，不得其形，而日以伤生，失其得者也。是故内不得于中，禀授于外而以自饰也；不浸于肌肤，不浃于骨髓[144]，不留于心志，不滞于五藏。故从外入者，无主于中，不止；从中出者，无应于外，不行。故听善言便计，虽愚者知说之[145]；称至德高行，虽不肖者知慕之。说之者众而用之者鲜，慕之者多而行之者寡；所以然者何也？不能反诸性也。夫内不开于中而强学问者，不入于耳而不著于心[146]；此何以异于聋者之歌也？效人为之而无以自乐也，声出于口则越而散矣。

夫心者，五藏之主也，所以制使四支，流行血气，驰骋于是非之境而出入于百事之门户者也[147]。是故不得于心而有经天下之气，是犹无耳而欲调钟鼓，无目而欲喜文章也，亦必不胜其任矣。故天下神器不可为也，为者败之，执者失之。夫许由小天下而不以己易尧者[148]，志遗于天下也；所以然者，何也？因天下而为天下也。天下之要，不在于彼而在于我；不在于人而在于我身。身得，则万物备矣；彻于心术之论，则嗜欲好憎外矣。是故无所喜而无所怒，无所乐而无所苦；万物玄同也[149]。无非无是，化育玄耀[150]，生而如死。夫天下者亦吾有也，吾亦天下之有也，天下之与我，岂有间哉！夫有天下者，岂必摄权持势，操杀生之柄而以行其号令邪？吾所谓有天下者，非谓此也，自得而已[151]。自得，则天下亦得我矣。吾与天下相得，则常相有；己又焉有不得容其间者乎！所谓自得者，全其身者也；全其身，则与道为一矣。故虽游于江浔海裔[152]，驰要褭[153]，建翠盖，目观《掉羽》、《武象》之乐[154]，耳听滔朗奇丽激抮之音[155]，扬郑、卫之浩乐，结激楚之遗风[156]，射沼滨之高鸟，逐苑囿之走兽，此齐民之所以淫泆流湎；圣人处之，不足以营其精神，乱其气志，使心怵然失其情性。处穷僻之乡，侧溪谷之间，隐于榛薄之中，环堵之室，茨之以生茅，蓬户瓮牖，揉桑为枢，上漏下湿，润浸北房，雪霜滾灖[157]，浸潭苽蒋[158]，逍遥于广泽之中，而仿洋于山峡之旁[159]，此齐民之所为形植黎黑[160]，忧悲而不得志也；圣人处之，不为愁悴怨怼，而不失其所以自乐也。是何也？则内有以通于天机，而不以贵贱、贫富、劳逸失其志德者也。故夫乌之哑哑，鹊之唶唶，岂尝为寒暑燥湿变其声哉！

是故夫得道已定，而不待万物之推移也，非以一时之变化而定吾所以自得也；吾所谓得者，性命之情处其所安也。夫性命者，与形俱出其宗，形备而性命成，性命成而好憎生矣。故士有一定之论，女有不易之行；规矩不能方圆，钩绳不能曲直。天地之永，登丘不可为修，居卑不可为短。是故得道者，穷而不慑，达而不荣；处高而不机[161]，持盈而不倾；新而不朗，久而不渝；入火不焦，入水不濡。是故不待势而尊，不待财而富，不待力而强，平虚下流[162]，与化翱翔。若然者，藏金于山，藏珠于渊；不利货财，不贪势名。是故不以康为乐，不以慊为悲；不以贵为安，不以贱为危；形神气志，各居其宜，以随天地之所为。

夫形者，生之舍也[163]；气者，生之充也[164]；神者，生之制也[165]。一失位，则三者伤矣。是故圣人使人各处其位，守其职，而不得相干也。故夫形者非其所安也而处之则废，气不当其所充而用之则泄，神非其所宜而行之则昧；此三者，不可不慎守也。夫举天下万物，蚑蛲贞虫[166]，蠕动蚑作，皆知其所喜憎利害者，何也？以其性之在焉而不离也，忽去之，则骨肉无伦矣。今人之所以眭然能视[167]，昔然能听[168]，形体能抗，而百节可屈伸，察能分白黑、视丑美，而知能别同异、明是非者，何也？气为之充而神为之使也。何以知其然也？凡人之志各有所在而神有所系者，其行也。足蹪趎坎、头抵植木而不自知也[169]，招之而不能见也，呼之而不能闻也，耳目非去之也，然而不能应者，何也？神失其守也。故在于小则忘于大，在于中则忘于外，在于上则忘于下，在于左则忘于右，无所不充则无所不在。是故贵虚者以毫末为宅也[170]。

今夫狂者之不能避水火之难而越沟渎之险者，岂无形神气志哉？然而用之异也。失其所守之位而离其外内之舍[171]，是故举错不能当，动静不能中[172]，终身运枯形于连嵝列埒之门[173]，而蹪蹈于污壑阱陷之中，虽生俱与人钧[174]，然而不免为人戮笑者，何也？形神相失也。故以神为主者，形从而利；以形为制者，神从而害。贪饕多欲之人，漠眠于势利[175]，诱慕于名位，冀以过人之智植于高世[176]，则精神日以耗而弥远，久淫而不还，形闭中距[177]，则神无由入矣。

是以天下时有盲妄自失之患，此膏烛之类也，火逾然而消逾亟。夫精神气志者，静而日充者以壮，躁而日耗者以老。是故圣人将养其神，和弱其气，平夷其形，而与道沉浮俯仰，恬然则纵之，迫则用之。其纵之也若委衣[178]，其用之也若发机[179]。如是，则万物之化无不遇，而百事之变无不应。

---

①原道：即道的根原、本原；训：解说、阐述。

②廓、柝（tuò）：开拓之意；八极：（四面）八方的最远处。

③禀：受；无形：不露形迹地。

④浡（bó）：水流涌出；混混：水流很大；滑滑：（gǔ）：同汩汩，水流急。

⑤植：指竖立；塞：充塞；弥：弥漫；施：用；朝夕：指盛衰。

⑥幎（mì）：复盖；六合：东南西北上下为六合。

⑦纮（hóng）：古代帽子上的带子，这里是使伸展的意思；章：同彰，明；三光：指日、月、星。

⑧淖（nào）：烂泥；溷（gē）：粘稠样。

⑨二皇：伏羲、神农；柄：根本、关键所在。

⑩化：造化，大自然。

⑪滞：积淀；轮转：车轮转动。

⑫钧：制陶器所用的转轮；毂（gǔ）：车轮中心的圆孔可以扦轴；匝（zā）：环绕，周遍。

⑬无为：不是有意地做的。

⑭有万不同：有：存在；对存在着的万千事物以不同的态度对待，有利于发展它们的特性。

⑮呴(xǔ)谕：同“煦妪”，培养关怀。

⑯豪：毫；觡(gé)：骨角；

⑰殰（dú）：原注为“胎不成兽曰殰；毈（duàn）：原注为“卵不成鸟曰毈”。

⑱贼星：妖星。

⑲不有：不据为己有；化像：自然形成的物象；宰：主宰。

⑳跂(qí)行：指用脚走路的动物；喙息：指以嘴呼吸的动物；蠉（huān）飞蠕动：指昆虫类动物；蠉：虫飞的样子。

㉑旋县：周转天下；县：犹言天下也；勤：犹言尽也。

㉒忽兮怳兮：怳怳忽忽，似有似无；象：形象。

㉓屈：穷尽。

㉔遂：同邃，深邃之意；虚动：无效的运动。

㉕卷舒：伸缩；阴阳：犹言日月。

㉖冯夷、大柄：神话中得道能御阴阳的神；御：驾驭车马。

㉗骛（wù）：奔驰。

㉘弥：遍及；极往：走向最远处。

㉙景：影子；扶摇：盘旋而上的暴风；羊角：曲而上升的旋风；抮（zhěn）抱：互相绞缠转动。

㉚经纪：走过；蹈腾：登上；排阊阖：推开天门；沦：入。

㉛策：马鞭；锻（duàn）：马鞭末端用以刺马快跑的尖刺。

㉜骤：马快走。

㉝刘：同浏；全：齐全、完善。

㉞支：指四肢。

㉟埒（liè）：同等。

㊱秉：掌握；趣：趋势。

㊲智故：巧饰也。

㊳响：回声；肆：任意、放纵。

㊴一设：完全反映出来；一：全、都；设：完全。

㊵知：同智。

㊶时骋：时间如马飞跑；要：希望得到；宿：归宿。

㊷数：道理；肴乱：多而乱。

㊸钩箴：钓鱼钩；芒距：指钓钩上支出的倒钩。

㊹詹何、娟嬛：传说中古代善钓鱼者；数：技术。

㊺扞（hán）：展开；乌号：木名，这里指用乌号木做的弓；棋：地名；棋卫：指棋地出产的羽箭。

㊻羿、逢蒙：传说中古代的善射箭手；巧：技巧。

㊼缴（zhuó）：系在箭上的丝绳，指带丝绳的箭，射程较矢（木制箭）远；无形之像：指象天地、江海等的无形的笼网。

㊽夏鲧：夏禹之父；仞：古代长度单位。

㊾职：贡品；涂山：地名。

㊿造父：传说中的古代善御者。

51离朱：传说是黄帝时视力特好的人。

52师旷：春秋晋平公的乐师，目盲而听力超人；八风：即东、南、西、北、东南、东北、西南、西北，八方之风。

53三亩之宅：指家庭。

54蹠（zhí）：踩。

55然：同燃；相守：相持、共处；流：化成液态。

(56)员：通圆；窾（kuǎn）：空。

(57)羽者：指鸟类；妪伏：指体伏卵孵育；毛者：指兽类。

(58)倒生：指草木；与动物相比，草木均是头在下。

(59)榛：聚木曰榛；榛巢：林中鸟巢。

(60)芄（wán）：垫草。

(61)于、越：即古时吴、越两国；絺（chī）：细葛布。

(62)九疑：即九嶷山。

(63)绻：通裈（kūn）：有裆的短袄；绔：同裤。

(64)攘卷：捋起袖子。

(65)裸国：我国古代南方国名，国民裸体。

(66)鸲（qú）鹆（yù）：鸟名，即八哥。

(67)质直：质朴正直。

(68)偶：通隅；睉：同差，均指邪曲不正；智故：巧诈之心。

(69)笃：专一，局限。

(70)为人：相偶；人：偶、相伴随之意。

(71)不中：不为所伤；中：原注：伤。

(72)墝（qiāo）埆（què）：贫瘠的土地。

(73)湍（tuān）濑（lài）：水流浅急处，鱼少。

(74)曲限：水流弯曲处，水深流缓，鱼多。

(75)麾：同挥。

(76)玄德：指自然无为的性质，是道家哲学概念。

(77)化：感化；驰：快行。

(78)三苗：古代部族名，在江淮、荆州一带。

(79)羽民：古代传说中的国名，其国人长头、身有羽毛。

(80)肃慎：古北方民族名。

(81)心：自然无为之心；行：感化。

(82)相然：相宜；然：宜也。

(83)门：关键所在。

(84)天解：明白了天意的人。

(85)志弱：志向柔弱；事：处理，应付；强：原注为“无不胜也”。

(86)应当：处事恰当，原注：当：合也。

(87)此句意为：原注“贵者谓公王侯伯称孤、寡、不穀，故曰以贱为号”。

(88)一：指独一无二的、混一的道。

(89)卒：通猝。

(90)揆（kuí）：猜度（duó）。

(91)乡：方向。

(92)徒：同类。

(93)指凑：原注：犹言行止也，即人的行为举动。

(94)攻：通功，成功。

(95)蹍：踩、踏。

(96)质的：箭靶。

(97)錞（duì）：古代矛、戟等兵器柄末端的金属套。

(98)周于数：原注：周，调也，数：术也，周于数，即合于道理。

(99)耦：合。

(100)雌：柔弱。

(101)礳（mò）：磨的本字。

(102)訾：通赀（zī）：计量。

⑩蚑（qí）蛲（náo）：小虫；既：尽。

⑩错缪：错杂缠绕，靡散：散没。

⑩鸿洞：融通，连续。

⑩蟠（pán）委错纱（zhěn）：盘曲弯转，交错变化。

⑩淖溺：柔软、消融。

⑩有像：有具体形象的事物；尊：尊贵。

⑩蹠（zhí）：到、至。

⑩肃然：严肃；殷然：恳切。

⑪块然：孤独的样子。

⑫为道关门：是道相通的关键、要害；关：门闩。

⑬穆忞（mín）：静寂而蒙昧不明；隐闵：隐蔽无形。

⑭天下为之圈：包含了天下的所有事物；圈：围住。

⑮同居：相当。

⑯亭：定。

⑰解：含义；际：达到。

⑱阅：经过；一孔：一：指道，孔：孔道。

⑲文章：错杂的色彩或花纹。

⑳曲因其当：想方设法地遵循法则准绳。

㉑薄：迫；喑（yīn）：哑。

㉒收：原注：养。

㉓五藏：内脏，藏，通脏。

㉔鞼（guì）：折断。

㉕窕（tiǎo）：空隙。

㉖娆（rǎo）：烦扰。

㉗湫（qiū）漻（liáo）：清净。

㉘物穆：深邃。

㉙委纵：委曲柔顺。

㉚伏：守护；玄：道。

㉛亡：无。

㉜几：近。

㉝京台、章华：楚国的两个景点。

㉞云梦：古楚地大泽，楚王畋猎场所；沙丘：纣王的台名，尝在此作酒池肉林；《九韶》：舜时乐曲；《六莹》：颛顼时乐曲。

㉟鹔（sù）鹴（shuāng）：水鸟。

㊱臞（qú）：瘦。原注为“子夏名商，孔子弟子也。入学见先王之道而说之，又出见富贵之乐而欲之，二者交争，故战而臞也。先王之道胜，无所复思，故肥也”。

㊲役物：被物役使。

㊳惙（chuò）：忧郁。

㊴旃（zhān）：毡。

㊵傅旄象：用旄牛尾在旗杆的顶端、象牙做的器物装饰；旄（máo）：旄牛。

㊶炎炎赫赫：气势炽盛。

㊷彻：通抝，除。

㊸营：惑乱。

㊹浃：透。

㊺说：悦。

㊻著：落到。

㊼门户：根源所在 。

⑭许由：传说中古代贤士；不接受尧禅让天下给他。
⑭玄同：与万物混同为一，因而玄妙深奥。
⑮化育玄耀：即由玄耀化育而成。玄耀：原注：玄：天也；耀：明也，意指道也。
⑮自得：保全自己的本性，其意同下文的“全其身”。
⑮浔（xún）：水边，裔：边远处。
⑮要袅（niǎo）：骏马名。
⑮《掉羽》：周代舞乐，即持羽起舞，属文舞；《武象》：周代舞乐，持兵器格斗舞，属武舞。皆于祭祀、朝贺时用。
⑮滔朗：激荡响亮；激抮（zhěn）：激越旋转。
⑮结：集聚，盘旋；激楚：古曲名。遗风：余音。
⑮滾（suì）瀰（mǐ）：霜降雪飘。
⑮浸潭：滋润蔓延；　　苽（gū）蒋：植物名，又名茭白，生在水边。
⑮仿（páng）洋：徘徊。
⑯植：通殖，瘦瘠。
⑯机：通几，危险。
⑯平虚下流：平和谦虚，处于低下的地位而不争之意。
⑯舍：载体。
⑯充：充满，引伸为支撑物，支柱。
⑯制：控制、主宰。
⑯贞虫：细腰昆虫。
⑯眭（huī）然：眼睛深视。
⑯营（yíng）：通萦，环绕。
⑯蹪（tuí）：同颓，跌倒，颠朴；趎（zhū）：同跦，跳着行走；植木：直木。
⑰以毫末为宅：原注为“精微也。”
⑰外内之舍：形体所处为外舍，精神所处为内舍。
⑰举错：错：通措，举动；当：恰当；中：合适。
⑰枯形：枯萎的形体，连嵝（lǒu）：连绵的山岭；列埒：山上的水流。
⑰钧：同均。
⑰澒瞑（mián）：糊涂，丧失理智。
⑰植于高世：原注为“植：立也，庶几（希冀）立高名于世也”。
⑰中：指内心，与形相对称；距：通拒，阻拒。
⑰委衣：废弃的衣服；　　纵：发、放。
⑰发机：机：发动弩箭的机关，象发动弩箭那样迅猛。

卷二　俶真训[①]

有始者，有未始有有始者，有未始有夫未始有有始者。有有者，有无者，有未始有有无者，有未始有夫未始有有无者[②]。

所谓“有始者”，繁愤未发[③]，萌兆牙蘖[④]，未有形埒垠堮[⑤]，无无蠕蠕[⑥]，将欲生兴而未成物类[⑦]。“有未始有有始者”，天气始下，地气始上，阴阳错合，相与优游竞畅于宇宙之间[⑧]。被德含和[⑨]，缤纷茏苁[⑩]，欲与物接而未成兆朕[⑪]。“有未始有夫未始有有始者”，天含和而未降，地怀气而未扬，虚无寂寞，萧条霄雿，无有仿佛[⑫]，气遂而大通冥冥者也[⑬]。“有有者”，言万物掺落[⑭]，根茎枝叶，青葱苓茏[⑮]，萑蔰炫煌[⑯]，蠉飞蠕动，蚑行哙息，可切循把握而有数量[⑰]。

"有无者"，视之不见其形，听之不闻其声，扪之不可得也，望之不可极也，储与扈冶[18]，浩浩瀚瀚，不可隐仪揆度而通光耀者[19]。"有未始有有无者"，包裹天地，陶冶万物，大通混冥；深闳广大，不可为外[20]，析豪剖芒，不可为内[21]；无环堵之宇，而生有无之根。"有未始有夫未始有有无者"，天地未剖，阴阳未判，四时未分，万物未生，汪然平静[22]，寂然清澄，莫见其形。若光耀之间于无有，退而自失也[23]，曰："予能有无，而未能无无也[24]。及其为无无，至妙何从及此哉！"

夫大块载我以形[25]，劳我以生，逸我以老，休我以死。善我生者，乃所以善我死也。夫藏舟于壑，藏山于泽，人谓之固矣。虽然，夜半有力者负而趋，寐者不知，犹有所遁[26]。若藏天下于天下，则无所遁其形矣。物岂可谓无大扬攉乎[27]？一范人之形而犹喜[28]，若人者，千变万化而未始有极也。弊而复新，其为乐也，可胜计邪？譬若梦为鸟而飞于天，梦为鱼而没于渊，方其梦也，不知其梦也，觉而后知其梦也。今将有大觉，然后知今此之为大梦也。始吾未生之时，焉知生之乐也？今吾未死，又焉知死之不乐也？昔公牛哀转病也[29]，七日化为虎，其兄掩户而入觇之，则虎搏而杀之。是故文章成兽，爪牙移易，志与心变，神与形化。方其为虎也，不知其尝为人也；方其为人，不知其且为虎也。二者代谢舛驰[30]，各乐其成形；狡猾钝惛，是非无端，孰知其所萌？夫水向冬则凝而为冰，冰迎春则泮而为水[31]，冰水移易于前后，若周员而趋，孰暇知其所苦乐乎？

是故形伤于寒暑燥湿之虐者，形苑而神壮；神伤乎喜怒思虑之患者，神尽而形有余。故罢马之死也，剥之若槁；狡狗之死也，割之犹濡。是故伤死者其鬼娆[32]，时既者其神漠[33]，是皆不得形神俱没也。夫圣人用心，杖性依神，相扶而得终始；是故其寐不梦，其觉不忧。古之人有处混冥之中，神气不荡于外，万物恬漠以愉静，搀抢衡杓之气莫不弥靡[34]，而不能为害。当此之时，万民猖狂，不知东西；含哺而游，鼓腹而熙；交被天和，食于地德[35]；不以曲故是非相尤，茫茫沉沉，是谓大治。于是在上位者，左右而使之，毋淫其性；镇抚而有之，毋迁其德。是故仁义不布而万物蕃殖，赏罚不施而天下宾服；其道可以大美兴[36]，而难以算计举也。是故日计之不足，而岁计之有余。

夫鱼相忘于江湖，人相忘于道术[37]。古之真人，立于天地之本，中至优游，抱德炀和[38]，而万物杂累焉；孰肯解构人间之事[39]，以物烦其性命乎！夫道有经纪条贯，得一之道，连千枝万叶。是故贵有以行令，贱有以忘卑，贫有以乐业，困有以处危。夫大寒至，霜雪降，然后知松柏之茂也；据难履危，利害陈于前，然后知圣人之不失道也。是故能戴大员者履大方[40]，镜太清者视大明[41]，立太平者处大堂，能游冥冥者与日月同光[42]。是故以道为竿，以德为纶，礼乐为钩，仁义为饵，投之于江，浮之于海，万物纷纷，孰非其有！夫挟依于跂跃之术[43]，提挈人间之际，撢掞挺挏世之风俗[44]，以摸苏牵连物之微妙[45]，犹得肆其志，充其欲，何况怀瑰玮之道，忘肝胆，遗耳目，独浮游无方之外，不与物相弊摋[46]，中徙倚无形之域，而和以天地者乎！若然者，偃其聪明而抱其太素[47]，以利害为尘垢，以死生为昼夜。是故目观玉辂琬象之状[48]，耳听《白雪》清角之声[49]，不能以乱其神；登千仞之溪，临猿眩之岸，不足以滑其和。譬若钟山之玉，炊以炉炭，三日三夜而色泽不变，则至德天地之精也。是故生不足以使之，利何足以动之；死不足以禁之，害何足以恐之！明于死生之分，达于利害之变，虽以天下之大，易骭之一毛，无所概于志也[50]！

夫贵贱之于身也，犹条风之时丽也[51]；毁誉之于己，犹蚊虻之一过也。夫秉皓白而不黑，行纯粹而不糅，处玄冥而不暗，休于天钧而不毁[52]；孟门、终隆之山不能禁[53]，唯体道能不败，湍濑旋渊、吕梁之深不能留也[54]，太行、石涧、飞狐、句望之险不能难也[55]。是故身处江海之上，而神游魏阙之下，非得一原[56]，孰能至于此哉？是故与至人居，使家忘贫，使王公简其富贵而乐卑贱，勇者衰其气，贪者消其欲；坐而不教，立而不议，虚而往者实而归，故不言而能饮人以和[57]。

是故至道无为，一龙一蛇，盈缩卷舒，与时变化；外从其风，内守其性，耳目不耀，思虑不营；其所居神者，台简以游太清[58]，引楯万物，群美萌生。是故事其神者神去之，休其神者神居之。道出一原，通九门[59]，散六衢，设于无垓坫之宇[60]；寂寞以虚无，非有为于物也，物以有为于己也。是故举事而顺于道者，非道之所为也，道之所施也。

夫天之所覆，地之所载，六合所包，阴阳所呴，雨露所濡，道德所扶，此皆生一父母而阅一和也[61]。是故槐榆与橘柚合而为兄弟，有苗与三危通为一家。夫目视鸿鹄之飞，耳听琴瑟之声，而心在雁门之间；一身之中，神之分离剖判，六合之内，一举而千万里。是故自其异者视之，肝胆胡、越[62]；自其同者视之，万物一圈也[63]。百家异说，各有所出，若夫墨、杨、申、商之于治道[64]，犹盖之无一橑[65]，而轮之无一辐，有之可以备数，无之未有害于用也。己自以为独擅之，不通之于天地之情也。今夫冶工之铸器，金踊跃于炉中，必有波溢而播弃者，其中地而凝滞，亦有以象于物者矣。其形虽有所小用哉，然未可以保于周室之九鼎也，又况比于规形者乎[66]？其与道相去亦远矣！

今夫万物之疏跃枝举，百事之茎叶条蘖（栓），皆本于一根而条循千万也。若此，则有所受之矣，而非所授者；所受者，无授也，而无不受也。无不受也者，譬若周云之茏苁[67]，辽巢彭濞而为雨[68]，沉溺万物而不与为湿焉。

今夫善射者有仪表之度，如工匠有规矩之数[69]，此皆所得以至于妙。然而奚仲不能为逢蒙，造父不能为伯乐者[70]，是曰谕于一曲而不通于万方之际也。今以涅染缁则黑于涅[71]，以蓝染青则青于蓝；涅非缁也，青非蓝也，兹虽遇其母而无能复化已！是何则？以谕其转而益薄也，何况夫未始有涅蓝造化之者乎！其为化也，虽镂金石，书竹帛，何足以举其数！由此观之，物莫不生于有也，小大优游矣。夫秋豪之末，沦于无间而复归于大矣；芦苻之厚，通于无垫，而复反于敦庞[72]。若夫无秋豪之微、芦苻之厚，四达无境，通于无垠，而莫之要御夭遏者[73]；其袭微重妙[74]，挺挏万物，揣丸变化[75]，天地之间何足以论之！夫疾风勃木，而不能拔毛发；云台之高，堕者折脊碎脑，而蚊虻适足以翱翔。夫与蚑蛲同乘天机，夫受形于一圈，飞轻微细者，犹足以脱其命，又况未有类也[76]？由此观之，无形而生有形亦明矣！

是故圣人托其神于灵府，而归于万物之初；于地冥冥，听于无声；冥冥之中独见晓焉，寂寞之中独有照焉。其用之也以不用，其不用也而后能用之；其知也乃不知，其不知也而后能知之也。夫天不定，日月无所载；地不定，草木无所植；所立于身者不宁，是非无所形。是故有真人然后有真知，其所持不明，庸讵知吾所谓知之非不知欤？

今夫积惠重厚，累爱袭恩，以声华呕苻妪掩万民百姓[77]，使知之欣欣然人乐其性者，仁也；举大功，立显名，体君臣，正上下，明亲疏，等贵贱，存危国，断绝世，决挐治烦[78]，兴毁宗，立无后者，义也；闭九窍，藏心志，弃聪明，反无识，芒然仿佯于尘埃之外，而消摇于无事之业[79]；含阴吐阳，而万物和同者，德也。是故道散而为德，德溢而为仁义，仁义立而道、德废矣。

百围之木，斩而为牺尊[80]，镂之以剞劂[81]，杂之以青黄，华藻镈鲜[82]，龙蛇虎豹，曲成文章。然其断在沟中，壹比牺尊、沟中之断，则丑美有间矣，然而失木性钧也。是故神越者其言华，德荡者其行伪，至精亡于中，而言行观于外[83]，此不免以身役物矣。夫趋舍行伪者[84]，为精求于外也，精有湫尽[85]，而行无穷极，则滑心浊神而惑乱其本矣。其所守者不定，而外淫于世俗之风，所断差跌者[86]，而内以浊其清明，是故踌躇以终而不得须臾恬澹矣。

是故圣人内修道术，而不外饰仁义；不知耳目之宣[87]，而游于精神之和。若然者，下揆三泉[88]，上寻九天，横廓六合，揲贯万物，此圣人之游也[89]。若夫真人，则动溶于至虚，而游于灭亡之野；骑蜚廉而从敦圄[90]，驰于外方，休乎宇内。烛十日而使风雨，臣雷公，役夸父，妾宓妃，妻织女，天地之间何足以留其志！是故虚无者道之舍，平易者道之素。

夫人之事其神而娆其精，营慧然而有求于外[91]，此皆失其神明而离其宅也。是故冻者假兼衣于春[92]，而暍者望冷风于秋[93]，夫有病于内者必有色于外矣。夫梣木色青翳，而蠃瘉蜗睆[94]，此皆治目之药也。人无故求此物者，必有蔽其明者。圣人之所以骇天下者，真人未尝过焉；贤人之所以矫世俗者，圣人未尝观焉。夫牛蹄之涔[95]，无尺之鲤；块阜之山[96]，无文之材。所以然者何也？皆其营宇狭小而不能容巨大也，又况乎以无裹之者邪？此其为山渊之势亦远矣。夫人之拘于世也，必形系而神泄，故不免于虚。使我可系羁者，必其有命在于外也。

至德之世，甘瞑于溷涃之域[97]，而徙依于汗漫之宇，提挈天地而委万物，以鸿濛为景柱[98]，而浮扬乎无畛崖之际[99]。是故圣人呼吸阴阳之气，而群生莫不颙颙然仰其德以和顺[100]。当此之时，莫之领理决离[101]，隐密而自成，浑浑苍苍，纯朴未散，旁薄为一，而万物大优。是故虽有羿之知而无所用之。及世之衰也，至伏羲氏，其道昧昧芒芒然，吟德怀和，被施颇烈，而知乃始昧昧晽晽[102]，皆欲离其童蒙之心，而觉视于天地之间。是故其德烦而不能一。乃至神农、黄帝，剖判大宗，窍领天地，袭九窾，重九𡋾[103]，提挈阴阳，嫥捖刚柔[104]，枝解叶贯，万物百族使各有经纪条贯。于此万民睢睢盱盱然[105]，莫不竦身而载听视。是故治而不能和下。栖迟至于昆吾、夏后之世[106]，嗜欲连于物，聪明诱于外，而性命失其得。施及周室之衰，浇淳散朴[107]，杂道以伪，俭德以行，而巧故萌生。周室衰而王道废，儒墨乃始列道而议，分徒而讼。于是博学以疑圣，华诬以胁众；弦歌鼓舞，缘饰《诗》、《书》，以买名誉于天下；繁登降之礼，饰绂冕之服[108]；聚众不足以极其变，积财不足以赡其费；于是万民乃始慲觟离跂[109]，各欲行其知伪，以求凿枘于世而错择名利[110]。是故百姓曼衍于淫荒之陂，而失其大宗之本。

夫世之所以丧性命，有衰渐以然，所由来者久矣！是故圣人之学也，欲以返性于初而游心于虚也；达人之学也，欲以通性于辽廓而觉于寂漠也。若夫俗世之学也则不然，擢德攓性[111]，内愁五藏，外劳耳目，乃始招蛲振缱物之豪芒[112]，摇消掉捎仁义礼乐[113]，暴行越智于天下，以招号名声于世，此我所羞不为也。是故与其有天下也，不若有说也；与其有说也，不若尚羊物之终始也[114]，而条达有无之际。是故举世而誉之不加劝[115]，举世而非之不加沮，定于死生之境，而通于荣辱之理，虽有炎火洪水弥靡于天下，神无亏缺于胸臆之中矣。若然者，视天下之间，犹飞羽浮芥也，孰肯分分然以物为事也[116]！

水之性真清而土汩之[117]，人性安静而嗜欲乱之。夫人之所受于天者，耳目之于声色也，口鼻之于芳臭也，肌肤之于寒燠[118]，其情一也，或通于神明，或不免于痴狂者，何也？其所为制者异也。是故神者智之渊也，渊清则智明矣；智者心之府也，智公则心平矣。人莫鉴于流沫[119]，而鉴于止水者，以其静也；莫窥形于生铁，而窥于明镜者，以睹其易也。夫唯易且静，形物之性也[120]。由此观之，用也必假之于弗用也。是故虚室生白，吉祥止也[121]。夫鉴明者尘垢弗能薶[122]，神清者嗜欲弗能乱。精神已越于外，而事复返之，是失之于本而求之于末也。外内无符而欲与物接，弊其玄光而求和之于耳目，是释其炤炤而道其冥冥也[123]，是之谓失道。心有所至而神喟然在之，反之于虚则消铄灭息[124]。此圣人之游也。故古之治天下也，必达乎性命之情，其举错未必同也，其合于道一也。

夫夏日之不被裘者，非爱之也，燠有余于身也；冬日之不用翣者[125]，非简之也，清有余于适也。夫圣人量腹而食，度形而衣，节于己而已，贪污之心奚由生哉！故能有天下者，必无以天下为也；能有名誉者，必无以趋行求者也。圣人有所于达，达则嗜欲之心外矣。孔墨之弟子，皆以仁义之术教导于世，然而不免于偏[126]，身犹不能行也。又况所教乎！是何则？其道外也。夫以末求返于本，许由不能行也，又况齐民乎！诚达于性命之情，而仁义固附矣，趋舍何足以滑心！若夫神无所掩，心无所载，通洞条达，恬漠无事，无所凝滞，虚静以待，势利不能诱也，辩者不能说也，声色不能淫也，美者不能滥也，智者不能动也，勇者不能恐也，此真人之道也。若然者，陶冶万物，与造化者为人[127]，天地之间，宇宙之内，莫能夭遏。

夫化生者不死，而化物者不化；神经于骊山、太行而不能难，入于四海九江而不能濡；处小隘而不塞，横扃天地之间而不窕[128]。不通此者，虽目数千羊之群，耳分八风之调，足蹀《阳阿》之舞[129]，而手会《绿水》之趋[130]；智终天地，明照日月，辩解连环[131]，泽润玉石，犹无益于治天下也。

静漠恬澹，所以养性也；和愉虚无，所以养德也。外不滑内，则性得其宜；性不动和，则德安其位。养生以经世，抱德以终年，可谓能体道矣。若然者，血脉无郁滞，五藏无蔚气[132]，祸福弗能挠滑，非誉弗能尘垢，故能致其极。非有其世，孰能济焉？有其人，不遇其时，身犹不能脱，又况无道乎？且人之情，耳目应感动，心志知忧乐，手足之攒疾痒，辟寒暑[133]，所以与物接也。蜂虿螫指而神不能憺[134]，蚊虻噆肤而知不能平[135]，人忧患之来，攖人心也，非直蜂虿之螫毒而蚊虻之惨怛也[136]，而欲静漠虚无，奈之何哉！

夫目察秋豪之末，耳不闻雷霆之音；耳调玉石之声，目不见太山之高。何则？小有所志而大有所忘也。今万物之来，擢拔吾性，搴取吾情；有若泉源，虽欲勿禀[137]，其可得邪！今夫树木者，灌以瀿水[138]，畴以肥壤[139]，一人养之，十人拔之，则必无余蘖，又况与一国同伐之哉！虽欲久生，岂可得乎？今盆水在庭，清之终日，未能见眉睫；浊之不过一挠，而不能察方员。人神易浊而难清，犹盆水之类也，况一世而挠滑之，曷得须臾平乎！

古者至德之世，贾便其肆[140]，农乐其业，大夫安其职，而处士修其道。当此之时，风雨不毁折，草木不夭；九鼎重味[141]，珠玉润泽；洛出《丹书》，河出《绿图》[142]；故许由、方回、善卷、披衣得达其道[143]。何则？世之主有欲利天下之心，是以人得自乐其是。四子之才，非能尽善盖今之世也，然莫能与之同光者，遇唐、虞之时。逮至夏桀、殷纣，燔生人，辜谏者，为炮烙，铸金柱[144]；剖贤人之心，析才士之胫，醢鬼侯之女，菹梅柏之骸[145]。当此之时，峣山崩，三川涸[146]；飞鸟铩翼，走兽挤脚[147]；当此之时，岂独无圣人哉？然而不能通其道者，不遇其世。夫鸟飞千仞之上，兽走丛薄之中，祸犹及之，又况编户齐民乎？由此观之，体道者不专在于我，亦有系于世矣。

夫历阳之都，一夕反而为湖，勇力圣知与罢怯不肖者同命；巫山之上，顺风纵火，膏夏紫芝与萧艾俱死[148]。故河鱼不得明目，稚稼不得育时，其所生者然也。故世治则愚者不能独乱，世乱智者不能独治；身蹈于浊世之中，而责道之不行也，是犹两绊骐骥而求其致千里也；置猿槛中，则与豚同，非不巧捷也，无所肆其能也。舜之耕陶也[149]，不能利其里；南面王，则德施乎四海，仁非能益也，处便而势利也。

古之圣人，其和愉宁静，性也；其志得道行，命也；是故性遭命而后能行，命得性而后能明。乌号之弓，溪子之弩[150]，不能无弦而射；越舲蜀艇[151]，不能无水而浮；今矰缴机而在上[152]，网罟张而在下，虽欲翱翔，其势焉得？故《诗》云："采采卷耳，不盈倾筐。嗟我怀人，寘彼周行。"[153]以言慕远世也！

①俶（chù）：开始、初始；真：真实、纯真、本真，即道的内涵；俶真：指宇宙初始时的状态，即道的本真面目。

②上述七句始见于《庄子·齐物论》，此下一段是对上述各句的逐一解释。

③繁愤：众多而积聚。

④兆：开始；牙：同芽；蘖（niè）：树木砍去后又长出的新枝。

⑤形埒：形状；垠堮（è）：边际，界限。

⑥无无：通茫茫；蠕蠕：蠕动状。

⑦兴：生。

⑧竞畅：相随一起流动于宇宙之间，竞追逐；畅：达，流动。

⑨被：承受；和：中和之气。

⑩茏（lóng）苁（cōng）：草木聚会，即茂盛。

⑪兆朕：即征兆、迹象。

⑫仿佛：模糊状。

⑬遂：成；大通：畅通；冥冥：指万物生成前宇宙的混沌状态。

⑭掺（sēn）：树高而众多状。

⑮苓茏：茂盛状。

⑯萑蔰（zhuī hù）：原注为“采色”貌。

⑰切循：原注：切：摩；循：顺。

⑱储与扈冶：原注为“褒大意也”，广大无边。

⑲隐仪：依靠测量仪器。

⑳闳：通宏，广大；不可为外：弄不清它外面的情况。

㉑不可为内：看不清它内部的细微状况。

㉒汪然：平静。

㉓光耀、无有：是虚拟的两个人。语见《庄子·知北游》。语中原文“闻”字，陈观楼认为应是“问”字。自失：若有所失。

㉔有无：无，指光，无形体和声音，但是一种存在物；无无：后一个无字也指光。

㉕大块：指天地。

㉖遁：隐。

㉗擭（huò）：大体上，约略。

㉘一：偶而；范：模具，这里是动词。

㉙公牛哀：春秋时人；转病：古书又称“注病”，转与注同义，传说病发时能变成虎食人。

㉚舛（chuǎn）：差错，违背。

㉛泮（pàn）：溶化。

㉜娆：烦挠。

㉝既：尽；漠：定、静。

㉞搀抢：彗星另名；衡杓：一说衡应为“冲”；杓：妖星；弥靡：弥漫。

㉟交：俱、都；被：承受；地德：五谷。

㊱大美兴：十分令人满意地列举；兴：同举。

㊲此两句见《庄子·庚桑楚》。

㊳炀（yàng）和：温和。

㊴解构：邂逅，引申为牵强附会。

㊵大员，指天；员：通圆；大方：指地。

㊶太清：最清净之物。

㊷太平：天下大治；大堂：明堂，能告朔行令之处；冥冥：指“道”。

㊸跂跃：造作，别扭。

㊹撢（tàn）掞（yǎn）：取物削尖使其锐利；撢：同探；挺：抽出；挏（dòng）：将物从上向下丢掷；这里隐喻费尽心机谋利。

㊺摸苏：摸索。

㊻弊摋（shā）：混杂。

㊼太素：质朴。

㊽辂（lù）：天子所乘之车，琬（wǎn）：玉器；象：象牙。

㊾《白雪》：古乐曲；清角：指古代五声“宫、商、角、徵、羽”中的商声。

㊿概：关系到。

(51)丽：经过；条风：春风。

(52)天钧：指大自然。

(53)孟门、终隆：均是山名。孟门山在今山西省吉县西；终隆山即终南山，在今西安市南。

(54)吕梁：水名，在今江苏徐州市东南。

(55)太行：即今太行山；石涧：深溪，溪谷名；飞狐：要隘名，指飞狐山。在今河北涞源县北；句望：要塞名，在雁门山，即今山西代县西北。

(56)一原：本原，指道。

(57)饮人以和：使人和顺；饮：给人以饮食。

(58)台：持；简：大。

(59)九门：天之门有九重，故称九门。

(60)设：分布；垓（gāi）坫（diàn）：原注作“垠堮”，边际。

(61)生一父母：即生于同一父母；阅：总；和：和谐之气、中和之气。

(62)肝胆胡越：胡：指北方民族；越：指南方人。肝胆相距近，如强调其不同处，那就虽近犹远，与胡越相距一样。

(63)一圈：在一个整体内。

(64)墨：墨翟；杨：杨朱；申：申不害；商：商鞅；都是战国时的思想家或法家。

(65)橑（lǎo）：古代车盖上的骨架，伞弓。

(66)保：通宝，贵重；九鼎：贵重的代表国家的宝物；规形：模具。

(67)周云：浓密的雨云。

(68)辽巢彭濞（bì）：云雨集聚状。

(69)数：指法度。

(70)奚仲：传说中发明车的人；伯乐：春秋时善于相马的人。

(71)涅：礬石，可染黑色；缁：用涅染成的黑色。

(72)芦苻：芦苇内层的薄膜；垽（yìn）：同垠，界限；敦庞：厚又宽。

(73)要御、夭遏：拦阻、阻断。

(74)袭：继承、因袭；重：重复。

(75)揣丸：揉成小圆形。

(76)脱：寄托；类：形象。

(77)声华：声誉荣耀；呕苻：抚养；妪掩：爱抚养育。

(78)挐（rú）：杂乱；烦：烦扰。

(79)消摇：逍遥；芒：同茫；仿佯：徘徊。

(80)牺尊：古代一种名贵酒器，雕刻成牺牛状；尊：古樽字。

(81)剞（jī）：雕刻用的刻刀；劂（jué）：雕刻用的曲凿。

(82)华藻：花纹；镈（bó）：装饰；鲜：鲜艳的色彩。

(83)越：散；华：不实；荡：逸，走失；伪：不诚；至精：最精纯的气；观：表现。

(84)趋舍：取舍。

(85)湫（qiū）：尽。

(86)断：决断；差跌：失败。

(87)宣：显露。

(88)三泉：与九泉义同，地下深处。

(89)揲（shé）贯：积累。

(90)蜚廉：兽名，长毛有翼；敦圄（yù）：兽名，似虎而小。

(91)营慧然：求名索利；营：谋划；慧：运用智谋。

(92)假：借；兼：加、添。

㉓暍（yē）：中暑。

㉔梣（chén）木：木名，又叫苦历，其皮可制药，即秦皮；青翳：一种眼病，即青光眼；蠃（luǒ）：蜗牛；蜗睆（huǎn）：一种眼病。

㉕涔（cén）：积水。

㉖块阜：小山。

㉗溷（hún）涀（xiǎn）：空虚无限。

㉘鸿濛：东方日出处；景柱：测日影用的圭表，量天表。

㉙浮扬：翱翔；畛（zhěn）：界限。

⑩颙颙（yóng）：仰慕的样子，通喁喁。

⑩领理：治理；决离：疏散。

⑩昧（mèi）昧晽（mào）晽：求知状。

⑩窾（kuǎn）：法则；埶（yín）：同垠、界域。

⑩姱挓：调和；姱：通挎。

⑩睢（suī）睢盱（xū）盱：仰视，张目直视。

⑩昆吾：夏朝部落名；夏后：即夏后氏，也是古部落，传说禹为其首领。

⑩浇：使变薄。

⑩绂（fú）：系官印的丝带；冕：天子、诸侯、卿、大夫所戴礼帽。

⑩悗（mán）：不明事理；觟（huà）：偏僻小径；离跂：自高自大。

⑩凿枘（ruì）：迎合、契合；错择：追逐。

⑪擢：拔掉；搴（qiān）：与擢同。

⑪招饶：通招摇；振缱：缠绵之意。

⑪摇消掉捎：摇动掉落之意。

⑪尚羊：倘（cháng）徉（yáng）、徘徊。

⑪劝：勉励。

⑪分分然：同纷纷然。

⑪汩（gǔ）：乱。

⑪燠（yù）：温暖。

⑪流沫：水流泛起的泡沫。

⑫形：表现。

⑫虚室生白：心中有了道，吉祥就到；虚室：指心；白：光明，指道。

⑫蒦（wō）：沾污。

⑫玄光：道之光；炤炤：光明；冥冥：黑暗。

⑫喟然：叹息；消铄灭息：烟消火灭，喻精神安全宁静。

⑫翣（shā）：雉羽制成的扇形装饰。

⑫儡（lěi）：通羸，疲惫。

⑫为人：为偶、伴侣。

⑫扃（jiōng）：门、兵车、鼎上起固定作用的横木，如门闩。引申为横在中间。

⑫《阳阿》：古舞名；蹀（dié）：踏。

⑬会：合；《绿水》：舞曲名；趋：节奏。

⑬终：整个过程，自始至终；辩解连环：连环：原指连成串的不易散开的玉器等物，现引申为难题。这是战国时诸子百家经常讨论的题目。

⑬蔚气：病气。

⑬攢（fèi）：击倒、抓；辟：排除。

⑬虿（chài）：蝎类毒虫；螫（shì）：毒虫以刺刺人；憺（dàn）：安适。

⑬噆（zǎn）：叮、咬。

⑬惨怛（dá）：痛悲、忧伤。

⑬禀：承受。

⑱濼（fán）：水暴溢。

⑲畴：培土。

⑭贾便其肆：贾：商人，经商；肆：店铺。

⑭九鼎重：传说王者休明则鼎重，奸佞当道则鼎轻。

⑭洛：指洛水；《丹书》：指《洛书》，统治者假托天意捏造写出的天书；河：指黄河；《绿图》：指《河畔》，传说江水中龟背出的图是绿色的。它们的出现象征帝王受天命的瑞兆。

⑭许由、方回、善卷、披衣：均是传说中尧时的隐士。

⑭燔（fán）：烧；辜：指分裂肢体的刑罚；炮烙：酷刑之一，令人在炭火燃烧的铜架上走，使之堕入火中致死；金柱：炮烙时用的铜柱。

⑭醢（hài）：将人剁为肉酱；菹（zū）：切碎；鬼侯、梅伯：纣时诸侯，梅伯说鬼侯之女美好，令纣妻之。女至，纣以为不好，故醢鬼侯之女，菹梅伯之骸也。一曰纣为无道，梅伯数谏，故菹其骸也。

⑭崤（yāo）山：在今陕西蓝田县；三川：原指泾、渭、汧（qiān）三条河流，均在陕西。

⑭铩（shā）：伤残；挤：拥聚、推。

⑭青夏：大而高的树林；紫芝：贵重草木；萧艾：野草。

⑭相传舜曾在历山种田，在河滨制做陶器。

⑮溪子：出产弓弩的国名。

⑮舲、艇：均为小船。

⑮矰缴：系有丝绳用以射鸟的短箭。

⑮寘（zhì）：放置、安置。

卷三　天文[①]训

天地未形，冯冯翼翼，洞洞灟灟，故曰太昭[②]。道始于虚廓[③]，虚廓生宇宙，宇宙生气[④]。气有涯垠，清阳者薄靡而为天，重浊者凝滞而为地。清妙之合专易[⑤]，重浊之凝竭难，故天先成而地后定。天地之袭精为阴阳，阴阳之专精为四时，四时之散精为万物[⑥]。积阳之热气生火，火气之精者为日；积阴之寒气为水，水气之精者为月；日月之淫为精者为星辰。天受日月星辰，地受水潦尘埃[⑦]。昔者共工与颛顼争为帝，怒而触不周之山，天柱折，地维绝[⑧]，天倾西北，故日月星辰移焉；地不满东南，故水潦尘埃归焉。

天道曰圆，地道曰方；方者主幽，圆者主明。明者，吐气者也，是故火曰外景；幽者，含气者也，是故水曰内景。吐气者施，含气者化[⑨]，是故阳施阴化。天之偏气，怒者为风；地之含气，和者为雨。阴阳相薄，感而为雷，激而为霆，乱而为雾。阳气胜则散而为雨露，阴气胜则凝而为霜雪。

毛羽者，飞行之类也，故属于阳；介鳞者，蛰伏之类也，故属于阴。日者，阳之主也，是故春夏则群兽除，日至而麋鹿解[⑩]；月者，阴之宗也，是以月虚而鱼脑减，月死而蠃蛖膲[⑪]。火上荨，水下流，故鸟飞而高，鱼动而下。物类相动，本标相应。故阳燧见日则燃而为火，方诸见月则津而为水[⑫]；虎啸而谷风至，龙举而景云属；麒麟斗而日月食，鲸鱼死而彗星出；蚕珥丝而商弦绝，贲星坠而勃海决[⑬]。人主之情，上通于天，故诛暴则多飘风[⑭]，枉法令则多虫螟，杀不辜则国赤地，令不收则多淫雨[⑮]。四时者，天之吏也；日月者，天之使也；星辰者，天之期也；虹霓彗星者，天之忌也[⑯]。

天有九野[⑰]，九千九百九十九隅[⑱]，去地五亿万里；五星，八风，二十八宿；五官，六府；

紫宫，太微，轩辕，咸池，四守，天阿[19]。

何谓九野？中央曰钧天[20]，其星角、亢、氐。东方曰苍天，其星房、心、尾。东北曰变天，其星箕、斗、牵牛。北方曰玄天，其星须女、虚、危、营室。西北方曰幽天，其星东壁、奎、娄。西方曰颢天，其星胃、昴、毕。西南方曰朱天，其星觜嶲、参、东井。南方曰炎天，其星舆鬼、柳、七星。东南方曰阳天，其星张、翼、轸[21]。

何谓五星[22]？东方，木也。其帝太皞[23]，其佐句芒[24]，执规而治春[25]。其神为岁星，其兽苍龙，其音角，其日甲乙[26]。南方，火也，其帝炎帝[27]，其佐朱明[28]，执衡而治夏。其神为荧惑，其兽朱鸟，其音徵，其日丙丁。中央，土也。其帝黄帝，其佐后土[29]，执绳而治四方。其神为镇星，其兽黄龙，其音宫，其日戊己。西方，金也。其帝少昊，其佐蓐收[30]，执矩而治秋。其神为太白，其兽白虎，其音商，其日庚辛。北方，水也。其帝颛顼，其佐玄冥[31]，执权而治冬。其神为辰星，其兽玄武，其音羽，其日壬癸。

太阴在四仲[32]，则岁星行三宿，太阴在四钩[33]，则岁星行二宿。二八十六，三四十二，故十二岁而行二十八宿。日行十二分度之一，岁行三十度十六分度之七，十二岁而周。

荧惑常以十月入太微，受制而出行列宿，司无道之国，为乱为贼，为疾为丧，为饥为兵；出入无常，辩变其色，时见时匿。

镇星以甲寅元始建斗，岁镇行一宿，当居而弗居，其国亡土；未当居而居之，其国益地，岁熟。日行二十八分度之一，岁行十三度百一十二分度之五，二十八岁而周。

太白元始以正月建寅，与荧惑晨出东方，二百四十日而入，入百二十日而夕出西方，二百四十日而入，入三十五日而复出东方。出以辰戌，入以丑未。当出而不出，未当入而入，天下偃兵；当入而不入，当出而不出，天下兴兵。

辰星正四时，常以二月春分效奎、娄，以五月夏至效东井、舆鬼，以八月秋分效角、亢，以十一月冬至效斗、牵牛。出以辰戌，入以丑未，出二旬而入。晨候之东方，夕候之西方。一时不出，其时不和；四时不出，天下大饥。

何谓八风[34]？距日冬至四十五日，条风至；条风至四十五日，明庶风至；明庶风至四十五日，清明风至，清明风至四十五日，景风至；景风至四十五日，凉风至；凉风至四十五日，阊阖风至；阊阖风至四十五日，不周风至；不周风至四十五日，广莫风至。

条风至，则出轻系，去稽留[35]；明庶风至，则正封疆，修田畴；清明风至，则出币帛[36]，使诸侯；景风至，则爵有位，赏有功；凉风至，则报地德，祀四郊[37]；阊阖风至，则收县垂[38]，琴瑟不张；不周风至，则修宫室，缮边城；广莫风至，则闭关梁，决刑罚。

何谓五官[39]？东方为田，南方为司马，西方为理，北方为司空，中央为都。

何谓六府[40]？子午、丑未、寅申、卯酉、辰戌、巳亥是也。

太微者，太一之庭也。紫宫者，太一之居也。轩辕者，帝妃之舍也。咸池者，水鱼之囿也。天阿者，群神之阙也。四宫者，所以为司赏罚[41]。太微者，主朱雀。紫宫执斗而左旋，日行一度，以周于天。

日冬至峻狼之山[42]，日移一度，凡行百八十二度八分度之五，而夏至牛首之山[43]，反覆三百六十五度四分度之一而成一岁。天一元始，正月建寅，日月俱入营室五度。天一以始建七十六岁，日月复以正月入营室五度无余分，名曰一纪。凡二十纪，一千五百二十岁大终，日月星辰复始甲寅元。日行一度，而岁有奇四分度之一，故四岁而积千四百六十一日，而复合故舍；八十岁而复故曰（日）。

子午、卯酉为二绳[44]。丑寅、辰巳、未申、戌亥为四钩。东北为报德之维也[45]，西南为背阴之维，东南为常羊之维[46]，西北为蹄通之维[47]。日冬至则斗北中绳[48]，阴气极，阳气萌，故曰冬至为德。日夏至则斗南中绳，阳气极，阴气萌，故曰夏至为刑[49]。阴气极，则北至北极，下至黄泉，故不可以凿地穿井。万物闭藏，蛰虫首穴[50]，故曰德在室。阳气极，则南至南极，上至朱天，故不可以夷丘上屋。万物蕃息，五谷兆长[51]，故曰德在野。日冬至则水从之，日夏至则火从之，故五月火正而水漏，十一月水正而阴胜。阳气为火，阴气为水，水胜故夏至湿，火胜故冬至燥。燥故炭轻，湿故炭重。日冬至，井水盛，盆水溢；羊脱毛，麋角解，鹊始巢；八尺之修，日中而景丈三尺[52]。日夏至而流黄泽[53]，石精出[54]；蝉始鸣，半夏生；蚊虻不食驹犊，鸷鸟不搏黄口[55]；八尺之景，修径尺五寸。景修则阴气胜，景短则阳气胜。阴气胜则为水，阳气胜则为旱。

阴阳刑德有七舍[56]。何谓七舍？室、堂、庭、门、巷、术、野。十二月德居室三十日，先日至十五日，后日至十五日而徙，所居各三十日。德在室则刑在野，德在堂则刑在术，德在庭则刑在巷，阴阳相德则刑德合门[57]。八月、二月，阴阳气均，日夜分平，故曰刑德合门。德南则生，刑南则杀，故曰二月会而万物生，八月会而草木死。

两维之间，九十一度十六分度之五而升[58]，日行一度，十五日为一节，以生二十四时之变。斗指子则冬至，音比黄钟[59]；加十五日指癸则小寒，音比应钟[60]；加十五日指丑则大寒，音比无射[61]；加十五日指报德之维，则越阴在地，故曰距日冬至四十六日而立春，阳气冻解，音比南吕[62]；加十五日指寅则雨水，音比夷则[63]；加十五日指甲则雷惊蛰，音比林钟[64]；加十五日指卯中绳，故曰春分则雷行，音比蕤宾[65]；加十五日指乙则清明风至，音比仲吕[66]；加十五日指辰则谷雨，音比姑洗[67]；加十五日指常羊之维则春分尽，故曰有四十六日而立夏，大风济，音比夹钟[68]；加十五日指巳则小满，音比太蔟[69]；加十五日指丙则芒种，音比大吕[70]。加十五日指午则阳气极，故曰有四十六日而夏至，音比黄钟；加十五日指丁则小暑，音比大吕；加十五日指未则大暑，音比太蔟；加十五日指背阳之维则夏分尽，故曰有四十六日而立秋，凉风至，音比夹钟；加十五日指申则处暑，音比姑洗；加十五日指庚则白露降，音比仲吕；加十五日指酉中绳，故曰秋分，雷戒，蛰虫北乡[71]，音比蕤宾；加十五日指辛则寒露，音比林钟；加十五日指戌则霜降，音比夷则；加十五日指蹄通之维则秋分尽，故曰有四十六日而立冬，草木毕死，音比南吕；加十五日指亥则小雪，音比无射；加十五日指壬则大雪，音比应钟。加十五日指子；故曰：阳生于子，阴生于午。阳生于子，故十一月日冬至，鹊始加巢，人气钟首[73]；阴生于午，故五月为小刑，荠、麦、亭历枯，冬生草木必死。

斗杓为小岁[74]，正月建寅，月从左行十二辰[75]。咸池为太岁，二月建卯，月从右行四仲[76]，终而复始。太岁迎者辱，背者强；左者衰，右者昌。小岁东南则生，西北则杀。不可迎也，而可背也；不可左也，而可右也，其此之谓也。大时者，咸池也；小时者，月建也[77]。

天维建元[78]，常以寅始起，右徙一岁而移，十二岁而大周天，终而复始。淮南元年冬，太一在丙子，冬至甲午，立春丙子。

二阴一阳成气二，二阳一阴成气三[79]。合气而为音，合阴而为阳，合阳而为律，故曰五音六律。音自倍而为日，律自倍而为辰，故日十而辰十二。

月日行十三度七十六分度之二十六，二十九日九百四十分日之四百九十九而为月，而以十二月为岁。岁有余十日九百四十分日之八百二十七，故十九岁而七闰。

日冬至子午，夏至卯酉。冬至加三日，则夏至之日也，岁迁六日，终而复始[80]。壬午冬至，甲子受制[81]，木用事，火烟青。七十二日丙子受制，火用事，火烟赤。七十二日戊子受制，土用事，火烟黄。七十二日庚子受制，金用事，火烟白。七十二日壬子受制，水用事，火烟黑。七十二日而岁终，庚子受制。岁迁六日，以数推之，七十岁而复至甲子。

甲子受制，则行柔惠，挺群禁，开阖扇[82]，通障塞，毋伐木。丙子受制，则举贤良，赏有功，立封侯，出货财。戊子受制，则养老鳏寡，行粰鬻[83]，施恩泽。庚子受制，则缮墙垣，修城郭，审群禁，饰兵甲，儆百官，诛不法。壬子受制，则闭门闾，大搜客，断刑罚，杀当罪，息关梁，禁外徙。

甲子气燥浊，丙子气燥阳，戊子气湿浊，庚子气燥寒，壬子气清寒。丙子干甲子[84]，蛰虫早出，故雷早行；戊子干甲子，胎夭卵毈，鸟虫多伤；庚子干甲子，有兵；壬子干甲子，春为霜。戊子干丙子，霆；庚子干丙子，夷[85]；壬子干丙子，雹；甲子干丙子，地动。庚子干戊子，五谷有殃；壬子干戊子，夏寒雨霜；甲子干戊子，介虫不为；丙子干戊子，大旱，苽封熯[86]。壬子干庚子，大刚，鱼不为[87]；甲子干庚子，草木再死再生；丙子干庚子，草木复荣；戊子干庚子，岁或存或亡。甲子干壬子，冬乃不藏；丙子干壬子，星队[88]；戊子干壬子，蛰虫冬出其乡；庚子干壬子，冬雷其乡。

季春三月，丰隆乃出，以将其雨[89]。至秋三月，地气不藏，乃收其杀，百虫蛰伏，静居闭户，青女乃出[90]，以降霜雪，行十二时之气，以至于仲春二月之夕，乃收其藏而闭其寒。女夷鼓歌，以司天和[91]，以长百谷禽鸟草木。孟夏之月，以熟谷禾，雄鸠长鸣，为帝候岁[92]。是故天不发其阴，则万物不生；地不发其阳，则万物不成。天圆地方，道在中央。日为德，月为刑，月归而万物死，日至而万物生。远山则山气藏，远水则水虫蛰，远木则木叶槁；日五日不见，失其位也，圣人不与也[93]。

日出于旸谷，浴于咸池，拂于扶桑，是谓晨明[94]。登于扶桑，爰始将行，是谓朏明[95]。至于曲阿，是谓旦明[96]。至于曾泉，是谓蚤食[97]。至于桑野，是谓晏食[98]。至于衡阳，是谓隅中[99]。至于昆吾[100]，是谓正中。至于鸟次，是谓小还[101]。至于悲谷，是谓餔时[102]。至于女纪，是谓大还[103]。至于渊虞，是谓高舂[104]。至于连石，是谓下舂[105]。至于悲泉，爰止其女，爰息其马，是谓县车[106]。至于虞渊[107]，是谓黄昏。至于蒙谷，是谓定昏[108]。日入于虞渊之汜，曙于蒙谷之浦[109]。行九州七舍，有五亿万七千三百九里，禹以为朝、昼、昏、夜。夏日至则阴乘阳[110]，是以万物就而死；冬日至则阳乘阴，是以万物仰而生。昼者阳之分[111]，夜者阴之分，是以阳气胜则日修而夜短，阴气胜则日短而夜修。

帝张四维，运之以斗，月徙一辰，复反其所：正月指寅，十二月指丑，一岁而匝，终而复始。指寅则万物螾螾也[112]，律受太蔟。太蔟者，蔟而未出也。指卯，卯则茂茂然，律受夹钟。夹钟者，种始荚也[113]。指辰，辰则振之也，律受姑洗。姑洗者，陈去而新来也[114]。指巳，巳则生已定也，律受仲吕。仲吕者，中充大也[115]。指午，午者忤也，律受蕤宾。蕤宾者，安而服也[116]。指未，未昧也，律受林钟。林钟者，引而止也[117]。指申，申者呻之也，律受夷则。夷则者，易其则也，德以去矣。指酉，酉者饱也[118]，律受南吕。南吕者，任包大也[119]。指戌，戌者灭也，律受无射。无射，入无厌也。指亥，亥者阂也，律受应钟。应钟者，应其钟也。指子，子者兹也，律受黄钟。黄钟者，钟已黄也[120]。指丑，丑者纽也[121]，律受大吕。大吕者，旅旅而去也[122]。其加卯酉，则阴阳分，日夜平矣。故曰：规生矩杀，衡长权藏，绳居中央，为四时根。

道曰规，始于一，一而不生[123]，故分而为阴阳，阴阳合和而万物生。故曰："一生二，二生三，三生万物。"[124]天地三月而为一时，故祭祀三饭以为礼[125]，丧纪三踊以为节[126]，兵重三罕以为制[127]。以三参物[128]，三三如九，故黄钟之律九寸而宫音调，因而九之，九九八十一，故黄钟之数立焉。黄者，土德之色；钟者，气之所种也[129]。日冬至，德气为止，土色黄，故曰黄钟。律之数六，分为雌雄[130]，故曰十二钟，以副十二月。十二各以三成，故置一，而十一三之，为积分十七万七千一百四十七，黄钟大数立焉[131]。

凡十二律，黄钟为宫，太蔟为商，姑洗为角，林钟为徵，南吕为羽。物以三成，音以五立，三与五如八；故卵生者八窍。律之初生也，写凤之音，故音以八生。黄钟为宫，宫者，音之君也[132]；故黄钟位子，其数八十一，主十一月，下生林钟。林钟之数五十四，主六月，上生太蔟。太蔟之数七十二，主正月，下生南吕。南吕之数四十八，主八月，上生姑洗。姑洗之数六十四，主三月，下生应钟。应钟之数四十二，主十月，上生蕤宾。蕤宾之数五十七，主五月，上生大吕。大吕之数七十六，主十二月，下生夷则。夷则之数五十一，主七月，上生夹钟。夹钟之数六十八，主二月，下生无射。无射之数四十五，主九月，上生仲吕。仲吕之数六十，主四月，极不生[133]。

徵生宫，宫生商，商生羽，羽生角[134]。角生姑洗，姑洗生应钟，比于正音，故为和[135]。应钟生蕤宾，不比正音，故为缪[136]。日冬至，音比林钟，浸以浊；日夏至，音比黄钟，浸以清[137]；以十二律应二十四时之变[138]。甲子，仲吕之徵也；丙子，夹钟之羽也；戊子，黄钟之宫也；庚子，无射之商也；壬子，夷则之角也。

古之为度量轻重，生乎天道。黄钟之律修九寸，物以三生，三九二十七，故幅广二尺七寸。音以八相生，故人修八尺，寻自倍[139]，故八尺而为寻。有形则有声，音之数五，以五乘八，五八四十，故四丈而为匹。匹者，中人之度也，一匹而为制[140]。秋分蔈定，蔈定而禾熟[141]。律之数十二，故十二蔈而当一粟，十二粟而当一寸。律以当辰，音以当日，日之数十，故十寸而为尺，十尺而为丈。其以为量，十二粟而当一分，十二分而当一铢，十二铢而当半两；衡有左右，因倍之，故二十四铢为一两。天有四时以成一岁，因而四之，四四十六，故十六两而为一斤。三月而为一时，三十日为一月，故三十斤为一钧。四时而为一岁，故四钧而为一石[142]。其以为音也，一律而生五音，十二律而为六十音，因而六之，六六三十六，故三百六十音以当一岁之日。故律历之数，天地之道也。下生者倍，以三除之；上生者四，以三除之。

太阴元始，建于甲寅，一终而建甲戌，二终而建甲午，三终而复得甲寅之元。岁徙一辰，立春之后，得其辰而迁其所顺[143]，前三后五，百事可举。太阴所建，蛰虫首穴而处，鹊巢乡而为户。太阴在寅，朱鸟在卯，句陈在子，玄武在戌，白虎在酉，苍龙在辰。寅为建，卯为除[144]；辰为满，巳为平，主生；午为定，未为执，主陷[145]；申为破，主衡；酉为危，主杓；戌为成，主少德；亥为收，主大德；子为开，主太岁；丑为闭，主太阴。

太阴在寅，岁名曰摄提格[146]，其雄为岁星，舍斗、牵牛，以十一月与之晨出东方，东井、舆鬼为对[147]；太阴在卯，岁名曰单阏，岁星舍须女、虚、危，以十二月与之晨出东方，柳、七星、张为对；太阴在辰，岁名曰执除，岁星舍营室、东壁，以正月与之晨出东方，翼、轸为对；太阴在巳，岁名曰大荒落，岁星舍奎、娄，以二月与之晨出东方，角、亢为对；太阴在午，岁名曰敦牂[148]，岁星舍胃、昴、毕，以三月与之晨出东方，氐、房、心为对。太阴在未，岁名曰协洽，岁星舍觜嶲、参，以四月与之晨出东方，尾、箕为对；太阴在申，岁名曰涒滩[149]，岁星舍东井、舆鬼，以五月与之晨出东方，斗、牵牛为对；太阴在酉，岁名曰作鄂，岁星舍柳、七星、张，以六月与之晨出东方，须女、虚、危为对；太阴在戌，岁名曰阉茂，岁星舍翼、轸，以七月与之晨出东方，营室、东壁为对；太阴在亥，岁名曰大渊献，岁星舍角、亢，以八月与之晨出东方，奎、娄为对；太阴在子，岁名曰困敦，岁星舍氐、房、心，以九月与之晨出东方，胃、昴、毕为对；太阴在丑，岁名曰赤奋若，岁星舍尾、箕，以十月与之晨出东方，觜嶲、参为对。

太阴在甲子，刑德合东方宫[150]，常徙所不胜[151]，合四岁而离，离十六岁而复合。所以离者，刑不得入中宫，而徙于木。太阴所居，日德，辰为刑[152]。德，纲日自倍因，柔日徙所不胜[153]。刑，水辰之木，木辰之水，金火立其处。凡徙诸神，朱鸟在太阴前一，钩陈在后三，玄武在前五，白虎在后六，虚星乘钩陈，而天地袭矣[54]。凡日，甲刚乙柔，丙刚丁柔，以至于癸。

木生于亥，壮于卯，死于未，三辰皆木也。火生于寅，壮于午，死于戌，三辰皆火也。土生于午，壮于戌，死于寅，三辰皆土也。金生于巳，壮于酉，死于丑，三辰皆金也。水生于申，壮于子，死于辰，三辰皆水也。故五胜，生一，壮五，终九[55]；五九四十五，故神四十五日而一徙，以三应五，故八徙而岁终[56]。

凡用太阴，左前刑，右背德，击钩陈之冲辰[57]，以战必胜，以攻必克。欲知天道，以日为主，六月当心[58]，左周而行，分而为十二月。与日相当[59]，天地重袭，后必无殃。

星，正月建营室[60]，二月建奎、娄，三月建胃，四月建毕，五月建东井，六月建张，七月建翼，八月建亢，九月建房，十月建尾，十一月建牵牛，十二月建虚。

星分度[61]：角十二，亢九，氐十五，房五，心五，尾十八，箕十一四分一；斗二十六，牵牛八，须女十二，虚十，危十七，营室十六，东壁九；奎十六，娄十二，胃十四，昴十一，毕十六，觜巂二，参九；东井三十三，舆鬼四，柳十五，星七，张、翼各十八，轸十七。凡二十八宿也[62]。

星部地名[63]：角、亢：郑；氐、房、心：宋；尾、箕：燕；斗，牵牛：越；须女：吴；虚、危：齐；营室、东壁：卫；奎、娄：鲁；胃、昴、毕：魏；觜巂、参：赵；东井、舆鬼：秦；柳、七星、张：周；翼、轸：楚。

岁星之所居，五谷丰昌；其对为冲，岁乃有殃；当居而不居[64]，越而之他处，主死国亡。太阴治春则欲行柔惠温凉[65]；太阴治夏则欲布施宣明；太阴治秋则欲修备缮兵；太阴治冬则欲猛毅刚强。三岁而改节，六岁而易常[66]，故三岁而一饥，六岁而一衰[67]，十二岁一康。

甲齐，乙东夷；丙楚，丁南夷；戊魏，己韩；庚秦，辛西夷；壬卫，癸越。子周，丑翟，寅楚，卯郑，辰晋，巳卫，午秦，未宋，申齐，酉鲁，戌赵，亥燕[68]。

甲乙、寅卯，木也[69]；丙丁、巳午，火也；戊己，四季，土也；庚辛、申酉，金也；壬癸、亥子，水也。水生木，木生火，火生土，土生金，金生水。子生母曰义，母生子曰保，子母相得曰专[70]；母胜子曰制，子胜母曰困[71]。以胜击杀，胜而无报[72]；以专从事而有功；以义行理名立而不堕；以保畜养，万物蕃昌；以困举事，破灭死亡。

北斗之神有雌雄[73]，十一月始建于子，月从一辰，雄左行，雌右行。五月合午，谋刑；十一月合子，谋德[74]。太阴所居辰为厌日，厌日不可以举百事。堪舆徐行[75]，雄以音知雌，故为奇辰[76]。数从甲子始，子母相求[77]，所合之处为合[78]。十日十二辰，周六十日，凡八合。合于岁前则死亡，合于岁后则无殃。

甲戌，燕也；乙酉，齐也；丙午，越也；丁巳，楚也；庚申，秦也；辛卯，戎也；壬子，代也；癸亥，胡也；戊戌、己亥，韩也；己酉、己卯，魏也；戊午、戊子，八合天下也[79]。太阴、小岁、星、日、辰五神皆合，其日有云气风雨，国君当之[80]。天神之贵者，莫贵于青龙，或曰天一，或曰太阴。太阴所居，不可背而可乡[81]。北斗所击，不可与敌。

天地以设[82]，分而为阴阳。阳生于阴，阴生于阳。阴阳相错，四维乃通；或生或死，万物乃成。蚑行喙息，莫贵于人。孔窍肢体，皆通于天。天有九重，人亦有九窍；天有四时以制十二月，人亦有四肢以使十二节[83]；天有十二月以制三百六十日，人亦有十二肢以使三百六十节[84]。故举事而不顺于天者，逆其生者也。

以日冬至数来岁正月朔日[85]，五十日者，民食足；不满五十日，日减一斗；有余日，日益一升。有其岁司也[86]。（参见下页插图）摄提格之岁，岁早水晚旱，稻疾，蚕不登[87]，菽、麦昌，民食四升：寅；在甲曰阏蓬[88]。单阏之岁，岁和，稻、菽、麦、蚕昌，民食五升：卯；在乙曰旃蒙[89]。执徐之岁，岁早旱晚水，小饥，蚕闭，麦熟，民食三升：辰；在丙曰柔兆[90]。大荒落之岁，岁有小兵，蚕小登，麦昌，菽疾，民食二升：巳；在丁曰强圉[91]。敦牂之岁，岁大旱，蚕登，稻疾，菽、麦昌，禾不为[92]，民食二升：午；在戊曰著雍[93]。协洽之岁，岁有小兵，蚕登，稻昌，菽、麦不为，民食三升：未；在己曰屠维[94]。涒滩之岁，岁和，小雨行，蚕登，菽、麦昌，民食三升：申；在庚曰上章[95]。作鄂之岁，岁有大兵，民疾，蚕不登，菽、麦不为，禾虫，民食五升：酉；在辛曰重光[96]。掩茂之岁，岁小饥，有兵，蚕不登，麦不为，菽昌，民食七升：戌；在壬曰玄黓[97]。大渊献之岁，岁有大兵，大饥，蚕开，菽、麦不为，禾虫，民食三升。困敦之岁，岁大雾起，大水出，蚕、稻、麦昌，民食三斗：子；在癸曰昭阳[98]。赤奋若之岁，岁有小兵，早水，蚕不出，稻疾，菽不为，麦昌，民食一升。

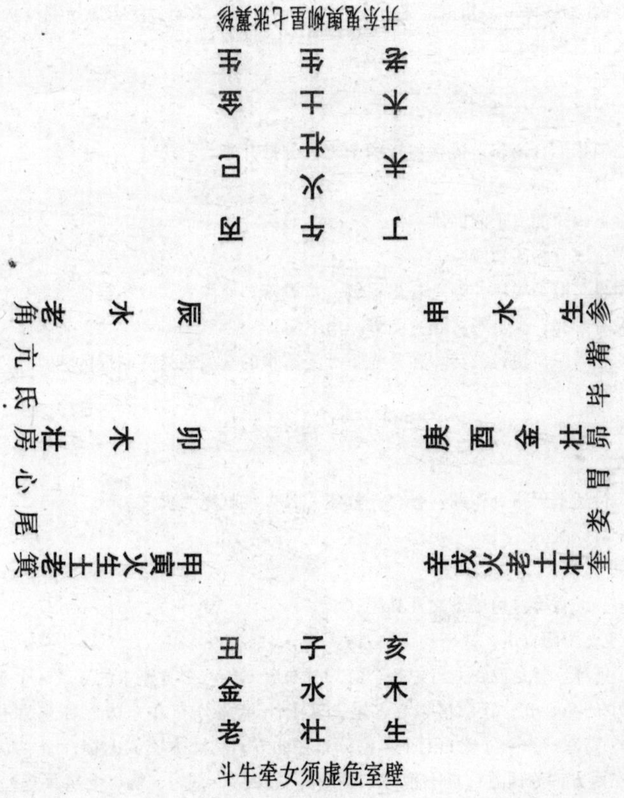

井东鬼柳星七张翼轸
丁 未 木老
午 火壮 土生
丙 巳 金生

参觜毕昴胃娄奎
申 水 生
庚 酉 金 壮
辛 戌 火老 土壮

角亢氐房心尾箕
辰 水 老
卯 木 壮
甲 寅 火生 土老

亥 木 生
子 水 壮
丑 金 老
斗牛牵女须虚危室壁

正朝夕[99]：先树一表东方[100]，操一表却去前表十步，以参望日始出北廉；日直入[101]，又树一表于东方，因西方之表以参望日，方入北廉则定东方。两表之中，与西方之表，则东西之正也。日冬至，日出东南维，入西南维。至春、秋分，日出东中，入西中。夏至，出东北维，入西北维。至则正南。

欲知东西、南北广袤之数者，立四表以为方一里距[102]。先春分若秋分十余日[103]，从距北表参望日始出及旦，以候相应[104]，相应则此与日直也，辄以南表参望之，以入前表数为法[105]，除举广，除立表袤，以知从此东西之数也。假使视日出，入前表中一寸，是寸得一里也。一里积万八千寸[106]，得从此东万八千里。视日方入，入前表半寸，则半寸得一里。半寸而除一里积寸，得三万六千里，除则从此西里数也。并之东西里数也，则极径也[107]。

未春分而直，已秋分而不直，此处南也；未秋分而直，已春分而不直，此处北也；分至而直，此处南北中也[208]。从中处欲知中南也，未秋分而不直，此处南北中也。从中处欲知南北极远近，从西南表参望日，日夏至始出与北表参，则是东与东北表等也；正东万八千里，则从中北亦万八千里也。倍之，南北之里数也。其不从中之数也[209]，以出入前表之数益损之。表入一寸，寸减日近一里；表出一寸，寸益远一里。

欲知天之高，树表高一丈，正南北相去千里，同日度其阴。北表一尺[210]，南表尺九寸，是南千里阴短寸，南二万里则无景，是直日下也[211]。阴二尺而得高一丈者，南一而高五也。则置从此南至日下里数，因而五之，为十万里，则天高也。若使景与表等，则高与远等也。

---

①天文：指日月星辰等天体在宇宙间分布及运行的现象。古人把风、云、雨、露、霜、雪等地文现象也列入天文范围。

②冯冯翼翼、洞洞灟灟（zhú）：无形，指混沌未分没有形象的状态；太昭：宇宙原始混沌状态。

③虚廓：指有而若无、实而若虚的空旷状态。

④气：指构成天地万物的元气。

⑤轻妙：指轻清之气；合专：专，通抟（tuán），与合同义。

⑥袭精、专精：指气中之精华汇合调和；散精：指精华之气分散开来。

⑦潦（lǎo）：积水。

⑧地维绝：地有四角，维系四角的绳子叫四维。

⑨施：给予；化：自然界生成万物的功能。

⑩除：指春夏季交接之间兽类旧毛脱落，新毛长出；解：指脱落，原注为“日冬至麋角解，日夏至鹿角解”。

⑪月虚：月亏；月死：没有月亮；蠃：螺；膲（jiāo）：肉不满。

⑫阳燧：聚日光以取火的金属凹面镜；方诸：在月光下承受露水的金属或蚌壳制成的器具。

⑬珥（èr）：通咡，吐；泱：海水溢漫。

⑭诛暴：刑罚暴虐；飘风：巨风。

⑮令不收：法令不合时宜。

⑯吏：官吏；使：使节，传达上天指令；期：会合；虹霓：古人视虹霓为灾气。

⑰九野：天区的九个部分。

⑱隅：角落，“野”内的小区。

⑲五星、八风、二十八宿、五官等：均见下文及其注。

⑳钧天：原注：“钧：平也，为四方主，故曰钧天”；钧：均。

㉑本段对九野的内容作了解释。就是说，九野中每个野均分布着二十八个星座中的3或4个星座。它与东南西北四方分布的星座略有不同：二十八宿中的角、亢、氐、房、心、尾、箕七个星座分布在东方，称东方苍龙七宿；斗（南斗）、牵牛（牛）、须女（婺女）、虚、危、营室、东壁（壁）七个星座分布在北方，称北方玄武七宿；奎、娄、胃、昴（mǎo）、毕、觜嶲（zī xī）（觜、觜觿）、参分布在西方，称西方白虎七宿；东井（井）、舆鬼（鬼）、柳、七星（星）、张、翼、轸（zhěn）七个星宿分布在南方，称南方朱雀七宿。

㉒五星：本段所释五星，指金、木、水、火、土五星。

㉓太皞：伏羲氏，东方之神。

㉔句（gōu）芒：木神。

㉕规：圆规，古时将规、衡、绳、矩、权五种测量器具称为五器，并与五行及时令相配，规配春；下文执衡、执绳、执矩、执权均同此义。

㉖古时将音调分为宫、商、角、徵、羽五音，与五行联系相配，角配木、宫配土、商配金、徵配火、羽配水；日：指天干，即甲乙丙丁戊己庚辛壬癸十干，与五行配对：甲乙配木，丙丁配火、戊己配土，庚辛配金、壬癸配水。

㉗炎帝：神农氏。

㉘朱明：即祝融，火神。

㉙黄帝：即轩辕氏，中央之帝；后土：土神。

㉚少昊：又称少皞，西方之帝；蓐（rù）收：西方之神。

㉛颛（zhuān）顼（xū）：即高阳氏，北方之帝；玄冥：水神。

㉜太阴：即太岁、岁阴。古代天文中假设的星名，它与岁星相对应，二者的运行方向相反。四仲：仲：中，指十二辰中的卯、酉、子、午四辰所代表的天区分别在正东、正西、正北、正南，因是居中部位，故称四仲。

㉝四钩：指四仲以外的其它八个辰次，每二个辰次为一钩。

㉞八风：不同季节时令来自八方的风，初春时来自东北方的风称条风，代表立春；来自东方的春分时节的风称明庶风，代表春分；立夏时节来自东南方的风称清明风，代表立夏；夏至时节吹来的南风称景风，代表夏至；立秋时生起的西南风称凉风，代表立秋；秋分时吹的西风称阊阖风，代表秋分；立冬时吹的西北风称不周风，代表立冬；冬至时吹起的北风称广莫风，代表冬至。

㉟轻系：犯罪轻的囚犯；稽留：周时监狱名。

㊱币帛：古时馈赠或祭祀用的礼物，也泛指财物。

㊲报地德：报答土地长出谷物的恩德；郊：指神。

㊳收县垂：县：同悬，指将悬挂着的乐器收起来。

㊴五官：指田，又叫司农，即田官，主管农业；司马，主管军事；理，主管司法；司空，主管土木建筑及营造器物；都，即都官，总管四方之官。

㊵六府：指天庭储存财物的府库，原注为：五官……加以谷"，五官各有一府，加上谷府，即为六府。

㊶四宫：指紫宫、轩辕、咸池、天阿四个星官。另说是四守之误。

㊷峻狼之山：也称南极之山。

㊸牛首之山：也称北极之山。

㊹二绳：绳：直线，子与午连成一直线，卯与酉连成一直线。

㊺报德之维：报：回复；德：五行说中以四季中的旺气为德；维：角。指东北角位于由阴回复为阳的转折处。

㊻常羊：通徜徉，徘徊，意谓东南为纯阳用事，不盛不衰。

㊼蹄通之维：蹄是号的误写，即呼号以通天庭之处。

㊽斗北中绳：指北斗指向北时，正好与子午线相合；中：符合。

㊾刑：杀，意指夏至时肃杀之气萌生，将使万物入秋凋残。

㊿首穴：向着洞穴。

(51)兆长：生长。

(52)八尺之修：八尺，指八尺长的测日影的表，修：长；景：影。

(53)流黄泽：流黄即琉璜；泽：聚水的地方。

(54)石精：一种彩色玉石。

(55)黄口：雏鸟。

(56)舍：居室，七舍，指刑德二气在天空居留的七个区。

(57)术：邑中道路；合门：在门舍会合；德：通得。

(58)两维之间：两维原注为"自东北至东南为两维，匝四维三百六十五度四分度之一。一度者二千九百三十二里千四百六十一分里至三百四十八，"这是说周天的一度实际距离合 $2932\frac{348}{1461}$里。

(59)~(71)比：从，类于；黄钟：古代乐律中十二律之第一律，各律的名称从最长管称起，依次是：黄钟、大吕、太簇（còu）、夹钟、姑洗、仲吕、蕤（ruí）宾、林钟、夷则、南吕、无射（yì）、应钟。同时，古人又将乐律与阴阳五行、历法比配起来，这里便是将十二律与二十四节气比配的情况。

(72)雷戒：雷声禁匿；戒：禁；乡：通向，指蛰虫北向钻穴伏藏。

(73)人气：人体中运行之气；钟：集中；首：头部。

(74)斗杓：即北斗柄；小岁：指无闰月之年，只有 12 个月。

(75)建寅：星宿指向或处在某辰位叫建，常用于斗柄所指确定月份，以斗柄指向寅辰为元月；左行：从东向南再向西向北是左行，相当于顺时针方向；从西向南再向东向北是右行，相当于逆时针方向。十二辰：用十二地支表示的十二个区，一辰对一个月。

(76)太岁：即大岁，有闰月之年，有 13 个月；月行四仲：每个月行经四仲中的一仲，四个月一周期，一年四周。

(77)大时：即大岁，指四季；小时：即小岁，指月；月建：以斗柄所指确定月份，如指寅为正月，指卯为二月等。

(78)维：语助词；建元：确定纪元的第一年。

(79)二阴一阳两句：意为两个阴数加一个阳数就能合成两种气，两个阳数加一个阴数就能合成三种气，二气加三气等于五音。

⑧句意是：如冬至在子日、夏至则在卯日；冬至在午日，夏至则在酉日；子至卯、午至酉各相隔三，所以说冬至到夏至之间必须加三天，加上夏至到冬至三天，一年就加移六天。

⑧受制：受命，意谓甲子代表五行之气之一气受天帝的制令主宰某个时节。

⑧挺：宽待，宽松；禁：禁令；阖扇：木门。

⑧稃（fū）：同麸；鬻（zhōu）：粥。行稃鬻：煮麸皮米粥。

⑧干：犯、冲犯；句意为：本该甲子受制却行丙子令，即冬行春令。

⑧夷：通痍；创伤。

⑧苽（gū）封：茭白之大者，苽：即茭白，蔬菜之一种；熯（hàn）：烤干。

⑧大刚：过份强劲；大：通太，过份；刚：强劲；不为：不成。

⑧队：同坠；陨落。

⑧丰隆：云师；将：行。

⑨青女：原注为："天神青霄玉女，主霜雪也"。

⑨女夷：女神名，原注为"主春夏长养之神也"；天和：天上和顺之气。

⑨鸠：原注为："布谷也"；候：候望，有预告之意。

⑨与：通豫，喜悦之意。

⑨旸谷：亦作汤谷，神话中日出之处；咸池：神话中日沐浴之池；拂：经过；扶桑：东方神木名，日出其下；晨明：曙光初照时。

⑨爰（yuán）：乃，语助词；朏（fěi）明：黎明时。

⑨曲阿：山名；旦明：又称平旦，指天亮时。

⑨曾泉：神话中地名，多水之地；曾：层、重；蚤：早。

⑨桑野：东方地名；晏：晚于早饭之时。

⑨衡阳：神话中地名；隅中：将近中午时；隅：靠近。

⑩昆吾：神话中南方山名。

⑩鸟次：神话中西南山名；小还：指太阳过正午始向西偏。

⑩悲谷：神话中西南方的大峡谷；馆（bǔ）时：吃晚饭时，馆：食。

⑩女纪：神话中西北方地名；大还：指日更偏西。

⑩渊虞：神话中地名；高舂（chōng）：舂米时多在傍晚。

⑩连石：神话中西北山名；下舂：停止舂谷时，时间更晚些。

⑩悲泉：地名；女：指羲和，为太阳驾车；县：通悬，县车，即停车。

⑩虞渊：神话中地名。

⑩蒙谷：神话中北极山名；定昏：黄昏之后，天色全黑。

⑩汜（sì）：水边；曙：日出；浦：水滨。

⑪阴乘阳：乘：胜，夏至时阳气旺盛至最高时，阴气开始抬头。

⑪分：一半。

⑪螾（yǐn）：动的样子，萌动。

⑪种始荚：豆类的种子成熟时裂开的称荚，植物种子内胚芽开始冲破外壳向外生长。

⑪姑：故、陈，过去的事物。

⑪仲：中；吕：大；句意为仲吕就是中间生长壮大。

⑪蕤：草木花下垂貌，形容温柔，这里释为安；宾：服；句意是五月阴气将升居主位，阳气将要让到宾位，服阴气。

⑪林：通綝（chēn）：止的意思，指万物停止生长。

⑪酉："就"的意思。《说文》："酉，就也，八月黍成，可以酎酒。"意思是说，八月粮食成熟，可以饱食了。

⑪南：任；包：通苞，草木茂盛。句意指八月阴气助万物丰收。

⑫兹：通滋，增长；钟：集中；黄：指土；已：以。

⑫纽：结扣，物之开合处，这里指12月为阴阳之交，故以纽为形容。

⑫旅：众；旅旅而去：指12月阳气渐强，阴气纷纷而退。

⑫一：指宇宙形成前混沌未分的状态，道始于一：同"道始于虚廓"。

㉔语出《老子》第四十二章："道生一、一生二，二生三，三生万物"。这里的"二"，一般认为是指阴阳二气，"三"指阴阳合而生的和气。

㉕三饭：古时祭祀时由一人代死者受祭，称尸，祭祀者要向尸献饭三次，每次三（碗）饭，仪式才结束。

㉖三踊：踊：搥胸顿足嚎哭；节：礼节；古时丧事，丧主人应三次稽颡成踊，每次哭踊三回，共九次。

㉗三罕：三令。

㉘参：检验；以三参物：用三这个数字来检验事物。

㉙种：聚集。

㉚雌雄：阴阳。

㉛十二各以三成：十二律管的"积"（容积和管长）每一管都是以三作乘数计算而成的；置一：设首律管为"一"；十一三之：另十一管的积数都用三乘，最后，黄钟十二律管气柱的总数就是黄钟大数，单位是立方分。

㉜君：主、基础，指同一音阶系列中的主音。

㉝极不生：极：终，意为黄钟十二律到此已尽，全部产生，不再相生。

㉞徵生宫、宫生商：刘绩、王念孙认为应是：宫生徵、徵生商。

㉟姑洗生应钟：同㉞，生应为主；比：人、近；和：即变宫，调和正音之谓也，比宫音低半音的音阶。

㊱缪（mù）：通穆，也是和的意思，即调和正音，比徵半音的音阶。

㊲浸：逐渐；浊：变浊；浊在音乐中指低音，律管越长越粗音越低；清：变清，清在音乐中指高音，律管越短越细音越高。

㊳此句说明为什么十二律要从夏至起顺排、冬至起逆排的原因，是为了适应二十四节气的变化。

㊴寻：丈，寻长是两臂平伸之长的一倍，等于人身长。

㊵制：裁衣，句意是一匹布是裁制一身衣裳所必需的。

㊶藨（biāo）：禾穗的芒尖；定：成熟定形。

㊷一石：石：重量单位，一石等于 120 斤。

㊸得其辰：得到当年应处的辰次；迁其所顺：运行到顺应规律应处之地。

㊹古人用建、除、满、平、定、执、破、危、成、收、开、闭十二字与十二地支相配，用以附会日子的吉凶，就叫建除十二神。

㊺陷：攻克。

㊻摄提格：太岁年名，也叫岁阴。是纪年用十二支的异名。

㊼为对：与之处相反方向，即相对应。

㊽敦牂（zāng）：敦：盛；牂：壮；意为万物皆盛壮。

㊾涒（tūn）：大；滩：修；涒滩：万物都修其精气。

㊿刑：杀气、阴气；德：旺气、阳气；合：聚合，同处在一宫中；宫：星官所处的天区。刑德配合：二十年为一周期；德以东西南北中为序，刑以东西南北为序，太岁在甲子、德在甲、刑在卯；甲为东，卯亦居东，所以说刑德配合东方宫。

(151)胜：制服；所不胜：不能被某宫之神制服。

(152)日德：意即日为德；日：指十日干，太阴所居，叫十干，干从日，故曰德；辰，指十二辰，即十二支，支从月，故曰刑。

(153)纲：通刚，阳也；因：因袭；用十天干记日，十日分刚柔，即阴阳；其中甲、丙、戊、庚、壬为奇数，是刚日，属阳德；乙、丁、己、辛、癸是柔日，属阴德；运行时，阳德自处，阴德须通过阳德体现，这等于乘了一倍，所以说自倍因。

(154)袭：和。

(155)五胜：五行相克，即水胜火，火胜金、金胜木、木胜土、土胜水；生一、壮五、终九：本节是讲五行之气和十二辰所代表的季节的关系，就是由季节所决定的五行之气生发、旺盛、衰息的变化规律。所谓生、壮、死只是赋予五行之气以生命的形象说法。五行之气的生命过程跨九个月，都是第一个月生，第五个月壮，第九个月死。

(156)以三应五：三：辰；五：五行；以三辰与五行相配，得八；八徙：太阳运行八个时段；岁终：一年运行完毕。即太阳运行八个时段就是一年。

(157)太阴句：古代阴阳家"顺阴阳"的说法与本文相符：太阴属阴，顺阴行事则吉，逆阴行事则凶。左、前为阳，逆阴；右、背为阴，顺阴。就人事说，取左方、前方不利，取后方、右方有利。冲辰：冲犯其它星辰。

(158)日：太阳；心：中。

(159)与日相当：指太阴的运行和太阳的运行相称，即运行正常，阴阳调和。

⑯⓪建营室：即日在营室，以下各月相同。

⑯①星分度：星：指二十八星宿；分度：二十八宿和天球赤道所成的度数。

⑯②凡二十八宿：其排列顺序为：东方苍龙七宿，北方玄武七宿，西方白虎七宿，南方朱雀七宿。

⑯③星部地名：星部：星宿分布的区域；星部地名：即所谓二十八宿的“分野”。这里是将二十八宿的分布区域与地上春秋战国时期十三个诸侯国相对应，以占卜天象预兆与相对应国的吉凶祸福。

⑯④冲：冲犯的星；当居而不居：岁星纪年法规定十二年一周天。但岁星绕天一周实际不到十二年，而是十一点八六年，从而出现按规律该运行到某个辰而实际却在另一辰的现象，这就叫当居而不居。

⑯⑤欲：应当，适宜。

⑯⑥改节：改变节令；易常：改变常规。

⑯⑦衰：指疾疫；康：古通荒，指大饥荒。

⑯⑧本段是用天干地支与地域相对应的分野说，前十个是用天干与各国及地区相配，后十二个是用地支与各国及地区相配，用这种相配关系来占卜人的吉凶。

⑯⑨甲、乙、寅、卯、木也：这里是用天干、地支分配五行和四季，甲乙二干和寅卯二支均属木，也均配春季，故说是木。以下诸行，其理相同。

⑰⓪子：指地支；母：指天干；子生母曰义：指干支五行相生说中“下生上即支生干的日子，叫做义；母生子曰保：指上生下的日子，保也写作宝；子母相得：指干支上下性质相同如同属木的日子，叫作专。

⑰①母胜子曰制：指干支“上克下”的日子；制：挟制；子胜母曰困：指干支“下克上”的日子；困：困扰。

⑰②以：在；胜：指制日；报：报答。

⑰③雄：指岁星；雌：即厌日；厌：古压字，有压迫、逼迫之意。

⑰④11月岁星从子、太岁从丑开始左、右运行，至五月岁星居午，厌亦居午，故曰合于午。午为刑，所以叫合于谋刑；11月雌雄再次会合于子，子为德，所以叫合子谋德。

⑰⑤堪舆：天地之道，天地总名。后又称相地看风水的迷信职业者为堪舆家。

⑰⑥奇辰：阳性星辰。

⑰⑦子：地支，母：天干，子母相求：干支相配成对。

⑰⑧合：会，指厌所对之日合于岁星所对之辰；八合：也称八会，一年二十四气，有八天干（原本十个天干，两个不用）、十二地支及四维与之相配，八合就是八天干与相应八地支的会合，有两天干、四地支无合。

⑰⑨甲戌……八合天下也：这几句是把“八合”分配给国家及地区，用于占卜。八合分大会、小会两类，共十六会。其中大会是四面八方之会，有八个；另八个是小会；即在中宫之会。

⑱⓪小岁：斗杓；星：岁星；辰：北极星；国君当之：当：对待；指要慎重地对待。

⑱①乡：向。

⑱②以：通已，已往。

⑱③十二节：指人的十二条经脉。

⑱④十二肢：同十二节；三百六十节：古指比十二经脉更小的经脉。

⑱⑤数：一个一个地计算。

⑱⑥岁：岁星；司：主管。

⑱⑦登：收成。

⑱⑧阏（yān）蓬：古用阏蓬等十个岁阳名与十干相应，因而岁阳就成了十干的别称。阏蓬与甲相应。

⑱⑨旃（zhān）蒙：岁阳名，与乙相应。

⑲⓪柔兆：岁阳名，与丙相应。

⑲①强圉（yǔ）：岁阳名，与丁相应。

⑲②禾不为：禾：指稻；不为：不能长成。

⑲③著雍：岁阳名，与戊相应。

⑲④屠维：岁阳名，与己相应。

⑲⑤上章：岁阳名，与庚相应。

⑲⑥重光：岁阳名，与辛相应。

⑲⑦玄黓（yì）：岁阳名，与壬相应。

⑲⑧昭阳：岁阳名，与癸相应。

⑲正朝夕……则东西之正也：描述确定太阳早晚方位，以测定东西方向的测向方法。正：校定、确定；朝夕：指晨和晚，日出和日落时。

⑳表：古代测日影的器具，是一根有固定长度的标竿。句谓先在东方固定一个标竿，作为观测基点。

㉑操：持；却：后退；步：古代一步等于现代的两步，约合六尺；廉：侧边；直入：指两个表与日三点在一条直线上。

㉒广袤：宽广。东西为广，南北为袤。距：通矩，方形。

㉓若：或。

㉔旦：日在地平线叫旦；候：古以五天为一候。以候相应：指日出方位随季节变化。

㉕法：基准。也是古代数学名词。

㉖古以六十寸为一步，三百步为一里，所以一里合一万八千寸。

㉗极径：东极到西极的直径之长。

㉘以上八句是说明求南北中点的方法。测南北距离，最好是在南北的中点进行。直：指表与日在一平直线上。

㉙其不从中：指测量点不在南与北的中点，而在偏南或偏北处，测出的南北距离便不相等。

㉚一尺：应是二尺。

㉛北表……与远等也：本段落介绍的是测量天高的著名的一寸千里说。在南北相距千里的两地各树一根高一丈的标竿，在同一天的正午测量日光照射两表投下的日影，测出北表的日影为二尺，南表的日影为一尺九寸，这证明向南一千里，日影就短一寸。但现代科学证明这是错误的。

卷四　地形[1]训

地形之所载，六合之间，四极之内[2]。照之以日月，经之以星辰，纪之以四时，要之以太岁[3]。

天地之间，九州八极，土有九山，山有九塞，泽有九薮，风有八等，水有六品。何谓九州[4]？东南神州曰农土，正南次州曰沃土，西南戎州曰滔土，正西弇州曰并土[5]，正中冀州曰中土，西北台州曰肥土，正北沛州曰成土[6]，东北薄州曰隐土，正东阳州曰申土。何谓九山？会稽、泰山、王屋、首山、太华、岐山、太行、羊肠、孟门[7]。何谓九塞？曰太汾、渑厄、荆阮、方城、殽阪、井陉、令疵、句注、居庸[8]。何谓九薮？曰越之具区、楚之云梦、秦之阳纡、晋之大陆、郑之圃田、宋之孟诸、齐之海隅、赵之钜鹿、燕之昭余[9]。何谓八风？东北曰炎风，东方曰条风，东南曰景风，南方曰巨风，西南曰凉风，西方曰飂风，西北曰丽风，北方曰寒风。何谓六水？曰河水、赤水、辽水、黑水、江水、淮水[10]。

阖四海之内[11]，东西二万八千里，南北二万六千里，水道八千里，通谷其名川六百，陆径三千里[12]。禹乃使太章步自东极[13]，至于西极：二亿三万三千五百里七十五步；使竖亥步自北极，至于南极：二亿三万三千五百里七十五步。凡鸿水渊薮，自三百仞以上：二亿三万三千五百五十里有九渊。禹乃以息土填洪水以为名山，掘昆仑虚以下地，中有增城九重[14]，其高万一千里百一十四步二尺六寸。上有木禾，其修五寻[15]。珠树、玉树、琁树、不死树在其西，沙棠、琅玕在其东[16]，绛树在其南，碧树、瑶树在其北。旁有四百四十门，门间四里，里间九纯[17]，纯丈五尺。旁有九井玉横[18]，维其西北之隅。北门开以内不周之风[19]。倾宫、旋室、县圃、凉风、樊桐在昆仑阊阖之中，是其疏圃[20]。疏圃之池，浸之黄水，黄水三周复其原，是谓丹水，饮之不死。

河水出昆仑东北陬[21]，贯渤海，入禹所导积石山。赤水出其东南陬，西南注南海，丹泽之东，赤水之东。弱水出自穷石，至于合黎，余波入于流沙[22]，绝流沙南至南海。洋水出其西北陬，入于南海羽民之南。凡四水者，帝之神泉，以和百药，以润万物。

昆仑之丘，或上倍之[23]，是谓凉风之山，登之而不死。或上倍之，是谓悬圃，登之乃灵，能使风雨。或上倍之，乃维上天，登之乃神，是谓太帝之居[24]。

扶木在阳州[25]，日之所曊[26]。建木在都广，众帝所自上下，日中无景，呼而无响，盖天地之中也。若木在建木西，末有十日，其华照下地。

九州之大，纯方千里[27]。九州之外，乃有八殥[28]，亦方千里。自东北方曰大泽，曰无通。东方曰大渚，曰少海。东南方曰具区，曰元泽。南方曰大梦，曰浩泽。西南方曰渚资，曰丹泽。西方曰九区，曰泉泽。西北方曰大夏，曰海泽。北方曰大冥，曰寒泽。凡八殥八泽之云，是雨九州。

八殥之外而有八紘[29]，亦方千里。自东北方曰和丘，曰荒土。东方曰棘林，曰桑野。东南方曰大穷，曰众女。南方曰都广，曰反户。西南方曰焦侥，曰炎土。西方曰金丘，曰沃野。西北方曰一目，曰沙所。北方曰积冰，曰委羽。凡八纮之气，是出寒暑，以合八正，必以风雨[30]。

八纮之外，乃有八极。自东北方曰方土之山，曰苍门。东方曰东极之山，曰开明之门。东南方曰波母之山，曰阳门。南方曰南极之山，曰暑门。西南方曰编驹之山，曰白门。西方曰西极之山，曰阊阖之门。西北方曰不周之山，曰幽都之门。北方曰北极之山，曰寒门。凡八极之云，是雨天下；八门之风，是节寒暑。八纮、八殥、八泽之云，以雨九州而和中土[31]。

东方之美者，有医毋闾之珣玗琪焉[32]。东南方之美者，有会稽之竹箭焉。南方之美者，有梁山之犀象焉。西南方之美者，有华山之金石焉。西方之美者，有霍山之珠玉焉。西北方之美者，有昆仑之球琳、琅玕焉[33]。北方之美者，有幽都之筋角焉。东北方之美者，有斥山之文皮焉[34]。中央之美者，有贷岳以生五谷桑麻，鱼盐出焉。

凡地形，东西为纬，南北为经。山为积德，川为积刑[35]；高者为生，下者为死[36]；丘陵为牡，溪谷为牝[37]。水圆折者有珠，方折者有玉[38]；清水有黄金，龙渊有玉英。土地各以其类生[39]。是故山气多男，泽气多女；障气多喑，风气多聋；林气多癃，木气多伛，岸下气多肿[40]；石气多力，险阻气多瘿[41]；暑气多夭，寒气多寿；谷气多痹，丘气多狂[42]；衍气多仁[43]，陵气多贪。轻土多利，重土多迟[44]；清水音小，浊水音大；湍水人轻，迟水人重；中土多圣人。皆象其气，皆应其类。

故南方有不死之草，北方有不释之冰，东方有君子之国，西方有形残之尸。寝居直梦[45]，人死为鬼。磁石上飞，云母来水。土龙致雨[46]，燕雁代飞。蛤蟹珠龟，与月盛衰。是故坚土人刚，弱土人肥；垆土人大，沙土人细；息土人美，耗土人丑。食水者善游能寒，食土者无心而慧，食木者多力而奰[47]，食草者善走而愚，食叶者有丝而蛾，食肉者勇敢而悍，食气者神明而寿，食谷者知慧而夭，不食者不死而神。凡人民禽兽万物贞虫，各有以生。或奇或偶，或飞或走，莫知其情，唯知通道者能原本之。

天一地二人三[48]，三三而九，九九八十一。一主日[49]，日数十，日主人，人故十月而生。八九七十二，二主偶，偶以承奇，奇主辰[50]，辰主月，月主马，马故十二月而生。七九六十三，三主斗，斗主犬，犬故三月而生。六九五十四，四主时[51]，时主彘，彘故四月而生。五九四十五，五主音，音主猿，猿故五月而生。四九三十六，六主律[52]，律主麋鹿，麋鹿故六月而生。三九二十七，七主星[53]，星主虎，虎故七月而生。二九十八，八主风[54]，风主虫，虫故八月而化。

鸟鱼皆生于阴，阴属于阳，故鸟鱼皆卵生，鱼游于水，鸟飞于云，故立冬燕雀入海化为蛤。万物之生而各异类：蚕食而不饮，蝉饮而不食，蜉蝣不饮不食，介鳞者夏食而冬蛰。龁吞者八窍而卵生，嚼咽者九窍而胎生。四足者无羽翼，戴角者无上齿。无角者膏而无前，有角者指而无后[55]。昼生者类父，夜生者似母。至阴生牝，至阳生牡。夫熊罴蛰藏，飞鸟时移。

是故白水宜玉，黑水宜砥[56]，青水宜碧，赤水宜丹，黄水宜金，清水宜龟。汾水濛浊而宜麻，泲水通和而宜麦，河水中浊而宜菽[57]，洛水轻利而宜禾[58]，渭水多力而宜黍[59]，汉水重安而宜竹，江水肥仁而宜稻，平土之人慧而宜五谷。

东方：川谷之所注，日月之所出。其人兑形小头，隆鼻大口，鸢肩企行[60]；窍通于目，筋气属焉，苍色主肝；长大早知而不寿。其地宜麦，多虎豹。南方：阳气之所积，暑湿居之。其人修形兑上，大口决眦[61]；窍通于耳，血脉属焉；赤色主心，早壮而夭。其地宜稻，多兕象[62]。西方：高土川谷出焉，日月入焉。其人面末偻，修颈卬行[63]；窍通于鼻，皮革属焉；白色主肺，勇敢不仁。其地宜黍，多旄犀。北方：幽晦不明，天之所闭也，寒水之所积也，蛰虫之所伏也。其人翕形短颈，大肩下尻[64]；窍通于阴，骨干属焉；黑色主肾，其人蠢愚，禽兽而寿。其地宜菽，多犬马。中央四达，风气之所通，雨露之所会也。其人大面短颐，美须恶肥[65]；窍通于口，肤肉属焉；黄色主胃，慧圣而好治[66]。其地宜禾，多牛羊及六畜。

木胜土，土胜水，水胜火，火胜金，金胜木。故禾春生秋死，菽夏生冬死，麦秋生夏死，荠冬生中夏死。木壮，水老，火生，金囚，土死；火壮，木老，土生，水囚，金死；土壮，火老，金生，木囚，水死；金壮，土老，水生，火囚，木死；水壮，金老，木生，土囚，火死。[67]。

音有五声，宫其主也。色有五章[68]，黄其主也。味有五变，甘其主也。位有五材[69]，土其主也。是故炼土生木[70]，炼木生火，炼火生云，炼云生水，炼水反土；炼甘生酸，炼酸生辛，炼辛生苦，炼苦生咸，炼咸反甘。变宫生徵，变徵生商，变商生羽，变羽生角，变角生宫。是故以水和土，以土和火，以火化金，以金治木，木复反土。五行相治，所以成器用。

凡海外三十六国[71]，自西北至西南方，有修股民、天民、肃慎民、白民、沃民、女子民、丈夫民、奇股民、一臂民、三身民[72]；自西南至东南方，有结胸民、羽民、讙头国民、裸国民、三苗民、交股民、不死民、穿胸民、反舌民、豕喙民、凿齿民、三头民、修臂民[73]；自东南至东北方，有大人国、君子国、黑齿民、玄股民、毛民、劳民[74]；自东北至西北方，有跂踵民、句婴民、深目民、无肠民、柔利民、一目民、无继民[75]。

雒棠、武人在西北陬，硥鱼在其南[76]。有神二人连臂，为帝候夜，在其西南方；三珠树在其东北方[77]，有玉树在赤水之上。昆仑、华丘在其东南方，爰有遗玉、青马、视肉、杨桃、甘樝、甘华[78]，百果所生。和丘在其东北陬，三桑无枝在其西，夸父、耽耳在其北方，夸父弃其策，是为邓林[79]。昆吾丘在南方。轩辕丘在西方。巫咸在其北方，立登保之山[80]。旸谷、榑桑在东方，有娀在不周之北，长女简翟，少女建疵[81]。西王母在流沙之濒；乐民、拏闾在昆仑、弱水之洲。三危在乐民西，宵明、烛光在河洲[82]，所照方千里。龙门在河渊。湍池在昆仑。玄耀、不周、申池在海隅。孟诸在沛。少室、太室在冀州[83]。烛龙在雁门北[84]，蔽于委羽之山，不见日，其神人面龙身而无足。后稷垅在建木西[85]，其人死复苏，其半鱼，在其间。流黄、沃民在其北方三百里[86]。狗国在其东。雷泽有神，龙身人头，鼓其腹而熙[87]。

江出岷山，东流绝汉入海；左还北流，至于开母之北[88]；右还东流，至于东极。河出积石。睢出荆山[89]。淮出桐柏山。睢出羽山。清漳出楬戾，浊漳出发包[90]。济出王屋。时、泗、沂出臺、台、术。洛出猎山。汶出弗其，西流合于济。汉出嶓冢，泾出薄落之山[91]。渭出鸟鼠同穴[92]。伊出上魏，雒出熊耳。浚出华窍。维出覆舟[93]。汾出燕京。衽出涜熊。淄出目饴。丹水出高褚。股出嶕山。镐出鲜于。凉出茅卢、石梁。汝出猛山。淇出大号。晋出龙山、结绐[94]。合出封羊。辽出砥石。釜出景[95]。岐出石桥。呼沱出鲁平。泥涂渊出樠山。维湿北流出于燕。

诸稽、摄提[96]，条风之所生也。通视，明庶风之所生也。赤奋若，清明风之所生也。共工，景风之所生也。诸比，凉风之所生也。皋稽，阊阖风之所生也。隅强，不周风之所生也。穷奇，广莫风之所生也。

窔生海人[9]，海人生若菌，若菌生圣人，圣人生庶人，凡窔者生于庶人。羽嘉生飞龙[98]，飞龙生凤凰，凤凰生鸾鸟，鸾鸟生庶鸟，凡羽者生于庶鸟。毛犊生应龙[99]，应龙生建马，建马生麒麟，麒麟生庶兽：凡毛者生于庶兽。介鳞生蛟龙[100]，蛟龙生鲲鲠，鲲鲠生建邪，建邪生庶鱼，凡鳞者生于庶鱼。介潭生先龙[101]，先龙生玄鼋，玄鼋生灵龟，灵龟生庶龟，凡介者生于庶龟。暖湿生容[102]，暖湿生于毛风，毛风生于湿玄，湿玄生羽风，羽风生暖介，暖介生鳞薄，鳞薄生暖介。五类杂种兴乎外，肖形而蕃[103]。日冯生阳阏[104]，阳阏生乔如，乔如生干木，干木生庶木，凡根拔木者生于庶木。根拔生程若[105]，程若生玄玉，玄玉生醴泉，醴泉生皇辜，皇辜生庶草，凡根茇草者生于庶草。海闾生屈龙[106]，屈龙生容华，容华生蔈，蔈生萍藻，萍藻生浮草，凡浮生不根茇者生于萍藻。

正土之气也，御乎埃天[107]，埃天五百岁生缺[108]，缺五百岁生黄埃，黄埃五百岁生黄澒[109]，黄澒五百岁生黄金，黄金千岁生黄龙，黄龙入藏生黄泉，黄泉之埃上为黄云[110]，阴阳相薄为雷[111]，激扬为电，上者就下[112]，流水就通而合于黄海[113]。

偏土之气，御乎清天[114]，清天八百岁生青曾，青曾八百岁生青澒，青澒八百岁生青金，青金八百岁生青龙，青龙入藏生青泉，青泉之埃上为青云，阴阳相薄为雷，激扬为电，上者就下，流水就通而合于青海。

壮土之气，御于赤天[115]，赤天七百岁生赤丹，赤丹七百岁生赤澒，赤澒七百岁生赤金，赤金千岁生赤龙，赤龙入藏生赤泉，赤泉之埃上为赤云，阴阳相薄为雷，激扬为电，上者就下，流水就通而合于赤海。

弱土之气，御于白天[116]，白天九百岁生白礜，白礜九百岁生白澒，白澒九百岁生白金，白金千岁生白龙，白龙入藏生白泉，白泉之埃上为白云，阴阳相薄为雷，激扬为电，上者就下，流水就通而合于白海。

牝土之气，御于玄天[117]，玄天六百岁生玄砥，玄砥六百岁生玄澒，玄澒六百岁生玄金，玄金千岁生玄龙，玄龙入藏生玄泉，玄泉之埃上为玄云，阴阳相薄为雷，激扬为电，上者就下，流水就通而合于玄海。

---

① 地形：原注为："东西南北、山川薮泽地之所载，万物形兆所化育也，故曰地形"。即地球表面的地理形状，山川形势。

②四极：四方极远之处。

③经：规范之；纪：治理之；要：制约之。

④九州：指按自然地理情况划分的九州。与《禹贡》或邹衍划分的九洲不同。下句所指神州是指地理上的东南区域，次州指正南区域，再下可依此类推。

⑤弇（yǎn）州：地名。

⑥沛（jī）州：地名。

⑦王屋：山名，在山西阳城、桓曲、河南济源三县之间；首山：即首阳山；太华：即西岳华山；岐山：在陕西岐山县；羊肠：在山西交城；孟门：在陕西宜川、山西吉县之间黄河两岸。

⑧九塞：即九个古要塞：太汾：在山西；渑厄：在今河南信阳县西南，即平靖关；荆阮：在湖北武当山西南；方城：指战国时楚长城，在今河南邓县北；殽阪：即殽山，在今陕西潼关至河南信阳处；井陉：在今河北井陉；令疵：在河北滦城县、迁安县之间；句注：句：同勾；在山西代县西北，又名雁门山；居庸：在北京昌平县西。

⑨九薮：九个大泽。其中具区：指今太湖。

⑩河水：指黄河；辽水：指辽河；淮水：指淮河。

⑪阖：总、全。

⑫通谷：两山之间穿流的水道；其：疑是“六”字之误；陆径：陆路。

⑬太章与下文的竖亥：均是禹时的大臣，善于奔走。

⑭息土：传说是一种生长不息的土壤。昆仑虚：昆仑山；增城：传说是昆仑山上的一个地名；增：通层，其地有九层，故名增城。

⑮修：长；寻：古度量单位，一寻等于八尺。

⑯琁（xuán）树、玉树与珠树等均为传说中生长在昆仑山上的植物；沙棠：玉树名；琅玕：美玉名。

⑰纯：长度单位；四里：两门之间的距离。

⑱九井：是承接不死药的玉器；玉横：玉做的井栏；横：阑木，即木栏。

⑲内：纳；不周之风：指西北风。

⑳疏圃：天池名；倾宫：倾斜之宫；旋室：璇玉做的殿堂；县圃、凉风、樊桐：均为山名。

㉑陬（zōu）：山脚。

㉒流沙：沙漠。

㉓或上倍之：如再向上攀登；或：如果；倍：更加。

㉔太帝：天帝。

㉕扶木：即扶桑；下文中的建木、若木均是神木；阳州：太阳升起之地。

㉖曊（fèi）：照耀。

㉗纯方千里：方圆千里；纯：边缘。

㉘殥（yín）：边远处。

㉙纮（hóng）：绳，这儿指包在八殥周边的更远的地区。

㉚八正：指八风的方位；以：因为。

㉛中土：指冀州，居九州之中。

㉜医毋闾：山名，也叫医无虑，在今辽宁西部；珣（xún）玗（yú）、琪（qí）：均玉石名。

㉝球琳、琅玕：美玉名。

㉞文皮：有文采的兽皮。

㉟山为阳，川为阴；阳为德，阴为刑。

㊱阴阳五行说认为：高者阳，主生；下者阴，主死。

㊲牡：雄、阳；牝（pìn）：雌、阴。

㊳圆折：指水波波峰呈圆状；方折：指水波波峰呈锐状。

㊴句意是土地以其属于不同种类，即土质不同而出产不同的产品。

㊵癃（lóng）：体格衰弱，或腿瘸；伛（yǔ）：驼背；岸下气：低洼潮湿之气。

㊶险阻气：指阻隔不通之气；瘿（yǐng）：甲状腺瘤，即俗语大脖子。

㊷痹：指风湿麻痹；狂：通尪（wāng）：：鸡胸或跛足病；

㊸衍：低洼处。

㊹轻土：质地松散之土；重土：板结的土。

㊺直梦：指做梦得到了验证；直：相当。

㊻土龙：古人认为雨从龙，在天旱求雨时常用土制的龙助祭，又有说土龙即蚯蚓，意即蚯蚓出现多，天将下雨。

㊼赑（bèi）：壮大，易发怒。

㊽天一地二人三：原注为“一，阳。二，阴也。人生于天地，故曰三也”。

㊾主：主管。

㊿偶为阴数，奇为阳数，阴数不能自主，须承阳数为主，所以说偶以承奇；辰指十二辰，属阴数，所以说奇主辰，十二辰就是十二月，所以辰主月。

51四主时：四指一年的四季，因而说四主时。

52律：指十二音律，六阴六阳，所以说六主律。

53星：指二十八星宿。因四方各有七宿，所以说七主星。

54风：指八风。

55戴角者：头上长角的动物，如牛；无角者：头上无角的动物如猪；无前：指身体前半部分较小，油脂及多肉部分集中在后部；无后：指身体后半部分较小，油脂及多肉部分集中在前部；膏：指油脂呈液态的；指：同脂，油脂凝结状的。

(56)砥：磨刀石。

(57)菽：豆类植物；中浊：浑浊；

(58)禾：凡谷类均称禾，但专指时则是粟，即小米。

(59)黍：即黍子，磨成米叫黄米。

(60)兑（ruì）：通锐，尖；鸢（yuān）：猛禽，即老鹰；鸢肩：双肩上耸；企行：踮起脚走。

(61)修形：身材修长；兑上：头尖；胔（zì）：应为眦，眼眶；决：开，断裂。

(62)兕（sì）：雌性犀牛。

(63)末：背脊；偻（lǚ）：弯曲；末偻：驼背；卬：古“昂”字，卬行：昂首行走。

(64)翕（xī）形：形体矮小；下尻（kāo）：臀部较常人下而突出。

(65)颐（yí）：腮，下颌；恶：很；恶肥：体胖。

(66)好：善于。

(67)这里介绍了古人对五行相生相克的说法，将事物发展分为生、壮、老、囚、死五个阶段，使万物的生死、盛衰，生生不息。

(68)章：色彩。

(69)位：方位，这里指东西南北中五个方位；五材：指金木水火土。

(70)炼：指冶炼加工；炼土生木：通过耕地，可以长出植物。

(71)这一段叙述的海外三十六国，是指围绕中国四周边疆之外的国家，这些国家的资料来源于《山海经》，国名大部按其国内人民的身体形状命名。修股民：西方国名，其民皆长腿；天民：西方国名，《山海经》中原说有先民之国，古文天作死，与先相似，故名天民；肃慎民：古部族名，在北方；白民：西方国名，白身、被发；沃民：西方国民；女子民：西方国名，其民皆女；丈夫民：西方国名，其民皆男无女；奇股民：其国人皆单脚，奇：单。

(72)一臂民：西方国名，国人皆单臂；三身民：西方国名，国民皆一头三身。

(73)结胸民：南方国名，其民皆鸡胸；讙头国民：南方国名，国人人面有翼鸟喙，方捕鱼；三苗民：古部族名；裸国民：国名，其人皆裸体；交股民：南方国名，其国民皆两脚相交；不死民：南方国名，其国民皆长生不死；穿胸民：南方国名，其国民胸前穿孔达背；反舌民：南方国名，其国民舌根在外，舌尖在喉；豕喙民：南方国名，其国人嘴似猪嘴；凿齿民：南方国名，其国民“吐一齿出口下，长三尺也”；三头民：其国民一身三头；修臂民：其国民臂长于身。

(74)玄股民：原注：“其股黑，两鸟夹之”；毛民：原注：“其人体半生毛，若矢镞（箭头）也”；劳民：东方国名；“其为人黑，或曰教民”。

(75)跂踵民：北方国名，其国民走路脚跟不着地；句婴民：其国民颈部弯曲长瘤；深目民：国人眼窝深陷；无肠民：其国民腹内无肠；柔利民：其国民身体软弱无力；无继民：北方国名，其国民皆不能生育。但“死即埋之，其心不朽，百廿岁乃复更生。”

(76)雒（luò）棠、武人：山名，日入之处。硥（bàng）：同蚌；硥鱼：鱼名，似鲤鱼。

(77)三珠树：其树为柏，其叶如珠。

(78)遗玉：琥珀类化石；青马：神马；视肉：兽名；甘櫖（zhā）：即甘楂，也叫甘柤，果名；甘华：木名。

(79)三桑无枝：树木名，其树高而无枝；夸父：指夸父山；耽耳：北方国名；邓林：《山海经》载：夸父与日逐走，道渴而死，弃其杖，化为邓林。邓林：即桃林。

(80)巫咸：国名；登保：山名，由此山可上通于天。

(81)旸谷：传说中日出之处；榑桑：即扶桑，神木名，也在日出处；有娀：古国名；简翟、建疵：有娀氏的两个女儿。

(82)乐民、拏闾：传说中地名；三危：西方山名；宵明、烛光：舜的两个女儿，能放光芒，照耀方圆千里。

(83)少室、太室：山名，位于河南登封县北嵩山左右。

(84)烛龙：北方神名，人面蛇身而赤，不食不寝、不息，其目瞑乃晦，其视乃明。

(85)后稷垅：周民族先祖的坟墓。

(86)流黄：部族名。

(87)雷泽：古泽名，在山东荷泽；熙：通嬉，嬉戏。

(88)绝：跨过；汉：汉水；岷山：长江源头，在四川北部；开母：山名。

(89)雎（jū）：水名，又称阻水，在湖北；桐柏山：淮河发源地，在河南、湖北交界处。睢（suī）：水名，上游已废，下游为今睢河。

⑩清漳、浊漳：均为河名，均在山西境内，流至河北涉县两河合流为漳河，再东南流入卫河；楬戾、发包：均为山名，在山西境内。本段以下各句均是叙述各条水、河的名称及其发源地，发源地均为山名，这些山分布在山西、山东、甘肃、陕西、河南、宁夏各省，由西向东流。

㉑薄落之山：又称崆峒山，在甘肃平凉。

㉒鸟鼠同穴：即鸟鼠山，在甘肃渭源。

㉓维：即山东潍河。

㉔结给：龙山别名，应为结绌。

㉕景：山名，即釜山。

㉖诸稽、摄提：天神名，分管东北方。以下通视、赤奋若、共工、诸比、皋稽、隅强、穷奇均是分管各方的天神名。本段叙述的是多种风的来源。

㉗窔（容）：人之先人，最初形态的人。下文中的海人、若菌、圣人、庶人指人类进化中各个阶段的人；生：演化；于：到、临。

㉘羽嘉：指最早的有羽毛的鸟类。

㉙毛犊：兽类祖先。

⑩介鳞：鱼类祖先。鲲鲠：大鱼、神鱼。

⑩介潭：带甲类动物的祖先。

⑩暖湿：湿暖潮湿之气；容：指人类的最初状态。

⑩毛风：哺乳类动物的生命之源；风：指气；湿玄：湿气和细微物质，指生命的起源物；羽风：指鸟类及卵生动物的生命之源；暖介：指介壳类的生命之源；鳞薄：鱼类的生命之源；杂种：纷繁复杂的物种；外：自然环境；肖形：指生物在传代过程中，前代将自己形象遗传给后代；蕃：繁衍。

⑩日冯：树木的最初状态。以下的阳阏、乔如、干木，指长成普通树木之前的、在演进中的树木。

⑩根拔：草类的最初状态，以下的程若、玄玉、醴泉、皇辜，皆是草类进化阶段中的一种。

⑩海闾：浮草的最初状态。屈龙、容华、蔈、萍藻、浮草，指浮草类不同发展时期的浮草。

⑩正土：大地分东南西北及中央五种土，正土指中央之土；御：治理；埃天：黄色的天。

⑩缺：应为砄（jué）：石也。下文的青曾（天然硫酸铜）、赤丹（丹砂）、白礜（即毒砂）、玄砥（黑色矿物）都是以色不同的矿物。

⑩黄埃：由中土之气所生的物质形态；黄澒（gǒng）：中央黄色土气发育成的汞、水银。

⑩黄泉：古人认为黄泉是由黄龙的体液形成的。黄泉之埃：指黄泉吐出的雾气。

⑪薄：靠近，接触。

⑪上者就下：指天上的云遇热而凝结为雨降落地下的趋势。

⑪黄海：中央之海，下文青海、赤海、白海、玄海分别指各方之海。

⑪偏土：东方之土。

⑪壮土：南方之土。

⑪弱土：西方之土。

⑪牝土：北方之土。

卷五　时则[①]训

孟春之月，招摇指寅[②]。昏参中，旦尾中[③]。其位东方，其日甲乙，盛德在木[④]。其虫鳞[⑤]。其音角，律中太蔟[⑥]。其数八，其味酸，其臭膻[⑦]。其祀户，祭先脾[⑧]。东风解冻，蛰虫始振苏，鱼上负冰，獭祭鱼[⑨]，候雁北。天子衣青衣，乘苍龙，服苍玉[⑩]，建青旗。食麦与羊，服八风水，爨萁燧火。东宫御女青色，衣青采，鼓琴瑟。其兵矛，其畜羊。朝于青阳左个[⑪]，以出春令，布德施惠，行庆赏，省徭赋。立春之日，天子亲率三公、九卿、大夫以迎岁于东郊，修除祠位，币祷鬼神，牺牲用牡[12]。禁伐木，毋覆巢杀胎夭，毋麛[13]，毋卵。毋聚众置城郭，掩骼埋骴[14]。孟春行夏令，则风雨不时，草木早落，国乃有恐；行秋令，则其民大疫，飘风暴雨总至，藜莠蓬蒿并兴；行冬令，则水潦为败，雨霜大雹，首稼不入[15]。正月官司空。其树杨。

仲春之月，招摇指卯。昏弧中，旦建星中。其位东方，其日甲乙。其虫鳞，其音角，律中夹钟。其数八，其味酸，其臭膻。其祀户，祭先脾。始雨水，桃李始华[16]，苍庚鸣，鹰化为鸠[17]。天子衣青衣，乘苍龙，服苍玉，建青旗。食麦与羊，服八风水，爨萁燧火。东宫御女青色，衣青采，鼓琴瑟。其兵矛，其畜羊。朝于青阳太庙，命有司省囹圄，去桎梏[18]，毋笞掠，止狱讼，养幼小，存孤独，以通句萌[19]。择元日，令民社[20]。是月也，日夜分，雷始发声，蛰虫咸动苏。先雷三日，振铎以令于兆民曰[21]："雷且发声，有不戒其容止者，生子不备[22]，必有凶灾！"令官市，同度量，钧衡石，角斗称，端权概[23]。毋竭川泽，毋漉陂池[24]，毋焚山林，毋作大事，以妨农功。祭不用牺牲，用圭璧，更皮币。仲春行秋令，则其国大水，寒气总至，寇戎来征；行冬令，则阳气不胜，麦乃不熟，民多相残；行夏令，则其国大旱，暖气早来，虫螟为害。二月官仓[25]，其树杏。

季春之月，招摇指辰。昏七星中，旦牵牛中。其位东方，其日甲乙。其虫鳞。其音角，律中姑洗。其数八，其味酸，其臭膻。其祀户，祭先脾。桐始华，田鼠化为鴽[26]，虹始见，萍始生。天子衣青衣，乘苍龙，服苍玉，建青旗。食麦与羊，服八风水，爨萁燧火。东宫御女青色，衣青采，鼓琴瑟。其兵矛，其畜羊。朝于青阳右个[27]。舟牧覆舟，五覆五反[28]，乃言具于天子。天子乌始乘舟，荐鲔于寝庙[29]，乃为麦祈实。是月也，生气方盛，阳气发泄，句者毕出，萌者尽达，不可以内[30]。天子命有司，发囷仓[31]，助贫穷，振乏绝，开府库，出币帛，使诸侯，聘名士，礼贤者。命司空，时雨将降，下水上腾，循行国邑，周视原野，修利堤防，导通沟渎，达路除道，从国始，至境上。田猎毕弋，罝罘罗网[32]，喂毒之药，毋出九门[33]。乃禁野虞，毋伐桑柘[34]。鸣鸠奋其羽，戴鵀降于桑，具扑曲筥筐[35]。后妃斋戒，东乡亲桑。省妇使，劝蚕事。命五库令百工审金铁、皮革、筋角、箭干、脂胶、丹漆，无有不良。择下旬吉日，大合乐，致欢欣。乃合犦牛、腾马、游牝于牧[36]。令国傩，九门磔攘[37]，以毕春气。行是月令，甘雨至三旬。季春行冬令，则寒气时发，草木皆肃，国有大恐；行夏令，则民多疾疫，时雨不降，山陵不登；行秋令，则天多沉阴，淫雨早降，兵革并起。三月官乡[38]。其树李。

孟夏之月，招摇指巳。昏翼中，旦婺女中。其位南方，其日丙丁，盛德在火。其虫羽。其音徵，律中仲吕。其数七，其味苦，其臭焦。其祀灶，祭先肺。蝼蝈鸣[39]，蚯蚓出，王瓜生，苦菜秀。天子衣赤衣，乘赤骝[40]，服赤玉，建赤旗。食菽与鸡，服八风水，爨柘燧火。南宫御女赤色，衣赤采，吹竽笙。其兵戟，其畜鸡。朝于明堂左个，以出夏令。立夏之日，天子亲率三公、九卿、大夫以迎岁于南郊。还，乃赏赐，封诸侯，修礼乐，飨左右。命太尉，赞杰俊，选贤良，举孝悌，行爵出禄。佐天长养，继修增高，无有隳坏。毋兴土功，毋伐大树。令野虞，行田原，劝农事，驱兽畜，勿令害谷。天子以彘尝麦，先荐寝庙。聚畜百药[41]。靡草死，麦秋至。决小罪，断薄刑。孟夏行秋令，则苦雨数来，五谷不滋，四邻入保；行冬令，则草木早枯，后乃大水，败坏城郭；行春令，则螽蝗为败，暴风来格[42]，秀草不实。四月官田[43]，其树桃。

仲夏之月，招摇指午。昏亢中，旦危中。其位南方，其日丙丁。其虫羽。其音徵，律中蕤宾。其数七，其味苦，其臭焦。其祀灶，祭先肺。小暑至，螳螂生，䴗始鸣[44]，反舌无声[45]。天子衣赤衣，乘赤骝，服赤玉，载赤旗。食菽与鸡，服八风水，爨柘燧火。南宫御女赤色，衣赤采，吹竽笙。其兵戟。其畜鸡。朝于明堂太庙，命乐师，修鞀鼙、琴瑟、管箫[46]，调竽篪，饰钟磬，执干戚戈羽[47]。命有司，为民祈祀山川百源，大雩帝[48]，用盛乐。天子以雏尝黍，羞以含桃[49]，先荐寝庙。禁民无刈蓝以染，毋烧灰，毋暴布。门闾无闭，关市无索。挺重囚，益其食。存鳏寡，振死事[50]。游牝别其群，执腾驹，班马政[51]。日长至，阴阳争，死生分。君子斋戒，慎身无躁，节声色，薄滋味，百官静，事无径，以定晏阴之所成[52]。鹿角解，蝉始鸣。半夏生，木堇荣[53]。禁 民无发火，可以居高明，远眺望，登丘陵，处台榭。仲夏行冬令，则雹霰伤谷，道路不通，暴兵来至；行春令，则五谷不孰，百螣时起[54]，其国乃饥；行秋令，则草木零落，果实蚤成，民殃于疫。五月官相[55]，其树榆。

季夏之月，招摇指未。昏心中，旦奎中。其位中央，其日戊己，盛德在土。其虫蠃。其音宫，律中百钟。其数五，其味甘，其臭香。其祀中霤，祭先心。凉风始至，蟋蟀居奥，鹰乃学习，腐草化为蚈[56]。天子衣黄衣，乘黄骝，服黄玉，建黄旗。食稷与牛，服八风水，爨柘燧火。中宫御女黄色，衣黄采。其兵剑。其畜牛。朝于中宫，乃命渔人，伐蛟取鼍，登龟取鼋[57]。令滂人，入材苇。命四监大夫令百县之秩刍以养牺牲[58]，以供皇天上帝、名山大川、四方之神、宗庙社稷，为民祈福。行惠令，吊死问疾，存视长老，行稃鬻，厚席蓐[59]，以送万物归也。命妇官染采，黼黻文章[60]，青黄黑白，莫不质良，以给宗庙之服，必宣以明。是月也，树木方盛，勿敢斩伐。不可以合诸侯。起土功，动众兴兵，必有天殃。土润溽暑，大雨时行，利以杀草粪田畴，以肥土疆。季夏行春令，则谷实解落，多风咳，民乃迁徙；行秋令，则丘隰水潦，稼穑不孰，乃多女灾[61]；行冬令，则风寒不时，鹰隼蚤挚[62]，四鄙入保。六月官少内[63]，其树梓。

孟秋之月，招摇指申。昏斗中，旦毕中。其位西方，其日庚辛，盛德在金。其虫毛。其音商，律中夷则。其数九，其味辛，其臭腥。其祀门[64]，祭先肝。凉风至，白露降，寒蝉鸣，鹰乃祭鸟，用始行戮。天子衣白衣，乘白骆[65]，服白玉，建白旗。食麻与犬，服八风水，爨柘燧火。西宫御女白色，衣白采，撞白钟。其兵戈。其畜狗。朝于总章左个[66]，以出秋令。求不孝不悌、戮暴傲悍而罚之，以助损气[67]。立秋之日，天子亲率三公、九卿、大夫以迎秋于西郊。还，乃赏军率武人于朝。命将率，选卒厉兵，简练桀俊[68]，专任有功，以征不义，诘诛暴慢[69]，顺彼四方。命有司，修法制，缮图圄禁奸塞邪，审决狱，平词讼。天地始肃，不可以赢[70]。是月农始升谷，天子尝新，先荐寝庙。命百官，始收敛，完堤防，谨障塞，以备水潦；修城郭，缮宫室，毋以封侯，立大官，行重币，出大使。行是月令，凉风至三旬[71]。孟秋行冬令，则阴气大胜，介虫败谷，戎兵乃来；行春令，则其国乃旱，阳气复还，五谷无实；行夏令，则冬多火灾，寒暑不节，民多疟疾。七月官库[72]，其树楝。

仲秋之月，招摇指酉。昏牵牛中，旦觜巂中。其位西方，其日庚辛。其虫毛。其音商，律中南吕。其数九，其味辛，其臭腥。其祀门，祭先肝。凉风至，候雁来，玄鸟归[73]，群鸟翔。天子衣白衣，乘白骆，服白玉，建白旗。食麻与犬，服八风水，爨柘燧火。西宫御女白色，衣白采，撞白钟。其兵戈，其畜犬。朝于总章太庙[74]；命有司，申严百刑，斩杀必当，无或枉挠；决狱不当，反受其殃。是月也，养长老，授几杖，行稃鬻饮食。乃命宰祝[75]，行牺牲，案刍豢[76]，视肥臞全粹[77]，察物色，课比类[78]，量大小，视少长，莫不中度。天子乃傩，以御秋气。以犬尝麻，先荐寝庙。是月可以筑城郭，建都邑，穿窦窖，修囷仓。乃命有司，趣民收敛畜采[79]，多积聚，劝种宿麦，若或失时，行罪无疑。是月也，，雷乃始收，蛰虫培户[80]，杀气浸盛，阳气日衰，水始涸，日夜分；一度量，平权衡，正钧石，角斗称；埋关市，来商旅，人货财，以便民事。四方来集，远方皆至，财物不匮，上无乏用，百事乃遂。仲秋行春令，则秋雨不降，草木生荣。国有大恐；行夏令，则其国乃旱，蛰虫不藏，五谷皆复生[81]；行冬令，则风灾数起，收雷先行，草木蚤死。八月官尉[82]，其树柘。

季秋之月，招摇指戌。昏虚中，旦柳中。其位西方，其日庚辛。其虫毛。其音商，律中无射。其数九，其味辛，其臭腥。其祀门，祭先肝。候雁来，宾雀入大水为蛤[83]，菊有黄花，豺乃祭兽戮禽[84]。天子衣白衣，乘白骆，服白玉，建白旗。食麻与犬，服八风水，爨柘燧火。西宫御女白色，衣白采，撞白钟。其兵戈，其畜犬。朝于总章右个，命有司，申严号令，百官贵贱，无不务入，以会天地之藏[85]，无有宣出。乃命冢宰[86]，农事备收，举五谷之要[87]，藏帝籍之收于神仓[88]。是月也，霜始降，百工休。乃命有司曰：寒气总至，民力不堪，其皆入室；上丁入学习吹[89]。大飨帝，尝牺牲。合诸侯，制百县[90]；为来岁受朔日，与诸侯所税于民，轻重之法，贡岁之数，以远近土地所宜为度。乃教于田猎，以习五戎。命太仆及七驺[91]，咸驾戴茬[92]，授车以级，皆正设于屏外。司徒搢朴[93]，北向以赞之。天于乃厉服广饰[94]，执弓操矢以猎，命主祠，祭禽四方。是月草木黄落，乃伐薪为炭，蛰虫咸俯。乃趋狱刑，毋留有罪，收禄秩之不当，供养之不宜者。通路除道，从境始，至国而后已。是月，天子乃以犬尝麻，先荐寝庙。季秋行夏令，则其国大水，冬藏殃败，民多鼽窒[95]；行冬令，则国多盗贼，边竟不宁，土地分裂；行春令，则暖风来至，民气解隋[96]，师旅并兴。九月官候[97]，其树槐。

孟冬之月，招摇指亥。昏危中，旦七星中。其位北方，其日壬癸，盛德在水。其虫介。其音羽，律中应钟。其数六，其味咸，其臭腐。其祀井，祭先肾。水始冰，地始冻。雉入大水为蜃[98]，虹藏不见。天子衣黑衣，乘玄骊[99]，服玄玉，建玄旗。食黍与彘，服八风水，爨松燧火。北宫御女黑色，衣黑采，击磬石。其兵铩[100]，其畜彘。朝于玄堂左个[101]，以出冬令，命有司，修群禁，禁外徙，闭门闾，大搜客，断罚刑，杀当罪，阿上乱法者诛。立冬之日，天子亲率三公、九卿、大夫以迎岁于北郊。还，乃赏死事，存孤寡。是月，命太祝祷祀神位，占龟策[102]，审卦兆，以察吉凶。于是天子始裘，命百官谨盖藏，命司徒行积聚；修城郭，警门闾，修楗闭[103]，慎管籥[104]，固封玺；修边境，完要塞，绝蹊径；饬丧纪，审棺椁衣衾之薄厚，营丘垅之小大高痺[105]，使贵贱尊卑各有等级。是月也，工师效功，陈祭器，案度程，坚致为上[106]。工事苦慢[107]，作为淫巧[108]，必行其罪。是月也，大饮蒸[109]，天子祈来年于天宗[110]，大祷祭于公社[111]，毕，飨先祖。劳农夫，以休息之。命将率讲武，肄射御[112]，角力劲。乃命水虞、渔师[113]，收水泉池泽之赋，毋或侵牟[114]。孟冬行春令，则冻闭不密，地气发泄，民多流亡；行夏令，则多暴风，方冬不寒，蛰虫复出；行秋令，则雪霜不时，小兵时起，土地侵削。十月官司马，其树檀。

仲冬之月，招摇指子。昏壁中，旦轸中。其位北方，其日壬癸。其虫介。其音羽，律中黄钟。其数六，其味咸，其臭腐。其祀井，祭先肾。水益壮，地始坼，鳱鴠不鸣[115]，虎始交。天子衣黑衣，乘铁骊[116]，服玄玉，建玄旗。食黍与彘，服八风水，爨松燧火。北宫御女黑色，衣黑采，击磬石。其兵铩，其畜彘。朝于玄堂太庙，命有司曰：土事无作，无发室居及起大众，是谓发天地之藏。诸蛰则死，民必疾疫，有随以丧[117]。急捕盗贼，诛淫泆诈伪之人，命曰畅月[118]。命奄尹[119]，申宫令，审门闾，谨房室，必重闭，省妇事。乃命大酋[120]，秫稻必齐，曲蘖必时，湛熺必洁[121]，水泉必香，陶器必良，火齐必得，无有差忒[122]。天子乃命有司，祀四海大川名泽。是月也，农有不收藏积聚、牛马畜兽有放失者，取之不诘[123]。山林薮泽，有能取疏食、田猎禽兽者，野虞教导之，其有相争夺，罪之不赦。是月也，日短至，阴阳争，君子斋戒，处必掩，身欲静，去声色，禁嗜欲，宁身体，安形性。是月也，荔挺出，芸始生[124]，丘蚓结，麋角解，水泉动，则伐树木，取竹箭。罢官之无事、器之无用者，涂阙庭门闾，筑囹圄，所以助天地之闭。仲冬行夏令，则其国乃旱，氛雾冥冥[125]，雷乃发声；行秋令，则其时雨水，瓜瓠不成[126]，国有大兵；行春令，则虫螟为败，水泉咸竭，民多疾疠[127]。十一月官都尉[128]，其树枣。

季冬之月，招摇指丑。昏娄中，旦氐中。其位北方，其日壬癸。其虫介。其音羽，律中大吕。其数六，其味咸，其臭腐。其祀井，祭先肾。雁北乡，鹊加巢，雉雊[29]，鸡呼卵。天子衣黑衣，乘铁骊，服玄玉，建玄旗。食麦与彘，服八风水，爨松燧火。北宫御女黑色，衣黑采，击磬石。其兵铩，其畜彘。朝于玄堂右个，命有司，大傩旁磔[30]，出土牛[31]；命渔师始渔，天子亲往射渔，先荐寝庙。令民出五种[32]；令农计耦耕事，修耒耜，具田器；命乐师大合吹而罢。乃命四监，收秩薪，以供寝庙及百祀之薪燎[33]。是月也，日穷于次[34]，月绝于纪[35]，星周于天[36]，岁将更始。令静农民，无有所使。天子乃与公卿大夫饰国典，论时令，以待嗣岁之宜。乃命太史[37]，次诸侯之列，赋之牺牲，以供皇天上帝社稷之刍享[38]。乃命同姓之国，供寝庙之刍豢，卿士大夫至于庶民，供山林名川之祀。季冬行秋令，则白露早降，介虫为妖，四鄙入保；行春令，则胎夭伤，国多痼疾，命之曰逆[39]；行夏令，则水潦败国，时雪不降，冰冻消释。十二月官狱[40]，其树栎。

五位：东方之极，自碣石山、过朝鲜，贯大人之国[41]，东至日出之次，榑木之地，青土树木之野，太皞、句芒之所司者[42]，万二千里。其令曰：挺群禁，开闭阖，通穷窒，达障塞，行优游；弃怨恶，解役罪，免忧患，休罚刑；开关梁，宣出财，和外怨，抚四方，行柔惠，止刚强。

南方之极，自北户孙之外[43]，贯颛顼之国[44]，南至委火炎风之野，赤帝、祝融之所司者，万二千里。其令曰：爵有德，赏有功，惠贤良；救饥渴，举力农，振贫穷，惠孤寡，忧罢疾[45]；出大禄，行大赏，起毁宗，立无后，封建侯，立贤辅。

中央之极，自昆仑东绝两恒山，日月之所道，江汉之所出，众民之野，五谷之所宜，龙门、河济相贯，以息壤堙洪水之州[46]，东至于碣石，黄帝、后土之所司者，万二千里。其令曰：平而不阿，明而不苛，包裹覆露，无不囊怀，溥汜无私[47]，正静以和；行稃鬻，养老衰，吊死问疾，以送万物之归。

西方之极，自昆仑绝流沙、沉羽[48]，西至三危之国，石城金室，饮气之民，不死之野，少皞、蓐牧所司者，万二千里。其令曰：审用法，诛必辜[49]，备盗贼，禁奸邪，饰群牧[50]，谨著聚[51]，修城郭，补决窦，塞蹊径，遏沟渎，止流水，邕溪谷，守门闾，陈兵甲，选百官，诛不法。

北方之极，自九泽穷夏晦之极[52]，北至令正之谷[53]，有冻寒积冰、雪雹霜霰、漂润群水之野，颛顼、玄冥之所司者，万二千里。其令曰：申群禁，固闭藏，修障塞，缮关梁，禁外徙，断罚刑，杀当罪，闭关闾，大搜客，止交游，禁夜乐，蚤闭晏开，以塞奸人，已德[54]，执之必固。天节已几[55]，刑杀无赦，虽有盛尊以亲，断以法度。毋行水，毋发藏，毋释罪。

六合[56]：孟春与孟秋为合，仲春与仲秋为合，季春与季秋为合，孟夏与孟冬为合，仲夏与仲冬为合，季夏与季冬为合。孟春始赢，孟秋始缩[57]；仲春始出，仲秋始内[58]；季春大出，季秋大内；孟夏始缓，孟冬始急[59]；仲夏至修，仲冬至短[60]；季夏德毕[61]，季冬刑毕。

故正月失政，七月凉风不至；二月失政，八月雷不藏；三月失政，九月不下霜；四月失政，十月不冻；五月失政，十一月蛰虫冬出其乡；六月失政，十二月草木不脱；七月失政，正月大寒不解，八月失政，二月雷不发；九月失政，三月春风不济[62]；十月失政，四月草木不实；十一月失政，五月下雹霜；十二月失政，六月五谷疾狂[63]。

春行夏令，泄；行秋令，水；行冬令，肃。夏行春令，风；行秋令，芜；行冬令，格[64]。秋行夏令，华；行春令，荣；行冬令，耗。冬行春令，泄；行夏令，旱；行秋令，雾。

制度阴阳[65]，大制有六度[66]，天为绳，地为准，春为规，夏为衡，秋为矩，冬为权。绳者，所以绳万物也；准者，所以准万物也；规也，所以员万物也[67]；衡者，所以平万物也；矩者，所以方万物也；权者，所以权万物也。

绳之为度也，直而不争[68]，修而不穷，久而不弊，远而不忘；与天合德，与神合明；所欲则得，所恶则亡；自古及今，不可移匡[69]；厥德孔密[70]，广大以容 。是故上帝以为物宗[71]。

准之为度也，平而不险，均而不阿；广大以容，宽裕以和；柔而不刚；锐而不挫；流而不滞，易而不秽[72]；发通而有纪，周密而不泄，准平而不失，万物皆平。民无险谋，怨恶不生，是故上帝以为物平。

规之为度也，转而不复，员而不垸[73]；优而不纵，广大以宽；感动有理，发通有纪；优优简简[74]，百怨不起；规度不失，生气乃理。

衡之为度也，缓而不后，平而不怨；施而不德，吊而不责[75]；当平民禄，以继不足；勃勃阳阳[76]，唯德是行；养长化育，万物蕃昌；以成五谷，以实封疆；其政不失，天地乃明。

矩之为度也，肃而不悖，刚而不愦[77]；取而无怨，内而无害[78]；威厉而不慑，令行而不度；杀伐既得，仇敌乃克；矩正不失，百诛乃服。

权之为度也，急而不赢，杀而不割[79]；充满以实，周密而不泄；败物而弗取，罪杀而不赦；诚信以必，坚悫以固[80]；粪除苛慝[81]，不可以曲。故冬正将行[82]，必弱以强，必柔以刚；权正而不失，万物乃藏。明堂之制，静而法准，动而法绳；春治以规，秋治以矩，冬治以权，夏治以衡。是故燥、湿、寒、暑以节至，甘雨膏露以时降。

---

①时：指季节和月令，则：法则、规律；时则：指季节月令变化规律及据此而施行的政令。内容包括天象、气候、物候、农事等。

②招摇：星名，北斗杓端第七星。招摇星指向十二辰的寅位时，正月就开始了。

③参：星名；尾：星名；中：古天文学术语，指星宿出现在观测者子午圈的位置。

④甲乙：原注为“甲乙，木日也”。与五行说相配属木；盛德在木：东方五行属木，木气旺盛，主万物萌生，所以说盛德在木。

⑤虫：泛指动物。古有五虫说，与五行相配，鱼龙类为鳞虫，属木、属春，其代表是龙。

⑥五音配五行，角属木、属春；十二律配十二辰，太蔟配寅，是正月。

⑦以五数（六、七、八、九、五）与五行相配，八属木、属春；原注为“五行数五、木第三，故曰八也”。五味配五行，酸属木；臭（xiù）：气味；以羶、焦、香、腥、朽五臭配五行，羶属木。

⑧户：堂室之门，这里指户神；古有五祀说，春祀户，夏祀灶，季夏祀中霤，秋祀门，冬祀井；祭先脾：古时，将动物的五脏与五行、四时相配，脾属木、属春，春祭时先将脾脏作祭品。

⑨鱼上负冰：初春解冻，鱼从水下往上游于浅水薄冰之间，故言鱼上负冰；獭（tǎ）：水中兽，又名水獭。传说水獭将捕捉致死的鱼放在水岸边，祭享天地，古人便称之为獭祭鱼，并视为春季开始捕鱼的信号。

⑩苍龙：身长八尺以上的马称为龙，苍：青色，苍龙即青色骏马；服：佩带；八风水：用方诸（即铜盘）承接的露水；爨（cuàn）：生火做饭；萁：木名；爨萁：烧萁木做饭；燧：用阳燧取火。

⑪青阳：天子之东堂，青阳左个：天子居所：东堂北偏室，朝东的房子左边的房间，是北室。

⑫修：整治；除：祭坛，祠位祭祀鬼神；币：祭祀时献给鬼神的玉帛等物；牡：雄性，言其洁净。

⑬麛（mí）：幼鹿，泛指动物。

⑭骼：格骨；骴（cī）：尸骨。

⑮首稼：首先播种的谷物。

⑯华：“古“花”字。

⑰苍庚：黄莺；鸠：古指布谷鸟，喙爪柔和，不捕幼弱。

⑱太庙：原注为“东向堂，中央室”；省囹圄：原注为：“赦轻微也”，即赦免轻微犯罪的人；囹圄：监狱，这里代囚犯；桎梏：手镣脚铐；

⑲句（gōu）萌：草木出芽弯的叫句，直的叫萌，这里指萌发生长。

⑳社：社神、土神；这里指祭土神。

㉑铎（duó）：原注为“木铃也，金口木舌为铎。”

㉒戒：检点、警惕；容止：仪容举止；不备：指发育不完备如哑、聋、痴傻等残废。

㉓钧：同均，统一；衡石：指重量标准；角：午，校正；斗称：指计量标准；端：正；权：秤锤；概：量谷物时刮平斗斛

的器具。

㉔漉（lù）：使干涸；陂（bēi）：池塘。

㉕仓：古官名，掌管粮食。

㉖鴽（rú）：鸟名，即鹌鹑。

㉗青阳右个：正堂南偏室。

㉘舟牧：管理船只的官吏；复舟：将船翻过来检查。

㉙乌：通焉，于；荐：进献；鲔：鲟鱼；寝庙：宗庙。古时帝王宗庙分两部分：前面为庙，是祭祀之处，后面叫寝，是放置祖先衣服之处。

㉚内：通纳，收敛。

㉛囷（qūn）仓：粮仓。

㉜毕：捕捉鸟雀的长柄网；弋（yì）：用带丝绳的箭射鸟，这里指带丝绳的箭；罝（jú）罘（fú）：捕兔网。

㉝九门：天子都城的九座门，这里指都城。

㉞野虞：官名，主管田野及山林；柘（zhè）：柘树，叶可喂蚕。

㉟戴鵀（rén）：鸟名，状似雀，头有五色冠；扑曲：即蚕箔，养蚕的器具；筥（jǔ）筐：圆底竹筐，方底的叫筐。

㊱㹎（léi）牛：公牛；腾马：公马；游牝：母畜。

㊲傩（nuó）：古时腊月驱除疫鬼的仪式；磔（zhé）：将牺牲切成块祭神；禳：通禳，去邪除恶的祭祀活动。

㊳官乡：管理乡内事务的官职。

㊴蝼（lóu）蝈（guō）：昆虫名。

㊵骝：骏马名。黑鬣黑尾身赤色马。

㊶畜：同蓄。

㊷格：至。

㊸官田：田官，主管农业、税收。

㊹䴗（jú）：鸟名，即杜鹃，也叫鹈鴂。

㊺反舌：鸟名，又称百舌鸟，夏至后不再鸣叫。

㊻鞀（táo）：带柄的小鼓；鼙（pí）：古军鼓；管：箫管，古也称簫箓。

㊼篪（chí）：古管乐器，竹制，单管横吹；干：盾；戚：大斧；戈：古兵器；羽：顶端饰有羽毛的旗棍，用以指挥乐舞。

㊽雩（yú）：天旱祈雨的一种祭祀形式。

㊾羞：进献；含桃：樱桃。

㊿挺：宽缓，减轻；振：通赈；死事：为国事而牺牲。

51游牝别其群：将受孕母畜与其它畜群分开放牧；别：分开；执：管束；驹：五尺以下小马，执腾驹：将喜欢蹦跳的小马管束起来，以免踢伤牝马；班：通颁，马政：养马的政令。

52径：急躁，晏：安逸。

53木堇：即木槿；解：脱落。

54螣（té）：煌虫类害虫。

55官相：辅佐帝王的大臣。

56蚈（qiān）：萤火虫。

57鼍（tuó）：扬子鳄；鼋（yuán）：甲鱼。

58秩刍（chú）：收集草料。

59稃（fū）：谷物的壳；鬻（zhōu）：粥；

60黼（fǔ）黻（fú）：古代礼服上绘绣的花纹；黼指黑白相间斧形条纹；黻指青黑相间亚形条纹；文章：错杂的色采或花纹，古以青赤相配合为文，赤白相配合为章。

61女灾：指女人不孕或孕而不育。

62挚：攫取。

63少内：主管宫中府藏的官员。

64门：指门神。

65白骆：白身黑鬣的马。

66总章：原注为“西向堂也。西方总成万物而章明之，故曰总章。”左个：西向堂南头室。

⑥⑦损气：阴气；阴气伤物，故曰损气。

⑥⑧简练：精选训练。

⑥⑨诘诛：追究惩罚；暴慢：凶恶傲慢。

⑦⓪赢：同盈，盛。

⑦①三旬：是不确定的数字。

⑦②官库：官名，掌管军械仓库。

⑦③玄鸟：燕子。

⑦④总章太庙：西向堂中央室。

⑦⑤宰：掌管祭祀用牲畜的官员；祝：掌管祭祀祝祷的官员。

⑦⑥案：检查；刍豢（huàn）：用草喂养的如牛羊，叫刍；用谷喂养的如猪等，叫豢。

⑦⑦臞（qú）：瘦；全：身体完好无损；粹：指毛色纯一。

⑦⑧课：考核，检验；比：比较；类：定例、惯例。

⑦⑨趣：催促；畜：通蓄。

⑧⓪培户：在洞口培土，户：洞穴。

⑧①复生：快成熟的谷物又分蘖出新苗。

⑧②尉：古代武官之通称。

⑧③宾雀：麻雀，古人认为雀跃入水中就变成了蛤。

⑧④祭兽戮禽：古人认为，豺获取猎物较多或因贮存的需要，将猎物陈列于洞穴四周，是豺开始于秋天捕杀禽兽的一种祭祀活动。

⑧⑤会：趋合，顺应。

⑧⑥冢（zhǒng）宰：周代官名，辅佐天子总理百政，又叫太宰，相当于后世的丞相。

⑧⑦要：这里指记载五谷收成及赋税缴纳的账簿，要：会计帐簿。

⑧⑧帝籍：皇帝的籍田；神仓：专藏祭祀用粮食的仓库。

⑧⑨上丁：每月上旬的丁日；习吹：练习吹奏乐器。

⑨⓪制：治理；百县：周代县是中央以下的最大行政区域，这里泛指各地方行政区域。

⑨①太仆：掌管皇帝车马的官员；七驺（zōu）：主管天子乘车用的马的官员，天子有六马，每一马设一官员，加上总管，故称七驺。

⑨②戴：通载，扞；荏：应是“旌”，旗，即用饰有旄牛尾及彩色鸟羽作旗竿的旗。

⑨③司徒：周代主管教化的官员；搢（jìn）：插；朴：通扑，打人的鞭杖。

⑨④厉服：戎装，猎服。

⑨⑤鼽（qiú）：鼻塞不通。

⑨⑥解：通懈，懈怠；隋：通惰，懒惰。

⑨⑦候：古代负责迎送宾客、侦探的官员。

⑨⑧蜃（shèn）：：蛤蜊。

⑨⑨玄骊：色纯黑的马。

⑩⓪铩（shà）：一种长矛。

⑩①玄堂左个：北向堂左边的西头室。

⑩②占：察看；龟：龟甲；蓍（shī）：蓍草，也叫策；用龟甲或蓍草预测吉凶的方法叫龟策。

⑩③楗（jiàn）：竖插在门闩上的孔中的木棍子；闭：插木棍的门闩上的孔。

⑩④管籥（yuè）：即钥匙，用以拨开楗棍。

⑩⑤痺（bēi）：通庳，低。

⑩⑥案：检查；度、程：法度、规章；坚致：坚固细致。

⑩⑦苦：粗劣；慢：不牢，轻率。

⑩⑧作为：制作；淫巧：过份奇巧，华而不实。

⑩⑨蒸：通烝，冬祭；古礼：天子于冬季召集诸侯百官举行盛大宴会，同时举行祭祀仪式，答谢神赐予丰收和祈求来年丰收并吉祥。这便是大饮蒸。

⑪⓪天宗：天神。

⑪公社：祭社神，社神为大家所有，故名公社。
⑫肄：肄业，即学习。
⑬水虞：掌管水泽的官员。
⑭牟：侵夺，贪取。
⑮玵（gān）鴠（dàn）：一种山鸟，常于晚上鸣叫，又称求旦之鸟。
⑯铁骊：铁黑色骏马。
⑰有：通又；随以丧：有丧事伴随而来。
⑱旸（chāng）：谷物不生长叫旸。
⑲奄：通阉；阉尹：太监头目。
⑳大酋：掌酒官。
㉑曲蘖：酒麴；湛：浸泡；熺（chī）：烹煮。
㉒火齐：火候；忒（tè）：差错。
㉓诘：追究。
㉔荔：马荔草；挺出：长出；芸：一种野菜，即芸蒿。
㉕冥冥：昏暗。
㉖瓠（hù）：蔬菜类，又叫葫芦，偏葫。
㉗疠（lì）：疫病、瘟疫。
㉘都尉：管军事的官。
㉙雊（gòu）：雄性鸡求偶的鸣叫声。
㉚旁磔：向各方向撕袭牺牲，以祭鬼神；旁：各方。
㉛土牛：泥牛，古俗于腊月将土牛置东门外驱除寒气并示春耕开始、劝农耕作。
㉜五种：五谷的种籽。
㉝秩薪：指向朝廷年按惯例缴纳的柴薪；燎（liào）：火炬。
㉞日穷于次：穷：走完；句意为：太阳每日运行一次，到了十二月走完了一年应运行的次数。
㉟月绝于纪：纪：规律，句谓月亮每月绕地球运行一次，到十二月走完了应运行的次数。
㊱星：二十八星宿，句意为星宿绕天运行了一周。
㊲太史：官名，周、春秋时，掌管起草文书、策命诸侯卿大夫等。
㊳刍享：祭享的牺牲及祭品。
㊴逆：指与时令相违。
㊵官狱：主管刑狱的官。
㊶贯：通过；大人之国：传说中东方国名，国人皆高大。
㊷太皞：即伏羲氏，系东方之帝；句芒：主管树木之官，后为木神。
㊸北户孙：北：反，与《地形训》中的反户同义，指南方边远国名。
㊹颛顼：南方国名。
㊺忧：通优，优待，照顾；罢（pí）：通疲，羸弱。
㊻息壤：息土。
㊼溥（pǔ）汜：广大、普遍；囊怀：考虑周到。
㊽流沙：沙漠；沉羽：连羽毛也下沉的河流。
㊾辜：罪。
㊿群牧：各级官吏。
(151)著（zhuó）：通贮：积蓄。
(152)夏晦：指北方之海色黑，茫茫如冥；九泽：北方之泽。
(153)会正：北方山谷名，在今河北。
(154)德：通得。
(155)天节：一年的节令；几：终、尽。
(156)六合：指一年十二个月中，季节相应的变化，如下文。
(157)赢：生长；缩：萎缩。

⑱出：指二月播种；内：通纳，指八月收敛。
⑲缓：舒松，属阳性，指“四月阳安”，阳气安定；急：急迫，属阴性，指“十月寒肃”，阴气肃杀。
⑩修：长，指夏至白天最长；至短：指冬至白天最短。
⑯华：古花字。
⑯济：止。
⑯疾狂：指五谷不开花、不结实等反常状态。
⑯格（luò）：通落，指草木零落。
⑯制度：法令礼俗的总称。
⑯大制：主要的法规与准则。
⑯员：通圆。
⑯争：通㨖（zhēng）：屈曲。
⑯移：改变；匡：通軭：弯曲。
⑩厥：其；德：作用；孔：甚、很。
⑪物宗：万物的根本。
⑫易：简易；秽：芜杂。
⑬垸（huán）：转动，易变。
⑭优优：和谐貌；简简：情实貌。
⑮吊而不责：行善而不求索取，吊：善；责：索取。
⑯勃勃：旺盛貌；阳阳：温暖貌。
⑰悖（bèi）：谬误，愦（kuì）：乱。
⑱内：纳。
⑲赢：增长；割：夺取。
⑱悫（què）：谨慎、诚实。
⑱粪：扫除；慝（tè）：邪恶。

卷六　览冥[1]训

昔者，师旷奏《白雪》之音，而神物为之下降，风雨暴至，平公癃病[2]，晋国赤地[3]。庶女叫天[4]，雷电下击，景公台陨[5]，支体伤折，海水大出。夫瞽师、庶女，位贱尚枲[6]，权轻飞羽，然而专精厉意[7]，委务积神[8]，上通九天，激厉至精[9]。由此观之，上天之诛也，虽在圹虚幽闭[10]，辽远隐匿，重袭石室[11]，界障险阻，其无所逃之，亦明矣。

武王伐纣，渡于孟津，阳侯之波，逆流而击，疾风晦冥，人马不相见。于是武王左操黄钺，右秉白旄[12]，瞋目而㧑之[13]，曰：“余任，天下谁敢害吾意者！”于是风济而波罢。鲁阳公与韩构难[14]，战酣日暮，援戈而㧑之，日为之反三舍。夫全性保真，不亏其身，遭急迫难，精通于天。若乃未始出其宗者，何为而不成！夫死生同域，不可胁陵[15]；勇武一人，为三军雄。彼直求名耳，而能自要者尚犹若此，又况夫宫天地[16]，怀万物，而友造化，含至和，直偶于人形，观九钻一[17]，知之所不知，而心未尝死者乎！

昔雍门子以哭见于孟尝君，已而陈辞通意，抚心发声，孟尝君为之增欷呜唈，流涕狼戾不可止[18]。精神形于内，而外谕哀于人心，此不传之道[19]。使俗人不得其君形者而效其容，必为人笑。故蒲且子之连鸟于百仞之上[20]，而詹何之鹜鱼于大渊之中[21]，此皆得清净之道、太浩之和也。

夫物类之相应，玄妙深微，知不能论，辩不能解，故东风至而酒湛溢，蚕咡丝而商弦绝[22]，或感之也；画随灰而月运阙[23]，鲸鱼死而彗星出，或动之也。故圣人在位，怀道而不言，泽及万民。君臣乖心，则背谲见于天[24]，神气相应，征矣。

故山云草莽，水云鱼鳞，旱云烟火，涔云波水[25]，各象其形类，所以感之。夫阳燧取火于日，方诸取露于月。天地之间，巧历不能举其数[26]。手征忽恍，不能览其光；然以掌握之中，引类于太极之上[27]，而水火可立致者，阴阳同气相动也。此傅说之所以骑辰尾也[28]。

故至阴飂飂[29]，至阳赫赫[30]，两者交接成和而万物生焉。众雄而无雌，又何化之所能造乎！所谓不言之辩，不道之道也。故召远者使无为焉，亲近者使无事焉，惟夜行者为能有之[31]。故却走马以粪，而车轨不接于远方之外[32]，是谓坐驰陆沉[33]，昼冥宵明，以冬铄胶，以夏造冰。

夫道者，无私就也，无私去也。能者有余，拙者不足；顺之者利，逆之者凶。譬如隋侯之珠[34]，和氏之璧，得之者富，失之者贫。得失之度，深微窈冥，难以知论，不可以辩说也。何以知其然？今夫地黄主属骨[35]，而甘草主生肉之药也，以其属骨，责其生肉；以其生肉，论其属骨，是犹王孙绰之欲倍偏枯之药而欲以生殊死之人[36]，亦可谓失论矣。若夫以火能焦木也，因使销金，则道行矣；若以慈石之能连铁也，而求其引瓦，则难矣，物固不可以轻重论也。

夫燧之取火于日，慈石之引铁，蟹之败漆，葵之乡日[37]，虽有明智，弗能然也。故耳目之察，不足以分物理；心意之论，不足以定是非。故以智为治者，难以持国，唯 通于太和而持自然之应者[38]，为能有之。故峣山崩，而薄落之水涸[39]；区冶生，而淳钩之剑成[40]；纣为无道，左强在侧[41]；太公并世，故武王之功立。由是观之，利害之路，祸福之门，不可求而得也。

夫道之与德，若韦之与革[42]。远之则迩，近之则远，不得其道，若观鯈鱼[43]。故圣若镜，不将不迎，应而不藏，故万化而无伤。其得之乃失之，其失之非乃得之也？今夫调弦者，叩宫宫应，弹角角动，此同声相和者也。夫有改调一弦，其于五音无所比，鼓之而二十五弦皆应，此未始异于声，而音之君已形也[44]。故通于太和者，惛若纯醉而甘卧[45]，以游其中，而不知其所由至也。纯温以沦，钝闷以终[46]，若未始出其宗，是谓大通。

今夫赤螭、青虬之游冀州也，天清地定，毒兽不作，飞鸟不骇，入榛薄，食荐梅，噆味含甘[47]，步不出顷亩之区，而蛇鳝轻之，以为不能与之争于江海之中。若乃至于玄云之素朝[48]，阴阳交争，降扶风，杂冻雨，扶摇而登之[49]，威动天地，声振海内，蛇鲋着泥百仞之中[50]，熊罴匍匐丘山磛岩[51]，虎豹袭穴而不敢咆，猿狖颠蹶而失木枝[52]，又况直蛇鳝之类乎！凤凰之翔至德也，雷霆不作，风雨不兴，川谷不澹[53]，草木不摇，而燕雀佼之[54]。以为不能与之争于宇宙之间[55]。还至其曾逝万仞之上[56]，翱翔四海之外，过昆仑之疏圃，饮砥柱之湍濑，邅回蒙汜之渚[57]，尚佯冀州之际，径蹑都广，入日抑节[58]，羽翼弱水，暮宿风穴[59]。当此之时，鸿鹄鸧鹳莫不惮惊伏窜[60]，注喙江裔，又况直燕雀之类乎！此明于小动之迹，而不知大节之所由者也。

昔者，王良、造父之御也[61]，上车摄辔，马为整齐而敛谐，投足调均，劳逸若一，心怡气和，体便轻毕[62]，安劳乐进，驰骛若灭，左右若鞭，周旋若环[63]，世皆以为巧，然未见其贵者也。若夫钳且、大丙之御也[64]，除辔衔，去鞭弃策，车莫动而自举，马莫使而自走也。日行月动，星耀而玄运，电奔而鬼腾，进退屈伸，不见朕垠[65]。故不招指，不咄叱，过归雁于碣石，轶鹍鸡于姑余[66]。骋若飞，骛若绝，纵矢蹑风，追猋归忽[67]，朝发榑桑，日入落棠。此假弗用而能以成其用者也，非虑思之察，手爪之巧也；嗜欲形于胸中，而精神踰于六马[68]，此以弗御御之者也。

昔者，黄帝治天下，而力牧、太山稽辅之[69]，以治日月之行律，治阴阳之气；节四时之度，正律历之数；别男女，异雌雄；明上下，等贵贱，使强不掩弱，众不暴寡。人民保命而不夭，岁时孰而不凶[70]；百官正而无私，上下调而无尤；法令明而不暗，辅佐公而不阿。田者不侵畔，渔者不争隈；道不拾遗，市不豫贾[71]；城郭不关，邑无盗贼；鄙旅之人相让以财，狗彘吐菽粟于路而无忿争之心。于是日月精明，星辰不失其行；风雨时节，五谷登孰；虎狼不忘噬，鸷鸟不妄搏；凤凰翔于庭，麒麟游于郊；青龙进驾，飞黄伏皂[72]，诸北、儋耳之国莫不献其贡职[73]。然犹未及虙戏氏之道也[74]。

往古之时，四极废，九州裂，天不兼覆，地不周载；火爁炎而不灭[75]，水浩洋而不息；猛兽食颛民[76]，鸷鸟攫老弱。于是女娲炼五色石以补苍天，断鳌足以立四极，杀黑龙以济冀州，积芦灰以止淫水。苍天补，四极正，淫水涸，冀州平，狡虫死[77]，颛民生。背方州[78]，抱圆天，和春阳夏，杀秋约冬，枕方寝绳[79]。阴阳之所壅沈不通者，窍理之；逆气戾物、伤民厚积者，绝止之。当此之时，卧倨倨[80]，兴眄眄[81]；一自以为马，一自以为牛；其行蹎蹎，其视瞑瞑；侗然皆得其和[82]，莫知所由生；浮游不知所求，魍魉不知所往[83]。当此之时，禽兽蝮蛇无不匿其爪牙，藏其螫毒，无有攫噬之心。考其功烈[84]，上际九天，下契黄垆，名声被后世，光晖重万物[85]。乘雷车，服驾应龙，骖青虬[86]，援绝瑞，席萝图，黄云络[87]，前白螭，后奔蛇，浮游消摇，道鬼神[88]，登九天，朝帝于灵门，宓穆休于太祖之下[89]。然而不彰其功，不扬 其声，隐真人之道，以从天地之固然[90]。何则？道德上通，而智故消灭也。

逮至夏桀之时，主暗晦而不明，道澜漫而不修[91]；弃捐五帝之恩刑，推蹶三王之法籍；是以至德灭而不扬，帝道掩而不兴。举事戾苍天，发号逆四时；春秋缩其和[92]，天地除其德；仁君处位而不安，大夫隐道而不言；群臣准上意而怀当[93]，疏骨肉而自容；邪人参耦比周而阴谋[94]，居君臣父子之间而竞载，骄主而像其意，乱人以成其事。是故君臣乖而不亲，骨肉疏而不附；植社槁而𫮃裂[95]，容台振而掩覆[96]；犬群嗥而入渊，豕衔蓐而席澳[97]；美人挐首墨面而不容，曼声吞炭内闭而不歌[98]；丧不尽其哀，猎不听其乐；西老折胜[99]，黄神啸吟[100]；飞鸟铩翼，走兽废脚；山无峻干，泽无洼水；狐狸首穴，马牛放失[101]；田无立禾，路无莎薠[102]；金积折廉，璧袭无理[103]；磬龟无腹，蓍策日施。

晚世之时，七国异族[104]，诸侯制法，各殊习俗，纵横间之，举兵而相角。攻城滥杀，覆高危安；掘坟墓，扬人骸；大冲车，高重京；除战道，便死路[105]；犯严敌，残不义。百往一反，名声苟盛也！是故质壮轻足者，为甲卒千里之外，家老羸弱，凄怆于内；厮徒马圉，𫐐车奉饷[106]，道路辽远，霜雪亟集，短褐不完，人羸车弊[107]，泥涂至膝，相携于道，奋首于路，身枕格而死[108]。所谓兼国有地者，伏尸数十万，破车以千百数，伤弓弩、矛戟、矢石之创 者，扶举于路。故世至于枕人头，食人肉，葅人肝，饮人血，甘之于刍豢。故自三代以后者，天下未尝得安其情性，而乐其习俗，保其脩命，天而不夭于人虐也[109]。所以然者何也？诸侯力征，天下合而为一家。

逮至当今之时，天子在上位[110]，持以道德，辅以仁义，近者献其智，远者怀其德；拱揖指麾而四海宾服，春秋冬夏皆献其贡职，天下混而为一，子孙相代。此五帝之所以迎天德也[111]。

夫圣人者，不能生时，时至而弗失也。辅佐有能，黜谗佞之端，息巧辩之说，除刻削之法，去烦苛之事，屏流言之迹，塞朋党之门；消知能，修太常，隳肢体[112]，绌聪明；大通混冥，解意释神，漠然若无魂魄，使万物各复归其根。则是所修伏牺氏之迹，而反五帝之道也。夫钳且、大丙不施辔衔而以善御闻于天下，伏戏、女娲不设法度而以至德遗于后世，何则？至虚无、纯一，而不喋喋苛事也[113]。《周书》曰："掩雉不得，更顺其风。"[114]今若夫申、韩、商鞅之为治也，挬拔其根[115]，芜弃其本，而不穷究其所由生。何以至此也？凿五刑[116]，为刻削，乃背道德之本，而争于锥刀之末。斩艾百姓，殚尽太半[117]，而欣欣然常自以为治，是犹抱薪而救火，凿窦而出水[118]。夫井植生梓而不容瓮，沟植生条而不容舟[119]，不过三月必死。所以然者何也？皆狂生而无其本者也。

河九折注于海而流不绝者，昆仑之输也。潦水不泄，瀇瀁极望[30]，旬月不雨，则涸而枯泽，受瀷而无源者[31]。譬若羿请不死之药于西王母，姮娥窃以奔月，怅然有丧，无以续。何则？不知不死之药所由生也。是故乞火不若取燧，寄汲不若凿井。

---

①览：观察；冥：深远，高远；览冥：考察人天同气感应与事物内在变化的规律。

②平公：春秋时晋国国君；癃病：重病。

③赤地：大旱。

④庶女：普通平民妇女；叫：呼。

⑤景公：齐景公，名杵臼；陨：毁坏。

⑥葈（xǐ）：一种麻；尚葈：掌管麻草的官员。

⑦厉意：坚定意念。

⑧委：抛开；务：事务。

⑨至精：神物。

⑩圹（kuāng）虚：墓穴或旷野；幽闲：僻静处。

⑪袭：重叠。

⑫阳侯：波涛之神；黄钺（yuè）：以黄金装饰的状如大斧的古兵器；白旄：白色旄牛尾军旗，两者均为古帝王仪仗，也代示军权。

⑬抣：同挥。

⑭鲁阳公：楚平王之孙，即鲁阳文子；构难：交战。

⑮胁陵：胁迫欺凌。

⑯宫：围绕；宫天地：原注为“以天地为宫室”。

⑰观九钻一：即钻一而观九；九：泛指多，一：言其少；钻：研究。

⑱欨（wū）：同呜；唈（yì）：呼吸不畅；欷（xī）：抽泣；狼戾：纵横。

⑲渝：表露；不传之道：不能以言传之道。

⑳蒲且子：楚人之善弋者；连：引、取。

㉑詹何：楚之善钓者；骛（wù）：使……跑来。

㉒湛：溢、漫；咡（èr）丝：蚕老作丝；句意为春天（东风属春）阳气动，酒属阳性，故酒感阳气而溢；蚕于秋天吐丝，与商弦在秋易断相感应。

㉓随：通堕；运：通晕；画随灰是一种方术，古人将月晕与打仗时的围守相联系，在月晕时用芦苇灰画成一个有缺口的圆圈，这样，天上的月晕就能出现一个缺口，表明可破被围困的态势。

㉔背谲：日晕。

㉕涔（cén）：雨水过多；古人认为天上不同形状的云彩是由地上不同环境造成的：山峦所生云彩象草莽；水生的云象鱼鳞，旱天的云象烟火，雨天的云象水波。

㉖巧历：灵巧的历术家。历：曆。

㉗忽悦：悦：通恍；细小而模糊不清。览：同揽，持取；光：指日月之光；引类：招引同类；太极：天 。

㉘傅说（yuè）；殷时人，为殷王武丁求贤觅得，任为相，死后升天为星宿，傅说星位于大辰三星之尾，故称骑辰尾。

㉙飉飉（liáo）：寒气凛冽；

㉚赫赫：热气逼人。

㉛夜行：即心行、阴行。能心行，行德天下，莫能与之争。指用阴柔无为、不露形迹之道使物自化，而收其效。

㉜却：退下来；走马：善奔驰的马；粪：用粪便肥田，代耕作；走马以粪：意指天下太平、战事平息；车轨：兵车。

㉝陆沉：愚昧、迂执。

㉞隋侯之珠：传说“隋侯，汉东三国，姬姓诸侯也。隋侯见大蛇伤断，以药敷之，后蛇于江中衔大珠以报之。因曰隋侯之珠，盖明月珠也。”

㉟地黄：药草名，主：管，即其作用是……；属：连接；

㊱王孙绰：鲁人，能治偏枯（偏瘫、半身不遂）之病；曾说，我用两倍的药，就可把死人救活；偏枯：偏瘫；殊：与死同

义；生：救活。

㊲慈：通磁；蟹之败漆：传说“蟹置漆中，则败坏，不燥，不任用也”。乡：向。

㊳太和：太浩之和，太浩：指大自然、天；和：平和、中和。

㊴峣山：在今陕西蓝田县；薄落：水名，在陕西大荔、永济一带。

㊵区（ōu）冶：春秋时越人，善铸剑；淳钩：宝剑名。

㊶左强：人名，纣王之史臣。

㊷革：经生毛加工未经熟化的“生皮”；苇：是在革的基础上熟化的“熟皮”，质地柔软。

㊸儵（chóu）鱼：小鱼，常浮游于水面，可见而不可得。

㊹君：主音；形：显现，形成。

㊺惛（hūn）：神志不清；纯醉：大醉。

㊻纯温：大温，非常温和；沦：灭；钝闷：昏蒙纯朴。

㊼赤螭、青虬：无角龙，但二者形状不同；榛薄：丛杂的草木；荐：草；梅：梅子可食；噆（zān）：咬、食。

㊽玄云：乌云；素朝：白昼开始时。

㊾扶风：疾风；扶摇：由下盘旋而上。

㊿鲱：鱼；着泥：陷身泥中。

51罴（pí）：即棕熊；䂙（zhǎn）：山石。

52狖（yòu）：长臂猿；颠蹶：从高处跌落。

53澹（dàn）：水波起伏。

54佼（jiǎo）：轻侮。

55宇：屋檐；宙：栋梁。

56还：及；曾：高；逝：远离。

57邅（zhān）回：转来转去；蒙汜：日出之地。

58尚佯：通徜徉；径：过；蹑（niè）：至；都广：南方日中之地；抑节：指日入之地。

59风穴：北方寒风出源于洞穴。

60鸧鹳：即鸧鹤，鹤类。

61王良：春秋时晋国善御者；造父：周穆王时善御者。

62敛谐：指马的身体及动作非常谐调；毕：敏捷。

63灭：指快、疾，一霎眼就跑过去了，若鞭：象人用马鞭鞭打的那样；左右：周旋，马的行动左右转动十分灵活自然。

64钳且、大丙：原注“古得道之人，以神气御阴阳也”。

65朕垠：形跡。

66轶（yì）：超越；鹍鸡：鸟名，似鹤、善飞；姑余：山名，在苏州西南。

67纵：跃腾、发；蹑：踏；猋（biāo）：通飙，猋忽：暴风。

68睮：通喻，明白、知道；六马：古代帝王驾车用六匹马。

69力牧、太山稽：黄帝之师。

70孰：同熟；凶：指饥荒。

71豫贾（jià）：价格时时变动。

72飞黄：神兽，是祥瑞物；皂：马槽。

73诸北、儋（dān）耳：皆北极夷国；贡职：贡奉给天子的物品。

74虑戏氏：即伏羲氏。

75爁（làn）：火势蔓延。

76颛（zhuān）：善良。

77狡虫：毒蛇猛兽。

78背方洲：背靠着大地。

79阳：通炀，炙热；杀：萧杀；约：收敛；枕方寝绳：以方木块或方石块作枕头，以绳为床。

80倨倨：原注为“卧无思慮也”。

81眄眄：迷迷糊糊无知的样子。

82瞋瞋（diān）：走路迟重舒缓；侗然：幼稚无知。

⑧③浮游：随意而游；魍魉：飘忽不定。

⑧④功烈：功业。

⑧⑤重：叠加，复盖。

⑧⑥服：服马，古时驾马车的马，居中的叫服马，在两边的叫骖。

⑧⑦援：持；绝瑞：最好的美玉；席萝图：垫着编织有松萝图案的席子；黄云络：套在车帷上的织有黄云状的网状饰物。

⑧⑧道：导。

⑧⑨宓（mì）穆：安静平和；休：休息；太祖：指天帝。

⑨⓪固然：自然。

⑨①澜漫：分散杂乱。

⑨②缩：藏。

⑨③准上意：以天子的想法为准，即看天子颜色行事；怀：思；当：合；怀当：迎合天子的思想。

⑨④参耦：即叁偶，三三俩俩；比周：结党营私。

⑨⑤植社：社主，土地神神主的别称，即置社，大夫以下成群立社叫置社；𡏖（hū）：通罅，裂开。

⑨⑥容台：古时讲习礼仪的高台；振：振动；掩复：倾覆。

⑨⑦犬群嗥、豕衔蓐：均指气候反常而致的灾祸；蓐：草垫；澳：通奥，指居室之西南角，是长辈居室及祭祖神的方位所在地。

⑨⑧挐（rú）首：头发散乱；挐：蓬乱；不容：不修饰面容；曼声：歌声悠长，借指善歌者；吞炭：吞炭能使人变哑。

⑨⑨西老：指西王母；折胜：折断所戴头饰；胜：妇女头饰。

⑩⓪黄神啸吟：黄帝之神长叹。

⑩①峻干：高大的树木；首穴：传说狐狸死，其头必朝向洞穴，这里指死；放失：散失。

⑩②莎薠（fán）：均为草名，泛指路旁草丛；莎的块根叫香附子，薠似莎而大。

⑩③金积：金属器皿堆积；折廉：边角锈蚀而磨损。

⑩④七国：指战国末期的七国；异族：氏族各不相同。

⑩⑤冲车：古冲撞城墙的战车；京：指京观，古代战胜方将敌军尸首，集中封土成墓，叫京观；重：指京观高耸；死路：堵塞不通的路。

⑩⑥厮徒：服劳役的人；马圉：马夫；軵（rōng）：推。

⑩⑦羸（léi）：瘦弱；獘（bì）：通斃，指马死车坏。

⑩⑧格：通辂（hé），挽车用的横木，装在车辕上。

⑩⑨修：美好；夭：享尽天年。

⑪⓪天子：指汉武帝。

⑪①天德：上天的意旨，天的本质、规律。

⑪②太常：原系汉景帝设置管理国家礼仪制度的官职，秦时叫奉常，这里指礼仪制度；隳肢体：指根除情欲享受，遏制肢体的活动功能。

⑪③噆（zá）喋（dié）：水鸟或鱼成群抢食，这里比喻过分贪得，老谋深算、斤斤计较。

⑪④《周书》：《尚书》中的一部分。今本《周书》无此二句。

⑪⑤捽（bó）：拔。

⑪⑥凿：制作，含贬意；五刑：古代以墨（脸上刺字涂墨）、劓（yì、割鼻）、剕（fèi、砍脚）、宫（割生殖器）、大辟（死刑）为五刑。

⑪⑦艾：通刈（yì），割、砍；太半：大半。

⑪⑧窦（dòu）：孔、洞。

⑪⑨井植：井边的树木；梓：同蘖；沟：沟渠；沟植：沟渠边的树木；条：枝条。

⑫⓪汒（wǎng）漭（yàng）：同汪洋，水广阔无边。

⑫①濼（yì）：积聚之水。

卷七　精神[①]训

古未有天地之时，惟像无形[②]，窈窈冥冥，芒芠漠闵，澒濛鸿洞，莫知其门[③]。有二神混生，经天营地，孔乎莫知其所终极，滔乎莫知其所止息[④]。于是乃别为阴阳，离为八极；刚柔相成，万物乃形。烦气为虫，精气为人[⑤]。是故精神，天之有也，而骨骸者，地之有也。精神入其门，而骨骸反其根[⑥]，我尚何存？是故圣人法天顺情，不拘于俗，不诱于人，以天为父，以地为母，阴阳为纲，四时为纪。天静以清，地定以宁，万物失之者死，法之者生。

夫静漠者，神明之宅也；虚无者，道之所居也。是故或求之于外者，失之于内；有守之于内者，失之于外[⑦]。譬犹本与末也，从本引之，千枝万叶莫不随也。夫精神者，所受于天地；而形体者，所禀于地也。故曰："一生二，二生三，三生万物。万物背阴而抱阳，冲气以为和。"[⑧]故曰一月而膏，二月而肤[⑨]，三月而胎，四月而肌，五月而筋，六月而骨，七月而成，八月而动，九月而躁，十月而生。形体以成，五藏乃形[⑩]。是故肺主目，肾主鼻，胆主口，肝主耳。外为表而内为里，开闭张歙，各有经纪。故头之圆也象天，足之方也象地。

天有四时、五行、九解[⑪]、三百六十六日，人亦有四支、五藏、九窍、三百六十六节[⑫]。天有风雨寒暑，人亦有取与喜怒。故胆为云，肺为气，肝为风，肾为雨，脾为雷，以与天地相参也，而心为之主。是故耳目者，日月也；血气者，风雨也。日中有踆乌[⑬]，而月中有蟾蜍。日月失其行，薄蚀无光；风雨非其时，毁折生灾；五星失其行，州国受殃。夫天地之道，至纮以大，尚犹节其章光[⑭]，爱其神明，人之耳目曷能久熏劳而不息乎？精神何能久驰骋而不既乎？

是故血气者，人之华也；而五藏者，人之精也。夫血气能专于五藏而不外越，则胸腹充而嗜欲省矣。胸腹充而嗜欲省，则耳目清、听视达矣。耳目清、听视达，谓之明。五藏能属于心而无乖，则勃志胜而行不僻矣[⑮]。勃志胜而行之不僻，则精神盛而气不散矣。精神盛而气不散则理，理则均，均则通，通则神[⑯]。神则以视无不见，以听无不闻也，以为无不成也。是故忧患不能入也，而邪气不能袭。故事有求之于四海之外而不能遇，或守之于形骸之内而不见也。故所求多者所得少，所见大者所知小。

夫孔窍者，精神之户牖也；而气志者，五脏之使候也。耳目淫于声色之乐，则五脏摇动而不定矣。五脏摇动而不定，则血气滔荡而不休矣。血气滔荡而不休，则精神驰骋于外而不守矣。精神驰骋于外而不守，则祸福之至，虽如丘山，无由识之矣。使耳目精明玄达而无诱慕[⑰]，气志虚静恬愉而省嗜欲，五脏定宁充盈而不泄，精神内守形骸而不外越，则望于往世之前，而视于来事之后，犹未足为也，岂直祸福之间哉！故曰："其出弥远者，其知弥少。"以言夫精神之不可使外淫也[⑱]。

是故五色乱目，使目不明；五声哗耳，使耳不聪；五味乱口，使口爽伤[⑲]；趣舍滑心，使行飞扬[⑳]。此四者，天下之所养性也，然皆人累也。故曰：嗜欲者，使人之气越；而好憎者，使人之心劳；弗疾去，则志气日秏[㉑]。

夫人之所以不能终其寿命而中道夭于刑戮者，何也？以其生生之厚[㉒]。夫惟能无以生为者，则所以脩是生也[㉓]。夫天地运而相通，万物总而为一。能知一，则无一之不知也；不能知一，则无一之能知也。譬吾处于天下也，亦为一物矣。不识天下之以我备其物与？且惟无我而物无不备者乎？然则我亦物也，物亦物也。物之与物也，又何以相物也[㉔]？虽然，其生我也，将以何益？

其杀我也，将以何损？夫造化者既以我为坯矣，将无所违之矣[25]。吾安知夫刺灸而欲生者之非惑也？又安知夫绞经而求死者之非福也？或者生乃徭役也，而死乃休息也？天下茫茫，孰知之哉！其生我也不强求已，其杀我也不强求止[26]。欲生而不事[27]，憎死而不辞，贱之而弗憎，贵之而弗喜，随其天资而安之不极[28]。吾生也有七尺之形，吾死也有一棺之土。吾生之比于有形之类，犹吾死之沦于无形之中也。然则吾生也物不以益众，吾死也土不以加厚，吾又安知所喜憎利害其间者乎！

夫造化者之攫援物也，譬犹陶人之埏埴也[29]：其取之地而已为盆盎也，与其未离于地也无以异；其已成器而破碎漫澜而复归其故也，与其为盆盎亦无以异矣。夫临江之乡，居人汲水以浸其园，江水弗憎也；苦洿之家[30]，决污而注之江，污水弗乐也。是故其在江也，无以异其浸园也；其在污也，亦无以异其在江也。是故圣人因时以安其位，当世而乐其业。

夫悲乐者，德之邪也；而喜怒者，道之过也；好憎者，心之暴也[31]。故曰："其生也天行，其死也物化，静则与阴俱闭，动则与阳俱开。"[32]精神澹然无极，不与物散，而天下自服。故心者，形之所主也；而神者，心之宝也。形劳而不休则蹶，精用而不已则竭。是故圣人贵而尊之，不敢越也。

夫有夏后氏之璜者[33]，匣匮而藏之，宝之至也。夫精神之可宝也，非直夏后氏之璜也。是故圣人以无应有，必究其理；以虚受实，必穷其节[34]；恬愉虚静，以终其命。是故无所甚疏，而无所甚亲；抱德炀和，以顺于天；与道为际，与德为邻；不为福始，不为祸先；魂魄处其宅，而精神守其根，死生无变于己，故曰至神[35]。

所谓真人者，性合于道也。故有而若无，实而若虚；处其一不知其二，治其内不识其外；明白太素，无为复朴[36]，体本抱神，以游于天地之樊，芒然仿佯于尘垢之外[37]，而消摇于无事之业。浩浩荡荡乎，机械知巧弗载于心。是故死生亦大矣，而不为变；虽天地覆育，亦不与之抮抱矣[38]。审乎无瑕，而不与物糅；见事之乱，而能守其宗。若然者，正肝胆，遗耳目，心志专于内，通达耦于一[39]；居不知所为，行不知所之；浑然而往，逯然而来[40]。形若槁木，心若死灰，忘其五藏，损其形骸。不学而知，不视而见，不为而成，不治而辩；感而应，迫而动，不得已而往，如光之耀，如景之放。以道为紃，有待而然[41]。抱其太清之本而无所容与，而物无能营。廓惝而虚[42]，清靖而无思虑。大泽焚而不能热，河、汉涸而不能寒也，大雷毁山而不能惊也，大风晦日而不能伤也。是故视珍宝珠玉犹石砾也，视至尊穷宠犹行客也，视毛嫱、西施犹䫙丑也[43]。以死生为一化，以万物为一方[44]，同精于太清之本，而游于忽区之旁[45]。有精而不使，有神而不行，契大浑之朴[46]，而立至清之中。是故其寝不梦，其智不萌，其魄不抑，其魂不腾。反复终始，不知其端绪。甘螟太宵之宅，而觉视于昭昭之宇[47]，休息于无委曲之隅，而游敖于无形埒之野[48]。居而无容，处而无所；其动无形，其静无体；存而若亡，生而若死；出入无间，役使鬼神；沦于不测，入于无间。以不同形相嬗也[49]，始终若环，莫得其伦[50]，此精神之所以能登假于道也[51]，是故真人之所游。

若吹呴呼吸，吐故内新，熊经鸟伸，凫浴猿躩，鸱视虎顾，是养形之人也，不以滑心[52]。使神滔荡而不失其充，日夜无伤而与物为春，则是合而生时于心也[53]。且人有戒形而无损于心，有缀宅而无耗精[54]。夫癞者趋不变，狂者形不亏，神将有所远徙，孰暇知其所为！故形有摩而神未尝化者，以不化应化，千变万袗而未始有极[55]。化者，复归于无形也；不化者，与天地俱生也。夫木之死也，青青去之也。夫使木生者岂木也？犹充形者之非形也。故生生者未尝死也，其所生则死矣；化物者未尝化也，其所化则化矣。轻天下，则神无累矣；细万物，则心不惑矣；齐死生，则志不慑矣；同变化，则明不眩矣。众人以为虚言，吾将举类而实之。

人之所以乐为人主者，以其穷耳目之欲，而适躬体之便也。今高台层榭，人之所丽也，而尧朴桷不斫，素题不枅[56]；珍怪奇异，人之所美也，而尧粝粢之饭，藜藿之羹[57]；文绣狐白[58]，人之所好也，而尧布衣掩形，鹿裘御寒。养性之具不加厚，而增之以任重之忧，故举天下而传之于舜，若解重负然，非直辟让，诚无以为也。此轻天下之具也[59]。禹南省，方济于江，黄龙负舟，舟中之人五色无主，禹乃熙笑而称曰："我受命于天，竭力而劳万民。生，寄也；死，归也。何足以滑和！"视龙犹蝘蜓，颜色不变，龙乃弭耳掉尾而逃[60]，禹之视物亦细矣。郑之神巫相壶子林[61]，见其征，告列子。列子行泣报壶子。壶子持以天壤，名实不入，机发于踵[62]。壶子之视死生亦齐矣。子求行年五十有四而病伛偻[63]，脊管高于顶，䐗下迫颐[64]，两脾在上，烛营指天[65]，匍匐自窥于井曰："伟哉造化者！其以我为此拘拘邪[66]？"此其视变化亦同矣。故睹尧之道，乃知天下之轻也；观禹之志，乃知天下之细也[67]；原壶子之论，乃知死生之齐也；见子求之行，乃知变化之同也。

夫至人倚不拔之柱，行不关之途；禀不竭之府，学不死之师；无往而不遂，无至而不通；生不足以挂志，死不足以幽神[68]；屈伸俯仰，抱命而婉转；祸福利害，千变万惨，孰足以患心！若此人者，抱素守精，蝉蜕蛇解，游于太清，轻举独住[69]，忽然入冥，凤凰不能与之俪，而况斥鷃乎！势位爵禄何足以概志也[70]！

晏子与崔杼盟，临死地而不易其义[71]。殖、华将战而死，莒君厚赂而止之，不改其行[72]。故晏子可迫以仁，而不可劫以兵；殖、华可止以义，而不可县以利。君子义死，而不可以富贵留也；义为，而不可以死亡恐也。彼则直为义耳，而尚犹不拘于物，又况无为者矣！尧不以有天下为贵，故授舜；公子札不以有国为尊，故让位[73]；子罕不以玉为富，故不受宝[74]；务光不以生害义，故自投于渊[75]。由此观之，至贵不待爵，至富不待财。天下至大矣，而以与他人；身至亲矣，而弃之渊。外此，其余无足利矣。此之谓无累之人。

无累之人，不以天下为贵矣。上观至人之论，深原道德之意，以下考世俗之行，乃足羞也。故通许由之意，《金縢》、《豹韬》废矣[76]；延陵季子不受吴国，而讼闲田者惭矣[77]；子罕不利宝玉，而争券契者愧矣；务光不污于世，而贪利偷生者闷矣。故不观大义者，不知生之不足贪也；不闻大言者[78]，不知天下之不足利也。今夫穷鄙之社也，叩盆拊瓴[79]，相和而歌，自以为乐矣。尝试为之击建鼓，撞巨钟，乃性仍仍然[80]，知其盆瓴之足羞也。藏《诗》、《书》，修文学，而不知至论之旨，则拊盆叩瓴之徒也；夫以天下为者，学之建鼓矣。

尊势厚利，人之所贪也；使之左据天下图而右手刎其喉，愚夫不为。由此观之，生尊于天下也。圣人食足以接气，衣足以盖形，适情不求余。无天下不亏其性，有天下不羡其和，有天下无天下，一实也。今赣人敖仓[81]，予人河水，饥而餐之，渴而饮之，其入腹者不过箪食瓢浆[82]，则身饱而敖仓不为之减也，腹满而河水不为之竭也。有之不加饱，无之不为之饥，与守其篅笼[83]，有其井，一实也。

人大怒破阴，大喜坠阳，大忧内崩[84]，大怖生狂。除秽去累[85]，莫若未始出其宗，乃为大通。清目而不以视，静耳而不以听，钳口而不以言，委心而不以虑；弃聪明而反太素，休精神而弃知故，觉而若眯，以生而若死，终则反本未生之时，而与化为一体[86]。死之与生一体也。

今夫繇者，揭钁锸[87]，负笼土，盐汗交流，喘息薄喉[88]。当此之时，得茠越下，则脱然而喜矣[89]。岩穴之间，非直越下之休也。病疵瘕者[90]，捧心抑腹，膝上叩头，踡局而谛[91]，通夕不寐。当此之时，哙然得卧[92]，则亲戚兄弟欢然而喜。夫修夜之宁，非直一哙之乐也。故知宇宙之大，则不可劫以死生；知养生之和，则不可县以天下；知未生之乐，则不可畏以死；知许由之贵于舜，则不贪物。

墙之立，不若其偃也，又况不为墙乎？冰之凝，不若其释也，又况不为冰乎？自无蹠有[93]，自有蹠无，终始无端，莫知其所萌。非通于外内，孰能无好憎？无外之外，至大也；无内之内，至贵也。能知大贵，何往而不遂！

衰世凑学[94]，不知原心反本[95]，直雕琢其性，矫拂其情，以与世交。故目虽欲之，禁之以度；心虽乐之，节之以礼；趋翔周旋，诎节卑拜[96]。肉凝而不食，酒澄而不饮[97]。外束其形，内总其德[98]，钳阴阳之和而迫性命之情，故终身为悲人。

达至道者则不然。理情性，治心术；养以和，持以适；乐道而忘贱，安德而忘贫；性有不欲，无欲而不得；心有不乐，无乐而不为；无益情者不以累德，而便性者不以滑和[99]。故纵体肆意，而变制可以为天下仪[100]。

今夫儒者，不本其所以欲而禁其所欲，不原其所以乐而闭其所乐，是犹决江河之源而障之以手也。夫牧民者，犹畜禽兽也，不塞其囿垣，使有野心，系绊其足，以禁其动，而欲修生寿终，岂可得乎？夫颜回、季路、子夏、冉伯牛，孔子之通学也[101]，然颜渊夭死[102]，季路菹于卫[103]，子夏失明[104]，冉伯牛为厉[105]，此皆迫性拂情而不得其和也。故子夏见曾子，一臞一肥[106]。曾子问其故，曰："出见富贵之乐而欲之，入见先王之道又说之。两者心战，故臞；先王之道胜，故肥。"推此志，非能贪富贵之位，不便侈靡之乐，直宜迫性闭欲，以义自防也。虽情心郁殪[107]，形性屈竭，犹不得已自强也[108]，故莫能终其天年。若夫至人，量腹而食，度形而衣，容身而游，适情而行，余天下而不贪，委万物而不利，处大廓之宇，游无极之野，登太皇[109]，冯太一[110]，玩天地于掌握之中，夫岂为贫富肥臞哉！故儒者非能使人弗欲，而能止之；非能使人勿乐，而能禁之。夫使天下畏刑而不敢盗，岂若能使无有盗心哉！

越人得髯蛇[111]，以为上肴，中国得而弃之无用。故知其无所用，贪者能辞之；不知其无所用，廉者不能让也。夫人主之所以残亡其国家，损弃其社稷，身死于人手，为天下笑，未尝非为非欲也。夫仇由贪大钟之赂而亡其国，虞君利垂棘之璧而擒其身，献公艳骊姬之美而乱四世，桓公甘易牙之和而不以时葬，胡王淫女乐之娱而亡上地。使此五君者，适情辞余，以己为度，不随物而动，岂有此大患哉？故射者非矢不中也，学射者不治矢也；御者非辔不行，学御者不为辔也。知冬日之𥡴、夏日之裘无用于己，则万物之变为尘埃矣。故以汤止沸，沸乃不止；诚知其本，则去火而已矣。

---

①精神：指生成万物的灵气。原注作"精者人之气，神者人之守也。本其元、说其意，故曰精神。"

②句意是只有朦胧的影象而没有具体明确的形体。

③窈窈冥冥：昏暗不明；芒芠（wén）漠闵、澒濛鸿洞：均是迷茫混沌之意；门：入门。

④二神：阴阳二神；混：同；经、营：创造，开辟；孔：深；滔：广阔。

⑤烦气：芜杂之气；精气：精纯之气。

⑥门：归宿，指天；根：本，指地。

⑦内：指人的精神，内心；外：指人的形体，形体的要求如功名利禄等。

⑧语见《老子》第42章。一指道，二指阴阳二气，三指由阴阳二气所生的合气；冲：合，指阴阳二气相激荡。

⑨肤（dié）：隆肿；此句自一月至十月是指怀胎过程中各月胎形变化生成过程。

⑩藏：通脏，指五脏。

⑪九解：即九野，见《原道训》、《天文训》中注。

⑫三百六十六日：应为三百六十日；三百六十六节：应为三百六十节。

⑬踆（qūn）乌：三足乌，传说是太阳中的乌鸦，代称日；蟾蜍：月亮的代称。

⑭章光：灿烂神奇的光辉。

⑮勃：通悖，惑乱；勃志：惑乱之心。

⑯理：顺畅；均：调和；神：奇妙高超。

⑰玄达：通达；诱慕：受外物引诱而生羡慕之心。

⑱以：此；淫：外溢，流散。

⑲爽：败，指因病而败味。

⑳趣舍：取舍；飞扬：指越轨。

㉑秏：同耗，消耗。

㉒以其生生之厚：句意为因为他的生活条件（生养其生命）太优厚了。第一个“生”是动词，生养；第二个“生”指生命。

㉓修：长。

㉔相物：双方相互把对方看成是物。

㉕坯：用原料已制成某物的形状、尚未烧制叫坯，这里指造化已将我制成人形。

㉖已：止，阻止。

㉗事：致力追求。

㉘资：原注：时或性；极：急。

㉙攫（jué）援：抓取；埏（shān）：用水与泥相和；埴（zhí）：粘土，制陶的泥。

㉚洿：同污，积水。

㉛暴：损伤，欺侮。

㉜天行：指天的运行；物化：事物的变化；闭：即阴德，主收藏，指隐匿避祸；开：即阳德，主万物生长，指造福天下。

㉝璜：玉器，形似半边玉璧。

㉞节：事物的细节。

㉟至神：最神妙的境界。

㊱明白：形容词，指洁白；太素：朴素。

㊲樊：樊篱，界域；仿（páng）佯（yáng）：徘徊；尘垢：尘世。

㊳抮抱：同缪抱，意为转移、变化。

㊴耦：合；一：指道。

㊵逯（lù）：任意。

㊶纠（xún）：通训，指法则、准则。

㊷太清：天道、自然；无所容与：不放纵情欲，容与：放纵；营：惑乱；廓惝（chǎng）：大，广阔。

㊸穷宠：犹至尊；穷：至高无上；宠：尊；行客：过客；顛（qī）丑：极丑陋的人 。

㊹方：类。

㊺忽区：原注为“忽恍无形之区旁也”。

㊻契：合；浑：混沌不分貌。

㊼太宵：长夜；昭昭：明亮；觉：醒。

㊽无委曲之隅：在转弯处看不出弯曲；无形埒之野：没有边界的区域。

㊾嬗（shàn）：演化。

㊿伦：条理。

51假：至；登假：上通。

52呴（xǔ）：吐气；内：纳；经：吊；凫（fú）：野鸭；躩（jué）：猿猴跳跃；鸱（chì）：鸢，鹞鹰。以上均为古之养生法；滑：乱。

53充：充实；与物为春：与万物一样受自然的养育而旺盛生长；春：旺盛生长；生时干心：干：应为于，在内心感受四时的变化。

54戒形：形体的变化如畸形、残废等；戒：通革，改的意思；心：神；缀：停止；宅：身体；缀宅：身体的活动停止，即死亡。

55摩：灭；抮：转动，变化。

56榭（xiè）：在台上盖的高屋；丽：追求；朴：未经加工的木头；桷（jué）；方形的椽子；题：房屋木柱的顶端；素：本色；枅（jī）：房屋柱顶安装的方木。

(57)粝（lì）：粗米；粢（zī）：稷；藜（lí）：可食用的野草；藿（huò）：豆叶。

(58)文绣：绣有花纹的锦帛，指锦衣；狐白：原指狐狸腋下的毛，色纯白，现指贵重皮衣。

(59)养性之具：生活所需的一切，包括衣、食、住、行等物质条件；性：通生；具：指衣、食、住等生活条件；天下之具：帝王的生活条件。

(60)蝘（yǎn）蜓（tíng）：蜥蜴的一种；弭（mǐ）：止，指耷拉下来；掉尾：摇尾。

(61)壶子林：郑国隐士，列子的老师。

(62)天壤：天地；名实：名利，实：指物质利益；不人：不放在心里；机不旋踵：比喻面对危险而不惧怕；机：弩机；踵：脚后跟。

(63)子求：春秋时楚国人；伛（yǔ）偻（lǚ）：驼背。

(64)臆（yì）：胸前骨；颐（yí）：下颌。

(65)脾：通髀：大腿；烛营：指男性生殖器。

(66)拘拘：拳曲不伸。

(67)天下：指万物；细：渺小。

(68)挂志：牵肠挂肚；幽：拘禁。

(69)蝉脱蛇解：蝉脱壳、蛇脱皮，喻从尘世中解脱出来；住：停留。

(70)概：限制。

(71)晏子、崔杼：均春秋时齐国大夫；《晏子春秋》载：崔杼弑齐庄公，胁迫诸将大夫忠于崔氏，不从者立死。“所杀七人，次及晏子。晏子奉杯血，仰天叹曰：‘呜呼，崔子为无道，而弑其君，不与公室而与崔庆者，受此不祥。’俯而饮血”。

(72)植：指杞植；华：指华还，也叫华周，二人皆齐国大夫；莒：西周诸侯国名。植、华二人于攻打莒国时，被莒人包围，莒人厚赂而劝二人停战，二人拒绝、战死。见《左传·襄公十四年》。

(73)公子札：指春秋时吴王寿梦的小儿子，寿梦死，长子诸樊继位后欲让位给季札，季札坚辞不受，弃家隐耕。季札曾封于延陵，故又名延陵季子。

(74)子罕：春秋时宋臣。宋人以玉献给子罕，辞不受。献者说这玉给玉工鉴定过，是珍宝。子罕说：“我以不贪为宝，尔以玉为宝，若以与我，皆丧宝也。不若人有其宝。”

(75)务光：商汤时隐士。传说汤灭夏，欲让位于务光，务光认为汤取天下不义，不受，跳进深渊而死。

(76)《金縢》：《尚书》中的篇名，内收周公愿代周武王死而向三王祷告的祷词策简；《豹韬》：兵书中《六韬》中的篇名，共有八篇，传说是姜太公所写。二书均是治国平天下的典籍。

(77)闲田：指古代未被分封的田。

(78)大言：至言。

(79)拊：拍击；瓴（líng）：装水的瓶。

(80)仍仍然：惘然若有所失貌。

(81)敖仓：秦时建造的粮仓名，在今河南荥阳东北；赣：通贡，赐。

(82)箪（dān）：盛饭用的竹器；浆：米汤。

(83)篅（chuán）：装粮食的一种器具，一般用竹篾制成，可随盛粮多少加高围住；笹（dùn）：即囤。

(84)内崩：内脏严重受损。

(85)秽：指杂念、邪念。

(86)化：造化。

(87)繇：通徭，指劳役；镢（jué）：锄头；锸（chā）：铁锨。

(88)盐汗：汗水是咸的；薄喉：迫冲咽喉。

(89)茠（xiū）：通庥，在树荫下休息；越：同樾，树冠大的树，下多树荫；脱然：舒畅。

(90)疵瘕（jiǎ）：腹部长出结块的病。

(91)踡（quán）局：身体曲成一团；谛：啼。

(92)哙（kuài）：通快，畅快。

(93)自无蹠有，自有蹠无：原注作“从无形至有形，从有形至无形，至无形，谓死生变化。”

(94)凑：趋附；凑学：指舍本逐末的学说。

(95)原：推究本原；心：天性。

(96)诎（qū）节：屈曲气节。

⑰肉凝：熟肉放时间长了脂肪凝固；酒澄：酒放时间久了杂质下沉。

⑱总：束。

⑲滑：乱。

⑩仪：法度、标准。

⑩通学：学识广博的人。

⑩颜渊：孔子的得意门生，以德见长，十八岁夭死。

⑩季路：即子路，字子由，孔子学生，以勇见长。为卫大夫孔悝邑宰，因不从孔悝迎立蒉聩为卫公，被剁成肉酱；菹(zū)醢：把人剁成肉酱的酷刑。

⑩子夏：姓卜名商，孔子学生。以文学见长，因爱子死，痛哭失明。

⑩冉伯牛：即冉有，孔子门生，以德行见长，后死于恶疾。厉：通疠，恶疾。

⑩臞(qú)：即癯，瘦；曾子：即曾参，孔子门生。

⑩殪(yì)：致死。

⑩屈：尽；已：停止；强：勉强。

⑩太皇：指天。

⑩冯：依靠；太一：指存在于混沌之中产生天地万物的气，又指道。

⑪髯(rán)蛇：大蛇。

卷八　本经[①]训

太清之始也[②]，和顺以寂漠，质真而素朴；闲静而不躁，推移而无故[③]；在内而合乎道，出外而调于义[④]；发动而成于文，行快而便于物[⑤]；其言略而循理，其行侻而顺情[⑥]；其心愉而不伪，其事素而不饰。是以不择时日，不占卦兆；不谋所始，不议所终；安则止，激则行；通体于天地，同精于阴阳；一和于四时，明照于日月，与造化者相雌雄。是以天覆以德，地载以乐；四时不失其叙，风雨不降其虐；日月淑清而扬光，五星循轨而不失其行。当此之时，玄元至砀而运照[⑦]，凤麟至，蓍龟兆；甘露下，竹实满；流黄出，而朱草生[⑧]，机械诈伪莫藏于心。

逮至衰世，镌山石，锲金玉，擿蚌蜃[⑨]，消铜铁，而万物不滋[⑩]。刳胎杀夭[⑪]，麒麟不游；覆巢毁卵，凤凰不翔；钻燧取火，构木为台；焚林而田，竭泽而渔；人械不足，畜藏有余；而万物不繁兆，萌芽、卵、胎而不成者，处之太半矣。积壤而丘处，粪田而种谷；掘地而井饮，疏川而为利；筑城而为固，拘兽以为畜；则阴阳缪戾[⑫]，四时失叙，雷霆毁折，电霰降虐，氛雾霜雪不霁，而万物夭燋[⑬]。菑榛秽，聚埒亩[⑭]；芟野菼，长苗秀[⑮]；草木之句萌、衔华、戴实而死者，不可胜数。乃至夏屋宫驾[⑯]，县联防植[⑰]；橑檐榱题[⑱]，雕琢刻镂；乔枝菱阿[⑲]，夫容芰荷[⑳]；五采争胜，流漫陆离；修掞曲挍[㉑]，夭矫曾桡[㉒]；芒繁纷挐[㉓]，以相交持；公输、王尔无所错其剞劂削锯[㉔]，然犹未能澹人主之欲也。是以松柏箘露夏槁，江、河、三川绝而不流；夷羊在牧，飞蛩满野[㉕]，天旱地坼；凤凰不下，句爪、居牙、戴角、出距之兽于是鸷矣[㉖]。民之专室蓬庐，无所归宿，冻饿饥寒死者相枕席也。及至分山川溪谷使有壤界，计人多少众寡使有分数，筑城掘池，设机械险阻以为备；饰职事，制服等[㉗]，异贵贱，差贤不肖；经诽誉[㉘]，行赏罚，则兵革兴而分争生，民之灭抑夭隐，虐杀不辜而刑诛无罪，于是生矣。

天地之合和，阴阳之陶化万物，皆乘人气者也。是故上下离心，气乃上蒸；君臣不和，五谷不为。距日冬至四十六日，天含和而未降，地怀气而未扬；阴阳储与，呼吸浸潭[㉙]；包裹风俗，斟酌万殊，旁薄众宜[㉚]，以相呕咐酝酿而成育群生[㉛]。是故春肃秋荣，冬雷夏霜，皆贼气之所生。

由此观之，天地宇宙，一人之身也；六合之内，一人之制也[32]。是故明于性者，天地不能胁也；审于符者，怪物不能惑也。故圣人者，由近知远，而万殊为一。

古之人，同气于天地，与一世而优游[33]。当此之时，无庆贺之利，刑罚之威，礼、义、廉、耻不设，毁、誉、仁、鄙不立[34]，而万民莫相侵欺暴虐，犹在于混冥之中。逮至衰世，人众财寡，事力劳而养不足，于是忿争生，是以贵仁。仁鄙不齐，比周朋党，设诈谞[35]，怀机械巧故之心[36]，而性失矣，是以贵义。阴阳之情莫不有血气之感，男女群居杂处而无别，是以贵礼。性命之情，淫而相胁，以不得已则不和，是以贵乐。是故仁、义、礼、乐者，可以救败，而非通治之至也[37]。

夫仁者，所以救争者；义者，所以救失也；礼者，所以救淫也；乐者，所以救忧也。神明定于天下而心反其初，心反其初而民性善，民性善而天地阴阳从而包之[38]，则财足而人澹矣，贪鄙忿争不得生焉。由此观之，则仁义不用矣。

道德定于天下而民纯朴，则目不营于色，耳不淫于声；坐俳而歌谣[39]，被发而浮游；虽有毛嫱、西施之色不知说也，《掉羽》、《武象》不知乐也[40]，淫泆无别不得生焉。由此观之，礼乐不用也。是故德衰然后仁生，行沮然后义立[41]，和失然后声调，礼淫然后容饰。是故知神明然后知道德之不足为也，知道德然后知仁义之不足行也，知仁义然后知礼乐之不足修也。今背其本而求其末，释其要而索之于详，未可与言至也[42]。

天地之大，可以矩表识也；星月之行，可以历推得也；雷震之声，可以钟鼓写也[43]；风雨之变，可以音律知也。是故大可睹者，可得而量也；明可见者，可得而蔽也[44]；声可闻者，可得而调也；色可察者，可得而别也。夫至大，天地弗能含也；至微，神明弗能领也[45]。及至建律历，别五色，异清浊，味甘苦，则朴散而为器矣[46]；立仁义，修礼乐，则德迁而为伪矣。及伪之生也，饰智以惊愚，设诈以巧上；天下有能持之者，有能治之者也。昔者苍颉作书而天雨粟，鬼夜哭[47]；伯益作井而龙登玄云，神栖昆仑[48]，能愈多而德愈薄矣。故周鼎著倕，使衔其指，以明大巧之不可为也[49]。

故至人之治也，心与神处，形与性调；静而体德[50]，动而理通；随自然之性而缘不得已之化[51]。洞然无为而天下自和[52]，憺然无欲而民自朴；无机祥而民不夭[53]，不忿争而养足；兼包海内，泽及后世，不知为之者谁何。是故生无号，死无谥，实不聚而名不立。施者不德，受者不让，德交归焉而莫之充忍也[54]。故德之所总道弗能害也[55]，智之所不知辩弗能解也。不言之辩，不道之道，若或通焉，谓之天府[56]。取焉而不损，酌焉而不竭，莫知其所由出，是谓瑶光。瑶光者，资粮万物者也[57]。

振困穷，补不足，则名生；兴利除害，伐乱禁暴，则功成。世无灾害，虽神无所施其德；上下和辑[58]，虽贤无所立其功。昔容成氏之时，道路雁行列处[59]，托婴儿于巢上，置余粮于亩首，虎豹可尾，虺蛇可蹍[60]，而不知其所由然。逮至尧之时，十日并出，焦禾稼，杀草木，而民无所食。猰貐、凿齿、九婴、大风、封豨、修蛇皆为民害[61]。尧乃使羿诛凿齿于畴华之野[62]，杀九婴于凶水之上[63]，缴大风于青丘之泽[64]，上射十日而下杀猰貐，断修蛇于洞庭，禽封豨于桑林[65]。万民皆喜，置尧以为天子。于是天下广狭险，易远近，始有道里[66]。

舜之时，共工振滔洪水，以薄空桑[67]，龙门未开，吕梁未发[68]，江、淮通流，四海溟涬[69]，民皆上丘陵，赴树木。舜乃使禹疏三江五湖，辟伊阙，导廛、涧，平通沟陆[70]，流注东海。鸿水漏，九州干，万民皆宁其性。是以称尧、舜以为圣。晚世之时，帝有桀、纣，为琁室、瑶台、象廊、玉床[71]；纣为肉圃、酒池，燎焚天下之财，罢苦万民之力；刳谏者，剔孕妇，攘天下[72]，虐百姓。于是汤乃以革车三百乘伐桀于南巢，放之夏台[73]；武王甲卒三千破纣牧野，杀之于宣室[74]。

天下宁定，百姓和集。是以称汤、武之贤。

由此观之，有贤圣之名者，必遭乱世之患也。今至人生乱世之中，含德怀道，拘无穷之智，钳口寝说，遂不言而死者众矣。然天下莫知贵其不言也。故道可道，非常道；名可名，非常名；著于竹帛，镂于金石，可传于人者，其粗也。五帝三王，殊事而同指，异路而同归；晚世学者，不知道之所一体，德之所总要；取成之迹，相与危坐而说之[75]，鼓歌而舞之。故博学多闻而不免于惑。《诗》云："不敢暴虎，不敢冯河。人知其一，莫知其他。"[76]，此之谓也。

帝者体太一，王者法阴阳，霸者则四时，君者用六律。秉太一者，牢笼天地[77]，弹压山川，含吐阴阳，伸曳四时[78]；纪纲八极，经纬六合；覆露照导[79]，普泛无私，蠉飞蠕动，莫不仰德而生。阴阳者，承天地之和，形万殊之体，含气化物，以成埒类[80]；赢缩卷舒，沦于不测，终始虚满，转于无原[81]。四时者，春生夏长，秋收冬藏；取予有节，出入有时；开阖张歙，不失其叙；喜怒则柔，不离其理。六律者，生之与杀也，赏之与罚也，予之与夺也，非此无道也。故谨于权衡准绳，审乎轻重，足以治其境内矣。是故体太一者，明于天地之情，通于道德之伦；聪明耀于日月，精神通于万物；动静调于阴阳，喜怒和于四时；德泽施于方外，名声传于后世。

法阴阳者，德与天地参，明与日月并，精与鬼神总；戴圆履方，抱表怀绳，内能治身，外能得人，发号施令，天下莫不从风。

则四时者，柔而不脆，刚而不鞼[82]；宽而不肆，肃而不悖[83]；优柔委从[84]，以养群类。其德含愚而容不肖，无所私爱。

用六律者，伐乱禁暴，进贤而退不肖，扶拨以为正[85]，壤险以为平，矫枉以为直，明于禁舍开闭之道，乘时因势以服役人心也。帝者体阴阳则侵[86]，王者法四时则削，霸者节六律则辱，君者失准绳则废。故小而行大，则滔窕而不亲；大而行小，则狭隘而不容[87]，贵贱不失其体，而天下治矣。

天爱其精[88]，地爱其平，人爱其情。天之精，日月、星辰、雷电、风雨也；地之平，水火金木土也；人之情，思虑、聪明、喜怒也。故闭四关，止五遁[89]，则与道沦。是故神明藏于无形，精神反于至真，则目明而不以视，耳聪而不以听，心条达而不以思虑；委而弗为，和而弗矜，冥性命之情[90]，而智故不得杂焉。精泄于目则其视明，在于耳则其听聪，留于口则其言当，集于心则其虑通。故闭四关则身无虑，百节莫苑[91]。莫死莫生，莫虚莫盈，是谓真人[92]。

凡乱之所由生者，皆在流遁。流遁之所生者五。大构驾，兴宫室；延楼栈道，鸡栖井干[93]；檦枺欂栌[94]，以相支持；木巧之饰，盘纡刻俨[95]；赢镂雕琢，诡文回波[96]；淌游瀷淢，菱杼紾抱[97]；芒繁乱泽，巧伪纷挐[98]，以相摧错，此遁于木也。凿污池之深，肆畛崖之远[99]；来溪谷之流，饰曲岸之际；积牒旋石，以纯脩碕[100]；抑淢怒濑[101]，以扬激波；曲拂邅回，以像湡、浯[102]；益树莲菱，以食鳖鱼；鸿鹄鹔鷞，稻粱饶余；龙舟鹢首[103]，浮吹以娱，此遁于水也。高筑城郭设树险阻；崇台榭之隆，侈苑囿之大，以穷要妙之望[104]；魏阙之高，上际青云；大厦曾加，拟于昆仑；修为墙垣，甬道相连；残高增下[105]，积土为山；接径历远，直道夷险；终日驰骛，而无蹟蹈之患[106]，此遁于土也。大钟鼎，美重器；华虫疏镂；以相缪紾[107]；寝兕伏虎，蟠龙连组[108]；焜昱错眩[109]，照耀辉煌；偃蹇寥纠[110]，曲成文章；雕琢之饰，锻锡 文饶[111]；乍晦乍明，抑微灭瑕[112]；霜文沈居，若簟籧篨[113]；缠锦经冗，似数而疏[114]，此遁于金也。煎熬焚炙，调齐和之适[115]，以穷荆、吴甘酸之变[116]；焚林而猎，烧燎大木；鼓橐吹埵[117]，以销铜铁；靡流坚锻，无猒足目[118]；山无峻干，林无柘梓；燎木以为炭，燔草而为灰；野莽白素[119]，不得其时；上掩天光，下殄地财，此遁于火也。此五者一，足以亡天下矣。

是故古者明堂之制[120]，下之润湿弗能及，上之雾露弗能入，四方之风弗能袭；土事不文，木工不斫，金器不镂；衣无隅差之削[121]，冠无觚赢之理[122]；堂大足以周旋理文，静洁足以享上帝、礼鬼神，以示民知俭节。

夫声色五味，远国珍怪，瓌异奇物[123]，足以变心易志，摇荡精神，感动血气者，不可胜计也。夫天地之生财也，本不过五；圣人节五行，则治不荒。凡人之性，心和欲得则乐；乐斯动，动斯蹈[124]，蹈斯荡，荡斯歌，歌斯舞，歌舞节则禽兽跳矣。人之性，心有忧丧则悲，悲则哀，哀斯愤，愤斯怒，怒斯动，动则手足不静。人之性，有侵犯则怒，怒则血充，血充则气激，气激则发怒，发怒则有所释憾矣。故钟鼓管箫，干戚羽旄，所以饰喜[illegible]；衰绖苴杖[125]，哭踊有节，所以饰哀也；兵革羽旄，金鼓斧钺，所以饰怒也。必有其质，乃为[illegible]。

古者圣人在上，政教平，仁爱洽；上下同心，君臣辑睦；衣食有余，家给人足；父慈子孝，兄良弟顺；生者不怨，死者不恨；天下和洽，人得其愿。夫人相乐，无所发贶[126]，故圣人为之作乐以和节之。末世之政，田渔重税，关市急征；泽梁毕禁[127]，网罟无所布，耒耜无所设；民力竭于徭役，财用殚于会赋[128]；居者无食，行者无粮；老者不养，死者不葬；赘妻鬻子，以给上求，犹弗能澹；愚夫蠢妇皆有流连之心，凄怆之志。乃使始为之撞大钟，击鸣鼓，吹竽笙，弹琴瑟，失乐之本矣。

古者上求薄而民用给，君施其德，臣尽其忠；父行其慈，子竭其孝，各致其爱而无憾恨其间。夫三年之丧，非强而致之，听乐不乐，食旨不甘，思慕之心未能绝也。晚世风流俗败，嗜欲多，礼义废；君臣相欺，父子相疑；怨尤充胸，思心尽亡；被衰戴绖，戏笑其中；虽致之三年，失丧之本也。

古者天子一畿[129]，诸侯一同[130]，各守其分，不得相侵。有不行王道者，暴虐万民，争地侵壤，乱政犯禁，召之不至，令之不行，禁之不止，诲之不变，乃举兵而伐之，戮其君，易其党，封其墓[131]，类其社[132]，卜其子孙以代之。晚世务广地侵壤，并兼无已。举不义之兵，伐无罪之国；杀不辜之民，绝先圣之后；大国出攻，小国守城；驱人之牛马，傒人之子女[133]；毁人之宗庙，迁人之重宝[134]；血流千里，暴骸满野，以澹贪主之欲，非兵之所为生也。

故兵者所以讨暴，非所以为暴也；乐者所以致和，非所以为淫也；丧者所以尽哀，非所以为伪也。故事亲有道矣，而爱为务[135]；朝廷有容矣，而敬为上；处丧有礼矣，而哀为主；用兵有术矣，而义为本。本立而道行，本伤而道废。

---

①本：本原，根本；经：常行的义理、法制、原则等；本经：指治理天下的根本原则。

②太清：天道之本的体现形态，指上古社会。

③故：常，人为的规则。

④内：指思想，心态；外：指行为、表现。

⑤发动：奋起行动；文：文章，这里指合于道的规则；便：有利于。

⑥侻（tuò）：简易。

⑦玄元：道的光辉；砀（dàng）：大；运照：遍照。

⑧流黄：玉，传说是土之精；朱草：红色的草，喻瑞兆。

⑨镌（juān）：凿，这里指采矿；锲（qiè）：雕刻；擿（tì）：挑开。

⑩万物不滋：万物不能正常生长。

⑪刳（kū）：剖；夭：幼小的生命。

⑫缪戾：缪：通谬，错乱。

⑬燋：通憔；燋夭：枯萎而夭折。

⑭菑（zī）：砍伐草木；榛秽：草木丛；埒：疆界。

⑮芟（shān）：除草；菼（tǎn）：初生的荻；野菼：野草；苗秀：谷始生叫苗，吐花叫秀，泛指谷物，禾苗。

⑯夏屋：高大的房屋；宫驾：高耸重叠的宫殿，驾：通架。

⑰县联：指屋檐板；植：户植，即在外面关门时，直立在两扇门交合部位以加锁的直木。

⑱橑（lǎo）：屋檐；榱（cuī）题：屋檐的椽头。

⑲乔枝菱阿：指在橑檐榱题处刻画的高耸奇异的图案，乔：高；菱：应是凌，向上伸。

⑳夫容：芙蓉，荷花；芰（jì）：四个角的菱角，两个角的叫菱。

㉑流漫：遍布，弥漫；陆离：光采斑烂绚丽；掞（yàn）：舒展；挍（jiāo）：纷杂。

㉒夭矫：屈伸自如；曾桡：层叠弯曲；曾：增加，重叠；桡：弯曲。

㉓挐（rú）：纷杂交错。

㉔公输：即鲁班；王尔：古代巧匠；错：措，处置；剞（jī）：雕刻用的刀，劂（jué）：雕刻用的曲凿；削：刮刀。

㉕夷羊：神兽，出现为凶兆；牧：郊野；蛩（qióng）：蝗虫。

㉖居牙：牙齿锋利如锯的猛兽；距：鸡等禽类爪后突出的尖骨；鸷：猛禽，也指凶猛。

㉗职事：文武官吏制度；服等：服饰等级制度。

㉘经：划分界限。

㉙浸潭：滋润旁延。

㉚风俗：指不同区域；万殊：各种不同事物；旁薄：靠近，适合。

㉛呕（xū）咐：抚养。

㉜制：范围、控制。

㉝优游：悠闲自得。

㉞鄙：鄙薄，与“仁”反义，薄情。

㉟谞（xǔ）：计谋。

㊱机械：巧诈；巧故：也是巧诈。

㊲通治之至：最好的全面的治理办法。至：极，最好的。

㊳神明三句：神明：指道；反：返；初：初始；包：包容、融合。

㊴俳（pái）：徘徊，这儿指自在歌乐的样子。

㊵《掉羽》、《武象》：皆周代用于祭祀、朝贺的雅乐，《掉羽》属文舞，《武象》属武舞。

㊶沮（jǔ）：败坏。

㊷至：最高的道理，指道。

㊸写：模仿。

㊹蔽：原注为：“或作察”。

㊺领：领略，了解。

㊻朴：未加工的木头；器：指已加工成木器了。

㊼苍颉：传说是黄帝史官，汉字的创造者。原注为：“苍颉始视鸟迹之文造书契，则诈伪萌生，诈伪萌生则去本趋末，弃耕作之业，而务锥刀之利；天知其将饿，故为雨粟。鬼恐为书文所劾，故夜哭也。”

㊽伯益二句：原注：“伯益佐舜，初作井，凿地而求水。龙知其将决川谷，漉陂池，恐见害，故登云而去。”漉（lù）：渗漏。

㊾倕（chuí）：传说是黄帝巧匠。周铸造鼎，将倕的像铸在鼎上，将其手指用嘴咬着，以告诫后人不可作大巧之事。

㊿体：领悟、体察。

51缘：循，顺随；不得已之化：不能止住的变化，自然变化；得：能；已：止。

52洞然：混沌，虚空。

53机（jī）祥：向鬼神求福却灾。

54忍：通牣（rèn），盈满。

55总：聚集。

56天府：天之府藏。

57瑶光：星名，北斗第七颗星；资粮：资助粮食。

58辑：和协、亲睦。

59容成氏：原注：“黄帝时造历术者”；雁行列处：尊卑自然有序。

(60)虺（huǐ）：毒蛇；蹍：踩、踏。

(61)猰（yà）貐（yǔ）：怪兽，状若龙首，或曰似狸，善走而食人，在西方；凿齿：怪兽，齿长三尺，其状如凿，下彻颔下而持戈盾；九婴：九头怪物，能喷水火；大风：即风伯，能毁人屋舍；封豨（xī）：大野猪；修蛇：长大的蛇。

(62)畴华：南方水泽。

(63)凶水：北方水名。

(64)缴（zhuó）：用系有丝绳的箭射杀；青丘：东方泽名。

(65)桑林：地名，传说商汤曾在此自责祈雨。

(66)道：道路；里：商贾聚居处。

(67)共工：水神；薄：逼近；空桑：地名，在山东。

(68)龙门：山名，又叫禹门口。传说禹治水凿此山，导河水穿山而过，在今山西河津西北；吕梁：山名，在今山西，南和龙门山相接。

(69)溟涬（xìng）：混混茫茫，洪水浩大。

(70)伊阙：山名，在洛阳西南；廛（chán）、涧：皆水名，在河南境内；沟陆：陆应作洫，田间水道。

(71)琁（xuān）、瑶：均美玉名。

(72)刳谏者：指挖比干的心；剔孕妇：指纣分解孕妇的骨肉，观其胎胞；攘：掠夺。

(73)南巢：今安徽巢县；夏台：今河南禹县南。

(74)宣室：殷宫名，一说是监狱。

(75)取成之迹：成：指既成之事。这里指上文中三王五帝的业绩；危坐：严肃恭敬地坐着；说：谈论。

(76)暴虎：空手与虎搏斗；冯（píng）：通淜，无舟渡河。

(77)牢笼：笼罩。

(78)伸曳：调和。

(79)覆露：荫庇、霑润；照导：昭示、引导。

(80)埒类：指多种多类事物。

(81)无原：不可度量之境；原：度量。

(82)鞼：折断。

(83)肃：急；悖：乱。

(84)委从：放松；从：应读纵。

(85)扶：矫治；拨：曲，不正。

(86)侵：欺凌。

(87)小而行大：指上文中帝者、王者、霸者，以帝为大，王者为小；以王为大，霸者为小……。大而行小的意思相同。

(88)精：指精气。

(89)四关：指耳、目、心、口四种器官；五遁：指下段所述精神沉缅于五方面的物质享受（对应分属于木、水、土、金、火五行）而泄失。遁：隐失。

(90)冥性命之情：不思虑，不运用智慧，对事物不产生喜怒之情，保持恬静虚无心态；冥：静，深藏。

(91)百节：指人的关节；苑：枯病，今口语“蔫”与苑同义，即物不新鲜，人委靡不振。

(92)真人：指生而如死、实而如虚、有而如无的极度冷漠、超出尘世的人。

(93)延楼：高楼；栈道：凌空架设的通道；鸡栖：鸡舍；井干：井的围栏。

(94)檦株：柱头；欂栌：斗拱。

(95)盘纡：盘绕纡曲；刻俨：昂首的样子，指建筑物上雕刻的盘龙、虎首等形状。

(96)赢镂：精巧的雕饰；诡文：奇异的文字；回波：回旋的水波。

(97)淌游：水流的样子；瀷淢（yì yù）：水流湍急所形成的旋波；杼（zhù）：水草，假借为茅；紾抱：同抮抱，扭曲纠缠的样子。

(98)芒：通茫；芒繁：迷茫纷繁，令人眼花瞭乱；伪：人为。

(99)污池：蓄水池；畛（zhěn）崖：边界。

(100)积牒：堆积；旋：通琁，美玉；纯：边缘；碕（qí）：曲折的堤岸。

(101)淢、濑：指湍急的水流。

(102)像：模仿；湡（yú）：水名，在今河北；浯（wú）：在今山东；现泛指河流。

⑩鹢（yì）：鸟名，似鹭鹚；鹢首：在船首绘有鹢鸟首的船。

⑭要妙：美好；望：观赏。

⑮残：削去；增：填高；下：低下。

⑯蹪：通隤，跌倒；蹈：应为陷，陷坑。

⑰华虫：古冕服上的画饰。

⑱缪纱：相纠结；兕（sì）：雌犀牛；组：结。

⑲焜（hùn）昱（yù）：光采明亮；昱：同煜。

⑩偃蹇：高耸；寥纠：缭绕纠结。

⑪锻锡：在锡制器表面锻造图纹；铙（náo）：乐器，似铃而口朝上；文铙：在铙表面刻上花纹。

⑫抑：消除；微：指细小的裂纹。

⑬霜文：纹色如霜；沈居：沈：通沉，意即各种纹路，没入器身；簟：竹席；籧（qú）篨（chú）：苇或竹编的比簟粗的粗席。

⑭经冗：繁多杂乱的花纹；数：密。

⑮齐和：份量。

⑯荆、吴甘酸之变：原注：荆、吴之人善调甜酸美味。

⑰橐（tuó）：风箱；埵（duǒ）：在风箱与火炉之间相连的管子。

⑱猒（yàn）足：满足。

⑲白素：形容野草白花花一片。

⑳明堂：古代帝王宣明政教的地方。凡朝会、祭礼、庆赏、选士、养老、教学等大典，均在此举行。

㉑隅差：衣领、衣襟等处的斜角；削：裁剪。

㉒觚（gū）：古酒器，长身宽口，口部与底部呈喇叭状；蠃（luǒ）：蜗牛；理：纹理。觚蠃之理：曲折线条与奇特造形。

㉓瓌（guī）：同瑰，奇特。

㉔斯：连词，起承接作用，用法同“则”、“乃”。

㉕衰：古代丧服，绖（dié）：居丧期间系在头上或腰间的麻带；苴（jū）杖：居父母丧时所用的竹杖。

㉖发贶（kuàng）：抒发表达感情；贶：赐予。

㉗泽梁：水中捕鱼处；梁：指鱼梁，即为捕鱼而筑的堤坝。

㉘会赋：统计人口，交纳赋税，可说是人头税；会：计算。

㉙畿：天子领属之地称畿，方围千里为一畿。

㉚同：诸侯所属之地称同，方围万里为一同。

㉛封：堆土为坟称封，这里指修整被暴君杀害的贤人的墓。

㉜类：通“禷”，祭祀；社：土地神。

㉝傒（xī）：拘押。

㉞重宝：象征国家权力的东西如鼎等。

㉟务：致力。

㊱容：礼仪，法度。

卷九　主术[①]训

人主之术，处无为之事，而行不言之教。清静而不动，一度而不摇[②]；因循而任下，责成而不劳。是故心知规而师傅谕导[③]，口能言而行人称辞[④]，足能行而相者先导[⑤]，耳能听而执正进谏[⑥]。是故虑无失策，谋无过事；言为文章[⑦]，行为仪表于天下；进退应时，动静循理；不为丑美好憎，不为赏罚喜怒；名各自名，类各自类；事犹自然，莫出于己。故古之王者，冕而前旒[⑧]，所以蔽明也；黈纩塞耳[⑨]，所以掩聪；天子外屏，所以自障。故所理者远，则所在者迩；

所治者大，则所守者少。夫目妄视则淫，耳妄听则惑，口妄言则乱。夫三关者，不可不慎守也。若欲规之[10]，乃是离之；若欲饰之[11]，乃是贼之。

天气为魂，地气为魄；反之玄房，各处其宅[12]。守而勿失，上通太一。太一之精，通于天道。天道玄默[13]，无容无则[14]；大不可极，深不可测；尚与人化[15]，知不能得。

昔者神农之治天下也，神不驰于胸中，智不出于四域，怀其仁诚之心。甘雨时降，五谷蕃植，春生夏长，秋收冬藏。月省时考，岁终献功，以时尝谷，祀于明堂。明堂之制，有盖而无四方，风雨不能袭，寒暑不能伤。迁延而入之[16]，养民以公。其民朴重端悫，不忿争而财足，不劳形而功成。因天地之资，而与之和同。是故威厉而不杀，刑错而不用，法省而不烦，故其化如神。其地南至交趾，北至幽都，东至旸谷，西至三危[17]，莫不听从。当此之时，法宽刑缓，囹圄空虚，而天下一俗，莫怀奸心。

末世之政则不然。上好取而无量，下贪狼而无让；民贫苦而忿争，事力劳而无功；智诈萌兴，盗贼滋彰；上下相怨，号令不行；报政有司，不务反道，矫拂其本，而事修其末；削薄其德，曾累其刑；而欲以为治，无以异于执弹而来鸟，捭棁而狎犬也[18]，乱乃愈甚。夫水浊则鱼噞[19]，政苛则民乱。故夫养虎豹犀象者，为之圈槛，供其嗜欲，适其饥饱，违其怒恚[20]，然而不能终其天年者，形有所劫也。是以上多故则下多诈，上多事则下多态，上烦扰则下不定，上多求则下交争。不直之于本[21]，而事之于末，譬犹扬堁而弭尘[22]，抱薪以救火也。故圣人事省而易治，求寡而易澹；不施而仁，不言而信，不求而得，不为而成；块然保真[23]，抱德推诚；天下从之，如响之应声，景之像形，其所修者本也。刑罚不足以移风，杀戮不足以禁奸；唯神化为贵，至精为神[24]。

夫疾呼不过闻百步，志之所在，逾于千里。冬日之阳，夏日之阴，万物归之而莫使之然。故至精之像，弗招而自来，不麾而自往；窈窈冥冥，不知为之者谁而功自成；智者弗能诵，辩者弗能形。昔孙叔敖恬卧而郢人无所害其锋[25]，市南宜辽弄丸而两家之难无所关其辞[26]。鞅鞈铁铠[27]，瞋目扼腕，其于以御兵、刃，县矣！契券束帛，刑罚斧钺，其于以解难，薄矣！待目而照见，待言而使令，其于为治，难矣！

蘧伯玉为相[28]，子贡往视之，曰："何以治国？"曰："以弗治治之。"简子欲伐卫，使史黯往觌焉[29]。还报曰："蘧伯玉为相，未可以加兵。固塞险阻，何足以致之？"故皋陶喑而为大理[30]，天下无虐刑，有贵于言者也；师旷瞽而为太宰[31]，晋无乱政，有贵于见者也。故不言之令，不视之见，此伏羲、神农之所以为师也。

故民之化也，不从其所言，而从所行。故齐庄公好勇，不使斗争，而国家多难，其渐至于崔杼之乱。顷襄好色，不使风议，而民多昏乱，其积至昭奇之难[32]。故至精之所动，若春气之生，秋气之杀也，虽驰传骛置，不若此其亟[33]。故君人者，其犹射者乎？于此豪末，于彼寻常矣。故慎所以感之也。

夫荣启期一弹，而孔子三日乐，感于和[34]；邹忌一徽[35]，而成王终夕悲，感于忧。动诸琴瑟，形诸音声，而能使人为之哀乐，县法设赏，而不能移风易俗者，其诚心弗施也。宁戚商歌车下，桓公喟然而寤[36]，至精入人深矣！故曰：乐听其音则知其俗，见其俗则知其化。孔子学鼓琴于师襄，而谕文王之志，见微以知明矣[37]。延陵季子听鲁乐而知殷、夏之风[38]，论近以识远也。作之上古，施及千岁而文不灭[39]，况于并世化民乎？汤之时，七年旱，以身祷于桑林之际，而四海之云凑，千里之雨至。抱质效诚，感动天地，神谕方外；令行禁止，岂足为哉[40]！古圣王至精形于内，而好憎忘于外；出言以副情，发号以明旨；陈之以礼乐，风之以歌谣；业贯万世而不壅[41]，横扃四方而不穷[42]；禽兽昆虫与之陶化，又况于执法施令乎？

故太上神化，其次不得为非，其次赏贤而罚暴。衡之于左右，无私轻重，故可以为平；绳之于内外，无私曲直，故可以为正；人主之用法，无私好憎，故可以为命[43]。夫权轻重，不差蚊首[44]；扶拨枉桡，不失针锋[45]；直施矫邪，不私辟险；奸不能枉，谗不能乱；德无所立，怨无所藏；是任术而释人心者也，故为治者不与焉。

夫舟浮于水，车转于陆，此势之自然也。木击折轊，水戾破舟，不怨木石而罪巧拙者，知故不载焉[46]。是故道有智则惑，德有心则险，心有目则眩。兵莫憯于志而莫邪为下[47]，寇莫大于阴阳而枹鼓为小[48]。今夫权衡规矩，一定而不易，不为秦、楚变节[49]，不为胡、越改容[50]；常一而不邪，方行而不流[51]；一日刑之，万世传之，而以无为为之。故国有亡主，而世无废道；人有困穷，而理无不通。由此观之，无为者，道之宗。

故得道之宗，应物无穷；任人之才，难以至治。汤、武，圣主也，而不能与越人乘干舟而浮于江湖[52]；伊尹，贤相也，而不能与胡人骑騵马而服騊駼[53]；孔、墨博通，而不能与山居者入榛薄险阻也。由此观之，则人知之于物也，浅矣；而欲以遍照海内，存万方，不因道之数，而专己之能，则其穷不达矣。故智不足以治天下也。桀之力，制觡伸钩，索铁歙金，椎移大牺[54]，水杀鼋鼍，陆捕熊罴，然汤革车三百乘，困之鸣条，擒之焦门[55]。由此观之，勇力不足以持天下矣。

智不足以为治，勇不足以为强，则人材不足任，明也。而君人者不下庙堂之上，而知四海之外者，因物以识物，因人以知人也。故积力之所举，则无不胜也；众智之所为，则无不成也。坎井之无鼋鼍，隘也；园中之无修木，小也。夫举重鼎者，力少而不能胜也，及至其移徙之，不待其多力者。故千人之群无绝梁[56]，万人之聚无废功。夫华骝、绿耳[57]，一日而至千里，然其使之搏兔，不如豺狼，伎能殊也。鸱夜撮蚤蚊，察分秋毫，昼日颠越[58]，不能见丘山，形性诡也[59]。

夫螣蛇游雾而动[60]，应龙乘云而举[61]，猿得木而捷，鱼得水而骛。故古之为车也，漆者不画，凿者不斫；工无二伎，士不兼官，各守其职，不得相奸[62]；人得其宜，物得其安，是以器械不苦[63]，而职事不嫚[64]。夫责少者易偿[65]，职寡者易守，任轻者易权。上操约省之分[66]，下效易为之功，是以君臣弥久而不相猒[67]。

君人之道，其犹零星之尸也[68]，俨然玄默，而吉祥受福。是故得道者不为丑饰，不为伪善。一人被之而不褒，万人蒙之而不褊[69]。是故重为惠，若重为暴[70]，则治道通矣。为惠者，尚布施也。无功而厚赏，无劳而高爵，则守职者懈于官，而游居者亟于进矣。为暴者，妄诛也。无罪者而死亡，行直而被刑，则修身者不劝善，而为邪者轻犯上矣。故为惠者生奸，而为暴者生乱；奸乱之俗，亡国之风。是故明主之治，国有诛者而主无怒焉，朝有赏者而君无与焉。诛者不怨君，罪之所当也；赏者不德上，功之所致也。民知诛赏之来，皆在于身也；故务功修业，不受赣于君。是故朝延芜而无迹，田野辟而无草，故太上下知有之。

桥直植立而不动[71]，俯仰取制焉[72]；人主静漠而不躁，百官得修焉。譬而军之持麾者，妄指则乱矣。慧不足以大宁，智不足以安危；与其誉尧而毁桀也，不如掩聪明而反修其道也。清静无为，则天与之时；廉俭守节，则地生之财；处愚称德，则圣人为之谋。是故下者万物归之，虚者天下遗之[73]。

夫人主之听治也，清明而不暗，虚心而弱志，是故群臣辐凑并进[74]，无愚智、贤不肖莫不尽其能。于是乃始陈其礼，建以为基，是乘众势以为车，御众智以为马，虽幽野险途则无由惑矣。人主深居隐处以避燥湿，闺门重袭以避奸贼；内不知闾里之情，外不知山泽之形；帷幕之外，目不能见十里之前，耳不能闻百步之外；天下之物无不通者，其灌输之者大，而斟酌之者众也。是故不出户而知天下，不窥牖而知天道。乘众人之智，则天下之不足有也；专用其心，则独身不能保也！

是故人主覆之以德，不行其智，而因万人之所利，夫举踵天下而得所利[75]。故百姓载之上弗重也，错之前弗害也，举之而弗高也，推之而弗猒。主道员[76]者，运转而无端，化育如神，虚无因循，常后而不先也。臣道员者，运转而无方者[77]，论是而处当，为事先倡[78]，守职分明，以立成功也。是故君臣异道则治，同道则乱；各得其宜，处其当，则上下有以相使也[79]。夫人主之听治也，虚心而弱志，清明而不暗；是故群臣辐凑并进，无愚智贤不肖，莫不尽其能者，则君得所以制臣，臣得所以事君，治国之道明矣。

文王智而好问，故圣；武王勇而好问，故胜。夫乘众人之智，则无不任也；用众人之力，则无不胜也。千钧之重，乌获不能举也[80]；众人相一，则百人有余力矣。是故任一人之力者，则乌获不足恃；乘众人之智者，则天下不足有也。禹决江疏河，以为天下兴利，而不能使水西流；稷辟土垦草[81]，以为百姓力农，然不能使禾冬生。岂其人事不至哉？其势不可也！

夫推而不可为之势[82]，而不修道理之数，虽神圣人不能以成其功，而况当世之主乎？夫载重而马羸，虽造父不能以致远；车轻马良，虽中工可使追速。是故圣人举事也，岂能拂道理之数，诡自然之性[83]，以曲为直，以屈为伸哉？未尝不因其资而用之也。是以积力之所举，无不胜也；而众智之所为，无不成也。聋者可令嗺筋[84]，而不可使有闻也；喑者可使守圉，而不可使言也，形有所不周，而能有所不容也，是故有一形者处一位，有一能者服一事。力胜其任，则举之者不重也；能称其事，则为之者不难也。毋小大修短，各得其宜，则天下一齐，无以相过也。圣人兼而用之，故无弃才。

人主贵正而尚忠，忠正在上位，执正营事[85]，则谗佞奸邪无由进矣！譬犹方员之不相盖，而曲直之不相入，夫鸟兽之不可同群者，其类异也；虎鹿之不同游者，力不敌也。是故圣人得志而在上位，谗佞奸邪而欲犯主者，譬犹雀之见鹯而鼠之遇狸也[86]，亦必无余命矣。是故人主之一举也，不可不慎也。所任者得其人，则国家治，上下和，群臣亲，百姓附；所任非其人，则国家危，上下乖，群臣怨，百姓乱。故一举而不当，终身伤；得失之道，权要在主[87]。是故绳正于上，木直于下，非有事焉，所缘以修者然也[88]。故人主诚正，则直士任事，而奸人伏匿矣；人主不正，则邪人得志，忠者隐蔽矣。

夫人之所以莫抓玉石而抓瓜瓠者[89]，何也？无得于玉石，弗犯也。使人主执正持平，如从绳准高下，则群臣以邪来者，犹以卵投石，以火投水。故灵王好细要，而民有杀食自饥也[90]；越王好勇[91]，而民皆处危争死。由此观之，权势之柄，其以移风易俗矣。尧为匹夫，不能仁化一里；桀在上位，令行禁止。由此观之，贤不足以为治，而势可以易俗明矣！《书》曰："一人有庆，万民赖之[92]。"此之谓也。

天下多眩于名声，而寡察其实，是故处人以誉尊，而游者以辩显[93]。察其所尊显，无他故焉，人主不明分数利害之地，而贤众口之辩也[94]。治国则不然，言事者必究于法，而为行者必治于官；上操其名以责其实，臣守其业以效其功；言不得过其实，行不得逾其法；群臣辐凑，莫敢专君[95]。事不在法律中，而可以便国佐治，必参五行之。阴考以观其归，并用周听以察其化；不偏一曲，不党一事[96]。是以中立而遍[97]，运照海内；群臣公正，莫敢为邪；百官述职，务致其公迹也[98]。主精明于上，官劝力于下[99]，奸邪灭迹，庶功日进。是以勇者尽于军。

乱国则不然。有众咸誉者无功而赏，守职者无罪而诛；主上暗而不明，群臣党而不忠，说谈者游于辩，修行者竞于往[100]；主上出令则非之以与[101]，法令所禁则犯之以邪；为智者务于巧诈，为勇者务于斗争；大臣专权，下吏持势，朋党周比，以弄其上；国虽若存，古之人曰亡矣！且夫不治官职，而被甲兵；不随南亩[102]，而有贤圣之声者，非所以都于国也。骐骥、騄駬，天下之疾马也，驱之不前，引之不止，虽愚者不加体焉[103]。今治乱之机，辙迹可见也，而世主莫之能察，此治道之所以塞。

权势者，人主之车舆[104]；爵禄者，人臣之辔衔也[105]。是故人主处权势之要而持爵禄之柄，审缓急之度而适取予之节，是以天下尽力而不倦。夫臣主之相与也，非有父子之厚，骨肉之亲也，而竭力殊死[106]，不辞其躯者，何也？势有使之然也。昔者豫让，中行文子之臣。智伯伐中行氏，并吞其地，豫让背其主而臣智伯。智伯与赵襄子战于晋阳之下，身死为戮，国分为三[107]。豫让欲报赵襄子，漆身为厉[108]，吞炭变音，擿齿易貌[109]。夫以一人之心而事两主，或背而去，或欲身徇之，岂其趋舍厚薄之势异哉？人之恩泽使之然也。纣兼天下，朝诸侯[110]，人迹所及，舟楫所通，莫不宾服。然而武王甲卒三千人，擒之于牧野，岂周民死节而殷民背叛哉？其主之德义厚而号令行也。

夫疾风而波兴，木茂而鸟集，相生之气也。是故臣不得其所欲于君者，君亦不能得其所求于臣也。君臣之施者，相报之势也。是故臣尽力死节以与君，君计功垂爵以与臣。是故君不能赏无功之臣，臣亦不能死无德之君。君德不下流于民而欲用之，如鞭蹄马矣；是犹不待雨而求熟稼，必不可之数也[111]。

君人之道，处静以修身，俭约以率下。静则下不扰矣，俭则民不怨矣。下扰则政乱，民怨则德薄；政乱则贤者不为谋，德薄则勇者不为死。是故人主好鸷鸟猛兽、珍怪奇物，狡躁康荒[112]，不爱民力，驰骋田猎，出入不时，如此则百官务乱，事勤财匮，万民悉苦，生业不修矣。人主好高台深池、雕琢刻镂、黼黻文章、絺绤绮绣[113]、宝玩珠玉，则赋敛无度，而万民力竭矣。尧之有天下也，非贪万民之富而安人主之位也，以为百姓力征，强凌弱，众暴寡，于是尧乃身服节俭之行，而明相爱之仁，以和辑之。是故茅茨不翦，采椽不斲[114]；大路不画，越席不缘[115]；大羹不和，粢食不毇[116]；巡狩行教，勤劳天下，周流五岳。岂其奉养不足乐哉？举天下而以为社稷，非有利焉。年衰志悯，举天下而传之舜，犹却行而脱屣也。

衰世则不然。一日而有天下之富，处人主之势，则竭百姓之力，以奉耳目之欲，志专在于宫室台榭、陂池苑囿、猛兽熊罴、玩好珍怪。是故贫民糟糠不接于口，而虎狼熊罴猒刍豢[117]；百姓短褐不完，而宫室衣锦绣。人主急兹无用之功，百姓黎民顦顇于天下[118]，是故使天下不安其性[119]。

人主之居也，如日月之明也，天下之所同侧目而视，侧耳而听，延颈举踵而望也。是故非澹薄无以明德，非宁静无以致远，非宽大无以兼覆，非慈厚无以怀众，非平正无以制断[120]。是故贤主之用人也，犹巧工之制木也，大者以为舟航柱梁，小者以为楫楔；修者以为榈榱[121]，短者以为朱儒枅栌[122]；无小大修短，各得其所宜，规矩方圆，各有所施。

天下之物，莫凶于鸡毒[123]，然而良医橐而藏之，有所用也。是故林莽之材，犹无可弃者，而况人乎？今夫朝庭之所不举，乡曲之所不誉，非其人不肖也，其所以官之者非其职也。鹿之上山，獐不能跂也[124]，及其下，牧竖能追之，才有所修短也。是故有大略者不可责以捷巧，有小智者不可任以大功[125]。人有其才，物有其形；有任一而太重，或任百而尚轻。是故审豪厘之计者，必遗天下之大数；不失小物之选者，惑于大数之举，譬犹狸之不可使搏牛，虎之不可使搏鼠也。

今人之才，或欲平九州，并方外，存危国，继绝世，志在直道正邪，决烦理挐，而乃责之以闺阁之礼，奥窔之间[126]；或佞巧小具，谄进愉说[127]，随乡曲之俗，卑下众人之耳目；而乃任之以天下之权，治乱之机，是犹以斧劗毛，以刀抵木也[128]，皆失其宜矣。

人主者，以天下之目视，以天下之耳听，以天下之智虑，以天下之力争。是故号令能下究，而臣情得上闻；百官修同，群臣辐凑；喜不以赏赐，怒不以罪诛。是故威立而不废，聪明先而不獘[129]；法令察而不苛，耳目达而不暗；善否之情[130]，日陈于前而无所逆。是故贤者尽其智，而不肖者竭其力；德泽兼覆而不偏，群臣劝务而不怠；近者安其性，远者怀其德。所以然者何也？得用人之道，而不任己之才者也。故假舆马者，足不劳而致千里；乘舟楫者，不能游而绝江海。

夫人主之情，莫不欲总海内之智，尽众人之力，然而群臣志达效忠者，希不困其身[31]。使言之而是，虽在褐夫刍荛[32]，犹不可弃也；使言之而非也，虽在卿相人君，揄策于庙堂之上[33]，未必可用。是非之所在，不可以贵贱尊卑论也。是明主之听于群臣，其计乃可用，不羞其位；其言可行，而不责其辩。暗主则不然。所爱习亲近者，虽邪枉不下，不能见也；疏远卑贱者，竭力尽忠，不能知也。有言者穷之以辞，有谏者诛之以罪。如此而欲照海内、存万方，是犹塞耳而听清浊，掩目而视青黄也，其离聪明则亦远矣！

法者，天下之度量，而人主之准绳也。县法者[34]，法不法也；设赏者，赏当赏也。法定之后，中程者赏，缺绳者诛[35]；尊贵者不轻其罚，而卑贱者不重其刑；犯法者虽贤必诛，中度者虽不肖必无罪。是故公道通而私道塞矣。古之置有司也，所以禁民使不得自恣也。其立君也，所以剬有司[36]，使无专行也。法籍礼义者，所以禁君，使无擅断也。人莫得自恣，则道胜，道胜而理达矣，故反于无为。无为者，非谓其凝滞而不动也，以其言莫从己出也。

夫寸生于穛[37]，穛生于日，日生于形，形生于景，此度之本也；乐生于音，音生于律，律生于风，此声之宗也；法生于义，义生于众适，众适合于人心，此治之要也。故通于本者不乱于末，睹于要者不惑于详。法者，非天堕，非地生，发于人间而反以自正。是故有诸己不非诸人，无诸己不求诸人；所立于下者不废于上，所禁于民者不行于身。所谓亡国，非无君也，无法也；变法者，非无法也；有法者而不用，与无法等。是故人主之立法，先自为检式仪表[38]，故令行于天下。孔子曰："其身正，不令而行；其身不正，虽令不从[39]。"故禁胜于身[40]，则令行于民矣。

圣主之治也，其犹造父之御，齐辑之于辔衔之际[41]，而急缓之于唇吻之和[42]；正度于胸臆之中，而执节于掌握之间；内得于心中，外合于马志[43]。是故能进退履绳，而旋曲中规；取道致远，而气力有余，诚得其术也。是故权势者，人主之车舆也；大臣者，人主之驷马也。体离车舆之安而手失驷马之心，而能不危者，古今未有也。是故舆马不调，王良不足以取道[44]；君臣不和，唐虞不能以为治[45]。执术而御之，则管、晏子之智尽矣[46]；明分以示之，则蹠、蹻之奸止矣[47]，夫据幹而窥井底，虽达视犹不能见其睛[48]；借明于鉴以照之，则寸分可得而察也。是故明主之耳目不劳，精神不竭，物至而观其象，事来而应其化，近者不乱，远者治也。是故不用适然之数[49]，而行必然之道，故万举而无遗策矣[50]。今夫御者，马体调于车，御心和于马，则历险致远，进退周游，莫不如志。虽有骐骥騄駬之良，臧获御之[51]，则马反自恣，而人弗能制矣。故治者不贵其自是，而贵其不得为非也。故曰："勿使可欲，毋曰弗求；勿使可夺，毋曰不争。"如此，则人材释而公道行矣。

美者正于度，而不足者逮于用，故海内可一也。夫释职事而听非誉，弃公劳而用朋党[52]，则奇材佻长而干次，守官者雍遏而不进[53]。如此，则民俗乱于国，而功臣争于朝。故法律度量者，人主之所以执下，释之而不用，是犹无辔衔而驰也，群臣百姓反弄其上。是故有术则制人，无术则制于人。吞舟之鱼，荡而失水，则制于蝼蚁，离其居也；猿狖失木，而擒于狐狸，非其处也[54]。

君人者释所守而与臣下争，则有司以无为持位，守职者以从君取容[55]，是以人臣藏智而弗用，反以事转任其上矣。夫富贵者之于劳也，达事者之于察也，骄恣者之于恭也，势不及君。君人者不任能而好自为之，则智日困而自负其责也。数穷于下则不能伸理[56]；行堕于国则不能专制[57]。智不足以为治，威不足以行诛，则无以与天下交也。喜怒形于心者欲见于外，则守职者离正而阿上，有司枉法而从风，赏不当功，诛不应罪，上下离心而群臣相怨也。是以执正阿主，而有过则无以责之；有罪而不诛，则百官烦乱，智弗能解也；毁誉萌生，而明不能照也。不正本而反自然，则人主逾劳，人臣逾逸，是犹代庖宰剥牲，而为大匠斫也[158]。与马竞走，筋绝而弗能及；上车执辔，则马死于衡下[159]。故伯乐相之[160]，王良御之，明主乘之，无御相之劳而致千里者，乘于人资以为羽翼也。

是故君人者，无为而有守也，有为而无好也。有为则谗生，有好则谀起。昔者齐桓公好味而易牙烹其首子而饵之[161]，虞君好宝而晋献以璧马钓之[162]，胡王好音而秦穆公以女乐诱之[163]，是皆以利见制于人也。故善建者不拔[164]。夫火热而水灭之，金刚而火销之，木强而斧伐之，水流而土遏之，唯造化者物莫能胜也。故中欲不出谓之扃，外邪不入谓之塞。中扃外闭，何事之不节[165]？外闭中扃，何事之不成？弗用而后能用之，弗为而后能为之。精神劳则越，耳目淫则竭。故有道之主，灭想去意，清虚以待；不伐之言[166]，不夺之事；循名责实，使有司。任而弗诏[167]，责而弗教；以不知为道，以奈何为宝[168]。如此，则百官之事各有所守矣。

摄权势之柄，其于化民易矣。卫君役子路，权重也[169]；景、桓公臣管、晏，位尊也；怯服勇而愚制智，其所托势者胜也。故枝不得大于干，末不得强于本，则轻重大小有以相制也；若五指之属于臂，搏援攫捷，莫不如志，言以小属于大也。是故得势之利者，所持甚小，其存甚大[170]；所守甚约，所制甚广。是故十围之木，持千钧之屋；五寸之键，制开阖之门。岂其材之巨小足哉？所居要也。孔丘、墨翟修先圣之术，通六艺之论，口道其言，身行其志，慕义从风，而为之服役者不过数十人；使居天子之位，则天下遍为儒、墨矣。楚庄王伤文无畏之死于宋也，奋袂而起[171]，衣冠相连于道，遂成军宋城之下[172]，权柄重也。楚文王好服獬冠[173]，楚国效之；赵武灵王贝带鵔鸃而朝[174]，赵国化之。使在匹夫布衣，虽冠獬冠，带贝带、鵔鸃而朝，则不免为人笑也。

夫民之好善乐正，不待禁诛而自中法度者，万无一也；下必行之令，从之者利，逆之者凶，日阴未移，而海内莫不被绳矣。故握剑锋，以离北宫子、司马蒯蒉不使应敌[175]；操其觚，招其末[176]，则庸人能以制胜。今使乌获、藉蕃从后牵牛尾[177]，尾绝而不从者，逆也；若指之桑条以贯其鼻，则五尺童子牵而周四海者，顺也。夫七尺之桡而制船之左右者[178]，以水为资[179]；天子发号，令行禁止，以众为势也。

夫防民之所害，开民之所利，威行也，若发城决唐[180]。故循流而下易以至，背风而驰易以远。桓公立政，去食肉之兽，食粟之鸟，系罝之网，三举而百姓说[181]；纣杀王子比干而骨肉怨[182]，斮朝涉者之胫而万民叛[183]，再举而天下失矣。故义者，非能遍利天下之民也，利一人而天下从风；暴者，非尽害海内之众也，害一人而天下离叛。故桓公三举而九合诸侯，纣再举而不得为匹夫[184]。故举错不可不审[185]。

人主租敛于民也，必先计岁收，量民积聚，知饥馑有余不足之数，然后取车舆衣食供养其欲。高台层榭，接屋连阁，非不丽也，然民有掘穴狭庐所以托身者，明主弗乐也；肥浓甘脆，非不美也，然民有糟糠菽粟不接于口者，则明主弗甘也；匡床蒻席[186]，非不宁也，然民有处边城、犯危难、泽死暴骸者，明主弗安也。故古之君人者，其惨怛于民也[187]，国有饥者，食不重味；民有寒者，而冬不被裘；岁登民丰，乃始县钟鼓，陈干戚，君臣上下同心而乐之，国无哀人。

故古之为金石管弦者，所以宣乐也；兵革斧钺者，所以饰怒也[188]；觞酌俎豆，酬酢之礼[189]，所以效善也；衰绖菅屦，辟踊哭泣[190]，所以谕哀也。此皆有充于内[191]，而成像于外。及至乱主，取民则不裁其力[192]；求于下则不量其积；男女不得事耕织之业以供上求；力勤财匮，君臣相疾也[193]。故民至于焦唇沸肝，有今无储，而乃始撞大钟，击鸣鼓，吹竽笙，弹琴瑟，是犹贯甲胄而入宗庙，被罗纨而从军旅，失乐之所由生矣。

夫民之为生也，一人蹠耒[194]，而耕不过十亩，中田之获，卒岁之收，不过亩四石。妻子老弱仰而食之，时有涔旱灾害之患，无以给上之征赋车马兵革之费。由此观之，则人之生悯矣！夫天地之大，计三年耕而余一年之食，率九年而有三年之畜，十八年而有六年之积，二十七年而有九年之储，虽涔旱灾害之殃，民莫困穷流亡也。故国无九年之畜谓之不足；无六年之积谓之悯急[95]；无三年之畜谓之穷乏；故有仁君明王，其取下有节，自养有度，则得承受于天地，而不离饥寒之患矣[96]。若贪主暴君，挠于其下[97]，侵渔其民，以适无穷之欲，则百姓无以被天和而履地德矣[98]。

食者，民之本也；民者，国之本也；国者，君之本也。是故人君者上因天时，下尽地财，中用人力，是以群生遂长[99]，五谷蕃植。教民养育六畜，以时种树，务修田畴，滋植桑麻；肥墝高下[200]，各因其宜。丘陵阪险不生五谷者，以树竹木，春伐枯槁，夏取果蓏[201]，秋畜疏食，冬伐薪蒸[202]，以为民资 。是故生无乏用，死无转尸[203]。故先王之法，畋不掩群，不取麛夭[204]，不涸泽而渔，不焚林而猎。豺未祭兽，罝罘不得布于野[205]；獭未祭鱼，网罟不得入于水[206]；鹰隼未挚[207]，罗网不得张于溪谷；草木未落，斤斧不得入山林；昆虫未蛰，不得以火烧田。孕育不得杀，鷇卵不得探[208]；鱼不长尺不得取，彘不得期年不得食。是故草木之发若蒸气，禽兽之归若流泉，飞鸟之归若烟云，有所以致之也。

故先王之政，四海之云至而修封疆[209]；虾蟆鸣、燕降而达路除道[210]；阴降百泉则修桥梁[211]；昏张中则务种谷[212]；大火中则种黍菽[213]；虚中则种宿麦[214]；昴中则收敛畜积[215]，伐薪木。上告于天，下布之民。先王之所以应时修备，富国利民，实旷来远者[216]，其道备矣；非能目见而足行之也，欲利之也。欲利之也不忘于心，则官自备矣。心之于九窍四支也，不能一事焉，然而动静听视皆以为主者，不忘于欲利之也。故尧为善而众善至矣；桀为非而众非来矣。善积则功成，非积则祸极。

凡人之论，心欲小而志欲大；智欲员而行欲方；能欲多而事欲鲜。所以心欲小者，虑患未生，备祸未发，戒过慎微，不敢纵其欲也；志欲大者，兼包万国，一齐殊俗，并覆百姓，若合一族，是非辐凑而为之毂[217]；智欲员者，环复转运，终始无端，旁流四达，渊泉而不竭，万物并兴，莫不响应也；行欲方者，直立而不挠，素白而不污，穷不易操，通不肆志[218]；能欲多者，文武备具，动静中仪，举动废置[219]，曲得其宜[220]，无所击戾，无不毕宜也；事欲鲜者，执柄持术，得要以应众，执约以治广，处静持中，运于璇枢[221]，以一合万，若合符者也。故心小者禁于微也，志大者无不怀也，智员者无不知也，行方者有不为也，能多者无不治也，事鲜者约所持也。

古者天子听朝，公卿正谏，博士诵诗[222]；瞽箴师诵[223]，庶人传语；史书其过，宰彻其膳[224]，犹以为未足也。故尧置敢谏之鼓[225]，舜立诽谤之木[226]，汤有司直之人[227]，武王立戒慎之鞀[228]，过若豪厘，而既已备之矣。夫圣人之于善也，无小而不举；其于过也，无微而不改。尧、舜、禹、汤、文、武，皆坦然天下而南面焉[229]。当此之时，鼛鼓而食[230]，奏《雍》而彻[231]，已饭而祭灶；行不用巫祝，鬼神弗敢祟，山川弗敢祸，可谓至贵矣。然而战战栗栗，日慎一日。由此观之，则圣人之心小矣。《诗》云："惟此文王，小心翼翼，昭事上帝，聿怀多福[232]。"其斯之谓欤?

武王伐纣，发巨桥之粟[233]，散鹿台之钱[234]；封比干之墓，表商容之闾[235]；朝成汤之庙，解箕子之囚[236]；使各处其宅，田其田；无故无新，惟贤是亲，用大其有，使大其人，安然若故有之。由此观之，则圣人之志大也。

文王周观得失，遍览是非，尧、舜所以昌，桀、纣所以亡者，皆著于明堂[237]。于是略智博问，以应无方[238]。由此观之，则圣人之智员矣。

成、康继文、武之业[239]，守明堂之制，观存亡之迹，见成败之变，非道不言，非义不行，言不苟出，行不苟为，择善而后从事焉。由此观之，则圣人之行方矣。

孔子之通，智过于苌弘，勇服于孟贲[240]，足蹑郊菟[241]，力招城关[242]，能亦多矣。然而勇力不闻，伎巧不知，专行教道，以成素王[243]，事亦鲜矣。春秋二百四十二年，亡国五十二，弑君三十六，采善锄丑以成王之道[244]，论亦博矣。然而围于匡[245]，颜色不变，弦歌不辍，临死亡之地，犯患难之危，据义行理而志不慑，分亦明矣。然为鲁司寇[246]，听狱必为断，作为《春秋》，不道鬼神，不敢专己。夫圣人之智固已多矣，其所守者有约，故举而必荣；愚人之智固已少矣，其所事者多，故动而必穷矣。

吴起、张仪[247]，智不若孔、墨，而争万乘之君，此其所以车裂支解了。夫以正教化者，易而必成；以邪巧世者[248]，难而必败。凡将设行立趣于天下，舍其易成者，而从事难而必败者，愚惑之所致也。凡此六反者[249]，不可不察也。

遍知万物而不知人道不可谓智，遍爱群生而不爱人类不可谓仁。仁者，爱其类也；智者，不可惑也。仁者，虽在断割之中[250]，其所不忍之色可见也；智者，虽烦难之事，其不暗之效可见也。内恕反情，心之所欲，其不加诸人[251]；由近知远，由己知人；此仁智之所合而行也。小有教而大有存也，小有诛而大有宁也，唯恻隐推而行之，此智者之所独断也。故仁智错，有时合；合时为正，错者为权[252]，其义一也。

府吏守法，君子制义，法而无义，亦府吏也，不足以为政。耕之为事也劳，织之为事也扰。扰劳之事而民不舍者，知其可以衣食也。人之情不能无衣食，衣食之道必始于耕织，万民之所公见也。物之若耕织者，始初甚劳，终必利也众，愚人之所见者寡；事可权者多，愚之所权者少，此愚者之所多患也。物之可备者，智者尽备之；可权者，尽权之，此智者所以寡患也。故智者先忤而后合[253]，愚者始于乐而终于哀。今日何为而荣乎，旦日何为而义乎，此易言也；今日何为而义，旦日何为而荣，此难知也[254]。问瞽师曰："白素何如?"曰："缟然[255]。"曰："黑何若?"曰；"黮然[256]。"援白黑而示之，则不处焉。人之视白黑以目，言白黑以口，瞽师有以言白黑，无以知白黑，故言白黑与人同，其别白黑与人异。入孝于亲，出忠于君，无愚智贤不肖皆知其为义也，使陈忠孝行而知所出者鲜矣。

凡人思虑，莫不先以为可而后行之，其是或非，此愚智之所以异。凡人之性，莫贵于仁，莫急于智；仁以为质，智以行之，两者为本，而加上以勇力辩慧，捷疾劬录[257]，巧敏迟利，聪明审察，尽众益也。身材未修，伎艺曲备，而无仁智以为表干[258]，而加之以众美，则益其损。故不仁而有勇力果敢，则狂而操利剑；不智而辩慧怀给[259]，则充骥而不式[260]。虽有材能，其施之不当，其处之不宜，适足以辅伪饰非，伎艺之众，不如其寡也。故有野心者[261]，不可借便势；有愚质者，不可与利器。

鱼得水而游焉则乐；塘决水涸，则为蝼蚁所食。有掌修其堤防，补其缺漏，则鱼得而利之。国有以存，人有以生。国之所以存者，仁义是也；人之所以生者，行善是也。国无义，虽大必亡；人无善志，虽勇必伤。治国上使不得与焉[262]；孝于父母，弟于兄嫂[263]，信于朋友，不得上令而可得为也。释己之所得为，而责于其所不得制[264]，悖矣！士处卑隐，欲上达，必先反诸己；上达有道，名誉不起，而不能上达矣。取誉有道，不信于友，不能得誉；信于友有道，事亲不说[265]，不信于友。说亲有道，修身不诚，不能事亲矣。诚身有道，心不专一，不能专诚。道在易而求之难，验在近而求之远[266]，故弗得也。

---

①主：指君主，一国之主；术：方法；主术：指一国之主治理国家的方法，包括治理的原则。

②一度：统一法度，坚持法度。

③师傅：指帝王的老师，如太师、太傅等。

④行人：官名，掌管礼仪以及百官朝觐及聘问诸侯；称辞：传达旨意。

⑤相者：官名，赞礼官，负责导引宾客等。

⑥执正：官名，正：通政，政务官，负责政务。

⑦文章：文采。

⑧冕：帝王、诸侯戴的帽子；旒（liú）：帝王帽子前后垂下的玉串。前面下垂的玉串有十二串，挡在眼前，所以叫蔽明；八串的是诸侯所戴。

⑨黈（tòu）：土黄色；纩（kuáng）：丝绵。黈纩：帝王帽子上左右两边掛垂到耳际的黄色绵球。表示挡住耳朵、不妄听，因而称掩聪。

⑩规之：约束事物。

⑪饰：喜好。

⑫玄房：心房。

⑬玄默：沉静无为。

⑭容：形态；则：规则。

⑮尚：常。

⑯迁延：自由自在。

⑰幽都：即幽州，在今河北北部及辽宁一带；旸谷：神话中的日出处；三危：传说中西方地名。

⑱捭（bǎi）：挥动；棁（tuō）：木棒；狎犬：与狗玩。

⑲噞（yǎn）：指鱼上浮水而呼吸。

⑳恚（huì）：发怒。

㉑直：植。

㉒堁（kè）：尘土；弭：止。

㉓块然：安然，无动于衷。

㉔至精：最精纯的道。

㉕孙叔敖：春秋时楚国令尹；郢（yǐng）：楚国都城，今湖北江陵；害其锋：损伤他的锋刃（兵器）。

㉖宜辽：人名，姓熊，居住在市南，故称市南宜辽，是楚国勇士；弄丸：一种游戏。将若干球先后上抛然后用手相接，可以健身；关：牵连；高诱注："楚白公胜与令尹子西有隙，欲请市南宜辽杀子西，宜辽不从。举之以剑不动，而弄丸不缀，心志不惧。曰：'不能从子为乱，亦不泄子之事。'白公遂杀子西。故两家虽有难，不怨宜辽。"

㉗鞅（yāng）：套在牛马颈上的皮带；鞈（gé）：革制的护胸甲。

㉘蘧伯玉：春秋时卫人，名瑗，是贤大夫。

㉙简子：即赵鞅，春秋时晋国卿大夫；史黯：晋国太史，姓蔡，史是其官职名；觌（dí）：察看。

㉚皋陶（yáo）：传说是舜的管理刑狱的官；大理：官职名，负责管理刑法。

㉛太宰：官职名，负责管理王室内外事务。

㉜顷襄：即楚襄王。名横，战国末期楚国国君；昭奇：楚国大夫；风议：讽谏议论。

㉝亟（jí）：疾速。

㉞荣启期：春秋时隐士，荣启期尝与孔子论有三乐：人为贵，吾得为人，一乐也；男尊女卑，吾得为男，二乐也；吾行年九十，三乐也。

㉟邹忌：战国时齐国大夫，曾鼓琴游说齐威王，被任命为相国；徽：同挥；成王：公元前357～前320年为战国时齐国国君。

㊱宁戚：春秋卫国人。因穷困为商人赶牛车至齐国，适逢齐桓公，于是敲着牛角唱起商调的歌，桓公叹息地感动了，于是，拜他为上卿。商歌：悲凉的歌；桓公：即公子重耳。

㊲师襄：鲁国乐师，孔子向他学习弹琴，经反复练习，最后才领会师襄子教他的曲子是描述周文王的，师襄这才告诉孔子，此曲正是他的老师传授给他的《文王操》。

㊳延陵季子：春秋时吴国公子季札，封于延陵，故称。《左传·襄公·二十九年》载，他曾到鲁国欣赏周代古乐。

㊴施及：延及；文：指礼乐制度。

㊵方外：世外；岂足为哉：指依靠严厉的法令不能收到至诚感动天地的效果。

㊶业：业绩；贯：通；壅：阻塞。

㊷横扃（jiong）：横贯；扃：贯通鼎上两耳以便举鼎、或固定军车前的军旗所用的横木。

㊸命：命令。

㊹蚊首：比喻细微，细小。

㊺扶拨：治理、矫正；枉桡：原意弯曲，现指枉屈、冤屈。

㊻辖（wèi）：车轴头；戾：猛烈；载：承受。

㊼憯（cǎn）：通惨，今指锋利；莫邪：宝剑名，又作“镆铘”；志：指人的精神作用。

㊽寇：原注“寇亦兵也”，指兵器，使用武力；阴阳：阴阳虚实之道，指谋略、策略；枹（fú）鼓：鼓锤和鼓，古时作战，击鼓以示进军，也作桴鼓。

㊾秦、楚：战国七雄中最强大的两个国家，这里借指强敌威胁；节：法度。

㊿胡、越：胡是古代北方、越是南方边远地区的少数民族的称呼，常侵扰中原，造成灾难，这里借指祸患。

(51)常一：恒一；方行：正行；流：偏斜。

(52)干舟：小船。

(53)伊尹：商朝大臣；騵（yuán）：赤色白腹的马或骏马；騊駼：野马。

(54)觡（gé）：骨角；制：通折；索：绞；歙（xī）：揉合；大牺：指牺樽，古代祭祀用的酒樽，又叫大（tài）尊。

(55)鸣条：地名，传说是商汤伐夏桀的地方，在今山西运城；焦门：焦，通巢，即南巢，相传是商汤放夏桀之地，即今安徽巢县。

(56)梁：栋梁；灭绝：两个字均指没有，双重否定，实是肯定，如不会没有，下句的无废功，义同。

(57)华骝（liú）、绿耳：均为骏马名。

(58)鸱（chī）：猫头鹰；撮：抓取；颠越：坠落。

(59)诡：异。

(60)螣蛇：能腾飞的蛇。

(61)应龙：有翼的鸟。

(62)奸：干犯。

(63)苦：过分地使用。

(64)嫚（màn）：懈怠。

(65)责：通债，债的古字。

(66)权；计谋。

(67)分：职务。

(68)猒：同厭，简写为厌，厌倦。

(69)零星：即灵星，星名，又称天田星，主管稼穑。古人于辰日祀于东南，以祈祷年成或禀报事功；尸：祭祀时作为神灵化身受祭的人；零星之尸：比喻尸受祭时端坐不言，犹君王无为而治。

(70)被：受；褒：宽大；蒙：受；褊（biǎn）：衣窄小。

(71)重：难，不轻易做……；若：以及。

(72)桥：即桔槔，用以汲井水的工具，由立柱和杠杆（横木）组成，固定立柱后，控制横木上下运动汲取井水；植：即立柱；直：直立不动，喻君王静处不动。取制：指横木受立柱控制。

(73)遗（wèi）：给予。

(74)辐（fú）：车轮中连接中心轴和轮圈的木条。辐凑：车辐聚集于轴心，喻人或物聚集一起。

(75)举踵：抬脚，喻不费力就可获得。

(76)员：通圆。

(77)方：正直。

(78)先倡：做事走在前头。

(79)相使：相互使用。

(80)乌获：秦武王的力士。武王使其举大鼎，腕脱，故曰不能举。

(81)稷：名弃，传说是周氏族的先祖，是舜的管理农业的官员，负责教民种五谷。

(82)而：那。

(83)中工：中等御手；诡：违背。

(84)嗺（suī）：促口作声，或嗺作嚼；嚼筋：嚼牛筋使其发软用于缠弓弩。

(85)正：通政；营：规度，治理。

(86)鹯（zhān）：猛禽，捕食小鸟；狸：似狐而小，捕食鼠、兔等小动物。

(87)权要：关键。

⑧所缘以修者：按照弹出的墨线来修整。

⑧抓（guā）：以手拍击；瓠：葫芦，嫩的能吃，老的可以作盛器。

⑨灵王：即楚灵王，楚灵王好细腰，宫中多饿死；杀食：减食；杀：减省，裁削；要：通腰。

⑨越王：即勾践。

⑨《书》：指《尚书》，引文出自《周书·吕刑》。

⑨处人：隐士；处：隐退；游者：以游说求名利的人。

⑨分数：指才干、资质；贤：动词，尊重。

⑨专君：挟制。

⑨一曲：片面、狭隘的言论；党：阿附，偏私。

⑨中立：立场公正，不偏邪。

⑨公迹：功绩、政绩。

⑨劝力：勉力、努力。

⑩说谈者：即游说者；修行者：即山林隐士；竞：争着……。

⑩非之以与：非：非议；以：于；与：同党。

⑩南亩：指农事。

⑩加体：加己身于马体，即骑在马身上。

⑩车舆：比喻治理国家的工具与手段。

⑩辔衔：辔（pèi）：马缰绳；衔：马嚼子；均是控制马行动的工具。

⑩殊：死。

⑩豫让：春秋时晋国毕阳之孙；中行文子：晋国大夫，原姓荀，名寅，后以官名中行为氏；智伯：即晋国大夫荀瑶；赵襄子：名毋恤，赵国诸侯；晋阳：战国时赵国都城，在今山西太原西南。据《史纪·赵世家》载，韩、赵、魏三家分晋，豫让先事范中行，中行待之一般，后改投智伯，智伯宠爱，在战争中，智伯被杀，晋被分为三，豫让却为智伯报仇，刺杀赵襄子未成，自刎而死。

⑩厉（lài）：通癞，恶疮。

⑩擿（zhé）：通摘。

⑪朝；使朝服。

⑪数：方法。

⑪狡躁：残暴浮躁；康荒：好乐怠政，浮乐迷乱。

⑪絺（chī）：细葛布；绤（qǐ）：粗葛布；绮：素色花纹的丝织品；绣：彩色图案的丝织品；这里泛指各种华丽织物。

⑪斲（zhuó）：砍、削。

⑪越席：用蒲草编的席叫越席。越（huó）：编织，结；缘：边子。

⑪大（tài）羹：祭祀专用的肉汁；和：调味；毇（huǐ）：舂米。

⑪刍豢（chú huàn）：食草的牲口为刍，食谷的牲口为豢，泛指牲畜。

⑪颇颔：即憔悴。

⑪性：指生。

⑫制断：裁决。

⑫楫：船浆；楔：充塞器物空隙的木片；榈：同檐；榱（chī）：椽子。

⑫朱儒：梁上短柱；枅（jī）：柱上方木，栌（lú）：斗拱。

⑫鸡毒：中药，也叫乌头，茎叶根均有毒。

⑫跂：通企，企及，即跟上。

⑫大功：大争。

⑫闺阁：指内室；奥窔（yào）：室内的西南角叫奥，东南角叫窔。指家务琐事。

⑫谄（chǎn）：奉承，献媚；说：悦。

⑫劗（zuān）：剪，割断；抵：伐，击。

⑫先：恐是“光”字之误，广也；弊：通蔽，蒙蔽。

⑬否（pǐ）：丑恶。

⑬困：处于危境。

⑬²褐夫：穿粗布衣服的人；刍荛：樵夫；褐夫刍荛：泛指卑贱者。

⑬³揄（yú）：宣扬；庙堂：指朝廷。

⑬⁴县：通悬；县法：颁行法令。

⑬⁵中：符合；程：法规；缺：败坏。

⑬⁶剬（zhì）：通制，制约，控制；有司：官吏。

⑬⁷稞：《词源》载：稞、穮之误也，穮（biāo）：禾穗芒也。《宋书·律历志》上："秋分而禾穮定，穮定而禾孰。律之数十二，故十二穮而当一粟，十二粟而当一寸。"因而说寸生于穮。

⑬⁸检式：法式，法度；仪表：表率、榜样。

⑬⁹语见《论语·子路》。

⑭⁰禁胜于身：自身受法的约束；胜：制约。

⑭¹齐辑：指驾车时使车与马、马与马之间步调一致，相互协调；辑：车箱，代指车。

⑭²唇吻：指口、嘴。

⑭³马志：马的本性。

⑭⁴王良：春秋时晋国善御马者。

⑭⁵唐虞：即尧舜，尧为陶唐氏，虞为有虞氏，故称。

⑭⁶管、晏：指管仲、晏子。管仲：齐桓公相，辅佐齐桓公成为霸主；晏婴：齐景公相，力行节俭，名显诸侯。

⑭⁷蹠：通柘，即盗柘，春秋末期的大盗；跖：即庄跻，战国时楚国大盗。

⑭⁸干：指井栏；达视：睁大眼看；睛：眼球。

⑭⁹适然：偶然。

⑮⁰遗策：失策。

⑮¹藏获：奴婢的贱称，高诱注："古之不能御者，鲁人也。"

⑮²公劳：勤于政事、对国家有功之人；释：放弃。

⑮³佻（tiāo）：轻浮、窃取；干：超越；次：官位等级；守官者：称职的官员；雍：通壅，阻塞；遏：止。

⑮⁴狖（yòu）：长臂猿；处：地方。

⑮⁵从君取容：看君王脸色行事，以求容身立足。

⑮⁶数穷于下：驾驭臣下的方法没有。

⑮⁷大匠：手艺高超的木匠。

⑮⁸行堕于国：指治理国家的精神懈怠了。

⑮⁹衡：车辕前端的横木。

⑯⁰伯乐：善于相马，春秋秦穆公时人。

⑯¹齐桓公：春秋时齐国君主；易牙：齐桓公近臣；首子：长子；易牙烹子进食桓公，以取得信任。

⑯²虞君：春秋时诸侯国君；《左传·僖公二年》载：晋以良马、玉璧献于虞君，欲借道伐虢，虞君贪而许之，晋灭虢后顺道灭虞。

⑯³胡王：春秋时西戎国君，《史记·秦本纪》载，秦穆公赠女乐于西戎国君，离间其君臣，而后一举而灭之。

⑯⁴语见《老子》第五十四章。建：建立功业；拔：动摇。

⑯⁵扃：关闭；节：节制、节约。

⑯⁶伐：夸耀。

⑯⁷诏：令。

⑯⁸以奈何为宝：原注作"道贵无形，无形不可奈何，道之所以为贵也。"说明"道"无所不能，谁都奈何它不得。

⑯⁹卫君：春秋时卫国君主，称卫出公，名辄；子路：孔子弟子，在出公在位时任卫大夫孔悝邑宰，故云卫君役子路；役：驱使。

⑰⁰存：存在、生存。

⑰¹楚庄王：春秋时楚国君主；文无畏：楚大夫。据《左传·宣公十四年》记载，鲁宣公十四年（前595年）楚庄王派文无畏出使齐国，要他经过宋国时不向宋国借道而径直通过，借以向宋国挑衅。文无畏为宋所杀，楚庄王乘机发兵攻宋。奋袂：挥袖。

⑰²指楚庄王出兵攻宋时，盛怒之下，未穿鞋、带剑、穿衣，侍从纷纷追出给他送鞋、衣等，故曰相连于道；成军：即成事，有战胜之意。

⑰楚文王：春秋楚国君主，楚武王熊达之子，名赀；獬（xié）冠：用獬豸（zhì）之皮制做的帽子，獬豸是一种神兽。

⑰赵武灵王：战国时赵国君王，名雍；贝带：用贝壳装饰的佩带；鵕（xùn）：锦鸡，羽美可饰；䴊（chóu）：雉鸡；鵕䴊：指用野鸡羽毛装饰的帽子，是胡服。

⑰握剑锋：指倒拿着剑，喻本末倒置；北宫子：春秋时勇士；司马蒯蒉：赵国勇士，善击剑。

⑰觚（gū）：剑柄；招：举。

⑰乌获、藉蕃：皆古代力士。

⑰桡：船桨。

⑰资：依托。

⑱埳（kǎn）：堤岸；唐：同塘。

⑱罝（jū或jiè）：捕兔网；说：悦。

⑱王子比干：纣王之叔，因纣荒淫无道，比干强谏，纣怒，挖比干心。

⑱斮（zhuó）：同斫，斩断；胫：小腿。

⑱匹夫：庶人，平民。

⑱错：措。

⑱匡床：方正安适的床，匡：方正；蒻（ruò）席：细蒲席；蒻：嫩香蒲。

⑱惨怛：忧伤。

⑱饰：明、表现。

⑱觞酌：饮酒；俎豆：俎：古代礼器，盛牛羊等祭品；豆：古礼器，用以盛干肉一类食物；酬酢：主客相互敬酒，主敬客叫酬，客敬主叫酢。

⑲菅（jiān）屦（jù）：草鞋；辟踊：捶胸顿足。

⑲充：实。

⑲裁：量度。

⑲疾：怨恨。

⑲蹠耒：蹠：踩；耒：挖土的工具；蹠耒：指耕作。

⑲悯急：很是忧愁。

⑲离：通罹（lì），遭受。

⑲挠：骚扰。

⑲被天和而履地德：承受天的赐予和地德。

⑲群生：众生。

⑳墝（qiào）：土质坚硬贫脊，即脊土；肥墝高下：即肥土脊土，高地低地。

⑳蓏（luǒ）：指瓜类植物中有籽无核的果实。

⑳薪蒸：粗大的柴木叫薪，细小的柴木叫蒸。

⑳转尸：原注作"转，弃也。"转尸：弃尸，形容死后无葬身之地。

⑳麛（mí）：幼鹿；夭：幼兽。

⑳豺祭兽：古人认为豺捕杀兽后将之陈列于洞穴四周，用以祭祀天地，表示秋天捕兽开始；下文獭祭鱼、鹰隼挚的含义均同此；罝罦（jū fú）：捕鸟兽的网。

⑳獭（tǎ）：即水獭，其毛皮十分珍贵，以鱼为食；网罟（gǔ）：网的通称。

⑳隼（sǔn）：即鹗，鹞属，凶猛善飞；挚：攫取。

⑳鷇（kòu）：待母哺食的幼鸟。

⑳四海云至：古人认为，立春之后四海开始生云，指雨季来临；封疆：指田界。

㉑除：修治。

㉑百泉：地下泉水；阴降：指十月，阴气盛，水位下落，便于修桥。

㉑昏张：指三月，星宿名；中：星宿出现于天空正南中天称为中。

㉑大火：星宿名，指四月。

㉑虚：星宿名，指八月；宿麦：越冬小麦。

㉑昴：星宿名，指九月。

㉑实：充实，填满；旷：空；实旷：用……填满空缺；来：使……归附。

㉑⑦毂（gǔ）：车轮中间车轴插入处的圆木。

㉑⑧肆志：趾高气扬。

㉑⑨废置：停止。

㉒⓪曲：周全，全都。

㉒①璇枢：本指北斗七星中的天枢星和天璇星，现指心、中心、枢纽。

㉒②博士：古代官职，掌管古今史事侍问，始置于战国，秦汉因袭。

㉒③箴（zhēn）：规劝；师：指乐师。

㉒④宰：官名，掌管天子膳食的官；彻：通撤，撤除；意为减少饮食，以示思过。

㉒⑤敢谏之鼓：于宫门设置鼓；想向皇帝进谏的人可以击鼓。

㉒⑥诽谤之木：指在宫门树立木柱，对朝政有意见的可以写在柱上。

㉒⑦司直之人：负责监察的官员；直：匡正。

㉒⑧鞀（táo）：有柄小鼓；戒慎之鞀：摇鼓以警戒君王要谨慎行事。

㉒⑨南面：古以坐北朝南为尊位，天子上朝总是面南而坐，故以南面代指执政。

㉓⓪鼛（gāo）：大鼓；鼛鼓而食：指君王进食时要鸣钟击鼓。

㉓①《雍》：古代贵族在撤膳时奏的乐曲。

㉓②引诗见《诗经·大雅·大明》；昭：光明正大；聿：语助词；怀：招来。

㉓③巨桥：纣王时的粮仓所在地，在今河北曲周东北。

㉓④鹿台：纣王筑的高台，是纣时的府库所在地，在今河南淇县。

㉓⑤商容：纣时大夫，老子之师，贤士，因直谏被贬；表：刻有褒扬铭识的木柱，类似现代的纪念碑。

㉓⑥箕子：纣王之叔，卦于箕，故称箕子。因谏纣王不听，乃装疯为奴，被纣囚禁。武王灭商，释放了箕子。

㉓⑦著：记载。

㉓⑧略：取；无方：没有极限。

㉓⑨成：指周成王；康：周康王；均是西周初期的国君。

㉔⓪苌（cháng）弘：周敬王大夫，孔子曾向他请教音乐；孟贲：古代勇士，秦武王时，孟贲由齐归秦，曾生拔牛角。

㉔①蹑：追上；菟：通兔。

㉔②招：举；城关：城门。

㉔③素王：有帝王之德而未居帝王之位的人，后以素王称孔子。

㉔④钼（chú）：通锄，铲除。

㉔⑤匡：春秋时宋邑，今河南陈留。

㉔⑥司寇：官名，掌管司法的官员。

㉔⑦吴起：战国时卫国人，曾是魏国名将，后奔楚任令尹，实行变法，为权臣所杀；张仪：战国时魏人，著名的纵横家，后死于魏。

㉔⑧巧：欺骗。

㉔⑨六反：六种相反之事，指上文所说心欲小、而志欲大、智欲员而行欲方、能欲多而事欲小、相互对立不同结果的六个方面。

㉕⓪断割：决断。

㉕①内恕：心地宽厚；诸：之于，通于。

㉕②正：常法，常态；权：灵活处理，权宜之计。

㉕③忤：逆，指处逆境。

㉕④旦日：明日。

㉕⑤缟（gǎo）：细白的生绢。

㉕⑥黮（dǎn）：黑色。

㉕⑦劬录：勤劳；劬（qú）：劳苦。

㉕⑧表干：外表和躯干。

㉕⑨辩慧：口才好；怀给：敏捷。

㉖⓪式：车前横木，用以扶手；弃骥而不式：驾车不用良马又不用手扶横木，极其危险。

㉖①野心：粗俗不仁之心，此处与仁心相对。

[262]使：事。句意是治理国家是君主的事，一般人不得参与。

[263]弟：通悌：顺从。

[264]制：要求。

[265]说：悦。

[266]验：验证。

卷十 缪称[1]训

道至高无上，至深无下；平乎准，直乎绳，圆乎规，方乎矩；包裹宇宙而无表里，洞同覆载而无所碍[2]。是故体道者[3]，不哀不乐，不喜不怒；其坐无虑，其寝无梦；物来而名[4]，事来而应。主者，国之心。心治则百节皆安[5]，心扰则百节皆乱。故其心治者，支体相遗也；其国治者，君臣相忘也[6]。黄帝曰："芒芒昧昧，从天之道，与元同气[7]。"故至德者，言同略，事同指[8]；上下一心，无岐道旁见者。遏障之于邪，开道之于善，而民向方矣[9]。故《易》曰："同人于野，利涉大川[10]。

道者，物之所导也；德者，性之所扶也；仁者，积恩之见证也；义者，比于人心而合于众适者也[11]。故道灭而德用，德衰而仁义生。故上世体道而不德，中世守德而弗坏也，末世绳绳乎唯恐失仁义[12]。君子非仁义无以生，失仁义则失其所以生；小人非嗜欲无以活，失嗜欲则失其所以活。故君子惧失仁义，小人惧失利；观其所惧，知各殊矣。《易》曰："即鹿无虞，惟入林中。君子几不如舍，往吝[13]。"

其施厚者其报美，其怨大者其祸深；薄施而厚望，畜怨而无患者，古今未之有也。是故圣人察其所以往，则知其所以来者。圣人之道，犹中衢而致尊邪[14]？过者斟酌，多少不同，各得其所宜。是故得一人，所以得百人也。人以其所愿于上以交其下，谁弗戴？以其所欲于下以事其上，谁弗喜？《诗》云："媚兹一人，应侯慎德[15]。"慎德大矣，一人小矣；能善小，斯能善大矣。

君子见过忘罚，故能谏；见贤忘贱，故能让；见不足忘贫，故能施。情系于中，行形于外。凡行戴情[16]，虽过无怨；不戴其情，虽忠来恶。后稷广利天下，犹不自衿；禹无废功，无废财，自视犹觖如也[17]。满如陷，实如虚，尽之者也[18]。

凡人各贤其所说，而说其所快。世莫不举贤，或以治，或以乱，非自遁[19]，求同于己者也。己未必得贤[20]，而求与己同者，而欲得贤，亦不几矣[21]。使尧度舜，则可；使桀度尧，是犹以升量石也[22]。今谓"狐狸"，则必不知狐，又不知狸[23]。非未尝见狐者，必未尝见狸也。狐、狸非异，同类也，而谓"狐狸"，则不知狐、狸。是故谓不肖者贤，则必不知贤；谓贤者不肖，则必不知不肖者矣。圣人在上，则民乐其治；在下，则民慕其意。小人在上位，如寝关曝纩[24]，不得须臾宁。故《易》曰："乘马班如，泣血涟如[25]。"言小人处非其位，不可长也。物莫无所不用。天雄乌喙[26]，药之凶毒也，良医以活人；侏儒瞽师，人之困慰者也，人主以备乐；是故圣人制其剟材[27]，无所不用矣。

勇士一呼，三军皆辟[28]，其出之也诚。故倡而不和，意而不戴，中心必有不合者也。故舜不降席而王天下者，求诸己也。故上多故则民多诈矣，身曲而景直者[29]，未之闻也。说之所不至者，容貌至焉；容貌之所不至者，感忽至焉[30]。感乎心，明乎智，发而成形，精之至也。可以形势接，而不可以照讠[31]。戎、翟之马，皆可以驰驱，或近或远，唯造父能尽其力；三苗之民，皆可使忠信，或贤或不肖，唯唐、虞能齐其美，必有不传者。

中行缪伯手搏虎，而不能生也[32]，盖力优而克不能及也。用百人之所能，则得百人之力；举千人之所爱，则得千人之心；辟若伐树而引其本[33]，千枝万叶则莫得弗从也。慈父之爱子，非为报也，不可内解于心；圣人之养民，非求用也，性不能已；若火之自热，冰之自寒，夫有何修焉？及恃其力赖其功者，若失火舟中，故君子见始，斯知终矣。媒妁誉人，而莫之德也[34]；取庸而强饭之，莫之爱也。虽亲父慈母，不加于此，有以为，则恩不接矣[35]。故送往者，非所以迎来也；施死者，非专为生也。诚出于己，则所动者远矣。锦绣登庙，贵文也；圭璋在前，尚质也[36]。文不胜质之谓君子。故终年为车，无三寸之辖不可以驱驰；匠人斫户，无一尺之楗不可以闭藏。故君子行思乎其所结[37]。

心之精者，可以神化，而不可以导人；目之精者，可以消泽，而不可以昭諪[38]。在混冥之中，不可谕于人。故舜不降席而天下治，桀不下陛而天下乱，盖情甚乎叫呼也。无诸已，求诸人，古今未之闻也。同言而民信，信在言前也；同令而民化，诚在令外也。圣人在上，民迁而化，情以先之也。动于上，不应于下者，情与令殊也。故《易》曰："亢龙有悔[39]。"三月婴儿，未知利害也，而慈母之爱谕焉者[40]，情也。故言之用者，昭昭乎小哉！不言之用者，旷旷乎大哉！身君子之言，信也；中君子之意，忠也。忠信形于内，感动应于外。故禹执干戚舞于两阶之间，而三苗服[41]。

鹰翔川，鱼鳖沈，飞鸟扬，必远害也。子之死父也，臣之死君也，世有行之者矣，非出死以要名也，恩心之藏于中，而不能违其难也[42]。故人之甘甘[43]，非正为蹠也，而蹠焉往[44]；君子之惨怛，非正为伪形也，谕乎人心，非从外入，自中出者也。义正乎君，仁亲乎父。故君之于臣也，能死生之，不能使为苟简易[45]；父之于子也，能发起之，不能使无忧寻[46]。故义胜君，仁胜父，则君尊而臣忠，父慈而子孝。圣人在上，化育如神。太上曰：我其性与！其次曰：微彼[47]，其如此乎！故《诗》曰："执辔如组[48]。"《易》曰："含章可贞[49]。"运于近，成文于远。夫察所夜行，周公惭乎景[50]，故君子慎其独也。释近斯远，塞矣！

闻善易，以正身难。夫子见禾之三变也[51]，滔滔然曰："狐乡丘而死，我其首禾乎？"故君子见善则痛其身焉。身苟正，怀远易矣。故《诗》曰："弗躬弗亲，庶民弗信[52]。"小人之从事也曰苟得，君子曰苟义，所求者同，所期者异乎？击舟水中，鱼沈而鸟扬，同闻而殊事，其情一也。僖负羁以壶餐表其闾[53]，赵宣孟以束脯免其躯[54]；礼不隆而德有余，仁心之感，恩接而憯怛生，故其入人深。俱之叫呼也，在家老则为恩厚，其在责人则生争斗。故曰："兵莫憯于意志，莫邪为下；寇莫大于阴阳，枹鼓为小[55]。"

圣人为善，非以求名而名从之，名不与利期而利归之。故人之忧喜，非为蹠，蹠焉往生也[56]。故至人不容[57]，故若眯而抚[58]，若跌而据。圣人之为治，漠然不见贤焉，终而后知其可大也，若日之行，骐骥不能与之争远。今夫夜有求，与瞽师并[59]；东方开，斯照矣。动而有益，则损随之。故《易》曰："剥之不可遂尽也，故受之以复[60]"。

积薄为厚，积卑为高。故君子日孳孳以成辉[61]，小人日怏怏以至辱[62]。其消息也[63]，离朱[64]弗能见也。文王闻善如不及，宿不善如不祥，非为日不足也，其忧寻推之也。故《诗》曰："周虽旧邦，其命维新[65]。"怀情抱质，天弗能杀，地弗能埋也，声扬天地之间，配日月之光，甘乐之者也。苟乡善，虽过无怨；苟不向善，虽忠来患。故怨人不如自怨，求诸人不如求诸己得也。

声自召也，貌自示也，名自命也，文自官也[66]，无非已者。操锐以刺，操刃以击，何怨乎人？故管子文锦也，虽丑登庙[67]；子产练染也，美而不尊[68]。虚而能满，淡而有味，被褐怀玉者。故两心不可以得一人，一心可以得百人。男子树兰，美而不芳；继子得食，肥而不泽[69]，情不相与往来也。生所假也，死所归也。故弘演直仁而立死[70]，王子闾张掖而受刃[71]，不以所托害所归也。故世治则以义卫身，世乱则以身卫义，死之日，行之终也，故君子慎一用之。无勇者，非先慑也，难至而失其守也；贪婪者，非先欲也，见利而忘其害也。虞公见垂棘之璧，而不知虢祸之及已也。故至道之人，不可遏夺也。

人之欲荣也，以为己也，于彼何益？圣人之行义也，其忧寻出乎中也，于己何以利？故帝王者多矣，而三王独称；贫贱者多矣，而伯夷独举[72]。以贵为圣乎？则圣者众矣；以贱为仁乎？则贱者多矣。何圣、仁之寡也？独专之意，乐哉忽乎，日滔滔以自新[73]，忘老之及已也，始乎叔季，归乎伯孟[74]，必此积也。不身遁，斯亦不遁人，故若行独梁，不为无人不兢其容[75]。故使人信己者易，而蒙衣自信者难。

情先动，动无不得；无不得则无莙，发莙而后快[76]。故唐、虞之举错也，非以偕情也，快己而天下治；桀、纣非正贱之也，快已而百事废。喜憎议而治乱分矣[77]。圣人之行，无所合，无所离。譬若鼓，无所与调，无所不比，丝、管、金、石，小大修短有叙，异声而和；君臣上下，官职有差，殊事而调。夫织者日以进，耕者日以却[78]，事相反，成功一也。申喜闻乞之歌而悲，出而视之，其母也[79]。艾陵之战也[80]，夫差曰："夷声阳，句吴其庶乎[81]！"同是声，而取信焉异，有诸情也[82]。故心哀而歌不乐，心乐而哭不哀。夫子曰："弦则是也[83]，其声非也。"

文者，所以接物也；情，系于中而欲发外者也。以文灭情则失情，以情灭文则失文，文情理通，则凤麟极矣[84]，言至德之怀远也。输子阳谓其子曰[85]："良工渐乎矩凿之中[86]。"矩凿之中，固无物而不周。圣王以治民，造父以治马，医骆以治病[87]，同材而各自取焉。上意而民载，诚中者也。未言而信，弗召而至，或先之也。恀于不己知者[88]，不自知也。矜怛生于不足[89]，华诬生于矜[90]。诚中之人，乐而不恀，如鸮好声，熊之好经[91]，夫有谁为矜？春女思，秋士悲，而知物化矣；号而哭，叽而哀[92]，而知声动矣；容貌颜色，理诎倪倨佝[93]，知情伪矣。故圣人栗栗乎其内[94]，而至乎至极矣。

功名遂成，天也；循理受顺，人也。太公望、周公旦，天非为武王造之也；崇侯、恶来[95]，天非为纣生之也；有其世，有其人也。教本乎君子，小人被其泽；利本乎小人，君子享其功。昔东户季子之世[96]，道路不拾遗，耒耜余粮宿诸晦首[97]，使君子小人各得其宜也。故一人有庆，兆民赖之。凡高者贵其左，故下之于上曰左之，臣辞也[98]；下者贵其右，故上之于下曰右之，君让也。故上左迁则失其所尊也，臣右还则失其所贵矣。小快害道，斯须害仪[99]。子产腾辞[100]，狱繁而无邪。失诸情者，则塞于辞矣。

成国之道，工无伪事，农无遗力，士无隐行，官无失法。譬若设网者，引其纲而万目开矣。舜、禹不再受命，尧、舜传大焉，先形乎小也。刑于寡妻，至于兄弟，禅于家国[101]，而天下从风。故戎兵以大知小，人以小知大。君子之道，近而不可以至，卑而不可以登，无载焉而不胜[102]；大而章，远而隆[103]；知此之道，不可求于人，斯得诸己也。释己而求诸人，去之远矣。君子者乐有余而名不足，小人乐不足而名有余；观于有余不足之相去，昭然远矣，含而弗吐，在情而不萌者，未之闻也。君子思义而不虑利，小人贪利而不顾义。子曰："钧之哭也[104]。"曰："子予奈何兮乘我何！其哀则同，其所以哀则异[105]。'"故哀乐之袭人情也深矣。凿地漂池[106]，非止以劳苦民也，各从其蹠而乱生焉。其载情一也，施人则异矣。故唐、虞日孳孳以致于王，桀、纣日怏怏以致于死，不知后世之讥己也。凡人情，说其所苦即乐[107]，失其所乐则哀；故知生之乐，必知死之哀。有义者不可欺以利，有勇者不可劫以惧，如饥渴者不可欺以虚器也。人多欲亏义，多忧害智，多惧害勇。嫚生乎小人[108]，蛮夷皆能之；善生乎君子，诱然与日月争光[109]，天下弗能遏夺。故治国乐其所以存，亡国亦乐其所以亡也。

金锡不消释则不流刑[110]，上忧寻不诚则不法民；忧寻不在民，则是绝民之系也。君反本，而民系固也。至德小节备，大节举。齐桓举而不密，晋文密而不举。晋文得之乎闺内，失之乎境外；齐桓失之乎闺内，而得之本朝。水下流而广大，君下臣而聪明；君不与臣争功，而治道通矣。管夷吾、百里奚经而成之[111]，齐桓、秦穆受而听之。照惑者以东为西，惑也[112]，见日而寤矣。卫武侯谓其臣曰："小子无谓我老而羸我，有过必谒之[113]。"是武侯如弗羸之义得羸[114]。故老而弗舍，通乎存亡之论者也。

人无能作也，有能为也；有能为也，而无能成也；人之为，天成之。终身为善，非天不行；终身为不善，非天不亡。故善否[115]，我也；祸福，非我也。故君子顺其在己者而已矣。性者，所受于天也；命者，所遭于时也。有其材，不遇其世，天也。太公何力？比干何罪？循性而行指[116]，或害或利，求之有道，得之在命。故君子能为善，而不能必其得福；不忍为非，而未能必免其祸。

君，根本也；臣，枝叶也。根本不美，枝叶茂者，未之闻也。有道之世，以人与国；无道之世，以国与人。尧王天下而忧不解，授舜而忧释。忧而守之，而乐与贤终，不私其利矣。凡万物有所施之，无小不可；为无所用之，碧瑜粪土也。人之情，于害之中争取小焉，于利之中争取大焉。故同味而嗜厚膊者[117]，必其甘之者也；同师而超群者，必其乐之者也。弗甘弗乐而能为表者[118]，未之闻也。君子时则进，得之以义，何幸之有！不时则退，让之以义，何不幸之有！故伯夷饿死首阳之下，犹不自悔，弃其所贱，得其所贵也。福之萌也绵绵[119]，祸之生也分分[120]；福祸之始萌微，故民嫚之，唯圣人见其始而知其终。故传曰："鲁酒薄而邯郸围，羊羹不斟而宋国危[121]。"

明主之赏罚，非以为己也，以为国也。适于己而无功于国者，不施赏焉；逆于己便于国者，不加罚焉。故楚庄谓共雍曰[122]："有德者受吾爵禄，有功者受吾田宅。是二者，女无一焉[123]，吾无以与女。"可谓不逾于理乎！其谢之也，犹未之莫与[124]。周政至，殷政善，夏政行[125]。行政善，善未必至也。至至之人，不慕乎行，不惭乎善，含德履道，而上下相乐也，不知其所由然。

有国者多矣，而齐桓、晋文独名；泰山之上有七十坛焉[126]，而三王独道。君不求诸臣，臣不假之君，修近弥远，而后世称其大，不越邻而成章[127]，而莫能至焉。故孝己之礼可为也[128]，而莫能夺之名也，必不得其所怀也。义载乎宜之谓君子，宜遗乎义之谓小人。通智得而不劳，其次劳而不病，其下病而不劳。古人味而弗贪也，今人贪而弗味。歌之修其音也，音之不足于其美者也，金石丝竹，助而奏之，犹未足以至于极也。

人能尊道行义，喜怒取予，欲如草之从风。召公以桑蚕耕种之时弛[129]狱出拘[130]，使百姓皆得反业修职；文王辞千里之地，而请去炮烙之刑[131]。故圣人之举事也，进退不失时，若夏就絺绤，上车授组绥之谓也[132]。老子学商容，见舌而知守柔矣[133]；列子学壶子，观景柱而知持后矣[134]。故圣人不为物先，而常制之，其类若积薪樵，后者在上。

人以义爱，以党群，以群强。是故德之所施者博，则威之所行者远；义之所加者浅，则武之所制者小矣。铎以声自毁[135]，膏烛以明自铄，虎豹之文来射，猿狖之捷来措[136]。故子路以勇死，苌弘以智困[137]，能以智知，而未能以智不知也。故行险者不得履绳，出林者不得直道；夜行瞑目而前其手，事有所至而明有所害，人能贯冥冥入于昭昭，可与言至矣。鹊巢知风之所起，獭穴知水之高下，晖目知晏，阴谐知雨[138]，为是谓人智不如鸟兽，则不然。故通于一伎，察于一辞，可与曲说，未可与广应也。

宁戚击牛角而歌，桓公举以大政[139]；雍门子以哭见孟尝君，涕流沾缨[140]。歌哭，众人之所能为也；一发声，人人耳，感人心，情之至者也。故唐、虞之法可效也，其谕人心不可及也。简公以懦杀[141]，子阳以猛劫[142]，皆不得其道者也。故歌而不比于律者，其清浊一也[143]；绳之外与绳之内，皆失直者也。纣为象箸而箕子叽[144]，鲁以偶人葬而孔子叹[145]，见所始则知所终。故水出于山，入于海；稼生乎野，而藏乎仓；圣人见其所生，则知其所归矣。

水浊者鱼晗，令苛者民乱；城峭者必崩，岸崝者必陀[46]。故商鞅立法而支解，吴起刻削而车裂[47]。治国譬若张瑟，大弦𫄨，则小弦绝矣。故急辔数策者，非千里之御也。有声之声，不过百里；无声之声，施于四海。是故禄过其功者损，名过其实者蔽。情行合而名副之，祸福不虚至矣。身有丑梦，不胜正行；国有妖祥，不胜善政。是故前有轩冕之赏[48]，不可以无功取也；后有斧钺之禁，不可以无罪蒙也。素修正直，弗离道也。

君子不谓小善不足为也而舍之，小善积而为大善；不谓小不善为无伤也而为之，小不善积而为大不善。是故积羽沉舟，群轻折轴，故君子禁于微。壹快不足以成善，积快而为德；壹恨不足以成非，积恨而成怨。故三代之善，千岁之积誉也；桀、纣之谤，千岁之积毁也。

天有四时，人有四用。何谓四用？视而形之莫明于目，听而精之莫聪于耳，重而闭之莫固于口，含而藏之莫深于心。目见其形，耳听其声，口言其诚，而心致其精，则万物之化咸有极矣。地以德广，君以德尊，上也；地以义广，君以义尊，次也；地以强广，君以强尊，下也。故粹者王、驳者霸[49]，无一焉者亡。昔二皇凤凰至于庭，三代至乎门，周室至乎泽。德弥粗，所至弥远；德弥精，所至弥近。君子诚仁，施亦仁，不施亦仁。小人诚不仁，施亦不仁，不施亦不仁。善之由我，与其由人若[50]，仁德之盛者也。故情胜欲者昌，欲胜情者亡。欲知天道，察其数[51]，欲知地道，物其树；欲知人道，从其欲。勿惊勿骇，万物将自理；勿挠勿撄[52]，万物将自清。

察一曲者，不可与言化；审一时者，不可与言大。日不知夜，月不知昼，日月为明而弗能兼也，唯天地能函之，能包天地，曰唯无形者也。骄溢之君无忠臣，口慧之人无必信[53]；交拱之木无把之枝，寻常之沟无吞舟之鱼。根浅则末短，本伤则枝枯。福生于无为，患生于多欲，害生于弗备，秽生于弗耨。圣人为善若恐不及，备祸若恐不免。蒙尘而欲毋眯，涉水而欲无濡，不可得也。是故知己者不怨人，知命者不怨天。福由己发，祸由己生。圣人不求誉，不辟诽，正身直行，众邪自息。今释正而追曲，倍是而从众[54]，是与俗俪走，而内行无绳，故圣人反己而弗由也。

道之有篇章形埒者，非至者也；尝之而无味，视之而无形，不可传于人。大戟去水，亭历愈张[55]，用之不节，乃反为病。物多类之而非，唯圣人知其微。善御者不忘其马，善射者不忘其弩，善为人上者不忘其下。诚能爱而利之，天下可从也；弗爱弗利，亲子叛父。天下有至贵而非势位也，有至富而非金玉也，有至寿而非千岁也；原心反性则贵矣[56]，适情知足则富矣，明死生之分则寿矣。言无常是，行无常宜者，小人也；察于一事，通于一伎者，中人也；兼覆盖而并有之，度伎能而裁使之者[57]，圣人也。

---

①缪：绞结、缠绕；称：荐举、引证、引述。缪称：各种学说的交错引述。

②洞同：混沌不分的境界。

③体：体会、领悟。

④名：称号。

⑤节：指身体各关节。

⑥遗、忘：均指相互遗亡，即各安其所，互不干扰。

⑦黄帝：即轩辕氏、有熊氏，击败炎帝、蚩尤后，被诸侯尊为天子；芒：通茫，芒芒昧昧：纯厚广大；元：指道。

⑧略：谋略；指：通恉，意旨。

⑨方：方正、正道。

⑩语见《易经·同人》卦辞；同人于野：聚集百姓于郊野；同：聚集。

⑪比：和；众适：众人的心愿。

⑫绳绳：小心谨慎。

⑬语见《周易·屯·六十三》；即：近；鹿：喻利；虞：掌管山林的官员；君子：指贵族；几：求；舍：弃；吝：危险。

⑭衢：四通八达的道路；尊：通樽。

⑮引自《诗·大雅·下武》；媚：喜爱；兹：此；一人：指周武王；应：当；侯：语助词；慎德：顺德。

⑯戴：通载，带有感情。

⑰觖（jué）：不满。

⑱尽：极，使完美无缺。

⑲遁：欺。

⑳得：能。

㉑不几：差得远；几：近。

㉒以升量石：十升为一斗，十斗为一石，升比石小，以升量石，喻以小量大，不能胜任。

㉓狐：属狐科；狸：即豹貓，山猫，属猫科，身肥短，似狐而小，因而狐狸不属一类，但因其习性相近，后人一直混称。

㉔寝关：睡在当作门栓用的木板上；关：门栓；曝纩：穿着棉袄在烈日下曝晒，纩（kuàng）：丝绵絮。

㉕语见《周易·屯·上六》；班：通旋，徘徊；涟：水起波纹；句意是其行徘徊，其心悲痛。

㉖天雄、乌喙：均中药名，有毒，乌喙即鸡毒。

㉗剟（duó）：删削。

㉘辟：古避字。

㉙景：影。

㉚感忽：至诚之情，指精神。

㉛照諅（jì）：以通告的形式进行告诫。

㉜中行缪伯：春秋晋国力士，能徒手杀虎；生：驯养。

㉝辟：古譬字。

㉞莫之德：不感激，德：感恩。

㉟恩不接：不领情。

㊱文：形式；质：内容，即真情。

㊲结：结果，后果。

㊳消泽：消融；目之精者：视力深邃，喻看得深远、透彻，可以会意，不必言传。昭諅：同照諅。

㊴语见《周易·干·上九》；亢：极高。

㊵谕：使……心感觉到。

㊶传说禹时三苗叛，禹修礼乐使之归顺。

㊷违：避开。

㊸甘甘：即甘其所甘，喜欢做自己喜欢的事。

㊹蹠：心愿。

㊺苟简易：草率而简略，只求应付，轻率。

㊻忧寻：忧思，寻：通燂，思也。

㊼太上：指理想社会中的统治者；我其性：我性自然；与：欤，揣问语气。微：无；彼：指统治者。

㊽语见《诗经·邶风·简兮》；组：丝带。

㊾语见《周易·坤·六三》；章：文采；贞：吉利。

㊿景：影。周公：指周公旦，为周成王摄政。

51禾之三变：指由谷粒长成苗，苗长成穗，穗长成谷粒的过程。

52语见《诗经·小雅·节南山》。

53僖负羁：春秋时曹国大夫。据《左传·僖公二十三年》载，晋文公重耳流亡国外经过曹国时，僖负羁暗中送给重耳以食物及玉璧等，重耳回国后成为晋文公，攻打曹国时，下令不准攻打僖负羁的家，表示报答；表：树立标识，以作褒扬。

54赵宣孟：即赵盾，春秋晋国卿。赵盾曾在首阳山打猎时给饿倒路旁的灵辄以肉和饭，当晋灵公设酒诱杀赵盾时，当年的灵辄已成为晋灵公的卫士，他背叛了灵公，救出了赵盾。事见《左传·宣公二年》。脯：干肉。

55憯：通惨，悲；莫邪：宝剑名；枹：鼓槌；枹鼓：代指军旅。

56蹗（lù）：希望，冀幸。

57至人：至德之人；容：修饰外表。

(58)眯：有异物入眼。

(59)求：寻找东西；并：同。

(60)语见《周易大传·序卦》；剥：剥落，衰落。

(61)孳孳（zī）：勤勉。

(62)怏怏（yàng）：郁郁不乐。

(63)消息：消减生长，新陈代谢。

(64)离朱：眼睛特别明亮的人，能视百步之外，察秋毫之末。

(65)引自《诗经·大雅·文王》；旧邦：指周朝历史悠久；命：天命；维：则。

(66)文：文采；官：效法。

(67)管子：指管仲；文锦：指穿着绸缎做的朝服，意指当官了；丑：管仲贪财利，不拘小节，并曾被桓公抓住，经其友鲍叔推荐，桓公任他为齐相，使桓公成为霸主，丑：指品行不佳。庙：指庙堂，即明堂。

(68)子产：春秋时郑国卿；练染：将白色绢染色；美而不尊：虽染色后绢色美丽，但用此作衣饰不用于朝祭，不受重用，故云美而不尊。

(69)肥而不泽：肥胖但不会感到父母的恩泽。

(70)弘演：春秋时卫国大夫，据《吕氏春秋·仲冬纪·忠廉篇》载，“弘演，卫懿公臣。狄人攻卫，食懿公，其肝在（肝未被吃掉），弘演剖腹以盛之也。”

(71)王子闾：据《左传·哀公十六年》载，王子闾是楚平王之子，白公胜的伯父，白公胜起兵为父报仇，想拥立王子闾为楚王，王子闾宁死不从。掖：通袯，衣袖。

(72)伯夷：商代末孤竹君的长子，与弟叔齐均不受王位而投奔周武王，周武王伐商纣，二人耻食周粟，饿死于首阳山。

(73)滔滔：水奔流不停息。

(74)古代兄弟之间的长幼次序，以伯孟为长，叔季为小，句意即由少及长。

(75)兢：小心谨慎。

(76)莙（jūn）：郁结、阻滞；发：发泄。

(77)原注为：“下有喜议则国治，有增议而国乱。”

(78)却：却行，即倒退而行。农夫插秧、锄草均倒退而行。

(79)申喜事见《吕氏春秋·季秋纪·精通》。

(80)艾陵之战：原注作“吴王夫差与齐战于艾陵”见《春秋·哀公十一年》；艾陵：在今山东泰安县南。

(81)夷：原注作“吴”，夷声：指兵士唱的吴国歌曲；阳：原注作“吉”，吉兆；庶：差不多。

(82)信：信息；有诸情：来自不同的感情。

(83)夫子：指孔子；弦：指琴。

(84)理通：沟通；极：至。

(85)输子阳：人名。

(86)渐：熟习。矩凿：规矩凿榫，喻法度。

(87)医骆：人名，原注作“越医”。

(88)悏：急字的异体，恼怒。

(89)矜：骄傲自负；怛（dá）：恐惧。

(90)华：浮夸；诬：欺骗。

(91)经：悬吊。

(92)叽（jū）：悲叹。

(93)诎：通屈；伸：伸字之误；佝：应作句（gōu）；倨句：直曲；诎伸：屈伸；诎伸倨佝：指人的身体动作。

(94)栗栗：恐惧状。

(95)崇侯：名虎，殷纣王的诸侯，助纣为虐；恶来：殷纣王的大臣，善进谗言。

(96)东户季子：传说是古之君王。

(97)宿：过夜；晦：即亩。

(98)辞：谦让。

(99)小快：满足个人私欲；斯须：片刻；仪：法度。

(100)腾辞：传送的书信；腾：传；据《左传·襄公三十年》载，子产在郑国实行改革时政，铸刑书，叔向使人送信给子产，横加责难。

⑩刑：礼法；寡妻：正妻；禅：传。语见《诗经·大雅·思齐》。

⑩载焉：放在他身上；胜：承担。

⑩章：彰、明；隆：高。

⑩钧：均，同样。

⑩子予：指孔子学生宰我。宰我名予，字子我；奈何：制服；乘：欺压、取胜。

⑩漂：堵塞。

⑩说：通脱。

⑩嫚：同慢，傲慢。

⑩诱然：赞美之辞；诱：通秀。

⑪消释：溶为液态；刑：通型；模具。

⑪管夷吾：即管仲；百里奚：春秋时秦穆公相，佐穆公成霸业。

⑪照惑：照：晓，告诉；惑者：黑夜迷路者。

⑪卫武侯：春秋时卫国君主；羸（léi）：衰弱无用。

⑪羸之：认为衰老了；得羸：客观上确实是衰老了。

⑪否（pǐ）：恶。

⑪指：通恉，意旨。

⑪脟：切成块的肉，厚脟：大块的肉。

⑪表：指测日影的圭表。表立而影即现，立竿见影，喻收效很快。

⑪绵绵：细微，微弱。

⑫分分：细小。

⑫引文见《庄子·胠箧》。鲁酒薄句：楚国会合诸侯，鲁、赵两国均向楚王敬酒。鲁酒味淡，赵酒味醇，楚国的掌酒官向赵国索酒喝，赵国不给；掌酒官使将将鲁酒进献楚王，说是赵酒，楚王嫌赵酒味淡而发兵攻打赵国都城邯郸。薄：指酒味淡；邯郸：今河北邯郸市。羊羹句：宋将华元与郑国交战，战前杀羊犒劳军士，忘了分给他的车夫羊斟，羊斟怀恨，作战时故意将华元坐的马车赶进郑国军队里，使华元被擒，危及宋国。羊羹：带汁的羊肉；斟：舀。

⑫楚庄：春秋时楚国君；共雍：楚国大夫。

⑫女：汝，你。

⑫莫：勉励。

⑫行：原注为尚粗，不够精细的。

⑫七十坛：原注："封乎泰山，盖七十二君也"。坛：祭天或祭祖的高台。

⑫邻：周代政府基层组织名称：五家为一邻，五邻为一里。

⑫孝己：殷高宗之子，被放逐而仍不失礼。

⑫召公：周武王臣，姓姬名奭，封于召，故称召公；弛：同弛，松，减缓；狱：讼案。

⑬拘：囚犯。

⑬炮烙：殷纣时的酷刑。将炭烧红铜柱，令受刑者爬行柱上，堕炭火中烧死。周文王请求去炮烙事见《史记·周本纪》。

⑬絺（chī）：细葛布；绤（xì）粗葛布；绥：车上的拉手，以便站稳的绳子。

⑬商容：殷纣时人，原注为"商容神人也。商容吐舌示老子，老子知舌柔齿刚。"

⑬列子：即列御寇，战国时郑人；壶子：郑国人，即壶丘子林，传说是列子的老师。景：影，有柱而后有影，因而影在后；柱可损而影无恙，因而懂得持守为后是对的。

⑬铎（duó）：大铃，古时在传令或在有战事时使用。

⑬措：刺；狖（yòu）：长尾猿。

⑬苌弘：周敬王大夫，因卷入晋公家族纷争，为周人所杀。

⑬喜鹊能预知风的大小，如风大，巢就架得低些；水獭筑穴如低，可预测水位将低，穴高水位将高；晖（huī）目：鸩鸟；晏：晴朗无云；若天欲放晴，晖目先鸣；阴谐：雌性鸩鸟，若天欲降雨，阴谐先鸣。

⑬宁戚：春秋时卫国人；桓公：齐桓公；大政：国政。

⑭雍门子：名周，齐国人，善哭；缨：结冠的带子。

⑭简公：春秋时齐国君主，大夫御鞅曾劝简公除掉田氏，简公不忍，终被田氏所杀。

⑫子阳：郑国相。据《泛论训》："郑子阳刚毅而好罚，……舍人有折弓者，畏罪而恐诛，则因猘狗之惊，以杀子阳。"

⑬象箸：象牙筷子；叽（jī）：悲叹；事见《韩非子·喻老》。

⑭偶人：用土、木制做的人，用以殉葬；《孟子·梁惠王上》载："仲尼曰：'始作俑者，其无后乎！'"

⑮崝（zhēng）：同峥，峻峭；陀：崩塌。

⑯吴起，战国时卫国人，后奔楚，为楚悼王相，推行法治，悼公死后，为楚大臣所杀。

⑰絙（gēng）：紧，急。

⑱轩冕：古时卿大夫的车和冕服，这里借指高官厚禄。

⑲驳：杂，不纯粹。

⑳若：顺从。

㉑数：指天道运行的规律。

㉒撄（yīng）：扰乱，触犯。

㉓口慧：口惠，空口答应给人好处而不兑现。

㉔倍：背；是：正确。

㉕大戟、亭历：中草药名；水：水肿病；张：通胀，一种病。

㉖原：本源。

㉗伎：通技，指技能，才能。

卷十一　齐俗[①]训

率性而行谓之道，得其天性谓之德；性失然后贵仁，道失然后贵义。是故仁义立而道德迁矣，礼乐饰则纯朴散矣，是非形则百姓眩矣，珠玉尊则天下争矣。凡此四者，衰世之造也[②]，末世之用也。夫礼者，所以别尊卑，异贵贱；义者，所以合君臣、父子、兄弟、夫妻、朋友之际也。今世之为礼者，恭敬而忮[③]；为义者，布施而德。君臣以相非，骨肉以生怨，则失礼义之本也，故搆而多责。夫水积则生相食之鱼，土积则生自穴之兽[④]，礼义饰则生伪匿之本。夫吹灰而欲无眯，涉水而欲无濡，不可得也。

古者，民童蒙不知东西，貌不羡乎情，而言不溢乎行。其衣致暖而无文，其兵戈铢而无刃；其歌乐而无转，其哭哀而无声；凿井而饮，耕田而食，无所施其美，亦不求得。亲戚不相毁誉，朋友不相怨德。及至礼义之生，货财之贵，而诈伪萌兴，非誉相纷，怨德并行，于是乃有曾参、孝己之美，而生盗跖、庄蹻之邪。故有大路龙旂，羽盖垂緌[⑤]，结驷连骑，则必有穿窬拊楗、抽箕逾备之奸[⑥]；有诡文繁绣，弱緆罗纨，必有菅屩跐踦[⑦]，短褐不完者。故高下之相倾也，短修之相形也，亦明矣。

夫虾蟆为鹑，水虿为蟌莣[⑧]，皆生非其类，唯圣人知其化。夫胡人见黂[⑨]，不知其可以为布也；越人见毳[⑩]，不知其可以为旃也。故不通于物者，难与言化。昔太公望、周公旦受封而相见，太公问周公曰："何以治鲁?"周公曰："尊尊亲亲。"太公曰："鲁从此弱矣!"周公问太公曰："何以治齐?"太公曰："举贤而上功。"周公曰："后世必有劫杀之君!"其后，齐日以大，至于霸，二十四世而田氏代之；鲁日以削，至三十二世而亡。故《易》曰："履霜坚冰至。"圣人之见终始微言!

故糟丘生乎象箸[⑪]，炮烙生乎热斗[⑫]。子路撜溺而受牛谢[⑬]，孔子曰："鲁国必好救人于患。"子赣赎人而不受金于府[⑭]，孔子曰："鲁国不复赎人矣。"子路受而劝德，子赣让而止善。孔子之明，以小知大，以近知远，通于论者也。由此观之，廉有所在，而不可公行也。故行齐于俗，可随也；事周于能，易为也。矜伪以惑世，伉行以违众[15]，圣人不以为民俗。

广厦阔屋，连闼通房，人之所安也，鸟入之而忧；高山险阻，深林丛薄，虎豹之所乐也，人入之而畏；川谷通原，积水重泉，鼋鼍之所便也，人入之而死；《咸池》、《承云》，《九韶》、《六英》[16]，人之所乐也，鸟兽闻之而惊；深溪峭岸，峻木寻枝，猿狖之所乐也，人上之而慄。形殊性诡，所以为乐者，乃所以为哀；所以为安者，乃所以为危也，乃至天地之所覆载，日月之所照诏，使各便其性，安其居，处其宜，为其能。故愚者有所修，智者有所不足；柱不可以摘齿，筐不可以持屋[17]；马不可以服重，牛不可以追速；铅不可以为刀，铜不可以为弩；铁不可以为舟，木不可以为釜。各用之于其所适，施之于其所宜，即万物一齐，而无由相过。

夫明镜便于照形，其于以函食[18]，不如箪；牺牛粹毛，宜于庙牲，其于以致雨，不若黑蜧[19]。由此观之，物无贵贱。因其所贵而贵之，物无不贵也；因其所贱而贱之，物无不贱也。夫玉璞不厌厚，角觟不厌薄[20]；漆不厌黑，粉不厌白；此四者相反也，所急则均，其用一也。今之裘与蓑，孰急？见雨则裘不用，升堂则蓑不御，此代为常者也。譬如舟、车、楯、肆、穷庐，故有所宜也。故《老子》曰："不上贤"者[21]，言不致鱼于木，沉鸟于渊。

故尧之治天下也，舜为司徒，契为司马，禹为司空，后稷为大田师，奚仲为工[22]。其导万民也，水处者渔，山处者木，谷处者牧，陆处者农。地宜其事，事宜其械，械宜其用，用宜其人。泽皋织网，陵阪耕田，得以所有易所无，以所工易所拙。是故离叛者寡，而听从者众。譬若播棋丸于地，员者走泽，方者处高，各从其所安，夫有何上下焉？若风之遇箫，忽然感之，各以清浊应矣。

夫猿狖得茂木，不舍而穴；狟狢得埵防[23]，弗去而缘。物莫避其所利而就其所害。是故邻国相望，鸡狗之音相闻，而足迹不接诸侯之境，车轨不结千里之外者，皆各得其所安。故乱国若盛，治国若虚，亡国若不足，存国若有余。虚者非无人也，皆守其职也；盛者非多人也，皆徼于末也[24]；有余者非多财也，欲节事寡也；不足者非无货也，民躁而费多也。故先王之法籍，非所作也，其所因也；其禁诛，非所为也，其所守也。

凡以物治物者不以物，以睦[25]；治睦者不以睦，以人；治人者不以人，以君；治君者不以君，以欲；治欲者不以欲，以性；治性者不于性，以德；治德者不以德，以道。原人之性，芜涉而不得清明者，物或堁之也[26]。羌、氐、僰、翟[27]，婴儿生皆同声，及其长也，虽重象狄騠[28]，不能通其言，教俗殊也。今三月婴儿，生而徙国，则不能知其故俗。由此观之，衣服礼俗者，非人之性也，所受于外也。夫竹之性浮，残以为牒[29]，束而投之水则沉，失其体也。金之性沉，托之于舟上则浮，势有所支也。夫素之质白，染之以涅则黑；缣之性黄[30]，染之以丹则赤；人之性无邪，久湛于俗则易[31]，易而忘本，合于若性。

故日月欲明，浮云盖之；河水欲清，沙石涉之；人性欲平，嗜欲害之。唯圣人能遗物而反己。夫乘舟而惑者不知东西，见头极则寤矣[32]。夫性，亦人之斗极也。有以自见也，则不失物之情；无以自见，则动而惑营。譬若陇西之游，愈躁愈沉。孔子谓颜回曰："吾服汝也忘，而汝服于我也亦忘。虽然，汝虽忘乎，吾犹有不忘者存[33]。"孔子知其本也。夫纵欲而失性，动未尝正也。以治身则危，以治国则乱，以入军则破。是故不闻道者，无以反性。

故古之圣王，能得诸己，故令行禁止，名传后世，德施四海。是故凡将举事，必先平意清神。神清意平，物乃可正，若玺之抑埴[34]，正与之正，倾与之倾。故尧之举舜也，决之于目；桓公之取宁戚也，断之于耳而已矣[35]。为是释术数而任耳目，其乱必甚矣[36]。夫耳目之可以断也，反情性也。听失于诽誉，而目淫于采色，而欲得事正，则难矣。夫载哀者闻歌声而泣，载乐者见哭者而笑。哀可乐者，笑可哀者，载使然也，是故贵虚。故水击则波兴，气乱则智昏；智昏不可以为政，波水不可以为平。故圣王执一而勿失[37]，万物之情既矣[38]，四夷九州服矣。夫一者至贵，无适于天下[39]。圣人托于无适，故民命系矣。

为仁者必以哀乐论之，为义者必以取予明之。目所见不过十里，而欲遍照海内之民，哀乐弗能给也；无天下之委财，而欲遍澹万民[40]，利不能足也。且喜怒哀乐，有感而自然者也。故哭之发于口，涕之出于目，此皆愤于中而形于外者也，譬若水之下流，烟之上寻也[41]，夫有孰推之者！故强哭者虽病不哀，强亲者虽笑不和，情发于中而声应于外。故厘负羁之壶餐，愈于晋献公之乘棘[42]；赵宣孟之束脯，贤于智伯之大钟。故礼丰不足以效爱，而诚心可以怀远。

故公西华之养亲也[43]，若与朋友处；曾参之养亲也，若事严主烈君，其于养一也。故胡人弹骨，越人契臂，中国歃血也[44]，所由各异，其于信一也。三苗髽首，羌人括领[45]，中国冠笄，越人劗鬋[46]，其于服一也。帝颛顼之法，妇人不辟男子于路者，拂之于四达之衢。今之国都，男女切踦[47]，肩摩于道，其于俗一也。故四夷之礼不同，皆尊其主而爱其亲，敬其兄；猃狁之俗相反[48]，皆慈其子而严其上。

夫鸟飞成行，兽处成群，有孰教之？故鲁国服儒者之礼，行孔子之术，地削名卑，不能亲近来远；越王勾践劗发文身，无皮弁搢笏之服，拘罢拒折之容[49]，然而胜夫差于五湖，南面而霸天下，泗上十二诸侯皆率九夷以朝。胡、貉、匈奴之国[50]，纵体拖发，箕倨反言[51]，而国不亡者，未必无礼也。楚庄王裾衣博袍[52]，令行乎天下，遂霸诸侯。晋文君大布之衣，牂羊之裘[53]，韦以带剑[54]，威立于海内。岂必邹鲁之礼之谓礼乎？是故入其国者从其俗，入其家者避其讳；不犯禁而入，不忤逆而进；虽之夷狄徒倮之国，结轨乎远方之外，而无所困矣。

礼者，实之文也；仁者，恩之效也。故礼因人情而为之节文，而仁发併以见容[55]。礼不过实，仁不溢恩也，治世之道也。夫三年之丧，是强人所不及也，而以伪辅情也；三月之服，是绝哀而迫切之性也。夫儒、墨不原人情之终始，而务以行相反之制，五缞之服。悲哀抱于情，葬埋称于养；不强人之所不能为，不绝人之所能已，度量不失于适，诽誉无所由生。

古者非不知繁升降槃还之礼也[56]，蹀《采齐》、《肆夏》之容也[57]，以为旷日烦民而无所用，故制礼足以佐实喻意而已矣。古者非不能陈钟鼓，盛管箫，扬干戚，奋羽旄，以为费财乱政，制乐足以合欢宣意而已，喜不羡于音[58]。非不能竭国糜民，虚府殚财，含珠鳞施，纶组节束[59]，追送死也，以为穷民绝业而无益于槁骨腐肉也，故葬埋足以收敛盖藏而已。昔舜葬苍梧，市不变其肆；禹葬会稽之山，农不易其亩。明乎生死之分，通乎侈俭之适者也。乱国则不然。言与行相悖，情与貌相反；礼饰以烦，乐优以淫；崇死以害生，久丧以招行[60]；是以风俗浊于世，而诽誉萌于朝，是故圣人废而不用也。

义者，循理而行宜也；礼者，体情制文者也。义者宜也；礼者，体也。昔有扈氏为义而亡[61]，知义而不知宜也；鲁治礼而削，知礼而不知体也。有虞氏之祀，其社用土[62]，祀中霤[63]，葬成亩，其乐《咸池》、《承云》、《九韶》，其服尚黄。夏后氏其社用松，祀户，葬墙置翣[64]，其乐《夏籥》、《九成》、《六佾》、《六列》、《六英》[65]，其服尚青。殷人之礼，其社用石，祀门，葬树松，其乐《大濩》、《晨露》[66]，其服尚白。周人之礼，其社用栗，祀灶，葬树柏，其乐《大武》、《三象》、《棘下》[67]，其服尚赤。礼乐相诡，服制相反，然而皆不失亲疏之恩，上下之伦。

今握一君之法籍，以非传代之俗，譬由胶柱而调瑟也。故明主制礼义而为衣，分节行而为带。衣足以覆形，从《典》、《坟》，虚循挠[68]，便身体，适行步，不务于奇丽之容，隅眥之削[69]。带足以结纽收衽[70]，束牢连固，不亟于为文句疏短之鞻[71]。故制礼义，行至德，而不拘于儒墨。

所谓明者，非谓其见彼也，自见而已；所谓聪者，非谓闻彼也，自闻而已；所谓达者，非谓知彼也，自知而已。是故身者道之所托，身得则道得矣。道之得也，以视则明，以听则聪，以言则公，以行则从。故圣人裁制物也，犹工匠之斫削凿枘也，宰庖之切割分别也，曲得其宜而不折伤。拙工则不然，大则塞而不入，小则窕而不周，动于心，枝于手[72]，而愈丑。夫圣人之斫削物也，剖之判之，离之散之。已淫已失，复揆以一[73]；既出其根，复归其门；已雕已琢，还反于朴[74]。合而为道德，离而为仪表。其转入玄冥，其散应无形。礼义节行，又何以穷至治之本哉？世之明事者，多离道德之本，曰礼义足以治天下，此未可与言术也。

所谓礼义者，五帝三王之法籍风俗，一世之迹也。譬若刍狗土龙之始成[75]，文以青黄，绢以绮绣，缠以朱丝，尸祝袀袨[76]，大夫端冕，以送迎之。及其已用之后，则壤土草蓟而已[77]，夫有孰贵之？故当舜之时，有苗不服，于是舜修政偃兵，执干戚而舞之。禹之时，天下大雨，禹令民聚土积薪，择丘陵而处之。武王伐纣，载尸而行[78]，海内未定，故不为三年之丧始。禹遭洪水之患，陂塘之事[79]，故朝死而暮葬。此皆圣人之所以应时耦变[80]，见形而施宜者也。

今之修干戚而笑钁插[81]，知三年非一日，是从牛非马，以徵笑羽也。以此应化，无以异于弹一弦而会《棘下》。夫以一世之变，欲以耦化应时，譬犹冬被葛而夏被裘。夫一仪不可以百发[82]，一衣不可以出岁；仪必应乎高下，衣必适乎寒暑。是故世异则事变，时移则俗易。故圣人论世而立法，随时而举事。尚古之王，封于泰山，禅于梁父[83]，七十余圣，法度不同，非务相反也，时世异也。是故不法其已成之法，而法其所以为法；所以为法者，与化推移者也。夫能与化推移为人者，至贵在焉尔！故狐梁之歌可随也[84]，其所以歌者不可为也；圣人之法可观也，其所以作法不可原也；辩士言可听也，其所以言不可形也；淳均之剑不可爱也，而欧冶之巧可贵也[85]。

今夫王乔、赤诵子[86]，吹呕呼吸，吐故内新，遗形去智，抱素反真，以游玄眇，上通云天。今欲学其道，不得其养气处神，而放其一吐一吸，时诎时伸，其不能乘云升假亦明矣[87]。五帝三王，轻天下，细万物，齐死生，同变化，抱大圣之心，以镜万物之情[88]，上与神明为友，下与造化为人。今欲学其道，不得其清明玄圣，而守其法籍宪令，不能为治亦明矣。故曰："得十利剑，不若得欧冶之巧；得百走马，不若得伯乐之数。"

朴至大者无形状，道至眇者无度量。故天之圆也不得规，地之方也不得矩。往古来今谓之宙，四方上下谓之宇，道在其间，而莫知其所。故其见不远者，不可与语大；其智不闳者，不可与论至。昔者冯夷得道[89]，以潜大川；钳且得道，以处昆仑[90]；扁鹊以治病，造父以御马；羿以之射，倕以之斫，所为者各异，而所道者一也。夫禀道以通物者，无以相非也，譬若同陂而溉田，其受水均也。

今屠牛而烹其肉，或以为酸，或以为甘，煎熬燎炙，齐味万方，其本一牛之体。伐楩枏豫樟而剖梨之[91]，或为棺椁，或为柱梁，披断拨檖[92]，所用万方，然一木之朴也。故百家之言，指奏相反[93]，其合道一体也，譬若丝、竹、金、石之会乐同也，其曲家异而不失于体。伯乐、韩风、秦牙、管青[94]，所相各异，其知马一也。故三皇五帝，法籍殊方，其得民心均也。

故汤入夏而用其法，武王入殷而行其礼，桀、纣之所以亡，而汤、武之所以为治。故剞劂销锯陈[95]，非良工不能以制木；炉橐埵坊设[96]，非巧冶不能以治金。屠牛吐一朝解九牛而刀以剃毛[97]；庖丁用刀十九年而刀如新剖硎[98]，何则？游乎众虚之间。若夫规矩钩绳者，此巧之具也，而非所以巧也。故瑟无弦，虽师文不能以成曲[99]；徒弦，则不能悲。故弦，悲之具也，而非所以为悲也。若夫工匠之为连钒、运开、阴闭、眩错[100]，入于冥冥之眇，神调之极，游乎心手众虚之间，而莫与物为际者[101]，父不能以教子。瞽师之放意相物，写神愈舞[102]，而形乎弦者，兄不能以喻弟。今夫为平者准也，为直者绳也。若夫不在于绳准之中可以平直者，此不共之术也。故叩宫而宫应，弹角而角动，此同音之相应也。其于五音无所比，而二十五弦皆应，此不传之道也。故萧条者形之君，而寂寞者音之主也[103]。

天下是非无所定，世各是其所是而非其所非，所谓是与非各异，皆自是而非人。由此观之，事有合于己者，而未始有是也；有忤于心者，而未始有非也。故求是者，非求道理也，求合于己者也；去非者，非批邪施也，去忤于心者也。忤于我，未必不合于人也；合于我，未必不非于俗也。至是之是无非，至非之非无是，此真是非也。若夫是于此而非于彼，非于此而是于彼者，此之谓一是一非也。此一是非隅曲也[104]；夫一是非[105]宇宙也。今吾欲择是而居之，择非而去之，不知世之所谓是非者，不知孰是孰非。

《老子》曰："治大国若烹小鲜[106]。"为宽裕者曰勿数挠，为刻削者曰致其咸酸而已矣。晋平公出言而不当，师旷举琴而撞之，跌衽宫壁[107]，左右欲涂之[108]。平公曰："舍之！以此为寡人失。"孔子闻之曰："平公非不痛其体也，欲来谏者也。"韩子闻之曰："群臣失礼而弗诛，是纵过也。有以也夫，平公之不霸也！"故宾有见人于宓子者[109]，宾出，宓子曰："子之宾独有三过：望我而笑，是攓也[110]；谈语而不称师，是返也[111]；交浅而言深，是乱也。"宾曰："望君而笑，是公也[112]；谈语而不称师，是通也；交浅而言深，是忠也。"故宾之容一体也，或以为君子，或以为小人，所自视之异也。故趣舍合，即言忠而益亲；身疏，即谋当而见疑。亲母为其子治扢秃而血流至耳，见者以为其爱之至也；使在于继母，则过者以为嫉也。事之情一也，所从观者异也。从城上视牛如羊，视羊如豕，所居高也。窥面于盘水则员，于杯则隋，面形不变其故，有所员有所隋者，所自窥之异也。今吾虽欲正身而待物，庸遽知世之所自窥我者乎！

若转化而与世竞走，譬犹逃雨也，无之而不濡。常欲在于虚，则有不能为虚矣；若夫不为虚而自虚者，此所慕而不能致也。故通于道者如车轴，不运于己而与毂致千里，转无穷之原也。不通于道者若迷惑，告以东西南北，所居聆聆[113]，一曲而辟[114]，然忽不得，复迷惑也，故终身隶于人，辟若伣之见风也[115]，无须臾之间定矣。故圣人体道反性，不化以待化，则几于免矣。

治世之体易守也，其事易为也，其礼易行也，其责易偿也。是以人不兼官，官不兼事，士农工商，乡别州异。是故农与农言力，士与士言行，工与工言巧，商与商言数。是以士无遗行，农无废功，工无苦事，商无折货，各安其性，不得相干。故伊尹之兴土功也[116]，修胫者使之跖钁[117]，强脊者使之负土，眇者使之准[118]，伛者使之涂[119]，各有所宜，而人性齐矣。胡人便于马，越人便于舟。异形殊类，易事而悖；失处而贱，得势而贵。圣人总而用之，其数一也。

夫先知远见，达视千里，人才之隆也，而治世不以责于民；博闻强志，口辩辞给[120]，人智之美也，而明主不以求于下；敖世轻物，不污于俗，士之伉行也，而治世不以为民化；神机阴闭，剞劂无迹，人巧之妙也，而治世不以为民业。故苌弘、师旷，先知祸福，言无遗策，而不可与众同职也；公孙龙折辩抗辞，别同异，离坚白[121]，不可与众同道也；北人无择非舜而自投清泠之渊[122]，不可以为世仪；鲁般、墨子以木为鸢而飞之，三日不集[123]，而不可使为工也。故高不可及者，不可以为人量；行不可逮者，不可以为国俗。夫挈轻重不失铢两，圣人弗用，而县之乎铨衡[124]；视高下不差尺寸，明主弗任，而求之乎浣准[125]。何则？人才不可专用，而度量可世传也。

故国治可与愚守也，而军制可与权用也。夫待騕褭、飞兔而驾之[126]，则世莫乘车；待西施、毛嫱而为配，则终身不家矣。然非待古之英俊，而人自足者，因所有而并用之[127]。夫骐骥千里，一日而通，驽马十舍[128]，旬亦至之。由是观之，人材不足专恃，而道术可公行也。乱世之法，高为量而罪不及，重为任而罚不胜，危为禁而诛不敢[129]。民困于三责，则饰智而诈上，犯邪而干免[130]。故虽峭法严刑不能禁其奸。何者？力不足也，故谚曰："鸟穷则啄，兽穷则触，人穷则诈。"此之谓也。

道德之论，譬犹日月也，江南河北不能易其指，驰骛千里不能易其处。趋舍礼俗，犹室宅之居也，东家谓之西家，西家谓之东家，虽皋陶为之理[131]，不能定其处。故趋舍同，诽誉在俗；意行钧[132]，穷达在时。汤、武之累行积善，可及也；其遭桀、纣之世，天授也。今有汤、武之意，而无桀、纣之时，而欲成霸王之业，亦不几矣。

昔武王执戈秉钺以伐纣胜殷，搢笏杖殳以临朝[133]。武王既没，殷民叛之，周公践东宫，履乘石[134]，摄天子之位，负扆而朝诸侯[135]，放蔡叔，诛管叔[136]，克殷残商[137]，祀文王于明堂，七年而致政成王。夫武王先武而后文，非意变也，以应时也；周公放兄诛弟，非不仁也，以匡乱也。故事周于世则功成，务合于时则名立。

昔齐桓公合诸侯以乘车，退诛于国以斧钺；晋文公合诸侯以革车，退行于国以礼义。桓公前柔而后刚，文公前刚而后柔，然而令行乎天下，权制诸侯钧者，审于势之变也。颜阖，鲁君欲相之而不肯，使人以币先焉，凿培而遁之[138]，为天下显武[139]。使遇商鞅、申不害[140]，刑及三族，又况身乎！世多称古之人而高其行，并世有与同者而弗知贵也，非才下也，时弗宜也。故六骐骥、四駃騠[141]，以济江河，不若窾木便者，处世然也[142]。是故立功之人，简于行而谨于时。

今世俗之人，以功成为贤，以胜患为智，以遭难为愚，以死节为戆[143]；吾以为各致其所极而已。王子比干非不知箕子被发佯狂以免其身也，然而乐直行尽忠以死节，故不为也。伯夷、叔齐非不能受禄任官以致其功也，然而乐离世伉行以绝众，故不务也。许由、善卷非不能抚天下、宁海内以德民也[144]，然而羞以物滑和，故弗受也。豫让、要离非不知乐家室、安妻子以偷生也[145]，然而乐推诚行，必以死主，故不留也。今从箕子视比干，则愚矣，从比干视箕子，则卑矣；从管、晏视伯夷，则戆矣；从伯夷视管、晏，则贪矣。趋舍相非，嗜欲相反，而各乐其务，将谁使正之？曾子曰："击舟水中，鸟闻之而高翔，鱼闻之而渊藏。"故所趋各异，而皆得所便。

故惠子从车百乘以过孟诸[146]，庄子见之，弃其余鱼。鹈胡饮水数斗而不足，鳝鲔入口若露而死[147]；智伯有三晋而欲不澹，林类、荣启期衣若县衰而意不慊[148]。由此观之，则趋行各异，何以相非也！夫重生者不以利害己，立节者见难不苟免；贪禄者见利不顾身，而好名者非义不苟得。此相为论，譬犹冰炭钩绳也，何时而合？若以圣人为之中，则兼覆而并有之，未有可是非者也。夫飞鸟主巢，狐狸主穴；巢者巢成而得栖焉，穴者穴成而得宿焉；趋舍行义，亦人之所栖宿也，各乐其所安，致其所蹠，谓之成人[149]。故以道论者，总而齐之。

治国之道，上无苛令，官无烦治，士无伪行，工无淫巧，其事经而不扰，其器完而不饰。乱世则不然。为行者相揭以高[150]，为礼者相矜以伪；车舆极于雕琢，器用逐于刻镂；求货者争难得以为宝，诋文者处烦挠以为慧。争为佹辩，久稽而不决[151]，无益于治；工为奇器，历岁而后成，不周于用。故神农之法曰："丈夫丁壮而不耕，天下有受其饥者；妇人当年而不织，天下有受其寒者。"故身自耕，妻亲织，以为天下先。其导民也，不贵难得之货，不器无用之物。是故其耕不强者，无以养生；其织不强者，无以掩形；有余不足，各归其身；衣食饶溢，奸邪不生，安乐无事而天下均平。

故孔丘、曾参无所施其善，孟贲、成荆无所行其威[152]。衰世之俗，以其知巧诈伪，饰众无用，贵远方之货，珍难得之财，不积于养生之具；浇天下之淳[153]，析天下之朴，牿服马牛以为牢[154]；滑乱万民，以清为浊，性命飞扬，皆乱以营；贞信漫澜，人失其情性。于是乃有翡翠犀象、黼黻文章以乱其目，刍豢黍粱、荆吴芬馨以嗌其口[155]，钟鼓管箫、丝竹金石以淫其耳，趋舍行义、礼节谤议以营其心。于是百姓糜沸豪乱[156]，暮行逐利，烦挐浇浅[157]，法与义相非，行与利相反，虽十管仲弗能治也。

且富人则车舆衣纂锦，马饰傅旄象[158]，帷幕茵席，绮绣绦组[159]，青黄相错，不可为象；贫人则夏被褐带索，含菽饮水以充肠，以支暑热，冬则羊裘解札[160]，短褐不掩形，而炀灶口[161]。故其为编户齐民无以异，然贫富之相去也，犹人君与仆虏，不足以论之。夫乘奇技伪邪施者，自足乎一世之间，守正修理，不苟得者，不免乎饥寒之患，而欲民之去末返本，由是发其原而壅其流也。夫雕琢刻镂，伤农事者也；锦绣纂组，害女工者也。农事废，女工伤，则饥之本而寒之原也。夫饥寒并至，能不犯法干诛者[62]，古今之未闻也。

故仕鄙在时不在行，利害在命不在智。夫败军之卒，勇武遁逃，将不能止也；胜军之陈[63]，怯者死行，惧不能走也。故江河决沉一乡，父子兄弟相遗而走，争升陵阪，上高丘，轻足先升[64]，不能相顾也；世乐志平，见邻国之人溺，尚犹哀之，又况亲戚乎？故身安则恩及邻国，志为之灭；身危则忘其亲戚，而人不能解也。游者不能拯溺，手足有所急也；灼者不能救火，身体有所痛也。夫民有余即让，不足则争；让则礼义生，争则暴乱起。扣门求水，莫弗与者，所饶足也；林中不卖薪，湖中不鬻鱼，所有余也。故物丰则欲省，求澹则争止。秦王之时，或人葅子[65]，利不足也；刘氏持政，独夫收孤，财有余也。故世治则小人守政[66]，而利不能诱也；世乱则君子为奸，而法弗能禁也。

---

①齐：齐一、统一、划一；俗：习俗、风气。齐俗：论述习俗、风气的统一。

②造：造成。

③忮（zhì）：嫉恨。

④自宂之兽：自相残食的猛兽；宂：应为宍（ròu），是古“肉”字，指吃肉。

⑤緌（ruí）：帽带的末端部分，这里指车盖四周下垂的丝线饰缨。

⑥穿窬（yú）：穿墙翻墙，指偷盗；窬：通逾，越过；拊楗：摇动门户之楗，指偷盗；拊：轻击；楗：锁门之木插。抽箕：王引之认为是扣（hú）墓之误，扣：通掘；扣墓：盗墓；逾备：爬墙偷盗；备：墙垣。

⑦菅（jiān）屩（juē）：麻或草鞋；跐（cǐ）踦（qí）：参差不齐。

⑧水虿（hài）：蜻蜓等昆虫的幼虫，生活在水中；蟌蕊：王念孙认为是蟌（cōng）之误，蟌即蜻蜓。

⑨黂（fén）：粗麻。

⑩毳（cuì）：鸟兽的细毛。

⑪糟丘：纣作长夜饮，酿酒遗留的酒糟堆积成山，故称糟丘。

⑫热斗：即熨斗，传说纣见熨斗加热能烂人手，故设炮格之刑。

⑬撜：同拯，救援。

⑭子赣：即子贡。原注为：“鲁国之法，赎人于他国者，受金于府。”

⑮伉行：高尚的行为。

⑯《咸池》、《承云》：原注认为是黄帝所用的乐曲；《九韶》：舜所用乐曲；《六英》：颛顼所用乐曲。

⑰擿（tì）：剔；筐：小簪。

⑱函：容，装。

⑲黑螭（lì）：神蛇，能兴风雨。

⑳角觟（jiǎo）：刀剑鞘上的角饰，角饰薄就精致，因而说不厌薄。

㉑语见《老子》第三章；上：尚。

㉒司徒：官名，主管国家土地及教化人民；司马：官名，主管军事；司空：官名，主管工程建筑；大田师：官名，主管农事；工师：主管百工；契（xiè）：传说是帝喾之子，曾助禹治水；后稷：传说 是周民族始祖，名弃；奚仲：黄帝的后代，传说是车的发明者。

㉓狟（huán）：豪猪；狢（hé）：同貉，形似狸；埵（duǒ）防：堤防。

㉔徼（yāo）追求。

㉕眭：通陆；土地。

㉖堁（kè）：尘土。

㉗羌、氐：均是古代我国西部少数民族；僰（bō）：古代西南地区少数民族；翟（dí）：古代北方少数民族。

㉘狄騠（tī）、象：皆为古代翻译官员名称。《礼记·王制》：“东方曰寄，南方曰象，西方曰狄鞮，北方曰译。”其中的“译”，一直沿用至今。

㉙残：砍削；牒：竹片。

㉚缣（jiān）：双丝织的细绢。

㉛湛（dān）：通耽，浸泡。

㉜斗极：指北斗星、北极星。

㉝语见《庄子·田子方》。

㉞埴（zhì）：信函之封泥。

㉟齐桓公听了宁戚的歌声就任用了他，所以说取决于耳。

㊱术数：指治国的技术、策略。

㊲一：万物之本，纯粹的道。

㊳既：尽。

㊴适：通敌。

㊵委财：积蓄的财物；澹：通赡，供养、满足。

㊶寻：通焊（xún）：火势上腾状。

㊷愈：通逾；厘负羁送重耳以壶饭胜于晋献公送美璧给虞国君一事，见本书前注。

㊸公西华：名赤，孔子学生，他与朋友相处眭而少敬；曾参：孔子学生，事母至孝。

㊹弹骨：匈奴族盟誓时用人头骨制的酒器盛酒；契臂：古越国人盟誓时刻臂出血滴入酒中，饮而盟誓；契：用刀割；歃血：古代中原地区会盟时，嘴内含血或以兽血涂在唇边以示信誓；歃（shà）：饮。

㊺髽（zhuā）首：以麻束发是三苗人的常用发式；括领：在领口系结。

㊻笄（jī）：发簪；劗（zuān）鬋（jiǎn）：两字义同，都是剪剃头发。

㊼切踦（qī）：互相依偎；踦：通倚。

㊽猃（xiǎn）狁（yǔn）：古代北方少数民族，后称匈奴。

㊾皮弁（biàn）：皮革制做的帽子；搢笏：朝见天子时的笏版，插在腰带上；拘罢：圆形；拒折：方形；拒：通矩；折：方；容：装饰。

㊿貉：通貊（mò）：古代东北地区少数民族。

(51)纵体：衣不约体，胡乱缠裹；拖发：长发披散；箕倨：伸开两脚而坐，此为不敬傲慢之态。

(52)裾衣博袍：大衣长袍，裾：衣襟。

(53)大布：粗布；牂（zāng）羊：母羊。

(54)韦：经去毛加工后的熟皮革。

(55)怦（pēng）：内心的激情。

(56)槃还：盘旋。

(57)蹀：踏；《采齐》、《肆夏》：均乐舞名。

(58)羡：滥，淫。

(59)含珠：将珠玉置于死者口中；鳞施：用玉片编织成玉衣，穿在死者身上；纶：丝绵；组：丝带；节束：捆束。

(60)招：张扬、标榜。

(61)有扈氏：原注作“有扈，夏启之庶兄也，以尧舜举贤，禹独与子，故伐启，启忘之。”

(62)有虞氏：上古部落名；社：祭土地神的活动。

(63)中霤（liù）：上古圆形土屋正中的天窗，代指宅神。

(64)墙：罩在灵柩上的布帐；翣：棺木的装饰物，形似翣扇。

(65)以上皆为古乐舞名。

(66)《大濩》、《晨露》：皆殷汤乐舞，传为汤所作。

(67)《大武》、《三象》、《棘下》：周代乐曲名。

(68)《典》：指《五典》；《坟》：指《三坟》；皆上古典籍；循挠：遵照执行。

(69)隅眥：指衣领、衣襟等处的斜角。

(70)衽（rèn）：衣襟。

(71)文句：文采卷曲；疏短：花纹稀疏简短，鞻：鞋的本体字。

(72)枝：分散。

(73)揆：度量，一：尺度，标准。

(74)反：同返。

(75)刍狗：草扎的狗。土龙：土做的龙，用于祭雨。

(76)尸祝：祭祀时代表鬼神受祭的人称尸；传达鬼神言辞的人称祝；袀（jūn）袨（xuàn)：纯黑色的斋服。

(77)蒯：字书中无此字，庄逵吉认为，是“芥”的奇字。草蒯：草芥。

(78)载尸而行：指周武王用车载文王的木制灵牌随军伐纣一事。

(79)陂塘之事：指修理堤防；事：治。

(80)耦：合，适应。

(81)䦆（jué)：锄；插：通臿，锹。

(82)仪：弓弩上的描准器，用以校正目标，一次描准只能用一次。

(83)禅：古代帝王祭王称禅；梁父：山名，又称梁甫，在今山东泰安东南。相传上古封泰山、禅梁父之帝王有七十二家。

(84)狐梁之歌：孙志祖云，是指《诗经·国风·有狐》，诗首二句云：“有狐绥绥，在彼淇梁。”

(85)淳均：宝剑名；欧冶：春秋时著名冶匠，传说淳均剑是他铸造的。

(86)王乔：又名王子乔；赤诵子：也名赤松子，均为传说中仙人。

(87)升假：飞升上天；假：通遐，远。

(88)镜：洞察，观照。

(89)冯夷：陕西华阴潼乡人，传说因服八石，得水仙。即河伯、河神。

(90)钳且：原注为“钳且得仙道，升居昆仑山”。

(91)楩（pián)、枬（楠)、豫樟：皆木名；梨：通离，剖开。

(92)披：剖开；拨：公开；檖（suì)：通遂，顺。

(93)指奏：旨趣；奏：通趣。

(94)伯乐、韩风、秦牙、管青：四人皆古之善相马者。

(95)剞（jī)：木工用的钩刀；劂（jué)：木工用的曲凿；销：木工用的削木工具。

(96)橐（tuó)：风箱；埵：送风管；坊：铸造用的土模型。

(97)屠牛吐：齐国著名屠夫，名吐。

(98)庖丁：姓丁的厨师，庖丁解牛事见《庄子·养生主》；剖：开，新制；硎（xíng)：磨刀石。

(99)师文：乐师名。

(100)连钒：可以连发的机弩，钒；同机；运开：连续发射；阴闭：机关内部自动关闭；眩错：机件的交错勾连。

(101)冥冥之眇：微妙莫测，眇：妙；极：顶点；际：交接。

(102)放意：纵意，随心所欲；相：观察；写：描摹；愈：通喻。

(103)萧条：寂静；君：主。

(104)隅曲：角落。

(105)夫：彼。

(106)语见《老子》六十章第一句，小鲜：小鱼。

(107)晋平公：春秋时晋国君主；师旷：盲乐师；跌：失手，误中；宫：中；此事详见《韩非子·难一》。

(108)涂：借为除，即杀掉师旷。

(109)宾：指门客；见：同现，荐举；宓子：即宓子贱，孔子弟子，曾任单父县令，事见《战国策·赵策四》。

(110)攓（quān)：傲慢，随便。

(111)返：同反，叛。

(112)公：通容，恭敬而从容。

(113)聆聆：明白。

(114)曲：转弯；辟：偏僻小路。

(115)俔（qiàn)：一种测风仪器，叫侯风羽，在长竿上捆住五两羽毛，根据风吹羽毛的飘动方向形状推定风力及风向。

(116)伊尹：商汤时的国相。

(117)修胫者：脚大的人；跖：踩；䦆：锹；脚踩锹可以挖土比较深些。

(118)眇（miǎo)：一只眼瞎了。

(119)伛者：驼背。涂：涂抹地面。

(120)志：记；给：语言便捷。

⑫公孙龙：战国时名家的代表人物，赵国人，著有《坚白论》、《白马论》，论述名实关系，提出了著名的“白马非马”的逻辑命题；折辩抗辞：辩倒对方；离坚白：这是公孙龙的著名理论。

⑫北人无择：古代隐士，他曾批评舜，舜欲传天下于他，后投渊自杀；清泠：清凉。

⑫鲁般：即鲁班，鲁国著名木匠；墨子：即墨翟，墨家学派创始人；集：鸟停于树，指停歇。

⑫县：同悬；铨衡：衡量轻重的器具。

⑫浣准：古代量度水平的器具。

⑫骎（yǎo）袅（niǎo）、飞兔：均为骏马名。

⑫并：遂。

⑫舍：古代称行军一天宿营为舍，后称一宿为舍，十舍即十天。

⑫禁：难；危：高；危为禁：极力提高标准的难度。

⑬干：求。

⑬皋陶：传说是舜之臣，掌管刑狱之事。

⑬意行：思想与行为；钧：同均。

⑬搢：插；杖：通仗，持；殳（shù）：杖，常用于朝会仪仗。

⑬乘石：君主上车用的垫石。

⑬负扆（yǐ）：坐天子之位；扆：放在门窗之间的屏风。

⑬蔡叔、管叔：皆周武王之弟，分封于蔡、管，故称。武王死，二人作乱，周公东征，放逐蔡叔，诛管叔。

⑬克殷：降服叛乱的殷遗民；残商：指杀武庚。

⑬颜阖：鲁国隐士；培：屋后墙。

⑬武：迹，行；显武：高尚的行为。

⑭商鞅：战国时著名法家，在秦实行变法；申不害：在韩推行法治，亦是著名法家。

⑭駃騠（jué tí）：骏马名。

⑭窾木：凿木为舟，窾（kuǎn）：空；世；势。

⑭戆（zhuàng）：耿直但愚笨。

⑭许由、善卷：均为上古隐士。传说尧曾让位于许由，舜曾让位于善卷，皆不受。德民：造福于人民。

⑭豫让：战国时著名刺客。赵襄子灭智伯，豫让谋刺襄子以报智伯，后被抓自杀。要离：春秋时刺客，为了刺杀庆忌，让吴公子光断其手杀其妻，以获庆忌信任，刺中庆忌要害后，庆忌放要离回吴国，后亦自杀。

⑭惠子：即惠施，战国时名家代表人物，宋国人。孟诸：古泽名，在今河南商丘。

⑭鹈（tí）胡：即鹈鹕：水鸟名，体大嘴长，嘴下有皮囊可以伸缩；鱓：通蝉，鲔（wěi）：即鲟鱼。

⑭智伯：春秋末晋国卿；公元前453年，晋国卿赵、韩、魏三家灭智伯，晋国一分三，故称三晋；澹：通赡，满足。林类、荣启期：皆古之隐士，贫穷而自得其乐。

⑭成人：完人。

⑮揭：举，吹捧。

⑮佹：同诡；稽：积；诀：通决，解决。

⑮孟贲、成荆：皆古代勇士。

⑮浇：使薄。

⑮牿服马牛：圈养驯服马牛；牿（gù）：关牛马的栅栏。

⑮荆吴芬馨：代指佳肴美味，古人认为荆吴二地擅长烹调。嚂（làn）：贪食。

⑮糜沸：粥在锅中沸腾，喻动乱纷扰；豪乱：狂乱。

⑮烦挐：使乱更乱；浇浅：使浅更浅。

⑮纂锦：彩绣。傅：通附，附着；牦象：牦牛尾及象牙。

⑮茵席：坐垫。绦（tāo）组：均是丝带。

⑯解札：衣服脱线露口。

⑯炀：烤火。

⑯干：犯；诛：惩罚。

⑯陈：即阵。

⑯陵阪：山坡。

⑯菹（zū）：把人剁成肉酱。

⑯政：通正。

卷十二　道应[①]训

太清问于无穷曰[②]："子知道乎？"无穷曰："吾弗知也。"又问于无为曰："子知道乎？"无为曰："吾知道。""子之知道亦有数[③]乎？"无为曰："吾知道有数。"曰："其数奈何？"无为曰："吾知道之可以弱，可以强；可以柔，可以刚；可以阴，可以阳；可以窈，可以明[④]；可以包裹天地，可以应待无方[⑤]。此吾所以知道之数也。"太清又问于无始曰："乡者[⑥]，吾问道于无穷。无穷曰：'吾弗知之。'又问无无为。无为曰：'吾知道。'曰：'子之知道亦有数乎？'无为曰：'吾知道有数。'曰：'其数奈何？'无为曰：'吾知道之可以弱，可以强；可以柔，可以刚；可以阴，可以阳；可以窈，可以明；可以包裹天地，可以应待无方。吾所以知道之数也。'若是，则无为知与无穷之弗知，孰是孰非？"无始曰："弗知之深，而知之浅；弗知内，而知之外；弗知精，而知之粗。"太清仰而叹曰："然则不知乃知邪？知乃不知邪？孰知知之为弗知，弗知之为知邪？"无始曰："道不可闻，闻而非也；道不可见，见而非也；道不可言，言而非也。孰知形之不形者乎？"故《老子》曰："天下皆知善之为善，斯不善也。"故"知者不言，言者不知"也。

白公问于孔子曰[⑦]："人可以微言[⑧]？"孔子不应。白公曰："若以石投水中，何如？"曰："吴、越之善没有能取之矣。"曰："若以水投水，何如？"孔子曰："菑、渑之水合，易牙尝而知之[⑨]。"白公曰："然则人固不可与微言乎？"孔子曰："何谓不可！谁知言之谓者乎！夫知言之谓者，不以言言也。争鱼者濡，逐兽者趋，非乐之也。故至言去言，至为无为。夫浅知之所争者，末矣！"白公不得也，故死于浴室[⑩]。故老子曰："言有宗，事有君。夫唯无知，是以不吾知也。"白公之谓也。

惠子为惠王为国法，已成而示诸先生，先生皆善之。奏之惠王，惠王甚说之，以示翟煎[⑪]，曰："善。"惠王曰："善，可行乎？"翟煎曰："不可。"惠王曰："善而不可行，何也？"翟煎对曰："今夫举大木者，前乎邪许[⑫]，后亦应之。此举重劝力之歌也。岂无郑、卫激楚之音哉[⑬]？然而不用者，不若此其宜也。治国有礼，不在文辩。故《老子》曰："法令滋彰，盗贼多有[⑭]。"此之谓也。

田骈以道术说齐王[⑮]，王应之曰："寡人所有，齐国也。道术难以除患。愿闻国之政。"田骈对曰："臣之言无政，而可以为政。譬之若林木无材，而可以为材。愿王察其所谓，而自取齐国之政焉。已虽无除其患害，天地之间，六合之内，可陶冶而变化也。齐国之政，何足问哉？此老聃之所谓'无状之状，无物之象'者也。若王之所问者，齐也；田骈所称者，材也。材不及林，林不及雨，雨不及阴阳，阴阳不及和，和不及道。"

白公胜得荆国，不能以府库分人[⑯]。七日，石乙入曰[⑰]："不义得之，又不能布施，患必至矣。不能予人，不若焚之，毋令人害我。"白公弗听也。九日，叶公入[⑱]，乃发大府之货以予众，出高库之兵以赋民[⑲]，因而攻之，十有九日而擒白公。夫国非其有也而欲有之，可谓至贪也。不能为人，又无以自为，可谓至愚矣。譬白公之啬也，何以异于枭之爱其子也[⑳]？故《老子》曰："持而盈之，不如其已；揣而锐之，不可长保也[㉑]。"

赵简子以襄子为后，董阏于曰[㉒]："无恤贱，今以为后，何也？"简子曰："是为人也，能为社稷忍羞。"异日，知伯与襄子饮而批襄子之首[㉓]，大夫请杀之。襄子曰："先君之立我也，曰能为社稷忍羞，岂曰能刺人哉！”处十月，知伯围襄子于晋阳，襄子疏队而击之，大败知伯，破其首以为饮器。故老子曰：“知其雄，守其雌，其为天下谿[24]。”

啮缺问道于被衣[25]，被衣曰：“正女形[26]，壹女视，天和将至。摄女知，正女度，神将来舍。德将来附若美[27]，而道将为女居。蠢乎若新生之犊，而无求其故。”言未卒，啮缺继以雠夷[28]。被衣行歌而去曰：“形若槁骸，心如死灰；直实不知，以故自持；墨墨恢恢[29]，无心可与谋。彼何人哉！”故《老子》曰：“明白四达，能无以知乎[30]？”

赵襄子攻翟而胜之，取尤人、终人[31]，使者来谒之，襄子方将食而有忧色。左右曰：“一朝而两城下，此人之所喜也。今君有忧色，何也？”襄子曰：“江河之大也，不过三日；飘风暴雨，日中不须臾。今赵氏之德行无所积，今一朝两城下，亡其及我乎？”孔子闻之曰：“赵氏其昌乎！”夫忧所以为昌也，而喜所以为亡也。胜非其难也，持之者其难也。贤主以此持胜，故其福及后世。齐、楚、吴、越皆尝胜矣，然而卒取亡焉，不通乎持胜也。唯有道之主能持胜。孔子劲杓国门之关[32]，而不肯以力闻。墨子为守攻，公输般服，而不肯以兵知。善持胜者，以强为弱。故《老子》曰：“道冲，而用之又弗盈也[33]。”

惠孟见宋康王[34]，蹀足謦欬[35]，疾言曰：“寡人所说者，勇有功也，不说为仁义者也。客将何以教寡人？”惠孟对曰：“臣有道于此：人虽勇，刺之不入；虽巧有力，击之不中。大王独无意邪？”宋王曰：“善！此寡人之所欲闻也。”惠孟曰：“夫刺之而不入，击之而不中，此犹辱也。臣有道于此：使人虽有勇弗敢刺，虽有力不敢击。夫不敢刺、不敢击，非无其意也。臣有道于此：使人本无其意也。夫无其意，未有爱利之心也。臣有道于此：使天下丈夫女子莫不欢然皆欲爱利之心。此其贤于勇有力也，四累之上也[36]。大王独无意邪？”宋王曰：“此寡人所欲得也。”惠孟对曰：“孔、墨是已。孔丘、墨翟，无地而为君，无官而为长，天下丈夫女子莫不延颈举踵而愿安利之者。今大王，万乘之主也。诚有其志，则四境之内皆得其利矣，此贤于孔、墨也远矣！”宋王无以应。惠孟出，宋王谓左右曰：“辩矣，客之以说胜寡人也！”故《老子》曰：“勇于不敢则活[37]。”由此观之，大勇反为不勇耳。

昔尧之佐九人[38]，舜之佐七人[39]，武王之佐五人[40]。尧、舜、武王于九、七、五者，不能一事焉，然而垂拱受成功者，善乘人之资也。故人与骥逐走则不胜骥，托于车上则骥不能胜人。北方有兽，其名曰蹷[41]，鼠前而兔后，趋则顿，走则颠，常为蛩蛩駏驉取甘草以与之[42]，蹷有患害，蛩蛩駏驉必负而走。此以其能，托其所不能。故《老子》曰：“夫代大匠斫者，希不伤其手[43]。”

薄疑说卫嗣君以王术[44]，嗣君应之曰：“予所有者，千乘也，愿以受教[45]。”薄疑对曰：“乌获举千钧，又况一斤乎？”杜赫以安天下说周昭文君[46]，文君谓杜赫曰：“愿学所以安周。”赫对曰：“臣之所言不可，则不能安周；臣之所言可，则周自安矣。此所谓弗安而安者也。”故《老子》曰：“大制无割”，“故致数舆无舆也[47]。”

鲁国之法，鲁人为人妾于诸侯[48]，有能赎之者，取金于府。子赣赎鲁人于诸侯，来而辞不受金。孔子曰：“赐失之矣！夫圣人之举事也，可以移风易俗，而受教顺可施后世，非独以适身之行也。今国之富者寡而贫者众，赎而受金，则为不廉；不受金，则不复赎人。自今以来，鲁人不复赎人于诸侯矣。”孔子亦可谓知礼矣。故《老子》曰：“见小曰明[49]。”

魏武侯问于李克曰[50]：“吴之所以亡者，何也？”李克对曰：“数战而数胜。”武侯曰：“数战数胜，国之福，其独以亡，何故也？”对曰：“数战则民罢，数胜则主憍[51]；以憍主使罢民，而国不亡者，天下鲜矣。憍则恣，恣则极物；罢则怨，怨则极虑[52]。上下俱极，吴之亡犹晚矣！夫差之所以自刭于干遂也[53]。”故《老子》曰：“功成名遂，身退，天之道也[54]。”

宁越欲干齐桓公[55]，困穷无以自达，于是为商旅，将任车[56]，以商于齐，暮宿于郭门之外。桓公郊迎客，夜开门，辟任车，爝火甚盛[57]，从者甚众。宁越饭牛车下，望见桓公而悲，击牛角而疾商歌。桓公闻之，抚其仆之手曰："异哉，歌者非常人也！"命后车载之。桓公及至，从者以请，桓公赣之衣冠而见[58]，说以为天下。桓公大说，将任之。群臣争之曰[59]："客，卫人也。卫之去齐不远，君不若使人问之。问之而故贤者也，用之未晚。"桓公曰："不然。问之，患其有小恶也。以人之小恶而忘人之大美，此人主之所以失天下之士也。"几听必有验，一听而弗复问，合其所以也。且人固难合也，权而用其长者而已矣。当是举也，桓公得之矣。故《老子》曰："天大，地大，道大，王亦大。域中有四大，而王处其一焉[60]。"以言其能包裹之也。

大王亶父居邠[61]，翟人攻之。事之以皮帛珠玉而弗受，曰："翟人之所求者地，无以财物为也。大王亶父曰："与人之兄居而杀其弟，与人之父处而杀其子，吾弗为。皆勉处矣！为吾臣，与翟人奚以异[62]？且吾闻之也，不以其所养害其养。"杖策而去，民相连而从之，遂成国于岐山之下[63]。大王亶父可谓能保生矣。虽富贵，不以养伤身；虽贫贱，不以利累形。今受其先人之爵禄，则必重失之；所自来者久矣，而轻失之，岂不惑哉！故《老子》曰："贵以身为天下，焉可以托天下；爱以身为天下，焉可以寄天下矣[64]。"

中山公子牟谓詹子曰[65]："身处江海之上，心在魏阙之下，为之奈何[66]？詹子曰："重生。重生则轻利。"中山公子牟曰："虽知之，犹不能自胜。"詹子曰："不能自胜则从之。从之，神无怨乎！不能自胜而强弗从之，此之谓重伤；重伤之人，无寿类矣[67]！"故《老子》曰："知和曰常，知常曰明；益生曰祥，心使气曰强。"是故"用其光，复归其明"也[68]。

楚庄王问詹何曰[69]："治国奈何？"对曰："何明于治身，而不明于治国。"楚王曰："寡人得立宗庙社稷，愿学所以守之。"詹何对曰："臣未尝闻身治而国乱者也，未尝闻身乱而国治者也。故本任于身[70]，不敢对以末。"楚王曰："善。"故《老子》曰："修之身，其德乃真也[71]。"

桓公读书于堂，轮人斫轮于堂下，释其椎凿而问桓公曰："君之所读者何书也？"桓公曰："圣人之书。"轮扁曰："其人在焉？"桓公曰："已死矣。"轮扁曰："是直圣人之糟粕耳！"桓公悖然作色而怒曰："寡人读书，工人焉得而讥之哉！有说则可，无说则死。"轮扁曰："然，有说。臣试以臣之斫轮语之：大疾，则苦而不入[72]；大徐，则甘而不固[73]。不甘不苦，应于手，厌于心[74]，而可以至妙者，臣不能以教臣之子，而臣之子亦不能得之于臣。是以行年七十，老而为轮。今圣人之所言者，亦以怀其实[75]，穷而死，独其糟粕在耳！"故《老子》曰："道可道，非常道；名可名，非常名[76]。"

昔者，司城子罕相宋[77]，谓宋君曰："夫国家之安危，百姓之治乱，在君行赏罚。夫爵赏赐予，民之所好也，君自行之；杀戮刑罚，民之所怨也，臣请当之。"宋君曰："善！寡人当其美，子受其怨，寡人自知不为诸侯笑矣。"国人皆知杀戮之专，制在子罕也，大臣亲之，百姓畏之。居不至期年，子罕遂却宋君而专其政[78]。故《老子》曰："鱼不可脱于渊，国之利器，不可以示人[79]。"

王寿负书而行，见徐冯于周[80]。徐冯曰："事者应变而动，变生于时。故知时者无常行。书者言之所出也，言出于知者，知者藏书。"于是王寿乃焚书而舞之。故《老子》曰："多言数穷，不如守中[81]。"

令尹子佩请饮庄王[82]，庄王许诺。子佩疏揖北面立于殿下[83]，曰："昔者君王许之，今不果往，意者臣有罪乎？"庄王曰："吾闻子具于强台。强台者，南望料山[84]，以临方皇[85]，左江而右淮，其乐忘死。若吾薄德之人，不可以当此乐也。恐留而不能反。"故《老子》曰："不见可欲，使心不乱[86]。"

晋公子重耳出亡，过曹，无礼焉[87]。厘负羁之妻谓厘负羁曰："君无礼于晋公子，吾观其从者，皆贤人也，若以相夫子反晋国[88]，必伐曹。子何不先加德焉？"厘负羁遗之壶馂而加璧焉[89]。重耳受其馂而反其璧。及其反国，起师伐曹，克之，令三军无入厘负羁之里。故《老子》曰："'曲则全，枉则直[90]。'"

越王勾践与吴战而不胜，国破身亡，困于会稽。忿心张胆，气如涌泉，选练甲卒，赴火若灭。然而请身为臣，妻为妾，亲执戈为吴兵先马走[91]，果擒之于干遂。故《老子》曰："柔之胜刚也，弱之胜强也，天下莫不知，而莫之能行[92]。"越王亲之，故霸中国。

赵简子死，未葬，中牟入齐[93]。已葬五日，襄子起兵攻围之，未合而城自坏者十丈，襄子击金而退之。军吏谏曰："君诛中牟之罪，而城自坏，是天助我，何故去之？"襄子曰："吾闻之叔向曰[94]：'君子不乘人于利，不迫人于险。'使之治城，城治而后攻之。"中牟闻其义，乃请降。故《老子》曰："夫唯不争，故天下莫能与之争[95]。"

秦穆公谓伯乐曰[96]："子之年长矣。子姓有可使求马者乎？"对曰："良马者，可以形容筋骨相也。相天下之马者，若灭若失，若亡其一[97]。若此马者，绝尘弭辙[98]。臣之子，皆下材也，可告以良马，而不可告以天下之马。臣有所与供儋缠采薪者九方堙[99]，此其于马，非臣之下也。请见之。"穆公见之，使之求马。三月而反报曰："已得马矣，在于沙丘[100]。"穆公曰："何马也？"对曰："牡而黄。"使人往取之，牝而骊[101]。穆公不说，召伯乐而问之曰："败矣，子之所使求者！毛物、牝牡弗能知，又何马之能知！"伯乐喟然大息曰："一至此乎？是乃其所以千万臣而无数者也[102]。若堙之所观者，天机也。得其精而忘其粗，在内而忘其外，见其所见而不见其所不见，视其所视而遗其所不视。若彼之所相者，乃有贵乎马者。"马至，而果千里之马。故《老子》曰："大直若屈，大巧若拙[103]。"

吴起为楚令尹[104]，适魏，问屈宜若曰[105]："王不知起之不肖，而以为令尹。先生试观起之为人也。"屈子曰："将奈何？"吴起曰："将衰楚国之爵而平其制禄，损其有余而绥其不足，砥砺甲兵，时争利于天下[106]。"屈子曰："宜若闻之，昔善治国家者，不变其故，不易其常。今子将衰楚国之爵而平其制禄，损其有余而绥其不足，是变其故，易其常也，行之者不利。宜若闻之曰：'怒者，逆德也；兵者，凶器也；争者，人之所本也。'今子阴谋逆德，好用凶器，始人之所本，逆之至也。且子用鲁兵，不宜得志于齐，而得志焉。子用魏兵，不宜得志于秦，而得志焉。宜若闻之，非祸人，不能成祸。吾固惑吾王之数逆天道[107]，戾人理，至今无祸，差须夫子也！"吴起惕然曰[108]："尚可更乎？"屈子曰："成形之徒，不可更也。子不若敦爱而笃行之。"《老子》[109]曰："挫其锐，解其纷；和其光，同其尘。"

晋伐楚，三舍不止[110]。大夫请击之，庄王曰："先君之时[111]，晋不伐楚，及孤之身而晋伐楚，是孤之过也。若何其辱群大夫？"曰："先臣之时，晋不伐楚，今臣之身而晋伐楚，此臣之罪也。请三击之[112]。"王俯而泣涕沾襟，起而拜群大夫。晋人闻之曰："君臣争以过为在己，且轻下其臣[113]，不可伐也。"夜还师而归。《老子》曰[114]："能受国之垢，是谓社稷主。"

宋景公之时，荧惑在心[115]，公惧，召子韦而问焉[116]，曰："荧惑在心，何也？"子韦曰："荧惑，天罚也，心，宋分野，祸且当君。虽然，可移于宰相。"公曰："宰相，所以治国家也，而移死焉，不祥。"子韦曰："可移于民。"公曰："民死，寡人谁为君乎？宁独死耳！"子韦曰："可移于岁。"公曰："岁，民之命。岁饥，民必死矣。为人君而欲杀其民以自活也，其谁以我为君者乎？是寡人之命固已尽矣，子韦无复言矣！"子韦还走，北面再拜曰："敢贺君！天之处高而听卑。君有君人之言三，天必有三赏君，今夕星必徙三舍[117]，君延年二十一岁。"公曰："子奚以知之？"对曰："君有君人之言三，故有三赏。星必三徙舍，舍行七里，三七二十一，故君移年二十一岁。

臣请伏于陛下以伺之[18]。星不徙，臣请死之。”公曰：“可。”是夕也，星果三徙舍。故《老子》曰：“能受国之不祥，是谓天下王[19]。”

昔者，公孙龙在赵之时[20]，谓弟子曰：“人而无能者，龙不能与游。”有客衣褐带索而见曰：“臣能呼。”公孙龙顾谓弟子曰：“门下故有能呼者乎？”对曰：“无有。”公孙龙曰：“与之弟子之籍。”后数日，往说燕王，至于河上，而航在一汜[21]，使善呼者呼之，一呼而航来。故曰圣人之处世，不逆有伎能之士[22]，故《老子》曰：“人无弃人，物无弃物，是谓袭明[23]。”

子发攻蔡，逾之[24]。宣王郊迎，列田百顷而封之执圭[25]。子发辞不受，曰：“治国立政，诸侯入宾，此君之德也；发号施令，师未合而敌遁，此将军之威也；兵陈战而胜敌者，此庶民之力也。夫乘民之劳而取其爵禄者，非仁义之道也。”故辞而弗受。故《老子》曰：“功成而不居。夫惟不居，是以不去[26]。”

晋文公伐原[27]，与大夫期三日，三日而原不降，文公会去之。军吏曰：“原不过一二日将降矣。”君曰：“吾不知原三日而不可得下也，以与大夫期。尽而不罢，失信得原，吾弗为也。”原人闻之曰：“有君若此，可弗降也？”遂降。温人闻[28]，亦请降。故《老子》曰：“窈兮冥兮，其中有精。其精甚真，其中有信。”故“美言可以市尊，美行可以加人[29]。”

公仪休相鲁[30]，而嗜鱼。一国献鱼，公仪子弗受。其弟子谏曰：“夫子嗜鱼，弗受，何也？”答曰：“夫唯嗜鱼，故弗受。夫受鱼而免于相，虽嗜鱼，不能自给鱼；毋受鱼而不免于相，则能长自给鱼。”此明于为人为己者也。故《老子》曰：“后其身而身先，外其身而身存。非以其无私邪？故能成其私[31]。”一曰：“知足不辱[32]。”

狐丘丈人谓孙叔敖曰[33]：“人有三怨，子知之乎？孙叔敖曰：“何谓也？”对曰：“爵高者士妒之，官大者主恶之，禄厚者怨处之。”孙叔敖曰：“吾爵益高，吾志益下；吾官益大，吾心益小；吾禄益厚，吾施益博。是以免三怨，可乎？”故《老子》曰：“贵必以贱为本，高必以下为基[34]。”

大司马捶钩者，年八十矣[35]，而不失钩芒。大司马曰：“子巧邪？有道邪？”曰：“臣有守也。臣年二十好捶钩，于物无视也，非钩无察也。”是以用之者必假于弗用也，而以长得其用，而况持无不用者乎，物孰不济焉，故《老子》曰：“从事于道者同于道[36]。”

文王砥德修政，三年而天下二垂归之[37]。纣闻而患之曰：“余夙兴夜寐，与之竞行，则苦心劳形；纵而置之，恐伐余一人。”崇侯虎曰：“周伯昌行仁义而善谋[38]，太子发勇敢而不疑[39]，中子旦恭俭而知时[40]。若与之从，则不堪其殃；纵而赦之，身必危亡。冠虽弊，必加于头。及未成，请图之。”屈商乃拘文王于羑里[41]。于是散宜生乃以千金求天下之珍怪，得驺虞、鸡斯之乘[42]，玄玉百工，大贝百朋[43]，玄豹、黄罴、青犴、白虎文皮千合，以献于纣，因费仲而通[44]。纣见而说之，乃免其身，杀牛而赐之。文王归，乃为玉门，筑灵台，相女童[45]，击钟鼓，以待纣之失也。纣闻之曰：“周伯昌改道易行，吾无忧矣！”乃为炮烙，剖比干，剔孕妇，杀谏者。文王乃遂其谋。故《老子》曰：“知其荣，守其辱，为天下谷[46]。”

成王问政于尹佚曰[47]：“吾何德之行，而民亲其上？”对曰：“使之时，而敬顺之。”王曰：“其度安在？”曰：“如临深渊，如履薄冰。”王曰：“惧哉，王人乎[48]！”尹佚曰：“天地之间，四海之内，善之则吾畜也，不善则吾雠也。昔夏、商之臣反雠桀、纣而臣汤、武，宿沙之民皆自攻其君而归神农[49]，此世之所明知也，如何其无惧也？”故《老子》曰：“人之所畏，不可不畏也[50]。”

跖之徒问跖曰[51]：“盗亦有道乎？”跖曰：“奚适其无道也！夫意而中藏者，圣也；入先者，勇也；出后者，义也；分均者，仁也；知可否者，智也。五者不备，而能成大盗者，天下无之。”由此观之，盗贼之心必托圣人之道而后可行。故《老子》曰：“绝圣弃智，民利百倍[52]。”

楚将子发好求技道之士[53]，楚有善为偷者往见曰：“闻君求技道之士。臣，偷也，愿以技赍一卒[54]。”子发闻之，衣不给带，冠不暇正，出见而礼之。左右谏曰：“偷者，天下之盗也，何为之礼？”君曰：“此非左右之所得与。”后无几何，齐兴兵伐楚，子发将师以当之，兵三却。楚贤良大夫皆尽其计而悉其诚，齐师愈强。于是市偷进请曰：“臣有薄技，愿为君行之。”子发曰：“诺。”不问其辞而遣之。偷则夜解齐将军之帱帐而献之。子发因使人归之，曰：“卒有出薪者，得将军之帷，使归之于执事[55]。”明又复往取其枕、子发又使人归之。明日又复往取其簪，子发又使归之。齐师闻之，大骇，将军与军吏谋曰：“今日不去，楚君恐取吾头！”乃还师而去。故曰无细而能薄[56]，在人君用之耳。故《老子》曰：“不善人，善人之资也[57]。”

颜回谓仲尼曰：“回益矣[58]。”仲尼曰：“何谓也？”曰：“回忘礼乐矣。”仲尼曰：“可矣，犹未也。”异日复见，曰：“回益矣。”仲尼曰：“何谓也？”曰：“回忘仁义矣。”仲尼曰：“可矣，犹未也。”异日复见曰：“回坐忘矣[59]。”仲尼遽然曰[60]：“何谓坐忘？”颜回曰：“隳支体，黜聪明，离形去知，洞于化通[61]，是谓坐忘。”仲尼曰：“洞则无善也，化则无常矣。而夫子荐贤，丘请从之后。”故《老子》曰：“载营魄抱一，能无离乎？专气至柔，能如婴儿乎[62]！”

秦穆公兴师，将以袭郑。蹇叔曰[63]：“不可。臣闻袭国者，以车不过百里，以人不过三十里，为其谋未及发泄也，甲兵未及锐弊也，粮食未及乏绝也，人民未及罢病也，皆以其气之高与其力之盛至，是以犯敌能成。今行数千里，又数绝诸侯之地，以袭国，臣不知其可也。君重图之！”穆公不听。蹇叔送师，衰绖而哭之，师遂行。过周而东，郑贾人弦高矫郑伯之命[64]，以十二牛劳秦师而宾之。三帅乃惧而谋曰：“吾行数千里以袭人，未至而人已知之，其备必先成，不可袭也。”还师而去。当此之时，晋文公适薨，未葬，先轸言于襄公曰[65]：“昔吾先君与穆公交，天下莫不闻，诸侯莫不知。今吾君薨未葬，而不吊吾丧，而不假道，是死吾君而弱吾孤也[66]。请击之。”襄公许诺。先轸举兵而与秦师遇于殽[67]，大破之，擒其三帅以归。穆公闻之，素服庙临，以说于众[68]。故《老子》曰：“知而不知，尚矣；不知而知，病矣[69]。”

齐王后死，王欲置后而未定，使群臣议，薛公欲中王之意[70]，因献十珥而美其一[71]。旦日，因问美珥之所在，因劝立以为王后。齐王大说，迎尊重薛公。故人主之意欲见于外，则为人臣之所制。故《老子》曰：“塞其兑，闭其门，终身不勤[72]。”

卢敖游乎北海[73]，经乎太阴，入乎玄阙，至于蒙谷之上[74]。见一士焉，深目而玄鬓，泪注而鸢肩，丰上而杀下[75]，轩轩然方迎风而舞[76]。顾见卢敖，慢然下其臂，遁逃乎碑[77]。卢敖就而视之，方倦龟壳而食蛤梨[78]。卢敖与之语曰：“唯敖为背群离党[79]，穷观于六合之外者，非敖而已乎？敖幼而好游，至长不渝。周行四极，唯北阴之未窥。今卒睹夫子于是，子殆可与敖为友乎？”若士者眷然而笑曰：“嘻！子中州之民，宁肯而远至此，此犹光乎日月而载列星，阴阳之所行，四时之所生，此比夫不名之地，犹窔奥也[80]。若我南游乎冈㝵之野[81]，北息乎沉墨之乡[82]，西穷窅冥之党[83]，东开鸿濛之光[84]，此其下无地而上无天，听焉无闻，视焉无瞩[85]。此其外，犹有汰沃之汜[86]，其余一举而千万里，吾犹未能之在。今子游始于此，乃语穷观，岂不亦远哉！然子处矣！吾与汗漫期于九垓之外[87]，吾不可以久驻。”若士举臂而竦身，遂入云中。卢敖仰而视之，弗见，乃止驾，柸治[88]，悖若有丧也，曰：“吾比夫子，犹黄鹄与壤虫也。终日行，不离咫尺，而自以为远，岂不悲哉！”故《庄子》曰：“小年不及大年，小知不及大知，朝菌不知晦朔，蟪蛄不知春秋[89]。”此言明之有所不见也。

季子治亶父三年[90]，而巫马期绕衣短褐，易容貌往观化焉[91]。见得鱼释之，巫马期问焉曰：“凡子所为鱼者，欲得也。今得而释之，何也？”渔者对曰：“季子不欲人取小鱼也。所得者小鱼，是以释之。”巫马期归以报孔子曰：“季子之德至矣！使人暗行，若有严刑在其侧者。季子何以至于此？”孔子曰：“丘尝问之以治，言曰：‘诚于此者刑于彼。’季子必行此术也。”故《老子》曰：

"去彼取此[192]。"

罔两问于景曰[193]："昭昭者神明也？"景曰："非也。"罔两曰："子何以知之？"景曰："扶桑受谢[194]，日照宇宙，昭昭之光，辉烛四海。阖户塞牖，则无由入矣。若神明，四通并流，无所不及，上际于天，下蟠于地[195]，化育万物而不可为象，俯仰之间而抚四海之外，昭昭何足以明之？"故《老子》曰："天下之至柔，驰骋天下之至坚[196]。"

光耀问于无有曰[197]："子果有乎？其果无有乎？"无有弗应也。光耀不得问，而就视其状貌：冥然忽然，视之不见其形，听之不闻其声，搏之不可得，望之不可极也！光耀曰："贵矣哉！孰能至于此乎？予能有无矣，未能无无也。及其为无无，又何从至于此哉！"故《老子》曰："无有入于无间，吾是以知无为之有益也[198]。"

白公胜虑乱，罢朝而立，倒杖策，錣上贯颐[199]，血流至地而弗知也。郑人闻之曰："颐之忘，将何不忘哉！"此言精神之越于外，智虑之荡于内，则不能漏理其形也[200]。是故神之所用者远，则所遗者近也。故《老子》曰："不出户以知天下，不窥牖以见天道。其出弥远，其知弥少[201]，此之谓也。

秦皇帝得天下，恐不能守，发边戍，筑长城，修关梁，设障塞，具传车[202]，置边吏。然刘氏夺之，若转闭锤[203]。昔武王伐纣，破之牧野，乃封比干之墓，表商容之闾，柴箕子之门[204]，朝成汤之庙，发巨桥之粟，散鹿台之钱，破鼓折枹，弛弓绝弦，去舍露宿以示平易，解剑带笏以示无仇。于此天下歌谣而乐之，诸侯执币相朝[205]，三十四世不夺[206]。故《老子》曰："善闭者，无关键而不可开也；善结者，无绳约而不可解也[207]。"

尹需学御[208]，三年而无得焉，私自苦痛，常寝想之。中夜，梦受秋驾于师[209]。明日，往朝。师望之，谓之曰："吾非爱道于子也[210]，恐子不可予也。今日教子以秋驾。"尹需反走，北面再拜曰："臣有天幸，今夕固梦受之。"故《老子》曰："致虚极，守静笃。万物并作，吾以观其复也[211]。"

昔孙叔敖三得令尹[212]，无喜志，三去令尹，无忧色；延陵季子，吴人愿一以为王而不肯[213]；许由，让天下而弗受；晏子与崔杼盟，临死地不变其仪[214]：此皆有所远通也。精神通于死生，则物孰能惑之！荆有佽非，得宝剑于干队[215]。还反度江。至于中流，阳侯之波，两蛟挟绕其船。佽非谓枻船者曰[216]："尝有如此而得活者乎？"对曰："未尝见也。"于是佽非瞑目勃然[217]，攘臂拔剑，曰："武士可以仁义之礼说也，不可劫而夺也。此江中之腐肉朽骨，弃剑而已，余有奚爱焉！"赴江刺蛟，遂断其头。船中人尽活，风波毕除。荆爵为执圭。孔子闻之曰："夫善载[218]！腐肉朽骨弃剑者，佽非之谓乎！"故《老子》曰："夫唯无以生为者，是贤于贵生焉[219]。"

齐人淳于髡以从说魏王[220]，魏王辩之。约车十乘，将使荆。辞而行，人以为从未足也，复以衡说，其辞若然。魏王乃止其行而疏其身。失从心志，而又不能成衡之事，是其所以固也[221]。夫言有宗，事有本，失其宗本，技能虽多，不若其寡也。故周鼎著倕，而使龁其指[222]，先王以见大巧之不可也。故《慎子》曰[223]："匠人知为门，能以门，所以不知门也。故必杜，然后能门[224]。"

墨者有田鸠者[225]，欲见秦惠王[226]，约车申辕[227]，留于秦周年不得见。客有言之楚王者，往见楚王。楚王甚悦之，予以节，使于秦。至，因见予之将军之节，惠王见而说之。出舍，喟然而叹，告从者曰："吾留秦三年不得见，不识道之可以从楚也。"物故有近之而远，远之而近者。故大人之行，不掩以绳[228]，至所极而已矣。此所谓《管子》"枭飞而维绳"者[229]。

沣水之深千仞而不受尘垢[230]，投金铁针焉，则形见于外，非不深且清也，鱼鳖龙蛇莫之肯归也，是故石上不生五谷，秃山不游麋鹿，无所阴蔽隐也。昔赵文子问于叔向曰[231]："晋六将军[232]，其孰先亡乎？"对曰："中行、知氏。"文子曰："何乎？"对曰："其为政也，以苛为察，以切为明，以刻下为忠，以计多为功。譬之犹廓革者也[233]，廓之，大则大矣，裂之道也。"故《老子》

曰：“其政闷闷，其民纯纯；其政察察，其民缺缺[234]。”

景公谓太卜曰[235]：“子之道何能？”对曰：“能动地。”晏子往见公，公曰：“寡人问太卜曰：‘子之道何能？’对曰：‘能动地。’地可动乎？”晏子默然不对。出，见太卜曰：“昔吾见句星在房、心之间[236]，地其动乎？”太卜曰：“然。”晏子出，太卜走往见公曰：“臣非能动地，地固动也。”田子阳闻之曰：“晏子默然不对者，不欲太卜之死；往见太卜者，恐公之欺也。晏子可谓忠于上而惠于下矣！”故《老子》曰：“方而不割，廉而不刿[237]。”

魏文侯觞诸大夫于曲阳[238]。饮酒酣，文侯喟然叹曰：“吾独无豫让以为臣乎[239]！”蹇重举白而进之[240]，曰：“请浮君[241]！”君曰：“何也？”对曰：“臣闻之，有命之父母不知孝子，有道之君不知忠臣。夫豫让之君，亦何如哉？”文侯受觞而饮釂不献[242]，曰：“无管仲、鲍叔以为臣，故有豫让之功。”故《老子》曰：“国家昏乱，有忠臣[243]。”

孔子观桓公之庙，有器焉，谓之宥卮[244]。孔子曰：“善哉！予得见此器。”顾曰：“弟子取水！”水至，灌之，其中则正，其盈则覆。孔子造然革容曰[245]：“善哉，持盈者乎！”子贡在侧曰：“请问持盈。”曰：“益而损之。”曰：“何谓益而损之？”曰：“夫物盛而衰，乐极则悲；日中而移，月盈而亏。是故聪明睿智，守之以愚；多闻博辩，守之以陋[246]；武力毅勇，守之以畏；富贵广大，守之以俭；德施天下，守之以让。此五者，先王所以守天下而弗失也。反此五者，未尝不危也。”故《老子》曰：“服此道者不欲盈。夫唯不盈，故能弊而新成[247]。”

武王问太公曰[248]：“寡人伐纣天下，是臣杀其主而下伐其上也。吾恐后世之用兵不休，斗争不已，为之奈何？”太公曰：“甚善，王之问也！夫未得兽者，唯恐其创之小也；已得之，唯恐伤肉之多也。王若欲久持之，则塞民于兑[249]，道全为无用之事[250]，烦扰之教，彼皆乐其业，供其情，昭昭而道冥冥。于是乃去其瞀而载之木[251]，解其剑而带之笏。为三年之丧，令类不蕃；高辞卑让，使民不争。酒肉以通之，竽瑟以娱之，鬼神以畏之，繁文滋礼以弇其质[252]，厚葬久丧以亶其家[253]，含珠、鳞施纶组以贫其财[254]，深凿高垄以尽其力。家贫族少，虑患者贫。以此移风，可以持天下弗失。”故《老子》曰：“化而欲作，吾将镇之以无名之朴也[255]。”

---

①道：道家理论；应：感应；道应：道家理论与世间万物的相互感动及其影响。本卷通过选自《老子》、《庄子》、《吕氏春秋》等五十个故事，通俗地阐述了道家理论的影响所及。

②太清、无穷、以及下文的无始、无为、均是虚构的人名，这段文字见《庄子·知北游》。

③数：理论、道理。

④窈：幽。

⑤无方：无边，没有极限。

⑥乡者：乡：通“向”。

⑦白公：春秋时楚平王之孙，其父为太子建，建被费无极谗害，白公奔吴，后至楚为巢大夫，号白公。曾举兵杀死令尹子西等、后被叶公打败，自缢死。事见《吕氏春秋·精喻篇》。

⑧微言：密商，密谋。

⑨甾、渑：水名，甾同淄，相传二水味异，合则难辩；易牙：齐桓公臣，传说他能辨别二水的不同水味。

⑩浴室：又作法室，地名，白公事败自缢于此。

⑪翟煎：人名，魏国大臣。

⑫邪许（yé hǔ）：抬重物时的号子声。

⑬郑、卫：指郑国和卫国的民间音乐；激楚：高远凄清的音调。

⑭语见《老子》五十七章；滋：越；彰：详明。

⑮田骈：战国时哲学家，与彭蒙、慎到为一学派；齐王：齐宣王。

⑯府库：国家贮藏财物之处为府；贮藏兵器之处为库。

⑰石乙：人名，白公胜之党，《左传》、《墨子》等一般古籍都作石乞。

⑱叶公：楚国大夫沈诸梁，字子高，食邑于叶，僭称公。

⑲大府：即太府，国家贮藏财物的仓库；高库：楚国的兵器库。

⑳枭（xiāo）：即猫头鹰，据说猫头鹰幼子长大后食其母。

㉑语见《老子》第九章；盈：满；揣：捶。

㉒赵简子：春秋末晋国卿，名鞅；襄子：赵简子之庶子，名毋恤；后：继承人。董阏于：赵简子之臣。

㉓批：手击。

㉔语见《老子》第二十八章。

㉕啮缺、被衣：皆尧时老人。

㉖女：你，下文中的“女”均是“你”。

㉗附若美：依附你，成就你的完美。

㉘雠夷：目光呆滞，没有表情。

㉙墨墨恢恢：懵懵懂懂的样子。

㉚引文见《老子》第十章。

㉛尤人、终人：狄国二都邑名，尤人一作左人。

㉜杓（biāo）：引，拉开。

㉝引文见《老子》第四章；冲：虚空。

㉞惠孟：战国时宋人，是著名名家惠施的族人；宋康王：战国时宋国君。

㉟蹀（dié）足：顿足；謦（qǐng）欬（kài）：咳嗽；轻咳叫謦，重咳为欬。

㊱四景：指上文中的刺不入、击不中、弗敢刺、弗敢击；无其意：欢然爱利之。累：过失。

㊲引文见《老子》第七十三章。

㊳九人：指尧的九位大臣：即禹、皋陶、稷、契、伯夷、倕、益、夔、龙。

㊴七人：舜任用尧的九位大臣中的七人。

㊵五人：周武王的五位辅佐，指周公、召公、太公、毕公、毛公。

㊶蹶：兽名。

㊷蛩蛩（qióng）駏（jù）驉（xū）：兽名，前脚似兔，后脚似鼠，难以觅食，所以常与蹶合作，相依为命。

㊸引文见《老子》第七十四章。

㊹薄疑：战国时人名；卫嗣君：战国时卫国君。

㊺千乘：拥有千辆兵车之国。战国时以万乘为大国，千乘为小国。

㊻杜赫：战国时游说于各国间的谋士；周昭文君：东周国君。

㊼引文分别见《老子》第二十八章和三十九章；大制：大治；无割：无治；割：割开；致：追求；数：多；舆：通誉，名誉。

㊽妾：女奴隶。

㊾引文见《老子》第五十二章。

㊿魏武侯：战国时魏国君，名击。

51李克：魏武侯大臣。

51罢（pí）：通疲；憍：通骄。

52极物：高诱注作“极尽可欲之物”，等于说穷奢极欲；极虑：“极其巧欺不臣之虑”，等于说挖空心思欺弄君王。

53干遂：地名，在今江苏吴县西北。

54引文见《老子》第九章。

55宁越：通作宁戚，春秋时卫人，齐桓公任为上卿。于：求官。

56将：持，驾驭；任车：装载货物的车。

57辟：通避，回避之意；爝（jué）：用芦苇等物做成的火把。

58赣：赐给。

59争：通诤，规谏。

60引文见《老子》第二十五章。

61大（tài）王亶（dǎn）父：即古公亶父，周文王的祖父，率周民族自邠（bīn）迁居于岐山下。邠：通豳，地名，在今陕西旬邑县西。

(62)与翟人：与翟人臣。

(63)岐山：在今陕西岐山东北，周的发源地。

(64)引文见《老子》第十三章；焉：乃，则。

(65)中山公子牟：魏国公子，名牟，封于中山，故称；詹子：战国时魏人。

(66)江海之上：喻隐居江湖；魏阙：古代宫门外的阙门，为悬布政令之处，后代指朝廷。

(67)无寿类：不能算是长寿者。

(68)引文见《老子》第五十五章；益生，增添生活享受；祥：指妖祥。后两句引文见《老子》第五十二章。

(69)詹何：人名，一说是古之得道者，一说即上文之詹子。

(70)任：在。

(71)引文见《老子》第五十四章。

(72)大疾：太紧；苦：粗劣。

(73)徐：宽松；甘：滑。

(74)厌：满足。

(75)实：精华。

(76)引文见《老子》第一章；常：恒。

(77)司城子罕：司城：官名，掌管土木建筑；子罕：人名，这里指战国时宋国的司城皇喜，字子罕，后逐宋君而篡位。

(78)却：除、杀。宋君：一说指宋平公，前575～前532在位；一指宋桓侯，前373～370在位。

(79)引文见《老子》第三十六章。

(80)王寿：古之好书者；徐冯：周朝的隐者；周：周途，四通八达的大路。

(81)引文见《老子》第五章。

(82)令尹：楚国国相称令尹；子佩：楚庄王之相；

(83)疏：通疋，光脚。

(84)具：指准备酒席；强台：楚国高台名；料山：山名。

(85)方皇：水名。

(86)引文见《老子》第三章。

(87)无礼焉：指亶共公对重耳没有礼貌。

(88)相：辅助；夫子：指重耳。

(89)馂（jùn)：熟食。

(90)引文见《老子》第二十二章。

(91)先马走：在车马前开路的人。

(92)引文见《老子》第七十八章。

(93)中牟：地名，在今河南鹤壁市西，赵简子死后，中牟叛赵而臣服于齐，故称入齐。

(94)叔向：晋国大夫，羊舌氏，名肸（xī)。

(95)引文见《老子》第二十二章。

(96)秦穆公：春秋时秦国君，五霸之一。伯乐：善相马者。

(97)若灭若失：隐约可见，触摸不着；若亡其一：一指形体，即筋骨相，只注意马的神韵了。

(98)绝尘：指马奔跑飞快，没有扬起的尘土；弭（mǐ）辙：马拉的车轮过后，也留不下车轮的痕迹。

(99)儋：通担，负担；缠：捆束；九方堙：人名，姓九方，亦称九方皋，古代善相马者。

(100)沙丘：地名，今河北广宗西北大平台，相传纣王在此筑台，畜养禽畜，秦始皇病死于此。

(101)牝（pìn)：雌性禽兽；骊：黑色的马。

(102)千万臣：超出我千万倍，臣：“我”的谦称；无数：无法估度。

(103)引文见《老子》第四十五章。

(104)吴起：战国时著名军事家、政治家，曾为魏将，后奔楚，为令尹。

(105)屈宜若：楚国大夫，后奔魏。

(106)衰：减；平：整顿；制禄：俸禄制度；绥：安抚，接济；时：时机。

(107)数：多次。

(108)惕然：忧惧的样子。

(109)引文见《老子》第四章。

(110)三舍：古以三十里为一舍，三舍等于九十里。

(111)先君：指楚庄王的祖父楚成王。当时成王盛情款待流亡在外的晋公子重耳，重耳表示若返国为君，与楚发生战争，晋将退避三舍以报楚恩。

(112)三击之：原注：《太平御览》无“三”字。

(113)轻下其臣：在臣下面前表现得谦恭卑下。

(114)引文见《老子》第七十八章。

(115)宋景公：春秋时宋国君，名栾；荧惑：即火星；心：星宿名，二十八宿之一。

(116)子韦：宋国太史，掌星相。

(117)舍：星宿运行停留处。古将二十八宿分为四舍，一舍为七个星宿；徙三舍后，灾星荧惑便离开宋的“心、氐、房”三宿，转移到别的星宿部位去了。

(118)陛下：指宫殿的台阶之下；伺：守候。

(119)引文见《老子》第七十八章。

(120)公孙龙：战国末赵国人，名家的代表人物。

(121)航：船；汜：水边；在一汜：在河对岸。

(122)逆：拒绝；伎：技的古字。

(123)引文见《老子》第二十七章；袭：因顺；明：顺应常道称明。

(124)子发：战国时楚宣王的将领；逾：战胜之意。

(125)列田：分封田地；圭：是上尖下方的玉器，诸侯朝会及祭祀时手须执圭；执圭指楚国的最高爵位。

(126)引文见《老子》第二章。

(127)原：古国名，在今河南济源县西北。

(128)温：古邑名，在今河南济源县西南。

(129)引文见《老子》第二十一章。窈、冥：深远昏暗的样子。

(130)公仪休：战国时人名，曾任鲁穆公相。

(131)引文见《老子》第七章。

(132)引文见《老子》第四十四章。

(133)狐丘：地名；丈人：老人；孙叔傲：春秋时楚国令尹。

(134)引文见《老子》第三十九章。

(135)大司马：官名，掌管邦政，捶（chuí）钩：锻打衣带钩。

(136)引文见《老子》第二十三章。

(137)文王：周文王；砥德：砥砺、修养德行；垂：边陲；二垂：指天下分成三份而占有其中二份。

(138)崇侯虎：纣王时诸侯名，封于崇，名虎。

(139)太子发：即周武王姬发。

(140)中子旦：即周公姬旦。

(141)屈商：商纣王臣；羑（yǒn）里：地名，在今河南汤阴县北。

(142)散宜生：周初与太公望一同辅佐周文王，他曾广求珍宝美女献纣，使纣释放文王；驺虞：仁兽名，不食活兽，能日行千里；鸡斯：神马名。

(143)玄玉：黑玉；工：通珏，两玉相连为一工；大贝：属贝类，古以之为玉器，朋：古计算单位有，五串贝为一朋，又有五串贝为一系，二系为一朋，或二贝为一朋。

(144)费仲：商纣王的佞臣。

(145)玉门：以玉装饰门；灵台：周代台名；相女童：挑选女孩；相：视，选择。

(146)引文见《老子》第二十八章。

(147)成王：周成王；尹佚：西周初史官，又作史佚，尹和史均为官名，佚是名字。

(148)王人：即君人，君主。

(149)宿沙：上古部落名，在伏羲、神农之间，与另一部落共工曾称霸天下。

(150)引文见《老子》第二十章。

⑮①跖：即盗跖，春秋末著名大盗。

⑮②引文见《老子》第十九章。

⑮③伎道：技艺。

⑮④赍（jī）：资助。

⑮⑤执事：原指侍从左右供差遣的人，后在书信中用作敬称，表示不敢直接指对方。

⑮⑥细：指社会地位低贱。

⑮⑦语见《老子》第二十七章。

⑮⑧益：长进。

⑮⑨坐忘：端坐入静，达到物我两忘的境界。

⑯⓪遽然：神色突变的样子。

⑯①洞：明澈；化通：变化通达。

⑯②语见《老子》第十章。营魄：灵魂；一：指道；专：通抟，结聚。

⑯③蹇（jiǎn）叔：秦穆公之臣。

⑯④贾（gǔ）人：商人；弦高：人名，郑国做买卖的人；矫：假托；郑伯：郑国君郑穆公。

⑯⑤先轸（zhěn）：晋国大臣；襄公：晋国君，晋文公之子。

⑯⑥假：借；假道：秦军伐郑，顺路经晋国，依礼应向晋国借道；死吾君：忘掉我们死去的君主；弱吾孤：瞧不起、欺侮我们的君主襄公。

⑯⑦殽（xiáo）：山名，在今河南洛宁西北。

⑯⑧庙临：到祖庙哭告祖先，表示自责与谢罪；说：悦。

⑯⑨引文见《老子》第七十一章。

⑰⓪齐王：指战国时齐国君齐威王，名因齐；薛公：指齐相田婴，封于薛，号靖郭君。

⑰①珥（ěr）：女用珠玉耳饰。

⑰②引文见《老子》第五十二章；兑：指耳目口鼻等感官；门：指欲门；勒：劳。

⑰③卢敖：燕人，秦始皇时博士，奉命求仙，逃逸无迹；北海：北方边远处。

⑰④太阴：指极北处，阴：冷；玄阙、蒙谷：传为北方山名。

⑰⑤泪：应作渠，渠通巨，大也；注：应作颈，渠注：脖子粗短；鸢肩：肩膀耸起为鸢肩。杀：瘦削。

⑰⑥轩轩然：飘飘然。

⑰⑦碑：山石。

⑰⑧倦：蹲踞；蛤梨：蛤蜊。

⑰⑨党：乡党，家乡。

⑱⓪眷（quán）：笑而露齿；窔（yào）奥：室之东南隅曰窔，室之西南隅曰奥。

⑱①冈宦（láng）：空虚无边。

⑱②沉墨：沉默。

⑱③窅（yáo）冥：幽暗深远；党：处所。

⑱④鸿濛：东方日出处；光：原文为先，今从许匡一排印本；鸿濛之光：日光。

⑱⑤瞩：视、望。

⑱⑥汰沃：四海与天际交接处的水流声；汜（sì）：水边。

⑱⑦汗漫：虚拟人名，虚无飘渺之意；九垓：九天。

⑱⑧柸（pēi）治：楚国方言，怅恨的样子。

⑱⑨引文见《庄子·逍遥游》；年：寿命；知：同智；朝菌：朝生暮死的菌类植物；晦：农历每月最后一天；朔：每月的第一天；蟪蛄：寒蝉；春秋：指一整年。

⑲⓪季子：即宓子，鲁国人，孔子弟子；亶父：地名，在今山东单县，又作单父。

⑲①巫马期：孔子弟子；絻（wèn）：古代一种丧服，这里泛指粗劣衣服，用布包着发髻；化：教化。

⑲②引文见《老子》第七十二章。

⑲③罔两：指影子外层的淡淡的影；景：古影字，这里是两个虚拟的人名。

⑲④扶桑：东方神木；受：承受日光；谢：日落。

⑲⑤蟠：充满。

⑲⑥引文见《老子》第四十三章。

⑲⑦光耀、无有：虚拟人名。

⑲⑧引文见《老子》第四十三章；无间：没有间隙的地方。

⑲⑨倒杖策：倒执马鞭；錣（zhuì）：马鞭端的尖刺；颐：面颊。

⑳⓪漏理：充实治理。

⑳①引文见《老子》第四十七章。

⑳②关梁：关口津梁，险要之处；传车：驿站的车马。

⑳③闭锤：编席簟时用的织锤，反复转动极为灵活。

⑳④柴：用木栏围护四周。史载纣王死后，箕子亡走，居室空置，周武王以木栏围之。

⑳⑤币：缯帛，泛指聘享礼物。

⑳⑥三十四世：周代从周武王到周赧王共三十四代。

⑳⑦引文见《老子》第二十七章；关键：门闩，横为关，竖为键，键通楗。约：绳。

⑳⑧尹需：人名，古之善御者。

⑳⑨秋驾：一种高超的驾御车马的技术，类今杂技中的飞车之术；驾驭：通驾御。

㉑⓪爱：吝啬；道：指驾驭之术。

㉑①引文见《老子》第十六章。

㉑②孙叔敖：春秋时楚国大臣。

㉑③延陵季子：名札，吴国君寿梦少子，封于延陵，故称。其父欲立之，不肯，父死国人强立之，季札逃去；一：坚持。

㉑④晏子与崔杼盟事：本书前已作注。

㉑⑤佽（cì）非：人名，楚国人；干队：吴邑名，在今苏州市西北，吴王夫差自刎于此。

㉑⑥枻（yì）：船桨；枻船者：船夫。

㉑⑦瞑目：瞋目，即怒目。

㉑⑧载：通哉；“腐肉朽骨”前应有“不以”二字。

㉑⑨引文见《老子》第七十五章。

㉒⓪淳于髡：战国时齐国人，齐威王时任大夫，以博学善辩著称；从：通纵，即合纵，是联合六国以抗秦的策略；魏王：魏惠王。

㉒①衡：即连衡，指各个诸侯国事奉秦国的策略；固：见识鄙陋。

㉒②著：铸刻；倕：尧时巧匠；龁（hé）：咬。

㉒③《慎子》：书名，战国时赵人著名法家慎到的著作。有四十二篇，今仅存五篇，此处引文今残本上已无。

㉒④知为门：懂得制造门；能以门：能用来防守大门；门：防守。

㉒⑤田鸠：即田俅之，墨子弟子，齐国人。

㉒⑥秦惠王：即秦惠文王，秦孝公之子。

㉒⑦申：绑扎。

㉒⑧大人：君子；掩：应作扶，衡量；绳：准绳。

㉒⑨引文见《管子·宙合篇》。

㉓⓪沣水：水名，源出陕西秦岭，流入渭河。

㉓①赵文子：即赵武，又称赵盈，春秋时晋臣；叔向：即晋国大夫羊舌肸。

㉓②晋六将军：指晋室的六卿：范、中行、智伯、韩、赵、魏。

㉓③廓革：将皮革扩展伸开，使皮革更大更薄。

㉓④引文见《老子》第五十八章；闷闷：愚昧、浑噩；纯纯：质朴，浑厚；察察：苛刻；缺缺：狡诈。

㉓⑤景公：齐景公；太卜：主管占卜的官，以观天象占卜人间吉凶。

㉓⑥句星：句星时隐时现，在房星与心星之间出现时，将有地震。

㉓⑦引文见《老子》第五十八章；刿（guì）：割伤。

㉓⑧魏文侯：战国时魏国开国君主，致力改革，任用贤能；曲阳：地名，在今河南济源县西。

㉓⑨豫让：春秋末晋国人，事智伯，智伯被杀后，为智伯报仇，事败自杀。

㉔⓪蹇重：魏文侯臣；白：酒杯，罚酒时用。

㉔①浮：罚人饮酒。

㉔²酮（jué）：一饮而尽；献：劝酒。

㉔³引文见《老子》第十八章。

㉔⁴桓公：春秋时鲁国君，名允；宥卮（yòu zhī）：古代盛水容器，也叫欹器，重心在中间，水满则倾复，水空则倾斜，水到中部则平正，古人常放在座右，以戒空虚和自满。卮：酒器。

㉔⁵造然：突然；革容：改容。

㉔⁶陋：狭窄，浅薄。

㉔⁷引文见《老子》第十五章。弊：陈旧；成：更新。

㉔⁸武王：周武王；太公：姜太公。

㉔⁹兑：指耳鼻口目等人与外界接触的器官。

㉕⁰道：通导，引导；全：应作令。

㉕¹瞀（móu）：通鍪，类似头盔的简易帽。载：通戴；木：应作术；通鹬（yù）：鸟名，这里指鹬鸟冠，是古代掌管天文的官员戴的帽子。

㉕²弇（yǎn）：掩盖。

㉕³亶：通殚，尽。

㉕⁴含珠：将珠玉放在死者口中；鳞施：用玉片编织成玉衣，穿在死者身上；纶组：指死者入殓时穿戴的华丽衣服。

㉕⁵引文见《老子》第三十七章；无名之朴：即道。

卷十三　汜论[1]训

古者有鍪而绻领以王天下者矣[2]，其德生而不辱[3]，予而不夺；天下不非其服，同怀其德。当此之时，阴阳和平，风雨时节，万物蕃息。乌鹊之巢可俯而探也，禽兽可羁而从也，岂必褒衣博带，句襟委章甫哉[4]！

古者民泽处复穴[5]，冬日则不胜霜雪雾露，夏日则不胜暑热蚊虻，圣人乃作为之筑土构木以为宫室，上栋下宇[6]，以蔽风雨，以避寒暑，而百姓安之。伯余之初作衣也[7]，緂麻索缕，手经指挂[8]，其成犹网罗；后世为之机杼胜复以便其用，而民得以掩形御寒。古者剡耜而耕，摩蜃而耨[9]，木钩而樵，抱甀而汲[10]，民劳而利薄；后世为之耒耜耰锄，斧柯而樵，桔皋而汲，民逸而利多焉。古者大川名谷冲绝道路，不通往来也，乃为窬木方版，以为舟航，故地势有无得相委输[11]。乃为靼蹻而超千里，肩荷负儋之勤也[12]，而作为之揉轮建舆，驾马服牛，民以致远则不劳；为鸷禽猛兽之害伤人而无以禁御也，而作为之铸金锻铁，以为兵刃，猛兽不能为害。

故民迫其难则求其便，困其患则造其备[13]，人各以其所知，去其所害，就其所利。常故不可循，器械不可因也，则先王之法度有移易者矣。

古之制，婚礼不称主人[14]，舜不告而娶，非礼也；立子以长，文王舍伯邑考而用武王[15]，非制也；礼三十而娶，文王十五而生武王，非法也。夏后氏殡于阼阶之上[16]，殷人殡于两楹之间，周人殡于西阶之上，此礼之不同者也；有虞氏用瓦棺，夏后氏堲周[17]，殷人用椁，周人墙置翣，此葬之不同者也；夏后氏祭于暗，殷人祭于阳，周人祭于日出以朝，此祭之不同者也；尧《大章》[18]，舜《九韶》，禹《大夏》，汤《大濩》，周《武象》，此乐之不同者也。故五帝异道而德覆天下，三王殊事而名施后世，此皆因时变而制礼乐者，譬犹师旷之施瑟柱也，所推移上下者无寸尺之度，而靡不中音 。故通于礼乐之情者能作音，有本主于中，而以知榘矱之所周者也[19]。

鲁昭公有慈母而爱之，死为之练冠[20]，故有慈母之服；阳侯杀蓼侯而窃其夫人，故大飨废夫人之礼[21]。先王之制，不宜则废之；末世之事，善则著之[22]。是故礼乐未始有常也。故圣人制礼乐而不制于礼乐，治国有常而利民为本，政教有经而令行为上[23]；苟利于民不必法古，苟周于事不必循旧。夫夏、商之衰也，不变法而亡；三代之起也，不相袭而王。故圣人法与时变，礼与俗化，衣服器械各便其用，法度制令各因其宜。故变古未可非，而循俗未足多也。

百川异源而皆归于海，百家殊业而皆务于治。王道缺而《诗》作，周室废、礼义坏而《春秋》作。《诗》、《春秋》，学之美者也，皆衰世之造也，儒者循之以教导于世，岂若三代之盛哉[24]！以《诗》、《春秋》为古之道而贵之，又有未作《诗》、《春秋》之时。夫道其缺也，不若道其全也[25]。诵先王之《诗》、《书》，不若闻得其言；闻得其言，不若得其所以言。得其所以言者，言弗能言也。故道可道者，非常道也。

周公事文王也，行无专制，事无由己；身若不胜衣，言若不出口；有奉持于文王，洞洞属属[26]，而将不能，恐失之，可谓能子矣！武王崩，成王幼少，周公继文王之业，履天子之籍[27]，听天下之政，平夷狄之乱，诛管、蔡之罪，负扆而朝诸侯，诛赏制断，无所顾问，威动天地，声慑四海，可谓能武矣！成王既壮，周公属籍致政，北面委质而臣事之[28]，请而后为，复而后行，无擅姿之志，无伐矜之色，可谓能臣矣！故一人之身而三变者，所以应时矣。何况乎君数易世，国数易君，人以其位达其好憎，以成威势供嗜欲，而欲以一行之礼，一定之法，应时偶变[29]，其不能中权[30]，亦明矣。

故圣人所由曰道，所为曰事。道犹金石，一调不更；事犹琴瑟，每弦改调。故法制礼义者，治人之具也，而非所以为治也。故仁以为经，义以为纪，此万世不更者也。若乃人考其才，而时省其用，虽日变可也，天下岂有常法哉！当于世事[31]，得于人理，顺于天地，祥于鬼神，则可以正治矣。

古者人醇工庞[32]，商朴女重[33]。是以政教易化，风俗易移也。今世德益衰，民俗益薄，欲以朴重之法，治既弊之民，是犹无镝衔橛策錣而御馯马也[34]。昔者神农无制令而民从，唐、虞有制令而无刑罚，夏后氏不负言[35]，殷人誓，周人盟。逮至当今之世，忍询而轻辱[36]，贪得而寡羞，欲以神农之道治之，则其乱必矣。伯成子高辞为诸侯而耕[37]，天下高之；今时之人，辞官而隐处，为乡邑之下[38]，岂可同哉！古之兵，弓剑而已矣，槽矛无击，修戟无刺[39]；晚世之兵，隆冲以攻，渠幨以守[40]，连弩以射，销车以斗[41]。古之伐国，不杀黄口，不获二毛[42]，于古为义，于今为笑。古之所以为荣者，今之所以为辱也；古之所以为治者，今之所以为乱也。

夫神农、伏羲不施赏罚而民不为非，然而立政者不能废法而治民；舜执干戚而服有苗，然而征伐者不能释甲兵而制强暴。由此观之，法度者，所以论民俗而节缓急也[43]；器械者，因时变而制宜适也。

夫圣人作法而万物制焉，贤者立礼而不肖者拘焉。制法之民，不可与远举；拘礼之人，不可使应变。耳不知清浊之分者，不可令调音；心不知治乱之源者，不可令制法。必有独闻之耳，独见之明，然后能擅道而行矣。夫殷变夏，周变殷，春秋变周，三代之礼不同，何古之从！大人作而弟子循。知法治所由生，则应时而变；不知法治之源，虽循古终乱。今世之法籍与时变，礼义与俗易，为学者循先袭业，据籍守旧教，以为非此不治，是犹持方枘而周员凿也，欲得宜适致固焉，则难矣。今儒墨者称三代、文武而弗行，是言其所不行也；非今时之世而弗改，是行其所非也。称其所是，行其所非，是以尽日极虑而无益于治，劳形竭智而无补于主也。今夫图工好画鬼魅而憎图狗马者，何也？鬼魅不出世，而狗马可日见也。夫存危治乱，非智不能；道而先称古，虽愚有余。故不用之法，圣王弗行；不验之言，圣王弗听。

天地之气，莫大于和。和者，阴阳调，日夜分，而生物。春分而生，秋分而成，生之与成，必得和之精。故圣人之道，宽而栗，严而温，柔而直，猛而仁。太刚则折，太柔则卷，圣人正在刚柔之间，乃得道之本。积阴则沉，积阳则飞；阴阳相接，乃能成和。夫绳之为度也，可卷而伸也；引而伸之，可直而睎[44]。故圣人以身体之。夫修而不横[45]，短而不穷，直而不刚，久而不忘者，其为绳乎？

故恩推则懦，懦则不威；严推则猛，猛则不和；爱推则纵，纵则不令；刑推则虐，虐则无亲。昔者齐简公释其国家之柄，而专任大臣将相[46]，摄威擅势，私门成党，而公道不行，故使陈成田常、鸱夷子皮得成其难[47]。使吕氏绝祀而陈氏有国者，此柔懦所生也。郑子阳刚毅而好罚，其于罚也，执而无赦。舍人有折弓者，畏罪而恐诛，则因猘狗之惊以杀子阳[48]。此刚猛之所致也。今不知道者，见柔懦者侵[49]，则矜为刚毅；见刚毅者亡，则矜为柔懦。此本无主于中，而见闻舛驰于外者也[50]，故终身而无所定趋。

譬犹不知音者之歌也，浊之则郁而无转，清之则燋而不讴[51]。及至韩娥、秦青、薛谈之讴，侯同、曼声之歌[52]，愤于志，积于内，盈而发音，则莫不比于律而和于人心。何则？中有本主以定清浊，不受于外而自为仪表也。今夫盲者行于道，人谓之左则左，谓之右则右；遇君子则易道，遇小人则陷沟壑。何则？目无以接物也。故魏两用楼翟、吴起而亡西河[53]。湣王专用淖齿而死于东庙[54]，无术以御之也；文王两用吕望、召公奭而王[55]，楚庄王专任孙叔敖而霸，有术以御之也。

夫弦歌鼓舞以为乐，盘旋揖让以修礼，厚葬久丧以送死，孔子之所立也，而墨子非之；兼爱尚贤，右鬼非命[56]，墨子之所立也，而杨子非之[57]；全性保真，不以物累形，杨子之所立也，而孟子非之。趋舍人异，各有晓心。故是非有处，得其处则无非，失其处则无是。丹穴、太蒙、反踵、空同、大夏、北户、奇肱、修股之民[58]，是非各异，习俗相反，君臣上下，夫妇父子，有以相使也。此之是，非彼之是也；此之非，非彼之非也；譬若斤斧椎凿之各有所施也。

禹之时，以五音听治[59]，悬钟鼓磬铎，置鞀，以待四方之士，为号曰："教寡人以道者击鼓，谕寡人以义者击钟，告寡人以事者振铎[60]，语寡人以忧者击磬，有狱讼者摇鞀[61]。"当此之时，一馈而十起[62]，一沐而三捉发，以劳天下之民，此而不能达善效忠者，则才不足也。秦之时，高为台榭，大为苑囿，远为驰道，铸金人，发適戍，入刍稿[63]，头会箕赋[64]，输入少府[65]。丁壮丈夫，西至临洮、狄道[66]，东至会稽、浮石[67]，南至豫章、桂林[68]，北至飞狐、阳原[69]，道路死人以沟量。当此之时，忠谏者谓之不详，而道仁义者谓之狂。逮至高皇帝，存亡继绝，举天下之大义，身自奋袂执锐，以为百姓请命于皇天。当此之时，天下雄儁豪英暴露于野泽，前蒙矢石，而后堕溪壑，出百死而给一生[70]，以争天下之权；奋武厉诚，以决一旦之命。当此之时，丰衣博带而道儒墨者，以为不肖。

逮至暴乱已胜，海内大定，继文之业，立武之功，履天子之图籍，造刘氏之貌冠[71]；总邹、鲁之儒墨，通先圣之遗教；戴天子之旗，乘大路，建九斿[72]；撞大钟，击鸣鼓；奏《咸池》，扬干戚。当此之时，有立武者见疑。一世之间，而文武代为雌雄，有时而用也。今世之为武者则非文也，为文者则非武也，文武更相非，而不知时世之用也，此见隅曲之一指[73]，而不知八极之广大也。故东面而望，不见西墙；南面而视，不睹北方，唯无所向者，则无所不通。

国之所以存者，道德也[74]；家之所以亡者，理塞也。尧无百户之郭，舜无置锥之地，以有天下；禹无十人之众，汤无七里之分，以王诸侯。文王处岐周之间也，地方不过百里，而立为天子者，有王道也；夏桀、殷纣之盛也，人迹所至，舟车所通，莫不为郡县，然而身死人手，而为天下笑者，有亡形也。故圣人见化以观其征，德有盛衰，风先萌焉。故得王道者虽小必大，有亡形者虽成必败。夫夏之将亡，太史令终古先奔于商，三年而桀乃亡；殷之将败也，太史令向艺先归文王，期年而纣乃亡[75]。故圣人之见存亡之迹，成败之际也，非待鸣条之野、甲子之日也[76]。今谓彊者胜则度地计众[77]，富者利则量粟称金，若此，则千乘之君无不霸王者，而万乘之国无不破亡者矣。存亡之迹，若此其易知也，愚夫蠢妇皆能论之。赵襄子以晋阳之城霸，智伯以三晋之地擒；湣王以大齐亡，田单以即墨有功[78]。故国之亡也，虽大不足恃；道之行也，虽小不可轻。由此观之，存在得道而不在于大也，亡在失道而不在于小也。《诗》云："乃眷西顾，此惟与宅[79]。"言去殷而迁于周也。

故乱国之君，务广其地而不务仁义，务高其位而不务道德，是释其所以存而造其所以亡也。故桀囚于焦门[80]，而不能自非其所行，而悔不杀汤于夏台[81]；纣居于宣室[82]，而不反其过，而悔不诛文王于羑里。二君处强大势位，修仁义之道，汤、武救罪之不给，何谋之敢当！若上乱三光之明[83]，下失万民之心，虽微汤、武，孰弗能夺也？今不审其在己者，而反备之于人，天下非一汤、武也，杀一人，则必有继之者也。且汤、武之所以处小弱而能以王者，以其有道也；桀、纣之所以处强大而见夺者，以其无道也。今不行人之所以王者，而反益已之所以夺，是趋亡之道也。武王克殷，欲筑宫于五行之山[84]。周公曰："不可！夫五行之山，固塞险阻之地也。使我德能覆之，则天下纳其贡职者回也[85]；使我有暴乱之行，则天下之伐我难矣。"此所以三十六世而不夺也。周公可谓能持满矣。

昔者，《周公》有言曰："上言者，下用也；下言者，上用也。上言者，常也；下言者，权也[86]。"此存亡之术也，唯圣人为能知权。言而必信，期而必当，天下之高行也。直躬其父攘羊而子证之[87]，尾生与妇人期而死之[88]。直而证父，信而溺死，虽有直信，孰能贵之？夫三军矫命，过之大者也。秦穆公兴兵袭郑，过周而东，郑贾人弦高将西贩牛，道遇秦师于周、郑之间，乃矫郑伯之命，犒以十二牛，宾秦师而却之，以存郑国。故事有所至，信反为过，诞反为功。

何谓失礼而有大功？昔楚恭王战于阴陵，潘尪、养由基、黄衰微、公孙丙相与篡之[89]。恭王惧而失体，黄衰微举足蹴其体，恭王乃觉，怒其失礼，夺体而起[90]，四大夫载而行。昔苍吾绕娶妻而美[91]，以让兄。此所谓忠爱而不可行者也。是故圣人论事之局曲直[92]，与之屈伸偃抑，无常仪表，时屈时伸。卑弱柔如蒲韦，非摄夺也[93]；刚强猛毅，志厉青云，非本矜也[94]：以乘时应变也。夫君臣之接，屈膝卑拜，以相尊礼也；至其迫于患也，则举足蹴其体，天下莫能非也。是故忠之所在，礼不足以难之也。

孝子之事亲，和颜卑体，奉带运履；至其溺也，则捽其发而拯，非敢骄侮，以救其死也。故溺则捽父，祝则名君[95]，势不得不然也，此权之所设也。故孔子曰："可以共学矣，而未可以适道也[96]。可与适道，未可以立也[97]，可以立，未可与权。"权者，圣人之所独见也。故忤而后合者，谓之知权；合而后舛者，谓之不知权。不知权者，善反丑矣。故礼者，实之华而伪之文也，方于卒迫穷遽之中也，则无所用矣。是故圣人以文交于世，而以实从事于宜，不结于一迹之途，凝滞而不化，是故败事少而成事多，号令行于天下而莫之能非也。

猩猩知往而不知来，干鹊知来而不知往，此修短之分也[98]。昔者苌弘，周室之执数者也[99]，天地之气，日月之行，风雨之变，律历之数，无所不通，然而不能自知，车裂而死。苏秦，匹夫徒步之人也，靻屩嬴盖，经营万乘之主，服诺诸侯，然不自免于车裂之患[100]。徐偃王被服慈惠[101]，身行仁义，陆地之朝者三十二国，然而身死国亡，子孙无类[102]。大夫种辅翼越王勾践[103]，而为之报怨雪耻，擒夫差之身，开地数千里，然而身伏属镂而死[104]。此皆达于治乱之机，而未知全性之具者。故苌弘知天道而不知人事，苏秦知权谋而不知祸福，徐偃王知仁义而不知时，大夫种知忠而不知谋。圣人则不然，论世而为之事，权事而为之谋，是以舒之天下而不窕，内之寻常而不塞。

使天下荒乱，礼义绝，纲纪废，强弱相乘，力征相攘，臣主无差，贵贱无序，甲胄生虮虱[105]，燕雀处帷幄，而兵不休息，而乃始服属臾之貌[106]，恭俭之礼，则必灭抑而不能兴矣。天下安宁，政教和平，百姓肃睦，上下相亲，而乃始立气矜，奋勇力，则必不免于有司之法矣。是故圣人者，能阴能阳，能弱能强；随时而动静，因资而立功；物动而知其反，事萌而察其变；化则为之象[107]，运则为之应。是以终身行而无所困。故事有可行而不可言者，有可言而不可行者，有易为而难成者，有难成而易败者。所谓可行而不可言者，趋舍也；可言而不可行者，伪诈也；易为而难成者，事也；难成而易败者，名也。此四策也，圣人之所独见而留意也。

诎寸而伸尺[108]，圣人为之；小枉而大直，君子行之。周公有杀弟之累，齐桓有争国之名；然而周公以义补缺，桓公以功灭丑，而皆为贤。今以人之小过掩其大美，则天下无圣王贤相矣。故目中有疵，不害于视，不可灼也；喉中有病，无害于息，不可凿也。河上之丘冢，不可胜数，犹之为易也；水激兴波，高下相临，差以寻常，犹之为平。

昔者曹子为鲁将兵[109]，三战不胜，亡地千里。使曹子计不顾后，足不旋踵，刎颈于陈中，则终身为破军擒将矣。然而曹子不羞其败，耻死而无功。柯之盟，揄三尺之刃，造桓公之胸[110]，三战所亡，一朝而反之，勇闻于天下，功立于鲁国。管仲辅公子纠而不能遂，不可谓智；遁逃奔走，不死其难，不可谓勇；束缚桎梏，不讳其耻，不可谓贞。当此三行者，布衣弗友，人君弗臣。然而管仲免于累绁之中，立齐国之政，九合诸侯，一匡天下。使管仲出死捐躯，不顾后图，岂有此霸功哉！今人君论其臣也，不计其大功，总其略行[111]，而求其小善，则失贤之数也[112]。故人有厚德，无问其小节；而有大誉，无疵其小故。

夫牛蹄之涔不能生鳣鲔[113]，而蜂房不容鹄卵，小形不足以包大体也。夫人之情，莫不有所短。诚其大略是也，虽有小过，不足以为累。若其大略非也，虽有闾里之行[114]，未足大举。夫颜喙聚，梁父之大盗也[115]，而为齐忠臣。段干木，晋国之大驵也[116]，而为文侯师。孟卯妻其嫂，有五子焉，然而相魏，宁其危，解其患[117]。景阳淫酒[118]，被发而御于妇人，威服诸侯。此四人者，皆有所短，然而功名不灭者，其略得也。季襄、陈仲子立节抗行[119]，不入污君之朝，不食乱世之食，遂饿而死，不能存亡接绝者何？小节伸而大略屈。故小谨者无成功，訾行者不容于众[120]；体大者节疏，蹠距者举远[121]。自古及今，五帝三王，未有能全其行者也。故《易》曰："小过亨，利贞[122]。"言人莫不有过，而不欲其大也。

夫尧、舜、汤、武，世主之隆也，齐桓、晋文，五霸之豪英也。然尧有不慈之名[123]，舜有卑父之谤[124]，汤、武有放、弑之事[125]，五伯有暴乱之谋[126]。是故君子不责备于一人。方正而不以割，廉直而不以切，博通而不以訾，文武而不以责。求于一人则任以人力，自修则以道德。责人以人力，易偿也；自修以道德，难为也。难为则行高矣，易偿则求澹矣。夫夏后氏之璜不能无考[127]，明月之珠不能无纇[128]，然而天下宝之者，何也？其小恶不足妨大美也。今志人之所短，而忘人之所修，而求得其贤乎天下则难矣。

夫百里奚之饭牛[129]，伊尹之负鼎[130]。太公之鼓刀[131]，宁戚之商歌，其美有存焉者矣。众人见其位之卑贱，事之污辱，而不知其大略，以为不肖。及其为天子三公，而立为诸侯贤相，乃始信于异众也。夫发于鼎俎之间，出于屠酤之肆，解于累绁之中[132]，兴于牛颔之下，洗之以汤沐，祓之以爟火[133]，立之于本朝之上，倚之于三公之位，内不惭于国家，外不愧于诸侯，符势有以内合[134]。故未有功而知其贤者，尧之知舜；功成事立而知其贤者，市人之知舜也。为是释度数而求之于朝肆草莽之中，其失人也必多矣[135]。何则？能效其求，而不知其所以取人也[136]。

夫物之相类者，世主之所乱惑也；嫌疑肖象者，众人之所眩耀[137]。故狠者类知而非知[138]，愚者类仁而非仁，戆者类勇而非勇。使人之相去也，若玉之与石，美之与恶，则论人易矣。夫乱人者，芎䓖之与藁本也，蛇床之与麋芜也[139]，此皆相似者。故剑工惑剑之似莫邪者，唯欧冶能名其种；玉工眩玉之似碧卢者，唯猗顿不失其情[40]；暗主乱于奸臣小人之疑君子者，唯圣人能见微以知明。故蛇举首尺[41]，而修短可知也；象见其牙，而大小可论也。薛烛庸子，见若狐甲于剑[42]，而利钝识矣。臾儿、易牙，淄、渑之水合者，尝一哈水而甘苦知矣[43]。故圣人之论贤也，见其一行而贤不肖分矣。

孔子辞廪丘，终不盗刀钩[44]；许由让天子，终不利封侯。故未尝灼而不敢握火者，见其有所烧也；未尝伤而不敢握刃者，见其有所害也。由此观之，见者可以论未发也，而观小节可以知大体矣。故论人之道，贵则观其所举，富则观其所施，穷则观其所不受，贱则观其所不为，贫则观其所不取。视其更难[45]，以知其勇；动以喜乐，以观其守；委以财货，以论其仁；振以恐惧，以知其节，则人情备矣。

古之善赏者，费少而劝众；善罚者，刑省而奸禁；善予者，用约而为德；善取者，入多而无怨。赵襄子围于晋阳，罢围而赏有功者五人，高赫为赏首。左右曰："晋阳之难，赫无大功，今为赏首，何也？"襄子曰："晋阳之围，寡人社稷危，国家殆，群臣无不有骄侮之心，唯赫不失君臣之礼。"故赏一人而天下为忠之臣者莫不终忠于其君，此赏少而劝善者众也。齐威王设大鼎于庭中，而数无盐令曰[46]："子之誉，日闻吾耳。察子之事，田野芜，仓廪虚，囹圄实。子以奸事我者也。"乃烹之。齐以此三十二岁道路不拾遗。此刑省奸禁者也。秦穆公出游而车败，右服失马[47]，野人得之。穆公追而及之岐山之阳，野人方屠而食之。穆公曰："夫食骏马之肉，而不还饮酒者，伤人[48]。吾恐其伤汝等。"遍饮而去之。处一年，与晋惠公为韩之战，晋师围穆公之车，梁由靡扣穆公之骖[49]，获之。食马肉者三百余人，皆出死为穆公战于车下，遂克晋，虏惠公以归。此用约而为德者也。齐桓公将欲征伐，甲兵不足，令有重罪者出犀甲一戟，有轻罪者赎以金分[50]，讼而不胜者出一束箭[51]。百姓皆说，乃矫箭为矢[52]，铸金而为刃，以伐不义而征无道，遂霸天下。此入多而无怨者也。故圣人因民之所喜而劝善，因民之所恶而禁奸，故赏一人而天下誉之，罚一人而天下畏之。故至赏不费，至刑不滥。孔子诛少正卯而鲁国之邪塞，子产诛邓析而郑国之奸禁[53]，以近谕远，以小知大也。故圣人守约而治广者，此之谓也。

天下莫易于为善，而莫难于为不善也。所谓为善者，静而无为也；所谓为不善者，躁而多欲也。适情辞余，无所诱惑，循性保真，无变于己，故曰为善易。越城郭，逾险塞，奸符节，盗管金[54]，篡弑矫诬，非人之性也，故曰为不善难。今人所以犯囹圄之罪而陷于刑戮之患者，由嗜欲无厌，不循度量之故也。何以知其然？天下县官法曰[55]："发墓者诛，窃盗者刑。"此执政之所司也。夫法令者罔其奸邪，勒率随其踪迹[56]，无愚夫蠢妇皆知为奸之无脱也，犯禁之不得免也。然而不材子不胜其欲，蒙死亡之罪，而被刑戮之羞。然而立秋之后，司寇之徒继踵于门，而死市之人血流于路[57]。何则？惑于财利之得而蔽于死亡之患也。夫今陈卒设兵，两军相当，将施令曰："斩首拜爵，而曲挠者要斩[58]。"然而队阶之卒皆不能前遂斩首之功，而后被要斩之罪，是去恐死而就必死也。故利害之反，祸福之接，不可不审也。

事或欲之，适足以失之；或避之，适足以就之。楚人有乘船而遇大风者，波至而自投于水。非不贪生而畏死也，惑于恐死而反忘生也。故人之嗜欲，亦犹此也。齐人有盗金者，当市繁之时，至，掇而走[59]。勒问其故曰[60]："而盗金于市中，何也？"对曰："吾不见人，徒见金耳！"志所欲，则忘其为矣。是故圣人审动静之变，而适受与之度；理好憎之情，和喜怒之节。夫动静得，则患弗过也；受与适，则罪弗累也；好憎理，则忧弗近也；喜怒节，则怨弗犯也。

故达道之人，不苟得，不让福；其有弗弃，非其有弗索；常满而不溢，恒虚而易足。今夫霤水足以溢壶榼[61]，而江、河不能实满卮，故人心犹是也。自当以道术度量，食充虚，衣御寒，则足以养七尺之形矣；若无道术度量而以自俭约，则万乘之势不足以为尊，天下之富不足以为乐矣。孙叔敖三去令尹而无忧色，爵禄不能累也；荆佽非两蛟夹绕其船而志不动，怪物不能惊也。圣人心平志易，精神内守，物莫足以惑之。

夫醉者，俯入城门，以为七尺之闺也[62]；超江、淮，以为寻常之沟也：酒浊其神也。怯者，夜见立表，以为鬼也；见寝石，以为虎也：惧掩其气也[63]。又况无天地之怪物乎！夫雌雄相接，阴阳相薄，羽者为雏鷇[64]，毛者为驹犊，柔者为皮肉，坚者为齿角，人弗怪也；水生蜄蜃[65]，山生金玉，人弗怪也；老槐生火，久血为磷，人弗怪也。山出枭阳，水生罔象，木生毕方，井生坟羊[66]，人怪之，闻见鲜而识物浅也。天下之怪物，圣人之所独见；利害之反覆，知者之所独明达也；同异嫌疑者，世俗之所眩惑也。

夫见不可布于海内，闻不可明于百姓，是故因鬼神机祥而为之立禁[67]，总形推类而为之变象[68]。何以知其然也？世俗言曰："飨大高者而彘为上牲，葬死人者裘不可以藏[69]，相戏以刃者太祖軵其肘，枕户橉而卧者鬼神蹠其首[70]。"此皆不著于法令，而圣人之所不口传也。夫飨大高而彘为上牲者，非彘能贤于野兽麋鹿也，而神明独飨之。何也？以为彘者家人所常畜而易得之物也，故因其便以尊之。裘不可以藏者，非能具绨绵曼帛温暖于身也[71]，世以为裘者难得贵贾之物也，而不可传于后世，无益于死者，而足以养生，故因其资以詟之[72]。相戏以刃太祖軵其肘者，夫以刃相戏，必为过失；过失相伤，其患必大；无涉血之仇争忿斗，而以小事自内于刑戮[73]，愚者所不知忌也，故因太祖以累其心[74]。枕户橉而卧，鬼神履其首者，使鬼神能玄化，则不待户牖之行，若循虚而出入，则亦无能履也。夫户牖者，风气之所从往来，而风气者，阴阳相捔者也[75]，离者必病[76]，故托鬼神以伸诫之也。凡此之属，皆不可胜著于书策竹帛而藏于官府者也，故以机祥明之，为愚者之不知其害，乃借鬼神之威以声其教，所由来者远矣。而愚者以为机祥，而狠者以为非，唯有道者能通其志。

今世之祭井灶、门户、箕帚、臼杵者[77]，非以其神为能飨之也，恃赖其德，烦苦之无已也。是故以时见其德，所以不忘其功也。触石而出，肤寸而合，不崇朝而雨天下者，唯太山；赤地三年而不绝流，泽及百里而润草木者，唯江、河也，是以天子秩而祭之[78]。故马免人于难者，其死也葬之；牛其死也，葬以大车为荐[79]。牛马有功，犹不可忘，又况人乎！此圣人所以重仁袭恩。故炎帝于火，死而为灶[80]；禹劳天下，死而为社[81]；后稷作稼穑，死而为稷[82]；羿除天下之害，死而为宗布[83]。此鬼神之所以立。

北楚有任侠者[84]，其子孙数谏而止之，不听也。县有贼，大搜其庐，事果发觉，夜惊而走。追，道及之，其所施德者皆为之战，得免而遂反，语其子曰："汝数止吾为侠。今有难，果赖而免身。而谏我，不可用也。"知所以免于难，而不知所以无难。论事如此，岂不惑哉！宋人有嫁子者[85]，告其子曰："嫁未必成也。有如出[86]，不可不私藏。私藏而富，其于以复嫁易。"其子听父之计，窃而藏之。若公知其盗也，逐而去之。其父不自非也，而反得其计。知为出藏财，而不知藏财所以出也。为论如此，岂不勃哉[87]！今夫僦载者[88]，救一车之任[89]，极一牛之力，为轴之折也，有如辕轴其上以为造[90]，不知轴辕之趣轴折也[91]。楚王之佩玦而逐兔，为走而破其玦也，因佩两玦以为之豫，两玦相触，破乃逾疾。乱国之治，有似于此。

夫鸱目大而眎不若鼠，蚈足众而走不若蛇[92]，物固有大不若小，众不若少者。及至夫强之弱，弱之强，危之安，存之亡也，非圣人，孰能观之！大小尊卑，未足以论也，唯道之在者为贵。何以明之？天子处于郊亭，则九卿趋，大夫走；坐者伏，倚者齐。当此之时，明堂太庙，悬冠解剑，缓带而寝。非郊亭大而庙堂狭小也，至尊居之也。天道之贵也，非特天子之为尊也，所在而众仰之。夫蛰虫鹊巢，皆向天一者[93]，至和在焉尔！帝者诚能包禀道[94]，合至和，则禽兽草木莫不被其泽矣，而况兆民乎！

①氾（fàn）论：即泛论。原题注："博说世间古今得失，以道为化，大归于一，故曰氾论"。本篇广泛论述了君主治国的原则与策略方针。

②鍪：形似头盔的简易帽；绻领：翻领，指简易服饰。

③劓：刑杀。

④褒衣博带：宽衣大带，指古代儒者服饰；句（gōu）襟：曲领衣；委：委貌冠，一种帽檐委曲的黑色帽；章甫：殷代一种帽名，即淄衣冠。

⑤复穴：掘地而成的一种双层洞穴。

⑥栋：屋之正梁；宇：屋檐。

⑦伯余：黄帝臣，始作衣裳者。

⑧緂（tián）：用手搓麻；索：搓；手经指挂：牵线打结，编织；挂：通絓。

⑨剡（yǎn）：锐利；耨：古锄草之农具。

⑩木钩：弯木而成的镰刀；甀（chuí）：一种小口瓦器。

⑪委输：运送。装上车船叫委，从车船卸下叫输。

⑫靼（dá）：柔软的皮革；跻：通屩（juē）：鞋；儋：通担。

⑬造其备：制造抵御的工具。

⑭不称主人：指婚姻不能由父母出面作主。

⑮伯邑考：周文王的长子，周武王之兄。

⑯阼（zòu）阶：大堂东边的台阶，是主位，西阶是宾位；殡：停放灵柩；楹：大厅前面的柱子。

⑰堲（jí）周：土棺。

⑱《大章》：尧时乐舞。

⑲榘（jǔ）彠（yuē）：规矩、法度。

⑳鲁昭公：春秋末鲁国国君；慈母：奶妈；练冠：一种丧服。

㉑阳侯：原注作：阳陵国侯。蓼侯：古诸侯国君，姓偃；大飨（xiǎng）：古祭名。据说古礼大飨之时，饮酒，国君执爵，夫人执豆。阳侯见蓼侯夫人美丽，于是杀蓼侯而娶其夫人。自此行大飨礼时便废除夫人执豆的仪式。

㉒著：显著，传承发扬。

㉓经：常。

㉔三代：指夏、商、周。

㉕道：指上述王道。

㉖奉持：手持物进奉；洞洞属属：温柔婉顺的样子。

㉗履天子之籍：登天子之位；籍：指版图，代表国家。

㉘委质：臣见君时，屈膝而委身于地；委：曲；质：身体。

㉙偶：合，适应。

㉚中（zhòng）权：符合权变的策略。

㉛当：合。

㉜醇：淳朴厚重；庞：器物坚固耐用。

㉝商朴：不作诈；重：通童、憧，知识未开。

㉞镝衔橛：马口中所含的铁，即马嚼子；策錣：马鞭及其端部的尖刺；馯（hàn）马：狂奔的烈马。

㉟不负言：不背弃诺言。

㊱诟：即诟，骂；轻辱：受辱而不以为耻。

㊲伯成子高：尧时人，见《庄子·天地篇》。

㊳为乡邑之下：被乡里人瞧不起，下：认为低贱。

㊴櫂矛：木矛，较短；击：矛端安装的铁枪头；戟：可以直刺又可横击的兵器；刺：刀锋。

㊵隆：高；冲：冲车，攻城时撞倒城墙的战车。渠：沟堑；幨（chān）：挡箭牌。

㊶连弩：可以连发的机械弓；销车：可以发射飞车的战车。

㊷黄口：幼儿；二毛：指头发斑白的老人。

㊸节：节制；缓急：宽严。

㊹睎（xī）：望。

㊺横：阻塞。

㊻齐简公：春秋齐国君，名壬；大臣：指下文之陈成田常。

㊼陈成田常：齐简公大夫，原姓陈，为陈国大夫，后奔齐，以田为氏，名常，谥成子，故或称田常、陈成子。在齐专政，弑齐简公，立齐平公；鸱夷子皮：据称系范蠡的别号，但未可信。

㊽郑子阳：郑国相；舍人：门客；猘（zhì）狗：疯狗；因猘狗之惊：趁捕杀疯狗的机会。

㊾侵：被欺侮。

㊿舛（chuǎn）驰：指见闻与本性背道而驰。

51郁：指声音不纯；转：婉转；燋（qiáo）：指声音细而无力；讴：歌。

52韩娥：韩国人；秦青、薛谈：齐国人，三人皆古之善歌者；侯同、曼声：二人也是古之善歌者。

53楼、翟：楼，指楼廪（bí）；翟指翟强，皆战国时魏襄王大夫。两人政见不同：楼主联合秦楚以抗齐，翟主联合齐秦以抗楚；西河：魏国在黄河以西地区；吴起是衍文。

54湣王：战国时齐国君；淖齿：楚国将军，后奔齐为齐相；燕、秦、楚等国攻齐，淖齿杀湣王，掠走齐之宝器。

55召公奭：周王室支族，封于召。

56右：尊崇；右鬼：墨子主张：人死为鬼，作恶者鬼神当以惩罚；非命：否认命运，吉凶祸福皆在人为。

57杨子：即杨朱，战国时魏人，哲学家；其学说重在爱己，拔一毛利天下而不为。

58丹穴、太蒙、反踵、空同、大夏、北户、奇肱、修股：皆传说中处于西方、南方极边远的部族。

59听治：听政。

60铎：古代一种似大铃的乐器。宣教政令时摇之以示众。

61鞀：有柄的小鼓。

62馈（kuì）：进食。

63適戍：因有罪被罚守边疆。刍稿：喂牲口的干草。

64头会；人头税；箕赋：指多种苛捐杂税。

65少府：官名，掌管全国税收。

66临洮：秦县名，今甘肃岷县；狄道：秦县名，今甘肃临洮。

67会稽：山名，今浙江绍兴；浮石：传说中山名，在东海。

68豫章：古地名，约今之淮河以南、长江以北一带；桂林：秦郡名，在今广西桂平西南古城。

69飞狐：山名，今河北蔚县东南；阳原：县名，今河北阳原西南。

70绐（dài）：求得。

71图籍：版图，代指天子之位；貌冠：刘邦当亭长时戴的是竹皮制做的冠，当皇帝后仍戴竹皮冠，称为貌冠，又称刘氏冠。

72九斿（liú）：也称九旒，天子所用的旗；大路：大辂，天子所乘之车。

73隅曲：居室之阴暗角落，一指：言其微小。

74德：得。

75终古：夏桀时的太史令；向艺：商纣时的太史令。

76鸣条：地名，在今河南封丘县东，相传夏桀的军队在此被商汤击败；甲子之日：相传在此日武王战胜商纣王。

77彊：古之强字。

78田单：战国时齐人。原注作："燕伐齐而灭之，得七十城，唯即墨未下。田单以市吏率即墨市民以击燕师，破之，故曰有功也"。这时齐湣王已在莒被淖齿杀死，田单用著名的火牛阵败齐军，收复失地。齐襄公任田单为相；即墨：在今山东平度县南。

79引诗出自《诗经·大雅·皇矣》；眷：顾念，关怀；西顾：顾视西方；此：指周；宅：居。

80焦门：即巢湖，也称焦湖，在今安徽巢县，相传夏桀被成汤放逐于此。

81夏台：夏代监狱名，在今河南禹县南，夏桀曾将成汤囚于此。

82宣室：纣王宫殿名，武王伐纣时，纣王死于此。

83三光：指日月星三光。

84五行之山：即太行山。

85贡职：赋税，民众进献为贡，朝廷所取叫职，又叫赋。

86权：权变，变通。

⑧直躬：人名，春秋楚国叶县人；攘：偷盗；证：检举。

⑧尾生：战国鲁国人。传说尾生与妇人期于桥下，水至而妇不至，抱柱而溺死。

⑧楚恭王：春秋楚国君，恭亦作共；阴陵：即鄢陵，今河南鄢陵县西北；潘尪、养由基、黄衰微、公孙丙：皆楚恭王大夫。

⑨失体：失态，即瘫坐在地；夺体：脱身。

⑨苍吾绕：人名，相传为孔子时人。

⑨局：形势；曲直：是非。

⑨摄夺：因恐惧而失去人格。

⑨本矜：本性骄傲狂妄。

⑨祝则名君：古祭祝亡父时，祝祷词中称先父为“君”，讳称其名，以示恭敬。

⑨适：向往、达到。

⑨立：依礼行事，处处合礼，即树立……信念。

⑨猩猩句：传说猩猩能说话，并能知人名字，此之谓“知往”；猩猩又嗜酒，但不知酒能使醉，此之谓不知来；干鹊：即喜鹊，传说喜鹊能预报吉凶，是为知来；但筑巢时高时低，忘了筑巢高处安全，低时易被人探去鸟卵，是为不知往；修短：长处与短处。

⑨苌弘：春秋时周敬王大夫，因卷入晋国公家族内讧而被周室所杀；执数：执掌律历之术。

⑩苏秦：战国时洛阳人，曾游说六国合纵以抗秦，是合纵家，受六国相印，后合纵失败，受车裂而死于齐；鞀跻：皮鞋；羸：担负；盖：草垫，指简陋的行李；经营：规划。

⑩徐偃王：西周穆王时徐国君，修仁义而不设武备，诸侯尊为偃王，周穆王令楚出兵灭了徐国；被服：亲身推行。

⑩无类：绝种。

⑩大夫种：即文种，越国大夫。

⑩属镂：宝剑名。文种出使吴国求和，助勾践取得战败国得以十年生息、十年积聚之机，终于打败吴国，但因文种功成不退，被勾践赐剑自杀。这里，属镂泛指宝剑。

⑩虮（jǐ）：虱子卵。

⑩属臾：恭谨的样子。

⑩为之象：观察了解它的形象。

⑩诎：屈。

⑩曹子：春秋时鲁人，又称曹沬，或称曹刿，鲁庄公臣；陈：古阵字。长杓之战中曹刿助鲁庄公大败齐师，本书此处写其败仗，事见《左传·庄公十年》(曹刿论战)。

⑩柯之盟句：相传齐君与鲁君在柯（今山东阳谷县东）相会，曹沬持剑相随，劫持齐君订立盟约，收复失地；揄：引、拉；造：逼近。

⑪略行：大的美德。

⑪数：术。

⑪鳣（zhān）：鲤鱼；鲔（wěi）：鲟鱼。

⑪闾里之行：得到乡里赞誉的行为。

⑪颜喙聚：春秋齐景公大夫；梁父：山名，在泰山脚下。

⑪段干木：战国魏人，隐居不仕，魏文侯以礼待之，过其门，必伏轼致敬，故云文侯师。驵（zǎng）：市场中介人。从事介绍买卖双方成交收取中介费或佣金的人。

⑪孟卯：战国时齐人，魏之将军；宁其危：使危亡局面变为安宁。

⑪景阳：战国时楚将；淫酒：嗜酒过度。

⑪季襄：春秋时鲁人，孔子弟子；陈仲子：春秋时齐人，孟子弟子，其兄为大官，陈以为不义，适楚，隐居于陵，号于陵仲子，楚王欲以为相，不就；抗行：高尚的行为。

⑫訾行：行为放纵，自命清高；訾（zī）：通恣，放纵。

⑫节：骨节；蹠：脚；距：通巨；举：抬。

⑫引文见《周易·小过》卦辞。亨、利贞：均为《周易》贞兆辞，是两个吉占。

⑫指尧将天下禅让给舜而不给自己的儿子丹朱。

⑫舜有卑父：指舜的父亲瞽叟是平民。

⑫殷汤句：原注作“殷汤放桀南巢，周武弑纣宣室”。

⑫原注作：“齐桓、晋文、宋襄、楚庄、秦穆，德未能纯，皆有争之验，故曰有暴乱之谋也。”伯：霸。

⑫璜：玉器，形似半边玉璧，贵族朝聘、祭祀时常用；考：瑕疵。

⑫纇（lèi）：丝上的结头，引申为瑕疵、缺点。

⑫百里奚：春秋时原为虞国大夫，晋灭虞，将百里奚作为秦穆夫人的陪嫁之臣送入秦国，奚逃出至楚，秦穆公闻其贤用五张公羊皮将奚赎回，任为大夫，后辅秦成霸。饭牛：喂牛。

⑬伊尹：商汤之臣。传说伊尹想向汤陈说政事而苦于无门见到汤王，使充作厨师而接近商汤；鼎：古代烹调用的锅。

⑬太公：即姜太公。鼓刀：操刀；史载：太公望曾屠牛于朝歌。

⑬鼎俎之间：指伊尹曾作过厨师；屠酤之肆：指太公望曾屠牛于市；累绁之中：指百里奚曾被捕于晋；累绁：牢狱；牛颔之下：指宁戚事。

⑬祓（fú）：一种消灾祈福的仪式；爟（guàn）火：祭礼时点燃的火炬。

⑬符势：指发布命令，处理国事；符：用竹木或金属制成的朝廷用于传达命令的凭证；内合：暗合。

⑬释：放弃；度数：方法，准则；朝肆：朝廷百官；草莽：民间、山野。

⑬效其求：仿效圣王的求贤做法。

⑬嫌疑：疑惑难明之事；肖象：相似、类似；眩耀：迷惑。

⑬狠者：专横、刚愎自用之人。

⑬芎（xióng）藭（qióng）：香草名，可以入药；蛇床：又叫蛇粟，植物名，可以入药；麋芜：同靡芜，香草名，即芎藭之嫩苗。

⑭碧卢：美玉名；猗顿：春秋时鲁人，善识别玉器。

⑭首尺：头的长度。

⑭薛：战国齐邑，今山东藤县南；烛庸子：薛人，传说他善识宝剑。狐甲：狐的爪甲，形容其小。

⑭臾儿：传说或黄帝时人或春秋时人；易牙：春秋时齐桓公宠臣，二人皆善辨滋味。淄、渑：齐地二水名，传说二水味各异，但合在一起则难分辨；哈（shā）：通歃，用嘴吮一口尝一尝。

⑭廪丘：春秋时齐邑，在今山东秦城县西北。《吕氏春秋·高义》载：“孔子见齐景公，景公以廪丘以为养，孔子辞而不受。”刀钩：指不值钱的东西。

⑭更：经历。

⑭数：责备；无盐：地名，战国齐邑，今山东东平县东；无盐令：无盐县的长官。

⑭车败：车子坏了；右服；古时四马拉一车，中间的两马叫服，旁边的叫骖，右服指中间右边的那匹马；失：挣脱缰绳跑掉。

⑭还：立即，迅速。

⑭韩之战：韩：地名，也叫韩原，今山西芮城；秦穆公与晋惠公在韩交战，事见《左传·僖公十五年》；梁由靡：晋国大夫，在韩之战中为晋惠公驾车。

⑮犀甲：犀牛皮制成的铠甲；金分：按犯罪轻重，定出不同的赎金；分：等差。

⑮一束箭：古以十二支为一束箭。

⑮矫：纠正，加工；箭：指专用作做箭杆的竹子；矢：专用竹木做的箭。

⑮少正卯：春秋时鲁国大夫，传说他被孔子以乱政罪诛杀；子产：春秋时郑国大夫；邓析：郑国人，善诡辨，相传为子产所杀。

⑮奸：盗；符节：朝廷用作凭证的信物；管：钥匙；金：指官印。

⑮县：同悬，公布；官法：官府法令。

⑮罔：通网，捕捉；勒率：拘捕，惩处。

⑮司寇：官名，主管刑狱；继踵于门：上门缉拿罪犯的官吏不断；死市之人：古代处决犯人在十字路口，所以是指被处死刑的人。

⑮拜爵：授予爵位；屈挠：屈服投降；要：同腰，腰斩。

⑮掇（duó）：拾取。

⑯勒：本指马络头，这里指拘押盗金者的人。

⑯霤（liù）：屋檐水；壶榼（kē）：古盛酒或贮水的器具。

⑯俯：低头，闺：小门。

⑯掩：夺。

⑯鷇（kòu）：待母哺食的小鸟。

⑯蛖（lóng）：传说中的海龙；蜃（shèn）：蚌蛤。

⑯枭阳：即狒狒，古人以为山精；罔象：传说中的水怪；毕方：传说中的怪鸟，古认为是木精；坟羊：土怪。

⑯机祥：吉凶。

⑯总形：总括各种情形；变象，变化的征兆。

⑯飨：祭祀；大高：指祖先；藏：陪葬。

⑰太祖：祖先；軵（rǒng）：推开；户橉（lìn）：门槛；蹠：踩。

⑰绨（tì）：质地粗厚斜纹状丝织品；曼帛：柔软精细的丝帛。

⑰资：用处；詟（zhé）：恐惧。

⑰内：通纳，陷入；

⑰累：恐吓。

⑰搤：冲突。

⑰离：遭受。

⑰臼（jiù）：舂米器，用木石制成；杵（chǔ）：舂米用的圆木棍，棍端嵌有铁齿。

⑰秩：次序，指排入天子的祭祀行列。

⑰荐：草垫、席。

⑱灶：灶神，即炎帝，又名神农氏，以火德王天下，故死后为灶神。

⑱社：土地之神。

⑱稷：谷神。相传周的先祖后稷，为舜农教官，教民耕种五谷，后人称为谷神。

⑱羿：上古部落首领；传说当时十日并出，民苦不堪言，羿射九日而民安。宗布：禳除水旱灾的祭祀活动，这里指水旱之神。

⑱任侠：见义勇为，打抱不平。

⑱嫁子：嫁女。

⑱出：休妻，被赶回娘家。

⑱勃：通悖，谬误。

⑱僦（jiù）：租赁。

⑱救：通逑，聚集；任：货物。

⑲造：通簉，副，附属物。这儿指备用件。

⑲趣：促成。

⑲眎：同视；蚈（qiān）：马陆，俗称多脚虫。

⑲天一：与天合而为一。

⑲至和：最协调的和气，指天地阴阳交和之气；包禀：包容，禀受。

卷十四 诠言[①]训

洞同天地，浑沌为朴，未造而成物，谓之太一。同出于一，所为各异，有鸟有鱼有兽，谓之分物。方以类别[②]，物以群分；性命不同，皆形于有。隔而不通，分而为万物，莫能及宗[③]。故动而谓之生，死而谓之穷。皆为物矣，非不物而物物者也[④]，物物者亡乎万物之中。

稽古太初[⑤]，人生于无，形于有，有形而制于物。能反其所生，若未有形，谓之真人。真人者，未始分于太一者也。圣人不为名尸[⑥]，不为谋府[⑦]，不为事任[⑧]，不为智主；藏无形，行无迹，游无朕[⑨]；不为福先，不为祸始；保于虚无，动于不得已。欲福者或为祸，欲利者或离害[⑩]。

故无为而宁者，失其所以宁则危；无事而治者，失其所以治则乱。星列于天而明，故人指之；义列于德而见，故人视之。人之所指，动则有章；人之所视，行则有迹。动有章则词，行有迹则议。故圣人掩明于不形，藏迹于无为。王子庆忌死于剑⑪，羿死于桃棓⑫，子路菹于卫⑬，苏秦死于口⑭。人莫不贵其所有，而贱其所短；然而皆溺其所贵，而极其所贱；所贵者有形，所贱者无朕也。故虎豹之强来射，猿狖之捷来措⑮。人能贵其所贱，贱其所贵，可与言至论矣。

自信者不可以诽誉迁也，知足者不可以势利诱也。故通性之情者不务性之所无以为，通命之情者不忧命之所无奈何，通于道者物莫不足滑其调⑯。詹何曰："未尝闻身治而国乱者也，未尝闻身乱而国治者也。"矩不正不可以为方，规不正不可以为员，身者事之规矩也，未闻枉己而能正人者也。

原天命，治心术，理好憎，适情性，则治道通矣。原天命则不惑祸福，治心术则不妄喜怒，理好憎则不贪无用，适情性则欲不过节。不惑祸福则动静循理，不妄喜怒则赏罚不阿，不贪无用则不以欲用害性，欲不过节则养性知足。凡此四者，弗求于外，弗假于人，反己而得矣。

天下不可以智为也，不可以慧识也，不可以事治也，不可以仁附也，不可以强胜也。五者，皆人才也，德不盛，不能成一焉。德立则五无殆，五见则德无位矣。故得道则愚者有余，失道则智者不足。渡水而无游数⑰，虽强必沉；有游数，虽羸必遂，又况托于舟航之上乎！

为治之本，务在于安民；安民之本，在于足用；足用之本，在于勿夺时；勿夺时之本，在于省事；省事之本，在于节欲；节欲之本，在于反性；反性之本，在于去载。去载则虚，虚则平；平者，道之素也；虚者，道之舍也。能有天下者必不失其国，能有其国者必不丧其家，能治其家者必不遗其身，能修其身者必不忘其心，能原其心者必不亏其性⑱，能全其性者必不惑于道。故广成子曰⑲："慎守而内，周闭而外⑳，多知为败；毋视毋听，抱神以静，形将自正。"不得之己而能知彼者，未之有也。故《易》曰："括囊，无咎无誉。"㉑

能成霸王者，必得胜者也；能胜敌者，必强者也；能强者，必用人力者也；能用人力者，必得人心也；能得人心者，必自得者也；能自得者，必柔弱也。强胜不若己者，至于与同则格㉒；柔胜出于己者，其力不可度。故能以众不胜成大胜者，唯圣人能之。

善游者，不学刺舟而便用之㉓；劲筋者㉔，不学骑马而便居之；轻天下者，身不累于物，故能处之。泰王亶父处邠㉕，狄人攻之，事之以皮币珠玉而不听，乃谢耆老而徙岐周，百姓携幼扶老而以之，遂成国焉。推此意，四世而有天下㉖，不亦宜乎？无以天下为者，必能治天下者。霜雪雨露，生杀万物，天无为焉，犹之贵天也；厌文搔法㉗，治官理民者，有司也，君无事焉，犹尊君也。辟地垦草者，后稷也；决河浚江者，禹也；听狱制中者㉘，皋陶也——有圣名者，尧也。故得道以御者，身虽无能，必使能者为己用；不得其道，伎艺虽多，未有益也。

方船济乎江，有虚船从一方来，触而覆之，虽有忮心，必无怨色㉙。有一人在其中，一谓张之，一谓歙之㉚，再三呼而不应，必以丑声随其后。向不怒而今怒，向虚而今实也。人能虚己以游于世，孰能訾之！释道而任智者必危，弃数而用才者必困。有以欲多而亡者，未有以无欲而危者也；有以欲治而乱者，未有以守常而失者也。故智不足免患，愚不足以至于失宁。守其分，循其理，失之不忧，得之不喜。故成者非所为也，得者非所求也；入者有受而无取，出者有授而无予；因春而生，因秋而杀，所生者弗德，所杀者非怨，则几于道也。

圣人不为可非之行，不憎人之非己也；修足誉之德，不求人之誉己也；不能使祸不至，信己之不迎也；不能使福必来，信己之不攘也。祸之至也，非其求所生，故穷而不忧；福之至也，非其求所成，故通而弗矜。知祸福之制不在于己也，故闲居而乐，无为而治。圣人守其所以有，不求其所未得。求其所无，则所有者亡矣；修其所有，则所欲者至。故用兵者，先为不可胜，以待敌之可胜也；治国者，先为不可夺，以待敌之可夺也。

舜修之历山而海内从化[31]，文王修之岐周而天下移风。使舜趋天下之利而忘修己之道，身犹弗能保，何尺地之有！故治未固于不乱而事为治者，必危；行未固于无非而急求名者，必挫也。福莫大无祸，利莫美不丧。动之为物，不损则益，不成则毁，不利则病，皆险也，道之者危[32]。故秦胜乎戎而败乎殽[33]，楚胜乎诸夏而败乎栢莒[34]。故道不可以劝而就利者，而可以宁避害者。故常无祸，不常有福；常无罪，不常有功[35]。

圣人无思虑，无设储。来者弗迎，去者弗将[36]。人虽东西南北，独立中央。故处众枉之中，不失其直；天下皆流，独不离其坛域[37]。故不为善，不避丑，遵天之道；不为始，不专己，循天之理；不豫谋，不弃时，与天为期；不求得，不辞福，从天之则。不求所无，不失所得，内无旁祸，外无旁福。祸福不生，安有人贼[38]！为善则观，为不善则议；观则生贵，议则生患。故道术不可以进而求名，而可以退而修身；不可以得利，而可以离害。

故圣人不以行求名，不以智见誉；法修自然，己无所与。虑不胜数，行不胜德，事不胜道。为者有不成，求者有不得。人有穷，而道无不通，与道争则凶。故《诗》曰："弗识弗知，顺帝之则[39]。"有智而无为，与无智者同道；有能而无事，与无能者同德。其智也，告之者至，然后觉其动也[40]；使之者至，然后觉其为也。有智若无智，有能若无能，道理为正也。故功盖天下，不施其美[41]；泽及后世，不有其名。道理通而人伪灭也。

名与道不两明，人受名则道不用，道胜人则名息矣[42]。道与人竞长，章人者[43]，息道者也。人章道息，则危不远矣。故世有盛名，则衰之日至矣。欲尸名者必为善，欲为善者必生事，事生则释公而就私，货数而任己[44]。欲见誉于为善，而立名于为质，则治不修故[45]，而事不须时[46]。治不修故，则多责；事不须时，则无功。责多功鲜，无以塞之，则妄发而邀当，妄为而要中[47]。功之成也，不足以更责[48]；事之败也，不足以獘身[49]。故重为善若重为非，而几于道矣。

天下非无信士也，临货分财必探筹而定分[50]。以为有心者之于平[51]，不若无心者也。天下非无廉士也，然而守重宝者必关户而全封。以为有欲者之于廉，不若无欲者也。人举其疵则怨人，鉴见其丑则善鉴，人能接物而不与己焉[52]，则免于累矣。公孙龙粲于辞而贸名[53]，邓析巧辩而乱法[54]，苏秦善说而亡国[55]。由其道则善无章，修其理则巧无名[56]。故以巧斗力者，始于阳，常卒于阴；以慧治国者，始于治，常卒于乱。使水流下，孰弗能治？激而上之，非巧不能。故文胜则质掩，邪巧则正塞之也。

德可以自修，而不可以使人暴；道可以自治，而不可以使人乱。虽有圣贤之宝，不遇暴乱之世，可以全身，而未可以霸王也。汤、武之王也，遇桀、纣之暴也。桀、纣非以汤、武之贤暴也，汤、武遭桀、纣之暴而王也。故虽贤王，必待遇。遇者，能遭于时而得之也，非智能所求而成也。君子修行而使善无名，布施而使仁无章，故士行善而不知善之所由来，民澹利而不知利之所由出，故无为而自治。善有章则士争名，利有本则民争功。二争者生，虽有贤者，弗能治。故圣人掩迹于为善，而息名于为仁也。外交而为援，事大而为安，不若内治而待时。凡事人者，非以宝币，必以卑辞。事以玉帛则货殚而欲不餍[57]；卑体婉辞，则谕说而交不结[58]；约束誓盟，则约定而反无日。虽割国之锱锤以事人[59]，而无自恃之道，不足以为全。若诚外释交之策，而慎修其境内之事；尽其地力以多其积，厉其民死以牢其城[60]；上下一心，君臣同志，与之守社稷，斆[61]死而民弗离，则为名者不伐无罪，而为利者不攻难胜，此必全之道也。

民有道所同道[62]，有法所同守。为义之不能相固，威之不能相必也[63]，故立君以一民。君执一则治[64]，无常则乱。君道者，非所以为也，所以无为也。何谓无为？智者不以位为事[65]，勇者不以位为暴，仁者不以位为患，可谓无为矣。夫无为，则得于一也。一也者，万物之本也，无敌之道也。凡人之性，少则猖狂，壮则暴强，老则好利。一身之身既数变矣，又况君数易法，国数易君！人以其位通其好憎，下之径衢不可胜理[66]，故君失一则乱，甚于无君之时。故《诗》曰："不愆不忘，率由旧章[67]。"此之谓也。

君好智，则倍时而任己，弃数而用虑[68]。天下之物博而智浅，以浅澹博，未有能者也。独任其智，失必多矣。故好智，穷术也。好勇，则轻敌而简备，自负而辞助。一人之力以御强敌，不杖众多而专用身才[69]，必不堪也。故好勇，危术也。好与，则无定分[70]。上之分不定，则下之望无止。若多赋敛，实府库，则与民为雠。少取多与，数未之有也。故好与，来怨之道也。仁智勇力，人之美才也，而莫足以治天下。由此观之，贤能之不足任也，而道术之可修明矣。

圣人胜心[71]，众人胜欲。君子行正气，小人行邪气；内便于性，外合于义，循理而动，不系于物者，正气也。重于滋味，淫于声色，发于喜怒，不顾后患者，邪气也。邪与正相伤，欲与性相害，不可两立，一置一废，故圣人损欲而从事于性[72]。目好色，耳好声，口好味，接而说之，不知利害嗜欲也，食之不宁于体，听之不合于道，视之不便于性。三官交争，以义为制者，心也。割痤疽非不痛也[73]，饮毒药非不苦也，然而为之者，便于身也。渴而饮水非不快也，饥而大餐非不澹也，然而弗为者，害于性也[74]。此四者[75]，耳目鼻口不知所取去，心为之制，各得其所。由是观之，欲之不可胜，明矣。凡治身养性，节寝处，适饮食，和喜怒，便动静，使在己者得，而邪气因而不生，岂若忧瘕疵之与痤疽之发，而预备之哉！夫函牛之鼎沸而蝇蚋弗敢入，昆山之玉瑱而尘垢弗能污也[76]。圣人无去之心而心无丑，无取之美而美不失。故祭祀思亲不求福，飨宾修敬不思德，唯弗求者能有之。

处尊位者，以有公道而无私说，故称尊焉，不称贤也；有大地者，以有常术而无钤谋[77]，故称平焉，不称智也。内无暴事以离怨于百姓[78]，外无贤行以见忌于诸侯，上下之礼，袭而不离，而为论者莫然不见所观焉，此所谓藏无形者。非藏无形，孰能形？三代之所道者，因也。故禹决江河，因水也；后稷播种树谷，因地也；汤、武平暴乱，因时也。故天下可得而不可取也，霸王可受而不可求也。在智则人与之讼，在力则人与之争。

未有使人无智者，有使人不能用其智于己者也；未有使人无力者，有使人不能施其力于己者也。此两者常在久见[79]。故君贤不见，诸侯不备；不肖不见，则百姓不怨。百姓不怨则民用可得；诸侯弗备则天下之时可承[80]。事所与众同也，功所与时成也，圣人无焉。故《老子》曰："虎无所措其爪，兕无所措其角[81]。"盖谓此也。

鼓不灭于声，故能有声；镜不没于形，故能有形。金石有声，弗扣弗鸣；管箫有音，弗吹无声。圣人内藏，不为物先倡，事来而制，物至而应。饰其外者伤其内，扶其情者害其神，见其文者蔽其质[82]。无须臾忘为质者，必困于性；百步之中不忘其容者，必累其形。故羽翼美者伤骨骸，枝叶美者害根茎，能两美者，天下无之也。

天有明，不忧民之晦也，百姓穿户凿牖，自取照焉；地有财，不忧民之贫也，百姓伐木芟草，自取富焉[83]。至德道者若丘山[84]，嵬然不动，行者以为期也[85]。直己而足物[86]，不为人赣[87]，用之者亦不受其德[88]，故宁而能久。

天地无予也，故无夺也；日月无德也，故无怨也。喜德者必多怨，喜予者必善夺。唯灭迹于无为，而随天地自然者，唯能胜理而无受名[89]。名兴则道行，道行则人无位矣[90]。故誉生则毁随之，善见则怨从之[91]。利则为害始，福则为祸先；唯不求利者为无害，唯不求福者为无祸。侯而求霸者必失其侯，霸而求王者必丧其霸。故国以全为常，霸王其寄也；身以生为常，富贵其寄也。能不以天下伤其国，而不以国害其身者，焉可以托天下也。不知道者，释其所已有，而求其所未得也，苦心愁虑以行曲故[92]，福至则喜，祸至则怖，神劳于谋，智遽于事[93]，祸福萌生，终身不悔，己之所生，乃反愁人[94]。不喜则忧，中未尝平，持无所监。谓之狂生[95]。

人主好仁，则无功者赏，有罪者释；好刑，则有功者废，无罪者诛。及无好者，诛而无怨，施而不德；放准循绳，身无与事[96]；若天若地，何不覆载？故合而舍之者君也，制而诛之者法也。民已受诛，怨无所灭[97]，谓之道。道胜，则人无事矣。圣人无屈奇之服[98]，无瑰异之行；服不视，行不观，言不议；通而不华，穷而不慑；荣而不显，隐而不穷；异而不见怪，容而与众同。无以名之，此之谓大通。

升降揖让，趋翔周游[99]，不得已而为也，非性所有于身，情无符检[100]。行所不得已之事，而不解构耳[101]，岂加故为哉？故不得已而歌者，不事为悲；不得已而舞者，不矜为丽[102]；歌舞而不事为悲丽者，皆无有根心者[103]。善博者不欲牟，不恐不胜，平心定意，捉得其齐[104]，行由其理，虽不必胜，得筹必多。何则？胜在于数，不在于欲。驰者不贪最先[105]，不恐独后；缓急调乎手，御心调乎马[106]；虽不能必先载，马力必尽矣。何则？先在于数，而不在于欲也。是故灭欲则数胜，弃智则道立矣。贾多端则贫，工多技则穷，心不一也。故木之大者害其条，水之大者害其深。有智而无术，虽钻之不通；有百技而无一道，虽得之弗能守。故《诗》曰："淑人君子，其仪一也。其仪一也，心如结也[107]。"君子其结于一乎？

舜弹五弦之琴而歌《南风》之诗[108]，以治天下；周公殽臑不收于前[109]，钟鼓不解于县[110]，以辅成王而海内平。匹夫百晦一守，不遑启处[111]，无所移之也。以一人兼听天下，日有余而治不足[112]，使人为之也。处尊位者如尸，守官者如祝宰[113]。尸虽能剥狗烧彘，弗为也，弗能无亏；俎豆之列次，黍稷之先后，虽知弗教也，弗能害也。不能祝者，不可以为祝，无害于为尸；不能御者，不可以为仆，无害于为佐[114]。故位愈尊而身愈佚，身愈大而事愈少。譬如张琴，小弦虽急，大弦必缓。

无为者，道之体也；执后者，道之容也。无为制有为，术也；执后之制先，数也。放于术则强，审于数则宁。今与人卞氏之璧，未受者，先也；求而致之，虽怨不逆者，后也。三人同舍，二人相争。争者各自以为直，不能相听。一人虽愚，必从旁而决之，非以智，不争也。两人相斗，一羸在侧。助一人则胜，救一人则免；斗者虽强，必制一羸，非以勇也，以不斗也。由此观之，后之制先，静之胜躁，数也。倍道弃数，以求苟遇；变常易故，以知要遮[115]；过则自非，中则以为候[116]；暗行缪改[117]，终身不寤，此谓狂人。有祸则诎，有福则赢[118]；有过则悔，有功则矜；遂不知反，此谓狂人。

员之中规，方之中矩，行成兽[119]，止成文[120]，可以将少，而不可以将众。蓼菜成行[121]，瓶瓯有堤[122]，量粟而舂，数米而炊，可以治家，而不可以治国。涤杯而食，洗爵而饮，浣而后馈，可以养家老，而不可以飨三军。非易不可以治大，非简不可以合众。大乐必易，大礼必简；易故能天，简故能地[123]。大乐无怨，大礼不责；四海之内，莫不系统[124]，故能帝也。

心有忧者，筐床衽席弗能安也，菰饭犓牛弗能甘也[125]，琴瑟鸣竽弗能乐也。患解忧除，然后食甘寝宁，居安游乐。由是观之，生有以乐也，死有以哀也。今务益性之所不能乐，而以害性之所以乐，故虽富有天下，贵为天子，而不免为哀之人。凡人之性，乐恬而憎悯，乐佚而憎劳。心常无欲，可谓恬矣；形常无事，可谓佚矣。游心于恬，舍形于佚，以俟天命；自乐于内，无急于外，虽天下之大，不足以易其一概[126]，日月廋而无溉于志[127]。故虽贱如贵，虽贫如富。大道无形，大仁无亲，大辩无声，大廉不嗛[128]，大勇不矜，五者无弃，而几乡方矣[129]。

军多令则乱，酒多约则辩[130]。乱则降北[131]，辩则相贼。故始于都者常大于鄙，始于乐者常大于悲，其作始简者，其终本必调[132]。今有美酒嘉肴以相飨，卑体婉辞以接之，欲以合欢，争盈爵之间反生斗。斗而相伤，三族结怨，反其所憎，此酒之败也。

《诗》之失僻[133]，乐之失刺[134]，礼之失责[135]。徵音非无羽声也，羽音非无徵声也，五音莫不有声，而以徵羽定名者，以胜者也[136]。故仁义智勇，圣人之所备有也，然而皆立一名者，言其大者也[137]。阳气起于东北，尽于西南；阴气起于西南，尽于东北。阴阳之始，皆调适相似。日长其类，以侵相远[138]，或热焦沙，或寒凝水。故圣人谨慎其所积。水出于山而入于海，稼生于野而藏于廪，见所始则知终矣。

席之先雚蕈[139]，樽之上玄酒[140]，俎之先生鱼[141]，豆之先泰羹[142]，此皆不快于耳目，不适于口腹，而先王贵之，先本而后末[143]。圣人之接物，千变万轸，必有不化而应化者。夫寒之与暖相反。大寒地坼水凝，火弗为衰其暑；大热铄石流金，火弗为益其烈；寒暑之变，无损益于己，质有之也。

圣人常后而不先，常应而不唱[144]；不进而求，不退而让。随时三年，时去我先；去时三年，时在我后。无去无就，中立其所。天道无亲，唯德是与[145]。有道者，不失时与人；无道者，失于时而取人。直己而待命，时之至不可迎而反也；要遮而求合，时之去不可追而援也。故不曰我无以为而天下远；不曰我不欲而天下不至。古之存己者，乐德而忘贱，故名不动志；乐道而忘贫，故利不动心。名利充天下，不足以概志，故廉而能乐，静而能澹。故其身治者，可与言道矣。自身以上至于荒芒尔远矣[146]，自死而天下无穷尔滔矣。以数杂之寿[147]，忧天下之乱，犹忧河水之少，泣而益之也；龟三千岁，浮游不过三日[148]，以浮游而为龟忧养生之具，人必笑之矣。故不忧天下之乱，而乐其身之治者，可与言道矣。

君子为善不能使福必来，不为非而不能使祸无至。福之至也，非其所求，故不伐其功；祸之来也，非其所生，故不悔其行。内修极[149]，而横祸至者，皆天也，非人也。故中心常恬漠，累积其德；狗吠而不惊，自信其情。故知道者不惑，知命者不忧。万乘之主卒，葬其骸于广野之中，祀其鬼神于明堂之上，神贵于形也。故神制则形从，形胜则神穷。聪明虽用，必反诸神，谓之太冲[150]。

---

①诠（quàn）言：阐明事理、真理的言论。

②方：大地，这里指天下之物。

③宗：本，指太一。

④不物：尚未形成具体事物的形状，即非物；物物者：造物者。

⑤稽：考察；太初：宇宙之初、天地未分之时。

⑥名尸：声名的承受者。

⑦谋府：谋略的府库。

⑧事任：事务的承担者。

⑨朕：行迹，预兆。

⑩离：遭受。

⑪王子庆忌：春秋时吴王僚之子，吴公子光（阖闾）使专诸刺杀了僚，夺取了王位；当时庆忌在卫，阖闾派要离刺杀了庆忌。

⑫羿：传说是尧之臣；其事见《本经训》；桃棓（bàng）：桃木做的大棒，棓：棒的异体字。

⑬子路事见前卷注；菹（zū）：一种酷刑，把人剁成肉酱。

⑭苏秦：战国时合纵家，后死于齐。

⑮措：追逼。

⑯滑（gǔ）：乱。

⑰游数：游术。

⑱原：使回到本原。

⑲广成子：原注作“黄帝时人”。一说即老子。

⑳而：汝，你。

㉑语见《周易·坤·六四》；括：收缩；囊：口袋；咎：害处。

㉒与同：与自己相同，势均力敌；格；阻隔。

㉓刺舟：撑船。

㉔劲筋者：善于奔跑的人。

㉕泰王亶父：周文王祖父。居豳，因狄戎族相侵，率周民族迁居岐山，兴周，后被尊为太公王；太：同泰；邠（bīn）：通豳，今陕西彬县；耆（qí）：老人。

㉖四世：指从古公亶父以下四代：古公亶父、王季、文王、武王。

㉗厌文：劳累于文书；搔：扰，折腾。

㉘听狱：审理，裁决；制中：处理恰当，适中。

㉙忮（zhì）心：猜忌之心。

㉚歙（xī）：收敛，靠近。

㉛历山：地名，传说舜曾在此耕作，其地已不可考；从化：顺从归化。

㉜道：通蹈，施行。

㉝戎：指西戎，春秋时西北地区少数民族；崤（xiáo）：山名，在今河南洛宁县西北。秦穆公时战胜西戎，后又派兵袭郑不果，于返回途中经崤山时遭晋军伏击，大败。

㉞诸夏：指中原各诸侯国；柏莒：地名，在今湖北麻城，又称柏举。楚围蔡，吴国救援，于柏举大败楚军。事见《左传·定公四年》。

㉟常：尚，崇尚。

㊱将：送。

㊲坛域：界限、范围。

㊳贼：伤害。

㊴引诗见《诗经·大雅·皇矣》。弗识弗知：不知不觉；则：法则。

㊵告之者：来告知他的人。

㊶施：夸耀。

㊷人：指人的欲望；息：止。

㊸章：通彰，明。

㊹数：道理；任己：放任自己。

㊺修故：遵循道理。

㊻须：等待。

㊼妄：胡乱；发：行；邀：求；当：合适；要：求；中：符合。

㊽更：抵偿。

㊾獘：通蔽，遮蔽，保护。

㊿探筹：抽籤，筹：筹码。

51有心者：指人；平：公平。

52不与己焉：自己不卷人纠纷之中；与：参与。

53粲：鲜明华丽；贸名：搞乱概念。

54邓析：郑国人，能言善辩，后为子产所杀。

55苏秦：战国时合纵家；亡国：指灭亡六国。

56由：遵循，修：通由；章：通彰。

57殚（dàn）：尽；餍（yàn）：满足。

58谕说（shuì）：表白、游说。

59锱（zī）锤：均为古重量单位。原注作“六两曰锱，倍锱曰锤”，即十二两为一锤。喻财物很少。

60厉：激励。

61斆（xiào）：通“效”，尽、致。

62道：指道路，喻“法”；所：则；同道：同一条路，喻守法。

⑥③相固：人民互相团结；相必：与相固同义，必：坚固。

⑥④一：即下句的“常”，常规，永恒的法则；执一：掌握治国的根本法则。

⑥⑤位：权位，权势。

⑥⑥径：小路；衢：四通八达的道路。喻民间的各种纠纷。

⑥⑦愆（qiān）：过失；旧章：旧法、常规。

⑥⑧倍时：背时；数：道理。

⑥⑨杖：凭借；身才：一己之才。

⑦⓪好与：喜欢施舍；定分：按一定规则平均分配。

⑦①胜：任，用；心：本性。

⑦②从事于性：顺随本性。

⑦③痤（cuó）疽（jū）：毒疮。

⑦④性：通“生”，生命。

⑦⑤此四者：指痤疽、饮毒药、饮水、饥而大餐。

⑦⑥瑱（zhěn）：通缜，指玉石纹理细密。

⑦⑦钤谋：计谋。

⑦⑧离：通罹，遭受。

⑦⑨见（xiàn）：同现，表现。

⑧⓪承：接受。

⑧①引文见《老子》第五十章，兕（sì），兽名，或即雌犀牛；措：置，指使用。

⑧②扶：持，扶情：纵情；质：本性。

⑧③芟（shān）：除草。

⑧④至德道：得到至道、大道。

⑧⑤嵬然：巍然，高大；期：目标。

⑧⑥直己：只为自己；足物：生长万物。

⑧⑦赣：赐；人赣：施恩于人。

⑧⑧不受德：不感恩戴德。

⑧⑨胜理：胜任、理解这一道理；受名：接受名誉。

⑨⓪位：地位。

⑨①怨：王念孙说应为“恶”字，与“善”相对。

⑨②曲故：曲巧，智巧。

⑨③遽：辛劳，辛苦。

⑨④愁人：埋怨人。

⑨⑤监：通鉴，借鉴。

⑨⑥与：参与，干预。

⑨⑦怨无所灭：没有什么可怨恨和遗憾之事。

⑨⑧屈奇：怪异，奇异。

⑨⑨升降：升指升台阶；降：下堂近接；揖让：拱揖谦让，即让前后；趋翔：小步疾行；周游：周旋。这两句是指宾主相见时的一些礼节动作。

⑩⓪符检：言行相合叫符检。

⑩①解构：邂逅，附会造作。

⑩②矜：崇尚；丽：美。

⑩③无有根心：不是发自内心。

⑩④捉：持，行，指下棋；齐：合适，适当。

⑩⑤驰（zhòu）：赛马。

⑩⑥御心：御马者的想法。

⑩⑦引诗见《诗经·国风·曹风·鸤鸠》；心如结：喻内心专一不渝。

⑩⑧《南风》：古诗名。《孔子家语·辨乐篇》载其辞曰：“南风之熏兮，可以解吾氏之愠兮。南风之时兮，可以阜吾民之财

兮。”

⑩⑨周公：即周公旦；殽：通肴，菜肴；臑（nào）：动物的前肢。

⑪⓪县：悬，指钟鼓架。

⑪⑪畮：同亩。

⑪⑫遑（huáng）：闲暇；启处：起居，作息。

⑪⑬祝：祭祀时主持向鬼神祷告的人；宰：祭祀时负责屠杀牲口的人。

⑪⑭佐：借为左，君位，即一车之主。古时驾车，中央为御手，右边为勇士，左边为君位，故以左称君。

⑪⑮要遮：半路拦截；知：同智。

⑪⑯中（zhòng）：符合、中的；候：时机。

⑪⑰缪改：改正错误；缪：过错。

⑪⑱赢：通盈：满足；诎：屈服。

⑪⑲行成兽：古代行军布阵的阵式各以兽名，如朱雀、玄武、青龙、白虎等。

⑫⓪止：停；文：有威仪文采。

⑫⑪蓼（liǎo）：菜，味辛香，古人常用作调味品。

⑫⑫瓯（ōu）：盆盂类瓦器；堤：瓶瓯的底座 。

⑫⑬天、地：比喻广大。

⑫⑭系统：统率、统领。

⑫⑮筐床：方正安适的床；衽席：柔软的卧席；菰（gū）：即茭白，蔬菜名；刍（chú）：牛猪羊狗类家畜。

⑫⑯概：志气，节操，风度。

⑫⑰廋（sōu）：隐藏；日月廋：指日、月无光；溉：原意为灌溉，或洗涤；溉志：涤荡志气。

⑫⑱嗛（qiàn）：通慊，不足。

⑫⑲方：原注作“道也”。方正为道。

⑬⓪约：酒礼、酒规；辩：争论。

⑬⑪北：打败仗向后逃叫败北。

⑬⑫本：卒，终；调：通裯（diāo）：多，大。

⑬⑬僻：偏邪不正。

⑬⑭刺：讽刺指责。

⑬⑮责：苛责。

⑬⑯以胜者也：以其中一种音调占主导地位。

⑬⑰皆立一名：指对圣人具备仁义智勇，但择其中最突出的予以名名，或称仁或称智等。

⑬⑱日长其类：一天天增加同类的力量；侵：逐渐。

⑬⑲萑（guàn）：萑菌；蕈（xùn）：也是菌类植物。

⑭⓪上：尚；玄酒：水，古时祭祀用水。

⑭⑪俎（zǔ）：盛放祭品的器具；生鱼：活鱼。

⑭⑫豆：祭祀时盛食物的器皿；泰羹：祭祀时不加咸或酸的肉汁。

⑭⑬先本：重本；后：放在后面。

⑭⑭唱：倡导。

⑭⑮无亲：无偏心；与：相与，帮助；德：有德之人。

⑭⑯荒芒：远古时代；尔：亦。

⑭⑰帀（zā）：同匝，环绕一周曰一匝。从子至亥为一匝，一指子月至亥月则为一年，数匝为数年；一指十二年。

⑭⑱浮游：同蜉蝣，寿命短，由数小时至三日即死。

⑭⑲极：中，中正。

⑮⓪太冲：极虚静和谐的境界。

卷十五　兵略[1]训

古之用兵者，非利土壤之广而贪金玉之略[2]，将以存亡继绝，平天下之乱，而除万民之害也。凡有血气之虫，含牙带角，前爪后距。有角者触，有齿者噬；有毒者螫，有蹄者趹[3]；喜而相戏，怒而相害，天之性也。人有衣食之情，而物弗能足也，故群居杂处，分不均，求不澹，则争。争则强胁弱而勇侵怯。人无筋骨之强，爪牙之利，故割革而为甲，铄铁而为刃。含昧饕餮之人[4]，残贼天下，万人搔动，莫宁其所有。圣人勃然而起，乃讨强暴，平乱世，夷险除秽，以浊为清，以危为宁，故不得不中绝。兵之所由来者远矣！黄帝尝与炎帝战矣[5]，颛顼尝与共工争矣[6]。故黄帝战于涿鹿之野[7]，尧战于丹水之浦[8]，舜伐有苗，启攻有扈[9]。自五帝而弗能偃也[10]，又况衰世乎？

夫兵者，所以禁暴讨乱也。炎帝为火灾，故黄帝擒之；共工为水害，故颛顼诛之。教之以道，导之以德而不听，则临之以威武；临之威武而不从，则制之以兵革。故圣人之用兵也，若栉发耨苗[11]，所去者少，而所利者多。杀无罪之民而养无义之君，害莫大焉；殚天下之财而澹一人之欲，祸莫深焉。使夏桀、殷纣有害于民而立被其患，不至于为炮烙；晋厉、宋康行一不义而身死国亡[12]，不至于侵夺为暴。此四君者，皆有小过而莫之讨也，故至于攘天下[13]，害百姓。肆一人之邪而长海内之祸，此大伦之所不取也。所为立君者，以禁暴讨乱也。今乘万民之力而反为残贼，是为虎傅翼[14]，曷为弗除！夫畜池鱼者必去猵獭[15]，养禽兽者必去豺狼，又况治人乎！

故霸王之兵，以论虑之，以策图之，以义扶之，非以亡存也，将以存亡也。故闻敌国之君有加虐于民者，则举兵而临其境，责之以不义，刺之以过行。兵之其郊，乃令军师曰："毋伐树木，毋抉坟墓，毋爇五谷[16]，毋焚积聚，毋捕民虏[17]，毋收六畜。"乃发号施令曰："其国之君，傲天侮鬼，决狱不辜[18]，杀戮无罪，此天之所以诛也，民之所以仇也。兵之来也，以废不义而复有德也。有逆天之道，帅民之贼者，身死族灭！以家听者[19]，禄以家；以里听者，赏以里；以乡听者，封以乡；以县听者，侯以县。"剋国不及其民[20]，废其君而易其政[21]，尊其秀士而显其贤良，振其孤寡恤其贫穷，出其囹圄赏其有功。百姓开门而待之，淅米而储之[22]，唯恐其不来也。此汤、武之所以致王，而齐桓之所以成霸也。故君为无道，民之思兵也，若旱而望雨，渴而求饮，夫有谁与交兵接刃乎！故义兵之至也，至于不战而止。晚世之兵，君虽无道，莫不设渠堑，傅堞而守[23]，攻者非以禁暴除害也，欲以侵地广壤也。是故至于伏尸流血，相支以日[24]，而霸王之功不世出者，自为之故也。

夫为地战者不能成其王，为身战者不能立其功。举事以为人者众助之，举事自为者众去之。众之所助，虽弱必强；众之所去，虽大必亡。兵失道而弱，得道而强；将失道而拙，得道而工[25]；国得道而存，失道而亡。所谓道者，体圆而法方[26]，背阴而抱阳，左柔而右刚，履幽而戴明[27]，变化无常，得一之原，以应无方，是谓神明[28]。夫圆者，天也；方者，地也。天圆而无端，故不可得而观；地方而无垠，故莫能窥其门。天化育而无形象，地生长而无计量，浑浑沉沉，孰知其藏！凡物有朕，唯道无朕。所以无朕者，以其无常形势也。轮转而无穷，象日月之运行，若春秋有代谢[29]，若日月有昼夜，终而复始，明而复晦，莫能得其纪[30]。制刑而无刑[31]，故功可成；物物而不物，故胜而不屈。

刑，兵之极也[32]；至于无刑，可谓极之矣。是故大兵无创，与鬼神通。五兵不厉[33]，天下莫之敢当；建鼓不出库[34]，诸侯莫不慑㥄沮胆其处[35]。故庙战者帝，神化者王[36]。所谓庙战者，法天道也；神化者，法四时也。修政于境内而远方慕其德，制胜于未战而诸侯服其威，内政治也。古得道者静而法天地，动而顺日月；喜怒而合四时，叫呼而比雷霆；音气不戾八风[37]，诎伸不获五度[38]。下至介鳞，上及毛羽，条修叶贯，万物百族，由本至末，莫不有序。是故入小而不偪[39]，处大而不窕；浸乎金石，润乎草木；宇中六合，振豪之末，莫不顺比[40]。道之浸洽，滒淖纤微[41]，无所不在，是以胜权多也。

夫射，仪度不得，则格的不中[42]；骥，一节不用，而千里不至。夫战而不胜者，非鼓之日也，素行无刑久矣[43]。故得道之兵，车不发轫[44]，骑不被鞍，鼓不振尘，旗不解卷，甲不离矢，刃不尝血；朝不易位[45]，贾不去肆，农不离野；招义而责之，大国必朝，小城必下。因民之欲，乘民之力而为之，去残除贼也。故同利相死，同情相成，同欲相助。顺道而动，天下为响；因民而虑，天下为斗。猎者逐禽，车驰人趍[46]，各尽其力，无刑罚之威，而相为斥阗要遮者[47]，同所利也。同舟而济于江，卒遇风波，百族之子，捷捽招杼船[48]，若左右手，不以相德，其忧同也。

故明王之用兵也，为天下除害，而与万民共享其利，民之为用，犹子之为父，弟之为兄；威之所加，若崩山决塘，敌孰敢当！故善用兵者，用其自为用也；不能用兵者，用其为己用也。用其自为用，则天下莫不可用也；用其为己用，所得者鲜矣。

兵有三诋[49]，治国家，理境内，行仁义，布德惠，立正法，塞邪隧；群臣亲附，百姓和辑，上下一心，君臣同力；诸侯服其威而四方怀其德，修政庙堂之上而折冲千里之外，拱揖指㧑而天下响应[50]，此用兵之上也。地广民众，主贤将忠，国富兵强；约束信，号令明；两军相当，鼓錞相望[51]，未至兵交接刃而敌人奔亡，此用兵之次也。知土地之宜，习险隘之利，明奇正之变[52]，察行陈解赎之数[53]，维枹绾而鼓之[54]，白刃合，流矢接，涉血属肠[55]，舆死扶伤，流血千里，暴骸盈场，乃以决胜，此用兵之下也。今夫天下皆知事治其末，而莫知务修其本，释其根而树其枝也。

夫兵之所以佐胜者众，而所以必胜者寡。甲坚兵利，车固马良，畜积给足，士卒殷轸[56]，此军之大资也，而胜亡焉[57]。明于星辰日月之运，刑德奇赍之数[58]，背乡左右之便[59]，此战之助也，而全亡焉。良将之所以必胜者，恒有不原之智[60]，不道之道，难以众同也。夫论除谨[61]，动静时，吏卒辨[62]，兵甲治，正行伍，连什伯[63]，明鼓旗，此尉之官也。前后知险易，见敌知难易，发斥不忘遗[64]，此候之官也[65]。隧路亟，行辎治[66]，赋丈均，处军辑[67]，井灶通，此司空之官也[68]。收藏于后，迁舍不离，无淫舆[69]，无遗辎，此舆之官也。凡此五官之于将也，犹身之有股肱手足也，必择其人，技能其才，使官胜其任，人能其事。告之以政，申之以令，使之若虎豹之有爪牙，飞鸟之有六翮[70]，莫不为用。然皆佐胜之具也，非所以必胜也。

兵之胜败，本在于政。政胜其民，下附其上，则兵强矣；民胜其政，下畔其上[71]，则兵弱矣。故德义足以怀天下之民，事业足以当天下之急[72]，选举足以得贤士之心，谋虑足以知强弱之势，此必胜之本也。

地广人众，不足以为强；坚甲利兵，不足以为胜；高城深池，不足以为固；严令繁刑，不足以为威。为存政者[73]，虽小必存；为亡政者，虽大必亡。昔者楚人地，南卷沅、湘，北绕颖、泗[74]，西包巴、蜀，东裹郯、淮[75]；颖、汝以为洫[76]，江、汉以为池；垣之以邓林，绵之以方城[77]；山高寻云，溪肆无景[78]。地利形便，卒民勇敢；蛟革犀兕，以为甲胄；修铩短鏦[79]，齐为前行；积弩陪后，错车卫旁；疾如锥矢，合如雷电，解如风雨。然而兵殆于垂沙，众破于柏举[80]。楚国之强，大地计众，中分天下。然怀王北畏孟尝君，背社稷之守而委身强秦，兵挫地削，身死不还[81]。二世皇帝[82]，势为天子，富有天下，人迹所至，舟楫所通，莫不为郡县。然纵耳目之欲，穷侈靡之变，不顾百姓之饥寒穷匮也，兴万乘之驾而作阿房之宫[83]，发闾左之戍，收太半之赋[84]，百姓之随逮肆刑[85]、挽辂首路死者，一旦不知千万之数。天下敖然若焦热，倾然若苦烈；上下不相宁，吏民不相憀[86]。戍卒陈胜兴于大泽，攘臂袒右，称为大楚，而天下响应。当此之时，非有牢甲利兵劲弩强冲也，伐棘枣而为矜[87]，周锥凿而为刃，剡撕筡，奋儋钁[88]，以当修戟强弩，攻城略地，莫不降下。天下为之麋沸蚁动[89]，云彻席卷，方数千里。势位至贱而器械甚不利，然一人唱而天下应之者，积怨在于民也。武王伐纣，东面而迎岁[90]。至汜而水，至共头而坠[91]。慧星出而授殷人其柄。当战之时，十日乱于上，风雨击于中。然而前无蹈难之赏，而后无遁北之刑，白刃不毕拔[92]，而天下得矣。是故善守者无与御，而善战者无与斗。明于禁舍开塞之道[93]，乘时势，因民欲，而取天下。

故善为政者积其德，善用兵者畜其怒；德积而民可用，怒畜而威可立也。故文之所以加者浅，则势之所胜者小；德之所施者博，而威之所制者广。威之所制者广，则我强而敌弱矣。故善用兵者，先弱敌而后战者也，故费不半而功自倍也。汤之地方七十里而王者，修德也；智伯有千里之地而亡者，穷武也。故千乘之国行文德者王，万乘之国好用兵者亡。故全兵先胜而后战[94]，败兵先战而后求胜。德均则众者胜寡，力敌则智者胜愚，智侔则有数者禽无数[95]。凡用兵者，必先自庙战，主孰贤？将孰能？民孰附？国孰治？蓄积孰多？士卒孰精？甲兵孰利？器备孰便？故运筹于庙堂之上，而决胜于千里之外矣。

夫有形埒者，天下讼见之[96]；有篇籍者，世人传学之，此皆以形相胜者也，善形者弗法也[97]。所贵道者，贵其无形也。无形，则不可制迫也，不可度量也，不可巧诈也，不可规虑也。智见者人为之谋，形见者人为之功，众见者人为之伏，器见者人为之备。动作周还[98]，倨句诎伸，可巧诈者，皆非善者也。善者之动也，神出而鬼行，星耀而玄逐[99]；进退诎伸，不见朕⿱⿰来太土[100]；鸾举麟振，凤飞龙腾；发如秋风，疾如骇龙；当以生击死，以盛乘衰；以疾掩迟，以饱制饥；若以水灭火，若以汤沃雪——何往而不遂？何之而不用达？

在中虚神，在外漠志；运于无形，出于不意。与飘飘往，与忽忽来，莫知其所之；与条出，与间入[101]，莫知其所集。卒如雷霆[102]，疾如风雨；若从地出，若从天下；独出独入，莫能应圉[103]；疾如镞矢，何可胜偶[104]？一晦一明，孰知其端绪？未见其发，固已至矣！故善用兵者，见敌之虚，乘而勿假也[105]，追而勿舍也，迫而勿去也；击其犹犹，陵其与与[106]；疾雷不及塞耳，疾霆不暇掩目。善用兵，若声之与响，若镗之与鞈[107]；眯不给抚[108]，呼不给吸。当此之时，仰不见天，俯不见地；手不麾戈，兵不尽拔；击之若雷，薄之若风；炎之若火，凌之若波。敌之静不知其所守，动不知其所为。故鼓鸣旗麾，当者莫不废滞崩阤[109]，天下孰敢厉威抗节而当其前者！故凌人者胜，待人者败，为人杓者死[110]。

兵静则固，专一则威，分决则勇[111]；心疑则北，力分则弱。故能分人之兵，疑人之心，则锱铢有余；不能分人之兵，疑人之心，则数倍不足。故纣之卒，百万之心；武王之卒，三千人皆专而一；故千人同心则得千人力，万人异心则无一人之用。将卒吏民，动静如身，乃可以应敌合战。故计定而发，分决而动。将无疑谋，卒无二心，动无堕容；口无虚言，事无尝试，应敌必敏，发动必亟。故将以民为体，而民以将为心；心诚则支体亲刃，心疑则支体挠北[112]。心不专一，则体不节动[113]；将不诚心，则卒不勇敢。故良将之卒，若虎之牙，若兕之角，若鸟之羽，若蚈之足；可以行，可以举，可以噬，可以角；强而不相败，众而不相害，一心以使之也。故民诚从其令，虽少无畏；民不从令，虽众为寡。故下不亲上，其心不用；卒不畏将，其形不战[114]。守有必固，攻有必胜，不待交兵接刃，而存亡之机固以形矣。

兵有三势，有二权。有气势，有地势，有因势。将充勇而轻敌，卒果敢而乐战；三军之众，百万之师，志厉青云，气如飘风，声如雷霆，诚积逾而威加敌人，此谓气势。硖路津关[115]，大山名塞，龙蛇蟠，却笠居[116]，羊肠道，发笱门[117]，一人守隘，而千人弗敢过也，此谓地势。因其劳倦怠乱，饥渴冻暍，推其揄揄，挤其揭揭[118]，此谓因势。善用间谍，审错规虑，设蔚施伏[119]，隐匿其形，出于不意，敌人之兵无所适备，此谓知权。陈卒正，前行选[120]，进退俱，什伍搏，前后不相撚[121]，左右不相干，受刃者少，伤敌者众，此谓事权。权势必形，吏卒专精，选良用才，官得其人，计定谋决，明于死生，举错得失，莫不振惊。故攻不待冲隆云梯而城拔，战不至交兵接刃而敌破，明于必胜之攻也。

故兵不必胜不苟接刃，攻不必取不为苟发。故胜定而后战，铃县而后动[122]。故众聚而不虚散，兵出而不徒归。唯无一动，动则凌天振地，抗泰山，荡四海，鬼神移徙，鸟兽惊骇。如此，则野无校兵[123]，国无守城矣！

静以合躁，治以持乱[124]，无形而制有形，无为而应变，虽未能得胜于敌，敌不可得胜之道也。敌先我动，则是见其形也；彼躁我静，则是罢其力也。形见则胜可制也，力罢则威可立也。视其所为，因与之化；观其邪正，以制其命；饵之以所欲，以罢其足；彼若有间，急填其隙。极其变而束之，尽其节而仆之。敌若反静，为之出奇。彼不吾应，独尽其调[125]；若动而应，有见所为。彼持后节[126]，与之推移；彼有所积，必有所亏；精若转左，陷其右陂[127]。敌溃而走，后必可移。敌迫而不动，名之曰奄迟，击之如雷霆，斩之若草木，耀之若火电；欲疾以速，人不及步铞[128]，车不及转毂，兵如植木，弩如羊角，人虽众多，势莫敢格。诸有象者，莫不可胜也；诸有形者，莫不可应也。是以圣人藏形于无而游心于虚。风雨可障蔽，而寒暑不可开闭，以其无形故也。夫能滑淖精微[129]，贯金石，穷至远，放乎九天之上，蟠乎黄卢之下[130]，唯无形者也。

善用兵者，当击其乱，不攻其治，是不袭堂堂之寇，不击填填之旗[131]。容未可见，以数相持；彼有死形，因而制之。敌人执数，动则就阴；以虚应实，必为之禽。虎豹不动，不入陷阱；麋鹿不动，不离置罘[132]；飞鸟不动，不绖网罗[133]；鱼鳖不动，不擐蜃喙[134]。物未有不以动而制者也。是故圣人贵静。静则能应躁，后则能应先；数则能胜疏，博则能禽缺[135]。

故良将之用卒也，同其心，一其力。勇者不得独进，怯者不得独退，止如丘山，发如风雨；所凌必破，靡不毁沮[136]；动如一体，莫之应圉。是故伤敌者众，而手战者寡矣[137]。夫五指之更弹，不若卷手之一挃[138]；万人之更进，不如百人之俱至也。今夫虎豹便捷，熊罴多力，然而人食其肉而席其革者，不能通其知而一其力也。夫水势胜火，章华之台烧[139]，以升勺沃而救之，虽涸井而竭池，无奈之何也；举壶榼盆盎而以灌之，其灭可立而待也。今人之与人，非有水火之胜也，而欲以少耦众[140]，不能成其功亦明矣。兵家或言曰："少可以耦众。"此言所将，非言所战也。或将众而用寡者，势不齐也[141]；将寡而用众者，用力谐也。若乃人尽其才，悉用其力，以少胜众者，自古及今未尝闻也。

神莫贵于天，势莫便于地，动莫急于时，用莫利于人。凡此四者，兵之干植也[142]，然必待道而后行，可一用也。夫地利胜天时，巧举胜地利，势胜人。故任天者可迷也，任地者可束也，任时者可迫也，任人者可惑也。夫仁勇信廉，人之美才也。然勇者可诱也，仁者可夺也，信者易欺也，廉者易谋也。将众者有一见焉，则为人禽矣。由此观之，则兵以道理制胜，而不以人才之贤，亦自明矣。

是故为麋鹿者则可以罝罘设也，为鱼鳖者则可以网罟取也，为鸿鹄者则可以矰缴加也，唯无形者无可奈也。是故圣人藏于无原，故其情不可得而观；运于无形，故其陈不可得而经[143]。无法无仪，来而为之宜；无名无状，变而为之象。深哉睭睭[144]，远哉悠悠；且冬且夏，且春且秋。上穷至高之末，下测至深之底；变化消息，无所凝滞。建心乎窈冥之野，而藏志乎九旋之渊。虽有明目，孰能窥其情？

兵之所隐议者天道也[45]，所图画者地形也，所明言者人事也，所以决胜者钤势也。故上将之用兵也，上得天道，下得地利，中得人心，乃行之以机，发之以势，是以无破军败兵。乃至中将，上不知天道，下不知地利，专用人与势，虽未必能万全，胜钤必多矣。下将之用兵也，博闻而自乱，多知而自疑，居则恐惧，发则犹豫，是以动为人禽矣。

今使两人接刃，巧拙不异，而勇士必胜者何也？其行之诚也。夫以巨斧击桐薪[46]，不待利时良日而后破之；加巨斧于桐薪之上，而无人力之奉，虽顺招摇、挟刑德而弗能破者[47]，以其无势也。故水激则悍，矢激则远。夫栝淇卫箘簬[48]，载以银锡，虽有薄缟之幨，腐荷之矰[49]，然犹不能独射也。假之筋角之力，弓弩之势，则贯兕甲而径于革盾矣[50]。夫风之疾，至于飞屋折木；虚举之下大迟自上高丘[51]，人之有所推也。是故善用兵者，势如决积水于千仞之堤，若转员石于万丈之溪。天下见吾兵之必用也，则孰敢与我战者！故百人之必死也，贤于万人之必北也，况以三军之众，赴水火而不还踵乎[52]？虽谠合刃于天下[53]，谁敢在于上者！

所谓天数者，左青龙，右白虎，前朱雀，后玄武[54]。所谓地利者，后生而前死，左牡而右牝[55]。所谓人事者，庆赏信而刑罚必，动静时，举错疾。此世传之所以为仪表者，固也，然而非所以生。仪表者，因时而变化者也。是故处于堂上之阴，而知日月之次序，见瓶中之冰，而知天下之寒暑。夫物之所以相形者微，唯圣人达其至。故鼓不与于五音，而为五音主，水不与于五味，而为五味调，将军不与于五官之事，而为五官督[56]。故能调五音者，不与五音者也；能调五味者，不与五味者也；能治五官之事者，不可揆度者也。是故将军之心，滔滔如春，旷旷如夏[57]，湫漻如秋，典凝如冬[58]，因形而与之化，随时而与之移。

夫景不为曲物直，响不为清音浊，观彼之所以来，各以其胜应之。是故扶义而动，推理而行，掩节而断割[59]，因资而成功；使彼知吾所出，而不知吾所入，知吾所举，而不知吾所集。始如狐狸，彼故轻来；合如兕虎，敌故奔走。夫飞鸟之挚也俯其首[60]，猛兽之攫也匿其爪，虎豹不外其爪，而噬不见齿。故用兵之道，示之以柔而迎之以刚，示之以弱而乘之以强，为之以歙而应之以张，将欲西而示之以东。先忤而后合，前冥而后明；若鬼之无迹，若水之无创[61]。故所乡非所之也，所见非所谋也，举措动静莫能识也。若雷之击，不可为备；所用不复，故胜可百全；与玄明通，莫知其门。是谓至神。

兵之所以强者，民也；民之所以必死者，义也；义之所以能行者，威也。是故合之以文，齐之以武，是谓必取；威仪并行，是谓至强。夫人之所乐者生也，而所憎者死也。然而高城深池，矢石若雨，平原广泽，白刃交接，而卒争先合者，彼非轻死而乐伤也，为其赏信而罚明也。是故上视下如子，则下视上如父；上视下如弟，则下视上如兄。上视下如子，则必王四海；下视上如父，则必正天下。上亲下如弟，则不难为之死；下视上如兄，则不难为之亡。是故父子兄弟之寇不可与斗者，积恩先施也。故四马不调，造父不能以致远；弓矢不调，羿不能以必中；君臣乖心，则孙子不能以应敌。是故内修其政，以积其德；外塞其丑，以服其威；察其劳佚，以知其饱饥；故战日有期，视死若归。故将必与卒同甘苦、俟饥寒[62]，故其死可得而尽也。故古之善将者，必以其身先之。暑不张盖，寒不被裘，所以程寒暑也[63]；险隘不乘，上陵必下[64]，所以齐劳佚也；军食孰然后敢食，军井通然后敢饮，所以同饥渴也；合战必立矢射之所及，以共安危也。故良将之用兵也，常以积德击积怨，以积爱击积恨，何故而不胜？

主之所求于民者二：求民为之劳也，欲民为之死也。民之所望于主者三：饥者能食之，劳者能息之，有功者能德之。民以偿其二积[65]，而上失其三望，国虽大，人虽众，兵犹且弱也。若苦者必得其乐，劳者必得其利，斩首之功必全，死事之后必赏，四者既信于民矣，主虽射云中之鸟而钩深渊之鱼，弹琴瑟，声钟竽，敦六博[66]，投高壶[67]，兵犹且强，令犹且得也。是故上足仰则下可用也，德足慕则威可立也。

将者必有三隧[68]、四义、五行、十守。所谓三隧者，上知天道，下习地形，中察人情。所谓四义者，便国不负兵[69]，为主不顾身，见难不畏死，决疑不辟罪[70]。所谓五行者，柔而不可卷也，刚而不可折也，仁而不可犯也，信而不可欺也，勇而不可凌也。所谓十守者，神清而不可浊也，谋远而不可慕也，操固而不可迁也，知明而不可蔽也；不贪于货，不淫于物，不嚂于辩[71]，不推于方[72]；不可喜也，不可怒也。是谓至于，窈窈冥冥，孰知其情！发必中铨[73]，言必合数；动必顺时，解必中揍[74]。通动静之机，明开塞之节；审举措之利害，若合符节，疾如彍弩[75]，势如发矢；一龙一蛇，动无常体。莫见其所中，莫知其所穷；攻则不可守，守则不可攻。

盖闻善用兵者，必先修诸己，而后求诸人；先为不可胜，而后求胜。修己于人，求胜于敌，己未能治也；而攻人之乱，是犹以火救火，以水应水也，何所能制？今使陶人化而为埴[76]，则不能成盆盎；工女化而为丝，则不能织文锦。同莫足以相治也，故以异为奇。两爵相与斗[77]，未有死者也，鹯鹰至[78]，则为之解，以其异类也。故静为躁奇，治为乱奇，饱为饥奇，佚为劳奇，奇正之相应，若水火金木之代为雌雄也。善用兵者，持五杀以应[79]，故能全其胜；拙者处五死以贪[80]，故动而为人擒。兵贵谋之不测也，形之隐匿也，出于不意不可以设备也。谋见则穷，形见则制。故善用兵者，上隐之天，下隐之地，中隐之人。隐之天者，无不制也。何谓隐之天？大寒甚暑，疾风暴雨，大雾冥晦，因此而为变者也。何谓隐之地？山陵丘阜，林丛险阻，可以伏匿而不见形者也。何谓隐之人？蔽之于前，望之于后，出奇行陈之间，发如雷霆，疾如风雨，搴巨旗[81]；止鸣鼓，而出入无形，莫知其端绪者也。

故前后正齐，四方如绳，出入解续[82]，不相越凌；翼轻进利[83]，或前或后，离合散聚，不失其伍，此善修行陈者也。明于奇正赅、阴阳、刑德、五行、望气、侯星、龟策、机祥[84]，此善为天道者也。设规虑，施蔚伏，见用水火；出珍怪[85]，鼓噪军，所以营其耳也；曳梢肆柴[86]，扬尘起竭[87]，所以营其目者，此善为诈佯者也。錞钺牢重，固植而难恐[88]，势利不能诱，死亡不能动，此善为充干者也[89]。剽疾轻悍，勇敢轻敌，疾若灭没，此善用轻出奇者也。相地形，处次舍[90]，治壁垒，审烟斥[91]，居高陵，舍出处[92]，此善为地形者也。因其饥竭冻暍、劳倦怠乱、恐惧窘步，乘之以选卒，击之以宵夜，此善因时应变者也。易则用车，险则用骑；涉水多弓，隘则用弩；昼则多旌，夜则多火，晦冥多鼓，此善为设施者也。凡此八者，不可一无也，然而非兵之贵者也。

夫将者，必独见独知。独见者，见人所不见也；独知者，知人所不知也。见人所不见，谓之明；知人所不知，谓之神。神明者，先胜者也。先胜者，守不可攻，战不可胜，攻不可守，虚实是也。上下有隙，将吏不相得，所持不直，卒心积不服，所谓虚也。主明将良，上下同心，气意俱起，所谓实也。若以水投火，所当者陷，所薄者移[93]，牢柔不相通，而胜相奇者[94]，虚实之谓也。故善战者不在少，善守者不在小；胜在得威，败在失气。夫实则斗，虚则走；盛则强，衰则北。吴王夫差地方二千里，带甲七十万。南与越战，栖之会稽；北与齐战，破之艾陵[95]；西遇晋公，擒之黄池[96]，此用民气之实也。其后骄溢纵欲，拒谏喜谀，憢悍遂过[97]，不可正喻，大臣怨怼，百姓不附。越王选卒三千人，擒之干遂，因制其虚也。夫气之有虚实也，若明之必晦也。故胜兵者非常实也，败兵者非常虚也。善者能实其民气以待人之虚也，不能者虚其民气以待人之实也。故虚实之气，兵之贵者也。

凡国有难，君自宫召将[98]，诏之曰："社稷之命在将军，即今国有难，愿请子将而应之。"将军受命，乃令祝史太卜斋宿三日[99]，之太庙，钻灵龟，卜吉日，以受鼓旗。君入庙门，西面而立；

将入庙门，趍至堂下，北面而立。主亲操钺，持头，受将军其柄，曰："从此上至天者，将军制之。"复操斧，持头，授将军其柄，曰："从此下至渊者，将军制之。"将已受斧钺，答曰："国不可从外治也，军不可从中御也，二心不可以事君，疑志不可以应敌。臣既以受制于前矣，鼓旗斧钺之威，臣无还请，愿君亦以垂一言之命于臣也[200]。君若不许，臣不敢将；君若许之，臣辞而行。"乃爪鬋[201]，设明衣也[202]，凿凶门而出[203]。乘将军车，载旌旗斧钺，累若不胜[204]。其临敌决战，不顾必死，无有二心。是故无天于上，无地于下，无敌于前，无主于后；进不求名，退不避罪；唯民是保，利合于主，国之实也，上将之道也。如此则智者为之虑，勇者为之斗，气厉青云，疾如驰骛，是故兵未交接而敌人恐惧。若战胜敌奔，毕受功赏，吏迁官，益爵禄；割地而为调[205]，决于封外，卒论断于军中[206]。顾反于国[207]，放旗以入斧钺，报毕于君曰："军无后治。"乃缟素辟舍[208]，请罪于君。君曰："赦之！"退，斋服。大胜三年反舍[209]，中胜二年，下胜期年。兵之所加者，必无道国也。故能战胜而不报，取地而不反；民不疾疫，将不夭死；五谷丰昌，风雨时节；战胜于外，福生于内。是故名必成而后无余害矣！

---

①兵略：用兵的谋略，战争的方法、原则和策略。本卷集中论述了古代战争的性质、用兵原则、战略战术、内部管理、官兵的素质等。可以说是以道家思想指导军事的一部古代兵书。

②略：获得，掠取。

③趹：用后蹄踢。

④饕（tāo）餮（tiè）：贪残，凶而又贪。

⑤黄帝与炎帝是同母异父兄弟，各有天下之半，黄帝行道而炎帝不听，故战于涿鹿之野，结果黄帝胜。

⑥颛顼：上古帝王；共工：炎帝后裔，共工与颛顼争为帝，怒触不周之山。

⑦涿鹿：今河北涿鹿县东南。

⑧丹水：今湖北、河南、陕西境内之丹江。浦：水边。

⑨有扈：古国名，夏启在甘地与之交战，灭有扈。

⑩偃：停息。

⑪栉（zhì）：梳理头发。

⑫晋厉：春秋时晋国暴君，即晋厉公，用小人，诛忠臣，为大夫栾书等所杀；宋康：战国时宋国暴君，即宋康王，淫于酒色，群臣谏者则射之，所为暴虐，后齐、魏、楚伐宋杀之。

⑬攘：祸礼。

⑭傅：添加。

⑮猵獭：一种水獭。

⑯抉（jué）：挖掘；爇（ruò）：烧。

⑰民虏：俘获的敌国百姓。

⑱决狱：判决；不辜：无辜。

⑲听：服从。

⑳剋：同克，攻克。

㉑政：政府机构。

㉒淅（xī）：淘（米）；储：准备。

㉓渠堑：濠沟，护城河；傅：靠；堞（dié）：城墙上的齿状矮墙。

㉔相支以日：旷日持久；支：持。

㉕工：精细。

㉖体：依据，体察；法：效法。

㉗履：踩；幽：暗。

㉘一：道；无方：没有极限；神明：神妙英明，指不可捉摸。

㉙春秋：借代四季。

㉚纪：规律、法度。

㉛刑：形。

㉜刑：杀；极：最高的形式。

㉝五兵：五种兵器，也泛指兵器；厉：砺，磨砺。

㉞建鼓：集合或发号令用的鼓。

㉟慴（shè）：恐惧；悛（líng）：惊怖；沮（jǔ）：沮丧。

㊱庙战：不举兵而在朝廷谋划以服敌；神化：精神感化。

㊲戾：违反。

㊳诎：同屈；五度：指分、寸、尺、丈、引五等度量单位，泛指标准。

㊴偪：同逼，狭窄。

㊵顺比：顺从。

㊶浸洽：浸润；溽：粘稠，指调和融洽；淖（nào）：稀泥，柔和之意。

㊷仪度：标准；格的：箭靶。

㊸鼓之日：击鼓交战的时候；素无刑：平时没有法规。

㊹轫（rén）：刹车用的木头；发轫：车辆启动。

㊺朝：朝廷百官；易位：改变位置。

㊻趍（chì）：奔跑。指人的奔跑。

㊼斥：侦察；闉（yīn）：堵塞：斥闉：侦察猎物，堵住它逃跑的路。

㊽捽招：风大时揪住风帆的绳索，降下帆以稳住船体；捽（zóu）：揪住；招：控制船帆的绳索。杼船：使船平稳，杼：通抒，舒缓。

㊾诋（dǐ）：通柢，基础，基本。

㊿拱揖指㧑：形容从容安逸，指挥若定；㧑：通挥。

51錞（chún）：古军乐器，又称錞于，用时与鼓角相和。

52奇正：古兵法用语，对阵交锋为正，设计邀截袭击为奇。

53行（háng）陈：行阵，陈是古阵字；解赎：分合，是阵势的一种变化；赎：通续，接连，合拢。

54枹（fú）：鼓槌；维枹：用丝绳缠绕住鼓槌；绾（wǎn）：贯联，指将鼓槌系在臂上，以防鼓槌跌落。

55涉血：流血，指杀人；属肠：指受伤后肠子流出体外。

56殷轸（zhěn）：众多。

57胜亡焉：胜利不决定于此。亡：不在。

58刑德：古人以刑德说明阴阳在四季中的变化，冬至为德，夏至为刑，参见《天文训》。赅（gāi）：通该，军中的约定。奇赅：指军中诡秘之术。

59乡：向。

60不原：不明白来源。

61论：通抡，选择；除：任命官职。

62辨：治理。

63行伍、什伯：均为古军队中的编制单位。五人为伍，二十五人为行，十人为什，百人为伯。这里代指军队。

64发斥：派遣深入敌地的侦察兵；斥：侦察；遗：留守。

65候：军候，古官名。

66亟：快速；行辎：行军携带的军用物资。

67赋丈：分派兵士修筑壕垒。均：平等；处军辑：营帐搭得安固。

68司空：官职名，掌管军队的后勤工作。

69淫舆：流失的军车，军车空载。

70翮（hé）；毛羽中间的硬管、翎茎。

71畔：通叛。

72事业：人的成就。

73存政：使国家生存的政治。

74沅：水名，源出贵州，经湖南入洞庭湖；湘：即湘江。沅、湘均属楚境。颖：水名，源出河南登封，南流入淮河；泗：

水名，源出山东泗水县，经江苏至洪泽湖入淮河。

⑮巴蜀：今四川全境；郯（tán）：古国名，今山东郯城县。

⑯汝：水名，源出河南鲁山，流入淮河；洫（xù）：护城河。

⑰邓林：地名，今湖北武当山东南部地区；方城：春秋楚国所筑长城，今河南方城县至邓县一带。

⑱寻云：探入云端；肆：延伸；景：日光；无景：因谿谷深而见不到阳光。

⑲铩（shā）：长矛类兵器；钑（cōng）：短矛类兵器。

⑳垂沙：地名，战国时楚地，今河南唐河县西南，楚怀王二十八年，秦联合齐、韩、魏攻楚，杀楚将唐昧，取重邱，事见《史记·楚世家》；柏举：地名，今湖北麻城县境，公元前506年，吴国军队在此大败楚师。

㉑孟尝君：姓田名文，战国时曾为齐相。公元前299年，秦昭王邀楚怀王入秦，将怀王扣留，怀王于公元前296年死于秦。

㉒二世：指秦二世皇帝胡亥。

㉓阿房宫：秦宫殿名，在今陕西西安市西南。

㉔闾左：里门左边，秦时贫苦人家住此；太半：大半。

㉕随逮：相继被捕；肆刑：执行死刑。

㉖憀（liáo）：依靠。

㉗棘枣：酸枣树；矜：矛柄。

㉘剡（yǎn）：举起；掝（chàn）：削尖；筡（tú）：一种竹；儋：通担，扁担；钁：大锄。

㉙縻沸蚁动：形容动荡不安的形势。

㉚岁：指太岁星，太岁在东方是凶兆，是用军之大忌。

㉛汜：水名，在河南；共头：山名，在今河南辉县。

㉜毕拔：全抽出来。

㉝舍：通赦，赦免。

㉞全兵：胜兵。

㉟侔（móu）：相等；数：技艺；禽：同擒。

㊱讼（gōng）：通公，明白。

㊲相胜：比较优劣；法：效法。

㊳周还：周旋，灵活。

㊴玄逐：天的运转。

⑩朕垠（yín）：征兆，迹象；垠：即垠。

⑩条：通达，间：空隙。

⑩卒：通猝，突然。

⑩圉（yù）：通御，抵挡。

⑩偶：相配，比得上。

⑩假：宽容，放过。

⑩犹犹、与与：皆为犹豫的样子。

⑩鼞（táng）、鞈（tà）：均为击鼓声，但鞈声小于鼞声。

⑩眯：异物入眼；不给：顾不上。

⑩阤（zhì）：崩塌。

⑪杓（dí）：通的，靶子。

⑪分（fèn）：职分；分决：职责确定。

⑪支：同肢，四肢；亲刃：亲密坚固；挠北：溃散、败北。

⑪不节动：乱动，节：节制。

⑪形：指肢体，喻士卒。

⑪硖：山峡；津关：设于水路冲要之处的关口。

⑪却笠居：形容居所地势险峻高耸，仰望时，戴着的斗笠都要掉地；居：处所；却：仰。

⑪笱（gǒu）：鱼笼；发笱门：形容隘口险要，如同鱼笼口上插着竹笱，能进不能出。

⑪暍（yē）：中暑；揄揄：即摇摇；掲掲：摇动；二者均形容摇摇欲坠的样子。

⑪错：同措，安排；设蔚：虚张声势，布设疑阵；蔚：草木茂盛状；施伏：实施埋伏。

⑫⓪选：整齐。

⑫①撚（niǎn）：践踏。

⑫②铃：是钤之误，钤县：即钤悬，权衡，量度。

⑫③校兵：驻扎于营垒的士卒。

⑫④合：对付；持：制约，平息。

⑫⑤尽：完成；调：调整。

⑫⑥彼持后节：原注作“彼谓敌，持后节，敌在后，使先己”。节；节制。

⑫⑦精：指敌之主力；陷；攻破；陂（bēi）：边。

⑫⑧鋗（xuān）：步鋗：奔走周旋。

⑫⑨滑淖：犹滒淖，柔和。

⑬⓪黄卢：黄泉。

⑬①填填（zhèn）：牢固的样子。

⑬②罝（jū）罘（fú）：捕捉野兽的网。

⑬③絓（guà）：挂住，绊住。

⑬④擐（guān）：贯、穿。

⑬⑤禽：通擒，制服。

⑬⑥靡：无；沮（jǔ）：败坏、毁坏。

⑬⑦手战：徒手交战，肉搏。

⑬⑧挃（zhì）：捣击；卷：通拳；卷手：握拳。

⑬⑨章华：台名，为春秋时楚灵王造。

⑭⓪耦：相对。

⑭①势：力。

⑭②干植：主干，喻决定战争的重要因素。

⑭③陈：古阵字；经：度量，治理。

⑭④𥈟𥈟（zhuó）：深邃的样子。

⑭⑤隐：审度；议：谋虑。

⑭⑥桐：小木；薪：木柴。

⑭⑦顺招摇：顺着招摇星的方向，招摇：星名。挟刑德：占有阴阳变化的有利时令及位置。

⑭⑧栝（guā）：箭末扣弦的部分；淇：同棋，地名，产美箭；卫：箭羽；箘簬（jùn lù）：质地坚硬的竹子，制作箭杆的好材料。

⑭⑨幨（chān）：车帷；殩：当作橹，大盾牌。

⑮⓪径：穿过。

⑮①举：当作轝，同舆；虚舆：指靠人推的车；迟：当为逵，四通八达的道路。

⑮②还：旋。

⑮③诡（diào）：原注作“卒也。”卒通猝，突然。

⑮④古天文学家将二十八宿分成东西南北四方，分别称为青龙、白虎、朱雀、玄武；兵家又将之用于行军布阵，以青龙旗代表东方，白虎旗代表西方等。

⑮⑤古兵家将高的地形视为生、为阳；将低的地形视为死、为阴；牡：指雄性，为阳；牝（pīn）：指雌性、为阴；后代表阴，前代表阳。

⑮⑥五官：指五种官职：司马、尉、候、司空、舆。

⑮⑦滔滔：和暖；旷旷：广大，开阔。

⑮⑧湫漻：静寂空虚；典凝：坚固。

⑮⑨掩：依据；节：法度。

⑯⓪挚：攫取；俯其首：低下头，假装没有看见猎物。

⑯①创：痕迹。

⑯②俟：等待，问候。

⑯③程；体验。

⑯④上陵：上山，爬坡。

⑯⑤二积：应为二责，指上文的“求民为之劳，欲民为之死。”

⑯⑥敦：投掷；六博：古代一种博戏，共十二棋，六黑六白，两人对博。

⑯⑦投壶：古代宴会时的一种游戏，将壶放在中间，宾主投矢其中，中多者为胜；负者饮酒。

⑯⑧隧：通道。

⑯⑨负兵：依仗兵权不听节制；负：依持，凭借。

⑰⓪决疑：处理疑难问题；辟：避。

⑰①嚂（làn）：贪求。

⑰②推：扩充；方：区域。

⑰③铨（quán）：标准，法则。

⑰④揍：通腠（còu）；腠理：肌肉的纹理，泛指事物的条理。

⑰⑤彍弩：拉满弓叫彍（kuò）。

⑰⑥埴（zhī）：可制陶器的粘土。

⑰⑦爵：通雀，泛指小鸟。

⑰⑧鹯（zhān）：一种猛禽。

⑰⑨五杀：指金木水火土五行，五行互为生杀，故曰五杀。

⑱⓪五死：五行相生相克，水克火，火克金，金克木，木克土，土克水，其中，水火金木土为五杀，火金木土水为五死。

⑱①搴（qiān）：指卷起来拿着。

⑱②解续：解散和集合，续；合。

⑱③翼边：指两侧翼部队；轻、利：指个人轻装、精锐，行动便利。

⑱④奇赅（gāi）：军中的诡秘之术；望气：古占卜术，望云气以附会人事，预言吉凶；候星：古占星术，观察星象，预言吉凶；龟策：占卜用具，即龟壳和蓍草，这里指占卦活动；机祥：祭祀鬼神以求福消灾的迷信活动。

⑱⑤珍怪：指装神弄鬼等活动，以吓唬敌人。

⑱⑥曳：拉；梢：树梢，小树枝；肆：放纵；肆柴：肆意拖曳、挥动树枝。

⑱⑦埸：尘埃。

⑱⑧錞（duì）：古代兵器；钺：大斧，固植：意志坚定。

⑱⑨充干：充实坚强。

⑲⓪次舍：宿营地。

⑲①烟：通堙，堵塞；斥：废弃地。

⑲②舍：驻扎，宿营；出处：能进出的地方。

⑲③薄：逼近。

⑲④牢：坚固，指物；柔：软弱，指水；奇：异，不同。

⑲⑤艾陵：春秋时齐国地名，在今山东莱芜县东北。

⑲⑥晋公；指晋国君晋定公。擒：压服；黄池：即黄亭，在今河南封丘县。

⑲⑦恔（xiāo）悍：同骁悍，勇猛；遂过：酿成过错。

⑲⑧自：在。

⑲⑨祝史：古祭官职名，祭祀时作辞向神祷告；太卜：古卜筮官。

⑳⓪垂：颁布。

⑳①爪鬋（jiǎn）：古时，死者人殓时为死者剪去手足指甲叫爪鬋；鬋：剪除。

⑳②明衣：即冥衣，死者穿的衣服；古时将军出征时须行丧礼，以示以死报国。

⑳③凶门：向北开的门户，将军出征时，凿一向北开的门，经此门出发，以示必死的决心。

⑳④累：危难，忧患；胜：胜任。

⑳⑤调：求和。

⑳⑥卒：终于；论：定罪；断：判决。

⑳⑦顾反：返回。

⑳⑧缟素：白色丧服；辟舍：离开原住的正房，另住他处。

⑳⑨反舍：返回原住的正房。

卷十六 说山[①]训

魄问于魂[②]曰："道何以为体？"曰："以无有为体。"魄曰："无有有形乎？"魂曰："无有。""何得而闻也？"魂曰："吾直有所遇之耳[③]。视之无形，听之无声，谓之幽冥。幽冥者，所以喻道而非道也。"魄曰："吾闻得之矣：乃内视而自反也[④]。"魂曰："凡得道者，形不可得而见，名不可得而扬。今汝已有形名矣，何道之所能乎？"魄曰："言者，独何为者？""吾将反吾宗矣[⑤]！"魄反顾魂，忽然不见，反而自存，亦以沦于无形矣。

人不小学[⑥]，不大迷；不小慧，不大愚。

人莫鉴于沫雨，而鉴于澄水者，以其休止不荡也。

詹公之钓[⑦]，千岁之鲤不能避；曾子攀柩车，引輴者为之止也[⑧]；老母行歌而动申喜，精之至也[⑨]。瓠巴鼓瑟而游鱼出听[⑩]，伯牙鼓琴驷马仰秣[⑪]，介子歌龙蛇而文君垂泣[⑫]。故玉在山而草木润[⑬]，渊生珠而岸不枯[⑭]。蚓无筋骨之强，爪牙之利，上食晞堁[⑮]，下饮黄泉，用心一也。

清之为明，杯水见眸子；浊之为暗，河水不见太山。视日者眩，听雷者聋[⑯]。

人无为则治，有为则伤。无为而治者，载无也。为者不能有也，不能无为者不能有为也。人无言而神，有言者则伤，无言而神者载无，有言则伤其神。之神者，鼻之所以息，耳之所以听，终以其无用者为用矣。物莫不因其所有而用其所无，以为不信，视籁与竽[⑰]。

念虑者不得卧；止念虑，则有为其所止矣[⑱]。两者俱忘，则至德纯矣。

圣人终身言治，所用者非其言也，用所以言也。歌者有诗，然使人善之者非其诗也。鹦鹉能言，而不可使长[⑲]，是何则？得其所言，而不得其所以言。故循迹者非能生迹者也。

神蛇能断而复续，而不能使人勿断也。神龟能见梦元王[⑳]，而不能自出渔者之笼。

四方皆道之门户牖向也[㉑]，在所从窥之。故钓可以教骑，骑可以教御，御可以教刺舟[㉒]。

越人学远射，参天而发，适在五步之内，不易仪也[㉓]。世已变矣，而守其故，譬犹越人之射也。

月望，日夺其光，阴不可以乘阳也。日出，星不见，不能与之争光也。故末不可以强于本，指不可以大于臂。下轻上重，其覆必易。一渊不两鲛[㉔]。

水定则清正，动则失平，故惟不动，则所以无不动也。江河所以能长百谷者，能下之也，夫惟能下之，是以能上之。

天下莫相憎于胶漆，而莫相爱于冰炭；胶漆相贼，冰炭相息也[㉕]。

墙之坏，愈其立也；冰之泮[㉖]，愈其凝也，以其反宗。

泰山之容，巍巍然高，去之千里，不见埵堁[㉗]，远之故也。秋豪之末，沦于不测。是故小不可以为内者，大不可以为外矣。

兰生幽谷，不为莫服而不芳；舟在江海，不为莫乘而不浮；君子行义，不为莫知而止休。

夫玉润泽而有光，其声舒扬，涣乎其有似也[㉘]；无内无外，不匿瑕秽；近之而濡，望之而隧[㉙]。夫照镜见眸子，微察秋豪，明照晦冥。故和氏之璧、随侯之珠，出于山渊之精。君子服之，顺祥以安宁[㉚]；侯王宝之，为天下正[㉛]。

陈成子恒之劫子渊捷也[㉜]，子罕之辞其所不欲而得其所欲[㉝]，孔子之见粘蝉者[㉞]，白公胜之倒杖策也，卫姬之请罪于桓公[35]，子见子夏曰“何肥也”[36]，魏文侯见之反被裘而负刍也[37]，兒说之为宋王解闭结也[38]，此皆微眇可以观论者。

人有嫁其子而教之曰：“尔行矣，慎无为善。”曰：“不为善，将为不善邪?”应之曰：“善且由弗为，况不善乎?”此全其天器者[39]。

拘囹圄者以日为修，当死市者以日为短。日之修短有度也，有所在而短，有所在而修也，则中不平也。故以不平为平者，其平不平也。

嫁女于病消者[40]，夫死则后难复处也。故沮舍[41]之下不可以坐，倚墙之傍不可以立。

执狱牢者无病[42]，罪当死者肥泽[43]，刑者多寿[44]，心无累也。

良医者常治无病之病[45]，故无病；圣人者常治无患之患，故无患也。

夫至巧不用剑[46]，善闭者不用关楗，淳于髡之告失火者[47]，此其类。

以清入浊必困辱，以浊入清必覆倾。君子之于善也，犹采薪者见一芥掇之，见青葱则拔之[48]。

天二气则成虹，地二气则泄藏[49]，人二气则成病。阴阳不能且冬且夏[50]。月不知昼，日不知夜。

善射者发不失的，善于射矣，而不善所射[51]；善钓者无所失，善于钓矣，而不善所钓。故有所善，则不善矣。

钟之与磬也，近之则钟音充，远之则磬音章[52]。物固有近不若远，远不若近者。

今曰稻生于水，而不能生于湍濑之流；紫芝生于山[53]，而不能生于盘石之上；慈石能引铁[54]，及其于铜，则不行也。

水广者鱼大，山高者木修；广其地而薄其德，譬犹陶人为器也，揲挻其土而不益厚[55]，破乃愈疾。圣人不先风吹，不先雷毁，不得已而动，故无累。

月盛衰于上，则蠃蛖应于下[56]，同气相动，不可以为远。

执弹而招鸟，挥棁而呼狗，欲致之，顾反走[57]。故鱼不可以无饵钓也，兽不可以虚气召也[58]。

剥牛皮鞟以为鼓，正三军之众，然为牛计者，不若服于轭也。狐白之裘，天子被之而坐庙堂，然为狐计者，不若走于泽。

亡羊而得牛，则莫不利失也。断指而免头，则莫不利为也。故人之情，于利之中则争取大焉，于害之中则争取小焉。

将军不敢骑白马[59]，亡者不敢夜揭炬，保者不敢畜噬狗[60]。

鸡知将旦，鹤知夜半[61]，而不免于鼎俎。

山有猛兽，林木为之不斩；园有螫虫，藜藿为之不采。

为儒而踞里闾，为墨而朝吹竽[62]，欲灭迹而走雪中，拯溺者而欲无濡，是非所行而行所非。

今夫暗饮者非尝不遗饮也[63]，使之自以平，则虽愚无失矣。是故不同于和而可以成事者，天下无之矣。

求美则不得美，不求美则美矣；求丑则不得丑，求不丑则有丑矣；不求美又不求丑，则无美无丑矣，是谓玄同[64]。

申徒狄负石自沉于渊[65]，而溺者不可以为抗[66]，弦高诞而存郑，诞者不可以为常。事有一立而不可循行。

人有多言者，犹百舌之声[67]；人有少言者，犹不脂之户也[68]。六畜生多耳目者不祥，谶书著之。百人抗浮，不若一人挈而趋。物固有众而不若少者。引车者二，六而后之[69]。

事固有相待而成者。两人俱溺，不能相拯；一人处陆则可矣。故同不可相治，必待异而后成。

千年之松，下有茯苓，上有兔丝[70]；上有丛蓍，下有伏龟；圣人从外知内，以见知隐也。

喜武非侠也，喜文非儒也，好方非医也，好马非驺也[71]，知音非瞽也，知味非庖也。此有一概而未得主名也。

被甲者，非为十步之内也，百步之外则争深浅，深则达五藏[72]，浅则至肤而止矣。死生相去，不可为道里[73]。

楚王亡其猿[74]，而林木为之残；宋君亡其珠，池中鱼为之殚[75]。故泽失火而林忧。上求材，臣残木；上求鱼，臣干谷；上求楫，而下致船；上言若丝，下言若纶[76]；上有一善，下有二誉；上有三衰，下有九杀[77]。

大夫种知所以强越，而不知所以存身[78]；苌弘知周之所存[79]，而不知身所以亡。知远而不知近。

畏马之辟也不敢骑[80]，惧车之覆也不敢乘，是以虚祸距公利也[81]。不孝弟者或詈父母[82]，生子者所不能任其必孝也，然犹养而长之。范氏之败[83]，有窃其钟负而走者，铊然有声[84]，惧人闻之，遽掩其耳。憎人闻之，可也；自掩其耳，悖矣。

升之不能大于石也，升在石之中；夜之不能修其岁也[85]，夜在岁之中；仁义之不能大于道德也，仁义在道德之包。

先针而后缕。可以成帷，先缕而后针，不可以成衣。针成幕，蔂成城[86]。事之成败，也必小生，言有渐也。

染者先青而后黑则可，先黑而后青则不可，工人下漆而上丹则可，下丹而上漆则不可。万事由此所先后上下，不可不审。

水浊而鱼唫，形劳则神乱。故国有贤君，折冲万里。因媒而嫁，而不因媒而成；因人而交，不因人而亲。行合趋同，千里相从；行不合趋不同，对门不通；海水虽大，不受胔芥[87]。日月不应非其气，君子不容非其类也。

人不爱倕之手[88]，而爱己之指；不爱江、汉之珠，而爱己之钩[89]。

以束薪为鬼，以火烟为气[90]。以束薪为鬼，朅而走[91]；以火烟为气，杀豚烹狗。先事如此，不如其后。巧者善度，知者善豫。羿死桃部[92]，不给射；庆忌死剑锋[93]，不给搏。

灭非者，户告之曰："我实不与。"我谀乱[94]，谤乃愈起。止言以言，止事以事，譬犹扬堁而弭尘，抱薪而救火。流言雪污，譬犹以涅拭素也。

矢之于十步贯兕甲，于三百步不能入鲁缟；骐骥一日千里，其出致释驾而僵[95]。大家攻小家则为暴，大国并小国则为贤。小马非大马之类也，小知非大知之类也。

被羊裘而赁[96]，固其事也；貂裘而负笼，甚可怪也。

以洁白为污辱，譬犹沐浴而抒溷，薰燧而负彘[97]。

治疽不择善恶丑肉而割之[98]，农夫不察苗莠而并耘之，岂不虚哉！

坏塘以取龟，发屋而求狸，掘室而求鼠，割唇而治龋，桀跖之徒，君子不与。杀戎马而求狐狸，援两鳖而失灵龟，断右臂而争一毛，折镆邪而争锥刀[99]，用智如此，岂足高乎！

宁百刺以针，无一刺以刀；宁一引重，无久持轻；宁一月饥，无一旬饿；万人蹪之，愈于一人之隧[100]。

有誉人之力俭者，春至旦，不中员呈[101]，犹谪之。察之，乃其母也。故小人之誉人，反为损。东家母死，其子哭之不哀。西家子见之，归谓其母曰："社何爱速死[102]，吾必悲哭社。"夫欲其母之死者，虽死亦不能悲哭矣；谓学不暇者，虽暇亦不能学矣。

见窾木浮而知为舟，见飞蓬转而知为车[103]，见鸟迹而知著书，以类取之。

以非义为义，以非礼为礼，譬犹倮走而追狂人，盗财而予乞者，窃简而写法律，蹲踞而诵《诗》、《书》[104]。

割而舍之，镆邪不断肉；执而不泽，马氂截玉[105]。圣人无止，无以岁贤昔，日愈昨也。

马之似鹿者千金，天下无千金之鹿；玉待礛诸而成器[106]，有千金之璧而无锱锤之礛诸。

受光于隙照一隅，受光于牖照北壁，受光于户照室中无遗物，况受光于宇宙乎？天下莫不藉明于其前矣。由此观之，所受者小则所见者浅，所受者大则所照者博。

江出岷山，河出昆仑，济出王屋，颍出少室，汉出嶓冢[107]；分流舛驰[108]，注于东海，所行则异，所归则一。通于学者若车轴，转毂之中，不运于己，与之致千里，终而复始，转无穷之源。不通于学者若迷惑，告之以东西南北，所居聆聆[109]，背而不得，不知凡要。

寒不能生寒，热不能生热，不寒不热能生寒热。故有形出于无形，未有天地能生天地者也，至深微广大矣！

雨之集无能沾，待其止而能有濡[110]；矢之发无能贯，待其止而能有穿。唯止能止众止。因高而为台，就下而为池，各就其势，不敢更为。圣人用物，若用朱丝约刍狗[111]，若为土龙以求雨，刍狗待之而求福，土龙待之而得食。

鲁人身善制冠，妻善织履，往徙于越而大困穷。以其所修而游不用之乡，譬若树荷山上，而畜火井中。操钓上山，揭斧入渊，欲得所求，难也；方车而蹠越[112]，乘桴而入胡[113]，欲无穷，不可得也。

楚王有白猿，王自射之，则搏矢而熙[114]；使养由基射之，始调弓矫矢，未发而猿拥柱号矣，有先中中者也[115]。

呙氏之璧[116]，夏后之璜，揖让而进之以合欢；夜以投人，则为怨，时与不时[117]。画西施之面，美而不可说；规孟贲之目[118]，大而不可畏，君形者亡焉[119]。

人有昆弟相分者，无量[120]，而众称义焉。夫惟无量，故不可得而量也。登高使人欲望，临深使人欲窥，处使然也。射者使人端，钓者使人恭，事使然也。

曰杀罢牛可以赎良马之死，莫之为也。杀牛，必亡之数[121]，以必亡赎不必死[122]，未能行之者矣。

季孙氏劫公家，孔子说之[123]，先顺其所为，而后与之入政。曰："举枉与直，如何而不得？举直与枉，勿与遂往。"[124]此所谓同污而异途者。众曲不容直，众枉不容正。故人众则食狼，狼众则食人。欲为邪者必相明正，欲为曲者必相达直。公道不立，私欲得容者，自古及今，未尝闻也，此以善托其丑。

众议成林，无翼而飞[125]；三人成市虎[126]，一里能挠椎[127]。夫游没者不求沐浴，已自足其中矣。故食草之兽不疾易薮，水居之虫不疾易水，行小变而不失常。

信有非礼而失礼。尾生死其梁柱之下，此信之非也；孔氏不丧出母[128]，此礼之失者。曾子立孝，不过胜母之闾[129]；墨子非乐，不入朝歌之邑；曾子立廉，不饮盗泉[130]；所谓养志者也。纣为象箸而箕子唏[131]，鲁以偶人葬而孔子叹[132]，故圣人见霜而知冰。

有鸟将来，张罗而待之，得鸟者，罗之一目也；今为一目之罗，则无时得鸟矣。今被甲者，以备矢之至；若使人必知所集，则悬一札而已矣[133]。事或不可前规，物或不可虑，卒然不戒而至[134]，故圣人畜道以待时。

髡屯犁牛[135]，既犐以㸷[136]，决鼻而羁，生子而牺[137]，尸祝齐戒[138]，以沉诸河[139]。河伯岂羞其所从出[140]，辞而不享哉？

得万人之兵，不如闻一言之当；得隋侯之珠，不若得事之所由；得咼氏之璧，不若得事之所适。

撰良马者，非以逐狐狸，将以射麋鹿；砥利剑者，非以斩缟衣，将以断兕犀。故高山仰止，景行行止[41]，乡者其人。见弹而求鸮炙[42]，见卵而求晨夜[43]，见麖而求成布[44]，虽其理哉，亦不病暮[45]。象解其牙，不憎人之利之也；死而弃其招箦[46]，不怨人取之。人能以所不利利人则可。

狂者东走，逐者亦东走，东走则同，所以东走则异。溺者入水，拯之者亦入水，入水则同，所以入水者则异。故圣人同死生，愚人亦同死生。圣人之同死生，通于分理[47]；愚人之同死生，不知利害所在。徐偃王以仁义亡国，国亡者非必仁义[48]；比干以忠靡其体[49]，被诛者非必忠也。故寒颤，惧者亦颤。此同名而异实。

明月之珠，出于蚌蜃；周之简圭，生于垢石[50]；大蔡神龟，出于沟壑[51]。万乘之主，冠锱锤之冠，履百金之车；牛皮为贱，正三军之众。

欲学歌讴者，必先徵羽乐风[52]；欲美和者，必先始于《阳阿》、《采菱》[53]。此皆学其所不学而欲至其所欲学者。

耀蝉者务在明其火[54]，钓鱼者务在芳其饵。明其火者，所以耀而致之也；芳其饵者，所以诱而利之也。欲致鱼者先通水，欲致鸟者先树木。水积而鱼聚，木茂而鸟集；好弋者先具缴与矰，好鱼者先具罟与罛[55]。未有无其具而得其利。

遗人马而解其羁，遗人车而税其𫐄[56]，所爱者少而所亡者多。故里人谚曰："烹牛而不盐，败所为也。"

桀有得事，尧有遗道；嫫母有所美，西施有所丑。故亡国之法有可随者，治国之俗有可非者。

琬琰之玉[57]，在洿泥之中，虽廉者弗释；弊箅甑瓾[58]，在裀茵之上[59]，虽贪者不搏。美之所在，虽污辱，世不能贱；恶之所在，虽高隆，世不能贵。

春贷秋赋，民皆欣；春赋秋贷，众皆怨。得失同，喜怒为别，其时异也。

为鱼德者，非挈而入渊；为猿赐者，非负而缘木；纵之其所而已[60]。貂裘而杂，不若狐裘而粹，故人莫恶于无常行。有相马而失马者，然良马犹在相之中[61]。

今人放烧[62]，或操火往益之，或接水往救之，两者皆未有功，而怨德相去亦远矣。

郢人有买屋栋者，求大三围之木，而人予车毂。跪而度之，巨虽可而修不足。蘧伯玉以德化，公孙鞅以刑罪[63]，所极一也。病者寝席，医之用针石，巫之用糈藉[64]，所救钧也。

狸头愈鼠，鸡头已瘘[65]，虻散积血[66]，斫木愈龋[67]，此类之推者也。膏之杀鳖[68]，鹊矢中猬[69]，烂灰生蝇，漆见蟹而不干，此类之不推者也。推与不推[70]，若非而是，若是而非，孰能通其微?

天下无粹白狐，而有粹白之裘，掇之众白也[71]。善学者，若齐王之食鸡，必食其蹠数十而后足[72]。

刀便剃毛，至伐大木，非斧不克。物固有以克适成不逮者[73]。视方寸于牛，不知其大于羊；总视其体，乃知其大相去之远。孕妇见兔而子缺唇，见麋而子四目[74]。

小马大目，不可谓大马；大马之目眇，可谓之眇马[75]。物固有似然而似不然者，故决指而身死，或断臂而顾活[76]，类不可必推。

厉利剑者必以柔砥，击钟磬者必以濡木[77]，毂强必以弱辐。两坚不能相和，两强不能相服。故梧桐断角，马牦截玉。

媒但者非学谩也[78]，但成而生不信；立慬者非学斗争也[79]，慬立而生不让。故君子不入狱，为其伤恩也；不入市，为其侳廉也[80]。积不可不慎者也。

走不以手，缚手走不能疾；飞不以尾，屈尾飞不能远。物之用者必待不用者。故使之见者乃不见者也；使鼓鸣者乃不鸣者也。

尝一脔肉，知一镬之味[181]；悬羽与炭，而知燥湿之气；以小明大。见一叶落，而知岁之将暮；睹瓶中之冰，而知天下之寒；以近论远。三人比肩，不能外出户；一人相随，可以通天下。足蹍地而为迹，暴行而为影，此易而难[182]。

庄王诛里史[183]，孙叔敖制冠浣衣[184]；文公弃茌席[185]，后霉黑，咎犯辞归[186]。故桑叶落而长年悲也。

鼎错日用而不足贵[187]，周鼎不爨而不可贱[188]，物固有以不用而为有用者。地平则水不流，重钧则衡不倾，物之尤必有所感[189]，物固有以不用为大用者。

先倮而浴则可，以浴而倮则不可；先祭而后飨则可，先飨而后祭则不可；物之先后各有所宜也。

祭之日而言狗生[190]，取妇夕而言衰麻[191]，置酒之日而言上冢，渡江、河而言阳侯之波。

或曰知其且赦也而多杀人，或曰知其且赦也而多活人，其望赦同，所利害异。故或吹火而然[192]，或吹火而灭，所以吹者异也。烹牛以飨其里而骂其东家母[193]，德不报而身见殆。

文王污膺[194]，鲍申伛背[195]，以成楚国之治。裨谌出郭而知[196]，以成子产之事。朱儒问径天高于修人[197]，修人曰："不知。"曰："子虽不知，犹近之于我。"故凡问事，必于近者。

寇难至，躄者告盲者[198]，盲者负而走，两人皆活，得其所能也。故使盲者语，使躄者走，失其所也。

郢人有鬻其母，为请于买者曰："此母老矣！幸善食之而勿苦。"此行大不义而欲为小义者。

介虫之动以固，贞虫之动以毒螫，熊罴之动攫搏，兕牛之动以抵触；物莫指其所修而用其短也。

治国者若耨田，去害苗者而已。今沐者堕发而犹为之不止，以所去者少，所利者多。

砥石不利而可以利金，檠不正而可以正弓[199]，物固有不正而可以正，不利而可以利。

力贵齐[200]，知贵捷。得之同，遬为上[201]；胜之同，迟为下。所以贵莫邪者，以其应物而断割也；hn靡勿释[202]，牛车绝辚[203]。

为孔子之穷于陈、蔡而废六艺[204]，则惑；为医之不能自治其病，病而不就药，则勃矣[205]。

---

①说：解释，解说，是解释经文的一种体裁；说山：广泛列举各种寓言、故事、箴言，以解释"道"这个理论。山：比喻列举的故事等很多，委积若山之意。

②魂魄：人的精神，精神能离形体而存在者为魂，依形体而存在者为魄。

③直：只。

④内视：心视，即凭主观想象观察事物；自反：自然得到，反：返。

⑤宗：根本，指无形。

⑥小学：王念孙认为应是小觉，以与小迷相对。

⑦詹公：詹何，古之善钓者。

⑧曾子：曾参，孔子弟子，以孝著称；引辅（chūn）者：牵引柩车的人。

⑨申喜：战国时楚人，幼年与母失散，及长，某日闻一老妇唱歌乞讨，心有感，出见，果是其母。

⑩瓠巴：楚国人，善鼓瑟；游鱼：据说喜听音乐才露头出水，即鲟鱼。

⑪仰秣：进食时为琴声吸引，嘴含食物仰头倾听；秣（mò）：喂养。

⑫介子：春秋时晋国的介子推；文君：晋文公；晋文公于出逃途中遇危断粮时，介子推割肉给文公吃，文公后回国即君位后，忘给介子推论赏，介子推作歌唱之："有龙娇娇，而失其所，有蛇从之，而啖其口。龙既升云，蛇独泥处。"此即龙蛇之

歌。晋文公感悟，寻找介子推不得，文公悔而号泣。

⑬古人认为玉是阳中之阴，能润草木。

⑭古人认为珠是阴中之阳，能放光明，因而能使岸上草不枯。

⑮晞（xī）堁（kè）：干燥坚硬的土。晞：干；堁：尘土。

⑯聋：指耳鸣声。

⑰籁竽：均为管乐器，这些管乐器均是通过管孔发声，意指“无能生有”。

⑱念虑：思虑；不得卧：失眠，睡不着。

⑲不可使长：不可使鹦鹉经常地说。

⑳元王：春秋宋国君。原注为“宋元王夜梦见得神龟而未获也。渔者豫且捕鱼得龟以献元王，元王剥以卜。”见：现；豫且：人名。

㉑牖向：窗户。

㉒刺舟：撑船。

㉓参：望、向；适：仅仅，只；仪：法则；不易仪：因越人用射高的方法来射远，射远应该平射，故曰不易仪。

㉔鲛：指鲨鱼。此句意不完整，王念孙认为应补以下文字：“一栖不两雄，一则定，两则争”。

㉕胶漆：两种都是涂料，据说胶与漆混合就会变质；冰炭：冰遇炭则化为水，喻化归本性，炭得冰则保其炭，故曰相爱。相息：相生。

㉖泮：融解。

㉗埵堁：土堆。

㉘涣乎：涣然，鲜明。

㉙隧：深远。

㉚服：佩带；以：而。

㉛正：纯正。

㉜陈成子恒：即田常，春秋时齐国大夫；子渊捷：齐国大夫。原注：“陈成子将弑齐简公，使勇士十六人胁其大夫子渊捷，欲与分国，捷不从，故曰劫之也。”

㉝子罕：春秋时宋国臣。《左传·襄公十六年》载，宋人献玉给子罕，弗受，献玉者说这玉经内行鉴定是宝物，子罕说，你以玉为宝，我以不贪为宝，将玉给我，就不是宝物了。

㉞据《庄子·达生》载，孔子路见粘蝉者技艺高超，悟出“用志不分，乃凝于神”的道理。

㉟卫姬：齐桓公夫人，卫国人，她从齐桓公的神色中觉察到他伐卫国的想法，便请求惩罚她，以赎卫国之罪。

㊱子：指曾子；子夏：姓卜名商，二人皆孔子弟子，见本书《精神训》注。

㊲魏文侯：战国时卫国君；反被裘：反穿皮衣。魏文侯见路人反裘背柴草，不解其意，路人回答说：“我爱惜它的皮毛。”文侯说：“里子磨尽了，毛安放在哪里?”见《新序·杂事》。

㊳兒（ní）说（yuè）：春秋时宋国大夫，以善解绳结著名。

㊴全：保全；天器：天性。

㊵病消者：患消渴病的人。

㊶沮舍：破败欲散的房屋。

㊷执：掌管；无病：因操纵犯人之生死，鬼都怕，所以，牢头及执刑官等不会得病。

㊸句谓已判死刑的人万念俱灰只等死，因而肥胖。

㊹刑者：受宫刑的人。

㊺无病之病：指疾病尚在潜伏期或症状不明显的病。

㊻巧：巧匠；剑：王引之注云：剑应改为钩绳，钩绳：划曲直的工具。

㊼淳于髡：战国齐人，因见邻居烟囱太直又近柴火，建议曲突徙薪，邻居不听而果失火，邻居在火灭后设宴感谢救火者，而对建议者淳于髡却没有感谢。

㊽芥：小草；掇：拾取；青葱：泛指青草。

㊾二气：指阴阳二气。

㊿且：又。

51不善所射：对被射的人或动物来说是不好的事。

52充：大；章：通彰，显扬。

㊸紫芝：菌类，木耳之一种。

㊹慈：通磁。

㊺揲（yè）：椎击使薄；挻（shān）：揉合。

㊻蠃（luó）：通螺；蚌（bàng）：蚌蛤，古人认为，月相变化会影响蠃蚌生长，月衰即月晦时，蠃蚌会干瘪。

㊼棁（tuō）：木棒。

㊽虚气：俞樾认为应是虚器，即没有诱饵的捕兽器具。

㊾句谓白色是凶色，故不骑白马。

㊿噬狗：会咬人的狗。

61鹤知夜半：传说鹤半夜而鸣。

62踞：蹲坐；儒家讲究礼，蹲坐在里巷中是失礼的行为；墨家崇尚节俭，反对音乐，因而不入名叫朝歌的县城。

63遗饮：斟酒时将酒洒出杯外。

64玄同：与天道相合。

65申徒狄：商纣时人，因见纣王暴政，自绑石在身投渊而死。

66抗：高。

67百舌：鸟名，善鸣叫，婉转反复如百鸟之鸣，故名。

68不脂之户：门上未涂润滑油的人家，门难开闭。

69句谓有两个引车者，却有六人在后推车。

70兔丝：即女萝，蔓生植物，可入药。

71驺（zōu）：主管驾驭车马的官吏。

72藏：通脏。

73道里：古代行政区划名，今指里程，路程。

74楚王：楚庄王，他养的猿猴走入林中，便下令砍伐林木寻找。

75宋君：春秋宋国君，他的宝珠掉入池中，便下令抽干水寻找，水中鱼都死了。

76纶：粗丝。

77衰：减少；杀：削减；三、九：言其多。

78大夫种：即文种，助越王勾践打败吴王夫差，功成后赐剑自杀。

79苌弘：春秋周敬王大夫，因卷入晋国内讧，敬王被迫杀了苌弘。

80辟：怪辟，指性烈。

81公利：公共利益。

82詈（lì）：辱骂。

83范氏：春秋时晋国大夫范吉射，后为晋国大夫智伯所灭。

84铯：指金石发出的声音。

85修：长。

86虆（léi）：盛土的竹笼。

87胔（zì）：腐肉；芥：小草，喻极细微的东西。

88倕：黄帝时巧匠，创制规矩准绳、耒耜等器具。

89钩：指衣带钩，一般用玉制成。

90束薪：一捆柴火。

91朅（qiè）：离开。

92桃部：桃木棍；部：通棒。

93庆忌：参见卷十一注。

94谀：阿谀，奉承，讨好的话；乱：胡编乱语。

95出致：指马老了退出服役；释驾：脱下车套；僵：倒下。

96赁：受雇于人。

97抒溷：打扫猪圈；薰燧：焚香草出香味以去臭味；彘；猪。

98疽（jū）：结块的毒疮。

99镆邪：即莫邪，宝剑名。

⑩蹪（túi）：跌倒，隧：通坠，从高空坠落。

⑩力俭：力气小但尽心尽力；员：数；呈：通程，标准；不中员呈：舂米的数量及时间不符标准。谪：责难。

⑩社：原注作："江、淮谓母为社。"爱：舍不得。

⑩窾（kuǎn）：空，窾木：中心挖空的木；飞蓬：被风吹起而飘浮不定的蓬草。

⑩蹲踞：被儒家视为不礼貌的动作。

⑩氂（máo）：长毛；马氂：马尾。

⑩礛（jiān）诸：治玉之石。

⑩岷山：在今四川北部，川、甘两省边境；昆仑：在今新疆、西藏之间；王屋：山名，济水发源地，在今河南济源与山西垣曲等县间。少室：山名，颖水发源地，在河南登封县北；嶓冢：山名，汉水发源地，今陕西宁强县北。

⑩舛（chuǎn）：违背；舛驰：背道而驰。

⑩聆聆：明了。

⑩集：降下；沾：润泽；濡：湿润。

⑪约：束；刍狗：草扎的狗。

⑪方车：大车。

⑪桴（fù）：竹木编扎的舟，大的叫筏，小的叫桴；胡：北方游牧民族。

⑪熙：嬉戏。

⑪先中：先于箭射出之前已有必然射中的气势；中者：这种气势镇住了猴子。

⑪咼：通和。

⑪时与不时：合时与不合时。

⑪规：画；孟贲：古代勇士，力大无比。

⑪君形者：精神；君：主宰。

⑫无量：指不斤斤计较。

⑫不亡之数：注定会死。

⑫不必；指不一定。

⑫季孙氏：指春秋时鲁国大夫季桓子，名斯，执掌鲁国国政，孔子反对季氏专权；劫：胁迫；公家：鲁公室，指鲁定公。

⑫枉：邪曲之人；直：正直之人；遂：顺从。

⑫无翼而飞：原注作"无翼之禽能飞，凡人信之，以为实然"。实然：真的。

⑫三人成市虎：《韩非子·内储说上·七术》载："三人从市中来，皆言市中有虎，市非虎处，而人信以为有虎。"

⑫一里能挠椎：原注作"一里之人皆言能屈椎者，人则信之也。"桡：使弯曲；椎（chuí）：类似今天的大锄头。

⑫出母：被父遗弃的母亲，其子女称其为出母。

⑫胜母：地名；闾：乡里。

⑬曾子：应为孔子；盗泉：泉水名，在今山东泗水县内。《水经注·二十五》引《尸子》："孔子至于暮矣而不宿于盗泉，渴矣而不饮，恶其名也。"

⑬象箸：象牙筷；箕子：纣王叔父；唏：哀叹。

⑬偶人：殉葬品，系用土木等制做的人像。

⑬札：指铠甲上用皮革或金属制成的叶片。

⑬卒：猝。

⑬髡屯：丑牛的样子；犁牛：杂色牛。

⑬犏（xiū）：无尾牛；牁（kē）：无角牛。

⑬牺：用作祭祀的纯色牛。

⑬齐：通斋。

⑬以沉诸河：把牛沉入河中；诸：之于。

⑭河伯：即河神，《史记正义》云河伯姓冯名夷，浴于河中而溺死，遂为河神。

⑭语出自《诗经·小雅·车辖》；高山：喻崇高的人：仰：敬仰；景行：大路，喻光明正大的人；行：走，喻效法；止：语助词。

⑭鹗炙：烤熟的鹗肉。

⑭晨夜：辰夜，司夜，即公鸡。

⑭膹（fén）：麻，可以织布。
⑮病暮：等不及；暮：迟，时间久长。
⑯招箦（zé）：床席。
⑰分理：人的本份与天理。
⑱徐偃王：周穆王时诸侯国君，行仁义，诸侯多尊之，穆王令楚灭徐。
⑲靡：损害。
⑳简圭：大玉圭；垢石：因玉长在石内，石身有土，故云垢石。
㉑大蔡：地名，盛产大龟。
㉒徵羽：五音中两个音阶，泛指五音；乐风：乐歌。
㉓《阳阿》、《采菱》：均为古合唱歌曲名。
㉔耀蝉：用光照蝉，是古人捕蝉的一种方法。
㉕罟（gǔ）：网的通称；罛（gū）：大鱼网。
㉖遗：赠送；羁：马笼头；税（tuō）：通脱，解下；轙（yǐ）：车衡上穿过缰绳的大环。
㉗琬（wǎn）琰（yǎn）：美玉。
㉘弊：破旧；箄（bēi）：复盖甑底的竹席；甑（zèng）：一种瓦制煮具，类似今之蒸笼；甂（měng）：甑带。
㉙旃茵：即旃茵，毛毡坐褥。
⑯纵之其所：让它们各得其所。
⑯相之中：良马仍在待观察的马当中。
⑯放烧：失火。
⑯蘧伯玉：春秋卫国大夫，有贤名；公孙鞅：即商鞅，法家，助秦孝公变法图强。
⑯糈（xǔ）：祭祀用的精米；藉：祭祀仪式上用的白茅草垫。
⑯狸头：即狸；鼠：一种病，即鼠瘘；鸡头：水生植物，即芡，种子叫芡实，可入药；已：治愈；瘘：即淋巴腺结核。
⑯虻：牛虻。
⑯斫木：即啄木鸟。
⑯膏：油脂。
⑯矢：屎；中：杀；猬：刺猬。
⑰推：推敲，研究其成因。
⑰掇：选取。
⑰蹠：即跖，鸡脚掌。
⑰克：取胜；不逮：不及；适成：恰好。
⑰麋：即麋鹿，四不象。
⑰眇：一只眼瞎了，叫眇。
⑰顾：反而。
⑰濡木：木的质地较软。
⑰但：通诞，欺诈；谩：欺骗。
⑰慬：勇敢。
⑱侳（cuò）：通剉，伤害。
⑱脔（luán）：块状肉；镬（huò）：煮食物的釜，即锅。
⑱易而难句：原注作“履地迹自成，行日中影自生，是其易；使迹正影直，是其难也。”蹍：践踏；暴：太阳照晒之下。
⑱庄王：楚庄王；里史：人名，楚庄王之佞臣。
⑱孙叔敖：楚庄王时令尹；浣：洗；制冠浣衣，等待庄王起用他。
⑱文公：晋文公重耳；荏席：卧席；荏：通衽。
⑱咎犯：人名，即晋文公舅父狐偃，字子犯；因咎犯见文公回晋途中令扔掉卧具等，认为文公不念旧情，故告辞归里。
⑱鼎错：小鼎，用以烹煮食物。
⑱爨（cuàn）：炊；周鼎：大鼎，代表国家。
⑱钧：同均；衡：指天平式的秤；尤：过失。
⑲狗生：骂人的话。

⑲取：娶；衰麻：丧服；下文的上冢、阳侯之波，均是不吉利、变相骂人的话。

⑲然：通燃。

⑲东家：东邻。

⑲文王：春秋楚国君；污（wā）：通洼，低陷；膺（yīng）：胸。

⑲鲍申：人名，曾任楚国令尹；伛（yǔ）：驼背。

⑲裨（bì）谌（chèn）：春秋郑国大夫，善谋略；郭：外城墙；知：智。

⑲朱儒：即侏儒；修人：身材高大的人。

⑲躄者：腿瘸的人。

⑲檠（qíng）：矫正弓的工具。

⑳齐：疾，速。

⑳遬（sù）：速。

⑳刉（jī）：摩擦；靡（mó）：通摩，接触。

⑳𨫼（lín）：门槛。

⑳六艺：原指礼、乐、射、御、书、数。

⑳勃：通悖，谬误。

卷十七 说林[①]训

以一世之度制治天下[②]，譬犹客之乘舟，中流遗其剑，遽契其舟桅[③]，薄暮而求之，其不知物类亦甚矣！夫随一隅之迹，而不知因天地以游，惑莫大焉，虽时有所合，然而不足贵也。譬若旱岁之土龙，疾疫之刍狗，是时为帝者也。曹氏之裂布，蛷者贵之[④]，然非夏后氏之璜。

无古无今，无始无终，未有天地而生天地，至深微广大矣。足以蹍者浅矣，然待所不蹍而后行；智所知者褊矣，然待所不知而后明。

游者以足蹶，以手拂[⑤]，不得其数，愈蹶愈败；及其能游者，非手足者矣。鸟飞反乡，兔走归窟，狐死首丘，寒将翔水[⑥]，各哀其所生[⑦]。毋贻盲者镜，毋予躄者履，毋赏越人章甫[⑧]，非其用也。椎固有柄，不能自椓；目见百步之外，不能自见其眦[⑨]。

狗彘不择甂瓯而食，偷肥其体而顾近其死[⑩]；凤皇高翔千仞之上，故莫之能致。月照天下，蚀于詹诸[⑪]；腾蛇游雾，而殆于蝍蛆[⑫]；乌力胜日，而服于鵻礼[⑬]：能有修短也。莫寿于殇子，而彭祖为夭矣[⑭]。短绠不可以汲深[⑮]，器小不可以盛大，非其任也。

怒出于不怒，为出于不为。视于无形，则得其所见矣；听于无声，则得其所闻矣。至味不慊[⑯]，至言不文，至乐不笑，至音不叫；大匠不斫，大豆不具[⑰]，大勇不斗；得道而德从之矣，譬若黄钟之比宫、太蔟之比商，无更调焉[⑱]。

以瓦钍者全，以金钍者跛[⑲]，以玉钍者发。是故所重者在外，则内为之掘[⑳]。逐兽者目不见太山，嗜欲在外，则明所蔽矣。听有音之音者聋，听无音之音者聪；不聋不聪，与神明通。

卜者操龟，筮者端策，以问于数，安所问之哉！舞者举节，坐者不期而挤皆如一[㉑]，所极同也。

日出旸谷，入于虞渊[㉒]，莫知其动，须臾之间俛人之颈[㉓]。人莫欲学御龙，而皆欲学御马；莫欲学治鬼，而皆欲学治人，急所用也。解门以为薪，塞井以为臼，人之从事，或时相似。水火相憎，镨在其间，五味以和；骨肉相爱，谗贼间之，而父子相危。

夫所以养而害所养，譬犹削足而适履，杀头而便冠。昌羊去蚤虱而来蛉穷[24]，除小虫而致大贼，欲小快而害大利。墙之坏也，不若无也，然逾屋之覆[25]。

璧瑗成器，礛诸之功；镆邪断割，砥砺之力。狡兔得而猎犬烹，高鸟尽而强弩藏。虻与骥致千里而不飞，无糗粮之资而不饥[26]。失火而遇雨，失火则不幸，遇雨则幸也。故祸中有福也。

鬻棺者欲民之疾病也，畜粟者欲岁之荒饥也。水静则平，平则清，清则见物之形，弗能匿也，故可以为正。川竭而谷虚，丘夷而渊塞，唇竭而齿寒；河水之深，其壤在山[27]。

钧之缟也，一端以为冠，一端以为袜；冠则戴致之[28]，袜则蹍履之。

知己者不可诱以物，明于死生者不可却以危[29]，故善游者不可惧以涉。亲莫亲如骨肉，节族之属连也[30]；心失其制，乃反自害，况疏远乎？

圣人之于道，犹葵之与日也，虽不能与终始哉，其乡之诚也[31]。

宫池涔则溢，旱则涸。江水之原，渊泉不能竭。

盖非橑[32]，不能蔽日；轮非辐，不能追疾。然而橑、辐未足恃也。

金胜木者，非以一刃残林也；土胜水者，非以一墣塞江也[33]。

躄者见虎而不走，非勇，势不便也。倾者易覆也，倚者易轵也[34]，几易助也[35]，湿易雨也。设鼠者机动，钓鱼者泛杌[36]，任动者车鸣也。刍狗能立而不能行，蛇床似麋芜而不能芳[37]。

谓许由无德，乌获无力，莫不丑于色[38]，人莫不奋于其所不足。以兔之走，使犬如马[39]，则逮日归风[40]。及其为马，则又不能走矣。冬有雷电，夏有霜雪，然而寒暑之势不易，小变不足以妨大节。

黄帝生阴阳[41]，上骈生耳目，桑林生臂手[42]，此女娲所以七十化也。终日之言，必有圣之事[43]；百发之中，必有羿、逢蒙之巧。然而世不与也，其守节非也[44]。

牛蹄彘颅亦骨也，而世弗灼[45]，必问吉凶于龟者，以其历岁久矣。近敖仓者不为之多饭[46]，临江河者不为之多饮，期满腹而已。

兰芝以芳，未尝见霜；鼓造辟兵，寿尽五月之望[47]。舌之与齿，孰先砻也[48]？錞之与刃，孰先弊也？绳之与矢，孰先直也？

今鳝之与蛇，蚕之与蠋[49]，状相类而爱憎异。晋以垂棘之璧得虞、虢，骊戎以美女亡晋国。聋者不歌，无以自乐；盲者不观，无以接物。

观射者遗其执[50]，观书者忘其爱。意有所在，则忘其所守。

古之所为不可更，则推车至今无蝉匷[51]。

使但吹竽，使工厌窍[52]，虽中节而不可听，无其君形者也[53]。与死者同病难为良医，与亡国同道难与为谋。为客治饭而自黎藿[54]，名尊于实也。

乳狗之噬虎也，伏鸡之搏狸也，恩之所加，不量其力。使景曲者，形也；使响浊者，声也。情泄者中易测，华不时者不可食也[55]。

蹠越者或以舟，或以车，虽异路，所极一也。佳人不同体，美人不同面，而皆悦于目。梨、橘、枣、栗不同味，而皆调于口。

人有盗而富者，富者未必盗；有廉而贫者，贫者未必廉。蔐苗类絮[56]，而不可为絮；麖不类布，而可以为布。出林者不得直道，行险者不得履绳[57]。

羿之所以射远中微者，非弓矢也；造父之所以追速致远者，非辔衔也。海内其所出[58]，故能大；轮复其所过，故能远。

羊肉不慕蚁，蚁慕于羊肉，羊肉膻也；醯酸不慕蚋，蚋慕于醯，酸[59]。

尝一脔肉而知一镬之味，悬羽与炭而知燥湿之气，以小见大，以近喻远。十顷之陂可以灌四十顷，而一顷之陂可以灌四顷[60]，大小之衰然[61]。

明月之光，可以望远而不可以细书[62]；甚雾之朝，可以细书，而不可以远望寻常之外[63]。

画者谨毛而失貌，射者仪小而遗大。治鼠穴而坏里闾，溃小疱而发痤疽，若珠之有纇[64]，玉之有瑕，置之而全，去之而亏。榛巢者处林茂[65]，安也；窟穴者托埵防，便也。

王子庆忌足蹑麋鹿，手搏兕虎，置之冥室之中，不能搏鱼鳖，势不便也。

汤放其主而有荣名，崔杼弑其君而被大谤，所为之则同，其所以为之则异。吕望使老者奋[66]，项托使婴儿矜[67]，以类相慕。

使叶落者风摇之，使水浊者鱼挠之。虎豹之文来射，猿狖之捷来乍[68]。

行一棋不足以见智，弹一弦不足以见悲。三寸之管而无当，天下弗能满[69]；十石而有塞[70]，百斗而足矣。以篙测江，篙终而以水为测，惑矣。

渔者走渊，木者走山，所急者存也；朝之市则走，夕过市则步，所求者亡也[71]。

豹裘而杂，不若狐裘之粹；白璧有考[72]，不得为宝，言至纯之难也。战兵死之鬼憎神巫，盗贼之辈丑吠狗[73]。

无乡之社，易为黍肉[74]；无国之稷，易为求福[75]。鳖无耳而目不可以蔽，精于明也；瞽无目而耳不可以塞，精于聪也。遗腹子不思其父，无貌于心也；不梦见像，无形于目也。蝮蛇不可以为足，虎豹不可使缘木。马不食脂，桑扈不啄粟[76]，非廉也。

秦通崤塞而魏筑城也[77]。饥马在厩，寂然无声；投刍其旁，争心乃生。引弓而射，非弦不能发矢；弦之为射，百分之一也[78]。

道德可常，权不可常。故遁关不可复，亡犴不可再[79]。环可以喻圆，不必以轮；绦可以为繶，不必以紃[80]。

日月不并出，狐不二雄，神龙不匹，猛兽不群，鸷鸟不双。循绳而斫则不过，悬衡而量则不差，植表而望则不惑。

损年则嫌于弟，益年则疑于兄，不如循其理，若其当[81]。人不见龙之飞举而能高者，风雨奉之[82]。

蠹众则木折，隙大则墙坏。悬垂之类，有时而隧[83]；枝格之属[84]，有时而弛。

当冻而不死者，不失其适；当暑而不暍者，不亡其适[85]。未尝适，亡其适[86]。

汤沐具而虮虱相吊，大厦成而燕雀相贺，忧乐别也。柳下惠见饴曰“可以养老”[87]，盗跖见饴曰“可以粘牡”[88]。见物同而用之异。蚕食而不饮，二十二日而化；蝉饮而不食，三十日而脱[89]；蜉蝣不食不饮，三日而死。人食礜石而死[90]，蚕食之而不饥；鱼食巴菽而死[91]，鼠食之而肥。类不可必推。瓦以火成，不可以得火；竹以水生，不可以得水。

扬堁而欲弭尘，被裘而以翣翼[92]，岂若适衣而已哉？槁竹有火，弗钻不燃；土中有水，弗掘无泉。

蚘、象之病，人之宝也[93]；人之病，将有谁宝之者乎？

为酒人之利而不酤则竭[94]；为车人之利而不僦[95]，则不达；握火提人，反先之热[96]。邻之母死往哭之，妻死而不泣，有所劫以然也[97]。西方之倮国，鸟兽弗辟，与为一也。

一膊炭熯[98]，掇之则烂指；万石俱熯，去之十步而不死，同气异积也[99]。大勇小勇，有似于此。今有六尺之席，卧而越之，下材弗难；植而逾之，上材弗易；势施异也[100]。百梅足以为百人酸，一梅不足以为一人和[101]。

有以饭死者，而禁天下之食，有以车为败者，而禁天下之乘，则悖矣。钓者静之，罛者扣舟[102]，罩者抑之，罣者举之[103]；为之异，得鱼一也。

见象牙乃知其大于牛，见虎尾乃知其大于狸，一节见而百节知也。

小国不斗于大国之间，两鹿不斗于伏兕之旁。佐祭者得赏，救斗者得伤。荫不祥之木，为雷电所扑。

或谓冢，或谓陇；或谓笠，或谓簦[104]。头虱与空木之瑟，名同实异也。

日月欲明而浮云盖之，兰芝欲修而秋风败之。虎有子，不能捕攫者，辄杀之，为堕武也。

龟纽之玺[105]，贤者以为佩；土壤布在田，能者以为富。予拯溺者金玉，不若寻常之缠索[106]。

视书，上有酒者，下必有肉；上有年者，下必有月[107]；以类而取之。

蒙尘而眯，固其理也，为其不出户而堁之也[108]。屠者羹藿[109]，为车者步行，陶者用缺盆，匠人处狭庐；为者不必用，用者弗肯为。

毂立三十辐，各尽其力，不得相害；使一辐独入，众辐皆弃，岂能致千里哉？夜行者掩目而前其手，涉水者解其马载之舟；事有所宜，而有所不施。

橘柚有乡，萑苇有丛[110]，兽同足者相从游，鸟同翼者相从翔。田中之潦[111]，流入于海；附耳之言，闻于千里也。

苏秦步，曰："何故[112]？"趍，曰："何趍驰？"[113]有为则议，多事固苛[114]。皮将弗睹，毛将何顾！畏首畏尾，身凡有几！

欲观九州之士，足无千里之行；心无政教之原，而欲为万民之上则难。的的者获，提提者射[115]，故大白若辱，大德若不足。

未尝稼穑粟满仓，未尝桑蚕丝满囊；得之不以道，用之必横[116]。海不受流胔[117]，太山不上小人，旁光不升俎[118]，駤駮不入牲[119]。

中夏用箑快之[120]，至冬而不知去；褰衣涉水，至陵而不知下；未可以应变。有山无林，有谷无风，有石无金。满堂之坐，视钩各异，于环带一也。

献公之贤，欺于骊姬[121]；叔孙之智，欺于竖牛[122]。故郑詹入鲁，《春秋》曰："佞人来，佞人来！[123]"君子有酒，鄙人鼓缶[124]，虽不见好，亦不见丑。人性便丝衣帛。或射之，则被铠甲，为其所不便，以得所便。辐之入毂，各值其凿[125]，不得相通，犹人臣各守其职，不得相干。

尝被甲而免射者，被而入水；尝抱壶而渡水者，抱而蒙火；可谓不知类也。

君子之居民上，若以腐索御奔马，若蹍薄冰蛟在其下，若入林而遇乳虎。善用人者，若蚈之足，众而不相害；若唇之与齿，坚柔相摩而不相败。

清醠之美[126]，始于耒耜；黼黻之美[127]，在于杼轴。布之新，不如纻[128]；纻之弊[129]，不如布。或善为新，或恶为故。

靥酺在颊则好，在颡则丑[130]；绣以为裳则宜，以为冠则讥[131]。

马齿非牛蹄，檀根非椅枝[132]。故见其一本而万物知。石生而坚，兰生而芳，少自其质，长而愈明。

扶之与提，谢之与让，故之与先，诺之与已也[133]，之与矣相去千里。

污准而粉其颡[134]；腐鼠在坛，烧薰于宫；入水而憎濡，怀臭而求芳；虽善者弗能为工。再生者不获，华大旱者不胥时落[135]。

毋曰不幸，甑终不堕井[136]。抽簪招磷，有何为惊[137]？使人无度河，可；中河使无度，不可。见虎一文，不知其武；见骥一毛，不知善走。

水虿为蟌[138]，孑孓为蚊[139]，兔啮为䗪[140]。物之所为，出于不意，弗知者惊，知者不怪。

铜英青[141]，金英黄，玉英白；麕烛掩[142]，膏烛泽也。以微知明，以外知内。

象肉之味，不知于口；鬼神之貌，不著于目；捕景之说，不形于心。

冬冰可折[143]，夏木可结[144]，时难得而易失。木方茂盛，终日采而不知；秋风下霜，一夕而殚。

病热而强之餐，救暍而饮之寒，救经而引其索，拯溺而授之石，欲救之，反为恶。虽欲谨，亡马不发户辚[145]；虽欲豫，就酒不怀蓐[146]。孟贲探鼠穴，鼠无时死，必噬其指，失其势也[147]。

山云蒸，柱础润[148]；伏苓掘，兔丝死。一家失熛[149]，百家皆烧；谗夫阴谋，百姓暴骸。

粟得水湿而热，甑得火而液，水中有火，火中有水[150]。疾雷破石，阴阳相薄。

汤沐之于河，有益不多；流潦注海，虽不能益，犹愈于已[151]。一目之罗，不可以得鸟；无饵之钓，不可以得鱼；遇士无礼，不可以得贤。兔丝无根而生，蛇无足而行，鱼无耳而听，蝉无口而鸣，有然之者也[152]。鹤寿千岁以极其游，蜉游朝生而暮死而尽其乐。

纣醢梅伯，文王与诸侯构之[153]；桀辜谏者，汤使人哭之[154]。狂马不触木，猘狗不自投于河，虽聋虫而不自陷[155]，又况人乎？

爱熊而食之盐，爱獭而饮之酒，虽欲养之，非其道。心所说，毁舟为杕[156]；心所欲，毁钟为铎。管子以小辱成大荣，苏秦以百诞成一诚。

质的张而弓矢集[157]，林木茂而斧斤入，非或召之，形势所致者也。得利而后拯溺，人亦必以利溺人矣。

舟能沉能浮，愚者不加足[158]；骐骥驱之不进，引之不止，人君不以取道里。刺我行者[159]，欲与我交；訾我货者[160]，欲与我市。以水和水不可食，一弦之瑟不可听。

骏马以抑死，直士以正穷，贤者摈于朝，美女摈于宫。行者思于道，而居者梦于床；慈母吟于巷，适子怀于荆[161]。

赤肉悬则乌鹊集[162]，鹰隼鸷则众鸟散。物之散聚，交感以然。食其食者不毁其器，食其实者不折其枝；塞其源者竭，背其本者枯。

交画不畅，连环不解，其解之不以解[163]。临河而羡鱼，不如归家织网。

明月之珠，蛖之病而我之利；虎爪象牙，禽兽之利而我之害。

易道良马，使人欲驰；饮酒而乐，使人欲歌。是而行之，故谓之断；非而行之，必谓之乱。矢疾不过二里也；步之迟，百舍不休[164]，千里可致。

圣人处于阴，众人处于阳；圣人行于水，众人行于霜[165]。异音者不可听以一律，异形者不可合于一体。农夫劳而君子养焉，愚者言而智者择焉[166]。

舍茂林而集于枯，不弋鹄而弋乌，难与有图。

寅丘无壑，泉原不溥[167]；寻常之壑，灌千顷之泽。见之明白，处之如玉石；见之暗晦，必留其谋。以天下之大托于一人之才，譬若悬千钧之重于木之一枝。负子而登墙，谓之不祥，为其一人陨而两人伤。善举事者，若乘舟而悲歌，一人唱而千人和。

不能耕而欲黍粱，不能织而喜采裳，无事而求其功，难矣。有荣华者，必有憔悴；有罗纨者，必有麻蒯[168]。

鸟有沸波者，河伯为之不潮，畏其诚也[169]。故一夫出死，千乘不轻。蝮蛇螫人，傅以和堇则愈[170]，物故有重而害反为利者。

圣人之处乱世，若夏暴而待暮；桑榆之间，逾易忍也[171]。

水虽平，必有波；衡虽正，必有差；尺寸虽齐，必有诡[172]。非规矩不能定方圆，非准绳不能正曲直；用规矩准绳者，亦有规矩准绳焉。舟覆乃见善游，马奔乃见良御。

嚼而无味者，弗能内于喉[173]；视而无形者，不能思于心。

兕虎在于后，随侯之珠在于前[174]，弗及掇者，先避患而后就利。逐鹿者不顾兔，决千金之货者不争铢两之价。

弓先调而后求劲，马先驯而后求良，人先信而后求能。陶人弃索，车人掇之；屠者弃销[175]，而锻者拾之；所缓急异也。

百星之明，不如一月之光；十牖之开，不如一户之明。矢之于十步，贯兕甲；及其极，不能入鲁缟。太山之高，背而弗见；秋毫之末，视之可察。

山生金，反自刻[176]；木生蠹，反自食；人生事，反自贼。巧冶不能铸木，工巧不能斫金者[177]，形性然也。白玉不琢，美珠不文，质有余也。

故跬步不休，跛鳖千里；累积不辍，可成丘阜。城成于上，木直于下，非有事焉，所缘使然。

凡用人之道，若以燧取火，疏之则弗得，数之则弗中[178]，正在疏数之间。

从朝视夕者移，从枉准直者亏；圣人之偶物也[179]，若以镜视形，曲得其情[180]。

杨子见逵路而哭之[181]，为其可以南可以北；墨子见练丝而泣之[182]，为其可以黄可以黑。

趍舍之相合，犹金石之一调，相去千岁，合一音也。鸟不干防者，虽近弗射；其当道，虽远弗释。酤酒而酸，买肉而臭，然酤酒买肉不离屠、沽之家，故求物必于近之者。

以诈应诈，以谲应谲，若披蓑而救火，毁渎而止水，乃愈益多。西施、毛嫱，状貌不可同，世称其好，美钧也；尧、舜、禹、汤，法籍殊类，得民心一也。

圣人者，随时而举事，因资而立功，涝则具擢对[183]，旱则修土龙。临淄之女[184]，织纨而思行者，为子悖戾[185]。室有美貌，缯为之纂绎[186]。

徵羽之操[187]，不入鄙人之耳；抮和切适[188]，举坐而善。过府而负手者[189]，希不有盗心；故侮人之鬼者，过社而摇其枝[190]。

晋阳处父伐楚以救江[191]，故解捽者不在于捌格，在于批抗[192]。

木大者根擢，山高者基扶[193]，蹠巨者志远，体大者节疏。

狂者伤人，莫之怨也；婴儿詈老，莫之疾也：贼心岳[194]。

尾生之信，不如随牛之诞[195]，而又况一不信者乎？

犹父之疾者子，治之者医，进献者祝，治祭者庖。

---

①说林：《史记》六三《韩非传》《索隐》："说林者，广说诸事，其多若林，故曰说林。"说林原是《韩非子》中的篇名，后人仿照其写作体裁，并以"说林"为篇名的著作不少，本篇就是仿其体裁而写的著作之一。即广泛列举故事、比喻、寓言来解释道的理论。

②一世：某一时代。

③遽：速；契：刻；桅：应是梚（fàn）：船舷，即谚语"刻舟求剑"。

④曹氏：姓曹的人，以织布出名，故楚地称布为曹；高诱注："今俗间以始织布，系著其旁，谓之曹布，烧以傅蜡蛛疮，则愈，故蛛者贵之。"蛛：一种毒疮。

⑤蹶：指骡马等后腿向后踢；抪（pā）：击打。

⑥寒将：即寒螿，蝉的一种。

⑦哀：通爱。

⑧章甫：殷汤时戴的一种帽子，越人习俗不戴帽子。

⑨椓（zhuó）：敲击；眦（zī）：眼眶。

⑩甂（biān）瓯（ōu）：阔口瓦制食器；顾：反而。

⑪詹诸：同蟾蜍。

⑫蝍蛆（jí jū）：即蜈蚣，能食蛇脑，一说是蟋蟀。

⑬乌力能日：传说日中有乌鸦，能受太阳酷热；雗（zhuī）礼：鸟名，春分始见，先鸡而鸣，能追赶乌鸦。

⑭殇子：夭折的婴儿，喻寿短；彭祖：传说中长寿人物，活到八百岁。

⑮绠（gěng）：汲水桶上的绳子。

⑯慊（qiè）：满足，快意。

⑰豆：一种器皿，用于祭祀时；具：供设；大豆不具：很大的豆无须总要盛放祭品。

⑱黄钟、太簇：是古乐十二律中的律名，黄钟律以宫音为主，太簇律以商音为主；比：相配；更：改。

⑲钰（zhù）：通注，赌注，即赌博时所押的财物；跋：反身急走，发：速跑。

⑳内：内心；掘：通拙，笨拙。

㉑拚（pīn）：通拚，鼓掌，表示欢庆。也通抃。

㉒旸谷：传说中日出处；虞渊：传说中日入地。

㉓俛：通俯，低头、屈身；俛人之颈：指太阳由东到西落山时，逐渐下沉，人须低头屈颈地看。

㉔昌羊：水草名，即菖蒲，可用以驱杀跳蚤等；蚙穷：又称蜒蚰；多栖息阴湿处，系多节动物。

㉕逾：超过；覆：倾倒。

㉖糗（qiǔ）：干粮。

㉗河水之深，其壤在山：意为河水深是因为它的土壤已被冲成山了。

㉘钧：同均，平分；端：段；戴致：戴到头上。

㉙却：退。

㉚节：骨节；族：簇的古字，筋骨交错的部位；属：连结。

㉛乡：向。

㉜橑（lǎo）：支撑车盖的细木条；盖：车盖。

㉝墣：土块。

㉞軵（rǒng）：推倒。

㉟儿：近。

㊱泛：钓鱼用的鱼漂；杭：动。

㊲蛇床：草本植物，形似麋芜，无香味，可入药；麋芜：麋同靡，又称芎䓖，草本植物，有香味。

㊳丑：怒形于色；乌获：战国时秦国大力士。

㊴犬：系“大”之误。

㊵逮日：追上太阳；归风：追风，喻快。

㊶阴阳：指男女。

㊷上骈、桑林：皆天神名。

㊸圣：圣明通达。

㊹守节非：指不能持守“圣”与“巧”的准则，守：持守；节：准则；非：假。

㊺灼：烧烤。

㊻敖仓：秦时的粮仓名。

㊼鼓造：鸟名，即枭，俗称猫头鹰；望：月圆之日称望，即农历十五日。

㊽砻：磨损。

㊾鳣：通鳝；蠋（zhú）：蛾蝶类的幼虫。

㊿遗：忘；执：执事，即要做的正事。

51推车：应为椎车，用整块圆木作车轮的车子；蝉匷（jué）：车的一种。

52但：俞樾认为应作“倡”，古代歌舞乐人；工：乐工；厌：通压，按压；窍：窍孔，发音孔。

53君形者：主宰行为的精神。

54黎藿：两种野菜名。

55华不时者：瓜类植物的果实叫华；句意为不是在开花结果的时间结的果实不可食。

56蔏（dí）：同荻，芦花絮。

57绳：直线；履绳：走直的路。

58内：同纳，容纳。

59慕：爱慕；蜹（ruì）：蚊子；醯（xī）：醋。

60陂（bēi）：蓄水的池塘。

(61)衰（cūi）：等差。

(62)细书：书写细小的字。

(63)寻常：古代长度单位，八尺为寻，十六尺为常，这里指稍远处。

(64)纇（lèi）：珠之斑痕，即瑕疵。

(65)榛：丛生的树木；榛巢者：在树上筑巢而居的动物。

(66)吕望：即姜太公；奋：激励；

(67)项托：春秋时人，传说他七岁时就向孔子诘难；矜：骄傲。

(68)文：指斑斓的毛皮；来：招致；乍：通措，刺，即攻击。

(69)当：应作挡，抵当，即底。

(70)石：代指石制的大容器；塞：也指底。

(71)之：前往；亡：无。

(72)考：玉器上的斑点、裂纹。

(73)丑：憎恨。

(74)无乡之社：指荒芜无人祭祀的土地神庙；黍肉：指各种祭品。

(75)无国之稷：指国亡后留下无人管的社稷庙；稷：谷神。

(76)脂：油膏；桑扈：又名青雀，鸟名。

(77)峭塞：即峭山，城：指长城；句意依原注为："魏徙都于大梁，闻秦通治峭关，知欲来东兼之，故筑城设守备也。"

(78)弦之为射，百分之一：意为弦的长度不超过射程的百分之一。

(79)遁关：指从关口逃遁；亡犴：从拘留所逃跑；犴（àn）：古代乡里的拘留所。

(80)绦（tāo）：丝绒编成的带子；繶（yì）：古代饰鞋的圆丝带；紃（xún）：圆形细丝带。

(81)损年：少报岁数；嫌：分不清；益年：多报岁数；若：顺；当：实。

(82)奉：助。

(83)隧：通坠。

(84)枝格：伸出的长枝条；弛：脱落。

(85)暍：中暑；亡：失；适：适应。

(86)亡：忘。

(87)柳下惠：春秋时鲁国大夫，因食邑于柳下，谥惠，故称。

(88)粘牡：在门闩上涂糖膏，起润滑作用；牡：门闩，锁簧。

(89)脱：通蜕，指蝉蜕皮去壳。

(90)礜（yù）：矿物名，毒砂，即硫砒铁矿。

(91)巴菽：即巴豆，常绿小乔木，是泻药。

(92)堁：尘土；弭：止；翣：扇子；翼：辅助。

(93)蛖、象之病：蛖即蚌，蚌中生的珍珠，象生的象牙，对人来说是宝物，但对蚌及象来说，则是灾难，病指灾难。

(94)酒人：指卖酒人；利：获利；酤：买酒；竭：应为渴。

(95)车人：出租车的人；僦：租赁、租车。

(96)提火：捏着火；热：指烧伤。

(97)劫：胁迫。

(98)一脔：一块肉；熯（hàn）：烘烤。

(99)同气：指一块炭与万石炭烧的气是一样的热；异积：指离炭远近有别，离炭近则热气积聚多则热度高，离炭远则热度低，热气散。

(100)势施：摆放的形态；卧：平放；下材：矮子；植：竖放；上材：高个子。

(101)和：调和口味。

(102)罛（yú）：一种捕鱼方式，原注作："以柴积水中以取鱼。"扣：击。

(103)罩：捕鱼用的竹器；罣（guà）：一种捕鱼方法，即用网挂绊鱼。

(104)簦（dēng）：柄长的笠，类今之伞。

(105)纽：玺印上供人手提或握的部分；龟纽：做成龟状的纽。

(106)缠：绳。

⑩⑦指酒与肉、年与月常连用。

⑩⑧堁：扬起尘土。

⑩⑨羹藿：用野豆叶煮成的糊状食物，藿：豆叶，属野菜类。

⑪⑩雚（quàn）：草名，即荻。

⑪⑪潦：积水。

⑪⑫苏秦：战国时著名合纵家，曾游说六国联合抗秦。

⑪⑬趍：同趋，急行。

⑪⑭苛：责备。

⑪⑮旳旳：同的的，明白；提提：安舒；获、射：获取。

⑪⑯横：放纵。

⑪⑰胔（zì）：腐烂的肉。

⑪⑱旁光：同膀胱；俎（zǔ）：盛放牛羊等祭品的器具。

⑪⑲駵：同骝，马体红色尾黑色的马；驳：马体青白相间的马；牲：牺牲，专供祭祀用的毛色纯一的整体牲畜。

⑫⑳箑（shà）：扇子。褰（qiān）：掀起衣裳。

⑫①献公：春秋时晋国君；骊姬：献公夫人，骊姬进谗言逼太子申生自杀、公子重耳出逃，使晋国发生动乱达数世。

⑫②叔孙：即鲁国大夫叔孙穆子，名豹；竖牛：叔孙豹与路遇女子的私生子，穆子宠之，后控制叔孙家族，穆子病重，竖牛不给食物，三日后穆子饿死。

⑫③郑詹：春秋郑国大夫。前677年春，齐国捉住郑詹，夏，郑詹逃到了鲁国。《公羊传》、《谷梁传》均说郑詹是卑微小人。

⑫④鄙人：鄙陋之人；缶（fǒu）：瓦器，古用作打击乐器。

⑫⑤凿：毂上安插辐条的孔。

⑫⑥清醠（àng）：清酒。

⑫⑦黼黻：古代礼服上的花纹。

⑫⑧纻：同苎，粗麻布。

⑫⑨獘：通敝，破旧。

⑬⑩靥（yè）辅（fǔ）：脸上的酒涡；颡（sǎng）：额头。

⑬①讥：应为议。

⑬②椅：木名，又称山桐子、水冬瓜，质地泡松，只能制作小家具。

⑬③提：掷击；谢：道歉；让：责备；故：旧；先：前；诺：许诺；已：完成。

⑬④准：鼻。

⑬⑤再生者：指割头茬后二次长出的谷物；胥：等待。

⑬⑥甑：一种瓦制煮器。

⑬⑦磷：即磷火，俗称鬼火，呈蓝色。

⑬⑧水虿（chài）：蜻蜓的幼虫，生活在水中；螅（cōng）：蜻蜓。

⑬⑨孑孓：即孑孓，蚊子的幼虫。

⑭⑩兔啮（niè）：小虫，螚（nài）：虻虫。

⑭①英：光泽。

⑭②黂（fén）烛：麻杆点燃的火炬；黂：麻；掩：暗昧不明。

⑭③折：通坼，开裂、消解。

⑭④结：通竭，衰竭。

⑭⑤辚：门槛。

⑭⑥蓐：通褥，草席。

⑭⑦孟贲：古勇士；无时：随时；噬：咬；失其势：孟贲虽力大勇猛，但手入鼠穴却无法用力，鼠反咬其指。

⑭⑧础：柱脚石。

⑭⑨熛（biāo）：火焰。

⑮⑩有：指“产生”；火：发热、生温；水：指水气。

⑮①汤沐：洗澡用的热水；流潦：下雨后漫流的积水；已：止。

⑮②有然之者也：有使它们所以这样的原因。

⑮③醢（hǎi）：把人剁成肉酱；梅伯：纣王的大臣，因谏纣停止暴政，为纣杀害；构：谋，指图谋灭纣。

⑮④辜：分裂肢体的刑罚。

⑮⑤猘（zhì）狗：疯狗；聋虫：无知的动物。

⑮⑥杕（duò）：同柁，即船柁，装于船尾以控制方向。

⑮⑦质的：靶子。

⑮⑧能沉能浮：指船体不坚固，乘者惧其沉；加足：置足，上船。

⑮⑨刺：责备。

⑯⓪訾（zǐ）：诋毁。

⑯①吟：叹息；适子：正妻生的长子；适（dí）：通嫡。

⑯②赤肉：去皮毛的肉，净肉。

⑯③交画：交相错画的线条；以：用。

⑯④舍：军队住宿一夜称舍，百舍喻时间长。

⑯⑤阴：喻隐而不显；阳：喻显而外露；行于水：行而无迹；行于霜：行而有迹。

⑯⑥愚者言：众人七嘴八舌地乱提意见；智者择：智者从众人言中选择有用的意见。

⑯⑦寅：小山丘；溥（pǔ）：广大，普遍。

⑯⑧罗纨：华贵的衣服；罗：轻软有稀孔的丝织品；纨：白色细绢。麻蒯（kuǎi）：粗布衣；蒯：草名，茎可编织。

⑯⑨沸波：即鱼鹰，今渔人用以捕鱼，利用鱼鹰低飞水面，以翅膀搧起水波，使鱼出水面用嘴吞食，未入胃前渔人卡住咽喉使其吐出；河伯：河神。

⑰⓪和堇：即乌头，有毒，可入药。

⑰①桑榆之间：即日在桑榆之间，指日之将暮；逾：通愈，更加。

⑰②诡：原注为"不同也"。

⑰③内：纳。

⑰④随侯之珠：随侯：古诸侯国君，传说随侯曾救活大蛇，大蛇从江中衔大珠相报。故名隋侯之珠，随通隋。

⑰⑤销：生铁。

⑰⑥刻：削减。

⑰⑦工巧：即巧工、木工。

⑰⑧燧：古代取火的工具；疏：慢，稀；数：急速。

⑰⑨偶：遇，接触。

⑱⓪曲：曲折，尽。

⑱①杨子：即杨朱，战国时著名思想家；逵：四通八达的大道。

⑱②练丝：柔白的熟绢。

⑱③涔（cén）：涝；擢对：贮水器。

⑱④临淄：地名，战国时齐国都城；在今山东淄博市东北。

⑱⑤悖戾：乖张，惑乱。

⑱⑥纂绎（zuǎn yì）：不细密，紊乱。

⑱⑦徵羽：五音中的两个音阶；操：乐曲。

⑱⑧抮（zhěn）：转；和：平和的音调；切适：急切的音调。

⑱⑨府：储藏财物的仓库；负手：手放到背后。

⑲⓪社：土地庙；枝：土地庙前的树上的树枝。

⑲①阳处父：春秋时晋国大夫；江：春秋时诸侯国名，据《春秋·文公三年》载："秋，楚人围江……晋阳处父率师伐楚以救江。"，江后被楚灭。

⑲②解捽（zuó）：平息斗殴；捌格：分解；批：打击；抗（dǎn）：推击。

⑲③欋（qú）：通欋，木根盘曲状；扶：支持。

⑲④亾：陈观楼认为是"亡也"两个字的误合并，亡：无。

⑲⑤尾生：战国时鲁人，与女子约会，不来，遇水涨，尾生抱柱不走，被水淹死。随牛：人名，其事不详；随牛之诞：原注作"随牛、弦高矫君命为诞以存国，故不如随牛诞也。"这是把随牛看作是与弦高一样欺骗秦军的人。诞：欺骗。

卷十八　人间[①]训

清净恬愉，人之性也；仪表规矩，事之制也[②]。知人之性，其自养不勃[③]；知事之制，其举错不惑。发一端，散无竟[④]，周八极，总一筦[⑤]，谓之心。见本而知末，观指而睹归[⑥]，执一而应万，握要而治详，谓之术。居知所为，行知所之，事知所秉[⑦]，动知所由，谓之道。道者，置之前而不挚[⑧]，错之后而不轩[⑨]；内之寻常而不塞，布之天下而不窕。是故使人高贤称誉己者，心之力也；使人卑下诽谤己者，心之罪也。夫言出于口者不可止于人，行发于迩者不可禁于远。事者难成而易败也，名者难立而易废也。千里之堤，以蝼蚁之穴漏；百寻之屋，以突隙之烟焚。《尧戒》曰："战战栗栗，日慎一日。人莫蹪于山，而蹪于蛭[⑩]。"是故人皆轻小害，易微事，以多悔。患至而后忧之，是犹病者已惓而索良医也[⑪]，虽有扁鹊、俞跗之巧[⑫]，犹不能生也。

夫祸之来也，人自生之；福之来也，人自成之。祸与福同门，利与害为邻，非神圣人，莫之能分。凡人之举事，莫不先以其知规虑揣度，而后敢以定谋。其或利或害，此愚智之所以异也。晓自然以为智，知存亡之枢机，祸福之门户，举而用之，陷溺于难者，不可胜计也。使知所为是者，事必可行，则天下无不达之途矣。是故知虑者，祸福之门户也；动静者，利害之枢机也。百事之变化，国家之治乱，待而后成。是故不溺于难者成，是故不可不慎也。

天下有三危。少德而多宠，一危也；才下而位高，二危也；身无大功而受厚禄，三危也。故物或损之而益，或益之而损。何以知其然也？昔者楚庄王既胜晋于河、雍之间[⑬]，归而封孙叔敖，辞而不受。病疽将死，谓其子曰："吾则死矣[⑭]，王必封女。女必让肥饶之地，而受沙石之间[⑮]。有寝丘者，其地确石而名丑[⑯]。荆人鬼，越人禨[⑰]，人莫之利也。"孙叔敖死，王果封其子以肥饶之地。其子辞而不受，请有寝之丘。楚国之俗，功臣二世而爵禄[⑱]，唯孙叔敖独存[⑲]。此所谓损之而益也。何谓益之而损？昔晋厉公南伐楚[⑳]，东伐齐，西伐秦，北伐燕，兵横行天下而无所绻[㉑]，威服四方而无所诎[㉒]。遂合诸侯于嘉陵[㉓]，气充志骄，淫侈无度，暴虐万民。内无辅拂之臣[㉔]，外无诸侯之助。杀戮大臣，亲近导谀[㉕]。明年，出游匠骊氏[㉖]，栾书、中行偃劫而幽之[㉗]。诸侯莫之救，百姓莫之哀，三月而死。夫战胜攻取，地广而名尊，此天下之所愿也，然而终于身死国亡，此所谓益之而损者也。夫孙叔敖之请有寝之丘沙石之地，所以累世不夺也；晋厉公之合诸侯于嘉陵，所以身死于匠骊氏也。

众人皆知利利而病病也[㉘]，唯圣人知病之为利，知利之为病也。夫再实之木根必伤，掘藏之家必有殃[㉙]，以言大利而反为害也。张武教智伯夺韩、魏之地而禽于晋阳[㉚]，申叔时教庄王封陈氏之后而霸天下[㉛]。孔子读《易》至《损》、《益》，未尝不愤然而叹曰："益损者，其王者之事与[㉜]？"事或欲以利之适足以害之，或欲害之乃反以利之；利害之反，祸福之门户，不可不察也。阳虎为乱于鲁[㉝]，鲁君令人闭城门而捕之，得者有重赏，失者有重罪。围三匝，而阳虎将举剑而伯颐[㉞]。门者止之曰："天下探之不穷[㉟]，我将出子。"阳虎因赴围而逐，扬剑提戈而走，门者出之。顾反，取其出之者，以戈推之，攘袪薄腋[㊱]。出之者怨之，曰："我非故与子反也，为之蒙死被罪，而乃反伤我。宜矣，其有此难也！"鲁君闻阳虎失，大怒。问所出之门，使有司拘之，以为伤者受大赏，而不伤者被重罪。此所谓害之而反利者也。何谓欲利之而反害之？楚恭王与晋人战于鄢陵[㊲]。战酣，恭王伤而休。司马子反渴而求饮[㊳]。竖阳谷奉酒而进之[㊴]。子反之为人也，嗜酒而甘之，不能绝于口，遂醉而卧。恭王欲复战，使人召司马子反。辞以心痛。王驾而往视之，入幄中而闻酒臭。恭王大怒，曰："今日之战，不谷亲伤，所恃者司马也，而司马又若此，是亡楚国之社稷而不率吾众也。不谷无与复战矣！"于是罢师而去之，斩司马子反为僇[40]。故竖阳谷之进酒也，非欲祸子反也，诚爱而欲快之也，而适足以杀之。此所谓欲利之而反害之者也。夫病湿而强之食，病暍而饮之寒，此众人之所以为养也，而良医之所以为病也。悦于目，悦于心，愚者之所利也，然而有道者之所辟也。故圣人先忤而后合，众人先合而后忤也。

有功者，人臣之所务也；有罪者，人臣之所辟也。或有功而见疑，或有罪而益信。何也？则有功者离恩义[41]，有罪者不敢失仁心也。魏将乐羊攻中山[42]，其子执在城中。城中县其子以示乐羊，乐羊曰："君臣之义，不得以子为私。"攻之愈急。中山因烹其子，而遗之鼎羹与其首。乐羊循而泣之曰[43]："是吾子已！"为使者跪而啜三杯。使者归报中山曰："是伏约死节者也，不可忍也[44]。"遂降之。为魏文侯大开地有功，自此以后，日以不信，此所谓有功而见疑者也。何谓有罪而益信？孟孙猎而得麑[45]，使秦西巴持归烹之[46]。麑母随之而啼，秦西巴弗忍，纵而予之。孟孙归，求麑安在，秦西巴对曰："其母随而啼，臣诚弗忍，窃纵而予之。"孟孙怒，逐秦西巴。居一年，取以为子傅，左右曰："秦西巴有罪于君，今以为子傅，何也？"孟孙曰："夫一麑而不忍，又何况于人乎？"此所谓有罪而益信者也。故趋舍不可不审也，此公孙鞅之所以抵罪于秦而不得入魏也；功非不大也，然而累足无所践者[47]，不义之故也。

事或夺之而反与之，或与之而反取之。智伯求地于魏宣子，宣子弗欲与之[48]。任登曰[49]："智伯之强，威行于天下，求地而弗与，是为诸侯先受祸也。不若与之。"宣子曰："求地不已，为之奈何？"任登曰："与之使喜，必将复求地于诸侯，诸侯必植耳[50]。与天下同心而图之，一心所得者非直吾所亡也[51]。"魏宣子裂地而授之。又求地于韩康子[52]，韩康子不敢不予，诸侯皆恐。又求地于赵襄子[53]，襄子弗与。于是智伯乃从韩、魏围襄子于晋阳。三国通谋，禽智伯而三分其国，此所谓夺人而反为人所夺者也。何谓与之而反取之？晋献公欲假道于虞以伐虢[54]，遗虞垂棘之璧与屈产之乘[55]，虞公惑于璧与马，而欲与之道。宫之奇谏曰[56]："不可？夫虞之与虢，若车之有轮，轮依于车，车亦依轮。虞之与虢，相恃而势也。若假之道，虢朝亡而虞夕从之矣。"虞公弗听，遂假之道。荀息伐虢[57]，遂克之。还反伐虞，又拔之。此所谓与之而反取者也。

圣王布德施惠，非求其报于百姓也；郊、望、禘尝[58]，非求福于鬼神也。山致其高而云起焉，水致其深而蛟龙生焉，君子致其道而福禄归焉。夫有阴德者必有阳报，有阴行者必有昭名[59]。古者沟防不修，水为民害，禹凿龙门，辟伊阙[60]，平治水土，使民得陆处。百姓不亲，五品不慎[61]，契教以君臣之义、父子之亲、夫妻之辨、长幼之序[62]。田野不修，民食不足，后稷乃教之辟地垦草，粪土种谷[63]，令百姓家给人足。故三后之后，无不王者[64]，有阴德也。周室衰，礼义废，孔子以三代之道教导于世，其后继嗣至今不绝者，有隐行也。秦王赵政兼吞天下而亡，智伯侵地而灭，商鞅支解，李斯车裂。三代种德而王[65]，齐桓继绝而霸[66]。故树黍者不获稷，树怨者无报德。昔者宋人好善者，三世不解[67]。家无故而黑牛生白犊，以问先生[68]。先生曰："此吉祥，以飨鬼神。"居一年，其父无故而盲。牛又复生白犊，其父又复使其子以问先生。其子曰："前听先生言而失明，今又复问之，奈何？"其父曰："圣人之言先忤而后合。其事未究，固试往复问之。"其子又复问先生。先生曰："此吉祥也，复以飨鬼神。"归致命其父。其父曰："行先生之言也。"居一年，其子又无故而盲。其后楚攻宋[69]，围其城。当此之时，易子而食，析骸而炊；丁壮者死，老病童儿皆上城，牢守而不下，楚王大怒。城已破，诸城守者皆屠之。此独以父子盲之故，得无乘城[70]。军罢围解，则父子俱视。夫祸福之转而相生，其变难见也。近塞上之人，有善术者[71]，马无故亡而入胡。人皆吊之。其父曰："此何遽不为福乎[72]？"居数月，其马将胡骏马而归。人皆贺之。其父曰："此何遽不能为祸乎?"家富良马，其子好骑，堕而折其髀[73]。人皆吊之。其父曰："此何遽不为福乎?"居一年，胡人大入塞，丁壮者引弦而战。近塞之人，死者十九。此独以跛之故，父子相保。故福之为祸，祸之为福，化不可极[74]，深不可测也。

或直于辞而不害于事者，或亏于耳以忤于心而合于实者。高阳魋将为室[75]，问匠人。匠人对曰："未可也。木尚生，加涂其上，必将挠[76]。以生材任重涂，今虽成，后必败。"高阳魋曰："不然。夫木枯则益劲，涂干则益轻。以劲材任轻涂，今虽恶，后必善。"匠人穷于辞，无以对，受令而为室。其始成，竘然善也[77]，而后果败，此所谓直于辞而不可用者也。何谓亏于耳忤于心而合于实?靖郭君将城薛[78]，宾客多止之，弗听。靖郭君谓谒者曰[79]："无为宾通言。"齐人有请见者曰："臣请道三言而已。过三言，请烹。"靖郭君闻而见之。宾趋而进，再拜而兴。因称曰："海大鱼[80]!"则反走。靖郭君止之曰："愿闻其说。"宾曰："臣不敢以死为熙[81]。"靖郭君曰："先生不远道而至此，为寡人称之[82]。"宾曰："海大鱼，网弗能止也，钓弗能牵也。荡而失水，则蝼蚁皆得志焉[83]。今夫齐，君之渊也。君失齐，则薛能自存乎?"靖郭君曰："善"。乃止，不城薛。此所谓亏于耳、忤于心、而得事实者也。

夫以"无城薛"止城薛，其于以行说，乃不若"海大鱼"。故物或远之而近，或近之而远；或说听计当而身疏，或言不用、计不行而益亲。何以明之?三国伐齐，围平陆[84]。括子以报于牛子曰[85]："三国之地不接于我，逾邻国而围平陆，利不足贪也。然则求名于我也。请以齐侯往[86]。"牛子以为善。括子出，无害子人[87]。牛子以括子言告无害子。无害子曰："异乎臣之所闻。"牛子曰："国危而不安，患结而不解，何谓贵智[88]?"无害子曰："臣闻之，有裂壤土以安社稷者，闻杀身破家以存其国者，不闻出其君以为封疆者[89]。"牛子不听无害子之言，而用括子之计，三国之兵罢，而平陆之地存。自此之后，括子日以疏，无害子日以进。故谋患而患解，图国而国存，括子之智得矣。无害子之虑无中于策，谋无益于国，然而心调于君[90]，有义行也。今人待冠而饰首，待履而行也；冠履之于人也，寒不能暖，风不能障，暴不能蔽也，然而冠冠履履者，其所自托者然也[91]。夫咎犯战胜城濮，而雍季无尺寸之功，然而雍季先赏而咎犯后存者，其言有贵者也[92]。故义者，天下之所赏也。百言百当，不如择趋而审行也[93]。

或无功而先举，或有功而后赏。何以明之?昔晋文公将与楚战城濮，问于咎犯曰："为奈何?"咎犯曰："仁义之事，君子不厌忠信；战陈之事，不厌诈伪[94]。君其诈之而已矣!"辞咎犯，问雍季。雍季对曰："焚林而猎，愈多得兽，后必无兽；以诈伪遇人，虽愈利，后无复[95]。君其正之而已矣。"于是不听雍季之计，而用咎犯之谋，与楚人战，大破之。还归，赏有功者，先雍季而后咎犯。左右曰："城濮之战，咎犯之谋也。君行赏，先雍季，何也?"文公曰："咎犯之言，一时之权也；雍季之言，万世之利也。吾岂可以先一时之权而后万世之利也哉?"智伯率韩、魏二国伐赵，围晋阳，决晋水而灌之，城下缘木而处，县釜而炊。襄子谓张孟谈曰[96]："城中力已尽，粮食匮乏，大夫病，为之奈何?"张孟谈曰："亡不能存，危不能安，无为贵智士。臣请试潜行，见韩、魏之君而约之。"乃见韩、魏之君，说之曰："臣闻之，唇亡而齿寒。今智伯率二君而伐赵，赵将亡矣。赵亡，则君为之次矣[97]。及今而不图之，祸将及二君。"二君曰："智伯之为人也，粗中而少亲[98]。我谋而泄，事必败。为之奈何?"张孟谈曰："言出君之口，入臣之耳，人孰知之者乎?且同情相成，同利相死。君其图之!"二君乃与张孟谈阴谋，与之期。张孟谈乃报襄子。至其日之夜，赵氏杀其守堤之吏，决水灌智伯。智伯军救水而乱。韩、魏翼而击之，襄子将卒犯其前，大败智伯军，杀其身而三分其国。襄子乃赏有功者，而高赫为赏首[99]。群臣请曰："晋阳之存，张孟谈之功也。而赫为赏首，何也?"襄子曰："晋阳之围也，寡人国家危，社稷殆，群臣无不有骄侮之心者。唯赫不失君臣之礼，吾是以先之。"由此观之，义者，人之大本也。虽有战胜存亡之功，不如行义之隆。故君子曰[100]：“美言可以市尊，美行可以加人[101]。”

或有罪而可赏也，或有功而可罪也。西门豹治邺[102]，廪无积粟，府无储钱[103]，库无甲兵，官无计会[104]。人数言其过于文侯。文侯身行其县[105]，果若人言。文侯曰：“翟璜任子治邺而大乱。子能道则可[106]；不能，将加诛于子。”西门豹曰：“臣闻王主富民，霸主富武，亡国富库。今王欲为霸王者也，臣故稸积于民[107]。君以为不然，臣请升城鼓之。甲兵粟米可立具也。”于是乃升城而鼓之。一鼓，民被甲括矢，操兵弩而出[108]；再鼓，负辇粟而至[109]。文侯曰：“罢之。”西门豹曰：“与民约信，非一日之积也；一举而欺之，后不可复用也。燕常侵魏八城[110]，臣请北击之，以复侵地。”遂举兵击燕，复地而后反。此有“罪”而可赏者也。解扁为东封[111]，上计而入三倍[112]，有司请赏之。文侯曰：“吾土地非益广也，人民非益众也，入何以三倍?”对曰：“以冬伐木而积之，于春浮之河而鬻之[113]。”文侯曰：“民春以力耕，暑以强耘，秋以收敛[114]，冬间无事，以伐林而积之，负轭而浮之河，是用民不得休息也[115]。民以敝矣[116]，虽有三倍之入，将焉用之?”此有“功”而可罪者也。

贤主不苟得，忠臣不苟利。何以明之?中行穆伯攻鼓[117]，弗能下。馈闻伦曰[118]：“鼓之啬夫，闻伦知之，请无罢武大夫[119]，而鼓可得也。”穆伯弗应。左右曰：“不折一戟，不伤一卒，而鼓可得也，君奚为弗使?”穆伯曰：“闻伦为人佞而不仁[120]。若使闻伦下之，吾可以勿赏乎?若赏之，是赏佞人。佞人得志，是使晋国之武[121]；舍仁而后佞，虽得鼓，将何所用之?”攻城者，欲以广地也；得地而不取者，见其本而知其末也。秦穆公使孟盟举兵袭郑[122]，过周以东[123]。郑之贾人弦高、蹇他相与谋曰[124]：“师行数千里，数绝诸侯之地，其势必袭郑。凡袭国者，以为无备也。今示以知其情，必不敢进。”乃娇郑伯之命，以十二牛劳之。三率相与谋曰[125]：凡袭人者，以为弗知。今已知之矣，守备必固，进必无功。”乃还师而反。晋先轸举兵击之，大败之殽。郑伯乃以存国之功赏弦高。弦高辞之曰：“诞而得赏[126]，则郑国之信废矣。为国而无信，是俗败也。赏一人而败国俗，仁者弗为也；以不信得厚赏，义者弗为也。”遂以其属徙东夷[127]，终身不反。故仁者不以欲伤生[128]，知者不以欲害义。圣人之思修，愚人之思叕[129]。

忠臣者务崇君之德，谄臣者务广君之地。何以明之?陈夏征舒弑其君[130]，楚庄王伐之，陈人听令。庄王以讨有罪，遣卒戍陈，大夫毕贺。申叔时使于齐，反还而不贺。庄王曰：“陈为无道，寡人起九军以讨之，征暴乱，诛罪人，群臣皆贺，而子独不贺，何也?”申叔时曰：“牵牛蹊人之田[131]，田主杀其人而夺之牛，罪则有之，罚亦重矣。今君王以陈为无道，兴兵而攻，因以诛罪人，遣人戍陈。诸侯闻之，以王为非诛罪人也，贪陈国也。盖闻君子不弃义以取利。”王曰：“善!”乃罢陈之戍，立陈之后。诸侯闻之，皆朝于楚。此务崇君之德者也。张武为智伯谋曰：“晋六将军，中行文子最弱[132]，而上下离心，可伐以广地。”于是伐范、中行。灭之矣，又教智伯求地于韩、魏、赵。韩、魏裂地而授之。赵氏不与，乃率韩、魏而伐赵，围晋阳三年。三国阴谋同计以击智氏，遂灭之。此务为君广地者也。夫为君崇德者霸，为君广地者灭。故千乘之国，行文德者王，汤武是也；万乘之国，好广地者亡，智伯是也。非其事者勿仞也，非其名者勿就也[133]，无故有显名者勿处也，无功而富贵者勿居也。夫就人之名者废，仞人之事者败，无功而大利者后将为害。譬犹缘高木而望四方也，虽愉乐哉，然而疾风至，未尝不恐也。患及身，然后忧之，六骥追之，弗能及也。是故忠臣之事君也，计功而受赏，不为苟得；积力而受官[134]，不贪爵禄。其所能者，受之勿辞也；其所不能者，与之勿喜也。辞所能则匿[135]，欲所不能则惑；辞所不能而受所能则得，无损堕之势而无不胜之任矣。昔者智伯骄，伐范、中行而克之，又劫韩、魏之君而割其地；尚以为未足，遂兴兵伐赵。韩、魏反之，军败晋阳之下，身死高梁之东，头为饮器[136]，国分为三，为天下笑。此不知足之祸也。《老子》曰：“知足不辱，知止不殆，可以修久[137]。”此之谓也。

或誉人而适足以败之，或毁人而乃反以成之。何以知其然也？费无忌复于荆平王曰[138]：“晋之所以霸者，近诸夏也[139]；而荆之所以不能与之争者，以其僻远也。楚王若欲从诸侯，不若大城城父[140]，而令太子建守焉[141]，以来北方，王自收其南。是得天下也。”楚王悦之。因命太子建守城父，命伍子奢傅之[142]。居一年，伍子奢游人于王侧[143]，言太子甚仁且勇，能得民心。王以告费无忌。无忌曰：“臣固闻之，太子内抚百姓，外约诸侯，齐、晋又辅之。将以害楚，其事已构矣[144]。”王曰：“为我太子，又尚何求？”曰：“以秦女之事怨王[145]。”王因杀太子建而诛伍子奢，此所谓见誉而为祸者也。何谓毁人而反利之？唐子短陈骈子于齐威王[146]，威王欲杀之。陈骈子与其属出亡，奔薛[147]。孟尝君闻之[148]，使人以车迎之。至，而养以刍豢黍粱五味之膳[149]，日三至。冬日被裘罽[150]，夏日服絺纻[151]；出则乘牢车[152]，驾良马。孟尝君问之曰：“夫子生于齐，长于齐，夫子亦何思于齐？”对曰：“臣思夫唐子者。”孟尝君曰：“唐子者，非短子者邪？”曰：“是也。”孟尝君曰：“子何为思之？”对曰：“臣之处于齐也，粝粢之食，藜藿之羹；冬日则寒冻，夏日则暑伤。自唐子之短臣也，以身归君，食刍豢，饭黍梁，服轻暖，乘牢良。臣故思之。”此谓毁人而反利之者也。是故毁誉之言不可不审也。

或贪生而反死，或轻死而得生；或徐行而反疾。何以知其然也？鲁人有为父报仇于齐者，刳其腹而见其心[153]，坐而正冠，起而更衣，徐行而出门，上车而步马，颜色不变。其御欲驱，抚而止之曰[154]：“今日为父报仇以出死，非为生也。今事已成矣，又何去之！”追者曰：“此有节行之人，不可杀也。”解围而去之。使被衣不暇带，冠不及正，蒲伏而行，上车而驰，必不能自免于千步之中矣。今坐而正冠，起而更衣，徐行而出门，上车而步马[155]，颜色不变，此众人所以为死也，而乃反以得活。此所谓徐而驰，迟于步也。夫走者，人之所以为疾也；步者，人之所以为迟也。今反乃以人之所为迟者反为疾，明于分也；有知徐之为疾、迟之为速者，则几于道矣。故黄帝亡其玄珠，使离朱、捷剟索之[156]，而弗能得之也，于是使忽怳，而后能得之[157]。

圣人敬小慎微，动不失时，百射重戒[158]，祸乃不滋。计福勿及，虑祸过之；同日被霜，蔽者不伤；愚者有备，与智者同功。夫爝火在缥烟之中也[159]。一指所能息也；唐漏若鼷穴，一墣之所能塞也[160]。及至火之燔孟诸而炎云台[161]，水决九江而渐荆州[162]，虽起三军之众，弗能救也。夫积爱成福，积怨成祸，若痈疽之必溃也，所浼者多矣[163]。诸御鞅复于简公曰[164]：“陈成常、宰予二子者[165]，甚相憎也，臣恐其构难而危国也。君不如去一人。”简公不听。居无几何，陈成常果攻宰予于庭中，而弑简公于朝，此不知敬小之所生也。鲁季氏与郈氏斗鸡[166]，郈氏介其鸡[167]，而季氏为之金距[168]。季氏之鸡不胜，季平子怒，因侵郈氏之宫而筑之[169]。郈昭伯怒，伤之鲁昭公曰[170]：“祷于襄公之庙，舞者二人而已[171]，其余尽舞于季氏。季氏之无道无上久矣，弗诛，必危社稷。”公以告子家驹[172]。子家驹曰：“季氏之得众，三家为一，其德厚，其威强，君胡得之？”昭公弗听，使郈昭伯将卒以攻之。仲孙氏、叔孙氏相与谋曰：“无季氏，死亡无日矣。遂兴兵以救之。郈昭伯不胜而死，鲁昭公出奔齐。故祸之所从生者，始于鸡定[173]；及其大也，至于亡社稷。故蔡女荡舟，齐师大侵楚[174]。两人构怨，廷杀宰予；简公遇杀，身死无后；陈氏代之，齐乃无吕[175]。两家斗鸡，季氏金距，郈公作难，鲁昭公出走。故师之所处，生以棘楚[176]。祸生而不蚤灭[177]，若火之得燥，水之得湿，浸而益大。痈疽发于指，其痛遍于体。故蠹啄剖梁柱，蚊虻走牛羊[178]，此之谓也。

人皆务于救患之备，而莫能知使患无生。夫使患无生易于救患，而莫能加务焉，则未可与言术也。晋公子重耳过曹，曹君欲见其骈胁[179]，使之袒而捕鱼[180]。厘负羁止之曰[181]：“公子非常也。从者三人[182]，皆霸王之佐也。遇之无礼，必为国忧。”君弗听。重耳反国，起师而伐曹，遂灭之。身死人手，社稷为墟，祸生于袒而捕鱼。齐楚欲救曹，不能存也。听厘负羁之言，则无亡患矣。今不务使患无生，患生而救之，虽有圣知，费能为谋耳。患祸之所由来者，万端无方。是故圣人深居以避辱，静安以待时。小人不知祸福之门户，妄动而絓罗网，虽曲为之备[183]，何足以全其身？譬犹失火而凿池，被裘而用箑也。且唐有万穴，塞其一，鱼何遽无由出？室有百户，闭其一，盗何遽无从入？夫墙之坏也于隙；剑之折，必有啮[184]；圣人见之密，故万物莫能伤也。太宰子朱侍饭于令尹子国[185]，令尹子国啜羹而热，投卮浆而沃之[186]。明日，太宰子朱辞官而归。其仆曰："楚太宰未易得也，辞官去之，何也？"子朱曰："令尹轻行而简礼，其辱人不难。"明年，伏朗尹而笞之三百[187]。夫仕者先避之，见终始微矣[188]。夫鸿鹄之未孚于卵也，一指篾之[189]，则靡而无形矣；及至其筋骨之已就而羽翮之既成也，则奋翼挥䎆[190]，凌乎浮云，背负青天，膺摩赤霄，翱翔乎忽荒之上[191]，析惕乎虹蜺之间[192]；虽有劲弩、利矰、微缴，蒲且子之巧[193]，亦弗能加也。江水之始出于岷山也，可褰衣而越也；及至乎下洞庭，骛石城，经丹徒[194]，起波涛，舟杭一日不能济也[195]。是故圣人者常以事于无形之外，而不留思尽虑于成事之内，是故患祸弗能伤也。

人或问孔子曰："颜回何如人也？"曰："仁人也。丘弗如也。""子贡何如人也？"曰："辩人也。丘弗如也。""子路何如人也？"曰："勇人也。丘弗如也。"宾曰："三人皆贤夫子，而为夫子役，何也？"孔子曰："丘能仁且忍，辩且讷[196]，勇且怯。以三子之能易丘一道，丘弗为也。"孔子知所施之也。秦牛缺径于山中而遇盗[197]，夺之车马，解其橐笥，拖其衣被[198]。盗还反顾之，无惧色忧志，欢然有以自得也。盗遂问之曰："吾夺子财货，劫子以刀，而志不动，何也？"秦牛缺曰："车马所以载身也，衣服所以掩形也。圣人不以所养害其养。"盗相视而笑曰："夫不以欲伤生，不以利累形者，世之圣人也。以此而见王者，必且以我为事也。"还反杀之。此能以知知矣，而未能以知不知也；能勇于敢，而未能勇于不敢也。凡有道者，应卒而不乏[199]，遭难而能免，故天下贵之。今知所以自行也，而未知所以为人行也，其所论未之究者也[200]。人能由昭昭于冥冥，则几于道矣。《诗》曰："人亦有言，无哲不愚[201]。"此之谓也。

事或为之适足以败之，或备之适足以致之。何以知其然也？秦皇挟录图[202]，见其传曰[203]："亡秦者，胡也。"因发卒五十万，使蒙公、杨翁子将筑修城[204]，西属流沙[205]，北击辽水[206]，东结朝鲜，中国内郡挽车而饷之[207]。又利越之犀角、象齿、翡翠、珠玑[208]。乃使尉屠睢发卒五十万，为五军[209]：一军塞镡城之岭[210]，一军守九疑之塞[211]，一军处番禺之都[212]，一军守南野之界[213]，一军结余干之水[214]，三年不解甲弛弩。使监禄无以转饷[215]，又以卒凿渠而通粮道，以与越人战，杀西呕君译吁宋[216]。而越人皆入丛薄中，与禽兽处，莫肯为秦虏。相置桀骏以为将[217]，而夜攻秦人，大破之，杀尉屠睢，伏尸流血数十万，乃发适戍以备之。当此之时，男子不得修农亩，妇人不得剡麻考缕[218]；羸弱服格于道[219]，大夫箕会于衢[220]；病者不得养，死者不得葬。于是陈胜起于大泽，奋臂大呼，天下席卷，而至于戏[221]。刘项兴义兵随，而定若折槁振落，遂失天下，祸在备胡而利越也。欲知筑修城以备亡，不知筑修城之所以亡也；发适戍以备越，而不知难之从中发也。夫鹊先识岁之多风也，去高木而巢扶枝[222]；大人过之则探鷇[223]，婴儿过之则挑其卵。知备远难而忘近患，故秦之设备也，乌鹊之智也。

或争利而反强之[224]，或听从而反止之。何以知其然也？鲁哀公欲西益宅，史争之，以为西益宅不祥[225]。哀公作色而怒，左右数谏不听。乃以问其傅宰折睢[226]，曰："吾欲益宅，而史以为不祥。子以为何如？"宰折睢曰："天下有三不祥，西益宅不与焉。"哀公大悦而喜。顷，复问曰："何谓'三不祥'？"对曰："不行礼义，一不祥也；嗜欲无止，二不祥也；不听强谏，三不祥也。"哀公默然深念，愤然自反[227]，遂不西益宅。夫史以争为可以止之，而不知不争而反取之也。智者离路而得道，愚者守道而失路。夫兒说之巧[228]，于闭结无不解，非能闭结而尽解之也，不解不可解也。至乎以弗解解之者，可与及言论也。

或明礼义推道体而不行，或解构妄言而反当[229]。何以明之？孔子行游，马失[230]，食农夫之稼，野人怒[231]，取马而系之。子贡往说之，卑辞而不能得也。孔子曰："夫以人之所不能听说人，譬以大牢享野兽[232]，以《九韶》乐飞鸟也[233]。子之罪也，非彼之过也。"乃使马圉往说之[234]。至，见野人曰："子耕于东海，至于西海，吾马之失，安得不食子之苗？"野人大喜，解马而与之。说若此其无方也而反行，事有所至而巧不若拙。故圣人量凿而正枘[235]。夫歌《采菱》，发《阳柯》，鄙人听之，不若此《延路》《阳局》[236]，非歌者拙也，听者异也。故交画不畅，连环不解，物之不通者，圣人不争也。

仁者，百姓之所慕也；义者，众庶之所高也。为人之所慕，行人之所高，此严父之所以教子，而忠臣之所以事君也。然世或用之而身死国亡者，不同于时也。昔徐偃王好行仁义，陆地之朝者三十二国[237]。王孙厉谓楚庄王曰[238]："王不伐徐，必反朝徐。"王曰："偃王，有道之君也，好行仁义，不可伐。"王孙厉曰："臣闻之，大之与小，强之与弱也，犹石之投卵，虎之啗豚，又何疑焉！且夫为文而不能达其德，为武而不能任其力，乱莫大焉。"楚王曰："善！"乃举兵而伐徐，遂灭之，知仁义而不知世变者也。申菽、杜茝，美人之所怀服也[239]，乃渐之于滫[240]，则不能保其芳矣。

古者五帝贵德，三王用义，五霸任力。今取帝王之道而施之五霸之世，是由乘骥逐人于榛薄，而蓑笠盘旋也[241]。今霜降而树谷，冰泮而求获，欲其食则难矣。故《易》曰"潜龙勿用"者[242]，言时之不可以行也。故"君子终日乾乾，夕惕若厉，无咎[243]。""终日乾乾"，以阳动也；"夕惕若厉"，以阴息也。因日以动，因夜以息，唯有道者能行之。夫徐偃王为义而灭，燕子哙行仁而亡[244]，哀公好儒而削[245]，代君为墨而残[246]。灭亡削残，暴乱之所至也，而四君独以仁义儒墨而亡者，遭时之务异也[247]。非仁义儒墨不行，非其世而用之，则为之擒矣[248]。

夫戟者所以攻城也，镜者所以照形也；宫人得戟则以刈葵[249]，盲者得镜则以盖卮，不知所施之也。故善鄙不同，诽誉在俗；趋舍不同，逆顺在君。狂谲不受禄而诛[250]，段干木辞相而显[251]，所行同也，而利害异者，时使然也。故圣人虽有其志，不遇其时，仅足以容身，何功名之可致也！

知天之所为，知人之所行，则有以任于世矣[252]。知天而不知人，则无以与俗交；知人而不知天，则无以与道游。单豹倍世离俗，岩居谷饮[253]，不衣丝麻，不食五谷，行年七十，犹有童子之颜色，卒而遇饥虎，杀而食之。张毅好恭[254]，过宫室廊庙必趋[255]，见门闾聚众必下，厮徒马圉，皆与伉礼。然不终其寿，内热而死[256]。豹养其内而虎食其外，毅修其外而疾攻其内。故直意适情[257]，则坚强贼之；以身役物，则阴阳食之[258]。此皆载务而戏乎其调者也[259]。得道之士，外化而内不化；外化所以入人也，内不化所以全其身也。故内有一定之操而外能诎伸、赢缩、卷舒[260]，与物推移，故万举而不陷。所以贵圣人者，以其能龙变也。今捲捲然守一节[261]，推一行，虽以毁碎灭沉犹且弗易者[262]，此察于小好而塞于大道也。

赵宣孟活饥人于委桑之下[263]，而天下称仁焉；荆佽非犯河中之难不失其守[264]，而天下称勇焉；是故见小行则可以论大体矣。田子方见老马于道，喟然有志焉[265]，以问其御曰："此何马也？"其御曰："此故公家畜也。老罢而不为用，出而鬻之。"田子方曰："少而贪其力，老而弃其身，仁者弗为也。"束帛以赎之。罢武闻之，知所归心矣[266]。齐庄公出猎，有一虫举足将搏其轮，问其御曰："此何虫也？"对曰："此所谓螳螂者也。其为虫也，知进而不知却，不量力而轻敌。"庄公曰："此为人，而必为天下勇武矣！"回车而避之。勇武闻之，知所尽死矣。故田子方隐一老马而魏国载之，齐庄公避一螳螂而勇武归之。汤教祝网者，而四十国朝[267]；文王葬死人之骸，而九夷归之[268]；武王荫暍人于樾下[269]，左拥而右扇之，而天下怀其德；越王句践一决狱不辜[270]，援龙渊而切其股[271]，血流至足以自罚也，而战武士必其死。故圣人行之于小，则可以覆大矣；审之于近，则可以怀远矣[272]。孙叔敖决期思之水[273]，而灌雩娄之野[274]，庄王知其可以为令尹也；子发辩击剧而劳佚齐[275]，楚国知其可以为兵主也。此皆形于小微而通于大理者也。

圣人之举事，不加忧焉，察其所以而已矣。今万人调钟，不能比之律；诚得知者，一人而足矣；说者之论亦犹此也，诚得其数，则无所用多矣。

夫车之所以能转千里者，以其要在三寸之辖[276]。夫劝人而弗能使也，禁人而弗能止也，其所由者非理也。昔者卫君朝于吴[277]，吴王囚之，欲流之于海。说者冠盖相望而弗能止。鲁君闻之[278]，撤钟鼓之县，缟素而朝[279]。仲尼入见，曰："君胡为有忧色？"鲁君曰："诸侯无亲，以诸侯为亲；大夫无党，以大夫为党。今卫君朝于吴王，吴王囚之，而欲流之于海，孰意卫君之仁义而遭此难也？吾欲免之而不能，为奈何？"仲尼曰："若欲免之，则请子贡行。"鲁君召子贡，授之将军之印。子贡辞曰："贵无益于解患，在所由之道。"敛躬而行[280]。至于吴，见太宰嚭[281]。太宰嚭甚悦之，欲荐之于王。子贡曰："子不能行说于王，奈何吾因子也？"太宰嚭曰："子焉知嚭之不能也？"子贡曰："卫君之来也，卫国之半曰：'不若朝于晋。'其半曰：'不若朝于吴。'然卫君以为吴可以归骸骨也[282]，故束身以受命[283]。今子受卫君而囚之，又欲流之于海，是赏言朝于晋者而罚言朝于吴也。且卫君之来也，诸侯皆以为蓍龟兆，今朝于吴而不利，则皆移心于晋矣。子之欲成霸王之业，不亦难乎？"太宰嚭入，复之于王。王报出令于百官曰："比十日而卫君之礼不具者[284]，死！"子贡可谓知所以说也。

鲁哀公为室而大，公宣子谏曰[285]："室大，众与人处则哗，少与人处则悲。愿公之适[286]。"公曰："寡人闻命矣。"筑室不辍。公宣子复见曰："国小而室大，百姓闻之必怨吾君，诸侯闻之必轻吾国。"鲁君曰："闻命矣。"筑室不辍。公宣子复见曰："左昭而右穆，为大室以临二先君之庙，得无害于子乎[287]？"公乃令罢役除版而去之[288]。鲁君之欲为室诚矣，公宣子止之必矣。然三说而一听者，其二者非其道也。夫临河而钓，日入而不能得一鯈鱼者[289]，非江河鱼不食也，所以饵之者非其欲也。及至良工执竿，投而擐唇吻者[290]，能以其所欲而钓者也。夫物无不可奈何，有人无奈何。铅之与丹，异类殊色，而可以为 丹者，得其数也。故繁称文辞，无益于说，审其所由而已矣。

物类之相摩近而异门户者[291]，众而难识也，故或类之而非，或不类之而是；或若然而不然者，或不若然而然者。

谚曰："鸢堕腐鼠，而虞氏以亡。"何谓也？曰：虞氏，梁之大富人也[292]。家充盈殷富，金钱无量，财货无赀[293]。升高楼，临大路，设乐陈酒，积博其上[294]。游侠相随而行楼下。博上者射朋张，中，反两而笑[295]，飞鸢适堕其腐鼠而中游侠。游侠相与言曰："虞氏富乐之日久矣，而常有轻易人之志。吾不敢侵犯，而乃辱我以腐鼠。如此不报，无以立务于天下[296]。请与公僇力一志，悉率徒属，而必以灭其家。"此所谓类之而非者也。

何谓非类而是？屈建告石乞曰[297]："白公胜将为乱。"石乞曰："不然。白公胜卑身下士，不敢骄贤。其家无管籥之信[298]，关楗之固[299]。大斗斛以出，轻斤两以内。而乃论之以不宜也？"屈建曰："此乃所以反也。"居三年，白公胜果为乱，杀令尹子椒、司马子期[300]。此所谓弗类而是者也。

何谓若然而不然？子发为上蔡令[301]，民有罪当刑，狱断论定，决于令尹前，子发喟然有凄怆之心。罪人已刑而不忘其恩。此其后，子发盘罪威王而出奔[302]。刑者遂袭恩者，恩者逃之于城下之庐[303]。追者至，踹足而怒[304]，曰："子发视决吾罪而被吾刑，怨之憯于骨髓，使我得其肉而食之，其知厌乎[305]？"追者以为然而不索其内，果活子发。此所谓若然而不然者。

何谓不然而若然者？昔越王句践卑下吴王夫差；请身为臣，妻为妾；奉四时之祭祀，而入春秋之贡职[306]，委社稷，效民力；隐居为蔽，而战为锋行；礼甚卑，辞甚服。其离叛之心远矣。然而甲卒三千人以擒夫差于姑胥[307]。此四策者，不可不审也。

夫事之所以难知者，以其窜端匿迹，立私于公[308]，倚邪于正，而以胜惑人之心者也。若使人之所怀于内者与所见于外者若合符节，则天下无亡国败家矣！夫狐之捕雉也，必先卑体弥耳[309]，以待其来也。雉见而信之，故可得而擒也。使狐瞋目植睹[310]，见必杀之势[311]，雉亦知惊惮远飞以避其怒矣。夫人伪之相欺也，非直禽兽之诈计也。物类相似若然，而不可从外论者，众而难识矣，是故不可不察也！

---

①人间，指人世之间的各种事情。本卷以论人的祸福为主线，揭示了人们在社会生活中产生的各种矛盾，并论述了处理矛盾的原则与方法。

②代表规矩：指事物的标准、法则；制：度。

③勃：通悖，乱。

④竟：尽，终了。

⑤筦：通管，关键。

⑥指：趋向；归：归宿。

⑦秉：秉持，依据。

⑧挚（zhì）：通轾，车舆前低后高（前重后轻），喻低。

⑨轩：车舆前高后低（前轻后重），喻高。

⑩蹪（tuí）：同颓，跌倒；蛭（dié）：通垤，小土堆。

⑪惓（juàn）：病重。

⑫扁鹊：战国时名医，原名秦越人，为秦太史令李醯所杀；俞跗：黄帝时名医，传说他治病不用汤药，而是割皮开肌、洗涤内脏。

⑬楚庄王：春秋楚国君，前597年，与晋战于邲，大败晋军。邲：在河、雍之间，即今河南荥阳东北；雍：水名；河：指黄河。

⑭则：即、就。

⑮女：汝；间：应作地。

⑯寝（qǐn）：丑；寝丘：古邑名；确：瘦瘠。

⑰荆：指楚；禨：预测吉凶。

⑱爵：尽。

⑲孙叔敖：这里指孙叔敖之后代。

⑳晋厉公：春秋时晋国君。

㉑绻（quǎn）：屈曲。

㉒诎（qū）：通屈。

㉓嘉陵：即鄢陵，古邑名，在今河南鄢陵县。

㉔辅拂：即辅弼，辅佐；拂：通弼。

㉕导谀：导，通谄，谄谀之徒。

㉖匠骊氏：晋厉公宠臣。

㉗栾书：即栾武子，中行偃：即荀伯游，名偃，二人皆为晋国大夫。

㉘利利：喜得利益；病病：讨厌苦难，两字中前一字为动词，后为名词。

㉙再实：一年中结两次果；掘藏：盗墓；藏，通葬。

㉚张武：晋国大夫智伯的家臣；智伯：即晋国大夫荀瑶；韩、魏：晋国另二个大夫的封地名称；禽：擒；晋阳：地名，今山西太原西南。

㉛申叔时：楚国大夫。详见后文；庄王：楚庄王；陈氏：陈灵公。

㉜《损》、《益》：《周易》中的两个卦名；王者之事：行王道。

㉝阳虎：又叫阳货，春秋鲁国人，季氏家臣，事奉季平子。平子死后，专权鲁国。后阳虎发动叛乱，败后奔齐，又奔晋。

㉞伯：迫；颐：腮。

㉟探：搜寻；穷：终极，尽。

㊱攘祛（qū）：撩起衣袖；薄：迫近；薄腋：指戈顺着胳膊直至腋下。

㊲楚恭王：即楚共王。前575年，楚晋交战于鄢陵，楚兵败。

㊳司马子反：即楚公子侧，字子反，司马是其官职名，楚晋交战时子反为主帅。

㊴竖：侍仆，小吏；阳谷：小吏之名。

㊵僇（lù）：通剹，陈尸示众。

㊶离：抛弃。

㊷乐羊：战国时魏文侯的将领。中山：又称鲜虞，春秋时国名，由白狄别族建立。战国初建都于顾（今河北定县），后迁灵寿，先被魏灭，复国后又被赵灭。

㊸循：通揗，抚摸。

㊹伏约：履行职责；死节：为节操死。伏：守候。

㊺孟孙：鲁国大夫名；麑（ní）：幼鹿。

㊻秦西巴：孟孙的家臣。

㊼累足无所践：喻无容身之地；累足：两足相叠，不敢正立。

㊽魏宣子：名驹，魏国大夫。

㊾任登：人名，魏宣子相，《战国策·魏策》作任章。

㊿植耳：竖起耳朵细听。

(51)直：只；亡：失去。

(52)韩康子：名虎，晋国大夫。

(53)赵襄子：名毋恤，晋国大夫。

(54)虢（guó）：春秋时诸侯国名，位虞国之南。

(55)遗：送；屈产：晋国所属屈地产的良马；屈：地名；乘：良马。

(56)宫之奇：虞国大夫。

(57)荀息：晋国大夫，前658年，他率师假道虞伐虢，三年后，又再假道伐虢而灭虞。

(58)郊：祭祀天地；望：祭祀日月天地；禘（dì）尝：祭祀宗庙。

(59)阴德：暗中施德于人；阴行：隐行，暗中的德行。

(60)龙门：又名禹门口，山名，今山西河津县西南；伊阙：地名，在今河南洛阳市南。

(61)五品：即五伦，指君臣、父子、兄弟、夫妇、朋友之间的五种关系；慎：小心，谨慎。

(62)契：传说是商族始祖帝喾之子，助禹治水有功，被封于商；辨：别，分。

(63)后稷：名弃，传说是周族的先祖，为舜的农官，别姓姬；垦草：开荒；粪：施肥。

(64)三后：指夏禹、商契、周后稷；后：君主；王：统治天下。

(65)秦王赵政：即秦始皇；李斯：秦始皇的丞相，始皇死，遭诬陷而被腰斩于咸阳；种德：积德。

(66)继绝：使将要灭绝的国家继续存活下去叫继绝。

(67)解（xiè）：懈怠。

(68)先生：年长而有学问的人。

(69)楚攻宋：指前595年9月楚庄王围宋，至次年5月始撤。

(70)乘：登上。

(71)善术者：指长于历数占卜之术的人。

(72)遽（jù）：遂。

(73)髀（bì）：大腿骨。

(74)极：尽，弄清楚。

(75)高阳魋（tuī）：宋国大夫。

(76)挠：弯曲。

(77)竘（qǔ）然：高大结实状。

(78)靖郭君：即田婴，号靖郭君，战国时齐人，封于薛。薛：地名，今山东滕县南；城薛：在薛地筑城墙。

(79)谒者：掌管晋见的近侍。

(80)海大鱼：鲸鱼等。

㉛熙：戏弄，开玩笑。

㉜称：说。

㉝荡而失水：跳跃出水，蝼蚁皆可食其肉。

㉞三国伐齐：指韩、魏、赵三国伐齐；平陆：战国时齐地，今山东汶上县西北。

㉟括子、牛子：均齐国大臣。

㊱求名：求齐国归服之名；齐侯往：让齐国君自己向三国求和。

㊲无害子：齐国臣。

㊳智：智士。

㊴封疆：疆土。

㊵调：调和，与君王协调一致。

㊶冠冠：戴冠巾；履履：穿草鞋；自托：指头脚本身需要寄托。

㊷咎犯：即晋国大夫狐偃，字子犯，晋文公之舅，故曰舅犯（咎犯）；城濮：地名，前632年，晋、楚在城濮交战，咎犯任晋军上军副将，楚大败，自此奠定了晋文公的霸主地位；雍季：有人说是公子雍，晋文公的小儿子。

㊸择趋：迎合趋附。

㊹陈：古阵字。

㊺无复：再次就没有好处了。

㊻张孟谈：赵襄子谋臣。

㊼次：紧接着。

㊽粗：通怚（jù），骄横；中：指个性；亲：情。

㊾高赫：赵襄子近臣。

⑩⓪君子：王念孙认为应是老子。

⑩①引语见《老子》第六十二章。

⑩②西门豹：战国魏人，魏文侯时任邺令，很有政绩。邺：古邑名，属战国时魏国，在今河北临漳县西南。

⑩③廪（lǐn）：粮仓；府：储钱财的仓库；库：储兵器的仓库；

⑩④官：官府；计会：即今之会计、帐目。

⑩⑤文侯：魏文侯，魏国君。

⑩⑥翟璜：魏国大臣，曾荐西门豹为邺令；道：解释清楚。

⑩⑦稸：积蓄。

⑩⑧被：披；括矢：束箭。

⑩⑨负辇粟：人背车载粮食；负：背负物；辇：人拉车。

⑪⓪燕：战国时诸侯国名，在魏之东北面；常：曾经；

⑪①解扁：魏国大夫；为东封：任东面边境的官吏。

⑪②上计：战国秦汉时期，每到年终，地方官吏到京师上计簿，向朝廷报告当地全年人口、钱粮、盗贼、狱讼等事。

⑪③鬻（yù）：卖。

⑪④敛：收聚。

⑪⑤负轭：拉车；轭：在车横上用以套马脖子的部件。

⑪⑥敝：疲惫。

⑪⑦中行穆伯：春秋时晋国大夫，即荀吴，又叫中行穆子；鼓：春秋时北狄国名，姓姬，在今河北晋县。

⑪⑧馈无伦：晋国人。

⑪⑨啬夫：官名，司空的下属官职；知：交好；罢：通疲，劳乏；武大夫：指晋军将士。

⑫⓪佞：奸邪。

⑫①武：士。

⑫②秦穆公：春秋时秦国君；孟盟：即百里孟明视，秦国大夫。前628年，秦穆公令孟明视、西乞术、白乙丙率军东袭郑。

⑫③周：指东周都城洛邑。即今之洛阳。

⑫④蹇他：与弦高一起经商的商人，弦高救郑事前已注明。

⑫⑤三率：指注⑫②之孟明、西乞、白乙。

⑫⑥诞：欺骗。

⑫⑦东夷：古代对东方各民族的总称。

⑫⑧生：本性。

⑫⑨叕（zhuó）：短。

⑬⓪陈：春秋时诸侯国名；都城宛丘，今河南淮阳。夏征舒：陈国大夫。《左传·宣公十年》载，陈灵公等人去夏征舒家饮酒，夏母夏姬久与灵公等人私通，灵公因而取笑夏征舒，夏征舒怒而射死灵公，自立为陈侯。翌年楚庄王伐陈，杀夏灭陈，申叔时谏止了庄王，恢复了陈国。

⑬①蹊：踩踏。

⑬②晋六将军：指智伯、赵、韩、魏、范及中行文子；中行文子：即晋国卿荀寅，范：范吉射。

⑬③仞（rèn）：通认，承受，认可；就：追求。

⑬④积力：惦量自己的功劳；积：惦量；力：功劳。

⑬⑤辞：谦让；匿：隐藏才华。

⑬⑥高梁：春秋晋地，在今山西临汾县东北；饮器：尿壶。

⑬⑦引语见《老子》第四十四章。

⑬⑧费无忌：楚平王的佞臣；荆平王：即楚平王；荆：楚的古称。

⑬⑨诸夏：指中原诸侯国。

⑭⓪从：使服从；城：动词，修筑城墙；城父：春秋时楚邑名，在今河南宝丰县东。

⑭①太子建：楚平王太子，名建。

⑭②伍子奢：伍子胥之父，楚国大夫；傅：老师。

⑭③游人：指向楚平王进言的人。

⑭④构：准备就绪。

⑭⑤秦女之事：楚平王为太子建选娶秦女，女美，费无忌说平王自娶之，生子壬而疏远太子建。费无忌利用此事挑拨平王杀太子建及伍子奢。

⑭⑥唐子：齐国大夫；短：说别人坏话；陈骈子：即田骈，战国时哲学家，齐人；齐威王：战国时齐国君。

⑭⑦薛：地名，孟尝君的属地，在今山东枣庄市。

⑭⑧孟尝君：即田文，齐国国卿，好养食客，战国四君子之一。

⑭⑨刍豢：泛指肉食；黍粱：精粮；

⑮⓪罽（jì）：一种毛织品。

⑮①絺：细葛布；纻：夏布，纻麻织的布。

⑮②牢车：坚固的车子。

⑮③刳（kū）：从中间剖开后挖空；见：现。

⑮④抚：按。

⑮⑤徐行：缓步；步马：驾马缓步而行。

⑮⑥离朱：传说是黄帝时视力很强的人，能视百步之外，见秋毫之末；捷剟（duó）：传说是黄帝之臣，善于拾物。

⑮⑦忽恍：黄帝之臣，记忆力很差。

⑮⑧射：中伤；重：层层；戒：防备。

⑮⑨爝（jué）：芦苇捆成的小火把；缥：飘急不定。

⑯⓪唐：通塘，池塘；鼷：小鼠；墣：土块。

⑯①燔：烧；孟诸：古宋国的大泽；炎：延烧；云台：指高耸入云的台阁。

⑯②九江：指汉代寻阳境内长江的各支流；渐：流入；荆州：古九州之一，北至荆山，南至衡山。

⑯③浼（měi）：污染。

⑯④诸御鞅：春秋时齐国大臣；简公：齐简公。

⑯⑤陈成常：春秋时齐国大夫，其先为陈国公子，奔齐后以田为氏，因又名田常，即田成子。田常专齐政，杀简公，立平公，自任齐相；宰予：孔子弟子，仕于齐，因反对陈成常而被杀。

⑯⑥季氏：即鲁国贵族季平子；郈氏：指鲁国贵族郈昭伯；

⑯⑦介：甲；介其鸡：给鸡披上铠甲；

⑯⑧金距：给鸡套上金属制做的爪子。

⑯⑨筑之：建筑房屋。

⑰伤：中伤；鲁昭公：春秋时鲁国君；襄公：鲁襄公，鲁昭公之父。

⑰舞者二人：古代祭祀天子用八佾，诸侯用六佾，季氏对祭襄公只用二佾，按礼应用六佾，是对鲁公室的不敬。

⑰子家驹：人名，鲁国大夫。

⑰鸡定：应是鸡足。

⑰蔡女荡舟：蔡女即蔡姬，齐桓公夫人，与桓公在苑囿水池中荡舟，惊吓了桓公，桓公怒将蔡姬送回蔡国，未休弃；但蔡国君将蔡姬改嫁他人，桓公率军攻蔡，蔡溃，桓公又顺道伐楚。

⑰陈氏：指陈成常家族；无吕：指齐政权是吕望（姜太公）开辟创立的，今被陈成常家族篡夺，吕氏宗庙自此绝祀。

⑰棘楚：荆棘；荆：是楚的本义。

⑰蚤：通“早”。

⑰啄：咬啮；剖：使破裂；走：使跑。指牛羊因叮咬而奔跑。

⑰骈胁：指肋骨粘连。

⑱袒：裸露上身。

⑱厘负羁：曹国大夫。

⑱三人：指咎犯、胥臣、赵衰。

⑱絓（guà）：绊住；曲：细密周全。

⑱啮（niè）：缺损。

⑱太宰：官职名，掌管膳食；子朱、子国：指楚国官吏。

⑱卮（zhī）：盛酒之器；沃：浇。

⑱伏：压服；郎尹：主管郎的官员。

⑱仕：察；见终始微：从开始时的细小处可以看出将来的结果。

⑱篾：戳。

⑲翿（huì）：鸟羽茎的末端，借代鸟翅。

⑲忽荒：形容混沌未开的元气，泛指天空。

⑲析惕：徘徊。

⑲矰（zēng）：古代系生丝以射鸟雀的箭；缴（zhuó）：射鸟时系在箭上的丝绳；蒲且（jū）子：古代楚国的神射手。

⑲骛（wù）：奔跑，这里指奔流；石城：地名，今安徽贵池县西南；丹徒：地名，今江苏镇江市属丹徒县。

⑲杭：通航。

⑲讷：说话迟钝，装聋作哑。

⑲牛缺：人名，战国时秦人，是上地的大儒。

⑲橐（tuó）：小口袋；笥：小竹箱；拖：夺。

⑲应卒：应付突发事故；卒，通猝，突然。

⑳未之究：未研究透彻。

⑳引诗出自《诗经·大雅·抑》；哲：聪明人。

⑳秦皇：秦始皇；挟：藏有；录图：谶讳一类的书。

⑳传：记载。

⑳蒙公：蒙恬，秦国将领；杨翁子：秦将；修城：长城，下文中均有以修代长者，因避作者刘安之父刘长之讳。

⑳流沙：泛指我国西北沙漠地区。

⑳辽水：即辽河、泛指我国东北地区；

⑳挽而饷之：拉车运送军粮；饷：军饷。

⑳利：贪；越：指江浙闽粤一带；玑：不圆的玉。

⑳尉屠睢：秦将。

㉑镡城：地名，在今湖南靖县南。

㉑九疑：山名，又名九嶷，在今湖南宁远县南。

㉑番禺：即今广州市；都：邑。

㉑南野：县名，在今江西南康县南。

㉑余干：即今江西余干县；结：集结。

㉑监禄：秦将名；转饷：运输粮食。

㉑⑥西呕：越族部落名；译吁宋：西呕部族首领。
㉑⑦桀骏：杰出人才；骏：通俊。
㉑⑧剡（yǎn）麻：用麻编织；考：成。
㉑⑨服格：拉车，格：通辂，车辕上用以拉车的横木。
㉒⓪箕会：聚敛。
㉒①戏：地名，在今陕西临潼县东。
㉒②扶枝：旁枝、侧枝。
㉒③鷇（kòu）：待哺的幼鸟。
㉒④争：通诤，劝阻；强：指反而更要坚持下去。
㉒⑤西益宅：在住宅西面扩建住宅；益：增加。史：史官。
㉒⑥宰折睢：人名，官太傅。
㉒⑦自反：反省。
㉒⑧兒（ní）说：人名，宋国大夫，以善解闭结闻名。
㉒⑨推：究；道体：道统；解构：附会造作。
㉓⓪失：通逸，逃走。
㉓①野人：农夫。
㉓②大牢：即太牢，牛羊猪三牲俱全叫太牢；享：祭祀。
㉓③《九韶》：古乐名，又称《九招》。或谓帝喾命咸里所作，或命质所修，或谓夏禹所作，皆不足据。
㉓④马圉（yǔ）：养马人。
㉓⑤凿：榫眼；枘（ruì）：榫头。
㉓⑥《采菱》、《阳阿》：古乐曲名，曲调高深；《延路》、《阳局》：古曲名，曲调粗俗，民间传唱。
㉓⑦徐偃王：周穆王时徐国君，好仁义。
㉓⑧王孙厉：楚国大臣；楚庄王：春秋楚国君。
㉓⑨申菽、杜茝（zhǐ）：皆香草。
㉔⓪渐：浸入；滫（xiǔ）：臭水。
㉔①榛薄：杂草丛木；蓑笠：蓑衣斗笠。
㉔②引语出自《周易·乾·初九》爻辞。
㉔③乾乾：自强不息；惕：警惕；厉：危险；咎：灾害。
㉔④燕子哙：战国时燕国君，名哙（kuài）。
㉔⑤哀公：鲁哀公，鲁国君，名将；削：削除。
㉔⑥代：赵国境内的小国，在今河北蔚县东北；墨：墨子学说，残：灭。
㉔⑦遭时：所遇的时势；务：事务。
㉔⑧擒：败。
㉔⑨刈（yì）：割；葵：菜蔬。
㉕⓪狂谲：齐国隐士，躬耕自食，不食官禄，姜太公认为他惑乱人心，将他杀死。
㉕①段干木：战国时魏国隐士，不食官禄，魏文侯以礼事之。
㉕②任：胜任。
㉕③单豹：隐士；倍：背；岩居：以岩山作居室；谷饮：就山谷饮水。
㉕④张毅：古好讲礼节之人；恭：有礼貌。
㉕⑤廊庙：指朝廷；趋：小步快走。
㉕⑥内热：病名，症状之一是心中烦燥，内脏发热。
㉕⑦直意适情：顺随天性。
㉕⑧役：被役使；阴阳：指阴阳二气；食：通蚀，侵蚀。
㉕⑨载务：负累；务：追求；戏：亏，缺；调：调和。
㉖⓪诎：同屈；赢：盈。
㉖①捲捲（quǎn）然：勤苦用力貌。
㉖②毁碎灭沉：犹言头破血流，身败名裂。

㉖③赵宣孟：即赵盾，春秋时晋国卿；委桑：衰颓的桑树。

㉖④饮（cì）非：楚国人。饮非事见卷十二《道应训》。

㉖⑤田子方：战国时魏人，有德望，是魏文侯的老师；喟然：感慨；有志：有感。

㉖⑥罢（pí）武：年老疲病的士人；罢：通疲；武：士；归心：内心归附。

㉖⑦汤：商汤王；祝：祈祷；据《史记·殷本纪》载，商汤出外打猎，见四面都张了网，就教去掉三面的网，诸侯听了，说汤德至矣，及禽兽。

㉖⑧文王：周文王；九夷：指华夏族以外的边远部族；传说周文王修灵台，挖出了死人骸骨，夜梦有人请求安葬骸骨，文王以礼葬之。

㉖⑨武王：周武王；暍（yē）：中暑；樾（yuè）：树荫。

㉗⓪一：一次；决狱：判决诉讼；不辜：无罪之人。

㉗①龙渊：宝剑名。

㉗②怀远：使远方归服。

㉗③孙叔敖：春秋时楚国令尹；期思：地名，一说在今河南淮滨；一说在今安徽寿县南。

㉗④雩（yú）娄：春秋时吴地，在今河南固始县东南。

㉗⑤庄王：楚庄王；子发：楚国将领；辩：治理；击剧：攻战激烈；佚：通逸、安闲；齐：同。

㉗⑥辖：固定车轮与车轴位置、插入轴端孔穴的销钉。

㉗⑦卫君：春秋时卫国君，名辄；朝：称臣见君曰朝；吴王：即春秋时吴国国君夫差；卫国君入吴被扣留事，见《左传·哀公十二年》。

㉗⑧鲁君：鲁哀公。

㉗⑨县：同悬；缟素：丧服。

㉘⓪敛躬：敛迹，收敛检束，不事张扬。

㉘①太宰嚭（pǐ）：即吴国太宰伯嚭，受吴王宠信，后受越贿，使吴与越和，而使吴为越所灭，嚭为越所杀。

㉘②归骸骨：回归故里而死，即能活着回去。

㉘③束身：归顺，投案；受命：接受任务和命令。

㉘④比：等到。

㉘⑤公宣子：鲁国大夫。

㉘⑥适：恰当，合适。

㉘⑦左昭、右穆：古代宗法制度，宗庙次序，始祖居中，二世、四世、六世凡双数者位始祖宗庙左方，称昭；三世、五世、七世凡单数者位右方，称穆；昭、穆：宗庙。

㉘⑧版：筑土墙的夹板。

㉘⑨鯈（chóu）：小白鱼。

㉙⓪擐（guān）：贯、穿。

㉙①摩近：接近。

㉙②虞代：姓虞的人家；梁：地名，今河南临汝县西南。

㉙③赀（zī）：计算。

㉙④积博：应为击博，一种下棋游戏，前已注。

㉙⑤博上者：应为楼上博者；射：投掷；朋张：两枚；朋：古时二枚为朋；张：量词；中：中的；反两：中的后可再掷两次。

㉙⑥务：势，势力。

㉙⑦屈建：楚国大夫；石乞：白公胜的党徒，白公胜事参见第十二卷《道应训》。

㉙⑧管：钥匙；籥（yué）：锁钥；管籥之信：可靠的锁钥。

㉙⑨关楗之固：牢固的门闩；关：横的门闩叫关，竖的门闩叫楗。

㉚⓪子椒、子期：皆白公胜的季父，据《左传》，子椒又叫子西。

㉚①子发：楚国将领；上蔡：地名，在今河南上蔡县西南。

㉚②盘罪：得罪；威王：楚国国君。

㉚③刑者：指上文之“罪人”；袭：掩藏；庐：简陋的房屋。

㉚④踹（shuàn）足：顿足，跺脚。

[305]厌：满足。

[306]贡职：向朝廷进贡地方产品叫贡，交纳赋税叫职。

[307]姑胥：即姑胥山，今江苏苏州市虎丘山。

[308]窜：隐藏；端：头绪；立私于公：假公济私。

[309]弥：止息；弥耳：贴着耳朵。

[310]植睹：直视，逼视。

[311]见：现。

卷十九　修务[1]训

或曰："无为者，寂然无声，漠然不动；引之不来，推之不往。如此者，乃得道之像。"吾以为不然。尝试问之矣："若夫神农、尧、舜、禹、汤，可谓圣人乎？"有论者必不能废。以五圣观之，则莫得无为，明矣。古者，民茹草饮水，采树木之实，食蠃蛖之肉，时多疾病毒伤之害。于是神农乃始教民播种五谷，相土地宜燥湿肥垸高下[2]；尝百草之滋味、水泉之甘苦，令民知所辟就[3]。当此之时，一日而遇七十毒。尧立孝慈仁爱，使民如子弟；西教沃民，东至黑齿，北抚幽都，南道交趾[4]；放讙兜于崇山，窜三苗于三危，流共工于幽州，殛鲧于羽山[5]。舜作室，筑墙茨屋[6]，辟地树谷，令民皆知去岩穴，各有家室。南征三苗，道死苍梧[7]。禹沐浴淫雨，栉扶风[8]，决江疏河，凿龙门，辟伊阙，修彭蠡之防[9]；乘四载，随山栞木[10]，平治水土，定千八百国。汤夙兴夜寐，以致聪明[11]；轻赋薄敛，以宽民氓[12]；布德施惠，以振困穷；吊死问疾，以养孤孀；百姓亲附，政令流行[13]。乃整兵鸣条，困夏南巢[14]，谯以其过，放之历山[15]。此五圣者，天下之盛主，劳形尽虑，为民兴利除害而不懈。奉一爵酒不知于色，挈一石之尊则白汗交流[16]，又况嬴天下之忧[17]，而海内之事者乎？其重于尊亦远也！且夫圣人者，不耻身之贱，而愧道之不行；不忧命之短，而忧百姓之穷。是故禹之为水，以身解于阳盱之河[18]；汤旱，以身祷于桑山之林[19]。圣人忧民，如此其明也，而称以"无为"，岂不悖哉？

且古之立帝王者，非以奉养其欲也；圣人践位者，非以逸乐其身也。为天下强掩弱，众暴寡，诈欺愚，勇侵怯，怀知而不以相教，积财而不以相分。故立天子以齐一之；为一人聪明而不足以遍照海内，故立三公九卿以辅翼之；绝国殊俗[20]、僻远幽闲之处，不能被德承泽，故立诸侯以教诲之。是以地无不任，时无不应，官无隐事，国无遗利，所以衣寒食饥，养老弱而息劳倦也。若以布衣徒步之人观之，则伊尹负鼎而干汤[21]，吕望鼓刀而入周[22]，百里奚转鬻[23]，管仲束缚[24]，孔子无黔突，墨子无暖席[25]。是以圣人不高山，不广河，蒙耻辱以干世主，非以贪禄慕位，欲事起天下利，而除万民之害。盖闻传书曰："神农憔悴，尧瘦臞，舜黴黑，禹胼胝。"由此观之，则圣人之忧劳百姓甚矣！故自天子以下，至于庶人，四肢不动，思虑不用，事治求澹者，未之闻也。

夫地势，水东流，人必事焉[26]，然后水潦得谷行[27]；禾稼春生，人必加功焉，故五谷得遂长。听其自流，待其自生，则鲧禹之功不立，而后稷之智不用。若吾所谓"无为"者，私志不得入公道，嗜欲不得枉正术，循理而举事，因资而立，权自然之势，而曲故不得容者，事成而身弗伐[28]，功立而名弗有；非谓其感而不应，攻而不动者。若夫以火熯井，以淮灌山，此用己而背自然，故谓之有为。若夫水之用舟，沙之用鸠，泥之用輴，山之用蔂[29]，夏渎而冬陂[30]，因高为田，因下为池，此非吾所谓为之。

圣人之从事也，殊体而合于理，其所由异路而同归；其存危定倾若一，志不忘于欲利人也。何以明之？昔者楚欲攻宋，墨子闻而悼之，自鲁趍而十日十夜足重茧而不休息，裂衣裳裹足，至于郢，见楚王，曰："臣闻大王举兵将攻宋，计必得宋而后攻之乎？亡其苦众劳民，顿兵挫锐[31]，负天下以不义之名，而不得咫尺之地，犹且攻之乎？"王曰："必不得宋，又且为不义，曷为攻之[32]？"墨子曰："臣见大王之必伤义而不得宋。"王曰："公输[33]，天下之巧士，作云梯之械，设以攻宋，曷为弗取？"墨子曰："令公输设攻，臣请守之。"于是公输般设攻宋之械，墨子设守宋之备，九攻而墨子九却之，弗能入。于是乃偃兵，辍不攻宋。段干木辞禄而处家，魏文侯过其闾而轼之[34]。其仆曰："君何为轼？"文侯曰："段干木在，是以轼。"其仆曰："段干木布衣之士，君轼其闾，不已甚乎？"文侯曰："段干木不趍势利，怀君子之道，隐处穷巷，声施千里，寡人敢勿轼乎？段干木光于德，寡人光于势；段干木富于义，寡人富于财。势不若德尊，财不若义高，干木虽以己易寡人不为，吾日悠悠惭于影，子何以轻之哉？"其后秦将起兵伐魏，司马庾谏曰[35]："段干木贤者，其君礼之，天下莫不知，诸侯莫不闻，举兵伐之，无乃妨于义乎？"于是秦乃偃兵，辍不攻魏。夫墨子跌蹏而趍千里以存楚、宋[36]，段干木阖门不出以安秦魏；夫行与止也，其势相反，而皆可以存国，此所谓异路而同归者也。今夫救火者，汲水而趍之，或以瓮瓴，或以盆盂，其方圆锐椭不同，盛水各异，其于灭火钧也。故秦、楚、燕、魏之歌也，异转而皆乐[37]；九夷八狄之哭也，殊声而皆悲，一也。夫歌者乐之征也，哭者悲之效也，愤于中则应于外，故在所以感[38]。夫圣人之心，日夜不忘于欲利人，其泽之所及者，效亦大矣。

世俗废衰，而非学者多："人性各有所修短，若鱼之跃，若鹊之驳[39]，此自然者，不可损益。"吾以为不然。夫鱼者跃，鹊者驳也，犹人马之为人马，筋骨形体，所受于天，不可变。以此论之，则不类矣。夫马之为草驹之时[40]，跳跃扬蹄，翘尾而走，人不能制，龁咋足以噆肌碎骨[41]，蹶蹄足以破卢陷匈[42]。至及圉人扰之，良御教之，掩以衡扼[43]，连以辔衔，则虽历险超堑弗敢辞。故其形之为马，马不可化；其可驾御，教之所为也。马，聋虫也[44]，而可以通气志，犹待教而成，又况人乎？且夫身正性善，发愤而成仁[45]，帽凭而为义[46]，性命可说[47]，不待学问而合于道者，尧、舜、文王也；沉湎耽荒，不可教以道，不可喻以德，严父弗能正，贤师不能化者，丹朱、商均也[48]。曼颊皓齿，形夸骨佳[49]，不待脂粉芳泽而性可说者，西施、阳文也[50]；啳睽哆吻[51]，籧蒢戚施[52]，虽粉白黛黑弗能为美者，嫫母、仳倠也[53]。夫上不及尧、舜，下不及商均，美不及西施，恶不若嫫母，此教训之所谕也，而芳泽之所施。且子有弑父者，然而天下莫疏其子，何也？爱父者众也；儒有邪辟者，而先王之道不废，何也？其行之者多也。今以为学者之有过而非学者，则是以一饱之故，绝谷不食；以一蹪之难，辍足不行，惑也。今有良马，不待策錣而行；驽马，虽两錣之不能进，为此不用策錣而御，则愚矣。夫怯夫操利剑，击则不能断，刺则不能入，及至勇武，攘捲一捣，则摺胁伤干[54]，为此弃干将、莫邪而以手战，则悖矣。所谓言者，齐于众而同于俗。今不称九天之顶，则言黄泉之底[55]，是两末之端议，何可以公论乎？夫橘柚冬生，而人曰冬死，死者众[56]；荠麦夏死，人曰夏生，生者众[57]。江河之回曲，亦时有南北者，而人谓江、河东流，摄提镇星日月东行[58]，而人谓星辰日月西移者：以大氐为本[59]。胡人有知利者，而人谓之䠶[60]，越人有重迟者，而人谓之訬[61]：以多者名之。若夫尧眉八彩，九窍通洞[62]，而公正无私，一言而万民齐，舜二瞳子，是谓重明[63]，作事成法，出言成章；禹耳参漏[64]，是谓大通，兴利除害，疏河决江；文王四乳，是谓大仁，天下所归，百姓所亲，皋陶马啄[65]，是谓至信，决狱明白，察于人情；禹生于石[66]，契生于卵[67]；史皇产而能书[68]，羿左臂修而善射。若此九贤者，千岁而一出，犹继踵而生。今无五圣之天奉[69]，四俊之才难[70]，欲弃学而循性，是谓犹释船而欲蹍水也。夫纯钩、鱼肠之始下型[71]，击则不能断，刺则不能入，及加之砥砺，摩其锋剿[72]，则水断龙舟，陆钊犀甲[73]。明镜之始下型，朦然未见形容；及其粉以玄锡[74]，摩以白旃[75]，鬓眉微豪可得而察。夫学，亦人之砥锡也，而谓学无益者，所以论之过[76]。

知者之所短，不若愚者之所修；贤者之所不足，不若众人之有余。何以知其然？夫宋画吴冶[77]，刻刑镂法，乱修曲出[78]，其为微妙，尧、舜之圣不能及；蔡之幼女，卫之稚质[79]；梱纂组[80]，杂奇彩，抑墨质，扬赤文[81]，禹、汤之智不能逮。夫天之所覆，地之所载，包于六合之内，托于宇宙之间，阴阳之所生，血气之精，含牙戴角，前爪后距，奋翼攫肆[82]，蚑行蛲动之虫，喜而合，怒而斗，见利而就，避害而去，其情一也。虽所好恶，其与人无以异。然其爪牙虽利，筋骨虽强，不免制于人者，知不能相通，才力不能相一也，各有其自然之势，无禀受于外，故力竭功沮[83]。夫雁顺风以爱气力，衔芦而翔以备矰弋[84]。蚁知为垤，獾貉为曲穴，虎豹有茂草，野彘有艽莦槎栉[85]；窟虚连比[86]，以像宫室，阴以防雨，景以蔽日；此亦鸟兽之所以知，求合于其所利。今使人生于辟陋之国，长于穷檐漏室之下，长无兄弟，少无父母，目未尝见礼节，耳未尝闻先古，独守专室而不出门，使其性虽不愚，然其知者必寡矣。昔者苍颉作书，容成造历，胡曹为衣，后稷耕稼，仪狄作酒，奚仲为车[87]。此六人者，皆有神明之道，圣智之迹，故人作一事而遗后世；非能一人而独兼有之，各悉其知，贵其所欲达，遂为天下备。今使六子者易事，而明弗能见者何？万物至众，而知不足以奄之[88]。周室以后，无六子之贤而皆修其业；当世之人，无一人之才而知其六贤之道者何？教顺施续而知能流通[89]；由此观之，学不可已，明矣！

今夫盲者，目不能别昼夜，分白黑，然而搏琴抚弦，参弹复徽[90]，攫援摽拂[91]；手若蔑蒙[92]，不失一弦；使未尝鼓瑟者，虽有离朱之明，攫掇之捷，犹不能屈伸其指。何则？服习积贯之所致。故弓待檠而后能调[93]，剑待砥而后能利。玉坚无敌，镂以为兽，首尾成形，礛诸之功；木直中绳，揉以为轮，其曲中规，檃括之力[94]。唐碧坚忍之类[95]，犹可刻镂，揉以成器用，又况心意乎？且夫精神滑淖纤微[96]，倏忽变化，与物推移，云蒸风行，在所设施。君子有能精摇摩监[97]，砥砺其才，自试神明[98]，览物之博，通物之壅，观始卒之端，见无外之境，以逍遥仿佯于尘埃之外，超然独立，卓然离世：此圣人之所以游心。若此而不能，闲居静思，鼓琴读书，追观上古；及贤大夫，学问讲辩，日以自误；苏援世事[99]，分白黑利害，筹策得失，以观祸福；设仪立度，可以为法则，穷道本末，究事之情，立是废非，明示后人；死有遗业，生有荣名：如此者，人才之所能逮。然而莫能至焉者，偷慢懈惰，多不暇日之故。夫瘠地之民多有心者，劳也；沃地之民多不才者，饶也。由此观之，知人无务，不若愚而好学。自人君公卿至于庶人，不自强而功成者，天下未之有也。《诗》云："日就月将，学有缉熙于光明[100]。"此之谓也。

名可务立[101]，功可强成。故君子积志委正[102]，以趣明师；励节亢高，以绝世俗。何以明之？昔者南荣畴耻圣道之独亡于己[103]，身淬霜露，敕蹻趹[104]，跋涉山川，冒蒙荆刺，百舍重趼[105]，不敢休息，南见老聃，受教一言，精神晓泠[106]，钝闻条达[107]，欣然七日不食，如飨太牢[108]。是以明照四海，名施后世，达略天地[109]，察分秋豪；称誉叶语[110]，至今不休。此所谓名可强立者。吴与楚战，莫嚣、大心抚其御之手曰[111]："今日距强敌，犯白刃，蒙矢石，战而身死，卒胜民治，全我社稷，可以庶几乎[112]？"遂入不返，决腹断头，不旋踵运轨而死[113]。申包胥竭筋力以赴严敌[114]，伏尸流血，不过一卒之才，不如约身卑辞，求救于诸侯。于是乃赢粮跣走，跋涉谷行，上峭山，赴深溪，游川水，犯津关，躐蒙笼，蹶沙石[115]，蹠达膝，曾茧重胝[116]，七日七夜，至于秦庭。鹤跱而不食[117]，昼吟宵哭，面若死灰；颜色霉黑，滋液交集，以见秦王[118]，曰："吴为封豨修蛇，蚕食上国[119]，虐始于楚。寡君失社稷，越在草茅[120]。百姓离散，夫妇男女不遑启处[121]。使下臣告急。"秦王乃发车千乘，步卒七万，属之子虎[122]；踰塞而东，击吴浊水之上[123]，果大破之，以存楚国。烈藏庙堂，著于宪法[124]。此功之可强成者也。

夫七尺之形，心知忧愁劳苦，肤知疾痛寒暑，人情一也。圣人知时之难得，务可趣也，苦身劳形，焦心怖肝；不避烦难，不违危殆。盖闻子发之战[125]，进如激矢，合如雷电，解如风雨；员之中规，方之中矩；破敌陷阵，莫能壅御；泽战必克，攻城必下。彼非轻身而乐死，务在于前，遗利于后，故名立而不堕，此自强而成功者也。是故田者不强，囷仓不盈；官御不厉[126]，心意不精；将相不强，功烈不成；侯王懈惰，后世无名。《诗》云："我马唯骐，六辔如丝。载驰载驱，周爰谘谟[127]。"以言人之有所务也。

通于物者，不可惊以怪；喻于道者，不可动以奇；察于辞者，不可耀以名；审于形者，不可遁以状。世俗之人，多尊古而贱今，故为道者必托之于神农、黄帝而后能入说[128]。乱世暗主，高远其所从来，因而贵之；为学者蔽于论而尊其所闻，相与危坐而称之，正领而诵之。此见是非之分不明。夫无规矩，虽奚仲不能以定方圆[129]；无准绳，虽鲁般不能以定曲直。是故钟子期死，而伯牙绝弦破琴，知世莫赏也；惠施死，而庄子寝说言[130]，见世莫可为语者也。夫项托七岁为孔子师[131]，孔子有以听其言也。以年之少，为闾丈人说，救敲不给[132]，何道之能明也？昔者，谢子见于秦惠王[133]，惠王说之，以问唐姑梁[134]。唐姑梁曰："谢子，山东辩士，固权说，以取少主[135]。"惠王因藏怒而待之。后日复见，逆而弗听也。非其说异也，所以听者易。夫以徵为羽，非弦之罪；以甘为苦，非味之过。楚人有烹猴而召其邻人，以为狗羹也而甘之；后闻其猴也，据地而吐之，尽写其食[136]；此未始知味者也。邯郸师有出新曲者，托之李奇[137]，诸人皆争学之；后知其非也，而皆弃其曲；此未始知音者也。鄙人有得玉璞者，喜其状，以为宝而藏之；以示人，人以为石也，因而弃之，此未始知玉者也。故有符于中[138]，则贵是而同今古；无以听其说[139]，则所从来者远而贵之耳。此和氏之所以泣血于荆山之下[140]。

今剑或绝侧羸文，啮缺卷铤[141]，而称以顷襄之剑[142]，则贵人争带之；琴或拨刺枉桡，阔解漏越[143]，而称以楚庄之琴，侧室争鼓之[144]。苗山之铤，羊头之销[145]，虽水断龙舟，陆钊兕甲，莫之服带；山桐之琴，涧梓之腹[146]，虽鸣廉修营，唐牙莫之鼓也[147]。通人则不然。服剑者期于恬利，而不期于墨阳、莫邪[148]；乘马者期于千里，而不期于骅骝、绿耳；鼓琴者期于鸣廉修营，而不期于滥胁、号钟[149]；诵《诗》、《书》者期于通道略物，而不期于《洪范》、《商颂》[150]。圣人见是非，若白黑之于目辨，清浊之于耳听。众人则不然。中无主以受之，譬若遗腹子之上陇，以礼哭泣之而无所归心。故夫孪子之相似者，唯其母能知之；玉石之相类者，唯良工能识之；书传之微者[151]，唯圣人能论之。今取新圣人书，名之孔、墨，则弟子句指而受者必众矣[152]。故美人者，非必西施之种；通士者，不必孔墨之类。晓然意有所通于物，故作书以喻意，以为知者也；诚得清明之士，执玄鉴于心[153]，照物明白，不为古今易意，摅书明指以示之，虽阖棺亦不恨矣。昔晋平公令官为钟，钟成而示师旷。师旷曰："钟音不调。"平公曰："寡人以示工，工皆以为调，而以为不调[154]，何也？"师旷曰："使后世之无知音者则已，若有知音者，必知钟之不调。"故师旷之欲善调钟也，以为后之有知音者也。

三代与我同行，五伯与我齐智，彼独有圣智之实，我曾无有闾里之闻[155]、穷巷之知者何？彼并身而立节[156]，我诞谩而悠忽[157]。今夫毛嫱、西施，天下之美人。若使之衔腐鼠，蒙猬皮，衣豹裘，带死蛇，则布衣韦带之人，过者莫不左右睥睨而掩鼻[158]。尝试使之施芒泽[159]，正娥眉，设笄珥；衣阿锡，曳齐纨[160]；粉白黛黑，佩玉环揄步[161]，杂芝若；笼蒙目视[162]；冶由笑，目流眺[163]；口曾挠，奇牙出[164]，靥酺摇，则虽王公大人有严志颉颃之行者[165]，无不惮悇痒心而悦其色矣[166]。今以中人之才，蒙愚惑之智，被污辱之行，无本业所修，方术所务，焉得无有睥面掩鼻之容哉！今鼓舞者，绕身若环，曾挠摩地，扶旋猗那[167]，动容转曲，便媚拟神[168]，身若秋药被风，发若结旌[169]，骋驰若骛。木熙者，举梧檟，据句枉[170]。猿自纵，好茂叶；龙夭矫，燕枝拘[171]；援丰条，舞扶疏[172]；龙从鸟集，搏援攫肆，蔑蒙踊跃[173]。且夫观者莫不为之损心酸足，彼乃始徐行微笑，被衣修擢[174]。夫鼓舞者非柔纵，而木熙者非眇劲，淹浸渍渐靡使然也。是故生木之长，莫见其益，有时而修；砥砺礛坚，莫见其损，有时而薄。藜藿之生，蠉蠉然日加数寸，不可以为栌栋[175]；楩楠豫章之生也[176]，七年而后知，故可以为棺舟。夫事有易成者名小，难成者功大。君子修美，虽未有利，福将在后至。故《诗》云："日就月将，学有缉熙于光明[177]。"此之谓也。

---

①修：学习；务：致力于；修务：致力于学习；本卷主要论述努力学习、提高个人修养的重要性。

②相：省察；墝（qiāo）：坚硬贫瘠的土壤。

③辟：避。

④沃民：相传是西方国名；黑齿：东方国名；幽都：即幽州，今河北北部与辽宁交界一带；交趾：泛指五岭以南一带的地方。

⑤讙：同欢；欢兜：尧时的佞臣，被放逐于崇山；崇山：在今湖南大庸县西南；窜：放逐；三苗：即有苗，部落名，在今长江中游以南；三危：山名，在今甘肃敦煌。共工：尧时大臣；殛：杀；鲧（gǔn）：禹的父亲，因治水无功，被舜杀于羽山；羽山：原注："东极之山"。

⑥茨：用茅草、芦苇盖屋顶。即茅屋。

⑦苍梧：山名，即九疑山，在今湖南宁远县。

⑧栉（zhì）：梳发；扶风：疾风。

⑨彭蠡：即今江西省的鄱阳湖。

⑩载：乘具；四载：四种乘用工具，即水乘舟，陆乘车，泥乘輴，山乘樏；栞：同刊，砍削，刊木：在山林中行走时在树上砍削以作记号。

⑪致聪明：用尽智慧。

⑫氓：老百姓。

⑬流行：通行。

⑭鸣条：地名，又名高侯原，即成汤败夏桀处，其地所在难考；南巢：即今安徽巢县，即成汤放桀处。

⑮谯（qiào）：同诮，责备；历山：即历阳山，今安徽和县西北。

⑯爵：古酒器；不知于色：不形于色；挈：提；尊：通樽，古大酒器。

⑰赢：承担。

⑱阳盱（xū）：古九薮之一、为秦之阳盱，即阳行，在今陕西泾阳一带。

⑲桑山之林：即桑林。

⑳绝国：极远的邦国。

㉑伊尹：汤之大臣；鼎：烹调用锅；于：求取。

㉒吕望：即姜太公，鼓刀：操刀，指姜太公曾于朝歌屠牛而卖；

㉓百里奚：虞国大夫，晋献公灭虞时被俘，以为秦穆公夫人陪嫁之臣，奚逃走为楚捉住，秦穆公闻其贤，用五羖羊皮赎之，后受重用而为秦相。

㉔管仲：早年辅佐齐公子纠，不死子纠之难而奔鲁，后齐公子小白入齐为国君，即齐桓公，鲁国将管仲囚缚押送回齐，齐桓公不计管仲曾射自己的前嫌而任用为相。

㉕无黔突：烟囱里不黑，指不做饭，行踪不定；暖席：坐席没有坐温。

㉖事：治理。

㉗水潦：水流很大；谷：指河道。

㉘伐：夸耀自己的功劳、才能。

㉙鸠：指在沙地上行走的小车；輴（chūn）：在泥泞路上行走的工具；蔂：登山时乘坐的工具，类似缆车。

㉚渎：沟渠；陂：池塘。

㉛顿：不锋利；兵：兵器；挫：损伤；锐：指精锐之师。

㉜曷：何。

㉝公输：名班，春秋时著名工匠，鲁国人，世称鲁班。

㉞闾：里巷之门；轼之：乘车时站着不动，双目注视，手扶车箱前横木以示敬意。

㉟司马庾：秦国大夫，或称司马唐。

㊱趹蹏：趹：疾行；蹏：古“蹄”字；趋走。

㊲转：音声，因歌声是宛转的，所以用转字代音声。乐：愉快、快乐。

㊳感：感应。

㊴驳：指羽毛颜色班驳不纯。

㊵草驹：指小马，因常放养在草丛中，故名。

㊶龁（hé）咋（zé）：均是咬的意思，噆（zǎn）：咬破。

㊷蹶：脚踢；卢：通颅，头骨；匈：通胸。

㊸掩：安上；衡：车辕头上的横木；扼：通轭，搁在牛马颈上的曲木。

㊹聋虫：指无知的动物。

㊺发愤而成仁：通过修养获取仁的思想品德。

㊻帽：应为愲（wèi）：慷慨；凭：满。

㊼性命：人的本性和禀受的天命；说：悦。

㊽丹朱：尧之子，不肖；商均：舜之子，不肖；尧、舜均不传位于其子。

㊾曼颊：脸颊肌肤细腻；曼：细理；夸：弱；指体态柔弱娇美。

㊿阳文：楚之美女。

51啳（quán）：缺齿；睽（kuì）：丑恶；哆（chì）：嘴大；呙（huī）：嘴不正。

52籧（qú）篨（chú）：鸡胸，即前胸凸起不能弯腰；戚施：驼背而不能仰身。

53嫫母、仳（pí）倠（suī）：皆丑女名。

54攘卷：捋衣握拳；捣：击；摺：折断；干：躯体。

55九天之顶：极言其高；黄泉之底：极言其低。

56橘柚句：橘柚均在冬天成熟，故曰冬生，其叶则落，而一般草木均在冬天落叶枯死，所谓一年一荣枯，春生秋死，人们便笼统地说冬死，因而说死者众。

57荠：荠菜，葶历一类的草，还有小麦类越冬植物，均是夏生冬死，实际上夏天收实，故曰生者众。

58摄提：古岁星纪年法，太岁在寅为摄提，代指太岁的运行；镇星：即土星。

59大氐：大概；氐：同抵。

60䡇（zhì）：蛮横固执。

61讠少（chāo）：轻巧敏捷。

62九窍：指眼耳口鼻及前后阴；洞：畅达；尧眉八彩：相传尧之母庆都为天帝之女，出观于河，见赤龙负图至，图上绘人的颜面有八种彩色，赤龙与庆都合而生尧，尧如图所绘，眉有八彩之色。

63二瞳子：一只眼中有两个瞳孔；重明：眼力特好。

64参漏：即一耳有三孔；参：三；漏：孔道。

65皋陶：传说是舜之臣，也叫咎繇；马喙：嘴长得象马嘴一样，高诱注：“喙若马口，出言皆不虚，故曰‘至信’。”

66禹生于石：原注作“禹母脩己，感石而生禹，折胸而出。”一说是感流星而生，生于石纽。生于石的是禹子启，禹妻化为石而生启。

67契生于卵：原注作“契母，有戎氏之女简翟也，吞燕卵而生契，愊背而出。”

68史皇：原注作“史皇、苍颉，生而见鸟迹，知著书。故曰史皇，或曰颉皇。”

69天奉：天赋。

70才难：难得的人才。

71纯钩、鱼肠：皆宝剑名。

72䂵：同锷，刀剑之刃。

73剸（tuán）：割。

74玄锡：指铅。

75旃：通毡。

76所以论：立论的根据。

(77)宋画：宋人的画；吴冶：吴人的冶炼术。

(78)刑：通型，模型；乱脩：线条长者繁乱；曲出：突出者曲折，形容错综的花纹。

(79)蔡、卫：均周时诸侯国，蔡在今河南上蔡、新蔡一带；卫在今河北、河南交界之间；稚质：少女。

(80)梱（kǔn）：指编织时敲打使齐平；纂组：赤色绶带。

(81)墨质：黑色作底色；赤色：红色花纹。

(82)攫（jué）：鸟兽抓捕食物；肆：纵欲，任意。

(83)沮：失败。

(84)矰（zeng）弋：系有生丝以射鸟的短箭。

(85)艽（qiú）蒿（shāo）：鸟兽巢穴中杂乱的垫草；槎柿：禽兽用以护巢穴的乱枝。

(86)窟虚：巢穴，虚：通墟；连比：连接。

(87)书：文字；容成：黄帝时臣，始创历法；胡曹：黄帝时臣，始制衣服；后稷：舜时农官，周的先祖、教民耕作；仪狄：禹时臣，始制作酒；奚仲：夏朝的车正，制作车辆。

(88)奄：覆盖，包括。

(89)流通：流传。

(90)搏：奏；抚：按；参弹：弹琴的一种指法，同时弹若干根弦；复徽：弹琴的一种技法，即手指上下滑动弹奏；徽：通挥，弹奏。

(91)攫援：弹奏的一种指法，用两指挑弦，使弦发出短促之音；摽拂：弹琴的一种指法，以手指挥拂，使之发出连续泛音。

(92)蔑蒙：即蠓子，比喻手指动作飞快。

(93)檠：即檠（qíng）：校正弓的工具。

(94)檃（yǐng）括：矫正竹木弯曲的工具。

(95)唐碧：似玉的石；坚忍：杨树达说，当作“鳖力”，即玲瓏，指似次玉之石。

(96)滑淖：滑溜而柔和。

(97)精摇：精心进取；摩监：摩拭镜子，喻反复磨炼，监，古鉴字，镜子。

(98)自试：自我检验；神明：智慧。

(99)苏：求索；援：征引。

(100)引诗见《诗经·周颂·敬之》；就：往；将：行；缉熙：奋发前进。

(101)务：努力。

(102)积志：专心致志；委正：投身于正道。

(103)南荣畴：鲁国人，相传是老子学生庚桑楚的弟子；亡：失。

(104)淬（cuì）：沐浴，引申为沾湿，蒙受；敕（sōu）：穿着；跻：草鞋；趹（jué）：快步。

(105)百舍：行百里后才停宿；跰：脚茧。

(106)泠：通聆，明了。

(107)钝闻：迟钝昏聩；条达：畅通。

(108)太牢：指牛羊猪三牲。

(109)达略：洞察；达：通达；略：巡视。

(110)叶语：世代传诵；叶：世，改朝换代时期。

(111)莫嚣：楚国官名，即莫敖；大心：楚人名。

(112)庶几：差不多，即有希望。

(113)旋踵：转身；运轨：调转车头。

(114)申包胥：与伍子胥同为楚国大夫，又是朋友。伍子胥为报父兄之仇，逃奔吴国助吴攻楚；申包胥至秦求救，于秦廷哭七天七夜，感动秦王出兵救楚，打败吴军。楚昭王加赏申包胥，不受而逃。

(115)躐（liè）：超越；蒙笼：茂密的草木；蹶：践踏。

(116)蹠达膝：自脚掌到膝盖；曾：层。

(117)鹤跱（zhì）：似鹤般地久立着。

(118)秦王：指秦哀公。

(119)封豨（xī）：大野猪。上国：中原地区。

(120)越：远；草茅：丛野之地，喻楚昭王战败避难于随地。

(121)不遑：没有空暇；启处：起居；启：跪；处：居。

(122)子虎：秦国将领。

(123)浊水：源出今湖北襄樊市北，流入白河。

(124)烈：功业；藏：记载；宪法：国法。

(125)子发：楚成王将领。

(126)官御：官吏；厉：振奋。

(127)引诗见《诗经·小雅·皇皇者华》；骐：青黑色的马；辔：马缰绳；周：忠信；爰：于；谘谟：商量谋划。

(128)入说：让别人接受他的学说。

(129)奚仲：传说是夏朝的车正，始造车辆。

(130)惠施：战国时宋人，著名名家，庄子好友，曾任魏惠王相；庄子：即庄周，道家代表人物。

(131)项托：春秋时人，传说他七岁为孔子师，托亦作橐。

(132)救：阻止；敲：打；给：及。

(133)谢子：姓谢的人，子是尊称；秦惠王：战国时秦国君，即惠文王。

(134)唐姑梁：秦国大夫，墨家信徒，谢子也是。

(135)固：本来，一定；权说：诡诈辨说；取：取悦。

(136)写：古“泻”字。

(137)邯郸：古赵国国都，今河北邯郸市；师：乐师；李奇：赵国著名音乐家。

(138)符：验，指经过验证的事理；中：心。

(139)无以听其说：没有判断事物的标准。

(140)和氏：即卞和，春秋时楚国人；荆山：山名，在今湖北省漳县西。卞和抱玉泣血荆山之事见《韩非子·和氏》。

(141)绝侧：使剑锋残缺断裂；侧：剑的侧锋；羸（léi）文：毁坏剑上所刻花纹；羸：毁坏。啮缺：指刀刃缺口，如被咬啮；卷铤：剑锋残缺卷起，铤：同刃。

(142)顷襄：即楚顷襄王。

(143)拨刺：指琴声走音变调；枉桡：指琴声发音不准；阔解：损坏；漏越：指琴声散而不纯。

(144)楚庄：指楚庄王，侧室：指后房宠姬。

(145)苗山：楚国山名，其地产优质金属；铤（chán）：铁把短矛；羊头：三棱形的箭头；销：生铁。

(146)山桐：长在山间的桐树；涧梓：长在山涧的梓树；梓（zǐ）：用以制作琴等的树木；腹：琴箱。

(147)鸣廉：原注作“鸣声有廉隅。”廉隅本指器的棱角，现指琴声纯正；修营：原注作“音清凉，声和调。”唐牙：古著名乐师。

(148)恬利：锋利；恬：通铦；墨阳：名剑名。

(149)滥胁、号钟：古琴名；滥：又作蓝。

(150)《商颂》：《诗经》三颂之一；《洪范》：《尚书·周书》中的篇名。

(151)书传：典籍；微：微妙之处。

(152)句指：恭敬的样子。

(153)玄鉴：指高明的见解。

(154)而：汝、你。

(155)曾：却。

(156)并身：专心一意。

(157)诞谩：放纵，散漫；悠忽：轻忽、放荡，常指消磨岁月。

(158)睥睨：斜视，瞧不起。

(159)芳泽：润发香油。

(160)阿锡：一种精致的丝织物；锡：通緆（xì）；纨：白色细娟；齐：齐地的；

(161)揄步：步履轻盈的样子。

(162)芝：通芷；若：即杜若，均为香草；笼蒙：原注作“眇”，仔细看。

(163)冶由：巧笑；流眺：目光转动地看。

(164)曾：乃；挠：弱，微细；奇：美好；奇牙：好牙。

(165)靥（yè）辅（fǔ）：酒涡；严志：庄严；颉颃（háng）：倔强。

⑯惮（tán）馀（tú）：贪图、爱好；癢心：心有所欲；癢：即痒。

⑯摩地：触地；扶旋：舞恣旋转有致；猗那：阿娜多姿。

⑯便娟：轻盈美丽。

⑯秋药：即白芷，香草名；结旌：原注作“屈而复舒也。”即头发飘动如同波浪。

⑰木熙：古代一种杂技，攀爬高竿作各种惊险而美的动作；梧：梧桐树；㯹（jiǎo）：㯹木，楸木的别名，树干高大，可做高竿；据：抓住；句：古“勾”字；句枉：弯曲的枝条。

⑰夭矫：屈伸自如；枝拘：停集枝头。

⑰援：持；丰条：大枝条；扶疏：起舞婆娑。

⑰搏：取；援：攀；攫肆：恣意地抓取；蔑蒙：疾速；踊跃：跳跃。

⑰酸足：指腿脚酸软；被衣：换衣；修擢：手持翟羽而舞的舞曲。

⑰蝡蝡（ruǎn）：蠕动的样子；栌：即斗拱，梁上短柱。

⑰楩、楠、豫章：皆树木名。

⑰引诗见《诗经·周颂·敬之》；揖熙：持续奋进。

卷二十　泰族[①]训

天设日月，列星辰，调阴阳，张四时。日以暴之，夜以息之，风以干之，雨露以濡之。其生物也，莫见其所养而物长；其杀物也，莫见其所丧而物亡。此之谓神明。圣人象之，故其起福也，不见其所由而福起[②]；其除祸也，不见其所以而祸除。远之则迩，延之则疏；稽之弗得，察之不虚；日计无算，岁计有余。夫湿之至也，莫见其形，而炭已重矣[③]；风之至也，莫见其象，而木已动矣；日之行也，不见其移；骐骥倍日而驰，草木为之靡；县烽未转[④]，而日在其前。故天之且风，草木未动而鸟已翔矣；其且雨也，阴曀未集而鱼已噞矣；以阴阳之气相动也。故寒暑燥湿，以类相从；声响疾徐，以音相应也。故《易》曰：“鸣鹤在阴，其子和之[⑤]。”

高宗谅暗[⑥]，三年不言，四海之内，寂然无声；一言声然[⑦]，大动天下，是以天心呿唫者也[⑧]。故一动其本而百枝皆应，若春雨之灌万物也，浑然而流，沛然而施，无地而不澍[⑨]，无物而不生。故圣人者，怀天心，声然能动化天下者也。故精诚感于内，形气动于天，则景星见[⑩]，黄龙下，祥凤至；醴泉出，嘉谷生，河不满溢，海不溶波。故《诗》云：“怀柔百神，及河峤岳[⑪]。”逆天暴物，则日月薄蚀，五星失行；四时干乖[⑫]，昼冥宵光；山崩川涸，冬雷夏霜。《诗》曰：“正月繁霜，我心忧伤[⑬]。”天之与人，有以相通也。故国危亡而天文变，世惑乱而虹霓见；万物有以相连，精祲有以相荡也[⑭]。故神明之事，不可以智巧为也，不可以筋力致也。天地所包，阴阳所呕[⑮]，雨露所濡，化生万物；瑶碧玉珠，翡翠玳瑁，文彩明朗，润泽若濡，摩而不玩[⑯]，久而不渝，奚仲不能旅[⑰]，鲁般不能造，此之谓大巧。

宋人有以象为其君为楮叶者[⑱]，三年而成，茎柯豪芒，锋杀颜泽[⑲]，乱之楮叶之中而不可知也。列子曰：“使天地三年而成一叶，则万物之有叶者寡矣[⑳]。”夫天地之施化也，呕之而生，吹之而落，岂此契契哉[㉑]？故凡可度者小也，可数者少也。至大非度之所能及也，至众非数之所能领也。故九州不可顷亩也，八极不可道里也[㉒]，太山不可丈尺也，江海不可斗斛也。故大人者，与天地合德，日月合明，鬼神合灵，与四时合信。故圣人怀天气，抱天心，执中含和，不下庙堂而衍四海[㉓]，变习易俗，民化而迁善，若性诸己，能以神化也。《诗》云：“神之听之，终和且平[㉔]。”夫鬼神视之无形，听之无声，然而郊天望山川，祷词而求福，雩兑而请雨[㉕]，卜筮而决事。《诗》云："神之格思，不可度思，矧可射思[26]?"此之谓也。

天致其高，地致其厚，月照其夜，日照其昼，阴阳化列星朗[27]，非其道而物自然。故阴阳四时，非生万物也；雨露时降，非养草木也。神明接，阴阳和，而万物生矣。故高山深林，非为虎豹也；大木茂枝，非为飞鸟也；流源千里，渊深百仞，非为蛟龙也。致其高崇，成其广大，山居木栖，巢枝穴藏，水潜陆行，各得其所宁焉。夫大生小，多生少，天之道也。故丘阜不能生云雨，荥水不能生鱼鳖者[28]，小也。牛马之气蒸生虮虱，虮虱之气蒸不能生牛马；故化成于外，非生于内也。夫蛟龙伏寝于渊而卵割于陵[29]，螣蛇雄鸣于上风，雌鸣于下风而化成形，精之至也。故圣人养心莫善于诚，至诚而能动化矣。今夫道者，藏精于内，栖神于心，静漠恬淡，讼缪胸中[30]，邪气无所留滞。四枝节族，毛蒸理泄[31]，则机枢调利，百脉九窍莫不顺比[32]，其所居神者得其位也，岂节拊而毛修之哉[33]?

圣主在上，廓然无形，寂然无声；官府若无事，朝廷若无人；无隐士，无轶民[34]；无劳役，无冤刑；四海之内，莫不仰上之德，象主之指[35]；夷狄之国，重译而至[36]；非户辩而家说之也，推其诚心，施之天下而已矣。《诗》曰："惠此中国，以绥四方[37]。"内顺而外宁矣。太王亶父处邠，狄人攻之，杖策而去，百姓携幼扶老，负釜甑，逾梁山，而国乎岐周：非令之所能召也。秦穆公为野人食骏马肉之伤也，饮之美酒，韩之战，以其死力报，非券之所责也[38]。密子治亶父[39]，巫马期往观化焉，见夜渔者得小即释之，非刑之所能禁也。孔子为鲁司寇，道不拾遗，市买不豫贾[40]，田渔皆让长，而辩白不戴负[41]，非法之所能致也。夫矢之所以射远贯牢者，弩力也；其所以中的剖微者，正心也。赏善罚暴者，政令也；其所以能行者，精诚也。故弩虽强不能独中，令虽明不能独行，必自精气所以与之施道[42]。故摅道以被民[43]，而民弗从者，诚心弗施也。

天地四时，非生万物也，神明接，阴阳和，而万物生之；圣人之治天下，非易民性也，拊循其所有而涤荡之[44]。故因则大，化则细矣[45]。禹凿龙门，辟伊阙，决江浚河，东注之海，因水之流也。后稷垦草发菑[46]，粪土树谷，使五种各得其宜，因地之势也。汤武革车三百乘，甲卒三千人，讨暴乱，制夏商，因民之欲也。故能因则无敌于天下矣。

夫物有以自然，而后人事有治也。故良匠不能斫金，巧冶不能铄木；金之势不可斫，而木之性不可铄也。埏埴而为器，窬木而为舟，铄铁而为刃，铸金而为钟，因其可也；驾马服牛，令鸡司夜，令狗守门，因其然也。民有好色之性，故有大婚之礼；有饮食之性，故有大飨之谊；有喜乐之性，故有钟鼓管弦之音；有悲哀之性，故有衰绖哭踊之节。故先王之制法也，因民之所好而为之节文者也。因其好色而制婚姻之礼，故男女有别；因其喜音而正雅颂之声，故风俗不流；因其宁家室、乐妻子，教之以顺[47]，故父子有亲；因其喜朋友而教之以悌，故长幼有序。然后修朝聘以明贵贱，飨饮习射以时长幼[48]，明搜振旅以习用兵也[49]，入学庠序以修人伦[50]。此皆人之所有于性，而圣人之所匠成也[51]。故无其性不可教训，有其性无其养不能遵道。茧之性为丝，然非得工女煮以热汤而抽其统纪，则不能成丝；卵之化为雏，非慈雌呕暖覆伏，累日积久，则不能为雏；人之性有仁义之资，非圣人为之法度而教导之，则不可使乡方。故先王之教也，因其所喜以劝善，因其所恶以禁奸，故刑罚不用而威行如流，政令约省而化耀如神[52]。故因其性则天下听从，拂其性则法县而不用。

昔者，五帝三王之莅政施教，必用参五[53]。何谓参五？仰取象于天，俯取度于地，中取法于人。乃立明堂之朝，行明堂之令，以调阴阳之气，以和四时之节，以辟疾病之菑[54]。俯视地理，以制度量，察陵陆水泽肥墽高下之宜[55]，立事生财，以除饥寒之患。中考乎人德，以制礼乐，行仁义之道，以治人伦而除暴乱之祸。乃澄列金木水火土之性，故立父子之亲而成家；别清浊五音六律相生之数，以立君臣之义而成国；察四时季孟之序[56]，以立长幼之礼而成官；此之谓参。制君臣之义、父子之亲、夫妇之辨、长幼之序、朋友之际，此之谓五。乃裂地而州之[57]，分职而治之，筑城而居之，割宅而异之，分财而衣食之，立大学而教诲之[58]，夙兴夜寐而劳力之；此治之纲纪也。然得其人则举，失其人则废。尧治天下，政教平，德润洽，在位七十载，乃求所属天下之统，令四岳扬侧陋[59]。四岳举舜而荐之尧。尧乃妻以二女，以观其内；任以百官，以观其外。既入大麓[60]，烈风雷雨而不迷。乃属以九子[61]，赠以昭华之玉[62]，而传天下焉，以为虽有法度，而朱弗能统也。

夫物未尝有张而不弛、成而不毁者也，惟圣人能盛而不衰，盈而不亏。神农之初作琴也，以归神及其淫也[63]，反其天心。夔之初作乐也[64]，皆合六律而调五音，以通八风；及其衰也，以沉湎淫康，不顾政治[65]，至于灭亡。苍颉之初作书，以辩治百官，领理万事，愚者得以不忘，智者得以志远；至其衰也，为奸刻伪书，以解有罪，以杀不辜。汤之初作囿也，以奉宗庙鲜犓之具[66]，简士卒，习射御，以戒不虞；及至其衰也，驰骋猎射，以夺民时，罢民之力。尧之举禹、契、后稷、皋陶，政教平，奸宄息[67]，狱讼止，而衣食足，贤者劝善，而不肖者怀其德；及至其末，朋党比国，各推其与[68]，废公趋私，内外相推举[69]，奸人在朝，而贤者隐处。故《易》之失也卦，《书》之失也敷，《乐》之失也淫，《诗》之失也辟，《礼》之失也责，《春秋》之失也刺[70]。天地之道，极则反，盈则损。五色虽朗，有时而渝；茂木丰草，有时而落；物有隆杀，不得自若。故圣人事穷而更为，法弊而改制，非乐变古易常也，将以救败扶衰，黜淫济非，以调天地之气，顺万物之宜也。

圣人天覆地载，日月照，阴阳调，四时化，万物不同，无故无新，无疏无亲，故能法天。天不一时，地不一利，人不一事，是以绪业不得不多端，趋行不得不殊方。五行异气，而皆适调；六艺异科[71]，而皆同道。温、惠、柔、良者，《诗》之风也；淳庞敦厚者，《书》之教也；清明条达者，《易》之义也；恭俭尊让者，《礼》之为也；宽裕简易者，《乐》之化也；刺几辩义者，《春秋》之靡也[72]。故《易》之失鬼[73]，《乐》之失淫，《诗》之失愚，《书》之失拘[74]，《礼》之失忮[75]，《春秋》之失訾[76]。六者圣人兼用而财制之[77]。

失本则乱，得本则治；其美在调，其失在权。水火金木土谷，异物而皆任[78]；规矩权衡准绳，异形而皆施；丹青胶漆，不同而皆用；各有所适，物各有宜。轮圆舆方，辕从衡横，势施便也。骖欲驰，服欲步[79]；带不厌新，钩不厌故，处地宜也。《关雎》兴于鸟，而君子美之，为其雌雄之不乖居也[80]；《鹿鸣》兴于兽，君子大之[81]，取其见食而相呼也；泓之战[82]，军败君获，《春秋》大之，取其不鼓不成列也；宋伯姬坐烧而死[83]，而《春秋》大之，取其不逾礼而行也。成功立事，岂足多哉？方指所言，而取一概焉尔[84]！

王乔、赤松去尘埃之间[85]，离群慝之纷[86]，吸阴阳之和，食天地之精，呼而出故，吸而入新，蹀虚轻举[87]，乘云游雾，可谓养性矣，而未可谓孝子也。周公诛管叔、蔡叔，以平国弭乱[88]，可谓忠臣也，而未可谓弟也。汤放桀，武王伐纣，以为天下去残除贼，可谓惠君，而未可谓忠臣矣。乐羊攻中山，未能下，中山烹其子，而食之以示威，可谓良将，而未可谓慈父也。故可乎可，而不可乎不可；不可乎不可，而可乎可[89]。舜、许由异行而皆圣，伊尹、伯夷异道而皆仁，箕子、比干异趋而皆贤。故用兵者，或轻或重，或贪或廉，此四者相反，而不可一无也。轻者欲发，重者欲止，贪者欲取，廉者不利非其有。故勇者可令进斗而不可令持牢[90]，重者可令埴固而不可令凌敌，贪者可令进取而不可令守职，廉者可令守分而不可令进取，信者可令持约而不可令应变。五者相反，圣人兼用而财使之。夫天地不包一物，阴阳不生一类。海不让水潦以成其大，山不让土石以成其高。夫守一隅而遗万方，取一物而弃其余，则所得者鲜，而所治者浅矣。

治大者道不可以小，地广者制不可以狭；位高者事不可以烦，民众者教不可以苛。夫事碎难治也，法烦难行也，求多难澹也[91]。寸而度之，至丈必差；铢而称之，至石必过。石秤丈量，径而寡失[92]；简丝数米，烦而不察[93]。故大较易为智[94]，曲辩难为慧。故无益于治而有益于烦者，圣人不为；无益于用而有益于费者，智者弗行也。故功不厌约，事不厌省，求不厌寡。功约易成也，事省易治也，求寡易澹也。众易之，于以任人，易矣！孔子曰："小辩破言，小利破义，小艺破道；小见不达，必简。"河以逶蛇[95]，故能远；山以陵迟[96]，故能高；阴阳无为，故能和；道以优游，故能化。夫彻于一事，察于一辞，审于一技，可以曲说[97]，而未可广应也。蓼菜成行，翮瓯有萛[98]，秤薪而爨，数米而炊，可以治小，而未可以治大也。员中规，方中矩；动成兽，止成文；可以愉舞，而不可以陈军[99]。涤杯而食，洗爵而饮，盥而后馈，可以养少，而不可以飨众。今夫祭者，屠割烹杀，剥狗烧豕，调平五味者，庖也；陈簠簋[100]，列樽俎，设笾豆者[101]，祝也；齐明盛服[102]，渊默而不言，神之所依者，尸也。宰、祝虽不能，尸不越樽俎而代之。故张瑟者，小弦急而大弦缓；立事者，贱者劳而贵者逸。舜为天子，弹五弦之琴，歌《南风》之诗，而天下治。周公肴臑不收于前[103]，钟鼓不解于悬，而四夷服。赵政昼决狱而夜理书[104]，御史冠盖接于郡县，覆稽趋留[105]，戍五岭以备越，筑修城以守胡，然奸邪萌生，盗贼群居，事愈烦而乱愈生。

故法者，治之具也，而非所以为治也，而犹弓矢，中之具，而非所以中也。黄帝曰："芒芒昧昧，因天之威，与元同气[106]。"故同气者帝，同义者王，同力者霸，无一焉者亡。故人主有伐国之志，邑犬群嗥，雄鸡夜鸣，库兵动而戎马惊；今日解怨偃兵，家老甘卧，巷无聚人，妖菑不生；非法之应也，精气之动也。故不言而信，不施而仁，不怒而威，是以天心动化者也；施而仁，言而信，不怒而威，是以精诚感之者也；施而不仁，言而不信，怒而不威，是以外貌为之者也。故有道以统之，法虽少，足以化矣；无道以行之，法虽众，足以乱矣。治身，太上养神，其次养形；治国，太上养化，其次正法。神清志平，百节皆宁，养性之本也；肥肌肤，充肠腹，供嗜欲，养生之末也。民交让争处卑，委利争受寡，力事争就劳，日化上迁善而不知其所以然，此治之上也；利赏而劝善，畏刑而不为非，法令正于上而百姓服于下，此治之末也。上世养本而下世事末，此太平之所以不起也[107]。夫欲治之主不世出，而可与兴治之臣不万一[108]，以万一求不世出，此所以千岁不一会也[109]。

水之性淖以清[110]，穷谷之污[111]，生以青苔，不治其性也。掘其所流而深之，茨其所决而高之[112]，使得循势而行，乘衰而流[113]，虽有腐髊流渐[114]，弗能污也。其性非异也，通之与不通也。风俗犹此也。诚决其善志，防其邪心，启其善道，塞其奸路，与同出一道，则民性可善，风俗可美也。所以贵扁鹊者，非贵其随病而调药，贵其擪息脉血，知病之所从生也[115]；所以贵圣人者，非贵随罪而鉴刑也，贵其知乱之所由起也。若不修其风俗，而纵之淫辟，乃随之以刑，绳之以法，虽残贼天下，弗能禁也。禹以夏王，桀以夏亡；汤以殷王，纣以殷亡，非法度不存也，纪纲不张，风俗坏也。

三代之法不亡，而世不治者，无三代之智也；六律具存，而莫能听者，无师旷之耳也。故法虽在，必待圣而后治；律虽具，必待耳而后听。故国之所以存者，非以有法也，以有贤人也；其所以亡者，非以无法也，以无贤人也。晋献公欲伐虞，宫之奇存焉[116]，为之寝不安席，食不甘味，而不敢加兵焉。赂以宝玉骏马，宫之奇谏而不听，言而不用，越疆而去。荀息伐之，兵不血刃，抱宝牵马而去[117]。故守不待渠堑而固，攻不待冲降而拔[118]，得贤之与失贤也。故臧武仲以其智存鲁[119]，而天下莫能亡也；璩伯玉以其仁宁卫[120]，而天下莫能危也。《易》曰："丰其屋，蔀其家，窥其户，阒其无人[121]。"无人者，非无众庶也，言无圣人以统理之也。民无廉耻，不可治也；非修礼义，廉耻不立；民不知礼义，法弗能正也。非崇善废丑，不向礼义。无法不可以为治也，不知礼义不可以行法。法能杀不孝者，而不能使人为孔、曾之行；法能刑窃盗者，而不能使人为伯夷之廉。孔子弟子七十，养徒三千人，皆入孝出悌，言为文章，行为仪表，教之所成也。墨子服役者百八十人，皆可使赴火蹈刃，死不还踵，化之所致也。夫刻肌肤，鑱皮革[22]，被创流血，至难也，然越为之以求荣也[23]。圣王在上，明好恶以示之，经诽誉以导之[24]，亲贤而进之，贱不肖而退之，无被创流血之苦，而有高世尊显之名，民孰不从？

古者法设而不犯，刑错而不用[25]，非可刑而不刑也，百工维时[26]，庶绩咸熙[27]，礼义修而任贤德也。故举天下之高以为三公[28]，一国之高以为九卿[29]，一县之高以为二十七大夫[30]，一乡之高以为八十一元士[31]。故智过万人者谓之英，千人者谓之俊，百人者谓之豪，十人者谓之杰。明于天道，察于地理，通于人情，大足以容众，德足以怀远，信足以一异，知足以知变者，人之英也。德足以教化，行足以隐义[32]，仁足以得众，明足以照下者，人之俊也。行足以为仪表，知足以为决嫌疑，廉足以分财，信可使守约，作事可法，出言可道者，人之豪也。守职而不废，处义而不比[33]，见难不苟免，见利不苟得者，人之杰也。英俊豪杰，各以小大之材处其位，得其宜，由本流末，以重制轻，上唱而民和[34]，上动而下随，四海之内，一心同归，背贪鄙而向义理，其于化民也，若风之摇草木，无之而不靡。今使愚教知，使不肖临贤，虽严刑罚，民弗从也；小不能制大，弱不能使强也。故圣主者举贤以立功，不肖主举其所与同。文王举太公望、召公奭而王；桓公任管仲、隰朋而霸[35]；此举贤以立功也。夫差用太宰嚭而灭[36]，秦任李斯、赵高而亡，此举所与同。故观其所举而治乱可见也，察其党与而贤不肖可论也。

夫圣人之屈者以求伸也，枉者以求直也。故虽出邪辟之道，行幽昧之途，欲将以直大道，成大功，犹出林之中不得直道，拯溺人不得不濡足也。伊尹忧天下之不治，调和五味，负鼎俎而行[37]，五就桀，五就汤，将欲以浊为清，以危为宁也。周公股肱周室[38]，辅翼成王，管叔、蔡叔、奉公子禄父而欲为乱，周公诛之以定天下，缘不得已也。管子忧周室之卑，诸侯之力征，夷狄伐中国，民不得宁处，故蒙耻辱而不死，将欲以忧夷狄之患，平夷狄之乱也。孔子欲行王道，东西南北，七十说而无所偶[39]，故因卫夫人、弥子瑕而欲通其道[40]。此皆欲平险除秽，由冥冥至炤炤[41]，动于权而统于善者也。夫观逐者于其反也，而观行者于其终也。故舜放弟，周公杀兄，犹之为仁也；文公树米[42]，曾子架羊[43]，犹之为知也。当今之世，丑必托善以自为解，邪必蒙正以自为辟[44]。游不论国，仕不择官，行不辟污，曰伊尹之道也。分别争财[45]，亲戚兄弟构怨，骨肉相残，曰周公之义也。行无廉耻，辱而不死，曰管子之趋也。行货赂，趣势门，立私废公，比周而取容，曰孔子之术也。此使君子小人纷然淆乱，莫知其是非者也。故百川并流，不注海者不为川谷；趋行蹐驰[46]，不归善者不为君子。故善言归乎可行，善行归乎仁义。田子方、段干木轻爵禄而重其身，不以欲伤生，不以利累形。李克竭股肱之力[47]，领理百官，辑穆万民[48]，使其君生无废事，死无遗忧，此异行而归于善者。张仪、苏秦家无常居，身无定君，约从衡之事，为倾覆之谋，浊乱天下，挠滑诸侯，使百姓不遑启居[49]，或从或横，或合众弱，或辅富强，此异行而归于丑者也。故君子之过也，犹日月之蚀，何害于明？小人之可也，犹狗之昼吠，鸱之夜见，何益于善？夫知者不妄发[50]，择善而为之，计义而行之，故事成而功足赖也，身死而名足称也。虽有知能，必以仁义为之本，然后可立也。知能蹐驰，百事并行，圣人一以仁义为之准绳，中之者谓之君子，弗中者谓之小人。君子虽死亡，其名不灭；小人虽得势，其罪不除。使人左据天下之图而右刎喉，愚者不为也，身贵于天下也；死君亲之难，视死若归，义重于身也。天下，大利也，比之身则小；身之重也，比之义则轻。义所全也。《诗》曰："恺悌君子，求福不回[51]。"言以信义为准绳也。

欲成霸王之业者，必得胜者也；能得胜者，必强者也；能强者，必用人力者也；能用人力者，必得人心者也；能得人心者，必自得者也。故心者身之本也，身者国之本也；未有得己而失人者也，未有失己而得人者也。故为治之本，务在宁民；宁民之本，在于足用；足用之本，在于勿夺时；勿夺时之本，在于省事；省事之本，在于节用；节用之本，在于反性。未有能摇其本而静其末，浊其源而清其流者也。故知性之情者，不务性之所无以为；知命之情者，不忧命之所无奈何。故不高宫室者非爱木也，不大钟鼎者非爱金也。直行性命之情[152]，而制度可以为万民仪。今目悦五色，口嚼滋味，耳淫五声，七窍交争以害其性，日引邪欲而浇其身[153]，夫调身弗能治，奈天下何？故自养得其节，则养民得其心矣。

所谓有天下者，非谓其履势位、受传籍、称尊号也[154]，言运天下之力而得天下之心。纣之地，左东海，右流沙，前交趾，后幽都[155]，师起容关[156]，至浦水[157]，士亿有余万[158]，然皆倒矢而射，傍戟而战[159]。武王左操黄钺、右执白旄以麾之，则瓦解而走，遂土崩而下。纣有南面之名，而无一人之德[160]，此失天下也。故桀、纣不为王，汤、武不为放。周处酆镐之地，方不过百里[161]，而誓纣牧之野[162]；入据殷国，朝成汤之庙，表商容之闾，封比干之墓，解箕子之囚，乃折枹毁鼓，偃五兵，纵牛马，搢笏而朝天下[163]，百姓歌讴而乐之，诸侯执禽而朝之，得民心也。阖闾伐楚，五战入郢，烧高府之粟，破九龙之钟[164]，鞭荆平王之墓，舍昭王之宫[165]。昭王奔随[166]，百姓父兄携幼扶老而随之，乃相率而为致勇之寇，皆方命奋臂而为之斗[167]。当此之时，无将卒以行列之，各致其死，却吴兵，复楚地。灵王作章华之台，发干谿之役[168]，外内搔动，百姓罢敝，弃疾乘民之怨而立公子比[169]，百姓放臂而去之[170]，饿于干谿，食莽饮水[171]，枕块而死。楚国山川不变，土地不易，民性不殊，昭王则相率而殉之，灵王则倍畔而去之[172]，得民之与失民也。故天子得道，守在四夷；天子失道，守在诸侯[173]。诸侯得道，守在四邻[174]；诸侯失道，守在四境。故汤处亳七十里，文王处酆百里，皆令行禁止于天下。周之衰也，戎伐凡伯于楚丘以归[175]。故得道则以百里之地令于诸侯，失道则以天下之大畏于冀州。故曰：无恃其不吾夺也，恃吾不可夺。行可夺之道，而非篡弑之行，无益于持天下矣。

凡人之所以生者，衣与食也。今囚之冥室之中，虽养之以刍豢，衣之以绮绣，不能乐也，以目之无见，耳之无闻。穿隙穴，见雨零，则快然而叹之[176]，况开户发牖，从冥冥见炤炤乎！从冥冥见炤炤，犹尚肆然而喜，又况出室坐堂，见日月光乎！见日月光旷然而乐，又况登泰山，履石封[177]，以望八荒，视天都若盖[178]，江河若带，又况万物在其间者乎！其为乐岂不大哉！且聋者，耳形具而无能闻也；盲者，目形存而无能见也。夫言者，所以通已于人也；闻者，所以通人于已也。喑者不言，聋者不闻，既喑且聋，人道不通。故有喑聋之病者，虽破家求医，不顾其费。岂独形骸有喑聋哉？心志亦有之。夫指之拘也，莫不事申也[179]；心之塞也，莫知务通也；不明于类也。

夫观六艺之广崇，穷道德之渊深，达乎无上，至乎无下；运乎无极，翔乎无形；广于四海，崇于太山；富于江河，旷然而通，昭然而明，天地之间无所系戾[180]；其所以监观，岂不大哉！人之所知者浅而物变无穷，曩不知而今知之，非知益多也，问学之所加也。夫物常见则识之，尝为则能之。故因其患则造其备[181]，犯其难则得其便。夫以一世之寿，而观千岁之知，今古之论，虽未尝更也，其道理素具，可不谓有术乎？人欲知高下而不能，教之用管准则说[182]；欲知轻重而无以[183]，予之以权衡则喜；欲知远近而不能，教之以金目则快射[184]；又况知应无方而不穷哉[185]！犯大难而不慑，见烦缪而不惑；晏然自得，其为乐也，岂直一说之快哉！夫道，有形者皆生焉，其为亲亦戚矣；享谷食气者皆受焉，其为君亦惠矣[186]；诸有智者皆学焉，其为师亦博矣。射者数发不中，人教之以仪则喜矣，又况生仪者乎！人莫不知学之有益于已也，然而不能者，嬉戏害人也。人皆多以无用害有用，故智不博而日不足。以凿观池之力耕[187]，则田野必辟矣；以积土山之高修堤防，则水用必足矣；以食狗马鸿雁之费养士，则名誉必荣矣；以弋猎博弈之日诵《诗》读《书》，闻识必博矣[188]。故不学之与学也，犹喑聋之比于人也。

凡学者能明于天人之分，通于治乱之本，澄心清意以存之，见其终始，可谓知略矣。天之所为，禽兽草木；人之所为，礼节制度；搆而为宫室，制而为舟舆是也[189]。治之所以为本者，仁义也；所以为末者，法度也。凡人之所以事生者，本也；其所以事死者，末也。本末，一体也，其两爱之，一性也[190]。先本后末，谓之君子；以末害本，谓之小人。君子与小人之性非异也，所在先后而已矣。草木洪者为本，而杀者为末[191]；禽兽之性，大者为首，而小者为尾。末大于本则折，尾大于要则不掉矣[192]。故食其口而百节肥[193]，灌其本而枝叶美。

天地之性也，天地之生物也有本末，其养物也有先后，人之于治也，岂得无终始哉？故仁义者，治之本也；今不知事修其本，而务治其末，是释其根而灌其枝也。且法之生也，以辅仁义，今重法而弃义，是贵其冠履而忘其头足也。故仁义者，为厚基者也；不益其厚而张其广者毁，不广其基而增其高者覆。赵政不增其德而累其高，故灭；智伯不行仁义而务广地，故亡其国[194]。语曰："不大其栋，不能任重。重莫若国，栋莫若德[195]。"国主之有民也，犹城之有基，木之有根；根深则本固，基美则上宁。五帝三王之道，天下之纲纪，治之仪表也。今商鞅之《启塞》[196]，申子之"三符"[197]，韩非之《孤愤》[198]，张仪、苏秦之从衡，皆掇取之权，一切之术也[199]，非治之大本，事之恒常，可博闻而世传者也。子囊北而全楚，北不可以为庸[200]；弦高诞而存郑，诞不可以为常。今夫《雅》、《颂》之声，皆发于词，本于情，故君臣以睦，父子以亲。故《韶》、《夏》之乐也，声浸乎金石，润乎草木。今取怨思之声[201]，施之于弦管，闻其音者，不淫则悲。淫则乱男女之辩[202]，悲则感怨思之气，岂所谓乐哉！赵王迁流于房陵[203]，思故乡，作为《山水》之讴[204]，闻者莫不殒涕。荆轲西刺秦王，高渐离、宋意为击筑[205]，而歌于易水之上[206]，闻者莫不瞋目裂眦，发植穿冠。因以此声为乐而入宗庙，岂古之所谓乐哉！故弁冕辂舆，可服而不可好也；大羹之和，可食而不可嗜也；朱弦漏越[207]，一唱而三叹，可听而不可快也[208]。故无声者，正其可听者也；其无味者，正其足味者也。吠声清于耳[209]，兼味快于口，非其贵也。故事不本于道德者，不可以为仪，言不合乎先王者，不可以为道；音不调乎《雅》、《颂》者，不可以为乐。故五子之言，所以便说掇取也，[210]非天下之通义也。

圣王之设政施教也，必察其终始，其县法立仪[211]，必原其本末，不苟以一事备一物而已矣。见其造而思其功[212]，观其源而知其流；故博施而不竭，弥久而不垢。夫水出于山而入于海，稼生于田而藏于仓，圣人见其所生，则知其所归矣。故舜深藏黄金于崭岩之山，所以塞贪鄙之心也。仪狄为酒，禹饮而甘之，遂疏仪狄而绝旨酒[213]，所以遏流湎之行也[214]。师涓为平公鼓朝歌北鄙之音[215]，师旷曰："此亡国之乐也。"大息而抚之[216]，所以防淫辟之风也。故民知书而德衰，知数而厚衰，知券契而信衰，知械机而实衰也。巧诈藏于胸中，则纯白不备，而神德不全矣。

琴不鸣，而二十五弦各以其声应；轴不运，而三十轴各以其力旋。弦有缓急小大然后成曲，车有劳逸动静而后能致远。使有声者，乃无声者也；能致千里者，乃不动者也。故上下异道则治，同道则乱[217]；位高而道大者从，事大而道小者凶。故小快害义，小慧害道，小辩害治，苛削伤德。大政不险，故民易道；至治宽裕，故下不相贼；至忠复素，故民无匿情[218]。商鞅为秦立相坐之法，而百姓怨矣；吴起为楚减爵禄之令，而功臣畔矣[219]。商鞅之立法也，吴起之用兵也，天下之善者也。

然商鞅之法亡秦，察于刀笔之迹[220]，而不知治乱之本也；吴起以兵弱楚，习于行陈之事[221]，而不知庙战之权也。晋献公之伐骊，得其女，非不善也，然而史苏叹之[222]，见其四世之被祸也。吴王夫差破齐艾陵，胜晋黄池[223]，非不捷也，而子胥忧之，见其必擒于越也。小白奔莒，重耳奔曹，非不困也，而鲍叔、咎犯随而辅之，知其可与至于霸也。勾践栖于会稽，修政不殆[224]，谟虑不休，知祸之为福也。襄子再胜而有忧色[225]，畏福之为祸也。故齐桓公亡汶阳之田而霸[226]，智伯兼三晋之地而亡。圣人见祸福于重闭之内[227]，而虑患于九拂之外者也[228]。

原蚕一岁再收[229]，非不利也，然而王法禁之者，为其残桑也。离先稻熟[230]，而农夫耨之，不以小利伤大获也。家老异饭而食，殊器而亨，子妇跣而上堂，跪而斟羹，非不费也，然而不可省者，为其害义也。待媒而结言[231]，聘纳而取妇，初绕而迎亲[232]，非不烦也，然而不可易者，所以防淫也。使民居处相司，有罪相觉，于以举奸，非不掇也，然而伤和睦之心，而构仇雠之怨。故事有凿一孔而生百隙，树一物而生万叶者。所凿不足以为便，而所开足以为败；所树不足以为利，而所生足以为涉[233]。愚者惑于小利，而忘其大害。昌羊去蚤虱而人弗庠者，为其来蛉穷也[234]；狸执鼠而不可脱于庭者，为搏鸡也。故事有利于小而害于大，得于此而亡于彼者。故行棋者或食两而路穷[235]，或予踦而取胜[236]。偷利不可以为行，而智术不可以为法。

故仁、知，人材之美者也。所谓仁者，爱人也；所谓知者，知人也。爱人则无虐刑矣，知人则无乱政矣。治由文理，则无悖谬之事矣；刑不侵滥，则无暴虐之行矣。上无烦乱之治，下无怨望之心，则百残除而中和作矣。此三代之所昌。故《书》曰："能哲且惠，黎民怀之，何忧欢兜，何迁有苗[237]！"智伯有五过人之材[238]，而不免于身死人手者，不爱人也。齐王建有三过人之巧[239]，而身虏于秦者，不知贤也。故仁莫大于爱人，知莫大于知人；二者不立，虽察慧捷巧，劬禄疾力[240]，不免于乱也。

---

①泰：大极，大中之大；族：同簇，集聚；泰族：相对于每卷的小结而言，本卷是全书的最大总结。

②所由：所采取的行动。

③炭已重矣：古时用悬土炭的方法来检验空气的燥湿程度。将若干土和若干炭分别挂在衡杆的两端，使之平衡，空气潮湿，炭的重量增加，衡杆就向炭方下沉。

④县烽：指古代边疆报警告急时燃起的烟火；白天放烟叫燧；夜里举火叫烽。县：悬；未转：燃放烟火，一般在专造的烽火台上点起，一处点火，其它各地相继点火，一直报到京城，其速度比驿站快。未转指还未转遞，太阳就已转了。

⑤引语见《周易·中孚·九二》。

⑥高宗：即殷王武丁。武丁勤修政事，使殷国中兴；谅暗：天子、诸侯居丧的住屋。

⑦声然：宣布，宣扬。

⑧呿（qū）唫（jìn）：指呼吸；呿：张口；唫：闭口。

⑨澍：沾润。

⑩景星：吉祥之星，景星出现天空显示人间将有吉事。

⑪引诗见《诗经·周颂·时迈》。怀柔：安抚；峤岳：高山。

⑫干乖：干犯，背逆。

⑬引语见《诗经·小雅·正月》。

⑭精祲（jìn）：不祥之气；荡：通。

⑮呕：抚育。

⑯玩：通刓，缺损。

⑰旅：动词，众，有仿造、使之多的意思。

⑱楮叶：楮：树木名，叶似桑叶。

⑲锋杀：指叶子的肥瘦，厚薄；锋：当作"丰"：肥；杀：衰，减，"瘦"的意思。

⑳列子：即列御寇，战国时郑人。引文见《韩非子·喻老》。

㉑契契：忧苦的样子。

㉒顷亩句：不可用顷亩来计算；八极：八方极远处；道里：指里程。

㉓衍：扩大，绵延。

㉔引语见《诗经·小雅·伐木》。

㉕雩（yú）：古代求雨的一种祭祀；兑：通说，在祭祀时诉说鬼神降临的灾难，祈求其祛除灾难。

㉖引语出自《诗经·大雅·抑》；格：通佫：至、来临；思：语助词；度：猜度；矧（xhěn）：何；射（yì）：厌。
㉗列星：满天的星斗。
㉘荥（xíng）水：小水。
㉙割：裂，传说蛟龙离水上岸产卵而去，小蛟龙自己破卵而出。
㉚讼：通容，纳；缪：通穆，诚。
㉛四枝：四肢；节：骨节；族：通簇，骨骼交错聚集的部位；毛：毛孔；蒸：热气上升；理：肌肤的纹理。
㉜比：连接相通，有序；顺：通畅。
㉝节拊毛修：指修养皮毛；拊：抚慰。
㉞轶：通逸；轶民：隐居的人。
㉟象：依照；指：通旨，旨意。
㊱重译：经过多次翻译。
㊲引诗见《诗经·大雅·民劳》。
㊳券：契约；责："债"的古字，指索还债款。
㊴密子：春秋末鲁国人，即宓不齐，孔子弟子；亶父：地名，即单父，今山东单县。
㊵豫贾：随时抬高价格；豫：变动；贾：同价。
㊶辩白：头发斑白，指老人；戴：以头顶物。
㊷精气所以：依靠精诚之气，与：参与、帮助；施道：施行法令或射中箭靶。
㊸摅（shū）：抒发；被：及。
㊹拊循：依顺；涤荡：洗涤。
㊺因：遵循规律；化：改变；细：小。
㊻垦草：开发荒地；菑（zī）：初耕一年的地返草叫菑。
㊼顺：《群市治要》引作"孝"。
㊽飨：乡；时：司，掌管。
㊾搜：同蒐，检阅车马；振旅：整顿军队。
㊿庠序：古代学校名。
51匠成：培养造就。
52化耀：感化照耀。
53参：通"三"。
54菑（zī）：通灾。
55陵：土山；墽（qiāo）：同硗、墝，瘠土。
56季孟之序：每季有三个月，以孟仲季排列次序：头月叫孟，第二月叫仲，第三月叫季。
57州之：设立州。
58大学：古代贵族子弟上的学校。
59扬：举荐；侧陋：有才德而地位卑微的人。
60大麓：大山林；麓：山脚。
61属：托付；九子：指尧的九个儿子。
62昭华：玉名。
63归神：归化于神明；淫：过度。
64夔：传说是尧舜时乐官。
65淫康：醉心于享乐；政治：政事。
66鲜犒（gǎo）：鲜肉及干肉。
67宄（guǐ）：窃盗及作乱的坏人。
68与：同类。
69内：亲戚；外：同党。
70敷：铺陈；辟：偏斜；责：苛责；刺：讽刺、指责。
71六艺：指《诗》、《书》、《礼》、《乐》、《易》、《春秋》。
72刺几：讽刺；几：读讥；义：议；靡：美。

⑬鬼：指迷信鬼神。

⑭拘：约束；不能因时而变。

⑮忮（zhì）：嫉妒。

⑯訾：诋毁；非议。

⑰财：通裁，裁决。

⑱任：利用。

⑲骖、服：均为驾车之马，在中间驾辕的叫服，两旁的叫骖。

⑳《关雎》：《诗经·国风·周南》的第一首诗。兴：诗歌的一种表现手法。

㉑《鹿鸣》：是《诗经·小雅》中的一篇篇名。大：尊重。

㉒泓之战：据《左传·僖公二十二年》载：前638年，宋襄公与楚战于泓水（今河南柘城县北），拒绝趁楚军"半渡"和立足未稳时进攻的建议，而摆好阵势，等着楚军过了泓水再战，结果大败受伤被俘，次年即死。

㉓宋伯姬事：据《左传·襄公十三年》载：宋伯姬，宋共公夫人。前543年，宋国大火延及伯姬住处，左右劝其躲避，伯姬说，妇人之义，傅母不在，晚上不离住室。结果被烧死。

㉔方指：史书的旨意；一概：一个方面。

㉕王乔、赤松（也作"诵"）：皆古仙人名。

㉖慝：恶。

㉗蹀：踏。

㉘周公诛管叔、蔡叔事见卷十一《齐俗训》；弭：平息。

㉙故可乎可，而不可乎不可……：每句第一个"可"字是动词；第二个"可"字是名词，意思是正确可行的东西。

㉚进斗：冲锋格斗；守牢：固守。

㉛澹：通赡，满足。

㉜径：直，直捷了当。

㉝简丝：挑选丝线；简：选择，分别。

㉞大较：大法。

㉟逶蛇：弯曲而长的河道或道路。

㊱陵迟：缓延的斜坡。

㊲曲说：片面的说法。

㊳蓼菜：植物名，叶味辛，可作调味品、入药；翩瓯：阔口瓦盆；堤（dī）：通堤，器皿的底座。

㊴陈军：指挥军队。

⑽簠簋（fǔ guǐ）：古代祭祀时盛放物品的器皿；簠：方形；盛放稻、粱；簋：放食物，圆口两耳。

⑽笾（biān）：竹器，用于祭祀或宴会时盛放果品。

⑽齐：同斋：齐明：斋戒严正。

⑽肴臑：食物；肴：荤菜；臑：牲畜前肢的下半截。

⑽赵政：即秦始皇。秦始皇姓赵，说法不一，一说是祖先为赵氏，一说是吕不韦与赵女的私生子，故姓赵。

⑽覆稽：审查考核；趋留：忙碌。

⑽芒：通茫，模糊不清的样子；元：始，万物之源。

⑽起：兴起，出现。

⑽不世出：不是每代都产生；不万一：万人之中没有一个。

⑽会：合，机会。

⑽淖（nào）：柔和。

⑾穷谷：幽谷；污：不流动而污浊的水。

⑾茨：堆积。

⑾衰：由上到下按一定等级减下，今喻水由高处向下流。

⑾髊（cī）：肉未烂尽的尸骨；渐：浸入，浸泡。

⑾擪（yè）：以指按捺；息：脉息。

⑾宫子奇：虞国大夫；存焉：为了保存虞国。

⑾抱宝牵马：指晋国大夫灭虞后，将晋献公原赂贿虞国君的垂棘玉璧和屈地所产良马抢回了晋国。

⑱冲降：即冲隆，冲打城墙的战车，降：通隆。

⑲臧武仲：春秋时鲁国大夫，即臧孙纥。

⑳璩伯王：即蘧伯玉，卫国大夫。

㉑引语见《周易·丰·上六》爻辞；丰：大；蔀（pǒu）：以席覆盖屋顶；阒（qù）：虚空寂静。

㉒镵（chán）：刺；皮革：皮肤。

㉓越：指越族人，古居江浙闽粤一带。

㉔经：划分。

㉕错：通措，置。

㉖百工：指百官；维：通惟，思虑；时：善。

㉗庶：众多；绩：业绩；咸：都；熙：兴盛。

㉘三公：周代指太师、太傅、太保，协助天子处理国务的最高官职。

㉙九卿：指诸侯国的高级官职。

㉚大夫：这里指郡国级的官职。

㉛元士：乡内的最高官职，贤士。

㉜隐义：暗合大义。

㉝比：朋比，结党营私。

㉞唱：通倡，倡导。

㉟隰朋：齐国大夫。

㊱太宰嚭：吴王夫差的宠臣，曾受越国贿赂答应与越媾和，谮杀伍子胥，终使吴亡国。

㊲鼎：古代烹饪用的锅；俎：切菜用的砧板。

㊳股肱：原指腿和手臂，现为辅助、得力。

㊴偶：合。

㊵卫夫人：春秋时卫灵公的夫人南子，孔子在卫时，曾拜见卫夫人；弥子瑕：卫灵公的宠臣。

㊶炤炤：即昭昭。

㊷舜放弟：指舜封弟象为诸侯；文公树米：原注作“文公，晋文公也。树米而欲生之（让米长出禾苗）也。”

㊸曾子架羊：曾参给羊戴枷，不让触人；架：通枷。

㊹辟：“譬”的古字。

㊺分别：指分家。

㊻蹐（jí）：轻步；蹐驰：谋生的手段。

㊼李克：即李悝，战国时魏人，魏文侯相，使魏强。

㊽辑穆：和睦。

㊾遑：空暇；启居：即起居。

㊿发：奋起行动。

(151)引语见《诗经·大雅·旱麓》；恺悌：平易近人；回：邪僻。

(152)直：只是。

(153)浇：浇薄，使减薄，这里指使身体瘦弱。

(154)传籍：世代相传的皇位。

(155)东海：指今黄海全部、东海的一部分；流沙：西北沙漠地区；交趾：指今五岭以南地区；幽都：即幽州，今河北北部及辽宁一带。

(156)容关：今广西容县西北之大容山。

(157)浦水：水名，今广西廉江。

(158)亿：十万；有：又。

(159)傍：通方，逆，背。

(160)南面：古以坐北朝南为尊位，天子面南而坐，故以南面指天子统治。

(161)酆（fēng）：周国的都城，在今陕西卢县东；镐（hào）：周武王时的都城，在今西安市西南。

(162)誓纣：誓师讨伐商纣；牧之野：即牧野，在今河南淇县南。

(163)解：释放；枹（fú）：鼓槌；偃：停息；搢笏：把朝会时所执的手板插在腰带上；搢：插；笏（hù）：朝会时手执的板。

⑯④五战：多次战争；郢：楚都城，今湖北江陵北；高府：国家粮库；九龙之钟：楚国宝物。

⑯⑤荆平王：楚平王；昭王：平王之子；舍：住。

⑯⑥随：春秋时诸侯国名，是楚的附庸国，在今湖北随县。

⑯⑦方命：齐心协力。

⑯⑧干谿：地名，在今安徽亳县西南。楚灵王十一年，楚伐徐以威协吴国，灵王率军驻扎干谿。

⑯⑨弃疾：即楚平王，灵王之弟，他趁灵王在干谿打仗之际，与其兄公子比杀了灵王之子太子禄，立公子比为王，不久逼公子比自杀，自立为王。

⑰⓪放臂：甩手，不管不顾。

⑰①莽：草。

⑰②倍：背；畔：叛。

⑰③守在四夷：以四方的边疆作为边防；守在诸侯：以诸侯国作为边防。

⑰④守在四邻：以四方邻国作为边防。

⑰⑤戎：古代对西部民族的称呼；凡伯：周王室卿士；楚丘：地名，在今山东曹县东南；据《春秋·隐公七年》载，周天子命凡伯出使鲁国，于路被戎人伏击，凡伯被虏入戎。

⑰⑥零：落；叹：应作"笑"。

⑰⑦履：执行；石封：指登泰山封禅的刻石记功的祭祀活动中，有金册石函之封，因而名石封。

⑰⑧天都：天空。

⑰⑨拘：手指痉挛，不能伸直；事：求；申：通伸。

⑰⓪系戾：违反，挂碍。

⑱①因：应为困。

⑱②管：竹管，测量用的瞄望器；准：水准仪；说：悦。

⑱③无以：无凭据。

⑱④金目：古代的一种望远镜。

⑱⑤无方：所有方面。

⑱⑥食气者：指求仙的人。

⑱⑦观池：观赏用的池塘等。

⑱⑧弋：射箭；博：古代一种游戏，可赌输赢。

⑱⑨构：通构，建造房屋。

⑲⓪一：皆，都。

⑲①洪：大，盛；杀：衰亡。

⑲②要：古"腰"字；掉：摇摆。

⑲③百节：指全身关节。

⑲④累：堆积，积累；务：致力，从事。

⑲⑤语曰几句：当是古代俗语，亦见《国语·鲁语上》。

⑲⑥《启塞》：即《商君书》第七篇的《开塞》，原注作"启之以利，塞之以禁，商鞅之术也。"

⑲⑦申子：即申不害，战国时郑人，入韩为相，推行法家学说；"三符"：原注作"申不害治韩，有三符验之术。"

⑲⑧韩非：法家的代表，著有《韩非子》一书，《孤愤》是《韩非子》中的一篇，论述推行法治者与权臣的斗争，表达势孤的激愤之情。

⑲⑨掇取：拾取；权：谋；一切：权宜。

⑳⓪子囊：即公子贞，楚庄王之子，共王之弟，曾任令尹；北：败北。《吕氏春秋·高义》载，荆与吴将战，荆师寡而吴师众，荆将子囊说：我与吴战必败，忠臣不忍，于是，不回见荆王而走，使人回告荆王：臣请死，王说：将军躲走是有利的，何能死。子囊说，躲走而无罪，后世要是学我这样做，荆国最终必将被扰乱的，于是自己死于剑下；庸：常。

⑳①思；悲感。

⑳②辩：通辨：辨别，区别。

⑳③赵王迁：战国时赵国的末代君主，前228年，被秦俘，流放于房陵（今湖北房县）。

⑳④《山水》：赵王迁所作思念故乡的歌曲；讴：简写为呕，歌曲，歌唱。

⑳⑤荆轲：战国时卫人，受燕太子丹之命去刺杀秦王，未遂被杀；高渐离、宋意：均为燕太子丹之宾客；筑：古之一种弦乐

器似筝。

⑳⑥易水：在今河北易县境内。

⑳⑦朱弦：乐器上的红色丝弦；漏：穿；越（huó）：孔，指琴底的小孔。

⑳⑧快：放肆。

⑳⑨吠：应为咬，指淫声。

㉑⓪便说：巧辩。

㉑①县法：悬法，颁布法令。

㉑②造：起始。

㉑③仪狄：夏时发明酿酒的人；疏：疏远；旨：美味。

㉑④流湎：放纵。

㉑⑤师涓：春秋时卫灵公的乐官；平公：指晋平公；朝歌：地名，殷都城；鄙：边境。

㉑⑥师旷：春秋晋国乐师，目盲而善辨音乐。原注作"卫灵公宿于濮水之上，闻琴音，召师涓而写之，盖师延所为纣作朝歌北鄙之音也。"事见《韩非子·十过》。大息：太息；抚：按，制止演奏。

㉑⑦上下：指君臣；异道：持守不同的道，即君无为而臣有为，君臣各守其职。

㉑⑧匿：通慝，奸邪。

㉑⑨畔：叛。

㉒⓪刀笔：文字。

㉒①行陈：行阵，指阵前厮杀。

㉒②史苏：晋献公大夫，占卜官。原注作"晋献公得骊姬，使史苏占之。史苏曰：'佚以衔骨，齿牙为祸也。'"指骊姬向献公进馋言，挑拨是非，酿成晋国内乱不止。

㉒③艾陵：地名，在今山东莱芜县东北；黄池；地名，在今河南封丘县西南。

㉒④殆：通怠，懈怠。

㉒⑤襄子：赵襄子，战国初赵国国君，曾两次攻伐狄，第二次夺取了左人、中人二邑。

㉒⑥齐桓公：据《公羊传》庄公十三年载，齐桓公与鲁庄公会盟，鲁臣曹刿持剑胁迫齐桓公归还汶阳之田，桓公只得答应并归还了汶阳之田，结果却取得了诸侯的信任。

㉒⑦重闭：指困境。

㉒⑧九拂：原注作"九曲"；拂：逆，即困难重重之时。

㉒⑨原蚕：夏季第二次孵化的蚕。

㉓⓪离：稻谷落在田中，次年自生的禾叫离。

㉓①结言：订婚约。

㉓②初：孙冶让认为应是袀（jūn）：指纯色；绝（miàn）：礼帽；初绝：指戴上黑色礼帽。

㉓③涉：通秽，污秽。

㉓④昌羊：即菖蒲，一种水草；蛉穷：即蚰蜒，多生于墙角、烂草中。

㉓⑤食两：吃掉对方两个子。

㉓⑥予踦：让对方吃掉一个子。

㉓⑦引语见《尚书·皋陶谟》。

㉓⑧智伯有五材：原注作"智伯美髯长大，一材也；射御足力，二材也；材艺毕给，三材也；攻文辩慧，四材也；强毅果敢，五材也。"

㉓⑨齐王建：战国末齐国君；三巧：原注作"力能引强，走先驰马，超能越高。"

㉔⓪劬禄：劳苦忙碌。禄通碌。

卷二十一　要　略[①]

夫作为书论者，所以纪纲道德，经纬人事[②]，上考之天，下揆之地，中通诸理。虽未能抽引玄妙之中才[③]，繁然足以观终始矣[④]。总要举凡，而语不剖判纯朴，靡散大宗[⑤]，惧为人之惽惽然弗能知也[⑥]；故多为之辞，博为之说，又恐人之离本就末也。故言道而不言事，则无以与世浮沉；言事而不言道，则无以与化游息[⑦]。故著二十篇，有《原道》，有《俶真》，有《天文》，有《地形》，有《时则》，有《览冥》，有《精神》，有《本经》，有《主术》，有《缪称》，有《齐俗》，有《道应》，有《氾论》，有《诠言》，有《兵略》，有《说山》，有《说林》，有《人间》，有《修务》，有《泰族》也。

《原道》者，卢牟六合[⑧]，混沌万物，象太一之容，测窈冥之深，以翔虚无之轸。托小以苞大[⑨]，守约以治广，使人知先后之祸福，动静之利害。诚通其志，浩然可以大观矣。欲一言而寤，则尊天而保真；欲再言而通，则贱物而贵身；欲参言而究[⑩]，则外物而反情。执其大指，以内洽五藏，瀸濇肌肤[⑪]，被服法则，而与之终身；所以应待万方，览耦百变也，若转丸掌中，足以自乐也。

《俶真》者，穷逐终始之化，嬴埒有无之精[⑫]，离别万物之变，合同死生之形；使人遗物反己，审仁义之间，通同异之理，观至德之统，知变化之纪，说符玄妙之中，通回造化之母也[⑬]。

《天文》者，所以和阴阳之气，理日月之光，节开塞之时[⑭]，列星辰之行，知逆顺之变，避忌讳之殃，顺时运之应，法五神之常[⑮]，使人有以仰天承顺，而不乱其常者也。

《地形》者，所以穷南北之修，极东西之广，经山陵之形，区川谷之居，明万物之主，知生类之众，列山渊之数，规远近之路，使人通回周备，不可动以物，不可惊以怪者也。

《时则》者，所以上因天时，下尽地力，据度行当，合诸人则[⑯]，形十二节，以为法式，终而复始，转于无极，因循仿依，以知祸福，操舍开塞，各有龙忌[⑰]，发号施令，以时教期[⑱]，使君人者知所以从事。

《览冥》者，所以言至精之通九天也，至微之沦无形也，纯粹之入至清也，昭昭之通冥冥也，乃始揽物引类，览取挢掇[⑲]，浸想宵类[⑳]。物之可以喻意象形者，乃以穿通窘滞，决渎壅塞，引人之意，系之无极，乃以明物类之感，同气之应，阴阳之合，形埒之朕[㉑]，所以令人远观博见者也。

《精神》者，所以原本人之所由生[㉒]，而晓寤其形骸九窍取象与天[㉓]，合同其血气，与雷霆风雨，比类其喜怒，与昼宵寒暑并明，审死生之分，别同异之迹，节动静之机，以反其性命之宗，所以使人爱养其精神，抚静其魂魄，不以物易己，而坚守虚无之宅者也。

《本经》者，所以明大圣之德，通维初之道，埒略衰世古今之变[㉔]，以褒先世之隆盛，而贬末世之曲政也。所以使人黜耳目之聪明，精神之感动；樽流遁之观[㉕]，节养性之和；分帝王之操，列小大之差者也。

《主术》者，君人之事也，所以因作任督责[㉖]，使群臣各尽其能也。明摄权操柄，以制群下，提名责实[㉗]，考之参伍，所以使人主秉数持要，不妄喜怒也。其数直施而正邪，外私而立公[㉘]，使百官条通而辐辏，各务其业，人致其功，此主术之明也。

《缪称》者，破碎道德之论[29]，差次仁义之分[30]，略杂人间之事，总同乎神明之德[31]。假象取耦[32]，以相譬喻；断短为节，以应小具[33]；所以曲说攻论[34]，应感而不匮者也。

《齐俗》者，所以一群生之短修，同九夷之风气，通古今之论，贯万物之理，财制礼义之宜，擘画人事之终始者也[35]。

《道应》者，揽掇遂事之踪，追观往古之迹，察祸福利害之反，考验乎老、庄之术而以合得失之势者也。

《氾论》者，所以箴缕縩繺之间[36]，攕揳唲齵之郄也[37]，接径直施[38]，以推本朴，而兆见得失之变，利病之反，所以使人不妄没于势利，不诱惑于事态，有符曮晲[39]，兼稽时势之变，而与化推移者也。

《诠言》者，所以譬类人事之指，解喻治乱之体也，差择微言之眇[40]，诠以至理之文，而补缝过失之阙者也。

《兵略》者，所以明战胜攻取之数，形机之势，诈谲之变，体因循之道，操持后之论也，所以知战阵分争之非道不行也，知攻取坚守之非德不强也。诚明其意，进退左右无所失击危[41]，乘势以为资，清静以为常；避实就虚，若驱群羊。此所以言兵者也。

《说山》、《说林》者，所以窍窕穿凿百事之壅遏[42]，而通行贯扃万物之窒塞者也[43]。假譬取象，异类殊形，以领理人之意，解堕结细[44]，说捍抟囷[45]，而以明事埒事者也[46]。

《人间》者，所以观祸福之变，察利害之反，钻脉得失之迹[47]，标举终始之坛也[48]，分别百事之微，敷陈存亡之机，使人知祸之为福，亡之为得，成之为败，利之为害也。诚喻至意，则有以倾侧偃仰世俗之间[49]，而无伤乎谗贼螫毒者也。

《修务》者，所以为人之于道未淹，味论未深[50]，见其文辞，反之以清静为常，恬淡为本，则懈堕分学[51]，纵欲适情，欲以偷自佚[52]，而塞于大道也。今夫狂者无忧，圣人亦无忧。圣人无忧，和以德也；狂者无忧，不知祸福也。故通而无为也，与塞而无为也同，其无为则同，其所以无为则异。故为之浮称流说其所以能听[53]，所以使学者孳孳以自几也。

《泰族》者，横八极，致高崇，上明三光，下和水土，经古今之道，治伦理之序，总万方之指，而归之一本，以经纬治道，纪纲王事。乃原心术，理性情，以馆清平之灵，澄彻神明之精[54]，以与天和相婴薄[55]。所以览五帝三王，怀天气，抱天心[56]，执中含和，德形于内，以君凝天地[57]，发起阴阳，序四时，正流方[58]，绥之斯宁，推之斯行，乃以陶冶万物，游化群生，唱而和，动而随，四海之内，一心同归。故景星见，祥风至，黄龙下，凤巢列树，麟止郊野。德不内形，而行其法籍，专用制度，神祇弗应，福祥不归，四海不宾，兆民弗化。故德形于内，治之大本。此《鸿烈》之《泰族》也[59]。

凡属书者，所以窥道开塞，庶后世使知举错取舍之宜适，外与物接而不眩，内有以处神养气，宴炀至和[60]，而已自乐所受乎天地者也。故言道而不明终始，则不知所仿依；言终始而不明天地四时，则不知所避讳；言天地四时而不引譬援类，则不知精微；言至精而不原人之神气，则不知养生之机[61]；原人情而不言大圣之德，则不知五行之差；言帝道而不言君事，则不知小大之衰[62]；言君事而不为称喻，则不知动静之宜；言称喻而不言俗变，则不知合同大指[63]；已言俗变而不言往事，则不知道德之应；知道德而不知世曲，则无以耦万方；知氾论而不知诠言，则无以从容；通书文而不知兵指，则无以应卒[64]；已知大略而不知譬喻，则无以推明事；知公道而不知人间，则无以应祸福；知人间而不知修务，则无以使学者劝力；欲强省其辞，览总其要，弗曲行区入[65]，则不足以穷道德之意[66]。故著书二十篇，则天地之理究矣，人间之事接矣，帝王之道备矣。其言有小有巨，有微有粗；指奏卷异[67]，各有为语。今专言道，则无不在焉，然而能得本知末者，其唯圣人也。

今学者无圣人之才，而不为详说，则终身颠顿乎混溟之中，而不知觉寤乎昭明之术矣。今《易》之《乾》、《坤》，足以穷道通意也，八卦可以识吉凶、知祸福矣，然而伏羲为之六十四变[68]，周室增以六爻[69]，所以原测淑清之道[70]，而捃逐万物之祖也[71]。夫五音之数，不过宫、商、角、徵、羽，然而五弦之琴不可鼓也，必有细大驾和[72]，而后可以成曲。今画龙首，观者不知其何兽也，具其形，则不疑矣。今谓之道则多，谓之物则少；谓之术则博，谓之事则浅，推之以论，则无可言者。所以为学者，固欲致之不言而已也；夫道论至深，故多为之辞以抒其情；万物至众，故博为之说以通其意。辞虽坛卷连漫[73]，绞纷远缓[74]，所以淘汰涤荡至意[75]，使之无凝竭底滞，捲握而不散也[76]。夫江河之腐胔不可胜然，然祭者汲焉，大也；一杯酒白[77]，蝇渍其中，匹夫弗尝者，小也。诚通乎二十篇之论，睹凡得要，以通九野，径十门[78]，外天地，捭山川[79]，其于逍遥一世之间，宰匠万物之形[80]，亦优游矣。若然者，挟日月而不烑[81]，润万物而不秏[82]；曼兮洮兮[83]，足以览矣，藐兮浩兮，旷旷兮，可以游矣！

文王之时，纣为天子，赋敛无度，杀戮无止，康梁沉湎[84]，宫中成市，作为炮烙之刑，刳谏者，剔孕妇，天下同心而苦之。文王四世累善，修德行义，处岐周之间，地方不过百里，天下二垂归之[85]。文王欲以卑弱制强暴，以为天下去残除贼而成王道，故太公之谋生焉。文王业之而不卒[86]，武王继文王之业，用太公之谋，悉索薄赋[87]，躬擐甲胄[88]，以伐无道而讨不义，誓师牧野，以践天子之位。天下未定，海内未辑，武王欲昭文王之令德，使夷狄各以其贿来贡，辽远未能至，故治三年之丧，殡文王于西楹之间，以俟远方。武王立三年而崩，成王在褓襁之中，未能用事，蔡叔、管叔辅公子禄父而欲为乱。周公继文王之业，持天子之政，以股肱周室，辅翼成王，惧争道之不塞，臣下之危上也，故纵马华山，放牛桃林，败鼓折桴，搢笏而朝，以宁静王室，镇抚诸侯。成王既壮，能从政事，周公受封于鲁，以此移风易俗。孔子修成、康之道[89]，述周公之训，以教七十子，使服其衣冠，修其篇籍，故儒者之学生焉。墨子学儒者之业，受孔子之术，以为其礼烦扰而不说[90]，厚葬靡财而贫民，服伤生而害事[91]，故背周道而用夏政。禹之时，天下大水，禹身执虆垂[92]，以为民先，剔河而道九岐，凿江而通九路[93]，辟五湖而定东海[94]。当此之时，烧不暇撌，濡不给扢[95]，死陵者葬陵，死泽者葬泽，故节财、薄葬、闲服生焉[96]。齐桓公之时，天子卑弱，诸侯力征，南夷北狄，交伐中国，中国之不绝如线[97]。齐国之地，东负海而北障河，地狭田少而民多智巧。桓公忧中国之患，苦夷狄之乱，欲以存亡继绝，崇天子之位，广文、武之业，故《管子》之书生焉。齐景公内好声色，外好狗马，猎射亡归，好色无辩[98]，作为路寝之台，族铸大钟[99]，撞之庭下，郊雉皆响[100]，一朝用三千钟赣[101]，梁丘据、子家哙导于左右[102]，故晏子之谏生焉。晚世之时，六国诸侯，溪异谷别，水绝山隔，各自治其境内，守其分地，握其权柄，擅其政令，下无方伯[103]，上无天子，力征争权，胜者为右，恃连与国[104]，约重致，剖信符，结远援，以守其国家，持其社稷，故纵横修短生焉[105]。申子者，韩昭厘之佐[106]；韩，晋别国也[107]。地墽民险，而介于大国之间，晋国之故礼未灭，韩国之新法重出，先君之令未收，后君之令又下，新故相反，前后相缪，百官背乱，不知所用，故刑名之书生焉。秦国之俗，贪狼强力[108]，寡义而趋利，可威以刑，而不可化以善；可劝以赏，而不可厉以名[109]；被险而带河，四塞以为固，地利形便，畜积殷富；孝公欲以虎狼之势而吞诸侯，故商鞅之法生焉。若刘氏之书，观天地之象，通古今之事，权事而立制，度形而施宜，原道之心，合三王之风，以储与扈治[110]，玄妙之中，精摇靡览[111]，弃其畛挈[112]，斟其淑静，以统天下，理万物，应变化，通殊类，非循一迹之路，守一隅之指，拘系牵连之物而不与世推移也，故置之寻常而不塞，布之天下而不窕。

①要：总，总要；略：简要、粗略；要略：大略、概略。本卷是本书的序言，概要而准确地介绍了本书各篇的基本内容，写作本书的目的和意义。

②纪纲：治理；经纬：规划治理。

③抽引：提炼出；玄妙：深奥；中才：内在的本质，即真谛。

④繁然：繁多。

⑤剖判：详细剖析；纯朴：太素，即事物的原状；靡散：破碎；大宗：事物的根本。

⑥惛惛（hūn）：迷糊不清。

⑦化：造化，即道；游息：遨游止息，指相伴随。

⑧卢牟：原注作"规模"，规划。

⑨苞：通包，包容。

⑩参：叁；究：了解。

⑪洽：润；濈（jiān）滵（sè）：浸润。

⑫嬴坪（hū）：包容深究之意。

⑬通回：通达；造化之母：造化的本原。

⑭节：节制；开塞：古时认为，春夏生长为开时，秋冬收藏为塞时。

⑮五神：东南西北中为五神。

⑯度：准则；行当：行为适当；人则：做人的准则。

⑰龙忌：鬼神的禁忌。

⑱教期：教化训育。

⑲捃摭：拾取。

⑳浸想：逐渐深入地想；宵：通肖，相似。

㉑形埒：界域；朕：形迹。

㉒原本：推究。

㉓取象：仿效；与：于；天：天象，自然。

㉔埒略：区别、界定。

㉕樽：通撙，抑止；流遁：分散。

㉖因作：因循；任：任用臣下；督责：监督臣下履行职责。

㉗提：挈；责：求。

㉘直施：使曲者变实；外：弃。

㉙破碎：仔细剖析。

㉚差次：分等次。

㉛总同：归纳，集中。

㉜假：借，利用；耦：同隅，角落。

㉝断短：把竹木断成一段一段；小具：小的用处。

㉞曲：周密细致；攻：通"工"，细密。

㉟擘画：描画。

㊱箴缕：针线；箴：针；縩（cài）繺（shā）：衣缝，用丝线缝成的衣服的接线口处。此处以针线缝衣喻持论不能有破绽、不周密处。

㊲攕（xiān）：通纤，纤细；楔（xiè）：通楔：插入木榫缝中的尖木块，如牙签之类；咓（wā）齵（óu）：指牙齿参差歪斜不齐；郄：通隙。

㊳接径：捷径。

㊴㫰（yǎn）晲（nǐ）：日行的规道，借指天道。

㊵差择：选择。

㊶击危：击通"系"，危通"诡"，系诡：挂碍，障碍。

㊷窍窕：原意为孔隙，现有穿凿之意；壅遏：阻滞。

㊸贯扃（jiǒng）：打通，贯穿。

㊸堕：脱；结细：结得很紧的结。

㊺说：通脱；捍：通释；均是解开之意；抟困：捆束。

㊻事埒：事物的征兆。

㊼钻脉：弄清事物的脉络。

㊽标举：揭示；坛：通嬗（shàn）：变更。

㊾倾侧偃仰：屈伸俯仰，从容应付。

㊿淹：深入；味论：体会。

51分学：分开学习。

52偷：苟且；佚：安逸。

53浮称流说：通俗易懂的论说。

54馆：舍，使止息；澄彻：澄清。

55大和：自然的祥和之气；婴薄：抱绕迫近。

56天心：天帝的旨意。

57莙（jūn）：凝结。

58流方：四面八方。

59《鸿烈》：书名，即《淮南子》，又名《鸿烈解》，亦称《鸿烈》；鸿烈：大功业，鸿：大；烈：功；功即功业。

60宴：安适；炀（yáng）；温和。

61原：探原，探究；机：关键，要领。

62衰：等级。

63大指：要义；指：通旨。

64卒：同猝：突然的变故。

65曲行区入：婉转详细地论述；区（gōu）：通勾。

66穷道德之意：指《泰族》一卷的主旨及全书的意图。

67指奏：旨趣。

68六十四变：指《周易》六十四卦，由八卦自乘演变而成，相传是伏羲氏创作的。

69周室：指周文王；六爻：六十四卦每卦都有六行，每行叫一爻，因而每卦有六爻。

70淑清：明朗、纯净。

71捃（jùn）：拾取。

72细大：粗细大小；驾和：相协调。

73坛卷、连漫：皆曲折广博之意。

74绞纷：错杂纷繁；远缓：长而舒展。

75至意：深刻的旨意。

76底：通抵，阻滞；捲握：积聚、掌握。

77白：洁净。

78九野：指四面八方及中央；十门：八方及上下。

79捭：排开。

80宰匠：主宰。

81姚（yáo）：明亮。

82秏：同耗。

83曼、洮：均是广远之意。

84康梁：沉溺于安乐。

85二垂：三分之二；垂：分。

86业：创始；卒：终。

87薄：少；赋：兵，指古时按田地多少而征调的兵车、甲士。

88擐（guān）：穿。

89成、康：指周成王诵、周康王钊。成康父子推行周公制定的制度与政策，加强了周王朝的统治，史称“成康之治”。

90说（tuō）：通侻，简易。

91服：指儒家的长期服丧制度。

㉒蔂（léi）垂：盛土筐。

㉓剔：疏导；岐：同歧，岔道；九歧：指黄河各支流；九路：指长江各支流。

㉔五湖：即太湖。

㉕揻（wèi）：排除；给（jǐ）：及；扢（gǔ）：擦拭。

㉖闲服：简服，指服丧三个月。

㉗不绝如线：如同细线相连，快要中断，喻尚有一线生机，危险；线：原注作"细丝"。

㉘辩：分别。

㉙路寝：天子诸侯的正室；族：集聚。

⑩⓪呴（gòu）：鸡鸣声。

⑩①钟：古度量单位，十石为一钟，或六石四斗为一钟；赣：赐。

⑩②梁丘据、子家哙：皆齐景公佞臣；导：引诱为恶。

⑩③方伯：一方诸侯之长。

⑩④连与；结成联盟的友好国家。

⑩⑤修短：长短，指战国时纵横家学说。

⑩⑥申子：申不害；韩昭厘：战国韩昭侯。

⑩⑦别：分。

⑩⑧贪狼：贪婪凶狠。

⑩⑨厉：古励字。

⑪⓪储与：无拘无束；扈治：广大。

⑪①精摇：精进，精益求精；靡：小。

⑪②昣挐：混浊。

盐铁论

〔汉〕桓宽　撰

本议[①]第一

惟始元六年[②]，有诏书[③]使丞相、御史与所举贤良、文学语[④]。问民间所疾苦。

文学对曰："窃闻治人之道，防淫佚[⑤]之原，广道德之端，抑末利[⑥]而开仁义，毋示以利，然后教化可兴，而风俗可移也。今郡国有盐、铁、酒榷[⑦]、均输，与民争利。散敦厚之朴，成贪鄙之化，是以百姓就本[⑧]者寡，趋末[⑨]者众。夫文繁则质衰，末盛则本亏。末修则民淫，本修则民悫[⑩]。民悫则财用足，民侈则饥寒生。愿罢盐、铁、酒榷、均输，所以进本退末，广利农业，便也[⑪]。"

大夫曰："匈奴背叛不臣，数为寇暴于边鄙，备之，则劳中国之士；不备，则侵盗不止。先帝哀边人之久患，苦为虏所系获也，故修障塞，饬烽燧[⑫]，屯戍以备之。边用度不足，故兴盐、铁，设酒榷，置均输，蕃货长财[⑬]，以佐助边费。今议者欲罢之，内空府库之藏，外乏执备之用，使备塞乘城之士饥寒于边，将何以赡之？罢之，不便也。"

文学曰："孔子曰：'有国有家者，不患贫而患不均，不患寡而患不安。'故天子不言多少，诸侯不言利害，大夫不言得丧。畜仁义以风[⑭]之，广德行以怀之[⑮]。是以近者亲附而远者悦服。故善克者不战，善战者不师，善师者不阵。修之于庙堂，而折冲[⑯]还师。王者行仁政，无敌于天下，恶用费哉？"

大夫曰："匈奴桀黠，擅恣入塞，犯厉中国，杀伐郡、县、朔方[⑰]都尉，甚悖逆不轨，宜诛讨之日久矣。陛下垂[⑱]大惠，哀元元[⑲]之未赡，不忍暴[⑳]士大夫于原野。纵难被坚执锐，有北面复[㉑]匈奴之志，又欲罢盐、铁、均输，扰边用，损武略，无忧边之心，于其义未便也。"

文学曰："古者，贵以德而贱用兵。孔子曰：'远人不服，则修文德以来之；既来之，则安之。'今废道德而任兵革，兴师而伐之，屯戍而备之，暴兵露师，以支[㉒]久长，转输粮食无已，使边境之士饥寒于外，百姓劳苦于内。立盐、铁，始张利官[㉓]以给之，非长策也。故以罢之为便也。"

大夫曰："古之立国家者，开本末之途，通有无之用，市朝以一[㉔]其求，致士民，聚万货，农商工师[㉕]各得所欲，交易而退。《易》曰：'通其变，使民不倦。'故工不出，则农用乏；商不出，则宝货绝。农用乏，则谷不殖；宝货绝，则财用匮。故盐、铁、均输，所以通委财而调缓急。罢之，不便也。"

文学曰："夫导民以德，则民归厚[㉖]；示民以利，则民俗薄。俗薄则背义而趋利[㉗]，趋利则百姓交于道而接于市。老子曰：'贫国若有余，非多财也，嗜欲众而民躁也[㉘]。'是以王者崇本退末，以礼义防民欲，实菽粟货财。市、商不通无用之物，工不作无用之器。故商所以通郁滞，工所以备器械，非治国之本务[㉙]也。"

大夫曰："管子云：'国有沃野之饶而民不足于食者，器械不备也；有山海之货而民不足于财者，商工不备也。'陇、蜀之丹漆旄羽[㉚]，荆、扬之皮革骨象[㉛]，江南之柟梓竹箭[㉜]，燕，齐之鱼盐旃裘，兖、豫之漆丝絺纻[㉝]，养生送终之具也，待商而通，待工而成。故圣人作为舟楫之用，以通川谷，服牛驾马，以达陵陆[㉞]；致远穷深，所以交庶物而便百姓[㉟]。是以先帝建铁官以赡农用，开均输以足民财。盐、铁、均输，万民所载仰而取给者，罢之，不便也。"

文学曰："国有沃野之饶而民不足于食者，工商盛而本业荒也；有山海之货而民不足于财者，不务民用而淫巧众也。故川源不能实漏卮[36]，山海不能赡溪壑。是以盘庚萃居[37]，舜藏黄金，高帝禁商贾不得仕宦，所以遏贪鄙之俗，而醇至诚之风也。排困市井，防塞利门，而民犹为非也，况上之为利乎？《传》曰：'诸侯好利则大夫鄙，大夫鄙则士贪，士贪则庶人盗。'是开利孔为民罪梯也。"

大夫曰："往者，郡国诸侯各以其方物贡输，往来烦杂，物多苦恶，或不偿其费。故郡国置输官以相给运，而便远方之贡，故曰均输。开委府于京师[38]，以笼货物[39]。贱即买，贵则卖。是以县官不失实[40]，商贾无所贸利，故曰平准[41]。平准则民不失职，均输则民齐劳逸。故平准、均输，所以平万物而便百姓，非开利孔而为民罪梯者也。"

文学曰："古者之赋税于民也，因其所工，不求所拙。农人纳其获[42]，女工效其功。今释其所有，责其所无。百姓贱卖货物以便上求。间者郡国或令民作布絮[43]，吏恣留难，与之为市。吏之所入，非独齐、阿之缣，蜀、汉之布也，亦民间之所为耳。行奸卖平，农民重苦，女工再税，未见输之均也。县官猥发[44]，阖门擅市，则万物并收。万物并收，则物腾跃[45]。腾跃，则商贾侔利。自市，则吏容奸。豪吏富商积货储物以待其急，轻贾奸吏收贱以取贵，未见准之平也。盖古之均输，所以齐劳逸而便贡输，非以为利而贾万物也。"

---

①本议：基本讨论。

②惟：语助词。

③诏书：古代帝王发布的文告。

④语：讨论。

⑤淫佚：又作"淫泆"，奢侈腐化。

⑥末利：指工商之利。

⑦榷：què，音确。

⑧本：农业。

⑨末：工商业。

⑩悫（què，音确）：诚实，忠厚。

⑪便：便利，适宜。

⑫饬（chì，音赤）：修整。

⑬蕃：增加；长（zhǎng）：生长。

⑭畜：同蓄，积蓄；风：教化。

⑮怀：安抚。

⑯冲：战车。

⑰朔方：汉武帝所立郡名；都尉：驻郡的武官。

⑱垂：施。

⑲元元：善良老百姓。

⑳暴：同曝。

㉑复：报复。

㉒支：支持。

㉓张：开；利官：指盐官、铁官、均输官等主管财利的官员。

㉔一：统一。

㉕工师：工匠。

㉖厚：淳朴。

㉗趋：追求。

㉘躁：急于追货逐利。

㉙本务：根本的任务。

㉚丹：丹砂；旄：牦牛尾，此泛指兽毛。

㉛骨：兽骨；象：象牙。

㉜枏（nán，音南）：楠木。

㉝絺（chī，音吃）：细葛布；纻（zhù，音住）：苎麻织成的布。

㉞陵陆：丘陵和平地。

㉟庶物：各种各样的货物。

㊱漏卮（zhī，音知）：有漏洞的酒杯。

㊲萃：草。

㊳委：积也。

㊴笼：独揽。

㊵县官：此指天子、朝廷。

㊶平准：平衡物价，使相依准。

㊷效：上交。

㊸间者：近来。

㊹猥：多。

㊺物腾跃：物价飞涨。

力耕第二

大夫曰："王者塞天财[①]，禁关市，执准守时，以轻重御民。丰年岁登，则储积以备乏绝；凶年恶岁，则行币物；流有余而调不足也。昔禹水汤旱，百姓匮乏，或相假以接衣食[②]。禹以历山之金，汤以庄山之铜，铸币以赎其民，而天下称仁。往者财用不足，战士或不得禄，而山东被灾，齐、赵大饥，赖均输之畜，仓廪之积，战士以奉，饥民以赈。故均输之物，府库之财，非所以贾万民而专奉兵师之用，亦所以赈困乏而备水旱之灾也。"

文学曰："古者，十一而税，泽梁以时入而无禁[③]，黎民咸被南亩而不失其务[④]。故三年耕而余一年之蓄，九年耕有三年之蓄。此禹、汤所以备水旱而安百姓也。草莱不辟[⑤]，田畴不治，虽擅山海之财，通百末之利，犹不能赡也。是以古者尚力务本而种树繁，躬耕趣时而衣食足，虽累凶年而人不病也。故衣食者民之本，稼穑者民之务也。二者修，则国富而民安也。《诗》云：'百室盈止，妇子宁止'也。"

大夫曰："贤圣治家非一宝，富国非一道。昔管仲以权谲霸，而纪氏以强本亡。使治家养生必于农，则舜不甄陶而伊尹不为庖[⑥]。故善为国者，天下之下我高，天下之轻我重。以末易其本，以虚荡其实。今山泽之财，均输之藏，所以御轻重而役诸侯也。汝、汉之金，纤微之贡，所以诱外国而钓胡、羌之宝也。夫中国一端之缦[⑦]，得匈奴累金之物，而损敌国之用。是以骡驴馲驼，衔尾入塞，驒騱騵马[⑧]，尽为我畜，鼲貂狐貉[⑨]，采旃文罽[⑩]，充于内府，而璧玉珊瑚琉璃，咸为国之宝。是则外国之物内流，而利不外泄也。异物内流则国用饶，利不外泄则民用给矣。《诗》曰：'百室盈止，妇子宁止。'"

文学曰："古者，商通物而不豫[⑪]，工致牢而不伪。故君子耕稼田鱼，其实一也。商则长诈，工则饰骂[⑫]，内怀窥窬[⑬]而心不怍，是以薄夫欺而敦夫薄。昔桀女乐充宫室，文绣衣裳，故伊尹高逝游薄[14]，而女乐终废其国。今骡驴之用，不中牛马之功，鼲貂旃罽，不益锦绨之实。美玉珊瑚出于昆山，珠玑犀象出于桂林，此距汉万有余里。计耕桑之功，资财之费，是一物而售百倍其价也，一揖而中万钟之粟也[15]。夫上好珍怪，则淫服下流，贵远方之物，则货财外充。是以王者不珍无用以节其民，不爱奇货以富其国。故理民之道，在于节用尚本，分土井田而已。”

大夫曰：“自京师东西南北，历山川，经郡国，诸殷富大都，无非街衢五通，商贾之所凑，万物之所殖者。故圣人因天时，智者因地财，上士取诸人，中士劳其形。长沮、桀溺，无百金之积，蹠蹻之徒[16]，无猗顿之富，宛、周、齐、鲁，商遍天下。故乃商贾之富，或累万金，追利乘羡之所致也。富国何必用本农，足民何必井田也?”

文学曰：“洪水滔天，而有禹之绩，河水泛滥，而有宣房之功。商纣暴虐，而有孟津之谋。天下烦扰，而有乘羡之富。夫上古至治，民朴而贵本，安愉而寡求。当此之时，道路罕行，市朝生草。故耕不强者无以充虚，织不强者无以掩形。虽有凑会之要，陶、宛之术，无所施其巧。自古及今，不施而得报，不劳而有功者，未之有也。”

---

①塞：禁封；天财：自然资源，如盐、铁等。

②假：借贷。

③梁：断水捕鱼的堰。

④南亩：泛指田亩。

⑤草莱：荒地。

⑥甄陶：用转轮制陶器。

⑦缦：无花纹的帛。

⑧驒騱（tánxī，音谈夕）：野马；騵（yuán，音原）：赤马白腹曰騵。

⑨鼲（hún，音浑）：灰鼠。

⑩文罽（jì，音季）：有花纹的毛织品。

⑪豫：诳。

⑫骂：当作“马”，同码。

⑬窥阙：窥伺。

⑭高逝：远走；薄：同亳，商朝国都。

⑮揖：同挹，舀。

⑯蹠蹻：zhí qiāo，音执敲。

通有第三

大夫曰：“燕之涿、蓟，赵之邯郸，魏之温、轵①，韩之荥阳，齐之临淄，楚之宛、陈，郑之阳翟，三川之二周，富冠海内，皆为天下名都，非有助之耕其野而田其地者也，居五诸之冲，跨街衢之路也。故物丰者民衍，宅近市者家富。富在术数，不在劳身；利在势居，不在力耕也。”

文学曰：“荆、扬南有桂林之饶，内有江、湖之利，左陵阳之金，右蜀、汉之材，伐木而树谷，燔莱而播粟②，火耕而水耨③，地广而饶材。然民鮆窳偷生④，好衣甘食，虽白屋草庐，歌讴鼓琴，日给月单⑤，朝歌暮戚。赵、中山带大河，纂四通神衢⑥，当天下之蹊，商贾错于路，诸侯交于道。然民淫好末，侈靡而不务本，田畴不修，男女矜饰，家无斗筲，鸣琴在室。是以楚、赵之民，均贫而寡富。宋、卫、韩、梁，好本稼穑，编户齐民，无不家衍人给。故利在自惜，不在势居街衢；富在俭力趣时[⑦]，不在岁司羽鸠也。"[⑧]

大夫曰："五行：东方木，而丹、章有金铜之山；南方火，而交趾有大海之川；西方金，而蜀、陇有名材之林；北方水，而幽都有积沙之地。此天地所以均有无而通万物也。今吴、越之竹，隋、唐之材，不可胜用，而曹、卫、梁、宋，采棺转尸[⑨]；江、湖之鱼，莱、黄之鲐，不可胜食，而邹、鲁、周、韩，藜藿蔬食。天地之利无不赡，而山海之货无不富也，然百姓匮乏，财用不足，多寡不调，而天下财不散也。"

文学曰："古者，采椽不斲，茅茨不翦[⑩]，衣布褐，饭土硎[⑪]，铸金为钽，埏埴为器[⑫]，工不造奇巧，世不宝不可衣食之物。各安其居，乐其俗，甘其食，便其器。是以远方之物不交，而昆山之玉不至。今世俗坏而竞于淫靡，女极纤微，工极技巧，雕素朴而尚珍怪，钻山石而求金银，没深渊求珠玑，设机陷求犀象，张网罗求翡翠，求蛮、貉之物以眩中国，徙邛、筰之货[⑬]，致之东海，交万里之财，旷日费功，无益于用。是以褐夫匹妇，劳罢力屈，而衣食不足也。故王者禁溢利，节漏费。溢利禁则反本，漏费节则民用给。是以生无乏资，死无转尸也。"

大夫曰："古者，宫室有度，舆服以庸[⑭]；采椽茅茨[⑮]，非先生之制也。君子节奢刺俭，俭则固。昔孙叔敖相楚，妻不衣帛，马不秣粟。孔子曰：'不可，大俭极下[⑯]。'此蟋蟀所为作也。《管子》曰：'不饰宫室，则材木不可胜用；不充庖厨，则禽兽不损其寿。无末利，则本业无所出；无黼黻，则女工不施。'故工商梓匠，邦国之用，器械之备也，自古有之，非独于此。弦高贩牛于周，五羖赁车入秦[⑰]，公输子以规矩，欧冶以熔铸。《语》曰：'百工居肆，以致其事。'农商交易，以利本末。山居泽处，蓬蒿墝埆[⑱]，财物流通，有以均之。是以多者不独衍，少者不独馑。若各居其处，食其食，则是橘柚不鬻，朐卤之盐不出，旃罽不市，而吴、唐之材不用也。"

文学曰："孟子云：'不违农时，谷不可胜食。蚕麻以时，布帛不可胜衣也。斧斤以时，材木不可胜用。田渔以时，鱼肉不可胜食。'若则饰宫室，增台榭，梓匠斲巨为小，以圆为方，上成云气，下成山林，则材木不足用也。男子去本为末，雕文刻镂，以象禽兽，穷物究变，则谷不足食也。妇女饰微治细，以成文章，极伎尽巧，则丝布不足衣也。庖宰烹杀胎卵，煎炙齐和[⑲]，穷极五味，则鱼肉不足食也。当今世，非患禽兽不损，材木不胜，患僭侈之无穷也；非患无旃罽橘柚，患无狭庐糠糟也。"

---

①轵 zhǐ，音只。

②燔：焚烧。

③耨：nòu，除草。

④呰：同呰，zǐ 音紫；窳：yú，音庾。呰窳：苟且惰懒。

⑤单：同殚。

⑥纂：攒聚。

⑦趣：同趋。

⑧羽：同扈，止也；鸠，聚也。

⑨采：读为棌，柞木；转：弃也。

⑩翦：同剪。

⑪硎：xíng，音形，器也。

⑫埏埴：（yánzhí，音延直）：把粘土和合起来造成器具。埏，和也；埴，土也。

⑬邛：qióng，音穷；筰：zuò，音作。

⑭庸：功劳。

⑮茨（cí，音辞）：用芦苇、茅草盖的屋顶。

⑯大：同太；极：当作偪，近。

⑰羖：gǔ，音古。

⑱墝埆：同硗确（qiāoquè），坚硬瘠薄的土地。

⑲齐：同剂。

错币[1]第四

大夫曰："交币通施[2]，民事不及，物有所并也。计本量委，民有饥者，谷有所藏也。智者有百人之功，愚者有不更本之事[3]。人君不调，民有相万之富也。此其所以或储百年之余，或不厌糟糠也[4]。民大富，则不可以禄使也；大强，则不可以罚威也。非散聚均利者不齐。故人主积其食，守其用，制其有余，调其不足，禁溢羡，厄利涂[5]，然后百姓可家给人足也。"

文学曰："古者，贵德而贱利，重义而轻财。三王之时，迭盛迭衰。衰则扶之，倾则定之。是以夏忠、殷敬、周文，庠序之教[6]，恭让之礼，粲然可得而观也。及其后，礼义弛崩，风俗灭息，故自食禄之君子，违于义而竞于财，大小相吞，激转相倾。此所以或储百年之余，或无以充虚蔽形也。古之仕者不穑，田者不渔，抱关击柝，皆有常秩，不得兼利尽物。如此，则愚智同功，不相倾也。《诗》云：'彼有遗秉，此有滞穗，伊寡妇之利[7]。'言不尽物也。"

大夫曰："汤、文继衰，汉兴乘弊。一质一文，非苟易常也。俗弊更法，非务变古也，亦所以救失扶衰也。故教与俗改，弊与世易。夏后[8]以玄贝，周人以紫石，后世或金钱刀布。物极而衰，终始之运也。故山泽无征，则君臣同利，刀币无禁，则奸贞并行。夫臣富则相侈，下专利则相倾也。"

文学曰："古者，市朝而无刀币，各以其所有易所无，抱布贸丝而已。后世即有龟贝金钱，交施之也。币数变而民滋伪。夫救伪以质，防失以礼。汤、文继衰，革法易化，而殷、周道兴。汉初乘弊，而不改易，畜利变币[9]，欲以反本，是犹以煎止燔[10]，以火止沸也。上好礼则民暗饰，上好货则下死利也。"

大夫曰："文帝之时，纵民得铸钱、冶铁、煮盐。吴王擅鄣海泽[11]，邓通专西山。山东奸猾，咸聚吴国，秦、雍、汉、蜀因邓氏。吴、邓钱布天下，故有铸钱之禁。禁御之法立而奸伪息，奸伪息则民不期于妄得而各务其职，不反本何为？故统一，则民不二也；币由上，则下不疑也。"

文学曰："往古，币众财通而民乐。其后，稍去旧币，更行白金龟龙，民多巧新币。币数易而民益疑。于是废天下诸钱，而专命水衡三官作。吏匠侵利[12]，或不中式，故有薄厚轻重。农人不习，物类比之，信故疑新，不知奸真。商贾以美贸恶，以半易倍。买则失实，卖则失理，其疑或滋益甚[13]。夫铸伪金钱以有法，而钱之善恶无增损于故。择钱则物稽滞[14]，而用人尤被其苦。《春秋》曰：'算不及蛮、夷则不行。'故王者外不鄣海泽以便民用，内不禁刀币以通民施。"

①错：同措，置。

②通施：通货。

③更：偿也。

④厌：饱。

⑤厄：同阨，阻塞。

⑥庠（xiáng 音详）序：古代学校名。

⑦伊：是。

⑧夏后：指夏后氏，即夏朝。

⑨畜：同蓄。

⑩燔（fán，音凡）：炙烤。

⑪擅：专也；鄣：同障，管也。

⑫侵利：偷工减料。

⑬或：同惑。

⑭稽：停留。

禁耕第五

大夫曰："家人有宝器[①]，尚函匣而藏之，况人主之山海乎？夫权利之处[②]，必在深山穷泽之中，非豪民不能通其利。异时，盐铁未笼，布衣有朐邴，人君有吴王，皆盐铁初议也。吴王专山泽之饶，薄赋其民，赈赡穷乏，以成私威。私威积而逆节之心作。夫不蚤绝其源而忧其末，若决吕梁，沛然[③]，其所伤必多矣。太公曰：'一家害百家，百家害诸侯，诸侯害天下，王法禁之。'今放民于权利，罢盐铁以资暴强，遂其贪心，众邪群聚，私门成党，则强御日以不制，而并兼之徒奸形成也。"

文学曰："民人藏于家，诸侯藏于国，天子藏于海内。故民人以垣墙为藏闭，天子以四海为匣匮。天子适诸侯，升自阼阶[④]，诸侯纳管键，执策而听命，示莫为主也。是以王者不畜聚，下藏于民，远浮利，务民之义。义礼立，则民化上。若是，虽汤、武生存于世，无所容其虑。工商之事，欧冶之任，何奸之能成？三桓专鲁，六卿分晋，不以盐铁。故权利深者，不在山海，在朝廷；一家害百家，在萧墙，而不在朐邴也。"

大夫曰："山海有禁而民不倾，贵贱有平而民不疑。县官设衡立准，人从所欲，虽使五尺童子适市，莫之能欺。今罢去之，则豪民擅其用而专其利。决市闾巷，高下在口吻，贵贱无常，端坐而民豪，是以养强抑弱而藏于跖[⑤]也。强养弱抑，则齐民消[⑥]；若众秽之盛而害五谷[⑦]。一家害百家，不在朐邴，如何也？"

文学曰："山海者，财用之宝路也。铁器者，农夫之死生也。死生用，则仇雠灭，仇雠灭，则田野辟，田野辟而五谷熟。宝路开，则百姓赡而民用给，民用给则国富。国富而教之以礼，则行道有让，而工商不相豫，人怀敦朴以相接，而莫相利。夫秦、楚、燕、齐，土力不同，刚柔异势，巨小之用，居句之宜[⑧]，党殊俗易[⑨]，各有所便。县官笼而一之，则铁器失其宜，而农民失其便。器用不便，则农夫罢于野而草莱不辟。草莱不辟，则民困乏。故盐冶之处，大傲皆依山川[⑩]，近铁炭，其势咸远而作剧。郡中卒践更者[⑪]，多不勘[⑫]，责取庸代[⑬]。县邑或以户口赋铁，而贱平其准。良家以道次发僦运盐、铁[⑭]，烦费，邑或以户，百姓病苦之。愚窃见一官之伤千里，未睹其在朐邴也。"

①家人：即庶人之家。
②权利：权势与利益。
③沛然：大水奔流的样子。
④阼（zuò 音作）阶：大堂前东面的台阶。
⑤跖：盗跖。
⑥齐民：平民。
⑦秽：杂草。
⑧居：当作倨，直也；句，曲也。
⑨党：古代的一种居民组织。五百家为党。
⑩傲：为“校”之声借。大校，即“大抵”之意。
⑪卒践更：卒更和践更。汉代徭役制度规定更有三品，即卒更、践更、过更。
⑫勘：同堪。
⑬庸：同佣。
⑭良家：是对陇西少数民族的特定称谓。发僦（jiù，音就）：雇用车子和劳力。

复古第六

大夫曰：“故扇水都尉彭祖宁归[①]，言：‘盐、铁令品[②]，令品甚明。卒徒衣食县官[③]，作铸铁器，给用甚众，无妨于民。而吏或不良，禁令不行，故民烦苦之。’令意总一盐、铁，非独为利入也，将以建本抑末，离朋党，禁淫侈，绝并兼之路也。古者，名山大泽不以封，为下之专利也。山海之利，广泽之畜，天地之藏也，皆宜属少府；陛下不私，以属大司农，以佐助百姓。浮食奇民[④]，好欲擅山海之货，以致富业，役利细民，故沮事议者众[⑤]。铁器兵刃，天下之大用也，非众庶所宜事也。往者，豪强大家，得管山海之利，采铁石鼓铸，煮海为盐。一家聚众，或至千余人，大抵尽收放流人民也。远去乡里，弃坟墓，依倚大家，聚深山穷泽之中，成奸伪之业，遂朋党之权，其轻为非亦大矣！今者，广进贤之途，练择守尉[⑥]，不待去盐、铁而安民也。”

文学曰：“扇水都尉所言，当时之权，一切之术也，不可以久行而传世，此非明王所以君国子民之道也。《诗》云：‘哀哉为犹[⑦]，匪先民是程，匪大犹是经，维迩言是听[⑧]。’此诗人刺不通于王道，而善为权利者。孝武皇帝攘九夷，平百越，师旅数起，粮食不足。故立田官，置钱，入谷射官，救急赡不给。今陛下继大功之勤，养劳勧之民，此用麋鬻之时[⑨]。公卿宜思所以安集百姓，致利除害，辅明主以仁义，修润洪业之道。明主即位以来，六年于兹，公卿无请减除不急之官，省罢机利之人。人权县太久，民良望于上。陛下宣圣德，昭明光，令郡国贤良、文学之士，乘传诣公车[⑩]，议五帝、三王之道，《六艺》之风，册陈安危利害之分，指意粲然。今公卿辨议，未有所定，此所谓守小节而遗大体，抱小利而忘大利者也。”

大夫曰：“宇栋之内，燕雀不知天地之高；坎井之蛙，不知江海之大；穷夫否妇，不知国家之虑；负荷之商，不知猗顿之富。先帝计外国之利，料胡、越之兵，兵敌弱而易制，用力少而功大，故因势变以主四夷，地滨山海，以属长城[⑪]，北略河外，开路匈奴之乡，功未卒。盖文王受命伐崇，作邑于丰；武王继之，载尸以行，破商擒纣，遂成王业。曹沫弃三北之耻，而复侵地；管仲负当世之累，而立霸功。故志大者遗小，用权者离俗。有司思师望之计，遂先帝之业，志在绝胡、貉，擒单于，故未遑扣扃之义[⑫]，而录拘儒之论。”

文学曰："燕雀离巢宇而有鹰隼之忧，坎井之蛙离其居而有蛇鼠之患，况翱翔千仞而游四海乎？其祸必大矣！此李斯所以折翼，而赵高没渊也。闻文、武受命，伐不义以安诸侯大夫，未闻弊诸夏以役夷、狄也。昔秦常举天下之力以事胡、越，竭天下之财以奉其用，然众不能毕；而以百万之师，为一夫之任，此天下共闻也。且数战则民劳，久师则兵弊，此百姓所疾苦，而拘儒之所忧也。"

①故：前任；宁归：告假守丧。

②盐、铁令品：谓有关盐、铁法令条文。

③卒徒衣食县官：谓卒徒衣食仰给于国家。

④浮食：指商贾。

⑤沮：破坏。

⑥练：同拣。

⑦犹：同猷，计谋，谋划。

⑧维：同惟，只。

⑨糜：同縻。鬻：同粥。縻粥：稀粥。

⑩乘传：四马下足之谓。传，后世的驿站。公车，汉官署名。

⑪属：逮也。

⑫未遑：没有闲暇；扣：同叩。扃（jiōng）：门。

非鞅[1]第七

大夫曰："昔商君相秦也，内立法度，严刑罚，饬政教，奸伪无所容。外设百倍之利，收山泽之税，国富民强，器械完饰，蓄积有余。是以征敌伐国，攘地斥境，不赋百姓而师以赡。故利用不竭而民不知，地尽西河而民不苦。盐、铁之利，所以佐百姓之急，足军旅之费，务蓄积以备乏绝，所给甚众，有益于国，无害于人。百姓何苦尔，而文学何忧也？"

文学曰："昔文帝之时，无盐、铁之利而民富。今有之而百姓困乏，未见利之所利也，而见其害也。且利不从天来，不从地出，一取之民间[2]，谓之百倍，此计之失者也。无异于愚人反裘而负薪，爱其毛，不知其皮尽也。夫李梅实多者，来年为之衰；新谷熟而旧谷为之亏。自天地不能两盈，而况于人事乎？故利于彼者必耗于此，犹阴阳之不并曜，昼夜之有长短也。商鞅峭法长利[3]，秦人不聊生，相与哭孝公。吴起长兵攻取，楚人搔动[4]，相与泣悼王。其后楚日以危，秦日以弱。故利蓄而怨积，地广而祸构，恶在利用不竭而民不知，地尽西河而人不苦也[5]？今商鞅之册[6]任于内，吴起之兵用于外，行者勤于路，居者匮于室，老母号泣，怨女叹息。文学虽欲无忧，其可得也？"

大夫曰："秦任商君，国以富强，其后卒并六国而成帝业。及二世之时，邪臣擅断，公道不行，诸侯叛弛，宗庙隳亡[7]。《春秋》曰：'末言尔，祭仲亡也。'夫善歌者使人续其声，善作者使人绍其功。椎车之蝉攫[8]，负子之教也。周道之成，周公之力也。虽有裨谌之草创，无子产之润色，有文、武之规矩，而无周、吕之凿枘[9]，则功业不成。今以赵高之亡秦而非商鞅，犹以崇虎乱殷而非伊尹也。"

文学曰："善凿者建周而不拔[11]，善基者致高而不蹶。伊尹以尧、舜之道为殷国基，子孙绍位，百代不绝。商鞅以重刑峭法为秦国基，故二世而夺。刑既严峻矣，又作为相坐之法[11]，造诽谤，增肉刑，百姓斋栗[12]，不知所措手足也。赋敛既烦数矣，又外禁山泽之原，内设百倍之利，民无所开说容言。崇利而简义，高力而尚功，非不广壤进地也，然犹人之病水，益水而疾深，知其为秦开帝业，不知其为秦致亡道也。狐刺[13]之凿，虽公输子不能善其枘。畚土之基，虽良匠不能成其高。譬若秋蓬被霜，遭风则零落，虽有十子产，如之何？故扁鹊不能肉白骨，微、箕不能存亡国也。"

大夫曰："言之非难，行之为难。故贤者处实而效功，亦非徒陈空文而已。昔商君明于开塞之术，假当世之权，为秦致利成业，是以战胜攻取，并近灭远，乘燕、赵，陵齐、楚，诸侯敛衽[14]，西面而向风。其后，蒙恬征胡，斥地千里，逾之河北，若坏朽折腐。何者？商君之遗谋，备饬素修也。故举而有利，动而有功。夫畜积筹策，国家之所以强也。故弛废而归之民，未睹巨计而涉大道也。

文学曰："商鞅之开塞，非不行也；蒙恬却胡千里，非无功也；威震天下，非不强也；诸侯随风西面，非不从也；然而皆秦之所以亡也。商鞅以权数危秦国，蒙恬以得千里亡秦社稷：此二子者，知利而不知害，知进而不知退，故果身死而众败。此所谓恋朐[15]之智，而愚人之计也，夫何大道之有？故曰：'小人先合而后忤，初虽乘马，卒必泣血。'此之谓也。"

大夫曰："淑好之人，戚施[16]之所妒也；贤知之士，阘茸[17]之所恶也。是以上官大夫短屈原于顷襄，公伯寮诉子路于季孙。夫商君起布衣，自魏入秦，期年而相之，革法明教，而秦人大治。故兵动而地割，兵休而国富。孝公大说，封之于、商之地方五百里，功如丘山，名传后世。世人不能为，是以相与嫉其能而疵其功也。"

文学曰："君子进必以道，退不失义，高而勿矜，劳而不伐，位尊而行恭，功大而理顺。故俗不疾其能，而世不妒其业。今商鞅弃道而用权，废德而任力，峭法盛刑，以虐戾为俗，欺旧交以为功，刑公族以立威，无恩于百姓，无信于诸侯，人与之为怨，家与之为仇，虽以获功见封，犹食毒肉愉饱而罹其咎也[18]。苏秦合纵连横，统理六国，业非不大也；桀、纣与尧、舜并称，至今不亡，名非不长也；然非者不足贵。故事不苟多，名不苟传也。"

大夫曰："缟素不能自分于缁墨，贤圣不能自理于乱世。是以箕子执囚，比干被刑。伍员相阖闾以霸，夫差不道，流而杀之。乐毅信功于燕昭，而见疑于惠王。人臣尽节以徇名，遭世主之不用。大夫种辅翼越王，为之深谋，卒擒强吴，据有东夷，终赐属镂而死[19]。骄主背恩德，听流说，不计其功故也，岂身之罪哉？"

文学曰："比干剖心，子胥鸱夷[20]，非轻犯君以危身，强谏以干名也。憯怛之忠诚[21]，心动于内，忘祸患之发于外，志在匡君救民，故身死而不怨。君子能行是不能御非，虽在刑戮之中，非其罪也。是以比干死而殷人怨，子胥死而吴人恨。今秦怨毒商鞅之法，甚于私仇，故孝公卒之日，举国而攻之，东西南北莫可奔走，仰天而叹曰：'嗟乎，为政之弊，至于斯极也！'卒车裂族夷，为天下笑。斯人自杀，非人杀之也。"

---

①非：讥也。

②一：完全，都。

③峭法：严峻的法律。

④搔：同骚。

⑤恶：疑问词，何，哪。

⑥册：同策，谋也。

⑦隳（huī，灰）：毁坏。

⑧椎车：斫一木，使外圆为车轮。蝉攫：辋（róuwǎng 音柔网）也，即车轮的外圈。

⑨枘（ruì，音锐）：榫头。

⑩拔：变易。

⑪相坐之法：指连坐之法。

⑫栗：同慄。

⑬狐刺：当作狐剌（là，音辣），违反常规。

⑭敛衽：整敛衣襟，表示拱服之意。

⑮恋朐：一作“拘挛”，犹拘束也。

⑯戚施：貌丑背驼之人。

⑰阘（tà 音踏）茸（rǒng 音冗）：庸鄙无才之人。

⑱罹（lí，音厘）：遭遇（不幸的事）。

⑲属镂：利剑。

⑳鸱（chī 音吃）夷：革囊。

㉑憯怛：同惨怛，忧伤。

晁错第八

大夫曰：“《春秋》之法，君亲无将，将而必诛。故臣罪莫重于弑君，子罪莫重于弑父。日者，淮南、衡山修文学，招四方游士，山东儒、墨咸聚于江、淮之间，讲议集论，著书数十篇。然卒于背义不臣，使谋叛逆，诛及宗族。晁错变法易常，不用制度，迫蹙宗室，侵削诸侯，蕃臣不附，骨肉不亲，吴、楚积怨，斩错东市，以慰三军之士而谢诸侯。斯亦谁杀之乎?”

文学曰：“孔子不饮盗泉之流，曾子不入胜母之闾。名且恶之，而况为不臣不子乎？是以孔子沐浴而朝，告之哀公。陈文子有马十乘，弃而违之。《传》曰：‘君子可贵可贱，可刑可杀，而不可使为乱。’若夫外饰其貌而内无其实，口诵其文而行不犹[①]其道，是盗，固与盗而不容于君子之域[②]。《春秋》不以寡犯众，诛绝之义有所止，不兼怨恶也。故舜之诛，诛鲧[③]；其举，举禹。夫以璵璠之玭[④]，而弃其璞，以一人之罪，而兼其众，则天下无美宝信士也。晁生言诸侯之地大，富则骄奢，急即合从。故因吴之过而削之会稽，因楚之罪而夺之东海，所以均轻重，分其权，而为万世虑也。弦高诞于秦而信于郑，晁生忠于汉而仇于诸侯。人臣各死其主，为其国用，此解杨之所以厚于晋而薄于荆也。”

---

①犹：同由。

②固：原本；与：党与。

③鲧：gǔn，音滚。

④璵璠（yúfán，音于凡）：两种美玉。

刺权第九

大夫曰："今夫越之具区，楚之云梦，宋之巨野，齐之孟诸，有国之富而霸王之资也①。人君统而守之则强，不禁则亡。齐以其肠胃予人，家强而不制，枝大而折干，以专巨海之富而擅鱼盐之利也。势足以使众，恩足以恤下，是以齐国内倍而外附②。权移于臣，政坠于家，公室卑而田宗强，转毂游海者盖三千乘③，失之于本而末不可救。今山川海泽之原，非独云梦、孟诸也。鼓铸煮盐，其势必深居幽谷，而人民所罕至。奸猾交通山海之际，恐生大奸。乘利骄溢，散朴滋伪，则人之贵本者寡。大农盐铁丞咸阳、孔仅等上请④：'愿募民自给费，因县官器，煮盐予用，以杜浮伪之路。'由此观之，令意所禁微⑤，有司之虑亦远矣。"

文学曰："有司之虑远，而权家之利近，令意所禁微，而僭奢之道著。自利害之设⑥，三业之起，贵人之家，云行于涂，毂击于道，攘公法，申私利，跨山泽，擅官市，非特巨海鱼盐也；执国家之柄，以行海内，非特田常之势、陪臣之权也；威重于六卿，富累于陶、卫，舆服僭于王公，宫室溢于制度，并兼列宅，隔绝闾巷，阁道错连，足以游观，凿池曲道，足以骋骛，临渊钓鱼，放犬走兔，隆豺鼎力⑦，蹋鞠斗鸡⑧，中山素女抚流徵于堂上，鸣鼓巴俞作于堂下，妇女被罗纨，婢妾曳𫄨纻，子孙连车列骑，田猎出入，毕弋捷健⑨。是以耕者释耒而不勤，百姓冰释而懈怠。何者？已为之而彼取之，僭侈相效，上升而不息，此百姓所以滋伪而罕归本也。"

大夫曰："官尊者禄厚，本美者枝茂。故文王德而子孙封，周公相而伯禽富。水广者鱼大，父尊者子贵。《传》曰：'河、海润千里。'盛德及四海，况之妻子乎？故夫贵于朝，妻贵于室，富曰苟美⑩，古之道也。《孟子》曰：'王者与人同，而如彼者，居使然也。'居编户之列，而望卿相之子孙，是以跛夫之欲及楼季也，无钱而欲千金之宝，不亦虚望哉！"

文学曰："禹、稷自布衣，思天下有不得其所者，若已推而纳之沟中，故起而佐尧，平治水土，教民稼穑。其自任天下如此其重也，岂云食禄以养妻子而已乎？夫食万人之力者，蒙其忧，任其劳。一人失职，一官不治，皆公卿之累也。故君子之仕，行其义，非乐其势也。受禄以润贤，非私其利。见贤不隐，食禄不专，此公叔之所以为文，魏成子所以为贤也。故文王德成而后封子孙，天下不以为党；周公功成而后受封，天下不以为贪。今则不然。亲戚相推，朋党相举，父尊于位，子溢于内，夫贵于朝，妻谒行于外。无周公之德而有其富，无管仲之功而有其侈，故编户跛夫而望疾步也。"

---

①具区、云梦、钜野、孟诸：皆是古代大泽之名。

②倍：同背。

③转毂（gǔ音谷）：用车子运输货物。

④大农：秦官，主管谷货；盐铁丞：秦大农属官，主管盐铁官营事宜。

⑤微：精深。

⑥利害：当作"利官"。

⑦隆：当作"降"。

⑧蹋鞠：踢球。

⑨毕：用网捕捉禽兽；弋：用系有绳子的短箭射鸟。

⑩富曰苟美，语本《论语·子路篇》。原文“子谓卫公子荆善居室，始有，曰：‘苟合矣！’少有，曰：‘苟完矣！’富有，曰：‘苟美矣！’”富曰苟美，是说家道大富之时亦云苟且为美。

刺复第十

大夫为色矜而心不怿[①]，曰：“但居者不知负载之劳[②]，从旁议者与当局者异忧。方今为天下腹居郡，诸侯并臻，中外未然，心憧憧[③]若涉大川，遭风而未薄[④]。是以夙夜思念国家之用，寝而忘寐，饥而忘食，计数不离于前，万事简阅于心。丞史器小，不足与谋，独郁大道，思睹文学，若俟周、邵而望高子。御史案事郡国，察廉举贤才，岁不乏也。今贤良、文学臻者六十余人，怀《六艺》之术，骋意极论，宜若开光发蒙；信往而乖于今，道古而不合于世务。意者不足以知士也？将多饰文诬能以乱实邪？何贤士之难睹也！自千乘倪宽以治《尚书》位冠九卿，及所闻睹选举之士，擢[⑤]升赞宪甚显，然未见绝伦比，而为县官兴滞立功也。”

文学曰：“输子之制材木也，正其规矩而凿枘调。师旷之谐五音也，正其六律而宫商调。当世之工匠，不能调其凿枘，则改规矩，不能协声音，则变旧律。是以凿枘刺戾而不合，声音泛越[⑥]而不和。夫举规矩而知宜，吹律而知变，上也；因循而不作，以俟其人，次也。是以曹丞相日饮醇酒，倪大夫闭口不言。故治大者不可以烦，烦则乱；治小者不可以怠，怠则废。《春秋》曰：‘其政恢卓，恢卓可以为卿相。其政察察，察察可以为匹夫。’夫维纲不张，礼义不行，公卿之忧也。案上之文，期会之事，丞、史之任也。《尚书》曰：‘俊乂在官[⑦]，百僚师师，百工惟时，庶尹允谐。’言官得其人，人任其事，故官治而不乱，事起而不废。士守其职，大夫理其位，公卿总要执凡[⑧]而已。故任能者责成而不劳，任己者事废而无功。桓公之于管仲，耳而目之。故君子劳于求贤，逸于用之，岂云殆哉？昔周公之相也，谦卑而不邻[⑨]，以劳天下之士，是以俊乂满朝，贤智充门。孔子无爵位，以布衣从才士七十有余人，皆诸侯卿相之人也，况处三公之尊以养天下之士哉！今以公卿之上位，爵禄之美，而不能致士，则未有进贤之道。尧之举舜也，宾而妻之。桓公举管仲也，宾而师之。以天子而妻匹夫，可谓亲贤矣。以诸侯而师匹夫，可谓敬宾矣。是以贤者从之若流，归之不疑。今当世在位者，既无燕昭之下士，《鹿鸣》之乐贤，而行臧文、子椒之意，蔽贤妒能，自高其智，訾人之才[⑩]，足己而不问，卑士而不友，以位尚贤，以禄骄士，而求士之用，亦难矣！”

大夫缪然不言，盖贤良长叹息焉。

御史进曰：“太公相文、武以王天下，管仲相桓公以霸诸侯。故贤者得位，犹龙得水，腾蛇游雾也。公孙丞相以《春秋》说先帝，遽即三公，处周、邵之列，据万里之势，为天下准绳，衣不重彩，食不兼味，以先天下，而无益于治。博士褚泰、徐偃等，承明诏，建节驰传，巡省郡国，举孝、廉，劝元元，而流俗不改。招举贤良、方正、文学之士，超迁官爵，或至卿大夫，非燕昭之荐士，文王之广贤也？然而未睹功业所成。殆非龙蛇之才，而《鹿鸣》之所乐贤也。”

文学曰：“冰炭不同器，日月不并明。当公孙弘之时，人主方设谋垂意于四夷，故权谲之谋进，荆、楚之士用。将帅或至封侯食邑，而�获[⑪]者咸蒙厚赏，是以奋击之士由此兴。其后，干戈不休，军旅相望，甲士糜弊，县官用不足，故设险兴利之臣起，磻溪熊罴之士隐[⑫]。泾、渭造渠以通漕运，东郭咸阳、孔仅建盐、铁，策诸利，富者买爵贩官，免刑除罪，公用弥多而为者徇私，上下兼求，百姓不堪，抏弊而从法。故憯[13]急之臣进，而见知废格之法起。杜周、咸宣之属，以峻文决理贵，而王温舒之徒以鹰隼击杀显。其欲据仁义以道事君者寡，偷合取容者众。独以一公孙弘，如之何？”

①怿：（yì，音易）：喜悦。
②载：同戴。
③憧憧：心神不安。
④薄：同泊。
⑤擢：zhuó，音浊。
⑥越：散。
⑦俊乂（yì，音艺）：贤能之人。
⑧凡：要旨。
⑨邻：同吝。
⑩訾（zǐ，音子）：诽谤，诋毁。
⑪劾：即剋。
⑫熊罴：猛兽。
⑬憯：同惨。

论儒第十一

御史曰：“文学祖述仲尼，称诵其德，以为自古及今，未之有也。然孔子修道鲁、卫之间，教化洙、泗上之，弟子不为变，当世不为治，鲁国之削滋甚。齐宣王褒儒尊学，孟轲、淳于髡[1]之徒，受上大夫之禄，不任职而论国事，盖齐稷下先生千有余人。当此之时，非一公孙弘也。弱燕攻齐，长驱至临淄，湣王遁逃，死于莒而不能救；王建禽于秦，与之俱虏而不能存。若此，儒者之安国尊君，未始有效也。”

文学曰：“无鞭策，虽造父不能调驷马。无势位，既舜、禹不能治万民。孔子曰：‘凤鸟不至，河不出图，吾已矣夫！’故轺车良马[2]，无以驰之；圣德仁义，无所施之。齐威、宣之时，显贤进士，国家富强，威行敌国。及湣王，奋二世之余烈，南举楚、淮，北并巨宋，苞十二国[3]，西摧三晋，却强秦，五国宾从，邹、鲁之君，泗上诸侯皆入臣。矜功不休，百姓不堪。诸儒谏不从，各分散。慎到、捷子亡去，田骈如薛，而孙卿适楚。内无良臣，故诸侯合谋而伐之。王建听流说，信反间，用后胜之计，不与诸侯从亲，以亡国，为秦所禽，不亦宜乎？”

御史曰：“伊尹以割烹事汤，百里以饭牛要穆公，始为苟合，信，然与之霸王。如此，何言不从，何道不行？故商君以王道说孝公，不用，即以强国之道，卒以就功。邹子以儒术干世主，不用，即以变化始终之论，卒以显名。故马效千里，不必胡、代；士贵成功，不必文辞。孟轲守旧术，不知世务，故困于梁、宋。孔子能方不能圆，故饥于黎丘。今晚世之儒勤德，时有乏匮，言以为非，困[4]此不行。自周室以来，千有余岁，独有文、武、成、康，如言必参一焉，取所不能及而称之，犹躄者能言远不能行也。圣人异涂同归，或行或止，其趣[5]一也。商君虽革法改教，志存于强国利民。邹子之作，变化之术，亦归于仁义。祭仲自贬损以行权，时也。故小枉大直，君子为之。今硁硁[⑥]然守一道，引尾生之意，即晋文之谲诸侯以尊周室不足道，而管仲蒙耻辱以存亡不足称也。”

文学曰：“伊尹之干汤，知圣主也。百里之归秦，知明君也。二君之能知霸主，其册素形于己[⑦]，非暗而以冥冥决事也。孔子曰：‘名不正则言不顺，言不顺则事不成。’如何其苟合而以成霸王也？君子执德秉义而行，故造次必于是，颠沛必于是。孟子曰：‘居今之朝，不易其俗，而成千乘之势，不能一朝居也。’宁穷饥居于陋巷，安能变己而从俗化？阖庐杀僚，公子札去而之延陵，终身不入吴国。鲁公杀子赤，叔眄[⑧]退而隐处，不食其禄。亏义得尊，枉道取容，效死不为也。闻正道不行，释事而退，未闻枉道以求容也。”

御史曰：“《论语》：‘亲于其身为不善者，君子不入也。’有是言而行不足从也。季氏为无道，逐其君，夺其政，而冉求、仲由臣焉。《礼》：‘男女不授受，不交爵[⑨]。’孔子适卫，因嬖臣弥子瑕以见卫夫人，子路不说。子瑕，佞臣也，夫子因之，非正也。男女不交，孔子见南子，非礼也。礼义由孔氏，且贬道以求容，恶在其释事而退也？”

文学曰：“天下不平，庶国不宁，明王之忧也。上无天子，下无方伯，天下烦乱，贤圣之忧也。是以尧忧洪水，伊尹忧民，管仲束缚，孔子周流，忧百姓之祸而欲安其危也。是以负鼎俎、囚拘、匍匐以救之。故追亡者趋，拯溺者濡。今民陷沟壑，虽欲无濡，岂得已哉？”

御史默不对。

---

①髡：kūn，音昆。

②轺（yáo，音侥）：一种轻便的马车。

③苞：同包。

④困：当作“因”。

⑤趣：同趋。

⑥硁（kēng，音坑）：浅薄而固执。

⑦册：同策。

⑧眄：miǎn，音免。

⑨爵：酒杯。

忧边第十二

大夫曰：“文学言：‘天下不平，庶国不宁，明王之忧也。’故王者之于天下，犹一室之中也，有一人不得其所，则谓[①]之不乐。故民流溺而弗救，非惠君也。国家有难而不忧，非忠臣也。夫守节死难者，人臣之职也；衣食饥寒者，慈父之道也。今子弟远劳于外，人主为之夙夜不宁，群臣尽力毕议，册[②]滋国用。故少府丞令请建酒榷，以赡边，给战士，拯民于难也。为人父兄者，岂可以已乎？内省衣食以恤在外者，犹未足，今又欲罢诸用，减奉边之费，未可为慈父贤兄也。”

文学曰：“周之季末，天子微弱，诸侯力政[③]，故国君不安，谋臣奔驰。何者？敌国众而社稷危也。今九州同域，天下一统，陛下优游岩廊，览群臣极言至论，内咏《雅》、《颂》，外鸣和銮，纯德粲然，并于唐、虞，功烈流于子孙。夫蛮、貊之人，不食之地，何足以烦虑，而有战国之忧哉？若陛下不弃，加之以德，施之以惠，北夷必内向，款塞自至。然后以为胡制于外臣，即匈奴没齿不食其所用矣。"

大夫曰："圣主思中国之未宁，北边之未安，使故廷尉评等问人间所疾苦，拯恤贫贱，周赡不足。群臣所宣明王之德，安宇内者，未得其纪[④]，故问诸生。诸生议不干天则入渊，乃欲以闾里之治，而况国家之大事，亦不几[⑤]矣！发于畎亩，出于穷巷，不知冰水之寒，若醉而新寤，殊不足与言也。"

文学曰："夫欲安民富国之道，在于反本，本立而道生。顺天之理，因地之利，即不劳而功成。夫不修其源而事其流，无本以统之，虽竭精神，尽思虑，无益于治。欲安之适足以危之，欲救之适足以败之。夫治乱之端，在于本末而已，不至劳其心而道可得也。孔子曰：'不通于论者难于言治，道不同者，不与相谋。'今公卿意有所倚，故文学之言，不可用也。"

大夫曰："吾闻为人臣者尽忠以顺职，为人子者致孝以承业。君有非，则臣覆盖之；父有非，则子匿逃之。故君薨，臣不变君之政；父没，则子不改父之道也。《春秋》讥毁泉台，为其隳先祖之所为，而扬君父之恶也。今盐、铁、均输，所从来久矣，而欲罢之，得无害先帝之功，而妨圣主之德乎？有司倚于忠孝之路，是道殊而不同于文学之谋也。"

文学曰："明者因时而变，知者随世而制。孔子曰：'麻冕，礼也，今也纯，俭，吾从众。'故圣人上[⑦]贤不离古，顺俗而不偏宜。鲁定公序昭穆，顺祖祢[⑧]，昭公废卿士，以省事节用，不可谓变祖之所为，而改父之道也。二世充大阿房以崇绪，赵高增累秦法以广威，而未可谓忠臣孝子也。"

---

①谓：同为。
②册：同策。
③政：同征。
④纪：要理，总纲。
⑤几：同讥。
⑥薨：hōng，音轰。
⑦上：同尚。
⑧祢：古时父死在宗庙中立牌位后的称谓。

园池第十三

大夫曰："诸侯以国为家，其忧在内；天子以八极为境，其虑在外。故宇小者用菲，功臣者用大。是以县官开园池，总山海，致利以助贡赋；修沟渠，立诸农，广田牧，盛苑囿。太仆、水衡、少府、大农，岁课诸入田牧之利，池篽之假[①]，及北边置任田官，以赡诸用，而犹未足。今欲罢之，绝其源，杜其流，上下俱殚，困乏之应也。虽好省事节用，如之何其可也？"

文学曰："古者，制地足以养民，民足以承其上。千乘之国，百里之地，公侯伯子男，各充其求，赡其欲[②]。秦兼万国之地，有四海之富，而意不赡，非宇小而用菲，嗜欲多而下不堪其求也。语曰：‘厨有腐肉，国有饥民，厩有肥马，路有馁人[③]。’今狗马之养，虫兽之食，岂特腐肉肥马之费哉？无用之官，不急之作，服[④]淫侈之变，无功而衣食县官者众，是以上不足而下困乏也。今不减除其本而欲赡其末，设机利，造田畜，与百姓争荐草，与商贾争市利，非所以明主德而相国家也。夫男耕女织，天下之大业也。故古者分地而处之，制田亩而事之。是以业无不食之地，国无乏作之民。今县官之多张苑囿、公田、池泽，公家有鄣假之名，而利归权家。三辅迫近于山、河，地狭人众，四方并凑，粟米薪菜，不能相赡。公田转假，桑榆菜果不殖，地力不尽。愚以为，非先帝之开苑囿、池御，可赋归之于民，县官租税而已。假税殊名，其实一也。夫如是，匹夫之力，尽于南亩，匹妇之力，尽于麻枲[⑤]。田野辟，麻枲治，则上下俱衍，何困乏之有矣？”

大夫默然，视其丞相、御史。

①篽：禁苑。

②赡：足。

③馁：同餒。

④“服”下疑有脱字。

⑤枲（xǐ，音洗）：麻，麻布。

轻重第十四

御史进曰：“昔太公封于营丘，辟草莱而居焉。地薄人少，于是通利末之道，极女工之巧。是以邻国交于齐，财畜货殖，世为强国。管仲相桓公，袭先君之业，行轻重之变，南服强楚而霸诸侯。今大夫君修太公、桓、管之术，总一盐、铁，通山川之利而万物殖。是以县官用饶足，民不困乏，本末并利，上下俱足。此筹计之所致，非独耕桑农也。”

文学曰：“礼义者，国之基也，而权利者，政之残也。孔子曰：‘能以礼让为国乎，何有?’伊尹、太公以百里兴其君，管仲专于桓公，以千乘之齐，而不能至于王，其所务非也。故功名隳坏而道不济。当此之时，诸侯莫能以德，而争于公利，故以权相倾。今天下合为一家，利末恶欲行？淫巧恶欲施？大夫君以心计策国用，构诸侯，参以酒榷，咸阳、孔仅增以盐、铁，江充、杨可之等，各以锋锐，言利末之事析秋毫，可为无间矣。非特管仲设九府，徼[①]山海也。然而国家衰耗，城郭空虚。故非特崇仁义无以化民，非力本农无以富邦也。”

御史曰：“水有猵[②]獭而池鱼劳，国有强御而齐民消。故茂林之下无丰草，大块之间无美苗。夫理国之道，除秽锄豪，然后百姓均平，各安其宇。张廷尉论定律令，明法以绳天下，诛奸猾，绝并兼之徒，而强不凌弱，众不暴寡。大夫君运筹策，建国用，笼天下盐、铁诸利，以排富商大贾，买官赎罪，损有余，补不足，以齐黎民。是以兵革东西征伐，赋敛不增而用足。夫损益之事，贤者所睹，非众人之所知也。”

文学曰：“扁鹊抚息脉而知疾所由生，阳气盛，则损之而调阴，寒气盛，则损之而调阳。是以气脉调和，而邪气无所留矣。夫拙医不知脉理之腠，血气之分，妄刺而无益于疾，伤肌肤而已矣。今欲损有余，补不足，富者愈富，贫者愈贫矣。严法任刑，欲以禁暴止奸，而奸犹不止。意者非扁鹊之用针石，故众人未得其职也。”

御史曰：“周之建国也，盖千八百诸侯。其后，强吞弱，大兼小，并为六国。六国连兵结难数百年，内拒敌国，外攘四夷。由此观之：兵甲不休，战伐不乏，军旅外奉，仓库内实。今以天下之富，海内之财，百郡之贡，非特齐、楚之畜，赵、魏之库也。计委量入，虽急用之，宜无乏绝之时。顾大农等以术体躬稼，则后稷之烈，军四出而用不继。非天之财少也，用针石，调阴阳，均有无，补不足，亦非也？上大夫君与治粟都尉管领大农事，灸刺稽滞，开利百脉。是以万物流通，而县官富实。当此之时，四方征暴乱，车甲之费，克获之赏，以亿万计，皆赡大司农。此者扁鹊之力，而盐、铁之福也。”

文学曰：“边郡山居谷处，阴阳不和，寒冻裂地，冲风飘卤[3]，沙石凝积，地势无所宜。中国，天地之中，阴阳之际也，日月经其南，斗极出其北，含众和之气，产育庶物。今去而侵边，多斥不毛寒苦之地，是犹弃江皋河滨，而田于岭坂菹泽[4]也。转仓廪之委，飞府库之财，以给边民。中国困于繇赋，边民苦于戍御。力耕不便种籴[5]，无桑麻之利，仰中国丝絮而后衣之，皮裘蒙毛，曾不足盖形，夏不失复，冬不离窟，父子夫妇内藏于专室土圜之中。中外空虚，扁鹊何力？而盐、铁何福也？”

①徼：边界。

②猵（biān，音边）：獭的一种，捕鱼为食。

③卤（lǔ，音鲁）：盐碱土。

④菹（zū，音租）：多水草的沼泽地带。

⑤籴（dí，音迪）：买进粮食。

未通第十五

御史曰：“内郡人众，水泉荐草，不能相赡，地势温湿，不宜牛马。民蹠[1]耒而耕，负檐[2]而行，劳罢而寡功。是以百姓贫苦，而衣食不足，老弱负辂于路，而列卿大夫，或乘牛车。孝武皇帝平百越以为园圃，却羌、胡以为苑囿，是以珍怪异物，充于后宫，騊駼、駃騠[3]，实于外厩，匹夫莫不乘坚良，而民间厌橘柚。由此观之：边郡之利亦饶矣！而曰‘何福之有？’未通于计也。”

文学曰：“禹平水土，定九州，四方各以土地所生贡献。足以充宫室，供人主之欲。膏壤万里，山川之利，足以富百姓，不待蛮、貊之地，远方之物而用足。闻往者未伐胡、越之时，繇赋省而民富足，温衣饱食，藏新食陈，布帛充用，牛马成群。农夫以马耕载，而民莫不骑乘。当此之时，却走马以粪。其后，师旅数发，戎马不足，牸牝[4]入阵，故驹犊生于战地。六畜不育于家，五谷不殖于野，民不足于糟糠，何橘柚之所厌？《传》曰：‘大军之后，累世不复。’方今郡国，田野有陇[5]而不垦，城郭有宇而不实，边郡何饶之有乎？”

御史曰：“古者，制田百步为亩，民井田而耕，什而籍一。义先公而后己，民臣之职也。先帝哀怜百姓之愁苦，衣食不足，制田二百四十步而一亩，率三十而税一。堕民不务田作，饥寒及己，固其理也。其不耕而欲播，不种而欲获，盐、铁又何过乎？”

文学曰："什一而籍，民之力也。丰耗美恶，与民共之。民勤[⑥]，己不独衍；民衍，己不独勤。故曰：'什一者，天下之中正也。'田虽三十，而以顷亩出税，乐岁粒米狼戾[⑦]而寡取之，凶年饥馑而必求足。加之以口赋更繇之役，率一人之作，中分其功。农夫悉其所得，或假贷而益之。是以百姓疾耕力作，而饥寒遂及己也。筑城者先厚其基而后求其高，畜民者先厚其业而后求其赡。《论语》曰：'百姓足，君孰与不足乎？'"

御史曰："古者，诸侯争强，战国并起，甲兵不休，民旷于田畴，什一而籍，不违其职。今赖陛下神灵，甲兵不动久矣，然则民不齐出于南亩，以口率被垦田而不足，空仓廪而赈贫乏，侵益日甚，是以愈惰而仰利县官也。为斯君者亦病矣，反以身劳民，民犹背恩弃义而远流亡，避匿上公之事。民相仿效，田地日芜，租赋不入，抵捍县官。君虽欲足，谁与之足乎？"

文学曰："树木数徙则殇[⑧]，虫兽徙居则坏。故'代马依北风，飞鸟翔故巢'，莫不哀其生。由此观之，民非利避上公之事而乐流亡也。往者，军阵数起，用度不足，以訾征赋，常取给见民。田家又被其劳，故不齐出于南亩也。大抵逋流[⑨]，皆在大家，吏正畏惮，不敢笃责，刻急细民，细民不堪，流亡远去。中家为之绝出，后亡者为先亡者服事。录民数创于恶吏，故相仿效，去尤甚而就少愈者多。《传》曰："政宽者民死之，政急者父子离。"是以田地日荒，城郭空虚。夫牧民之道，除其所疾，适其所安，安而不扰，使而不劳。是以百姓劝业而乐公赋。若此，则君无赈于民，民无利于上，上下相让而颂声作。故取而民不厌，役而民不苦。《灵台》之诗，非或使之，民自为之。若斯，则君何不足之有乎？"

御史曰："古者，十五入大学，与小役；二十冠而成人，与戎；五十以上，血脉溢刚，曰艾壮。《诗》曰：'方叔元老，克壮其猷。'故商师若乌，周师若荼。今陛下哀怜百姓，宽力役之政，二十三始傅，五十六而免，所以辅耆[⑩]壮而息老艾也。丁者治其田里，老者修其唐园，俭力趣时，无饥寒之患。不治其家而讼县官，亦悖矣。"

文学曰："十九年已下为殇，未成人也；二十而冠；三十而娶，可以从戎事；五十已上曰艾老，杖于家，不从力役。所以扶不足而息高年也。乡饮酒之礼，耆老异馔，所以优耆耄[⑪]而明养老也。故老者非肉不饱，非帛不暖，非杖不行。今五十已上至六十，与子孙服挽输，并给繇役，非养老之意也。古有大丧者，君三年不呼其门，通其孝道，遂其哀戚之心也。君子之所重而自尽者，其惟亲之丧乎！今或僵尸，弃衰绖而从戎事，非所以子百姓，顺孝悌之心也。周公抱成王听天下，恩塞海内，泽被四表。矧[⑫]惟人面，含仁保德，靡不得其所。《诗》云：'夙夜基命宥密。'陛下富于春秋，委任大臣，公卿辅政，政教未均，故庶人议也。"

御史默不答也。

---

①蹠（zhí，音直）：践、踏。

②檐：同担。

③騊駼：táotú，音逃涂；駃騠：juétí，音决提。

④牸牡：zìpín，音字贫。

⑤陇：同垄。

⑥勤：同堇。

⑦狼戾：意指粮食多。

⑧殇：同萎。

⑨逋（bū，音晡）：拖欠；流：同留。

⑩耆（qí，音齐）：年老。

⑪耄（mò，音冒）：年老者的称呼。

⑫矧（shěn，音审）：况且。

地广第十六

大夫曰："王者包含并覆，普爱无私，不为近重施，不为远遗恩。今俱是民也，俱是臣也，安危劳佚[①]不齐，独不当调邪？不念彼而独计此，斯亦好议矣？缘边之民，处寒苦之地，距强胡之难，烽燧一动，有没身之累。故边民百战，而中国恬卧者，以边郡为蔽扞[②]也。《诗》云：'莫非王事，而我独劳。'刺不均也。是以圣王怀四方独苦，兴师推却胡、越，远寇安灾，散中国肥饶之余，以调边境。边境强，则中国安，中国安，则晏然无事。何求而不默也？"

文学曰："古者，天子之立于天下之中，县内方不过千里，诸侯列国，不及不食之地，《禹贡》至于五千里；民各供其君，诸侯各保其国，是以百姓均调，而繇役不劳也。今推胡、越数千里，道路回避，士卒劳罢。故边民有刎颈之祸，而中国有死亡之患，此百姓所以嚣嚣而不默也。夫治国之道，由中及外，自近者始。近者亲附，然后来远。百姓内足，然后恤外。故群臣论或欲田轮台，明主不许，以为先救近，务及时本业也。故下诏曰：'当今之务，在于禁苛暴，止擅赋，力本农。'公卿宜承意，请减除不任，以佐百姓之急。今中国弊落不忧，务在边境。意者地广而不耕，多种而不耨，费力而无功，《诗》云：'无田[③]甫田，维莠骄骄。'其斯之谓欤。"

大夫曰："汤、武之伐，非好用兵也；周宣王辟国千里，非贪侵也；所以除寇贼而安百姓也。故无功之师，君子不行；无用之地，圣王不贪。先帝举汤、武之师，定三垂之难，一面而制敌，匈奴遁逃，因河、山以为防，故去砂石咸卤不食之地，故割斗辟之县，弃造阳之地以与胡，省曲塞，据河险，守要害，以宽徭役，保士民。由此观之，圣主用心，非务广地以劳众而已矣。"

文学曰："秦之用兵，可谓极矣，蒙恬斥境，可谓远矣。今逾蒙恬之塞，立郡县寇虏之地，地弥远而民滋劳。朔方以西，长安以北，新郡之功，外城之费，不可胜计。非徒是也，司马、唐蒙凿西南夷之涂，巴、蜀弊于邛、筰；横海征南夷，楼船戍东越，荆、楚罢于瓯、骆，左将伐朝鲜，开临屯，燕、齐困于秽貉，张骞通殊远，纳无用，府库之藏，流于外国；非特斗辟之费，造阳之役也。由此观之，非人主用心，好事之臣为县官计过也。"

大夫曰："挟管仲之智者，非为厮役之使也。怀陶朱之虑者，不居贫困之处。文学能言而不能行，居下而讪上，处贫而非富，大言而不从，高厉而行卑，诽誉訾议，以要名采善于当世。夫禄不过秉握者，不足以言治，家不满檐石者，不足以计事。儒皆贫羸，衣冠不完，安知国家之政、县官之事乎？何斗辟造阳也！"

文学曰："夫贱不害智，贫不妨行。颜渊屡空，不为不贤；孔子不容，不为不圣。必将以貌举人，以才进士，则太公终身鼓刀，宁戚不离饭牛矣。古之君子，守道以立名，修身以俟时，不为穷变节，不为贱易志。惟仁之处，惟义之行。临财苟得，见利反义，不义而富，无名而贵，仁者不为也。故曾参、闵子不以其仁易晋、楚之富。伯夷不以其行易诸侯之位，是以齐景公有马千驷，而不能与之争名。孔子曰：'贤哉回也！一箪食，一瓢饮，在于陋巷，人不堪其忧，回也不改其乐。'故惟仁者能处约、乐，小人富斯暴，贫斯滥矣。杨子曰：'为仁不富，为富不仁。'苟先利而后义，取夺不厌。公卿积亿万，大夫积千金，士积百金，利己并财以聚。百姓寒苦，流离于路，儒独何以完其衣冠也？"

①佚：同逸。

②扞：同捍。

③田：同佃。

贫富第十七

大夫曰："余结发束修，年十三，幸得宿卫，给事辇毂之下，以至卿大夫之位，获禄受赐，六十有余年矣。车马衣服之用，妻子仆养之费，量入为出，俭节以居之。奉禄赏赐，一二筹策之，积浸以致富成业。故分土若一，贤者能守之；分财若一，智者能筹之。夫白圭之废著，子贡之三至千金，岂必赖之民哉？运之六寸，转之息耗，取之贵贱之间耳！"

文学曰："古者，事业不二，利禄不兼，然诸业不相远，而贫富不相悬也。夫乘爵禄以谦让者，名不可胜举也；因权势以求利者，入不可胜数也。食湖池，管山海，刍荛[①]者不能与之争泽，商贾不能与之争利。子贡以布衣致之，而孔子非之，况以势位求之者乎？故古者大夫思其仁义以充其位，不为权利以充其私也。"

大夫曰："山岳有饶，然后百姓赡焉；河、海有润，然后民取足焉。夫寻常之污，不能溉陂[②]泽，丘阜之木，不能成宫室。小不能苞大，少不能赡多。未有不能自足而能足人者也，未有不能自治而能治人者也。故善为人者，能自为者也，善治人者，能自治者也。文学不能治内，安能理外乎？"

文学曰："行远道者假于车，济江、海者因于舟。故贤士之立功成名，因于资而假物者也。公输子能因人主之材木，以构宫室台榭，而不能自为专屋狭庐，材不足也。欧冶能因国君之铜铁，以为金铲大钟，而不能自为壶鼎盘杅[③]，无其用也。君子能因人主之正朝，以和百姓，润众庶，而不能自饶其家，势不便也。故舜耕历山，恩不及州里，太公屠牛于朝歌，利不及妻子，及其见用，恩流八荒，德溢四海。故舜假之尧，太公因之周。君子能修身以假道者，不能枉道而假财也。"

大夫曰："道悬于天，物布于地，智者以衍，愚者以困。子贡以著积显于诸侯，陶朱公以货殖尊于当世。富者交焉，贫者赡焉。故上自人君，下及布衣之士，莫不戴其德，称其仁。原宪、孔伋，当世被饥寒之患，颜回屡空于穷巷。当此之时，迫于窟穴，拘于缊袍，虽欲假财信[④]奸佞，亦不能也。"

文学曰："孔子云：'富而可求，虽执鞭之事，吾亦为之；如不可求，从吾所好。'君子求义，非苟富也。故刺子贡不受命而货殖焉。君子遭时则富且贵，不遇，退而乐道。不以利累己，故不违义而妄取。隐居修节，不欲妨行，故不毁名而趋势。虽付之以韩、魏之家，非其志，则不居也。富贵不能荣，谤毁不能伤也。故原宪之缊袍，贤于季孙之狐貉；赵宣孟之鱼飧，甘于智伯之刍豢；子思之银珮，美于虞公之垂棘。魏文侯轼段干木之闾，非以其有势也。晋文公见韩庆，下车而趋，非以其多财，以其富于仁，充于德也。故贵何必财，亦仁义而已矣！"

---

①刍荛（chúráo，音除饶）：割柴草。

②陂（bēi，音杯）：池塘。

③杅：同盂。

④缊（yùn，音运）：新旧混合的丝棉絮。

⑤信：同伸。

毁学第十八

大夫曰："夫怀枉而言正，自托于无欲而实不从，此非士之情也？昔李斯与包丘子俱事荀卿，既而李斯入秦，遂取三公，据万乘之权以制海内，功侔[①]伊、望，名巨泰山，而包丘子不免于瓮牖蒿庐，如潦岁之蛙，口非不众也，卒死于沟壑而已。今内无以养，外无以称，贫贱而好义，虽言仁义，亦不足贵者也！"

文学曰："方李斯之相秦也，始皇任之，人臣无二，然而荀卿谓之不食，睹其罹不测之祸也。包丘子饭麻[②]蓬藜，修道白屋之下，乐其志，安之于广厦刍豢，无赫赫之势，亦无戚戚之忧。夫晋献垂棘，非不美也，宫之奇见之而叹，知荀息之图之也。智伯富有三晋，非不盛也，然不知襄子之谋之也。季孙之狐貉，非不丽也，而不知鲁君之患之也。故晋献以宝马钓虞、虢，襄子以城坏诱智伯。故智伯身禽于赵，而虞、虢卒并于晋，以其务得不顾其后，贪土地而利宝马也。孔子曰：'人无远虑，必有近忧。'今之在位者，见利不虞害，贪得不顾耻，以利易身，以财易死。无仁义之德，而有富贵之禄，若蹈坎穽，食于悬门之下。此李斯之所以伏五刑也。南方有鸟名䳱鸰[③]，非竹实不食，非醴泉不饮，飞过泰山，泰山之鸱，俛啄腐鼠，仰见䳱鸰而吓。今公卿以其富贵笑儒者，为之常行，得无若泰山鸱[④]吓䳱鸰乎？"

大夫曰："学者所以防固辞，礼者所以文鄙行也。故学以辅德，礼以文质。言思可道，行思可乐。恶言不出于口，邪行不及于己。动作应礼，从容中道。故礼以行之，孙[⑤]以出之。是以终日言，无口过；终身行，无冤尤。今人主张官立朝以治民，疏爵分禄以褒贤，而曰'悬门腐鼠'，何辞之鄙背而悖于所闻也？"

文学曰："圣主设官以授任，能者处之；分禄以任贤，能者受之。义贵无高，义取无多。故舜受尧之天下，太公不避周之三公；苟非其人，箪食豆羹犹为赖民也。故德薄而位高，力少而任重，鲜不及矣。夫泰山鸱啄腐鼠于穷泽幽谷之中，非有害于人也。今之有司，盗主财而食之于刑法之旁，不知机之是发，又以吓人，其患恶得若泰山之鸱乎？"

大夫曰："司马子言'天下穰穰，皆为利往。'赵女不择丑好，郑妪不择远近，商人不愧耻辱，戎士不爱死力，士不在亲，事君不避其难，皆为利禄也。儒、墨内贪外矜，往来游说，栖栖然亦未为得也。故尊荣者士之愿也，富贵者士之期也。方李斯在荀卿之门，阘茸与之齐轸[⑥]，及其奋翼高举，龙升骥骛，过九轶二，翱翔万仞，鸿鹄华骝且同侣，况跛牂[⑦]燕雀之属乎！席天下之权，御宇内之众，后车百乘，食禄万钟。而拘儒布褐不完，糟糠不饱，非甘菽藿而卑广厦，亦不能得已。虽欲吓人，其何已[⑧]乎！"

文学曰："君子怀德，小人怀土，贤士徇名，贪夫死利。李斯贪其所欲，致其所恶。孙叔敖早见于未萌，三去相而不悔，非乐卑贱而恶重禄也，虑患远而避害谨也。夫郊祭之牛，养食期年，衣之文绣，以入庙堂，太宰执其鸾刀以启其毛。方此之时，愿任重而上峻坂，不可得也。商鞅困于彭池，吴起之伏王尸，愿被布褐而处穷鄙之蒿庐，不可得也。李斯相秦，席天下之势，志小万乘；及其囚于囹圄，车裂于云阳之市，亦愿负薪入东门，行上蔡曲街径，不可得也。苏秦、吴起以权势自杀，商鞅、李斯以尊重自灭，皆贪禄慕荣以没其身。从车百乘，曾不足以载其祸也！”

---

①侔（móu，同谋）：相等，等同。
②麻：当作糜，粥。
③鹓（yuān，音鸳）雏：传说中与鸾凤同类的鸟。
④鸱（chī，音吃）：猫头鹰。
⑤孙：同逊。
⑥轸（zhěn，音诊）：车子。
⑦牂（zāng，音脏）：母羊。
⑧已：同以。

褒贤第十九

大夫曰：“伯夷以廉饥，尾生以信死。由小器而亏大体，匹夫匹妇之为谅也，经[①]于沟渎而莫之知也。何功名之有？苏秦、张仪，智足以强国，勇足以威敌，一怒而诸侯惧，安居而天下息。万乘之主，莫不屈体卑辞，重币请交，此所谓天下名士也。夫智不足与谋，而权不能举当世，民斯为下也。今举亡而为有，虚而为盈，布衣穿履，深念徐行，若有遗亡，非立功名之士，而亦未免于世俗也。”

文学曰：“苏秦以从显于赵，张仪以横任于秦，方此之时，非不尊贵也，然智士随而忧之，知夫不以道进者必不以道退，不以义得者必不以义亡。季、孟之权，三桓之富，不可及也，孔子为之曰‘微’。为人臣，权均于君，富侔于国者，亡。故其位弥高而罪弥重，禄滋厚而罪滋多。夫行者先全己而后求名，仕者先辟害而后求禄。故香饵非不美也，龟龙闻而深藏，鸾凤见而高逝者，知其害身也。夫为鸟鹊鱼鳖，食香饵而后狂飞奔走，逊头屈遰[②]，无益于死。今有司盗秉国法，进不顾罪，卒然有急，然后车驰人趋，无益于死。所盗不足偿于臧获，妻子奔亡无处所，身在深牢，莫知恤视。方此之时，何暇得以笑乎？”

大夫曰：“文学高行，矫然若不可卷；盛节絜[③]言，皦然若不可涅[④]。然戍卒陈胜释挽辂，首为叛逆，自立张楚，素非有回、由处士之行，宰相列臣之位也。奋于大泽，不过旬月，而齐、鲁儒墨缙绅之徒，肆其长衣，——长衣，容衣也。——负孔氏之礼器《诗》、《书》，委质为臣。孔甲为涉博士，卒俱死陈，为天下大笑。深藏高逝者固若是也？”

文学曰：“周室衰，礼乐坏，不能统理天下。诸侯交争，相灭亡，并为六国，兵革不休，民不得宁息。秦以虎狼之心，蚕食诸侯，并吞战国以为郡县。伐能矜功，自以为过尧、舜而羞与之同。弃仁义而尚刑罚，以为今时不师于文而决于武。赵高治狱于内，蒙恬用兵于外，百姓愁苦，同心而患秦。陈王赫然奋爪牙为天下首事，道虽凶而儒墨或干之者，以为无王之矣，道拥遏不得行，自孔子以至于兹，而秦复重禁之，故发愤于陈王也。孔子曰：‘如有用我者，吾其为东周乎！’庶几成汤、文、武之功，为百姓除残去贼，岂贪禄乐位哉？”

大夫曰："文学言行虽有伯夷之廉，不及柳下惠之贞，不过高瞻下视，絜言污行，觞酒豆肉，迁延相让，辞小取大，鸡廉狼吞。赵绾、王臧之等，以儒术擢为上卿，而有奸利残忍之心。主父偃以口舌取大官，窃权重，欺绐宗室，受诸侯之赂，卒皆诛死。东方朔自称辩略，消坚释石，当世无双。然省其私行，狂夫不忍为，况无东方朔之口，其余无可观者也？"

文学曰："志善者忘恶，谨小者致大。俎豆之间足以观礼，闺门之内足以论行。夫服古之服，诵古之道，舍此而为非者，鲜矣。故君子时然后言，义然后取，不以道得之不居也。满而不溢，泰而不骄。故袁盎亲于景帝，秣马不过一驷；公孙弘即三公之位，家不过十乘；东方先生说听言行于武帝，而不骄溢；主父见困厄之日久矣，疾在位者不好道而富且贵，莫知恤士也，于是取饶衍之余以周穷士之急，非为私家之业也。当世嚣嚣，非患儒之鸡廉，患在位者之虎饱鸱咽，于求览[5]无所孑遗耳。"

---

①经：上吊。

②遰（dì，音弟）：避开。

③絜：同洁。

④涅：染黑。

⑤览：同揽。

相刺第二十

大夫曰："古者，经井田，制廛[1]里，丈夫治其田畴，女子治其麻枲，无旷地，无游人。故非商工不得食于利末，非良农不得食于收获，非执政不得食于官爵。今儒者释耒耜[2]而学不验之语，旷日弥久，而无益于治，往来浮游，不耕而食，不蚕而衣，巧伪良民，以夺农妨政。此亦当世之所患也。"

文学曰："禹慼洪水，身亲其劳，泽行路宿，过门不入。当此之时，簪堕不掇，冠挂不顾，而暇耕乎？孔子曰：'诗人疾之不能默，丘疾之不能伏。'是以东西南北七十说而不用，然后退而修王道，作《春秋》，垂之万载之后，天下折中焉。岂与匹夫匹妇耕织同哉？《传》曰：'君子当时不动，而民无观也。'故非君子莫治小人，非小人无以养君子，不当耕织为匹夫匹妇也。君子耕而不学，则乱之道也。"

大夫曰："文学言治尚于唐、虞，言义高于秋天，有华言矣，未见其实也。昔鲁穆公之时，公仪为相，子思、子柳为之卿，然北削于齐，以泗为境，南畏楚人，西宾秦国。孟轲居梁，兵折于齐，上将军死而太子虏，西败于秦，地夺壤削，亡河内、河外。夫仲尼之门，七十子之徒，去父母，捐室家，负荷而随孔子，不耕而学，乱乃愈滋。故玉屑满箧，不为有宝；诗书负笈，不为有道。要在安国家，利人民，不苟繁文众辞而已。"

文学曰："虞不用百里奚之谋而灭，秦穆用之以至霸焉。夫不用贤则亡，而不削何可得乎？孟子适梁，惠王问利，答以仁义。趣舍不合，是以不用而去，怀宝而无语。故有粟不食，无益于饥；睹贤不用，无益于削。纣之时，内有微、箕二子，外有胶鬲、棘子，故其不能存。夫言而不用，谏而不听，虽贤，恶得有益于治也？"

大夫曰："橘柚生于江南，而民皆甘之于口，味同也。好音生于郑、卫，而人皆乐之于耳，声同也。越人子臧、戎人由余，待译而后通，而并显齐、秦，人之心于善恶同也。故曾子倚山而吟，山鸟下翔；师旷鼓琴，百兽率舞。未有善而不合，诚而不应者也。意未诚与？何故言而不见从，行而不合也？"

文学曰："扁鹊不能治不受针药之疾，贤圣不能正不食谏诤之君。故桀有关龙逄而夏亡，纣有三仁而商灭，故不患无由余、子臧之论，患无桓、穆之听耳。是以孔子东西无所遇，屈原放逐于楚国也。故曰：'直道而事人，焉往而不三黜？枉道而事人，何必去父母之邦。'此所以言而不见从，行而不得合者也。"

大夫曰："歌者不期于利声，而贵在中节；论者不期于丽辞，而务在事实。善声而不知转，未可为能歌也；善言而不知变，未可谓能说也。持规而非矩，执准而非绳，通一孔，晓一理，而不知权衡。以所不睹不信人，若蝉之不知雪；坚据古文以应当世，犹辰参之错；胶柱而调瑟，固而难合矣。孔子所以不用于世，而孟轲见贱于诸侯也。"

文学曰："日月之光，而盲者不能见，雷电之声，而聋人不能闻。夫为不知音者言，若语于喑[③]聋，何特蝉之不知重雪耶？夫以伊尹之智，太公之贤，而不能开辞于桀、纣，非说者非，听者过也。是以荆和抱璞而泣血，曰：'安得良工而剖之！'屈原行吟泽畔，曰：'安得皋陶而察之！'夫人君莫不欲求贤以自辅，任能以治国，然牵于流说，惑于道谀，是以贤圣蔽掩，而谗佞用事，以此亡国破家，而贤士饥于岩穴也。昔赵高无过人之志，而居万人之位，是以倾覆秦国而祸殃其宗。尽失其瑟，何胶柱之调也？"

大夫曰："所谓文学高第者，智略能明先王之术，而姿质足以履行其道。故居则为人师，用则为世法。今文学言治则称尧、舜，道行则言孔、墨，授之政则不达。怀古道而不能行，言直而行枉，道是而情非。衣冠有以殊于乡曲，而实无以异于凡人。诸生所谓中直[④]者，遭时蒙幸，备数适然耳，殆非明举所谓，固未可与论治也。"

文学曰："天设三光以照记，天子立公卿以明治。故曰：公卿者，四海之表仪，神化之丹青也。上有辅明主之任，下有遂圣化之事。和阴阳，调四时，安众庶，育群生，使百姓辑睦，无怨思之色，四夷顺德，无叛逆之忧，此公卿之职，而贤者之所务也。若伊尹、周、召三公之才，太颠、闳[⑤]夭九卿之人。文学不中圣主之明举，今之执政，亦未能称盛德也。"

大夫不说[⑥]，作色不应也。

文学曰："朝无忠臣者政暗[⑦]，大夫无直士者位危。任座正言君之过，文侯改言行，称为贤君。袁盎面刺绛侯之骄矜，卒得其庆。故触死亡以干主之过者，忠臣也，犯颜以匡公卿之失者，直士也。鄙人不能巷言面违。方今入谷[⑧]之教令，张而不施，食禄多非其人，以妨农商工，市井之利，未归于民，民望不塞也。且夫帝王之道，多堕坏而不修，《诗》云：'济济多士。'意者诚任用其计，非苟陈虚言而已。"

---

①廛（chán，音缠）：古代一户人家所居的房地。

②耜：sì，音四。

③喑（yīn，音音）：哑。

④直：同值。

⑤闳：hóng，音洪。

⑥说：同悦。

⑦闇 同暗

⑧谷：同彀，设圈套。

殊路第二十一

大夫曰："七十子躬受圣人之术，有名列于孔子之门，皆诸侯卿相之才，可南面者数人。云政事者冉有、季路，言语宰我、子贡。宰我秉事，有宠于齐，田常作难，道不行，身死庭中，简公杀于檀台。子路仕卫，孔悝作乱，不能救君出亡，身菹于卫。子贡、子皋遁逃，不能死其难。食人之重禄不能更，处人尊官不能存，何其厚于己而薄于君哉？同门共业，自以为知古今之义，明君臣之礼。或死或亡，二三子殊路，何道之悖也？"

文学曰："宋殇公知孔父之贤而不早任，故身死。鲁庄知季有之贤，授之政晚而国乱。卫君近佞远贤，子路居蒲，孔悝为政；简公不听宰我而漏其谋；是以二君身被放杀而祸及忠臣。二子者有事而不与其谋，故可以死，可以生。去止，其义一也。晏婴不死崔、庆之难，不可谓不义。微子去殷之乱，可谓不仁乎？"

大夫曰："至美素璞，物莫能饰也。至贤保真，伪文莫能增也。故金玉不琢，美珠不画。今仲由、冉求无檀柘之材，隋、和之璞，而强文之，譬若雕朽木而砺铅刀，饰嫫母画土人也。被以五色，斐然成章，及遭行潦流波，则沮[①]矣。夫重怀古道，枕籍《诗》、《书》，危不能安，乱不能治，邮里逐鸡，鸡亦无党也？"

文学曰："非学无以治身，非礼无以辅德。和氏之璞，天下之美宝也，待礛诸[②]之工而后明。毛嫱，天下之姣人也，待香泽脂粉而后容。周公，天下之至圣人也，待贤师学问而后通。今齐世庸士之人，不好学问，专以己之愚而荷负臣任，若无檝舳，济江海而遭大风，漂没于百仞之渊，东流无崖之川，安得沮而止乎？"

大夫曰："性有刚柔，形有好恶，圣人能因而不能改。孔子外变二三子之服，而不能革其心。故子路解长剑，去危冠，屈节于夫子之门，然摄齐师友，行行尔，鄙心犹存。宰予昼寝，欲损三年之丧。孔子曰：'粪土之墙，不可圬也'，'若由不得其死然。'故内无其质而外学其文，虽有贤师良友，若画脂镂冰，费日损功。故良师不能饰戚施，香泽不能化嫫母也。"

文学曰："西子蒙以不洁，鄙夫掩鼻；恶人盛饰，可以宗祀上帝。使二人不涉圣人之门，不免为穷夫，安得卿大夫之名？故砥所以致于刃，学所以尽其才也。孔子曰：'觚不觚，觚哉，觚哉[③]！'故人事加则为宗庙器，否则斯养之爨[④]材。干、越之铤不厉，匹夫贱之；工人施巧，人主服而朝也。夫丑者自以为姣，故饰；愚者自以为知，故不学。观笑在己而不自知，不好用人，自是之过也。"

---

①沮：坏。

②礛诸：治玉石也。

③觚（gū，音姑）：酒器的一种。

④爨：cuàn，音窜。

讼贤第二十二

大夫曰："刚者折，柔者卷。故季由以强梁死，宰我以柔弱杀。使二子不学，未必不得其死。何者？矜己而伐能，小知而巨牧，欲人之从己，不能以己从人，莫视而自见，莫贾而自贵，此其所以身杀死而终菹醢也。未见其为宗庙器，睹其为世戮也。当此之时，东流亦安之乎？"

文学曰："骐骥之挽盐车垂头于太行之坂，屠者持刀而睨[①]之。太公之穷困，负贩于朝歌也，蓬头相聚而笑之。当此之时，非无远筋骏才也，非文王、伯乐莫知之贾也。子路、宰我生不逢伯乐之举，而遇狂屠，故君子伤之。若'由不得其死然'，'天其祝予'矣。孔父累华督之难，不可谓不义。仇牧涉宋万之祸，不可谓不贤也。"

大夫曰："今之学者，无太公之能，骐骥之才，有以蜂虿介毒而自害也。东海成颙，河东胡建是也。二子者以术蒙举，起卒伍，为县令。独非自是，无与合同；引之不来，推之不往；狂狷不逊，忮[②]害不恭；刻轹公主，侵陵大臣。知其不可而强行之，欲以干名。所由不轨，果没其身。未睹功业所至而见东观之殃，身得重罪，不得以寿终。狡而以为知，讦而以为直，不逊以为勇，其遭难，故亦宜也。"

文学曰："二公怀精白之心，行忠正之道，直己以事上，竭力以徇公，奉法推理，不避强御，不阿所亲，不贵妻子之养，不顾私家之业。然卒不能免于嫉妒之人，为众枉所排也。其所以累不测之刑而功不遂也。夫公族不正则法令不行，肱肱不正则奸邪兴起。赵奢行之平原，范睢行之穰侯，二国治而两家全。故君过而臣正，上非而下讥，大臣正，县令何有？不反诸己而行非于人，执政之大失也。夫屈原之沉渊，遭子椒之谮也；管子得行其道，鲍叔之力也。今不睹鲍叔之力，而见汨罗之祸，虽欲以寿终，无其能得乎？"

---

①睨：nì，音腻。

②忮：zhì，音质。

遵道第二十三

大夫曰："御史！"

御史未应。

谓丞相史曰："文学结发学语，服膺不舍，辞若循环，转若陶钧。文繁如春华，无效如抱风。饰虚言以乱实，道古以害今。从之，则县官用废，虚言不可实而行之；不从，文学以为非也，众口嚣嚣，不可胜听。诸卿都大府日久矣，通先古，明当世，今将何从而可矣？"

丞相史进曰："晋文公谲而不正，齐桓公正而不谲，所由不同，俱归于霸。而必随古不革，袭故不改，是文质不变，而椎车尚在也。故或作之，或述之，然后法令调于民，而器械便于用也。孔对三君殊意，晏子相三君异道，非苟相反，所务之时异也。公卿既定大业之路，建不竭之本，愿无顾细故之语，牵儒、墨论也。”

文学曰：“师旷之调五音，不失宫商。圣王之治世，不离仁义。故有改制之名，无变道之实。上自黄帝，下及三王，莫不明德教，谨庠序，崇仁义，立教化。此百世不易之道也。殷、周因循而昌，秦王变法而亡。《诗》云：‘虽无老成人，尚有典刑。’言法教也。故没而存之，举而贯之，贯而行之。何更为哉？”

丞相史曰：“说西施之美无益于容，道尧、舜之德无益于治。今文学不言所为治，而言以治之无功，犹不言耕田之方，美富人之囷[①]仓也。夫欲粟者务时，欲治者因世。故商君昭然独见存亡不可与世俗同者，为其沮功而多近也。庸人安其故，而愚者果所闻。故舟车之治，使民三年而后安之。商君之法立，然后民信之。孔子曰：‘可与共学，未可与权。’文学可令扶绳循刻，非所与论道术之外也。”

文学曰：“君子多闻阙疑，述而不作，圣达而谋大，睿智而事寡。是以功成而不隳，名立而不顿。小人智浅而谋大，羸弱而任重，故中道而废，苏秦、商鞅是也。无先王之法，非圣人之道，而因于己，故亡。《易》曰：‘小人处盛位，虽高必崩。不盈其道，不恒其德，而能以善终身，未之有也。是以初登于天，后入于地。’禹之治水也，民知其利，莫不劝其功；商鞅之立法，民知其害，莫不畏其刑。故夏后功[②]立而王，商鞅法行而亡。商鞅有独智之虑，世乏独见之证。文学不足与权当世，亦无负累蒙殃也。”

---

①囷：圆形的谷仓。

②功：同工。

论诽第二十四

丞相史曰：“晏子有言：‘儒者华于言而寡于实，繁于乐而舒于民，久丧以害生，厚葬以伤业，礼烦而难行，道迂而难遵，称往古而訾当世，贱所见而贵所闻。’此人本枉，以己为式。此颜异所以诛黜，而狄山死于匈奴也。处其位而非其朝，生乎世而讪其上，终以被戮而丧其躯，此独谁为负其累而蒙其殃乎？”

文学曰：“礼所以防淫，乐所以移风，礼兴乐正则刑罚中。故堤防成而民无水菑，礼义立而民无乱患。故礼义坏，堤防决，所以治者，未之有也。孔子曰：‘礼与其奢也宁俭。丧与其易也宁戚[①]。’故礼之所为作，非以害生伤业也，威仪节文，非以乱化伤俗也。治国谨其礼，危国谨其法。昔秦以武力吞天下，而斯、高以妖孽累其祸，废古术，隳旧礼，专任刑法，而儒、墨既丧焉。塞士之涂，壅人之口，道谀日进而上不闻其过，此秦所以失天下而殒社稷也。故圣人为政，必先诛之，伪[②]巧言以辅非而倾覆国家也。今子安取亡国之语而来乎？夫公卿处其位，不正其道，而以意阿邑顺风，疾小人浅浅[③]面从，以成人之过也。故知言之死，不忍从苟合之徒，是以不免于缧绁[④]。悲夫！”

丞相史曰："檀柘而有乡，萑苇而有藂[⑤]，言物类之相从也。孔子曰：'德不孤，必有邻。'故汤兴而伊尹至，不仁者远矣。未有明君在上而乱臣在下也。今先帝躬行仁圣之道，以临海内，招举俊才贤良之士，唯仁是用，诛逐乱臣，不避所亲，务以求贤而简退不肖，犹尧之举舜、禹之族，殛鲧放驩[⑥]兜也。而曰'苟合之徒'，是则主非而臣阿，是也?"

文学曰："皋陶对舜：'在知人，惟帝其难之。'洪水之灾，尧独愁悴而不能治，得舜、禹而九州宁。故虽有尧明之君，而无舜、禹之佐，则纯德不流。《春秋》刺有君而无主。先帝之时，良臣未备，故邪臣得间。尧得舜、禹而鲧殛驩兜诛，赵简子得叔向而盛青肩诎[⑦]。语曰：'未见君子，不知伪臣。'《诗》云：'未见君子，忧心忡忡。既见君子，我心则降。'此之谓也。"

丞相史曰："尧任鲧、驩兜，得舜、禹而放殛之以其罪，而天下咸服，诛不仁也。人君用之齐民，而颜异，济南亭长也，先帝举而加之高位，官至上卿。狄山起布衣，为汉议臣，处舜、禹之位，执天下之中，不能以治，而反坐讪上。故驩兜之诛加而刑戮至焉。贤者受赏而不肖者被刑，固其然也。文学又何怪焉?"

文学曰："论者相扶以义，相喻以道，从善不求胜，服义不耻穷。若相迷以伪，相乱以辞，相矜于后息，期于苟胜，非其贵者也。夫苏秦、张仪，荧惑诸侯，倾覆万乘，使人失其所恃。非不辩，然乱之道也。君子疾鄙夫之不可与事君，患其听从而无所不至也。今子不听正义以辅卿相；又从而顺之，好须臾之说，不计其后。若子之为人吏，宜受上戮，子姑默矣!"

丞相史曰："盖闻士之居世也，衣服足以胜身，食饮足以供亲，内足以相恤，外不求于人。故身修然后可以理家，家理然后可以治官。故饭蔬粝者不可以言孝，妻子饥寒者不可以言慈，绪业不修者不可以言理。居斯世，行斯身，而有此三累者，斯亦足以默矣!"

---

①戚：同慼，悲伤。

②伪：同为。

③浅浅：同諓諓（jiàn，音见），巧言。

④缧绁（léi xiè，音雷谢）：捆绑犯人的绳索。

⑤藂：同丛。

⑥驩：huān，音欢。

⑦诎（qū，音屈）：折服。

孝养第二十五

文学曰："善养者不必刍豢也，善供服者不必锦绣也。以己之所有尽事其亲，孝之至也。故匹夫勤劳，犹足以顺礼；歠[①]菽饮水，足以致其敬。孔子曰：'今之孝者，是为能养，不敬，何以别乎?'故上孝养志，其次养色，其次养体。贵其礼，不贪其养，礼顺心和，养虽不备，可也。《易》曰：'东邻杀牛，不如西邻之禴[②]祭也。'故富贵而无礼，不如贫贱之孝悌。闺门之内尽孝焉，闺门之外尽悌焉，朋友之道尽信焉，三者，孝之至也。居家理者，非谓积财也，事亲孝者，非谓鲜肴也。亦和颜色、承意尽礼义而已矣。"

丞相史曰："八十曰耋，七十曰耄。耄，食非肉不饱，衣非帛不暖。故孝子曰甘毳以养口[③]，轻暖以养体。曾子养曾晰，必有酒肉。无端绕[4]，虽公西赤不能以为容。无肴膳，虽闵、曾不能以卒养。礼无虚加，故必有其实然后为之文。与其礼有余而养不足，宁养有余而礼不足。夫洗爵以盛水，升降而进粝，礼虽备，然非其贵者也。"

文学曰："周襄王之母非无酒肉也，衣食非不如曾晰也，然而被不孝之名，以其不能事其父母也。君子重其礼，小人贪其养。夫嗟来而招之，投而与之，乞者由不取也。君子苟无其礼，虽美不食焉。故礼：主人不亲馈，则客不祭。是馈轻而礼重也。"

丞相史曰："孝莫大以天下一国养，次禄养，下以力。故王公人君，上也，卿大夫，次也。夫以家人言之，有贤子当路于世者，高堂邃宇，安车大马，衣轻暖，食甘毳。无者，褐衣皮冠，穷居陋巷，有旦无暮，食蔬粝荤茹，媵腊而后见肉。老亲之腹非唐园，唯菜是盛。夫蔬粝，乞者所不取，而子以养亲，虽欲以礼，非其贵也。"

文学曰："无其能而窃其位，无其功而有其禄，虽有富贵，由[5]蹠、蹻之养也。高台极望，食案方丈，而不可谓孝。老亲之腹非盗囊也，何故常盛不道之物？夫取非有非职，财入而患从之，身且死祸殃，安得媵腊而食肉？曾参、闵子无卿相之养，而有孝子之名；周襄王富有天下，而有不能事父母之累。故礼菲而养丰，非孝也。掠困而以养，非孝也。"

丞相史曰："上孝养色，其次安亲，其次全身。往者，陈余背汉，斩于泜水，五被邪逆，而夷三族。近世，主父偃行不轨而诛灭，吕步舒弄口而见戮。行身不谨，诛及无罪之亲。由此观之，虚礼无益于己也。文实配行，礼养俱施，然后可以言孝。孝在实质，不在于饰貌，全身在于谨慎，不在于驰语也。"

文学曰："言而不诚，期而不信，临难不勇，事君不忠，不孝之大者也。孟子曰：'今之世，今之大夫，皆罪人也。皆逢其意以顺其恶。'今子不忠不信，巧言以乱政，导谀以求合。若此者，不容于世。《春秋》曰：'士守一不移，循理不外援，共[6]其职而已。'故卑位而言高者，罪也，言不及而言者，傲也。有诏公卿与斯议，而空战口也？"

---

①歠（chuò，音辍）：吃。

②禴：同礿，夏祭。

③毳（cuì）：同脆。

④绕：同冕。

⑤由：同犹。

⑥共：同供。

刺议第二十六

丞相史曰："山陵不让椒跬以成其崇；君子不辞负薪之言，以广其名。故多见者博，多闻者知[1]；距[2]谏者塞，专己者孤。故谋及下者无失策，举及众者无顿功。《诗》云：'询于刍荛。'故布衣皆得风议，何况公卿之史乎？《春秋》士不载文，而书咺者，以为宰士也。孔子曰：'虽不吾以，吾其与闻诸。'仆虽不敏，亦尝倾耳下风，摄齐句指，受业径于君子之涂矣。使文学言之而是，仆之言有何害？使文学言之而非，虽微丞相史，孰不非也？"

文学曰："以正辅人谓之忠，以邪导人谓之佞。夫佛[③]过纳善者，君之忠臣，大夫之直士也。孔子曰：'大夫有争[④]臣三人，虽无道，不失其家。'今子处宰士之列，无忠正之心，枉不能正，邪不能匡，顺流以容身，从风以说上。上所言则苟听，上所行则曲从。若影之随形，响之于声，终无所是非。衣儒衣，冠儒冠，而不能行其道，非其儒也。譬若土龙，文章首目具而非龙也。葶历⑤似菜而味殊，玉石相似而异类。子非孔氏执经守道之儒，乃公卿面从之儒，非吾徒也。冉有为季氏宰而附益之，孔子曰：'小子鸣鼓而攻之，可也'。故辅桀者不为智，为桀敛者不为仁。"

丞相史默然不对。

---

①知：同智。

②距：同拒。

③佛：同悖。

④争：同诤。

⑤葶历：即葶苈（tíng lì 音亭历），一种草本植物。

利议第二十七

大夫曰："作世明主，忧劳万民，思念北边之未安，故使使者举贤良、文学高第，详延有道之士，将欲观殊议异策，虚心倾耳以听，庶几云得。诸生无能出奇计远图，伐匈奴安边境之策，抱枯竹，守空言，不知趋舍之宜，时世之变。议论无所依，如膝痒而搔背。辩讼公门之下，讻讻不可胜听，如品即口以成事，此岂明主所欲闻哉？"

文学曰："诸生对册[①]，殊路同归，指[②]在崇礼义，退财利，复往古之道，匡当世之失，莫不云太平。然未尽可亶[③]用，宜若有可行者焉。执事暗于明礼，而喻于利末，沮事隋[④]议，计虑筹策，以故至今未决。非儒无成事，公卿欲成利也。"

大夫曰："色厉而内荏，乱真者也。文表而枲里，乱实者也。文学裒衣博带，窃周公之服；鞠躬踧踖[⑤]，窃仲尼之容；议论称诵，窃商、赐之辞；刺讥言治，窃管、晏之才。心卑卿相，志小万乘。及授之政，昏乱不治。故以言举人，若以毛相马。此其所以多不称举。诏策曰：'朕嘉宇内之士，故详延四方豪俊文学博习之士，超迁官禄。'言者不必有德，何者？言之易而行之难。有舍其车而识其牛，贵其不言而多成事也。吴铎以其舌自破，主父偃以其舌自杀。鹖鴠[⑥]夜鸣，无益于明，主父鸣鸱，无益于死。非有司欲成利，文学桎梏于旧术，牵于间言者也。"

文学曰："能言之，能行之者，汤、武也。能言，不能行者，有司也。文学窃周公之服，有司窃周公之位。文学桎梏于旧术，有司桎梏于财利。主父偃以舌自杀，有司以利自困。夫骥之才千里，非造父不能使；禹之知万人，非舜为相不能用。故季桓子听政，柳下惠忽然不见，孔子为司寇，然后悖炽。骥，举之在伯乐，其功在造父。造父摄辔，马无驽良，皆可取道。周公之时，士无贤不肖，皆可与言治。故御之良者善调马，相之贤者善使士。今举异才而使臧驺御之，是犹扼骥盐车而责之使疾，此贤良、文学多不称举也。"

大夫曰："嘻！诸生阘茸无行，多言而不用，情貌不相副。若穿逾之盗，自古而患之。是孔丘斥逐于鲁君，曾不用于世也。何者？以其首摄多端，迂时而不要也。故秦王燔去其术而不行，坑之渭中而不用。乃安得鼓口舌，申颜眉，预前论议，是非国家之事也?”

①册：同策。

②指：同旨。

③亶（dān，音单）：信。

④隋：同堕。

⑤踧踖（cù jí 音促及）：恭敬之貌。

⑥鹖旦鸟：hé dàn，音河旦。

国疾第二十八

文学曰：“国有贤士而不用，非士之过，有国者之耻。孔子，大圣也，诸侯莫能用。当小位于鲁，三月，不令而行，不禁而止，沛若时雨之灌万物，莫不兴起也。况乎位天下之本朝，而施圣主之德音教泽乎？今公卿处尊位，执天下之要，十有余年，功德不施于天下，而勤劳于百姓。百姓贫陋困穷，而私家累万金。此君子所耻，而《伐檀》所刺也。昔者，商鞅相秦，后礼让，先贪鄙，尚首功，务进取，无德厚于民，而严刑罚于国，俗日坏而民滋怨，故惠王烹葅其身，以谢天下。当此之时，亦不能论事矣。今执政患儒贫贱而多言，儒亦忧执事富贵而多患也。”

大夫视文学，悒悒而不言也。

丞相史曰：“夫辩国家之政事，论执政之得失，何不徐徐道理相喻，何至切切如此乎！大夫难罢盐、铁者，非有私也，忧国家之用，边境之费也。诸生訚訚[1]争盐、铁，亦非为己也，欲反之于古而辅成仁义也。二者各有所宗，时世异务，又安可坚任古术而非今之理也。且夫小雅非人，必有以易之。诸生若有能安集国中，怀来远方，使边境无寇虏之灾，租税尽为诸生除之，何况盐、铁、均输乎？所以贵术儒者，贵其处谦推让，以道尽人。今辩讼愕愕然，无赤、赐之辞，而见鄙倍之色，非所闻也。大夫言过，而诸生亦如之，诸生不直谢大夫耳。”

贤良、文学皆离席曰：“鄙人固陋，希涉大庭，狂言多不称，以逆执事。夫药酒苦于口而利于病，忠言逆于耳而利于行。故愕愕者福也，诶诶者贼也。林中多疾风，富贵多谀言。万里之朝，日闻唯唯，而后闻诸生之愕愕，此乃公卿之良药针石。”

大夫色少宽，面文学而苏[2]贤良曰：“穷巷多曲辩，而寡见者难喻。文学守死溟涬[3]之语，而终不移。夫往古之事，昔有之语，已可睹矣。今以近世观之，自以目有所见，耳有所闻，世殊而事异。文、景之际，建元之始，民朴而归本，吏廉而自重。殷殷屯屯，人衍而家富。今政非改而教非易也，何世之弥薄而俗之滋衰也！吏即少廉，民即寡耻，刑非诛恶，而奸犹不止。世人有言：‘鄙儒不如都士。’文学皆出山东，希涉大论。子大夫论京师之日久，愿分明政治得失之事，故所以然者也。”

贤良曰：“夫山东天下之腹心，贤士之战场也。高皇帝龙飞凤举于宋、楚之间，山东子弟萧、曹、樊、郦、滕、灌之属为辅，虽即异世，亦即闳夭、太颠而已。禹出西羌，文王生北夷，然圣德高世，有万人之才，负迭[4]群之任。出入都市，一旦不知返，数然后终于厮役而已。仆虽不生长京师，才驽下愚，不足与大议。窃以所闻闾里长老之言，往者，常民衣服温暖而不靡，器质朴牢而致用，衣足以蔽体，器足以便事，马足以易步，车足以自载，酒足以合欢而不湛[5]，乐足以理心而不淫，入无宴乐之闻，出无佚游之观，行即负羸，止则锄耘，用约而财饶，本修而民富，送死哀而不华，养生适而不奢，大臣正而无欲，执政宽而不苛。故黎民宁其性，百吏保其官。建元之始，崇文修德，天下乂安。其后，邪臣各以伎艺，亏乱至治，外障山海，内兴诸利。杨可告缗，江充禁服，张大夫革令，杜周治狱，罚赎科适，微细并行，不可胜载。夏兰之属妄搏，王温舒之徒妄杀，残吏萌起，扰乱良民。当此之时，百姓不保其首领，豪富莫必其族姓。圣主觉焉，乃刑戮充等，诛灭残贼，以杀死罪之怨，塞天下之责，然居民肆然复安。然其祸累世不复，疮痍至今未息。故百官尚有残贼之政，而强宰尚有强夺之心。大臣擅权而击断，豪猾多党而侵陵[6]，富贵奢侈，贫贱篡杀，女工难成而易弊，车器难就而易败，车不累期，器不终岁，一车千石，一衣十钟。常民文杯画案，机[7]席緝蹋，婢妾衣纨履丝，匹庶粺[8]饭肉食，里有俗，党有场，康庄驰逐，穷巷蹋鞠，秉耒抱臿[9]，躬耕身织者寡，聚要敛容，傅[10]白黛青者众。无而为有，贫而强夸，文表无里，纨袴枲装，生不养，死厚送，葬死殚家，遣女满车，富者欲过，贫者欲及，富者空减，贫者称贷。是以民年急而岁促，贫即寡耻，乏即少廉，此所以刑非诛恶而奸犹不止也。故国有严急之征，即生散不足之疾矣。”

---

①訚訚（yín 音银）：形容争辨时直言斗争的样子。

②苏：读音当作遡（sù），向也。

③溟涬（míng zǐ 音明子）：水盛无边之貌。

④迭：同轶，超过。

⑤湛：沉溺。

⑥侵陵：同侵凌。

⑦机：同几。

⑧粺：bài，音败。

⑨臿（chā，音叉）：指铁锹等挖土的工具。

⑩傅：同敷。

散不足第二十九

大夫曰：“吾以贤良为少愈，乃反其幽明，若胡车相随而鸣。诸生独不见季夏之蜈[1]乎？音声入耳，秋至而声无。者[2]生无易由言，不顾其患，患至而后默，晚矣！”

贤良曰：“孔子读《史记》，喟然而叹，伤正德之废，君臣之危也。夫贤人君子，以天下为任者也。任大者思远，思远者忘近。诚心闵悼，恻隐加尔，故忠心独而无累。此诗人所以伤而作，比干、子胥遗身忘祸也。其恶劳人若斯之急，安能默乎？《诗》云：‘忧心如惔[3]，不敢戏谈。’孔子栖栖，疾固也；墨子遑遑，闵世也。”

大夫默然。

丞相曰：“愿闻散不足。”

贤良曰：“宫室、舆马、衣服、器械、丧祭、食饮、声色、玩好，人情之所不能已也。故圣人为之制度以防之。间者，士大夫务于权利，怠于礼义，故百姓仿效，颇逾制度。今故陈之，曰：

'古者，谷物菜果，不时不食，鸟兽鱼鳖，不中杀不食。故徼罔不入于泽，杂毛不取。今富者逐驱歼罔罝[4]，掩捕麑彀[5]，耽湎沈酒铺百川。鲜羔䍮[6]，几胎肩[7]，皮黄口[8]。春鹅秋雏，冬葵温韭浚[9]，此蓼苏[10]，蕈荬[11]耳菜，毛果[12]虫貉。'

'古者，采椽茅茨，陶桴复穴，足御寒暑，蔽风雨而已。及其后世，采椽不斲，茅茨不翦，无斲削之事，磨砻之功。大夫达棱楹，士颖首，庶人斧成木构而已。今富者井干增梁，雕文槛楯，垩幔壁饰。'

'古者，衣服不中制，器械不中用，不粥于市。今民间雕琢不中之物，刻画玩好无用之器。玄黄杂青，五色绣衣，戏弄蒲人杂妇，百兽马戏斗虎，唐锑[13]追人，奇虫胡妲。'

'古者，诸侯不秣马，天子有命，以车就牧。庶人之乘马者，足以代其劳而已。故行则服桅[14]，止则就犁。今富者连车列骑，骖贰辎軿[15]。中者微舆短毂，繁[16]髦掌蹄。夫一马伏枥，当中家六口之食，亡丁男一人之事。'

'古者，庶人耋老而后衣丝，其余则麻枲而已，故命曰布衣。及其后，则丝里枲表，直领无祎[17]，袍合不缘。夫罗纨文绣者，人君后妃之服也。茧䌷缣练者[18]，婚姻之嘉饰也。是以文缯薄织，不粥于市。今富者缛绣罗纨，中者素绨冰锦。常民而被后妃之服，亵人而居婚姻之饰。夫纨素之贾倍缣，缣之用倍纨也。'

'古者，椎车无柔[19]，栈舆无植。及其后，木轸不衣，长毂数幅[20]，蒲荐苙盖，盖无漆丝之饰。大夫士则单椱[21]木具，盘韦柔革。常民漆舆，大軨蜀[22]轮。今庶人富者银黄华左搔，结绥韬杠。中者错镳[23]涂采，珥靳飞軨。'

'古者，鹿裘皮冒[24]，蹄足不去。及其后，大夫士狐貉缝腋，羔麑豹袪[25]。庶人则毛绔衳彤，羝䙚皮裤[26]。今富者䶂鼦，狐白凫翁。中者罽衣金缕，燕鴼[27]代黄。'

'古者，庶人贱骑绳控，革鞮皮荐[28]而已。及其后，革鞍氂成，铁镳不饰。今富者鞼耳银镊䩞[29]，黄金琅勒，罽绣弇汗[30]，华䩞明鲜。中者漆韦绍系，采画暴乾。'

'古者，汙尊抔饮，盖无爵觞樽俎。及其后，庶人器用，即竹柳陶匏而已。唯瑚琏[31]觞豆而后雕文彤漆。今富者银口黄耳，金罍玉钟[32]。中者野王纻器，金错蜀杯。夫一文杯得铜杯十，贾贱而用不殊。箕子之讥，始在天子，今在匹夫。'

'古者，燔黍食稗，而捭豚以相飨。其后，乡人饮酒，老者重豆，少者立食，一酱一肉，旅[33]饮而已。及其后，宾婚相召，则豆羹白饭，綦脍熟肉。今民间酒食，殽旅重叠，燔炙满案，臑[34]鳖脍鲤，麑卵鹑鷃橙枸，鲐鳢醢醯，众物杂味。'

'古者，庶人春夏耕耘，秋冬收藏，昏晨力作，夜以继日。《诗》云：'昼尔于茅，宵尔索绹，亟其乘屋，其始播百谷。'非膢腊不休息，非祭祀无酒肉。今宾昏酒食，接连相因，析酲[35]什半，弃事相随，虑无乏日。'

'古者，庶人粝食藜藿，非乡饮酒膢腊祭祀无酒肉。故诸侯无故不杀牛羊，大夫士无故不杀犬豕。今闾巷县佰，阡伯屠沽无故烹杀，相聚野外。负粟而往，挈肉而归。夫一家之肉，得中年之收，十五斗粟，当丁男半月之食。'

'古者，庶人鱼菽之祭，春秋修其祖祠。士一庙，大夫三，以时有事于五祀，盖无出门之祭。今富者祈名岳，望山川，椎牛击鼓，戏倡儛[36]像。中者南居当路，水上云台，屠羊杀狗，鼓瑟吹笙。贫者鸡豕五芳，卫保散腊，倾盖社场。'

'古者，德行求福，故祭祀而宽；仁义求吉，故卜筮而希。今世俗宽于行而求于鬼，怠于礼

而笃于祭，嫚亲而贵势，至妄而信日，听訑言而幸得，出实物而享虚福。'

'古者，君子夙夜孳孳[37]思其德，小人晨昏孜孜思其力。故君子不素餐，小人不空食。今世俗饰伪行诈，为民巫祝，以取厘谢，坚额健舌，或以成业致富。故惮事之人，释本相学。是以街巷有巫，闾里有祝。'

'古者，无杠樠[38]之寝，床栘[39]之案。及其后世，庶人即采木之杠，牒桦之樠。士不斤成，大夫苇莞而已。今富者黼绣帷幄，涂屏错跗[40]。中者锦绨高张，采画丹漆。'

'古者，皮毛草蓐，无茵席之加，旃蒻之美。及其后，大夫士复荐草缘，蒲平单莞。庶人即草蓐索经，单蔺蘧蒢[41]而已。今富者绣茵翟柔[42]，蒲子露床。中者獾皮代旃，阘[43]坐平莞。'

'古者，不粥饪[44]，不市食。及其后，则有屠沽沽酒、市脯鱼盐而已。今熟食遍列，殽施[45]成市，作业堕怠，食必趣时。杨豚[46]韭卵，狗𦝫马朘，[47]煎鱼切肝，羊淹[48]鸡寒，挏马酪酒，蹇捕胃脯，胹羔豆赐[49]，彀膹[50]雁羹，臭鲍甘瓠，熟粱貊炙。

'古者，土鼓凷[51]桴，击木拊石，以尽其欢。及其后，卿大夫有管磬，士有琴瑟。往者，民间酒会，各以党俗，弹筝鼓缶而已。无要妙之音，变羽之转。今富者钟鼓五乐，歌儿数曹。中者鸣竽调瑟，郑儛赵讴。'

'古者，瓦棺容尸，木板堲[52]周，足以收形骸，藏发齿而已。及其后，桐棺不衣，采椁不斲。今富者绣墙题凑。中者梓棺楩椁，贫者画荒衣袍，缯囊缇橐。'

'古者，明器有形无实，示民不可用也。及其后，则有醯醢[53]之藏，桐马偶人弥祭，其物不备。今厚资多藏，器用如生人。郡国繇吏，素桑楺，偶车橹轮，匹夫无貌领，桐人衣纨绨。'

'古者，不封不树，反虞祭于寝，无坛宇之居，庙堂之位。及其后，则封之，庶人之坟半仞，其高可隐。今富者积土成山，列树成林，台榭连阁，集观增楼。中者祠堂屏阁，垣阙罘罳[54]。'

'古者，邻有丧，舂不相杵，巷不歌谣。孔子食于有丧者之侧，未尝饱也。子于是日哭，则不歌。今俗因人之丧以求酒肉，幸与小坐而责辨[55]，歌舞俳优，连笑伎戏。'

'古者，男女之际尚矣，嫁娶之服，未之以记。及虞、夏之后，盖表布内丝，骨笄[56]象珥，封君夫人加锦尚[57]褧而已。今富者皮衣朱貉，繁露环佩[58]。中者长裾交袆，璧瑞簪珥。'

'古者，事生尽爱，送死尽哀。故圣人为制节，非虚加之。今生不能致其爱敬，死以奢侈相高。虽无哀戚之心，而厚葬重币者，则称以为孝，显名立于世，光荣著于俗。故黎民相慕效，至于发屋卖业。'

'古者，夫妇之好，一男一女，而成家室之道。及后，士一妾，大夫二，诸侯有侄娣九女而已。今诸侯百数，卿大夫十数。中者侍御，富者盈室。是以女或旷怨失时，男或放死无匹。'

'古者，凶年不备，丰年补败，仍旧贯而不改作。今工异变而吏殊心，坏败成功，以匿厥意。意极乎功业，务存乎面目。积功以市誉，不恤民之急。田野不辟，而饰亭落，邑居丘墟，而高其郭。'

'古者，不以人力徇于禽兽，不夺民财以养狗马，是以财衍而力有余。今猛兽奇虫不可以耕耘，而令当耕耘者养食之。百姓或短褐不完，而犬马衣文绣；黎民或糟糠不接，而禽兽食粱肉。'

'古者，人君敬事爱下，使民以时，天子以天下为家，臣妾各以其时供公职，古今之通义也。今县官多畜奴婢，坐禀[59]衣食，私作产业，为奸利，力作不尽，县官失实。百姓或无斗筲之储，官奴累百金；黎民昏晨不释事，奴婢垂拱遨游也。'

'古者，亲近而疏远，贵所同而贱非类。不赏无功，不养无用。今蛮、貊无功，县官居肆，广屋大第，坐禀衣食。百姓或旦暮不赡，蛮、夷或厌酒肉。黎民泮[60]汗力作，蛮、夷交胫肆踞。'

'古者，庶人粗菲草芰[61]，缩丝尚韦而已。及其后，则綦下不借[62]，挽鞮革舄[63]。今富者革中名工，轻靡使容，纨里纠下，越端纵缘[64]。中者邓里闲作蒯苴[65]。蠢竖婢妾韦沓[66]丝履，走者茸芰绚绾[67]。'

'古圣人劳躬养神，节欲适情，尊天敬地，履德行仁。是以上天歆焉，永其世而丰其年。故尧秀眉高彩，享国百载。及秦始皇览怪迂，信礼[68]祥，使卢生求羡门高，徐市等人海求不死之药。当此之时，燕、齐之士，释锄耒，争言神仙。方士，于是趣咸阳者以千数，言仙人食金饮珠，然后寿与天地相保。于是数巡狩五岳、滨海之馆，以求神仙蓬莱之属。数幸之郡县，富人以赀[69]佐，贫者筑道旁。其后，小者亡逃，大者藏匿。吏捕索掣顿，不以道理。名宫之旁，庐舍丘落，无生苗立树。百姓离心，怨思者十有半。《书》曰：'享多仪，仪不及物曰不享。'故圣人非仁义不载于己，非正道不御于前。是以先帝诛文成、五利等，宣帝建学官，亲近忠良，欲以绝怪恶之端，而昭至德之涂也。'

'宫室奢侈，林木之蠹也。器械雕琢，财用之蠹也。衣服靡丽，布帛之蠹也。狗马食人之食，五谷之蠹也。口腹从恣，鱼肉之蠹也。用费不节，府库之蠹也。漏积不禁，田野之蠹也。丧祭无度，伤生之蠹也。堕成变故伤功，工商上通伤农。故一杯棬[70]用百人之力，一屏风就万人之功，其为害亦多矣。目脩[71]于五色，耳营于五音，体极轻薄，口极甘脆。功积于无用，财尽于不急。口腹不可为多。故国病聚不足即政怠，人病聚不足则身危。"

丞相曰："治聚不足奈何？'"

---

①蜈：蝉类。

②者：同诸。

③惔（tán，音坛）：焚烧。

④罝（jiē，音阶）：网。

⑤麑（ní，音尼）：幼鹿，小鹿；彀（gòu，音够）：小鸟。

⑥羜（zhào，音赵）：小羊羔。

⑦几：刲也，宰杀；胎肩：小猪。

⑧黄口：雏鸟。

⑨浚：同葰。

⑩茈（zǐ，音子）：即子姜；蓼、苏：皆是香料之属。

⑪蕈（xùn，音迅）：桑耳；萸（ruǎn，音软）：木耳。

⑫果：同倮。

⑬唐锑：即镗锑，即用珠綵装饰人物，以为玩弄之具。

⑭桅：同轭。

⑮辎軿（zī píng，音兹平）：有帏子的车。

⑯緐（fán，音凡）：马尾饰。

⑰袆（huī，音灰）：衣带。

⑱缣：细绢；练：白色的熟绢。

⑲柔：同猱。

⑳幅：同辐。

㉑单複：是"蝉攫"之讹，即车辋也。

㉒蜀：独。

㉓镳（biāo，音标）：马嚼子。

㉔冒：同帽。

㉕袪（qū，音区）：袖口。

㉖羝：公羊；䙓：短袂衫也。

㉗貉（luò，音洛）：指貉鼠；黄：指黄貂。

㉘ 鞮：皮履；荐：垫。

㉙鞼耳：以革饰于马耳左右，状如流苏；银镊韅：银制的马首饰物。

㉚弇（yǎn，音掩）汗：防汗。

㉛瑚琏：宗庙盛放黍稷的器具。

㉜金罍（léi，音雷）：酒器。

㉝旅：众。

㉞臑：同胹，煮。

㉟醒（céng，音曾）：酒醉。

㊱ 儛：同舞。

㊲孳孳：同孜孜，不懈怠。

㊳樠（mén，音门）：门板。

㊴移：同恀，几也。

㊵跗（fū，音夫）：床脚。

㊶蘧蒢：同籧篨（qú chú），粗竹席也。

㊷翟柔：用羽毛织成的席子。

㊸阘：同榻。

㊹ 饪：熟食。

㊺殽施：当作“殽旅”。

㊻杨：此处疑是“炀”字之误，炙也。

㊼腤：当作膘，薄切肉。

㊽淹：同腌。

㊾豆赐：疑为“豆豉”之假借。

㊿膹：肉汤。

51凷（kuài 音块）：土块。

52墼（jí，音吉）：用土做砖。

53醯：同醢，醋；醢：肉酱。

54罘罳（fú sī，音弗思）：一种屏风。

55辨：同办。

56笄（jī，音积）：发簪。

57尚：加也。

58繁露：垂玉。

59禀：领受。

60泮（pàn，音畔）：散。

61鹿：当作粗，草履；菲，当作屝；芰，同屐。

62綦：鞋带。不借：草履。

63革舄（xì，音细）：皮制的一种鞋。

64纵缘：以绒为鞋边。

65蒯：草也；苴，履中之藉也。

66沓：当作鞜，革履。

67 絇绾：鞋头装饰物。

68 禨：jī，音鸡。

69赀：同资。

70棬：quān，音圈。

71偹：tāo，音韬，目不明。

救匮第三十

贤良曰："盖桡枉[①]者以直，救文者以质。昔者，晏子相齐，一狐裘三十载。故民奢，示之以俭；民俭，示之以礼。方今公卿大夫子孙，诚能节车舆，适衣服，躬亲节俭，率以敦朴，罢园池，损田宅，内无事乎市列，外无事乎山泽，农夫有所施其功，女工有所粥[②]其业；如是，则气脉和平，无聚不足之病矣。"

大夫曰："孤子语孝，躄者语杖[③]。贫者语仁，贱者语治。议不在己者易称，从旁议者易是，其当局则乱。故公孙弘布被，倪宽练袍，衣若仆妾，食若庸夫。淮南逆于内，蛮、夷暴于外，盗贼不为禁，奢侈不为节；若疫岁之巫，徒能鼓口耳，何散不足之能治乎？"

贤良曰："高皇帝之时，萧、曹为公，滕、灌之属为卿，济济然斯则贤矣。文、景之际，建元之始，大臣尚有争引守正之义。自此之后，多承意从欲，少敢直言面议而正刺，因公而徇私。故武安丞相讼园田，争曲直人主之前。夫九层之台一倾，公输子不能正；本朝一邪，伊、望不能复。故公孙丞相、倪大夫侧身行道，分禄以养贤，卑己以下士，功业显立，日力不足，无行人[④]子产之继。而葛绎、彭侯之等，隳[⑤]坏其绪，纰乱其纪，毁其客馆议堂，以为马厩妇舍，无养士之礼，而尚骄矜之色，廉耻陵迟而争于利矣。故良田广宅，民无所之。不耻为利者满朝市，列田畜者弥郡国，横暴掣顿，大第巨舍之旁，道路且不通，此固难医而不可为工。"

大夫勃然作色，默而不应。

---

①桡枉：矫曲为直。

②粥：同鬻。

③躄（bì，音必）：两腿瘸。

④行人：官名，掌管朝觐聘问。

⑤隳：毁坏。

箴石[①]第三十一

丞相曰："吾闻诸郑长者曰：'君子正颜色，则远暴嫚；出辞气，则远鄙倍矣。'故言可述，行可则。此有司夙昔所愿睹也。若夫剑客论、博奕辩，盛色而相苏[②]，立权以不相假，使有司不能取贤良之议，而贤良、文学被不逊之名，窃为诸生不取也。公孙龙有言：'论之为道辩，故不可以不属意。属意相宽，相宽其归争。争而不让，则入于鄙。'今有司以不仁，又蒙素餐，无以更责雪耻矣。县官所招举贤良、文学，而及亲民伟仕，亦未见其能用箴石而医百姓之疾也。"

贤良曰："贾生有言：'恳言则辞浅而不入，深言则逆耳而失指。'故曰：'谈何容易。'谈且不易，而况行之乎？此胡建所以不得其死，而吴得几不免于患也。语曰：'五盗执一良人，枉木恶直绳。’今欲下箴石，通关鬲[3]，则恐有盛、胡之累，怀箴橐艾[4]，则被不工之名。‘狼跋其胡，载踕其尾[5]。’君子之路，行止之道固狭耳。此子石所以叹息也。”

---

①箴：针；石：砭石。

②相苏：相向。

③鬲：同膈，体腔中分隔胸腹两腔的横隔膜。

④橐（tuó，音驼）：盛物的袋子。

⑤跋、踕：皆为践踩之意；胡：兽颔下下垂的肉；载：则。

除狭第三十二

大夫曰："贤者处大林，遭风雷而不迷。愚者虽处平敞大路，犹暗惑焉。今守、相亲剖符赞拜，莅一郡之众，古方伯之位也。受命专制，宰割千里，不御于内，善恶在于己。己不能故耳，道何狭之有哉?"

贤良曰："古之进士也，乡择而里选，论其才能，然后官之，胜职任然后爵而禄之。故士修之乡曲，升诸朝廷，行之幽隐，明足显著。疏远无失士，小大无遗功。是以贤者进用，不肖者简黜。今吏道杂而不选，富者以财贾官，勇者以死射功。戏车鼎跃，咸出补吏，累功积日，或至卿相。垂青绳，擐[1]银龟，擅杀生之柄，专万民之命。弱者，犹使羊将狼也，其乱必矣；强者，则是予狂夫利剑也，必妄杀生也。是以往者，郡国黎民相乘而不能理，或至锯颈杀不辜而不能正。执纲纪非其道，盖博乱愈甚。古者，封贤禄能，不过百里，百里之中而为都，疆垂[2]不过五十，犹以为一人之身，明不能照，听不得达，故立卿、大夫、士以佐之，而政治乃备。今守、相或无古诸侯之贤，而莅千里之政，主一郡之众，施圣主之德，擅生杀之法，至重也。非仁人不能任，非其人不能行。一人之身，治乱在己，千里与之转化，不可不熟择也。故人主有私人以财，不私人以官，悬赏以待功，序爵以俟贤，举善若不足，黜恶若仇仇，固为其非功而残百姓也。夫辅主德，开臣途，在于选贤而器使之，择练[3]守、相，然后任之。"

---

①擐（huàn，音幻）：穿。

②垂：同陲。

③练：同拣。

疾贪第三十三

大夫曰："然。为医以[1]拙矣，又多求谢。为吏既多不良矣，又侵渔百姓。长吏厉诸小吏，小吏厉诸百姓。故不患择之不熟，而患求之与得异也；不患其不足也，患其贪而无厌也。”

贤良曰：“古之制爵禄也，卿大夫足以润贤厚士，士足以优身及党，庶人为官者，足以代其耕而食其禄。今小吏禄薄，郡国繇役，远至三辅，粟米贵，不足相赡。常居则匮于衣食，有故则卖畜粥[②]业。非徒是也，繇使相遣，官庭摄追，小计权吏，行施乞贷，长吏侵渔，上府下求之县，县求之乡，乡安取之哉？语曰：‘货赂下流，犹水之赴下，不竭不止。’今大川江河饮巨海，巨海受之，而欲溪谷之让流潦；百官之廉，不可得也。夫欲影正者端其表，欲下廉者先之身。故贪鄙在率不在下，教训在政不在民也。”

大夫曰：“贤不肖有质，而贪鄙有性，君子内洁己而不能纯教于彼。故周公非不正管、蔡之邪，子产非不正邓晳之伪也。夫内不从父兄之教，外不畏刑法之罪，周公、子产不能化，必也。今一一则责之有司，有司岂能缚其手足而使之无为非哉？”

贤良曰：“驷马不驯，御者之过也。百姓不治，有司之罪也，《春秋》刺讥不及庶人，责其率也。故古者大夫将临刑，声色不御，刑以当矣，犹三巡而嗟叹之。其耻不能以化而伤其不全也。政教闇[③]而不著，百姓颠蹶而不扶，犹赤子临井焉，听其入也。若此，则何以为民父母？故君子急于教，缓于刑。刑一而正百，杀一而慎万。是以周公诛管、蔡，而子产诛邓晳也。刑诛一施，民遵礼义矣。夫上之化下，若风之靡草，无不从教。何一一而缚之也？”

①以：同已。
②粥：同鬻。
③闇：同暗。

后刑第三十四

大夫曰：“古之君子，善善而恶恶。人君不畜恶民，农夫不畜无用之苗。无用之苗，苗之害也；无用之民，民之贼也。锄一害而众苗成，刑一恶而万民悦。虽周公、孔子不能释刑而用恶。家之有姐子[①]，器皿不居，况姐民乎？民者敖于爱而听刑。故刑所以正民，锄所以别苗也。”

贤良曰：“古者，笃教以导民，明辟[②]以正刑。刑之于治，犹策之于御也。良工不能无策而御，有策而勿用。圣人假法以成教，教成而刑不施。故威厉而不杀，刑设而不犯。今废其纪纲而不能张，坏其礼义而不能防。民陷于罔从而猎之以刑，是犹开其阑牢，发以毒矢也，不尽不止。曾子曰：‘上失其道，民散久矣。如得其情，即哀矜而勿喜。’夫不伤民之不治，而伐己之能得奸，犹弋者睹鸟兽挂罻[③]罗而喜也。今天下之被诛者，不必有管、蔡之邪、邓晳之伪，恐苗尽而不别，民欺而不治也。孔子曰：‘人而不仁，疾之已甚，乱也。’故民乱反之政，政乱反之身，身正而天下定。是以君子嘉善而矜不能，恩及刑人，德润穷夫，施惠悦尔，行刑不乐也。”

①姐：是“媎”的省文。
②辟（bì，音必）：法度。
③罻（wèi，音为）：捕鸟的网。

授时第三十五

大夫曰："共其地，居是世也，非有灾害疾疫，独以贫穷，非惰则奢也。无奇业旁入，而犹以富给，非俭则力也。今曰施惠悦尔，行刑不乐，则是闵无行之人，而养惰奢之民也。故妄予不为惠，惠恶者不为仁。"

贤良曰："三代之盛无乱萌[①]，教也；夏、商之季世无顺民，俗也。是以王者设庠序，明教化，以防道其民，及政教之洽，性仁而喻善。故礼义立，则耕者让于野；礼义坏，则君子争于朝。人争则乱，乱则天下不均，故或贫或富。富则仁生，赡则争止。昏暮叩人门户，求水火，贪夫不悋[②]。何则？所饶也。夫为政而使菽粟如水火，民安有不仁者乎？"

大夫曰："博戏驰逐之徒，皆富人子弟，非不足者也。故民饶则僭侈，富则骄奢，坐而委蛇，起而为非，未见其仁也。夫居事不力，用财不节，虽有财如水火，穷乏可立而待也。有民不畜[③]，有司虽助之耕织，其能足之乎？"

贤良曰："周公之相成王也，百姓饶乐，国无穷人，非代之耕织也。易其田畴，薄其税敛，则民富矣。上以奉君亲，下无饥寒之忧，则教可成也。《语》曰：'既富矣，又何加焉？曰，教之。'教之以德，齐之以礼，则民徙义而从善，莫不入孝出悌。夫何奢侈暴慢之有？管子曰：'仓廪实而知礼节，百姓足而知荣辱。'故富民易与适礼。"

大夫曰："县官之于百姓，若慈父之于子也。忠焉能勿诲乎？爱之而勿劳乎[④]？故春亲耕以劝农，赈贷以赡不足，通滀[⑤]水，出轻系，使民务时也。蒙恩被泽，而至今犹以贫困，其难与适道若是夫！"

贤良曰："古者，春省耕以补不足，秋省敛以助不给。民勤于财则贡赋省，民勤于力则功筑罕。为民爱力，不夺须臾。故召伯听断于甘棠之下，为妨农业之务也。今时雨澍[⑥]泽，种悬而不得播，秋稼零落乎野而不得收。田畴赤地，而停落成市。发春而后，悬青幡而策土牛，殆非明主劝耕稼之意，而春令之所谓也。"

---

①萌：同氓，民也。

②悋：同吝。

③畜：同蓄。

④而：同能。

⑤滀：滞也。

⑥澍（shù，同树）：时雨也。

水旱第三十六

大夫曰："禹、汤圣主，后稷、伊尹贤相也，而有水旱之灾。水旱，天之所为；饥穰，阴阳之运也，非人力。故太岁之数，在阳为旱，在阴为水。六岁一饥，十二岁一荒。天道然，殆非独有司之罪也。”

贤良曰：“古者，政有德，则阴阳调，星辰理，风雨时。故行修于内，声闻于外，为善于下，福应于天。周公载纪而天下太平，国无夭伤，岁无荒年。当此之时，雨不破块，风不鸣条，旬而一雨，雨必以夜。无丘陵高下皆熟。《诗》曰：‘有渰[①]萋萋，兴雨祁祁。’今不省其所以然，而曰‘阴阳之运也’，非所闻也。《孟子》曰：‘野有饿殍，不知收也，狗豕食人食，不知检也。为民父母，民饥而死，则曰，非我也，岁也。何异乎以刃杀之，则曰，非我也，兵也?’方今之务，在除饥寒之患，罢盐、铁，退权利，分土地，趣本业，养桑麻，尽地力也。寡功节用，则民自富。如是，则水旱不能忧，凶年不能累也。”

大夫曰：“议者贵其辞约而指明，可于众人之听，不至繁文稠辞，多言害有司化俗之计，而家人语。陶朱为生，本末异径，一家数事，而治生之道乃备。今县官铸农器，使民务本，不营于末，则无饥寒之累。盐、铁何害而罢?”

贤良曰：“农，天下之大业也；铁器，民之大用也。器用便利，则用力少而得作多，农夫乐事劝功。用不具，则田畴荒，谷不殖，用力鲜，功自半。器便与不便，其功相什而倍也。县官鼓铸铁器，大抵多为大器，务应员程，不给[②]民用。民用钝弊，割草不痛，是以农夫作剧，得获者少，百姓苦之矣。”

大夫曰：“卒徒工匠，以县官日作公事，财用饶，器用备。家人合会，褊于日而勤[③]于用，铁力不销炼，坚柔不和。故有司请总盐、铁，一其用，平其贾[④]，以便百姓公私。虽虞、夏之为治，不易于此。吏明其教，工致其事，则刚柔和，器用便。此则百姓何苦?而农夫何疾?”

贤良曰：“卒徒工匠！故民得占租鼓铸、煮盐之时，盐与五谷同贾，器和利而中用。今县官作铁器，多苦恶，用费不省，卒徒烦而力作不尽。家人相一，父子戮力，各务为善器。器不善者不集。农事急，輓运衍之阡陌之间。民相与市买，得以财货五谷新币易货，或时贳[⑤]民，不弃作业。置田器，各得所欲。更繇省约，县官以徒复作，缮治道桥，诸发民便之。今总其原，壹其贾，器多坚硜，善恶无所择。吏数不在，器难得。家人不能多储，多储则镇生。弃膏腴之日，远市田器，则后良时。盐、铁贾贵，百姓不便。贫民或木耕手耨，土耰淡食。铁官卖器不售或颇赋与民。卒徒作不中呈，时命助之。发徵无限，更繇以均剧，故百姓疾苦之。古者，千室之邑，百乘之家，陶冶工商，四民之求，足以相更。故农民不离畦亩，而足乎田器，工人不斩伐而足乎材木，陶冶不耕田而足乎粟米。百姓各得其便，而上无事焉。是以王者务本不作末，去炫耀，除雕琢，湛民以礼，示民以朴。是以百姓务本而不营于末。”

---

①渰（yǎn，音掩）：阴云。

②给：同恰，适合。

③勤：同堇。

④贾：同价。

⑤贳（shì，音世）：赊欠。

崇礼第三十七

大夫曰："饰几杖，修樽俎，为宾，非为主也。炫耀奇怪，所以陈四夷，非为民也。夫家人有客，尚有倡优奇变之乐，而况县官乎？故列羽旄，陈戎马，所以示威武。奇虫珍怪，所以示怀广远、明盛德，远国莫不至也。"

贤良曰："王者崇礼施德，上仁义而贱怪力，故圣人绝而不言。孔子曰：'言忠信，行笃敬，虽蛮、貊之邦，不可弃也。'今万方绝国之君奉贽献者，怀天子之盛德，而欲观中国之礼仪。故设明堂、辟雍[①]以示之，扬干戚，昭《雅》、《颂》以风之。今乃以玩好不用之器，奇虫不畜之兽，角抵诸戏，炫耀之物陈夸之。殆与周公之待远方殊。昔周公处谦以卑士，执礼以治天下。辞越裳之贽，见恭让之礼也，既与入文王之庙，是见大孝之礼也。目睹威仪干戚之容，耳听清歌《雅》、《颂》之声，心充至德，欣然以归。此四夷所以慕义内附，非重译狄鞮来观猛兽熊罴也。夫犀象兕虎，南夷之所多也。骡驴馲驼，北狄之常畜也。中国所鲜，外国贱之。南越以孔雀珥门户，昆山之旁，以玉璞抵乌鹊。今贵人之所贱，珍人之所饶，非所以厚中国，明盛德也。隋、和，世之名宝也，而不能安危存亡。故喻德示威，惟贤臣良相，不在犬马珍怪。是以圣王以贤为宝，不以珠玉为宝。昔晏子修之樽俎之间，而折冲乎千里。不能者，虽隋、和满箧，无益于存亡。"

大夫曰："晏子相齐三君，崔庆无道，劫其君，乱其国。灵公国围，庄公弑死。景公之时，晋人来攻，取垂都，举临淄，边邑削，城郭焚，宫室隳，宝器尽，何冲之所能折乎？由此观之：贤良所言，贤人为宝，则损益无轻重也。"

贤良曰："管仲去鲁入齐，齐霸鲁削，非持其众而归齐也。伍子胥挟弓干阖闾，破楚入郢，非负其兵而适吴也。故贤者所在国重，所去国轻。楚有子玉得臣，文公侧席。虞有宫之奇，晋献不寐。夫贤臣所在，辟除开塞者亦远矣。故《春秋》曰：'山有虎豹，葵[②]藿为之不采；国有贤士，边境为之不害'也。"

---

①辟雍：即辟痈，天子设立的大学。

②葵：当作藜。

备胡第三十八

大夫曰："鄙语曰：'贤者容不辱。'以世俗言之，乡曲有桀，人尚辟[①]之。今明天子在上，匈奴公为寇，侵扰边境，是仁义犯而藜藿采。昔狄人侵太王，匡人畏孔子，故不仁者，仁之贼也。是以县官厉武以讨不义，设机械以备不仁。"

贤良曰："匈奴处沙漠之中，生不食之地，天所贱而弃之。无坛宇之居，男女之别，以广野为闾里，以穹庐为家室。衣皮蒙毛，食肉饮血，会市行，牧竖居，如中国之麋鹿耳。好事之臣，求其义，责之礼，使中国干戈至今未息，万里设备。此《兔罝》之所刺，故小人非公侯腹心干城也。"

大夫曰："天子者，天下之父母也。四方之众，其义莫不愿为臣妾。然犹修城郭，设关梁，厉武士，备卫于宫室，所以远折难而备万方者也。今匈奴未臣，虽无事，欲释备，如之何？"

贤良曰："吴王所以见禽于越者，以其越近而陵[②]远也。秦所以亡者，以外备胡、越而内亡其政也。夫用军于外，政败于内，备为所患，增主所忧。故人主得其道，则遐迩偕行而归之，文王是也；不得其道，则臣妾为寇，秦王是也。夫文衰则武胜，德盛则备寡。"

大夫曰："往者，四夷俱强，并为寇虐。朝鲜逾徼，劫燕之东地。东越越东海，略浙江之南。南越内侵，滑服令。氐、僰[③]、冉、駹、嶲[④]唐、昆明之属，扰陇西、巴、蜀。今三垂已平，唯北边未定。夫一举则匈奴震惧，中外释备，而何寡也？"

贤良曰："古者，君子立仁修义，以绥其民，故迩者习善，远者顺之。是以孔子仕于鲁，前仕三月及齐平，后仕三月及郑平，务以德安近而绥远。当此之时，鲁无敌国之难，邻境之患。强臣变节而忠顺，故季桓隳其都城。大国畏义而合好，齐人来归郓、讙、龟阴之田。故为政而以德，非独辟害折冲也，所欲不求而自得。今百姓所以嚣嚣，中外不宁者，咎在匈奴。内无室宇之守，外无田畴之积，随美草甘水而驱牧。匈奴不变业，而中国以[⑤]骚动矣。风合而云解，就之则亡，击之则散，未可一世而举也。"

大夫曰："古者，明王讨暴卫弱，定倾扶危。卫弱扶危，则小国之君悦。讨暴定倾，则无罪之人附。今不征伐，则暴害不息；不备，则是以黎民委敌也。《春秋》贬诸侯之后，刺不卒戍。行役戍备，自古有之，非独今也。"

贤良曰："匈奴之地广大，而戎马之足轻利，其势易骚动也。利则虎曳，病则鸟折，辟锋锐而取罢极。少发则不足以更适，多发则民不堪其役。役烦则力罢，用多则财乏。二者不息，则民遗怨。此秦之所以失民心、陨社稷也。古者，天子封畿[⑥]千里，繇役五百里，胜声相闻，疾病相恤。无过时之师，无逾时之役。内节于民心，而事适其力。是以行者劝务，而止者安业。今山东之戎马甲士戍边郡者，绝殊辽远，身在胡、越，心怀老母。老母垂泣，室妇悲恨。推其饥渴，念其寒苦。《诗》云：'昔我往矣，杨柳依依。今我来思，雨雪霏霏。行道迟迟，载渴载饥。我心伤悲，莫之我哀。'故圣人怜其如此，闵其久去父母妻子，暴露中野，居寒苦之地。故春使使者劳赐，举失职者，所以哀远民而慰抚老母也。德惠甚厚，而吏未称奉职承诏以存恤，或侵侮士卒，与之为市，并力兼作，使之不以理。故士卒失职，而老母妻子感恨也。宋伯姬愁思而宋国火，鲁妾不得意而鲁寝灾。今天下不得其意者，非独西宫之女，宋之老母也。《春秋》动众则书，重民也。宋人围长葛，讥久役也。君子之用心必若是。"

大夫默然不对。

---

①辟：同避。

②陵：同凌。

③僰：bó，音伯。

④嶲：suǐ，音髓。

⑤以：同已。

⑥畿：jī，音积。

执务[①]第三十九

丞相曰："先生之道，轶久而难复，贤良、文学之言，深远而难行。夫称上圣之高行，道至德之美言，非当世之所能及也。愿闻方今之急务，可复行于政：使百姓咸足于衣食，无乏困之忧；风雨时，五谷熟，螟螣[②]不生；天下安乐，盗贼不起；流人还归，各反其田里；吏皆廉正，敬以奉职，元元各得其理也。"

贤良曰："孟子曰：'尧、舜之道，非远人也，而人不思之耳。'《诗》云：'求之不得，寤寐思服。'有求如《关雎》，好德如《河广》，何不济不得之有？故高山仰止，景行行止，虽不能及，离道不远也。颜渊曰：'舜独何人也，回何人也？'夫思贤慕能，从善不休，则成、康之俗可致，而唐、虞之道可及。公卿未思也，先王之道，何远之有？齐桓公以诸侯思王政，忧周室，匡诸夏之难，平夷、狄之乱，存亡接绝，信义大行，著于天下。邵陵之会，予之为主。《传》曰：'予积也。'故土积而成山阜，水积而成江海，行积而成君子。孔子曰：'吾于《河广》，知德之至也。'而欲得之，各反其本，复诸古而已。古者，行役不逾时，春行秋反，秋行春来，寒暑未变，衣服不易，固已还矣。夫妇不失时，人安和如适。狱讼平，刑罚得，则阴阳调，风雨时。上不苛扰，下不烦劳，各修其业，安其性，则螟螣不生，而水旱不起。赋敛省而农不失时，则百姓足，而流人归其田里。上清静而不欲，则下廉而不贪。若今则繇役极远，尽寒苦之地，危难之处，涉胡、越之域，今兹往而来岁旋，父母延颈而西望，男女怨旷而相思，身在东楚，志在西河。故一人行而乡曲恨，一人死而万人悲。《诗》云：'王事靡盬[③]，不能艺稷黍。父母何怙[④]？''念彼恭人，涕零如雨。岂不怀归？畏此罪罟[⑤]。'吏不奉法以存抚，倍公任私，各以其权充其嗜欲。人愁苦而怨思，上不恤理，则恶政行而邪气作。邪气作，则虫螟生而水旱起。若此，虽祷祀雩祝[⑥]，用事百神无时，岂能调阴阳而息盗贼矣？"

---

①执务：当作"急务"。

②螣：téng，音腾。

③盬（gǔ，音鼓）：息。

④怙（hù，音护）：依靠。

⑤罟（gǔ，音鼓）：网。

⑥雩（yú，音于）祝：祈雨。

能言第四十

大夫曰："盲者口能言白黑，而无目以别之。儒者口能言治乱，而无能以行之。夫坐言不行，则牧童兼乌获之力，蓬头[①]苞[②]尧、舜之德。故使言而近，则儒者何患于治乱，而盲人何患于白黑哉？言之不出，耻躬之不逮。故卑而言高，能言而不能行者，君子耻之矣。”

贤良曰：“能言而不能行者，国之宝也。能行而不能言者，国之用也。兼此二者，君子也。无一者，牧童、蓬头也。言满天下，德覆四海，周公是也。口言之，躬行之，岂若默然载施其行[③]而已。则执事亦何患何耻之有？今道不举而务小利，慕于不急以乱群意，君子虽贫，勿为可也。药酒，病之利也；正言，治之药也。公卿诚能自强自忍，食文学之至言，去权诡，罢利官，一归之于民[④]，亲以周公之道，则天下治而颂声作。儒者安得治乱而患之乎？”

①蓬头：泛指贫贱百姓。

②苞：同包。

③此处疑有脱误，不可强解。

④一：同也。

取下第四十一

大夫曰：“不轨之民，困桡公利[①]，而欲擅山泽。从文学、贤良之意，则利归于下，而县官无可为者。上之所行则非之，上之所言则讥之，专欲损上徇下，亏主而适臣，尚安得上下之义、君臣之礼？而何颂声能作也？”

贤良曰：“古者，上取有量，自养有度，乐岁不盗，年饥则肆[②]。用民之力，不过岁三日。籍敛，不过十一。君笃爱，臣尽力，上下交让，天下平。‘浚发尔私’[③]，上让下也。‘遂及我私’，先公职也。孟子曰：‘未有仁而遗其亲，义而后其君也。’君君臣臣，何为其无礼义乎？及周之末途，德惠塞而嗜欲众，君奢侈而上求多，民困于下，怠于上公，是以有履亩之税，《硕鼠》之诗作也。卫灵公当隆冬，兴众穿池，海春谏曰：‘天寒，百姓冻馁，愿公之罢役也。’公曰：‘天寒哉？我何不寒哉？’人之言曰：‘安者不能恤危，饱者不能食饥。’故余粱肉者难为言隐约[④]，处佚[⑤]乐者难为言勤苦。夫高堂邃宇、广厦洞房者，不知专屋狭庐、上漏下湿者之瘠[⑥]也。系马百驷、货财充内、储陈纳新者，不知有旦无暮、称贷者之急也。广第唐园、良田连比者，不知无运踵之业、窜头宅者之役也。原马被山[⑦]，牛羊满谷者，不知无孤豚瘠犊者之窭也[⑧]。高枕谈卧、无叫号者，不知忧私责[⑨]与吏正戚者之愁也。被纨蹑韦、搏粱啮肥者，不知短褐之寒、糠粝之苦也。从容房闱之间、垂拱持案食者，不知蹠耒躬耕者之勤也。乘坚驱良、列骑成行者，不知负檐步行者之劳也。匡床旃席[⑩]、侍御满侧者，不知负辂挽船、登高绝[⑪]流者之难也。衣轻暖、被美裘、处温室、载安车者，不知乘边城、飘胡、代、乡清风[⑫]者之危寒也。妻子好合、子孙保之者，不知老母之颤颃[⑬]、匹妇之悲恨也。耳听五音、目视弄优者，不知蒙流矢、距敌方外者之死也。东向伏几、振笔如调文者，不知木索之急、箠楚者之痛也。坐旃茵之上，安图籍之言若易然，亦不知步涉者之难也。昔商鞅之任秦也，刑人若刈菅茅，用师若弹丸，从军者暴骨长城，戍漕者辇车相望，生而往，死而旋[⑭]，彼独非人子耶？故君子仁以恕，义以度，所好恶与天下共之，所不施不仁者。公刘好货，居者有积，行者有囊。大王好色，内无怨女，外无旷夫。文王作刑，国无怨狱。武王行师，士乐为之死，民乐为之用。若斯，则民何苦而怨，何求而讥？”

公卿愀然，寂若无人。于是遂罢议止词。

奏曰："贤良、文学不明县官事，猥以盐、铁为不便。请且罢郡国榷沽、关内铁官。"

奏，可。

---

①桡：同挠。

②肆：缓。

③浚：当作骏，大。

④隐约：穷困节俭。

⑤佚：同逸。

⑥瘠：当作瘤。

⑦原马：即骠马。

⑧窭：ju，音巨，穷困。

⑨责：同债。

⑩匡：安也。

⑪绝：直渡。

⑫乡：同向。

⑬颠颡：同憔悴。

⑭旋：还。

⑮猥：多。

击之第四十二

贤良、文学既拜，咸取列大夫，辞丞相、御史。

大夫曰："前议公事，贤良、文学称引往古，颇乖世务。论者不必相反，期于可行。往者，县官未事胡、越之时，边城四面受敌，北边尤被其苦。先帝绝三方之难，抚从方国，以为蕃蔽，穷极郡国，以讨匈奴。匈奴壤界兽圈，孤弱无与，此困亡之时也。辽远不遂，使得复喘息，休养士马，负给西域[①]。西域迫近胡寇，沮心内解，必为巨患。是以主上欲扫除，烦仓廪之费也。终日逐禽，罢而释之，则非计也。盖舜绍绪，禹成功。今欲以《军兴》击之，何如?"

文学曰："异时，县官修轻赋，公用饶，人富给。其后，保胡、越，通四夷，费用不足。于是兴利害，算车舡，以訾助边，赎罪告缗[②]，与人以患矣。甲士死于军旅，中士罢于转漕，仍之以科适，吏征发极矣。夫劳而息之，极而反本，古之道也。虽舜、禹兴，不能易也。"

大夫曰："昔夏后底洪水之灾[③]，百姓孔勤，罢于笼臿，及至其后，咸享其功。先帝之时，郡国颇烦于戎事，然亦宽三陲之役。语曰：'见机不遂者陨功。'一日违敌，累世为患。休劳用供，因弊乘时。帝王之道，圣贤之所不能失也。功业有绪，恶劳而不卒，犹耕者倦休而困止也。夫事辍者无功，耕怠者无获也。"

文学曰："地广而不德者国危，兵强而凌敌者身亡。虎兕相据，而蝼蚁得志。两敌相抗，而匹夫乘闲。是以圣王见利虑害，见远存近。方今为县官计者，莫若偃兵休士，厚币结和亲，修文德而已。若不恤人之急，不计其难，币所恃以穷无用之地，亡十获一，非文学之所知也。"

①绐（dài，音带）：欺骗。

②缗（mín，音民）：钱贯。

③底：平也。

结和第四十三

大夫曰："汉兴以来，修好，结和亲，所聘遗单于者甚厚。然不纪重质[1]厚赂之故改节，而暴害滋甚。先帝睹其可以武折，而不可以德怀，故广将帅，招奋击，以诛厥罪。功勋粲然，著于海内，藏于记府，何命'亡十获一'乎？夫偷安者后危，虑近者忧迩。贤者离俗，智士权行。君子所虑，众庶疑焉。故民可与观成，不可与图始。此有司所独见，而文学所不睹。"

文学曰："往者，匈奴结和亲，诸夷纳贡，即君臣外内相信，无胡、越之患。当此之时，上求寡而易赡，民安乐而无事，耕田而食，桑麻而衣，家有数年之稸，县官余货财，闾里耆老，咸及其泽。自是之后，退文任武，苦师劳众，以略无用之地，立郡沙石之间，民不能自守，发屯乘城，挽辇而赡之。愚窃见其亡，不睹其成。"

大夫曰："匈奴以虚名市于汉，而实不从；数为蛮、貊所绐，不痛之，何故也？高皇帝仗剑定九州；今以九州而不行于匈奴。闾里常民，尚有枭散，况万里之主与小国之匈奴乎？夫以天下之力勤何不摧？以天下之士民何不服？今有帝名，而威不信于长城之外，反赂遗而尚踞敖，此五帝所不忍，三王所毕怒也。"

文学曰："汤事夏而卒服之，周事殷而卒灭之。故以大御小者王，以强凌弱者亡。圣人不困其众以兼国，良御不困其马以兼道。故造父之御不失和[2]，圣人之治不倍德。秦摄利衔[3]以御宇内，执修箠以笞八极，骖服[4]以罢，而鞭策愈加，故有倾衔遗箠之变。士民非不众，力勤非不多也，皆内倍外附而莫为用。此高皇帝所以仗剑而取天下也。夫两主好合，内外交通，天下安宁，世世无患，士民何事，三王何怒焉？"

大夫曰："伯翳之始封秦，地为七十里。穆公开霸，孝公广业。自卑至上，自小至大。故先祖基之，子孙成之。轩辕战涿鹿，杀两皞、蚩尤而为帝。汤、武伐夏、商，诛桀、纣而为王。黄帝以战成功，汤、武以伐成孝。故手足之勤，腹肠之养也。当世之务，后世之利也。今四夷内侵，不攘，万世必有长患。先帝兴义兵以诛强暴，东灭朝鲜，西定冉、駹，南擒百越，北挫强胡，追匈奴以广北州，汤、武之举，蚩尤之兵也。故圣主斥地，非私其利，用兵，非徒奋怒也，所以匡难辟害，以为黎民远虑。"

文学曰："秦南禽劲越，北却强胡，竭中国以役四夷，人疲极而主不恤，国内溃而上不知。是以一夫倡而天下和，兵破陈涉，地夺诸侯，何嗣之所利？《诗》云：'雍雍鸣玙[5]，旭日始旦。'登得前利，不念后咎。故吴王知伐齐之便，不知干遂之患。秦知进取之利，而不知鸿门之难。是知一而不知十也。周谨小而得大，秦欲大而亡小。语曰：'前车覆，后车戒。''殷鉴不远，在夏后之世'矣。"

①质：同贽，礼物。

②和：驷马和调。

③衔：御马的工具。

④骖服：古代一车驾四马，中央夹辕驾车的马谓服，两侧的马谓骖。

⑤雍雍：和谐。

诛秦第四十四

大夫曰："秦、楚、燕、齐，周之封国也。三晋之君，齐之田氏，诸侯家臣也。内守其国，外伐不义，地广壤进，故立号万乘，而为诸侯。宗周修礼长文，然国翦[①]弱，不能自存，东摄六国，西畏于秦，身以放迁，宗庙绝祀。赖先帝大惠，绍兴其后，封嘉颍川，号周子男君。秦既并天下，东绝沛水，并灭朝鲜，南取陆梁，北却胡、狄，西略氐、羌，立帝号，朝四夷。舟车所通，足迹所及，靡不毕至。非服其德，畏其威也。力多则人朝，力寡则朝于人矣。"

文学曰："禹、舜，尧之佐也，汤、文，夏、商之臣也，其所以从八极而朝海内者，非以陆梁之地，兵革之威也。秦、楚、三晋号万乘，不务积德而务相侵，构兵争强而卒俱亡。虽以进壤广地，如食茼[②]之充肠也，欲其安存，何可得也？夫礼让为国者若江、海，流弥久不竭，其本美也。苟为无本，若蒿火暴怒而无继，其亡可立而待，战国是也。周德衰，然后列于诸侯，至今不绝。秦力尽而灭其族，安得朝人也？"

大夫曰："中国与边境，犹支体与腹心也。夫肌肤寒于外，腹心疾于内，内外之相劳，非相为赐也！唇亡则齿寒，支体伤而心惨怛[③]。故无手足则支体废，无边境则内国害。昔者，戎狄攻太王于邠，逾岐、梁而与秦界于泾、渭，东至晋之陆浑。侵暴中国，中国疾之。今匈奴蚕食内侵，远者不离其苦，独边境蒙其败。《诗》云：'忧心惨惨，念国之为虐。'不征备，则暴害不息。故先帝兴义兵以征厥罪，遂破祁连、天山，散其聚党，北略至龙城，大围匈奴，单于失魂，仅以身免，乘奔逐北，斩首捕虏十余万。控弦之民，旃裘之长，莫不沮胆，挫折远遁，遂乃振旅。浑耶率其众以降，置五属国以距胡，则长城之内，河、山之外，罕被寇菑。于是下诏令，减戍漕，宽徭役。初虽劳苦，卒获其庆。"

文学曰："周累世积德，天下莫不愿以为君，故不劳而王，恩施由近而远，而蛮貊自至。秦任战胜以并天下，小海内而贪胡、越之地，使蒙恬击胡，取河南以为新秦，而忘其故秦，筑长城以守胡，而亡其所守。往者，兵革亟[④]动，师旅数起，长城之北，旋车遗镞相望。及李广利等轻计还马足，莫不寒心，虽得浑耶，不能更所亡。此非社稷之至计也。"

---

①翦：同剪。

②茼（zé，音则）：乌喙，中药名。

③怛（dá，音达）：痛苦。

④亟：多次。

伐功第四十五

大夫曰："齐桓公越燕伐山戎，破孤竹，残令支。赵武灵王逾句注[①]，过代谷，略灭林胡、楼烦。燕袭走东胡，辟地千里，度辽东而攻朝鲜。蒙公为秦击走匈奴，若鸷鸟之追群雀，匈奴势慑[②]，不敢南面而望十余年。及其后，蒙公死而诸侯叛秦，中国扰乱，匈奴纷纷，乃敢复为边寇。夫以小国燕、赵，尚犹却寇虏以广地，今以汉国之大，士民之力，非特齐桓之众，燕、赵之师也，然匈奴久未服者，群臣不并力，上下未谐故也。"

文学曰："古之用师，非贪壤土之利，救民之患也。民思之，若旱之望雨，箪食壶浆，以逆王师。故忧人之患者，民一心而归之，汤、武是也。不爱民之死，力尽而溃叛者，秦王是也。孟子曰：'君不乡道，不由仁义，而为之强战，虽克必亡。'此中国所以扰乱，非蒙恬死而诸侯叛秦。昔周室之盛也，越裳氏来献，百蛮致贡。其后周衰，诸侯力征，蛮、貊分散，各有聚党，莫能相一，是以燕、赵能得意焉。其后，匈奴稍强，蚕食诸侯，故破走月氏[③]，因兵威，徙小国，引弓之民，并为一家，一意同力，故难制也。前君为先帝画匈奴之策：'兵据西域，夺之便势之地，以候其变。以汉之强，攻于匈奴之众，若以强弩溃痈疽[④]。越之禽吴，岂足道哉？'上以为然，用君之义，听君之计，虽越王之任种、蠡不过。以搜粟都尉为御史大夫，持政十有余年，未见种、蠡之功，而见靡弊之效，匈奴不为加俛，而百姓黎民以敝矣。是君之策不能弱匈奴，而反衰中国也。善为计者，固若此乎？"

①句：gōu，音勾。

②慑：shè，音社，恐惧。

③月氏：ròu zhī，音肉之。

④痈疽：yōng jū，音拥居。

西域第四十六

大夫曰："往者，匈奴据河山之险，擅田牧之利，民富兵强，行入为寇，则句注之内惊动，而上郡以南咸城。文帝时，虏入萧关，烽火通甘泉，群臣惧，不知所出，乃请屯京师以备胡。胡西役大宛、康居之属，南与群羌通。先帝推让[①]，斥夺广饶之地，建张掖以西，隔绝羌、胡，瓜分其援。是以西域之国，皆内拒匈奴，断其右臂，曳剑而走。故募人田畜以广用。长城以南，滨塞之郡，马牛放纵，蓄积布野，未睹其计之所过也。夫以弱越而遂意强吴，才地计众非钧也[②]，主思臣谋，其往必矣。"

文学曰："吴、越迫于江、海，三川循环之，处于五湖之间，地相迫，壤相次，其势易以相禽也[3]。金鼓未闻，旌旗未舒，行军未定，兵以接矣[4]。师无辎重之费，士无乏绝之劳，此所谓食于厨仓而战于门郊者也。今匈奴牧于无穷之泽，东西南北，不可穷极，虽轻车利马，不能得也，况负重羸兵[5]以求之乎！其势不相及也。茫茫乎若行九皋[6]未知所止，皓皓乎若无网罗而渔江海。虽及之，三军罢弊，适遗之饵也。故明王知其无所利，以为役不可数行，而权不可久张也，故诏公卿大夫、贤良、文学，所以复枉兴微之路。公卿宜思百姓之急，匈奴之害，缘圣主之心，定安平之业。今乃留心于末计，摧本议，不顺上意，未为尽于忠也。"

大夫曰："初，贰师不克宛而还也，议者欲使人主不遂忿，则西域皆瓦解而附于胡，胡得众国而益强。先帝绝奇听，行武威，还袭宛。宛举国以降，效其器物，致其宝马。乌孙之属骇胆，请为臣妾。匈奴失魄，奔走遁逃，虽未尽服，远处寒苦硗埆之地。壮者死于祁连、天山，其孤未复。故群臣议以为匈奴困于汉兵，折翅伤翼，可遂击服。会先帝弃群臣，以故匈奴不革。譬如为山，未成一篑而止，度功业而无继成之理，是弃与胡而资强敌也。辍几沮成，为主计若斯，亦未可谓尽忠也。"

文学曰："有司言外国之事，议者皆徼一时之权，不虑其后。张骞言大宛之天马汗血，安息之真玉大鸟，县官既闻如甘心焉。乃大兴师伐宛，历数期而后克之。夫万里而攻人之国，兵未战而物故[8]过半，虽破宛得宝马，非计也。当此之时，将卒方赤面而事四夷，师旅相望，郡国并发，黎人困苦，奸伪萌生，盗贼并起，守尉不能禁，城邑不能止。然后遣上大夫衣绣衣以兴击之。当此时，百姓元元，莫必其命，故山东豪杰，颇有异心。赖先帝圣灵斐然。其咎皆在于欲毕匈奴而远几也。为主计若此，可谓忠乎？"

①让：当作"攘"，古义相通。

②才：同裁。

③禽：同擒。

④以：同"已"。

⑤羸：当作"赢"，担负。

⑥皋：泽。

⑦硗埆：(qiāo què，音悄却)：瘠薄之地。

⑧物故：死亡。

世务第四十七

大夫曰："诸生妄言！议者令可详用，无徒守椎车之语，滑稽而不可循。夫汉之有匈奴，譬若木之有蠹，如人有疾，不治则浸以深。故谋臣以为击夺以困极之。诸生言以德怀之，此有其语而不可行也。诸生上无以似三王，下无以似近秦，令有司可举而行当世，安蒸庶[1]而宁边境者乎？"

文学曰："昔齐桓公内附百姓，外绥诸侯，存亡接绝，而天下从风。其后，德亏行衰，葵丘之会，振而矜之，叛者九国。《春秋》刺其不崇德而崇力也。故任德，则强楚告服，远国不召而自至；任力，则近者不亲，小国不附。此其效也。诚上观三王之所以昌，下论秦之所以亡，中述齐桓所以兴，去武行文，废力尚德，罢关梁，除障塞，以仁义导之，则北垂无寇虏之忧，中国无干戈之事矣。"

大夫曰："事不豫辨[②]，不可以应卒[③]。内无备，不可以御敌。《诗》云：'诰尔民人，谨尔侯度，用戒不虞[④]。'故有文事，必有武备。昔宋襄公信楚而不备，以取大辱焉，身执囚而国几亡。故虽有诚信之心，不知权变，危亡之道也。《春秋》不与夷、狄之执中国，为其无信也。匈奴贪狼，因时而动，乘可而发，飚举电至。而欲以诚信之心，金帛之宝，而信无义之诈，是犹亲蹠、蹻而扶猛虎也。"

文学曰："《春秋》'王者无敌。'言其仁厚，其德美，天下宾服，莫敢交也[⑤]。德行延及方外，舟车所臻，足迹所及，莫不被泽。蛮、貊异国，重译自至。方此之时，天下和同，君臣一德，外内相信，上下辑睦。兵设而不试，干戈闭藏而不用。老子曰：'兕无所用其角，螫虫无所输其毒。'故君仁莫不仁，君义莫不义。世安得跖、蹻而亲之乎？"

大夫曰："布心腹，质情素，信诚内感，义形乎色。宋华元、楚司马子反之相睹也，符契内合，诚有以相信也。今匈奴挟不信之心，怀不测之诈，见利如前，乘便而起，潜进市侧，以袭无备。是犹措重宝于道路而莫之守也，求其不亡，何可得乎？"

文学曰："诚信著乎天下，醇德流乎四海，则近者哥[⑥]讴而乐之，远者执禽而朝之。故正近者不以威，来远者不以武，德义修而任贤良也。故民之于事也，辞佚[⑦]而就劳；于财也，辞多而就寡。上下交让，道路雁行。方此之时，贱货而贵德，重义而轻利，赏之不窃，何宝之守也！"

---

①蒸：众，多。

②豫：同预；辨：同办。

③卒：同猝。

④虞：虑也。

⑤交：当作校。

⑥哥：同歌。

⑦佚：同逸。

和亲第四十八

大夫曰："昔徐偃王行义而灭，鲁哀公好儒而削。知文而不知武，知一而不知二。故君子笃仁以行，然必筑城以自守，设械以自备，为不仁者之害己也。是以古者，搜猕振旅[①]而数军实焉，恐民之愉佚而亡戒难[②]。故兵革者国之用，城垒者国之固也；而欲罢之，是去表见里，示匈奴心腹也。匈奴轻举潜进，以袭空虚，是犹不介[③]而当矢石之蹊，祸必不振。此边境之所惧，而有司之所忧也。"

文学曰："往者，通关梁，交有无，自单于以下，皆亲汉内附，往来长城之下。其后，王恢误谋马邑，匈奴绝和亲，攻当路塞，祸纷拏而不解，兵连而不息。边民不解甲弛弩，行数十年。介胄而耕耘，鉏耰[④]而候望。燧燔烽举，丁壮弧弦而出斗，老者超越而入葆。言之足以流涕寒心，则仁者不忍也。《诗》云：'投我以桃，报之以李。'未闻善往而有恶来者。故君子敬而无失，与人恭而有礼，四海之内，皆为兄弟也。故内省不疚，夫何忧何惧？"

大夫曰："自春秋诸夏之君，会聚相结，三会之后，乖疑相从，伐战不止。六国从亲，冠带相接，然未尝有坚约。况禽兽之国乎！《春秋》存[⑤]君在楚，诘鼬之会书公，绐[⑥]夷、狄也。匈奴数和亲，而常先犯约，贪侵盗驱，长诈之国也。反复无信，百约百叛，若朱、象之不移，商均之不化。而欲信其用兵之备，亲之以德，亦难矣。"

文学曰："王者中立而听乎天下，德施方外，绝国殊俗，臻于阙廷。凤皇在列树，麒麟在郊薮，群生庶物，莫不被泽。非足行而仁办之也，推其仁恩而皇[⑧]之，诚也。范蠡出于越，由余长于胡，皆为霸王贤佐。故政有不从之教，而世无不可化之民。《诗》云：'酌彼行潦[⑨]，挹彼注兹。'故公刘处戎、狄，戎、狄化之。太王去豳[⑩]，豳民随之。周公修德，而越裳氏来。其从善如影响。为政务以德亲近，何忧于彼之不改？"

---

①搜：索也；狝：杀也；振：整也；旅：众也。

②愉：同偷；亡：同忘。

③介：打仗穿的护身衣。

④耰：yōu，音优。

⑤存："存问"之意。

⑥绐：dài，音带。

⑦薮（sǒu，音叟）：长着很多草的湖。

⑧皇：大。

⑨潦（lǎo，音老）：积水。

⑩豳：bīn，音滨。

繇役第四十九

大夫曰："屠者解分中理，可横[①]以手而离也。至其抽筋凿骨，非行金斧不能决。圣主循性而化，有不从者，亦将举兵而征之。是以汤诛葛伯，文王诛犬夷。及后戎、狄猾夏，中国不宁，周宣王、仲山甫式遏寇虐。《诗》云：'薄伐猃狁[②]，至于太原。''出车彭彭[③]，城彼朔方。'自古明王不能无征伐而服不义，不能无城垒而御强暴也。"

文学曰："舜执干戚而有苗服，文王底德而怀四夷。《诗》云：'镐京辟雍，自西自东，自南自北，无思不服。'普天之下，惟人面之伦，莫不引领而归其义。故画地为境，人莫之犯。子曰：'白刃可冒，中庸不可入。'至德之谓也。故善攻不待坚甲而克，善守不待渠梁而固。武王之伐殷也，执黄钺，誓牧之野，天下之士莫不愿为之用。既而偃兵，搢[④]笏而朝，天下之民莫不愿为之臣。既以义取之，以德守之。秦以力取之，以法守之，本末不得，故亡。夫文犹可长用，而武难久行也。"

大夫曰："《诗》云：'猃狁孔炽，我是用戒[⑤]。''武夫潢潢，经营四方。'故守御征伐，所由来久矣。《春秋》大戎未至而豫御之。故四支强而躬体固，华叶茂而本根据。故饬四境所以安中国也，发戍漕所以审劳佚也。主忧者臣劳，上危者下死。先帝忧百姓不赡，出禁钱，解乘舆骖，贬乐损膳，以赈穷备边费，未见报施之义，而见沮成之理，非所闻也。"

文学曰："周道衰，王迹熄，诸侯争强，大小相凌。是以强国务侵，弱国设备。甲士劳战阵，役于兵革，故君劳而民困苦也。今中国为一统，而方内不安，徭役远而外内烦也。古者，无过年之繇，无逾时之役。今近者数千里，远者过万里，历二期。长子不还，父母愁忧，妻子咏叹。愤懑之恨发动于心，慕思之积痛于骨髓。此《杕[⑥]杜》、《采薇》之所为作也。"

①横：断。
②猃狁：即玁狁（xiǎn yǔn，音显允），北方民族。
③彭彭：众车声也。
④搢（jìn，音近）：插。
⑤戒：同悈，急也。
⑥杕：dì，音帝。

险固第五十

大夫曰："虎兕所以能执熊罴[①]、服群兽者，爪牙利而攫便也。秦所以超诸侯、吞天下、并敌国者，险阻固而势居然也。故龟猖有介，狐貉不能禽；蝮蛇有螫，人忌而不轻。故有备则制人，无备则制于人。故仲山甫补衮[②]职之阙，蒙公筑长城之固，所以备寇难，而折冲万里之外也。今不固其外，欲安其内，犹家人不坚垣墙，狗吠夜惊，而暗昧妄行也。"

文学曰："秦左殽、函，右陇坻，前蜀、汉，后山、河，四塞以为固，金城千里。良将勇士，设利器而守陉[③]隧，墨子守云梯之械也。以为虽汤、武复生，蚩尤复起，不轻攻也。然戍卒陈胜无将帅之任，师旅之众，奋空拳而破百万之师，无墙篱之难。故在德不在固。诚以仁义为阻，道德为塞，贤人为兵，圣人为守，则莫能入。如此则中国无狗吠之警，而边境无鹿骇狼顾之忧矣。夫何妄行而之乎？"

大夫曰："古者，为国必察土地、山陵、阻险、天时、地利，然后可以王霸。故制地城郭，饬沟垒，以御寇固国。《春秋》曰：'冬浚洙[④]。'修地利也。三军顺天时，以实击虚，然困于阻险，敌于金城。楚庄之围宋，秦师败崤嶔崟[⑤]，是也。故曰：'天时不如地利。'羌、胡固，近于边，今不取，必为四境长患。此季孙之所以忧颛臾，有句践之变，而为强吴之所悔也。"

文学曰："地利不如人和，武力不如文德。周之致远，不以地利，以人和也。百世不夺，非以险，以德也。吴有三江、五湖之难，而兼于越。楚有汝渊、两堂之固，而灭于秦。秦有陇阺、崤塞，而亡于诸侯。晋有河、华、九阿，而夺于六卿。齐有泰山、巨海，而胁于田常。桀、纣有天下，兼于滈亳。秦王以六合困于陈涉。非地利不固，无术以守之也。释迩忧远，犹吴不内定其国，而西绝淮水，与齐、晋争强也。越因其罢，击其虚。使吴王用申胥，修德，无恃极其众，则句践不免为藩臣海崖，何谋之敢虑也？"

大夫曰："楚自巫山起方城，属巫、黔中，设扞关以拒秦。秦包商、洛、崤、函，以御诸侯。韩阻宜阳、伊阙，要成皋、太行，以安周、郑。魏滨洛筑城、阻山带河，以保晋国。赵结飞狐、句注、孟门，以存邢代。燕塞碣石，绝邪谷，绕援辽。齐抚阿、甄，关荣、历，倚太山，负海、河。关梁者，邦国之固；而山川者，社稷之宝也。徐人灭舒，《春秋》谓之‘取’，恶其无备，得物之易也。故恤来兵，仁伤刑。君子为国，必有不可犯之难。《易》曰：‘重门击拓[⑥]，以待暴客。’言备之素修也。”

文学曰：“阻险不如阻义。昔汤以七十里，为政于天下，舒以百里亡于敌国。此其所以见恶也。使关梁足恃，六国不兼于秦；河、山足保，秦不亡于楚、汉。由此观之，冲隆[⑦]不足为强，高城不足为固。行善则昌，行恶则亡。王者博爱远施，外内合同，四海各以其职来祭，何击拓而待？《传》曰：‘诸侯之有关梁，庶人之有爵禄，非升平之兴，盖自战国始也。”

---

①罴（pí，音皮）：熊的一种。

②衮：古代君主及上公的礼服。

③陉（xíng，音形）：山脉中断的地方。

④浚洙：挖深洙水。

⑤崤嵚崟：xiáo qīn yín，音淆亲银。

⑥拓：同柝。

⑦冲隆：隆同临，冲临是两种用来攻城的战车。

论勇第五十一

大夫曰：“荆轲怀数年之谋而事不就者，尺八匕首不足恃也。秦王惮于不意，列断贲、育者，介七尺之利也。使专诸空拳，不免于为禽[①]；要离无水，不能遂其功。世言强楚劲郑，有犀兕之甲，棠溪之铤也。内据金城，外任利兵，是以威行诸夏，强服敌国。故孟贲奋臂，众人轻之，怯夫有备，其气自倍。况以吴、楚之士，舞利剑，蹶强弩，以与貉虏骋于中原？一人当百，不足道也。夫如此，则貉无交兵，力不支汉，其势必降。此商君之走魏，而孙膑之破梁也。”

文学曰：“楚、郑之棠溪、墨阳，非不利也；犀鞈[②]兕甲，非不坚也。然而不能存者，利不足恃也。秦兼六国之师，据崤、函而御宇内，金石之固，莫耶之利也。然陈胜无士民之资、甲兵之用，钽耰棘橿，以破冲隆。武昭不击，乌号不发。所谓金城者，非谓筑壤而高土，凿地而深池也。所谓利兵者，非谓吴、越之铤，干将之剑也。言以道德为城，以仁义为郭，莫之敢攻，莫之敢入，文王是也。以道德为鞈，以仁义为剑，莫之敢当，莫之敢御[③]，汤、武是也。今不建不可攻之城，不可当之兵，而欲任匹夫之役，而行三尺之刃，亦细矣！”

大夫曰：“荆轲提匕首，入不测之强秦。秦王惶恐，失守备，卫者皆惧。专诸手剑摩万乘，刺吴王，尸孽[④]立正，镐[⑤]冠千里。聂政自卫，由韩廷刺其主，功成求得，退自刑于朝，暴尸于市。今诚得勇士，乘强汉之威，凌无义之匈奴，制其死命，责以其过，若曹刿之胁齐桓公，遂其求。推锋折锐，穹庐扰乱，上下相遁，因以轻锐随其后。匈奴必交臂，不敢格也[⑥]。”

文学曰：“汤得伊尹，以区区之亳兼臣海内。文王得太公，廓酆、鄗以为天下。齐桓公得管仲以霸诸侯。秦穆公得由余，西戎八国服。闻得贤圣而蛮、貊来享，未闻劫杀人主以怀远也。《诗》云：‘惠此中国，以绥四方。’故‘自彼氐、羌，莫不来王。’非畏其威，畏其德也。故义之服无义，疾于原马良弓；以之召远，疾于驰传重驿。”

①禽：同擒。
②鞧：同胄。
③御：同禦。
④孽：庶子。
⑤镐：同缟。
⑥格：抗拒。

论功第五十二

大夫曰："匈奴无城廓[①]之守，沟池之固，修戟强弩之用，仓廪府库之积，上无义法，下无文理，君臣嫚易，上下无礼，织柳为室，旃席[②]为盖。素弧骨镞，马不粟食。内则备不足畏，外则礼不足称。夫中国，天下腹心，贤士之所总，礼义之所集，财用之所殖也。夫以智谋愚，以义伐不义，若因秋霜而振落叶。《春秋》曰：桓公之与戎、狄，驱之尔。况以天下之力乎？"

文学曰："匈奴车器无银黄丝漆之饰，素成而务坚。丝无文采裙袆曲襟之制，都成而务完。男无刻镂奇巧之事，宫室城郭之功，女无绮绣淫巧之贡，织绮罗纨之作。事省而致用，易成而难弊。虽无修戟强弩，戎马良弓，家有其备，人有其用，一旦有急，贯弓上马而已。资粮不见案首，而支数十日之食。因山谷为城郭，因水草为仓廪。法约而易辨，求寡而易供。是以刑省而不犯，指麾而令从。嫚于礼而笃于信，略于文而敏于事。故虽无礼义之书，刻骨卷木，百官有以相记，而君臣上下有以相使。群臣为县官计者，皆言其易，而实难。是以秦欲驱之而反更亡也。故兵者凶器，不可轻用也。其以强为弱，以存为亡，一朝尔也。"

大夫曰："鲁连有言：'秦权使其士，虏使其民。'故政急而不长。高皇帝受命平暴乱，功德巍巍，惟天同大焉。而文、景承绪润色之。及先帝征不义，攘无德，以昭仁圣之路，纯至德之基，圣王累年仁义之积也。今文学引亡国失政之治，而况之于今，其谓匈奴难图，宜矣！"

文学曰："有虞氏之时，三苗不服，禹欲伐之。舜曰：'是吾德未喻也。'退而修政，而三苗服。不牧之地，不羁之民，圣王不加兵，不事力焉，以为不足烦百姓而劳中国也。今明主修圣绪，宣德化，而朝有权使之谋，尚首功之事，臣固怪之。夫人臣席天下之势，奋国家之用，身享其利而不顾其主，此尉佗、章邯所以成王，秦失其政也。孙子曰：'今夫国家之事，一日更百变，然而不亡者，可得而革也。逮出兵乎平原广牧，鼓鸣矢流，虽有尧、舜之知，不能更也。'战而胜之，退修礼义，继三代之迹，仁义附矣。战胜而不休，身死国亡者，吴王是也。"

大夫曰："顺风而呼者易为气，因时而行者易为力。文、武怀余力，不为后嗣计，故三世而德衰。昭王南征，死而不还。凡伯囚执，而使不通。晋取郊、沛，王师败于茅戎。今西南诸夷，楚庄之后；朝鲜之王，燕之亡民也。南越尉佗起中国，自立为王，德至薄，然皆亡[③]天下之大，各自以为一州，倔强倨敖，自称老夫。先帝为万世度，恐有冀州之累，南荆之患，于是遣左将军楼船平之，兵不血刃，咸为县官也。七国之时，皆据万乘，南面称王，提珩[④]为敌国累世，然终不免俯首系虏于秦。今匈奴不当汉家之巨郡，非有六国之用，贤士之谋。由此观难易，察然可见也。"

文学曰："秦灭六国，虏七王，沛然有余力，自以为蚩尤不能害，黄帝不能斥。及二世弑死望夷，子婴系颈降楚，曾不得七王之俛首。使六国并存，秦尚为战国，固未亡也。何以明之？自孝公以至于始皇，世世为诸侯雄，百有余年。及兼天下，十四岁而亡。何则？外无敌国之忧，而内自纵恣也。自非圣人，得志而不骄佚者，未之有也。”

①廓：同郭。
②旃廗：即指旃帐，廗与席古通。
③亡：同忘。
④珩：同衡，平也。

论邹第五十三

大夫曰：“邹子疾晚世之儒墨，不知天地之弘，昭旷之道，将一曲而欲道九折，守一隅而欲知万方，犹无准平而欲知高下，无规矩而欲知方圆也。于是推大圣终始之运，以喻王公，先列中国名山通谷，以至海外。所谓中国者，天下八十一分之一，名曰赤县神州，而分为九州。绝陵陆不通，乃为一州，有大瀛海圜其外。此所谓八极，而天地际焉。《禹贡》亦著山川高下原隰[①]，而不知大道之径。故秦欲达九州而方瀛海，牧胡而朝万国。诸生守畦亩之虑，闾巷之固，未知天下之义也。”

文学曰：“尧使禹为司空，平水土，随山刊木，定高下而序九州。邹衍非圣人，作怪误，荧惑六国之君[②]，以纳其说。此《春秋》所谓‘匹夫荧惑诸侯’者也。孔子曰：‘未能事人，焉能事鬼神？’近者不达，焉能知瀛海？故无补于用者，君子不为；无益于治者，君子不由。三王信经道，而德光于四海，战国信嘉言，而破亡如丘山。昔秦始皇已吞天下，欲并万国，亡其三十六郡，欲达瀛海，而失其州县。知大义如斯，不如守小计也。”

①隰（xí，音习）：低湿的地方。
②荧惑：迷惑。

论菑第五十四

大夫曰：“巫祝不可与并祀，诸生不可与逐语。信往疑今，非人自是。夫道古者稽之今，言远者合之近。日月在天，其征在人。菑异之变，夭寿之期，阴阳之化，四时之叙[①]，水火金木，妖祥之应，鬼神之灵，祭祀之福，日月之行，星辰之纪，曲言之[②]故，何所本始？不知则默，无苟乱耳。”

文学曰：“始江都相董生推言阴阳，四时相继。父生子，子养之，母成之，子藏之。故春生，仁；夏长，德；秋成，义；冬藏，礼。此四时之序，圣人之所则也。刑不可任以成化，故广德教。言远必考之迩，故内恕以行。是以刑罚若加于己，勤劳若施于身。又安能忍杀其赤子，以事无用，罢弊所恃，而达瀛海乎？盖越人美蠃[3]蚌而简太牢，鄙夫乐咋唶而怪韶濩[4]。故不知味者，以芬香为臭，不知道者，以美言为乱耳。人无夭寿，各以其好恶为命。羿、敖以巧力不得其死，智伯以贪狠亡其身。天菑之证，祯祥之应，犹施与之望报，各以其类及。故好行善者，天助以福，符瑞是也。《易》曰：'自天佑之，吉无不利。'好行恶者，天报以祸，妖菑是也。《春秋》曰：'应是而有天菑。'周文、武尊贤受谏，敬戒不殆，纯德上休，神祇[5]相况。《诗》云：'降福穰穰[6]，降福简简。'日者阳，阳道明；月者阴，阴道冥；君尊臣卑之义。故阳光盛于上，众阴之类消于下；月望于天，蚌蛤盛于渊。故臣不臣，则阴阳不调，日月有变；政教不均，则水旱不时，螟螣生。此灾异之应也。四时代叙，而人则其功，星列于天，而人象其行。常星[7]犹公卿也，众星犹万民也。列星正则众星齐，常星乱则众星坠矣。"

大夫曰："文学言刚柔之类，五胜相代生。《易》明于阴阳，《书》长于五行。春生夏长，故火生于寅木，阳类也；秋生冬死，故水生于申金，阴物也。四时五行，迭废迭兴，阴阳异类，水火不同器。金得土而成，得火而死，金生于巳，何说何言然乎？"

文学曰："兵者，凶器也。甲坚兵利，为天下殃。以母制子，故能久长。圣人法之，厌而不阳。《诗》云：'载戢干戈，载櫜[8]弓矢。我求懿德，肆于时夏。'衰世不然。逆天道以快暴心，僵尸血流，以争壤土。牢人之君，灭人之祀，杀人之子，若绝草木，刑者肩靡[9]于道。以己之所恶而施于人。是以国家破灭，身受其殃，秦王是也。"

大夫曰："金生于巳，刑罚小加，故荠麦夏死。《易》曰：'履霜，坚冰至。'秋始降霜，草木陨零，合冬行诛，万物毕藏。春夏生长，利以行仁。秋冬杀藏，利以施刑。故非其时而树，虽生不成。秋冬行德，是谓逆天道。《月令》：'凉风至，杀气动，蜻蛚[10]鸣，衣裘成。天子行微刑，始貙蒌[11]，以顺天令。'文学同四时，合阴阳，尚德而除刑。如此，则鹰隼不鸷，猛兽不攫，秋不搜狝[12]，冬不田狩者也。"

文学曰："天道好生恶杀，好赏恶罪。故使阳居于实而宣德施，阴藏于虚而为阳佐辅。阳刚阴柔，季不能加孟。此天贱冬而贵春，申阳屈阴。故王者南面而听天下，背阴向阳，前德而后刑也。霜雪晚至，五谷犹成。雹雾夏陨，万物皆伤。由此观之，严刑以治国，犹任秋冬以成谷也。故法令者，治恶之具也，而非至治之风也。是以古者，明王茂其德教，而缓其刑罚也。网漏吞舟之鱼，而刑审于绳墨之外，及臻其末，而民莫犯禁也。"

---

①叙：同序。

②之：同其。

③蠃：同螺。

④唶（jiè，音借）：高声呼喊；韶濩：古乐名。

⑤祇：地神。

⑥穰（náng，音囊）：多也。

⑦常星：即恒星，避汉文帝刘恒讳。

⑧櫜（gāo，音高）：收藏弓矢兵甲等武器。

⑨靡：同摩。

⑩蜻蛚（liè，音列）：蟋蟀。

⑪貙蒌：chōu lóu，音抽楼。

⑫狝：xiǎn，音显。

刑德第五十五

大夫曰："令者所以教民也，法者所以督奸也。令严而民慎，法设而奸禁。罔疏则兽失，法疏则罪漏。罪漏则民放佚而轻犯禁。故禁不必[①]，怯夫徼幸，诛诚，蹠、蹻不犯。是以古者作五刑，刻肌肤而民不逾矩。"

文学曰："道径众，人不知所由；法令众，民不知所辟。故王者之制法，昭乎如日月，故民不迷；旷乎若大路，故民不惑。幽隐远方，折乎知之，室女童妇，咸知所避。是以法令不犯，而狱犴[②]不用也。昔秦法繁于秋荼，而网密于凝脂。然而上下相遁，奸伪萌生，有司治之，若救烂扑焦，而不能禁。非网疏而罪漏，礼义废而刑罚任也。方今律令百有余篇，文章繁，罪名重，郡国用之疑惑。或浅或深，自吏明习者，不知所处，而况愚民？律令尘蠹于栈阁，吏不能遍睹，而况于愚民乎？此断狱所以滋众，而民犯禁滋多也。'宜犴宜狱，握粟出卜，自何能谷[③]？'刺刑法繁也。亲服之属甚众，上杀下杀，而服不过五。五刑之属三千，上附下附，而罪不过五。故治民之道，务笃其教而已。"

大夫曰："文学言王者立法，旷若大路。今驰道[④]不小也，而民公犯之，以其罚罪之轻也。千仞之高，人不轻凌，千钧之重，人不轻举。商君刑弃灰于道，而秦民治。故盗马者死，盗牛者加[⑤]，所以重本而绝轻疾之资也。武兵名食，所以佐边而重武备也。盗伤与杀同罪，所以累其心而责其意也。犹鲁以楚师伐齐，而《春秋》恶之。故轻之为重，浅之为深，有缘而然。法之微者，固非众人之所知也。"

文学曰："《诗》云：'周道如砥，其直如矢。'言其易也。'君子所履，小人所视。'言其明也。故德明而易从，法约而易行。今驰道经营陵陆，纡周天下，是以万里为民阱也。罻罗张而县其谷，辟陷设而当其蹊，矰弋[⑥]饰而加其上，能勿离乎？聚其所欲，开其所利，仁义陵迟，能勿逾乎？故其末途，至于攻城入邑，损府库之金，盗宗庙之器，岂特千仞之高、千钧之重哉！管子曰：'四维不张，虽皋陶不能为士。'故德教废而诈伪行，礼义坏而奸邪兴，言无仁义也。仁者，爱之效也；义者，事之宜也。故君子爱仁[⑦]以及物，治近以及远。《传》曰：'凡生之物，莫贵于人；人主之所贵，莫重于人。'故天之生万物以奉人也，主爱人以顺天也。闻以六畜禽兽养人，未闻以所养害人者也。鲁厩焚，孔子罢朝，问人不问马，贱畜而重人也。今盗马者罪死，盗牛者加。乘骑车马行驰道中，吏举苛[⑧]而不止，以为盗马，而罪亦死。今伤人持其刀剑而亡，亦可谓盗武库兵而杀之乎？人主立法而民犯之，亦可以为逆而轻主约乎？深之可以死，轻之可以免，非法禁之意也。法者，缘人情而制，非设罪以陷人也。故《春秋》之治狱，论心定罪。志善而违于法者免，志恶而合于法者诛。今伤人未有所害，志不甚恶而合于法者，谓盗而伤人者耶？将执法者过耶？何于人心不厌也！古者，伤人有创者刑，盗有臧[⑨]者罚，杀人者死。今取人兵刃以伤人，罪与杀人同，得无非其至意与？"

大夫俛仰未应对。

御史曰："执法者国之辔衔，刑罚者国之维楫[⑩]也。故辔衔不饬，虽王良不能以致远；维楫不设，虽良工不能以绝水。韩子疾有国者不能明其法势，御其臣下，富国强兵，以制敌御难，惑于愚儒之文词，以疑贤士之谋，举浮淫之蠹，加之功实之上，而欲国之治，犹释阶而欲登高，无衔橛而御捍马[11]也。今刑法设备，而民犹犯之，况无法乎？其乱必也！”

文学曰：“辔衔者，御之具也，得良工而调。法势者，治之具也，得贤人而化。执辔非其人，则马奔驰。执轴非其人[12]，则船覆伤。昔吴使宰嚭[13]持轴而破其船，秦使赵高执辔而覆其车。今废仁义之术，而任刑名之徒，则复吴、秦之事也。夫为君者法三王，为相者法周公，为术者法孔子，此百世不易之道也。韩非非先王而不遵，舍正令而不从，卒蹈陷阱，身幽囚，客死于秦。夫不通大道而小辩，斯足以害其身而已。”

---

①必：果断。

②犴（hàn，音汗）：狱。

③谷：生。

④驰道：御路。

⑤加：同枷。

⑥矰弋：射鸟的短箭。

⑦仁：同人。

⑧苛：同呵。

⑨臧：同赃。

⑩檝：同楫，桨。

⑪捍：是“悍”字之借。

⑫轴：同舳。

⑬嚭：pǐ，音匹。

申韩第五十六

御史曰：“待周公而为相，则世无列国。待孔子而后学，则世无儒、墨。夫衣小缺，襟裂[1]可以补，而必待全匹而易之；政小缺，法令可以防，而必待《雅》、《颂》乃治之。是犹舍邻之医，而求俞跗[2]而后治病；废污池之水，待江、海而后救火也。迂而不径，阙而无务，是以教令不从而治烦乱。夫善为政者，弊则补之，决则塞之。故吴子以法治楚、魏，申、商以法强秦、韩也。”

文学曰：“有国者选众而任贤，学者博览而就善，何必是周公、孔子！故曰法之而已。今商鞅反圣人之道，变乱秦俗，其后政耗乱而不能治，流失而不可复。愚人纵火于沛泽，不能复振；蜂虿螫[3]人，放死不能息其毒也。烦而止之，躁而静之，上下劳扰，而乱益滋。故圣人教化，上与日月俱照，下与天地同流，岂曰小补之哉？”

御史曰：“衣缺不补，则日以甚；防漏不塞，则日益滋。大河之始决于瓠[4]子也，涓涓尔，及其卒，泛滥为中国害。菑梁、楚，破曹、卫，城郭坏沮，稸[5]积漂流，百姓木栖，千里无庐，令孤寡无所依，老弱无所归。故先帝闵悼其菑，亲省河堤，举禹之功，河流以复，曹、卫以宁。百姓戴其功，咏其德，歌‘宣房塞，万福来’焉，亦犹是也。如何勿小补哉！”

文学曰：“河决若瓮口，而破千里，况礼决乎？其所害亦多矣！今断狱岁以万计，犯法兹多，其为菑岂特曹、卫哉！夫知塞宣房而福来，不知塞乱原而天下治也。周国用之，刑错不用，黎民若[⑥]，四时各终其序，而天下不孤。《颂》曰：'绥[⑦]我眉寿，介以繁祉。'此夫为福，亦不小矣！诚信礼义如宣房，功业已立，垂拱无为。有司何补，法令何塞也？"

御史曰："犀铫[⑧]利锄，五谷之利而间草之害也。明理正法，奸邪之所恶而良民之福也。故曲木恶直绳，奸邪恶正法。是以圣人审于是非，察于治乱，故设明法，陈严刑，防非矫邪，若隐括辅檠之正佤剌也。故水者火之备，法者止奸之禁也。无法势，虽贤人不能以为治；无甲兵，虽孙、吴不能以制敌。是以孔子倡以仁义而民从风，伯夷循首阳而民不可化。"

文学曰："法能刑人而不能使人廉，能杀人而不能使人仁。所贵良医者，贵其审消息而退邪气也，非贵其下针石而钻肌肤也。所贵良吏者，贵其绝恶于未萌，使之不为，非贵其拘之囹圄而刑杀之也。今之所谓良吏者，文察则以祸其民，强力则以厉其下，不本法之所由生，而专己之残心。文诛假法，以陷不辜，累无罪，以子及父，以弟及兄。一人有罪，州里惊骇，十家奔亡，若痈疽之相泞，色淫之相连，一节动而百枝摇。《诗》云：'舍彼有罪，沦胥以铺[⑨]。'痛伤无罪而累也。非患铫耨之不利，患其舍草而芸苗也。非患无准平，患其舍枉而绳直也。故亲近为过不必诛，是锄不用也；疏远有功不必赏，是苗不养也。故世不患无法，而患无必行之法也。"

---

①幓裂：指残帛。
②跗：fū，音夫。
③螫：shì，音是。
④瓠：hù，音护。
⑤稸：同蓄。
⑥若：善。
⑦绥：安好。
⑧铫：大锄。
⑨胥：相；铺：同痡，病。

周秦第五十七

御史曰："《春秋》无名号，谓之云盗，所以贱刑人而绝之人伦也。故君不臣，士不友，于闾里无所容。故民耻犯之。今不轨之民，犯公法以相宠，举弃其亲，不能伏节死理，循逃相连，自陷于罪。其被刑戮，不亦宜乎？一室之中，父兄之际，若身体相属，一节动而知于心。故今自阙内侯以下，比地于伍，居家相察，出入相司。父不教子，兄不正弟，舍是谁责乎？"

文学曰："古者，周其礼而明其教，礼周教明，不从者然后等之以刑。刑罚中，民不怨。故舜施四罪而天下咸服，诛不仁也。轻重各服其诛，刑必加而无赦，赦惟疑者。若此，则世安得不轨之人而罪之？今杀人者生，剽攻窃盗者富。故良民内解怠，辍耕而陨心。古者，君子不近刑人，刑人非人也，身放殛[①]而辱后世，故无贤不肖，莫不耻也。今无行之人，贪利以陷其身，蒙戮辱而损礼义，恒于苟生。何者？一日下蚕室[②]，创未瘳[③]，宿卫人主，出入宫殿，由得受奉禄，食大官享赐，身以尊荣，妻子获其饶。故或载卿相之列，就刀锯而不见闵，况众庶乎？夫何耻之有！今废其德教，而责之以礼义，是虐民也。《春秋传》曰：'子有罪，执其父；臣有罪，执其君，听失之大者也。’今以子诛父，以弟诛兄，亲戚相坐，什伍相连，若引根本之及华叶，伤小指之累四体也。如此，则以有罪反诛无罪，无罪者寡矣。臧文仲治鲁，胜其盗而自矜。子贡曰：‘民将欺，而况盗乎！’故吏不以多断为良，医不以多刺为工。子产刑二人，杀一人，道不拾遗，而民无诬心。故为民父母，以养疾子，长恩厚而已。自首匿相坐之法立，骨肉之恩废，而刑罪多矣。父母之于子，虽有罪犹匿之，其不欲服罪尔。闻子为父隐，父为子隐，未闻父子之相坐也。闻兄弟缓追以免贼，未闻兄弟之相坐也。闻恶恶止其人，疾始而诛首恶，未闻什伍而相坐也。老子曰：‘上无欲而民朴，上无事而民自富。’君君臣臣，父父子子。比地何伍，而执政何责也？”

御史曰：“夫负千钧之重，以登无极之高，垂峻崖之峭谷，下临不测之渊，虽有庆忌之捷，贲、育之勇，莫不震慑[④]悼栗者，知坠则身首肝脑涂山石也。故未尝灼而不敢握火者，见其有灼也。未尝伤而不敢握刃者，见其有伤也。彼以知为非，罪之必加，而戮及父兄，必惧而为善。故立法制辟，若临百仞之壑，握火蹈刃，则民畏忌，而无敢犯禁矣。慈母有败子，小不忍也。严家无悍虏，笃责急也。今不立严家之所以制下，而修慈母之所以败子，则惑矣。”

文学曰：“纣为炮烙之刑，而秦有收帑[⑤]之法。赵高以峻文决罪于内，百官以峭法断割于外。死者相枕席，刑者相望，百姓侧目重足，不寒而慄。《诗》云：‘谓天盖高，不敢不局。谓地盖厚，不敢不蹐。哀今之人，胡为虺蜥[⑥]！’方此之时，岂特冒蹈刃哉？然父子相背，兄弟相嫚，至于骨肉相残，上下相杀。非刑轻而罚不必，令太严而仁恩不施也。故政宽则下亲其上，政严则民谋其主。晋厉以幽，二世见杀。恶在峻法之不犯，严家之无悍虏也？圣人知之，是以务和而不务威。故高皇帝约秦苛法，以慰怨毒之民，而长和睦之心，唯恐刑之重而德之薄也。是以恩施无穷，泽流后世。商鞅、吴起以秦、楚之法为轻而累之，上危其主，下没其身，或非特慈母乎！”

---

①殛（jí，音吉）：杀死。

②蚕室：乃腐刑所居温密之室也。

③瘳：痊愈。

④震慑：害怕。

⑤帑（nú，音奴）：同孥，妻和子。

⑥虺（huǐ，音悔）：毒蛇。

诏圣[①]第五十八

御史曰：“夏后氏不倍言，殷誓，周盟，德信弥衰。无文、武之人，欲修其法，此殷、周之所以失势，而见夺于诸侯也。故衣弊而革才[②]，法弊而更制。高皇帝时，天下初定，发德音，行一切之令，权也，非拨乱反正之常也。其后，法稍犯，不正于理。故奸萌而《甫刑》作，王道衰而《诗》刺彰，诸侯暴而《春秋》讥。夫少目之网不可以得鱼，三章之法不可以为治。故令不得不加，法不得不多。唐、虞画衣冠非阿，汤、武刻肌肤非故，时世不同，轻重之务异也。”

文学曰：“民之仰法，犹鱼之仰水，水清则静，浊则扰。扰则不安其居，静则乐其业。乐其业则富，富则仁生，赡则争止。是以成、康之世，赏无所施，法无所加。非可刑而不刑，民莫犯禁也；非可赏而不赏，民莫不仁也。若斯，则吏何事而理？今之治民者，若拙御之御马也，行则顿之，止则击之。身创于箠，吻伤于衔，求其无失，何可得乎？乾溪之役土崩，梁氏内溃，严刑不能禁，峻法不能止。故罢马不畏鞭箠，罢民不畏刑法。虽曾[③]而累之，其亡[④]益乎？”

御史曰：“严墙三刃[⑤]，楼季难之；山高干[⑥]云，牧竖登之。故峻则楼季难三刃，陵夷则牧竖易山巅。夫烁金在炉，庄蹻不顾；钱刀在路，匹妇掇之。非匹妇贪而庄蹻廉也，轻重之制异，而利害之分明也。故法令可仰而不可逾，可临而不可入。《诗》云：‘不可暴虎，不敢冯河[⑦]。’为其无益也。鲁好礼而有季、孟之难，燕哙好让而有子之之乱。礼让不足禁邪，而刑法可以止暴。明君据法，故能长制群下，而久守其国也。”

文学曰：“古者，明其仁义之誓，使民不逾；不教而杀，是虐民也。与其刑不可逾，不若义之不可逾也。闻礼义行而刑罚中，未闻刑罚行而孝悌兴也。高墙狭基，不可立也。严刑峻法，不可久也。二世信赵高之计，渫笃责而任诛断，刑者半道，死者日积。杀民多者为忠，厉民悉者为能。百姓不胜其求，黔首不胜其刑，海内同忧而俱不聊生。故过任之事，父不得于子，无已之求，君不得于臣。死不再生，穷鼠啮狸，匹夫奔万乘，舍人折弓，陈胜、吴广是也。当此之时，天下俱起，四面而攻秦，闻不一期而社稷为墟，恶在其能长制群下，而久守其国也？”

御史默然不对。

大夫曰：“瞽[⑧]师不知白黑而善闻言，儒者不知治世而善訾议。夫善言天者合之人，善言古者考之今。令何为施？法何为加？汤、武全肌骨而殷、周治，秦国用之，法弊而犯。二尺四寸之律，古今一也，或以治，或以乱。《春秋》原罪，《甫刑》制狱。今愿闻治乱之本，周、秦所以然乎？”

文学曰：“春夏生长，圣人象[⑨]而为令。秋冬杀藏，圣人则[⑩]而为法。故令者教也，所以导民人；法者刑罚也，所以禁强暴也。二者，治乱之具，存亡之效也，在上所任。汤、武经礼义，明好恶，以道其民，刑罪未有所加，而民自行义，殷、周所以治也。上无德教，下无法则，任刑必诛，劓鼻盈蔂[⑪]，断足盈车，举河以西，不足以受天下之徒，终而以亡者，秦王也。非二尺四寸之律异，所行反古而悖民心也。”

---

①诏：告。

②才：同裁。

③曾：同增。

④亡：同无。

⑤刃：同仞。

⑥干：及。

⑦冯河：冯同凭，徒涉。

⑧瞽（gǔ，音古）：瞎。

⑨象：仿效。

⑩则：效法。

⑪劓（yì，音意）：割；蔂（léi，音雷）：土笼。

大论第五十九

大夫曰："呻吟槁简，诵死人之语，则有司不以文学[①]。文学知狱之在廷后，而不知其事，闻其事而不知其务。夫治民者，若大匠之斲，斧斤而行之，中绳则止。杜大夫、王中尉之等，绳之以法，断之以刑，然后寇止奸禁。故射者因槷[②]，治者因法。虞、夏以文，殷、周以武，异时各有所施。今欲以敦朴之时，治抏弊之民[③]，是犹迁延而拯溺，揖让而救火也。"

文学曰："文王兴而民好善，幽、厉兴而民好暴，非性之殊，风俗使然也。故商、周之所以昌，桀、纣之所以亡也。汤、武非得伯夷之民以治，桀、纣非得蹠、蹻之民以乱也，故治乱不在于民。孔子曰：'听讼吾犹人也，必也使无讼乎！'无讼者难，讼而听之易。夫不治其本而事其末，古之所谓愚，今之所谓智。以箠楚正乱[④]，以刀笔正文，古之所谓贼，今之所谓贤也。"

大夫曰："俗非唐、虞之时，而世非许由之民，而欲废法以治，是犹不用隐括斧斤，欲挠曲直枉也。故为治者不待自善之民，为轮者不待自曲之木。往者，应少、伯正之属溃梁、楚，昆卢、徐谷之徒乱齐、赵，山东、关内暴徒，保人阻险。当此之时，不任斤斧，折之以武，而乃始设礼修文，有似穷医，欲以短针而攻疽，孔丘以礼说跖也。"

文学曰："残材木以成室屋者，非良匠也。残贼民人而欲治者，非良吏也。故公输子因木之宜，圣人不费民之性[⑤]。是以斧斤简用，刑罚不任，政立而化成。扁鹊攻于凑理，绝邪气，故痈疽不得成形。圣人从事于未然，故乱原无由生。是以砭石藏而不施，法令设而不用。断已然，凿已发者，凡人也。治未形，睹未萌者，君子也。"

大夫曰："文学所称圣知者，孔子也，治鲁不遂，见逐于齐，不用于卫，遇围于匡，困于陈、蔡。夫知时不用犹说，强也；知困而不能已，贪也；不知见欺而往，愚也；困辱不能死，耻也。若此四者，庸民之所不为也，而况君子乎？商君以景监见，应侯以王稽进。故士因士，女因媒。至其亲显，非媒士之力。孔子不以因进见而能往者，非贤士才女也。"

文学曰："孔子生于乱世，思尧、舜之道，东西南北，灼头濡足[⑥]，庶几世主之悟。悠悠者皆是，君闇[⑦]，大夫妒，孰合有媒？是以嫫母饰姿而矜夸，西子彷徨而无家。非不知穷厄而不见用，悼痛天下之祸，犹慈母之伏死子也，知其不可如何，然恶已。故适齐，景公欺之；适卫，灵公围，阳虎谤之，桓魋害之[⑧]。夫欺害圣人者，愚惑也；伤毁圣人者，狂狡也。狡惑之人，非人也，夫何耻之有？孟子曰：'观近臣者以所为主，观远臣者以其所主。'使圣人伪容苟合，不论行择友，则何以为孔子也！"

大夫怃然内惭，四据而不言。

当此之时，顺风承意之士如编，口张而不歙[⑨]，舌举而不下[⑩]，闇然而怀重负而见责[⑪]。

大夫曰："诺，胶车倏逢雨[⑫]，请与诸生解。"

---

①以：古通"似"。

②槷（niè，音聂）："臬"字的假借，即箭靶。

③抏：wán，音丸。

④箠楚：杖刑。

⑤费：同拂，违背。

⑥濡（rú，音如）：浸渍。

⑦闇：同暗，愚昧，糊涂。

⑧魋：tuí，音颓。

⑨歙：敛也。

⑩舌举：当作“举舌”。

⑪而：同如。

⑫胶车倏逢雨：倏原作修，当在逢字下。意为胶车遇到久雨就会解散。

杂论第六十

客曰：“余睹盐、铁之义，观乎公卿、文学、贤良之论，意指殊路，各有所出，或上仁义，或务权利。”

“异哉吾所闻。周、秦粲然，皆有天下而南面焉，然安危长久殊世。始汝南朱子伯为予言，当此之时，豪俊并进，四方辐凑。贤良茂陵唐生、文学鲁国万生之伦六十余人，咸聚阙庭，舒《六艺》之风，论太平之原。智者赞其虑，仁者明其施，勇者见其断，辩者陈其词。訚訚焉[①]，侃侃焉，虽未能详备，斯可略观矣。然蔽于云雾，终废而不行，悲夫！公卿知任武可以辟地，而不知广德可以附远；知权利可以广用，而不知稼穑可以富国也。近者亲附，远者说德，则何为而不成，何求而不得？不出于斯路，而务畜利长威，岂不谬哉！中山刘子雍言王道，矫当世，复诸正，务在乎反本。直而不徼[②]，切而不燷[③]，斌斌然斯可谓弘博君子矣。九江祝生奋由、路之意，推史鱼之节，发愤懑，刺讥公卿，介然直而不挠，可谓不畏强御矣。桑大夫据当世，合时变，推道术，尚权利，辟略小辩，虽非正法，然巨儒宿学恧然[④]，不能自解，可谓博物通士矣。然摄卿相之位，不引准绳，以道化下，放于利末，不师始古。《易》曰：‘焚如弃如。’处非其位，行非其道，果陨其性，以及厥宗[⑤]。车丞相即周、吕之列，当轴处中，括囊不言，容身而去，彼哉！彼哉！若夫群丞相、御史，不能正议，以辅宰相，成同类，长同行，阿意苟合，以说其上。斗筲之人，道谀之徒，何足算哉！

①訚訚：汉书作“断断”（yín yín，音银），争辩之貌。

②徼：抄。

③燷：音索，空。

④恧：nǜ，惭愧。

⑤厥：他的，那个。

论　衡

〔汉〕王充　撰

逢 遇

操行有常贤[①]，仕宦无常遇。贤不贤，才也；遇不遇，时也。才高行洁，不可保以必尊贵；能薄操浊，不可保以必卑贱。或高才洁行，不遇，退在下流；薄能浊操，遇，在众上。世各自有以取士，士亦各自得以进。进在遇，退在不遇。处尊居显，未必贤，遇也；位卑在下，未必愚，不遇也。故遇，或抱洿行[②]，尊于桀之朝；不遇，或持洁节，卑于尧之廷。所以遇不遇非一也：或时贤而辅恶；或以大才从于小才；或俱大才，道有清浊；或无道德而以技合；或无技能而以色幸。

伍员、帛喜，俱事夫差，帛喜尊重，伍员诛死，此异操而同主也。或操同而主异，亦有遇不遇，伊尹、箕子是也。伊尹、箕子才俱也，伊尹为相，箕子为奴，伊尹遇成汤，箕子遇商纣也。夫以贤事贤君，君欲为治，臣以贤才辅之，趋舍偶合[③]，其遇固宜。以贤事恶君，君不欲为治，臣以忠行佐之，操志乖忤[④]，不遇固宜。

或以贤圣之臣，遭欲为治之君，而终有不遇，孔子、孟轲是也。孔子绝粮陈、蔡，孟轲困于齐、梁，非时君主不用善也，才下知浅[⑤]，不能用大才也。夫能御骥騄者[⑥]，必王良也；能臣禹、稷、皋陶者，必尧、舜也。御百里之手，而以调千里之足，必有摧衡折轭之患。有接具臣之才，而以御大臣之知，必有闭心塞意之变。故至言弃捐[⑦]，圣贤距逆，非憎圣贤，不甘至言也。圣贤务高，至言难行也。夫以大才干小才[⑧]，小才不能受，不遇固宜。

以大才之臣，遇大才之主，乃有遇不遇，虞舜、许由、太公、伯夷是也。虞舜、许由俱圣人也，并生唐世，俱面于尧。虞舜绍帝统[⑨]，许由入山林。太公、伯夷俱贤也，并出周国，皆见武王。太公受封，伯夷饿死。夫贤圣道同、志合、趋齐，虞舜、太公行耦[⑩]，许由、伯夷操违者，生非其世，出非其时也。道虽同，同中有异；志虽合，合中有离。何则？道有精粗，志有清浊也。许由，皇者之辅也，生于帝者之时；伯夷，帝者之佐也，出于王者之世，并由道德[⑪]，俱发仁义[⑫]。主行道德不清，不留；主为仁义不高，不止，此其所以不遇也。尧混舜浊，武王诛残，太公讨暴，同浊皆粗，举措钧齐[⑬]，此其所以为遇者也。故舜王天下，皋陶佐政，北人无择深隐不见；禹王天下[⑭]，伯益辅治，伯成子高委位而耕。非皋陶才愈无择，伯益能出子高也，然而皋陶、伯益进用，无择、子高退隐，进用行耦，退隐操违也。退隐势异，身虽屈，不愿进；人主不须其言，废之意亦不恨，是两不相慕也。

商鞅三说秦孝公，前二说不听，后一说用者：前二，帝王之论；后一，霸者之议也。夫持帝王之论，说霸者之主，虽精见距[⑮]；更调霸说，虽粗见受。何则？精遇孝公所不欲得[⑯]，粗遇孝公所欲行也。故说者不在善，在所说者善之；才不待贤，在所事者贤之。马圉之说无方[⑰]，而野人说之；子贡之说有义，野人不听。吹籁工为善声[⑱]，因越王不喜，更为野声，越王大说。故为善于不欲得善之主，虽善不见爱；为不善于欲得不善之主，虽不善不见憎。此以曲伎合[⑲]，合则遇，不合则不遇。

或无伎，妄以奸巧合上志，亦有以遇者，窃簪之臣，鸡鸣之客是。窃簪之臣，亲于子反。鸡鸣之客，幸于孟尝。子反好偷臣，孟尝爱伪客也。以有补于人君[⑳]，人君赖之，其遇固宜。或无补益，为上所好，籍孺、邓通是也。籍孺幸于孝惠，邓通爱于孝文。无细简之才[㉑]，微薄之能，偶以形佳骨娴[22]，皮媚色称。夫好容，人所好也，其遇固宜。或以丑面恶色，称媚于上，嫫母、无盐是也。嫫母进于黄帝[23]，无盐纳于齐王。故贤不肖可豫知[24]，遇难先图。何则？人生好恶无常，人臣所进无豫，偶合为是，适可为上。进者未必贤，退者未必愚，合幸得进，不幸失之。

世俗之议曰："贤人可遇，不遇亦自其咎也[25]。生不希世准主，观鉴治内，调能定说审词[26]，际会能进，有补赡主，何不遇之有？今则不然，作无益之能，纳无补之说，以夏进炉，以冬奏扇，为所不欲得之事，献所不欲 闻之语，其不遇祸幸矣，何福祐之有乎[27]？"进能有益，纳说有补，人之所知也。或以不补而得祐，或以有益而获罪；且夏时炉以炙湿，冬时扇以翣火[28]，世可希，主不可准也。说可转，能不可易也。世主好文，己为文则遇；主好武，己则不遇。主好辩，有口则遇；主不好辩，己则不遇。文主不好武，武主不好文，辩主不好行，行主不好辩。文与言，尚可暴习。行与能，不可卒成。学不宿习，无以明名。名不素著，无以遇主。仓猝之业，须臾之名，日力不足不预闻，何以准主而纳其说，进身而托其能哉？昔周人有仕数不遇[29]，年老白首，泣涕于涂者[30]，人或问之："何为泣乎？"对曰："吾仕数不遇，自伤年老失时，是以泣也。"人曰："仕奈何不一遇也？"对曰："吾年少之时，学为文，文德成就，始欲仕宦，人君好用老。用老主亡，后主又用武。吾更为武，武节始就，武主又亡。少主始立，好用少年，吾年又老，是以未尝一遇。"仕宦有时，不可求也。夫希世准主，尚不可为；况节高志妙，不为利动，性定质成，不为主顾者乎？

且夫遇也，能不预设，说不宿具，邂逅逢喜[31]，遭触上意，故谓之遇。如准推主调说，以取尊贵，是名为揣，不名曰遇。春种谷生，秋刈谷收[32]。求物得物，作事事成，不名为遇。不求自至，不作自成，是名为遇。犹拾遗于涂，摭弃于野[33]，若天授地生，鬼助神辅，禽息之精阴庆，鲍叔之魂默举。若是者，乃遇耳。今俗人既不能定遇不遇之论，又就遇而誉之，因不遇而毁之。是据见效案成事[34]，不能量操审才能也。

---

①常贤：一贯优良。

②洿（wū，音屋）：同"污"。

③趋：追求。

④乖：违背。忤（wǔ，音五）：抵触。

⑤知：通"智"。

⑥騄（lù，音路）：千里马的一种。

⑦至言：高明的意见。

⑧干（gān，音甘）：求取。

⑨绍：继承。

⑩耦：同"偶"。

⑪由：遵循。

⑫发：实行。

⑬钧：通"均"。

⑭王（wàng，忘）：统治。

⑮见距：被拒绝。

⑯得：贪；喜欢。

⑰马圉（yǔ，音雨）：养马的人。方：道理。

⑱籁（lài，音赖）：古时的一种管乐器。

⑲曲伎：小技。

⑳补：益；当好作。

㉑细简：细小的竹简。细简之才：学问浅薄之意。㉒娴（xián，音闲）：美。骨娴：体型优美。

㉓嫫（mó，音魔）母：传说是黄帝的妃子，相貌极丑。

㉔不肖（xiào，音笑）：无能，不成材。豫：通“预”。预先。

㉕咎（jiù，音就）：过错。

㉖调（tiáo，音条）能：指为了需要而改变、调整自己的特长。

㉗祐：福。

㉘翣（shà，音厦）：大扇子。

㉙数（shuò，音朔）：多次。

㉚涂：通“途”。道路。

㉛邂逅（xiè hòu，音谢后）：偶然碰上。

㉜刈（yì，音义）：收割。

㉝摭（zhí，音执）：拾起。

㉞案：考查，根据之意。

累害

凡人仕宦有稽留不进[①]，行节有毁伤不全，罪过有累积不除，声名有暗昧不明。才非下，行非悖也[②]。又知非昏，策非昧也。逢遭外祸，累害之也[③]。非唯人行，凡物皆然。生动之类，咸被累害。累害自外，不由其内。夫不本累害所从生起，而徒归责于被累害者，智不明，暗塞于理者也。物以春生，人保之；以秋成，人必不能保之。卒然牛马践根[④]，刀镰割茎，生者不育，至秋不成。不成之类，遇害不遂，不得生也。夫鼠涉饭 中，捐而不食。捐饭之味，与彼不污者钧，以鼠为害，弃而不御。君子之累害，与彼不育之物、不御之饭 同一实也。俱由外来，故为累害。

修身正行，不能来福；战栗戒慎，不能避祸。祸福之至，幸不幸也。故曰：得非己力，故谓之福；来不由我，故谓之祸。不由我者，谓之何由？由乡里与朝廷也。夫乡里有三累，朝廷有三害。累生于乡里，害发于朝廷，古今才洪行淑之人遇此多矣。何谓三累三害？凡人操行，不能慎择友，友同心恩笃[⑤]，异心疏薄，疏薄怨恨，毁伤其行，一累也。人才高下，不能钧同，同时并进，高者得荣，下者慙恚[⑥]，毁伤其行，二累也。人之交游，不能常欢[⑦]，欢则相亲，忿则疏远，疏远怨恨，毁伤其行，三累也。位少人众，仕者争进，进者争位，见将相毁，增加傅致[⑧]，将昧不明，然纳其言，一害也。将吏异好，清浊殊操，清吏增郁郁之白，举涓涓之言[⑨]，浊吏怀恚恨，徐求其过，因纤微之谤，被以罪罚，二害也。将或幸佐吏之身，纳信其言，佐吏非清节，必拔人越次，迕失其意[⑩]，毁 之过度，清正之仕，抗行伸志[⑪]，遂为所憎，毁伤于将，三害也。夫未进也身被三累，已用也身蒙三害，虽孔丘、墨翟不能自免，颜回、曾参不能全身也。

动百行，作万事，嫉妒之人，随而云起，枳棘钩挂容体，蜂虿之党啄螫怀操[⑫]，岂徒六哉！六者章章[⑬]，世曾不见。夫不原士之操行有三累，仕宦有三害，身完全者谓之洁，被毁谤者谓之辱；官升进者谓之善，位废退者谓之恶；完全升进，幸也，而称之；毁谤废退，不遇也，而訾之[⑭]，用心若此，必为三累三害也[⑮]。论者既不知累害者行贤洁也，以涂搏泥，以黑点缯[⑯]，孰有知之？清受尘，白取垢，青蝇所污，常在练素。处颠者危，势丰者亏，颓坠之类，常在悬垂。屈平洁白，邑犬群吠，吠所怪也；非俊疑杰，固庸能也[⑰]。伟士坐[⑱]以俊杰之才，招致群吠之声。

夫如是，岂宜更勉奴下，循不肖哉[19]！不肖奴下，非所勉也。岂宜更偶俗全身以弭谤哉[20]！偶俗全身，则乡原也[21]。乡原之人，行全无阙[22]，非之无举，刺之无刺也。此又孔子之所罪[23]，孟轲之所愆也[24]。

古贤美极，无以卫身。故循性行以俟累害者，果贤洁之人也，极累害之谤，而贤洁之实见焉[25]。立贤洁之迹，毁谤之尘安得不生？弦者思折伯牙之指，御者愿摧王良之手。何则？欲专良善之名，恶彼之胜己也。是故魏女色艳，郑袖劓之；朝吴忠贞，无忌逐之。戚施弥妒，蘧除多佞[26]。是故湿堂不洒尘，卑屋不蔽风；风冲之物不得育，水湍之岸不得峭。如是，牖里、陈蔡可得知，而沉江蹈河也。以轶才取容媚于俗[27]，求全功名于将，不遭邓析之祸，取子胥之诛，幸矣。孟贲之尸，人不刃者，气绝也。死灰百斛，人不沃者，光灭也。动身章智[28]，显光气于世；奋志敖党，立卓异于俗，固常通人所谗嫉也。以方心偶俗之累[29]，求 益反损。盖孔子所以忧心，孟轲所以惆怅也。

德鸿者招谤，为士者多口。以休炽之声[30]，弥口舌之患，求无危倾之害，远矣。臧仓之毁，未尝绝也；公伯寮之愬，未尝灭也。垤成丘山[31]，污为江河矣。夫如是市虎之讹，投杼之误不足怪[32]，则玉变为石，珠化为砾[33]，不足诡也。何则？昧心冥冥之知使之然也[34]。文王所以为粪土，而恶来所以为金玉也。非纣憎圣而好恶也，心知惑蔽，蔽惑不能审，则微子十去，比干五剖，未足痛也。故三监谗圣人，周公奔楚；后母毁孝子，伯奇放流。当明周世孰有不惑乎？后《鸱鸮》作而《黍离》兴，讽咏之者，乃悲伤之。故无雷风之变，周公之恶不灭；当夏不陨霜[35]，邹衍之罪不除。德不能感天，诚不能动变，君子笃信审己也，安能遏累害于人[36]？圣贤不治名，害至不免辟，形章墨短，掩匿 白长；不理身冤，不弭流言，受垢取毁，不求洁完。故恶见而善不彰，行缺而迹不显。邪伪之人，治身以巧俗，修诈以偶众，犹漆盘盂之工，穿墙不见；弄丸剑之倡[37]，手指不知也。世不见短，故共称之；将不闻恶，故显用之。夫如是，世俗之所谓贤洁者，未必非恶；所谓邪污者，未必非善也。

或曰："言有招患，行有召耻[38]，所在常由小人。"夫小人性患耻者也，含邪而生，怀伪而游，沐浴累害之 中，何招召之有？故夫火生者不伤湿，水居者无溺患。火不苦热，水不痛寒，气性自然，焉招之？君子也，以忠言招患，以高行招耻，何世不然！然而太山之恶，君子不得名；毫发之善，小人不得有也。以玷污言之[39]，清受尘而白取垢；以毁谤言之，贞良见妒[40]，高奇见噪；以遇罪言之，忠言招患，高行招耻；以不纯言之，玉有瑕而珠有毁。陈留君贶，名称兖州，行完迹洁，无纤芥之毁[41]。及其当为从事，刺史焦康绌而不用。夫未进也被三累，已用也蒙三害[42]，虽孔丘、墨翟不能自免，颜回、曾参不能全身也。何则？众好纯誉之人，非真贤也。公侯已下，玉石杂糅[43]，贤士之行，善恶相苞。夫采玉者破石拔玉，选士者弃恶取善。夫如是，累害之人负世以行，指击之者从何往哉！

---

①稽留：停留。

②悖（bèi，音倍）：违反情理，胡作非为。

③累：毁伤。

④卒（cù，音猝）：同"猝"。

⑤笃（dǔ，音堵）：厚。

⑥恚（huì，音会）：怨恨。

⑦欢：指感情融洽。

⑧付：通"附"。附益。

⑨涓涓（juān，同捐）：纯洁，这里是高明之意。
⑩迕（wǔ，同伍）：不顺从，违背。
⑪抗：通“亢”。高。
⑫虿（chài，同拆去声）：蝎子一类的毒虫。
⑬章：同“彰”，明显。
⑭訾（zǐ，同子）：诋毁。
⑮为（wèi，同胃）：助长。
⑯点：污。
⑰固：本来。能（tài，音态）：通“态”。
⑱坐：正；恰恰。坐以：正由于。
⑲循：抚循；慰问；说服。
⑳弭（mǐ，音米）：停止，息。
㉑乡原（yuàn，音愿）：同流合污；是非不分之人。
㉒阙（quē，音缺）：通“缺”。缺点；错误。
㉓罪：谴责。
㉔愆（qiān，音千）：批评。
㉕见（xiàn，音现）：同现。
㉖蘧（qú，音渠）：同渠。佞（nìng，音泞）：花言巧语。
㉗轶（yì，音义）才：超常的才能。
㉘动身：指有所行动。
㉙方：直。
㉚炽（zhì，音志）：盛。
㉛垤（dié，音叠）：小土堆。
㉜杼（zhù，音助）：织布机上的梭子。
㉝砾（lì，音利）：碎石。
㉞冥（míng，音明）：昏暗。
㉟陨（yǔn，音允）：坠落。
㊱遏（è，音饿）：制止。
㊲倡：艺人。
㊳召（zhào，音照）：引来；叫来。
㊴玷（diàn，音店）：白玉上的斑点。
㊵见：遭到。
㊶芥：小草。纤芥：细小微小。
㊷已：通“以”。
㊸杂糅（róu，音柔）：混杂。

命禄

凡人遇偶及遭累害[①]，皆由命也。有死生寿夭之命，亦有贵贱贫富之命。自王公逮庶人[②]，圣贤及下愚，凡有首目之类，含血之属，莫不有命。命当贫贱，虽富贵之，犹涉祸患矣；命当富贵，虽贫贱之，犹逢福善矣。故命贵，从贱地自达；命贱，从富位自危[③]。故夫富贵若有神助，贫贱若有鬼祸。命贵之人，俱学独达，并仕独迁；命富之人，俱求独得，并为独成。贫贱反此，难达难迁，难得难成，获过受罪，疾病亡遗[4]，失其富贵，贫贱矣。是故才高行厚，未必保其必富贵；智寡德薄，未可信其必贫贱。或时才高行厚，命恶，废而不进；知寡德薄[5]，命善，兴而超逾。故夫临事知愚，操行清浊，性与才也；仕宦贵贱[6]，治产贫富，命与时也。命则不可勉，时则不可力，知者 归之于天，故坦荡恬忽。虽其贫贱，使富贵若凿沟伐薪，加勉力之趋，致强健之势[7]，凿不休则沟深，斧不止则薪多，无命之人，皆得所愿，安得贫贱凶危之患哉？然则或时沟未通而遇湛，薪未多而遇虎。仕宦不贵，治产不富，凿沟遇湛、伐薪逢虎之类也。

有才不得施，有智不得行，或施而功不立，或行而事不成，虽才智如孔子，犹无成立之功。世俗见人节行高，则曰："贤哲如此，何不贵？"见人谋虑深，则曰："辩慧如此，何不富？"贵富有命福禄，不在贤哲与辩慧。故曰：富不可以筹策得，贵不可以才能成。智虑深而无财，才能高而无官。怀银纡紫，未必稷、契之才；积金累玉，未必陶朱之智。或时下愚而千金，顽鲁而典城。故官御同才，其贵殊命；治生钧知，其富异禄。禄命有贫富，知不能丰杀；性命有贵贱，才不能进退。成王之才不如周公，桓公之知不若管仲，然成、桓受尊命，而周、管禀卑秩也。案古人君希有不学于人臣，知博希有不为父师。然而人君犹以无能处主位，人臣犹以鸿才为厮役。故贵贱在命，不在智愚；贫富在禄，不在顽慧。世之论事者以才高当为将相，能下者宜为农商，见智能之士官位不至，怪而訾之曰[8]："是必毁于行操。"行操之士亦怪毁之曰："是必乏于才知。"殊不知才知行操虽高，官位富禄有命。才智之人，以吉盛时举事而福至，人谓才智明审[9]；凶衰祸来，谓愚暗。不知吉凶之命，盛衰之禄也。

白圭、子贡转货致富，积累金玉，人谓术善学明[10]。主父偃辱贱于齐，排摈不用[11]，赴阙举疏[12]，遂用于汉，官至齐相；赵人徐乐亦上书，与偃章会，上善其言，征拜为郎[13]。人谓偃之才，乐之慧，非也。儒者明说一经，习之京师。明如匡稚圭，深如鲍子都，初阶甲乙之科，迁转至郎、博士，人谓经明才高所得，非也。而说若范雎之干秦昭[14]，封为应侯，蔡泽之说范雎，拜为客卿，人谓雎、泽美善所致，非也。皆命禄贵富善至之时也。孔子曰："死生有命，富贵在天。"鲁平公欲见孟子，嬖人臧仓毁孟子而止[15]。孟子曰："天也！"孔子圣人，孟子贤者，诲人安道[16]，不失是非，称言命者，有命审也。

《淮南书》曰："仁鄙在时不在行，利害在命不在智。"贾生曰："天不可与期[17]，道不可与谋。迟速有命，焉识其时？"高祖击黥布，为流矢所中，疾甚。吕后迎良医，医曰："可治。"高祖骂之曰："吾以布衣提三尺剑取天下，此非天命乎！命乃在天，虽扁鹊何益？"韩信与帝论兵，谓高祖曰："陛下所谓天授，非智力所得。"扬子云曰："遇不遇，命也。"太史公曰："富贵不违贫贱，贫贱不违富贵。"是谓从富贵为贫贱，从贫贱为富贵也。夫富贵不欲为贫贱，贫贱自至；贫贱不求为富贵，富贵自得也。春夏囚死，秋冬王相，非能为之也；日朝出而暮入，非求之也，天道自然。代王自代入为文帝，周亚夫以庶子为条侯。此时代王非太子，亚夫非適嗣[18]，逢时遇会，卓然卒至[19]。命贫以力勤致富，富至而死；命贱以才能取贵，贵至而免。才力而致富贵，命禄不能奉持，犹器之盈量，手之持重也。器受一升，以一升则平，受之如过一升[20]，则满溢也；手举一钧，以一钧则平，举之过一钧，则蹶仆矣[21]。前世明是非归之于命也，命审然也。

信命者，则可幽居俟时[22]，不须劳精苦形求索之也。犹珠玉之在山泽，天命难知，人不耐审[23]，虽有厚命，犹不自信，故必求之也。如自知，虽逃富避贵，终不得离，故曰：力胜贫，慎胜祸。勉力勤事以致富，砥才明操以取贵[24]；废时失务，欲望富贵，不可得也。虽云有命，当须索之。如信命不求，谓当自至，可不假而自得[25]，不作而自成，不行而自至。夫命富之人，筋力自强；命贵之人，才智自高，若千里之马，头目蹄足自相副也。有求而不得者矣，未必不求而得之者也。精学不求贵，贵自至矣；力作不求富，富自到矣。富贵之福，不可求致；贫贱之祸，不可苟除也[26]。由此言之，有富贵之命，不求自得。

信命者曰："自知吉，不待求也。天命吉厚，不求自得；天命凶厚，求之无益。"夫物不求而自生，则人亦有不求贵而贵者矣。人情有不教而自善者，有教而终不善者矣，天性，犹命也。越王翳逃山中，至诚不愿，自冀得代[27]。越人熏其穴，遂不得免，强立为君。而天命当然，虽逃避之，终不得离。故夫不求自得之贵欤[28]！

---

①偶：符合；相互一致。

②逮（dài，音代）：到。

③危：当衰败讲。这里是指丧失富贵。

④亡：丧失。

⑤知（zhì，音智）：通"智"。

⑥仕宦（huàn，音唤）：当官。

⑦致：给予。

⑧訾（zǐ，音子）：说教；指责。

⑨明审：明白；高明。

⑩术：方式；方法。

⑪排摈：排弃；摈斥。

⑫阙（què，音确）：指古代皇宫门前的门楼。泛指宫殿。

⑬征：征占召用。拜：任命官位。

⑭说（shuì，音税）：当游说讲。劝别人服从自己的主张、意见。

⑮嬖（bì，音毕）人：得宠爱之人。

⑯诲：教诲。安：遵循。

⑰与（yù，音预）：预见。

⑱適（dí，音敌），通"嫡"，妻子生的儿子。嗣：继承人。

⑲卓然：超乎寻常。卒（cù，音猝）："猝"，当突然之意。

⑳受：接纳；接受。

㉑踬（zhì，音志）仆：摔倒；跌倒。

㉒幽居：隐居之意。

㉓耐（néng，音能）：通"能"。当能够讲。

㉔砥才：磨练才能。

㉕假：借以外力。

㉖苟除：随意地免除、去除。

㉗冀：希望。

㉘欤（yú，音鱼）：语气词。

气　寿

凡人禀命有二品[1]：一曰所当触值之命，二曰强弱寿夭之命。所当触值，谓兵、烧、压、溺也。强寿弱夭，谓禀、气、渥、薄也。兵、烧、压、溺，遭以所禀为命，未必有审期也[2]。若夫强弱夭寿以百为数，不至百者，气自不足也。夫禀气渥则其体强，体强则其命长；气薄则其体弱，体弱则命短。命短则多病，寿短。始生而死，未产而伤，禀之薄弱也。渥强之人，不卒其寿，若夫无所遭遇，虚居困劣[3]，短气而死，此禀之薄，用之竭也。此与始生而死，未产而伤，一命也。皆由禀气不足，不自致于百也。

人之禀气，或充实而坚强，或虚劣而软弱。充实坚强，其年寿；虚劣软弱，失弃其身。天地生物，物有不遂[4]。父母生子，子有不就。物有为实，枯死而堕。人有为儿，夭命而伤。使实不枯，亦至满岁。使儿不伤，亦至百年。然为实儿而死枯者，禀气薄，则虽形体完，其虚劣气少，不能充也。儿生，号啼之声鸿朗高畅者寿[5]，嘶喝湿下者夭。何则？禀寿夭之命，以气多少为主性也。妇人疏字者子活[6]，数乳者子死[7]。何则？疏而气渥，子坚强；数而气薄，子软弱也。怀子而前已产子死，则谓所怀不活。名之曰怀，其意以为已产之子死，故感伤之子失其性矣。所产子死、所怀子凶者，字乳亟数[8]，气薄不能成也。虽成人形体，则易感伤[9]，独先疾病，病独不治。

百岁之命，是其正也。不能满百者，虽非正，犹为命也。譬犹人形一丈，正形也。名男子为丈夫，尊公妪为丈人[10]。不满丈者，失其正也。虽失其正，犹乃为形也。夫形不可以不满丈之故谓之非形，犹命不可以不满百之故谓之非命也。非天有长短之命，而人各有禀受也。由此言之，人受气命于天，卒与不卒，同也。语曰："图王不成，其弊可以霸。"霸者，王之弊也。霸本当至于王，犹寿当至于百也。不能成王，退而为霸。不能至百，消而为夭。王霸同一业，优劣异名。寿夭或一气，长短殊数。何以知不满百为夭者？百岁之命也，以其形体小大长短同一等也。百岁之身，五十之体，无以异也。身体不异，血气不殊。鸟兽与人异形，故其年寿与人殊数。

何以明人年以百为寿也？世间有矣。儒者说曰：太平之时，人民侗长百岁左右[11]，气和之所生也。《尧典》曰："朕在位七十载[12]，求禅得舜[13]。"舜征三十岁在位。尧退而老，八岁而终[14]，至殂落九十八岁[15]。未在位之时，必已成人，今计数百有余矣。又曰："舜生三十，征用三十，在位五十载，陟方乃死[16]。"适百岁矣。文王谓武王曰："我百，尔九十。吾与尔三焉。"文王九十七而薨[17]，武王九十三而崩。周公，武王之弟也，兄弟相差不过十年。武王崩，周公居摄七年，复政退老，出入百岁矣。邵公，周公之兄也。至康王之时，尚为太保，出入百有余岁矣。圣人禀和气，故年命得正数。气和为治平，故太平之世多长寿人。百岁之寿，盖人年之正数也，犹物至秋而死，物命之正期也。物先秋后秋，则亦如人死或增百岁或减百也。先秋后秋为期，增百减百为数。物或出地而死，犹人始生而夭也。物或逾秋不死，亦如人年多度百至于三百也。传称老子二百余岁，邵公百八十，高宗享国百年，周穆王享国百年。并未享国之时，皆出百三十四十岁矣。

---

①禀：接受；承受。

②审期：明确的日期。

③虚居：休闲的生活。

④遂：成长。

⑤号啼：哭叫；哭喊。

⑥疏：少。字：怀孕。疏字：孩子生得少。

⑦数（shuò，音朔）：多。乳：生育。

⑧亟（qì，音气）：数次。

⑨感伤：传染上疾病。

⑩妪（yù，音玉）：老年妇女。

⑪侗（tōng，音通）长：高大。

⑫朕（zhèn，音阵）：自称。
⑬禅（shàn，音善）：禅让，古代皇帝让位。
⑭终：死。
⑮殂（cú，音粗阳平）落：死亡。
⑯陟（zhì，音治）方：到处巡游。
⑰薨（hōng，音轰）：古代王、侯之死称薨。

幸偶

凡人操行有贤有愚，及遭祸福，有幸有不幸；举事有是有非[①]，及触赏罚，有偶有不偶。并时遭兵，隐者不中；同日被霜，蔽者不伤。中伤未必恶，隐蔽未必善。隐蔽幸，中伤不幸。俱欲纳忠[②]，或赏或罚；并欲有益，或信或疑。赏而信者未必真，罚而疑者未必伪。赏、信者偶，罚、疑不偶也。

孔子门徒七十有余，颜回蚤夭。孔子曰："不幸短命死矣！"短命称不幸，则知长命者幸也，短命者不幸也。服圣贤之道[③]，讲仁义之业，宜蒙福祐[④]。伯牛有疾，亦复颜回之类，俱不幸也。蝼蚁行于地，人举足而涉之。足所履[⑤]，蝼蚁苲死[⑥]；足所不蹈，全活不伤。火燔野草[⑦]，车轹所致[⑧]，火所不燔，俗或喜之，名曰幸草。夫足所不蹈，火所不及，未必善也。举火行，有适然也。由是以论，痈疽之发[⑨]，亦一实也。气结阏积[⑩]，聚为痈；溃为疽创[⑪]，流血出脓，岂痈疽所发，身之善穴哉？营卫之行，遇不通也。蜘蛛结网，蜚虫过之[⑫]，或脱或获；猎者张罗，百兽群扰，或得或失；渔者罾江湖之鱼[⑬]，或存或亡；或奸盗大辟而不知，或罚赎小罪而发觉：灾气加人，亦此类也。不幸遭触而死，幸者免脱而生，不幸者不侥幸也。孔子曰："人之生也直，罔之生也幸。"则夫顺道而触者为不幸矣。立岩墙之下，为坏所压；蹈坼岸之上[⑭]，为崩所坠，轻遇无端，故为不幸。鲁城门久朽欲顿[⑮]，孔子过之，趋而疾行。左右曰："久矣。"孔子曰："恶其久也[⑯]。"孔子戒慎已甚，如过遭坏，可谓不幸也。故孔子曰："君子有不幸而无有幸，小人有幸而无不幸。"又曰："君子处易以俟命，小人行险以侥幸。"

佞幸之徒，闳孺、籍孺之辈，无德薄才，以色称媚，不宜爱而受宠，不当亲而得附，非道理之宜。故太史公为之作传，邪人反道而受恩宠，与此同科，故合其名谓之《佞幸》[⑰]。无德受恩，无过遇祸，同一实也。俱禀元气，或独为人，或为禽兽；并为人，或贵或贱，或贫或富；富或累金，贫或乞食，贵至封侯，贱至奴仆，非天禀施有左右也，人物受性有厚薄也。俱行道德，祸福不均；并为仁义，利害不同。晋文修文德，徐偃行仁义，文公以赏赐，偃王以破灭。鲁人为父报仇，安行不走，追者舍之；牛缺为盗所夺，和意不恐[⑱]，盗还杀之。文德与仁义同，不走与不恐等，然文公、鲁人得福，偃王、牛缺得祸者，文公、鲁人幸，而偃王、牛缺不幸也。韩昭侯醉卧而寒，典冠加之以衣，觉而问之，知典冠爱己也。以越职之故，加之以罪。卫之骖乘者见御者之过，从后呼车，有救危之义，不被其罪。夫骖乘之呼车[⑲]，典冠之加衣，同一意也。加衣恐主之寒，呼车恐君之危[⑳]，仁惠之情，俱发于心。然而于韩有罪，于卫为忠，骖乘偶，典冠不偶也。

非唯人行，物亦有之。长数仞之竹，大连抱之木，工技之人裁而用之[㉑]，或成器而见举持，或遗材而遭废弃。非工技之人有爱憎也，刀斧如有偶然也。蒸谷为饭，酿饭为酒。酒之成也，甘苦异味；饭之熟也，刚柔殊和[㉒]。非庖厨酒人有意异也[㉓]，手指之调有偶适也。调饭也殊筐而居，甘酒也异器而处，虫堕一器，酒弃不饮；鼠涉一筐，饭捐不食。夫百草之类，皆有补益，遭医人采掇[24]，成为良药；或遗枯泽，为火所烁。等之金也，或为剑戟[25]，或为锋铦[26]。同之木也，或梁于宫，或柱于桥。俱之火也，或烁脂烛，或燔枯草。均之土也，或基殿堂，或涂轩户。皆之水也，或溉鼎釜[27]，或澡腐臭。物善恶同，遭为人用，其不幸偶，犹可伤痛，况含精气之徒乎！

虞舜圣人也，在世宜蒙全安之福。父顽母嚚[28]，弟象敖狂[29]，无过见憎，不恶而得罪，不幸甚矣。孔子，舜之次也。生无尺土，周流应聘，削迹绝粮。俱以圣才，并不幸偶。舜尚遭尧受禅，孔子已死于阙里。以圣人之才，犹不幸偶，庸人之中，被不幸偶，祸必众多矣。

---

①举事：办事。

②纳：进献。

③服：奉行。

④蒙：受到。

⑤履（lǚ，音吕）：踏，踩。

⑥笮：压。

⑦燔（fán，音凡）：烧。

⑧轹（lì，音利）：车轮轧过。

⑨痈疽（yōng jū，音拥居）：脓疮。

⑩阏（è，音扼）：堵塞。

⑪创：通疮。

⑫蜚：通飞。

⑬罾（zēng，音增）：用网捕鱼。

⑭拆（chè，音彻）：裂开。

⑮顿：倒塌。

⑯恶（wù，音务）：讨厌，厌恶。

⑰佞（nìng，音泞）：花言巧语。

⑱和意：态度和蔼。

⑲骖乘（cān shèng，音参圣）：陪主人坐车之人。

⑳恐：担心害怕。

㉑工技之人：工匠。

㉒和：恰当。

㉓庖（páo，音袍）厨：做饭之人。

㉔掇（duō，音多）：收集。

㉕戟（jǐ，音挤）：古代长柄兵器的一种。

㉖锋、铦（xiān，音先）：古代农具。

㉗溉：洗涤。

㉘嚚（yín，音银）：笨。

㉙敖：通“傲”。

命 义

墨家之论，以为人死无命；儒家之议，以为人死有命。言有命者，见子夏言“死生有命，富贵在天”。言无命者，闻历阳之都一宿沉而为湖；秦将白起坑赵降卒于长平之下，四十万众同时皆死；春秋之时，败绩之军[①]，死者蔽草，尸且万数；饥馑之岁[②]，饿者满道，温气疫疠[③]，千户灭门。如必有命，何其秦、齐同也？言有命者曰：“夫天下之大，人民之众，一历阳之都，一长平之坑，同命俱死，未可怪也。命当溺死，故相聚于历阳；命当压死，故相积于长平。”“犹高祖初起，相工入丰[④]、沛之邦，多封侯之人矣，未必老少男女俱贵而有相也。卓砾时见[⑤]，往往皆然。而历阳之都男女俱没，长平之坑老少并陷，万数之中，必有长命未当死之人。遭时衰微，兵革并起[⑥]，不得终其寿。人命有长短，时有盛衰，衰则疾病，被灾蒙祸之验也。”

宋、卫、陈、郑同日并灾，四国之民必有禄盛未当衰之人，然而俱灾，国祸陵之也。故国命胜人命，寿命胜禄命。人有寿夭之相，亦有贫富贵贱之法，俱见于体。故寿命修短皆禀于天[⑦]，骨法善恶皆见于体。命当夭折，虽禀异行，终不得长；禄当贫贱，虽有善性，终不得遂。项羽且死，顾谓其徒曰：“吾败乃命，非用兵之过。”此言实也。实者，项羽用兵过于高祖。高祖之起，有天命焉。国命系于众星[⑧]，列宿吉凶，国有祸福；众星推移[⑨]，人有盛衰。人之有吉凶，犹岁之有丰耗。命有衰盛，物有贵贱。一岁之中，一贵一贱；一寿之间，一衰一盛。物之贵贱，不在丰耗；人之衰盛，不在贤愚。子夏曰“死生有命，富贵在天”，而不曰“死生在天，富贵有命”者，何则？死生者，无象在天，以性为主，禀得坚强之性，则气渥厚而体坚强，坚强则寿命长，寿命长则不夭死；禀性软弱者，气少泊而性羸窳[⑩]，羸窳则寿命短，短则蚤死[⑪]。故言有命，命则性也。至于富贵所禀，犹性所禀之气，得众星之精。众星在天，天有其象[⑫]。得富贵象则富贵，得贫贱象则贫贱，故曰在天。在天如何？天有百官，有众星。天施气，而众星布精，天所施气，众星之气在其中矣。人禀气而生，含气而长，得贵则贵，得贱则贱；贵或秩有高下，富或资有多少，皆星位尊卑小大之所授也。故天有百官，天有众星，地有万民，五帝、三王之精。天有王梁、造父，人亦有之，禀受其气，故巧于御。

传曰：“说命有三，一曰正命，二曰随命，三曰遭命。”正命，谓本禀之自得吉也。性然骨善[⑬]，故不假操行以求福而吉自至，故曰正命。随命者，戮力操行而吉福至，纵情施欲而凶祸到，故曰随命。遭命者，行善得恶，非所冀望，逢遭于外[⑭]，而得凶祸，故曰遭命。凡人受命，在父母施气之时，已得吉凶矣。夫性与命异，或性善而命凶，或性恶而命吉。操行善恶者，性也；祸福吉凶者，命也。或行善而得祸，是性善而命凶；或行恶而得福，是性恶而命吉也。性自有善恶，命自有吉凶。使命吉之人，虽不行善，未必无福；凶命之人，虽勉操行，未必无祸。孟子曰：“求之有道[⑮]，得之有命。”性善乃能求之，命善乃能得之。性善命凶，求之不能得也。行恶者，祸随而至。而盗跖、庄跻横行天下，聚党数千，攻夺人物，断斩人身，无道甚矣。宜遇其祸，乃以寿终。夫如是，随命之说，安所验乎？遭命者，行善于内，遭凶于外也。若颜渊、伯牛之徒，如何遭凶？颜渊、伯牛，行善者也，当得随命，福祐随至，何故遭凶？颜渊困于学，以才自杀；伯牛空居，而遭恶疾。及屈平、伍员之徒，尽忠辅上，竭王臣之节，而楚放其身，吴烹其尸。行善当得随命之福，乃触遭命之祸，何哉？言随命则无遭命，言遭命则无随命。儒者三命之说，竟何所定？且命在初生，骨表著见[16]。今言随操行而至，此命在末，不在本也；则富贵贫贱皆在初禀之时，不在长大之后，随操行而至也。正命者至百而死[17]；随命者五十而死[18]；遭命者初禀气时遭凶恶也，谓妊娠之时遭得恶也，或遭雷雨之变，长大夭死：此谓三命。

亦有三性：有正、有随、有遭。正者，禀五常之性也；随者，随父母之性；遭者，遭得恶物象之故也。故妊妇食兔，子生缺唇。《月令》曰："是月也，雷将发声。"有不戒其容者，生子不备，必有大凶，喑聋跛盲[19]。气遭胎伤，故受性狂悖[20]。羊舌似我初生之时，声似豺狼，长大性恶，被祸而死。在母身时，遭受此性，丹朱、商均之类是也。性命在本，故《礼》有胎教之法：子在身时，席不正不坐，割不正不食；非正色目不视，非正声耳不听。及长，置以贤师良傅，教君臣父子之道，贤不肖在此时矣[21]。受气时[22]，母不谨慎，心妄虑邪，则子长大，狂悖不善，形体丑恶。素女对黄帝陈五女之法，非徒伤父母之身，乃又贼男女之性。

人有命，有禄，有遭遇，有幸偶。命者，贫富贵贱也；禄者，盛衰兴废也。以命当富贵，遭当盛之禄，常安不危；以命当贫贱，遇当衰之禄，则祸殃乃至，常苦不乐。遭者，遭逢非常之变[23]，若成汤囚夏台，文王厄牖里矣[24]。以圣明之德，而有囚厄之变，可谓遭矣。变虽甚大，命善禄盛，变不为害，故称遭逢之祸。晏子所遭，可谓大矣。直兵指胸，白刃加颈，蹈死亡之地，当剑戟之锋，执死得生还。命善禄盛，遭逢之祸，不能害也。历阳之都，长平之坑，其中必有命善禄盛之人，一宿同填而死[25]。遭逢之祸大，命善禄盛不能却也。譬犹水火相更也，水盛胜火，火盛胜水。遇者，遇其主而用也。虽有善命盛禄，不遇知己之主，不得效验。幸者，谓所遭触得善恶也。获罪得脱，幸也。无罪见拘，不幸也。执拘未久，蒙令得出[26]，命善禄盛，夭灾之祸不能伤也。偶者，谓事君也。以道事君，君善其言，遂用其身，偶也。行与主乖[27]，退而远，不偶也。退远未久，上官录召，命善禄盛，不偶之害不能留也。

故夫遭遇幸偶，或与命禄并，或与命离。遭遇幸偶，遂以成完[28]；遭遇不幸偶，遂以败伤，是与命并者也。中不遂成[29]，善转为恶[30]，若是与命禄离者也。故人之在世，有吉凶之性命，有盛衰之祸福，重以遭遇幸偶之逢[31]，获从生死而卒其善恶之行，得其胸中之志，希矣！

---

①败绩：吃了大败仗。

②饥馑（jǐn，音仅）：灾荒。

③温：通"瘟"。疫疠（lì，音利）：瘟疫。

④相工：以看相为生之人。

⑤卓砾（luò，音洛）：杰出。

⑥兵：武器。革：铠甲。兵革：指打仗。

⑦禀：这里是具有之意。

⑧系于：由什么决定。

⑨推移：运作，移动。

⑩泊：通"薄"。

⑪蚤：通"早"。

⑫其：富贵贫贱。

⑬性然：天生本性就是如此。

⑭逢遭：指偶然的机会偶见。

⑮之：指富有。

⑯见（xiàn，音现）：同"现"，出现，显现。

⑰正命：人活到一百岁而死。

⑱随命：人活到五十岁而死。

⑲喑（yīn，音音）：哑巴。跛：瘸子。

⑳悖（bèi，音倍）：乱。

㉑此时：这里指在母亲身体里的时候。

㉒受气：指父母交合 。

㉓非常之变：想象不到的灾难。

㉔厄（è，音饿）：囚，困。

㉕填：被埋，这里指埋入土坑，沉入水下。

㉖令：赦令。

㉗乖：不合，不顺。

㉘成完：指命中注定的高低贵贱得以实现。

㉙中：中间，中途。

㉚善：这里指富贵。恶：这里指贫贱。

㉛重（chóng，音虫）：加上。

无　形

人禀元气于天，各受寿夭之命，以立长短之形，犹陶者用土为簋廉，冶者用铜为柈 杅矣[①]。器形已成，不可小大；人体已定，不可减增。用气为性[②]，性成命定。体气与形骸相抱[③]，生死与期节相须[④]。形不可变化，命不可减加。以陶冶言之，人命短长，可得论也。

或难曰[⑤]："陶者用埴为簋廉，簋廉壹成，遂至毁败，不可复变。若夫冶者用铜为柈杅[⑥]，柈杅虽已成器，犹可复烁[⑦]。柈可得为尊，尊不可为簋。人禀气于天，虽各受寿夭之命，立以形体，如得善道神药，形可变化，命可加增。"

曰：冶者变更成器，须先以火燔烁[⑧]，乃可大小短长。人冀延年，欲比于铜器，宜有若炉炭之化，乃易形；形易，寿亦可增。人何由变易其形，便如火烁铜器乎？《礼》曰："水潦降，不献鱼鳖。"何则？雨水暴下，虫蛇变化，化为鱼鳖。离本真暂变之虫，臣子谨慎，故不敢献。人愿身之变，冀若虫蛇之化乎？夫虫蛇未化者，不若不化者。虫蛇未化，人不食也；化为鱼鳖，人则食之。食则寿命乃短，非所冀也。岁月推移，气变物类，虾蟆为鹑，雀为蜄蛤。人愿身之变，冀若鹑与蜄蛤鱼鳖之类也？人设捕蜄蛤，得者食之。虽身之不化，寿命不得长，非所冀也。鲁公牛哀寝疾七日，变而成虎；鲧殛羽山，化为黄能。愿身变者，冀牛哀之为虎，鲧之为能乎？则夫虎、能之寿，不能过人。天地之性，人最为贵。变人之形，更为禽兽，非所冀也。凡可冀者，以老翁变为婴儿，其次白发复黑，齿落复生，身气丁强，超乘不衰[⑨]，乃可贵也。徒变其形，寿命不延，其何益哉？

且物之变随气，若应政治，有所象为[⑩]。非天所欲寿长之故，变易其形也，又非得神草珍药食之而变化也。人恒服药固寿，能增加本性，益其身年也[⑪]。遭时变化，非天之正气、人所受之真性也。天地不变，日月不易，星辰不没，正也。人受正气，故体不变。时或男化为女，女化为男，由高岸为谷[⑫]，深谷为陵也。应政为变，为政变，非常性也。汉兴，老父授张良书，已，化为石。是以石之精，为汉兴之瑞也。犹河精为人持璧与秦使者，秦亡之征也。蚕食桑老，绩而为茧，茧又化而为娥[⑬]；娥有两翼，变去蚕形。蛴螬化为复育，复育转而为蝉；蝉生两翼，不类蛴螬。凡诸命蠕蜚之类[⑭]，多变其形，易其体。至人独不变者，禀得正也。生为婴儿，长为丈夫，老为父翁。从生至死，未尝变更者，天性然也。天性不变者，不可令复变；变者，不可不变。若夫变者之寿，不若不变者。人欲变其形，辄增益其年⑮，可也；如徒变其形而年不增⑯，则蝉之类也，何谓人愿之？

龙之为虫，一存一亡，一短一长。龙之为性也，变化斯须⑰，辄复非常⑱。由此言之，人，物也，受不变之形，不可变更，年不可增减。传称高宗有桑穀之异⑲，悔过反政，享福百年，是虚也。传言宋景公出三善言，荧惑却三舍，延年二十一载，是又虚也。又言秦缪公有明德，上帝赐之十九年，是又虚也。称赤松、王乔好道为仙，度世不死，是又虚也。假令人生立形谓之甲，终老至死，常守甲形，如好道为仙，未有使甲变为乙者也。夫形不可变更，年不可减增。何则？形、气、性，天也。形为春，气为夏。人以气为寿，形随气而动⑳。气性不均，则于体不同。牛寿半马，马寿半人，然则牛马之形与人异矣。禀牛马之形，当自得牛马之寿；牛马之不变为人，则年寿亦短于人。世称高宗之徒，不言其身形变异，而徒言其增延年寿，故有信矣。

形之血气也，犹囊之贮粟米也。一石，囊之高大亦适一石。如损益粟米㉑，囊亦增减。人以气为寿，气犹粟米，形犹囊也。增减其寿，亦当增减其身，形安得如故？如以人形与囊异，气与粟米殊，更以苞瓜喻之。苞瓜之汁，犹人之血也；其肌，犹肉也。试令人损益苞瓜之汁，令其形如故，耐为之乎㉒？人不耐损益苞瓜之汁，天安耐增减人之年？人年不可增减，高宗之徒谁益之者？而云增加。如言高宗之徒，形体变易，其年亦增，乃可信也㉓。今言年增，不言其体变，未可信也。何则？人禀气于天，气成而形立，则命相须以至终死。形不可变化，年亦不可增加。以何验之？人生能行，死则僵仆㉔，死则气灭，形消而坏。禀生人形，不可得变，其年安可增？人生至老，身变者，发与肤也。人少则发黑，老则发白，白久则黄。发之变，形非变也。人少则肤白，老则肤黑；黑久则黯，若有垢矣㉕。发黄而肤为垢，故《礼》曰："黄耇无疆㉖。"发肤变异，故人老寿迟死，骨肉不可变更，寿极则死矣。五行之物，可变改者，唯土也。埏以为马㉗，变以为人㉘，是谓未入陶灶更火者也。如使成器，入灶更火，牢坚不可复变。今人以为天地所陶冶矣，形已成定，何可复更也？

图仙人之形㉙，体生毛，臂变为翼，行于云则年增矣，千岁不死。此虚图也。世有虚语，亦有虚图。假使之然，蝉娥之类，非真正人也。海外三十五国，有毛民羽民，羽则翼矣。毛羽之民土形所出，非言为道身生毛羽也㉚。禹、益见西王母，不言有毛羽。不死之民，亦在外国，不言有毛羽。毛羽之民，不言不死；不死之民，不言毛羽。毛羽未可以效不死，仙人之有翼，安足以验长寿乎？

---

①柈（pán，音盘）：通"盘"，盘子。杅（yú，音鱼）：同"盂"，盛水的器具。

②用：凭借。性：生命。

③骸（hái，音孩）：骸骨。

④期节：期限。

⑤难：责难、刁难。

⑥若夫：至于。

⑦烁：加热熔化。

⑧燔：火烧。

⑨超乘：跳上车。形容动作快。

⑩象：预兆，征兆。

⑪益：延长。

⑫由：通"犹"，如同，好象。

⑬娥：通“蛾”。
⑭蜚：通“飞”。
⑮辄（zhé，音哲）：就是，就能。
⑯徒：仅仅。
⑰斯须：一会儿，马上。
⑱辄：这里指变化。
⑲榖（gòu，音构）：构树。
⑳动：发育，生长。
㉑损益：减少增加。
㉒耐（néng，音能）：通“能”。
㉓乃：表转折，才。
㉔仆：倒下。
㉕垢：污垢。
㉖耇（gǒu，音狗）：老人脸色黑暗。
㉗埏（shān，音山）：和土成泥。
㉘以：通“已”。
㉙图：画，动词。
㉚为道：修道。

率 性

论人之性，定有善有恶。其善者，固自善矣；其恶者，故可教告率勉[①]，使之为善。凡人君父审观臣子之性[②]，善则养育劝率[③]，无令近恶；近恶则辅保禁防，令渐于善[④]。善渐于恶，恶化于善，成为性行。召公戒成曰：“今王初服厥命，於戏[⑤]！若生子罔不在厥初生[⑥]。”生子谓十五子，初生意于善[⑦]，终以善；初生意于恶，终以恶。《诗》曰：“彼姝者子[⑧]，何以与之[⑨]？”传言：譬犹练丝，染之蓝则青，染之丹则赤。十五之子其犹丝也，其有所渐化为善恶，犹蓝丹之染练丝，使之为青赤也。青赤一成，真色无异。是故杨子哭岐道，墨子哭练丝也。盖伤离本，不可复变也。人之性，善可变为恶，恶可变为善，犹此类也。蓬生麻间，不扶自直；白纱入缁[⑩]，不染自黑[⑪]，彼蓬之性不直，纱之质不黑；麻扶缁染，使之直黑。夫人之性，犹蓬纱也，在所渐染而善恶变矣。

王良、造父称为善御，能使不良为良也。如徒能御良，其不良者不能驯服，此则驵工庸师服驯技能[⑫]，何奇而世称之？故曰：王良登车，马不罢驽[⑬]；尧、舜为政[⑭]，民无狂愚。传曰：“尧、舜之民可比屋而封[⑮]，桀、纣之民可比屋而诛。”斯民也，三代所以直道而行也。圣主之民如彼，恶主之民如此，竟在化不在性也[⑯]。闻伯夷之风者，贪夫廉而懦夫有立志[⑰]；闻柳下惠之风者，薄夫敦而鄙夫宽[⑱]。徒闻风名，犹或变节，况亲接形面相敦告乎！孔门弟 子七十之徒，皆任卿相之用，被服圣教，文才雕琢，知能十倍[⑲]，教训之功而渐渍之力也[⑳]。未入孔子之门时，闾巷常庸无奇[㉑]，其尤甚不率者，唯子路也。世称子路无恒之庸人，未入孔门时，戴鸡佩豚[㉒]，勇猛无礼，闻诵读之声，摇鸡奋豚，扬唇吻之音，聒贤圣之耳[㉓]，恶至甚矣。孔子引而教之，渐渍磨砺[㉔]，阖导牖进[㉕]，猛气消损，骄节屈折，卒能政事，序在四科。斯盖变性使恶为善之明效也。

夫肥沃垸埆，土地之本性也。肥而沃者性美，树稼丰茂。墝而埆者性恶[26]，深耕细锄，厚加粪壤，勉致人功，以助地力，其树稼与彼肥沃者相似类也。地之高下，亦如此焉。以镢锸凿地[27]，以埤增下[28]，则其下与高者齐；如复增镢锸，则夫下者不徒齐者也，反更为高，而其高者反为下。使人之性有善有恶，彼地有高有下，勉致其教令之善，则将善者同之矣。善以化渥，酿其教令，变更为善。善则且更宜反过于往善，犹下地增加镢锸更崇于高地也。赐不受命而货殖焉，赐本不受天之富命所加，货财积聚，为世富人者，得货殖之术也。夫得其术，虽不受命，犹自益饶富。性恶之人，亦不禀天善性，得圣人之教，志行变化。世称利剑有千金之价，棠溪、鱼肠之属，龙泉、太阿之辈，其本铤[29]，山中之恒铁也，冶工锻炼，成为铦利[30]，岂利剑之锻与炼乃异质哉？工良师巧，炼一数至也。试取东下直一金之剑，更熟锻炼，足其火[31]，齐其铦，犹千金之剑也。夫铁石天然，尚为锻炼者变易故质，况人含五常之性，贤圣未之熟锻炼耳，奚患性之不善哉？古贵良医者，能知笃剧之病所从生起[32]，而以针药治而已之。如徒知病之名，而坐观之，何以为奇？夫人有不善，则乃性命之疾也，无其教治[33]，而欲令变更，岂不难哉！

天道有真伪。真者固自与天相应，伪者人加知巧，亦与真者无以异也。何以验之？《禹贡》曰“璆琳琅玕”者，此则土地所生，真玉珠也。然而道人消烁五石，作五色之玉，比之真玉，光不殊别，兼鱼蚌之珠，与《禹贡》璆琳皆真玉珠也。然而随侯以药作珠，精耀如真，道士之教至，知巧之意加也。阳遂取火于天，五月丙午日中之时，消炼五石，铸以为器，磨砺生光，仰以向日，则火来至。此真取火之道也。今妄以刀剑之钩月[34]，摩拭朗白，仰以向日，亦得火焉。夫钩月非阳遂也，所以耐取火者，摩拭之所致也。今夫性恶之人，使与性善者同类乎，可率勉之令其为善；使之异类乎，亦可令与道人之所铸玉、随侯之所作珠、人之所摩刀剑钩月焉，教导以学，渐渍以德，亦将日有仁义之操。黄帝与炎帝争为天子，教熊、罴、貔、虎以战于阪泉之野[35]，三战得志，炎帝败绩。尧以天下让舜，鲧为诸侯，欲得三公，而尧不听，怒其猛兽，欲以为乱，比兽之角可以为城，举尾以为旌[36]，奋心盛气，阻战为强[37]。夫禽兽与人殊形，犹可命战，况人同类乎！推此以论，百兽率舞，潭鱼出听，六马仰秣，不复疑矣。异类以殊为同，同类以钧为异[38]，所由不在于物，在于人也。凡含血气者，教之所以异化也。三苗之民，或贤或不肖，尧、舜齐之，恩教加也。楚、越之人，处庄、岳之间，经历岁月，变为舒缓[39]，风僭移也。故曰：齐舒缓，秦慢易[40]，楚促急，燕戆投[41]。以庄、岳言之，四国之民，更相出入，久居单处，性必变易。

夫性恶者，心比木石。木石犹为人用，况非木石？在君子之迹[42]，庶几可见。有痴狂之疾，歌啼于路，不晓东西，不睹燥湿，不觉疾病，不知饥饱，性已毁伤，不可如何。前无所观[43]，却无所畏也。是故王法不废学校之官，不除狱理之吏，欲令凡众见礼义之教。学校勉其前，法禁防其后，使丹朱之志亦将可勉。何以验之？三军之士，非能制也；勇将率勉，视死如归。且阖庐尝试其士于五湖之侧，皆加刃于肩，血流至地。句践亦试其士于寝宫之庭，赴火死者，不可胜数。夫刃火，非人性之所贪也，二主激率，念不顾生。是故军之法，轻刺血。孟贲勇也，闻军令惧。是故叔孙通制定礼仪，拔剑争功之臣，奉礼拜伏，初骄倨而后逊顺[44]，教威德，变易性也。不患性恶，患其不服圣教，自遇而以生祸也。

豆麦之种与稻粱殊，然食能去饥。小人君子禀性异类乎？譬诸五谷皆为用，实不异而效殊者，禀气有厚泊，故性有善恶也。残则受仁之气泊，而怒则禀勇渥也。仁泊则戾而少慈，勇渥则猛而无义，而又和气不足，喜怒失时，计虑轻愚，妄行之人，罪故为恶。人受五常，含五脏，皆具于身。禀之泊少，故其操行不及善人，犹酒或厚或泊也。非厚与泊殊其酿也，曲孽多少使之然也[45]。是故酒之泊厚，同一曲孽；人之善恶，共一元气，气有少多，故性有贤愚。

西门豹急，佩韦以自缓；董安于缓，带弦以自促。急之与缓，俱失中和，然而韦弦附身，成为完具之人。能纳韦弦之教，补接不足，则豹、安于之名，可得参也[46]。贫劣宅屋不具墙壁宇因，人指訾之[47]。如财货富愈，起屋筑墙，以自蔽鄣[48]，为之具宅，人弗复非。魏之行田百亩，邺独二百，西门豹灌以漳水，成为膏腴，则亩收一锺。夫人之质犹邺田，道教犹漳水也。患不能化，不患人性之难率也。雒阳城中之道无水，水工激上洛中之水，日夜驰流，水工之功也。由此言之，迫近君子，而仁义之道数加于身，孟母之徙宅，盖得其验。人间之水污浊[49]，在野外者清洁，俱为一水，源从天涯，或浊或清，所在之势使之然也。南越王赵佗，本汉贤人也，化南夷之俗，背畔王制[50]，椎髻箕坐，好之若性。陆贾说以汉德，惧以圣威，蹶然起坐[51]，心觉改悔，奉制称蕃，其于椎髻箕坐也，恶之若性。前则若彼，后则若此。由此言之，亦在于教，不独在性也。

---

①故：原本。

②审：仔细，认真。

③劝：鼓励。

④渐：逐步转化。

⑤於戏（wū hū，音呜呼）：叹词。

⑥罔：没有。

⑦意：立意，立志。

⑧彼：那个。姝（shū，音书）：美好。

⑨与：给予 。

⑩缁（zī，音资）：黑色。

⑪练：染色。

⑫驵（zǎng，音脏上声）：普通。

⑬罢（pí，音皮）：通“疲”。驽（nú，音奴）：劣马。

⑭为政：治理国家。

⑮比：靠近，接近。

⑯竟：最后，归根到底。

⑰立志：坚定的志向。

⑱薄：刻薄。敦：老实。鄙夫：心眼小的人。

⑲知：通“智”，智慧，才能。

⑳渐渍（zì，音字）：慢慢地感化。

㉑闾巷：胡同。这里是指民间的意思。

㉒豚：猪。

㉓聒：吵闹。

㉔砺：磨刀的石头。

㉕牖（yǒu，音有）：通“诱”，诱导。

㉖墝埆（qiāo què，音敲确）：不肥沃，贫瘠。

㉗䦆锸（jué chā，音决插）：古代挖土的工具。

㉘埤：通“僻”。这里指高处的土地。

㉙铤（tǐng，音挺）：粗铜铁。

㉚铦：锋利。

㉛足其火：使火有足够的温度。

㉜笃剧：严重。

㉝无其教治：没有对他进行管教。

㉞妄：任意，随便。

㉟罴（pí，音皮）、貔（pí，音皮）：两种野兽。

㊱旌：古代的军旗。

㊲阻：倚仗。

㊳钧：通“均”。

㊴舒缓：和缓。

㊵慢易：傲慢，目中无人不讲道理。

㊶戆（zhuàng，音壮）：愚蠢。

㊷迹：功绩，成果。

㊸观（quàn，音劝）：通“劝”，劝勉。

㊹骄倨（jù，音剧）：骄傲的意思。

㊺曲蘖（qū niè，音区聂）：酒药。

㊻参（sān，音三）：同“叁”。

㊼訾（zǐ，音子）：诋毁。

㊽鄣（zhàng，音丈）：同“障”。

㊾人间：指人聚集的地方。

㊿畔：通“叛”。

51蹶然：突然。

吉　验

凡人禀贵命于天，必有吉验见于地。见于地，故有天命也。验见非一，或以人物，或以祯祥[①]，或以光气。

传言黄帝妊二十月而生，生而神灵，弱而能言。长大率诸侯[②]，诸侯归之。教熊、罴战，以伐炎帝，炎帝败绩。性与人异，故在母之身留多十月；命当为帝，故能教物，物为之使。

尧体就之如日，望之若云。洪水滔天，蛇龙为害，尧使禹治水，驱蛇龙，水治东流，蛇龙潜处。有殊奇之骨[③]，故有诡异之验[④]；有神灵之命，故有验物之效；天命当贵，故从唐侯入嗣帝后之位。

舜未逢尧，鳏在侧陋[⑤]。瞽瞍与象，谋欲杀之：使之完廪[⑥]，火燔其下；令之浚井[⑦]，土掩其上。舜得下廪，不被火灾；穿井旁出，不触土害。尧闻征用，试之于职。官治职修，事无废乱；使入大麓之野[⑧]，虎狼不搏，蝮蛇不噬[⑨]；逢烈风疾雨，行不迷惑。夫人欲杀之，不能害之。毒螫之野，禽虫不能伤，卒受帝命，践天子祚。

后稷之母，履大人迹[⑩]，或言衣帝喾之服，坐息帝喾之处，妊身。怪而弃之隘巷，牛马不敢践之；置之冰上，鸟以翼覆之，庆集其身。母知其神怪，乃收养之。长大佐尧，位至司马。乌孙王号昆莫，匈奴攻杀其父，而昆莫生，弃于野，乌衔肉往食之[⑪]。单于怪之，以为神而收长。及壮，使兵，数有功。单于乃复以其父之民予昆莫，命令长守于西城。夫后稷不当弃，故牛马不践，鸟以羽翼覆爱其身。昆莫不当死，故乌衔肉就而食之。

北夷橐离国王侍婢有娠，王欲杀之。婢对曰：“有气大如鸡子，从天而下，我故有娠。”后产子，捐于猪溷中，猪以口气嘘之，不死；复徙置马栏中[⑫]，欲使马藉杀之[⑬]，马复以口气嘘之，不死。王疑以为天子，令其母收取奴畜之，名东明，令牧牛马。东明善射，王恐夺其国也，欲杀之。东明走，南至掩淲水，以弓击水，鱼鳖浮为桥。东明得渡，鱼鳖解散，追兵不得渡，因都王夫馀。故北夷有夫馀国焉。东明之母初妊时，见气从天下，及生，弃之，猪马以气吁之而生之。长大，王欲杀之，以弓击水，鱼鳖为桥。天命不当死，故有猪马之救；命当都王夫馀，故有鱼鳖为桥之助也。伊尹且生之时，其母梦人谓己曰："臼出水，疾东走。"母顾明旦视臼出水，即东走十里，顾其乡皆为水矣。伊尹命不当没，故其母感梦而走。推此以论，历阳之都，其策命若伊尹之类，必有先时感动在他地之效。

齐襄公之难，桓公为公子，与子纠争立。管仲辅子纠，鲍叔佐桓公。管仲与桓公争，引弓射之，中其带钩。夫人身长七尺，带约其要，钩挂于带，在身所掩不过一寸之内，既微小难中，又滑泽铦靡，锋刃中钩者，莫不蹉跌[14]。管仲射之，正中其钩中，矢触因落，不跌中旁肉。命当富贵，有神灵之助，故有射钩不中之验。楚共王有五子：子招、子围、子干、子晰、弃疾，五人皆有宠。共王无适立，乃望祭山川，请神决之。乃与巴姬埋璧于太室之庭，令五子齐而入拜[15]。康王跨之；子围肘加焉；子干、子晰皆远之；弃疾弱，抱而入，再拜皆压纽[16]。故共王死，招为康王，至子失之；围为灵王，及身而弑[17]；子干为王[18]，十有余日；子晰不立，又惧诛死，皆绝无后。弃疾后立，竟续楚祀，如其神符。其王日之长短，与拜去璧远近相应也。夫璧在地中，五子不知，相随入拜，远近不同，压纽若神将教跽之矣[19]。晋屠岸贾作难，诛赵盾之子朔死，其妻有遗腹子。及岸贾闻之，索于宫[20]，母置儿于裤中，祝曰："赵氏宗灭乎，若当啼[21]；即不灭[22]，若无声。"及索之而终不啼，遂脱得活。程婴赍负之，匿于山中。至景公时，韩厥言于景公。景公乃与韩厥共立赵孤，续赵氏祀，是为文子。当赵孤之无声，若有掩其口者矣。由此言之，赵文子立，命也。

高皇帝母曰刘媪[23]，尝息大泽之陂[24]，梦与神遇。是时，雷电晦冥，蛟龙在上。及生而有美。性好用酒，尝从王媪、武负贳酒，饮醉，止卧，媪、负见其身常有神怪。每留饮醉，酒售数倍。后行泽中，手斩大蛇，一妪当道而哭[25]，云："赤帝子杀吾子。"此验既著闻矣。秦始皇帝常曰："东南有天子气。"于是东游以厌当之[26]。高祖之起也，与吕后隐于芒、砀山泽间。吕后与人求之，见其上常有气直起，往求辄得其处[27]。后与项羽约：先入秦关王之。高祖先至，项羽以为怨恨，范增曰："吾令人望其气，气皆为龙，成五采，此皆天子之气也。急击之。"高祖往谢项羽。羽与亚父谋杀高祖，使项庄拔剑起舞。项伯知之，因与项庄俱起。每剑加高祖之上，项伯辄以身覆高祖之身，剑遂不得下，杀势不得成。会有张良、樊哙之救，卒得免脱[28]，遂王天下。初妊身有蛟龙之神；既生，酒舍见云气之怪；夜行斩蛇，蛇妪悲哭；始皇、吕后，望见光气；项羽谋杀，项伯为蔽，谋遂不成，遭得良、哙：盖富贵之验，气见而物应、人助辅援也。

窦太后弟名曰广国，年四五岁，家贫，为人所掠卖。其家不知其所在，传卖十余家。至宜阳，为其主人入山作炭。暮寒，卧炭下，百余人炭崩尽压死，广国独得脱。自卜数日当为侯，从其家之长安，闻窦皇后新立，家在清河观津，乃上书自陈。窦皇后言于文帝，召见问其故，果是，乃厚赐之。景帝立，拜广国为章武侯。夫积炭崩，百余人皆死，广国独脱，命当富贵，非徒得活，又封为侯。虞子大陈留东莞人也，其生时以夜，适免母身，母见其上若一匹练状[29]，经上天[30]。明以问人，人皆曰："吉，贵。"气与天通，长大仕宦，位至司徒公。广文伯河东蒲坂人也，其生亦以夜半时，适生，有人从门呼其父名。父出应之，不见人，有一木杖植其门侧[31]，好善异于众。其父持杖入门以示人，人占曰："吉。"文伯长大学宦，位至广汉太守。文伯当富贵，故父得赐杖。其占者若曰："杖当子力矣。"

光武帝建平元年十二月甲子生于济阳宫后殿第二内中，皇考为济阳令，时夜无火，室内自明。皇考怪之，即召功曹吏充兰，使出问卜工[32]。兰与马下卒苏永俱之卜王长孙所。长孙卜，谓永、兰曰："此吉事也，毋多言。"是岁[33]，有禾生景天备火中，三本一茎九穗，长于禾一二尺，盖嘉禾也。元帝之初，有凤凰下济阳宫，故今济阳宫有凤凰庐。始与李父等俱起[34]，到柴界中，遇贼兵，惶惑走济阳旧庐。比到，见光若火正赤，在旧庐道南，光耀憧憧上属天，有顷不见。王莽时，谒者苏伯阿能望气[35]，使过春陵，城郭郁郁葱葱。及光武到河北，与伯阿见，问曰："卿前过春陵，何用知其气佳也?"伯阿对曰："见其郁郁葱葱耳。"盖天命当兴，圣王当出，前后气验，照察明著。继体守文，因据前基，禀天光气，验不足言。创业龙兴，由微贱起于颠沛；若高祖、光武者，曷尝无天人神怪光显之验乎！

---

①祯祥：吉祥事物的象征。

②率：统领，率领。

③殊奇：奇怪。

④诡异：不寻常。

⑤鳏（guān，音观）：死了妻子的成年男子。侧（zè，音则去声）：狭窄。

⑥廪（lǐn，音凛）：粮库。

⑦浚（jùn，音俊）：疏通。

⑧麓（lù，音路）：山脚下。

⑨蝮（fù，音复）蛇：毒蛇的一种。

⑩履（lǚ，音吕）：踏。

⑪食（sì，音饲）：通"饲"，喂。

⑫徙（xǐ，音洗）：移。

⑬藉（jiè，音戒）：践踏。

⑭蹉（cuō，音搓）跌：摔倒。

⑮齐（zhāi，音斋）：通"斋"。

⑯再：两次。

⑰弑（shì，音士）：古代儿子杀父亲，下级杀上级称弑。

⑱王（wàng，音忘）：称王。

⑲跽（jì，音计）：长跪。

⑳索：搜查。

㉑若：代词，你。

㉒即：假设。

㉓媪（ǎo，音袄）：古代对老妇人的尊敬。

㉔陂（bēi，音杯）：湖泊的岸。

㉕妪（yù，音玉）：老妇女。

㉖厌（yā，音压）：通"压"。

㉗辄（zhé，音哲）：总是，往往。

㉘免：通"娩"，分娩。

㉙练：绸子。

㉚经：效进。

㉛植：树立。

㉜卜：占卜，算命。

㉝是岁：这年。

㉞父：对男子的美称。

㉟曷（hé，音何）：何。

偶　会

命，吉凶之主也。自然之道，适偶之数[1]，非有他气旁物厌胜感动使之然也[2]。

世谓子胥伏剑，屈原自沉，子兰、宰嚭诬谗，吴、楚之君冤杀之也。偶二子命当绝[3]，子兰、宰嚭适为谗，而怀王、夫差适信奸也。君适不明，臣适为谗，二子之命偶自不长。二偶三合似若有之，其实自然，非他为也。夏、殷之朝适穷，桀、纣之恶适稔[4]，商、周之数适起，汤、武之德适丰。关龙逢杀，箕子、比干囚死，当桀、纣恶盛之时，亦二子命讫之期也[5]。任伊尹之言[6]，纳吕望之议，汤、武且兴之会，亦二臣当用之际也。人臣命有吉凶，贤不肖之主与之相逢。文王时当昌，吕望命当贵；高宗治当平，傅说德当遂。非文王、高宗为二臣生，吕望、傅说为两君出也。君明臣贤，光曜相察[7]；上修下治[8]，度数相得。

颜渊死，子曰："天丧予。"子路死，子曰："天祝予[9]。"孔子自伤之辞，非实然之道也。孔子命不王，二子寿不长也。不王不长，所禀不同，度数并放[10]，适相应也。二龙之祆当效[11]，周厉适闿椟；褒姒当丧周国，幽王禀性偶恶。非二龙使厉王发孽[12]，褒姒令幽王愚惑也。遭逢会遇，自相得也。僮谣之语当验，斗鸡之变适生；鸜鹆之占当应，鲁昭之恶适成。非僮谣致斗竞，鸜鹆招君恶也。期数自至，人行偶合也。尧命当禅舜，丹朱为无道；虞统当传夏，商均行不轨。非舜、禹当得天下，能使二子恶也[13]；美恶是非，适相逢也。

火星与昴星出入：昴星低时火星出[14]，昴星见时火星伏。非火之性厌服昴也，时偶不并，度转乖也。正月建寅，斗魁破申，非寅建使申破也，转运之衡，偶自应也。父殁而子嗣，姑死而妇代，非子妇嗣代使父姑终殁也[15]，老少年次自相承也。

世谓秋气击杀谷草[16]，谷草不任雕伤而死[17]。此言失实。夫物以春生夏长，秋而熟老，适自枯死，阴气适盛[18]，与之会遇。何以验之？物有秋不死者，生性未极也。人生百岁而终，物生一岁而死，死谓阴气杀之。人终触何气而亡？论者犹或谓鬼丧之。夫人终鬼来，物死寒至，皆适遭也。人终见鬼，或见鬼而不死。物死触寒，或触寒而不枯。坏屋所压，崩崖所坠，非屋精崖气杀此人也。屋老崖沮[19]，命凶之人，遭居适履。月毁于天[20]，螺消于渊。风从虎，云从龙。同类通气，性相感动。若夫物事相遭[21]，吉凶同时，偶适相遇，非气感也。

杀人者罪至大辟。杀者，罪当重；死者，命当尽也。故害气下降，囚命先中；圣王德施[22]，厚禄先逢。是故德令降于殿堂，命长之囚出于牢中。天非为囚未当死，使圣王出德令也。圣王适下赦，拘囚适当免死，犹人以夜卧昼起矣。夜月光尽，不可以作，人力亦倦，欲壹休息；昼日光明，人卧亦觉，力亦复足。非天以日作之，以夜息之也；作与日相应，息与夜相得也。

雁鹄集于会稽[23]，去避碣石之寒，来遭民田之毕，蹈履民田，喙食草粮。粮尽食索，春雨适作，避热北去，复之碣石。象耕灵陵，亦如此焉。传曰："舜葬苍梧，象为之耕；禹葬会稽，鸟为之佃[24]。"失事之实，虚妄之言也。丈夫有短寿之相，娶必得早寡之妻；早寡之妻，嫁亦遇夭折之夫也。世曰："男女早死者，夫贼妻[25]，妻害夫。"非相贼害，命自然也。使火燃，以水沃之，可谓水贼火。火适自灭，水适自覆，两名各自败，不为相贼。今男女之早夭，非水沃火之比，适自灭覆之类也。贼父之子，妨兄之弟，与此同召。同宅而处，气相加凌，羸瘠消单[26]，至于死亡，何谓相贼。或客死千里之外[27]，兵烧厌溺，气不相犯，相贼如何？王莽姑正君许嫁二夫，二夫死，当适赵而王薨[28]。气未相加，遥贼三家，何其痛也[29]。黄次公取邻巫之女，卜谓女相贵，故次公位至丞相。其实不然，次公当贵，行与女会；女亦自尊，故入次公门。偶适然自相遭遇，时也。

无禄之人，商而无盈，农而无播，非其性贼货而命妨谷也。命贫，居无利之货；禄恶，殖不滋之谷也。世谓宅有吉凶，徙有岁月。实事则不然。天道难知，假令有命凶之人，当衰之家，治宅遭得不吉之地，移徙适触岁月之忌[30]。一家犯忌，口以十数，坐而死者[31]，必禄衰命泊之人也[32]。推此以论，仕宦进退迁徙，可复见也。时适当退，君用谗口；时适当起，贤人荐己。故仕且得官也，君子辅善；且失位也，小人毁奇[33]。公伯寮愬子路于季孙，孔子称命。鲁人臧仓谗孟子于平公，孟子言天。道未当行，与谗相遇；天未与己，恶人用口[34]。故孔子称命，不怨公伯寮；孟子言天，不尤臧仓[35]，诚知时命当自然也。推此以论，人君治道功化，可复言也。命当贵，时适平；期当乱，禄遭衰。治乱成败之时，与人兴衰吉凶适相遭遇，因此论圣贤迭起[36]，犹此类也。

圣主龙兴于仓卒，良辅超拔于际会[37]。世谓韩信、张良辅助汉王，故秦灭汉兴，高祖得王。夫高祖命当自王，信、良之辈时当自兴，两相遭遇，若故相求。是故高祖起于丰、沛，丰、沛子弟相多富贵，非天以子弟助高祖也，命相小大适相应也。赵简子废太子伯鲁，立庶子无恤。无恤遭贤，命亦当君赵也。世谓伯鲁不肖，不如无恤；伯鲁命当贱，知虑多泯乱也[38]。韩生仕至太傅，世谓赖倪宽，实谓不然。太傅当贵，遭与倪宽遇也。赵武藏于裤中，终日不啼，非或掩其口，阏其声也[39]；命时当生，睡卧遭出也[40]。故军功之侯必斩兵死之头，富家之商必夺贫室之财。削土免侯[41]，罢退令相，罪法明白，禄秩适极。故厉气所中[42]，必加命短之人；凶岁所著，必饥虚耗之家矣。

---

①适：碰巧。

②厌（yā，音压）：通“压”。厌胜：克制，压制。

③二子：两人。

④稔（rěn，音忍）：成熟。

⑤讫（qì，音气）：结束。

⑥任：相信，信任。

⑦光曜（yào，音要）：光耀。

⑧修：治理。

⑨祝：绝，断。

⑩并放：同时体现出来。

⑪祆：同“妖”。

⑫发：打开。

⑬能：表转折，而。

⑭低：形容词用作动词，落下。

⑮殁（mò，音末）：死。

⑯秋气：指寒气。

⑰任：忍受。

⑱阴气：寒气。

⑲沮（jǔ，音举）：破坏。

⑳毁：缺少，不完整的意思。

㉑若夫：至于。

㉒德施：施德。

㉓鹄（hú，音胡）：天鹅。

㉔佃（diàn，音店）：种地。

㉕贼：伤害。

㉖羸（léi，音雷）瘠：瘦小。

㉗客死：死在异国他乡。

㉘适：出稼。

㉙痛：厉害，凶狠。

㉚徙：迁移。

㉛坐：由于，因为。

㉜泊：通“薄”。

㉝毁：诽谤。

㉞用口：说坏话。

㉟尤：责备。

㊱迭：一个接一个。

㊲际会：机会。

㊳知虑：智慧。泯（mǐn，音敏）乱：糊涂。

㊴阏（è，音饿）：堵。

㊵出：免于灾难。

㊶削土：取消封地。

㊶厉：通“疠”，指瘟疫。

骨　相

人曰命难知。命甚易知。知之何用？用之骨体。人命禀于天，则有表候于体[①]。察表候以知命，犹察斗斛以知容矣。表候者，骨法之谓也。传言黄帝龙颜，颛项戴午，帝喾骈齿，尧眉八采[②]，舜目重瞳，禹耳三漏[③]，汤臂再肘，文王四乳，武王望阳，周公背偻，皋陶马口，孔子反羽[④]。斯十二圣者[⑤]，皆在帝王之位，或辅主忧世，世所共闻，儒所共说，在经传者较著可信[⑥]。若夫短书俗记、竹帛胤文[⑦]，非儒者所见，众多非一。苍颉四目，为黄帝史；晋公子重耳仳胁，为诸侯霸；苏秦骨鼻，为六国相；张仪仳胁，亦相秦、魏；项羽重瞳，云虞舜之后，与高祖分王天下。

陈平贫而饮食不足，貌体佼好[⑧]，而众人怪之，曰：“平何食而肥？”及韩信为滕公所鉴，免于铁质[⑨]，亦以面状有异。面状肥佼，亦一相也。高祖隆准、龙颜、美须，左股有七十二黑子[⑩]。单父吕公善相，见高祖状貌，奇之，因以其妻女高祖，吕后是也，卒生孝惠帝、鲁元公主。高祖为泗上亭长，当去归之田，与吕后及两子居田。有一老公过，请饮，因相吕后曰：“夫人，天下贵人也。”令相两子，见孝惠曰：“夫人所以贵者，乃此男也。”相鲁元，曰：“皆贵。”老公去，高祖从外来，吕后言于高祖。高祖追及老公，止使自相。老公曰：“乡者夫人婴儿相皆似君[⑪]，君相贵不可言也。”后高祖得天下，如老公言。推此以况，一室之人，皆有富贵之相矣。

类同气钧[⑫]，性体法相固自相似[⑬]。异气殊类，亦两相遇。富贵之男娶得富贵之妻，女亦得富贵之男。夫二相不钧而相遇，则有立死；若未相适[⑭]，有豫亡之祸也。王莽姑正君许嫁，至期当行时，夫辄死。如此者再，乃献之赵王，赵王未取[15]，又薨。清河南宫大有与正君父稺君善者遇，相君曰："贵为天下母。"是时，宣帝世，元帝为太子，稺君乃因魏郡都尉纳之太子，太子幸之，生子君上。宣帝崩，太子立，正君为皇后，君上为太子。元帝崩，太子立，是为成帝，正君为皇太后，竟为天下母。夫正君之相当为天下母，而前所许二家及赵王为无天下父之相，故行而二夫死，赵王薨。是则二夫、赵王无帝王大命，而正君不当与三家相遇之验也。丞相黄次公故为阳夏游徼，与善相者同车俱行，见一妇人年十七八，相者指之曰："此妇人当大富贵，为封侯者夫人。"次公止车，审视之[16]，相者曰："今此妇人不富贵，卜书不用也。"次公问之，乃其旁里人巫家子也，即娶以为妻。其后，次公果大富贵，位至丞相，封为列侯。夫次公富贵，妇人当配之，故果相遇，遂俱富贵。使次公命贱，不得妇人为偶，不宜为夫妇之时，则有二夫、赵王之祸。夫举家皆富贵之命，然后乃任富贵之事。骨法形体，有不应者，则必别离死亡，不得久享介福。故富贵之家，役使奴僮，育养牛马，必有与众不同者矣。僮奴则有不死亡之相，牛马则有数字乳之性，田则有种孳速熟之谷[17]，商则有居善疾售之货。是故知命之人，见富贵于贫贱，睹贫贱于富贵。

案骨节之法[18]，察皮肤之理，以审人之性命，无不应者。赵简子使姑布子卿相诸子，莫吉，至翟婢之子无恤，而以为贵。无恤最贤，又有贵相，简子后废太子而立无恤，卒为诸侯，襄子是矣。相工相黥布当先刑而乃王，后竟被刑乃封王。卫青父郑季与杨信公主家僮卫媪通，生青，在建章宫时，钳徒相之，曰："贵至封侯。"青曰："人奴之道，得不笞骂足矣[19]！安敢望封侯？"其后青为军吏，战数有功，超封增官，遂为大将军，封为万户侯。周亚夫未封侯之时，许负相之[20]，曰："君后三岁而入将相[21]，持国秉[22]，贵重矣，于人臣无两。其后九岁而君饿死。"亚夫笑曰："臣之兄已代侯矣，有如父卒子当代[23]。亚夫何说侯乎？然既已贵，如负言，又何说饿死？指示我！"许负指其口，有纵理入口，曰："此饿死法也。"居三岁，其兄绛侯胜有罪，文帝择绛侯子贤者，推亚夫，乃封条侯，续绛侯后。文帝之后六年，匈奴入边，乃以亚夫为将军。至景帝之时，亚夫为丞相，后以疾免。其子为亚夫买工官尚方甲盾五百被可以为葬者，取庸苦之[24]，不与钱。庸知其盗买官器，怨而上告其子。景帝下吏责问，因不食五日，呕血而死。当邓通之幸文帝也，贵在公卿之上，赏赐亿万，与上齐体。相工相之曰："当贫贱饿死。"文帝崩，景帝立，通有盗铸钱之罪，景帝考验[25]，通亡[26]，寄死人家，不名一钱[27]。韩太傅为诸生时，借相工五十钱，与之俱入璧雍之中[28]，相璧雍弟子谁当贵者。相工指倪宽曰："彼生当贵，秩至三公。"韩生谢遣相工[29]，通刺倪宽[30]，结胶漆之交[31]，尽筋力之敬，徙舍从宽，深自附纳之[32]。宽尝甚病，韩生养视如仆状，恩深逾于骨肉。后名闻于天下。倪宽位至御史大夫，州郡丞旨召请[33]，擢用举在本朝[34]，遂至太傅。夫钳徒、许负及相邓通、倪宽之工，可谓知命之工矣。故知命之工，察骨体之证，睹富贵贫贱，犹人见盘盂之器，知所设用也。善器必用贵人，恶器必施贱者；尊鼎不在陪厕之侧，匏瓜不在堂殿之上[35]，明矣。富贵之骨，不遇贫贱之苦；贫贱之相，不遭富贵之乐，亦犹此也。器之盛物，有斗石之量，犹人爵有高下之差也。器过其量，物溢弃遗；爵过其差，死亡不存。论命者如比之于器，以察骨体之法，则命在于身形定矣。

非徒富贵贫贱有骨体也[36]，而操行清浊亦有法理。贵贱贫富，命也。操行清浊，性也。非徒命有骨法，性亦有骨法。惟知命有明相，莫知性有骨法，此见命之表证，不见性之符验也[37]。范蠡去越，自齐遗大夫种书曰："飞鸟尽，良弓藏，狡兔死，走犬烹[38]。越王为人长颈鸟喙，可与共患难，不可与共荣乐，子何不去？"大夫种不能去，称病不朝，赐剑而死。大梁人尉缭说秦始皇以并天下之计，始皇从其册[39]，与之亢礼，衣服饮食与之齐同。缭曰："秦王为人，隆准长目，鸷膺豺声[40]，少恩，虎视狼心，居约易以下人，得志亦轻视人。我布衣也，然见我，常身自下我。诚使秦王须得志天下，皆为虏矣。不可与交游[41]。”乃亡去。故范蠡、尉缭见性行之证，而以定处来事之实，实有其效，如其法相。由此言之，性命系于形体明矣。以尺书所载，世所共见，准况古今[42]，不闻者必众多非一，皆有其实。

禀气于天，立形于地，察在地之形，以知在天之命，莫不得其实也。有传孔子相澹台子羽，唐举占蔡泽不验之文，此失之不审，何隐匿微妙之表也？相或在内，或在外，或在形体，或在声气，察外者遗其内，在形体者亡其声气。孔子适郑，与弟子相失，孔子独立郑东门。郑人或问子贡曰：“东门有人，其头似尧，其项若皋陶，肩类子产。然自腰以下，不及禹三寸，傫傫若丧家之狗[43]。”子贡以告孔子，孔子欣然笑曰：“形状未也。如丧家狗，然哉！然哉！”夫孔子之相，郑人失其实。郑人不明，法术浅也。孔子之失子羽，唐举惑于蔡泽，犹郑人相孔子，不能具见形状之实也[44]。以貌取人，失于子羽；以言取人，失于宰予也。

---

①表候：表面现象。

②采：颜色。

③漏：洞穴。

④羽：通“宇”，屋檐。

⑤斯：这。

⑥著：显著，突出。

⑦胤（yìn，音印）：继承流传下去。

⑧佼（jiǎo，音绞）：漂亮。

⑨鈇（fū，音夫）：大斧子。质：同“锧”，刑具。

⑩子：通“痣”。

⑪乡（xiàng，音向）：通“向”。乡者：刚刚。

⑫钧：通“均”，相等，相同。

⑬性：本性，天生的。

⑭适：古代女子出嫁称适。

⑮取：通“娶”。

⑯审：仔细。

⑰孳（zī，音资）：繁殖。

⑱案：考察。

⑲笞（chī，音吃）：用板子打。

⑳负：通“妇”。

㉑入：从地方到中央任职。

㉒持：掌握。

㉓卒：死。

㉔取庸：雇用人工。

㉕考验：检查，查问。

㉖亡：逃亡。

㉗名：占有。

㉘璧：通“辟”。

㉙遣：送走。

㉚刺：名贴。

㉛胶漆：感情好得如胶似漆。

㉜附纳：依附拉拢。

㉝丞：通“承”，接受。

㉞擢（zhuó，音浊）：提拔。

㉟匏（páo，音袍）、瓠（hù，音户）：两种粗糙的酒壶。

㊱非徒：不仅。

㊲符验：征象。

㊳走犬：猎狗。

㊴册：通“策”，计策。

㊵鸷（zhì，音质）：凶猛的鸟，属鹰类。膺（yīng，音英）：胸部。

㊶交游：交朋友。

㊷准况：类推，推断。

㊸儽（lěi，音垒）儽：疲惫不堪的样子。

㊹具：通“俱”。

初 禀

人生性命当富贵者，初禀自然之气，养育长大，富贵之命效矣①。文王得赤雀，武王得白鱼、赤乌。儒者论之，以为雀则文王受命，鱼乌则武王受命；文、武受命于天，天用雀与鱼乌命授之也；天用赤雀命文王，文王不受，天复用鱼乌命武王也。若此者谓本无命于天，修己行善，善行闻天，天乃授以帝王之命也。故雀与鱼乌，天使为王之命也，王所奉以行诛者也。如实论之，非命也。命，谓初所禀得而生也。人生受性，则受命矣。性命俱禀，同时并得，非先禀性，后乃受命也。何以明之？弃事尧为司马，居稷官，故为后稷。曾孙公刘居邰，后徙居邠。后孙古公亶甫三子太伯、仲雍、季历。季历生文王昌。昌在襁褓之中，圣瑞见矣②。故古公曰：“我世当有兴者，其在昌乎！”于是太伯知之，乃辞之吴，文身断发③，以让王季。文王受命，谓此时也，天命在人本矣，太王古公见之早也。此犹为未，文王在母身之中已受命也。王者一受命，内以为性，外以为体。体者，面辅骨法，生而禀之。

吏秩百石以上，王侯以下，郎将大夫以至元士，外及刺史太守，居禄秩之吏，禀富贵之命，生而有表见于面。故许负、姑布子卿辄见其验④。仕者随秩迁转，迁转之人或至公卿，命禄尊贵，位望高大。王者尊贵 之率，高大之最也，生有高大之命，其时身有尊贵之奇，古公知之，见四乳之怪也。夫四乳，圣人证也。在母身中，禀天圣命，岂长大之后，修行道德，四乳乃生？以四乳论望羊，亦知为胎之时，已受之矣。刘媪息于大泽⑤，梦与神遇，遂生高祖，此时已受命也。光武生于济阳宫，夜半无火，内中光明。军下卒苏永谓公曹史充兰曰：“此吉事也，毋多言⑥。”此时已受命。独谓文王、武王得赤雀、鱼乌乃受命，非也。上天壹命，王者乃兴，不复更命也。得富贵大命，自起王矣。何以验之？富家之翁，资累千金，生有富骨，治生积货，至于年老，成为富翁矣⑦。夫王者，天下之翁也，禀命定于身中，犹鸟之别雄雌于卵壳之中也。卵壳孕而雌雄生，日月至而骨节强，强则雄自率将雌。雄非生长之后，或教使为雄，然后乃敢将雌，此气性刚强自为之矣。夫王者，天下之雄也，其命当王。王命定于怀妊，犹富贵骨生，鸟雄卵成也。非唯人鸟也，万物皆然。草木生于实核，出土为栽蘖，稍生茎叶，成为长短巨细，皆由实核。王者，长巨之最也。朱草之茎如针，紫芝之栽如豆，成为瑞矣。王者禀气而生，亦犹此也。

或曰：“王者生禀天命，及其将王，天复命之，犹公卿以下，诏书封拜，乃敢即位。赤雀鱼乌，上天封拜之命也。天道人事，有相命使之义。自然无为，天之道也。命文以赤雀，武以白鱼，是有为也。管仲与鲍叔分财取多，鲍叔不与，管仲不求。内有以相知，视彼犹我，取之不疑。圣人起王，犹管之取财也。朋友彼我，无有授与之义；上天自然，有命使之验。是则天道有为，朋友自然也。当汉祖斩大蛇之时，谁使斩者？岂有天道先至而乃敢斩之哉！勇气奋发，性自然也。夫斩大蛇，诛秦，杀项，同一实也。周之文、武受命伐殷，亦一义也。高祖不受命使之将，独谓文、武受雀鱼之命，误矣。"

难曰：《康王之诰》曰："冒，闻于上帝，帝休，天乃大命文王。"如无命，史经何为言天乃大命文王？所谓大命者，非天乃命文王也，圣人动作，天命之意也，与天合同，若天使之矣。《书》方激劝康叔，勉使为善，故言文王行道，上闻于天，天乃大命之也。《诗》曰："乃眷西顾，此惟予度。"与此同义。天无头面，眷顾如何？人有顾睨[⑧]，以人效天，事易见，故曰眷顾。天乃大命文王，眷顾之义，实天不命也。何以验之？夫大人与天地合其德，与日月合其明，与四时合其序，与鬼神合其吉凶，先天而天不违，后天而奉天时。如必须天有命，乃以从事，安得先天而后天乎？以其不待天命，直以心发，故有先天后天之勤。言合天时，故有不违奉天之文。《论语》曰："大哉尧之为君，唯天为大，唯尧则之。"王者则天，不违奉天之义也。推自然之性，与天合同。是则所谓大命文王也，自文王意，文王自为，非天驱赤雀，使告文王，云当为王，乃敢起也。然则文王赤雀，乃武王白鱼，非天之命昌炽祐也。吉人举事，无不利者。人徒不召而至，瑞物不招而来，黯然谐合[⑨]，若或使之，出门闻吉，顾睨见善，自然道也。文王当兴，赤雀适来；鱼跃乌飞，武王偶见，非天使雀至白鱼来也，吉物动飞而圣遇也。白鱼入于王舟，王阳曰："偶适也。"光禄大夫刘琨前为弘农太守，虎渡河。光武皇帝曰："偶适自然，非或使之也。"故夫王阳之言适，光武之曰偶，可谓合于自然也。

---

①效：证实。
②见（xiàn，音现）：同"现"。
③文：刻画。断：剪。
④负：通"妇"。
⑤媪（ǎo，音袄）：对老年妇人的尊称。
⑥毋（wú，音无）：不要。
⑦翁：主。
⑧睨（nì，音逆）：斜视。
⑨黯（àn，音暗）：同"暗"。

本 性

情性者，人治之本[①]，礼乐所由生也。故原情性之极[②]，礼为之防，乐为之节[③]。性有卑谦辞让，故制礼以适其宜；情有好恶喜怒哀乐，故作乐以通其敬[④]。礼所以制，乐所为作者，情与性也。昔儒旧生，著作篇章，莫不论说，莫能实定。

周人世硕，以为人性有善有恶，举人之善性[⑤]，养而致之则善长；性恶，养而致之则恶长。如此，则性各有阴阳，善恶在所养焉。故世子作《养书》一篇。密子贱、漆雕开、公孙尼子之徒，亦论情性，与世子相出入，皆言性有善有恶。

孟子作性善之篇，以为人性皆善，及其不善[6]，物乱之也。谓人生于天地，皆禀善性，长大与物交接者，放纵悖乱[7]，不善日以生矣。若孟子之言，人幼小之时，无有不善也。微子曰："我旧云孩子，王子不出。"纣为孩子之时，微子睹其不善之性。性恶不出众庶[8]，长大为乱不变，故云也。羊舌食我初生之时，叔姬视之，及堂，闻其啼声而还，曰："其声，豺狼之声也。野心无亲，非是莫灭羊舌氏。"遂不肯见。及长，祁胜为乱，食我与焉。国人杀食我，羊舌氏由是灭矣。纣之恶在孩子之时，食我之乱见始生之声。孩子始生，未与物接，谁令悖者？丹朱生于唐宫，商均生于虞室。唐、虞之时，可比屋而封，所与接者，必多善矣。二帝之旁，必多贤也。然而丹朱慠[9]，商均虐，并失帝统，历世为戒。且孟子相人以眸子焉，心清而眸子瞭[10]，心浊而眸子眊[11]。人生目辄眊了，眊了禀之于天，不同气也；非幼小之时了，长大与人接，乃更眊也。性本自然，善恶有质。孟子之言情性，未为实也。然而性善之论，亦有所缘。或仁或义，性术乖也。动作趋翔，性识诡也。面色或白或黑，身形或长或短，至老极死，不可变易，天性然也。皆知水土物器形性不同，而莫知善恶禀之异也。一岁婴儿无争夺之心，长大之后，或渐利色[12]，狂心悖行，由此生也。

告子与孟子同时，其论性无善恶之分，譬之湍水[13]，决之东则东[14]，决之西则西。夫水无分于东西，犹人无分于善恶也。夫告子之言，谓人之性与水同也。使性若水，可以水喻性，犹金之为金，木之为木也。人善因善，恶亦因恶。初禀天然之姿[15]，受纯壹之质，故生而兆见，善恶可察。无分于善恶，可推移者[16]，谓中人也，不善不恶，须教成者也[17]。故孔子曰："中人以上可以语上也，中人以下不可以语上也。"告子之以决水喻者[18]，徒谓中人，不指极善极恶。孔子曰："性相近也，习相远也。"夫中人之性，在所习焉。习善而为善，习恶而为恶也。至于极善极恶，非复在习。故孔子曰："惟上智与下愚不移。"性有善不善，圣化贤教，不能复移易也。孔子道德之祖，诸子之中最卓者也，而曰"上智下愚不移"，故知告子之言，未得实也。夫告子之言，亦有缘也。《诗》曰："彼姝之子，何以与之？"其传曰："譬犹练丝[19]，染之蓝则青，染之朱则赤。"夫决水使之东西，犹染丝令之青赤也。丹朱、商均已染于唐、虞之化矣，然而丹朱慠而商均虐者，至恶之质，不受蓝朱变也。

孙卿有反孟子，作《性恶》之篇，以为人性恶，其善者伪也[20]。性恶者，以为人生皆得恶性也。伪者，长大之后，勉使为善也。若孙卿之言，人幼小无有善也。稷为儿，以种树为戏；孔子能行，以俎豆为弄[21]。石生而坚，兰生而香。禀善气，长大就成，故种树之戏为唐司马，俎豆之弄为周圣师。禀兰石之性，故有坚香之验。夫孙卿之言，未为得实。然而性恶之言，有缘也。一岁婴儿，无推让之心，见食，号欲食之[22]；睹好，啼欲玩之。长大之后，禁情割欲，勉厉为善矣[23]。刘子政非之曰："如此，则天无气也。阴阳善恶不相当，则人之为善安从生？"

陆贾曰："天地生人也，以礼义之性。人能察己所以受命则顺，顺之谓道。"夫陆贾知人礼义为性，人亦能察己所以受命。性善者，不待察而自善；性恶者，虽能察之，犹背礼畔义[24]，义挹于善不能为也[25]。故贪者能言廉，乱者能言治；盗跖非人之窃也，庄蹻刺人之滥也。明能察己，口能论贤，性恶不为，何益于善？陆贾之言未能得实。

董仲舒览孙、孟之书，作情性之说曰："天之大经[26]，一阴一阳；人之大经，一情一性。性生于阳，情生于阴。阴气鄙，阳气仁。曰性善者，是见其阳也；谓恶者，是见其阴者也。"若仲舒之言，谓孟子见其阳，孙卿见其阴也。处二家各有见，可也。不处人情性，情性有善有恶，未也。夫人情性同生于阴阳，其生于阴阳，有渥有泊[27]。玉生于石，有纯有驳[28]，情性生于阴阳，安能纯善？仲舒之言，未能得实。

刘子政曰："性，生而然者也，在于身而不发[29]。情，接于物而然者也，出形于外。形外则谓之阳，不发者则谓之阴。"夫子政之言，谓性在身而不发。情接于物，形出于外，故谓之阳；性不发，不与物接，故谓之阴。夫如子政之言，乃谓情为阳、性为阴也；不据本所生起，苟以形出与不发见定阴阳也。必以形出为阳，性亦与物接，造次必于是[30]，颠沛必于是[31]。恻隐，不忍；不忍，仁之气也。卑谦辞让，性之发也。有与接会，故恻隐卑谦，形出于外。谓性在内不与物接，恐非其实。不论性之善恶，徒议外内阴阳，理难以知。且从子政之言，以性为阴，情为阳，夫人禀情，竟有善恶不也[32]？

自孟子以下至刘子政，鸿儒博生，闻见多矣。然而论情性，竟无定是。唯世硕、公孙尼子之徒颇得其正。由此言之，事易知，道难论也。酆文茂记[33]，繁如荣华[34]，恢谐剧谈[35]，甘如饴蜜[36]，未必得实。实者，人性有善有恶，犹人才有高有下也。高不可下，下不可高。谓性无善恶，是谓人才无高下也。禀性受命，同一实也。命有贵贱，性有善恶。谓性无善恶，是谓人命无贵贱也。

九州田土之性，善恶不均，故有黄赤黑之别，上中下之差。水潦不同，故有清浊之流，东西南北之趋。人禀天地之性，怀五常之气，或仁或义，性术乖也；动作趋翔，或重或轻，性识诡也；面色或白或黑，身形或长或短，至老极死不可变易，天性然也。余固以孟轲言人性善者[37]，中人以上者也；孙卿言人性恶者，中人以下者也；扬雄言人性善恶混者，中人也。若反经合道[38]，则可以为教；尽性之理，则未也。

---

①人治：治理人。

②原：分析。

③节：制约。

④通：表达。敬：恭敬。

⑤举：取，拿。

⑥及：至于。

⑦悖（bèi，音倍）：不合情理。

⑧众庶：普通人。

⑨慠：同"傲"，傲慢。

⑩瞭：眼睛明亮。

⑪眊（mào，音帽）：浑浊不清。

⑫渐：浸染。利：私利。

⑬譬（pì，音僻）：比喻。

⑭决：挖开缺口。

⑮姿：通"资"。

⑯推移：改变。

⑰须：有待于。

⑱与：帮助。

⑲练丝：熟丝。

⑳伪：人为的。

㉑俎（zǔ，音祖）：古代祭祀时用来盛祭品的器具。弄：玩弄。

㉒号（háo，音毫）：嚎叫。

㉓厉：同"砺"，磨炼。

㉔畔：通"叛"。

㉕挹（yì，音义）：汲取。

㉖大经：根本。

㉗渥：厚。泊：通“薄”。

㉘驳：不纯。

㉙发：表现，表露。

㉚造次：急迫，仓猝，不从容。

㉛颠沛：游离失所，生活不安定。

㉜不（fǒu，音否）：同“否”。

㉝酆：同“丰”，丰富。

㉞华：同“花”。

㉟恢：通“诙”。恢谐：有趣。

㊱饴（yí，音姨）：饴糖。

㊲固：通“故”。

㊳反：同“返”，回到，符合。

物势

儒者论曰：“天地故生人[①]。”此言妄也。夫天地合气，人偶自生也。犹夫妇合气，子则自生也。夫妇合气，非当时欲得生子；情欲动而合，合而生子矣。且夫妇不故生子，以知天地不故生人也。然则人生于天地也，犹鱼之于渊，虮虱之于人也[②]。因气而生[③]，种类相产，万物生天地之间，皆一实也。或曰[④]：“天地不故生人，人偶自生。”

若此，论事者何故云天地为炉，万物为铜，阴阳为火，造化为工乎？案陶冶者之用火烁铜燔器[⑤]，故为之也。而云天地不故生人，人偶自生耳，可谓陶冶者不故为器而器偶自成乎？夫比不应事，未可谓喻[⑥]；文不称实，未可谓是也。曰：“是喻人禀气不能纯一，若烁铜之下形[⑦]，燔器之得火也，非谓天地生人与陶冶同也。”兴喻，人皆引人事，人事有体，不可断绝。以目视头，头不得不动；以手相足，足不得不摇。目与头同形，手与足同体。今夫陶冶者初埏埴作器[⑧]，必模范为形，故作之也；燃炭生火，必调和炉灶，故为之也。及铜烁不能皆成，器燔不能尽善，不能故生也。夫天不能故生人，则其生万物，亦不能故也。天地合气，物偶自生矣。夫耕耘播种[⑨]，故为之也；及其成与不熟，偶自然也。

何以验之？如天故生万物，当令其相亲爱，不当令之相贼害也[⑩]。或曰：“五行之气，天生万物。以万物含五行之气，五行之气更相贼害[⑪]。”曰：“天自当以一行之气生万物，令之相亲爱，不当令五行之气反使相贼害也。”或曰：“欲为之用，故令相贼害，贼害相成也。故天用五行之气生万物，人用万物作万事。不能相制，不能相使，不相贼害，不成为用。金不贼木，木不成用；火不烁金，金不成器。故诸物相贼相利，含血之虫相胜服、相啮噬[⑫]、相啖食者，皆五行气使之然也。”曰：“天生万物欲令相为用，不得不相贼害也。则生虎狼蝮蛇及蜂虿之虫，皆贼害人，天又欲使人为之用邪？且一人之身，含五行之气，故一人之行，有五常之操。五常，五常之道也。五藏在内，五行气俱。如论者之言，含血之虫，怀五行之气，辄相贼害。一人之身，胸怀五藏，自相贼也；一人之操，行义之心，自相害也。且五行之气相贼害，含血之虫相胜服，其验何在？”曰：“寅木也，其禽虎也；戌土也，其禽犬也；丑未亦土也；丑禽牛，未禽羊也。木胜土，故犬与牛羊为虎所服也。亥水也，其禽豕也[⑬]；巳火也，其禽蛇也；子亦水也，其禽鼠也；

午亦火也，其禽马也。水胜火，故豕食蛇；火为水所害，故马食鼠屎而腹胀。”曰：“审如论者之言[14]，含血之虫亦有不相胜之效。午马也，子鼠也，酉鸡也，卯兔也。水胜火，鼠何不逐马？金胜木，鸡何不啄兔？亥豕也，未羊也，丑牛也。土胜水，牛羊何不杀豕？巳蛇也，申猴也。火胜金，蛇何不食猕猴？猕猴者，畏鼠也。啮猕猴者，犬也。鼠水，猕猴金也。水不胜金，猕猴何故畏鼠也？戌土也，申猴也。土不胜金，猴何故畏犬？东方木也，其星仓龙也[15]。西方金也，其星白虎也。南方火也，其星朱鸟也。北方水也，其星玄武也。天有四星之精，降生四兽之体。含血之虫，以四兽为长。四兽含五行之气最较著。案龙虎交不相贼，鸟龟会不相害。以四兽验之，以十二辰之禽效之，五行之虫以气性相刻，则尤不相应。凡万物相刻贼，含血之虫则相服，至于相啖食者，自以齿牙顿利[16]，筋力优劣，动作巧便，气势勇桀[17]。若人之在世，势不与适，力不均等，自相胜服，以力相服，则以刃相贼矣。夫人以刃相贼，犹物以齿角爪牙相触刺也。力强角利，势烈牙长，则能胜；气微爪短诛，胆小距顿，则服畏也。人有勇怯，故战有胜负，胜者未必受金气，负者未必得木精也。孔子畏阳虎，却行流汗，阳虎未必色白，孔子未必面青也。鹰之击鸠雀，鸮之啄鹄雁，未必鹰、鸮生于南方而鸠雀、鹄雁产于西方也，自是筋力勇怯相胜服也。”

一堂之上，必有论者；一乡之中，必有讼者。讼必有曲直，论必有是非。非而曲者为负，是而直者为胜。亦或辩口利舌，辞喻横出为胜；或诎弱缀跲，蹥蹇不比者为负[18]。以舌论讼，犹以剑戟斗也。利剑长戟，手足健疾者胜；顿刀短矛，手足缓留者负。夫物之相胜，或以筋力，或以气势，或以巧便。小有气势，口足有便，则能以小而制大；大无骨力，角翼不劲，则以大而服小。鹊食蝟皮，博劳食蛇，蝟蛇不便也。蚊虻之力不如牛马，牛马困于蚊虻，蚊虻乃有势也。鹿之角足以触犬，猕猴之手足以搏鼠，然而鹿制于犬，猕猴服于鼠，角爪不利也。故十年之牛，为牧竖所驱；长仞之象，为越僮所钩，无便故也。故夫得其便也，则以小能胜大；无其便也，则以强服于羸也[19]。

---

①生：创造。

②虮（jǐ，音几）：虱子的卵。

③因：凭借。

④或：有人。

⑤烁（shuò，音朔）：冶炼。应：符合。

⑥喻：清楚，明白。

⑦形：通“型”，模型。

⑧埏（shān，音山）：用水拌土。

⑨耘：除草。

⑩贼害：残害，伤害。

⑪更：轮换，循环。

⑫啮噬（niè shì，音聂士）：咬。

⑬豕（shǐ，音史）：猪。

⑭审：的确，果真。

⑮仓：通“苍”，青色。

⑯顿：通“钝”。

⑰勇桀（jié，音杰）：勇敢，凶猛。

⑱蹥蹇（lián jiǎn，音连减）：困难。

⑲羸（léi，音雷）：瘦弱。

奇　怪

儒者称圣人之生，不因人气[①]，更禀精于天。禹母吞薏苡而生禹[②]，故夏姓曰姒。卨母吞燕卵而生卨，故殷姓曰子。后稷母履大人迹而生后稷[③]，故周姓曰姬。《诗》曰："不坼不副[④]，是生后稷。"说者又曰：禹、卨逆生，闿母背而出。后稷顺生，不坼不副。不感动母体[⑤]，故曰"不坼不副"。逆生者子孙逆死，顺生者子孙顺亡。故桀、纣诛死，赧王夺邑。言之有头足，故人信其说；明事以验证，故人然其文。谶书又言[⑥]：尧母庆都野出，赤龙感己，遂生尧。《高祖本纪》言：刘媪尝息大泽之陂，梦与神遇。是时，雷电晦冥，太公往视，见蛟龙于上。已而有身，遂生高祖。其言神验，文又明著，世儒学者，莫谓不然。如实论之，虚妄言也。

彼《诗》言"不坼不副"，言其不感动母体，可也；言其闿母背而出，妄也。夫蝉之生复育也，闿背而出。天之生圣子，与复育同道乎？兔吮毫而怀子，及其子生，从口而出。案禹母吞薏苡，卨母咽燕卵，与兔吮毫同实也。禹、卨之母生，宜皆从口，不当闿背。夫如是，闿背之说，竟虚妄也。世间血刃死者多，未必其先祖初为人者生时逆也。秦失天下，阎乐斩胡亥，项羽诛子婴。秦之先祖伯翳，岂逆生乎？如是为顺逆之说，以验三家之祖，误矣。

且夫薏苡，草也；燕卵，鸟也；大人迹，土也。三者皆形，非气也，安能生人？说圣者以为禀天精微之气，故其为有殊绝之知。今三家之生，以草，以鸟，以土，可谓精微乎？天地之性，唯人为贵，则物贱矣。今贵人之气，更禀贱物之精，安能精微乎？夫令鸠雀施气于雁鹄，终不成子者，何也？鸠雀之身小，雁鹄之形大也。今燕之身不过五寸，薏苡之茎不过数尺，二女吞其卵实，安能成七尺之形乎？烁一鼎之铜，以灌一钱之形，不能成一鼎，明矣。今谓大人天神，故其迹巨。巨迹之人，一鼎之烁铜也；姜原之身，一钱之形也。使大人施气于姜原，姜原之身小，安能尽得其精？不能尽得其精，则后稷不能成人。

尧、高祖审龙之子，子性类父，龙能乘云，尧与高祖亦宜能焉。万物生于土，各似本种。不类土者，生不出于土，土徒养育之也。母之怀子，犹土之育物也。尧、高祖之母，受龙之施，犹土受物之播也。物生自类本种，夫二帝宜似龙也。且夫含血之类，相与为牝牡[⑦]；牝牡之会，皆见同类之物。精感欲动，乃能授施。若夫牡马见雌牛，雄雀见牝鸡，不相与合者，异类故也。今龙与人异类，何能感于人而施气？

或曰：夏之衰，二龙斗于庭，吐漦于地。龙亡漦在，椟而藏之[⑧]。至周幽王发出龙漦，化为玄鼋[⑨]，入于后宫，与处女交，遂生褒姒。玄鼋与人异类，何以感于处女而施气乎？夫玄鼋所交非正[⑩]，故褒姒为祸，周国以亡。以非类妄交，则有非道妄乱之子。今尧、高祖之母不以道接会，何故二帝贤圣，与褒姒异乎？或曰："赵简子病，五日不知人。觉言：我之帝所，有熊来，帝命我射之，中，熊死；有罴来，我又射之，中罴，罴死。后问当道之鬼[⑪]，鬼曰：熊罴，晋二卿之先祖也。"熊罴物也，与人异类，何以施类于人，而为二卿祖？夫简子所射熊罴，二卿祖当亡，简子当昌之袄也。简子见之，若寝梦矣。空虚之象，不必有实。假令有之，或时熊罴先化为人，乃生二卿。鲁公牛哀病化为虎。人化为兽，亦如兽为人。玄鼋入后宫，殆先化为人[⑫]。天地之间，异类之物，相与交接，未之有也。

天人同道，好恶均心。人不好异类，则天亦不与通。人虽生于天，犹虮虱生于人也。人不好虮虱，天无故欲生于人。何则？异类殊性，情欲不相得也。天地，夫妇也，天施气于地以生物，人转相生，精微为圣，皆因父气，不更禀取。如更禀者为圣，卨、后稷不圣。如圣人皆当更禀，十二圣不皆然也。黄帝、帝喾、帝颛顼、帝舜之母，何所受气？文王、武王、周公、孔子之母，何所感吞？

此或时见三家之姓，曰姒氏、子氏、姬氏，则因依放[13]，空生怪说，犹见鼎湖之地，而著黄帝升天之说矣[14]。失道之意，还反其字。苍颉作书，与事相连。姜原履大人迹。迹者基也，姓当为“其”下“土”，乃为“女”旁“叵”，非基迹之字，不合本事，疑非实也。以周姬况夏殷，亦知子之与姒，非燕子、薏苡也。或时禹、契、后稷之母适欲怀妊，遭吞薏苡、燕卵，履大人迹也。世好奇怪，古今同情。不见奇怪，谓德不异，故因以为姓。世间诚信，因以为然。圣人重疑[15]，因不复定。世士浅论[16]，因不复辨。儒生是古，因生其说。彼《诗》言“不坼不副”者，言后稷之生不感动母身也。儒生穿凿[17]，因造禹、契逆生之说。感于龙，梦与神遇，犹此率也。尧、高祖之母适欲怀妊，遭逢雷龙载云雨而行，人见其形，遂谓之然。梦与神遇，得圣子之象也。梦见鬼合之，非梦与神遇乎，安得其实！野出感龙，及蛟龙居上，或尧、高祖受富贵之命。龙为吉物，遭加其上，吉祥之瑞，受命之证也。光武皇帝产于济阳宫，凤皇集于地，嘉禾生于屋。圣人之生，奇鸟吉物之为瑞应。必以奇吉之物见而子生谓之物之子，是则光武皇帝嘉禾之精，凤皇之气欤？

案《帝系》之篇及《三代世表》，禹，鲧之子也；卨、稷皆帝喾之子，其母皆帝喾之妃也，及尧亦喾之子。帝王之妃，何为适草野？古时虽质，礼已设制，帝王之妃，何为浴于水？夫如是，言圣人更禀气于天，母有感吞者，虚妄之言也。实者，圣人自有种族，如文、武各有类。孔子吹律，自知殷后；项羽重瞳，自知虞舜苗裔也[18]。五帝、三王皆祖黄帝。黄帝圣人，本禀贵命，故其子孙皆为帝王。帝王之生，必有怪奇，不见于物，则效于梦矣。

---

①因：依靠。

②薏苡（yǐ，音以）：一种草本植物。

③履：踏，踩。

④坼（chè，音彻）：裂开。

⑤感（hàn，音撼）：通“撼”，震动。

⑥谶（chèn，音趁）：神秘的预言。

⑦牝（pìn，聘）：雌性动物。牡：雄性动物。

⑧椟：名词用作动词，放入木柜。

⑨黿（yuán，音元）：蜥蜴。

⑩非正：不符合正常情况。

⑪当：挡。

⑫殆：大概。

⑬放（fǎng，音仿）：通“仿”，模仿。

⑭著：捏造。

⑮重疑：不轻易怀疑。

⑯世士：一般的读书人。

⑰穿凿：牵强附会。

⑱苗裔（yì，音义）：后代。

书　虚

世信虚妄之书，以为载于竹帛上者，皆贤圣所传，无不然之事[①]，故信而是之[②]，讽而读之[③]。睹真是之传与虚妄之书相违，则并谓短书，不可信用。夫幽冥之实尚可知，沈隐之情尚可定，显文露书，是非易见，笼总并传非实事[④]，用精不专，无思于事也。

夫世间传书诸子之语，多欲立奇造异，作惊目之论，以骇世俗之人；为谲诡之书[⑤]，以著殊异之名[⑥]。传书言：延陵季子出游，见路有遗金。当夏五月，有披裘而薪者。季子呼薪者曰："取彼地金来！"薪者投镰于地，瞋目拂手而言曰[⑦]："何子居之高，视之下，仪貌之壮，语言之野也？吾当夏五月披裘而薪，岂取金者哉？"季子谢之，请问姓字。薪者曰："子皮相之士也，何足语姓名！"遂去不顾。世以为然，殆虚言也。

夫季子耻吴之乱，吴欲共立以为主，终不肯受，去之延陵，终身不还，廉让之行，终始若一。许由让天下，不嫌贪封侯。伯夷委国饥死，不嫌贪刀钩。廉让之行，大可以况小，小难以况大。季子能让吴位，何嫌贪地遗金？季子使于上国，道过徐，徐君好其宝剑，未之即予。还而徐君死，解剑带冢树而去[⑧]。廉让之心，耻负其前志也。季子不负死者，弃其宝剑，何嫌一叱生人取金于地？季子未去吴乎，公子也；已去吴乎，延陵君也。公子与君，出有前后，车有附从，不能空行于涂，明矣。既不耻取金，何难使左右，而烦披裘者？世称柳下惠之行，言其能以幽冥自修洁也。贤者同操，故千岁交志。置季子于冥昧之处，尚不取金，况以白日，前后备具，取金于路，非季子之操也。或时季子实见遗金，怜披裘薪者欲以益之；或时言取彼地金，欲以予薪者，不自取也。世俗传言，则言季子取遗金也。

传书或言：颜渊与孔子俱上鲁太山。孔子东南望吴昌门外有系白马，引颜渊指以示之曰："若见吴昌门乎？"颜渊曰："见之。"孔子曰："门外何有？"曰："有如系练之状。"孔子抚其目而正之，因与俱下。下而颜渊发白齿落，遂以病死。盖以精神不能若孔子，强力自极，精华竭尽，故早夭死。世俗闻之，皆以为然。如实论之，殆虚言也。案《论语》之文，不见此言。考《六经》之传，亦无此语。夫颜渊能见千里之外，与圣人同，孔子诸子何讳不言[⑨]？盖人目之所见，不过十里。过此不见，非所明察，远也。传曰："太山之高巍然，去之百里，不见埵螺，远也。"案鲁去吴，千有余里，使离朱望之，终不能见，况使颜渊，何能审之？如才庶几者，明目异于人，则世宜称亚圣，不宜言离朱。人目之视也，物大者易察，小者难审。使颜渊处昌门之外，望太山之形，终不能见。况从太山之上，察白马之色，色不能见，明矣。非颜渊不能见，孔子亦不能见也。何以验之？耳目之用，均也[⑩]。目不能见百里，则耳亦不能闻也。陆贾曰："离娄之明，不能察帷薄之内；师旷之聪，不能闻百里之外。"昌门之与太山，非直帷薄之内、百里之外也。秦武王与孟说举鼎不任，绝脉而死。举鼎用力，力由筋脉，筋脉不堪，绝伤而死，道理宜也。今颜渊用目望远，望远目睛不任，宜盲眇[⑪]，发白齿落，非其致也。发白齿落，用精于学，勤力不休，气力竭尽，故至于死。伯奇放流，首发早白。《诗》云："惟忧用老。"伯奇用忧，而颜渊用睛，暂望仓卒，安能致此？

儒书言：舜葬于苍梧、禹葬于会稽者，巡狩年老[⑫]，道死边土。圣人以天下为家，不别远近，不殊内外[⑬]，故遂止葬。夫言舜、禹，实也；言其巡狩，虚也。舜之与尧，俱帝者也。共五千里之境，同四海之内。二帝之道，相因不殊。《尧典》之篇，舜巡狩东至岱宗，南至霍山，西至太华，北至恒山。以为四岳者，四方之中，诸侯之来，并会岳下，幽深远近，无不见者。圣人举事，求其宜适也。禹王如舜，事无所改，巡狩所至，以复如舜。舜至苍梧，禹到会稽，非其实也。实舜、禹之时，鸿水未治[14]，尧传于舜，舜受为帝，与禹分部，行治鸿水。尧崩之后，舜老，亦以传于禹。舜南治水，死于苍梧；禹东治水，死于会稽。贤圣家天下，故因葬焉。吴君高说："会稽本山名，夏禹巡狩，会计于此山，因以名郡，故曰会稽。"夫言因山名郡可也，言禹巡狩会计于此山，虚也。巡狩本不至会稽，安得会计于此山？宜听君高之说，诚会稽为会计，禹到南方，何所会计？如禹始东死于会稽，舜亦巡狩至于苍梧，安所会计？百王治定则出巡，巡则辄会计，是则四方之山皆会计也。百王太平，升封太山。太山之上，封可见者七十有二，纷纶湮灭者，不可胜数。如审帝王巡狩则辄会计，会计之地如太山封者，四方宜多。夫郡国成名，犹万物之名，不可说也。独为会稽立欤？周时旧名吴越也，为吴越立名，从何往哉？六国立名，状当如何？天下郡国且百余，县邑出万，乡亭聚里皆有号名，贤圣之才莫能说。君高能说会稽，不能辨定方名。会计之说，未可从也。巡狩考正法度，禹时，吴为裸国，断发文身，考之无用，会计如何？

传书言：舜葬于苍梧，象为之耕；禹葬会稽，鸟为之田[15]。盖以圣德所致，天使鸟兽报祐之也。世莫不然。考实之，殆虚言也。夫舜、禹之德不能过尧，尧葬于冀州，或言葬于崇山，冀州鸟兽不耕，而鸟兽独为舜、禹耕，何天恩之偏驳也[16]？或曰："舜、禹治水，不得宁处，故舜死于苍梧，禹死于会稽。勤苦有功，故天报之；远离中国，故天痛之。"夫天报舜、禹，使鸟田象耕，何益舜、禹？天欲报舜、禹，宜使苍梧、会稽常祭祀之。使鸟兽田耕，不能使人祭。祭加舜、禹之墓，田施人民之家，天之报祐圣人，何其拙也，且无益哉！由此言之，鸟田象耕，报祐舜、禹，非其实也。实者，苍梧多象之地，会稽众鸟所居。《禹贡》曰："彭蠡既潴，阳鸟攸居。"天地之情，鸟兽之行也。象自蹈土，鸟自食苹。土蹶草尽，若耕田状，壤靡泥易[17]，人随种之，世俗则谓为舜、禹田。海陵麋田，若象耕状，何尝帝王葬海陵者邪？

传书言：吴王夫差杀伍子胥，煮之于镬[18]，乃以鸱夷橐投之于江。子胥恚恨[19]，驱水为涛，以溺杀人。今时会稽、丹徒大江、钱唐浙江，皆立子胥之庙。盖欲慰其恨心，止其猛涛也。夫言吴王杀子胥投之于江，实也；言其恨恚驱水为涛者，虚也。

屈原怀恨，自投湘江，湘江不为涛；申徒狄蹈河而死，河水不为涛。世人必曰屈原、申徒狄不能勇猛，力怒不如子胥。夫卫菹子路而汉烹彭越，子胥勇猛不过子路、彭越。然二士不能发怒于鼎镬之中，以烹汤菹汁渖漎旁人[20]。子胥亦自先入镬，后乃入江；在镬中之时，其神安居？岂怯于镬汤，勇于江水哉！何其怒气前后不相副也[21]？且投于江中，何江也？有丹徒大江，有钱唐浙江，有吴通陵江。或言投于丹徒大江，无涛，欲言投于钱唐浙江。浙江、山阴江、上虞江皆有涛，三江有涛，岂分橐中之体，散置三江中乎？人若恨恚也，仇雠未死[22]，子孙遗在，可也。今吴国已灭，夫差无类，吴为会稽，立置太守，子胥之神，复何怨苦，为涛不止，欲何求索？吴、越在时，分会稽郡，越治山阴，吴都今吴，馀暨以南属越，钱唐以北属吴。钱唐之江，两国界也。山阴、上虞在越界中，子胥入吴之江，为涛 当自上吴界中，何为入越之地？怨恚吴王、发怒越江，违失道理，无神之验也。且夫水难驱而人易从也[23]。生任筋力，死用精魂。子胥之生，不能从生人营卫其身，自令身死，筋力消绝，精魂飞散，安能为涛？使子胥之类数百千人，乘船渡江，不能越水。一子胥之身，煮汤镬之中，骨肉糜烂，成为羹菹，何能有害也？周宣王杀其臣杜伯，赵简子杀其臣庄子义。其后杜伯射宣王，庄子义害简，事理似然，犹为虚言。今子胥不能完体，为杜伯、子义之事以报吴王，而驱水往来，岂报仇之义、有知之验哉！俗语不实，成为丹青；丹青之文，贤圣惑焉。夫地之有百川也，犹人之有血脉也。血脉流行，泛扬动静，自有节度[24]。百川亦然，其朝夕往来，犹人之呼吸气出入也。天地之性，上古有之，《经》曰："江、汉朝宗于海。"唐、虞之前也，其发海中之时，漾驰而已；入三江之中，殆小浅狭，水激沸起，故腾为涛。广陵曲江有涛，文人赋之。大江浩洋，曲江有涛，竟以隘狭也。吴杀其身，为涛广陵，子胥之神，竟无知也。溪谷之深，流者安洋，浅多沙石，激扬为濑[25]。夫涛濑，一也。谓子胥为涛，谁居溪谷为濑者乎？案涛入三江，岸沸踊，中央无声。必以子胥为涛，子胥之身聚岸漼也。涛之起也，随月盛衰，小大满损不齐同。如子胥为涛，子胥之怒，以月为节也。三江时风，扬疾之波亦溺杀人，子胥之神，复为风也？秦始皇渡湘水，遭风，问湘山何祠？左右对曰："尧之女，舜之妻也。"始皇太怒，使刑徒三千人斩湘山之树而履之。夫谓子胥之神为涛，犹谓二女之精为风也。

传书言：孔子当泗水之葬，泗水为之却流。此言孔子之德，能使水却，不湍其墓也。世人信之。是故儒者称论，皆言孔子之后当封，以泗水却流为证。如原省之[26]，殆虚言也。夫孔子死，孰与其生？生能操行，慎道应天，死操行绝。天祐至德，故五帝、三王招致瑞应，皆以生存，不以死亡。孔子生时推排不容，故叹曰："凤鸟不至，河不出图，吾已矣夫！"生时无祐，死反有报乎？孔子之死，五帝、三王之死也。五帝、三王无祐，孔子之死独有天报，是孔子之魂圣，五帝之精不能神也。泗水无知，为孔子却流，天神使之。然则，孔子生时，天神不使人尊敬。如泗水却流，天欲封孔子之后，孔子生时，功德应天，天不封其身，乃欲封其后乎？是盖水偶自却流。江河之流，有回复之处；百川之行，或易道更路，与却流无以异。则泗水却流，不为神怪也。

传书称：魏公子之德，仁惠下士，兼及鸟兽。方与客饮，有鹯击鸠[27]。鸠走，巡于公子案下。鹯追击，杀于公子之前。公子耻之，即使人多设罗，得鹯数十枚，责让以击鸠之罪。击鸠之鹯，低头不敢仰视，公子乃杀之。世称之曰："魏公子为鸠报仇。"此虚言也。夫鹯物也，情心不同，音语不通。圣人不能使鸟兽为义理之行，公子何人，能使鹯低头自责？鸟为鹯者以千万数，向击鸠蜚去[28]，安可复得？能低头自责，是圣鸟也。晓公子之言，则知公子之行矣。知公子之行，则不击鸠于其前。人犹不能改过，鸟与人异，谓之能悔，世俗之语，失物类之实也。或时公子实捕鹯，鹯得。人持其头，变折其颈，疾痛低垂，不能仰视。缘公子惠义之人，则因褒称，言鹯服过。盖言语之次[29]，空生虚妄之美[30]；功名之下，常有非实之加。

传书言齐桓公妻姑姊妹七人，此言虚也。夫乱骨肉，犯亲戚，无上下之序者，禽兽之性，则乱不知伦理。案桓公九合诸侯，一正天下，道之以德，将之以威，以故诸侯服从，莫敢不率，非内乱怀鸟兽之性者所能为也[31]。夫率诸侯朝事王室，耻上无势而下无礼也。外耻礼之不存，内何犯礼而自坏？外内不相副，则功无成而威不立矣。世称桀、纣之恶，不言淫于亲戚。实论者谓夫桀、纣恶微于亡秦，亡秦过泊于王莽[32]，无淫乱之言。桓公妻姑姊七人，恶浮于桀、纣，而过重于秦、莽也。《春秋》采毫毛之美，贬纤芥之恶。桓公恶大，不贬何哉？鲁文姜，齐襄公之妹也，襄公通焉。《春秋》经曰："庄二年冬，夫人姜氏会齐侯于郜。"《春秋》何尤于襄公，而书其奸；何宥于桓公[33]，隐而不讥？如《经》失之，传家左丘明、公羊、谷梁何讳不言？案桓公之过多内宠，内嬖如夫人者六，有五公子争立，齐乱，公薨三月乃讣。世闻内嬖六人，嫡庶无别[34]，则言乱于姑姊妹七人矣。

传书言齐桓公负妇人而朝诸侯，此言桓公之淫乱无礼甚也。夫桓公大朝之时，负妇人于背，其游宴之时，何以加此？方修士礼，崇厉肃敬，负妇人于背，何以能率诸侯朝事王室？葵丘之会，桓公骄矜[35]，当时诸侯畔者九国。睚眦不得[36]，九国畔去；况负妇人淫乱之行，何以肯留？或曰："管仲告诸侯：吾君背有疽创[37]，不得妇人，疮不衰愈。诸侯信管仲，故无畔者。"夫十室之邑，必有忠信若孔子。当时诸侯千人以上，必知方术，治疽不用妇人。管仲为君讳也，诸侯知仲为君讳而欺己，必恚怒而畔去，何以能久统会诸侯，成功于霸？或曰："桓公实无道，任贤相管仲，故能霸天下。"夫无道之人，与狂无异，信谗远贤，反害仁义，安能任管仲，能养人，令之成事？桀杀关龙逢，纣杀王子比干，无道之君莫能用贤。使管仲贤，桓公不能用；用管仲，故知桓公无乱行也。有贤明之君，故有贞良之臣。臣贤，君明之验，奈何谓之有乱？难曰："卫灵公无道之君，时知贤臣。管仲为辅，何明桓公不为乱也？"夫灵公无道，任用三臣，仅以不丧，非有功行也。桓公尊九九之人，拔甯戚于车下，责苞茅不贡，运兵攻楚，九合诸侯，一匡天下，千世一出之主也。而云负妇人于背，虚矣。说《尚书》者曰："周公居摄，带天子之绶，戴天子之冠，负扆南面而朝诸侯。"户牖之间曰扆，南面之坐位也。负扆南面乡坐[38]，扆在后也。桓公朝诸侯之时，或南面坐，妇人立于后也。世俗传云，则曰负妇人于背矣。此则夔一足、宋丁公凿井得一人之语也。唐虞时，夔为大夫，性知音乐，调声悲善。当时人曰："调乐如夔一足矣。"世俗传言，夔一足。案秩宗官缺，帝舜博求，众称伯夷，伯夷稽首让于夔龙。秩宗卿官，汉之宗正也。断足，非其理也。且一足之人，何用行也？夏后孔甲田于东萯山[39]，天雨晦冥，入于民家，主人方乳，或曰："后来之子必贵。"或曰："不胜之子必贱。"孔甲曰："为余子，孰能贱之？"遂载以归，析橑[40]，斧斩其足，卒为守者。孔甲之欲贵之子，有余力矣，断足无宜，故为守者。今夔一足，无因趋步，坐调音乐，可也。秩宗之官，不宜一足，犹守者断足，不可贵也。孔甲不得贵之子，伯夷不得让于夔焉。宋丁公者，宋人也。未凿井时，常有寄汲，计之，日去一人作。自凿井后，不复寄汲，计之，日得一人之作。故曰："宋丁公凿井得一人。"俗传言曰："丁公凿井，得一人于井中。"夫人生于人，非生于土也。穿土凿井，无为得人。推此以论，负妇人之语，犹此类也。负妇人而坐，则云妇人在背。知妇人在背非道，则生管仲以妇人治疽之言矣。使桓公用妇人彻胤服，妇人于背，女气愈疮，可去以妇人治疽。方朝诸侯，桓公重衣，妇人袭裳，女气分隔，负之何益？桓公思士，作庭燎而夜坐，以思致士，反以白日负妇人见诸侯乎？

传书言聂政为严翁仲刺杀韩王，此虚也。夫聂政之时，韩列侯也。列侯之三年，聂政刺韩相侠累。十二年，列侯卒。与聂政杀侠累，相去十七年。而言聂政刺杀韩王，短书小传，竟虚不可信也。

传书又言：燕太子丹使刺客荆轲刺秦王，不得，诛死。后高渐丽复以击筑见秦王，秦王说之[41]，知燕太子之客，乃冒其眼，使之击筑。渐丽乃置铅于筑中以为重，当击筑，秦王膝进，不能自禁。渐丽以筑击秦王颡[42]，秦王病伤三月而死。夫言高渐丽以筑击秦王，实也；言中秦王病伤三月而死，虚也。夫秦王者，秦始皇帝也。始皇二十年，燕太子丹使荆轲刺始皇，始皇杀轲明矣。二十一年，使将军王翦攻燕，得太子首。二十五年，遂伐燕而虏燕王嘉。后不审何年，高渐丽以筑击始皇，不中。诛渐丽。当二十七年，游天下，到会稽，至琅邪，北至劳、盛山，并海[43]，西至平原津而病，到沙丘平台，始皇崩。夫谶书言始皇还[44]，到沙丘而亡；传书又言病筑疮三月而死于秦。一始皇之身，世或言死于沙丘，或言死于秦，其死言恒病疮[45]。传书之言多失其实，世俗之人不能定也。

---

①不然：不正确。

②是：以……为是。

③讽：熟读，背诵。

④笼总：笼统。

⑤谲（jué，音决）诡：希奇古怪。

⑥著：显示，标榜。
⑦瞋（chēn，音沉阴平）：瞪着眼睛。
⑧冢（zhǒng，音肿）：坟墓。
⑨讳：回避。
⑩均：相同。
⑪盲眇：瞎眼。
⑫巡狩：古代帝王到各地视察。
⑬殊：区分。
⑭鸿：通“洪”。
⑮田：通“佃”，耕种。
⑯偏驳：偏袒，不公平。
⑰靡（mí，音迷）：松碎。
⑱镬（huò，音货）：大锅。
⑲恚：愤怒。
⑳菹（zū，音租）：剁成肉泥。渖：汁。漎（chuāng，音窗）：撞击。
㉑副：符合。
㉒雠（chóu，音仇）：敌人。
㉓从：使服从。
㉔节度：节奏 。
㉕濑（lài，音赖）：急流。
㉖原：追究。
㉗䝙：一种猛兽。
㉘蜚（fēi，音飞）：通“飞”。
㉙次：中间。
㉚空生：凭空捏造。
㉛九：形容次数多。
㉜过：罪恶。泊：通“薄”，轻。
㉝宥（yòu，音又）：宽恕。
㉞嫡：正妻。庶：妾。
㉟骄矜（jīn，音今）：傲慢自大。
㊱眶：眼角。眦：眼眶。
㊲疽：毒疮的一种。创：通“疮”。
㊳乡：通“向”。
㊴田：通“畋”，打猎。
㊵橑：木柴。
㊶说（yuè，音悦）：通“悦”。
㊷顙：前额。
㊸并（bàng，音棒）：通“傍”，依靠，依傍。
㊹谶（chèn，音趁）：神秘的预言。
㊺疮：通“创”，受伤。

变 虚

传书曰：宋景公之时，荧惑守心[①]。公惧，召子韦而问之曰："荧惑在心，何也？"子韦曰："荧惑，天罚也，心，宋分野也，祸当君。虽然，可移于宰相。"公曰："宰相所使治国家也，而移死焉，不祥。"子韦曰："可移于民。"公曰："民死，寡人将谁为也？宁独死耳。"子韦曰："可移于岁。"公曰："民饥，必死。为人君而欲杀其民以自活也，其谁以我为君者乎？是寡人命固尽也，子毋复言。"子韦退走，北面再拜曰："臣敢贺君[②]。天之处高而耳卑，君有君人之言三，天必三赏君。今夕星必徙三舍，君延命二十一年。"公曰："奚知之[③]？"对曰："君有三善，故有三赏，星必三徙。三徙行七星，星当一年，三七二十一，故君命延二十一岁。臣请伏于殿下以伺之，星必不徙，臣请死耳。"是夕也，火星果徙三舍。如子韦之言，则延年审得二十一岁矣。星徙审则延命，延命明则景公为善，天祐之也。则夫世间人能为景公之行者，则必得景公祐矣。此言虚也。何则？皇天迁怒，使荧惑本景公身有恶而守心，则虽听子韦言，犹无益也。使其不为景公，则虽不听子韦之言，亦无损也。

齐景公时有彗星，使人禳之[④]。晏子曰："无益也，只取诬焉。天道不暗，不贰其命[⑤]，若之何禳之也？且天之有彗，以除秽也[⑥]。君无秽德，又何禳焉？若德之秽，禳之何益？《诗》曰：'惟此文王，小心翼翼，昭事上帝，聿怀多福[⑦]；厥德不回，以受方国。'君无回德，方国将至，何患于彗？《诗》曰：'我无所监[⑧]，夏后及商，用乱之故，民卒流亡。'若德回乱，民将流亡，祝史之为，无能补也。"公说[⑨]，乃止。

齐君欲禳彗星之凶，犹子韦欲移荧惑之祸也。宋君不听，犹晏子不肯从也。则齐君为子韦，晏子为宋君也。同变共祸，一事二人。天犹贤宋君，使荧惑徙三舍，延二十一年，独不多。晏子使彗消而增其寿[⑩]，何天祐善偏驳不齐一也？人君有善行善言，善行动于心，善言出于意，同由共本，一气不异。宋景公出三善言，则其先三善言之前，必有善行也。有善行，必有善政，政善则嘉瑞臻，福祥至；荧惑之星无为守心也[⑪]。使景公有失误之行，以致恶政，恶政发，则妖异见，荧惑之守心，犹桑谷之生朝。高宗消桑谷之变，以政不以言；景公却荧惑之异[⑫]，亦宜以行。景公有恶行，故荧惑守心。不改政修行，坐出三善言，安能动天！天安肯应！何以效之？使景公出三恶言，能使荧惑守心乎？夫三恶言不能使荧惑守心，三善言安能使荧惑退徙三舍？以三善言获二十一年，如有百善言，得千岁之寿乎？非天祐善之意，应诚为福之实也。

子韦之言："天处高而听卑，君有君人之言三，天必三赏君。"夫天，体也，与地无异。诸有体者[⑬]，耳咸附于首。体与耳殊，未之有也。天之去人[⑭]，高数万里，使耳附天，听数万里之语，弗能闻也。人坐楼台之上，察地之蝼蚁，尚不见其体，安能闻其声。何则？蝼蚁之体细，不若人形大，声音孔气不能达也。今天之崇高，非直楼台，人体比于天，非若蝼蚁于人也。谓天闻人言，随善恶为吉凶，误矣。四夷入诸夏，因译而通。同形均气，语不相晓。虽五帝三王不能去译独晓四夷，况天与人异体、音与人殊乎？人不晓天所为，天安能知人所行。使天体乎，耳高不能闻人言；使天气乎，气若云烟，安能听人辞？说灾变之家曰："人在天地之间，犹鱼在水中矣。其能以行动天地，犹鱼鼓而振水也，鱼动而水荡气变。"此非实事也。假使真然，不能至天。鱼长一尺，动于水中，振旁侧之水，不过数尺，大若不过与人同，所振荡者不过百步，而一里之外淡然澄静，离之远也。今人操行变气远近，宜与鱼等；气应而变，宜与水均。以七尺之细形，形中之微气，不过与一鼎之蒸火同。从下地上变皇天，何其高也！且景公贤者也。贤者操行，上不及圣人，下不过恶人。世间圣人莫不尧、舜，恶人莫不桀、纣。尧、舜操行多善，无移荧惑之效；桀、纣之政多恶，有反景公脱祸之验。景公出三善言，延年二十一岁，是则尧、舜宜获千岁，桀、纣宜为殇子。今则不然，各随年寿，尧、舜、桀、纣皆近百载。是竟子韦之言妄，延年之语虚也。且子韦之言曰："荧惑，天使也；心，宋分野也。祸当君。"若是者，天使荧惑加祸于景公也，如何可移于将相、若岁与国民乎？天之有荧惑也，犹王者之有方伯也。诸侯有当死之罪，使方伯围守其国，国君问罪于臣，臣明罪在君。虽然，可移于臣子与人民。设国君许其言，令 其臣归罪于国人，方伯闻之，肯听其言，释国君之罪，更移以付国人乎？方伯不听者，自国君之罪，非国人之辜也[15]。方伯不听非国人之辜，荧惑安肯移祸于国人！若此，子韦之言妄也。曰景公不听乎言、庸何能动天？使诸侯不听其臣言，引过自予，方伯闻其言，释其罪委之去乎？方伯不释诸侯之罪，荧惑安肯徙去三舍！夫听与不听，皆无福善，星徙之实，未可信用。天人同道，好恶不殊。人道不然，则知天无验矣。

宋、卫、陈、郑之俱灾也，气变见天。梓慎知之，请于子产有以除之，子产不听。天道当然，人事不能却也。使子产听梓慎，四国能无灾乎？尧遭鸿水时[16]，臣必有梓慎、子韦之知矣[17]。然而不却除者，尧与子产同心也。

案子韦之言曰："荧惑，天使也；心，宋分野也。祸当君。"审如此言，祸不可除，星不可却也。若夫寒温失和，风雨不时，政事之家，谓之失误所致，可以善政贤行变而复也。若荧惑守心，若必死犹亡，祸安可除？修政改行，安能却之？善政贤行，尚不能却，出虚华之三言[18]，谓星却而祸除，增寿延年，享长久之福，误矣。观子韦之言景公，言荧惑之祸，非寒暑风雨之类，身死命终之祥也。国且亡，身且死，妖气见于天，容色见于面。面有容色，虽善操行不能灭，死征已见也。在体之色，不可以言行灭；在天之妖，安可以治除乎[19]？人病且死，色见于面，人或谓之曰："此必死之征也。虽然，可移于五邻，若移于奴役。"当死之人正言不可，容色肯为善言之故灭，而当死之命肯为之长乎？气不可灭，命不可长。然则荧惑安可却，景公之年安可增乎？由此言之，荧惑守心，未知所为，故景公不死也。

且言星徙三舍者，何谓也？星三徙于一舍乎？一徙历于三舍也？案子韦之言曰："君有君人之言三，天必三赏君，今夕星必徙三舍。"若此，星竟徙三舍也。夫景公一坐有三善言，星徙三舍，如有十善言，星徙十舍乎？荧惑守心，为善言却，如景公复出三恶言，荧惑食心乎？为善言却，为恶言进，无善无恶，荧惑安居不行动乎？或时荧惑守心为旱灾，不为君薨。子韦不知，以为死祸，信俗至诚之感，荧惑之处，星必偶自当去，景公自不死，世则谓子韦之言审，景公之诚感天矣。亦或时子韦知星行度适自去，自以著己之知，明君臣推让之所致；见星之数七，因言星七舍，复得二十一年，因以星舍计年之数。是与齐太卜无以异也。齐景公问太卜曰："子之道何能？"对曰："能动地。"晏子往见公，公曰："寡人问太卜曰：'子道何能？'对曰：'能动地。'地固可动乎？"晏子嘿然不对[20]，出见太卜曰："昔吾见钩星在房、心之间，地其动乎？"太卜曰："然。"晏子出，太卜走见公："臣非能动地，地固将自动。"夫子韦言星徙，犹太卜言地动也。地固且自动，太卜言己能动之。星固将自徙，子韦言君能徙之。使晏子不言钩星在房、心，则太卜之奸对不觉。宋无晏子之知臣，故子韦之一言，遂为其是。案《子韦书录序奏》亦言子韦曰"君出三善言，荧惑宜有动。于是候之[21]，果徙舍"，不言三。或时星当自去，子韦以为验，实动离舍，世增言三。既空增三舍之数，又虚生二十一年之寿也。

①荧（yíng，音营）惑：火星。
②敢：冒昧的意思。
③奚：怎么。
④禳（ráng，音穰）：用迷信活动来解除灾难。
⑤贰：变更。
⑥秽（huì，音会）：污秽。
⑦聿（yù，音玉）：句首助词。
⑧监：通“鉴”。
⑨说：通“悦”。
⑩多：称赞。
⑪无为：没有什么理由。
⑫却：退却，消除。
⑬诸：凡是。
⑭去：距离。
⑮辜：罪过。
⑯鸿：通“洪”。
⑰知：通“智”，见识。
⑱虚华：华而不实。
⑲治：善政。
⑳嘿：同“默”。对：对应，回答。
㉑候：等候，守候。

异虚

殷高宗之时，桑谷俱生于朝，七日而大拱。高宗召其相而问之，相曰[①]：“吾虽知之，弗能言也。”问祖己，祖己曰：“夫桑谷者，野草也[②]，而生于朝，意朝亡乎！”高宗恐骇[③]，侧身而行道，思索先王之政，明养老之义，兴灭国，继绝世，举佚民。桑谷亡。三年之后，诸侯以译来朝者六国，遂享百年之福。高宗，贤君也，而感桑谷生[④]，而问祖己，行祖己之言，修政改行，桑谷之妖亡，诸侯朝而年长久。修善之义笃[⑤]，故瑞应之福渥。此虚言也。

祖己之言哉，夫朝之当亡，犹人当死。人欲死，怪出。国欲亡，期尽。人死命终，死不复生，亡不复存。祖己之言政，何益于不亡[⑥]？高宗之修行，何益于除祸？夫家人见凶修善，不能得吉；高宗见妖改政，安能除祸？除祸且不能，况能招致六国，延期至百年乎！故人之死生，在于命之夭寿，不在行之善恶；国之存亡，在期之长短，不在于政之得失。案祖己之占，桑谷为亡之妖，亡象已见[⑦]，虽修孝行，其何益哉！何以效之？

鲁昭公之时，鸜鹆来巢。师己采文、成之世童谣之语有鸜鹆之言，见今有来巢之验，则占谓之凶。其后，昭公为季氏所逐，出于齐，国果空虚，都有虚验[⑧]。故野鸟来巢，师己处之[⑨]，祸竟如占。使昭公闻师己之言，修行改政为善，居高宗之操，终不能消。何则？鸜鹆之谣已兆，出奔之祸已成也。鸜鹆之兆，已出于文、成之世矣。根生，叶安得不茂；源发，流安得不广。此尚为近，未足以言之。夏将衰也，二龙战于庭，吐漦而去[⑩]，夏王椟而藏之[⑪]。夏亡，传于殷；

殷亡，传于周，皆莫之发⑫。至幽王之时，发而视之，漦流于庭，化为玄鼋⑬，走入后宫，与妇人交，遂生褒姒。褒姒归周⑭，厉王惑乱，国遂灭亡。幽、厉王之去夏世，以为千数岁⑮，二龙战时，幽、厉、褒姒等未为人也。周亡之妖，已出久矣。妖出，祸安得不就？瑞见，福安得不至？若二龙战时言曰："余，褒之二君也。"是则褒姒当生之验也。龙称褒，褒姒不得不生，生则厉王不得不恶，恶则国不得不亡。征已见，虽五圣十贤相与却之，终不能消。善恶同实，善祥出，国必兴；恶祥见，朝必亡。谓恶异可以善行除，是谓善瑞可以恶政灭也。

河源出于昆仑，其流播于九河⑯。使尧、禹却以善政，终不能还者，水势当然，人事不能禁也。河源不可禁，二龙不可除，则桑谷不可却也。王命之当兴也，犹春气之当为夏也。其当亡也，犹秋气之当为冬也。见春之微叶，知夏有茎叶。睹秋之零实，知冬之枯萃⑰。桑谷之生，其犹春叶秋实也，必然犹验之。今详修政改行，何能除之？夫以周亡之祥，见于夏时，又何以知桑谷之生，不为纣亡出乎！或时祖己言之，信野草之占，失远近之实。高宗问祖己之后，侧身行道，六国诸侯偶朝而至，高宗之命自长未终，则谓起桑谷之问，改政修行，享百年之福矣。夫桑谷之生，殆为纣出，亦或时吉而不凶，故殷朝不亡，高宗寿长。祖己信野草之占，谓之当亡之征。

汉孝武皇帝之时，获白麟，戴两角而共觝，使谒者终军议之。军曰："夫野兽而共一角，象天下合同为一也。"麒麟，野兽也；桑谷，野草也，俱为野物，兽草何别？终军谓兽为吉，祖己谓野草为凶。高宗祭成汤之庙，有蜚雉升鼎而雊⑱。祖己以为远人将有来者，说《尚书》家谓雉凶，议驳不同。且从祖己之言，雉来吉也。雉伏于野草之中，草覆野鸟之形，若民人处草庐之中，可谓其人吉而庐凶乎？民人入都，不谓之凶，野草生朝，何故不吉？雉则民人之类。如谓含血者吉，长狄来至，是吉也，何故谓之凶？如以从夷狄来者不吉，介葛卢来朝，是凶也。如以草木者为凶，朱草蓂荚出，是不吉也。朱草蓂荚，皆草也，宜生于野而生于朝，是为不吉。何故谓之瑞？一野之物来至或出，吉凶异议。朱草蓂荚善草，故为吉，则是以善恶为吉凶，不以都野为好丑也。周时天下太平，越尝献雉于周公。高宗得之而吉。雉亦草野之物，何以为吉？如以雉所分有似于士，则謇亦仍有似君子⑲；公孙术得白鹿，占何以凶？然则雉之吉凶未可知，则夫桑谷之善恶未可验也。桑谷或善物，象远方之士将皆立于高宗之庙，故高宗获吉福，享长久也。

说灾异之家以为天有灾异者，所以谴告王者，信也。夫王者有过，异见于国；不改，灾见草木；不改，灾见于五谷；不改，灾至身。左氏《春秋传》曰："国之将亡，鲜不五稔⑳。"灾见于五谷，五谷安得熟？不熟，将亡之征。灾亦有且亡五谷不熟之应。夫不熟，或为灾，或为福。祸福之实未可知，桑谷之言安可审？论说之家著于书记者皆云："天雨谷者凶。"传书曰："苍颉作书，天雨谷，鬼夜哭 。"此方凶恶之应和者，天何用成谷之道，从天降而和，且犹谓之善，况所成之谷从雨下乎！极论订之，何以为凶？夫阴阳和则谷稼成，不则被灾害㉑。阴阳和者，谷之道也，何以谓之凶？丝成帛，缕成布。赐人丝缕，犹为重厚，况遗人以成帛与织布乎㉒！夫丝缕犹阴阳，帛布犹成谷也。赐人帛不谓之恶，天与之谷何故谓之凶？夫雨谷吉凶未可定，桑谷之言未可知也。

使畅草生于周之时，天下太平，倭人来献畅草。畅草亦草野之物也，与彼桑谷何异？如以夷狄献之则为吉，使畅草生于周家，肯谓之不善乎！夫畅草可以炽酿㉓，芬香畅达者，将祭灌畅降神。设自生于周朝，与嘉禾、朱草、蓂荚之类不殊矣。然则桑亦食蚕㉔，蚕为丝，丝为帛，帛为衣。衣以入宗庙为朝服，与畅无异。何以谓之凶？卫献公太子至灵台，蛇绕左轮。御者曰："太子下拜，吾闻国君之子，蛇绕车轮左者速得国。"太子遂不下，反乎舍。御人见太子，太子曰："吾闻为人子者，尽和顺于君，不行私欲，共严承令㉕，不逆君安。今吾得国，是君失安也。见国之利而忘君安，非子道也。得国而拜，其非君欲。废子道者不孝，逆君欲则不忠。而欲我行之，殆吾欲国之危明也。”投殿将死，其御止之不能禁，遂伏剑而死。夫蛇绕左轮，审为太子速得国，太子宜不死，献公宜疾薨。今献公不死，太子伏剑，御者之占，俗之虚言也。或时蛇为太子将死之妖，御者信俗之占，故失吉凶之实。夫桑谷之生，与蛇绕左轮相似类也。蛇至实凶，御者以为吉。桑谷实吉，祖己以为凶。

禹南济于江，有黄龙负舟。舟中之人，五色无主。禹乃嘻笑而称曰：“我受命于天，竭力以劳万民。生，寄也；死，归也。死归也，何足以滑和，视龙犹蝘蜓也㉖。”龙去而亡。案古今龙至皆为吉，而禹独谓黄龙凶者，见其负舟，舟中之人恐也。夫以桑谷比于龙，吉凶虽反，盖相似。野草生于朝，尚为不吉㉗，殆有若黄龙负舟之异。故为吉而殷朝不亡。

晋文公将与楚成王战于城濮，彗星出楚。楚操其柄，以问咎犯，咎犯对曰：“以彗斗，倒之者胜。”文公梦与成王搏，成王在上，盬其脑㉘。问咎犯，咎犯曰：“君得天而成王伏其罪，战必大胜。”文公从之，大破楚师。向令文公问庸臣，必曰：“不胜。”何则？彗星无吉，搏在上无凶也。夫桑谷之占，占为凶，犹晋当彗末搏在下为不吉也。然而吉者，殆有若对彗见天之诡。故高宗长久，殷朝不亡。使文公不问咎犯，咎犯不明其吉，战以大胜，世人将曰：“文公以至贤之德，破楚之无道。天虽见妖，卧有凶梦，犹灭妖消凶以获福。”殷无咎犯之异知，而有祖己信常之占，故桑谷之文，传世不绝，转祸为福之言，到今不实。

---

①相：官名。

②野草：泛指野生的植物。

③骇：害怕。

④而：通“能”。

⑤笃：忠诚。

⑥益：帮助。

⑦见：同“现”。

⑧虚：同“墟”。

⑨处：判断。

⑩漦（lí，音离）：传说中龙吐的唾沫。

⑪椟：名词动用，放入木柜。

⑫发：打开。

⑬鼋：通“蚖”。

⑭归：稼。

⑮以：通“已”，已经。

⑯播：分散，分布。

⑰萃：通“悴”。

⑱蜚：通“飞”。雉：野鸡。雊（gòu，音构）：喊，叫，鸣。

⑲麏（jūn，音君）：獐。

⑳稔（rěn，音忍）：庄稼成熟。

㉑不（fǒu，音否）：同“否”。

㉒遗（wèi，音位）：赠送。

㉓炽：用火蒸。

㉔食：通“饲”，喂养。

㉕共（gōng，音恭）：通“恭”。

㉖蝘蜓：古代称壁虎。

㉗尚：同“倘”，假如。

㉘盬（gǔ，音古）：吸。

感虚

儒者传书言：尧之时，十日并出，万物燋枯。尧上射十日，九日去，一日常出。此言虚也。夫人之射也，不过百步矢力尽矣。日之行也，行天星度。天之去人以万里数，尧上射之，安能得日？使尧之时，天地相近不过百步，则尧射日，矢能及之；过百步，不能得也。假使尧时天地相近，尧射得之，犹不能伤日。伤日何肯去？何则？日，火也。使在地之火附一把炬，人从旁射之，虽中，安能灭之？地火不为见射而灭，天火何为见射而去？此欲言尧以精诚射之，精诚所加，金石为亏[①]，盖诚无坚则亦无远矣。夫水与火，各一性也。能射火而灭之，则当射水而除之。洪水之时，流滥中国，为民大害。尧何不推精诚射而除之？尧能射日，使火不为害，不能射河，使水不为害。夫射水不能却水，则知射日之语虚非实也。或曰：日，气也。射虽不及，精诚灭之。夫天亦远，使其为气，则与日月同；使其为体，则与金石等。以尧之精诚灭日亏金石，上射日则能穿天乎？世称桀、纣之恶，射天而殴地；誉高宗之德，政消桑谷。今尧不能以德灭十日，而必射之；是德不若高宗，恶与桀、纣同也。安能以精诚获天之应也？

传书言：武王伐纣，渡孟津，阳侯之波逆流而击，疾风晦冥，人马不见。于是武王左操黄钺，右执白旄，瞋目而麾之曰：“余在，天下谁敢害吾意者。”于是风霁波罢。此言虚也。武王渡孟津时，士众喜乐，前歌后舞。天人同应，人喜天怒，非实宜也。前歌后舞，未必其实。麾风而止之，迹近为虚。夫风者，气也；论者以为天地之号令也。武王诛纣是乎，天当安静以祐之；如诛纣非乎，而天风者，怒也。武王不奉天令，求索己过，瞋目言曰“余在，天下谁敢害吾者”，重天怒、增己之恶也，风何肯止？父母怒，子不改过，瞋目大言，父母肯贯之乎[②]？如风天所为，祸气自然，是亦无知，不为瞋目麾之故止。夫风犹雨也，使武王瞋目以旄麾雨而止之乎！武王不能止雨，则亦不能止风。或时武王适麾之，风偶自止，世褒武王之德[③]，则谓武王能止风矣。

传书言：鲁襄公与韩战，战酣日暮，公援戈而麾之，日为之反三舍[④]。此言虚也。凡人能以精诚感动天，专心一意，委务积神[⑤]，精通于天，天为变动，然尚未可谓然。襄公志在战，为日暮一麾，安能令日反？使圣人麾日，日终不反。襄公何人，而使日反乎！《鸿范》曰：“星有好风，星有好雨。日月之行，则有冬有夏。月之从星，则有风雨。”夫星与日月同精，日月不从星，星辄复变。明日月行有常度，不得从星之好恶也，安得从襄公之所欲？星之在天也，为日月舍，犹地有邮亭，为长吏廨也[⑥]。二十八舍有分度，一舍十度，或增或减。言日反三舍，乃三十度也。日，日行一度。一麾之间，反三十日时所在度也。如谓舍为度，三度亦三日行也。一麾之间，令日却三日也。宋景公推诚，出三善言，荧惑徙三舍[⑦]。实论者犹谓之虚。襄公争斗，恶日之暮，以此一戈麾，无诚心善言，日为之反，殆非其意哉！且日，火也，圣人麾火，终不能却；襄公麾日，安能使反？或时战时日正卯，战迷，谓日之暮，麾之转左，曲道日若却。世好神怪，因谓之反，不道所谓也。

传书言：荆轲为燕太子谋刺秦王，白虹贯日。卫先生为秦画长平之事，太白蚀昴。此言精感天，天为变动也。夫言白虹贯日，太白蚀昴，实也。言荆轲之谋，卫先生之画，感动皇天，故白虹贯日，太白蚀昴者，虚也。夫以箸撞钟[8]，以筭击鼓[9]，不能鸣者，所用撞击之者，小也。今人之形不过七尺，以七尺形中精神，欲有所为，虽积锐意[10]，犹箸撞钟、筭击鼓也，安能动天？精非不诚，所用动者小也。且所欲 害者人也，人不动，天反动乎！问曰："人之害气，能相动乎？"曰："不能！""豫让欲害赵襄子，襄子心动。贯高欲篡高祖，高祖亦心动。二子怀精，故两主振感。"曰："祸变且至，身自有怪，非適人所能动也[11]。何以验之？时或遭狂人于途，以刃加己，狂人未必念害己身也，然而己身先时已有妖怪矣。由此言之，妖怪之至，祸变自凶之象，非欲害己者之所为也。且凶之人卜得恶兆，筮得凶卦[12]，出门见不吉，占危睹祸气，祸气见于面，犹白虹太白见于天也。变见于天，妖出于人，上下适然，自相应也。"

传书言：燕太子丹朝于秦，不得去，从秦王求归。秦王执留之，与之誓曰："使日再中，天雨粟[13]，令乌白头，马生角，厨门木象生肉足，乃得归。"当此之时，天地祐之，日为再中，天雨粟，乌白头，马生角，厨门木象生肉足。秦王以为圣，乃归之。此言虚也。燕太子丹何人，而能动天？圣人之拘，不能动天，太子丹贤者也，何能致此！夫天能祐太子，生诸瑞以免其身，则能和秦王之意以解其难。见拘一事而易，生瑞五事而难。舍一事之易，为五事之难，何天之不惮劳也[14]？汤困夏台，文王拘羑里，孔子厄陈、蔡。三圣之困，天不能祐，使拘之者睹祐知圣，出而尊厚之。或曰："拘三圣者不与之誓，三圣心不愿，故祐圣之瑞无因而至。天之祐人，犹借人以物器矣。人不求索，则弗与也。"曰"太子愿天下瑞之时，岂有语言乎！"心愿而已。然汤闭于夏台，文王拘于羑里，时心亦愿出；孔子厄陈、蔡，心愿食。天何不令夏台、羑里关钥毁败[15]，汤、文涉出；雨粟陈、蔡，孔子食饱乎？太史公曰："世称太子丹之令天雨粟、马生角，大抵皆虚言也。"太史公书汉世实事之人，而云虚言，近非实也。

传书言：杞梁氏之妻向城而哭，城为之崩。此言杞梁从军不还，其妻痛之，向城而哭，至诚悲痛，精气动城，故城为之崩也。夫言向城而哭者，实也。城为之崩者，虚也。夫人哭悲莫过雍门子。雍门子哭对孟尝君，孟尝君为之於邑[16]。盖哭之精诚，故对向之者凄怆感恸也。夫雍门子能动孟尝之心，不能感孟尝衣者，衣不知恻怛，不以人心相关通也。今城，土也。土犹衣也，无心腹之藏[17]，安能为悲哭感恸而崩？使至诚之声能动城土，则其对林木哭，能折草破木乎？向水火而泣，能涌水灭火乎？夫草木水火与土无异，然杞梁之妻不能崩城，明矣。或时城适自崩，杞梁妻适哭。下世好虚，不原其实，故崩城之名，至今不灭。

传书言：邹衍无罪，见拘于燕，当夏五月，仰天而叹，天为陨霜。此与杞梁之妻哭而崩城，无以异也。言其无罪见拘，当夏仰天而叹，实也。言天为之雨霜，虚也。夫万人举口并解吁嗟，犹未能感天，邹衍一人冤而壹叹，安能下霜？邹衍之冤不过曾子、伯奇。曾子见疑而吟，伯奇被逐而歌。疑与拘同，吟、歌与叹等。曾子、伯奇不能致寒，邹衍何人，独能雨霜？被逐之冤，尚未足言。申生伏剑，子胥刎颈。实孝而赐死，诚忠而被诛。且临死时皆有声辞，声辞出口，与仰天叹无异。天不为二子感动，独为邹衍动，岂天痛见拘，不悲流血哉！何其冤痛相似而感动不同也？夫熯一炬火[18]，爨一镬水[19]，终日不能热也；倚一尺冰置庖厨中，终夜不能寒也。何则？微小之感不能动大巨也。今邹衍之叹，不过如一炬尺冰，而皇天巨大，不徒镬水庖厨之丑类也。一仰天叹，天为陨霜。何天之易感，霜之易降也？夫哀与乐同，喜与怒均。衍兴怨痛[20]，使天下霜。使衍蒙非望之赏[21]，仰天而笑，能以冬时使天热乎？变复之家曰："人君秋赏则温，夏罚则寒。"寒不累时则霜不降，温不兼日则冰不释[22]。一夫冤而一叹，天辄下霜，何气之易变，时之易转也！寒温自有时，不合变复之家。且从变复之说，或时燕王好用刑，寒气应至；而衍囚拘而叹，叹时霜适自下。世见适叹而霜下，则谓邹衍叹之致也。

传书言：师旷奏《白雪》之曲，而神物下降，风雨暴至。平公因之癃病[23]，晋国赤地。或言师旷《清角》之曲，一奏之，有云从西北起；再奏之，大风至，大雨随之，裂帷幕，破俎豆[24]，堕廊瓦，坐者散走。平公恐惧，伏乎廊室；晋国大旱，赤地三年；平公癃病。夫《白雪》与《清角》，或同曲而异名，其祸败同一实也。传书之家，载以为是；世俗观见，信以为然。原省其实，殆虚言也。夫《清角》，何音之声而致此？《清角》，木音也，故致风雨，如木为风，雨与风俱。三尺之木，数弦之声，感动天地，何其神也！此复一哭崩城、一叹下霜之类也。师旷能鼓《清角》，必有所受，非能质性生出之也。其初受学之时，宿昔习弄[25]，非直一再奏也。审如传书之言，师旷学《清角》时，风雨当至也。

传书言：瓠芭鼓瑟，渊鱼出听；师旷鼓琴，六马仰秣。或言：师旷鼓《清角》，一奏之，有玄鹤二八自南方来，集于廊门之危；再奏之而列；三奏之，延颈而鸣，舒翼而舞，音中宫商之声，声吁于天。平公大悦，坐者皆喜。《尚书》曰："击石拊石[26]，百兽率舞。"此虽奇怪，然尚可信。何则？鸟兽好悲声，耳与人耳同也。禽兽见人欲食，亦欲食之；闻人之乐，何为不乐？然而鱼听、仰秣、玄鹤延颈、百兽率舞，盖且其实。风雨之至、晋国大旱、赤地三年、平公癃病，殆虚言也。或时奏《清角》时，天偶风雨、风雨之后，晋国适旱；平公好乐，喜笑过度，偶发癃病。传书之家，信以为然，世人观见，遂以为实。实者乐声不能致此。何以验之？风雨暴至，是阴阳乱也。乐能乱阴阳，则亦能调阴阳也。王者何须修身正行，扩施善政？使鼓调阴阳之曲，和气自至，太平自立矣。

传书言：汤遭七年旱，以身祷于桑林，自责以六过，天乃雨。或言：五年。祷辞曰：余一人有罪，无及万夫。万夫有罪，在余一人。天以一人之不敏，使上帝鬼神伤民之命。于是剪其发，丽其手，自以为牲，用祈福于上帝。上帝甚说[27]，时雨乃至。言汤以身祷于桑林自责，若言剪发丽手[28]，自以为牲，用祈福于帝者，实也。言雨至，为汤自责以身祷之故，殆虚言也。孔子疾病，子路请祷。孔子曰："有诸？"子路曰："有之。诔曰：'祷尔于上下神祇。'"孔子曰："丘之祷久矣。"圣人修身正行，素祷之日久，天地鬼神知其无罪，故曰祷久矣。《易》曰："大人与天地合其德，与日月合其明，与四时合其叙，与鬼神合其吉凶。"此言圣人与天地、鬼神同德行也。即须祷以得福，是不同也。汤与孔子俱圣人也，皆素祷之日久。孔子不使子路祷以治病，汤何能以祷得雨？孔子素祷，身犹疾病。汤亦素祷，岁犹大旱。然则天地之有水旱，犹人之有疾病也。疾病不可以自责除，水旱不可以祷谢去，明矣。汤之致旱，以过乎？是不与天地同德也。今不以过致旱乎？自责祷谢，亦无益也。人形长七尺，形中有五常，有瘴热之病[29]，深自克责，犹不能愈，况以广大之天，自有水旱之变。汤用七尺之形，形中之诚，自责祷谢，安能得雨邪？人在层台之上，人从层台下叩头，求请台上之物。台上之人闻其言，则怜而与之；如不闻其言，虽至诚区区，终无得也。夫天去人，非徒层台之高也，汤虽自责，天安能闻知而与之雨乎？夫旱，火变也；湛，水异也。尧遭洪水，可谓湛矣。尧不自责以身祷祈，必舜、禹治之，知水变必须治也。除湛不以祷祈，除旱亦宜如之。由此言之，汤之祷祈不能得雨。或时旱久，时当自雨；汤以旱久，亦适自责。世人见雨之下，随汤自责而至，则谓汤以祷祈得雨矣。

传书言："仓颉作书，天雨粟，鬼夜哭。"此言文章兴而乱渐见，故其妖变，致天雨粟、鬼夜哭也。夫言天雨粟、鬼夜哭，实也。言其应仓颉作书，虚也。夫河出图，洛出书，圣帝明王之瑞应也。图书文章与仓颉所作字画何以异？天地为图书，仓颉作文字，业与天地同，指与鬼神合[30]，何非何恶而致雨粟神哭之怪？使天地、鬼神恶人有书，则其出图书，非也；天不恶人有书，作书何非而致此怪？或时仓颉适作书，天适雨粟，鬼偶夜哭，而雨粟、鬼神哭自有所为。世见应书而至，则谓作书生乱败之象，应事而动也。天雨谷，论者谓之从天而下，应变而生。如以云雨论之，雨谷之变，不足怪也。何以验之？夫云气出于丘山，降散则为雨矣。人见其从上而坠，则谓之天雨水也。夏日则雨水，冬日天寒则雨凝而为雪，皆由云气发于丘山，不从天上降集于地，明矣。夫谷之雨，犹复云雨之亦从地起，因与疾风俱飘，参于天，集于地。人见其从天落也，则谓之天雨谷。建武三十一年中，陈留雨谷，谷下蔽地。案视谷形，若茨而黑，有似于稗实也。此或时夷狄之地，生出此谷。夷狄不粒食，此谷生于草野之中，成熟垂委于地，遭疾风暴起，吹扬与之俱飞，风衰谷集，坠于中国。中国见之，谓之雨谷。何以效之？野火燔山泽，山泽之中，草木皆烧，其叶为灰，疾风暴起，吹扬之，参天而飞，风衰叶下，集于道路。夫天雨谷者，草木叶烧飞而集之类也。而世以为雨谷，作传书者以为变怪。天主施气，地主产物。有叶、实可啄食者，皆地所生，非天所为也。今谷非气所生，须土以成。虽云怪变，怪变因类。生地之物，更从天集，生天之物，可从地出乎？地之有万物，犹天之有列星也。星不更生于地，谷何独生于天乎？

传书又言：伯益作井，龙登玄云，神栖昆仑。言龙井有害，故龙神为变也。夫言龙登玄云，实也。言神栖昆仑，又言为作井之故，龙登神去，虚也。夫作井而饮，耕田而食，同一实也。伯益作井，致有变动。始为耕耘者[31]，何故无变？神农之桡木为耒，教民耕耨[32]，民始食谷，谷始播种。耕土以为田，凿地以为井。井出水以救渴，田出谷以拯饥，天地、鬼神所欲为也，龙何故登玄云？神何故栖昆仑？夫龙之登玄云，古今有之，非伯益作井而乃登也。方今盛夏，雷雨时至，龙多登云。云龙相应，龙乘云雨而行，物类相致，非有为也。尧时，五十之民击壤于涂。观者曰："大哉，尧之德也！"击壤者曰："吾日出而作，日入而息，凿井而饮，耕田而食。尧何等力？"尧时已有井矣。唐、虞之时，豢龙御龙[33]，龙常在朝。夏末政衰，龙乃隐伏。非益凿井，龙登云也。所谓神者，何神也？百神皆是。百神何故恶人为井？使神与人同，则亦宜有饮之欲。有饮之欲，憎井而去，非其实也。夫益殆不凿井，龙不为凿井登云，神不栖于昆仑。传书意妄，造生之也。

传书言：梁山崩，壅河三日不流[34]，晋君忧之。晋伯宗以辇者之言[35]，令景公素缟而哭之，河水为之流通。此虚言也。夫山崩壅河，犹人之有痈肿，血脉不通也。治痈肿者，可复以素服哭泣之声治乎？尧之时，洪水滔天，怀山襄陵。帝尧吁嗟，博求贤者。水变甚于河壅，尧忧深于景公，不闻以素缟哭泣之声能厌胜之。尧无贤人若辇者之术乎？将洪水变大，不可以声服除也？如素缟而哭，悔过自责也，尧、禹之治水以力役，不自责。梁山，尧时山也；所壅之河，尧时河也。山崩河壅，天雨水踊[36]，二者之变无以殊也。尧、禹治洪水以力役，辇者治壅河用自责。变同而治异，人钧而应殊，殆非贤圣变复之实也。凡变复之道，所以能相感动者，以物类也。有寒则复之以温，温复解之以寒。故以龙致雨，以刑逐暑，皆缘五行之气用相感胜之。山崩壅河，素缟哭之，于道何意乎？此或时河壅之时，山初崩，土积聚，水未盛。三日之后，水盛土散，稍坏沮矣，坏沮水流[37]，竟注东去。遭伯宗得辇者之言，因素缟而哭，哭之因流，流时谓之河变，起此而复，其实非也。何以验之？使山恒自崩乎[38]，素缟哭无益也。使其天变应之，宜改政治。素缟而哭，何政所改而天变复乎？

传书言：曾子之孝，与母同气。曾子出薪于野[39]，有客至而欲去，曾母曰："愿留，参方到。"即以右手扼其左臂[40]。曾子左臂立痛，即驰至问母："臂何故痛？"母曰："今者客来欲去，吾扼臂以呼汝耳。"盖以至孝，与父母同气，体有疾病，精神辄感。曰：此虚也。夫孝悌之至，通于神明，乃谓德化至天地。俗人缘此而说，言孝悌之至，精气相动。如曾母臂痛，曾子臂亦辄痛，曾母病乎，曾子亦病乎？曾母死，曾子辄死乎？考事，曾母先死，曾子不死矣。此精气能小相动，不能大相感也。世称申喜夜闻其母歌，心动，开关问歌者为谁，果其母。盖闻母声，声音相感，心悲意动，开关而问，盖其实也。今曾母在家，曾子在野，不闻号呼之声，母小扼臂，安能动子？疑世人颂成[41]，闻曾子之孝天下少双，则为空生母扼臂之说也。

世称：南阳卓公为缑氏令，蝗不入界。盖以贤明至诚，灾虫不入其县也。此又虚也。夫贤明至诚之化，通于同类，能相知心，然后慕服。蝗虫，闽虻之类也，何知何见而能知卓公之化？使贤者处深野之中，闽虻能不入其舍乎[42]？闽虻不能避贤者之舍，蝗虫何能不入卓公之县？如谓蝗虫变与闽虻异，夫寒温亦灾变也，使一郡皆寒，贤者长一县，一县之界能独温乎？夫寒温不能避贤者之县，蝗虫何能不入卓公之界？夫如是，蝗虫适不入界，卓公贤名称于世，世则谓之能却蝗虫矣。何以验之？夫蝗之集于野，非能普博尽蔽地也，往往积聚多少有处。非所积之地，则盗跖所居；所少之野，则伯夷所处也。集过有多少，不能尽蔽覆也。夫集地有多少，则其过县有留去矣。多少，不可以验善恶；有无，安可以明贤不肖也？盖时蝗自过，不谓贤人界不入，明矣。

---

①亏：毁坏。

②贳（shì，音士）：赦免。

③褒：赞扬。

④反：同“返”。

⑤委：放弃。

⑥廨：古代官吏的办公室。

⑦萤惑：火星。

⑧箸：筷子。

⑨筭（suàn，音算）：筹码。

⑩锐意：诚意。

⑪適（dí，音敌）：通“敌”。

⑫筮（shì，音士）：用蓍草占卦。

⑬雨（yù，音玉）：降。

⑭惮（dàn，音但）：怕。

⑮关：开关，门栓。

⑯於（wū，音污）：同“呜”。

⑰藏（zàng，音葬）：同“脏”，内脏。

⑱熯（hàn，汉）：火气。

⑲爨（cuàn，音篡）：烧火煮东西。

⑳兴：发出。

㉑非望：意外。

㉒兼：积累。

㉓癃（lóng，音龙）：手脚麻木，没有感觉。

㉔俎：古代祭器。

㉕宿昔：平素，经常。

㉖拊：击。

㉗说：通“悦”。

㉘若：以及。

㉙瘅（dàn，音但）：因劳致病。

㉚指：通“旨”，意图。

㉛耘：除草。

㉜耨（nòu，音槈）：小手锄。

㉝豢：饲养。

㉞壅（yōng，音拥）：堵塞。

㉟辇（niǎn，音辗）：人推挽的车。

㊱踊：上涨。

㊲沮：坏。

㊳恒：经常。

㊴薪：砍柴。

㊵扼：掐。

㊶成：通“诚”。

㊷闽（wén，音蚊）：通“蚊”。

福　虚

世论行善者，福至；为恶者，祸来。福祸之应，皆天也。人为之，天应之。阳恩，人君赏其行；阴惠，天地报其德。无贵贱贤愚，莫谓不然。徒见行事有其文传，又见善人时遇福，故遂信之，谓之实然。斯言或时贤圣欲劝人为善，著必然之语，以明德报；或福时适遇者以为然。如实论之，安得福祐乎？

楚惠王食寒菹而得蛭[①]，因遂吞之，腹有疾而不能食。令尹问：“王安得此疾也？”王曰：“我食寒菹而得蛭，念谴之而不行其罪乎？是废法而威不立也，非所以使国人闻之也；谴而行诛乎？则庖厨监食者法皆当死[②]，心又不忍也。吾恐左右见之也，因遂吞之。”令尹避席再拜而贺曰：“臣闻‘天道无亲，唯德是辅’。王有仁德，天之所奉也，病不为伤。”是夕也，惠王之后而蛭出[③]，及久患心腹之积皆愈。故天之亲德也，可谓不察乎！曰：此虚言也。案惠王之吞蛭，不肖之主也。有不肖之行，天不祐也。何则？惠王不忍谴蛭，恐庖厨监食法皆诛也。一国之君，专擅赏罚；而赦，人君所为也。惠王通谴菹中何故有蛭，庖厨监食皆当伏法。然能终不以饮食行诛于人，赦而不罪，惠莫大焉。庖厨罪觉而不诛，自新而改后。惠王赦细而活微，身安不病。今则不然，强食害己之物，使监食之臣不闻其过，失御下之威，无御非之心，不肖一也。使庖厨监食失甘苦之和，若尘土落于菹中，大如虮虱，非意所能览，非目所能见，原心定罪，不明其过，可谓惠矣。今蛭广有分数，长有寸度，在寒菹中，眇目之人犹将见之[④]，臣不畏敬，择濯不谨，罪过至重。惠王不谴，不肖二也。菹中不当有蛭，不食投地；如恐左右之见，怀屏隐匿之处，足以使蛭不见，何必食之？如不可食之物，误在菹中，可复隐匿而强食之，不肖三也。有不肖之行，而天祐之，是天报祐不肖人也。不忍谴蛭，世谓之贤。贤者操行，多若吞蛭之类。吞蛭天除其病，是则贤者常无病也。贤者德薄，未足以言。圣人纯道，操行少非，为推不忍之行，以容人之过，必众多矣。然而武王不豫，孔子疾病，天之祐人，何不实也？或时惠王吞蛭，蛭偶自出。食生物者无有不死，腹中热也。初吞蛭时，未死，而腹中热，蛭动作，故腹中痛。须臾蛭死，腹中痛亦止。蛭之性食血，惠王心腹之积，殆积血也。故食血之虫死，而积血之病愈。犹狸之性食鼠，人有鼠病，吞狸自愈。物类相胜，方药相使也。食蛭虫而病愈，安得怪乎？食生物无不死，死无不出，之后蛭出，安得祐乎？令尹见惠王有不忍之德，知蛭人腹中必当死出，因再拜贺病不为伤。著已知来之德，以喜惠王之心，是与子韦之言星徙、大卜之言地动无以异也。

宋人有好善行者，三世不解家无故黑牛生白犊，以问孔子。孔子曰：“此吉祥也，以享鬼神。”即以犊祭。一年，其父无故而盲。牛又生白犊，其父又使其子问孔子，孔子曰：“吉祥也，以享鬼神。”复以犊祭。一年，其子无故而盲。其后楚攻宋，围其城。当此之时，易子而食之，析骸而炊之[⑤]。此独以父子俱盲之故，得毋乘城。军罢围解，父子俱视。此修善积行神报之效也。曰：此虚言也。夫宋人父子修善如此，神报之，何必使之先盲后视哉？不盲常视，不能护乎？此神不能护不盲之人，则亦不能以盲护人矣。使宋、楚之君，合战顿兵，流血僵尸，战夫禽获[⑥]，死亡不还。以盲之故，得脱 不行，可谓神报之矣。今宋、楚相攻，两军未合，华元、子反结言而退，二军之众，并全而归，兵矢之刃无顿用者。虽有乘城之役，无死亡之患。为善人报者为乘城之间乎？使时不盲，亦犹不死。盲与不盲，俱得脱免，神使之盲，何益于善！当宋国乏粮之时也，盲人之家，岂独富哉？俱与乘城之家易子析骸，反以穷厄独盲无见，则神报祐人，失善恶之实也。宋人父子前偶自以风寒发盲，围解之后，盲偶自愈。世见父子修善，又用二白犊祭，宋、楚相攻独不乘城，围解之后父子皆视，则谓修善之报、获鬼神之祐矣。

楚相孙叔敖为儿之时，见两头蛇，杀而埋之。归，对其母泣。母问其故，对曰：“我闻见两头蛇死。向者出，见两头蛇，恐去母死，是以泣也。”其母曰：“今蛇何在？”对曰：“我恐后人见之，即杀而埋之。”其母曰：“吾闻有阴德者，天必报之。汝必不死，天必报汝。”叔敖竟不死，遂为楚相。埋一蛇，获二祐，天报善明矣。曰：此虚言矣。夫见两头蛇辄死者，俗言也；有阴德天报之福者，俗议也。叔敖信俗言而埋蛇，其母信俗议而必报，是谓死生无命，在一蛇之死。齐孟尝君田文以五月五日生，其父田婴让其母曰：“何故举之？”曰：“君所以不举五月子，何也？”婴曰：“五月子，长与户同，杀其父母。”曰：“人命在天乎？在户乎？如在天，君何忧也；如在户，则宜高其户耳，谁而及之者！”后文长与一户同，而婴不死。是则五月举子之忌，无效验也。夫恶见两头蛇，犹五月举子也。五月举子，其父不死，则知见两头蛇者，无殃祸也。由此言之，见两头蛇自不死，非埋之故也。埋一蛇，获二福，如埋十蛇，得几祐乎？埋蛇恶人复见，叔敖贤也。贤者之行，岂徒埋蛇一事哉？前埋蛇之时，多所行矣。禀天善性，动有贤行。贤行之人，宜见吉物，无为乃见杀人之蛇。岂叔敖未见蛇之时有恶，天欲杀之，见其埋蛇，除其过，天活之哉？石生而坚，兰生而香，如谓叔敖之贤在埋蛇之时，非生而禀之也。

儒家之徒董无心，墨家之役缠子[⑦]，相见讲道。缠子称墨家祐鬼神，是引秦穆公有明德，上帝赐之十九年。董子难以尧、舜不赐年，桀、纣不夭死。尧、舜、桀、纣犹为尚远，且近难以秦穆公、晋文公。夫谥者，行之迹也，迹生时行以为死谥。穆者，误乱之名；文者，德惠之表。有误乱之行，天赐之年；有德惠之操，天夺其命乎？案穆公之霸不过晋文，晋文之谥美于穆公。天不加晋文以命，独赐穆公以年，是天报误乱，与穆公同也。天下善人寡，恶人众，善人顺道，恶人违天。然夫恶人之命不短，善人之年不长。天不命善人常享一百载之寿，恶人为殇子恶死，何哉？

---

①菹：酸菜。蛭：蚂蟥。

②庖厨：厨师。

③后：后宫厕所。

④眇：一眼瞎；独眼。

⑤析：劈开。

⑥禽：通“擒”。

⑦役：徒子；门徒。

祸虚

世谓受福祐者，既以为行善所致；又谓被祸害者，为恶所得。以为有沉恶伏过，天地罚之，鬼神报之。天地所罚，小大犹发；鬼神所报，远近犹至。

传曰："子夏丧其子而丧其明[①]，曾子吊之，哭。子夏曰：'天乎，予之无罪也！'曾子怒曰：'商，汝何无罪也？吾与汝事夫子于洙、泗之间，退而老于西河之上，使四河之民疑汝于夫子，尔罪一也；丧尔亲，使民未有异闻，尔罪二也；丧尔子，丧尔明，尔罪三也。而曰，汝何无罪欤？'子夏投其杖而拜，曰：'吾过矣！吾过矣！吾离群而索居，亦以久矣！'"

夫子夏丧其明，曾子责以罪，子夏投杖拜曾子之言，盖以天实罚过，故目失其明，己实有之，故拜受其过。始闻暂见，皆以为然；熟考论之，虚妄言也。夫失明犹失听也。失明则盲，失听则聋。病聋不谓之有过，失明谓之有罪，惑也。盖耳目之病，犹心腹之有病也。耳目失明听，谓之有罪，心腹有病，可谓有过乎？伯牛有疾，孔子自牖执其手[②]，曰："亡之，命矣夫！斯人也而有斯疾也！"原孔子言[③]，谓伯牛不幸，故伤之也。如伯牛以过致疾，天报以恶与子夏同，孔子宜陈其过，若曾子谓子夏之状。今乃言命，命非过也。且天之罚人，犹人君罪下也。所罚服罪，人君赦之。子夏服过，拜以自悔，天德至明，宜愈其盲。如非天罪，子夏失明，亦无三罪。且丧明之病，孰与被厉之病[④]？丧明有三罪，被厉有十过乎？颜渊早夭，子路菹醢[⑤]。早死、菹醢，极祸也。以丧明言之，颜渊、子路有百罪也。由此言之，曾子之言误矣。然子夏之丧明，丧其子也。子者人情所通，亲者人所力报也。丧亲，民无闻；丧子，失其明，此恩损于亲而爱增于子也。增则哭泣无数，数哭中风，目失明矣。曾子因俗之议，以著子夏三罪。子夏亦缘俗议，因以失明故拜受其过。曾子、子夏未离于俗，故孔子门叙行未在上第也。

秦昭襄王赐白起剑，白起伏剑将自刎，曰："我有何罪于天乎？"良久曰："我固当死。长平之战，赵卒降者数十万，我诈而尽坑之，是足以死。"遂自杀。白起知己前罪，服更后罚也。夫白起知己所以罪，不知赵卒所以坑。如天审罚有过之人，赵降卒何辜于天？如用兵妄伤杀，则四十万众必有不亡，不亡之人，何故以其善行无罪而竟坑之，卒不得以善蒙天之祐？白起何故独以其罪伏天之诛？由此言之，白起之言过矣。

秦二世使使者诏杀蒙恬，蒙恬喟然叹曰："我何过于天，无罪而死？"良久，徐曰："恬罪故当死矣。夫起临洮属之辽东，城径万里，此其中不能毋绝地脉。此乃恬之罪也。"即吞药自杀。太史公非之曰："夫秦初灭诸侯，天下心未定，夷伤未瘳，而恬为名将，不以此时强谏，救百姓之急，养老矜孤，修众庶之和，阿意兴功，此其兄弟遇诛，不亦宜乎！何与乃罪地脉也？"夫蒙恬之言既非，而太史公非之亦未是。何则？蒙恬绝脉，罪至当死。地养万物，何过于人，而蒙恬绝其脉？知己有绝地脉之罪，不知地脉所以绝之过。自非如此，与不自非何以异？太史公乃非恬之为名将，不能以强谏，故致此祸。夫当谏不谏，故致受死亡之戮。身任李陵，坐下蚕室[⑥]，如太史公之言，所任非其人，故残身之戮，天命而至也。非蒙恬以不强谏，故致此祸，则己下蚕室，有非者矣。己无非，则其非蒙恬，非也。作伯夷之传，列善恶之行云："七十子之徒，仲尼独荐颜渊好学。然回也屡空，糟糠不厌，卒夭死。天之报施善人如何哉！盗跖日杀不辜，肝人之肉，暴戾恣睢，聚党数千，横行天下，竟以寿终。是独遵何哉？"若此言之，颜回不当早夭，盗

跖不当 全活也。不怪颜渊不当夭，而独谓蒙恬当死，过矣。

汉将李广与望气王朔燕语曰："自汉击匈奴，而广未常不在其中。而诸校尉以下，才能不及中，然以胡军攻取侯者数十人。而广不为后人，然终无尺寸之功，以得见封邑者，何也？岂吾相不当侯，且固命也？"朔曰："将军自念，岂常有恨者乎？"广曰："吾为陇西太守，羌常反，吾诱而降之八百余人；吾诈而同日杀之。至今恨之，独此矣。"朔曰："祸莫大于杀已降，此乃将军所以不得侯者也。"李广然之，闻者信之。夫不侯，犹不王者也。不侯何恨，不王何负乎？孔子不王，论者不谓之有负；李广不侯，王朔谓之有恨。然则王朔之言，失论之实矣。论者以为人之封侯，自有天命。天命之符，见于骨体。大将军卫青在建章宫时，钳徒相之，曰："贵至封侯。"后竟以功封万户侯。卫青未有功，而钳徒见其当封之证。由此言之，封侯有命，非人操行所能得也。钳徒之言实而有效，王朔之言虚而无验也。多横恣而不罹祸，顺道而违福，王朔之说，白起自非、蒙恬自咎之类也。仓卒之世，以财利相劫杀者众。同车共船，千里为商，至阔迥之地，杀其人而并取其财，尸捐不收⑦，骨暴不葬，在水为鱼鳖之食，在土为蝼蚁之粮；惰窳之人⑧，不力农勉商，以积谷货，遭岁饥馑，腹饿不饱，椎人若畜，割而食之，无君子小人 ，并为鱼肉：人所不能知，吏所不能觉。千人以上，万人以下，计一聚之中，生者百一，死者十九。可谓无道至痛甚矣，皆得阳达富厚安乐。天不责其无仁义之心，道相并杀；非其无力作而仓卒以人为食，加以渥祸⑨，使之夭命，章其阴罪，明示世人，使知不可为非之验，何哉？王朔之言，未必审然。

传书李斯妒同才，幽杀韩非于秦，后被车裂之罪；商鞅欺旧交，擒魏公子卬，后受诛死之祸。彼欲言其贼贤欺交，故受患祸之报也。夫韩非何过而为李斯所幽，公子卬何罪而为商鞅所擒？车裂诛死，贼贤欺交，幽死见擒，何以致之？如韩非、公子卬有恶，天使李斯、商鞅报之，则李斯、商鞅为天奉诛，宜蒙其赏，不当受其祸。如韩非、公子卬无恶，非天所罚，李斯、商鞅不得幽擒。论者说曰："韩非、公子卬有阴恶伏罪，人不闻见 ，天独知之，故受戮殃。"夫诸有罪之人，非贼贤则逆道。如贼贤，则被所贼者何负？如逆道，则被所逆之道何非？

凡人穷达祸福之至，大之则命，小之则时，太公穷贱，遭周文而得封。甯戚隐厄，逢齐桓而见官。非穷贱隐厄有非，而得封见官有是也。穷达有时，遭遇有命也。太公、甯戚贤者也，尚可谓有非。圣人纯道者也，虞舜为父弟所害，几死再三；有遇唐尧，尧禅舜，立为帝。尝见害，未有非；立为帝，未有是。前时未到，后则命时至也。案古人君臣困穷，后得达通，未必初有恶天祸其前，卒有善神祐其后也。一身之行，一行之操，结发终死，前后无异。然一成一败，一进一退，一穷一通，一全一坏，遭遇适然，命时当也。

---

①明：指能看见东西。

②牖（yǒu，音友）：窗户。

③原：推究。

④厉：麻风病。

⑤菹醢：剁成肉酱。

⑥蚕室：受宫刑后所住的温室。

⑦捐：丢弃。

⑧窳（yǔ，音羽）：懒惰。

⑨渥祸：大祸；大难。

龙　虚

盛夏之时，雷电击折树木，发坏室屋，俗谓天取龙。谓龙藏于树木之中，匿于屋室之间也。雷电击折树木，发坏屋室，则龙见于外。龙见，雷取以升天。世无愚智贤不肖，皆谓之然。如考实之，虚妄言也。

夫天之取龙何意邪？如以龙神为天使，犹贤臣为君使也，反报有时，无为取也。如以龙遁逃不还，非神之行，天亦无用为也。如龙之性当在天，在天上者固当生子，无为复在地。如龙有升降，降龙生子于地，子长大，天取之，则世名雷电为天怒，取龙之子，无为怒也。且龙之所居，常在水泽之中，不在木中屋间。何以知之？叔向之母曰："深山大泽，实生龙蛇。"传曰："山致其高，云雨起焉；水致其深，蛟龙生焉。"传又言："禹渡于江，黄龙负船。荆次非渡淮，两龙绕舟。东海之上有菑丘訢，勇而有力，出过神渊，使御者饮马，马饮因没。訢怒，拔剑入渊追马，见两蛟方食其马，手剑击杀两蛟。"由是言之，蛟与龙常在渊水之中，不在木中屋间明矣。在渊水之中，则鱼鳖之类。鱼鳖之类，何为上天？天之取龙，何用为哉？如以天神乘龙而行，神恍惚无形，出入无间，无为乘龙也。如仙人骑龙，天为仙者取龙，则仙人含天精气，形轻飞腾，若鸿鹄之状，无为骑龙也。世称黄帝骑龙升天，此言盖虚，犹今谓天取龙也。

且世谓龙升天者，必谓神龙。不神，不升天；升天，神之效也。天地之性人为贵，则龙贱矣。贵者不神，贱者反神乎？如龙之性有神与不神，神者升天，不神者不能。龟蛇亦有神与不神，神龟神蛇复升天乎？且龙禀何气而独神？天有仓龙、白虎、朱鸟、玄武之象也，地亦有龙虎鸟龟之物。四星之精，降生四兽。虎鸟与龟不神，龙何故独神也？人为倮虫之长[①]，龙为鳞虫之长。俱为物长，谓龙升天，人复升天乎？龙与人同，独谓能升天者，谓龙神也。世或谓圣人神而先知，犹谓神龙能升天也。因谓圣人先知之明，论龙之才，谓龙升天，故其宜也。

天地之间，恍惚无形，寒暑风雨之气乃为神。今龙有形，有形则行，行则食。食则物之性也。天地之性，有形体之类，能行食之物，不得为神。何以言之？龙有体也。传言鳞虫三百，龙为之长。龙为鳞虫之长，安得无体？何以言之？孔子曰："龙食于清，游于清；龟食于清，游于浊。鱼食于浊，游于清。丘上不及龙，下不为鱼，中止其龟与！"

《山海经》言四海之外，有乘龙蛇之人。世俗画龙之象，马首蛇尾。由此言之，马蛇之类也。慎子曰："蜚龙乘云[②]，腾蛇游雾，云罢雨霁[③]，与蚓蚁同矣[④]。"韩子曰："龙之为虫也，柔可狎而骑也[⑤]。然喉下有逆鳞尺余，人或婴之，必杀人矣。"比之为螾蚁，又言虫可狎而骑，蛇马之类明矣。

传曰："纣作象箸而箕子泣。"泣之者，痛其极也。夫有象箸，必有玉杯。玉杯所盈，象箸所挟，则必龙肝豹胎。夫龙肝可食，其龙难得。难得，则愁下；愁下，则祸生，故从而痛之。如龙神，其身不可得杀，其肝何可得食？禽兽肝胎非一，称龙肝豹胎者，人得食而知其味美也。春秋之时，龙见于绛郊。魏献子问于蔡墨曰："吾闻之，虫莫智于龙，以其不生得也。谓之智，信乎？"对曰："人实不知，非龙实智。古者畜龙，故国有豢龙氏，有御龙氏。"献子曰："是二者吾亦闻之，而不知其故。是何谓也？"对曰："昔有飂叔安有裔子曰董父，实甚好龙，能求其嗜欲以饮食之，龙多归之。乃扰畜龙[⑥]，以服事舜。而赐之姓曰董，氏曰豢龙，封诸鬷川，鬷夷氏是其后也。故帝舜氏世有畜龙。及有夏，孔甲扰于帝，帝赐之乘龙，河、汉各二，各有雌雄，孔甲不能食也，而未获豢龙氏。有陶唐氏既衰，其后有刘累学扰龙于豢龙氏，以事孔甲，能饮食龙。夏后嘉之，赐氏曰御龙，以更豕韦之后。龙一雌死，潜醢以食夏后⑦，夏后烹之。既而使求，惧而不得，迁于鲁县，范氏其后也。”献子曰：“今何故无之?”对曰：“夫物有其官，官修其方，朝夕思之。一日失职，则死及之，失官不食。官宿其业，其物乃至。若泯弃之⑧，物乃低伏，郁湮不育。”由此言之，龙可畜又可食也。可食之物，不能神矣。世无其官，又无董父、后刘之人，故潜藏伏匿，出见希疏；出又乘云，与人殊路，人谓之神。如存其官而有其人，则龙、牛之类也；何神之有？以《山海经》言之，以慎子、韩子证之，以俗世之画验之，以箕子之泣订之，以蔡墨之对论之，知龙不能神，不能升天，天不以雷电取龙，明矣。世俗言龙神而升天者，妄矣。

世俗之言，亦有缘也。短书言龙无尺木，无以升天。又曰升天，又言尺木，谓龙从木中升天也。彼短书之家，世俗之人也。见雷电发时，龙随而起，当雷电击树木之时，龙适与雷电俱在树木之侧，雷电去，龙随而上，故谓从树木之中升天也。实者雷龙同类，感气相致，故《易》曰：“云从龙，风从虎。”又言：“虎啸谷风至，龙兴景云起。”龙与云相招，虎与风相致，故董仲舒雩祭之法，设土龙以为感也。夫盛夏太阳用事，云雨干之⑨。太阳火也，云雨水也，水火激薄则鸣而为雷。龙闻雷声则起，起而云至，云至而龙乘之。云雨感龙，龙亦起云而升天。天极雷高，云消复降。人见其乘云则谓“升天”，见天为雷电则为“天取龙”。世儒读《易》文，见传言，皆知龙者云之类。拘俗人之议，不能通其说；又见短书为证，故遂谓“天取龙”。

天不取龙，龙不升天。当菑丘訢之杀两蛟也，手把其尾，拽而出之至渊之外，雷电击之。蛟则龙之类也。蛟龙见而云雨至，云雨至则雷电击。如以天实取龙，龙为天用，何以死蛟不为取之？且鱼在水中，亦随云雨蜚，而乘云雨非升天也。龙，鱼之类也，其乘雷电犹鱼之飞也。鱼随云雨不谓之神，龙乘雷电独谓之神。世俗之言，失其实也。物在世间，各有所乘。水蛇乘雾，龙乘云，鸟乘风。见龙乘云，独谓之神，失龙之实，诬龙之能也。

然则龙之所以为神者，以能屈伸其体，存亡其形。屈伸其体，存亡其形，未足以为神也。豫让吞炭，漆身为厉⑩，人不识其形。子贡灭须为妇人，人不知其状。龙变体自匿，人亦不能觉，变化藏匿者巧也。物性亦有自然，狌狌知往⑪，乾鹊知来⑫，鹦鹉能言，三怪比龙，性变化也。如以巧为神，豫让、子贡神也。孔子曰：“游者可为网，飞者可为矰⑬。至于龙也，吾不知其乘风云上升。今日见老子，其犹龙乎!”夫龙乘云而上，云消而下。物类可察，上下可知；而云孔子不知。以孔子之圣，尚不知龙，况俗人智浅，好奇之性，无实可之心，谓之龙神而升天，不足怪也。

---

①倮虫：不生羽毛的动物。

②蜚：通“飞”。

③霁：雨过天晴。

④螾：蚯蚓。

⑤狎：亲近。

⑥扰：驯。

⑦醢：肉酱。

⑧泯：消灭。

⑨干：干扰。

⑩厉：通“癞”，即麻风病。

⑪狌狌：即猩猩。

⑫乾鹊：喜鹊。

⑬矰：系有细绳便于收回的箭。

雷虚

盛夏之时，雷电迅疾，击折树木，坏败室屋，时犯杀人[①]。世俗以为击折树木、坏败室屋者，天取龙；其犯杀人也，谓之"阴过"。饮食人以不洁净，天怒，击而杀之。隆隆之声，天怒之音，若人之呴吁矣[②]。世无愚智，莫谓不然。推人道以论之，虚妄之言也。

夫雷之发动，一气一声也。折木坏屋，亦犯杀人；犯杀人时，亦折木坏屋。独谓折木坏屋者，天取龙；犯杀人，罚阴过，与取龙吉凶不同，并时共声，非道也。论者以为隆隆者，天怒呴吁之声也。此便于罚过，不宜于取龙。罚过，天怒可也。取龙，龙何过而怒之？如龙神，天取之，不宜怒。如龙有过，与人同罪，龙杀而已，何为取也？杀人，怒可也。取龙，龙何过而怒之？杀人，不取；杀龙，取之。人、龙之罪何别，而其杀之何异？然则取龙之说既不可听，罚过之言复不可从。

何以效之[③]？案雷之声迅疾之时[④]，人仆死于地，隆隆之声临人首上，故得杀人。审隆隆者天怒乎？怒，用口之怒气杀人也。口之怒气，安能杀人？人为雷所杀，询其身体[⑤]，若燔灼之状也。如天用口怒，口怒生火乎？且口着乎体，口之动与体俱。当击折之时，声着于地。其衰也，声着于天。夫如是，声着地之时，口至地，体亦宜然。当雷迅疾之时，仰视天，不见天之下。不见天之下，则夫隆隆之声者，非天怒也。天之怒与人无异。人怒，身近人则声疾，远人则声微。今天声近，其体远，非怒之实也。且雷声迅疾之时，声东西或南北，如天怒体动，口东西南北，仰视天亦宜东西南北。或曰："天已东西南北矣，云雨冥晦，人不能见耳。"夫千里不同风，百里不共雷。《易》曰："震惊百里。"雷电之地，云雨晦冥，百里之外无雨之处，宜见天之东西南北也。口着于天，天宜随口，口一移普天皆移，非独雷雨之地，天随口动也。且所谓怒者，谁也？天神邪？苍苍之天也？如谓天神，神怒无声；如谓苍苍之天，天者体不怒，怒用口。且天地相与[⑥]，夫妇也，其即民父母也。子有过，父怒，笞之致死，而母不哭乎？今天怒杀人，地宜哭之。独闻天之怒，不闻地之哭。如地不能哭，则天亦不能怒。且有怒则有喜。人有阴过，亦有阴善。有阴过，天怒杀之；如有阴善，天亦宜以喜赏之。隆隆之声谓天之怒，如天之喜亦哂然而笑[⑦]。人有喜怒，故谓天喜怒。推人以知天，知天本于人。如人不怒，则亦无缘谓天怒也。缘人以知天，宜尽人之性。人性怒则呴吁，喜则歌笑。比闻天之怒[⑧]，希闻天之喜；比见天之罚，希见天之赏。岂天怒不喜，贪于罚，希于赏哉？何怒罚有效，喜赏无验也？

且雷之击也，折木坏屋，时犯杀人，以为天怒。时或徒雷[⑨]，无所折败，亦不杀人，天空怒乎？人君不空喜怒，喜怒必有赏罚。无所罚而空怒，是天妄也。妄则失威，非天行也。政事之家，以寒温之气为喜怒之候，人君喜即天温，怒则天寒。雷电之日，天必寒也。高祖之先刘媪，曾息大泽之陂，梦与神遇，此时雷电晦冥。天方施气，宜喜之时也，何怒而雷？如用击折者为怒，不击折者为喜，则夫隆隆之声，不宜同音。人怒喜异声，天怒喜同音，与人乖异，则人何缘谓之天怒？且饮食人以不洁净，小过也。以至尊之身，亲罚小过，非尊者之宜也。尊不亲罚过，故王不亲诛罪。天尊于王，亲罚小过，是天德劣于王也。且天之用心，犹人之用意。人君罪恶，初闻之时，怒以非之，及其诛之，哀以怜之。故《论语》曰："如得其情，则哀怜而勿喜。"纣至恶也，武王将诛，哀而怜之。故《尚书》曰："予惟率夷怜尔。"人君诛恶，怜而杀之；天之罚过，怒而击之，是天少恩而人多惠也。

说雨者以为天施气。天施气，气渥为雨[10]，故雨润万物，名曰澍[11]。人不喜，不施恩；天不说，不降雨。谓雷，天怒；雨者，天喜也。雷起常与雨俱，如论之言，天怒且喜也。人君赏罚不同日，天之怒喜不殊时。天人相违，赏罚乖也。且怒喜具形，乱也。恶人为乱，怒罚其过；罚之以乱，非天行也。冬雷人谓之阳气泄，春雷谓之阳气发。夏雷不谓阳气盛，谓之天怒，竟虚言也。

人在天地之间，物也。物，亦物也。物之饮食，天不能知；人之饮食，天独知之。万物于天，皆子也；父母于子，恩德一也。岂为贵贤加意，贱愚不察乎？何其察人之明，省物之暗也！犬豕食人腐臭，食之，天不杀也。如以人贵而独禁之，则鼠涔人饮食[12]，人不知，误而食之，天不杀也。如天能原鼠[13]，则亦能原人。人误以不洁净饮食人，人不知而食之耳，岂故举腐臭以予之哉？如故予之，人亦不肯食。吕后断戚夫人手，去其眼，置于厕中，以为人豕，呼人示之，人皆伤心。惠帝见之，病卧不起。吕后故为，天不罚也。人误不知，天辄杀之，不能原误失而责故，天治悖也。

夫人食不净之物，口不知有其涔也；如食已，知之，名曰肠涔。戚夫人入厕，身体辱之，与涔何以别？肠之与体何以异？为肠不为体，伤涔不病辱，非天意也。且人闻人食不清之物，心平如故，观戚夫人者，莫不伤心。人伤，天意悲矣。夫悲戚夫人则怨吕后，案吕后之崩，未必遇雷也。道士刘春荧惑楚王英，使食不清。春死，未必遇雷也。建初四年夏六月，雷击杀会稽羊五头皆死。夫羊何阴过而雷杀之？舟人涔溪上流，人饮下流，舟人不雷死。

天神之处天，犹王者之居也。王者居重关之内，则天之神宜在隐匿之中；王者居宫室之内，则天亦有太微、紫宫、轩辕、文昌之坐[14]。王者与人相远，不知人之阴恶；天神在四宫之内，何能见人暗过？王者闻人过，以人知。天知人恶，亦宜因鬼。使天问过于鬼神，则其诛之，宜使鬼神。如使鬼神，则天怒，鬼神也，非天也。

且王断刑以秋，天之杀用夏，此王者用刑违天时。奉天而行，其诛杀也，宜法象上天。天杀用夏，王诛以秋，天人相违，非奉天之义也。或论曰："饮食不洁净，天之大恶也。杀大恶，不须时。"王者大恶，谋反大逆无道也；天之大恶，饮食人不洁清。天之所恶，小大不均等也。如小大同，王者宜法天，制饮食人不洁清之法为死刑也。圣王有天下，制刑不备此法，圣王阙略，有遗失也？或论曰："鬼神治阴，王者治阳。阴过暗昧，人不能觉，故使鬼神主之。"曰：阴过非一也，何不尽杀？案一过，非治阴之义也。天怒不旋日，人怨不旋踵。人有阴过，或时有用冬，未必专用夏也。以冬过误，不辄击杀，远至于夏，非不旋日之意也。

图画之工，图雷之状，累累如连鼓之形；又图一人，若力士之容，谓之雷公，使之左手引连鼓，右手推椎，若击之状。其意以为雷声隆隆者，连鼓相扣击之音也；其魄然若敝裂者，椎所击之声也；其杀人也，引连鼓相椎，并击之矣。世又信之，莫谓不然。如复原之，虚妄之象也。夫雷，非声则气也。声与气，安可推引而为连鼓之形乎？如审可推引，则是物也。相扣而音鸣者，非鼓既钟也。夫隆隆之声，鼓与钟邪？如审是也，钟鼓不空悬，须有笱簴[15]，然后能安，然后能鸣。今钟鼓无所悬着，雷公之足无所蹈履，安得而为雷？或曰："如此固为神。如必有所悬着，足有所履，然后而为雷，是与人等也，何以为神？"曰：神者，恍惚无形，出入无门，上下无垠，故谓之神。今雷公有形，雷声有器，安得为神？如无形，不得为之图象；如有形，不得谓之神。谓之神龙升天，实事者谓之不然，以人时或见龙之形也，以其形见，故图画升龙之形也；以其可画，故有不神之实。

难曰："人亦见鬼之形，鬼复神乎？"曰：人时见鬼，有见雷公者乎？鬼名曰神，其行蹈地，与人相似。雷公头不悬于天，足不蹈于地，安能为雷公？飞者皆有翼，物无翼而飞，谓仙人。画仙人之形，为之作翼。如雷公与仙人同，宜复着翼。使雷公不飞，图雷家言其飞，非也。使实飞，不为着翼，又非也。夫如是，图雷之家画雷之状，皆虚妄也。且说雷之家，谓雷，天怒呴吁也；图雷之家，谓之雷公怒引连鼓也。审如说雷之家，则图雷之家非；审如图雷之家，则说雷之家误。二家相违也，并而是之，无是非之分。无是非之分，故无是非之实。无以定疑论，故虚妄之论胜也。

《礼》曰："刻尊为雷之形，一出一入，一屈一伸，为相校轸则鸣[16]。"校轸之状，郁律㟪垒之类也[17]，此象类之矣。气相校轸分裂，则隆隆之声，校轸之音也。魄然若敼裂者，气射之声也。气射中人，人则死矣。实说，雷者，太阳之激气也。何以明之？正月阳动，故正月始雷。五月阳盛，故五月雷迅。秋冬阳衰，故秋冬雷潜。盛夏之时，太阳用事，阴气乘之。阴阳分争，则相校轸。校轸则激射，激射为毒，中人辄死，中木木折，中屋屋坏。人在木下屋间，偶中而死矣。何以验之？试以一斗水灌冶铸之火，气激敼裂，若雷之音矣。或近之，必灼人体。天地为炉大矣，阳气为火猛矣，云雨为水多矣，分争激射，安得不迅？中伤人身，安得不死？当冶工之消铁也，以土为形，燥则铁下，不则跃溢而射。射中人身，则皮肤灼剥。阳气之热，非直消铁之烈也；阴气激之，非直土泥之湿也；阳气中人，非直灼剥之痛也。

夫雷，火也，气剡人[18]，人不得无迹。如炙处状似文字，人见之，谓天记书其过，以示百姓，是复虚妄也。使人尽有过，天用雷杀人。杀人当彰其恶，以惩其后，明著其文字，不当暗昧。图出于河，书出于洛。《河图》、《洛书》，天地所为，人读知之。今雷死之书，亦天所为也，何故难知？如以人皮不可书，鲁惠公夫人仲子，宋武公女也，生而有文在掌，曰"为鲁夫人"，文明可知，故仲子归鲁。雷书不著，故难以惩后。夫如是，火剡之迹，非天所刻画也。或颇有而增其语，或无有而空生其言，虚妄之俗，好造怪奇。何以验之？雷者火也。以人中雷而死，即询其身，中头则须发烧燋[19]，中身则皮肤灼焚，临其尸上闻火气，一验也。道术之家，以为雷烧石色赤，投于井中，石燋井寒，激声大鸣，若雷之状，二验也。人伤于寒，寒气入腹，腹中素温，温寒分争，激气雷鸣，三验也。当雷之时，电光时见，大若火之耀，四验也。当雷之击，时或燔人室屋及地草木，五验也。夫论雷之为火有五验，言雷为天怒无一效。然则雷为天怒，虚妄之言。

难曰："《论语》云：'迅雷风烈必变。'《礼记》曰：'有疾风迅雷甚雨则必变，虽夜必兴，衣服，冠而坐。'惧天怒，畏罚及己也。如雷不为天怒，其击不为罚过，则君子何为为雷变动朝服而正坐乎？"曰：天之与人犹父子，有父为之变，子安能忽？故天变，己亦宜变，顺天时，示己不违也。人闻犬声于外，莫不惊骇，竦身侧耳以审听之。况闻天变异常之声，轩辖迅疾之音乎[20]？《论语》所指，《礼记》所谓，皆君子也。君子重慎，自知无过，如日月之蚀，无阴暗食人以不洁清之事，内省不惧，何畏于雷？审如不畏雷，则其变动不足以效天怒。何则？不为己也。如审畏雷，亦不足以效罚阴过。何则？雷之所击，多无过之人。君子恐偶遇之，故恐惧变动。夫如是，君子变动，不能明雷为天怒，而反著雷之妄击也。妄击不罚过，故人畏之。如审罚有过，小人乃当惧耳，君子之人无为恐也。宋王问唐鞅曰："寡人所杀戮者众矣，而群臣愈不畏，其故何也？"唐鞅曰："王之所罪，尽不善者也。罚不善，善者胡为畏？王欲群臣之畏也，不若毋辨其善与不善而时罪之，群臣畏矣。"宋王行其言，群臣畏惧，宋国大恐。夫宋王妄刑，故宋国大恐。惧雷电妄击，故君子变动。君子变动，宋国大恐之类也。

①犯：侵害。

②呴：通“吼”。　吁：大喊。

③效：证明。

④案：研究。

⑤询：检查。

⑥相与：相处。

⑦哂然：高兴的样子。

⑧比：时常；经常。

⑨时或：有时。

⑩渥：丰厚。

⑪澍（shù，音树）：及时雨。

⑫涔：同“污”。

⑬原：原谅。

⑭太微、紫宫、轩辕、文昌：均为星座名称。

⑮筍簴（sǔn jù，音笋巨）：古代悬挂乐器的架子。

⑯校轸：缠绕；纠缠。

⑰郁律：雷声。　㟪垒：萦绕。

⑱剡（yǎn，音演）：烧。

⑲燋：焦灼。

⑳轩辖：巨大的声响。

道虚

儒书言：黄帝采首山铜，铸鼎于荆山下[①]。鼎既成，有龙垂胡髯下迎黄帝，黄帝上骑龙，群臣、后宫从上七十余人，龙乃上去。余小臣不得上，乃悉持龙髯[②]。龙髯拔，堕黄帝之弓，百姓仰望黄帝既上天，乃抱其弓与龙胡髯吁号[③]。故后世因其处曰“鼎湖”，其弓曰“乌号”。《太史公记》诔五帝亦云[④]：黄帝封禅已，仙去。群臣朝其衣冠，因葬埋之。

曰：此虚言也。实黄帝者何等也？号乎，谥也[⑤]？如谥，臣子所诔列也。诔生时所行为之谥。黄帝好道，遂以升天，臣子诔之，宜以仙升，不当以“黄”谥 。谥法曰：“静民则法曰黄。”黄者，安民之谥，非得道之称也。百王之谥，文则曰文，武则曰武。文武不失实，所以劝操行也。如黄帝之时质，未有谥乎，名之为黄帝，何世之人也？使黄帝之臣子知君，使后世之人，迹其行。黄帝之世，号谥有无，虽疑未定，“黄”非升仙之称，明矣。

龙不升天，黄帝骑之，乃明黄帝不升天也。龙起云雨，因乘而行；云散雨止，降复入渊。如实黄帝骑龙，随溺于渊也[⑦]。案黄帝葬于桥山[⑧]，犹曰群臣葬其衣冠。审骑龙而升天[⑨]，衣不离形；如封禅已仙去，衣冠亦不宜遗。黄帝实仙不死而升天，臣子百姓所亲见也[⑩]。见其升天，知其不死必也。葬不死之衣冠，与实死者无以异，非臣子实事之心，别生于死之意也。

载太山之上者七十有二君[⑪]，皆劳情苦思，忧念王事，然后功成事立，致治太平。太平则天下和安，乃升太山而封禅焉。夫修道求仙，与忧职勤事不同。心思道则忘事，忧事则害性。世称尧若腊[⑫]，舜若腒[⑬]，心愁忧苦，形全羸癯[⑭]。使黄帝致太平乎，则其形体宜如尧、舜。尧、舜不得道，黄帝升天，非其实也。使黄帝废事修道，则心意调和，形体肥劲，是与尧、舜异也，异则功不同矣。功不同，天下未太平而升封，又非实也。五帝、三王皆有圣德之优者，黄帝不在上焉。如圣人皆仙，仙者非独黄帝；如圣人不仙，黄帝何为独仙？世见黄帝好方术[15]，方术仙者之业，则谓帝仙矣。又见鼎湖之名，则言黄帝采首山铜铸鼎，而龙垂胡髯迎黄帝矣。是与说会稽之山无以异也。夫山名曰“会稽”，即云夏禹巡狩，会计于此山上，故曰“会稽”。夫禹至会稽治水不巡狩，犹黄帝好方伎不升天也。无会计之事，犹无铸鼎龙垂胡髯之实也。里名“胜母”，可谓实有子胜其母乎？邑名“朝歌”，可谓民朝起者歌乎？

儒书言：淮南王学道，招会天下有道之人，倾一国之尊，下道术之士。是以道术之士，并会淮南，奇方异术，莫不争出。王遂得道，举家升天，畜产皆仙，犬吠于天上，鸡鸣于云中。此言仙药有余，犬鸡食之，并随王而升天也。好道学仙之人，皆谓之然。此虚言也。

夫人，物也，虽贵为王侯，性不异于物。物无不死，人安能仙？鸟有毛羽，能飞不能升天。人无毛羽，何用飞升？使有毛羽，不过与鸟同；况其无有，升天如何？案能飞升之物，生有毛羽之兆；能驰走之物，生有蹄足之形。驰走不能飞升，飞升不能驰走。禀性受气，形体殊别也[16]。今人禀驰走之性，故生无毛羽之兆，长大至老，终无奇怪。好道学仙，中生毛羽，终以飞升。使物性可变，金木水火，可革更也[17]。虾蟆化为鹑[18]，雀入水为蜄蛤[19]，禀自然之性，非学道所能为也。好道之人，恐其或若等之类，故谓人能生毛羽，毛羽备具，能升天也。且夫物之生长，无卒成暴起，皆有浸渐。为道学仙之人，能先生数寸之毛羽，从地自奋，升楼台之陛[20]，乃可谓升天。今无小升之兆，卒有大飞之验，何方术之学成无浸渐也？

毛羽大效，难以观实。且以人髯发物色少老验之。物生也色青，其熟也色黄。人之少也发黑，其老也发白。黄为物熟验，白为人老效。物黄，人虽灌溉壅养[21]，终不能青；发白，虽吞药养性，终不能黑。黑青不可复还，老衰安可复却？黄之与白，犹肉腥炙之燋[22]，鱼鲜煮之熟也。燋不可复令腥，熟不可复令鲜。鲜腥犹少壮，燋熟犹衰老也。天养物，能使物畅至秋，不得延之至春。吞药养性，能令人无病，不能寿之为仙。为仙体轻气强，犹未能升天，令见轻强之验[23]，亦无毛羽之效，何用升天？

天之与地，皆体也。地无下，则天无上矣。天无上升之路，何如穿天之体？人力不能入。如天之门在西北，升天之人，宜从昆仑上。淮南之国，在地东南。如审升天，宜举家先从昆仑，乃得其阶。如鼓翼邪飞，趋西北之隅[24]，是则淮南王有羽翼也。今不言其从之昆仑，亦不言其身生羽翼，空言升天，竟虚非实也。

案淮南王刘安，孝武皇帝之时也。父长，以罪迁蜀严道，至雍道死[25]。安嗣为王[26]，恨父徙死，怀反逆之心，招会术人，欲为大事。伍被之属充满殿堂，作道术之书，发怪奇之文，合景乱首[27]。八公之俦[28]，欲示神奇若得道之状，道终不成，效验不立，乃与伍被谋为反事，事觉自杀，或言诛死。诛死、自杀，同一实也。世见其书深冥奇怪，又观八公之俦似若有效，则传称淮南王仙而升天，失其实也。

儒书言：卢敖游乎北海[29]，经乎太阴[30]，入乎玄关，至于蒙谷之上，见一士焉：深目玄准，雁颈而鸢肩[31]，浮上而杀下，轩轩然方迎风而舞。顾见卢敖，樊然下其臂[32]，遁逃乎碑下。敖乃视之，方卷然龟背而食合梨。卢敖仍与之语曰：“吾子唯以敖为倍俗[33]，去群离党，穷观于六合之外者，非敖而已。敖幼而游，至长不渝解[34]，周行四极，唯北阴之未窥。今卒睹夫子于是，殆可与敖为友乎？”若士者悖然而笑曰：“嘻！子中州之民也，不宜远至此。此犹光日月而载列星，四时之所行，阴阳之所生也。此其比夫不名之地，犹崸屼也[35]。若我南游乎罔浪之野[36]，北息乎沉薶之乡[37]，西穷乎杳冥之党[38]，而东贯鸿濛之光[39]。此其下无地，上无天，听焉无闻，而视焉则营[40]；此其外犹有状，有状之余，壹举而能千万里，吾犹未能之在。今子游始至于此，乃语穷观，岂不亦远哉！然子处矣。吾与汗漫期于九垓之上[41]，吾不可久。”若士者食举臂而纵身，遂入云中。卢敖目仰而视之，不见乃止驾，心不怠[42]，怅若有丧，曰：“吾比夫子也，犹黄鹄之与壤虫也[43]，终日行而不离咫尺，而自以为远，岂不悲哉！”

若卢敖者，唯龙无翼者升则乘云。卢敖言若士者有翼，言乃可信。今不言有翼，何以升云？且凡能轻举入云中者，饮食与人殊之故也。龙食与蛇异，故其举措与蛇不同。闻为道者服金玉之精，食紫芝之英，食精身轻，故能神仙。若士者食合蜊之肉，与庸民同食，无精轻之验，安能纵体而升天？闻食气者不食物，食物者不食气。若士者食物如不食气，则不能轻举矣。

或时卢敖学道求仙，游乎北海，离众远去，无得道之效，惭于乡里，负于论议。自知以必然之事见责于世，则作夸诞之语，云见一士，其意以为，有仙，求之未得，期数未至也。淮南王刘安坐反而死，天下并闻，当时并见，儒书尚有言其得道仙去，鸡犬升天者；况卢敖一人之身，独行绝迹之地，空造幽冥之语乎？是与河东蒲坂项曼都之语，无以异也。曼都好道学仙，委家亡去，三年而返。家问其状，曼都曰：“去时不能自知，忽见若卧形，有仙人数人，将我上天，离月数里而止。见月上下幽冥，幽冥不知东西。居月之旁，其寒凄怆。口饥欲食，仙人辄饮我以流霞一杯，每饮一杯，数月不饥。不知去几何年月，不知以何为过，忽然若卧，复下至此。”河东号之曰“斥仙”。实论者闻之，乃知不然。夫曼都能上天矣，何为不仙？已三年矣，何故复还？夫人去民间，升皇天之上，精气形体，有变于故者矣。万物变化，无复还者。复育化为蝉，羽翼既成，不能复化为复育。能升之物，皆有羽翼，升而复降，羽翼如故。见曼都之身有羽翼乎，言乃可信；身无羽翼，言虚妄也。虚则与卢敖同一实也。或时曼都好道，默委家去，周章远方[44]，终无所得。力倦望极，默复归家，惭愧无言，则言上天。其意欲言道可学得，审有仙人；己殆有过，故成而复斥，升而复降。

儒书言：齐王疾痟[45]，使人之宋迎文挚。文挚至，视王之疾，谓太子曰：“王之疾，必可已也。虽然，王之疾已，则必杀挚也。”太子曰：“何故？”文挚对曰：“非怒王，疾不可治也。王怒，则挚必死。”太子顿首强请曰：“苟已王之疾，臣与臣之母以死争之于王，必幸臣之母。愿先生之勿患也。”文挚曰：“诺，请以死为王。”与太子期，将往不至者三，齐王固已怒矣。文挚至，不解屦登床履衣[46]，问王之疾。王怒而不与言。文挚因出辞以重王怒。王叱而起，疾乃遂已[47]。王大怒不悦，将生烹文挚。太子与王后急争之而不能得，果以鼎生烹文挚，爨之三日三夜[48]，颜色不变。文挚曰：“诚欲杀我，则胡不覆之，以绝阴阳之气。”王使覆之，文挚乃死。夫文挚，道人也，入水不濡[49]，入火不燋，故在鼎三日三夜，颜色不变。此虚言也。

夫文挚而烹三日三夜，颜色不变，为一覆之，故绝气而死，非得道之验也。诸生息之物，气绝则死。死之物，烹之辄烂。致生息之物密器之中，覆盖其口，漆涂其隙，中外气隔，息不得泄，有顷死也。如置汤镬之中[50]，亦辄烂矣。何则？体同气均，禀性于天，共一类也。文挚不息乎，与金石同，入汤不烂，是也。令文挚息乎，烹之不死，非也。令文挚言，言则以声，声以呼吸。呼吸之动，因血气之发。血气之发，附于骨肉。骨肉之物，烹之辄死。今言烹之不死，一虚也。既能烹煮不死，此真人也，与金石同。金石虽覆盖，与不覆盖者无以异也。今言文挚覆之则死，二虚也。置人寒水之中，无汤火之热，鼻中口内不通于外，斯须之顷，气绝而死矣。寒水沉人，尚不得生，况在沸汤之中，有猛火之烈乎？言其入汤不死，三虚也。人没水中，口不见于外，言音不扬。烹文挚之时，身必没于鼎中。没则口不见，口不见则言不扬。文挚之言，四虚也。烹辄死之人，三日三夜颜色不变，痴愚之人，尚知怪之。使齐王无知，太子群臣宜见其奇。奇怪文挚，则请出尊宠敬事，从之问道。今言三日三夜，无臣子请出之言，五虚也。此或时闻文挚实烹，烹而辄死。世见文挚为道人也，则为虚生不死之语矣。犹黄帝实死也，传言升天；淮南坐反，书言度世[51]。世好传虚，故文挚之语传至于今。

世无得道之效，而有有寿之人。世见长寿之人，学道为仙，逾百不死，共谓之仙矣。何以明之？如武帝之时，有李少君以祠灶辟谷却老方见上[52]，上尊重之。少君匿其年及所生长，常自谓七十，而能使物却老。其游以方遍诸侯，无妻。人闻其能使物及不老，更馈遗之，常余钱金衣食。人皆以为不治产业饶给，又不知其何许人，愈争事之。少君资好方，善为巧发奇中。尝从武安侯饮，座中有年九十余者，少君乃言其王父游射处。老人为儿时，从父识其处，一座尽惊。少君见上，上有古铜器，问少君。少君曰："此器齐桓公十五年陈于柏寝[53]。"已而案其刻，果齐桓公器，一宫尽惊，以为少君数百岁人也。久之，少君病死。今世所谓得道之人，李少君之类也。少君死于人中，人见其尸，故知少君性寿之人也。如少君处山林之中，入绝迹之野，独病死于岩石之间，尸为虎狼狐狸之食，则世复以为真仙去矣。

世学道之人无少君之寿，年未至百，与众俱死。愚夫无知之人，尚谓之尸解而去，其实不死。所谓尸解者，何等也？谓身死精神去乎，谓身不死得免去皮肤也？如谓身死精神去乎，是与死无异，人亦仙人也；如谓不死免去皮肤乎，诸学道死者骨肉具在，与恒死之尸无以异也。夫蝉之去复育，龟之解甲，蛇之脱皮，鹿之堕角，壳皮之物解壳皮，持骨肉去，可谓尸解矣。今学道而死者，尸与复育相似，尚未可谓尸解。何则？案蝉之去复育，无以神于复育，况不相似复育，谓之尸解，盖复虚妄失其实矣。太史公与李少君同世并时，少君之死，临尸者虽非太史公，足以见其实矣。如实不死，尸解而去，太史公宜纪其状，不宜言死。其处座中年九十老父为儿时者，少君老寿之效也。或少君年十四五，老父为儿，随其王父。少君年二百岁而死，何为不识？武帝去桓公铸铜器，且非少君所及见也。或时闻宫殿之内有旧铜器，或案其刻以告之者，故见而知之。今时好事之人，见旧剑古钩，多能名之，可复谓目见其铸作之时乎？

世或言东方朔亦道人也[54]，姓金氏，字曼倩。变姓易名，游宦汉朝[55]。外有仕宦之名，内乃度世之人。此又虚也。

夫朔与少君并在武帝之时，太史公所及见也。少君有谷道祠灶却老之方[56]，又名齐桓公所铸鼎，知九十老人王父所游射之验，然尚无得道之实，而徒性寿迟死之人也。况朔无少君之方术效验，世人何见谓之得道？案武帝之时，道人文成、五利之辈，入海求仙人，索不死之药，有道术之验，故为上所信。朔无入海之使，无奇怪之效也。如使有奇，不过少君之类及文成、五利之辈耳，况谓之有道？此或时偶复若少君矣，自匿所生之处，当时在朝之人不知其故，朔盛称其年长，人见其面状少，性又恬淡，不好仕宦，善达占卜、射覆，为怪奇之戏[57]，世人则谓之得道之人矣。

世或以老子之道为可以度世，恬淡无欲，养精爱气。夫人以精神为寿命，精神不伤则寿命长而不死。成事，老子行之，逾百度世，为真人矣。

夫恬淡少欲，孰与鸟兽？鸟兽亦老而死。鸟兽含情欲，有与人相类者矣，未足以言。草木之生何情欲，而春生秋死乎？夫草木无欲，寿不逾岁；人多情欲，寿至于百。此无情欲者反夭，有情欲者寿也。夫如是，老子之术以恬淡无欲延寿度世者，复虚也。或时老子，李少君之类也，行恬淡之道，偶其性命亦自寿长。世见其命寿，又闻其恬淡，谓老子以术度世矣。

世或以辟谷不食为道术之人，谓王子乔之辈以不食谷，与恒人殊食，故与恒人殊寿，逾百度世，遂为仙人。此又虚也。

夫人之生也，禀食饮之性，故形上有口齿，形下有孔窍。口齿以噍食[58]，孔窍以注泻。顺此性者为得天正道，逆此性者为违所禀受[59]。失本气于天，何能得久寿？使子乔生无齿口孔窍，是禀性与人殊；禀性与人殊，尚未可谓寿，况形体均同而以所行者异，言其得度世，非性之实也。

夫人之不食也，犹身之不衣也。衣以温肤，食以充腹。肤温腹饱，精神明盛。如饥而不饱，寒而不温，则有冻饿之害矣。冻饿之人，安能久寿？且人之生也，以食为气，犹草木生以土为气矣。拔草木之根，使之离土，则枯而蚤死[60]。闭人之口，使之不食，则饿而不寿矣。

道家相夸曰：真人食气。以气而为食，故传曰："食气者寿而不死，虽不谷饱，亦以气盈。"此又虚也。

夫气，谓何气也？如谓阴阳之气，阴阳之气不能饱人，人或咽气，气满腹胀，不能餍饱[61]。如谓百药之气，人或服药，食一合屑[62]，吞数十丸，药力烈盛，胸中愦毒[63]，不能饱人。食气者必谓"吹呴呼吸[64]"，吐故纳新也。昔有彭祖尝行之矣[65]，不能久寿，病而死矣。

道家或以导气养性，度世而不死[66]，以为血脉在形体之中，不动摇屈伸，则闭塞不通。不通积聚，则为病而死。此又虚也。

夫人之形，犹草木之体也。草木在高山之巅，当疾风之冲，昼夜动摇者，能复胜彼隐在山谷间，障于疾风者乎？案草木之生，动摇者伤而不畅，人之导引动摇形体者，何故寿而不死？夫血脉之藏于身也，犹江河之流地。江河之流，浊而不清，血脉之动，亦扰不安。不安，则犹人勤苦无聊也，安能得久生乎？

道家或以服食药物，轻身益气[67]，延年度世。此又虚也。

夫服食药物，轻身益气，颇有其验。若夫延年度世，世无其效。百药愈病，病愈而气复，气复而身轻矣。凡人禀性，身本自轻，气本自长，中于风湿，百病伤之，故身重气劣也。服食良药，身气复故，非本气少身重，得药而乃气长身更轻也，禀受之时，本自有之矣。故夫服食药物除百病，令身轻气长，复其本性，安能延年至于度世？有血脉之类，无有不生，生无不死。以其生，故知其死也。天地不生，故不死；阴阳不生，故不死。死者，生之效；生者，死之验也。夫有始者必有终，有终者必有始。唯无终始者，乃长生不死。人之生，其犹冰也。水凝而为冰，气积而为人。冰极一冬而释，人竟百岁而死。人可令不死，冰可令不释乎？诸学仙术为不死之方，其必不成，犹不能使冰终不释也。

---

①鼎：古代烹煮食物用的三足两耳器具，后也作礼器。

②吁（xū，音须）号：呼喊。

③髯（rán，音然）：面部两侧的胡须。

④诔（lěi，音垒）：记述死人的事。

⑤谥（shì，音士）：谥号，古代君主、后妃、贵族、大臣或名人死后，根据他的生平事迹，给他一个褒贬的称号。

⑥迹：追踪，考查。此句话的意思是说：如果是后代人追加的，那么他们必定考查过黄帝的生前事迹。

⑦溺：淹没。

⑧案：考察。

⑨审：果真。

⑩如果说黄帝真的不死而升天了，那么臣子和百姓必定会亲眼看到。

⑪有：通"又"。七十有二君：据《初学记》卷十三引桓谭《新论》说，泰山刻石遗址有一千八百多处，其中可以辩认的有七十二处。此句的意思是说在泰山上有石刻记载的，共有七十二个君主。

⑫腊（xī，音西）：干肉，这里形容干瘦的样子。

⑬腒（jū，音居）：干腌的鸟肉。

⑭羸（léi，音雷）：弱。臞（qú，音渠）：瘦。

⑮方术：这里指道家炼丹、求仙、制造所谓不死之药等的法术。

⑯巡狩：指帝王离京到各地巡游视察。

⑰革更：改变。

⑱鹑（chún，音纯）：指鹌鹑。

⑲蜃（shèn，音甚）：指大蛤蜊。

⑳陛：台阶。

㉑壅：培土施肥。

㉒燋（jiāo，音焦）：同“焦”，烧焦。

㉓见（xiàn，音现）：同“现”，显露。

㉔隅：角落。

㉕雍：古县名，在今陕西凤翔南。道死：死在路上。

㉖嗣：继承。

㉗景（yǐng，音影）：同“影”。合景：形影不离。乱首：作乱的头子，指刘安。这句话的意思是同作乱的首领形影不离。

㉘俦（chóu，音愁）：辈，类。“俦”（儔）字原本作“传（傳）”，二字的繁体形近而误。

㉙卢敖：据《淮南子·道应训》高诱注是燕国人，秦始皇时，奉命求仙，逃亡不归。

㉚太阴：极北的地方。

㉛鸢（yuān，音渊）：鹰，“鸢”字原本作“戴”，据章录杨校宋本改。

㉜樊然：忙乱的样子。

㉝倍：通“背”，背弃。

㉞渝：改变。

㉟嵺屼（tū wū，音突巫）：孤秃的山。

㊱罔浪：无边无际。

㊲沉薶（mái，音埋）：无声无息。

㊳杳冥：幽远渺茫。党：地方。

㊴“鸿濛之光”：原本作“须懞之先”，据《淮南子·道应训》改。鸿濛之光即日光。

㊵营：通“荧”，眼花。

㊶汗漫：虚无飘缈，这里指某个所谓仙人。九垓（gāi，音该）：九重天，道家指天的最高处。

㊷怠（yí，音仪）：通“怡”，愉快。

㊸黄鹄（hú，音胡）：传说中仙人所乘的大鸟。

㊹周章：周游。

㊺齐王：这里指齐湣王，公元前301年—前284年在位。疾痟（xiāo，音肖）：害头痛病。

㊻文挚：一个所谓得道的人。

㊼病于是就好了。

㊽爨（cuàn，音篡）：烧火煮东西。

㊾濡（rú，音如）：沾湿。

㊿汤：开水。镬（huò，获）：锅。

51度世：成仙。

52李少君：人名。他曾捏造长生不死，求仙升天等谎言，骗取汉武帝的宠幸。辟谷：不吃五谷。

53柏寝：即柏寝台，在今山东广饶东北。

54东方朔：姓东方，名朔，字曼倩，西汉文学家，当过汉武帝的侍从官。

55游宦：在外做官。

56谷道：即辟谷之道，不吃五谷的方术。

57射覆：古代的一种游戏，猜测掩盖起来的东西。

58噍（jiào，音叫）：嚼，咬。

59违所禀受：违反人的自然禀性，违反生理本能。

60蚤：通“早”。

61餍（yàn，音厌）：饱，这句话的意思是不能充饥。

62合（gě，音葛）：容量单位，升的十分之一。

63愦（kuì，音愧）：苦闷。愦毒：由于药力发作中毒而难受。

64呴（xǔ，音许）：吐气。

⑮彭祖：传说中活到八百岁的长寿老人。

⑯导气：练气功。

⑰益：增加。

⑱“冰”字原本作“水”，据递修本改。

语　增

传语曰[1]：“圣人忧世深，思事勤，愁扰精神，感动形体[2]，故称尧若腊，舜若腒，桀、纣之君垂腴尺余。”夫言圣人忧世念人，身体羸恶，不能身体肥泽，可也。言尧、舜若腊与腒，桀、纣垂腴尺余[3]，增之也。

齐桓公云：“寡人未得仲父极难[4]，既得仲父甚易。”桓公不及尧、舜，仲父不及禹、契，桓公犹易，尧、舜反难乎？以桓公得管仲易，知尧、舜得禹、契不难。夫易则少忧，少忧则不愁，不愁则身体不臞[5]。舜承尧太平，尧、舜袭德，功假荒服[6]，尧尚有忧，舜安能无事。故《经》曰“上帝引逸[7]”，谓虞舜也。舜承安继治，任贤使能，恭己无为而天下治。故孔子曰：“巍巍乎，舜、禹之有天下而不与焉。”夫不与尚谓之臞若腒，如德劣承衰，若孔子栖栖[8]，周流应聘[9]，身不得容，道不得行，可骨立皮附，僵仆道路乎？

纣为长夜之饮，糟丘酒池，沉湎于酒，不舍昼夜，是必以病。病则不甘饮食，不甘饮食则肥腴不得至尺。《经》曰：“惟湛乐是从[10]，时亦罔有克寿。”魏公子无忌为长夜之饮，困毒而死。纣虽未死，宜羸臞矣。然桀、纣同行则宜同病，言其腴垂过尺余，非徒增之，又失其实矣。

传语又称纣力能索铁伸钩，抚梁易柱。言其多力也。蜚廉、恶来之徒[11]，并幸受宠。言好伎力之主致伎力之士也[12]。或言武王伐纣，兵不血刃。夫以索铁伸钩之力，辅以蜚廉、恶来之徒，与周军相当，武王德虽盛，不能夺纣素所厚之心，纣虽恶，亦不失所与同行之意。虽为武王所擒，时亦宜杀伤十百人。今言不血刃，非纣多力之效，蜚廉、恶来助纣之验也。

案武王之符瑞不过高祖[13]。武王有白鱼、赤乌之祐[14]，高祖有断大蛇、老妪哭于道之瑞[15]。武王有八百诸侯之助，高祖有天下义兵之佐[16]。武王之相，望羊而已[17]；高祖之相，龙颜隆准[18]，项紫，美须髯，身有七十二黑子。高祖又逃吕后于泽中，吕后辄见上有云气之验，武王不闻有此。夫相多于望羊，瑞明于鱼乌，天下义兵并来会汉，助强于诸侯。武王承纣，高祖袭秦。二世之恶，隆盛于纣，天下畔秦[19]，宜多于殷。案高祖伐秦，还破项羽，战场流血，暴尸万数[20]，失军亡众，几死一再，然后得天下，用兵苦，诛乱剧。独云周兵不血刃，非其实也。言其易，可也；言不血刃，增之也。案周取殷之时，太公阴谋之书，食小儿丹，教云亡殷，兵到牧野，晨举脂烛。察《武成》之篇，牧野之战，血流浮杵，赤地千里。由此言之，周之取殷，与汉、秦一实也。而云取殷易，兵不血刃，美武王之德，增益其实也。

凡天下之事，不可增损，考察前后，效验自列。自列，则是非之实有所定矣。世称纣力能索铁伸钩；又称武王伐之，兵不血刃。夫以索铁伸钩之力当人[21]，则是孟贲、夏育之匹也[22]；以不血刃之德取人，是则三皇、五帝之属也[23]。以索铁之力，不宜受服；以不血刃之德，不宜顿兵[24]。今称纣力，则武王德贬；誉武王，则纣力少。索铁、不血刃，不得两立；殷、周之称不得二全。不得二全，则必一非。

孔子曰："纣之不善，不若是之甚也。是以君子恶居下流，天下之恶皆归焉。"孟子曰："吾于《武成》，取二、三策耳[25]。以至仁伐不仁，如何其血之浮杵也?"若孔子言，殆且浮杵[26]；若孟子之言，近不血刃。浮杵过其实，不血刃亦失其正。一圣一 贤，共论一纣，轻重殊称，多少异实。纣之恶不若王莽。纣杀比干，莽鸩平帝；纣以嗣立，莽盗汉位。杀主隆于诛臣，嗣立顺于盗位，士众所畔，宜甚于纣。汉诛王莽，兵顿昆阳，死者万数，军至渐台，血流没趾。而独谓周取天下，兵不血刃，非其实也。

传语曰："文王饮酒千钟，孔子百觚[27]。"欲言圣人德盛，能以德将酒也[28]。如一坐千钟百觚，此酒徒，非圣人也。饮酒有法，胸腹小大，与人均等。饮酒用千钟，用肴宜尽百牛，百觚则宜用十羊。夫以千钟百牛、百觚十羊言之，文王之身如防风之君[29]，孔子之体如长狄之人[30]，乃能堪之。案文王、孔子之体，不能及防风、长狄。以短小之身，饮食众多，是缺文王之广，贬孔子之崇也。

案《酒诰》之篇[31]，"朝夕曰'祀兹酒'[32]"，此言文王戒慎酒也。朝夕戒慎，则民化之。外出戒慎之教，内饮酒尽千钟，导民率下，何以致化?承纣疾恶，何以自别?且千钟之效，百觚之验，何所用哉?使文王、孔子因祭用酒乎，则受福胙不能厌饱[33]；因飨射之用酒乎[34]，飨射饮酒自有礼法；如私燕赏赐饮酒乎[35]，则赏赐饮酒，宜与下齐。赐尊者之前，三觞而退[36]，过于三觚，醉酗生乱。文王、孔子，率礼之人也，赏赍左右[37]，至于醉酗乱身；自用酒千钟百觞，大之则为桀、纣，小之则为酒徒，用何以立德成化，表名垂誉乎?世闻"德将毋醉"之言，见圣人有多德之效，则虚增文王以为千钟，空益孔子以百觚矣。

传语曰："纣沉湎于酒，以糟为丘，以酒为池，牛饮者三千人，为长夜之饮，亡其甲子[38]。"夫纣虽嗜酒，亦欲以为乐。令酒池在中庭乎，则不当言为长夜之饮，坐在深室之中，闭窗举烛，故曰长夜。令坐于室乎，每当饮者起之中庭，乃复还坐，则是烦苦相踖藉[39]，不能甚乐。令池在深室之中，则三千人宜临池坐，前俯饮池酒，仰食肴膳，倡乐在前[40]，乃为乐耳。如审临池而坐，则前饮害于肴膳，倡乐之作不得在前。夫饮食既不以礼，临池牛饮，则其啖肴不复用杯[41]，亦宜就鱼肉而虎食。则知夫酒池牛饮，非其实也。

传又言：纣悬肉以为林，令男女倮而相逐其间[42]，是为醉乐淫戏无节度也。夫肉当内于口[43]，口之所食，宜洁不辱。今言男女倮相逐其间，何等洁者?如以醉而不计洁辱，则当其浴于酒中，而倮相逐于肉间。何为不肯浴于酒中?以不言浴于酒，知不倮相逐于肉间。

传者之说，或言：车行酒，骑行炙，百二十日为一夜。夫言用酒为池，则言其车行酒非也；言其悬肉为林，即言骑行炙非也。或时纣沉湎覆酒，滂沱于地[44]，即言以酒为池。酿酒糟积聚，则言糟为丘。悬肉以林，则言肉为林。林中幽冥，人时走戏其中，则言倮相逐。或时载酒用鹿车[45]，则言车行酒、骑行炙。或时十数夜，则言其百二十。或时醉不知问日数，则言其亡甲子。周公封康叔[46]，告以纣用酒期于悉极，欲以戒之也。而不言糟丘酒池，悬肉为林，长夜之饮，亡其甲子。圣人不言，殆非实也。

传言曰："纣非时与三千人牛饮于酒池。"夫夏官百，殷二百，周三百。纣之所与相乐，非民，必臣也；非小臣，必大官，其数不能满三千人。传书家欲恶纣，故言三千人，增其实也。

传语曰："周公执贽下白屋之士[47]。"谓候之也。夫三公，鼎足之臣，王者之贞干也；白屋之士，闾巷之微贱者也[48]。三公倾鼎足之尊，执贽候白屋之士，非其实也。时或待士卑恭，不骄白屋人，则言其往候白屋。或时起白屋之士，以璧迎礼之，人则言其执贽以候其家也。

传语曰："尧、舜之俭，茅茨不剪[49]，采椽不断[50]。"夫言茅茨采椽，可也；言不剪不斫，增之也。《经》曰："弼成五服[51]。"五服，五采服也。服五采之服，又茅茨采椽，何宫室衣服之不相称也？服五采，画日月星辰，茅茨采椽，非其实也。

传语曰："秦始皇帝燔烧诗书[52]，坑杀儒士。"言燔烧诗书，灭去《五经》文书也。坑杀儒士者，言其皆挟经传文书之人也。烧其书，坑其人，诗书绝矣。言烧燔诗书、坑杀儒士，实也；言其欲灭诗书，故坑杀其人，非其诚，又增之也。

秦始皇帝三十四年，置酒咸阳台，儒士七十人前为寿。仆射周青臣进颂始皇之德[53]。齐淳于越进谏始皇不封子弟功臣自为挟辅[54]，刺周青臣以为面谀[55]。始皇下其议于丞相李斯。李斯非淳于越曰："诸生不师今而学古，以非当世，惑乱黔首[56]。臣请敕史官，非秦记皆烧之；非博士官所职[57]，天下有敢藏诗书、百家语、诸刑书者，悉诣守尉集烧之[58]；有敢偶语诗书，弃市；以古非今者，族灭。吏见知弗举，与同罪。"始皇许之。明年三十五年，诸生在咸阳者多为妖言。始皇使御史案问诸生，诸生传相告引者[59]，自除犯禁者四百六十七人，皆坑之。燔诗书，起淳于越之谏；坑儒士，起自诸生为妖言，见坑者四百六十七人。传增言坑杀儒士，欲绝诗书，又言尽坑之。此非其实而又增之。

传语曰："町町若荆轲之闾[60]。"言荆轲为燕太子丹刺秦王，后诛轲九族，其后恚恨不已[61]，复夷轲之一里，一里皆灭，故曰町町。此言增之也。

夫秦虽无道，无为尽诛荆轲之里。始皇幸梁山之宫，从山上望见丞相李斯车骑甚盛，恚，出言非之。其后左右以告李斯，李斯立损车骑。始皇知左右泄其言，莫知为谁，尽捕诸在旁者皆杀之。其后坠星下东郡，至地为石，民或刻其石曰"始皇帝死，地分"。皇帝闻之，令御史逐问，莫服，尽取石旁人诛之。夫诛从行于梁山宫及诛石旁人，欲得泄言、刻石者，不能审知，故尽诛之。荆轲之闾何罪于秦而尽诛之？如刺秦王在闾中，不知为谁，尽诛之，可也。荆轲已死，刺者有人，一里之民，何为坐之？始皇二十年，燕使荆轲刺奏王，秦王觉之，体解轲以徇[62]，不言尽诛其闾。彼或时诛轲九族，九族众多，同里而处，诛其九族，一里且尽，好增事者则言町町也。

---

①传语：即本书《艺增篇》所说的"百传之语"，主要指的是流传在社会上的儒家言论。

②感（hàn，音憾）：通"撼"，摇。

③腴（yú，音鱼）：腹下肥肉。

④仲父：齐桓公对管仲的尊称。

⑤臞（qú，音渠）：瘦。

⑥假（gé，音隔）：通"格"，达到。荒服：据《尚书·禹贡》记载，古代统治者以王都为中心，把王都以外的各民族和诸侯国，按所在地区的远近，划分为甸服、侯服、绥服、要服、荒服五部分，称为"五服"。"服"的意思是服事君主，对君主承担义务。五服中，荒服离京最远。这里的荒服泛指边远地区。

⑦经：这里指《尚书》。引：长久。上帝引逸：意思是帝舜是长久安逸的。

⑧栖栖：形容不安定。

⑨周流应聘：指孔丘周游列国，到处求官。

⑩湛（dān，音丹）：沉溺。湛乐：贪图享乐。从（zòng，音纵）：通"纵"，纵欲。

⑪蜚廉：纣的臣子，传说善于奔跑。恶来：蜚廉的儿子，传说力气很大。

⑫伎：同"技"，技能。

⑬案：考察。符瑞：祥瑞，吉祥的征兆。王充认为，"祥瑞"由一种"和气"构成，凡圣王降生或天下太平就会出现。

⑭白鱼、赤乌之祐：据《史记·周本纪》载，传说周武王伐纣渡黄河时，有一条白鱼跳入船中。渡河后，又有一团火降落在他的屋顶上，变成红色的乌鸦。这被认为是殷将灭、周将兴的征兆。

⑮断大蛇、老妪哭于道之瑞：据《史记·高祖本纪》载，传说刘邦起义之前，曾夜间行路，斩断一条挡道的大蛇。后来有一个老妇人在蛇死的道上哭，说蛇是白帝的儿子，被赤帝的儿子给杀了。这被说成是刘邦要得天下的征兆。

⑯天下义兵：指原来反秦、后来支持刘邦的武装力量。

⑰望羊：即“望阳”，形容眼睛位置高，不用抬头就可以看见天。

⑱隆准：高鼻梁。

⑲畔：通“叛”。

⑳暴（pù，音铺）：通“曝”，露天晒着。

㉑当：抵挡。

㉒孟贲（bēn，音奔）、夏育：传说都是古代的大力士。匹：匹敌，同等的人。

㉓三皇五帝：传说中上古的一些皇帝，三皇一般指伏羲、神农、燧（suì，音碎）人。五帝一般指黄帝、颛顼（zhuān xū，音专须）、帝喾（kù，音库）、尧、舜。他们被儒家宣扬为是以仁而不是以力取天下的圣人。

㉔顿：通“钝”。顿兵：兵器用钝了，指使用武力。

㉕策：竹简。二、三策：指竹简中的一小部分。这句话的意思是说，我认为《武成篇》的内容只有一小部分是可取的。

㉖“且”字原本作“沮”。殆且：差不多、接近。殆且浮杵：意思是，按照孔丘的说法，既然纣不是最坏的，那么抵抗武王的人就一定很多，伐纣的战争就一定很激烈，因此，“血流浮杵”的说法可能是事实。

㉗鸩（zhèn，音振）：鸩酒，有剧毒，这里指用鸩酒杀人。平帝：汉平帝刘衎（kàn，音看），公元1年—5年在位，被王莽用鸩酒毒死。觚（gū，音孤）：古代一种口大腰细的盛酒器。

㉘将（jiāng，音江）：驾驭、控制。

㉙防风：即防风氏，传说是夏禹时的一个诸侯国，它的君主身材高大，一节骨头就要装满一车。

㉚长狄：传说是古代的一个少数民族，身材非常高大。

㉛《酒诰（gào，音告）》：《尚书》中的一篇。

㉜兹：斯，则。这句话的意思是，早晚都告诫说：“只有举行祭祀时才用酒。”

㉝福胙（zuò，音坐）：祭祀时上供的肉。厌：通“餍（yàn，音厌）”，饱，足。

㉞飨射：即乡射，古代地方长官于每年春秋两季设宴招待当地有名望的人而举行射箭表演的一种礼仪。

㉟燕：通“宴”。

㊱觞（shāng，音商）：古代喝酒用的一种杯子。

㊲赉（lài，音赖）：赐。

㊳亡：通“忘”。甲子：古代用干支记日，甲子在这里泛指日子。这句话是说，忘记了日子。

㊴蹐（jí，音急）：踩。藉（jiè，音借）：踏。——这样一来，既劳苦，又容易互相践踏。

㊵倡：古代指表演歌舞的人。倡乐：指表演歌舞和奏乐。

㊶啖（dàn，音淡）：吃。

㊷倮：同“裸”，裸体。

㊸内（nà，音纳）：通“纳”，送进。

㊹滂沱：原意为雨势很大，这里指酒大量洒到地上。

㊺鹿车：古代一种独轮小车。

㊻周公：周武王的弟弟姬旦，武王死，成王年幼，由他代成王执掌大权。　康叔：周武王的幼弟姬封，封于卫。

㊼贽（zhì，音志）：古代初次求见时所带的礼物。白屋：简陋而不加修饰的房屋。白屋之士：指地位低下的人。

㊽闾（lǘ，音驴）巷：街巷，民间。

㊾茨（cí，音慈）：用茅草盖屋顶。

㊿采：栎树，一种表皮很粗糙的树木。椽（chuán，音船）：椽子。斫（zhuó，音拙）：砍，削。这句话的意思是说，用栎木作椽子而不加砍削。

(51)弼：辅佐。五服：王充在这里指按照君臣上下等级而使用五种不同花纹、颜色的服装。原文的意思是，禹辅佐舜开拓了“五服（甸、侯、绥、要、荒服）”，这里指禹辅佐舜规定了不同等级的五种服装。

(52)燔（fán，音凡）：烧。

(53)仆射（yè，音夜）：官名，这里指“博士仆射”，是博士的长官。

(54)淳于越：姓淳于，名越，儒生的代表，当时任博士。挟辅：左右辅佐。

(55)面谀（yú，音于）：当面奉承。

(56)黔（qián，音前）：黑色。黔首：秦时对老百姓的称呼。

(57)博士：秦官名，名额有数十人，是皇帝的顾问，也参与讨论国家大事。

(58)诣（yì，音义）：往，这里指把书送到。

(59)传相告引：互相揭发。

(60)町（tǐng，音挺）町：原意为土地平坦，这里指消灭得干干净净。

(61)恚（huì，音会）恨：怨恨、愤恨。

(62)徇（xùn，音训）：示众。

儒增

儒书称尧、舜之德，至优至大，天下太平，一人不刑；又言文、武之隆，遗在成康，刑错不用四十余年①。是欲称尧、舜，褒文、武也。夫为言不益，则美不足称；为文不渥②，则事不足褒。尧、舜虽优，不能使一人不刑；文、武虽盛，不能使刑不用。言其犯刑者少，用刑希疏，可也；言其一人不刑，刑错不用，增之也。

夫能使一人不刑，则能使一国不伐；能使刑错不用，则能使兵寝不施。案尧伐丹水③，舜征有苗④，四子服罪⑤，刑兵设用。成王之时，四国篡畔，淮夷、徐戎⑥，并为患害。夫刑人用刀，伐人用兵，罪人用法，诛人用武。武、法不殊，兵、刀不异。巧论之人，不能别也。夫德劣故用兵，犯法故施刑。刑与兵，犹足与翼也。走用足，飞用翼，形体虽异，其行身同。刑之与兵，全众禁邪，其实一也。称兵之用，言刑之不施，是犹人耳缺目完，以目完称人体全，不可从也。人桀于刺虎，怯于击人，而以刺虎称谓之勇，不可听也。身无败缺，勇无不进，乃为全耳。今称一人不刑，不言一兵不用；褒刑错不用，不言一人不畔：未得为优，未可谓盛也。

儒书称楚养由基善射⑦，射一杨叶，百发能百中之。是称其巧于射也。夫言其时射一杨叶中之，可也；言其百发而百中，增之也。

夫一杨叶射而中之，中之一再，行败穿不可复射矣。如就叶悬于树而射之，虽不欲射叶，杨叶繁茂，自中之矣。是必使上取杨叶，一一更置地而射之也？射之数十行，足以见巧；观其射之者亦皆知射工，亦必不至于百，明矣。言事者好增巧美，数十中之，则言其百中矣。百与千，数之大者也。实欲言十则言百，百则言千矣。是与《书》言"协和万邦⑧"，《诗》曰"子孙千亿⑨"，同一意也。

儒书言：卫有忠臣弘演，为卫哀公使，未还，狄人攻哀公而杀之，尽食其肉，独舍其肝。弘演使还，致命于肝，痛哀公之死，身肉尽，肝无所附，引刀自刳其腹⑩，尽出其腹实，乃内哀公之肝而死。言此者，欲称其忠矣。言其自刳内哀公之肝而死，可也。言尽出其腹实乃内哀公之肝，增之也。

人以刃相刺，中五藏辄死⑪。何则？五藏气之主也，犹头脉之凑也。头一断，手不能取他人之头著之于颈，奈何独能先出其腹实，乃内哀公之肝？腹实出辄死，则手不能复把矣。如先内哀公之肝，乃出其腹实，则文当言内哀公之肝出其腹实。今先言尽出其腹实，内哀公之肝，又言尽，增其实也。

儒书言：楚熊渠子出，见寝石，以为伏虎，将弓射之，矢没其卫⑫。或曰：养由基见寝石，以为兕也⑬，射之，矢饮羽。或言李广。便是熊渠、养由基、李广主名不审，无害也。或以为虎，或以为兕，兕、虎俱猛，一实也。或言没卫，或言饮羽，羽则卫，言不同耳，要取以寝石似虎、兕，畏惧加精，射之入深也。夫言以寝石为虎，射之矢入，可也；言其没卫，增之也。

夫见似虎者意以为是，张弓射之，盛精加意，则其见真虎与是无异。射似虎之石，矢入没卫，若射真虎之身，矢洞度乎？石之质难射，肉易射也。以射难没卫言之，则其射易者，洞不疑矣。善射者能射远中微，不失毫厘，安能使弓弩更多力乎？养由基从军，射晋侯，中其目。夫以匹夫射万乘之主，其加精倍力，必与射寝石等。当中晋侯之目也，可复洞达于项乎？如洞达于项，晋侯宜死。

车张十石之弩，恐不能入一寸，矢摧为三，况以一人之力，引微弱之弓，虽加精诚，安能没卫？人之精乃气也，气乃力也。有水火之难，惶惑恐惧，举徙器物，精诚至矣，素举一石者倍举二石。然则见伏石射之，精诚倍故，不过入一寸，如何谓之没卫乎？如有好用剑者，见寝石，惧而斫之[14]，可复谓能断石乎？以勇夫空拳而暴虎者，卒然见寝石[15]，以手椎之[16]，能令石有迹乎？巧人之精与拙人等，古人之诚与今人同。使当今射工射禽兽于野，其欲得之，不余精力乎？及其中兽，不过数寸。跌误中石，不能内锋，箭摧折矣。夫如是，儒书之言楚熊渠子、养由基、李广射寝石，矢没卫饮羽者，皆增之也。

儒书称鲁般、墨子之巧，刻木为鸢[17]，飞之三日而不集。夫言其以木为鸢飞之，可也；言其三日不集，增之也。

夫刻木为鸢以象鸢形，安能飞而不集乎？既能飞翔，安能至于三日？如审有机关，一飞遂翔，不可复下，则当言遂飞，不当言三日。犹世传言曰：“鲁般巧，亡其母也。”言巧工为母作木车马、木人御者，机关备具，载母其上，一驱不还，遂失其母。如木鸢机关备具，与木车马等，则遂飞不集。机关为须臾间[18]，不能远过三日，则木车等亦宜三日止于道路，无为径去以失其母。二者必失实者矣。

书说：孔子不能容于世，周流游说七十余国，未尝得安。夫言周流不遇，可也；言干七十国，增之也。

案《论语》之篇、诸子之书，孔子自卫反鲁[19]，在陈绝粮，削迹于卫[20]，忘味于齐[21]，伐树于宋[22]，并费与顿牟[23]，至不能十国。传言七十国，非其实也。或时干十数国也，七十之说，文书传之，因言干七十国矣。

《论语》曰：“孔子问公叔文子于公明贾曰：‘信乎，夫子不言、不笑、不取乎？’公明贾对曰：‘以告者，过也。夫子时然后言，人不厌其言也；乐然后笑，人不厌其笑也；义然后取，人不厌其取也。’子曰：‘岂其然乎！岂其然乎！’”夫公叔文子实时言、时笑、义取，人传说称之；言其不言、不笑、不取也，俗言竟增之也。

书言：秦缪公伐郑[24]，过晋不假途，晋襄公率羌戎要击于崤塞之下[25]，匹马只轮无反者。

时秦遣三大夫孟明视、西乞术、白乙丙皆得复还。夫三大夫复还，车马必有归者；文言匹马只轮无反者，增其实也。

书称齐之孟尝，魏之信陵，赵之平原，楚之春申君，待士下客，招会四方，各三千人。欲言下士之至，趋之者众也。夫言士多，可也；言其三千，增之也。

四君虽好士，士至虽众，不过各千余人。书则言三千矣。夫言众必言千数，言少则言无一。世俗之情，言事之失也。

传言记高子羔之丧亲，泣血三年，未尝见齿。君子以为难，难为故也。夫不以为非实而以为难，君子之言误矣。高子泣血，殆必有之。何则？荆和献宝于楚，楚刖其足[26]，痛宝不进，己情不达，泣涕，涕尽因续以血。今高子痛亲哀极，涕竭血随而出，实也。而云三年未尝见齿，是增之也。

言未尝见齿，欲言其不言、不笑也。孝子丧亲不笑，可也，安得不言？言安得不见齿？孔子曰："言不文[27]"。或时不言，传则言其不见齿；或时传则言其不见齿三年矣。高宗谅阴[28]，三年不言。尊为天子不言，而其文言"不言"，犹疑于增，况高子位贱，而曰未尝见齿，是必增益之也。

儒书言：禽息荐百里奚[29]，缪公未听，禽息出，当门仆头碎首而死。缪公痛之，乃用百里奚。此言贤者荐善，不爱其死。仆头碎首而死，以达其友也。世士相激，文书传称之，莫谓不然。夫仆头以荐善，古今有之。禽息仆头，盖其实也；言碎首而死，是增之也。

夫人之扣头，痛者血流，虽忿恨惶恐，无碎首者。非首不可碎，人力不能自碎也。执刃刎颈，树锋刺胸，锋刃之助，故手足得成势也。言禽息举椎自击首碎[30]，不足怪也；仆头碎首，力不能自将也。有扣头而死者，未有使头破首碎者也。此时或扣头荐百里奚，世空言其死；若或扣头而死，世空言其首碎也。

儒书言：荆轲为燕太子刺秦王，操匕首之剑，刺之不得，秦王拔剑击之。轲以匕首擿秦王不中[31]，中铜柱，入尺。欲言匕首之利，荆轲势盛，投锐利之刃，陷坚强之柱，称荆轲之勇，故增益其事也。夫言入铜柱，实也；言其入尺，增之也。

夫铜虽不若匕首坚刚，入之不过数寸，殆不能入尺。以入尺言之，设中秦王，匕首洞过乎？车张十石之弩，射垣木之表[32]，尚不能入尺。以荆轲之手力，投轻小之匕首，身被龙渊之剑刃[33]，入坚刚之铜柱，是荆轲之力劲于十石之弩，铜柱之坚不若木表之刚也。世称荆轲之勇，不言其多力。多力之人，莫若孟贲。使孟贲擿铜柱，能洞出一尺乎？此亦或时匕首利若干将、莫邪，所刺无前，所击无下，故有入尺之效。夫称干将、莫邪，亦过其实。刺击无前下，亦入铜柱尺之类也。

儒书言：董仲舒读《春秋》，专精一思，志不在他，三年不窥园菜。夫言不窥园菜，实也；言三年，增之也。

仲舒虽精，亦时解休，解休之间，犹宜游于门庭之侧；则能至门庭，何嫌不窥园菜？闻用精者察物不见，存道以亡身；不闻不至门庭，坐思三年，不及窥园也。《尚书毋佚》曰"君子所其毋逸，先知稼穑之艰难[34]，乃佚"者也。人之筋骨非木非石，不能不解。故张而不弛，文王不为，弛而不张，文王不行；一弛一张，文王以为常。圣人材优，尚有弛张之时。仲舒材力劣于圣，安能用精三年不休？

儒书言：夏之方盛也，远方图物，贡金九牧，铸鼎象物而为之备，故入山泽不逢恶物，用辟神奸，故能叶于上下，以承天休。

夫金之性，物也。用远方贡之为美，铸以为鼎，用象百物之奇，安能入山泽不逢恶物，辟除神奸乎？周时天下太平，越裳献白雉，倭人贡鬯草[35]。食白雉，服鬯草，不能除凶。金鼎之器，安能辟奸？且九鼎之来，德盛之瑞也。服瑞应之物，不能致福。男子服玉，女子服珠。珠玉于人，无能辟除。宝奇之物，使为兰服[36]，作牙身，或言有益者，九鼎之语也。夫九鼎无能辟除，传言能辟神奸，是则书增其文也。

世俗传言：周鼎不爨自沸[37]；不投物，物自出。此则世俗增其言也，儒书增其文也，是使九鼎以无怪空为神也。且夫谓周之鼎神者，何用审之？周鼎之金，远方所贡，禹得铸以为鼎也。其为鼎也，有百物之象。如为远方贡之为神乎，远方之物安能神？如以为禹铸之为神乎，禹圣不能神，圣人身不能神，铸器安能神？如以金之物为神乎，则夫金者石之类也，石不能神，金安能神？以有百物之象为神乎，夫百物之象犹雷樽也[38]，雷樽刻画云雷之形，云雷在天，神于百物，云雷之象不能神，百物之象安能神也？

传言：秦灭周，周之九鼎入于秦。

案本事，周赧王之时[39]，秦昭王使将军摎攻王赧[40]，王赧惶惧奔秦，顿首受罪，尽献其邑三十六、口三万。秦受其献还王赧。王赧卒，秦王取九鼎宝器矣。若此者，九鼎在秦也。始皇二十八年，北游至琅邪，还过彭城，齐戒祷祠[41]，欲出周鼎，使千人没泗水之中，求弗能得。案时，昭王之后三世得始皇帝，秦无危乱之祸，鼎宜不亡，亡时殆在周。传言王赧奔秦，秦取九鼎，或时误也。传又言宋太丘社亡，鼎没水中彭城下，其后二十九年秦并天下。若此者，鼎未入秦也。其亡，从周去矣，未为神也。

春秋之时，五石陨于宋。五石者星也，星之去天，犹鼎之亡于地也。星去天不为神，鼎亡于地何能神？春秋之时，三山亡，犹太丘社之去宋，五星之去天。三山亡，五石陨，太丘社去，皆自有为。然鼎亡，亡亦有应也。未可以亡之故，乃谓之神。如鼎与秦三山同乎，亡不能神。如有知欲辟危乱之祸乎，则更桀、纣之时矣。衰乱无道，莫过桀、纣，桀、纣之时，鼎不亡去。周之衰乱，未若桀、纣。留无道之桀、纣，去衰末之周，非止去之，宜神有知之验也。或时周亡之时，将军摎人众见鼎盗取，奸人铸烁以为他器[42]，始皇求不得也，后因言有神名，则空生没于泗水之语矣。

孝文皇帝之时，赵人新垣平上言："周鼎亡在泗水中。今河溢通于泗水[43]，臣望东北，汾阴直有金气[44]，意周鼎出乎！兆见弗迎则不至。"于是文帝使使治庙汾阴，南临河，欲祠出周鼎。人有上书告新垣平所言神器事皆诈也，于是下平事于吏。吏治，诛新垣平。夫言鼎在泗水中，犹新垣平诈言鼎有神气见也。

---

①错：通"措"，置，放在一边。

②渥（wò，音沃）：厚，过分。

③丹水：即丹江，由陕西东南部流经河南，至湖北入汉水。相传尧曾派兵和当时居住在丹水流域的少数民族打过仗。

④有苗：古代南方的一个少数民族，传说舜曾派兵打过有苗。

⑤四子：指共工、驩（huān，音欢）兜、三苗和鲧。传说他们不服从舜的统治，遭到惩罚。

⑥淮夷：古代居住在今淮河下游一带的少数民族。徐戎：古代居住在今江苏北部徐州一带的少数民族。

⑦养由基：楚国人，传说他非常善于射箭。

⑧协和万邦：这是《尚书·尧典》中的一句话，意思是说尧的道德高尚，能使各个国家和睦相处。

⑨子孙千亿：这是《诗·大雅·假乐》中的一句话，这首诗是赞美周成王的。由于成王道德高尚而子孙众多。

⑩刳（kū，音哭）：剖。

⑪藏（zàng，音脏）：同"脏"。

⑫卫：箭尾的羽毛。

⑬兕（sì，音四）：雌犀牛。

⑭斫（zhuó，音拙）：砍。

⑮卒（cù，音猝）：同"猝"。卒然：突然。

⑯椎（chuí，音垂）：捶，敲打。

⑰鸢（yuān，音渊）：鹰。

⑱须臾（yú，音于）：片刻，一会儿。

⑲反：通"返"。

⑳削迹于卫：孔丘到卫国时，卫国人把他赶跑，并铲掉了他路过时留下的车迹。

㉑忘味于齐：据《论语·述而》载，孔丘在齐国时，因听到演奏舜时的《韵》乐而忘掉了肉的味道。

㉒伐树于宋：据《史记·孔子世家》载，孔丘周游路过宋国，在大树下演习周礼。听说宋国的大臣桓魋（tuí，音颓）要杀他，便慌忙逃跑。后来那棵大树被桓魋砍掉了。

㉓费（bì，音闭）：春秋时鲁国城邑，在今山东费县西北。据《论语·阳货》载，公元前502年，季氏家臣公山弗扰占据费邑，叛变季氏，曾召孔丘去做官。顿牟：即中牟，春秋时晋国城邑，在今河南鹤壁市西。据《论语·阳货》载，公元前490年，

范氏家臣佛肸（bì xī，音毕西）占据中牟，抗拒赵简子，曾召孔丘去做官。

㉔秦缪公：即秦穆公。

㉕要击：拦击。崤（xiáo，音淆）塞：崤山的一个山口，在今河南三门峡市东。

㉖刖（yuè，音月）：古代一种酷刑，把犯人的脚砍掉。

㉗文：修饰。言不文：意思是，守丧时说话不要太华丽。

㉘高宗：指殷高宗。谅：固执。阴：喑，哑。谅阴：有意沉默。殷高宗曾经是一个在野外劳作的普通人。当上君主后，因怕出错，就有意沉默，长期不说话。（参见《国语·楚语上》）

㉙禽息：秦国人，据说他曾竭力向秦穆公推荐百里奚。百里奚：春秋时虞国人，早年在本国做官，虞亡后逃到外地，后被秦穆公任为大夫。

㉚椎：同“槌”。

㉛擿（zhì，音志）：同“掷”，投。

㉜垣（yuán，音园）：墙。垣木之表：指立在墙上的木靶。

㉝龙渊：宝剑名，这里指秦王佩的宝剑。

㉞稼穑（sè，音色）：种庄稼。

㉟越裳：古代在我国南方的一个民族。鬯（chàng，音畅）草：指郁金草，古代用它作酿造祭祀用酒的配料。

㊱使：即使。兰：兰草，古人认为它是一种象征吉祥的香草。

㊲爨（cuàn，音篡）：烧火煮东西。

㊳樽（zūn，音尊）：古代盛酒的器具。雷樽：有云纹和雷纹图案的酒器。

㊴周赧（nǎn，南上声）王：东周的最后一位君主。

㊵摎（liú，音流）：人名，秦昭王的将军。

㊶齐（zhāi，音斋）：通“斋”。齐戒：斋戒，古人在祭祀前不喝酒、不吃荤，沐浴更衣，以示虔诚。

㊷烁：通“铄”，熔化金属。铸烁：冶炼。

㊸河：黄河。

㊹汾阴：古县名，在今山西万荣西北。

艺　增

世俗所患，患言事增其实；著文垂辞[①]，辞出溢其真，称美过其善，进恶没其罪。何则？俗人好奇。不奇，言不用也。故誉人不增其美，则闻者不快其意；毁人不益其恶，则听者不惬于心[②]。闻一增以为十，见百益以为千。使夫纯朴之事，十剖百判；审然之语，千反万畔。墨子哭于练丝[③]，杨子哭于歧道[④]，盖伤失本，悲离其实也。蜚流之言，百传之语，出小人之口，驰闾巷之间，其犹是也。诸子之文，笔墨之疏，大贤所著，妙思所集，宜如其实，犹或增之；傥经艺之言如其实乎[⑤]，言审莫过圣人，经艺万世不易，犹或出溢增过其实。增过其实皆有事为，不妄乱误以少为多也。然而必论之者，方言经艺之增与传语异也。经增非一，略举较著，令恍惑之人，观览采择，得以开心通意，晓解觉悟。

《尚书》“协和万国”，是美尧德致太平之化，化诸夏并及夷狄也。言协和方外，可也；言万国，增之也。

夫唐之与周[⑥]，俱治五千里内。周时诸侯千七百九十三国，荒服、戎服、要服及四海之外不粒食之民[⑦]，若穿胸、儋耳、焦侥、跂踵之辈[⑧]，并合其数，不能三千。天之所覆，地之所载，尽于三千之中矣。而《尚书》云万国，褒增过实以美尧也。欲言尧之德大，所化者众，诸夏夷狄，莫不雍和[⑨]，故曰万国。犹《诗》言“子孙千亿”矣，美周宣王之德能慎天地，天地祚之[⑩]，子孙众多，至于千亿。言子孙众多，可也；言千亿，增之也。夫子孙虽众，不能千亿，诗人颂美，增益其实。案后稷始受邰封[11]，讫于宣王，宣王以至外族内属，血脉所连，不能千亿。夫千与万，数之大名也。万言众多，故《尚书》言万国，《诗》言千亿。

《诗》云："鹤鸣九皋[12]，声闻于天。"言鹤鸣九折之泽，声犹闻于天，以喻君子修德穷僻，名犹达朝廷也。言其闻高远，可矣；言其闻于天，增之也。

彼言声闻于天，见鹤鸣于云中，从地听之[13]，度其声鸣于地，当复闻于天也。夫鹤鸣云中，人闻声仰而视之，目见其形。耳目同力，耳闻其声，则目见其形矣。然则耳目所闻见，不过十里，使参天之鸣，人不能闻也。何则？天之去人以万数远，则目不能见，耳不能闻。今鹤鸣从下闻之，鹤鸣近也。以从下闻其声，则谓其鸣于地，当复闻于天，失其实矣。其鹤鸣于云中，人从下闻之，鹤鸣近也。以从下闻其声，则谓其鸣于地，当复闻于天，失其实矣。其鹤鸣于云中，人从下闻之，如鸣于九皋。人无在天上者，何以知其闻于天上也？无以知，意从准况之也。[14]诗人或时不知，至诚以为然；或时知而欲以喻事，故增而甚之。

《诗》曰："维周黎民[15]，靡有孑遗[16]。"是谓周宣王之时，遭大旱之灾也。诗人伤旱之甚，民被其害，言无有孑遗一人不愁痛者。夫旱甚，则有之矣；言无孑遗一人，增之也。

夫周之民，犹今之民也。使今之民也，遭大旱之灾，贫羸无蓄积，扣心思雨。若其富人，谷食饶足者，廪囷不空[17]，口腹不饥，何愁之有？天之旱也，山林之间不枯，犹地之水，丘陵之上不湛也[18]。山林之间，富贵之人，必有遗脱者矣，而言靡有孑遗，增益其文，欲言旱甚也。

《易》曰："丰其屋，蔀其家[19]，窥其户，阒其无人也[20]。"非其无人也，无贤人也。《尚书》曰："毋旷庶官[21]。"旷，空；庶，众也。毋空众官，置非其人，与空无异，故言空也。

夫不肖者皆怀五常[22]，才劣不逮[23]，不成纯贤，非狂妄顽嚚[24]，身中无一知也。德有大小，材有高下，居官治职，皆欲勉效在官。《尚书》之官，《易》之户中，犹能有益，如何谓之空而无人？《诗》曰："济济多士，文王以宁。"此言文王得贤者多而不肖者少也。今《易》宜言阒其少人，《尚书》宜言无少众官。以少言之，可也；言空而无人，亦尤甚焉。

五谷之于人也，食之皆饱。稻粱之味，甘而多腴[25]。豆麦虽粝[26]，亦能愈饥。食豆麦者，皆谓粝而不甘，莫谓腹空无所食。竹木之杖，皆能扶病。竹杖之力，弱劣不及木。或操竹杖，皆谓不劲，莫谓手空无把持。夫不肖之臣，豆麦、竹杖之类也。《易》持其具臣在户[27]，言无人者，恶之甚也。《尚书》众官，亦容小材，而云无空者，刺之甚也。

《论语》曰："大哉，尧之为君也！荡荡乎民无能名焉。"传曰："有年五十击壤于路者[28]，观者曰：大哉，尧德乎！击壤者曰：吾日出而作，日入而息，凿井而饮，耕田而食，尧何等力！"此言荡荡无能名之效也。言荡荡，可也；乃欲言民无能名，增之也。四海之大，万民之众，无能名尧之德者，殆不实也。

夫击壤者曰："尧何等力！"欲言民无能名也。观者曰："大哉，尧之德乎！"此何等民者，犹能知之。实有知之者，云无，竟增之。

儒书又言："尧、舜之民，可比屋而封[29]。"言其家有君子之行，可皆官也。夫言可封，可也；言比屋，增之也。

人年五十为人父，为人父而不知君，何以示子？太平之世，家为君子，人有礼义，父不失礼，子不废行。夫有行者有知，知君莫如臣，臣贤能知君，能知其君，故能治其民。今不能知尧，何可封官？年五十击壤于路，与竖子未成人者为伍，何等贤者？子路使子羔为郈宰[30]，孔子以为不可：未学，无所知也。击壤者无知，官之如何？称尧之荡荡，不能述其可比屋而封；言贤者可比屋而封，不能议让其愚。而无知之夫击壤者，难以言比屋，比屋难以言荡荡。二者皆增之所由起，美尧之德也。

《尚书》曰："祖伊谏纣曰：今我民罔不欲丧。"罔，无也；我天下民无不欲王亡者。夫言欲王之亡，可也；言无不，增之也。

纣虽恶，民臣蒙恩者非一，而祖伊增语，欲以惧纣也。故曰：语不益[31]，心不惕；心不惕，行不易。增其语欲以惧之，冀其警悟也。

苏秦说齐王曰："临菑之中[32]，车毂击[33]，人肩磨，举袖成幕，连衽成帷[34]，挥汗成雨。"齐虽炽盛[35]，不能如此。苏秦增语，激齐王也。祖伊之谏纣，犹苏秦之说齐王也。贤圣增文，外有所为，内未必然。何以明之？夫《武成》之篇[36]，言武王伐纣，血流浮杵[37]。助战者多，故至血流如此。皆欲纣之亡也，土崩瓦解，安肯战乎？然祖伊之言民无不欲，如苏秦增语。《武成》言血流浮杵，亦太过焉。死者血流，安能浮杵？案武王伐纣于牧之野。河北地高，壤靡不干燥。兵顿血流，辄燥入土，安得杵浮？且周、殷士卒，皆赍盛粮[38]，无杵臼之事[39]，安得杵而浮之？言血流杵，欲言诛纣，惟兵顿士伤，故至浮杵。

《春秋》庄公七年："夏四月辛卯，夜中恒星不见，星賈如雨[40]。"《公羊传》曰[41]："如雨者何？非雨也。非雨则曷为谓之如雨[42]？"不修《春秋》曰："雨星不及地尺而复。君子修之，星賈如雨。"不修《春秋》者，未修《春秋》时鲁史记，曰"雨星不及地尺如复"。君子者，谓孔子也。孔子修之，"星賈如雨"。如雨者，如雨状也。山气为云，上不及天，下而为雨。雨星，星陨不及地，上复在天，故曰如雨。孔子正言也。夫星賈或时至地，或时不能，尺丈之数，难审也。史记言尺，亦以太甚矣。夫地有楼台山陵，安得言尺？孔子言如雨，得其实矣。孔子作《春秋》，故正言如雨。如孔子不作，不及地尺之文，遂传至今。

光武皇帝之时[43]，郎中汝南贲光上书，言孝文皇帝时居明光宫，天下断狱三人[44]。颂美文帝，陈其效实。光武皇帝曰："孝文时不居明光宫，断狱不三人。"积善修德，美名流之，是以君子恶居下流[45]。夫贲光上书于汉，汉为今世，增益功美，犹过其实，况上古帝王久远，贤人从后褒述，失实离本，独已多矣。不遭光武论，千世之后，孝文之事载在经艺之上，人不知其增，居明光宫断狱三人，而遂为实事也。

---

①垂辞：著书。

②惬（qiè，音窃）：满足，痛快。

③练丝：白色的丝。墨子哭于练丝：据《墨子·所染》载，墨子看见人染丝，曾感叹说，染什么颜色，就成什么颜色，染东西不能不小心呀。据此引伸，认为人的操行也是如此。

④杨子：杨朱，战国时魏国人。杨子哭于歧道：据《荀子·王霸》载，杨朱走到岔路口说，要是走错半步，误入歧途，发展下去就会和正路相差千里，于是就伤心地哭了。

⑤傥（tǎng，音倘）：或，也许。经艺：指儒家的经书。

⑥唐：指尧在位的时期。

⑦不粒食之民：指不吃五谷的人。

⑧穿胸、儋（dān，音丹）耳、焦侥、跂踵（qǐ zhǒng，音企肿）：古代传说中的四个远方国家的名称。

⑨雍和：和睦。

⑩祚（zuò，音坐）：降福。

⑪后稷（jì，音计）：传说是周代的始祖。邰（tái，音抬）：古地名，在今陕西武功西，传说舜封后稷于此。

⑫皋（gāo，音高）：沼泽。九皋：指沼泽深处。

⑬从地听之：从地面上能够听到它的声音。

⑭准况：类比。无法知道，这种想法只是从类比当中得出的。

⑮维：发语词。

⑯靡（mǐ，音米）：没有。孑（jié，音节）：单独。意思是：经过严重的旱灾，周朝剩下来的百姓，没有一个不遭受饥饿而忧愁痛苦的。

⑰廪（lǐn，音凛）：粮仓。囷（qūn，音群阴平）：粮囤。

⑱湛（chén，音沉）：通“沉”，淹没。

⑲蔀（bù，音布）：遮蔽。

⑳阒（qù，音去）：寂静。整个这句话的意思是说，把房顶盖得厚厚的，把屋子遮得严严的，别人往门里看，静悄悄地就象没有人一样。

㉑毋旷庶官：不要让官位都空着。意思是不要尽安置无能的官。

㉒五常：指儒家所提倡的仁义礼智信五种道德规范。

㉓逮：及。

㉔顽嚚（yín，音银）：顽劣、愚蠢。

㉕腴（yú，音鱼）：这里指鲜美。

㉖粝（lì，音利）：粗糙。

㉗具：备。具臣：备员，指无所作为而只是备位充数的官吏。

㉘击壤：古代的一种游戏。把一块木片放在地上，在规定的距离外，用另外一块木片去投掷它，击中就算得胜。

㉙比屋而封：挨家挨户都可以封官。

㉚郈（hòu，后）：春秋时鲁国地名，在今山东东平东南。宰：邑宰，地方官名。

㉛益：夸大。

㉜临菑（zī，音资）：齐国国都，在今山东淄博市东北。

㉝毂（gǔ，音古）：车轴的突出部分。车毂击：车毂碰车毂，形容车多。

㉞衽（rèn，音任）：衣襟。

㉟炽盛：繁荣昌盛。

㊱《武成》之篇，指古文《尚书·武成》，今已佚失。

㊲杵（chǔ，音楚）：舂（chōng，音冲）米用的木棒。血流浮杵：形容杀伤的人很多，血流成河，把杵都漂起来了。

㊳赍（jī，音机）：携带。盛：成。　盛粮：指干粮。

㊴臼（jiù，音旧）：舂米用的石臼。

㊵霣（yǔn，音允）：通“陨”，坠落。

㊶《公羊传》：一部解释《春秋》的著作，相传作者是战国初齐国人公羊高。

㊷曷（hé，音何）：何，什么。

㊸光武皇帝：汉光武帝刘秀。

㊹断狱：判刑。

㊺下流：下游，指由于干了坏事而处于众恶所归的地位。

问　孔

世儒学者，好信师而是古，以为贤圣所言皆无非，专精讲习，不知难问。夫贤圣下笔造文，用意详审，尚未可谓尽得实，况仓卒吐言，安能皆是？不能皆是，时人不知难；或是，而意沉难见，时人不知问。案贤圣之言，上下多相违；其文，前后多相伐者。世之学者，不能知也。

论者皆云：“孔门之徒，七十子之才，胜今之儒。”此言妄也[①]。彼见孔子为师，圣人传道，必授异才，故谓之殊。夫古人之才，今人之才也。今谓之英杰，古以为圣神，故谓七十子历世希有。使当今有孔子之师，则斯世学者，皆颜、闵之徒也[②]；使无孔子，则七十子之徒，今之儒生也。何以验之？以学于孔子，不能极问也。圣人之言，不能尽解。说道陈义，不能辄形。不能辄形，宜问以发之；不能尽解，宜难以极之。皋陶陈道帝舜之前[3]，浅略未极。禹问难之，浅言复深，略指复分[4]。盖起问难，此说激而深切、触而著明也。

孔子笑子游之弦歌[5]，子游引前言以距孔子。自今案《论语》之文，孔子之言多若笑弦歌之辞，弟子寡若子游之难，故孔子之言，遂结不解[6]。以七十子不能难，世之儒生，不能实道是非也。

凡学问之法，不为无才，难于距师[7]，核道实义，证定是非也。问难之道，非必对圣人及生时也。世之解说说人者，非必须圣人教告，乃敢言也。苟有不晓解之问，追难孔子，何伤于义？诚有传圣业之知，伐孔子之说，何逆于理？谓问孔子之言，难其不解之文，世间弘才大知生。能答问解难之人，必将贤吾世间难问之言是非。

孟懿子问孝[8]。子曰："毋违。"樊迟御[9]，子告之曰："孟孙问孝于我，我对曰'毋违'。"樊迟曰："何谓也？"子曰："生，事之以礼；死，葬之以礼。"

问曰：孔子之言毋违，毋违者，礼也。孝子亦当先意承志[10]，不当违亲之欲。孔子言毋违，不言违礼。懿子听孔子之言，独不为嫌于无违志乎[11]。樊迟问何谓，孔子乃言"生，事之以礼；死，葬之以礼，祭之以礼"。使樊迟不问，毋违之说遂不可知也。懿子之才，不过樊迟，故《论语》篇中不见言行。樊迟不晓，懿子必能晓哉？

孟武伯问孝[12]，子曰："父母，唯其疾之忧。"武伯善忧父母，故曰"唯其疾之忧"。武伯忧亲，懿子违礼。攻其短，答武伯云"父母，唯其疾之忧"，对懿子亦宜言唯水火之变乃违礼。周公告小才敕[13]，大材略。子游之大材也，孔子告之敕；懿子小才也，告之反略。违周公之志，攻懿子之短，失道理之宜。弟子不难，何哉？如以懿子权尊，不敢极言，则其对武伯亦宜但言毋忧而已。俱孟氏子也，权尊钧同[14]，形武伯而略懿子，未晓其故也。使孔子对懿子极言毋违礼，何害之有？专鲁莫过季氏[15]，讥八佾之舞庭[16]，刺太山之旅祭，不惧季氏增邑不隐讳之害，独畏答懿子极言之罪，何哉？且问孝者非一，皆有御者，对懿子言不但心服臆肯[17]，故告樊迟。

孔子曰："富与贵，是人之所欲也，不以其道得之，不居也；贫与贱，是人之所恶也，不以其道得之，不去也。"此言人当由道义得，不当苟取也；当守节安贫，不当妄去也[18]。

夫言不以其道，得富贵不居，可也；不以其道，得贫贱如何？富贵顾可去，去贫贱何之？去贫贱，得富贵也。不得富贵，不去贫贱。如谓得富贵不以其道，则不去贫贱邪？则所得富贵，不得贫贱也。贫贱何故当言得之？顾当言贫与贱是人之所恶也，不以其道去之，则不去也。当言去，不当言得。得者，施于得之也。今去之，安得言得乎？独富贵当言得耳。何者？得富贵，乃去贫贱也。是则以道去贫贱如何？修身行道，仕得爵禄、富贵。得爵禄、富贵，则去贫贱矣。不以其道去贫贱如何？毒苦贫贱，起为奸盗，积聚货财，擅相官秩，是为不以其道。七十子既不问，世之学者亦不知难。使此言意不解而文不分，是谓孔子不能吐辞也[19]；使此言意结文又不解，是孔子相示未形悉也[20]。弟子不问，世俗不难，何哉？

孔子曰："公冶长可妻也[21]，虽在缧绁之中[22]，非其罪也。"以其子妻之。

问曰：孔子妻公冶长者，何据见哉？据年三十可妻邪，见其行贤可妻也？如据其年三十，不宜称在缧绁；如见其行贤，亦不宜称在缧绁。何则？诸入孔子门者，皆有善行，故称备徒役[23]。徒役之中无妻，则妻之耳，不须称也。如徒役之中多无妻，公冶长尤贤，故独妻之，则其称之宜列其行，不宜言其在缧绁也。何则？世间强受非辜者多，未必尽贤人也。恒人见枉[24]，众多非一，必以非辜为孔子所妻，则是孔子不妻贤，妻冤也。案孔子之称公冶长，有非辜之言，无行能之文。实不贤，孔子妻之，非也；实贤，孔子称之不具，亦非也。诚似妻南容云[25]，国有道不废，国无道免于刑戮[26]，具称之矣。

子谓子贡曰："汝与回也孰愈？"曰："赐也何敢望回？回也，闻一以知十；赐也，闻一以知二。"子曰："弗如也，吾与汝俱不如也。"是贤颜渊试以问子贡也。

问曰：孔子所以教者，礼让也。子路，为国以礼，其言不让[27]，孔子非之。使子贡实愈颜渊，孔子问之，犹曰不如，使实不及，亦曰不如，非失对欺师，礼让之言宜谦卑也。今孔子出言，欲何趣哉？使孔子知颜渊愈子贡，则不须问子贡。使孔子实不知，以问子贡，子贡谦让亦不能知。使孔子徒欲表善颜渊，称颜渊贤，门人莫及，于名多矣，何须问于子贡？子曰："贤哉，回也！"又曰："吾与回言终日，不违如愚。"又曰："回也，其心三月不违仁。"三章皆直称，不以他人激。至是一章，独以子贡激之，何哉？

或曰：欲抑子贡也。当此之时，子贡之名凌颜渊之上，孔子恐子贡志骄意溢[28]，故抑之也。夫名在颜渊之上，当时所为，非子贡求胜之也。实子贡之知何如哉？使颜渊才在已上，己自服之，不须抑也。使子贡不能自知，孔子虽言，将谓孔子徒欲抑己。由此言之，问与不问，无能抑扬。

宰我昼寝[29]。子曰："朽木不可雕也，粪土之墙不可圬也[30]，于予，予何诛。"是恶宰予之昼寝。

问曰：昼寝之恶也，小恶也；朽木粪土，败毁不可复成之物，大恶也。责小过以大恶，安能服人？使宰我性不善，如朽木粪土，不宜得入孔子之门，序在四科之列[31]。使性善，孔子恶之，恶之太甚，过也；人之不仁，疾之已甚，乱也。孔子疾宰予，可谓甚矣。使下愚之人涉耐罪之狱[32]，吏令以大辟之罪[33]，必冤而怨邪？将服而自咎也？使宰我愚，则与涉耐罪之人同志；使宰我贤，知孔子责人，几微自改矣。明文以识之，流言以过之，以其言示端而已自改。自改不在言之轻重，在宰予能更与否。

《春秋》之义，采毫毛之善，贬纤介之恶[34]，褒毫毛以巨大，以巨大贬纤介。观《春秋》之义，肯是之乎？不是，则宰我不受；不受，则孔子之言弃矣。圣人之言与文相副，言出于口，文立于策，俱发于心，其实一也。孔子作《春秋》，不贬小以大。其非宰予也，以大恶细，文语相违，服人如何？

子曰："始吾于人也，听其言而信其行；今吾于人也，听其言而观其行。于予，予改是[35]。"盖起宰予昼寝，更知人之术也。

问曰：人之昼寝，安足以毁行？毁行之人，昼夜不卧，安足以成善？以昼寝而观人善恶，能得其实乎？案宰予在孔子之门，序于四科，列在赐上。如性情怠，不可雕琢，何以致此？使宰我以昼寝自致此，才复过人远矣。如未成就，自谓已足，不能自知，知不明耳，非行恶也。晓敕而已，无为改术也。如自知未足，倦极昼寝，是精神索也[36]。精神索至于死亡，岂徒寝哉[37]？

且论人之法，取其行则弃其言，取其言则弃其行。今宰予虽无力行，有言语。用言，令行缺，有一概矣[38]。今孔子起宰予昼寝，听其言，观其行，言行相应，则谓之贤。是孔子备取人也。毋求备于一人之义，何所施？

子张问[39]："令尹子文三仕为令尹[40]，无喜色；三已之，无愠色[41]；旧令尹之政，必以告新令尹。何如？"子曰："忠矣。"曰："仁矣乎？"曰："未知，焉得仁？"子文曾举楚子玉代已位 而伐宋[42]，以百乘败而丧其众，不知如此，安得为仁？

问曰：子文举子玉，不知人也。智与仁，不相干也。有不知之性，何妨为仁之行？五常之道，仁、义、礼、智、信也。五者各别，不相须而成。故有智人、有仁人者，有礼人、有义人者。人有信者未必智，智者未必仁，仁者未必礼，礼者未必义。子文智蔽于子玉，其仁何毁？谓仁，焉得不可？且忠者，厚也。厚人，仁矣。孔子曰：“观过，斯知仁矣。”子文有仁之实矣。孔子谓忠非仁，是谓父母非二亲，配匹非夫妇也。

哀公问[43]：“弟子孰谓好学？”孔子对曰：“有颜回者，不迁怒，不贰过，不幸短命死矣。今也则亡[44]，未闻好学者也。”

夫颜渊所以死者，审何用哉？令自以短命，犹伯牛之有疾也[45]。人生受命，皆全当洁。今有恶疾，故曰无命。人生皆当受天长命，今得短命，亦宜曰无命。如命有短长，则亦有善恶矣。言颜渊短命，则宜言伯牛恶命；言伯牛无命，则宜言颜渊无命。一死一病，皆痛云“命”。所禀不异，文语不同。未晓其故也。

哀公问孔子孰为好学。孔子对曰：“有颜回者好学，今也则亡。不迁怒，不贰过。”何也？曰：并攻哀公之性，迁怒、贰过故也。因其问则并以对之，兼以攻上之短，不犯其罚。

问曰：康子亦问好学[46]，孔子亦对之以颜渊。康子亦有短，何不并对以攻康子？康子，非圣人也，操行犹有所失。成事，康子患盗，孔子对曰：“苟子之不欲，虽赏之不窃。”由此言之，康子以欲为短也。不攻，何哉？

孔子见南子[47]，子路不悦。子曰：“予所鄙者，天厌之[48]！天厌之！”南子，卫灵公夫人也，聘孔子，子路不说，谓孔子淫乱也。孔子解之曰：“我所为鄙陋者，天厌杀我。”至诚自誓，不负子路也。

问曰：孔子自解，安能解乎？使世人有鄙陋之行，天曾厌杀之，可引以誓；子路闻之，可信以解；今未曾有为天所厌者也，曰天厌之，子路肯信之乎？行事，雷击杀人，水火烧溺人，墙屋压填人[49]。如曰雷击杀我，水火烧溺我，墙屋压填我，子路颇信之；今引未曾有之祸，以自誓于子路，子路安肯晓解而信之？行事，适有卧厌不悟者[50]，谓此为天所厌邪？案诸卧厌不悟者，未皆为鄙陋也。子路入道虽浅，犹知事之实。事非实，孔子以誓，子路必不解矣。

孔子称曰：“死生有命，富贵在天。”若此者，人之死生自有长短，不在操行善恶也。成事，颜渊蚤死[51]，孔子谓之短命。由此知短命夭死之人，必有邪行也。子路入道虽浅，闻孔子之言，知死生之实。孔子誓以“予所鄙者，天厌之”，独不为子路言：夫子惟命未当死，天安得厌杀之乎？若此，誓子路以天厌之，终不见信。不见信，则孔子自解，终不解也。

《尚书》曰：“毋若丹朱敖[52]，惟慢游是好。”谓帝舜敕禹毋私不肖子也。重天命，恐禹私其子，故引丹朱以敕戒之。禹曰：“予娶若时，辛壬癸甲，开呱呱而泣[53]，予弗子[54]。”陈已行事以往推来，以见卜隐[55]，效己不敢私不肖子也。不曰天厌之者，知俗人誓好引天也。孔子为子路所疑，不引行事效己不鄙，而云天厌之，是与俗人解嫌引天祝诅[56]，何以异乎？

孔子曰：“凤鸟不至，河不出图[57]，吾已矣夫。”夫子自伤不王也[58]。已王，致太平；太平则凤鸟至，河出图矣。今不得王，故瑞应不至[59]，悲心自伤，故曰“吾已矣夫”。

问曰：凤鸟、河图，审何据始起？始起之时，鸟、图未至；如据太平，太平之帝，未必常致凤鸟与河图也。五帝、三王，皆致太平。案其瑞应，不皆凤皇为必然之瑞；于太平，凤皇为未必然之应。孔子，圣人也，思未必然以自伤，终不应矣。

或曰：孔子不自伤不得王也，伤时无明王，故已不用也。凤鸟、河图，明王之瑞也。瑞应不至，时无明王；明王不存，已遂不用矣。

夫致瑞应，何以致之？任贤使能，治定功成；治定功成，则瑞应至矣。瑞应至后，亦不须孔子。孔子所望，何其末也！不思其本而望其末也。不相其主而名其物，治有未定，物有不至，以至而效明王，必失之矣。孝文皇帝可谓明矣，案其本纪[60]，不见凤鸟与河图。使孔子在孝文之世，犹曰“吾已矣夫”。

子欲居九夷[61]，或曰："陋，如之何？"子曰："君子居之，何陋之有！"孔子疾道不行于中国，志恨失意，故欲之九夷也。或人难之曰："夷狄之鄙陋无礼义，如之何？"孔子曰："君子居之，何陋之有？"言以君子之道居而教之，何为陋乎！

问之曰：孔子欲之九夷者，何起乎？起道不行于中国，故欲之九夷。夫中国且不行，安能行于夷狄？"夷狄之有君，不若诸夏之亡"，言夷狄之难，诸夏之易也。不能行于易，能行于难乎？且孔子云以君子居之者，何谓陋邪，谓修君子之道自容乎，谓以君子之道教之也？如修君子之道苟自容，中国亦可，何必之夷狄？如以君子之道教之，夷狄安可教乎？禹入裸国，裸入衣出[62]，衣服之制不通于夷狄也。禹不能教裸国衣服，孔子何能使九夷为君子？或孔子实不欲往，患道不行，动发此言。或人难之，孔子知其陋，然而犹曰"何陋之有"者，欲遂已然，距或人之谏也。

实不欲往，志动发言，是伪言也。君子于言，无所苟矣[63]。如知其陋，苟欲自遂[64]，此子路对孔子以子羔也。子路使子羔为费宰，子曰："贼夫人之子。"子路曰："有社稷焉，有民人焉，何必读书，然后为学？"子曰："是故恶夫佞者[65]。"子路知其不可，苟对自遂，孔子恶之，比夫佞者。孔子亦知其不可，苟应或人。孔子、子路，皆以佞也。

孔子曰："赐不受命而货殖焉[66]，亿则屡中[67]。"何谓不受命乎？说曰：受当富之命，自以术知，数亿中时也。

夫人富贵在天命乎，在人知也？如在天命，知术求之不能得；如在人，孔子何为言"死生有命，富贵在天"？夫谓富不受命而自知术得之，贵亦可不受命而自以努力求之。世无不受贵命而自得贵，亦知无不受富命而自得富者。成事，孔子不得富贵矣，周流应聘，行说诸侯，智穷策困，还定《诗》、《书》，望绝无冀，称"已矣夫"，自知无贵命，周流无补益也。孔子知己不受贵命，周流求之不能得，而谓赐不受富命，而以术知得富，言行相违，未晓其故。

或曰：欲攻子贡之短也。子贡不好道德而徒好货殖，故攻其短，欲令穷服而更其行节[68]。夫攻子贡之短，可言赐不好道德而货殖焉，何必立不受命，与前言富贵在天相违反也？

颜渊死，子曰："噫！天丧予！"此言人将起，天与之辅；人将废，天夺其佑。孔子有四友[69]，欲因而起，颜渊早夭，故曰"天丧予"。

问曰：颜渊之死，孔子不王，天夺之邪，不幸短命自为死也？如短命不幸，不得不死，孔子虽王，犹不得生。辅之于人，犹杖之扶疾也。人有病，须杖而行；如斩杖本得短，可谓天使病人不得行乎？如能起行，杖短能使之长乎？夫颜渊之短命，犹杖之短度也。且孔子言"天丧予"者，以颜渊贤也。案贤者在世，未必为辅也。夫贤者未必为辅，犹圣人未必受命也。为帝有不圣，为辅有不贤。何则？禄命、骨法[70]，与才异也。由此言之，颜渊生未必为辅，其死未必有丧。孔子云"天丧予"，何据见哉？且天不使孔子王者，本意如何？本禀性命之时，不使之王邪？将使之王，复中悔之也？如本不使之王，颜渊死，何丧？如本使之王，复中悔之，此王无骨法，便宜自在天也。且本何善所见而使之王？后何恶所闻，中悔不命？天神论议，误不谛也[71]。

孔子之卫，遇旧馆人之丧，入而哭之，出使子贡脱骖而赙之[72]。子贡曰："于门人之丧，未有所脱骖。脱骖于旧馆，毋乃已重乎？"孔子曰："予乡者入而哭之，遇于一哀而出涕，予恶夫涕之无从也，小子行之。"

孔子脱骖以赙旧馆者，恶情不副礼也[73]。副情而行礼，情起而恩动，礼情相应，君子行之。颜渊死，子哭之恸。门人曰："子恸矣。""吾非斯人之恸而谁为？"夫恸，哀之至也。哭颜渊恸者，殊之众徒，哀痛之甚也。死有棺无椁[74]，颜路请车以为之椁，孔子不予，为大夫不可以徒行也。吊旧馆脱骖以赙，恶涕无从；哭颜渊恸，请车不与，使恸无副。岂涕与恸殊，马与车异邪？于彼则礼情相副，于此则恩义不称，未晓孔子为礼之意。

孔子曰：“鲤也死[75]，有棺无椁，吾不徒行以为之椁。”鲤之恩深于颜渊，鲤死无椁，大夫之仪，不可徒行也。鲤，子也；颜渊，他姓也。子死且不礼，况其礼他姓之人乎？

曰：是盖孔子实恩之效也。副情于旧馆，不称恩于子，岂以前为士，后为大夫哉？如前为士，士乘二马；如为大夫，大夫乘三马。大夫不可去车徒行，何不截卖两马以为椁，乘其一乎？为士时乘二马，截一以赙旧馆，今亦何不截其二以副恩，乘一以解不徒行乎？不脱马以赙旧馆，未必乱制。葬子有棺无椁，废礼伤法。孔子重赙旧人之恩，轻废葬子之礼。此礼得于他人，制失于亲子也。然则孔子不粥车以为鲤椁[76]，何以解于贪官好仕恐无车？而自云“君子杀身以成仁”，何难退位以成礼[77]？

子贡问政，子曰：“足食，足兵，民信之矣。”曰：“必不得已而去，于斯三者何先？”曰：“去兵。”曰：“必不得已而去，于斯二者何先？”曰：“去食。自古皆有死，民无信不立。”信最重也。

问：使治国无食，民饿，弃礼义；礼义弃，信安所立？传曰：“仓廪实，知礼节；衣食足，知荣辱。让生于有余，争生于不足。”今言去食，信安得成？春秋之时，战国饥饿，易子而食，析骸而炊[78]，口饥不食，不暇顾恩义也。夫父子之恩，信矣。饥饿弃信，以子为食。孔子教子贡去食存信，如何？夫去信存食，虽不欲信，信自生矣；去食存信，虽欲为信，信不立矣。

子适卫[79]，冉子仆[80]，子曰：“庶矣哉！”曰：“既庶矣，又何加焉？”曰：“富之。”曰：“既富矣，又何加焉？”曰：“教之。”语冉子先富而后教之，教子贡去食而存信。食与富何别？信与教何异？二子殊教，所尚不同，孔子为国，意何定哉？

蘧伯玉使人于孔子[81]，孔子曰：“夫子何为乎？”对曰：“夫子欲寡其过而未能也。”使者出，孔子曰：“使乎！使乎！”非之也。说《论语》者，曰：“非之者，非其代人谦也。”

夫孔子之问使者曰“夫子何为”，问所治为，非问操行也。如孔子之问也，使者宜对曰“夫子为某事，治某政”，今反言“欲寡其过而未能也”，何以知其对失指，孔子非之也？且实孔子何以非使者，非其代人谦之乎？其非乎对失指也？所非犹有一实，不明其过，而徒云“使乎，使乎”，后世疑惑，不知使者所以为过。韩子曰：“书约则弟子辨[82]。”孔子之言“使乎”，何其约也？

或曰：“《春秋》之义也，为贤者讳。蘧伯玉贤，故讳其使者。”夫欲知其子视其友，欲知其君视其所使。伯玉不贤，故所使过也。《春秋》之义，为贤者讳，亦贬纤介之恶。今不非而讳，贬纤介安所施哉？使孔子为伯玉讳，宜默而已。扬言曰“使乎，使乎”，时人皆知孔子之非也。出言如此，何益于讳？

佛肸召[83]，子欲往。子路不说，曰：“昔者，由也闻诸夫子曰：‘亲于其身为不善者，君子不入也。’佛肸以中牟畔，子之往也如之何？”子曰：“有是言也。不曰坚乎，磨而不磷[84]？不曰白乎，涅而不淄[85]？吾岂匏瓜也哉[86]，焉能系而不食也？”

子路引孔子往时所言以非孔子也。往前孔子出此言，欲令弟子法而行之，子路引之以谏，孔子晓之，不曰“前言戏”，若非而不可行，而曰“有是言”者，审有当行之也。“不曰坚乎，磨而不磷？不曰白乎，涅而不淄？”孔子言此言者，能解子路难乎？“亲于其身为不善者，君子不入也”，解之，宜曰：佛肸未为不善，尚犹可入。而曰“坚磨而不磷，白涅而不淄”。如孔子之言，有坚白之行者可以入之，君子之行软而易污邪，何以独不入也？

孔子不饮盗泉之水[87]，曾子不入胜母之间[88]，避恶去污，不以义耻辱名也。盗泉、胜母有空名，而孔、曾耻之；佛肸有恶实，而子欲往。不饮盗泉是，则欲对佛肸非矣。“不义而富且贵，于我如浮云”，枉道食篡畔之禄，所谓“浮云”者非也？或权时欲行道也？即权时行道，子路难之，当云“行道”，不言食。有权时以行道，无权时以求食。“吾岂匏瓜也哉，焉能系而不食”，自比以匏瓜者，言人当仕而食禄。我非匏瓜系而不食，非子路也。孔子之言，不解子路之难。子路难孔子，岂孔子不当仕也哉？当择善国而入之也。孔子自比匏瓜，孔子欲安食也。且孔子之言，何其鄙也！何彼仕为食哉？君子不宜言也。匏瓜系而不食，亦系而不仕等也。距子路可云“吾岂匏瓜也哉，系而不仕也”。今吾系而不食，孔子之仕，不为行道，徒求食也。人之仕也，主贪禄也。礼义之言，为行道也。犹人之娶也，主为欲也；礼义之言，为供亲也。仕而直言食，娶可直言欲乎？孔子之言，解情而无依违之意，不假义理之名，是则俗人，非君子也。儒者说孔子周流，应聘不济，闵道不行[89]，失孔子情矣。

公山弗扰以费畔[90]，召，子欲往。子路曰：“末如也已，何必公山氏之之也？”子曰：“夫召我者，而岂徒哉？如用我，吾其为东周乎。”

为东周，欲行道也。公山、佛肸俱畔者，行道于公山，求食于佛肸，孔子之言无定趋也[91]。言无定趋，则行无常务矣[92]。周流不用，岂独有以乎？阳货欲见之不见[93]，呼之仕不仕，何其清也。公山、佛肸召之欲往，何其浊也！公山弗扰与阳虎俱畔，执季桓子，二人同恶，呼召礼等。独对公山，不见阳虎，岂公山尚可，阳虎不可乎？子路难公山之召，孔子宜解以尚及佛肸未甚恶之状也。

---

①妄：荒谬。

②颜：颜回，又叫颜渊。闵（mǐ，音敏）：闵损，字子骞（qiān，音千）。他们都是孔子的学生。

③皋陶（gāo yáo，音高姚）：传说是舜的臣子。

④指：通“旨”，音旨，含意。

⑤子游：言偃，字子游，孔子门徒。弦歌：弹琴唱歌。孔子笑子游之弦歌：据《论语·阳货》记载，子游在武城做官，有一次，孔丘到了武城，听见弹琴唱歌的声音，就讥笑说：“杀鸡何必用牛刀？”意思是说，治理这样一个小地方，用得着礼乐教化吗？子游反驳说：“以前我听老师说过：‘君子学习礼乐，则能爱人；小人学习礼乐，则易使唤。’”孔子听此，只好说：“我刚才的话，不过是开玩笑罢了。”

⑥遂结不解：就象绳子打了死结一样难以解开，意思是难以理解。

⑦难于距师：难就难在敢于反问老师。

⑧孟懿子：春秋时鲁国大夫，孟氏孙，名何忌，“懿”是死后的谥号。

⑨樊迟：孔子门徒。御：驾车。

⑩先意承志：这里指孝子应该事先体会父母的心意，顺从父母的愿望。

⑪独不为嫌于无违志乎：难道不会猜疑不要违背父母的愿望。

⑫孟武伯：指孟懿子的儿子孟孙彘（zhì，音志），“武”是其死后的谥号。

⑬敕（chì，音斥）：详尽，明白。周公告诫才能小的人说得详尽。

⑭钧：通“均”。这句话的意思是，他们都是孟氏的后代，权势地位都一样。

⑮专鲁：垄断鲁国的大权。季氏：春秋时鲁国大夫季孙氏，他是新兴地主阶级的代表。

⑯佾（yì，音义）：古代乐舞的行列。八佾：纵横都是八人的乐舞行列，即奏乐舞踏用六十四人，按周礼规定，只有周天子才能用八佾。讥八佾之舞庭：据《论语·八佾》记载，季平子在家院的庭庙中用“八佾”奏乐舞踏，孔丘认为违背了周礼，大为恼火地说：“这种行为可以容忍，还有什么行为不可以容忍呢？”

⑰心服臆肯：心满意足，这里指自鸣得意。

⑱妄：乱，不择手段的。

⑲吐辞：说话。

⑳这两句话的意思是：要是说这句话的意思无法理解而文字又不分明，这说明孔子不会说话啊；要是说这句话的含意纠缠不清而文字又不可理解，这是孔子向人表示得不明白不详尽啊。

㉑公冶长：姓公冶，名长，孔子门徒。妻（qì，音气）：把女儿嫁给人。

㉒缧绁（léi xiè，音雷泄）：捆绑犯人的绳子，这里指监狱。

㉓备：充当。徒役：门徒。

㉔恒人：平常人。见枉：被冤枉。

㉕南容：南宫适（kuò，音扩），字子容，孔子门徒，孔丘把侄女嫁给了他。

㉖刑戮（lù，音路）：刑罚。

㉗其言不让：其指子路。引文参见《论语·先进》，是子路自吹三年能治理好一个大国时，孔丘在别人面前批评他的话，意思是，治理国家要讲礼让，而子路讲话却一点不谦让。

㉘志骄意溢：骄傲自满。

㉙宰我：宰予，字子我，孔子门徒。昼寝：白天睡觉。

㉚圬（wū，音屋）：涂抹。

㉛四科：孔丘把他的得意门徒按照特长分为四类，即德行、言语、政事、文学，称为“四科”。宰予属言语科。

㉜耐罪：汉代一种剃掉鬓角胡须服劳役的刑罚，这在当时是比较轻的。耐罪之狱：这里指轻罪。

㉝大辟：死刑。

㉞介：通“芥”，小草。纤介：这里形容细微。

㉟从宰予身上，我改变了以前那种观察人的方法。

㊱索：尽，指精力耗费尽了。

㊲岂徒寝哉：意思是，“精神索”就会导致死亡，哪里只是睡觉的问题呢？

㊳一概：一端，一个方面。

㊴子张：姓颛孙，名师，字子张，孔子门徒。

㊵令尹：春秋战国时楚国最高行政、军事长官。子文：春秋时楚国人，姓斗，名谷於菟（gòu wū tú，音构污徒）。

㊶愠（yùn，音运）：怒。

㊷子玉：春秋时楚国人，姓成，名得臣，字子玉。子文曾举荐他做令尹。公元前632年，他带兵伐宋，在城濮一带与晋交战，大败自杀。

㊸哀公：鲁哀公，春秋时鲁国君主。

㊹亡（wú，音无）：通“无”。

㊺伯牛：孔子的门徒，据说他得了无法医治的癞病。

㊻康子：季康子，季孙肥，鲁国大夫，“康”是其死后的谥号。

㊼南子：卫灵公的妻子，当时实际上掌握着卫国的政权，有淫乱的名声。

㊽厌（yā，音压）：通“压”。这是孔子起誓说，天塌下来压死我。

㊾填（zhèn，音振）：通“镇”，压。

㊿厌（yǎn，音演）：通“魇”，做恶梦而呻吟惊叫。　　悟：觉醒。

51蚤：通“早”。

52丹朱：传说是尧的儿子，由于品行恶劣，尧没有让他继承王位。敖：通“傲”，狂妄。

53开：禹的儿子，名启，汉人因避汉景帝刘启的讳，改称其为“开”。呱（ gū，音姑）呱而泣：这里指婴儿诞生。

54禹娶妻四天后就离开了家，所以启生下来，就没有得到父亲的溺爱。予弗子：我不溺爱孩子。

55卜：预料，推断。隐：尚未发生的事情。

56祝诅：赌咒发誓。

57传说上古伏羲时代，黄河中有图出现。儒家宣扬凤鸟到来、黄河出图是天命，象征着天下将要太平或新王朝、新帝王将要出现。

58王（wàng，音忘）：当王。

59瑞应：祥瑞，吉祥的征兆，这里指凤凰、河图。

60本纪：史书中为帝王作的传记叫做“本纪”，这里指《史记·孝文本纪》。

61九夷：指居住在我国东部沿海地区的少数民族。

62据《吕氏春秋·贵因》载，禹到“裸国”，脱了衣服进去，出来后，再穿衣服。

63君子之言，无所苟矣：君主说话是从不马虎的。

64如果明知九夷那个地方落后，还勉强要坚持自己已经说过的话。

65佞（nìng，音泞）：巧言善辩，强辞夺理。

㊅货殖：做买卖。

㊆亿：通“臆”，揣测。

㊇穷：辞穷，无话可说。

㊈四友：指孔子的四个得意门徒，颜回、子贡、子张、子路。

⑦骨法：即骨相。王充认为：骨骼相貌上的某些特征，体现了决定贫富贵贱的禄命，看相即可知命。

⑦谛（dì，音帝）：仔细，清楚。

⑦骖（cān，餐）：古代驾车的几匹马中，旁边的马叫“骖”。赙（fù，音富）：赠送财物给人办丧事。

⑦副：相称。这句话的意思是，因为厌恶只流露了感情而不用礼物去配合。

⑦椁（guǒ，音果）：外棺，古代统治者的棺材有内外两层，内层叫棺，外层叫椁。

⑦鲤：孔鲤，孔丘的儿子。

⑦粥（yù，音玉）：同“鬻（yù，音玉）”，卖。

⑦自己能说出“君子豁出生命以成全仁义”这样的话，却为什么做不到放弃大夫的地位以成全礼呢？

⑦析：劈开。骸（hái，音孩）：骨头。把死人骨头劈开来烧火做饭。

⑦适：往，去。

⑧仆：赶车。

⑧蘧（qú，音渠）伯玉：名瑗，卫国大夫。

⑧约：简略。辨：通“辩”，争论。

⑧佛肸（bì xī，音毕西）：晋国大夫范氏的属官，曾任中牟城的地方官。公元前490年，晋国新兴地主阶段的代表赵简子攻打范氏，围中牟城，佛肸守城抵抗，曾召孔子前往相助。

⑧磷（lìn，音吝）：薄。

⑧涅（niè，音聂）：黑色的染料，这里指染黑。淄：通“缁（zī，音资）”，黑色。

⑧匏（páo，音袍）瓜：葫芦的一种。

⑧盗泉：泉水名，在今山东泗水县东北。据说孔子经过盗泉时，因为讨厌这个名字，宁可忍着口渴，也不饮盗泉之水。

⑧曾子：曾参（音身），孔子的门徒。　胜母之间：取名胜母的里巷。儒家说，子女胜过父母就是不孝，所以曾参不肯走进胜母巷。

⑧闵：担忧。

⑨公山弗扰：又叫公山不狃（niǔ，音扭），鲁国大夫季孙氏的属官，公元前502年，公山不狃以费城为据，背叛了季孙氏。

⑨定趋：一定的准则。

⑨常务：固定的目标。

⑨阳货：又名阳虎，鲁国大夫季孙氏的属官。据《论语·阳货》载，阳货想见孔子，孔子不肯见，他便送孔子一头小猪。孔丘故意选择阳货不在家时回拜，但两人在路上碰见了。阳货叫孔子到他那里做官，孔子没有去。

非　韩

韩子之术，明法尚功。贤，无益于国不加赏；不肖，无害于治不施罚。责功重赏，任刑用诛。故其论儒也，谓之“不耕而食”，比之于一蠹[①]，论有益与无益也。比之于鹿、马[②]，马之似鹿者千金，天下有千金之马，无千金之鹿。鹿无益，马有用也。儒者犹鹿，有用之吏犹马也。

夫韩子知以鹿马喻，不知以冠履譬。使韩子不冠，徒履而朝，吾将听其言也。加冠于首而立于朝，受无益之服，增无益之行，言与服相违，行与术相反，吾是以非其言而不用其法也。烦劳人体，无益于人身，莫过跪拜。使韩子逢人不拜，见君父不谒[③]，未必有贼于身体也[④]。然须拜谒以尊亲者，礼义至重，不可失也。故礼义在身，身未必肥；而礼义去身，身未必瘠而化衰。以谓有益，礼义不如饮食。使韩子赐食君父之前，不拜而用，肯为之乎？夫拜谒，礼义之效，非益身之实也。然而韩子终不失者，不废礼义以苟益也。夫儒生，礼义也；耕战，饮食也。贵耕战而贱儒生，是弃礼义求饮食也。使礼义废，纲纪败[5]，上下乱而阴阳缪，水旱失时，五谷不登，万民饥死，农不得耕，士不得战也。

子贡去告朔之饩羊[6]，孔子曰："赐也，尔爱其羊，我爱其礼。"子贡恶费羊，孔子重废礼也。故以旧防为无益而去之，必有水灾；以旧礼为无补而去之，必有乱患。

儒者之在世，礼义之旧防也，有之无益，无之有损。庠序之设[7]，自古有之。重本尊始，故立官置吏。官不可废，道不可弃。儒生，道官之吏也，以为无益而废之，是弃道也。夫道无成效于人，成效者须道而成。然足蹈路而行，所蹈之路，须不蹈者。身须手足而动，待不动者。故事或无益而益者须之，无效而效者待之。儒生，耕战所须待也，弃而不存，如何也？

韩子非儒，谓之无益有损，盖谓俗儒无行操，举措不重礼，以儒名而俗行，以实学而伪说，贪官尊荣，故不足贵。夫志洁行显，不徇爵禄，去卿相之位若脱躧者[8]，居位治职，功虽不立，此礼义为业者也。国之所以存者，礼义也。民无礼义，倾国危主。今儒者之操，重礼爱义，率无礼之士，激无义之人。人民为善，爱其主上，此亦有益也。闻伯夷风者[9]，贪夫廉，懦夫有立志；闻柳下惠风者[10]，薄夫敦，鄙夫宽。此上化也，非人所见。段干木阖门不出[11]，魏文敬之，表式其闾[12]，秦军闻之，卒不攻魏。使魏无干木，秦兵入境，境土危亡。秦，强国也，兵无不胜，兵加于魏，魏国必破，三军兵顿，流血千里。今魏文式阖门之士，却强秦之兵，全魏国之境，济三军之众[13]，功莫大焉，赏莫先焉。齐有高节之士，曰狂谲[14]、华士，二人昆弟也，义不降志，不仕非其主。太公封于齐，以此二子解沮齐众，开不为上用之路，同时诛之。韩子善之，以为二子无益而有损也。夫狂谲、华士，段干木之类也，太公诛之，无所却到；魏文侯式之，却强秦而全魏。功孰大者？使韩子善干木阖门高节，魏文式之，是也；狂谲、华士之操，干木之节也，善太公诛之，非也。使韩子非干木之行，下魏文之式，则干木以此行而有益，魏文用式之道为有功；是韩子不赏功、尊有益也。

论者或曰："魏文式段干木之闾，秦兵为之不至，非法度之功；一功特然，不可常行，虽全国有益，非所贵也。"夫法度之功者，谓何等也？养三军之士，明赏罚之命，严刑峻法，富国强兵，此法度也。案秦之强，肯为此乎？六国之亡，皆灭于秦兵。六国之兵非不锐，士众之力非不劲也，然而不胜，至于破亡者，强弱不敌，众寡不同，虽明法度，其何益哉？使童子变孟贲之意[15]，孟贲怒之，童子操刃与孟贲战，童子必不胜，力不如也。孟贲怒，而童子修礼尽敬，孟贲不忍犯也。秦之与魏，孟贲之与童子也。魏有法度，秦必不畏，犹童子操刃，孟贲不避也。其尊士式贤者之闾，非徒童子修礼尽敬也。夫力少则修德，兵强则奋威。秦以兵强，威无不胜，却军还众，不犯魏境者，贤干木之操，高魏文之礼也。夫敬贤，弱国之法度，力少之强助也。谓之非法度之功，如何？高皇帝议欲废太子，吕后患之，即召张子房而取策[16]，子房教以敬迎四皓而厚礼之[17]，高祖见之，心消意沮，太子遂安。使韩子为吕后议，进不过强谏，退不过劲力。以此自安，取诛之道也，岂徒易哉？夫太子敬厚四皓以消高帝之议，犹魏文式段干木之闾，却强秦之兵也。

治国之道，所养有二：一曰养德，二曰养力。养德者，养名高之人，以示能敬贤；养力者，养气力之士，以明能用兵。此所谓文武张设、德力具足者也。事或可以德怀，或可以力摧。外以德自立，内以力自备。慕德者不战而服，犯德者畏兵而却。徐偃王修行仁义[18]，陆地朝者三十二国，强楚闻之，举兵而灭之。此有德守，无力备者也。夫德不可独任以治国，力不可直任以御敌也。韩子之术不养德，偃王之操不任力。二者偏驳[19]，各有不足。偃王有无力之祸，知韩子必有无德之患。

凡人禀性也，清浊贪廉，各有操行，犹草木异质，不可复变易也。狂谲、华士不仕于齐，犹段干木不仕于魏矣。性行清廉，不贪富贵，非时疾世，义不苟仕，虽不诛此人，此人行不可随也。太公诛之，韩子是之，是谓人无性行，草木无质也。太公诛二子，使齐有二子之类，必不为二子见诛之故，不清其身；使无二子之类，虽养之，终无其化。尧不诛许由，唐民不皆樔处；武王不诛伯夷，周民不皆隐饿；魏文侯式段干木之闾，魏国不皆阖门。由此言之，太公不诛二子，齐国亦不皆不仕。何则？清廉之行，人所不能为也。夫人所不能为，养使为之，不能使劝；人所能为，诛以禁之，不能使止。然则太公诛二子，无益于化，空杀无辜之民。赏无功，杀无辜，韩子所非也。太公杀无辜，韩子是之，以韩子之术杀无辜也。

夫执不仕者，未必有正罪也[22]，太公诛之。如出仕未有功，太公肯赏之乎？赏须功而加，罚待罪而施。使太公不赏出仕未有功之人，则其诛不仕未有罪之民，非也；而韩子是之，失误之言也。且不仕之民，性廉寡欲；好仕之民，性贪多利。利欲不存于心，则视爵禄犹粪土矣。廉则约省无极，贪则奢泰不止；奢泰不止，则其所欲不避其主。案古篡畔之臣，希清白廉洁之人。贪，故能立功；骄，故能轻生。积功以取大赏，奢泰以贪主位。太公遗此法而去，故齐有陈氏劫杀之患[23]。太公之术，致劫杀之法也；韩子善之，是韩子之术亦危亡也。

周公闻太公诛二子，非而不是，然而身执贽以下白屋之士[24]。白屋之士，二子之类也，周公礼之，太公诛之，二子之操，孰为是者？宋人有御马者不进，拔剑刭而弃之于沟中[25]；又驾一马，马又不进，又刭而弃之于沟。若是者三。以此威马，至矣，然非王良之法也[26]。王良登车，马无罢驽[27]。尧、舜治世，民无狂悖。王良驯马之心，尧、舜顺民之意。人同性，马殊类也。王良能调殊类之马，太公不能率同性之士。然则周公之所下白屋，王良之驯马也；太公之诛二子，宋人之刭马也。举王良之法与宋人之操，使韩子平之[28]，韩子必是王良而非宋人矣。王良全马，宋人贼马也。马之贼，则不若其全；然则民之死，不若其生。使韩子非王良，自同于宋人，贼善人矣。如非宋人，宋人之术与太公同。非宋人，是太公，韩子好恶无定矣。

治国犹治身也。治一身，省恩德之行，多伤害之操，则交党疏绝[29]，耻辱至身。推治身以况治国[30]，治国之道当任德也。韩子任刑独以治世，是则治身之人任伤害也。韩子岂不知任德之为善哉？以为世衰事变，民心靡薄[31]，故作法术，专意于刑也。夫世不乏于德，犹岁不绝于春也。谓世衰难以德治，可谓岁乱不可以春生乎？人君治一国，犹天地生万物。天地不为乱岁去春，人君不以衰世屏德[32]。孔子曰："斯民也，三代所以直道而行也[33]。"

周穆王之世，可谓衰矣，任刑治政，乱而无功，甫侯谏之[34]，穆王存德，享国久长[35]，功传于世。夫穆王之治，初乱终治，非知昏于前，才妙于后也；前任蚩尤之刑[36]，后用甫侯之言也。夫治人不能舍恩，治国不能废德，治物不能去春。韩子欲独任刑用诛，如何？

鲁缪公问于子思曰："吾闻庞㒎是子不孝[37]，不孝其行奚如？"子思对曰："君子尊贤以崇德，举善以劝民。若夫过行，是细人之所识也，臣不知也。"子思出，子服厉伯见[38]，君问庞㒎是子，子服厉伯对以其过，皆君之所未曾闻。自是之后，君贵子思而贱子服厉伯。韩子闻之，以非缪公，以为明君求奸而诛之，子思不以奸闻，而厉伯以奸对，厉伯宜贵，子思宜贱。今缪公贵子思，贱厉伯，失贵贱之宜，故非之也。

夫韩子所尚者，法度也。人为善，法度赏之；恶，法度罚之。虽不闻善恶于外，善恶有所制矣。夫闻恶不可以行罚，犹闻善不可以行赏也。非人不举奸者，非韩子之术也[39]。使韩子闻善，必将试之；试之有功，乃肯赏之。夫闻善不辄加赏，虚言未必可信也。若此，闻善与不闻，无以异也。夫闻善不辄赏，则闻恶不辄罚矣。闻善必试之，闻恶必考之。试有功乃加赏，考有验乃加罚。虚闻空见，实试未立，赏罚未加。赏罚未加，善恶未定，未定之事，须术乃立。则欲耳闻之，非也。

郑子产晨出[40]，过东匠之闾[41]，闻妇人之哭也[41]，抚其仆之手而听之[42]。有间，使吏执而问之：手杀其夫者也。翼日[43]，其仆问曰："夫子何以知之？"子产曰："其声不恸。凡人于其所亲爱也，知病而忧，临死而惧，已死而哀。今哭夫已死，不哀而惧，是以知其有奸也。"韩子闻而非之，曰："子产不亦多事乎！奸必待耳目之所及而后知之，则郑国之得奸寡矣。不任典城之吏[44]，察参伍之正[45]，不明度量，待尽聪明、劳知虑而以知奸，不亦无术乎！"韩子之非子产，是也。其非缪公，非也。夫妇人之不哀，犹庞㧑是子不孝也[46]。非子产持耳目以知奸，独欲缪公须问以定邪。子产不任典城之吏，而以耳闻定实；缪公亦不任吏，而以口问立诚。夫耳闻口问，一实也，俱不任吏，皆不参伍。厉伯之对不可以立实，犹妇人之哭不可以定诚矣。不可定诚，使吏执而问之。不可以立实，不使吏考，独信厉伯口以罪不考之奸，如何？

韩子曰："子思不以过闻，缪公贵之。子服厉伯以奸闻，缪公贱之。人情皆喜贵而恶贱，故季氏之乱成而不上闻[47]。此鲁君之所以劫也。"夫鲁君所以劫者，以不明法度邪，以不早闻奸也？夫法度明，虽不闻奸，奸无由生；法度不明，虽日求奸，决其源障之以掌也。御者无衔[48]，见马且奔，无以制也。使王良持辔[49]，马无欲奔之心，御之有数也。今不言鲁君无术，而曰"不闻奸"；不言不审法度，而曰"不通下情"，韩子之非缪公也，与术意而相违矣[50]。

庞㧑是子不孝，子思不言。缪公贵之，韩子非之，以为明君求善而赏之，求奸而诛之。夫不孝之人，下愚之才也。下愚无礼，顺情从欲，与鸟兽同，谓之恶，可也，谓奸，非也。奸人外善内恶，色厉内荏[51]，作为操止象类贤行[52]，以取升进，容媚于上，安肯作不孝、著身为恶以取弃殉之咎乎[53]？庞㧑是子可谓不孝，不可谓奸。韩子谓之奸，失奸之实矣。

韩子曰："布帛寻常[54]，庸人不择；烁金百镒[55]，盗跖不搏[56]。"以此言之，法明，民不敢犯也。设明法于邦，有盗贼之心，不敢犯矣；不测之者，不敢发矣。奸心藏于胸中，不敢以犯罪法，明法恐之也。明法恐之，则不须考奸求邪于下矣。使法峻，民无奸者；使法不峻，民多为奸。而不言明王之严刑峻法，而云求奸而诛之。言求奸，是法不峻，民或犯之也。世不专意于明法，而专心求奸。韩子之言，与法相违。

人之释沟渠也[57]，知者必溺身。不塞沟渠而缮船楫者[58]，知水之性不可阏，其势必溺人也。臣子之性欲奸君父，犹水之性溺人也。不教所以防奸，而非其不闻知，是犹不备水之具，而徒欲早知水之溺人也。溺于水，不责水而咎己者，已失防备也。然则人君劫于臣，已失法也。备溺不阏水源[59]，防劫不求臣奸，韩子所宜用教已也。水之性胜火，如裹之以釜，水煎而不得胜，必矣。夫君犹火也，臣犹水也，法度釜也。火不求水之奸，君亦不宜求臣之罪也。

---

①蠹（dù，音杜）：蛀虫。比之于一蠹：韩非重视奖励耕战，在《韩非子·五蠹》中，他把不从事耕战的儒家、高谈阔论的纵横家、游侠刺客、逃避兵役者、投机营利的工商业者称为"五蠹"，并把儒家列为"五蠹"之首。

②据《韩非子·外储说右上》记载，一个名叫如耳的人，游说卫国君主卫嗣公。卫嗣公很高兴，但不用他为相，认为马长得象鹿就能价值千金，因为它可以为人所用，而鹿却不值钱，因为它不可为人所用，如耳虽然才能高，但不会诚心为他出力。

③谒（yè，音夜）：谒见，拜谒。古时臣、子拜君、父、长上称"谒"。

④贼：害。

⑤纲纪：指维持统治秩序的礼法。

⑥朔：农历每月的第一天。告朔：周代，每年秋末，周天子把第二年的历书颁发给诸侯，诸侯把它藏在祖庙里，每年初一要杀一只活羊亲自去祭庙，表示每月听政的开始，这种活动称"告朔"。春秋中期以后，鲁国的君主已经不亲自参加"告朔"，所以子贡主张废掉这个礼，连羊也不必杀了。饩（xì，音戏）：祭祀用的活牲畜。

⑦庠（xiáng，音详）序：学校的通称，商代称乡学为"序"，周代改称为"庠"。

⑧蹝（xǐ，音喜）：同“屣”，鞋。

⑨伯夷：殷末贵族，反对周武王领导的伐纣的正义战争，殷灭之后，不吃周朝的粮食，饿死在首阳山。儒家将其奉为廉洁的典型。

⑩柳下惠：姓展，名获。春秋时鲁国人，住在柳下地区，死后谥号“惠”，被孔、孟奉为道德高尚的典范。

⑪段干：姓段干，名木，战国初期魏国的隐士。阖（hé，音合）：关闭。

⑫式：同“轼”，古代车厢前的横木，古人在车上表示敬意时，就手扶横木，身向前俯，这里指敬礼。表式其闾：将段干木居住的里巷修饰门楼来表彰他，路过那里时，表示敬意。

⑬三军：春秋战国时，大国军队有上、中、下三军，这里泛指军队。

⑭狂谲（jué，音诀）、华士：传说是住在齐国沿海地区的两兄弟。

⑮孟贲（bēn，音奔）：传说中古代的大力士。

⑯张子房：张良，汉高祖的主要谋臣。

⑰皓（hào，音好）：白发老人。四皓：指西汉初四个八十多岁被称为道德高尚的隐士。

⑱徐偃（yǎn，音演）王：西周初期徐国（在今江苏西北和安徽东北一带）的君主。

⑲偏：片面。驳：不正。

⑳许由：相传是尧时的一位隐士，尧要让位于他，他不受，隐居于箕山。

㉑唐民：因尧又叫唐尧，所以尧统治时期的老百姓称为“唐民”。橅：同“巢”。橅处：指在树上搭窝居住。相传许由夏日经常住在树上，这里比喻隐居。

㉒正罪：指法律条文规定的罪。

㉓陈氏：这里指陈恒，又叫田常，死后谥号“成”，春秋末齐国大夫，公元前481年，他杀死简公，另立齐平公，掌握了齐国的政权。

㉔贽（zhì，音志）：古时初次拜访他人时所带的礼物。白屋之士：地位低下的人。

㉕刭（jǐng，音井）：砍杀。

㉖王良：春秋末期晋国一个善于驾御马车的人。

㉗罢（pí，音皮）：通“疲”，疲沓。　驽（nú，音奴）：劣马。

㉘平：通“评”，评论。

㉙交党：亲戚朋友。疏绝：交情疏远，关系断绝。

㉚况：比方，推论。

㉛靡（mí，音迷）：奢侈。

㉜屏（bǐng，音丙）：排除，抛弃。

㉝三代：指夏、商、周。

㉞甫侯：西周大臣，周穆王曾采纳他的建议，修订刑法制度，改重从轻。

㉟享国：治理国家。

㊱蚩（chī，音吃）尤：传说中与黄帝同时代的上古一个少数民族的君主。

㊲庞涧氏（xiàn，音现）：庞涧，姓氏。庞涧是子：庞涧氏的儿子。

㊳子服厉伯：战国初期鲁国人，孟孙氏的后代，“厉伯”是死后的谥号。

㊴韩子之术：指韩非一贯强调的对言论必须经过“参验”证实才能相信的主张。

㊵郑：春秋时的郑国，在今河南中部新郑一带。　子产：郑国大夫。

㊶东匠：子产所住的街名。

㊷抚其仆之手：意思是按住赶车人的手，让他把马车停住。

㊸翼：通“翌（yì，音义）”。翼日：第二天。

㊹典城之吏：地方行政长官。

㊺参伍：参照对比。　正：通“政”，这里指方法。

㊻“涧”字原本作“扪”，据上文“吾闻庞涧是子不孝”改。

㊼季氏：指季平子，春秋末期鲁国大夫。季氏之乱：指公元前517年季平子把鲁昭公驱逐出鲁国。

㊽衔：马嚼子。

㊾辔（pèi，音佩）：辔头，驾驭牲口用的嚼子和缰绳。

㊿术意：政治主张的基本思想。

(51)荏（rèn，音任）：软弱。

(52)象类：模仿。

(53)以取弃殉之咎乎：以自取被斥退和杀身这样的祸害。

(54)帛（bó，音伯）：丝织品。寻：古代长度单位，八尺为一寻。常：二寻为一常。

(55)烁：通“铄”，熔化金属。镒（yì，音义）：古代重量单位，二十两为一镒（一说为二十四两）。

(56)跖（zhì，音直）：春秋时著名的奴隶起义领袖。　　搏：夺取。

(57)释：放，疏通。

(58)缮（shàn，音善）：整治、修造。　　楫：船浆。

(59)阏（è，音饿）：堵塞。

刺　孟

孟子见梁惠王，王曰：“叟！不远千里而来，将何以利吾国乎？”孟子曰：“仁义而已，何必曰利。”

夫利有二，有货财之利，有安吉之利。惠王曰“何以利吾国”，何以知不欲安吉之利，而孟子径难以货财之利也？《易》曰：“利见大人①”，“利涉大川②”，“《乾》，元亨利贞③”。《尚书》曰：“黎民亦尚有利哉。”皆安吉之利也。行仁义，得安吉之利。孟子不且语问惠王何谓利吾国，惠王言货财之利，乃可答。若设令惠王之问，未知何趣，孟子径答以货财之利。如惠王实问货财，孟子无以验效也；如问安吉之利，而孟子答以货财之利，失对上之指，违道理之实也。

齐王问时子④：“我欲中国而授孟子室⑤，养弟子以万钟⑥，使诸大夫国人皆有所矜式⑦。子盍为我言之。”时子因陈子而以告孟子⑧。孟子曰：“夫时子恶知其不可也？如使予欲富，辞十万而受万，是为欲富乎？”

夫孟子辞十万，失谦让之理也。夫富贵者，人之所欲也，不以其道得之，不居也。故君子之于爵禄也，有所辞，有所不辞，岂以已不贪富贵之故，而以距逆宜当受之赐乎⑨？

陈臻问曰：“于齐，王馈兼金一百镒而不受⑩；于宋，归七十镒而受；于薛⑪，归五十镒而受。取前日之不受是，则今受之非也。今日之受是，则前日之不受非也。夫子必居一于此矣。”孟子曰：“皆是也。当在宋也，予将有远行，行者必以赆⑫，辞曰‘归赆⑫’，予何为不受？当在薛也，予有戒心，辞曰闻戒，故为兵戒归之备乎，予何为不受？若于齐，则未有处也，无处而归之，是货之也⑬，焉有君子而可以货取乎？”

夫金归或受或不受，皆有故。非受之时己贪，当不受之时己不贪也。金有受不受之义，而室亦宜有受不受之理。今不曰己无功，若己致仕受室非理；而曰己不贪富，引前辞十万以况后万。前当受十万之多，安得辞之？

彭更问曰⑭：“后车数十乘，从者数百人，以传食于诸侯⑮，不亦泰乎？”孟子曰：“非其道，则一箪食而不可受于人⑯；如其道，则舜受尧之天下，不以为泰。”

受尧天下，孰与十万？舜不辞 天下者，是其道也。今不曰受十万非其道，而曰己不贪富贵，失谦让也。安可以为戒乎？

沈同以其私问曰⑰：“燕可伐与？”孟子曰：“可。子哙不得与人燕⑱，子之不得受燕于子哙。有士于此，而子悦之，不告于王，而私与之子之爵禄⑲。夫士也，亦无王命而私受之，于子，则可乎？何以异于是。”齐人伐燕，或问曰：“劝齐伐燕，有诸？”曰：“未也。沈同曰：‘燕可伐与？’吾应之曰：‘可。’彼然而伐之。如曰：‘孰可以伐之？’则应之曰：‘为天吏则可以伐之[20]。’今有杀人者，或问之曰：‘人可杀与[21]？’则将应之曰：‘可。’彼如曰：‘孰可以杀之？’则应之曰：‘为士师则可以杀之。’今以燕伐燕，何为劝之也？”

夫或问孟子劝王伐燕，不诚是乎？沈同问“燕可伐与”，此挟私意欲自伐之也。知其意慊于是[22]，宜曰：“燕虽可伐，须为天吏乃可以伐之。”沈同意绝，则无伐燕之计矣。不知有此私意而径应之，不省其语，是不知言也。

公孙丑问曰：“敢问夫子恶乎长[23]？”孟子曰：“我知言。”又问：“何谓知言？”曰：“诐辞知其所蔽[24]，淫辞知其所陷，邪辞知其所离，遁辞知其所穷[25]。生于其心，害于其政，发于其政，害于其事，虽圣人复起，必从吾言矣。”孟子知言者也，又知言之所起之祸，其极所致之害，见彼之问，则知其措辞所欲之矣。知其所之，则知其极所当害矣。

孟子有云：“民举安，王庶几改诸[26]！予日望之。”孟子所去之王，岂前所不朝之王哉[27]？而是[28]，何其前轻之疾而后重之甚也？如非是，前王则不去，而于后去之，是后王不肖甚于前；而去三日宿[29]，于前不甚，不朝而宿于景丑氏，何孟子之操前后不同，所以为王，终始不一也？

且孟子在鲁，鲁平公欲见之，嬖人臧仓毁孟子[30]，止平公。乐正子以告[31]。曰：“行或使之，止或尼之[32]，行止非人所能也。予之不遇鲁侯，天也！”前不遇于鲁，后不遇于齐，无以异也。前归之天，今则归之于王。孟子论称竟何定哉？夫不行于齐，王不用，则若臧仓之徒毁谗之也。此亦止或尼之也，皆天命不遇，非人所能也。去，何以不径行而留三宿乎？天命不当遇于齐，王不用其言，天岂为三日之间易命使之遇乎？在鲁则归之于天，绝意无冀；在齐则归之于王，庶几有望。夫如是，不遇之议一在人也。

或曰：初去，未可以定天命也，冀三日之间，王复追之，天命或时在三日之间故可也。夫言如是，齐王初使之去者，非天命乎？如使天命在三日之间，鲁平公比三日亦时弃臧仓之议，更用乐正子之言，往见孟子，孟子归之于天，何其早乎？如三日之间，公见孟子，孟子奈前言何乎？

孟子去齐，充虞涂问曰[33]：“夫子若不豫色然[34]。前日，虞闻诸夫子曰：君子不怨天，不尤人[35]。”曰：“彼一时也，此一时也。五百年必有王者兴，其间必有名世者矣。由周以来，七百有余岁矣，以其数则过矣；以其时考之，则可矣。夫天未欲平治天下乎？如欲平治天下，当今之世，舍我而谁也？吾何为不豫哉？”

夫孟子言五百年有王者兴，何以见乎？帝喾王者[36]，而尧又王天下；尧传于舜，舜又王天下；舜传于禹，禹又王天下。四圣之王天下也，继踵而兴[37]。禹至汤且千岁，汤至周亦然，始于文王，而卒传于武王。武王崩，成王、周公共治天下。由周至孟子之时，又七百岁而无王者。五百岁必有王者之验，在何世乎？云五百岁必有王者，谁所言乎？论不实事考验，信浮淫之语[38]；不遇去齐，有不豫之色；非孟子之贤效与俗儒无殊之验也？

五百年者，以为天出圣期也，又言以天未欲平治天下也，其意以为天欲平治天下，当以五百年之间生圣王也。如孟子之言，是谓天故生圣人也。然则五百岁者，天生圣人之期乎？如是其期，天何不生圣？圣王非其期，故不生。孟子犹信之，孟子不知天也。

“自周已来，七百余岁矣，以其数则过矣；以其时考之，则可矣。”何谓数过？何谓时可乎？数则时，时则数矣。数过，过五百年也。从周到今七百余岁，逾二百岁矣。设或王者生，失时矣，又言时可，何谓也？

云五百年必有王者兴，又言其间必有名世，与王者同乎异也？如同，为再言之；如异，名世者谓何等也？谓孔子之徒、孟子之辈，教授后生，觉悟顽愚乎？已有孔子，已又以生矣。如谓圣臣乎，当与圣王同时。圣王出，圣臣见矣。言五百年而已，何为言其间？如不谓五百年时，谓其中间乎，是谓二三百年之时也。圣臣不与五百年时圣王相得。夫如是，孟子言其间必有名世者，竟谓谁也？

"夫天未欲平治天下也，如欲治天下，舍予而谁也？"言若此者，不自谓当为王者，有王为王臣矣。为王者臣，皆天也。己命不当平治天下，不浩然安之于齐，怀恨有不豫之色，失之矣。

彭更问曰："士无事而食，可乎？"孟子曰："不通功易事，以羡补不足[39]，则农有余粟，女有余布。子如通之，则梓匠、轮舆[40]，皆得食于子。于此有人焉，入则孝，出则悌[41]，守先王之道，以待后世之学者，而不得食于子[42]。子何尊梓匠、轮舆而轻为仁义者哉？"曰："梓匠、轮舆，其志将以求食也。君子之为道也，其志亦将以求食与？"孟子曰："子何以其志为哉？其有功于子，可食而食之矣。且子食志乎，食功乎？"曰："食志。"曰："有人于此，毁瓦画墁[43]，其志将以求食也，则子食之乎？"曰："否。"曰："然则子非食志，食功也。"

夫孟子引毁瓦画墁者，欲以诘彭更之言也[44]。知毁瓦画墁无功而有志，彭更必不食也。虽然，引毁瓦画墁非所以诘彭更也。何则？诸志欲求食者，毁瓦画墁者不在其中。不在其中，则难以诘人矣。夫人无故毁瓦画墁，此不痴狂则遨戏也。痴狂人之志不求食，遨戏之人亦不求食[45]。求食者，皆多人所共得利之事，以作此鬻卖于市[46]，得贾以归[47]，乃得食焉。今毁瓦画墁，无利于人，何志之有？有知之人，知其无利，固不为也。无知之人，与痴狂比，固无其志。夫毁瓦画墁，犹比童子击壤于涂，何以异哉？击壤于涂者，其志亦欲求食乎？此尚童子，未有志也。巨人博戏，亦画墁之类也。博戏之人，其志复求食乎？博戏者尚有相夺钱财[48]，钱财众多，己亦得食，或时有志。夫投石超距[49]，亦画墁之类也。投石超距之人，其志有求食者乎？然则孟子之诘彭更也，未为尽之也。如彭更以孟子之言，可谓御人以口给矣[50]。

匡章子曰[51]："陈仲子岂不诚廉士乎[52]！居于於陵[53]，三日不食，耳无闻、目无见也。井上有李，螬食实者过半[54]，扶服往将食之[55]，三咽，然后耳有闻、目有见也。"孟子曰："于齐国之士，吾必以仲子为巨擘焉[56]。虽然，仲子恶能廉？充仲子之操，则蚓而后可者也。夫蚓上食槁壤[57]，下饮黄泉。仲子之所居室，伯夷之所筑与，抑亦盗跖之所筑与？所食之粟，伯夷之所树与，抑亦盗跖之所树与？是未可知也。"曰："是何伤哉？彼身织屦[58]，妻辟纑以易之也[59]。"曰："仲子，齐之世家，兄戴[60]，盖禄万钟。以兄之禄为不义之禄，而不食也。以兄之室为不义之室，而弗居也。辟兄离母[61]，处于於陵。他日归，则有馈其兄生鹅者也。己频蹙曰[62]：恶用是鶂鶂者为哉[63]？他日，其母杀是鹅也，与之食之。其兄自外至，曰：是鶂鶂之肉也。出而吐之。以母则不食，以妻则食之；以兄之室则不居，以於陵则居之。是尚能为充其类也乎？若仲子者，蚓而后充其操者也。"

夫孟子之非仲子也，不得仲子之短矣。仲子之怪鹅如吐之者，岂为在母不食乎？乃先谴鹅曰："恶用鶂鶂者为哉？"他日，其母杀以食之，其兄曰："是鶂鶂之肉。"仲子耻负前言，即吐而出之。而兄不告则不吐，不吐，则是食于母也。谓之在母则不食，失其意矣。使仲子执不食于母，鹅膳至，不当食也。今既食之，知其为鹅，怪而吐之。故仲子之吐鹅也，耻食不合己志之物也，非负亲亲之恩而欲勿母食也。

又"仲子恶能廉？充仲子之性，则蚓而后可者也"。夫蚓上食槁壤，下饮黄泉，是谓蚓为至廉也。仲子如蚓，乃为廉洁耳。今所居之宅，伯夷之所筑；所食之粟，伯夷之所树。仲子居而食之，于廉洁可也。或时食盗跖之所树粟，居盗跖之所筑室，污廉洁之行矣。用此非仲子，亦复失之。室因人故，粟以屦纑易之，正使盗之所树筑，己不闻知。今兄之不义，有其操矣。操见于众，昭晰议论[64]，故避於陵，不处其宅，织屦辟纑，不食其禄也。而欲使仲子处於陵之地，避若兄之宅，吐若兄之禄，耳闻目见，昭晰不疑，仲子不处不食，明矣。今於陵之宅不见筑者为谁，粟不知树者为谁，何得成室而居之，得成粟而食之？孟子非之，是为太备矣。仲子所居，或时盗之所筑，仲子不知而居之，谓之不充其操，唯蚓然后可者也。夫盗室之地中亦有蚓焉，食盗宅中之槁壤，饮盗宅中之黄泉，蚓恶能为可乎？在仲子之操，满孟子之议，鱼然后乃可。夫鱼处江海之中，食江海之土，海非盗所凿，土非盗所聚也。

然则仲子有大非，孟子非之不能得也。夫仲子之去母辟兄，与妻独处於陵，以兄之宅为不义之宅，以兄之禄为不义之禄，故不处不食，廉洁之至也。然则其徙於陵归候母也，宜自赍食而行[65]。鹅膳之进也，必与饭俱。母之所为饭者，兄之禄也。母不自有私粟，以食仲子，明矣。仲子食兄禄也。伯夷不食周粟，饿死于首阳之下，岂一食周粟而以污其洁行哉？仲子之操，近不若伯夷，而孟子谓之若蚓乃可，失仲子之操所当比矣。

孟子曰："莫非天命也，顺受其正。是故知命者不立乎岩墙之下[66]。"尽其道而死者，为正命也。桎梏而死者[67]，非正命也。

夫孟子之言，是谓人无触值之命也[68]。顺操行者得正命，妄行苟为得非正[69]，是天命于操行也。夫子不王，颜渊早夭，子夏失明[70]，伯牛为疠[71]。四者行不顺与？何以不受正命？比干剖，子胥烹，子路菹[72]，天下极戮[73]，非徒桎梏也。必以桎梏效非正命，则比干、子胥行不顺也。人禀性命，或当压溺兵烧，虽或慎操修行，其何益哉？窦广国与百人俱卧积炭之下[74]，炭崩，百人皆死，广国独济，命当封侯也。积炭与岩墙何以异？命不压，虽岩崩，有广国之命者犹将脱免。行或使之，止或尼之，命当压，犹或使之立于墙下。孔甲所入主人之子[75]，天命当贱，虽载入宫，犹为守者。不立岩墙之下，与孔甲载子入宫，同一实也。

---

①得此卦见"大人"吉利。引文参见《周易·乾卦》。

②得此卦过大河吉利。引文参见《周易·需卦》。

③元：大。亨：顺利。贞：卜问。元亨利贞：意思是占卜得乾卦大吉大利。引文参见《周易·乾卦》。

④齐王：指齐宣王，战国时齐国君主。时子：战国时齐国大夫。

⑤中国：国都之中，这里指齐国国都临淄城中。

⑥钟：古代容量单位，一钟为六十四斗。

⑦矜（jīn，音今）：敬佩。式：效法。

⑧陈子：陈臻（zhēn，音真），孟轲门徒。

⑨距：通"拒"。距逆：拒绝。

⑩兼金：质量好的金子，价值比一般金子贵一倍。

⑪薛：在今山东滕县东南，原为薛国，被齐国兼并后，成为齐相田婴、田文父子的封地。

⑫赆（jìn，音尽）：给出远门的人赠送财物。

⑬货：用财物收买，贿赂。

⑭彭更：孟轲门徒。

⑮传（zhuàn，音赚）：转辗。

⑯箪（dān，音丹）：古代盛食物用的圆形竹器。

⑰沈同：战国时齐国大夫。以其私：指凭借他和孟轲的私交。

⑱子哙（kuài，音快）：战国时燕国君主，公元前320—312年在位，公元前318年，在各国变法浪潮的推动下，他把王位让给子之，自己退为臣。孟轲反对这种无视周天子的做法，跑到齐国，煽动齐国进攻燕国，结果燕军大败，子之被剁成肉酱。

⑲子之：燕王哙的相。

⑳天吏：奉行天命的统治者，指周天子。

㉑人：指杀人犯。与：通“欤”。

㉒慊（qiè，音窃）：快意，乐于。

㉓恶（wū，音乌）：何，什么。

㉔诐（pō，音坡）：通“颇”，偏，不公正。

㉕遁辞：闪烁不定的话。

㉖庶几：也许会。

㉗前所不朝之王：即齐宣王。据《孟子·公孙丑下》载，一次，孟轲本想去朝见齐宣王，可是又摆架子，装病不去朝见。齐宣王派人来看他，他甚至躲到齐国大夫景丑氏家里。

㉘而：通“如”。

㉙三日宿：指孟轲离开齐国时，舍不得马上就走，在昼（齐国地名，在今山东淄博市东北）住了三天，等待齐王回心转意，请他回去。

㉚嬖（bì，音毕）人：受宠爱的人。臧仓：人名。

㉛乐（yuè，音月）正子：姓乐正，名克，孟轲门徒，鲁平公的臣子，他曾劝鲁平公接见孟轲。

㉜尼：阻挠。

㉝充虞：孟子的门徒。涂：通“途”，路上。

㉞豫：高兴。

㉟尤：责怪。

㊱帝喾（kù，音库）：传说中的上古帝王，尧的父亲。

㊲踵（zhǒng，音肿）：脚后跟。

㊳浮淫：虚浮、荒诞。

㊴羡：有余。

㊵梓（zǐ，音子）匠：木工。轮舆：造车工。

㊶悌：弟弟敬爱哥哥。

㊷食（sì，音饲）：通“饲”，给人吃。

㊸墁（màn，音慢）：涂饰墙壁，这里指粉饰好的墙壁。

㊹诘（jié，音杰）：反驳。

㊺遨戏：游戏。

㊻鬻（yù，音玉）：卖。

㊼贾（jià，音价）：通“价”，代价。

㊽博戏：古代的一种棋戏。

㊾超距：跳远。

㊿口给（jǐ，音几）：强嘴利舌。御人以口给：专门靠强嘴利舌来对付人。

51匡章子：姓匡，名章，战国时齐国将军。

52陈仲子：又叫田仲，战国时齐国贵族。

53於（wū，音污）陵：齐国地名，在今山东邹平东南。

54螬（cáo，音曹）：蛴（qí，音齐）螬，金龟子的幼虫。

55扶服：同“匍匐”，爬行。

56巨擘（bò，音簸）：大拇指，这里指首屈一指的人物。

57槁（gǎo，音搞）：枯干。槁壤：干土。

58屦（jù，音句）：麻鞋。

59纑（lú，音卢）：练过的熟麻。辟纑：搓麻绳或麻线。

60戴：陈戴，陈仲子的哥哥，曾当过齐国的卿。

61辟：通“避”。

62频蹙（cù，音促）：同“颦（pín，音贫）蹙”，皱眉。

63鶂（yì，音义）鶂：鹅叫声。

64昭晰：清清楚楚。

65赍（jī，音机）：带着。

㊱岩墙：高墙。

㊲桎梏（zhì gù，音至固）：脚镣手铐。

㊳触值之命："遭命"，指的是注定会遭受意外事故而死的"命"。

㊴妄行苟为：胡作非为。

㊵子夏：孔子门徒，据说因死了儿子而哭瞎了眼睛。

㊶伯牛：孔子门徒，据说他身上长满了无法治疗的癞病。疠（lì，音力）：癞病，即麻风病。

㊷子路：孔子门徒，因参与卫国的一次政变而被剁成肉泥。菹（zū，音租）：肉酱，这里指被剁成肉酱。

㊸极戮：最残酷的刑罚。

㊹窦广国：汉文帝时窦太后的弟弟，幼年因家贫被卖，入山烧炭，后来被封为章武侯。

㊺孔甲：夏代后期的一个王。传说他有一次在一个老百姓家避雨，恰巧这家生孩子。有人说这孩子将来一定富贵，有人说一定贫贱。他说：给我当儿子，怎么会贫贱呢？于是把孩子带入宫中。后来这个孩子因劈柴砍断了脚，结果只能当个看门人。

谈　天

儒书曰：共工与颛顼争为天子不胜[①]，怒而触不周之山[②]，使天柱折[③]，地维绝[④]。女娲销炼五色石以补苍天，断鳌足以立四极[⑤]。天不足西北，故日月移焉；地不足东南，故百川注焉。此久远之文，世间是之言也。文雅之人，怪而无以非，若非而无以夺，又恐其实然，不敢正议。以天道人事论之，殆虚言也。

与人争为天子不胜，怒触不周之山，使天柱折，地维绝，有力如此，天下无敌。以此之力，与三军战，则士卒蝼蚁也，兵革毫芒也，安得不胜之恨，怒触不周之山乎？且坚重莫如山，以万人之力，共推小山，不能动也。如不周之山，大山也，使是天柱乎，折之固难；使非柱乎，触不周山而使天柱折，是亦复难信。颛顼与之争，举天下之兵，悉海内之众，不能当也，何不胜之有！且夫天者，气邪？体也？如气乎，云烟无异，安得柱而折之？女娲以石补之，是体也。如审然，天乃玉石之类也。石之质重，千里一柱，不能胜也。如五岳之巅不能上极天[⑥]，乃为柱。如触不周，上极天乎？不周为共工所折，当此之时，天毁坏也？如审毁坏，何用举之？断鳌之足以立四极，说者曰："鳌，古之大兽也，四足长大，故断其足以立四极。"夫不周，山也；鳌，兽也。夫天本以山为柱，共工折之，代以兽足，骨有腐朽，何能立之久？且鳌足可以柱天，体必长大，不容于天地，女娲虽圣，何能杀之？如能杀之，杀之何用？足可以柱天，则皮革如铁石，刀剑矛戟不能刺之，强弩利矢不能胜射也。

察当今天去地甚高，古天与今无异。当共工缺天之时，天非坠于地也。女娲，人也，人虽长，无及天者。夫其补天之时，何登缘阶据而得治之？岂古之天若屋庑之形[⑦]，去人不远，故共工得败之，女娲得补之乎？如审然者，女娲前，齿为人者[⑧]，人皇最先[⑨]。人皇之时，天如盖乎？

说《易》者曰："元气未分，浑沌为一。"儒书又言：溟涬濛澒[⑩]，气未分之类也。及其分离，清者为天，浊者为地。如说《易》之家、儒书之言，天地始分，形体尚小，相去近也。近则或枕于不周之山，共工得折之，女娲得补之也。

含气之类[⑪]，无有不长。天地，含气 之自然也；从始立以来，年岁甚多，则天地相去，广狭远近，不可复计。儒书之言，殆有所见。然其言触不周山而折天柱，绝地维，消炼五石补苍天，断鳌之足以立四极，犹为虚也。何则？山虽动，共工之力不能折也。岂天地始分之时，山小而人反大乎？何以能触而折之？以五色石补天，尚可谓五石若药石治病之状[⑫]。至其断鳌之足以立四极，难论言也。从女娲以来久矣，四极之立自若鳌之足乎？

邹衍之书言[13]：天下有九州[14]，《禹贡》之上所谓九州也[15]；《禹贡》九州，所谓一州也，若《禹贡》以上者九焉。《禹贡》九州，方今天下九州也，在东南隅[16]，名曰"赤县神州"。复更有八州。每一州者四海环之，名曰裨海[17]。九州之外，更有瀛海[18]。此言诡异，闻者惊骇，然亦不能实然否，相随观读讽述以谈[19]。故虚实之事，并传世间，真伪不别也。世人惑焉，是以难论。

案邹子之知不过禹。禹之治洪水，以益为佐[20]。禹主治水，益主记物。极天之广，穷地之长，辨四海之外[21]，竟四山之表[22]，三十五国之地[23]，鸟兽草木、金石水土，莫不毕载，不言复有九州。淮南王刘安召术士伍被、左吴之辈[24]，充满宫殿，作道术之书[25]，论天下之事。《地形》之篇，道异类之物，外国之怪，列三十五国之异，不言更有九州。邹子行地不若禹、益，闻见不过被、吴，才非圣人，事非天授，安得此言？案禹之《山经》、淮南之《地形》[26]，以察邹子之书，虚妄之言也。

太史公曰："《禹本纪》言河出昆仑[27]，其高三千五百余里，日月所相辟隐为光明也，其上有玉泉、华池。今自张骞使大夏之后，穷河源，恶睹本纪所谓昆仑者乎？故言九州山川，《尚书》近之矣。至《禹本纪》、《山经》所有怪物，余不敢言也。"夫弗敢言者，谓之虚也。昆仑之高，玉泉、华池，世所共闻，张骞亲行无其实。案《禹贡》九州山川怪奇之物、金玉之珍，莫不悉载，不言昆仑山上有玉泉、华池。案太史公之言，《山经》、《禹纪》，虚妄之言。

凡事难知，是非难测。极为天中，方今天下在天极之南，则天极北必高多民。禹贡东渐于海，西被于流沙[28]，此则天地之极际也。日刺径千里[29]，今从东海之上会稽鄞、鄮[30]，则察日之初出径二尺，尚远之验也，远则东方之地尚多，东方之地尚多，则天极之北，天地广长，不复訾矣[31]。夫如是，邹衍之言未可非，《禹纪》、《山海》、《淮南地形》未可信也。邹衍曰："方今天下在地东南，名赤县神州。"天极为天中，如方今天下在地东南，视极当在西北。今正在北方，今天下在极南也。以极言之，不在东南，邹衍之言非也。如在东南，近日所出，日如出时，其光宜大。今从东海上察日，及从流沙之地视日，小大同也。相去万里，小大不变，方今天下得地之广，少矣。雒阳，九州之中也，从雒阳北顾[32]，极正在北。东海之上，去雒阳三千里，视极亦在北。推此以度，从流沙之地，视极亦必复在北焉。东海、流沙，九州东西之际也，相去万里，视极犹在北者，地小居狭，未能辟离极也。日南之郡，去雒且万里。徙民还者，问之，言日中之时，所居之地，未能在日南也[33]。度之复南万里，地在日之南，是则去雒阳二万里，乃为日南也。

今从雒地察日之去远近，非与极同也，极为远也。今欲北行三万里，未能至极下也。假令之至，是则名为距极下也。以至日南五万里，极北亦五万里也。极北亦五万里，极东西亦皆五万里焉。东西十万，南北十万，相承百万里[34]。邹衍之言："天地之间，有若天下者九。"案周时九州[35]，东西五千里，南北亦五千里。五五二十五，一州者二万五千里。天下若此九之乘二万五千里，二十二万五千里。如邹衍之书，若谓之多，计度验实，反为少焉。

儒者曰："天，气也，故其去人不远。人有是非，阴为德害，天辄知之，又辄应之，近人之效也。"如实论之，天体非气也。人生于天，何嫌天无气？犹有体在上，与人相远。秘传或言天之离天下六万余里[36]，数家计之[37]，三百六十五度一周天。下有周度，高有里数。如天审气，气如云烟，安得里、度？又以二十八宿效之[38]，二十八宿为日月舍[39]，犹地有邮亭为长吏廨矣[40]。邮亭著地，亦如星舍著天也。案附书者，天有形体，所据不虚。犹此考之，则无恍惚，明矣。

①共工：传说中的上古诸侯。颛顼（zhuān xū，音专须）：传说中的上古帝王。

②不周之山：传说中上古山名。

③天柱：古代神话中撑天的柱子。

④地维：古代神话中系地的绳子。

⑤鳌（áo，音熬）：传说是海中大龟。

⑥五岳：指东岳泰山、西岳华山、南岳霍山（后改为衡山）、北岳恒山、中岳嵩山。古代认为它们是最高的山。

⑦庑（wǔ，音伍）：古代正房周围的小屋子。

⑧甾：始。

⑨人皇：古代传说中的三皇（天皇、地皇、人皇）之一。

⑩溟涬（mǐng xìng，音酩幸）：混混沌沌的样子。濛澒（méng hòng，音蒙讧）：模糊不清的样子。

⑪含气之类：这里指包括天地在内的自然万物。

⑫药石：治病用的药物和石针。泛指药物。

⑬邹衍：战国末齐国人，阴阳五行家的代表人物，著有《邹子》、《邹子终始》，今已佚失。

⑭九州：据《史记·孟子荀卿列传》载，邹衍提出所谓“大九州说”，认为中国只是全世界八十一州中的州，起名为“赤县神州”。每九州为一单位，有小海环绕，称为“大九州”。九个“大九州”另有大海环绕，再往外就是天地的边际，这里的“九州”是指下文《禹贡》上说的九州。《禹贡》把中国分为兖、冀、荆、豫、扬、青、徐、梁、雍九个州。

⑮《禹贡》：《尚书》中的一篇。

⑯隅（yú，音于）：角落。

⑰裨（pí，音皮）海：小海。

⑱瀛（yíng，音迎）海：大海。

⑲讽述：传诵。

⑳益：伯益，传说是尧舜时代的大臣，曾辅佐禹治水。

㉑辨：通“遍”。

㉒四山：四周的山。

㉓三十五国：指《山海经》所记载的中国以外的国家。

㉔刘安：西汉贵族，封为淮南王，后因谋反被察觉，自杀。伍被、左吴都是刘安的谋士。

㉕道术之书：这里指《淮南子》。

㉖《山经》：《山海经》中的一篇。

㉗《禹纪》：古书名，今已失传。

㉘流沙：古代指我国西北部的沙漠地区。

㉙刺径：直径。

㉚鄞（yín，音银）：县名，属会稽郡，东汉时县治在今浙江奉化东。鄮（mào，音帽）：古县名，属会稽郡，在今浙江宁波市东，鄮山北。

㉛訾（zī，音资）：估量。

㉜雒（luò，音洛）阳：即洛阳，东汉都城，在今河南洛阳市东北。

㉝日南：汉武帝时所置的郡。

㉞承：通“乘”。

㉟周时九州：指周代中国的面积。

㊱秘传：指纬书，是汉代儒生用封建神学解释儒家经书的书。

㊲数家：这里指搞天文历算的人。

㊳二十八宿：我国古代天文学家把沿黄道和赤道的一部分恒星划成二十八个星座，叫二十八宿。

㊴舍：古人认为二十八宿是日、月、行星运行时停留、休息的地方，每一星宿叫一舍。

㊵邮亭：古代官吏出巡或传送文件的人停歇的地方，又称驿。廨（xiè，音榭）：官吏居住办事的房舍。

说　日

儒者曰："日朝见，出阴中[①]；暮不见，入阴中。阴气晦冥，故没不见。"如实论之，不出入阴中。何以效之？夫夜，阴也，气亦晦冥[②]，或夜举火者，光不灭焉。夜之阴，北方之阴也，朝出日，人所举之火也。火夜举，光不灭，日暮入，独不见，非气验也。夫观冬日之出入，朝出东南，暮入西南，东南西南非阴，何故谓之出入阴中？且夫星小犹见，日大反灭，世儒之论，竟虚妄也。

儒者曰："冬日短，夏日长，亦复以阴阳。夏时阳气多，阴气少，阳气光明，与日同耀，故日出辄无障蔽。冬阴气晦冥，掩日之光，日虽出，犹隐不见，故冬日日短，阴多阳少，与夏相反。"如实论之，日之长短，不以阴阳。何以验之？复以北方之星。北方之阴，日之阴也，北方之阴，不蔽星光，冬日之阴，何故犹灭日明？由此言之，以阴阳说者，失其实矣。

实者，夏时日在东井[③]，冬时日在牵牛[④]，牵牛去极远，故日道短[⑤]，东井近极，故日道长。夏北至东井，冬南至牵牛，故冬夏节极[⑥]，皆谓之至，春秋未至，故谓之分。

或曰："夏时阳气盛，阳气在南方，故天举而高；冬时阳气衰，天抑而下。高则日道多，故日长；下则日道少，故日短也。"曰：阳气盛，天南方举而日道长，月亦当复长。案夏日长之时，日出东北，而月出东南；冬日短之时，日出东南，月出东北。如夏时天举南方，日月当俱出东北，冬时天复下，日月亦当俱出东南。由此言之，夏时天不举南方，冬时天不抑下也。然则夏日之长也，其所出之星在北方也；冬日之短也，其所出之星在南方也。

问曰："当夏五月日长之时在东井，东井近极，故日道长，今案察五月之时，日出于寅[⑦]，入于戌。日道长，去人远，何以得见其出于寅入于戌乎[⑧]？"日东井之时，去人极近。夫东井近极，若极旋转，人常见之矣。使东井在极旁侧，得无夜常为昼乎？日昼行十六分[⑨]，人常见之，不复出入焉。儒者或曰："日月有九道[⑩]，故曰日行有近远，昼夜有长短也。"夫夏五月之时，昼十一分，夜五分；六月，昼十分，夜六分；从六月往至十一月，月减一分：此则日行月从一分道也[⑪]，岁日行天十六道也，岂徒九道？

或曰："天高南方，下北方，日出高，故见，入下，故不见，天之居若倚盖矣，故极在人之北，是其效也。极其天下之中，今在人北，其若倚盖，明矣。"日明既以倚盖喻，当若盖之形也；极星在上之北，若盖之葆矣[⑫]；其下之南，有若盖之茎者[⑬]，正何所乎？夫取盖倚于地不能运，立而树之然后能转。今天运转，其北际不著地者，触碍，何以能行？由此言之，天不若倚盖之状，日之出入不随天高下，明矣。

或曰："天北际下地中，日随天而入地，地密障隐，故人不见。"然天地，夫妇也，合为一体。天在地中，地与天合，天地并气，故能生物。北方阴也，合体并气，故居北方。天运行于地中乎，不则北方之地低下而不平也。如审运行地中，凿地一丈，转见水源，天行地中，出入水中乎，如北方低下不平，是则九川北注，不得盈满也。

实者，天不在地中，日亦不随天隐，天平正与地无异。然而日出上日入下者，随天转运，视天若覆盆之状，故视日上下然，似若出入地中矣。然则日之出，近也，其入远，不复见，故谓之入，远见于东方近，故谓之出。何以验之？系明月之珠于车盖之橑[⑭]，转而旋之，明月之珠旋邪？人望不过十里，天地合矣，远非合也。今视日入，非入也，亦远也。当日入西方之时，其下民亦将谓之日中，从日入之下东望今之天下，或时亦天地合，如是，方今天下在南方也，故日出于东方入于北方之地，日出北方，入于南方，各于近者为出，远者为入，实者不入远矣。临大泽之滨，望四边之际与天属，其实不属，远若属矣。日以远为入，泽以远为属，其实一也。泽际有陆，人望而不见，陆在，察之若亡，日亦在，视之若入。皆远之故也。太山之高⑮，参天入云，去之百里，不见埵块⑯。夫去百里，不见太山，况日去人以万里数乎？太山之验，则既明矣，试使一人把大炬火夜行于道，平易无险，去人不一里，火光灭矣，非灭也，远也。今日西转不复见者，非入也。

问曰："天平正与地无异，今仰视天，观日月之行，天高南方下北方，何也？"曰：方今天下在东南之上，视天若高，日月道在人之南，今天下在日月道下，故观日月之行，若高南下北也。何以验之？即天高，南方之星亦当高，今视南方之星低下，天复低南方乎？夫视天之居近者则高，远则下焉，极北方之民以为高，南方为下，极东极西，亦如此焉。皆以近者为高，远者为下。从北塞下近仰视斗极，且在人上。匈奴之北，地之边陲，北上视天，天复高北下南，日月之道，亦在其上。立太山之上，太山高，去下十里，太山下。夫天之高下，犹人之察太山也。平正，四方中央高下皆同，今望天之四边若下者，非也，远也。非徒下，若合矣。

儒者或以旦暮日出入为近，日中为远。或以日中为近，日出入为远。其以日出入为近，日中为远者，见日出入时大，日中时小也。察物近则大，远则小，故日出入为近，日中为远也。其以日出入为远，日中时为近者，见日中时温，日出入时寒也。夫火光近人则温，远人则寒，故以日中为近，日出入为远也。二论各有所见，故是非曲直未有所定。如实论之，日中近而日出入远，何以验之？以植竿于屋下，夫屋高三丈，竿于屋栋之下，正而树之，上扣栋⑰，下抵地，是以屋栋去地三丈。如旁邪倚之，则竿末旁跌，不得扣栋，是为去地过三丈也。日中时，日正在天上，犹竿之正树，去地三丈也。日出入，邪在人旁，犹竿之旁跌，去地过三丈也。夫如是，日中为近，出入为远，可知明矣。试复以屋中堂而坐一人，一人行于屋上，其行中屋之时，正在坐人之上，是为屋上之人，与屋下坐人，相去三丈矣。如屋上人在东危若西危上⑱，其与屋下坐人，相去过三丈矣。日中时犹人正在屋上矣，其始出与入，犹人在东危与西危也。日中去人近故温，日出入远故寒。然则日中时日小，其出入时大者，日中光明故小，其出入时光暗故大，犹昼日察火光小，夜察之火光大也。既以火为效，又以星为验，昼日星不见者，光耀灭之也，夜无光耀，星乃见。夫日月，星之类也。平旦日入光销，故视大也。

儒者论日旦出扶桑，暮入细柳。扶桑⑲，东方地；细柳⑳，西方野也。桑、柳，天地之际，日月常所出入之处。问曰：岁二月八月时，日出正东，日入正西，可谓日出于扶桑，入于细柳。今夏日长之时，日出于东北，入于西北，冬日短之时，日出东南，入于西南，冬与夏日之出入，在于四隅，扶桑、细柳，正在何所乎？所论之言，犹谓春秋，不谓冬与夏也。如实论之，日不出于扶桑，入于细柳。何以验之？随天而转，近则见，远则不见。当在扶桑、细柳之时，从扶桑、细柳之民，谓之日中之时，从扶桑、细柳察之，或时为日出入，皆以其上者为中，旁则为旦夕，安得出于扶桑入细柳？

儒者论曰：天左旋，日月之行，不系于天，各自旋转。难之曰：使日月自行，不系于天，日行一度㉑，月行十三度，当日月出时，当进而东旋，何还始西转？系于天，随天四时转行也。其喻若蚁行于硙上㉒，日月行迟天行疾，天持日月转，故日月实东行，而反西旋也。

或问："日、月、天皆行，行度不同，三者舒疾，验之人物，为以何喻？"曰：天，日行一周。日行一度二千里，日昼行千里，夜行千里，骐骥昼日亦行千里。然则日行舒疾，与骐骥之步相似类也，月行十三度，十度二万里，三度六千里，月一日一夜行二万六千里，与晨凫飞相类似也[23]。天行三百六十五度，积凡七十三万里也，其行甚疾，无以为验，当与陶钧之运[24]，弩矢之流，相类似乎！天行已疾，去人高远，视之若迟，盖望远物者，动若不动，行若不行。何以验之？乘船江海之中，顺风而驱，近岸则行疾，远岸则行迟，船行一实也，或疾或迟，远近之视，使之然也。仰视天之运，不若骐骥负日而驰，比日暮而日在其前，何则？骐骥近而日远也。远则若迟，近则若疾，六万里之程，难以得运行之实也。

儒者说曰："日行一度，天一日一夜行三百六十五度，天左行，日月右行，与天相迎。"问：日月之行也，系著于天也，日月附天而行，不直自行也。何以言之？《易》曰："日月星辰丽乎天，百果草木丽于土。"丽者[25]，附也。附天所行，若人附地而圆行，其取喻若蚁行于硙上焉。问曰："何知不离天直自行也？"如日能直自行，当自东行，无为随天而西转也。月行与日同，亦皆附天。何以验之？验之以云。云不附天，常止于所处，使不附天，亦当自止其处。由此言之，日行附天明矣。

问曰："日，火也。火在地不行，日在天，何以为行？"曰：附天之气行，附地之气不行。火附地，地不行，故火不行。难曰："附地之气不行，水何以行？"曰：水之行也，东流入海也。西北方高，东南方下，水性归下，犹火性趋高也。使地不高西方，则水亦不东流。难曰："附地之气不行，人附地何以行？"曰：人之行，求有为也。人道有为，故行求。古者质朴，邻国接境，鸡犬之声相闻，终身不相往来焉。难曰："附天之气行，列星亦何以不行？"曰：列星著天，天已行也，随天而转，是亦行也。难曰："人道有为故行，天道无为何行？"曰：天之行也，施气自然也，施气则物自生，非故施气以生物也。不动，气不施，气不施，物不生，与人行异。日月五星之行，皆施气焉。

儒者曰："日中有三足乌，月中有兔、蟾蜍。"夫日者，天之火也，与地之火，无以异也。地火之中无生物，天火之中何故有乌？火中无生物，生物入火中，燋烂而死焉，乌安得立？夫月者，水也，水中有生物，非兔、蟾蜍也。兔与蟾蜍久在水中，无不死者。日月毁于天，螺蚌汨于渊，同气审矣，所谓兔、蟾蜍者，岂反螺与蚌邪？且问儒者：乌、兔、蟾蜍，死乎生也？如死，久在日月，燋枯腐朽。如生，日蚀时既[26]，月晦常尽[27]，乌、兔、蟾蜍皆何在？夫乌、兔、蟾蜍，日月气也，若人之腹脏，万物之心膂也[28]。月尚可察也，人之察日无不眩，不能知日审何气，通而见其中有物名曰乌乎[29]？审日不能见乌之形，通而能见其足有三乎？此已非实。且听儒者之言，虫物非一[30]，日中何为有乌，月中何为有兔、蟾蜍？

儒者谓日蚀、月蚀也。彼见日蚀常于晦朔，晦朔月与日合，故得蚀之。夫春秋之时，日蚀多矣。《经》曰：某月朔，日有蚀之。日有蚀之者，未必月也。知月蚀之，何讳不言月？说日蚀之变，阳弱阴强也，人物在世，气力劲强，乃能乘凌[31]。案月晦光既，朔则如尽，微弱甚矣，安得胜日？夫日之蚀，月蚀也。日蚀谓月蚀之，月谁蚀之者，无蚀月也，月自损也。以月论日，亦如日蚀，光自损也。大率四十一二月日一食，百八十日月一蚀，蚀之皆有时，非时为变，及其为变，气自然也。日时晦朔，月复为之乎？夫日当实满，以亏为变，必谓有蚀之者，山崩地动，蚀者谁也？

或说："日食者，月掩之也，日在上，月在下，障于月之形也。日月合相袭，月在上日在下者，不能掩日。日在上，月在日下，障于日，月光掩日光，故谓之食也，障于月也，若阴云蔽日月不见矣。其端合者，相食是也。其合相当如袭辟者[32]，日既是也。"日月合于晦朔，天之常也。日食，月掩日光，非也。何以验之？使日月合，月掩日光，其初食崖当与旦复时易处。假令日在东，月在西，月之行疾，东及日，掩日崖，须臾过日而东，西崖初掩之处光当复，东崖未掩者当复食。今察日之食，西崖光缺，其复也，西崖光复，过掩东崖复西崖，谓之合袭相掩障，如何？

儒者谓日月之体皆至圆，彼从下望见其形，若斗筐之状，状如正圆，不如望远光气，气不圆矣。夫日月不圆，视若圆者，去人远也。何以验之？夫日者，火之精也；月者，水之精也。在地水火不圆，在天水火何故独圆？日月在天犹五星，五星犹列星，列星不圆，光耀若圆，去人远也。何以明之？春秋之时，星霣宋都，就而视之，石也，不圆。以星不圆，知日月五星亦不圆也。

儒者说日及工伎之家[33]，皆以日为一。禹、益《山海经》言日有十，在海外东方有汤谷[34]，上有扶桑，十日浴沐水中，有大木[35]，九日居下枝，一日居上枝。《淮南书》又言烛十日，尧时十日并出，万物焦枯，尧上射十日，以故不并一日见也。世俗又名甲乙为日，甲至癸凡十日，日之有十，犹星之有五也。通人谈士[36]，归于难知，不肯辨明。是以文二传而不定，世两言而无主。

诚实论之，且无十焉。何以验之？夫日犹月也，日而有十，月有十二乎[37]？星有五，五行之精，金木水火土各异光色。如日有十，其气必异。今观日光无有异者，察其小大前后若一。如审气异，光色宜殊；如诚同气，宜合为一，无为十也。验日阳遂[38]，火从天来，日者，大火也，察火在地，一气也，地无十火，天安得十日？然则所谓十日者，殆更自有他物，光质如日之状，居汤谷中水，时缘据扶桑，禹、益见之，则纪十日。

数家度日之光，数日之质，刺径千里，假令日出是扶桑木上之日，扶桑木宜覆万里，乃能受之。何则？一日径千里，十日宜万里也。天之去人万里余也，仰察之，日光眩耀，火光盛明，不能堪也。使日出是扶桑木上之日，禹、益见之，不能知其为日也。何则？仰察一日，目犹眩耀，况察十日乎？当禹、益见之，若斗筐之状，故名之为日。夫火如斗筐，望六万之形，非就见之，即察之体也。由此言之，禹、益所见，意似日非日也。

天地之间，物气相类，其实非者多。海外西南有珠树焉[39]，察之是珠，然非鱼中之珠也[40]。夫十日之日，犹珠树之珠也，珠树似珠非真珠，十日似日非实日也。淮南见《山海经》，则虚言真人烛十日，妄纪尧时十日并出。且日，火也；汤谷，水也。水火相贼[41]，则十日浴于汤谷，当灭败焉。火燃木，扶桑，木也，十日处其上，宜燋枯焉。今浴汤谷而光不灭，登扶桑而枝不燋不枯，与今日出同，不验于五行，故知十日非真日也。且禹、益见十日之时，终不以夜，犹以昼也，则一日出，九日宜留，安得俱出十日？如平旦日未出，且天行有度数，日随天转行，安得留扶桑枝间，浴汤谷之水乎？留则失行度，行度差跌不相应矣[42]。如行出之日与十日异，是意似日而非日也。

《春秋》庄公七年："夏四月辛卯，夜中恒星不见，星霣如雨。"《公羊传》曰[43]："如雨者何？非雨也。非雨则曷为谓之如雨？不修《春秋》曰：雨星，不及地尺而复。君子修之曰：星霣如雨。'"不修《春秋》者，未修《春秋》时鲁史记，曰："雨星，不及地尺而复。"君子者，孔子，孔子修之曰："星霣如雨。"孔子之意以为地有山陵楼台，云不及地尺，恐失其实，更正之曰如雨。如雨者，为从地上而下，星亦从天霣而复，与同，故曰如。夫孔子虽云不及地尺，但言如雨，其谓霣之者，皆是星也。孔子虽定其位，著其文，谓霣为星，与史同焉。

从平地望泰山之巅，鹤如乌，乌如爵者[44]，泰山高远，物之小大失其实。天之去地六万余里，高远非直泰山之巅也；星著于天，人察之，失星之实，非直望鹤乌之类也。数等，星之质百里，体大光盛，故能垂耀[45]，人望见之，若凤卵之状，远失其实也。如星霣审者，天之星霣而至地，人不知其为星也。何则？霣时小大不与在天同也。今见星霣如在天时，是时星也非星，则气为之也。人见鬼如死人之状，其实气象聚，非真死人。然则霣星之形，其实非星。孔子云正霣者，非星而徙，正言如雨非雨之文，盖俱失星之实矣。

《春秋左氏传》：“四月辛卯，夜中恒星不见，夜明也；星霣如雨，与雨俱也。”其言夜明，故不见，与《易》之言日中见斗相依类也[46]。日中见斗，幽不明也；夜中星不见，夜光明也。事异义同，盖其实也。其言与雨俱之，集也。夫辛卯之夜明，故星不见，明则不雨之验也，雨气阴暗安得明？明则无雨，安得与雨俱？夫如是言与雨俱者非实，且言夜明不见，安得见星与雨俱？

又僖公十六年正月戊申[47]，霣石于宋五，《左氏传》曰：“星也。”夫谓霣石为星，则谓霣为石矣。辛卯之夜星霣，为星则实为石矣。辛卯之夜，星霣如是石，地有楼台，楼台崩坏。孔子虽不合言及地尺，虽地必有实数，鲁史目见，不空言者也，云与雨俱，雨集于地，石亦宜然。至地而楼台不坏，非星明矣。且左丘明谓石为星，何以审之？当时石霣硁然[48]。何以其从天坠也，秦时三山亡，亡者不消散，有在其集下时必有声音，或时夷狄之山从集于宋，宋闻石霣，则谓之星也，左丘明省，则谓之星。夫星，万物之精，与日月同。说五星者，谓五行之精之光也，五星众星同光耀，独谓列星为石，恐失其实。实者辛卯之夜，霣星若雨而非星也，与彼汤谷之十日，若日而非日也。

儒者又曰：雨从天下，谓正从天坠也。如实论之，雨从地上不从天下，见雨从上集，则谓从天下矣，其实地上也。然其出地起于山。何以明之？《春秋传》曰：“触石而出，肤寸而合[49]，不崇朝而遍天下[50]，惟太山也。”太山雨天下，小山雨一国，各以小大为近远差。雨之出山，或谓云载而行，云散水坠，名为雨矣。夫云则雨，雨则云矣，初出为云，云繁为雨，犹甚而泥露濡污衣服，若雨之状，非云与俱，云载行雨也。

或曰：《尚书》曰：“月之从星，则以风雨[51]。”《诗》曰：“月丽于毕，俾滂沲矣[52]。”二经咸言[53]，所谓为之非天，如何？夫雨从山发，月经星丽毕之时，丽毕之时当雨也。时不雨，月不丽，山不云，天地上下自相应也。月丽于上，山烝于下[54]，气体偶合，自然道也。云雾，雨之徵也，夏则为露，冬则为霜，温则为雨，寒则为雪。雨露冻凝者，皆由地发，不从天降也。

---

①日朝见，出阴中：古代盖天说认为，天象斜放着的车盖（类似撑开的伞），天的中心在北边，太阳附着在天上，随天绕北极由东向西运转。太阳运转到北极以北就看不见，叫日入，从北极以北运转回来又可以看见，叫日出。当时的阴阳五行家以北方为阴，认为北方阴气盛，以南方为阳，认为南方阳气盛，所以说太阳早晨是从阴中出来。

②晦冥（huì míng，音会明）：昏暗。

③东井：井宿，二十八宿之一，有星八颗，今称“双子座”。日在东井：指在地球上看，太阳沿黄道向赤道北移动到东井。

④牵牛：牛宿，二十八宿之一，有星六颗，今称“摩羯座”。

⑤日道：指在地球上看，太阳出没所经过的道路。

⑥冬、夏节极：指冬、夏的节气到了白天最短和最长的时刻。

⑦寅：中国古代把一昼夜分子、丑、寅、卯、辰、巳、午、未、申、酉、戌、亥十二个时辰，寅相当于上午三点到五点。同时又用子、丑、寅、卯、辰、巳、午、未、申、酉、戌、亥按顺时针方向来表示方位，子为正北，午为正南，寅相当于东北。这里所说的太阳出于寅方位和在寅时出现是一致的。

⑧戌：相当于下午七点到九点，从方位看相当于西北。

⑨十六分：王充把一昼夜分为十六等分，每年农历二月春分，太阳昼夜各行八分，此后每月昼行递增一分，夜行递减一分。到五月夏至，太阳昼行十一分，夜行五分。这以后，每月昼行减一分，夜行增一分。到八月秋分，就又成了昼夜各行八分。

⑩日月有九道：在王充生活的时代，一般认为日行黄道而月行九道。所谓九道，就是按黄道的东、南、西、北方位各分为两道，加上黄道，共九道。

⑪一分道：指太阳经过“一分”这样的时刻所走的路程。

⑫葆：保斗，车盖正中的帽顶。

⑬茎：这里指在车盖正中支撑车盖的杆子。

⑭橑（liáo，音辽）：通“轑”，车盖顶上的弓形辐条。

⑮太山：即泰山，在今山东泰安北。

⑯埵（duò，音垛）块：小土堆。

⑰扣：碰。

⑱危：屋脊。

⑲扶桑：古代传说中东方极远处的一个地方。

⑳细柳：又称柳谷或昧谷，古代传说中西方极远处的一个地方。

㉑日行一度：古代天文学家把一周分成365度多，作为观察日、月、五星运行的尺度。《淮南子·天文训》有关于太阳每天运行一度，月亮每天运行十三度的记载。

㉒硙（wèi，音胃）：磨盘。

㉓凫（fú，音扶）：野鸭。

㉔陶钧：制作陶器的转轮。

㉕丽：附着。

㉖既：食尽——太阳有时因日蚀而看不见。

㉗晦：农历的月末。

㉘膂（lǚ，音吕）：脊梁骨。

㉙通：通“庸”，岂。

㉚虫物：泛指动物。

㉛乘凌：欺压。

㉜袭：重叠。

㉝伎：同“技”。工伎之家：旧指祝、史、射、御、医、卜和各种手工业者。

㉞汤谷：古代传说中东方极远处的一个地方，或称扶桑。

㉟大木：即扶桑树。

㊱通人：有学问的人。谈士：有口才的人。

㊲月有十二乎：古代用十二地支计月，故有此反问。

㊳阳遂：古代利用阳光取火的凹面铜镜。

㊴珠树：传说中的一种树，叶子象珍珠。

㊵鱼中之珠：指珍珠。

㊶相贼：相克。

㊷差跌：同“蹉跌”，失足跌倒，比喻失误。

㊸《公羊传》：相传是战国时鲁国人公羊高所作，是一部解释《春秋》的书。

㊹爵：通“雀”。

㊺垂耀：向下发出光芒。

㊻斗：北斗星。

㊼僖公：鲁僖公，春秋时鲁国君主。僖公十六年：公元前644年。

㊽硁（kēng，音坑）然：击石声。

㊾肤寸：古代长度单位，一尺的宽度为寸，一肤等于四寸。比喻极小的空间。肤寸而合：形容云气密集。

㊿崇朝：一个早晨。

(51)月之从星，则以风雨：意思是月亮靠近箕宿就要刮风，靠近毕宿就要下雨。

(52)俾（bǐ，音比）：使。

(53)二经：这里指《尚书》和《诗经》。

(54)烝：通“蒸”，蒸发。

答佞

或问曰："贤者行道，得尊官厚禄矣；何必为佞[①]，以取富贵？"曰：佞人知行道可以得富贵，必以佞取爵禄者，不能禁欲也；知力耕可以得谷，勉贸可以得货，然而必盗窃，情欲不能禁者也。以礼进退也，人莫不贵，然而违礼者众，尊义者希，心情贪欲，志虑乱溺也。夫佞与贤者同材，佞以情自败；偷盗与田商同知，偷盗以欲自劾也[②]。

问曰："佞与贤者同材，材行宜钧[③]，而佞人曷为独以情自败[④]？"曰：富贵皆人所欲也，虽有君子之行，犹有饥渴之情。君子则以礼防情，以义割欲，故得循道，循道则无祸。小人纵贪利之欲，逾礼犯义，故进得苟佞，苟佞则有罪。夫贤者，君子也；佞人，小人也。君子与小人本殊操异行，取舍不同。

问曰："佞与谗者同道乎？有以异乎？"曰：谗与佞，俱小人也，同道异材，俱以嫉妒为性，而施行发动之异。谗以口害人，佞以事危人；谗人以直道不违，佞人依违匿端[⑤]；谗人无诈虑，佞人有术数。故人君皆能远谗亲仁，莫能知贤别佞。难曰："人君皆能远谗亲仁，而莫能知贤别佞，然则佞人意不可知乎？"曰：佞可知，人君不能知。庸庸之君，不能知贤，不能知贤，不能知佞。唯圣贤之人，以九德检其行，以事效考其言。行不合于九德[⑥]，言不验于事效，人非贤则佞矣。夫知佞以知贤，知贤以知佞，知佞则贤智自觉，知贤则奸佞自得。贤佞异行，考之一验；情心不同，观之一实。

问曰："九德之法，张设久矣，观读之者，莫不晓见，斗斛之量多少，权衡之县轻重也。然而居国有土之君，曷为常有邪佞之臣与常有欺惑之患？"曰：无患斗斛过，所量非其谷；不患无铨衡，所铨非其物故也。在人君位者，皆知九德之可以检行，事效可以知情，然而惑乱不能见者，则明不察之故也。人有不能行，行无不可检；人有不能考，情无不可知。

问曰："行不合于九德，效不检于考功，进近非贤，非贤则佞。夫庸庸之材，无高之知不能及贤。贤功不效，贤行不应，可谓佞乎？"曰：材有不相及，行有不相追，功有不相袭。若知无相袭[⑦]，人材相什百，取舍宜同，贤佞殊行，是是非非。实名俱立，而效有成败，是非之言俱当，功有正邪。言合行违，名盛行废，佞人也。

问曰："行合九德则贤，不合则佞。世人操行者可尽谓佞乎？"曰：诸非皆恶，恶中之逆者，谓之无道；恶中之巧者，谓之佞人。圣王刑宪，佞在恶中；圣王赏劝，贤在善中。纯洁之贤，善中殊高，贤中之圣也。恶中大佞，恶中之雄也。故曰：观贤由善，察佞由恶。善恶定成，贤佞形矣。

问曰："聪明有蔽塞，推行有谬误，今以是者为贤，非者为佞，殆不得贤之实乎？"曰：聪明蔽塞，推行谬误，人之所歉也。故曰：刑故无小，宥过无大[⑧]。圣君原心省意，故诛故贳误[⑨]。故贼加增，过误减损，一狱吏所能定也，贤者见之不疑矣。

问曰："言行无功效，可谓佞乎？"曰：苏秦约六国为从[⑩]，强秦不敢窥兵于关外[⑪]。张仪为横[⑫]，六国不敢同攻于关内。六国约从，则秦畏而六国强；三秦称横[⑬]，则秦强而天下弱。功著效明，载纪竹帛，虽贤何以加之？太史公叙言众贤，仪、秦有篇，无嫉恶之文，功钧名敌，不异于贤。夫功之不可以效贤，犹名之不可实也。仪、秦，排难之人也，处扰攘之世[⑭]，行揣摩之术。当此之时，稷、契不能与之争计[15]，禹、皋陶不能与之比效[16]。若夫阴阳调和，风雨时适，五谷丰熟，盗贼衰息，人举廉让，家行道德之功，命禄贵美，术数所致，非道德之所成也。太史公记功，故高来祀[17]，记录成则著效明验，揽载高卓，以仪、秦功美，故列其状。由此言之，佞人亦能以权说立功为效。无效，未可为佞也。难曰："恶中立功者谓之佞。能为功者，材高知明。思虑远者，必傍义依仁，乱于大贤。故《觉佞》之篇曰[18]：'人主好辨，佞人言利；人主好文，佞人辞丽。'心合意同，偶当人主，说而不见其非，何以知其伪而伺其奸乎[19]?"曰：是谓庸庸之君也，材下知昏，蔽惑不见。贤圣之君，察之审明，若视俎之上脯[20]，指掌中之理，数局上之棋，摘辕中之马。鱼鳖匿渊，捕渔者知其源；禽兽藏山，畋猎者见其脉[21]。佞人异行于世，世不能见，庸庸之主，无高材之人也。难曰："人君好辨，佞人言利；人主好文，佞人辞丽。言操合同，何以觉之?"曰：文王官人法曰："推其往行以揆其来言[22]，听其来言以省其往行，观其阳以考其阴，察其内以揆其外。"是故诈善设节者可知[23]，饰伪无情者可辨，质诚居善者可得，含忠守节者可见也。人之旧性不辨，人君好辨，佞人学求合于上也。人之故能不文，人君好文，佞人意欲称上。上奢，已丽服；上俭，己不饰[24]。今操与古殊，朝行与家别，考乡里之迹，证朝庭之行，察共亲之节[25]，明事君之操，外内不相称，名实不相副，际会发见[26]，奸为觉露也[27]。

问曰："人操行无恒，权时制宜。信者欺人，直者曲挠，权变所设，前后异操，事有所应，左右异语。儒书所载，权变非一。今以素故考之，毋乃失实乎[28]?"曰：贤者有权，佞者有权。贤者之有权，后有应。佞人之有权，亦反经，后有恶。故贤人之权，为事为国；佞人之权，为身为家。观其所权，贤佞可论。察其发动，邪正可名。

问曰："佞人好毁人，有诸?"曰：佞人不毁人。如毁人，是谗人也。何则?佞人求利，故不毁人。苟利于己，曷为毁之?苟不利于己，毁之无益。以计求便，以数取利，利则便得。妒人共事，然后危人。其危人也非毁之，而其害人也非泊之[29]。誉而危之，故人不知。厚而害之，故人不疑。是故佞人危而不怨，害人之败而不仇。隐情匿意，为之功也。如毁人，人亦毁之，众不亲，士不附也，安能得容世取利于上?

问曰："佞人不毁人于世间，毁人于将前乎?"曰：佞人以人欺将，不毁人于将。"然则佞人奈何?"曰：佞人毁人，誉之；危人，安之。"毁危奈何?"假令甲有高行奇知[30]，名声显闻，将恐人君召问，扶而胜己，欲故废不言，常腾誉之[31]。荐之者众，将议欲用，问人，人必不对曰，甲贤而宜召也。何则?甲意不欲留县，前闻其语矣，声望欲入府，在郡则望欲入州。志高则操与人异，望远则意不顾近。屈而用之，其心不满，不则卧病。贱而命之则伤贤，不则损威。故人君所以失名损誉者，好臣所常臣也。自耐下之，用之可也。自度不能下之，用之不便。夫用之不两相益，舍之不两相损。人君畏其志，信佞人之言，遂置不用。

问曰："佞人直以高才洪知考上世人乎[32]?将有师学检也?"曰：人自有知以诈人，及其说人主，须术以动上，犹上人自有勇威人[33]，及其战斗，须兵法以进众[34]，术则从横，师则鬼谷也[35]。传曰："苏秦、张仪从横习之鬼谷先生，掘地为坑，曰：下，说令我泣，出则耐分人君之地。苏秦下，说鬼谷先生泣下沾襟，张仪不若。苏秦相赵，并相六国。张仪贫贱，往归苏秦，座之堂下，食以仆妾之食，数让激怒，欲令相秦。仪忿恨，遂西入秦。苏秦使人厚送。其后觉知，曰：此在其术中，吾不知也，此吾所不及苏君者。"知深有术，权变锋出，故身尊崇荣显，为世雄杰。深谋明术，深浅不能并行，明暗不能并知。

问曰："佞人养名作高[36]，有诸?"曰：佞人食利专权，不养名作高。贪权据凡[37]，则高名自立矣。称于小人，不行于君子。何则?利义相伐，正邪相反。义动君子，利动小人。佞人贪利名之显，君子不安下则身危。举世为佞者，皆以祸众[38]，不能养其身，安能养其名?上世列传弃宗养身[39]，违利赴名，竹帛所载，伯成子高委国而耕[40]，於陵子辞位灌园[41]，近世兰陵王仲子、东郡昔庐君阳[42]，寝位久病[43]，不应上征，可谓养名矣。夫不以道进，必不以道出身[44]；不以义止，必不以义立名。佞人怀贪利之心，轻祸重身，倾死为僇矣[45]，何名之养？义废德坏，操行随辱，何云作高？

问曰："大佞易知乎，小佞易知也?"曰：大佞易知，小佞难知。何则？大佞材高，其迹易察；小佞知下，其效难省。何以明之？成事，小盗难觉，大盗易知也。攻城袭邑，剽劫虏掠，发则事觉，道路皆知盗也[46]。穿凿垣墙，狸步鼠窃，莫知谓谁。曰："大佞奸深惑乱，其人如大盗易知，人君何难？《书》曰：'知人则哲，惟帝难之。'虞舜大圣，驩兜大佞[47]。大圣难知大佞，大佞不忧大圣。何易之有?"曰：是谓下知之，上知之。上知之大难小易，下知之大易小难。何则？佞人材高，论说丽美。因丽美之说，人主之威，人主心并不能责，知或不能觉。小佞材下，对乡失漏，际会不密，人君警悟，得知其故。大难小易也。屋漏在上，知者在下。漏大，下见之著；漏小，下见之微。或曰："雍也仁而不佞[48]。"孔子曰："焉用佞！御人以口给，屡憎于民。"误设计数，烦扰农商，损下益上，愁民说主。损上益下，忠臣之说也；损下益上，佞人之义也。"季氏富于周公，而求也为之聚敛而附益之，小子鸣鼓而攻之可也。"聚敛，季氏不知其恶，不知百姓所共非也。

---

①佞（nìng，音泞）：花言巧语，谄媚奉承。

②劾（hé，音何）：揭发罪状。　　自劾：自己陷入法网。

③钧：通"均"。

④曷（hé，音何）：何。曷为：为什么。

⑤依违：模棱两可。

⑥九德：指用来考察一个人性情真伪的九项道德标准。参见《尚书·皋陶谟》，原文为："行有九德……宽而栗，柔而立，愿而恭，乱而敬，扰而毅，直而温，简而廉，刚而塞，强而义。"

⑦无相袭：比不上。

⑧宥（yòu，音又）：宽赦。

⑨贳（shì，音士）：宽赦。

⑩苏秦：战国时政治家，曾劝说六国联合抗秦。

⑪窥兵：这里指采取军事行动。关外：指函谷关（今河南灵宝东北）以东地区。

⑫张仪：战国时政治家，曾游说六国与秦结成联盟。王充在本文将他看成佞人。

⑬三秦：指战国时秦国统治的地区，由于秦朝灭亡后，项羽曾把这片地方分封给秦的三名降将，所以后人称它为三秦。

⑭扰攘（rǎng，音壤）：纷乱，战乱。

⑮稷、契（xiè，音谢）：传说是尧、舜的贤臣。

⑯皋陶：传说是尧、舜的贤臣。

⑰祀：年。来祀：来年，后代。

⑱《觉佞》：可能是《论衡》的佚篇。

⑲伺：察觉。

⑳俎（zǔ，音祖）：切肉用的砧（zhēn，音真）板。脯（fǔ，音府）：干肉。

㉑畋（tián，音田）：打猎。

㉒揆（kuí，音葵）：判断，衡量。

㉓设节：伪装清高。

㉔饬（chì，音斥）：通"饰"，修饰，打扮。

㉕共（gōng，供）：通"供"。共亲：供养父母。

㉖际会：恰巧，正好。

㉗为：通“伪”，伪装。

㉘毋乃：只怕是。

㉙泊：同“薄”，薄待。

㉚甲：指某人。

㉛腾誉：大力赞扬。

㉜直：仅仅。

㉝威：压倒。

㉞进众：指挥军队进攻。

㉟鬼谷：鬼谷子。传说是战国时的隐士，楚国人，隐居鬼谷，张仪、苏秦曾跟他学习纵横之术。

㊱养名：指千方百计博取好名声。　作高：抬高自己。

㊲凡：这里指要位。

㊳众（zhōng，音终）：通“终”。

㊴宗：尊崇、尊贵。

㊵伯成子高：传说是尧时的诸侯。在禹继位时，他弃国务农。

㊶於（wū，音污）陵子：即陈仲子，战国时齐国人，隐居於陵，楚王聘其为相，拒不应召，而是逃往别处，替人浇灌菜园。

㊷王仲子：即王良，王莽在位时，他托辞有病，不肯做官。昔庐君阳：人名，姓昔庐，又叫索卢放，汉光武帝时任谏议大夫，因病辞官后不再应征。

㊸寝：止，引伸为放弃。

㊹出身：献身。

㊺僇（lù，音路）：通“戮”，杀害。

㊻道路：这里指路上的行人，泛指众人。

㊼驩（huān，音欢）兜：传说是尧的臣子。

㊽雍：冉雍，字仲弓，孔子门徒。仁而不佞：有仁德而不花言巧语。

程　材

论者多谓儒生不及彼文吏，见文吏利便而儒生陆落①，则诋訾儒生以为浅短，称誉文吏谓之深长。是不知儒生，亦不知文吏也。儒生、文吏皆有材智，非文吏材高而儒生智下也，文吏更事，儒生不习也。谓文吏更事，儒生不习，可也；谓文吏深长，儒生浅短，知妄矣。

世俗共短儒生，儒生之徒亦自相少。何则？并好仕学宦，用吏为绳表也。儒生有阙②，俗共短之；文吏有过，俗不敢訾③。归非于儒生，付是于文吏也。夫儒生材非下于文吏，又非所习之业非所当为也，然世俗共短之者，见将不好用也。将之不好用之者，事多，己不能理，须文吏以领之也。夫论善谋材，施用累能④，期于有益。文吏理烦，身役于职，职判功立，将尊其能。儒生栗栗⑤，不能当剧，将有烦疑，不能效力，力无益于时，则官不及其身也。将以官课材，材以官为验，是故世俗常高文吏，贱下儒生。儒生之下，文吏之高，本由不能之将。世俗之论，缘将好恶。

今世之将，材高知深，通达众凡，举纲持领，事无不定。其置文吏也，备数满员，足以辅己志。志在修德，务在立化，则夫文吏瓦石，儒生珠玉也。夫文吏能破坚理烦，不能守身，则亦不能辅将。儒生不习于职，长于匡救⑥，将相倾侧⑦，谏难不惧。案世间能建蹇蹇之节⑧，成三谏之议⑨，令将检身自敕⑩，不敢邪曲者，率多儒生。阿意苟取容幸⑪，将欲放失⑫，低嘿不言者[13]，率多文吏。文吏以事胜，以忠负；儒生以节优，以职劣。二者长短，各有所宜。世之将相，各有所取。取儒生者，必轨德立化者也；取文吏者，必优事理乱者也。

材不自能则须助，须助则待劲。官之立佐，为力不足也；吏之取能，为材不及也。日之照幽，不须灯烛；贲、育当敌[14]，不待辅佐。使将相知力若日之照幽，贲、育之难敌，则文吏之能无所用也。病作而医用，祸起而巫使。如自能案方和药，入室求祟[15]，则医不售而巫不进矣。桥梁之设也，足不能越沟也；车马之用也，走不能追远也。足能越沟，走能追远，则桥梁不设、车马不用矣。天地事物，人所重敬，皆力劣知极，须仰以给足者也。今世之将相，不责己之不能，而贱儒生之不习；不原文吏之所得得用，而尊其材谓之善吏。非文吏，忧不除；非文吏，患不救：是以选举取常故[16]，案吏取无害。儒生无阀阅[17]，所能不能任剧，故陋于选举，佚于朝庭[18]。

聪慧捷疾者，随时变化，学知吏事，则踵文吏之后，未得良善之名。守古循志，案礼修义，辄为将相所不任，文吏所毗戏[19]。不见任则执欲息退，见毗戏则意不得。临职不劝[20]，察事不精，遂为不能，斥落不习。有俗材而无雅度者，学知吏事，乱于文吏，观将所知，适时所急，转志易务，昼夜学问，无所羞耻，期于成能名文而已。其高志妙操之人，耻降意损崇，以称媚取进，深疾才能之儒，洎入文吏之科[21]，坚守高志，不肯下学。亦时或精阍不及[22]，意疏不密，临事不识，对向谬误[23]；拜起不便，进退失度，奏记言事，蒙士解过[24]；援引古义，割切将欲，直言一指，触讳犯忌；封蒙约缚[25]，简绳检署[26]，事不如法，文辞卓诡[27]，辟刺离实[28]，曲不应义。故世俗轻之，文吏薄之，将相贱之。

是以世俗学问者，不肯竟经明学[29]，深知古今，急欲成一家章句[30]，义理略具，同趋学史书，读律讽令[31]，治作情奏[32]，习对向，滑习跪拜[33]，家成室就，召署辄能[34]。徇今不顾古[35]，趋雠不存志[36]，竞进不案礼，废经不念学。是以古经废而不修，旧学暗而不明，儒者寂于空室，文吏哗于朝堂。材能之士，随世驱驰；节操之人，守隘屏窜。驱驰日以巧，屏窜日以拙。非材顿知不及也，希见阙为，不狎习也[37]。盖足未尝行尧、禹问曲折，目未尝见孔、墨问形象。

齐部世刺绣，恒女无不能[38]；襄邑俗织锦，钝妇无不巧。日见之，日为之，手狎也。使材士未尝见，巧女未尝为，异事诡手，暂为卒睹，显露易为者，犹愦愦焉[39]。方今论事不谓希更[40]，而曰材不敏；不曰未尝为，而曰知不达。失其实也。儒生材无不能敏，业无不能达，志不肯为。今俗见不习谓之不能；睹不为，谓之不达。

科用累能，故文吏在前，儒生在后。是从朝庭谓之也。如从儒堂订之，则儒生在上，文吏在下矣。从农论田，田夫胜；从商讲贾，贾人贤。今从朝庭谓之，文吏，朝庭之人也，幼为干吏[41]，以朝庭为田亩，以刀笔为耒耜[42]，以文书为农业，犹家人子弟生长宅中，其知曲折愈于宾客也。宾客暂至，虽孔、墨之材，不能分别。儒生犹宾客，文吏犹子弟也。以子弟论之，则文吏晓于儒生，儒生暗于文吏。今世之将相，知子弟以文吏为慧，不能知文吏以狎为能；知宾客以暂为固[43]，不知儒生以希为拙，惑蔽暗昧，不知类也。

一县佐史之材[44]，任郡掾史[45]。一郡修行之能[46]，堪州从事。然而郡不召佐史，州不取修行者，巧习无害，文少德高也。五曹自有条品[47]，薄书自有故事[48]，勤力玩弄，成为巧吏，安足多矣。贤明之将，程吏取材，不求习论高，存志不顾文也[49]。称良吏曰忠，忠之所以为效，非薄书也。夫事可学而知，礼可习而善，忠节公行，不可立也。文吏、儒生皆有所志，然而儒生务忠良，文吏趋理事。苟有忠良之业，疏拙于事，无损于高。

论者以儒生不晓薄书，置之于下第。法令比例[50]，吏断决也。文吏治事，必问法家。县官事务[51]，莫大法令。必以吏职程高，是则法令之家宜最为上。或曰："固然，法令，汉家之经，吏议决焉。事定于法，诚为明矣。"曰：夫《五经》亦汉家之所立，儒家善政大义，皆出其中。董仲舒表《春秋》之义，稽合于律[52]，无乖异者[53]。然则《春秋》，汉之经，孔子制作，垂遗于汉。论者徒尊法家，不高《春秋》，是暗蔽也。《春秋》、《五经》，义相关穿，既是《春秋》，不大《五经》，是不通也。《五经》以道为务，事不如道，道行事立，无道不成。然则儒生所学者，道也；文吏所学者，事也。假使材同，当以道学。如比于文吏，洗洿泥者以水[54]，燔腥生者用火[55]。水火，道也，用之者事也，事末于道。儒生治本，文吏理末，道本与事末比，定尊卑之高下，可得程矣[56]。

尧以俊德致黎民雍。孔子曰："孝悌之至[57]，通于神明。"张释之曰："秦任刀笔小吏，陵迟至于二世[58]，天下土崩。"张汤、赵禹，汉之惠吏，太史公序累置于酷部而致土崩[59]，孰与通于神明，令人填膺也？将相知经学至道，而不尊经学之生，彼见经学之生能不及治事之吏也。牛刀可以割鸡，鸡刀难以屠牛。刺绣之师，能缝帷裳。纳缕之工[60]，不能织锦。儒生能为文吏之事，文吏不能立儒生之学。文吏之能，诚劣不及，儒生之不习，实优而不为。禹决江河，不秉镬锸[61]；周公筑雒[62]，不把筑杖[63]。夫笔墨簿书，镬锸筑杖之类也，而欲合志大道者躬亲为之，是使将军战而大匠斲也[64]。

说一经之生，治一曹之事，旬月能之。典一曹之吏，学一经之业，一岁不能立也。何则？吏事易知，而经学难见也。儒生擿经[65]，穷竟圣意。文吏摇笔，考迹民事。夫能知大圣之意，晓细民之情，孰者为难？以立难之材，含怀章句，十万以上，行有余力。博学览古今，计胸中之颖，出溢十万。文吏所知，不过辨解簿书。富累千金，孰与赀直百十也？京廪如丘，孰与委聚如坻也[66]？世名材为名器，器大者盈物多。然则儒生所怀，可谓多矣。

蓬生麻间[67]，不扶自直；白纱入缁[68]，不染自黑。此言所习善恶，变易质性也。儒生之性，非能皆善也，被服圣教，日夜讽咏，得圣人之操矣。文吏幼则笔墨，手习而行，无篇章之诵，不闻仁义之语。长大成吏，舞文巧法，徇私为己，勉赴权利。考事则受赂，临民则采渔[69]，处右则弄权，幸上则卖将。一旦在位，鲜冠利剑。一岁典职，田宅并兼。性非皆恶，所习为者违圣教也。故习善儒路，归化慕义，志操则励，变从高。明将见之显用儒生：东海相宗叔犀，犀广召幽隐，春秋会飨[70]，设置三科，以第补吏。一府员吏，儒生什九。陈留太守陈子瑀，开广儒路，列曹掾史，皆能教授。簿书之吏，什置一二。两将知道事之理，晓多少之量，故世称褒其名，书记纪累其行也[71]。

---

①陆落：沉沦，不得志。

②阙（quē，音缺）：通"缺"，缺点，过错。

③訾（zǐ，音子）：诋毁。

④施（yì，音义）：通"貤"，区别轻重。

⑤栗栗：即慄慄，形容恐惧的样子。

⑥匡救：这里指纠正地方长官的过失。

⑦相：官名，汉代王国和侯国的主要官吏，相当于郡太守、县令，是朝廷任命的。倾侧：为非作歹。

⑧蹇（jiǎn，音减）蹇：形容忠心耿耿的样子。

⑨三谏之议：据《公羊传·庄公二十四年》载，春秋时，曹国大夫规劝曹国君主，因为不被采纳，共规劝了三次，最后不得已才离开曹国。儒家认为这种作法合于"君臣之义"。

⑩敕：通"饬"，约束。自敕：自我约束。

⑪阿（ē）：迎合。

⑫失（yì，音义）：通"佚"，放纵。

⑬嘿（mò，音莫）：沉默。

⑭贲、育：孟贲、夏育，传说中的两个大力士。

⑮求祟：指用求神捉鬼等迷信活动消除灾祸。

⑯常故：指能按官场老一套办事的人。

⑰阀阅：指统治人民的所谓功绩和经历。

⑱佚（yì，音义）：失。庭：通“廷”。

⑲毗（pí，音皮）：通“卑”，卑视。

⑳劝：勤勉。

㉑洎（jì，音计）：及，等到。

㉒闇：通“谙”，熟悉。

㉓对向：对答。

㉔蒙士：迂腐的读书人。

㉕封蒙约缚：指封固和捆扎公文函件。

㉖简绳检署：指在封扎好的函件上系标签署名，或在封泥上加印。

㉗卓诡：高超得出奇，与众不同。

㉘辟：乖僻。剌（là，音腊）：违反、悖理。

㉙竟：穷尽。

㉚章句：章句之学，指汉代儒家各派对经书采取不同的分段、分句以及不同解释而形成的一种学问。

㉛讽：背诵。

㉜情奉：指公文。

㉝滑习：熟习。

㉞署：供职。

㉟徇：迎合，迁就。

㊱雠（shòu，音售）：售。

㊲狎（xiá，音侠）习：熟习。

㊳恒女：普通的妇女。

㊴愦（kuì，音愧）：昏昧无知。愦愦：糊里糊涂的样子。

㊵希更：经历的少。

㊶干吏：负责具体事务的官吏。

㊷耒耜（lěi sì，音垒四）：古代耕地用的农具。

㊸固：浅陋，这里指不了解情况。

㊹佐史：县的低级官吏。

㊺掾（yàn，音怨）：汉代中央和地方机构中属官的通称。

㊻修行：地方低级官吏。

㊼曹：指汉代从中央到地方各级政府分科办事的部门。五曹：原指汉成帝设置的尚书台的五个部门，这里泛指政府各部门。条品：章程。

㊽薄书：公文。故事：旧例。

㊾存：重视。

㊿比例：在汉代，凡法令上没有规定，而比照类似条文处理事务或判案，经皇帝批准后具有法的效力的，称做“比”或“比例”。

(51)县官：古代称天子所居的都城及周围的地区为县，所以称天子为县官。

(52)稽合：符合。

(53)乖：违反。

(54)洿（wū，音污）：同“污”。

(55)燔（fán，音凡）：烧烹。

(56)程：衡量。

(57)孝悌（tì，音替）：儒家宣扬的两种道德规范，指孝顺父母、尊重兄长。

(58)陵迟：每况愈下，越来越不行。

㊾酷部：指《史记·酷吏列传》。

⑥纳：缝补。缕：破旧衣服。

⑥鑁（jué，音决）、锸（chā，音插）：古代两种挖土工具。

⑥雒（luò，音洛）：即雒邑，古都邑名，在今河南洛阳市东北。

⑥筑杖：砸地基、夯土墙用的工具。

⑥斲（zhuó，拙）：砍。

⑥擿（tì，音惕）：揭示，发挥。

⑥委聚：积聚。坻（chí，音迟）：水中小洲，比喻粮堆低小。

⑥蓬：一种容易倒伏的草木植物。

⑥缁（zī，音资）：黑色。

⑥临民：治理百姓。采渔：榨取，掠夺。

⑦春秋会飨：汉代每年三月和十月，由郡县设酒宴以礼款待地方上所谓年老且有道德有学问的人。

⑦书记：书籍。　纪累：记载。

量　知

《程材》所论，论材能行操，未言学知之殊奇也。夫儒生之所以过文吏者，学问日多，简练其性，雕琢其材也。故夫学者所以反情治性，尽材成德也。材尽德成，其比于文吏亦雕琢者，程量多矣。贫人与富人，俱赍钱百[①]，并为赙礼死哀之家[②]。知之者知贫人劣能共百，以为富人饶羡有奇余也[③]；不知之者，见钱俱百，以为财货贫富皆若一也。文吏、儒生皆有似于此。皆为掾吏，并典一曹，将知之者，知文吏、儒生笔同，而儒生胸中之藏，尚多奇余。不知之者，以为皆吏，深浅多少同一量，失实甚矣。地性生草，山性生木。如地种葵韭，山树枣栗，名曰美园茂林，不复与一恒地庸山比矣。文吏、儒生，有似于此，俱有材能，并用笔墨，而儒生奇有先王之道。先王之道，非徒葵韭枣栗之谓也。恒女之手，纺绩织经[④]；如或奇能，织锦刺绣，名曰卓殊，不复与恒女科矣。夫儒生与文吏程材，而儒生侈有经传之学，犹女工织锦刺绣之奇也。

贫人好滥而富人守节者，贫人不足而富人饶侈。儒生不为非而文吏好为奸者，文吏少道德而儒生多仁义也。贫人富人，并为宾客，受赐于主人，富人不惭而贫人常愧者，富人有以效，贫人无以复也。儒生、文吏，俱以长吏为主人者也。儒生受长吏之禄，报长吏以道；文吏空胸无仁义之学，居住食禄，终无以效，所谓尸位素餐者也。素者，空也；空虚无德，餐人之禄，故曰素餐。无道艺之业，不晓政治，默坐朝庭，不能言事，与尸无异，故曰尸位。然则文吏所谓尸位素餐者也。居右食嘉，见将倾邪[⑤]，岂能举记陈言得失乎？一则不能见是非，二则畏罚不敢直言。《礼》曰："情欲巧。"其能力言者，文丑不好，有骨无肉，脂腴不足[⑥]，犯干将相指[⑦]，遂取间郤[⑧]。为地战者不能立功名，贪爵禄者不能谏于上。文吏贪爵禄，一日居位，辄欲图利以当资用，侵渔徇身[⑨]，不为将官显义。虽见太山之恶，安肯扬举毛发之言！事理如此，何用自解于尸位素餐乎？儒生学大义，以道事将，不可则止，有大臣之志，以经勉为公正之操，敢言者也，位又疏远。远而近谏，礼谓之谄，此则郡县之府庭所以常廓无人者也[⑩]。

或曰："文吏笔扎之能，而治定薄书，考理烦事，虽无道学；筋力材能尽于朝庭，此亦报上之效验也。"曰：此有似于贫人负官重责，贫无以偿，则身为官作[⑪]，责乃毕竟。夫官之作，非屋庑则墙壁也。屋庑则用斧斤，墙壁则用筑锸。荷斤斧，把筑锸，与彼握刀持笔何以殊？苟谓治文书者报上之效验，此则治屋庑墙壁之人，亦报上也。俱为官作，刀笔斧斤筑锸钧也。抱布贸丝，交易有亡，各得所愿。儒生抱道贸禄，文吏无所抱，何用贸易？农商殊业，所畜之货[12]，货不可同，计其精粗，量其多少，其出溢者名曰富人，富人在世，乡里愿之。夫先王之道，非徒农商之货也；其为长吏立功致化，非徒富多出溢之荣也。且儒生之业，岂徒出溢哉？其身简练，知虑光明，见是非审，尤可奇也。

蒸所与众山之材干同也[13]，伐以为蒸，熏以火，烟热究浃[14]，光色泽润，烘之于堂[15]，其耀浩广，火灶之效加也。绣之未刺，锦之未织，恒丝庸帛，何以异哉？加五采之巧，施针缕之饰，文章炫耀[16]，黼黻华虫[17]，山龙日月。学士有文章之学，犹丝帛之有五色之巧也。本质不能相过，学业积聚，超逾多矣。物实无中核者谓之郁，无刀斧之断者谓之朴。文吏不学，世之教无核也，郁朴之人，孰与程哉？骨曰切，象曰瑳[18]，玉曰琢，石曰磨，切瑳琢磨，乃成宝器。人之学问知能成就，犹骨象玉石切瑳琢磨也。虽欲勿用，贤君其舍诸？孙武、阖庐[19]，世之善用兵者也，知或学其法者，战必胜。不晓什伯之阵[20]，不知击刺之术者，强使之军，军覆师败，无其法也。谷之始熟曰粟。舂之于臼，簸其粃糠；蒸之于甑[21]，爨之以火[22]，成熟为饭，乃甘可食。可食而食之，味生肌腴成也。粟未为米，米未成饭，气腥未熟，食之伤人。夫人之不学，犹谷未成粟，米未为饭也。知心乱少，犹食腥谷，气伤人也。学士简练于学，成熟于师，身之有益，犹谷成饭，食之生肌腴也。铜锡未采，在众石之间，工师凿掘，炉橐铸铄乃成器[23]。未更炉橐名曰积石，积石与彼路畔之瓦、山间之砾，一实也。故夫谷未舂蒸曰粟，铜未铸铄曰积石[24]，人未学问曰朦[25]。朦者，竹木之类也。夫竹生于山，木长于林，未知所入。截竹为筒，破以为牒[26]，加笔墨之迹，乃成文字，大者为经，小者为传记。断木为椠[27]，枅之为板，力加刮削，乃成奏牍。夫竹木，粗苴之物也[28]，雕琢刻削，乃成为器用。况人含天地之性，最为贵者乎！

不入师门，无经传之教，以郁朴之实，不晓礼义，立之朝庭，植竿树表之类也[29]，其何益哉？山野草茂，钩镰斩刈，乃成道路也。士未入道门，邪恶未除，犹山野草木未斩刈[30]，不成路也。染练布帛，名之曰采，贵吉之服也。无染练之治名縠粗[31]，縠粗不吉，丧人服之。人无道学，仕宦朝庭，其不能招致也，犹丧人服粗不能招吉也。能斲削柱梁，谓之木匠。能穿凿穴坎，谓之土匠。能雕琢文书，谓之史匠。夫文吏之学，学治文书也，当与木土之匠同科，安得程于儒生哉？御史之遇文书，不失分铢[32]。有司之陈笾豆[33]，不误行伍。其巧习者，亦先学之，人不贵者也，小贱之能，非尊大之职也。无经艺之本，有笔墨之末，大道未足而小伎过多，虽曰吾多学问，御史之知、有司之惠也。饭黍粱者餍[34]，餐糟糠者饱，虽俱曰食，为腴不同。儒生文吏，学俱称习，其于朝庭，有益不钧。郑子皮使尹何为政[35]，子产比于未能操刀使之割也。子路使子羔为费宰，孔子曰："贼夫人之子。"皆以未学不见大道也。医无方术，云："吾能治病。"问之曰："何用治病？"曰："用心意。"病者必不信也。吏无经学，曰："吾能治民。"问之曰："何用治民？"曰："以材能。"是医无方术，以心意治病也，百姓安肯信向，而人君任用使之乎！手中无钱之市，使货主问曰"钱何在"，对曰"无钱"，货主必不与也。夫胸中不学，犹手中无钱也。欲人君任使之，百姓信向之，奈何也！

①赍（jī，音机）：把东西送给别人。

②赙（fù，音富）：拿钱帮助别人办理丧事。

③饶羡：富足。

④纺绩：纺纱。

⑤倾邪：为非作歹。

⑥脂腴不足：形容文章写得不委婉，锋芒外露。

⑦犯干：触犯，违反。

⑧郤（xì，音细）：通“隙”。间郤：隔阂，疏远。

⑨侵渔：凭借权势掠夺榨取别人的财物。

⑩廓（kuò，音阔）：空。

⑪官作：汉代指为官府服劳役。

⑫畜：同“蓄”，积储。

⑬蒸：古代把木材、麻杆经过加工后用来照明的称为“蒸”。

⑭浃（jiā，音加）：透彻。

⑮焫（ruò，音若）：点燃。

⑯文章：这里指花纹图案。

⑰黼黻（fǔ fú，音斧服）：古代服饰上绣的斧头形和“己”字形的两种图案。华虫：指野鸡形的图案。

⑱瑳（cuō，音搓）：通“磋”，制象牙器物的一种方法。

⑲阖（hé，音合）庐：春秋末期的吴国君主。

⑳伯：通“佰”。什伯：古代军队的一种编制，以十人为“什”，百人为“佰”。什伯之阵：列队摆阵的意思。

㉑甑（zèng，音赠）：古代蒸饭的一种瓦器。

㉒爨（cuàn，音篡）：烧火煮食物。

㉓橐（tuó，音驮）：古代冶炼时用来鼓风的器具，多为皮质袋状，相当于现在的风箱。

㉔积石：这里指矿石。

㉕朦（méng，音蒙）：愚昧。

㉖牒：古代书写用的竹简。

㉗椠（qiàn，音欠）：备书写用的木板。

㉘苴（qū，音区）：通“粗”。粗苴：粗糙。

㉙笮（zuó，音昨）：古代称一些竹制器物为“笮”，这里指竹竿。表，泛指木柱。

㉚刈（yì，音义）：割。

㉛縠（hú，音胡）粗：指未经煮染的粗糙的纺织品。

㉜分铢：这里用来比喻细小。

㉝有司：指负责祭祀的官吏。笾（biān，音边）：祭祀时盛果品的竹器。豆：祭祀时盛肉食的器皿。

㉞黍粱：泛指细粮。

㉟郑子皮使尹何为政：据《左传·襄公三十一年》载，子皮（郑国上卿）打算让位尹何（郑国的一个年轻人），郑国大夫子产说他还年青，就好象一个人还不会拿刀，就让他去宰牛一样，可能会伤害自己。

谢　短

《程材》、《量知》，言儒生、文吏之材，不能相过，以儒生修大道，以文吏晓簿书，道胜于事，故谓儒生颇愈文吏也。此职业外相程相量也，其内各有所以为短，未实谢也[①]。夫儒生能说一经，自谓通大道以骄文吏；文吏晓簿书，自谓文无害以戏儒生。各持满而自臧，非彼而是我，不知所为短，不悟于己未足。《论衡》酬之[②]，将使悏然各知所乏[③]。夫儒生所短，不徒以不晓簿书；文吏所劣，不徒以不通大道也。反以闭暗不览古今，不能各自知其所业之事未具足也。二家各短，不能自知也。世之论者，而亦不能酬之，如何？夫儒生之业，《五经》也，南面为师，旦夕讲授章句，滑习义理，究备于《五经》可也。《五经》之后，秦、汉之事，不能知者，短也。夫知古不知今，谓之陆沉[④]，然则儒生，所谓陆沉者也。《五经》之前，至于天地始开、帝王初立者，主名为谁，儒生又不知也。夫知今不知古，谓之盲瞽[5]。《五经》比于上古，犹为今也。徒能说经，不晓上古，然则儒生，所谓盲瞽者也。

儒生犹曰："上古久远，其事暗昧，故经不载而师不说也。"夫三王之事虽近矣，经虽不载，义所连及，《五经》所当共知，儒生所当审说也。夏自禹向国，几载而至于殷；殷自汤几祀而至于周；周自文王几年而至于秦。桀亡夏而纣弃殷，灭周者何王也？周犹为远，秦则汉之所伐也。夏始于禹，殷本于汤，周祖后稷，秦初为人者谁？秦燔《五经》，坑杀儒士，《五经》之家所共闻也。秦何起而燔《五经》，何感而坑儒生？秦则前代也。汉国自儒生之家也，从高祖至今朝几世？历年讫今几载？初受何命？复获何瑞？得天下难易孰与殷、周？家人子弟，学问历几岁，人问之曰："居宅几年？祖先何为？"不能知者，愚子弟也。然则儒生不能知汉事，世之愚蔽人也。"温故知新，可以为师。"古今不知，称师如何！彼人问曰：二尺四寸[6]，圣人文语，朝夕讲习，义类所及，故可务知。汉事未载于经，名为尺籍短书[7]，比于小道，其能知，非儒者之贵也。儒不能都晓古今，欲各别说其经，经事义类，乃以不知为贵也。

事不晓，不以为短，请复别问儒生，各以其经旦夕之所讲说。先问《易》家：《易》本何所起？造作之者为谁？彼将应曰："伏羲作八卦，文王演为六十四，孔子作《彖》、《象》、《系辞》[8]。三圣重业，《易》乃具足。"问之曰："《易》有三家，一曰《连山》[9]，二曰《归藏》，三曰《周易》。伏羲所作，文王所造，《连山》乎？《归藏》、《周易》也？秦燔《五经》，《易》何以得脱？汉兴几年而复立？宣帝之时，河内女子坏老屋，得《易》一篇，名为何《易》？此时《易》具足未？"问《尚书》家曰："今旦夕所授二十九篇，奇有百二篇，又有百篇。二十九篇何所起？百二篇何所造？秦焚诸书之时，《尚书》诸篇皆何在？汉兴，始录《尚书》者何帝？初受学者何人？"问《礼》家曰："前孔子时，周已制礼，殷礼夏礼，凡三王因时损益，篇有多少，文有增减，不知今礼，周乎？殷、夏也？"彼必以汉承周，将曰："周礼。"夫周礼六典，又六转，六六三十六，三百六十，是以周官三百六十也。案今《礼》不见六典，无三百六十官，又不见天子。天子礼废何时？岂秦灭之哉？宣帝时河内女子坏老屋，得佚《礼》一篇，六十篇中，是何篇是者？高祖诏叔孙通制作《仪品》十二篇何在[10]？而复定《仪礼》，见在十六篇，秦火之余也。更秦之时，篇凡有几？问《诗》家曰："《诗》作何帝王时也？"彼将曰："周衰而《诗》作，盖康王时也。康王德缺于房[11]，大臣刺晏，故《诗》作。"夫文、武之隆贵在成、康，康王未衰，《诗》安得作？周非一王，何知其康王也？二王之末皆衰，夏、殷衰时，《诗》何不作？《尚书》曰"诗言志，歌咏言"，此时已有诗也，断取周以来而谓兴于周。古者采诗，诗有文也，今《诗》无书，何知非秦燔《五经》，《诗》独无余札也？问《春秋》家曰："孔子作《春秋》，周何王时也？自卫反鲁，然后乐正，《春秋》作矣。自卫反鲁，哀公时也。自卫，何君也？俟孔子以何礼，而孔子反鲁作《春秋》乎？孔子录史记以作《春秋》，史记本名《春秋》乎？制作以为经乃归《春秋》也？"

法律之家，亦为儒生问曰："《九章》[12]，谁所作也？"彼闻皋陶作狱，必将曰："皋陶也。"诘曰："皋陶，唐、虞时，唐、虞之刑五刑，案今律无五刑之文。"或曰："萧何也。"诘曰："萧何，高祖时也，孝文之时，齐太仓令淳于意有罪，征诣长安，其女缇萦为父上书[13]，言肉刑壹施，不得改悔。文帝痛其言，乃改肉刑。案今《九章》象刑[14]，非肉刑也。文帝在萧何后，知时肉刑也。萧何所造，反具肉刑也？而云《九章》萧何所造乎？"古礼三百，威仪三千[15]，刑亦正刑三百，科条三千。出于礼，入于刑，礼之所去，刑之所取，故其多少同一数也。今《礼经》十六，萧何律有九章，不相应，又何？《五经》题篇，皆以事义别之，至礼与律犹经也，题之，礼言《昏礼》[16]，律言盗律，何？

夫总问儒生以古今之义，儒生不能知，别各以其经事问之，又不能晓，斯则坐守信师法、不颇博览之咎也。文吏自谓知官事，晓簿书。问之曰："晓知其事，当能究达其义，通见其意否？"文吏必将罔然。问之曰：古者封侯各专国土，今置太守令长，何义？古人井田，民为公家耕⑰，今量租刍，何意？一岁使民居更一月，何据？年二十三傅，十五赋⑱，七岁头钱二十三⑲，何缘？有腊，何帝王时？门户井灶㉑，何立？社稷、先农、灵星，何祠？岁终逐疫，何驱？使立桃象人于门户㉒，何旨？挂芦索于户上㉓，画虎于门阑㉔，何放除？墙壁书画厌火丈夫，何见？步之六尺，冠之六寸，何应？有尉史令史，无丞长史，何制？两郡移书曰"敢告卒人"，两县不言，何解？郡言事二府曰"敢言之"，司空曰"上㉕"，何状？赐民爵八级，何法？名曰簪褭㉖、上造，何谓？吏上功曰伐阅，名籍墨状，何指？七十赐王杖，何起？著鸠于杖末，不著爵，何杖？苟以鸠为善，不赐鸠而赐鸠杖，而不爵，何说？日分六十，漏之尽百㉗，鼓之致五，何故？吏衣黑衣，宫阙赤单，何慎？服革于腰，佩刀于右，带剑于左，何备？著钩于履㉘，冠在于首，何象？吏居城郭，出乘车马，坐治文书；起城郭，何王？造车舆，何工？生马，何地？作书，何人？造城郭及马所生，难知也，远也。造车作书，易晓也，必将应曰："仓颉作书，奚仲作车。"诘曰："仓颉何感而作书？奚仲何起而作车㉙？"又不知也。文吏所当知，然而不知，亦不博览之过也。夫儒生不览古今，所知永不过守信经文，滑习章句，解剥互错，分明乖异。文吏不晓吏道，所能不过案狱考事，移书下记，对乡便给。准之无一阅备，皆浅略不及，偏驳不纯，俱有阙遗，何以相言？

---

①谢：叙述，论述。

②酬：回答。

③儣（shì，音士）：即"奭"，通"赩（xì，音细）"，红色。儣然：脸红的样子。这里是羞愧的意思。

④陆沉：形容愚昧无知。

⑤盲瞽（gǔ，音古）：瞎子。

⑥二尺四寸：汉代写儒家经书的竹简长二尺四寸，这里作经书的代称。

⑦尺籍短书：当时书籍所使用的竹简比经书短，所以被称为尺籍或短书。

⑧《彖（tuàn，团去声）》、《象》、《系辞》：相传是孔子作的解释《易》的经文。

⑨《连山》：和下文的《归藏》传说都是同《周易》类似的用来占卦的书。

⑩叔孙通：姓叔孙，名通。他曾根据秦法，替汉高祖刘邦制订朝仪。《仪品》指叔孙通所作的《汉仪》十二篇。

⑪德缺于房：指贪恋女色。

⑫《九章》：原指西汉初年萧何根据秦朝法律制定的《九章律》，这里用作法律的代称，指的是东汉初年所实行的法律。

⑬缇（tí，音提）萦：淳于意的小女儿。

⑭象刑：儒家为宣扬"仁政"，采用象征性刑法来代替五刑。

⑮威仪：关于礼节仪式的具体规定。

⑯昏：同"婚"。《昏礼》：《仪礼》中的一篇。

⑰公家：实际是各级奴隶主。

⑱赋：算赋，汉代人头税的一种。

⑲头钱：口赋。汉代人头税的一种。

⑳腊：古代一种祭祀，在每年最后一月进行。

㉑门户井灶：指所谓门神、户神、井神、灶神。

㉒桃象人：桃木假人，迷信说法可以避邪。

㉓挂芦索：迷信说法认为芦索是专门用来缚鬼的，所以把芦索挂在门上，表示驱鬼御凶。

㉔画虎于门阑：迷信说法认为虎是吃鬼的，所以在门框上画虎以驱鬼御凶。

㉕司空：东汉时主管土木工程的最高长官。

㉖簪袅（niǎo，音鸟）：二十级爵中第三级的名称，原意是用丝带装饰马。

㉗漏：古时计时器。

㉘钩：通“絇（qú，音渠）”，鞋头上的装饰品。

㉙奚仲：传说是车子的创造者。

效　力

《程材》、《量知》之篇，徒言知学，未言才力也。人有知学，则有力矣。文吏以理事为力，而儒生以学问为力。或问扬子云曰：“力能扛鸿鼎、揭华旗[①]，知德亦有之乎？”答曰：“百人矣。”夫知德百人者，与彼扛鸿鼎、揭华旗者为料敌也。夫壮士力多者，扛鼎揭旗；儒生力多者，博达疏通。故博达疏通，儒生之力也；举重拔坚，壮士之力也。《梓材》曰[②]：“强人有王开贤，厥率化民。”此言贤人亦壮强于礼义，故能开贤，其率化民。化民须礼义，礼义须文章，“行有余力，则以学文”，能学文，有力之验也。

问曰：“说一经之儒，可谓有力者？”曰：非有力者也。陈留庞少都每荐诸生之吏，常曰：“王甲某子才能百人。”太守非其能，不答。少都更曰：“言之尚少，王甲某子，才能百万人。”太守怒曰：“亲吏妄言。”少都曰：“文吏不通一经一文，不调师一言。诸生能说百万章句，非才知百万人乎！”太守无以应。夫少都之言，实也，然犹未也。何则？诸生能传百万言，不能览古今，守信师法，虽辞说多，终不为博。殷、周以前，颇载《六经》，儒生所不能说也。秦、汉之事，儒生不见，力劣不能览也。周监二代，汉监周、秦，周、秦以来，儒生不知；汉欲观览，儒生无力。使儒生博观览，则为文儒。文儒者，力多于儒生，如少都之言，文儒才能千万人矣。

曾子曰：“士不可以不弘毅，任重而道远。仁以为己任，不亦重乎！死而后已，不亦远乎！”由此言之，儒者所怀，独已重矣，志所欲至，独已远矣。身载重任，至于终死，不倦不衰，力独多矣。夫曾子载于仁而儒生载于学，所载不同，轻重均也。夫一石之重，一人挈之，十石以上，二人不能举也。世多挈一石之任，寡有举十石之力。儒生所载，非徒十石之重也。地力盛者，草木畅茂。一亩之收，当中田五亩之分。苗田，人知出谷多者地力盛。不知出文多者才知茂，失事理之实矣。夫文儒之力过于儒生，况文吏乎？能举贤荐士，世谓之多力也。然能举贤荐士，上书白记也。能上书白记者，文儒也。文儒非必诸生也，贤达用文则是矣。谷子云、唐子高章奏百上，笔有余力，极言不讳，文不折乏[③]，非夫才知之人不能为也。孔子，周世多力之人也。作《春秋》，删《五经》，秘书微文，无所不定。山大者云多，泰山不崇朝辨雨天下。夫然，则贤者有云雨之知，故其吐文万牒以上，可谓多力矣。

世称力者，常褒乌获[④]，然则董仲舒、扬子云，文之乌获也。秦武王与孟说举鼎不任[⑤]，绝脉而死。少文之人，与董仲舒等涌胸中之思，必将不任，有绝脉之变。王莽之时，省《五经》章句皆为二十万，博士弟子郭路夜定旧说[⑥]，死于烛下，精思不任，绝脉气减也。颜氏之子，已曾驰过孔子于涂矣，劣倦罢极，发白齿落。夫以庶几之材[⑦]，犹有仆顿之祸，孔子力优，颜渊不任也。才力不相如，则其知思不相及也。勉自什伯，鬲中呕血[⑧]，失魂狂乱，遂至气绝。书五行之牍，书十奏之记，其才劣者，笔墨之力尤难，况乃连句结章，篇至十百哉！力独多矣。

江、河之水，驰涌滑漏[⑨]，席地长远[⑩]，无枯竭之流，本源盛矣。知江、河之流远，地中之源盛，不知万牒之人，胸中之才茂，迷惑者也。故望见骥足，不异于众马之蹄，蹑平陆而驰骋，千里之迹，斯须可见。夫马足人手，同一实也。称骥之足，不荐文人之手，不知类也。夫能论筋力以见比类者，则能取文力之人，立之朝庭。故夫文力之人，助有力之将，乃能以力为功。有力无助，以力为祸。何以验之？长巨之物，强力之人，乃能举之。重任之车，强力之牛，乃能挽之。是任车上阪[11]，强牛引前，力人推后，乃能升逾。如牛羸人罢，任车退却，还堕坑谷，有破覆之败矣。文儒怀先王之道，含百家之言，其难推引，非徒任车之重也。荐致之者，罢羸无力，遂却退窜于岩穴矣。

河发昆仑，江起岷山，水力盛多，滂沛之流，浸下益盛，不得广岸低地，不能通流入乎东海。如岸狭地仰，沟洫决泆[12]，散在丘墟矣[13]。文儒之知，有似于此。文章滂沛，不遭有力之将援引荐举，亦将弃遗于衡门之下[14]，固安得升陟圣主之庭[15]，论说政事之务乎？火之光也，不举不明。有人于斯，其知如京[16]，其德如山，力重不能自称，须人乃举，而莫之助，抱其盛高之力，窜于闾巷之深，何时得达？奡、育[17]，古之多力者，身能负荷千钧，手能决角伸钩[18]，使之自举，不能离地。智能满胸之人，宜在王阙，须三寸之舌，一尺之笔，然后自动，不能自进，进之又不能自安，须人能动，待人能安。道重知大，位地难适也。小石附于山，山力能得持之；在沙丘之间，小石轻微，亦能自安。至于大石，沙土不覆，山不能持，处危峭之际，则必崩坠于坑谷之间矣。大智之重，遭小才之将，无左右沙土之助，虽在显位，将不能持，则有大石崩坠之难也。或伐薪于山，轻小之木，合能束之。至于大木，十围以上，引之不能动，推之不能移，则委之于山林，收所束之小木而归。由斯以论，知能之大者，其犹十围以上木也。人力不能举荐，其犹薪者不能推引大木也。孔子周流，无所留止，非圣才不明，道大难行，人不能用也！故夫孔子，山中巨木之类也。

桓公九合诸侯，一匡天下，管仲之力。管仲有力，桓公能举之，可谓壮强矣。吴不能用子胥，楚不能用屈原，二子力重，两主不能举也。举物不胜，委地而去可也，时或恚怒[19]，斧斲破败[20]，此则子胥、屈原所取害也。渊中之鱼，递相吞食，度口所能容，然后咽之；口不能受，哽咽不能下。故夫商鞅三说孝公，后说者用，前二难用，后一易行也。观管仲之明法，察商鞅之耕战，固非弱劣之主所能用也。六国之时，贤才之臣，入楚楚重，出齐齐轻，为赵赵完，畔魏魏伤。韩用申不害，行其三符[21]，兵不侵境，盖十五年；不能用之，又不察其书，兵挫军破，国并于秦。殷、周之世，乱迹相属，亡祸比肩，岂其心不欲为治乎？力弱智劣，不能纳至言也。是故塠重[22]，一人之迹，不能蹈也；硙大[23]，一人之掌，不能推也。贤臣有劲强之优，愚主有不堪之劣，以此相求，禽鱼相与游也。干将之刃，人不推顿[24]，苽瓠不能伤[25]；篠簬之箭[26]，机不动发[27]，鲁缟不能穿[28]。非无干将、篠簬之才也，无推顿发动之主。苽瓠、鲁缟不穿伤，焉望斩旗穿革之功乎？故引弓之力不能引强弩，弩力五石，引以三石，筋绝骨折，不能举也。故力不任强引，则有变恶折脊之祸；知不能用贤，则有伤德毁名之败。

论事者不曰才大道重，上不能用，而曰不肖不能自达。自达者带绝不抗，自衒者贾贱不雠[29]。案诸为人用之物，须人用之，功力乃立。凿所以入木者，槌叩之也，锸所以能撅地者[30]，跖蹈之也[31]。诸有锋刃之器，所以能断斩割削者，手能把持之也，力能推引之也。韩信去楚入汉，项羽不能安，高祖能持之也。能用其善，能安其身，则能量其力、能别其功矣。樊、郦有攻城野战之功[32]，高祖行封，先及萧何，则比萧何于猎人[33]，同樊、郦于猎犬也。夫萧何安坐，樊、郦驰走，封不及驰走而先安坐者，萧何以知为力，而樊、郦以力为功也。萧何所以能使樊、郦者，以入秦收敛文书也。众将拾金，何独掇书[34]，坐知秦之形势，是以能图其利害。众将驰走者，何驱之也。故叔孙通定仪，而高祖以尊；萧何造律，而汉室以宁。案仪律之功，重于野战，斩首之力，不及尊主。故夫垦草殖谷，农夫之力也；勇猛攻战，士卒之力也；构架斫削，工匠之力也；治书定簿，佐史之力也[35]；论道议政，贤儒之力也。人生莫不有力，所以为力者，或尊或卑。孔子能举北门之关，不以力自章，知夫筋骨之力，不如仁义之力荣也。

---

①扛（gāng，音刚）：举。

②《梓材》：《尚书》中的一篇。

③折乏：贫乏。

④乌获：传说是战国时的大力士。

⑤孟说（yuè，音月）：传说是秦国的大力士。

⑥博士：官名，这里指注解和讲授儒家经书的官吏。

⑦庶几：差不多。庶几之材：颜渊具有和孔子差不多的才能。

⑧鬲（gé，音格）：通“膈”，胸。

⑨滑漏：这里指水流通畅。

⑩席：凭借。

⑪阪（bǎn，音板）：山坡，斜坡。

⑫沟洫（xù，音序）：沟渠，这里指小的支流。泆（yì，义）：通“溢”。

⑬丘墟：指空旷荒凉的地方。

⑭衡门：横一根木头当门，指简陋的住宅。

⑮陟（zhì，音志）：升。升陟圣主之庭：指到朝庭里做官。

⑯京：高丘。

⑰奡（ào，音傲）、育：传说是古代的大力士。

⑱决角伸钩：扭断牛角和拉直铜钩。

⑲恚（huì，音会）：恨。

⑳斲（zhuó，音拙）：砍。

㉑《三符》：《申子》中的一篇，现已佚失。

㉒塠（duì，音对）：通“碓”，古代一种脚踏的捣米器具。

㉓硙（wèi，音胃）：石磨。

㉔推顿：使用。

㉕苽（gū，音孤）、瓠（hù，音户）：两种草本植物。

㉖篠（xiǎo，音晓）、簬（lù，音路）：两种制箭杆用的优质竹子。篠簬之箭：指良箭。

㉗机：弩机，弩上的发动机关。

㉘鲁缟（gǎo，音搞）：春秋时鲁国出产的有名的白色细绢。

㉙衒：炫耀。自衒者：指炫耀自己货好的商人。雠（chóu，音酬）：售。

㉚锸（chā，音插）：挖土的工具。撅：通“掘”。

㉛跖（zhí，音直）：脚掌。

㉜樊、郦（lì，音利）：指樊哙（kuài，音快）和郦商，刘邦的两员武将。

㉝比萧何如猎人：据《史记·萧相国世家》载，刘邦统一全国后，论功行赏，认为萧何功劳最大，众功臣不服。刘邦用打猎作比喻，说在战场冲杀的武将如猎犬，而指挥作战的萧何如同猎人。

㉞掇（duō，音多）：拾取，收集。

㉟佐史：郡县的低级官吏。

别 通

富人之宅，以一丈之地为内。内中所有，柙匮所羸[①]，缣布丝绵也[②]。贫人之宅，亦以一丈为内。内中空虚，徒四壁立，故名曰贫。夫通人犹富人，不通者犹贫人也。俱以七尺为形，通人胸中怀百家之言，不通者空腹无一牒之诵[③]。贫人之内，徒四壁立也。慕料贫富不相如，则夫通与不通不相及也。世人慕富不荣通，羞贫不贱不贤，不推类以况之也。夫富人可慕者，货财多则饶裕，故人慕之。夫富人不如儒生，儒生不如通人。通人积文十箧以上[④]，圣人之言，贤者之语。上自黄帝，下至秦、汉，治国肥家之术，刺世讥俗之言备矣。使人通明博见，其为可荣，非徒缣布丝绵也。萧何入秦，收拾文书[⑤]，汉所以能制九州者，文书之力也。以文书御天下，天下之富，孰与家人之财？

人目不见青黄曰盲，耳不闻宫商曰聋[⑥]，鼻不知香臭曰痈[⑦]。痈聋与盲，不成人者也。人不博览者，不闻古今，不见事类，不知然否，犹目盲、耳聋、鼻痈者也。儒生不览，犹为闭暗，况庸人无篇章之业，不知是非，其为闭暗甚矣！此则土木之人，耳目俱足，无闻见也。涉浅水者见虾，其颇深者察鱼鳖，其尤甚者观蛟龙。足行迹殊，故所见之物异也。入道浅深，其犹此也，浅者则见传记谐文[⑧]，深者入圣室观秘书[⑨]。故入道弥深，所见弥大。人之游也，必欲入都，都多奇观也；入都必欲见市，市多异货也。百家之言，古今行事，其为奇异，非徒都邑大市也。游于都邑者心厌，观于大市者意饱，况游于道艺之际哉！大川旱不枯者，多所疏也[⑩]。潢汙兼日不雨[⑪]，泥辄见者，无所通也。是故大川相间，小川相属[⑫]，东流归海，故海大也。海不通于百川，安得巨大之名？夫人含百家之言，犹海怀百川之流也，不谓之大者，是谓海小于百川也。夫海大于百川也，人皆知之，通者明于不通，莫之能别也。润下作咸，水之滋味也。东海水咸，流广大也；西州盐井[⑬]，源泉深也。人或无井而食，或穿井不得泉，有盐井之利乎？不与贤圣通业[⑭]，望有高世之名，难哉！法令之家，不见行事，议罪不可审。章句之生，不览古今，论事不实。

或以说一经为是，何须博览。夫孔子之门，讲习《五经》。《五经》皆习，庶几之才也。颜渊曰："博我以文。"才智高者，能为博矣。颜渊之曰博者，岂徒一经哉？我不能博《五经》，又不能博众事，守信一学，不好广观，无温故知新之明，而有守愚不览之暗。其谓一经是者，其宜也。开户内日之光，日光不能照幽，凿窗启牖[⑮]，以助户明也。夫一经之说，犹日明也，助以传书，犹窗牖也。百家之言令人晓明，非徒窗牖之开日光之照也。是故日光照室内，道术明胸中。开户内光，坐高堂之上，眇升楼台[⑯]，窥四邻之廷，人之所愿也。闭户幽坐，向冥冥之内，穿圹穴卧[⑰]，造黄泉之际，人之所恶也。夫闭心塞意，不高瞻览者，死人之徒也哉！孝武皇帝时，燕王旦在明光宫，欲入所卧，户三百尽闭，使侍者二十人开户，户不开，其后旦坐谋反自杀。夫户闭，燕王旦死之状也。死者，凶事也，故以闭塞为占。齐庆封不通[⑱]，六国大夫会而赋《诗》。庆封不晓，其后果有楚灵之祸也。夫不开通于学者，尸尚能行者也。亡国之社，屋其上、柴其下者[⑲]，示绝于天地。春秋薄社[⑳]，周以为城。夫经艺传书，人当览之，犹社当通气于天地也。故人之不通览者，薄社之类也。是故气不通者，强壮之人死，荣华之物枯。

东海之中，可食之物，集糅非一[㉑]，以其大也。夫水精气渥盛，故其生物也众多奇异。故夫大人之胸怀非一，才高知大，故其于道术无所不包。学士同门高业之生，众共宗之。何则？知经指深，晓师言多也。夫古今之事，百家之言，其为深多也，岂徒师门高业之生哉！甘酒醴不酤饴蜜[22]，未为能知味也。耕夫多殖嘉谷，谓之上农夫，其少者，谓之下农夫。学士之才，农夫之力，一也。能多种谷，谓之上农，能博学问，不谓之上儒，是称牛之服重，不誉马速也。誉手毁足，孰谓之慧矣！县道不通于野，野路不达于邑，骑马乘舟者，必不由也。故血脉不通，人以甚病。夫不通者，恶事也，故其祸变致不善。是故盗贼宿于秽草[23]，邪心生于无道，无道者，无道术也。医能治一病谓之巧，能治百病谓之良。是故良医服百病之方，治百人之疾；大才怀百家之言，故能治百族之乱。扁鹊之众方，孰若巧医之一伎？子贡曰："不得其门而入，不见宗庙之美，百官之富。"盖以宗庙百官喻孔子道也。孔子道美，故譬以宗庙，众多非一，故喻以百官。由此言之，道达广博者，孔子之徒也。

殷、周之地，极五千里，荒服、要服，勤能牧之[24]。汉氏廓土，牧万里之外，要荒之地，褒衣博带[25]。夫德不优者不能怀远[26]，才不大者不能博见。故多闻博识，无顽鄙之訾[27]，深知道术，无浅暗之毁也。人好观图画者，图上所画，古之列人也。见列人之面[28]，孰与观其言行？置之空壁，形容具存，人不激劝者，不见言行也。古贤之遗文，竹帛之所载粲然[29]，岂徒墙壁之画哉！空器在厨，金银涂饰，其中无物益于饥，人不顾也。肴膳甘醯[30]，土釜之盛[31]，入者乡之。古贤文之美善可甘，非徒器中之物也，读观有益，非徒膳食有补也。故器空无实，饥者不顾，胸虚无怀，朝廷不御也。剑伎之家，斗战必胜者，得曲城、越女之学也。两敌相遭，一巧一拙，其必胜者，有术之家也。孔、墨之业，贤圣之书，非徒曲城、越女之功也。成人之操，益人之知，非徒战斗必胜之策也。故剑伎之术，有必胜之名，贤圣之书，有必尊之声。县邑之吏，召诸治下，将相问以政化，晓慧之吏，陈所闻见，将相觉悟，得以改政右文。圣贤言行，竹帛所传，练人之心，聪人之知，非徒县邑之吏对向之语也。

禹、益并治洪水，禹主治水，益主记异物，海外山表，无远不至，以所闻见作《山海经》。非禹、益不能行远，《山海》不造。然则《山海》之造，见物博也。董仲舒睹重常之鸟[32]，刘子政晓贰负之尸[33]，皆见《山海经》，故能立二事之说。使禹、益行地不远，不能作《山海经》，董、刘不读《山海经》，不能定二疑。实沉、台台[34]，子产博物[35]，故能言之。龙见绛郊，蔡墨晓占[36]，故能御之。父兄在千里之外，且死，遗教戒之书，子弟贤者求索观读，服臆不舍[37]，重先敬长，谨慎之也。不肖者轻慢佚忽[38]，无原察之意。古圣先贤遗后人文字，其重非徒父兄之书也，或观读采取，或弃捐不录，二者之相高下也，行路之人，皆能论之，况辩照然否者不能别之乎？孔子病，商瞿卜期日中，孔子曰："取书来，比至日中何事乎？"圣人之好学也，且死不休，念在经书，不以临死之故，弃忘道艺，其为百世之圣，师法祖修[39]，盖不虚矣。自孔子以下，至汉之际，有才能之称者，非有饱食终日无所用心也，不说《五经》则读书传。书传文大，难以备之。卜卦占射凶吉，皆文、武之道，昔有商瞿能占爻卦，末有东方朔、翼少君能达占射覆[40]，道虽小，亦圣人之术也。曾又不知。

人生禀五常之性，好道乐学，故辨于物。今则不然，饱食快饮，虑深求卧，腹为饭坑，肠为酒囊，是则物也。倮虫三百[41]，人为之长，天地之性，人为贵，贵其识知也。今闭暗脂塞，无所好欲，与三百倮虫何以异？而谓之为长而贵之乎！

诸夏之人所以贵于夷狄者，以其通仁义之文，知古今之学也。如徒任其胸中之知以取衣食，经历年月，白首没齿[42]，终无晓知，夷狄之次也。观夫蜘蛛之经丝以罔飞虫也[43]，人之用作，安能过之？任胸中之知，舞权利之诈，以取富寿之乐，无古今之学，蜘蛛之类也。含血之虫，无饿死之患，皆能以知求索饮食也。人不通者，亦能自供，仕官为吏，亦得高官。将相长吏，犹吾大夫高子也[44]！安能别之？随时积功，以命得官，不晓古今，以位为贤，与文人异术，安得识别通人，俟以不次乎？将相长吏，不得若右扶风蔡伯偕、郁林太守张孟尝、东莱太守李季公之徒，心自通明，览达古今，故其敬通人也如见大宾。燕昭为邹衍拥彗[45]，彼独受何性哉？东成令董仲绶知为儒枭，海内称通，故其接人能别奇伟。是以钟离产公以编户之民，受圭璧之敬[46]，知之明也。故夫能知之也，凡石生光气，不知之也，金玉无润色。

自武帝以至今朝，数举贤良，令人射策甲乙之科[47]，若董仲舒、唐子高、谷子云、丁伯玉，策既中实，文说美善，博览膏腴之所生也。使四者经徒能摘，笔徒能记，不见古今之书，安能建美善于圣王之庭乎？孝明之时，读《苏武传》，见武官名曰移中监[48]，以问百官，百官莫知。夫仓颉之章，小学之书，文字备具，至于无能对圣国之问者，是皆美命随牒之人多在官也[49]。"木"旁"多"文字，且不能知，其欲及若董仲舒之知重常，刘子政之知贰负，难哉！或曰："通人之官，兰台令史，职校书定字，比夫太史太柷，职在文书，无典民之用，不可施设。是以兰台之史，班固、贾逵、杨终、傅毅之徒，名香文美，委积不继，大用于世[50]。"曰：此不继。周世通览之人，邹衍之徒，孙卿之辈，受时王之宠，尊显于世。董仲舒虽无鼎足之位，知在公卿之上。周监二代，汉监周、秦，然则兰台之官，国所监得失也[51]。以心如丸卵，为体内藏，眸子如豆，为身光明。令史虽微，典国道藏[52]，通人所由进，犹博士之官，儒生所由兴也。委积不继，岂圣国微遇之哉[53]，殆以书未定而职未毕也。

---

①柙（xiá，音侠）：通"匣"。　匮：通"柜"。　赢：通"盈"，充满。

②缣（jiān，音兼）：细绢。

③牒：古代写字用的木简。

④箧（qiè，音窃）：箱子。

⑤收拾文书：据《史记·萧相国世家》载，刘邦攻占咸阳后，萧何首先注意搜集秦朝的公文档案和地图，从而掌握了全国各地的情况。

⑥宫商：古代以宫、商、角（jué，音决）、徵（zhǐ，音指）、羽为五音，相当于简谱中的"1、2、3、5、6"五个音阶。"宫商"这里用来泛指声音。

⑦痈（yōng，音拥）：毒疮。这里指失去嗅觉的鼻病。

⑧谐文：指小说一类的作品。

⑨人圣室：这里指对经书有很精深的了解。观秘书：指读了宫廷里收藏的那些罕见的图书，比喻博通古今。

⑩多所疏：指和大河相通的小支流。

⑪潢（huáng，音黄）：低洼积水的地方，浅水坑。　兼日：连日。

⑫属（zhǔ，音主）：连结。

⑬西州：指四川一带。

⑭不与贤圣通业：意思是不和圣贤致力于同样的学问。这里指不学习"圣贤"的著作。

⑮牖（yǒu，音有）：窗。

⑯眇（miǎo，音秒）：通"杪"，高。

⑰圹（kuàng，音矿）穴：墓穴。

⑱庆封：春秋时齐国大夫。庆封不通：指庆封没有学问。据《左传·襄公二十七年》载，在鲁国邀请各国大夫会盟时，庆封的行为很不合礼节。宴会赋诗，庆封不会；别人背了《诗经》上的一首诗讽刺他，他也不懂。

⑲柴：塞。

⑳薄社：也作亳（bó，音伯）社，商代的"社"名。"薄社"这里代表"亡国之社"。

㉑糅（róu，柔）：混杂。

㉒醴（lǐ，音里）：甜酒。酟（tiān，音添）：和，调和。

㉓秽草：杂草。

㉔勤：通"仅"。

㉕褒衣博带：长袍大带。这种穿戴是当时中原地区人民的风俗，这里指边远地区的人民受到中原地区的影响。

㉖怀远：使边远地区的人愿意服从自己的统治。

㉗訾（zǐ，音子）：指责。

㉘列人：这里指有名气的人。

㉙粲然：明明白白。

㉚醢（hǎi，音海）：肉酱。

㉛土釜：沙锅。

㉜重常之鸟：也作“鹲鹈鸟”，一种怪鸟。据说汉武帝时，有人献了一只鸟，无人能识，只有东方朔根据《山海经》记载，叫出了它的名字。

㉝刘子政：刘向，西汉时经学家、目录学家。　贰负：传说是尧的臣子，因罪被尧捆起双手，戴上脚镣，囚禁在疏属山上。据说汉宣帝时，有人发现山洞中有一具反缚双手的尸体，无人能识，只有刘向根据《山海经》的记载，说它是贰负之尸。

㉞实沉：星宿名，即二十八宿中的参宿。这里指传说中的所谓主管参宿的神。台台：即“台骀”，传说中的所谓汾水神。

㉟子产博物：据《左传·昭公元年》载，子产去看望有病的晋平公。有一大臣问道：“据说晋平公的病是实沉，台台在作祟，请问这是些什么神?”子产马上回答：“实沉是参宿神，台台是汾水神。”

㊱蔡墨：春秋时晋国太史，据说他精通天文历法及占卜。

㊲臆：胸。服臆：存在心中，记在心里。

㊳轻慢佚忽：随随便便、漫不经心。

㊴祖修：学习。

㊵射覆：古代的一种游戏，猜测预先掩盖好的东西。

㊶倮：同“裸”。倮虫：指无羽毛鳞甲遮身的动物。倮虫三百：据《大戴礼·易本命》记载，倮虫有三百六十种，而人类是倮虫的首领。

㊷没齿：终生，一辈子。

㊸经丝：指织网。

㊹高子：春秋时齐国的执政大夫。犹吾大夫高子：齐国大夫崔杼杀了齐庄公，高子不敢讨伐。大夫陈文子对他不满，到各国去求兵讨伐崔杼，但没有一国的大臣支持他。他便骂那些人都是跟高子一样的人。

㊺燕昭：燕昭王，战国时燕国君主。　邹衍：战国时齐国人。他到燕国时，燕昭王为了表示尊敬，亲自扫清道路来迎接他。　彗：扫帚。拥彗：扫地。

㊻圭、璧：两种玉制的礼器。受圭璧之敬，指受到高度的重视。

㊼射策：一种考试方法，即把题目写在竹简上，由应考的人抽签解答。甲乙之科：汉代选拔官吏的一种考试制度，分甲、乙、丙三类，考中甲科任郎中，乙科任太子舍人，丙科任文学掌故。

㊽移（yí，音移）：汉代马厩名。移中监：掌管养马的官吏。

㊾随牒：指没有才能，只靠资格按次序升官。

㊿绁（yì，音义）：通“跇”，超越，升官。

51国所监得失：指国家通过掌管和了解前代书籍的兰台官吏来借鉴前代的得失。

52道藏：指储藏重要经典文书的地方。

53微遇：冷遇，不重视。

超　奇

通书千篇以上，万卷以下，弘畅雅闲，审定文读[①]，而以教授为人师者，通人也。杼其义旨[②]，损益其文句[③]，而以上书奏记，或兴论立说、结连篇章者，文人鸿儒也。好学勤力，博闻强识，世间多有；著书表文，论说古今，万不耐一。然则著书表文，博通所能用之者也。入山见木，长短无所不知；入野见草，大小无所不识。然而不能伐木以作室屋，采草以和方药[④]，此知草木所不能用也。夫通人览见广博，不能掇以论说，此为匿生书主人，孔子所谓“诵《诗》三百，授之以政不达”者也，与彼草木不能伐采，一实也。孔子得史记以作《春秋》，及其立义创意，褒贬赏诛，不复因史记者，眇思自出于胸中也⑤。凡贵通者，贵其能用之也，即徒诵读，读诗讽术虽千篇以上，鹦鹉能言之类也。衍传书之意，出膏腴之辞⑥，非俶傥之才，不能任也。夫通览者，世间比有⑦；著文者，历世希然。近世刘子政父子、扬子云、桓君山，其犹文、武、周公，并出一时也。其余直有，往往而然，譬珠玉不可多得，以其珍也。

故夫能说一经者为儒生，博览古今者为通人，采掇传书以上书奏记者为文人，能精思著文连结篇章者为鸿儒。故儒生过俗人，通人胜儒生，文人逾通人，鸿儒超文人。故夫鸿儒，所谓超而又超者也。以超之奇，退与儒生相料⑧，文轩之比于敝车，锦绣之方于缊袍也⑨，其相过远矣。如与俗人相料，太山之巅墆，长狄之项跖，不足以喻。故夫丘山以土石为体，其有铜铁，山之奇也。铜铁既奇，或出金玉。然鸿儒，世之金玉也，奇而又奇矣。

奇而又奇，才相超乘，皆有品差。儒生说名于儒门，过俗人远也。或不能说一经，教诲后生；或带徒聚众，说论洞溢，称为经明。或不能成牍，治一说；或能陈得失，奏便宜，言应经传，文如星月。其高第若谷子云、唐子高者，说书于牍奏之上，不能连结篇章。或抽列古今，纪著行事，若司马子长、刘子政之徒，累积篇第，文以万数，其过子云、子高远矣。然而因成纪前，无胸中之造。若夫陆贾、董仲舒论说世事，由意而出，不假取于外，然而浅露易见，观读之者犹曰传记。阳成子长作《乐经》⑩，扬子云作《太玄经》，造于眇思，极窅冥之深⑪，非庶几之才，不能成也。孔子作《春秋》，二子作两经，所谓卓尔蹈孔子之迹，鸿茂参贰圣之才者也⑫。

王公子问于桓君山以扬子云，君山对曰：“汉兴以来，未有此人。”君山差才，可谓得高下之实矣。采玉者心羡于玉⑬，钻龟能知神于龟。能差众儒之才，累其高下，贤于所累。又作《新论》，论世间事，辩照然否，虚妄之言，伪饰之辞，莫不证定。彼子长、子云说论之徒，君山为甲。自君山以来，皆为鸿眇之才，故有嘉令之文⑭。笔能著文，则心能谋论，文由胸中而出，心以文为表。观见其文，奇伟俶傥，可谓得论也。由此言之，繁文之人，人之杰也。

有根株于下，有荣叶于上，有实核于内，有皮壳于外。文墨辞说，士之荣叶、皮壳也。实诚在胸臆，文墨著竹帛，外内表里，自相副称。意奋而笔纵，故文见而实露也。人之有文也，犹禽之有毛也。毛有五色，皆生于体。苟有文无实，是则五色之禽，毛妄生也。选士以射，心平体正，执弓矢审固，然后射中。论说之出，犹弓矢之发也；论之应理，犹矢之中的。夫射以矢中效巧，论以文墨验奇。奇巧俱发于心，其实一也。

文有深指巨略，君臣治术，身不得行，口不能绁⑮，表著情心，以明已之必能为之也。孔子作《春秋》，以示王意⑯。然则孔子之《春秋》，素王之业也；诸子之传书，素相之事也。观《春秋》以见王意，读诸子以睹相指。故曰：陈平割肉，丞相之端见；叔孙敖决期思⑰，令尹之兆著。观读传书之文，治道政务，非徒割肉决水之占也。足不强则迹不远，锋不铦则割不深⑱。连结篇章，必大才智鸿懿之俊也⑲。

或曰：“著书之人，博览多闻，学问习熟，则能推类兴文。文由外而兴，未必实才学文相副也。且浅意于华叶之言，无根核之深⑳，不见大道体要㉑，故立功者希。安危之际，文人不与，无能建功之验，徒能笔说之效也。”曰：此不然。周世著书之人皆权谋之臣，汉世直言之士皆通览之吏，岂谓文非华叶之生，根核推之也？心思为谋，集扎为文，情见于辞，意验于言。商鞅相秦，致功于霸，作耕战之书。虞卿为赵决计定说行，退作春秋之思，起城中之议。耕战之书，秦堂上之计也㉒。陆贾消吕氏之谋㉓，与《新语》同一意。桓君山易晁错之策㉔，与《新论》共一思。观谷永之陈说，唐林之宜言，刘向之切议，以知为本，笔墨之文，将而送之，岂徒雕文饰辞，苟为华叶之言哉？精诚由中，故其文语感动人深。是故鲁连飞书[25]，燕将自杀；邹阳上疏[26]，梁孝开牢。书疏文义，夺于肝心，非徒博览者所能造，习熟者所能为也。

夫鸿儒希有，而文人比然[27]，将相长吏，安可不贵？岂徒用其才力，游文于牒牍哉[28]？州郡有忧，能治章上奏，解理结烦，使州郡连事，有如唐子高、谷子云之吏，出身尽思，竭笔之力，烦忧适有不解者哉？

古昔之远，四方辟匿，文墨之士，难得纪录。且近自以会稽言之，周长生者，文士之雄也，在州为刺史任安举奏，在郡为太守孟观上书，事解忧除，州郡无事，二将以全。长生之身不尊显，非其才知少、功力薄也，二将怀俗人之节，不能贵也。使遭前世燕昭，则长生已蒙邹衍之宠矣[29]。长生死后，州郡遭忧，无举奏之吏，以故事结不解，征诣相属，文轨不尊，笔疏不续也。岂无忧上之吏哉？乃其中文笔不足类也。

长生之才，非徒锐于牒牍也，作《洞历》十篇，上自黄帝，下至汉朝，锋芒毛发之事[30]，莫不纪载，与太史公《表》、《纪》相似类也。上通下达，故曰“洞历”。然则长生非徒文人，所谓鸿儒者也。前世有严夫子，后有吴君高，末有周长生。白雉贡于越，畅草献于宛[31]，雍州出玉，荆、扬生金。珍物产于四远幽辽之地，未可言无奇人也。孔子曰：“文王既没，文不在兹乎！”文王之文在孔子，孔子之文在仲舒。仲舒既死，岂在长生之徒与？何言之卓殊，文之美丽也！唐勒、宋玉，亦楚文人也，竹帛不纪者，屈原在其上也。会稽文才，岂独周长生哉？所以未论列者，长生尤逾出也。九州多山，而华、岱为岳，四方多川，而江、河为渎者[32]，华、岱高而江、河大也。长生，州郡高大者也。同姓之伯贤，舍而誉他族之孟，未为得也。长生说文辞之伯，文人之所共宗，独纪录之，《春秋》记元于鲁之义也。

俗好高古而称所闻，前人之业，菜果甘甜；后人新造，蜜酪辛苦。长生家在会稽，生在今世，文章虽奇，论者犹谓稚于前人。天禀元气，人受元精，岂为古今者差杀哉[33]？优者为高，明者为上，实事之人，见然否之分者，睹非却前，退置于后，见是推今，进置于古，心明知昭，不惑于俗也。班叔皮续《太史公书》百篇以上[34]，记事详悉，义浅理备。观读之者以为甲，而太史公乙。子男孟坚为尚书郎，文比叔皮非徒五百里也，乃夫周召、鲁卫之谓也。苟可高古，而班氏父子不足纪也。

周有郁郁之文者，在百世之末也。汉在百世之后，文论辞说，安得不茂？喻大以小，推民家事，以睹王廷之义：庐宅始成[35]，桑麻才有，居之历岁，子孙相续，桃李梅杏，菴丘蔽野[36]。根茎众多，则华叶繁茂。汉氏治定久矣，土广民众，义兴事起，华叶之言，安得不繁？夫华与实俱成者也，无华生实，物希有之。山之秃也，孰其茂也？地之泻也，孰其滋也？文章之人，滋茂汉朝者，乃夫汉家炽盛之瑞也。天晏[37]，列宿焕炳。阴雨，日月蔽匿。方今文人并出见者，乃夫汉朝明明之验也。

高祖读陆贾之书，叹称万岁；徐乐、主父偃上疏，征拜郎中：方今未闻。膳无苦酸之肴，口所不甘味，手不举以啖人。诏书每下，文义经传四科[38]，诏书斐然[39]，郁郁好文之明验也。上书不实核，著书无义指，万岁之声，征拜之恩，何从发哉？饰面者皆欲为好，而运目者希。文音者皆欲为悲，而惊耳者寡。陆贾之书未奏，徐乐、主父之策未闻，群诸瞽言之徒，言事粗丑，文不美润，不指所谓，文辞淫滑[40]，不被涛沙之谪，幸矣。焉蒙征拜为郎中之宠乎？

---

①读（dòu，音豆）：句读，断句。

②杼（shù，音树）：通“抒”，发挥。

③损益其文句：指能灵活引用古书的词句。

④和药方：配药方。

⑤眇（miào，音妙）：通“妙”，精深。

⑥膏腴：美好。

⑦比有：到处都有。

⑧料：比较。

⑨缊（yùn，音运）：新旧混合的丝棉。　　缊袍：旧袍子。

⑩阳成子长：姓阳成，名衡，东汉初年人，曾补《史记》，著《乐经》。

⑪窅（yǎo，音咬）：深。

⑫参贰圣之材：指具有和孔丘相提并论的才能。

⑬羡：溢，超过。

⑭嘉令：美好的。

⑮绁（yì，音义）：通“跇”，陈述。

⑯王意：指做君主的道理。

⑰孙叔敖：战国时楚国人，曾做过令尹（相当于“相”）。孙叔敖决期思：据《淮南子·人间训》载，孙叔敖在治理蒋邑时，疏通过期思河。据此，楚庄王看出了他有当令尹的才能。

⑱铦（xiān，音先）：锐利。

⑲懿（yì，音义）：完美。

⑳核：通“荄”（gāi，音该），草根。

㉑体要：人体的重要部位，这里指纲要、要领。大道体要：这里指治理国家的根本原则。

㉒秦堂上之计：指商鞅在秦国堂上向秦孝公提出的改革建议。

㉓陆贾消吕氏之谋：据《史记·陆贾列传》载，汉高祖刘邦死后，子惠帝刘盈继位，政权实际掌握在吕后手里。后来，惠帝、吕后相继病死，吕后的亲戚、吕产等起兵作乱。陆贾建议丞相陈平联合太尉周勃维护刘氏政权，最后消灭了吕禄等，迎立汉文帝刘恒。

㉔晁错（约公元前200年—前154年）：景帝时任御史大夫，建议减少或取消诸侯王的封地，削弱他们的势力，以巩固和加强中央集权，后遭陷害而死。桓君山易晁错之策：从现存的桓谭《新论》中可以看出，桓谭主张实行分封制，认为这是巩固国家政权的根本措施。

㉕鲁连：鲁仲连，战国时齐国人。鲁连飞书：据《史记·鲁仲连列传》载，有一次，燕国的一个将领占领了齐国的聊城，后因遭人陷害，不敢回燕，但又不愿降齐，于是死守聊城。鲁仲连便写信用箭射入城内，分析了燕将的困难处境，指出死守是没有出路的，燕将看信后，感到回燕、降齐都无好结果，便自杀了。

㉖邹阳上疏：据《史记·邹阳列传》载，邹阳因事被汉文帝的儿子梁孝王刘武逮捕。他在狱中上书自诉冤枉，因而获释，并被刘武拜为上客。

㉗比然：比比皆是，到处都有。

㉘游文：舞文弄墨。

㉙邹衍之宠：据《史记·孟子荀卿列传》记载，邹衍到燕国时，燕昭王为了表示对他的尊敬，亲自清扫道路来欢迎他。

㉚锋芒毛发：比喻细小轻微。

㉛畅草：一种珍贵的香草。宛（yù，音郁）：通“郁”，指郁林郡（在今广西西部）。据《说文解字》载，畅草是郁林郡所献。

㉜渎（dú，音独）：大水。古代认为江、河、淮、济四河最大，故称为四渎。

㉝差杀：降低等级。

㉞班叔皮（公元3年—54年）：班彪，东汉初年史学家。班叔皮续《太史公书》：据《后汉书·班彪列传》记载，班彪接着《史记》又写了几十篇。后来，他的儿子班固在此基础上写成了《汉书》。

㉟庐宅：住宅。

㊱菴：掩，覆盖。

㊲晏：无云，晴朗。

㊳文义经传四科：指按文义经传四方面挑选人材。据应劭《汉官仪》记载，汉章帝建初八年（公元83年）曾下诏书，决定以后按四科（“一曰德行高妙，志节清白；二曰经明行修，能任博士；三曰明晓法律，足以决疑，能案章覆问，文任御史；

四曰刚毅多略，遭事不惑，明足照奸，勇足决断，才任三辅令：皆存孝悌清公之行”）选拔官吏。“文义经传四科”的提法，可能是王充据诏书概括出来的。

㊴斐然：富有文彩。

㊵淫滑：华而不实。

状　留

论贤儒之才，既超程矣[①]。世人怪其仕宦不进，官爵卑细。以贤才退在俗吏之后，信不怪也。夫如是而适足以见贤不肖之分，睹高下多少之实也。龟生三百岁大如钱，游于莲叶之上。三千岁青边缘，巨尺二寸。蓍生七十岁生一茎[②]，七百岁生十茎。神灵之物也，故生迟 留；历岁长久，故能明审。实贤儒之在世也，犹灵蓍、神龟也。计学问之日，固已尽年之半矣。锐意于道，遂无贪仕之心。及其仕也，纯特方正，无员锐之操。故世人迟取进难也。针锥所穿，无不畅达。使针锥末方，穿物无一分之深矣。贤儒方节而行，无针锥之锐，固安能自穿、取畅达之功乎？

且骥一日行千里者，无所服也；使服任车[③]，与驽马同。昔骥曾以引盐车矣，垂头落汗，行不能进。伯乐顾之，王良御之，空身轻驰，故有千里之名。今贤儒怀古今之学，负荷礼义之重，内累于胸中之知，外劬于礼义之操[④]，不敢妄进苟取，故有稽留之难[⑤]。无伯乐之友，不遭王良之将，安得驰于清明之朝、立千里之迹乎？

且夫含血气物之生也[⑥]，行则背在上而腹在下；其病若死，则背在下而腹在上。何则？背肉厚而重，腹肉薄而轻也。贤儒、俗吏，并在当世，有似于此。将明道行，则俗吏载贤儒，贤儒乘俗吏。将暗道废，则俗吏乘贤儒，贤儒处下位，犹物遇害，腹在上而背在下也。且背法天而腹法地，生行得其正[⑦]，故腹背得其位；病死失其宜，故腹反而在背上。

非唯腹也，凡物仆僵者[⑧]，足又在上。贤儒不遇，仆废于世，踝足之吏，皆在其上。东方朔曰：“目不在面而在于足，救昧不给，能何见乎？”汲黯谓武帝曰：“陛下用吏如积薪矣，后来者居上。”原汲黯之言，察东方朔之语，独非以俗吏之得地，贤儒之失职哉！故夫仕宦失地，难以观德；得地，难以察不肖。名生于高官而毁起于卑位，卑位固常贤儒之所在也。遵礼蹈绳，修身守节，在下不汲汲[⑨]，故有沉滞之留。沉滞在能自济，故有不拔之扼[⑩]。其积学于身也多，故用心也固。俗吏无以自修，身虽拔进，利心摇动，则有下道侵渔之操矣[⑪]。

枫桐之树，生而速长，故其皮肌不能坚刚。树檀以五月生叶，后彼春荣之木，其材强劲，车以为轴。殷之桑 穀[⑫]，七日大拱，长速大暴，故为变怪[⑬]。大器晚成，宝货难售。不崇一朝，辄成贾者，菜果之物也。是故湍濑之流[⑭]，沙石转而大石不移。何者？大石重而沙石轻也。沙石转积于大石之上，大石没而不见。贤儒俗吏，并在世俗，有似于此。遇暗长吏，转移俗吏超在贤儒之上，贤儒处下，受驰走之使，至或岩居穴处，没身不见。咎在长吏不能知贤，而贤者道大，力劣不能拔举之故也。

夫手指之物器也，度力不能举，则不敢动。贤儒之道，非徒物器之重也。是故金铁在地，猋风不能动[⑮]，毛芥在其间，飞扬千里。夫贤儒所怀，其犹水中大石、在地金铁也。其进不若俗吏速者，长吏力劣，不能用也。毛芥在铁石间也，一口之气，能吹毛芥，非必猋风。俗吏之易迁，犹毛芥之易吹也。故夫转沙石者，湍濑也；飞毛芥者，猋风也。恬水，沙石不转；洋风[⑯]，毛芥不动。无道理之将，用心暴猥[17]，察吏不详，遭以好迁，妄授官爵，猛水之转沙石，猋风之飞毛芥也。是故毛芥因异风而飞，沙石遭猛流而转，俗吏遇悖将而迁[18]。

且圆物投之于地，东西南北，无之不可；策杖叩动，才微辄停。方物集地，壹投而止；及其移徙，须人动举。贤儒，世之方物也，其难转移者，其动须人也。鸟轻便于人，趋远，人不如鸟，然而天地之性，人为贵。蝗虫之飞，能至万里；麒麟须献，乃达阙下。然而蝗虫为灾，麒麟为瑞。麟有四足，尚不能自致，人有两足，安能自达？故曰：燕飞轻于凤皇，兔走疾于麒麟，蛙跃躁于灵龟，蛇腾便于神龙。吕望之徒[19]，白首乃显；百里奚之知，明于黄发：深为国谋，因为王辅，皆夫沉重难进之人也。轻躁早成，祸害暴疾。故曰：其进锐者退速[20]。阳温阴寒[21]，历月乃至；灾变之气，一朝成怪。故夫河冰结合，非一日之寒；积土成山，非斯须之作。干将之剑，久在炉炭，铦锋利刃[22]，百熟炼厉。久销乃见作留[23]，成迟故能割断。肉暴长者曰肿，泉暴出者曰涌，酒暴熟者易酸，醢暴酸者易臭[24]。由此言之，贤儒迟留，皆有状故。状故云何？学多、道重为身累也。

草木之生者湿，湿者重，死者枯。枯而轻者易举，湿而重者难移也。然元气所在，在生不在枯。是故车行于陆，船行于沟，其满而重者行迟，空而轻者行疾。先王之道，载在胸腹之内，其重不徒船车之任也。任重，其取进疾速，难矣！窃人之物，其得非不速疾也，然而非其有，得之非己之力也。世人早得高官，非不有光荣也，而尸禄素餐之谤[25]，喧哗甚矣。且贤儒之不进，将相长吏不开通也。农夫载谷奔都，贾人赍货赴远，皆欲得其愿也。如门郭闭而不通，津梁绝而不过[26]，虽有勉力趋时之势，奚由早至以得盈利哉[27]？长吏妒贤，不能容善，不被钳赭之刑[28]，幸矣！焉敢望官位升举，道理之早成也？

---

①程：标准。　超程：超出一般标准，这里指出众。

②蓍（shī，音师）：蓍草，多年生草本植物，古代用它的茎来占卜吉凶，因而被认为是一种神物。

③任车：装载了重物的车子。

④劬（qú，音渠）：劳苦，这里指约束。

⑤稽：停滞。

⑥含血气物：这里指动物。

⑦生行得其正：指活着行走的时候，背和腹的位置符合天在上、地在下的原则。

⑧仆僵：指死亡。

⑨汲汲：形容心情迫切。

⑩扼：通“厄”，苦难，困穷。

⑪侵渔：搜刮，敲诈。

⑫穀（gòu，音够）：楮（chǔ，音楚）树。

⑬故为变怪：传说殷高宗时，朝庭里长出了桑树穀树，七天就有两手合围那么粗，被认为是殷朝将要灭亡的一种不祥征兆。

⑭湍（tuān，团阴平）濑：急流。

⑮猋（biāo，音标）风：暴风。

⑯洋风：和风。

⑰猥（wěi，音伟）：卑下，不正派。

⑱悖：混乱。

⑲吕望：即姜太公，晚年助周伐纣，被封为齐侯。

⑳锐：通“骁”，迅速。

㉑阳温阴寒：古人认为春夏属阳，气候暖和，秋冬属阴，气候寒冷。这里指季节的更迭。

㉒铦（xiān，音先）：锐利。

㉓销：熔炼。

㉔醯（xī，音西）：醋。

㉕尸：古代祭祀时，常用年幼的兄弟代表被祭祀的人，放在被供奉的位置上，叫做“尸”。战国以后，改用画像或塑像。尸禄素餐：形容占着官位不做事，白白地享受俸禄。

㉖津：渡口。

㉗奚由：何从。

㉘钳：一种用铁圈套颈的刑罚。赭（zhě，音者）：赭衣，囚犯穿的衣服。

寒温

说寒温者曰：“人君喜则温，怒则寒。”何则？喜怒发于胸中，然后行出于外，外成赏罚。赏罚，喜怒之效。故寒温渥盛①，雕物伤人。

夫寒温之代至也，在数日之间。人君未必有喜怒之气发胸中，然后渥盛于外。见外寒温，则知胸中之气也。当人君喜怒之时，胸中之气未必更寒温也。胸中之气，何以异于境内之气？胸中之气，不为喜怒变，境内寒温，何所生起？六国之时，秦、汉之际，诸侯相伐，兵革满道②。国有相攻之怒，将有相胜之志，夫有相杀之气，当时天下未必常寒也。太平之世，唐、虞之时，政得民安，人君常喜，弦歌鼓舞③，比屋而有，当时天下未必常温也。岂喜怒之气为小发，不为大动邪？何其不与行事相中得也！

夫近水则寒，近火则温，远之渐微。何则？气之所加，远近有差也。成事，火位在南，水位在北，北边则寒，南极则热。火之在炉，水之在沟，气之在躯，其实一也。当人君喜怒之时，寒温之气，闺门宜甚④，境外宜微。今案寒温外内均等，殆非人君喜怒之所致。世儒说称，妄处之也。

王者之变在天下，诸侯之变在境内，卿大夫之变在其位，庶人之变在其家。夫家人之能致变，则喜怒亦能致气。父子相怒，夫妻相督，若当怒反喜，纵过饰非，一室之中，宜有寒温。由此言之，变非喜怒所生，明矣。

或曰：“以类相招致也。喜者和温，和温赏赐。阳道施予，阳气温，故温气应之。怒者愠恚，愠恚诛杀。阴道肃杀⑤，阴气寒，故寒气应之。虎啸而谷风至，龙兴而景云起⑥。同气共类，动相招致。故曰以形逐影，以龙致雨。雨应龙而来，影应形而去。天地之性，自然之道也。秋冬断刑⑦，小狱微原⑧，大辟盛寒⑨，寒随刑至，相招审矣。”

夫比寒温于风云，齐喜怒于龙虎，同气共类，动相招致可矣。虎啸之时，风从谷中起；龙兴之时，云起百里内。他谷异境，无有风云。今寒温之变，并时皆然。百里用刑，千里皆寒，殆非其验。齐、鲁接境，赏罚同时，设齐赏鲁罚，所致宜殊，当时可齐国温、鲁地寒乎？

案前世用刑者，蚩尤、亡秦甚矣。蚩尤之民，湎湎纷纷⑩；亡秦之路，赤衣比肩⑪。当时天下未必常寒也。帝都之市，屠杀牛羊，日以百数，刑人杀牲，皆有贼心，帝都之市，气不能寒。或曰：“人贵于物，唯人动气。”夫用刑者动气乎？用受刑者为变也？如用刑者，刑人杀禽，同一心也。如用受刑者，人禽皆物也，俱为万物，百贱不能当一贵乎⑫？或曰：“唯人君动气，众庶不能。”夫气感必须人君，世何称于邹衍？邹衍匹夫，一人感气，世又然之。刑一人而气辄寒，生一人而气辄温乎？赦令四下，万刑并除，当时岁月之气不温。往年万户失火，烟焱参天[13]；河决千里，四望无垠。火与温气同，水与寒气类。失火河决之时，不寒不温。然则寒温之至，殆非政治所致。然而寒温之至，遭与赏罚同时，变复之家[14]，因缘名之矣。

春温夏暑，秋凉冬寒，人君无事，四时自然。夫四时非政所为，而谓寒温独应政治。正月之始，立春之际，百刑皆断，囹圄空虚[15]，然而一寒一温。当其寒也。何刑所断？当其温也，何赏所施？由此言之，寒温，天地节气，非人所为，明矣。

人有寒温之病，非操行之所及也。遭风逢气，身生寒温。变操易行，寒温不除。夫身近而犹不能变除其疾，国邑远矣，安能调和其气？人中于寒，饮药行解，所苦稍衰；转为温疾，吞发汗之丸而应愈。燕有寒谷，不生五谷。邹衍吹律[16]，寒谷可种[17]，燕人种黍其中，号曰黍谷。如审有之，寒温之灾，复以吹律之事调和其气，变政易行，何能灭除？是故寒温之疾，非药不愈；黍谷之气，非律不调。尧遭洪水，使禹治之。寒温与尧之洪水，同一实也。尧不变政易行，知夫洪水非政行所致。洪水非政行所致，亦知寒温非政治所招。

或难曰："《洪范》庶征曰[18]：'急，恒寒若；舒，恒燠若[19]。'若，顺；燠，温；恒，常也。人君急，则常寒顺之；舒，则常温顺之。寒温应急舒，谓之非政，如何？"

夫岂谓急不寒、舒不温哉？人君急舒而寒温递至，偶适自然，若故相应，犹卜之得兆[20]，筮之得数也[21]。人谓天地应令问，其实适然。夫寒温之应急舒，犹兆数之应令问也。外若相应，其实偶然。何以验之？夫天道自然，自然无为，二令参偶。遭适逢会，人事始作，天气已有，故曰道也。使应政事，是有非自然也。

《易》京氏布六十四卦[22]，于一岁中，六日七分[23]，一卦用事[24]。卦有阴阳，气有升降。阳升则温，阴升则寒。由此言之，寒温随卦而至，不应政治也。案《易》无妄之应，水旱之至，自有期节。百灾万变，殆同一曲。变复之家，疑且失实。何以为疑？夫大人与天地合德，先天而天不违，后天而奉天时。《洪范》曰："急，恒寒若；舒，恒燠若。"如《洪范》之言，天气随人易徙，当先天而天不违耳，何故复言后天而奉天时乎？后者，天已寒温于前，而人赏罚于后也。由此言之，人言与《尚书》不合，一疑也。京氏占寒温以阴阳升降，变复之家以刑赏、喜怒，两家乖违[25]，二疑也。民间占寒温，今日寒而明日温，朝有繁霜[26]，夕有列光，旦雨气温，旦旸气寒[27]。夫雨者阴，旸者阳也，寒者阴而温者阳也。雨旦旸反寒，旸旦雨反温，不以类相应，三疑也。三疑不定，自然之说亦未立也。

---

①渥：厚者。

②兵革：兵器、衣甲的总称，这里指战争。

③弦歌鼓舞：在琴、鼓等乐器伴奏下歌舞，这里形容生活得愉快。

④闺门：寝室的门。

⑤肃杀：严酷、摧败，指使万物凋残。

⑥景云：一种彩云，古人以为是吉祥的征兆。

⑦秋冬断刑：汉儒根据"天人感应"说，认为秋冬阴气占统治地位，因此要在这时审判罪案，处决犯人。

⑧微原：指寒气稍稍露头。

⑨大辟：死刑。

⑩湎湎（miǎn，音免）：昏乱。　湎湎纷纷：乱哄哄，这里形容社会制度不安定，犯罪受刑的人多。

⑪赤衣：古时犯人穿的赭色衣服，这里指囚犯。

⑫贱：这里指牛羊。　贵：指人。

⑬焱（yàn，音厌）：火焰。

⑭变复之家：指宣扬“天人感应”谬论，把自然灾害或不正常现象说成是天降灾异，进行谴告，鼓吹君主要奉行“先王之道”，或进行祭祀祈祷，使灾异消除而恢复原状的儒生。

⑮图圄（líng yǔ，音灵雨）：牢狱。

⑯律：古代一种竹制的定音乐器。

⑰寒谷可种：传说燕国有个不生五谷的寒冷山谷，由于邹衍在那里吹律管，使得气候变暖，并且可以种庄稼了。

⑱《洪范》：《尚书》中的一篇。庶征：《洪范》共论述九个问题，“庶征”是第八个问题，主要宣扬天人感应论的各种凶吉征兆。

⑲燠（yù，音遇）：温暖。

⑳卜：用龟甲占卜吉凶。　兆：古人灼龟甲占卜吉凶，龟甲被灼烧后出现的裂纹叫“兆”，占卜者根据它来推测吉凶。

㉑筮（shì，音士）：用蓍草算卦。

㉒京氏：京房，西汉人，好讲灾异，著有《京氏易传》。六十四卦：传说伏羲作八卦，周文王把八卦排列组合成六十四卦。

㉓六日七分：早在战国时期，我国人民就已知道一年为三百六十五又四分之一日。京房利用这一成就，把它引向神秘化。他用六十四卦来分一年的日数，每卦分得六日七分。

㉔用事：主事，起决定作用。

㉕乖违：互相矛盾。

㉖繁霜：厚霜。

㉗暘（yáng，音羊）：晴天。

谴　告

论灾异，谓古之人君为政失道，天用灾异谴告之也。灾异非一，复以寒温为之效。人君用刑非时则寒，施赏违节则温。天神谴告人君，犹人君责怒臣下也。故楚庄王曰：“天不下灾异，天其忘予乎！”灾异为谴告，故庄王惧而思之也。曰：此疑也。

夫国之有灾异也，犹家人之有变怪也。有灾异，谓天谴人君；有变怪，天复谴告家人乎？家人既明[①]，人之身中亦将可以喻。身中病，犹天有灾异也。血脉不调，人生疾病；风气不和，岁生灾异。灾异谓天谴告国政，疾病天复谴告人乎？酿酒于罂[②]，烹肉于鼎，皆欲其气味调得也。时或咸苦酸淡不应口者，犹人勺药失其和也。夫政治之有灾异也，犹烹酿之有恶味也。苟谓灾异为天谴告，是其烹酿之误，得见谴告也。占大以小，明物事之喻，足以审天。使庄王知如孔子，则其言可信。衰世霸者之才，犹夫变复之家也，言未必信，故疑之。

夫天道，自然也，无为。如谴告人，是有为，非自然也。黄、老之家，论说天道，得其实矣。且天审能谴告人君，宜变易其气以觉悟之。用刑非时，刑气寒而天宜为温[③]；施赏违节，赏气温而天宜为寒[④]。变其政而易其气，故君得以觉悟知是非。今乃随寒从温，为寒为温以谴告之，意欲令变更之。且太王亶父以王季之可立[⑤]，故易名为“历”。历者，適也[⑥]。太伯觉悟[⑦]，之吴、越采药，以避王季。使太王不易季名，而复字之季，太伯岂觉悟以避之哉？今刑赏失法，天欲改易其政，宜为异气，若太王之易季名。今乃重为同气以谴告之，人君何时将能觉悟，以见刑赏之误哉？

鼓瑟者误于张弦设柱[⑧]，宫商易声[⑨]，其师知之，易其弦而复移其柱。夫天之见刑赏之误，犹瑟师之睹弦柱之非也。不更变气以悟人君，反增其气以渥其恶[⑩]，则天无心意，苟随人君为误。非也。纣为长夜之饮，文王朝夕曰：“祀，兹酒。”齐奢于祀，晏子祭庙，豚不掩俎[⑪]。何则？非疾之者，宜有以改易之也。

子弟傲慢，父兄教以谨敬；吏民横悖[12]，长吏示以和顺。是故康叔、伯禽失子弟之道[13]，见于周公，拜起骄悖，三见三笞；往见商子，商子令观桥梓之树[14]，二子见桥梓，心感觉悟，以知父子之礼。周公可随为骄，商子可顺为慢，必须加之捶杖[15]，教观于物者，冀二人之见异，以奇自觉悟也。夫人君之失政，犹二子失道也。天不告以政道，令其觉悟，若二子观见桥梓，而顾随刑赏之误，为寒温之报，此则天与人君俱为非也。无相觉悟之感，有相随从之气，非皇天之意，爱下谴告之宜也。

凡物能相割截者，必异性者也；能相奉成者，必同气者也。是故《离》下、《兑》上曰《革》。革，更也。火金殊气[16]，故能相革。如俱火而皆金，安能相成？屈原疾楚之臭洿，故称香洁之辞；渔父议以不随俗，故陈沐浴之言。凡相混者，或教之熏隧[17]，或令之负豕[18]。二言之于除臭洿也，孰是孰非，非有不易，少有以益。夫用寒温，非刑赏也，能易之乎？

西门豹急，佩韦以自宽[19]；董安于缓，带弦以自促[20]。二贤知佩带变己之物，而以攻身之短。天至明矣，人君失政，不以他气谴告变易，反随其误，就起其气，此则皇天用意，不若二贤审也。

楚庄王好猎，樊姬为之不食鸟兽之肉；秦缪公好淫乐，华阳后为之不听郑、卫之音[21]。二姬非两主，拂其欲而不顺其行；皇天非赏罚，而顺其操，而渥其气：此盖皇天之德，不若妇人贤也。

故谏之为言间也，持善间恶，必谓之一乱。周缪王任刑，《甫刑篇》曰[22]：“报虐用威。”威虐皆恶也，用恶报恶，乱莫甚焉。今刑失赏宽，恶也。夫复为恶以应之，此则皇天之操与缪王同也。故以善驳恶，以恶惧善，告人之理，劝厉为善之道也[23]。舜戒禹曰：“毋若丹朱敖！”周公敕成王曰：“毋若殷王纣！”毋者，禁之也。丹朱、殷纣至恶，故曰“毋”以禁之。夫言毋若，孰与言必若哉？故毋必二辞，圣人审之。况肯谴非为非，顺人之过以增其恶哉？天人同道，大人与天合德。圣贤以善反恶，皇天以恶随非，岂道同之效、合德之验哉？

孝武皇帝好仙，司马长卿献《大人赋》[24]，上乃仙仙，有凌云之气。孝成皇帝好广宫室，扬子云上《甘泉颂》，妙称神怪，若曰非人力所能为，鬼神力乃可成。皇帝不觉，为之不止。长卿之赋如言仙无实效，子云之颂言奢有害，孝武岂有仙仙之气者，孝成岂有不觉之惑哉？然即天之不为他气以谴告人君，反顺人心以非应之，犹二子为赋颂，令两帝惑而不悟也。窦婴、灌夫疾时为邪[25]，相与日引绳以纠缥之[26]。心疾之甚，安肯从其欲？太伯教吴冠带，孰与随从其俗与之俱倮也？故吴之知礼义也，太伯改其俗也。苏武入匈奴，终不左衽[27]。赵他入南越[28]，箕踞椎髻[29]。汉朝称苏武而毁赵他。之性习越土气，畔冠带之制，陆贾说之，夏服雅礼，风告以义[30]，赵他觉悟，运心向内。如陆贾复越服夷谈，从其乱俗，安能令之觉悟，自变从汉制哉？

三教之相违[31]，文质之相反[32]，政失不相反袭也。谴告人君误，不变其失而袭其非，欲行谴告之教，不从如何？管、蔡篡畔[33]，周公告教之至于再三。其所以告教之者，岂云当篡畔哉？人道善善恶恶[34]，施善以赏，加恶以罪，天道宜然。刑赏失实，恶也，为恶气以应之，恶恶之义，安所施哉？汉正首匿之罪，制亡从之法，恶其随非而与恶人为群党也。如束罪人以诣吏，离恶人与异居，首匿亡从之法除矣。狄牙之调味也[35]，酸则沃之以水[36]，淡则加之以咸。水火相变易[37]，故膳无咸淡之失也。今刑罚失实，不为异气以变其过，而又为寒于寒，为温于温。此犹憎酸而沃之以咸，恶淡而灌之以水也。由斯言之，谴告之言，疑乎？必信也？

今熯薪燃釜[38]，火猛则汤热，火微则汤冷。夫政犹火，寒温犹热冷也。顾可言人君为政，赏罚失中也，逆乱阴阳，使气不和；乃言天为人君为寒为温以谴告之乎？儒者之说，又言人君失政，天为异；不改，灾其人民；不改，乃灾其身也。先异后灾，先教后诛之义也。曰：此复疑也。以夏树物，物枯不生。以秋收谷，谷弃不藏。夫为政教，犹树物收谷也。顾可言政治失时，气物为灾；乃言天为异以谴告之，不改为灾以诛伐之乎？儒者之说，俗人言也。盛夏阳气炽烈，阴气干之，激射𣪠裂[39]，中杀人物。谓天罚阴过，外一闻若是，内实不然。夫谓灾异为谴告诛伐，犹为雷杀人罚阴过也。非谓之言，不然之说也。

或曰："谷子云上书，陈言变异，明天之谴告。不改，后将复有，愿贯械待时[40]。后竟复然。即不为谴告，何故复有？子云之言，故后有以示改也。"曰：夫变异自有占候[41]，阴阳物气自有终始。履霜以知坚冰必至，天之道也。子云识微，知后复然，借变复之说，以效其言，故愿贯械以待时也。犹齐晏子见钩星在房、心之间，则知地且动也[42]。使子云见钩星，则将复曰天以钩星谴告政治[43]，不改，将有地动之变矣。然则子云之愿贯械待时，犹子韦之愿伏陛下以俟荧惑徙处[44]。必然之验，故谴告之言信也。予之谴告，何伤于义。损皇天之德，使自然无为转为人事，故难听之也。

称天之谴告，誉天之聪察也，反以聪察伤损于天德。何以知其聋也？以其听之聪也。何以知其盲也？以其视之明也。何以知其狂也？以其言之当也。夫言当视听聪明，而道家谓之狂而盲聋。今言天之谴告，是谓天狂而盲聋也。

《易》曰："大人与天地合其德。"故太伯曰："天不言，殖其道于贤者之心。"夫大人之德，则天德也；贤者之言，则天言也。大人刺而贤 者谏，是则天谴告也，而反归告于灾异，故疑之也。《六经》之文，圣人之语，动言天者，欲化无道、惧愚者。之言非独吾心，亦天意也。及其言天犹以人心，非谓上天苍苍之体也。变复之家，见诬言天，灾异时至，则生谴告之言矣。

验古以今，知天以人。受终于文祖，不言受终于天。尧之心知天之意也。尧授之，天亦授之，百官臣子皆乡与舜。舜之授禹，禹之传启，皆以人心效天意。《诗》之"眷顾[45]"，《洪范》之"震怒[46]"，皆以人身效天之意。文、武之卒，成王幼少，周道未成，周公居摄，当时岂有上天之教哉？周公推心合天志也。上天之心，在圣人之胸；及其谴告，在圣人之口。不信圣人之言，反然灾异之气，求索上天之意，何其远哉？世无圣人，安所得圣人之言？贤人庶几之才，亦圣人之次也。

---

①家人既明：意思是老百姓遇到异常现象，并不表示是天上的谴告，这个道理已经很明白。

②罂（yīng，音英）：大肚小口的坛子。

③刑气寒：汉代儒生宣扬刑属阴，阴气寒，所以刑气也寒。

④赏气温：汉代儒生宣扬赏赐属阳，阳气温，所以赏气也温。

⑤太王亶（dǎn，音胆）：即古公亶父，周文王的祖父。　王季：季历，古公亶父的第三个儿子。

⑥適（dí，音敌）：通"嫡"。按照奴隶主贵族的规定，王位只能传给嫡长子，古公亶父给王季改名为"历"，即暗示要把王位传给他。

⑦太伯：古公亶父的长子。

⑧瑟（sè，音色）：古代一种弦乐器。　柱：瑟上架弦的枕木，瑟的每根弦有一个柱。张弦安柱：上弦安柱。

⑨宫商：古代音乐中的两个音阶。

⑩渥：增厚，助长。

⑪豚（tún，音屯）：小猪。　俎（zǔ，音祖）：古代盛放祭品的器具。

⑫横悖（bèi，音倍）：蛮横不讲理。

⑬失子弟之道：没有遵守做弟弟和儿子所应遵守的礼节。

⑭桥：通"乔"，一种高大的树木。令观桥梓之树：据《说苑·建本》记载，商子引康叔和伯禽观看桥树和梓树，并把在南山阳坡上的高大桥树比做"父道"，把南山阴坡上枝叶下垂的梓树比做"子道"，用来教导他们遵守父子之道。

⑮捶：通“棰”，鞭子。

⑯火金殊气：根据阴阳五行说法，火金是两种不同的气，火能克金。

⑰熏隧：焚香薰身。

⑱豕（shǐ，音史）：猪。负豕：背猪，意思是以猪身上的臭味来掩盖自己身上所沾的臭味。

⑲韦：有韧性的皮带。佩韦以自宽：西门豹性情急躁，于是用佩皮带办法，提醒自己缓和些。

⑳带弦以自促：董安于性情缓慢，于是用带弓弦的办法，提醒自己紧张些。

㉑郑、卫之音：原指春秋战国时郑国、卫国的民间音乐，与奴隶主贵族的所谓雅乐大不相同。

㉒《甫刑》：即《吕刑》，《尚书》中的一篇。

㉓厉：通“励”。

㉔司马长卿：司马相如，西汉著名的文学家。《大人赋》：据《史记·司马相如列传》载，司马相如写了《大人赋》献给汉武帝，本想讽刺他的好仙，但由于过多的谈仙，反而助长了汉武帝好仙的心理。

㉕窦婴：西汉外戚，封魏其侯，汉武帝时任丞相，后因罪被处死。灌夫：汉武帝时任太仆，后因罪被处死。

㉖纆（mò，音末）：绳。纠纆：这里是指责的意思。日引绳以纠纆之：据《史记·魏其武安侯列传》载，窦婴失势之后，依附他的宾客都离开了他，唯有灌夫和他亲近如故。后来灌夫失势，宾客也都离去了。他俩经常在一起咒骂那些过去阿谀奉承而现在又负恩弃交的人。

㉗衽（rèn，音任）：衣襟。终不左衽：始终不穿匈奴的服装。

㉘赵他（tuó，音驮）：即赵佗，秦汉之际，割据广东、广西一带，自称南越王。

㉙箕踞：坐时两足张开，形似簸箕。　　椎髻：象椎形的发髻。箕踞椎髻：这是当时越人的风俗。

㉚风（fěng，音讽）：通“讽”。　　风告：劝说、规劝。

㉛三教：指夏、商、周三代统治者所实行的不同教化。儒家认为夏注重“忠”，提倡忠诚于君主的思想品德；商注重“敬”，提倡敬鬼神；周注重“文”，提倡礼乐制度。

㉜文质之相反：儒家认为周以前各朝代对礼乐制度的重视是不同的，尧、舜时重质，夏代重文，殷代重质，周代重文。

㉝管、蔡篡畔：据《史记·周本纪》载，周武王死后，周公摄政，管叔、蔡叔伙同殷朝的旧贵族武庚叛乱，被周公镇压下去。

㉞善善恶恶：表扬好的，憎恶坏的。

㉟狄牙：即易牙，春秋时齐桓公的宠臣，以善烹著名。

㊱沃：浇，加。

㊲水火相变易：指酸与水、淡与咸，就如同水与火一样相互间发生变化。

㊳熯（hàn，音汉）：烤，烧。

㊴激射：指阴阳二气互相冲击。　　檠（bié，音别）裂：霹雳，指阴阳二气冲击时发出的响声，即雷鸣。

㊵愿贯械待时：愿意戴上刑具等待灾异的到来。意思是说：如果自己的说法不对，宁愿受重刑。

㊶占候：征兆，迹象。

㊷钩星：水星的别名。　　房、心：指房宿、心宿，古代天文学上二十八宿中的两宿。

㊸知地且动：古人认为钩星运行到房宿和心宿之间，是地震的征兆。有一次，齐国的太史对齐景公说：“我能使地震动。”晏子知道后，对这个太史说：“我看到钩星运行到房、心之间，大概要地震了吧！”太史知道自己的谎言已被识破，便对齐景公说：“不是我能使地震动，而是地本来就要震动了。”

㊹陛：宫殿的台阶。荧惑：火星的别名。俟荧惑徙处：传说宋景公时，火星曾靠近心宿，宋景公非常害怕，子韦知道火星必将离开心宿，却故弄玄虚说，这是天降灾异，但由于宋景公说了三句好话，这种灾异将要解除，他愿意伏在宫殿的台阶下等待火星的移动，如不移动，自己愿受重刑。

㊺眷顾：殷切地注视。《诗·大雅·皇矣》原文作“乃眷西顾”，意思是上天看中了西边的诸侯姬昌（周文王），要让他来统治天下。

㊻《洪范》之“震怒”：据《尚书·洪范》载，鲧治水方法不当，洪水泛滥得更厉害，于是上帝便发怒了。

变　动

论灾异者，已疑于天用灾异谴告人矣。更说曰[①]："灾异之至，殆人君以政动天，天动气以应之。譬之以物击鼓，以椎扣钟，鼓犹天，椎犹政，钟鼓声犹天之应也。人主为于下，则天气随人而至矣。"曰：此又疑也。夫天能动物，物焉能动天？何则？人物系于天，天为人、物主也。故曰："王良策马[②]，车骑盈野。"非车骑盈野，而乃王良策马也。天气变于上，人、物应于下矣。故天且雨，商羊起舞[③]，非使天雨也[④]。商羊者，知雨之物也，天且雨，屈其一足起舞矣。故天且雨，蝼蚁徙，丘蚓出，琴弦缓，固疾发，此物为天所动之验也。故天且风，巢居之虫动；且雨，穴处之物扰，风雨之气感虫物也。故人在天地之间，犹蚤虱之在衣裳之内，蝼蚁之在穴隙之中。蚤虱、蝼蚁为逆顺横从，能令衣裳穴隙之间气变动乎？蚤虱、蝼蚁不能，而独谓人能，不达物气之理也。

夫风至而树枝动，树枝不能致风。是故夏末，蜻蛚鸣[⑤]，寒螿啼，感阴气也。雷动而雉惊，发蛰而蛇出，起阳气也[⑥]。夜及半而鹤唳，晨将旦而鸡鸣，此虽非变，天气动物，物应天气之验也。顾可言寒温感动人君，人君起气而以赏罚；乃言以赏罚感动皇天，天为寒温以应政治乎？六情风家言[⑦]："风至，为盗贼者感应之而起。"非盗贼之人精气感天，使风至也。风至，怪不轨之心[⑧]，而盗贼之操发矣。何以验之？盗贼之人，见物而取，睹敌而杀，皆在徙倚漏刻之间[⑨]，未必宿日有其思也，而天风已以贪狼阴贼之日至矣。

以风占贵贱者，风从王相乡来则贵，从囚死地来则贱。夫贵贱多少，斗斛故也。风至而粜谷之人贵贱其价[⑩]，天气动怪人物者也。故谷价低昂，一贵一贱矣。《天官》之书，以正月朝占四方之风。风从南方来者旱，从北方来者湛[⑪]，东方来者为疫，西方来者为兵。太史公实道言以风占水旱兵疫者，人物吉凶统于天也。使物生者，春也；物死者，冬也。春生而冬杀者，天也。如或欲春杀冬生，物终不死生，何也？物生统于阳，物死系于阴也。故以口气吹人，人不能寒；吁人[⑫]，人不能温。使见吹吁之人，涉冬触夏，将有冻暍之患矣[⑬]。寒温之气，系于天地而统于阴阳。人事国政，安能动之？

且天本而人末也。登树怪其枝，不能动其株。如伐株，万茎枯矣。人事犹树枝，寒温犹根株也。人生于天，含天之气，以天为主，犹耳目手足系于心矣。心有所为，耳目视听，手足动作，谓天应人，是谓心为耳目手足使乎？旌旗垂旒[⑭]，旒缀于杆，杆东则旒随而西。苟谓寒温随刑罚而至，是以天气为缀旒也。钩星在房、心之间，地且动之占也。齐太卜知之，谓景公："臣能动地。"景公信之。夫谓人君能致寒温，犹齐景公信太卜之能动地。夫人不能动地，而亦不能动天。

夫寒温，天气也。天至高大，人至卑小。篙不能鸣钟，而萤火不爨鼎者[⑮]，何也？钟长而篙短，鼎大而萤小也。以七尺之细形，感皇天之大气，其无分铢之验，必也。占大将且入国邑，气寒，则将且怒；温，则将喜。夫喜怒起事而发，未入界，未见吏民，是非未察，喜怒未发，而寒温之气已豫至矣[⑯]。怒喜致寒温，怒喜之后，气乃当至，是竟寒温之气使人君怒喜也。

或曰："未至诚也。行事至诚，若邹衍之呼天而霜降，杞梁妻哭 而城崩。何天气之不能动乎？"夫至诚，犹以心意之好恶也。有果蓏之物[⑰]，在人之前，去口一尺，心欲食之，口气吸之，不能取也。手掇送口，然后得之。夫以果蓏之细，员圌易转[⑱]，去口不远，至诚欲之，不能得也，况天去人高远，其气莽苍无端末乎！盛夏之时，当风而立；隆冬之月，向日而坐。其夏欲得寒而冬欲得温也，至诚极矣。欲之甚者，至或当风鼓箑[19]，向日燃炉，而天终不为冬夏易气，寒暑有节，不为人变改也。夫正欲得之而犹不能致，况自刑赏意思不欲求寒温乎？

万人俱叹，未能动天，一邹衍之口，安能降霜？邹衍之状，孰与屈原？见拘之冤，孰与沉江？《离骚》、《楚辞》凄怆，孰与一叹？屈原死时，楚国无霜，此怀、襄之世也。厉、武之时，卞和献玉，刖其两足[20]，奉玉泣出，涕尽续之以血。夫邹衍之诚，孰与卞和？见拘之冤，孰与刖足？仰天而叹，孰与泣血？夫叹固不如泣，拘固不如刖，料计冤情[21]，衍不如和，当时楚地不见霜。李斯、赵高谗杀太子扶苏，并及蒙恬、蒙骜。其时皆吐痛苦之言，与叹声同，又祸至死，非徒苟徙。而其死之地，寒气不生。秦坑赵卒于长平之下，四十万众，同时俱陷。当时啼号，非徒叹也。诚虽不及邹衍，四十万之冤，度当一贤臣之痛；入坑埳之啼，度过拘囚之呼。当时长平之下，不见陨霜。《甫刑》曰："庶僇旁告无辜于天帝。"此言蚩尤之民被冤，旁告无罪于上天也。以众民之叫，不能致霜，邹衍之言，殆虚妄也。

南方至热，煎沙烂石，父子同水而浴。北方至寒，凝冰坼土，父子同穴而处。燕在北边，邹衍时，周之五月，正岁三月也。中州内，正月、二月霜雪时降。北边至寒，三月下霜，未为变也。此殆北边三月尚寒，霜适自降，而衍适呼，与霜逢会。传曰："燕有寒谷，不生五谷。"邹衍吹律，寒谷复温，则能使气温，亦能使气复寒。何知衍不令时人知己之冤，以天气表己之诚，窃吹律于燕谷狱，令气寒而因呼天乎？即不然者，霜何故降？范雎为须贾所谗，魏齐僇之，折干摺胁[22]。张仪游于楚，楚相掠之[23]，被捶流血。二子冤屈，太史公列记其状。邹衍见拘，雎、仪之比也，且子长何讳不言？案衍列传[24]，不言见拘而使霜降。伪书游言，犹太子丹使日再中、天雨粟也。由此言之，衍呼 而降霜，虚矣！则杞梁之妻哭而崩城，妄也！

顿牟叛，赵襄子帅师攻之。军到城下，顿牟之城崩者十余丈，襄子击金而退之。夫以杞梁妻哭而城崩，襄子之军有哭者乎？秦之将灭，都门内崩；霍光家且败，第墙自坏。谁哭于秦宫，泣于霍光家者？然而门崩墙坏，秦、霍败亡之征也。或时杞国且圮，而杞梁之妻适哭城下，犹燕国适寒而邹衍偶呼也。事以类而时相因，闻见之者或而然之。又城老墙朽，犹有崩坏。一妇之哭，崩五丈之城，是则一指摧三仞之楹也。春秋之时，山多变。山、城，一类也。哭能崩城，复能坏山乎？女然素缟而哭河，河流通。信哭城崩，固其宜也。案杞梁从军死，不归。其妇迎之，鲁君吊于途，妻不受吊，棺归于家，鲁君就吊，不言哭 于城下。本从军死，从军死不在城中，妻向城哭，非其处也。然则杞梁之妻哭而崩城，复虚言也。

因类以及，荆轲刺秦王，白虹贯日；卫先生为秦画长平之计，太白食昴。复妄言也。夫豫子谋杀襄子，伏于桥下，襄子至桥心动。贯高欲杀高祖，藏人于壁中，高祖至柏人亦动心。二子欲刺两主，两主心动。实论之，尚谓非二子精神所能感也。而况荆轲欲刺秦王，秦王之心不动，而白虹贯日乎？然则白虹贯日，天变自成，非轲之精为虹而贯日也。钩星在房、心间，地且动之占也。地且动，钩星应房、心。夫太白食昴，犹钩星在房、心也。谓卫先生长平之议，令太白食昴，疑矣！岁星害鸟尾，周、楚恶之。綝然之气见，宋、卫、陈、郑灾。案时周、楚未有非，而宋、卫、陈、郑未有恶也。然而岁星先守尾，灾气署垂于天，其后周、楚有祸，宋、卫、陈、郑同时皆然。岁星之害周、楚，天气灾四国也。何知白虹贯日不致刺秦王，太白食昴不使长平计起也？

---

①更：进一步。　　说：解释。

②王良：即王良星。据《史记·天官书》载：天上有四颗星，称天驷。其旁有一星名曰王良，另外还有一颗星名策星。策星闪动时，称“王良策马”，预示人间将发生战争。

③商羊：传说中的一种鸟。天要下雨时，它便不断地飞舞鸣叫。

④原本无“非”字，据文意增。

⑤蛣蛩（liè，音列）：蟋蟀。

⑥原本无“阳”字。

⑦六情风家：即指根据风向变化预测吉凶的人。以东、南、西、北、上、下六个方向的风，代表人的怒、恶、喜、好、乐、哀六种情感。

⑧怪：动。

⑨徙倚：徘徊。

⑩粜：卖粮食。

⑪湛：大水；涝。

⑫吁：呵气。

⑬暘：暴晒。

⑭旒：旌旗上的穗带。

⑮爨（cuàn，音篡）：烧火煮饭。

⑯豫：通“预”。

⑰蓏（luǒ，音裸）：瓜。

⑱员：通“圆”。　圜（tuán，音团）：通“团”。

⑲箑（shà，音刹）：扇子。

⑳刖：古代一种砍断腿的酷刑。

㉑料计：权衡。

㉒干：肢体。

㉓掠：拷打。

㉔案：考察。

招　致（阙）

明　雩

变复之家[①]，以久雨为湛[②]，久暘为旱[③]。旱应亢阳[④]，湛应沈溺[⑤]。或难曰[⑥]：“夫一岁之中，十日者一雨，五日者一风。雨颇留[⑦]，湛之兆也；暘颇久，旱之渐也[⑧]。湛之时，人君未必沈溺也；旱之时，未必亢阳也。人君为政，前后若一。然而一湛一旱，时气也。”《范蠡·计然》曰：“太岁在子水[⑨]，毁；金，穰[⑩]；木，饥；火，旱。”夫如是，水旱饥穰，有岁运也。岁直其运[⑪]，气当其世，变复之家，指而名之，人君用其言，求过自改。暘久自雨，雨久自暘，变复之家，遂名其功[⑫]，人君然之[⑬]，遂信其术。试使人君恬居安处，不求己过，天犹自雨，雨犹自暘。暘济雨济之时[⑭]，人君无事，变复之家，犹名其术。是则阴阳之气，以人为主，不说于天也[⑮]。夫人不能以行感天，天亦不随行而应人。《春秋》，鲁大雩[⑯]，旱求雨之祭也。旱久不雨，祷祭求福，若人之疾病祭神解祸矣，此变复也。《诗》云：“月离于毕[⑰]，比滂沱矣[⑱]。”《书》曰：“月之从星，则以风雨。”然则风雨随月所离从也。房星四表三道[19]，日月之行，出入三道，出北则湛，出南则旱，或言出北则旱，南则湛。案月为天下占[20]，房为九州候，月之南北，非独为鲁也。孔子出，使子路赍雨具。有顷，天果大雨，子路问其故，孔子曰：“昨暮月离于毕。”后日，月复离毕。孔子出，子路请赍雨具[21]，孔子不听，出果无雨，子路问其故，孔子曰：“昔日，月离其阴，故雨，昨暮，月离其阳，故不雨。”夫如是，鲁雨自以月离，岂以政哉[22]？如审以政令[23]，月离于毕为雨占，天下共之，鲁雨，天下亦宜皆雨。六国之时，政治不同，人君所行赏罚异时，必以雨为应政令，月离六七毕星，然后足也。

鲁缪公之时，岁旱[24]，缪公问县子[25]：“天旱不雨，寡人欲暴巫[26]，奚如[27]？”县子不听。“欲徙市[28]，奚如？”对曰：“天子崩，巷市七日[29]，诸公薨，巷市五日，为之徙市，不亦可乎？”案县子之言，徙市得雨也。案《诗》、《书》之文，月离星得雨。日月之行，有常节度，肯为徙市故，离毕之阴乎？夫月毕，天下占，徙鲁之市，安耐移月[30]？月之行天，三十日而周，一月之中，一过毕星，离阳则阳[31]。假令徙市之感，能令月离毕阳[32]，其时徙市，而得雨乎[33]？夫如县子言，未可用也。

董仲舒求雨，申《春秋》之义[34]，设虚立祀[35]。父不食于枝庶[36]，天不食于下地[37]，诸侯雩礼所祀，未知何神。如天神也，唯王者天乃歆[38]，诸侯及今长吏[39]，天不享也，神不歆享，安耐得神？如云雨者气也，云雨之气，何用歆享？触石而出，肤寸而合[40]，不崇朝而辨雨天下[41]，泰山也。泰山雨天下，小山雨国邑。然则大雩所祭，岂祭山乎？假令审然，而不得也。何以效之？水异川而居，相高分寸[42]，不决不流，不凿不合。诚令人君祷祭水旁[43]，能令高分寸之水流而合乎？夫见在之水[44]，相差无几，人君请之，终不耐行。况雨无形兆，深藏高山，人君雩祭，安耐得之？

夫雨水在天地之间也，犹夫涕泣在人形中也[45]。或赍酒食请于惠人之前[46]，未求出其泣，惠人终不为之陨涕。夫泣不可请而出，雨安可求而得？雍门子悲哭，孟尝君为之流涕。苏秦、张仪悲说坑中，鬼谷先生泣下沾襟。或者傥可为雍门之声，出苏、张之说以感天乎！天又耳目高远，音气不通。杞梁之妻[47]，又已悲哭，天不雨而城反崩。夫如是，竟当何以致雨？雩祭之家，何用感天？案月出北道，离毕之阴，希有不雨[48]。由此言之，北道，毕星之所在也。北道星肯为雩祭之故，下其雨乎？孔子出，使子路赍雨具之时，鲁未必雩祭也。不祭，沛然自雨；不求，旷然自旸，夫如是，天之旸雨，自有时也。一岁之中，旸雨连属[49]，当其雨也，谁求之者？当其旸也，谁止之者？

人君听请[50]，以安民施恩，必非贤也。天至贤矣，时未当雨，伪请求之故[51]，妄下其雨，人君听请之类也。变复之家，不推类验之，空张法术，惑人君。或未当雨，而贤君求之而不得，或适当自雨，恶君求之，遭遇其时，是使贤君受空责，而恶君蒙虚名也。世称圣人纯而贤者驳[52]，纯则行操无非，无非则政治无失。然而世之圣君，莫有如尧、汤，尧遭洪水，汤遭大旱，如谓政治所致，尧、汤恶君也；如非政治，是运气也，运气有时，安可请求？世之论者，犹谓尧、汤水旱。水旱者，时也，其小旱湛皆政也。假令审然，何用致湛。审以政致之，不修所以失之，而从请求，安耐复之？世审称尧、汤水旱，天之运气，非政所致。夫天之运气，时当自然，虽雩祭请求，终无补益。而世又称汤以五过祷于桑林[53]，时立得雨。夫言运气，则桑林之说绌[54]；称桑林，则运气之论消。世之说称者，竟当何由？救水旱之术，审当何用？

夫灾变大抵有二：有政治之灾，有无妄之变[55]。政治之灾，须耐求之[56]，求之虽不耐得，而惠愍恻隐之恩[57]，不得已之意也。慈父之于子，孝子之于亲，知病不祀神[58]，疾痛不和药[59]，又知病之必不可治，治之无益，然终不肯安坐待绝，犹卜筮求祟、召医和药者，恻痛殷勤，冀有验也。既死气绝，不可如何[60]，升屋之危[61]，以衣招复[62]，悲恨思慕，冀其悟也[63]。雩祭者之用心，慈父孝子之用意也。无妄之灾，百民不知，必归于主。为政治者慰民之望[64]，故亦必雩。

问："政治之灾，无妄之变，何以别之？"曰：德酆政得[65]，灾犹至者，无妄也；德衰政失，变应来者，政治也。夫政治则外雩而内改，以复其亏；无妄则内守旧政，外修雩礼，以慰民心。故夫无妄之气[66]，历世时至[67]，当固自一[68]，不宜改政。何以验之？周公为成王陈立政之言曰[69]："时则物有间之[70]。自一话一言，我则末[71]，维成德之彦[72]，以乂我受民[73]。"周公立政，可谓得矣。知非常之物，不赈不至[74]，故敕成王自一话一言[75]，政事无非，毋敢变易。然则非常之变，无妄之气，间而至也。水气间尧，旱气间汤。周宣以贤[76]，遭遇久旱。建初孟季[77]，北州连旱，牛死民乏，放流就贱[78]。圣主宽明于上，百官共职于下[79]，太平之明时也[80]。政无细非[81]，旱犹有，气间之也。圣主知之，不改政行，转谷赈赡，损酆济耗[82]，斯见之审明，所以救赴之者得宜也。鲁文公间，岁大旱。臧文仲曰："修城郭[83]，贬食省用[84]，务啬劝分[85]。"文仲知非政，故徒修备[86]，不改政治。变复之家，见变辄归于政，不揆政之无非[87]，见异惧惑，变易操行，以不宜改而变，只取灾焉！

何以言必当雩也？曰：《春秋》大雩，传家在宣，公羊、穀梁无讥之文[88]，当雩明矣。曾晰对孔子言其志曰："暮春者，春服既成，冠者五六人[89]，童子六七人，浴乎沂，风乎舞雩[90]，咏而归[91]。"孔子曰："吾与点也[92]！"鲁设雩祭于沂水之上。暮者，晚也；春谓四月也。春服既成，谓四月之服成也。冠者、童子，雩祭乐人也。浴乎沂，涉沂水也，象龙之从水中出也[93]。风乎舞雩，风，歌也。咏而馈，咏歌馈祭也，歌咏而祭也。说论之家，以为浴者，浴沂水中也，风干身也。周之四月，正岁二月也[94]，尚寒，安得浴而风干身？由此言之，涉水不浴，雩祭审矣。

《春秋左氏传》曰："启蛰而雩[95]。"又曰："龙见而雩[96]。启蛰龙见。"皆二月也。春二月雩，秋八月亦雩。春祈谷雨，秋祈谷实。当今灵星，秋之雩也。春雩废，秋雩在。故灵星之祀，岁雩祭也。孔子曰："吾与点也！"善点之言[97]，欲以雩祭调和阴阳，故与之也。使雩失正[98]，点欲为之，孔子宜非，不当与也。樊迟从游，感雩而问，刺鲁不能崇德而徒雩也。

夫雩，古而有之，故《礼》曰："雩祭，祭水旱也。"故有雩礼，故孔子不讥，而仲舒申之。夫如是，雩祭，祀礼也。雩祭得礼[99]，则大水鼓用牲于社[100]，亦古礼也，得礼无非，当雩一也。礼，祭也社[101]，报生万物之功。土地广远，难得辨祭，故立社为位，主心事之[102]。为水旱者，阴阳之气也，满六合难得尽祀[103]，故修坛设位，敬恭祈求，效事社之义，复灾变之道也。推生事死[104]，推人事鬼。阴阳精气，傥如生人能饮食乎[105]？故共馨香[106]，奉进旨嘉[107]，区区惓惓[108]，冀见答享[109]。推祭社言之，当雩二也。岁气调和，灾害不生，尚犹而雩。今有灵星，古昔之礼也。况岁气有变，水旱不时，人君之惧，必痛甚矣。虽有灵星之祀，犹复雩，恐前不备[110]，肜绎之义也[111]。冀复灾变之亏，获酆穰之报，三也。礼之心悃愊[112]，乐之意欢忻[113]。悃愊以玉帛效心[114]，欢忻以钟鼓验意。雩祭请祈，人君精诚也，精诚在内，无以效外。故雩祀尽己惶惧，关纳精心于雩祀之前[115]，玉帛钟鼓之义，四也。臣得罪于君，子获过于父，比自改更[116]，且当谢罪惶惧。于旱如政治所致，臣子得罪获过之类也。默改政治[117]，潜易操行[118]，不彰于外，天怒不释[119]，故必雩祭，惶惧之义，五也。汉立博士之官，师弟子相呵难[120]，欲极道之深[121]，形是非之理也[122]。不出横难[123]，不得从说[124]；不发苦诘，不闻甘对。导才低仰[125]，欲求禅也[126]；砥石劘厉[127]，欲求铦也[128]。推《春秋》之义，求雩祭之说，实孔子之心，考仲舒之意，孔子既殁，仲舒已死，世之论者，孰当复问？唯若孔子之徒，仲舒之党，为能说之[129]。

①变：灾异。　　复：恢复。　　变复之家：主张灾异是天降之说的儒生，他们主张君主要祭祀、奉行“先王之道”，以消除灾异。

②湛：水涝。

③暘（yáng，音阳）：天晴。

④亢：高。亢阳：指君主骄慢。

⑤沈溺：指君主陷于声色犬马。

⑥或：有人，指作者本人。

⑦颇：稍稍。留：时久。

⑧渐：兆。

⑨太岁：木星。　　子：应为于。　　水：阴阳五行说认为北方为水，南方为火，东方为木，西方为金。太岁在于水：即木星转到北方。

⑩穰（ráng，音瓤）：庄稼丰收。

⑪直：通“值”，遭逢，遇上。

⑫名其功：说成是自己的功劳。

⑬然：以之为对。

⑭济：停止。

⑮说：应为“统”。

⑯雩（yú，音鱼）：求雨的祭祀活动。

⑰离（lì，音丽）：通“丽”，附丽，附着，临近。　　毕：星宿名。

⑱比：近，立即。

⑲房：星宿名。　　表：标志，表征。四表三道：房宿共有四星，以之为标，形成三条通道。

⑳案：连词，表承接，相当于“则”。

㉑赍（jī，音机）：带着。

㉒以：因。

㉓审：的的确确。

㉔岁：某年。

㉕县子：人名。

㉖暴（pù，音铺）：暴晒。　　巫：巫师。古人认为晒巫可以祈雨。

㉗奚如：如何。

㉘徙市：迁徙市集。古人遇大事，往往停止集市而在小巷中交易。

㉙巷市：在巷中市。

㉚耐（néng，音能）：通“能”。

㉛阳：应为“旸”。

㉜阳：应为“阴”。

㉝而（néng，音能）：通“能”。

㉞申：发挥。

㉟虚：即“墟”，土丘，指祭坛。

㊱父：指已死的父亲。　　食：指接受祭祀。　　枝庶：长子以外的儿子。

㊲下地：指诸侯。

㊳歆（xīn，音欣）：神灵享用祭品。

㊴今长吏：地方官。

㊵肤寸：古时一个手指的厚度为一寸，一肤共四寸。肤寸而合：指云雨之气浓密。

㊶崇：终。　　辨：通“遍”。

㊷相高：高低相差。

㊸诚：假使。

㊹见：现。

㊺涕泣：眼泪。　　形：形体。

㊻惠人：指善良仁慈之人。
㊼杞梁：春秋齐国大夫。
㊽希：少。
㊾属（zhǔ，音主）：连。
㊿听请：听从旁人请求。
51伪：人为地。
52驳：杂，不纯净。
53五过：五方面的过错。
54绌：通“黜”，排除。
55无妄之变：没料到的灾异。
56须：应该。
57惠愍（mǐn，音敏）：仁慈。
58不：应为“必”。
59不：同上。　和药：配药。
60不可如何：无可奈何。
61危：指房脊。
62以衣招复：古人认为登高处摇动衣物可以招回死人灵魂。
63悟：醒，重生。
64望：怨。
65酆：同“丰”，厚意。
66气：应为“变”。
67时：时时，常常。
68固：固持，坚持。　自：原本。
69陈：述。
70物：指灾异。　间：干扰。　之：于此。
71末：无，没有。
72维：即“惟”。　彦：有德有才之人。
73乂（yì，音义）：治理。
74至：应为“去”。
75敕（chì，音赤）：劝戒。
76周宣：周宣王。
77季：应为“年”。孟年：初年。
78流：流民。　就：到，去。　贱：指物价低，生活水平不高的地区。
79共：通“恭”，即奉。
80明世：繁盛之世。
81细非：细小的错失。
82耗：灾年歉收。
83郭：外城墙。
84贬：省，减。
85啬：通“穑”，稼穑。　分：本分。
86徒：只，仅。　修备：指采取措施防止和对付灾变。
87揆（kuí，音葵）：考察，测度。
88传家：指解释《春秋》之人。在宣：疑为“左丘”。　讥：讽刺，讥刺。
89冠者：指举行过加冠之礼的成年人。
90舞雩：舞雩台，鲁国祈雨台。
91归：或疑为“馈”，与下文应。馈：用酒食献祭。
92与：赞同。

⑬象：象征。

⑭正岁：东汉使用的夏历，即今之农历。

⑮启蛰：惊蛰。

⑯龙：龙星。

⑰善：称赞。

⑱使：如果。

⑲得礼：合礼。

⑽鼓：敲鼓。

⑽祭也社："也"应为衍文。

⑽主：专注。

⑽六合：指东、西、南、北、上、下六方。

⑽事：事奉。

⑽倘：或许。

⑽共：通"供"。　馨香：指芳香的供品。

⑽旨：味好。旨嘉：指味道可口的供品。

⑽区区惓惓：真诚貌。

⑽答享：对祭献给予报答。

⑪备：周备，周道。

⑪肜（róng，音容）绎：祭后再祭。

⑫悃（kǔn，音捆）愊（bì，音毕）：至诚。

⑬忻：即"欣"。

⑭效心：表示心意。

⑮关纳：表达。

⑯比：等到。

⑰默：默不出声。

⑱易：改变。

⑲释：放，除。

⑳呵：斥责，责难。

㉑极：尽。

㉒形：使露于外。

㉓横难：横加责难。

㉔从（zòng，音纵）：即"纵"，正确。

㉕导：选择。　才：应为"米"。　低仰：上下颠动簸箕以去杂物。

㉖稗：应为"粺"，粺（bài，音败），精米。

㉗砥：磨刀石。　劘（mó，音磨）：磨。　厉：同"砺"，即磨。

㉘铦（xiān，音先）：锋利。

㉙说：解说。

顺　鼓

《春秋》之义，大水，鼓用牲于社。说者曰："鼓者，攻之也①。"或曰："胁之。"胁则攻矣②。阳胜③，攻社以救之。

或难曰：攻社，谓得胜负之义，未可得顺义之节也。人君父事天，母事地。母之党类为害[4]，可攻母以救之乎？以政令失道阴阳缪盭者[5]，人君也。不自攻以复之，反逆节以犯尊[6]，天地安肯济？使湛水害伤天，不以地害天，攻之可也。今湛水所伤，物也。万物于地，卑也。害犯至尊之体，于道违逆，论《春秋》者，曾不知难[7]。案雨出于山，流入于川，湛水之类，山川是矣。大水之灾，不攻山川。社，土也。五行之性，水土不同。以水为害而攻土，土胜水。攻社之义，毋乃如今世工匠之用椎凿也[8]？以椎击凿，令凿穿木。今傥攻土令厌水乎[9]？且夫攻社之义，以为攻阴之类也。甲为盗贼，伤害人民，甲在不亡，舍甲而攻乙之家，耐止甲乎[10]？今雨者，水也，水在，不自攻水，而乃攻社。案天将雨，山先出云，云积为雨，雨流为水。然则山者，父母；水者，子弟也。重罪刑及族属[11]，罪父母子弟乎？罪其朋徒也？计山水与社[12]，俱为雨类也，孰为亲者？社，土也。五行异气，相去远[13]。

殷太戊[14]，桑穀俱生[15]。或曰："高宗恐骇[16]，侧身行道，思索先王之政[17]，兴灭国，继绝世，举逸民[18]，明养老之义[19]，桑谷消亡，享国长久[20]。"此说者《春秋》所共闻也[21]。水灾与桑谷之变何以异？殷王改政，《春秋》攻社，道相违反，行之何从？周成王之时，天下雷雨，偃禾拔木，为害大矣。成王开金縢之书[22]，求索行事[23]，周公之功[24]，执书以泣，遏[25]雨止，风反禾[26]，大木复起。大雨久湛，其实一也。成王改过，《春秋》攻社，两经二义[27]，行之 如何？

月令之家[28]，虫食谷稼，取虫所类象之吏[29]，笞击僇辱[30]，以灭其变[31]。实论者谓之未必真是[32]，然而为之，厌合人意[33]。今致雨者，政也、吏也，不变其政，不罪其吏，而徒攻社，能何复塞[34]？苟以为当攻其类，众阴之精，月也，方诸乡月[35]，水自下来，月离于毕[36]，出房北道，希有不雨。月中之兽，兔、蟾蜍也。其类在地，螺与蚄也[37]。月毁于天，螺蚄舀缺[38]，同类明矣。雨久不霁[39]，攻阴之类，宜捕斩兔、蟾蜍，椎被螺蚄[40]，为其得实[41]。蝗虫时至，或飞或集[42]，所集之地，谷草枯索[43]。吏卒部民[44]，堑道作坎，榜驱内于堑坎[45]，杷蝗积聚以千斛数[46]，正攻蝗之身[47]，蝗犹不止，况徒攻阴之类，雨安肯霁？

《尚书大传》曰[48]："烟氛郊社不修[49]，山川不祝，风雨不时[50]，霜雪不降，责于天公[51]；臣多弑主，孽多杀宗[52]，五品不训[53]，责于人公[54]；城郭不缮，沟池不修，水泉不隆[55]，水为民害，责于地公[56]。"王者三公，各有所主；诸侯卿大夫，各有分职。大水不责卿大夫而击鼓攻社，何知？不然，鲁国失礼，孔子作经，表以为戒也[57]。公羊高不能实[58]，董仲舒不能定，故攻社之义，至今复行之。使高尚生[59]，仲舒未死，将难之曰："久雨湛水溢，谁致之者？使人君也，宜改政易行，以复塞之。如人臣也，宜罪其人，以过解天[60]。如非君臣，阴阳之气偶时运也，击鼓攻社，而何救止[61]？"

《春秋》说曰："人君亢阳致旱，沈溺致水。"夫如是，旱则为沈溺之行，水则为亢阳之操[62]，何乃攻社？攻社不解[63]，朱丝萦之[64]，亦复未晓。说者以为社阴、朱阳也，水阴也，以阳色萦之，助鼓为救。夫大山失火，灌以壅水[65]，众知不能救之者，何也？火盛水少，热不能胜也。今国湛水，犹大山失火也；以若绳之丝，萦社为救，犹以壅水灌大山也。

原天心以人意[66]，状天治以人事[67]。人相攻击，气不相兼[68]，兵不相负[69]，不能取胜。今一国水，使真欲攻阳[70]，以绝其气，悉发国人操刀把杖以击之，若岁终逐疫，然后为可。楚、汉之际，六国之时，兵革战攻，力强则胜，弱劣则负。攻社一人击鼓，无兵革之威，安能救雨？夫一旸一雨，犹一昼一夜也；其遭若尧、汤之水旱，犹一冬一夏也。如或欲以人事祭祀复塞其变[71]，冬求为夏，夜求为昼也。何以效之？久雨不霁，试使人君高枕安卧，雨犹自止；止久至于太旱，试使人君高枕安卧，旱犹自雨。何则？旸极反阴，阴极反旸。故夫天地之有湛也，何以知不如人之有水病也？其有旱也，何以知不如人有瘅疾也[72]？祷请求福，终不能愈，变操易行，终不能救；使医食药，冀可得愈，命尽期至，医药无效。

尧遭洪水，春秋之大水也，圣君知之，不祷于神，不改乎政，使禹治之，百川东流，夫尧之使禹治水，犹病水者之使医也。然则尧之洪水，天地之水病也，禹之治水，洪水之良医也。说者何以易之？攻社之义，于事不得。雨不霁，祭女娲，于礼何见？伏羲、女娲，俱圣者也，舍伏羲而祭女娲，《春秋》不言[73]。董仲舒之议，其故何哉？夫《春秋经》但言鼓[74]，岂言攻哉？说者见有鼓文[75]，则言攻矣，夫鼓未必为攻，说者用意异也。

季氏富于周公[76]，而求也为之聚敛而附益之[77]。孔子曰："非吾徒也，小子鸣鼓攻之[78]，可也。"攻者，责也，责让之也[79]。六国兵革相攻，不得难此，此又非也。以卑而责尊，为逆矣。或据天责之也[80]？王者母事地，母有过，子可据父，以责之乎？下之于上，宜言谏。若事[81]，臣子之礼也；责让，上之礼也。乖违礼意，行之如何？夫礼以鼓助号呼，明声响也。古者人君将出，撞钟击鼓，故警戒下也[82]。必以伐鼓为攻此社[83]，此则钟声鼓鸣，攻击上也。

大水用鼓，或时再告社[84]，阴之太盛，雨湛不霁。阴盛阳微，非道之宜，口祝不副[85]，以鼓自助，与日食鼓用牲于社，同一义也。俱为告急，彰阴盛也。事大而急者用钟鼓，小而缓者用铃狄[86]，彰事告急，助口气也。大道难知[87]，大水久湛，假令政治所致，犹先告急，乃斯政行[88]。盗贼之发，与此同操。盗贼亦政所致，比求阙失[89]，犹先发告[90]。鼓用牲于社，发觉之也[91]。社者，众阴之长，故伐鼓使社知之。说鼓者以为攻之，故攻母逆义之难，缘此而至。今言告以阴盛阳微，攻尊之难，奚从来哉[92]？且告宜于用牲，用牲不宜于攻。告事用牲，礼也，攻之用牲，于礼何见？

朱丝如绳[93]，示在旸也[94]。旸气实微，故用物微也。投一寸之针、布一丸之艾于血脉之蹊[95]，笃病有瘳[96]。朱丝如一寸之针、一丸之艾也？吴攻破楚，昭王亡走，申包胥间步赴秦[97]，哭泣求救，卒得助兵，却吴而存楚[98]。击鼓之人，伐如何耳[99]；使诚若申包胥，一人击得。假令一人击鼓，将耐令社与秦王同感，以土胜水之威，却止云雨。云雨气得与吴同，恐消散入山，百姓被害者得蒙霁晏[100]，有楚国之安矣。迅雷风烈，君子必变，虽夜必兴[101]，衣冠而坐，惧威变异也[102]。

夫水旱犹雷风也，虽运气无妄，欲令人君高枕幄卧[103]，以俟其时，无恻怛忧民之心[104]。尧不用牲，或时上世质也[105]。仓颉作书[106]，奚仲作车，可以前代之时，无书车之事，非后世为之乎[107]？时同作殊，事乃可难，异世易俗，相非如何！俗图画女娲之象为妇人之形[108]，又其号曰"女"。仲舒之意，殆谓女娲古妇人帝王者也[109]。男阳而女阴，阴气为害，故祭女娲，求福祐也。传又言：共工与颛顼争为天子[110]，不胜，怒而触不周之山[111]，使天柱折[112]，地维绝[113]。女娲消炼五色石，以补苍天，断鳌之足以立四极。仲舒之祭女娲，殆见此传也。本有补苍天、立四极之神，天气不和，阳道不胜，傥女娲以精神助圣王止雨湛乎[114]！

---

①攻：攻击。　　之：或谓土地神。

②则：意谓就是。

③阳：应为"阴"。

④党类：亲族。

⑤缪（miù，音谬）：错误。　　盭（lì，音利）：违背，乖戾。

⑥尊：指土地神。

⑦曾：竟然。

⑧椎：同"槌"。

⑨厌：通"压"，克。

⑩耐：通"能"。

⑪刑：惩罚。

⑫计：衡量。

⑬去：离。

⑭殷：殷朝。　　太戊：殷商一位君主。

⑮桑穀（gǔ，音谷）：桑树，构树。桑穀俱生：据说殷朝时桑树和构树在宫廷中突然生出来，并且七天之内就长得很粗大，人们认为是恶兆。

⑯高宗：殷高宗。

⑰索：求。

⑱举：起用。　　逸民：有道之隐士。

⑲明：发明，发扬。

⑳享国：统治国家。

㉑者：应在“春秋”后。

㉒縢（téng，音腾）：封闭。　　金縢之书：周武王病重，周公祈祷，请代王死，并且把祷文放在用金属封死的盒子中，称“金縢之书”。

㉓行事：往事。

㉔周公之功：前应有“见”。

㉕遏：疑为“过”。

㉖风反：风向反转。

㉗两经：指持两种不同说法的《春秋》和《尚书》。

㉘月令：十二个月的时令节气。　　月令之家：指用阴阳学说解释节令的人。

㉙取：捉。　　虫所类象之吏：不同的虫象征不同的官吏，如黑头虫象征文官，红头虫象征武官。

㉚僇（lù，音路）：污辱。

㉛变：灾变。

㉜实论者：以实为论的人。

㉝厌：通“餍”，足。

㉞塞：止。

㉟方诸：一种器物，用于月下承接露水。　　乡：通“向”。

㊱离（lì，音丽）：附丽，近。

㊲蚄：同“蚌”。

㊳舀：应为“臽”。　臽　（xiàn，音现）缺：消减。　　螺蚌体肉缩小，相应于月亮亏损。

㊴霁（jì，音际）：雨住天晴。

㊵被：应为“破”。

㊶为其得实：这才可说它与道理相符。

㊷集：落。

㊸索：尽。

㊹部民：当地老百姓。

㊺榜：打，笞。　　内：通“纳”。

㊻杷（pá，音爬）：耙。　　斛：容量单位。

㊼正：直接。

㊽太：应为“大”。

㊾烟氛：烟火气，指祭天仪式。郊：冬至祭天叫“郊”。　　社：夏至祭地叫“社”。

㊿不时：不合乎时令。

(51)天公：指太师。汉时有所谓太师、太保、太傅三公。天公主调和阴阳。

(52)孽：庶出之子。　　宗：嫡长子。

(53)五品：五常，即君臣、父子、兄弟、夫妇、朋友五类关系。　　训：顺。

(54)人公：指太保。

(55)隆：盛。

(56)地公：太傅。

(57)表：指明。
(58)实：正确地解释。
(59)使：如果。　　　高：指公羊高。
(60)过：过失。　　　解（jiè，音届）：上闻，上告。
(61)而何：如何。
(62)操：行为。
(63)解：理解。
(64)萦：绕。
(65)壅：应为“瓮”。下同。
(66)原：考察。
(67)状：形容。
(68)兼：加倍。　　　气不相兼：气力不超过别人一倍。
(69)负：应为“贠”。　　　贠（bèi，音贝）：通“倍”。
(70)阳：应为“阴”。
(71)如：象。
(72)瘴：通“疸”。
(73)不言：没说过。
(74)但：只，仅。
(75)文：字。
(76)季氏：春秋末期季孙氏，指季康子。
(77)求：冉有，孔子门生，季康子家臣。　　　附益：增加。
(78)小子：孔子称自己的学生。
(79)让：责备。
(80)或：后应有“曰”。
(81)若：此。
(82)故：原本。　　　下：下民。
(83)此：疑衍。
(84)或时：或许。
(85)不副：不称，不够。
(86)荻：应为“萩”。萩，（qiū，音秋）：箫。
(87)大：应为“天”。
(88)乃斯：这才。
(89)阙：通“缺”。
(90)犹：也是。
(91)发觉之也：意谓让土地神知晓。
(92)奚：何。
(93)如：或者。
(94)旸：应为“阳”。下文同。
(95)针：针灸用针。　　　艾：灼穴位于艾叶。　　　蹊：指穴位。
(96)笃：重。　　　瘳（chōu，音抽）：愈痊。
(97)间步：偷偷跑。
(98)却：打退。
(99)伐：应为“诚”。
(100)晏：晴朗。
(101)兴：起来。
(102)威：通“畏”。
(103)欲：应为“设”。　　　设令：如果。　　　幄：应为“据”，安意。

⑩恻怛（dá，音达）：悲伤。

⑩或：也许。　　质：纯，朴实。

⑩书：文字。

⑩非：责难。

⑩俗：据他本，前应有“世”。

⑩殆：大约，大概。

⑩颛顼：zhuān xū，音专须。

⑪不周之山：即不周山，传说中的山名。

⑫柱：传说中撑天的柱子。

⑬维：绳，传说中系地的绳子。

⑭倘：也许。

乱　龙

董仲舒申《春秋》之雩，设土龙以招雨①，其意以云龙相致②。《易》曰：“云从龙，风从虎。”类求之，故设土龙。阴阳从类，云雨自至。儒者或问曰：夫《易》言云从龙者，谓真龙也，岂谓土哉？楚叶公好龙，墙壁槃盂皆画龙③，必以象类为若真是④，则叶公之国常有雨也。《易》又曰“风从虎”，谓虎啸而谷风至也⑤。风之与虎，亦同气类，设为土虎，置之谷中，风能至乎？夫土虎不能而致风⑥，土龙安能而致雨？古者畜龙，乘车驾龙，故有豢龙氏、御龙氏。夏后之庭⑦，二龙常在，季年夏衰⑧，二龙低伏⑨，真龙在地，犹无云雨，况伪象乎？礼⑩，画雷樽象雷之形⑪，雷樽不闻能致雷，土龙安能而动雨？顿牟掇芥⑫，磁石引针，皆以其真是，不假他类⑬。他类肖似，不能掇取者，何也？气性异殊，不能相感动也。

刘子骏掌雩祭典土龙事⑭，桓君山亦难以顿牟、磁石不能真是，何能掇针、取芥，子骏穷无以应。子骏，汉朝智囊，笔墨渊海，穷无以应者，是事非议误⑮，不得道理实也。曰：夫以非真难，是也；不以象类说⑯，非也。夫东风至⑰，酒湛溢，鲸鱼死，彗星出。天道自然，非人事也。事与彼云龙相从，同一实也。

日，火也。月，水也。水火感动，常以真气。今伎道之家⑱，铸阳燧取飞火于日⑲，作方诸取水于月⑳，非自然也，而天然之也。土龙亦非真，何为不能感天？一也。

阳燧取火于天，五月丙午㉑，日中之时，消炼五石㉒，铸以为器，乃能得火。今妄取刀剑偃月之钩㉓，摩以向日，亦能感天。夫土龙既不得比于阳燧㉔，当与刀剑偃月钩为比。二也。

齐孟尝君夜出秦关，关未开，客为鸡鸣㉕，而真鸡鸣和之。夫鸡可以奸声感㉖，则雨亦可以伪象致。三也。

李子长为政，欲知囚情㉗，以梧桐为人㉘，象囚之形，凿地为坎㉙，以卢为椁㉚，卧木囚其中。囚罪正则木囚不动㉛，囚冤侵夺㉜，木囚动出。不知囚之精神着木人乎？将精神之气动木囚也㉝？夫精神感动木囚，何为独不应从土龙？四也。

舜以圣德，入大麓之野，虎狼不犯，虫蛇不害。禹铸金鼎象百物，以入山林，亦辟凶殃㉞。论者以为非实，然而上古久远，周鼎之神㉟，不可无也。夫金与土，同五行也，使作土龙者如禹之德，则亦将有云雨之验。五也。

顿牟掇芥，磁石、钩象之石㊱，非顿牟也，皆能掇芥，土龙亦非真，当与磁石、钩象为类。

六也。

楚叶公好龙，墙壁盂樽皆画龙象，真龙闻而下之。夫龙与云雨同气，故能感动以类相从。叶公以为画致真龙[37]，今独何以不能致云雨？七也。

神灵示人以象不以实，故寝卧梦悟见事之象。将吉，吉象来，将凶，凶象至。神灵之气，云雨之类，八神灵以象见实[38]，土龙何独不能以伪致真？也。

上古之人，有神荼、郁垒者[39]，昆弟二人，性能执鬼，居东海度朔山上，立桃树下，简阅百鬼[40]。鬼无道理，妄为人祸，荼与郁垒缚以卢索[41]，执以食虎[42]。故今县官斩桃为人[43]，立之户侧；画虎之形，著之门阑[44]。夫桃人非荼、郁垒也，画虎非食鬼之虎也，刻画效象，冀以御凶。今土龙亦非致雨之龙，独信桃人画虎，不知土龙。九也。此尚因缘昔书[45]，不见实验。

鲁般、墨子刻木为鸢[46]，蜚之三日而不集，为之巧也。使作土龙者若鲁般、墨子，则亦将有木鸢蜚不集之类[47]。夫蜚鸢之气，云雨之气也，气而蜚木鸢[48]，何独不能从土龙？十也。

夫云雨之气也，知于蜚鸢之气[49]，未可以言[50]。钓者以木为鱼，丹漆其身，近之水流而击之，起水动作[51]，鱼以为真，并来聚会。夫丹木非真鱼也，鱼含血而有知，犹为象至[52]。云雨之知，不能过鱼。见土龙之象，何能疑之？十一也。此尚鱼也，知不如人。

匈奴敬畏郅都之威[53]，刻木象都之状，交弓射之[54]，莫能一中。不知都之精神在形象邪？亡也将匈奴敬鬼精神在木也[55]？如都之精神在形象，天龙之神亦在土龙，如匈奴精在于木人，则雩祭者之精亦在土龙。十二也。

金翁叔，休屠王之太子也，与父俱来降汉。父道死，与母俱来，拜为骑都尉。母死，武帝图其母于甘泉殿上[56]，署曰休屠王焉提[57]。翁叔从上上甘泉[58]，拜谒起立，向之泣涕沾襟[59]，久乃去。夫图画，非母之实身也，因见形象，涕泣辄下，思亲气感，不待实然也[60]。夫土龙犹甘泉之图画也，云雨见之，何为不动？十三也。此尚夷狄也。

有若似孔子[61]，孔子死，弟子思慕，共坐有若孔子之座[62]。弟子知有若非孔子也，犹共坐而尊事之。云雨之知，使若诸弟子之知[63]，虽知土龙非真，然犹感动，思类而至。十四也。

有若，孔子弟子，疑其体象[64]，则谓相似。孝武皇帝幸李夫人[65]，夫人死，思见其形。道士以术为李夫人，夫人步入殿门，武帝望见，知其非也，然犹感动，喜乐近之。使云雨之气如武帝之心，虽知土龙非真，然犹爱好感起而来。十五也。

既效验有十五，又亦有义四焉。立春东耕[66]，为土象人，男女各二人，秉耒把锄。或立土牛，未必能耕也。顺气应时，示率下也[67]。今设土龙，虽知不能致雨，亦当夏时以类应变，与立土人土牛同一义也[68]。

礼，宗庙之主[69]，以木为之，长尺二寸，以象先祖。孝子入庙，主心事之[70]，虽知木主非亲，亦当尽敬。有所主事，土龙与木主同，虽知非真，示当感动[71]，立意于象。二也。

涂车、刍灵[72]，圣人知其无用，示象生存[73]，不敢无也。夫设土龙知其不能动雨也，示若涂车、刍灵而有致。三也。

天子射熊[74]，诸侯射麋，卿大夫射虎豹，士射鹿豕，示服猛也[75]。名布为侯[76]，示射无道诸侯也。夫画布为熊麋之象，名布为侯，礼贵意象，示义取名也。土龙亦夫熊麋、布侯之类。四也。

夫以象类有十五验，以礼示意有四义。仲舒览见深鸿[77]，立事不妄，设土龙之象，果有状也[78]。龙暂出水[79]，云雨乃至。古者畜龙御龙常存无云雨[80]，犹旧交相阔远[81]，卒然相见[82]，欢欣歌笑，或至悲泣涕，偃伏少久[83]，则示行各恍忽矣[84]。《易》曰："云从龙。"非言龙从云也。云樽刻雷云之象[85]，龙安肯来？夫如是传之者何可解，则桓君山之难可说也，则刘子骏不能对，劣也。劣，则董仲舒之龙说不终也[86]，《论衡》终之。故曰乱龙者终也[87]。

---

①土龙：用土制成的龙。

②致：招。

③槃（pán，音盘）：通“盘”。

④若：如同。　真是：真实之事实。

⑤谷：山谷。

⑥而：以。

⑦夏后：指夏朝。　庭：朝庭。

⑧季：末。

⑨低伏：潜伏。

⑩礼：依礼。

⑪樽：盛酒器。　雷樽：勒有雷等图案的酒器。

⑫顿牟：玳瑁。　掇：吸取。　芥：小草。指玳瑁磨擦产生静电，吸引小草等细小之物。

⑬假：借。

⑭典：主持。

⑮是：这。　非议：指责。

⑯说：解说，解释。

⑰东风：春风。

⑱伎：同“技”，技艺。　道：道术。

⑲阳燧：利用太阳光生火的凹铜镜。

⑳方诸：月下接承露水之器。

㉑五月丙午：据阴阳五行，这一天为阳气最盛之时。

㉒五石：丹砂、雄黄、白矾、曾青、磁石。

㉓妄：随便。

㉔既：应为“即”，即使。

㉕客：孟尝君之食客。

㉖奸：伪。

㉗囚：囚犯。

㉘为人：做成假人。

㉙坎：坑。

㉚卢：通“芦”，芦苇。　椁（guǒ，音果）：套在棺材外的大棺材。

㉛罪正：判罪无误。

㉜侵夺：被逼迫陷害。

㉝将：还是。

㉞辟：除。

㉟神：神奇。

㊱钩象之石：象牙。

㊲以：因。　为：作。

㊳八：应在“真”后。

㊴荼：shū，音书。　垒：lù，音律。

㊵简阅：查阅。

㊶卢索：芦苇绳。

㊷食：喂。

㊸县官：古时称天子为县官。　为：制作。

㊹门阑：门框。

㊺尚：还。　　因缘：沿用，沿袭。　　昔书：古书。

㊻鸢（yuān，音渊）：老鹰。

㊼蜚：通“飞”。　　集：落。

㊽而：通“能”。

㊾知：通“智”。

㊿未可以言：不可用“蜚鸢之气”来说明。

51起：激起。

52为象至：被木鱼的外像引来。

53郅（zhì，音至）都：人名。

54交弓：乱箭。

55亡也将：疑“也”衍。亡将：还是。　　鬼：应为“畏”。

56图：画。

57焉提（yān zhī，音烟支）：匈奴王后称号。

58从上：跟从皇上。

59泣涕：泪水。

60不待实然：意谓不用母亲真身出现。

61有若：孔子学生，长得象孔子。

62共坐有若：共同让有若坐。

63若：同。　　知：智慧。

64疑：通“拟”，比。

65孝武皇帝：汉武帝。

66东耕：古代百官于立春之日到东郊举行耕种仪式。

67率：表率。　　下：百姓。

68一义也：应为“……义，一也。”

69主：祖宗牌位。

70主：专注。

71示：疑为“亦”。

72涂车：用泥做的车。涂，泥。刍灵：用草制作的人马。刍，草。

73示：表示。　　致：尽心意。

74熊：画有熊像之靶子。下文麋、虎、豹、鹿、豕同。

75服：征服。

76名：取名。　　布：指布靶子。

77览见：见识。　　鸿：大。

78状：根据。

79暂：突然。

80常存：指龙经常存在。

81阔远：阔别。

82卒：同“猝”。

83少久：稍长。

84示：应为“亦”。　　行：行将。　　恍忽：模糊。

85云樽：雷樽。

86终：尽，意谓解释透彻。

87者：前应有“乱”。

遭虎

变复之家谓虎食人者，功曹为奸所致也[1]，其意以为功曹众吏之率[2]，虎亦诸禽之雄也[3]，功曹为奸，采渔于吏[4]，故虎食人以象其意。夫虎食人，人亦有杀虎，谓虎食人，功曹受取于吏[5]，如人食虎，吏受于功曹也乎？案世清廉之士[6]，百不能一。居功曹之官，皆有奸心私旧，故可以幸[7]，苞苴赂遗[8]，小大皆有。必谓虎应功曹，是野中之虎常害人也。夫虎出有时，犹龙见有期也[9]。阴物以冬见[10]，阳虫以夏出[11]。出应其气，气动其类[12]。参、伐以冬出[13]，心、尾以夏见[14]。参、伐则虎星，心、尾则龙象。象出而物见[15]，气至而类动，天地之性也。动于林泽之中，遭虎搏噬之时[16]，禀性狂勃[17]，贪叨饥饿[18]，触自来之人[19]，安能不食？人之筋力，羸弱不適[20]，巧便不知[21]，故遇辄死。使孟贲登山[22]，冯妇入林[23]，亦无此害也。

孔子行鲁林中，妇人哭甚哀，使子贡问之[24]："何以哭之哀也？"曰："去年虎食吾夫，今年食吾子，是以哭哀也。"子贡曰："若此，何不去也？"对曰："吾善其政之不苛、吏之不暴也[25]。"子贡还报孔子，孔子曰："弟子识诸[26]！苛政暴吏，甚于虎也。"夫虎害人，古有之矣。政不苛，吏不暴，德化之[27]，足以却虎。然而二岁比食二人[28]，林中兽不应善也。为廉不应，奸吏亦不应矣。或曰："虎应功曹之奸，所谓不苛政者，非功曹也。妇人，廉吏之部也[29]，虽有善政，安耐化虎[30]？"夫鲁无功曹之官，功曹之官，相国是也[31]。鲁相者殆非孔、墨[32]，必三家也[33]。为相必无贤操，以不贤居权位，其恶必不廉也。必以相国为奸，令虎食人，是则鲁野之虎常食人也。

水中之毒，不及陵上[34]，陵上之气，不入水中，各以所近，罹殃取祸[35]。是故渔者不死于山，猎者不溺于渊。好入山林，穷幽测深，涉虎窟寝[36]，虎搏噬之，何以为变？鲁公牛哀病化为虎[37]，搏食其兄，同变化者不以为怪。入山林、草泽见害于虎[38]，怪之非也[39]。蝮蛇悍猛，亦能害人。行止泽中，于蝮蛇[40]，应何官吏？蜂虿害人[41]，入毒气害人，入水火害人。人为蜂虿所螫，为毒气所中，为火所燔[42]，为水所溺，又谁致之者？苟诸禽兽，乃应吏政。行山林中，麋鹿、野猪、牛象、熊罴、豺狼、蜼蠼[43]，皆复杀人。苟谓食人，乃应为变。蚍蝨闽宝皆食人[44]，人身强大，故不至死。仓卒之世[45]，谷食之贵[46]，百姓饥饿，自相啖食[47]，厥变甚于虎[48]。变复之家，不处苛政[49]。

且虎所食，非独人也，含血之禽，有形之兽，虎皆食之，人谓应功曹之奸[50]，食他禽兽应何官吏？夫虎，毛虫；人，倮虫[51]。毛虫饥，食倮虫，何变之有？四夷之外[52]，大人食小人，虎之与蛮夷，气性一也[53]。平陆、广都[54]，虎所不由也[55]；山林、草泽，虎所生出也[56]。必以虎食人应功曹之奸，是则平陆、广都之县功曹常为贤，山林、草泽之邑功曹常伏诛也。夫虎食人于野，应功曹之奸，虎时入邑行于民间[57]，功曹游于闾巷之中乎[58]？实说[59]，虎害人于野不应政，其行都邑乃为怪。

夫虎，山林之兽，不狎之物也[60]，常在草野之中，不为驯畜[61]，犹人家之有鼠也，伏匿希出，非可常见也。命吉居安，鼠不扰乱，禄衰居危，鼠为殃变。夫虎亦然也。邑县吉安，长吏无患[62]，虎匿不见。长吏且危[63]，则虎入邑，行于民间。何则？长吏光气已消[64]，都邑之地与野均也[65]。推此以论，虎所食人，亦命时也[66]。命讫时衰[67]，光气去身，视肉犹尸也，故虎食之。天道偶会[68]，虎适食人[69]，长吏遭恶，故谓为变应上天矣[70]。

古今凶验，非唯虎也，野物皆然。楚王英宫楼未成，鹿走上阶[71]，其后果薨[72]。鲁昭公且出[73]，鸜鹆来巢[74]，其后季氏逐昭公，昭公奔齐，遂死不还。贾谊为长沙王傅，鹏鸟集舍[75]，发书占之[76]，曰："主人将去。"其后迁为梁王傅[77]。怀王好骑，坠马而薨；贾谊伤之，亦病而死。昌邑王时，夷鸪鸟集宫殿下[78]，王射杀之，以问郎中令龚遂，龚遂对曰："夷鸪野鸟，入宫，亡之应也。"其后昌邑王竟亡[79]。卢奴令田光与公孙弘等谋反，其且觉时[80]，狐鸣光舍屋上[81]，光心恶之，其后事觉坐诛[82]。会稽东部都尉礼文伯时，羊伏厅下，其后迁为东莱太守。都尉王子凤时，麕入府中[83]，其后迁丹阳太守。夫吉凶同占，迁免一验，俱象空亡[84]，精气消去也。故人且亡也，野鸟入宅，城且空也，草虫入邑，等类众多[85]，行事比肩[86]，略举较著[87]，以定实验也。

---

①功曹：郡县下属主理官吏任免奖罚的官吏。

②率：通"帅"，首，长。

③雄：长。

④采渔：榨取侵夺。

⑤受取：收受贿赂，榨取钱财。

⑥案：考察。

⑦私旧：亲戚故友。　　幸：侥幸（得免罪或获利）。

⑧苞苴（jū，音居）：指贿赂或赠送的物品。　　遗（wèi，音位）：赠。

⑨见：同"现"。

⑩阴物：冬天出现的动物。

⑪阳虫：夏天出现的动物。

⑫类：同类。

⑬参（shēn，音身）：星宿名。　　伐：星名。

⑭心、尾：俱为星宿名。

⑮象：星象。

⑯搏：捕。

⑰狂勃：狂暴。

⑱叨：通"饕"。饕（tāo，音涛）：贪食不厌。

⑲触：碰上。

⑳適（dí，音敌）：通"敌"。

㉑知：应为"如"。

㉒孟贲（bēn，音奔）：传说中一大力士。

㉓冯妇：一善打虎之人。

㉔子贡：孔子学生。

㉕善：赞许。

㉖识：记。　　诸：犹"之"。

㉗德化：道德教化。

㉘比：连接。

㉙部：部属，属下之民。

㉚耐：通"能"。　　化：感化。

㉛相国：古官名。

㉜殆：大概。

㉝三家：指鲁国孟孙氏、叔孙氏、季孙氏三家。

㉞及：达。

㉟罹（lí，音离）：遭遇。　　取：受。

㊱涉：进入。

㊲公牛哀：鲁人，据说病七日而变为虎。
㊳见：被。
㊴非：错。
㊵于蝮蛇：当有漏文，一般加“中”在“于”前，咬中之意。
㊶虿（chài，音柴，第四声）：蝎子一类有毒之虫。
㊷燔（fán，音凡）：烧，燃。
㊸罴：pí，音皮。蜼：wěi，音伟。玃：jué，音觉。
㊹闽（wén，音文）：通“蚊”。
㊺仓卒：动乱，动荡。
㊻之：据他本，应为“乏”。
㊼啖（dàn，音淡）：吃。
㊽厥：其。
㊾处：归为。
㊿人：前应有“食”。
51倮（luǒ，音裸）：同“裸”。　　倮虫：无毛无甲之动物。
52夷：少数民族。
53气性：气质特性。
54平陆：平原。　　广都：大都。
55由：经。
56生：生活。　　出：出没。
57时：不时。
58闾（lǘ，音驴）：里巷。
59实说：实际说来。
60狎：亲近。
61畜：养。
62长吏：郡县长官。
63且：将。
64光气：精气。
65均：相同。
66时：时势。
67讫：完、尽。
68会：遇、合。
69适：恰。
70上：指功曹。　　天：应为“失”。
71走：跑。
72薨（hōng，音轰）：王、侯之死。
73旦：应为“且”。　　出：出逃。
74鸜（qú，音渠）鹆（yù，音欲）：即八哥鸟。　　巢：做巢。
75鵩（fú，音服）鸟：一种被认为不吉利的鸟。
76发：开。
77迁：官职的调动。
78夷鹕（tí hú，音题胡）：鸟名。
79竟：果然。
80觉：发觉。
81光：田光。
82坐：定罪。
83麕（jūn，音均）：獐子。

⑭亡：通“无”。

⑮等类：诸如此类。

⑯行事：经历之事。　　比肩：肩并肩，形容多。

⑰略：略微。　　较：明显。

商　虫

变复之家谓虫食谷者，部吏所致也[1]。贪则侵渔[2]，故虫食谷。身黑头赤，则谓武官，头黑身赤，则谓文官。使加罚于虫所象类之吏[3]，则虫灭息不复见矣[4]。夫头赤则谓武吏，头黑则谓文吏所致也。时或头赤身白，头黑身黄，或头身皆黄，或头身皆青，或皆白，若鱼肉之虫[5]，应何官吏？时或白布豪民猾吏被刑乞贷者[6]，威胜于官，取多于吏[7]，其虫形象何如状哉？虫之灭也，皆因风雨，案虫灭之时[8]，则吏未必伏罚也。陆田之中时有鼠[9]，水田之中时有鱼，虾蟹之类皆为谷害，或时希出而暂为害[10]，或常有而为灾，等类众多[11]，应何官吏？

鲁宣公履亩而税[12]，应时而有蝝生者[13]，或言若蝗。蝗时至蔽天如雨，集地食物[14]，不择谷草，察其头身，象类何吏？变复之家，谓蝗何应？建武三十一年，蝗起太山郡，西南过陈留、河南，遂入夷狄，所集乡县以千百数。当时乡县之吏未皆履亩，蝗食谷草，连日老极[15]，或蜚徙去[16]，或止枯死[17]。当时乡县之吏，未必皆伏罪也。夫虫食谷，自有止期，犹蚕食桑自有足时也。生出有日，死极有月，期尽变化，不常为虫[18]。使人君不罪其吏[19]，虫犹自亡。夫虫，风气所生，苍颉知之，故“凡虫”为“风”之字，取气于风，故八日而化[20]，生春夏之物，或食五谷，或食众草。食五谷，吏受钱谷也，其食他草，受人何物？

倮虫三百[21]，人为之长，由此言之，人亦虫也。人食虫所食，虫亦食人所食，俱为虫而相食物，何为怪之？设虫有知，亦将非人曰[22]：“女食天之所生[23]，吾亦食之，谓我为变，不自谓为灾。”凡含气之类所甘嗜者[24]，口腹不异。人甘五谷，恶虫之食[25]；自生天地之间，恶虫之出[26]。设虫能言，以此非人，亦无以诘也[27]。夫虫之在物间也，知者不怪，其食万物也，不谓之灾。甘香渥味之物[28]，虫生常多，故谷之多虫者，粢也[29]。稻时有虫，麦与豆无虫。必以有虫责主者吏，是其粢乡部吏常伏罪也。

神农、后稷藏种之方，煮马屎以汁渍种者[30]，令禾不虫。如或以马屎渍种，其乡部吏鲍焦、陈仲子也。是故后稷、神农之术用，则其乡吏何免为奸[31]。何则？虫无从生，上无以察也。虫食他草，平事不怪[32]，食五谷叶，乃谓之灾。桂有蠹[33]，桑有蝎[34]，桂中药而桑给蚕[35]，其用亦急[36]，与谷 无异。蠹蝎不为怪，独谓虫为灾，不通物类之实[37]，暗于灾变之情也[38]。谷虫曰蛊[39]，蛊若蛾矣。粟米饐热生蛊[40]。夫蛊食粟米不谓之灾，虫食苗叶归之于政。如说虫之家谓粟轻苗重也。

虫之种类，众多非一。鱼肉腐臭有虫，醯酱不闭有虫[41]，饭温湿有虫，书卷不舒有虫，衣襞不悬有虫[43]，蜗疽蛲蝼蠟虾有虫[44]。或白或黑，或长或短，大小鸿杀[45]，不相似类，皆风气所生，并连以死[46]，生不择日，若生日短促[47]，见而辄灭。变复之家，见其希出，出又食物，则谓之灾，灾出当有所罪，则依所似类之吏，顺而说之。人腹中有三虫，下地之泽其虫曰蛭[48]，蛭食人足[49]，三虫食肠。顺说之家，将谓三虫何似类乎？

凡天地之间，阴阳所生，蛟蛲之类[50]，蜫蠕之属[51]，含气而生，开口而食。食有甘不[52]，同心等欲，强大食细弱，知慧反顿愚[53]。他物小大连相啮噬[54]，不谓之灾，独谓虫食谷物为应政事，失道理之实，不达物气之性也[55]。然夫虫之生也，必依温湿，温湿之气，常在春夏，秋冬之气，寒而干燥，虫未曾生。若以虫生罪乡部吏，是则乡部吏贪于春夏，廉于秋冬。虽盗跖之吏[56]，以秋冬署[57]，蒙伯夷之举矣[58]。夫春夏非一，而虫时生者，温湿甚也，甚则阴阳不和。阴[illegible]和，政也，徒当归于政治，而指谓部吏为奸，失事实矣。

何知虫以温湿生也？以蛊虫知之。谷干燥者，虫不生；温湿饐餲[60]，虫生不禁[61]。藏宿麦之种[62]，烈日干暴[63]，投于燥器，则虫不生。如不干暴，闸喋之虫[64]，生如云烟。以蛊闸喋，准况众虫[65]，温湿所生明矣。《诗》云："营营青蝇，止于藩[66]。恺悌君子[67]，无信谗言[68]。"谗言伤善，青蝇污白，同一祸败[69]，《诗》以为兴。昌邑王梦西阶下有积蝇矢[70]，明旦召问郎中龚遂[71]，遂对曰："蝇者，谗人之象也。夫矢积于阶下，王将用谗臣之言也。"由此言之，蝇之为虫，应人君用谗。何故不谓蝇为灾乎？如蝇可以为灾，夫蝇岁生世间，人君常用谗乎？

案虫害人者，莫如蚊虻。蚊虻岁生，如以蚊虻应灾，世间常有害人之吏乎？必以食物乃为灾，人则物之最贵者也，蚊虻食人，尤当为灾。必以暴生害物乃为灾[72]，夫岁生而食人，与时出而害物，灾孰为甚？人之病疥亦希非常，疥虫何故不为灾？且天将雨，螘出蚋蜚，为与气相应也[73]。或时诸虫之生[74]，自与时气相应，如何辄归罪于部吏乎？天道自然，吉凶偶会，非常之虫适生[75]，贪吏遭署[76]。人察贪吏之操，又见灾虫之生，则谓部吏之所为致也。

---

①部吏：地方官吏。

②渔：谋取。

③象类：类似。

④见：同"现"。

⑤鱼肉之虫：鱼、肉上所生蛆虫。

⑥白布豪民：不是官吏的豪强。　　贷：宽免。

⑦取：榨取。

⑧案：考察。

⑨陆田：旱地。

⑩或：有的（虫）。　　暂：短暂。

⑪等类：这一类，诸如此类。

⑫履亩：丈量田亩。

⑬蝝（yuán，音圆）：蝗虫的幼虫。

⑭集：落下。

⑮极：哀弱。

⑯蜚（fēi，音飞）：通"飞"。

⑰枯死：老死。

⑱不常为虫：不会永远都是虫子。

⑲使：即使。

⑳化：变化。

㉑倮（luǒ，音裸）：同"裸"。　　倮虫：无羽毛无鳞甲之动物。

㉒非：非难。

㉓女：通"汝"。你，你们。

㉔含气之类：意指有生气的动物。　　甘嗜：喜食。

㉕恶：厌恶。

㉖出：生。

㉗诘：难，反驳。

㉘渥（wò，音沃）：厚，重。

㉙粢（zī，音资）：谷子。

㉚渍（zì，音字）：浸。

㉛何：应为“可”。

㉜平事：平常之事。

㉝桂：肉桂树。

㉞蝎（hé，音和）：树木中的蛀虫。

㉟中：适宜，适合。　　给：供，供给。

㊱急：紧要，重要。

㊲通：懂，晓。

㊳暗：昧，不明白。

㊴蛊（gǔ，音谷）：一种虫。

㊵饐（yì，音译）：食物腐败变味。　　热：生热。

㊶醯（xī，音希）：即醋。　　闭：封闭。

㊷舒：打开，展开。

㊸襞（bì，音必）：把衣服折叠起来。

㊹蜗：通“瘑（gē，音戈）”，一种疮。疽（jū，音居）：毒疮。　　蝕：通“疮”。　　蝼（lòu，音漏）通“瘘”。
蠘：疑为“蠘”，通“癥”，腹中肿块。虾：通“瘕”，腹中肿块。

㊺鸿：强。　　杀：弱。

㊻连：随（风气）。

㊼若：或。

㊽下地：低洼之地。

㊾蛭：蚂蟥。

㊿蛟：当为“蚑”。蚑（qí，音其）：以足爬行。　　蛲：一种小虫。

51蜫：同“蚰”。蚰（kūn，音昆）：虫类的总称。

52不：同“否”。

53反：引申为欺、侵。　　顿：通“钝”，愚笨。

54啮噬：咬食。

55达：通达。

56跖（zhí，音直）：人名。

57署：当官。

58蒙：受。　　伯夷：人名。　　举：称赞。

59徒当：只能够。

60饐：（yì，音意）：食物发臭。　　餲（ài，音爱）：食品变味。

61禁：止。

62宿麦：冬麦。

63暴：同“曝”，晒。

64闸喋：虫子吃食声音。

65准况：类推。

66藩：篱笆。

67恺（kǎi，音凯）：和善。　　悌（tì，音替）：友爱。

68无信：不要相信。

69祸败：祸害。

70矢：通“屎”。

71明旦：天明。

72暴生：突然出现。

⑬为：认为。

⑭或时：也许。

⑮适：恰。

⑯遭署：意谓恰好在某处做官。

讲瑞

儒者之论，自说见凤皇、骐驎而知之[1]。何则？案凤皇、骐驎之象[2]。又《春秋》获麟文曰："有麏而角[3]。"獐而角者，则是骐驎矣。其见鸟而象凤皇者，则凤皇矣。黄帝、尧、舜、周之盛时，皆致凤皇。孝宣帝之时，凤皇集于上林[4]，后又于长乐之宫东门树上，高五尺，文章五色[5]。周获麟，麟似獐而角。武帝之麟，亦如獐而角。如有大鸟，文章五色；兽状如獐，首戴一角。考以图象，验之古今，则凤、麟可得审也[6]。夫凤皇，鸟之圣者也；骐驎，兽之圣者也；五帝、三王、皋陶、孔子，人之圣也。十二圣相各不同[7]，而欲以獐戴角，则谓之骐驎，相与凤皇象合者，谓之凤皇，如何？夫圣鸟兽毛色不同，犹十二圣骨体不均也[8]。

戴角之相，犹戴午也。颛瑞戴午[9]，尧、舜必未然[10]。今鲁所获麟戴角，即后所见麟未必戴角也[11]。如用鲁所获麟求知世间之麟，则必不能知也。何则？毛羽骨角不合同也[12]。假令不同[13]，或时似类[14]，未必真是。虞舜重瞳[15]，王莽亦重瞳；晋文骈胁[16]，张仪亦骈胁。如以骨体毛色比，则王莽，虞舜；而张仪，晋文也。有若在鲁[17]，最似孔子。孔子死，弟子共坐有若，问以道事[18]，有若不能对者，何也？体状似类，实性非也[19]。今五色之鸟，一角之兽，或时似类凤皇、骐驎，其实非真，而说者欲以骨体毛色定凤皇、骐驎，误矣！是故颜渊庶几[20]，不似孔子；有若恒庸[21]，反类圣人。由是言之，或时真凤皇、骐驎骨体不似，恒庸鸟兽毛色类真，知之如何？儒者自谓见凤皇、骐驎辄而知之[22]，则是自谓见圣人辄而知之也。皋陶马口[23]，孔子反宇[24]，设后辄有知而绝殊[25]，马口反宇，尚未可谓圣，何则？十二圣相不同，前圣之相，难以照后圣也[26]。骨法不同[27]，姓名不等，身形殊状，生出异土，虽复有圣，何如知之？

桓君山谓扬子云曰："如后世复有圣人，徒知其才能之胜己，多不能知其圣与非圣人也。"子云曰："诚然。"夫圣人难知，知能之美若桓、扬者，尚复不能知。世儒怀庸庸之知，赍无异之议[28]，见圣不能知，可保必也。夫不能知圣，则不能知凤皇与骐驎，世人名凤皇、骐驎，何用自谓能之乎[29]？夫上世之名凤皇、骐驎，闻其鸟兽之奇者耳。毛角有奇，又不妄翔苟游[30]，与鸟兽争饱，则谓之凤皇、骐驎矣。世人之知圣，亦犹此也。闻圣人人之奇者，身有奇骨，知能博达，则谓之圣矣。及其知之[31]，非卒见暂闻而辄名之为圣也[32]，与之偃伏[33]，从文受学[34]，然后知之。

何以明之？子贡事孔子一年，自谓过孔子；二年，自谓与孔子同；三年，自知不及孔子。当一年、二年之时，未知孔子圣也；三年之后，然乃知之[35]。以子贡知孔子，三年乃定。世儒无子贡之才，其见圣人不从之学，任仓卒之视[36]，无三年之接[37]，自谓知圣，误矣！少正卯在鲁，与孔子并[38]。孔子之门，三盈三虚[39]，唯颜渊不去[40]，颜渊独知孔子圣也。夫门人去孔子归少正卯，不徒不能知孔子之圣，又不能知少正卯，门人皆惑。子贡曰："夫少正卯，鲁之闻人也[41]。子为政[42]，何以先之[43]？"孔子曰："赐退[44]，非尔所及[45]。"夫才能知佞若子贡[46]，尚不能知圣，世儒见圣自谓能知之，妄也！

夫以不能知圣言之，则亦知其不能知凤皇与骐驎也。使凤皇羽翮长广[47]，骐驎体高大，则见之者以为大鸟巨兽耳，何以别之？如必巨大别之，则其知圣人亦宜以巨大。春秋之时，鸟有爰居[48]，不可以为凤皇；长狄来至[49]，不可以为圣人。然则凤皇、骐驎与鸟兽等也，世人见之，何用知之？如以中国无有[50]，从野外来而知之[51]，则是鸜鹆同也[52]。鸜鹆，非中国之禽也。凤皇、骐驎，亦非中国之禽兽也。皆非中国之物，儒者何以谓鸜鹆恶、凤皇骐驎善乎？

或曰："孝宣之时，凤皇集于上林，群鸟从上以千万数[53]。以其众鸟之长，圣神有异，故群鸟附从。"如见大鸟来集，群鸟附之，则是凤皇，凤皇审则定矣[54]。夫凤皇与骐驎同性，凤皇见，群鸟从；骐驎见，众兽亦宜随。案春秋之麟，不言众兽随之。宣帝、武帝皆得骐驎，无众兽附从之文。如以骐驎为人所获，附从者散，凤皇人不获，自来蜚翔[55]，附从可见。《书》曰："箫《韶》九成[56]，凤皇来仪[57]。"《大传》曰："凤皇在列树[58]。"不言群鸟从也。岂宣帝所致者异哉？

或曰："记事者失之[59]。唐、虞之君，凤皇实有附从[60]。上世久远，记事遗失，经书之文，未足以实也。"夫实有而记事者失之，亦有实无而记事者生之，夫如是，儒书之文，难以实事，案附从以知凤皇，未得实也。且人有佞猾而聚者[61]，鸟亦有佼黠而从群者[62]。当唐、虞之时，凤悫愿[63]，宣帝之时佼黠乎？何其俱有圣人之德行，动作之操不均同也[64]？无鸟附从，或时是凤皇，群鸟附从，或时非也。

君子在世，清节自守，不广结从[65]，出入动作，人不附从。豪猾之人，任使用气[66]，往来进退，士众云合。夫凤皇，君子也，必以随多者效凤皇[67]，是豪黠为君子也。歌曲弥妙，和者弥寡；行操益清，交者益鲜[68]。鸟兽亦然，必以附从效凤皇，是用和多为妙曲也。龙与凤皇为比类[69]。宣帝之时，黄龙出于新丰，群蛇不随。神雀鸾鸟，皆众鸟之长也，其仁圣虽不及凤皇，然其从群鸟亦宜数十。信陵、孟尝，食客三千，称为贤君。汉将军卫青及将军霍去病，门无一客，亦称名将。太史公曰："盗跖横行，聚党数千人；伯夷、叔齐，隐处首阳山。"鸟兽之操，与人相似。人之得众，不足以别贤。以鸟附从审凤皇，如何？

或曰："凤皇、骐驎，太平之瑞也，太平之际，见来至也。然亦有未太平而来至也。鸟兽奇骨异毛，卓绝非常，则是矣，何为不可知？凤皇骐驎，通常以太平之时来至者，春秋之时，骐驎尝嫌于王孔子而至[70]。光武皇帝生于济阳，凤皇来集。"夫光武始生之时，成、哀之际也[71]，时未太平而凤皇至。如以自为光武有圣德而来，是则为圣王始生之瑞，不为太平应也。嘉瑞或应太平[72]，或为始生，其实难知，独以太平之际验之，如何？

或曰："凤皇骐驎，生有种类，若龟龙有种类矣。龟故生龟，龙故生龙[73]，形色小大，不异于前者也，见之父，察其子孙，何为不可知？"夫恒物有种类[74]，瑞物无种适生[75]，故曰德应，龟龙然也。人见神龟、灵龙而别之乎？宋元王之时，渔者网，得神龟焉，渔父不知其神也。方今世儒，渔父之类也。以渔父而不知神龟，则亦知夫世人而不知灵龙也。

龙或时似蛇，蛇或时似龙。韩子曰："马之似鹿者千金。"良马似鹿，神龙或时似蛇。如审有类[76]，形色不异。王莽时，有大鸟如马，五色龙文[77]，与众鸟数十，集于沛国蕲县。宣帝时，凤皇集于地，高五尺，与言如马身高同矣；文章五色，与言五色龙文，物色均矣；众鸟数十，与言俱集、附从等也。如以宣帝时凤皇体色众鸟附从，安知凤皇则王莽所致鸟凤皇也[78]。如审是王莽致之，是非瑞也。如非凤皇，体色附从，何为均等？

且瑞物皆起和气而生，生于常类之中，而有诡异之性，则为瑞矣。故夫凤皇之至也，犹赤乌之集也[79]，谓凤皇有种，赤乌复有类乎？嘉禾、醴泉、甘露：嘉禾生于禾中，与禾中异穗[80]，谓之嘉禾；醴泉、甘露，出而甘美也，皆泉、露生出，非天上有甘露之种，地下有醴泉之类，圣治公平而乃沾下产出也[81]。蓂荚、朱草亦生在地[82]，集于众草[83]，无常本根，暂时产出，旬月枯折，故谓之瑞。

夫凤皇骐驎亦瑞也，何以有种类？案周太平，越常献白雉[84]。白雉，生短而白色耳，非有白雉之种也。鲁人得戴角之獐，谓之骐驎，亦或时生于獐，非有骐驎之类。由此言之，凤皇亦或时生于鹄鹊，毛奇羽殊，出异众鸟，则谓之凤皇耳，安得与众鸟殊种类也？有若曰："骐驎之于走兽，凤皇之于飞鸟，太山之于丘垤[85]，河海之于行潦[86]，类也。"然则凤皇、骐驎都与鸟兽同一类，体色诡耳，安得异种？

同类而有奇，奇为不世[87]，不世难审，识之如何？尧生丹朱，舜生商均，商均、丹朱，尧、舜之类也[88]，骨性诡耳[89]。鲧生禹[90]，瞽瞍生舜[91]，舜、禹，鲧、瞽瞍之种也，知德殊矣。试种嘉禾之实[92]，不能得嘉禾，恒见粢梁之粟[93]，茎穗怪奇。人见叔梁纥[94]，不知孔子父也；见伯鱼，不知孔子之子也。张汤之父五尺[95]，汤长八尺，汤孙长六尺。孝宣凤皇高五尺，所从生鸟或时高二尺，后所生之鸟或时高一尺。安得常种？

种类无常，故曾晳生参，气性不世；颜路出回[96]，古今卓绝。马有千里，不必骐驎之驹[97]；鸟有仁圣，不必凤皇之雏。山顶之溪，不通江湖，然而有鱼，水精自为之也[98]；废庭坏殿，基上草生，地气自出之也。按溪水之鱼，殿基上之草，无类而出。瑞应之自至，天地未必有种类也。

夫瑞应犹灾变也[99]。瑞以应善，灾以应恶，善恶虽反，其应一也。灾变无种，瑞应亦无类也。阴阳之气，天地之气也，遭善而为和，遇恶而为变，岂天地为善恶之政，更生和变之气乎？然则瑞应之出，殆无种类[100]，因善而起，气和而生。亦或时政平气和，众物变化，犹春则鹰变为鸠，秋则鸠化为鹰，蛇鼠之类辄为鱼鳖，虾蟆为鹑，雀为蜃蛤。物随气变，不可谓无。黄石为老父[101]，授张良书，去复为石，也儒知之[102]。或时太平气和，獐为骐驎，鹄为凤皇，是故气性随时变化，岂必有常类哉？褒姒[103]，玄鼋之子[104]，二龙漦也[105]。晋之二卿，熊罴之裔也[106]。吞燕子、薏苡、履大迹之语[107]，世之人然之，独谓瑞有常类哉？以物无种计之[108]，以人无类议之[109]，以体变化论之，凤皇、骐驎生无常类，则形色何为当同？

案《礼记瑞命篇》云："雄曰凤，雌曰皇。雄鸣曰即即[110]，雌鸣足足[111]。"《诗》云："梧桐生矣，于彼高冈。凤皇鸣矣，于彼朝阳[112]。菶菶萋萋[113]，噰噰喈喈[114]。"《瑞命》与《诗》，俱言凤皇之鸣。《瑞命》之言"即即、足足"，《诗》云"噰噰、喈喈"，此声异也。使声审则形不同也[115]。使审同[116]，《诗》与《礼》异。世传凤皇之鸣，故将疑焉。

案鲁之获麟云"有獐而角"。言有獐者，色如獐也，獐色有常，若鸟色有常矣。武王之时，火流为乌[117]，云其色赤，赤非乌之色，故言其色赤。如似獐而色异，亦当言其色白若黑[118]。今成事色同[119]，故言"有獐"。獐无角，有异于故，故言"而角"也。夫如是，鲁之所得驎者，若獐之状也。武帝之时，西巡狩得白驎[120]，一角而五趾。角或时同，言五趾者，足不同矣。鲁所得麟，云有獐不言色者，獐无异色也。武帝云得白驎，色白不类獐，故言有獐[121]，正言白驎，色不同也。孝宣之时，九真贡[122]，献驎，状如獐而两角者[123]。孝武言一角，不同矣。春秋之麟如獐，宣帝之驎言如鹿，鹿与獐小大相倍[124]，体不同也。

夫三王之时[125]，驎毛色、角趾、身体高大，不相似类。推此准后世驎出[126]，必不与前同，明矣！夫骐驎，凤皇之类，骐驎前后体色不同，而欲以宣帝之时所见凤皇高五尺，文章五色，准前况后[127]，当复出凤皇，谓与之同，误矣！后当复出见之凤皇、骐驎，必已不与前世见出者相似类。而世儒自谓见而辄知之，奈何？

案鲁人得驎，不敢正名驎，曰"有獐而角者"，时诚无以知也。武帝使谒者终军议之[128]，终军曰："野禽并角[129]，明天下同本也[130]。"不正名驎，而言野禽者，终军亦疑无以审也。当今世儒之知，不能过鲁人与终军，其见凤皇、骐驎，必从而疑之非恒之鸟兽耳，何能审其凤皇、骐驎乎？

以体色言之[131]，未必等；以鸟兽随从多者，未必善；以希见言之，有鸜鹆来；以相奇言之，圣人有奇骨体，贤者亦有奇骨。圣贤俱奇，人无以别。由贤圣言之，圣鸟、圣兽，亦与恒鸟庸兽，俱有奇怪。圣人贤者亦有知而绝殊，骨无异者，圣贤鸟兽亦有仁善廉清，体无奇者。世或有富贵不圣，身有骨为富贵表，不为圣贤验。然则鸟亦有五采，兽有角而无仁圣者，夫如是，上世所见凤皇、骐驎，何知其非恒鸟兽？今之所见鹊、獐之属，安知非凤皇、骐驎也？

方今圣世，尧、舜之主，流布道化[132]，仁圣之物，何为不生？或时以有凤皇、骐驎乱于鹄鹊、獐鹿[133]，世人不知。美玉隐在石中，楚王、令尹不能知，故有抱玉泣血之痛。今或时凤皇、骐驎以仁圣之性，隐于恒毛庸羽[134]，无一角、五色表之，世人不之知，犹玉在石中也，何用审之？为此论草于永平之初[135]，时来有瑞，其孝明宣惠[136]，众瑞并至。至元和、章和之际[137]，孝章耀德，天下和洽，嘉瑞奇物，同时俱应，凤皇、骐驎，连出重见，盛于五帝之时。此篇已成，故不得载。

或问曰："《讲瑞》谓凤皇、骐驎难知，世瑞不能别。今孝章之所致凤皇[138]、骐驎，不可得知乎？"曰：五鸟之记[139]，四方中央，皆有大鸟，其出，众鸟皆从，小大毛色类凤皇，实难知也。故夫世瑞不能别，别之如何？以政治。时王之德，不及唐、虞之时，其凤皇、骐驎，目不亲见，然而唐、虞之瑞必真是者，尧之德明也。孝宣比尧、舜[140]，天下太平，万里慕化，仁道施行，鸟兽仁者感动而来，瑞物大小、毛色、足翼，必不同类。以政治之得失，主之明暗，准况众瑞，无非真者[141]。事或难知而易晓[142]，其此之谓也？又以甘露验之。甘露，和气所生也，露无故而甘，和气独已至矣。和气至，甘露降，德洽而众瑞凑[143]。案永平以来，讫于章和，甘露常降，故知众瑞皆是，而凤凰、骐驎皆真也。

---

①骐驎：即麒麟。

②案：察。

③麕（jūn，音均）：獐。

④集：落。

⑤文章：花纹。

⑥审：察，识别。

⑦相：相貌。

⑧均：相同，一样。

⑨午：应为"干"，盾牌。　　戴干：形容人额头宽，如戴盾牌。

⑩必未：应为"未必"。　　然：这样。

⑪即：则。

⑫合同：相同。

⑬不：应为"合"。

⑭或时：也许。

⑮重瞳：眼里有两个重叠瞳人。

⑯骈（pián，音偏，第二声）胁：肋骨连为一片。

⑰有若：孔子学生，即子贡。

⑱道：形而上的思想或规律。　　事：具体的制度。

⑲实：实际。

⑳庶几：差不多。

㉑恒庸：平常。

㉒而：通"能"。

㉓马口：（皋陶的嘴象）马嘴。

㉔宇：房檐。　　反宇：头顶四周高起中间凹下，象翻过来的房顶。

㉕后：应为“使”。　　设使：假如。　　知：通“智”。
㉖照：比。
㉗骨法：骨相。
㉘赍（jī，音机）：持。
㉙何用：用何，依据什么。
㉚苟：随随便便。
㉛其：即前文“世人”。
㉜卒：同“猝”。　　暂：匆匆意。
㉝偃伏：指在一起生活。
㉞文：应为“之”。
㉟然：犹“乃”，才。
㊱任：凭。　　视：察。
㊲接：接触。
㊳并：齐名，同样出名。
㊴三：表示许多次。
㊵去：离。
㊶闻人：有名望之人。
㊷子为政：你（孔子）执政。
㊸据《荀子》，“先”后有“诛”字。
㊹赐：孔子学生。
㊺及：指理解。
㊻佞（nìng，音泞）：有才智。
㊼翮（hé，音何）：羽毛的茎。
㊽爰（yuán，音圆）：传说中状如凤凰之大鸟。
㊾长狄：一少数民族。
㊿中国：中原。
51野外：指边远之地。
52鸜鹆（qú yù，音渠欲）：八哥。
53上：疑应为“亡”。
54凤皇审则定矣：不知此句确切含意。
55蜚：通“飞”。
56成：乐曲演奏一遍为一成。
57仪：礼，作动词用。
58列：大。
59失：遗。
60实：证实。
61佞：奸。
62佼：狡诈。
63悫（què，音确）：诚实。　　愿：忠实。
64动作之操：行为。
65从：党从，随从。
66使：应为“侠”。
67效：证实。
68鲜：少。
69比类：同类。
70尝：曾经。　　嫌：猜。　　王：当王。
71成：汉成帝。　　哀：汉哀帝。

⑫应：征兆。

⑬故：必。

⑭恒：平常。

⑮适：偶。

⑯审：的确，确实。

⑰文：花纹。

⑱安：当为“案”。

⑲赤乌：红乌鸦。

⑳中：应为衍文。

㉑沾：浸湿。

㉒蓂：míng，音明。

㉓集：杂。

㉔越常：周时南方某民族。

㉕太山：泰山。　　垤（dié，音叠）：小土丘。

㉖行潦（lǎo，音老）：小水沟。

㉗不世：意即世上不常有。

㉘类：指后代。

㉙骨性：骨相禀性。

㉚鲧：gǔn，音滚。

㉛瞽瞍：gǔ sōu，音骨叟。

㉜实：种子。

㉝粢（zī，音兹）：稷。　　梁：应为“粱”，品质较好的粟。

㉞纥：hé，音何。

㉟汤：据《史记》，当为“苍”。下同。

㊱回：颜回，颜路之子。

㊲不必：不一定。

㊳精：精气。

㊴犹：如。

⑩殆：大概。

⑩老父：老人。

⑩也：当为“世”。

⑩姒：sì，音四。

⑩玄：黑色。　　鼋（yuán，音圆）：通“蚖”，蜥蜴。

⑩漦（lí，音离）：唾液。传说夏时，两龙斗于宫中，遗下一滩唾液，被收藏在盒中，周厉王时打开盒子，唾液流出变为黑色蜥蜴，并与宫女交配，产出褒姒。

⑩罴：pí，音皮，一种熊。据传晋赵简子梦里射杀一熊一罴，神告诉他，被射杀的就是“二卿”（即范氏种中行氏）先祖。

⑩燕子：燕卵。据传商祖契的母亲因吞燕卵而产契。　　薏苡（yì yǐ，音义以）：一种植物。据传夏禹母亲因食薏苡而生禹。　　大迹：大脚印。据说周祖稷的母亲因踩一巨大脚印而受孕生稷。

⑩计：判断，判别。

⑩议：分析。　　“无种”、“无类”，是说“种”、“类”没有固定不变的。

⑩即即：凤鸣声。

⑪足足：凰鸣声。

⑪朝：向着。

⑪菶菶（běng，音本）萋萋：梧桐叶茂密之貌。

⑪噰噰（yōng，音拥）喈喈（jiē，音接）：凤凰鸣叫声。

⑪使：假使。　　审：确实。

⑪审：应为“声”。

⑪⑦火流为乌：火变化为乌鸦。
⑪⑧若：或者。
⑪⑨成事：既有事实，事实上。
⑫⓪巡狩：古时君王出外巡察或巡游。
⑫①“言”前应有“不”。
⑫②九真：汉武帝时的一个郡。
⑫③獐：似应为“鹿”。
⑫④相倍：相差一倍。
⑫⑤三王：鲁哀公、汉武帝、汉宣帝。
⑫⑥准：衡。
⑫⑦况：比。
⑫⑧谒者：汉官名。　终军：人名。　议：鉴别。
⑫⑨野禽：即野兽。　并角：两角长成一只。
⑬⓪明：标明。
⑬①据上下文，“以体色”后应有“言之”。
⑬②道化：道德教化。
⑬③以：通“已”。
⑬④恒毛庸羽：普通禽兽。
⑬⑤草：起草。　永平：汉明帝年号。
⑬⑥孝明：汉明帝。　宣惠：施布恩惠。
⑬⑦元和、章和：均汉章帝年号。
⑬⑧孝章：汉章帝。
⑬⑨五鸟：指东、南、西、北、中五方神鸟。
⑭⓪比：类似。
⑭①无非：没有不。
⑭②难知而易晓：意谓看起来难以明白，实际却很容易懂。
⑭③洽：润泽，遍彻。
⑭④讫：至。

指　瑞

儒者说凤皇、骐驎为圣王来[①]，以为凤皇、骐驎仁圣禽也[②]，思虑深，避害远，中国有道则来[③]，无道则隐。称凤皇、骐驎之仁知者[④]，欲以褒圣人也，非圣人之德，不能致凤皇、骐驎[⑤]。此言妄也。夫凤皇、骐驎圣，圣人亦圣。圣人恓恓忧世[⑥]，凤皇、骐驎亦宜率教[⑦]；圣人游于世间[⑧]，凤皇、骐驎亦宜与鸟兽会。何故远去中国，处于边外[⑨]，岂圣人浊，凤皇、骐驎清哉？何其圣德俱而操不同也[⑩]！如以圣人者当隐乎，十二圣宜隐；如以圣者当见，凤、驎亦宜见[⑪]。如以仁圣之禽，思虑深，避害远，则文王拘于羑里[⑫]，孔子厄于陈、蔡[⑬]，非也[⑭]。文王、孔子，仁圣之人，忧世悯民，不图利害，故其有仁圣之知，遭拘厄之患。

凡人操行能修身正节，不能禁人加非于己[⑮]。案人操行莫能过圣人，圣人不能自免于厄，而凤、驎独能自全于世，是鸟兽之操，贤于圣人也。且鸟兽之知，不与人通，何以能知国有道与无道也？人同性类，好恶均等，尚不相知，鸟兽与人异性，何能知之？人不能知鸟兽，鸟兽亦不能知人，两不能相知，鸟兽为愚于人[16]，何以反能知之？儒者咸称凤皇之德[17]，欲以表明王之治[18]，反令人有不及鸟兽，论事过情[19]，使实不著[20]。且凤、驎岂独为圣王至哉？孝宣皇帝之时，凤皇五至，骐驎一至，神雀、黄龙，甘露、醴泉，莫不毕见[21]，故有五凤、神雀、甘露、黄龙之纪[22]。使凤、驎审为圣王见，则孝宣皇帝圣人也，如孝宣帝非圣，则凤、驎为贤来也。为贤来，则儒者称凤皇、骐驎，失其实也。凤皇、骐驎为尧、舜来，亦为宣帝来矣。夫如是，为圣且贤也。

儒者说圣太隆[23]，则论凤、驎亦过其实。《春秋》曰："西狩获死驎[24]。"人以示孔子，孔子曰："孰为来哉？孰为来哉？"反袂拭面[25]，泣涕沾襟。儒者说之[26]，以为天以驎命孔子，孔子不王之圣也。夫驎为圣王来，孔子自以不王，而时王鲁君无感驎之德[27]，怪其来，而不知所为，故曰："孰为来哉？孰为来哉？"知其不为治平而至，为己道穷而来，望绝心感[28]，故涕泣沾襟。以孔子言"孰为来哉"，知驎为圣王来也。曰：前孔子之时，世儒已传此说，孔子闻此说，而希见其物也，见驎之至，怪所为来。实者驎至，无所为来，常有之物也，行迈鲁泽之中[29]，而鲁国见其物遭获之也[30]。孔子见驎之获，获而又死，则自比于驎，自谓道绝不复行，将为小人所徯获也[31]，故孔子见驎而自泣者，据其见得而死也，非据其本所为来也。然则驎之至也，自与兽会聚也。其死，人杀之也。使驎有知，为圣王来，时无圣王，何为来乎？思虑深，避害远，何故为鲁所获杀乎？夫以时无圣王而驎至，知不为圣王来也，为鲁所获杀，知其避害不能远也。圣兽不能自免于难，圣人亦不能自免于祸，祸难之事，圣者所不能避，而云凤、驎思虑深，避害远，妄也。

且凤、驎非生外国也[32]，中国有圣王乃来至也。生于中国，长于山林之间，性廉见希，人不得害也[33]，则谓之思虑深，避害远矣。生与圣王同时，行与治平相遇，世间谓之圣王之瑞，为圣来矣，剥巢破卵[34]，凤皇为之不翔。焚林而畋[35]，漉池而渔[36]，龟、龙为之不游。凤皇，龟、龙之类也，皆生中国，与人相近。巢剥卵破，屏窜不翔[37]，林焚池漉，伏匿不游[38]，无远去之文，何以知其在外国也！龟、龙、凤皇，同一类也。希见不害，谓在外国；龟、龙希见，亦在外国矣。

孝宣皇帝之时，凤皇、骐驎、黄龙、神雀皆至。其至同时，则其性行相似类[39]，则其生出宜同处矣。龙不生于外国，外国亦有龙。凤、驎不生外国，外国亦有凤、驎。然则中国亦有，未必外国之凤、驎也。人见凤、驎希见，则曰在外国。见遇太平，则曰为圣王来。夫凤皇、骐驎之至也，犹醴泉之出、朱草之生也。谓凤皇在外国，闻有道而来，醴泉、朱草何知，而生于太平之时？醴泉、朱草，和气所生，然则凤皇、骐驎，亦和气所生也。和气生圣人，圣人生于衰世[40]。物生为瑞，人生为圣，同时俱然。时其长大[41]，相逢遇矣。衰世亦有和气，和气时生圣人。圣人生于衰世，衰世亦时有凤、驎也。孔子生于周之末世，骐驎见于鲁之西泽。光武皇帝生于成、哀之际，凤皇集于济阳之地[42]。圣人圣物，生于盛衰世。圣王遭见圣物，犹吉命之人逢吉祥之类也，其实相遇，非相为出也[43]。

夫凤、驎之来，与白鱼、赤乌之至[44]，无以异也。鱼遭自跃，王舟逢之；火偶为乌，王仰见之。非鱼闻武王之德而入其舟，乌知周家当起集于王屋也。谓凤、驎为圣王来，是谓鱼、乌为武王至也。王者受富贵之命，故其动出见吉祥异物，见则谓之瑞。瑞有小大，各以所见，定德薄厚。若夫白鱼、赤乌小物，小安之兆也；凤皇、骐驎大物，太平之象也。故孔子曰："凤鸟不至，河不出图[45]，吾已矣夫[46]！"不见太平之象，自知不遇太平之时矣。且凤皇、骐驎，何以为太平之象？凤皇、骐驎，仁圣之禽也，仁圣之物至，天下将为仁圣之行矣。《尚书大传》曰："高宗祭成汤之庙[47]，有雉升鼎耳而鸣[48]，高宗问祖乙[49]，祖乙曰：'远方君子殆有至者。'"祖乙见雉有似君子之行，今从外来，则曰远方君子将有至者矣。

夫凤皇、骐驎，犹雉也，其来之象[50]，亦与雉同。孝武皇帝西巡狩，得白驎，一角而五趾；又有木，枝出复合于本[51]。武帝议问群臣，谒者终军曰："野禽并角，明同本也[52]；众枝内附，示无外也。如此瑞者，外国宜有降者，是若应，殆且有解编发、削左衽、袭冠带而蒙化焉[53]。"其后数月，越地有降者[54]，匈奴名王亦将数千人来降[55]，竟如终军之言。终军之言，得瑞应之实矣。推此以况白鱼、赤乌，犹此类也。鱼，木精[56]；白者，殷之色也[57]；乌者，孝鸟[58]；赤者，周之应气也。先得白鱼，后得赤乌，殷之统绝[59]，色移在周矣。据鱼、乌之见以占武王[60]，则知周之必得天下也。

世见武王诛纣，出遇鱼、乌，则谓天用鱼、乌命使武王诛纣，事相似类，其实非也。春秋之时，鸜鹆来巢，占者以为凶。夫野鸟来巢，鲁国之都且为丘墟[61]，昭公之身，且出奔也。后昭公为季氏所攻，出奔于齐，死不归鲁。贾谊为长沙太傅，服鸟集舍[62]，发书占之[63]，云服鸟入室，主人当去[64]，其后贾谊竟去[65]。野鸟虽殊，其占不异。夫凤、驎之来，与野鸟之巢、服鸟之集，无以异也。是鸜鹆之巢，服鸟之集，偶巢适集。占者因其野泽之物，巢集城宫之内，则见鲁国且凶，传舍人不吉之瑞矣[66]。非鸜鹆、服鸟知二国祸将至，而故为之巢集也。王者以天下为家，家人将有吉凶之事，而吉凶之兆豫见于人[67]，知者占之[68]，则知吉凶将至。非吉凶之物有知，故为吉凶之人来也，犹蓍龟之有兆数矣[69]。龟兆蓍数，常有吉凶，吉人卜筮与吉相遇，凶人与凶相逢，非蓍龟神灵知人吉凶，出兆见数以告之也。虚居卜筮[70]，前无过客，犹得吉凶。然则天地之间，常有吉凶，吉凶之物来至，自当与吉凶之人相逢遇矣。或言天使之所为也[71]，夫巨大之天，使细小之物，音语不通，情指不达[72]，何能使物！物亦不为天使，其来神怪，若天使之，则谓天使矣。

夏后孔甲畋于首山[73]，天雨晦冥，入于民家。主人方乳[74]。或曰："后来，之子必大贵[75]。"或曰："不胜[76]，之子必有殃。"夫孔甲之入民室也，偶遭雨而荫庇也[77]，非知民家将生子，而其子必凶，为之至也。既至，人占则有吉凶矣。夫吉凶之物见于王朝，若入民家[78]，犹孔甲遭雨入民室也。孔甲不知其将生子，为之故到，谓凤皇诸瑞有知，应吉而至，误矣。

---

①来：出现。
②禽：总称鸟兽。
③中国：中原地区。
④知：通"智"。
⑤致：招。
⑥恓恓：同"栖栖"，忙忙碌碌貌。
⑦率：顺，遵。　　率教：遵从圣人教化。
⑧游：来往。
⑨边外：边远之地。
⑩俱：同。
⑪见：通"现"。
⑫羑（yǒu，音有）里：地名。
⑬厄：穷困。
⑭非：不对。
⑮非：过错。
⑯为愚于人：比人愚。
⑰咸：都，全。
⑱明王：圣王。

⑲论事过情：论事超越了实情。

⑳著：显明。

㉑毕：尽。

㉒纪：年号，纪年。

㉓隆：过头。

㉔西：此指鲁国西部地区。

㉕袂（mèi，音昧）：袖子。　　拭：擦。

㉖说：解释。

㉗时：当时。

㉘望：希望。

㉙迈：经过。

㉚遭：逢。

㉛傒（xì，音系）：通“系”。

㉜外国：边远之地。

㉝得：能。

㉞剥（pū，音扑）：通“扑”，击。

㉟畋（tián，音田）：猎。

㊱漉（lù，音露）：使水干。

㊲屏：隐藏。　　窜：隐匿。

㊳伏匿：隐匿。

㊴性行：生性和行为。

㊵衰：应为“盛”。

㊶时：通“伺”，等待，等候。

㊷集：落下。

㊸相为出：相互为了对方而生出。

㊹白鱼、赤乌：据《史记》，周武王伐纣时，白鱼在渡黄河时跳进船内，既渡，有火降到他的房顶之上，变为红色乌鸦，均被当作商灭周兴之兆。

㊺河不出图：上古伏羲时代，有图出现在黄河中，被认为是天命之兆。河：黄河。

㊻已：完。　　矣夫：叹词。

㊼高宗：殷高宗。　　成汤：商朝开国之君。

㊽雉（zhì，音志）：野鸡。　　耳：把。

㊾乙：本书《异虚篇》为“祖己”。

㊿象：兆。

51本：树干。

52明：表明。

53且：将。　　编发：将头发编成辫子。左衽：衣襟左开。均为少数民族风俗。　　袭：穿戴。“袭冠带”为中原人的风俗。　　蒙化：接受教化。

54越：南方一个少数民族。

55名王：匈奴中有尊贵地位的王。

56木：应为“水”。

57色：衣物之色。

58孝鸟：古人以为小乌鸦能养老乌鸦，故称乌鸦为孝鸟。

59统：国统。

60占：卜。

61丘墟：废墟。

62服鸟：即“鹏鸟”。　　舍：屋。

63发：开。

64去：离。

65竟：果真。

66传舍：客舍。

67豫：通“预”。 见：现。

68知：智。

69蓍（shī，音师）：一种草，古人用之占卜。 龟：指龟甲，亦用来占卜。 兆：古人烧龟甲以占卜，甲上出现的裂纹称兆。 数：古人以蓍草占卜，以一定规则排列后所成之象称数。

70虚居：无事坐在家中。

71使：指使。

72指：通“旨”。 情指：思想情感。

73后：君王。孔甲：夏朝一君。

74乳：生孩子。

75之：这。

76不胜：不能承受，承当不了。

77荫庇：隐蔽，此指避雨。

78若：或。

是应

儒者论太平瑞应，皆言气物卓异，朱草、醴泉、翔凤、甘露、景星、嘉禾、萐脯、蓂荚、屈轶之属[1]。又言山出车，泽出舟，男女异路，市无二价，耕者让畔[2]，行者让路，颁白不提挈[3]，关梁不闭[4]，道无虏掠，风不鸣条[5]，雨不破块[6]，五日一风，十日一雨，其盛茂者[7]，致黄龙、骐驎、凤皇。夫儒者之言，有溢美过实。瑞应之物，或有或无。夫言凤皇、骐驎之属，大瑞较然[8]，不得增饰；其小瑞征应，恐多非是。夫风气雨露，本当和适。言其凤翔、甘露、风不鸣条、雨不破块[9]，可也；言其五日一风、十日一雨，褒之也[10]。风雨虽适，不能五日、十日，正如其数。言男女不相干、市价不相欺[11]，可也。言其异路、无二价，褒之也。太平之时，岂更为男女各作道哉[12]？不更作道，一路而行，安得异乎？太平之时，无商人则可；如有，必求便利以为业[13]。买物安肯不求贱，卖货安肯不求贵？有求贵贱之心，必有二价之语。此皆有其事而褒增过其实也。若夫萐脯、蓂荚、屈轶之属，殆无其物。何以验之？说以实者，太平无有此物。

儒者言萐脯生于庖厨者[14]，言厨中自生肉脯[15]，薄如萐形[16]，摇鼓生风，寒凉食物，使之不臭[17]。夫太平之气虽和，不能使厨生肉萐，以为寒凉。若能如此，则能使五谷自生，不须人为之也。能使厨自生肉萐，何不使饭自蒸于甑[18]，火自燃于灶乎？凡生萐者，欲以风吹食物也，何不使食物自不臭，何必生萐以风之乎[19]？厨中能自生萐，则冰室何事而复伐冰以寒物乎[20]？人夏月操萐，须手摇之，然后生风，从手握持[21]，以当疾风，萐不鼓动[22]，言萐脯自鼓，可也？须风乃鼓，不风不动，从手风来，自足以寒厨中之物，何须萐脯？世言燕太子丹使日再中，天雨粟，乌白头，马生角，厨门象生肉足。论之既虚，则萐脯之语，五应之类，恐无其实。

儒者又言：古者，蓂荚夹阶而生[23]，月朔[24]，日一荚生，至十五日而十五荚；于十六日，日一荚落，至月晦荚尽[25]，来月朔，一荚复生。王者南面视荚生落[26]，则知日数多少，不须烦扰，案日历以知之也[27]。夫天既能生荚以为日数，何不使荚有日名，王者视荚之字，则知今日名乎？

徒知日数，不知日名，犹复案历，然后知之，是则王者视日则更烦扰，不省蓂荚之生[28]，安能为福？夫蓂，草之实也[29]，犹豆之有荚也，春夏未生，其生必于秋末。冬月隆寒，霜雪霣零[30]，万物皆枯，儒者敢谓蓂荚达冬独不死乎？如与万物俱生俱死，荚成而以秋末，是则季秋得察荚[31]，春夏冬三时不得案也。且月十五日生十五荚，于十六日荚落，二十一日六荚落，落荚弃殒，不可得数，犹当计未落荚以知日数，是劳心苦意，非善祐也[32]。使荚生于堂上，人君坐户牖间[33]，望察荚生以知日数，匪谓善矣[34]。今云夹阶而生，生于堂下也。王者之堂，墨子称尧、舜高三尺，儒家以为卑下。假使之然，高三尺之堂，蓂荚生于阶下，王者欲视其荚，不能从户牖之间见也，须临堂察之，乃知荚数。夫起视堂下之荚，孰与悬历日于扆坐[35]，傍顾辄见之也[36]？天之生瑞，欲以娱王者，须起察乃知日数，是生烦物以累之也。且荚，草也。王者之堂，旦夕所坐，古者虽质[37]，宫室之中，草生辄耘[38]，安得生荚而人得经月数之乎？且凡数日一二者，欲以纪识事也[39]，古有史官典历主日[40]，王者何事而自数荚？尧候四时之中[41]，命曦和察四星以占时气，四星至重[42]，犹不躬视[43]，而自察荚以数日也[44]？

儒者又言：太平之时，屈轶生于庭之末，若草之状，主指佞人，佞人入朝，屈轶庭末以指之，圣王则知佞人所在。夫天能故生此物以指佞人，不使圣王性自知之，或佞人本不生出，必复更生一物以指明之，何天之不惮烦也！圣王莫过尧、舜，尧、舜之治，最为平矣，即屈轶已自生于庭之末[45]，佞人来辄指知之，则舜何难于知佞人，而使皋陶陈知人之术[46]？《经》曰[47]："知人则哲[48]，惟帝难之。"人含五常，音气交通[49]，且犹不能相知。屈轶草也，安能知佞？如儒者之言是，则太平之时，草木逾贤圣也。狱讼有是非[50]，人情有曲直，何不并令屈轶指其非而不直者，必苦心听讼，三人断狱乎[51]？故夫屈轶之草，或时无有而空言生[52]，或时实有而虚言能指，假令能指，或时草性见人而动。古者质朴，见草之动，则言能指，能指则言指佞人。司南之杓[53]，投之于地，其柢指南[54]。鱼肉之虫，集地北行，夫虫之性然也。今草能指，亦天性也。圣人因草能指，宣言曰庭末有屈轶能指佞人，百官臣子怀奸心者，则各变性易操，为忠正之行矣，犹今府廷画皋陶觟𧣾也[55]。

儒者说云：觟𧣾者，一角之羊也，性知有罪[56]。皋陶治狱[57]，其罪疑者令羊触之，有罪则触，无罪则不触。斯盖天生一角圣兽[58]，助狱为验，故皋陶敬羊，起坐事之[59]。此则神奇瑞应之类也。曰：夫觟𧣾则复屈轶之语也。羊本二角，觟𧣾一角，体损于群[60]，不及众类，何以为奇？鳖三足，曰能，龟三足，曰贲。案能与贲，不能神于四足之龟鳖，一角之羊，何能圣于两角之禽？狌狌知往[61]，乾鹊知来[62]，鹦鹉能言，天性能一，不能为二。或时觟𧣾之性，徒能触人，未必能知罪人，皋陶欲神事助政[63]，恶受罪者之不厌服[64]，因觟𧣾触人则罪之[65]，欲人畏之不犯，受罪之家，没齿无怨言也[66]。夫物性，各自有所知，如以觟𧣾能触谓之为神，则狌狌之徒[67]，皆为神也。巫知吉凶，占人祸福，无不然者。如以觟𧣾谓之巫类，则巫何奇而以为善？斯皆人欲神事立化也。师尚父为周司马[68]，将师伐纣[69]，到孟津之上，杖钺把旄[70]，号其众曰仓光[71]。仓光者，水中之兽也，善覆人船，因神以化，欲令急渡，不急渡，仓光害汝，则复觟𧣾之类也。河中有此异物，时出浮扬，一身九头，人畏恶之，未必覆人之舟也，尚父缘河有此异物[72]，因以威众。夫觟𧣾之触罪人，犹仓光之覆舟也，盖有虚名，无其实效也。人畏怪奇，故空褒增。

又言太平之时有景星，《尚书中候》曰："尧时景星见于轸[73]。"夫景星，或时五星也[74]，大者岁星、太白也[75]。彼或时岁星、太白行于轸度，古质，不能推步五星[76]，不知岁星、太白何如状[77]，见大星，则谓景星矣。《诗》又言："东有启明[78]，西有长庚。"亦或时复岁星、太白也。或时昏见于西[79]，或时晨出于东，诗人不知，则名曰启明、长庚矣。然则长庚与景星同，皆五星也。太平之时，日月精明[80]。五星，日月之类也，太平更有景星，可复更有日月乎？诗人，俗人也[81]。《中候》之时，质世也[82]。俱不知星。王莽之时，太白经天[83]，精如半月[84]，使不知星者见之，则亦复名之曰景星。《尔雅释四时》章曰：“春为发生，夏为长嬴[85]，秋为收成，冬为安宁。四气和为景星。”夫如《尔雅》之言，景星乃四时气和之名也，恐非着天之大星[86]。《尔雅》之书，《五经》之训故[87]，儒者所共观察也[88]，而不信从，更谓大星为景星，岂《尔雅》所言景星与儒者之所说异哉？《尔雅》又言：“甘露时降[89]，万物以嘉[90]，谓之醴泉。”醴泉，乃谓甘露也。今儒者说之，谓泉从地中出，其味甘若醴，故曰醴泉。二说相远，实未可知。案《尔雅释水》：“泉章一见一否[91]，曰瀸[92]。槛泉正出[93]，正出，涌出也；沃泉悬出[94]，悬出，下出也。”是泉出之异，辄有异名。使太平之时，更有醴泉从地中出，当于此章中言之，何故反居《释四时》章中，言甘露为醴泉乎？若此，儒者之言醴泉从地中出，又言甘露其味甚甜，未可然也。

儒曰：“道至大者，日月精明，星辰不失其行，翔风起，甘露降。雨济而阴一者[95]，谓之甘雨，非谓雨水之味甘也。”推此以论，甘露必谓其降下时，适润养万物，未必露味甘也。亦有露甘味如饴蜜者[96]，俱太平之应[97]，非养万物之甘露也，何以明之？案甘露如饴蜜者，着于树木，不着五谷。彼露味不甘者，其下时，土地滋润，流湿万物，洽沾濡溥[98]。由此言之，《尔雅》且近得实[99]。缘《尔雅》之言，验之于物，案味甘之露，下着树木，察所着之树，不能茂于所不着之木。然今之甘露下，殆异于《尔雅》之所谓甘露，欲验《尔雅》之甘露，以万物丰熟，灾害不生，此则甘露降下之验也。甘露下，是则醴泉矣。

---

①翔：通“祥”，善。　凤：疑为“风”。　萐脯：shà fǔ，音煞斧。　蓂：míng，音明。

②畔：田地边界。

③颁：通“斑”。

④关梁：关口桥梁，指交通要道。

⑤条：树枝。鸣：使鸣。

⑥破块：冲毁土块。

⑦盛：极。　茂：美。

⑧较：通“皎”，明显，显然。

⑨凤：当为“风”。　甘露：当为露甘。

⑩褒：夸大。

⑪干：犯。

⑫更：另外。

⑬便利：利润。

⑭庖厨：厨房。

⑮肉脯：即前文“萐脯”。

⑯萐：扇子。

⑰臭：腐。

⑱甑（zèng，音憎）：蒸饭的陶器。

⑲风：作动词用，吹。

⑳冰室：冰窖。　伐：采。

㉑从（zòng，音纵）：通“纵”，放松。

㉒不：当为“亦”。

㉓阶：台阶。

㉔朔：夏历每月初一。

㉕晦：夏历每月最后一天。

㉖南面：面南。

㉗案：查。
㉘省：明。
㉙实：果实。
㉚霣（yǔn，音允）：通“陨”。　零：落下。
㉛季：一个季节的末了。　得：能够。
㉜祐：天之助。
㉝户：门。　牖（yǒu，音有）：窗子。
㉞匪：疑作“岂”，通“其”。
㉟扆（yǐ，音椅）：屏风。　扆坐：君座。
㊱顾：看。
㊲质：朴质，朴实。
㊳耘：锄。
㊴识：通“志”，记。
㊵典：主管。　历：历法。
㊶候：观测天气。　四时之中：指春分、夏至、秋分、秋至。
㊷至重：极重。
㊸躬：亲身。
㊹而：却。
㊺即：假如。
㊻陈：述。
㊼经：指《尚书》。
㊽哲：明智。
㊾音：语言。　交通：相互之间沟通。
㊿狱讼：诉讼。
51人：疑为“日”。
52或时：也许。
53司南之杓：古时利用磁场原理，把小勺放在盘上以指示方向的指南仪器。
54柢（dǐ，音底）：把，柄。
55府廷：衙门。　觟䚦（xiè zhì，音泄志）：传说中的动物。
56有罪：指有罪之人。
57治狱：审案。
58斯：这。
59起坐：时刻。
60损：减，亏。
61狌狌（xīng，音星）：同“猩猩”。　往：以往之事，过去。
62乾（gān，音甘）鹊：喜鹊。　来：未来。
63神事：将事情神化。
64恶：厌恶。　厌服：心服。
65因：依。
66没齿：一辈子。
67徒：类。
68师尚父：指姜太公。
69将：率领。
70钺（yuè，音阅）：一种武器。　旄（máo，音毛）：杆头饰以牦牛尾的大旗。
71光：应为“兕”。下同。　仓兕（sì，音四）：传说中的怪兽。
72缘：因。
73轸（zhěn，音诊）：星宿名。

⑭五星：金、木、水、火、土五颗星。

⑮岁星：木星。　　　太白：金星。

⑯推步：推算历法。

⑰何如状：如何状，象什么样子。

⑱启明：与下文“长庚”，均为金星。

⑲昏：黄昏。　　　见：现。

⑳精明：晴明。

㉑俗人：平常人。

㉒质世：朴质之世。

㉓经天：横过天空。

㉔精：明，明朗。

㉕赢：旺盛。

㉖着：附。

㉗训故：即“训诂”。

㉘观察：阅读研究。

㉙时：当时，及时。

㉚嘉：美，好处。

㉛泉章：文序应为“章泉”。

㉜瀸（jiān，音尖）：泉水一会流，一会止。

㉝槛泉：喷泉。

㉞沃泉：水自上流下的泉。

㉟济：止。一：应为“曀”。曀（yì，音义）：阴天有微风。

㊱饴（yí，音贻）蜜：蜜糖。

㊲应：瑞应。

㊳洽：浸湿。　　　濡：湿。　　　溥（pǔ，音普）：遍。

㊴且：将。

治　期

世谓古人君贤则道德施行[①]，施行则功成治安[②]；人君不肖则道德顿废[③]，顿废则功败治乱。古今论者，莫谓不然。何则？见尧、舜贤圣致太平，桀、纣无道，致乱得诛。如实论之，命期自然[④]，非德化也。

吏百石以上，若升食以下[⑤]，居位治民，为政布教，教行与止，民治与乱，皆有命焉。或才高行洁，居位职废[⑥]，或智浅操洿[⑦]，治民而立[⑧]。上古之黜陟幽明[⑨]，考功[⑩]，据有功而加赏，案无功而施罚。是考命而长禄[⑪]，非实才而厚能也[⑫]。论者因考功之法，据效而定贤，则谓民治国安者，贤君之所致；民乱国危者，无道之所为也。故危乱之变至，论者以责人君，归罪于为政不得其道。人君受以自责，愁神苦思，撼动形体[⑬]，而危乱之变终不减除。空愦人君之心[⑭]，使明知之主[⑮]，虚受之责，世论传称，使之然也。

夫贤君能治当安之民[⑯]，不能化当乱之世[⑰]；良医能行其针药，使方术验者[⑱]，遇未死之人，得未死之病也；如命穷病困，则虽扁鹊[⑲]，未如之何[⑳]。夫命穷病困之不可治，犹夫乱民之不可安也。药气之愈病，犹教导之安民也。皆有命时，不可令勉力也。公伯寮诉子路于季孙[㉑]，子服景伯以告孔子，孔子曰："道之将行也与[22]，命也。道之将废也与，命也。"由此言之，教之行废，国之安危，皆在命时，非人力也。

夫世乱民逆[23]，国之危殆灾害[24]，系于上天，贤君之德，不能消却。《诗》道周宣王遭大旱矣。《诗》曰："周余黎民，靡有孑遗[25]。"言无有可遗一人不被害者[26]。宣王贤者，嫌于德微[27]。仁惠盛者，莫过尧、汤，尧遭洪水，汤遭大旱。水旱，灾害之甚者也，而二圣逢之，岂二圣政之所致哉？天地历数当然也。以尧、汤之水旱，准百王之灾害[28]，非德所致。非德所致，则其福祐非德所为也。

贤君之治国也，犹慈父之治家。慈父耐平教明令[29]，耐使子孙皆为孝善，子孙孝善，是家兴也；百姓平安，是国昌也。昌必有衰，兴必有废。兴昌非德所能成，然则衰废非德所能败也[30]。昌衰兴废，皆天时也。此善恶之实，未言苦乐之效也。家安人乐，富饶财用足也。案富饶者命厚所致，非贤惠所获也。人皆知富饶居安乐者命禄厚，而不知国安治化行者历数吉也。故世治，非贤圣之功，衰乱，非无道之致。国当衰乱，贤圣不能盛；时当治，恶人不能乱。世之治乱，在时不在政；国之安危，在数不在教。贤不贤之君，明不明之政，无能损益[31]。

世称五帝之时，天下太平，家有十年之蓄，人有君子之行。或时不然[32]，世增其美[33]，亦或时政致，何以审之？夫世之所以为乱者，不以贼盗众多，兵革并起[34]，民弃礼义，负畔其上乎[35]？若此者，由谷食乏绝，不能忍饥寒。夫饥寒并至而能无为非者寡，然则温饱并至而能不为善者希。传曰："仓廪实，民知礼节；衣食足，民知荣辱。"让生于有余[36]，争起于不足。谷足食多，礼义之心生；礼丰义重，平安之基立矣。故饥岁之春[37]，不食亲戚[38]，穰岁之秋[39]，召及四邻。不食亲戚，恶行也；召及四邻，善义也。为善恶之行，不在人质性，在于岁之饥穰。由此言之，礼义之行，在谷足也。案谷成败[40]，自有年岁。年岁水旱，五谷不成，非政所致，时数然也。必谓水旱政治所致，不能为政者，莫过桀、纣，桀、纣之时，宜常水旱[41]。案桀、纣之时，无饥耗之灾[42]。灾至自有数，或时返在圣君之世[43]。实事者说尧之洪水，汤之大旱，皆有遭遇，非政恶之所致。说百王之害，独谓为恶之应，此见尧、汤德优，百王劣也。审一足以见百，明恶足以照善。尧、汤证百王，至百王遭变[44]，非政所致，以变见而明祸福[45]。五帝致太平，非德所就明矣[46]。

人之温病而死也[47]，先有凶色见于面部，其病遇邪气也，其病不愈。至于身死，命寿讫也[48]。国之乱亡，与此同验。有变见于天地，犹人温病而死，色见于面部也。有水旱之灾，犹人遇气而病也。灾祸不除，至于国亡，犹病不愈，至于身死也。论者谓变征政治[49]，贤人温病色凶，可谓操行所生乎？谓水旱者无道所致，贤者遭病，可谓无状所得乎[50]？谓亡者为恶极，贤者身死，可谓罪重乎？夫贤人有被病而早死[51]，恶人有完强而老寿[52]，人之病死，不在操行为恶也，然则国之乱亡，不在政之是非。恶人完强而老寿，非政平安而常存。由此言之，祸变不足以明恶，福瑞不足以表善，明矣。

在天之变，日月薄蚀[53]，四十二月日一食，五十六月月亦一食[54]，食有常数，不在政治。百变千灾，皆同一状，未必人君政教所致。岁害鸟帑[55]，周、楚有祸，綝然之气见[56]，宋、卫、陈、郑皆灾。当此之时，六国政教，未必失误也。历阳之都，一夕沈而为湖[57]，当时历阳长吏[58]，未必诳妄也。成败系于天，吉凶制于时，人事未为，天气已见，非时而何？五谷生地，一丰一耗[59]；谷粜在市，一贵一贱。丰者未必贱，耗者未必贵。丰耗有岁，贵贱有时。时当贵，丰谷价增；时当贱，耗谷直减[60]。夫谷之贵贱，不在丰耗，犹国之治乱，不在善恶。

贤君之立，偶在当治之世，德自明于上，民自善于下，世平民安，瑞祐并至，世则谓之贤君所致。无道之君，偶生于当乱之时，世扰俗乱[61]，灾害不绝，遂以破国亡身灭嗣[62]，世皆谓之为恶所致。若此，明于善恶之外形，不见祸福之内实也。祸福不在善恶，善恶之证不在祸福。长吏到官，未有所行，政教因前[63]，无所改更。然而盗贼或多或寡，灾害或无或有，夫何故哉？长吏秩贵[64]，当阶平安以升迁[65]，或命贱不任，当由危乱以贬诎也[66]。以今之长吏，况古之国君[67]，安危存亡，可得论也。

---

①人君：君主。
②功：通“工”，事。
③顿：通“钝”，损坏。
④期：期数。
⑤若：及。
⑥废：坏。
⑦洿：同“污”。
⑧立：成功。
⑨黜陟（zhì，音至）：降免升用。幽明：智愚或善恶。
⑩考功：考察功过。
⑪长：崇尚。
⑫实：检核，核实。厚：重视。
⑬撼动：摇动，意为操劳。
⑭愦：使忧郁烦闷。
⑮知：通“智”。
⑯当：命中该当。
⑰化：改易。
⑱方：药方。术：医术。
⑲虽：即使。
⑳未如之何：没有办法。
㉑寮：liáo，音聊。诉：议论，毁谤。
㉒与：同“欤”，语气词。
㉓逆：叛，反。
㉔危殆：危险。殆：危。
㉕靡（mǐ，音米）：无。孑（jié，音结）：单个。
㉖可：应为“孑”。
㉗嫌：不满意，不满足。
㉘准：衡量。
㉙耐：通“能”。平：正。
㉚败：坏。
㉛损益：改变。
㉜或时：或许。
㉝世增其美：世人夸大了那时的美好。
㉞兵革：战争。
㉟负畔：背叛，叛变。畔：通“叛”。上：君王。
㊱让：谦让。
㊲饥岁：荒年。
㊳食：通“饲”，给别人吃。
㊴穰（ráng，音瓤）：庄稼丰饶。
㊵案：连词。

㊶宜：应该。
㊷饥耗：饥荒。
㊸返：同“反”，反而。
㊹至：至于。变：灾异。
㊺见：现。
㊻就：成就。
㊼温病：热病。
㊽讫：完。
㊾征：象征。
㊿无状：无礼貌，意谓行为不善。
(51)被病：得病。
(52)完强：体魄强健。
(53)薄蚀：指日月之蚀。薄：遮盖。
(54)五十六月：应为“五月六月”。
(55)岁：木星。　害：侵。　鸟帑：朱雀星宿之尾部。　帑（nú，音奴）：通“孥”，鸟之尾。
(56)綝然之气：指彗星。綝（lín，音林）：羽毛或衣裳下垂状，这里指彗星尾。
(57)沈：同“沉”。
(58)长吏：地方长官。
(59)一：或。
(60)直：通“值”。
(61)扰：混乱。
(62)以：以至于。
(63)因：袭。
(64)秩：官员之俸禄。
(65)阶：借，凭。
(66)贬：降职。　诎：同“黜”。
(67)况：推论。

自　然

天地合气，万物自生，犹夫妇合气，子自生矣。万物之生，含血之类，知饥知寒，见五谷可食，取而食之，见丝麻可衣，取而衣之。或说以为天生五谷以食人①，生丝麻以衣人②，此谓天为人作农夫桑女之徒也，不合自然，故其义疑，未可从也③。试依道家论之。

天者，普施气万物之中，谷愈饥而丝麻救寒，故人食谷衣丝麻也。夫天之不故生五谷丝麻以衣食人④，由其有灾变不欲以谴告人也⑤。物自生而人衣食之，气自变而人畏惧之。以若说论之⑥，厌于人心矣⑦。如天瑞为故，自然焉在⑧？无为何居⑨？

何以天之自然也⑩？以天无口目也。案有为者⑪，口目之类也⑫。口欲食而目欲视，有嗜欲于内，发之于外，口目求之，得以为利欲之为也。今无口目之欲，于物无所求索，夫何为乎！何以知天无口目也？以地知之。地以土为体，土本无口目。天地，夫妇也，地体无口目，亦知天无口目也。使天体乎，宜与地同。使天气乎，气若云烟。云烟之属，安得口目！

或曰：“凡动行之类，皆本无有为⑬。有欲故动，动则有为。今天动行与人相似，安得无为?”曰：天之动行也，施气也。体动，气乃出，物乃生矣。由人动气也，体动气乃出，子亦生也。夫人之施气也，非欲以生子，气施而子自生矣。天动不欲以生物，而物自生，此则自然也。施气不欲为物，而物自为，此则无为也。谓天自然无为者何？气也。恬淡无欲，无为无事者也，老聃得以寿矣。老聃禀之于天[14]，使天无此气，老聃安所禀受此性！师无其说而弟子独言者，未之有也。或复于桓公[15]，公曰："以告仲父。"左右曰："一则仲父，二则仲父，为君乃易乎?"桓公曰："吾未得仲父，故难；已得仲父，何为不易!"夫桓公得仲父，任之以事，委之以政，不复与知[16]。皇天以至优之德与王政，随而谴告人[17]，则天德不若桓公，而霸君之操过上帝也。

或曰："桓公知管仲贤，故委任之；如非管仲，亦将谴告之矣。使天遭尧、舜[18]，必无谴告之变。"曰：天能谴告人君，则亦能故命圣君。择才若尧、舜，受以王命[19]，委以王事，勿复与知。今则不然，生庸庸之君，失道废德，随谴告之，何天不惮劳也！曹参为汉相，纵酒歌乐，不听政治，其子谏之，笞之二百[20]。当时天下无扰乱之变。淮阳铸伪钱，吏不能禁，汲黯为太守，不坏一炉，不刑一人，高枕安卧，而淮阳政清。夫曹参为相若不为相，汲黯为太守若郡无人。然而汉朝无事，淮阳刑错者[21]，参德优而黯威重也。计天之威德[22]，孰与曹参、汲黯？而谓天与王政随而谴告之，是谓天德不若曹参厚，而威不若汲黯重也。蘧伯玉治卫[23]，子贡使人问之："何以治卫?"对曰："以不治治之。"夫不治之治，无为之道也。

或曰："太平之应，河出图，洛出书[24]。不画不就，不为不成。天地出之，有为之验也。张良游泗水之上，遇黄石公授太公书，盖天佐汉诛秦，故命令神石为鬼书授人[25]，复为有为之效也[26]。"曰：此皆自然也。夫天安得以笔墨而为图书乎？天道自然，故图书自成。晋唐叔虞、鲁成季友生，文在其手，故叔曰"虞"，季曰"友"。宋仲子生，有文在其手，曰为鲁夫人。三者在母之时，文字成矣，而谓天为文字[27]，在母之时，天使神持锥笔墨刻其身乎？自然之化，固疑难知，外若有为，内实自然。是以太史公纪黄石事[28]，疑而不能实也。赵简子梦上天，见一男子在帝之侧[29]，后出，见人当道[30]，则前所梦见在帝侧者也。论之以为赵国且昌之状也[31]。黄石授书，亦汉且兴之象也。妖气为鬼，鬼象人形，自然之道，非或为之也[32]。

草木之生，华叶青葱[33]，皆有曲折，象类文章[34]，谓天为文字，复为华叶乎？宋人或刻木为楮叶者，三年乃成。孔子曰[35]："使地三年乃成一叶[36]，则万物之有叶者寡矣。"如孔子之言，万物之叶自为生也。自为生也，故能并成。如天为之，其迟当若宋人刻楮叶矣[37]。观鸟兽之毛羽，毛羽之采色，通可为乎[38]！鸟兽未能尽实。春观万物之生，秋观其成，天地为之乎？物自然也。如谓天地为之，为之宜用手，天地安得万万千千手，并为万万千千物乎！诸物在天地之间也，犹子在母腹中也。母怀子气，十月而生，鼻、口、耳、目、发肤、毛理[39]、血脉、脂腴[40]、骨节[41]、爪齿，自然成腹中乎？母为之也？偶人千万[42]，不名为人者，何也？鼻口耳目，非性自然也。武帝幸李夫人，李夫人死，思见其形。道士以方术作夫人形，形成，出入宫门，武帝大惊，立而迎之，忽不复见。盖非自然之真，方士巧妄之伪，故一见恍忽，消散灭亡。有为之化，其不可久行，犹李夫人形不可久见也。道家论自然，不知引物事以验其言行，故自然之说未见信也[43]。

然虽自然，亦须有为辅助。耒耜耕耘[44]，因春播种者，人为之也；及谷入地，日夜长夫[45]，人不能为也。或为之者，败之道也。宋人有闵其苗之不长者[46]，就而揠之[47]，明日枯死。夫欲为自然者，宋人之徒也。

问曰："人生于天地，天地无为。人禀天性者，亦当无为，而有为，何也?"曰：至德纯渥之人[48]，禀天气多，故能则天[49]，自然无为。禀气薄少，不遵道德，不似天地，故曰不肖。不肖者，不似也。不似天地，不类圣贤，故有为也。天地为炉，造化为工，禀气不一，安能皆贤！贤之纯者，黄、老是也。黄者，黄帝也；老者，老子也。黄、老之操，身中恬淡，其治无为。正身共己[50]，而阴阳自和，无心于为，而物自化，无意于生，而物自成。

《易》曰："黄帝、尧、舜垂衣裳而天下治。"垂衣裳者，垂拱无为也[51]。孔子曰："大哉，尧之为君也！惟天为大，惟尧则之。"又曰："巍巍乎舜、禹之有天下也！而不与焉[52]。"周公曰："上帝引佚[53]。"上帝谓虞舜也。虞舜承安继治，任贤使能，恭己无为而天下治。虞舜承尧之安，尧则天而行，不作功邀名[54]，无为之化自成，故曰"荡荡乎民无能名焉[55]"。年五十者击壤于涂[56]，不能知尧之德，盖自然之化也。《易》曰："大人与天地合其德[57]。"黄帝、尧、舜大人也，其德与天地合，故知无为也。天道无为，故春不为生，而夏不为长，秋不为成[58]，冬不为藏。阳气自出，物自生长，阴气自起，物自成藏。汲井决陂[59]，灌溉园田，物亦生长，霈然而雨[60]，物之茎叶根垓[61]，莫不洽濡[62]。程量澍泽[63]，孰与汲井决陂哉！故无为之为大矣。本不求功，故其功立；本不求名，故其名成。沛然之雨，功名大矣，而天地不为也，气和而雨自集[64]。

儒家说夫妇之道取法于天地，知夫妇法天地，不知推夫妇之道以论天地之性，可谓惑矣。夫天覆于上，地偃于下[65]，下气烝上[66]，上气降下，万物自生其中间矣。当其生也，天不须复与也，由子在母怀中，父不能知也[67]。物自生，子自成，天地父母，何与知哉！及其生也，人道有教训之义[68]。天道无为，听恣其性[69]，故放鱼于川，纵兽于山，从其性命之欲也。不驱鱼令上陵[70]，不逐兽令入渊者，何哉？拂诡其性[71]，失其所宜也。夫百姓，鱼兽之类也。上德治之若烹小鲜，与天地同操也。商鞅变秦法，欲为殊异之功，不听赵良之议，以取车裂之患[72]。德薄多欲，君臣相憎怨也。道家德厚，下当其上[73]，上安其下，纯蒙无为[74]，何复谴告？故曰：政之适也，君臣相忘于治，鱼相忘于水，兽相忘于林，人相忘于世。故曰天也[75]。孔子谓颜渊曰："吾服汝[76]，忘也；汝之服于我，亦忘也。"以孔子为君，颜渊为臣，尚不能谴告，况以老子为君，文子为臣乎！老子、文子，似天地者也。淳酒味甘[77]，饮之者醉不相知。薄酒酸苦，宾主噘蹙[78]。夫相谴告，道薄之验也。谓天谴告，曾谓天德不若淳酒乎[79]！

礼者，忠信之薄[80]，乱之首也。相讥以礼[81]，故相谴告。三皇之时，坐者于于[82]，行者居居，乍自以为马[83]，乍自以为牛，纯德行而民瞳朦[84]，晓惠之心未形生也[85]。当时亦无灾异，如有灾异，不名曰谴告。何则？时人愚蠢，不知相绳责也[86]。末世衰微，上下相非，灾异时至，则造谴告之言矣。夫今之天，古之天也，非古之天厚而今之天薄也，谴告之言生于今者，人以心准况之也[87]。诰誓不及五帝[88]，要盟不及三王[89]，交质子不及五伯[90]。德弥薄者信弥衰。心险而行诐[91]，则犯约而负教[92]；教约不行，则相谴告；谴告不改，举兵相灭。由此言之，谴告之言，衰乱之语也，而谓之上天为之，斯盖所以疑也。

且凡言谴告者，以人道验之也。人道，君谴告臣，上天谴告君也，谓灾异为谴告。夫人道，臣亦有谏君，以灾异为谴告，而王者亦当时有谏上天之义[93]，其效何在？苟谓天德优[94]，人不能谏，优德亦宜玄默[95]，不当谴告。万石君子有过[96]，不言，对案不食，至优之验也。夫人之优者，犹能不言，皇天德大，而乃谓之谴告乎！夫天无为，故不言灾变，时至，气自为之。夫天地不能为，亦不能知也。腹中有寒，腹中疾痛，人不使也[97]，气自为之。夫天地之间，犹人背腹之中也。谓天为灾变，凡诸怪异之类，无小大薄厚，皆天所为乎？牛生马，桃生李，如论者之言，天神入牛腹中为马，把李实提桃间乎[98]？牢曰[99]："子云：'吾不试[100]，故艺[101]。'"又曰："吾少也贱，故多能鄙事[102]。"人之贱不用于大者，类多伎能[103]。天尊贵高大，安能撰为灾变以谴告人[104]，且吉凶蜚色见于面[105]，人不能为，色自发也。天地犹人身，气变犹蜚色。人不能为蜚色，天地安能为气变！然则气变之见，殆自然也。变自见，色自发，占候之家，因以言也。

夫寒温、谴告、变动、招致，四疑皆已论矣。谴告于天道尤诡[106]，故重论之。论之，所以难别也[107]。说合于人事，不入于道意，从道不随事，虽违儒家之说，合黄、老之义也。

①食：通“饲”。

②衣：穿。

③从：信从。

④故：有意。

⑤由：通“犹”。　其：天。　谴告：谴责警告。

⑥若说：如此的说法。

⑦厌：心服。

⑧焉：何。

⑨何居：居何，在哪儿。

⑩“何以”后疑有“知”。

⑪案：考察。　为：行为，行动。

⑫口目之类：有口目这类器官的东西。

⑬无有为：“无”疑衍。

⑭之：气。

⑮复：复命。

⑯与：参与。　不复与知：意指不再过问。

⑰人：应为“之”。

⑱遭：遇。

⑲受：通“授”。

⑳笞（chī，音吃）：鞭打。

㉑错：通“措”，废止，废弃。

㉒计：衡量。

㉓蘧：qú，音渠。

㉔洛：洛河。

㉕神石：黄石公，据说他由黄石变成。鬼书：指《太公兵法》。

㉖复：又。　有为：指天的有意识行为。

㉗而：如。

㉘太史公：指司马迁。

㉙帝：上帝。

㉚当：挡。

㉛且：将。

㉜或：有人。

㉝华：同“花”。

㉞文章：斑驳的色采或花纹。

㉟孔子：应作“列子”。下同。

㊱使：后似应有“天”。

㊲迟：慢。

㊳通：都。

㊴理：皮肤表面的纹理。

㊵脂：脂肪。　腴（yú，音余）：肥肉。

㊶节：关节。

㊷偶人：用木料等做的假人。

㊸见：被。

㊹耒耜（lěi sì，音垒寺）：一种农具。

㊺夫：应为“大”。

㊻闵：担忧。

㊼就而：因而，从而。　揠（yà，音亚）：拔。

㊽渥：重、厚。

㊾则：仿效。

㊿共：通“恭”，庄重。

51拱：拱手。

52与：干预。

53引：长。　　佚：通“逸”，安。

54邀：求。

55荡荡：广大貌。　　名：指颂扬尧的功德。

56击壤：古时一种游戏，在规定距离外用一木块击另一块放在地上的木块，中者得胜。

涂：通“途”，路。　　击壤于涂：据说尧时，一位五十岁的老者在路上击壤，旁人称赞尧的德政，老人说，我在日出时种地，日落时休息，凿井耕田而获饮食，这有尧的什么作用呢？

57大人：圣人。

58成：熟。

59汲：打水。　　决：开。　　陂（bēi，音杯）：池塘。

60霈（pèi，音配）然：雨大貌。

61垓：应为“荄（gāi，音该）”，草根。

62洽濡：润湿。

63程量：衡量，比较。　　澍（shù，音树）：及时雨。

64集：落。

65偃：仰卧。

66烝（zhēng，音争）：上升。

67知：主持。

68人道：与“天道”对应。

69听：听凭。恣：纵。

70陵：丘陵。

71拂诡：违反，背离。

72车裂：用车肢解人体的一种酷刑。

73当：适，安。

74纯蒙：纯朴。

75天：指自然。

76服：思，想。

77淳：通“醇”。

78嚬蹙（pín cù，音贫促）：皱眉。

79曾：难道。

80薄：淡，微。

81讥：指责。

82于于：悠闲貌。下“居居”同。

83乍：时而。

84瞳矇：无知愚昧。

85惠：通“慧”。形：形成。

86绳责：责备。

87准况：推论，比照。

88诰、誓：君王对臣下及百姓的告诫和信誓，见于《尚书》。　　不及五帝：意谓五帝时还没有。

89要：强迫，要挟。　　要盟：威逼对方以订盟约。

90交：互相。质：抵押。质子：把君王的儿子作人质押给别国。伯：通“霸”。

91诐（bì，音避）：不正。

92负：违。教：指前文诰、誓。

⑬而：那么。
⑭苟：假如。
⑮玄默：沉默。
⑯万石君：名石奋，因他与四个儿子均做过二千石的官，故西汉景帝送给他此号。
⑰人不使也：不是人使之疼。
⑱把：拿。
⑲牢：子牢，孔子的学生。
⑳试：被用为官。
⑳艺：指各种技艺。
⑳鄙事：低下之事。
⑳类：一般。　　伎：同“技”。
⑳撰：造。
⑳蜚色：意思是说突然出现在脸上的气色。蜚：通“飞”。
⑳诡：违。
⑳难别：诘难辨别。

感　类

阴阳不和，灾变发起[1]，或时先世遗咎[2]，或时气自然。贤圣感类慊惧[3]，自思灾变恶征何为至乎？引过自责[4]，恐有罪，畏慎恐惧之意，未必有其实事也。何以明之？以汤遭旱自责以五过也。圣人纯完[5]，行无缺失矣，何自责有五过？然如《书》曰：“汤自责，天应以雨。”汤本无过，以五过自责，天何故雨？使以过致旱，不知自责，亦能得雨也。由此言之，旱不为汤至，雨不应自责。然而前旱后雨者，自然之气也。此言《书》之语也。难之曰：“《春秋》大雩[6]，董仲舒设土龙，皆为一时间也。一时不雨，恐惧雩祭，求阴请福，忧念百姓也。”汤遭旱七年，以五过自责，谓何时也？夫遭旱一时，辄自责乎？旱至七年，乃自责也[7]？谓一时辄自责，七年乃雨，天应之诚，何其留也[8]！始谓七年乃自责[9]，忧念百姓，何其迟也！不合雩祭之法，不厌忧民之义[10]。《书》之言未可信也。

由此论之，周成王之雷风发，亦此类也。《金縢》曰[11]：“秋大熟，未获[12]。天大雷电以风[13]，禾尽偃，大木斯拔[14]，邦人大恐[15]。”当此之时，周公死，儒者说之，以为成王狐疑于周公[16]：欲以天子礼葬公，公，人臣也；欲以人臣礼葬公，公有王功[17]。狐疑于葬周公之间，天大雷雨，动怒示变，以彰圣功。古文家以武王崩，周公居摄[18]，管、蔡流言[19]，王意狐疑周公，周公奔楚[20]，故天雷雨以悟成王。夫一雷一雨之变[21]，或以为葬疑，或以为信谗，二家未可审[22]。且订葬疑之说[23]，秋夏之际，阳气尚盛，未尝无雷雨也，顾其拔木偃禾[24]，颇为状耳[25]。当雷雨时，成王感惧，开《金縢》之书，见周公之功，执书泣过，自责之深。自责适已[26]，天偶反风，书家则谓天为周公怒也。千秋万夏，不绝雷雨。苟谓雷雨为天怒乎，是则皇天岁岁怒也[27]。正月阳气发泄，雷声始动，秋夏阳至极而雷折。苟谓秋夏之雷，为天大怒，正月之雷，天小怒乎？雷为天怒，雨为恩施。使天为周公怒，徒当雷不当雨[28]，今雷雨俱至，天怒且喜乎？“子于是日也哭则不歌[29]”。《周礼》“子、卯稷食菜羹[30]”，哀乐不并行。哀乐不并行，喜怒反并至乎！

秦始皇帝东封岱岳[31]，雷雨暴至。刘媪息大泽[32]，雷雨晦冥。始皇无道，自同前圣，治乱自谓太平，天怒可也。刘媪息大泽，梦与神遇，是生高祖[33]，何怒于生圣人而为雷雨乎？尧时大风为害，尧激大风于青丘之野[34]。舜入大麓[35]，烈风雷雨。尧、舜世之隆主，何过于天，天为风雨也？大旱，《春秋》雩祭，又董仲舒设土龙以类招气，如天应雩龙，必为雷雨。何则？秋夏之雨与雷俱也。必从《春秋》、仲舒之术，则大雩龙，求怒天乎！师旷奏《白雪之曲》，雷电下击，鼓清角之音，风雨暴至。苟为雷雨为天怒，天何憎于《白雪》清角，而怒师旷为之乎！此雷雨之难也。

又问之曰："成王不以天子礼葬周公，天为雷风，偃禾拔木，成王觉悟，执书泣过，天乃反风，偃禾复起，何不为疾反风以立大木，必须国人起筑之乎[36]？"应曰："天不能。"曰："然则天有所不能乎？"应曰："然。"难曰："孟贲推人[37]，人仆，接人而起[38]，接人立。天能拔木，不能复起，是则天力不如孟贲也。秦时三山亡，犹谓天所徙也。夫木之轻重，孰与三山？能徙三山，不能起大木，非天用力宜也[39]。如谓三山非天所亡，然则雷雨独天所为乎？"问曰[40]："天之欲令成王以天子之礼葬周公，以公有圣德，以公有王功。《经》曰[41]：'王乃得周公死自以为功，代武王之说[42]。'今天动威以彰周公之德也。"

难之曰："伊尹相汤伐夏[43]，为民兴利除害，致天下太平；汤死，复相大甲，大甲佚豫[44]，放之桐宫[45]，摄政三年，乃退复位。周公曰：'伊尹格于皇天[46]。'天所宜彰也。伊尹死时，天何以不为雷雨？"应曰："以《百雨篇》曰[47]：'伊尹死，大雾三日。'"大雾三日乱气矣，非天怒之变也。东海张霸造《百雨篇》，其言虽未可信，且假以问[48]："天为雷雨以悟成王，成王未开金匮雷止乎？已开金匮雷雨乃止也？"应曰："未开金匮雷止也。开匮得书，见公之功，觉悟泣过，决以天子礼葬公。出郊观变[49]，天止雨反风，禾尽起。"由此言之，成王未觉悟，雷雨止矣。难曰："伊尹[50]，雾三日，天何不三日雷雨，须成王觉悟乃止乎[51]？太戊之时，桑穀生朝[52]，七日大拱[53]，太戊思政，桑穀消亡。宋景公时，荧惑守心[54]，出三善言，荧惑徙舍[55]。使太戊不思政，景公无三善言，桑穀不消，荧惑不徙。何则？灾变所以谴告也，所谴告未觉，灾变不除，天之至意也。今天怒为雷雨以责成王，成王未觉，雨雷之息，何其早也？"

又问曰："礼[56]，诸侯之子称公子，诸侯之孙称公孙，皆食采地[57]，殊之众庶[58]。何则？公子公孙，亲而又尊，得体公称[59]，又食采地，名实相副，犹文质相称也[60]。天彰周公之功，令成王以天子礼葬，何不令成王号周公以周王，副天子之礼乎？"应曰："王者，名之尊号也，人臣不得名也。"难曰："人臣犹得名王，礼乎？武王伐纣，下车追王大王、王季、文王[61]。三人者诸侯，亦人臣也，以王号加之。何为独可于三王，不可于周公？天意欲彰周公，岂能明乎[62]！岂以王迹起于三人哉[63]！然而王功亦成于周公。江起岷山[64]，流为涛濑[65]。相涛濑之流[66]，孰与初起之源？秬鬯之所为到[67]，白雉之所为来[68]，三王乎？周公也？周公功德盛于三王，不加王号，岂天恶人妄称之哉！周衰，六国称王，齐、秦更为帝[69]，当时天无禁怒之变。周公不以天子礼葬，天为雷雨以责成王，何天之好恶不纯一乎？"

又问曰："鲁季孙赐曾子箦[70]，曾子病而寝之。童子曰[71]：'华而睆者[72]，大夫之箦。'而曾子感惭，命元易箦[73]。盖礼，大夫之箦，士不得寝也。今周公人臣也，以天子礼葬，魂而有灵[74]，将安之不也[75]？"应曰："成王所为，天之所予，何为不安？"难曰："季孙所赐大夫之箦，岂曾子之所自制乎，何独不安乎？子疾病，子路遣门人为臣[76]。病间曰[77]：'久矣哉！由之行诈也！无臣而为有臣，吾谁欺，欺天乎？'孔子罪子路者也。己非人君[78]，子路使门人为臣，非天之心而妄为之，是欺天也。周公亦非天子也，以孔子之心况周公，周公必不安也。季氏旅于太山，孔子曰：'曾谓泰山不如林放乎[79]？'以曾子之细[80]，犹却非礼[81]；周公至圣，岂安天子之葬？曾谓周公不如曾子乎？由此原之[82]，周公不安也。大人与天地合德，周公不安，天亦不安，何故为雷雨以责成王乎？”

又问曰：“死生有命，富贵在天。武王之命，何可代乎？”应曰：“九龄之梦[83]，天夺文王年以益武王。克殷二年之时[84]，九龄之年未尽，武王不豫[85]，则请之矣。人命不可请，独武王可，非世常法，故藏于金縢；不可复为，故掩而不见。”难曰：“九龄之梦，武王已得文王之年未[86]应曰：“已得之矣。”难曰：“已得文王之年，命当自延。克殷二年，虽病，犹将不死，周公何为请而代之？”应曰：“人君爵人以官，议定，未之即与，曹下案目[87]，然后可诺[88]。天虽夺文王年以益武王，犹须周公请，乃能得之。命数精微，非一卧之梦所能得也。”难曰：“九龄之梦，文王梦与武王九龄。武王梦帝予其九龄，其天已予之矣，武王已得之矣，何须复请？人且得官[89]，先梦得爵[90]，其后莫举[91]，犹自得官。何则？兆象先见，其验必至也。古者谓年为龄，已得九龄，犹人梦得爵也。周公因必效之梦[92]，请之于天，功安能大乎？”

又问曰：“功无大小，德无多少，人须仰恃赖之者[93]，则为美矣。使周公不代武王，武王病死，周公与成王而致天下太平乎[94]？”应曰：“成事[95]，周公辅成王而天下不乱。使武王不见代[96]，遂病至死，周公致太平何疑乎？”难曰：“若是，武王之生无益，其死无损，须周公功乃成也。周衰，诸侯背畔[97]，管仲九合诸侯[98]，一匡天下[99]。孔子曰：‘微管仲[100]，吾其被发左衽矣[101]。’使无管仲，不合诸侯，夷狄交侵，中国绝灭。此无管仲有所伤也[102]。程量有益[103]，管仲之功，偶于周公[104]。管仲死，桓公不以诸侯礼葬，以周公况之，天亦宜怒，微雷薄雨不至，何哉？岂以周公圣而管仲贤乎？夫管仲为反坫[105]，有三归[106]，孔子讥之，以为不贤。反坫、三归，诸侯之礼；天子礼葬，王者之制，皆以人臣俱不得为。大人与天地合德，孔子，大人也，讥管仲之僭礼[107]，皇天欲周公之侵制[108]，非合德之验。书家之说，未可然也。”

以见鸟迹而知为书[109]，见蜚蓬而知为车[110]。天非以鸟迹命仓颉[111]，以蜚蓬使奚仲也。奚仲感蜚蓬，而仓颉起鸟迹也[112]。晋文反国[113]，命彻麋墨[114]，舅犯心感[115]，辞位归家。夫文公之彻麋墨，非欲去舅犯[116]，舅犯感惭，自同于麋墨也。宋华臣弱其宗[117]，使家贼六人[118]，以铍杀华吴于宋，命合左师之后[119]。左师惧曰：“老夫无罪。”其后左师怨咎华臣，华臣备之。国人逐瘈狗[120]，瘈狗入华臣之门，华臣以为左师来攻己也，逾墙而走[121]。夫华臣自杀华吴而左师惧，国人自逐瘈狗而华臣自走。成王之畏惧，犹此类也。心疑于不以天子礼葬公，卒遭雷雨之至[122]，则惧而畏过矣。夫雷雨之至，天未必责成王也。雷雨至，成王惧以自责也。夫感则仓颉、奚仲之心，惧则左师、华臣之意也。怀嫌疑之计，遭暴至之气[123]，以类之验见[124]，则天怒之效成矣。见类验于寂漠[125]，犹感动而畏惧，况雷雨扬轩辚之声[126]，成王庶几能不怵惕乎[127]？

迅雷风烈，孔子必变。礼，君子闻雷，虽夜，衣冠而坐[128]。所以敬雷惧激气也[129]。圣人君子于道无嫌[130]，然犹顺天变动，况成王有周公之疑，闻雷雨之变，安能不振惧乎[131]？然则雷雨之至也，殆且自天气[132]，成王畏惧，殆且感物类也[133]。夫天道无为，如天以雷雨责怒人，则亦能以雷雨杀无道。古无道者多，可以雷雨诛杀其身，必命圣人兴师动军，顿兵伤士[134]，难以一雷行诛，轻以三军克敌[135]，何天之不惮烦也[136]！

或曰：“纣父帝乙射天殴地，游泾、渭之间[137]，雷电击而杀之。斯天以雷电诛无道也。”帝乙之恶，孰与桀、纣？邹伯奇论桀、纣恶不如亡秦，亡秦不如王莽，然而桀、纣、秦、莽之地[138]，不以雷电。孔子作《春秋》，采毫毛之善[139]，贬纤介之恶[140]，采善不逾其美，贬恶不溢其过。责小以大，夫人无之[141]。成王小疑，天大雷雨。如定以臣葬公[142]，其变何以过此[143]！《洪范》稽疑[144]，不悟灾变者，人之才不能尽晓，天不以疑责备于人也。成王心疑未决，天以大雷雨责之，殆非皇天之意。书家之说，恐失其实也。

①发起：产生。
②或时：或许。咎：凶灾。
③慊（xián，音闲）：通“嫌”，疑。
④引过：由自己承担过失之责。
⑤完：完善，完美。
⑥雩（yú，音鱼）：用于求雨的祭祀。
⑦乃：才。
⑧留：迟缓。
⑨始：应为“如”，如果。
⑩厌：合。
⑪《金縢（téng，音腾）》：《尚书》之一篇。
⑫获：收割庄稼。
⑬以：和，及。
⑭斯：语助词，无实义。
⑮邦：国。
⑯狐疑：犹豫。据下文，周公前应有“葬”字。
⑰王功：意指为王朝建立和统治做出的功劳。
⑱居摄：代理朝政。摄：代理。
⑲管、蔡：周公的兄弟。
⑳奔：逃。
㉑一：同一。
㉒二家：即古文家与今文家。
㉓订：考订。
㉔顾：只是，特。
㉕颇：略。状：此处指特别的情状。
㉖适：恰当。
㉗皇：大。
㉘徒：只。
㉙子：孔子。
㉚子、卯稷食菜羹：据说因为商纣夏桀分别死于甲子日和乙卯日，所以周代君臣逢此二日只食素，以表警戒。
㉛岱岳：泰山。
㉜刘媪（ǎo，音袄）：指汉高祖刘邦之母。媪：老妇的称呼。息：休息。
㉝是：于是。
㉞激：应为“缴”。缴（zhuó，音着）：箭上系的绳子，射的意思。
㉟麓：山脚。
㊱起：扶起。
㊲孟贲：传说中的大力士。
㊳接：扶，持。
㊴非天用力宜也：意谓老天用力的道理不相合。
㊵问：应为“应”。
㊶经：指《尚书》。
㊷死：有本作“所”。自以为功代武王：大意是说周公自认为比武王本事大，可以更好地奉侍祖先，所以愿替武王去死。
㊸伊尹：人名。相：辅佐。
㊹佚（yì，音意）：同“逸”，安乐。豫：游乐，安乐。
㊺放：流放。
㊻格：达。
㊼雨：应为“两”，下同。

㊽且：姑且。假：借。
㊾郊：到南郊祭天。
㊿伊尹：后应有“死”。
51须：等待。
52穀（gòu，音够）：构树。朝：朝堂。
53拱：两手合成一围。
54荧惑：火星。守：侵，迫近。心：心宿，星宿名。
55舍：星次。
56礼：依礼。
57采地：封地。
58众庶：众民，老百姓。
59体：享有。称：称号。
60文：表面的文采。质：内在的质地。
61下车：指战争结束。王：封王。
62明：显明，显示。
63王迹：周武王的业绩。
64江：长江。
65濑（lài，音赖）：急流，湍流。
66相：察看。
67秬（jù，音巨）：黑黍。鬯（chàng，音唱）：一种草。
68雉：野鸡。来：与前“贡”同为进贡、进献意。
69更：轮。
70箦（zé，音则）：竹席。
71童子：侍童。
72睆（huǎn，音缓）：美丽，漂亮。
73元：曾参之子。
74而：如。
75不：通“否”。
76臣：家臣。按周制，只有大夫才能养有家臣，孔子当时已不是大夫，不应有家臣。
77间：病稍愈。
78人君：指大夫。
79曾：竟然。谓：认为。林放：人名。
80细：小。
81却：拒绝。
82原：推究。
83九龄之梦：据《礼记》，武王做梦，上帝给他加寿九年。
84克：灭，胜。
85不豫：有病。
86未：否。
87曹：尚书下的分门机构。下：下达。案目：指办理公文的官吏。
88诺：许，准。
89且：将。
90爵（què，音确）：通“雀”。得爵：得到官职。
91举：举荐。
92因：凭。效：效应。
93仰：仰仗。恃：依仗。赖：依赖。
94而：通“能”。

㊎成事：已有之事。

㊏见：被。

㊐畔：通“叛”。

㊑九：多次。合：会盟。

㊒匡：正。

⑩微：无。

⑩被：通“披”。左衽：衣襟左开。被发左衽是少数民族打扮，指少数民族。

⑩伤：损害，危害。

⑩程量：衡量。

⑩偶：并列。

⑩反坫（diàn，音店）：古时君王款待别的君王时，放置献酒后的空杯子的土台子。

⑩三归：装钱币的府库。

⑩僭（jiàn，音见）：越过本分。

⑩欲：想使。侵制：犯制，违礼。

⑩为：造。书：文字。

⑩蜚蓬：即“飞蓬”，枯蓬草随风而飞。

⑪仓颉：与下文之“奚仲”，一为造字者，一为造车者。

⑪起：受到启发。

⑪反：同“返”。

⑪彻：通“撤”，退后。黴（méi，音没）：通“霉”。黴墨：黑色。命彻黴墨：晋文公自流亡地回到晋国境内时，命面色变黑之人退到队伍后头。

⑪舅犯：晋文公舅舅咎犯，随从晋文公流亡过。

⑪去：弃。

⑪华臣：春秋宋国将军华元之子。弱：削弱。宗：宗亲，宗族。华臣弱其宗：指华臣欲杀其侄华皋比，夺其财产。

⑪家贼：指藏在家里之刺客。

⑪铍（pī，音批）：一种小剑。华吴：华皋比之管家。命：衍文。合：宋地名，向戌封地。左师：官名，时向戌任之。后：屋后。

⑫国：都城。瘈（zhì，音志）：疯狂。瘈狗：疯狗。

⑫走：逃。

⑫卒：同“猝”。

⑫暴至：意即突然到来。

⑫见：现。

⑫寂漠：应为寂寞，平静。见类验于寂寞：在平静时看见相关事物得到应验。

⑫轩：应为“軯”。軯磕（pēng kē，音烹科）：车声。此指雷雨之声。

⑫庶几：差不多。怵（chù，音触）：恐惧。

⑫衣冠：穿衣戴帽。

⑫激气：激荡之气。

⑬嫌：疑。无嫌：无愧。

⑬振：通“震”。

⑬殆：大概。且：还是。

⑬感物类：就是感类。

⑬顿：通“钝”。兵：兵器。顿兵：使兵器不锋利。

⑬轻：轻意。三军：一国之军。

⑬惮：怕，惧。

⑬泾、谓：两条河流。

⑬地：应为“死”。

⑬采：取，用。毫毛：细微。

⑩纤介：细微。介：通“芥”，小草。

⑪夫人：指孔子。夫：那。

⑫定：决定。以臣：用臣子之礼。

⑬其变何以过此：老天会降下什么比这还严重的灾异呢？

⑭稽：考核。

齐世

语称上世之人[①]，侗长佼好[②]，坚强老寿，百岁左右；下世之人[③]，短小陋丑，夭折早死。何则？上世和气纯渥[④]，婚姻以时[⑤]，人民禀善气而生，生又不伤，骨节坚定，故长大老寿，状貌美好。下世反此，故短小夭折，形面丑恶。此言妄也。

夫上世治者，圣人也；下世治者，亦圣人也。圣人之德，前后不殊，则其治世，古今不异。上世之天，下世之天也。天不变易，气不改更。上世之民，下世之民也，俱禀元气。元气纯和，古今不异，则禀以为形体者，何故不同？夫禀气等则怀性均[⑥]，怀性均则形体同，形体同则丑好齐，丑好齐则夭寿適[⑦]。一天一地，并生万物。万物之生，俱得一气。气之薄渥，万世若一。帝王治世，百代同道。人民嫁娶，同时共礼。虽言男三十而娶，女二十而嫁，法制张设[⑧]，未必奉行。何以效之[⑨]？以今不奉行也。礼乐之制，存见于今，今之人民，肯行之乎？今人不肯行，古人亦不肯举[⑩]。以今之人民，知古之人民也。

人，物也；物，亦物也。人生一世，寿至一百岁。生为十岁儿时，所见地上之物，生死改易者多；至于百岁，临且死时[⑪]，所见诸物，与年十岁时所见，无以异也。使上世下世民人无有异，则百岁之间，足以卜筮[⑫]。六畜长短，五谷大小，昆虫、草木、金石、珠玉、蜎蜚、蠕动、跂行、喙息[⑬]，无有异者，此形不异也。古之水火，今之水火也。今气为水火也[⑭]，使气有异，则古之水清火热，而今水浊火寒乎？

人生长六七尺，大三四围[⑮]，面有五色，寿至于百，万世不异。如以上世人民侗长佼好，坚强老寿，下世反此，则天地初立，始为人时，长可如防风之君[⑯]，色如宋朝[⑰]，寿如彭祖乎[⑱]？从当今至千世之后，人可长如荚英[⑲]，色如嫫母[⑳]，寿如朝生乎[㉑]？王莽之时，长人生长一丈，名曰霸出[㉒]。建武年中，颖川张仲师长一丈二寸[㉓]，张汤八尺有余[㉔]，其父不满五尺，俱在今世，或长或短。儒者之言，竟非误也[㉕]。语称上世使民以宜[㉖]，伛者抱关[㉗]，侏儒俳优[㉘]。如皆侗长佼好，安得伛侏之人乎？

语称上世之人质朴易化，下世之人文薄难治[㉙]，故《易》曰：“上古之时，结绳以治[㉚]，后世易之以书契[㉛]。”先结绳，易化之故；后书契，难治之验也。故夫宓牺之前[㉜]，人民至质朴，卧者居居[㉝]，坐者于于[㉞]，群居聚处[㉟]，知其母不识其父。至宓牺时，人民颇文[㊱]，知欲诈愚[㊲]，勇欲恐怯[㊳]，强欲凌弱，众欲暴寡[㊴]，故宓牺作八卦以治之。至周之时，人民文薄，八卦难复因袭，故文王衍为六十四首[㊵]，极其变[㊶]，使民不倦[㊷]。至周之时，人民文薄，故孔子作《春秋》，采毫毛之善，贬纤介之恶，称曰[㊸]：“周监于二代[㊹]，郁郁乎文哉[㊺]！吾从周[㊻]。”孔子知世浸弊[㊼]，文薄难治，故加密致之罔[㊽]，设纤微之禁[㊾]，检狎守持[㊿]，备具悉极[51]。此言妄也。

上世之人所怀五常也[52]，下世之人亦所怀五常也。俱怀五常之道，共禀一气而生，上世何以质朴，下世何以文薄？彼见上世之民饮血茹毛[53]，无五谷之食，后世穿地为井[54]，耕土种谷，饮井食粟，有水火之调；又见上古岩居穴处，衣禽兽之皮，后世易以宫室，有布帛之饰[55]，则谓上世质朴，下世文薄矣。

夫器业变易[56]，性行不异。然而有质朴文薄之语者，世有盛衰，衰极久有弊也。譬犹衣食之于人也，初成鲜完[57]，始熟香洁，少久穿败[58]，连日臭茹矣[59]。文质之法，古今所共。一质一文，一衰一盛，古而有之，非独今也。何以效之？传曰："夏后氏之王教以忠。上教以忠[60]，君子忠，其失也[61]，小人野。救野莫如敬[62]，殷王之教以敬[63]。上教用敬，君子敬，其失也，小人鬼。救鬼莫如文，故周之王教以文。上教以文，君子文，其失也，小人薄。救薄莫如忠，承周而王者[64]，当教以忠。"夏所承唐、虞之教薄，故教以忠；唐、虞以文教，则其所承有鬼失矣。世人见当今之文薄也，狎侮非之[65]，则谓上世朴质，下世文薄。犹家人子弟不谨，则谓他家子弟谨良矣[66]。

语称上世之人重义轻身，遭忠义之事，得已所当赴死之分明也[67]，则必赴汤趋锋[68]，死不顾恨[69]。故弘演之节[70]，陈不占之义[71]，行事比类[72]，书籍所载，亡命捐身[73]，众多非一[74]。今世趋利苟生，弃义妄得，不相勉以义，不相激以行[75]，义废身不以为累[76]，行隳事不以相畏[77]。此言妄也。

夫上世之士，今世之士也，俱含仁义之性，则其遭事并有奋身之节。古有无义之人，今有建节之士。善恶杂厕[78]，何世无有。述事者好高古而下今，贵所闻而贱所见。辨士则谈其久者[79]，文人则著其远者。近有奇而辨不称[80]，今有异而笔不记。若夫琅邪儿子明[81]，岁败之时[82]，兄为饥人所食，自缚叩头，代兄为食，饿人美其义，两舍不食[83]。兄死，收养其孤，爱不异于己之子。岁败谷尽，不能两活，饿杀其子[84]，活兄之子。临淮许君叔亦养兄孤子，岁仓卒之时[85]，饿其亲子，活兄之子，与子明同义。会稽孟章父英为郡决曹掾[86]，郡将挝杀非辜[87]，事至覆考[88]，英引罪自予[89]，卒代将死[90]。章后复为郡功曹，从役攻贼，兵卒比败[91]，为贼所射，以身代将，卒死不去。此弘演之节，陈不占之义，何以异？当今著文书者，肯引以为比喻乎？比喻之证，上则求虞、夏，下则索殷、周。秦、汉之际，功奇行殊，犹以为后[92]。又况当今在百代下，言事者目亲见之乎？

画工好画上代之人，秦、汉之士，功行谲奇[93]，不肯图[94]。不肯图今世之士者，尊古卑今也。贵鹄贱鸡，鹄远而鸡近也。使当今说道深于孔、墨，名不得与之同；立行崇于曾、颜[95]，声不得与之钧[96]。何则？世俗之性，贱所见贵所闻也。有人于此，立义建节，实核其操[97]，古无以过。为文书者，肯载于篇籍，表以为行事乎[98]？作奇论，造新文，不损于前人[99]，好事者肯舍久远之书，而垂意观读之乎[100]？扬子云作《太玄》，造《法言》，张伯松不肯壹观[101]，与之并肩，故贱其言。使子云在伯松前[102]，伯松以为金匮矣[103]！

语称上世之时，圣人德优，而功治有奇。故孔子曰："大哉，尧之为君也！唯天为大，唯尧则之[104]。荡荡乎民无能名焉[105]！巍巍乎其有成功也！焕乎其有文章也！"舜承尧，不堕洪业[106]；禹袭舜，不亏大功[107]。其后至汤，举兵伐桀，武王把钺讨纣[108]，无巍巍荡荡之文，而有动兵讨伐之言。盖其德劣而兵试[109]，武用而化薄[110]。化薄，不能相逮之明验也[111]。及至秦、汉，兵革云扰[112]，战力角势[113]，秦以得天下。既得天下，无嘉瑞之美，若协和万国、凤皇来仪之类，非德劣不及，功薄不若之征乎？此言妄也。

夫天地气和，即生圣人。圣人之治，即立大功。和气不独在古先，则圣人何故独优！世俗之性，好褒古而毁今，少所见而多所闻[114]。又见经传增贤圣之美[115]，孔子尤大尧、舜之功[116]。又闻尧、禹禅而相让[117]，汤、武伐而相夺。则谓古圣优于今，功化渥于后矣。夫经有褒增之文，世有空加之言，读经览书者所共见也。孔子曰："纣之不善，不若是之甚也[118]。是以君子恶居下流[119]，天下之恶皆归焉[20]。”世常以桀、纣与尧、舜相反，称美则说尧、舜，言恶则举纣、桀。孔子曰“纣之不善不若是之甚也”，则知尧、舜之德不若是其盛也。

尧、舜之禅，汤、武之诛，皆有天命，非优劣所能为，人事所能成也。使汤、武在唐、虞，亦禅而不伐；尧、舜在殷、周，亦诛而不让。盖有天命之实，而世空生优劣之语。经言协和万国，时亦有丹朱[21]；凤皇来仪，时亦有有苗[22]；兵皆动而并用，则知德亦何优劣而小大也！

世论桀、纣之恶，甚于亡秦。实事者谓亡秦恶甚于桀、纣。秦、汉善恶相反，犹尧、舜、桀、纣相违也。亡秦与汉皆在后世，亡秦恶甚于桀、纣，则亦知大汉之德不劣于唐、虞也。唐之万国[23]，固增而非实者也[24]。有虞之凤皇[25]，宣帝已五致之矣。孝明帝符瑞并至[26]。夫德优故有瑞，瑞钧则功不相下。宣帝、孝明如劣不及尧、舜，何以能致尧、舜之瑞？光武皇帝龙兴凤举，取天下若拾遗，何以不及殷汤、周武？世称周之成、康不亏文王之隆[27]，舜巍巍不亏尧之盛功也。方今圣朝承光武，袭孝明，有浸鄷溢美之化[28]，无细小毫发之亏[29]，上何以不逮舜、禹，下何以不若成、康！世见五帝、三王事在经传之上，而汉之记故，尚为文书[30]，则谓古圣优而功大，后世劣而化薄矣！

---

①语：指谚语、古语或成语等，这里意即普通说法。上世：古时。
②侗（tǒng，音捅）：大。佼：通“姣”，美。
③下世：后世。
④和气：阴阳调谐之气。渥：厚。
⑤以：依。
⑥怀：具有。
⑦適（dí，音敌）：通“敌”，对，等。
⑧张设：设立，制定。
⑨效：证。
⑩举：行。
⑪且：将。
⑫卜筮：占卜。
⑬蜎（xuān，音宣）：通“翾”，飞，小飞。跂（qí，音奇）：脚。息：呼吸。
⑭为：形成，构成。
⑮围：古时一种长度单位。
⑯防风之君：据《国语》，禹时有防风氏，其君王身材高大，以至于一节骨头可装一车。
⑰宋朝：据《论语》，其为春秋卫国大夫，美男子。
⑱彭祖：人名，据说活了八百年。
⑲荚：豆荚等。英：花瓣。
⑳嫫母：黄帝之妃，貌极丑。嫫：mó，音魔。
㉑朝生：一种小虫，朝生夕死。
㉒霸：人名。出：疑为衍文，见《汉书》。
㉓颖：应为“颍”，见《汉书》。
㉔张汤：疑为“张苍”，见《史记》。
㉕竟：终。非误：错误。
㉖使：使用。
㉗伛（yǔ，音雨）：驼背人。抱关：看门。
㉘俳（pái，音排）优：古时演滑稽戏的人。
㉙文薄：浮华浅薄。
㉚结绳：上古时，以在绳上系结来记事。

㉛契：刻。书契：指文字。

㉜宓（fú，音伏）牺：即伏羲，上古帝王。

㉝居居：悠闲安宁貌。

㉞于于：同上。

㉟处：居。

㊱颇：稍微。

㊲知：通“智”。

㊳怯：胆小之人。

㊴暴：施暴。

㊵六十四首：即六十四卦。

㊶极：尽，穷。

㊷倦：怠。

㊸称：赞。

㊹监：通“鉴”，借鉴。

㊺郁郁：繁盛貌。

㊻从：赞同。

㊼浸：渐渐。弊：衰微。

㊽密致：周密细致。罔：同“网”，指法度。

㊾纤微：意即极其细致。

㊿狎：应为“柙”。检柙（xiá，音侠）：矫正。守持：维持，保持。

51悉：尽。

52五常：仁、义、礼、智、信。

53茹（rú，音如）：吃。

54穿：挖。

55帛：丝织物。

56器：器物。

57鲜完：鲜亮完整。

58少久：稍久。穿：透，破。

59茹：臭腐。

60上：君王。

61失：缺陷。

62救：补正。敬：敬奉（神、祖先）。

63王之：应为“之王”。

64王（wàng，忘）：做王，统治天下。

65狎侮：轻蔑，蔑视。非：反。

66谨：规矩，慎。

67分：本分。

68锋：刃。

69顾：惜。恨：悔恨。

70弘演之节：据《吕氏春秋》，春秋时卫国大夫弘演出使他国，狄攻卫，杀卫懿公并啖尽其肉，抛其肝脏。弘归，对肝奏报出使情况，事毕剖腹，装懿公肝于内而死。

71陈不占之义：据《太平御览》，春秋时齐庄公被杀死，陈不占闻知，为尽忠，赶到战场，被战场声音吓死。

72比类：类似的。

73捐：抛弃。

74非一：不止一类。

75激：激励。

76废：废于。累：害。

(77)隳（huī，音灰）：败坏，隳于。

(78)杂厕：混杂。

(79)辨：通“辩”。

(80)称：说。

(81)琅邪（láng yá，音狼牙）：地名。儿子明：人名。

(82)岁败：年成不好。

(83)两舍：把两人都放了。

(84)饿杀：饿死。

(85)仓卒：慌乱。

(86)孟章：人名。英：孟英。决曹掾（yuàn，音苑）：主管刑事案件的官名。

(87)挝（zhuā，音抓）：打。

(88)考：审查。

(89)自予：归于自己。

(90)卒：终。

(91)比：连。

(92)后：近。

(93)谲（jué，音绝）奇：杰出。

(94)图：画。

(95)立行：表现出来的品行。崇：高。

(96)钧：通“均”。

(97)实核：核实。

(98)表：表彰。

(99)损：减。

(100)垂意：留意。

(101)壹：同“一”。

(102)使：假使。

(103)金匮：金属制书匣，意指文章珍贵。

(104)则：效法。

(105)荡荡：广大貌。名：称颂。

(106)堕（huī，音灰）：通“隳”，毁坏。洪：大。

(107)亏：损害。

(108)钺（yuè，音越）：一种兵器。

(109)试：用。

(110)化：教化。

(111)逮：及。

(112)云扰：象云一样纷乱，形容动荡不安。

(113)角：较量。

(114)少：轻视。多：重视。

(115)增：夸大。

(116)尤：特别。大：夸大。

(117)禹：应作“舜”。

(118)是：这。

(119)恶：厌恶。

(120)焉：于此，指“居下流”之人。

(121)丹朱：应为“丹水”。

(122)有苗：传说舜时一少数民族。

(123)万国：指上文“协和万国”。

[124]固：本来，原来。

[125]凤皇：指上文“凤皇来仪”。

[126]符瑞：祥瑞。

[127]成：周成王。康：周康王。

[128]浸：更加，愈加。酆：同“丰”。

[129]亏：缺陷。

[130]尚为：仍是。文书：一般文件。

宣 汉

儒者称五帝、三王致天下太平，汉兴已来[1]，未有太平。彼谓五帝、三王致太平，汉未有太平者，见五帝、三王圣人也，圣人之德能致太平；谓汉不太平者，汉无圣帝也，贤者之化，不能太平。又见孔子言“凤鸟不至[2]，河不出图，吾已矣夫”，方今无凤鸟、河图，瑞颇未至悉具[3]，故谓未太平。此言妄也。

夫太平以治定为效，百姓以安乐为符。孔子曰：“修己以安百姓，尧、舜其犹病诸[4]！”百姓安者，太平之验也。夫治人以人为主，百姓安而阴阳和[5]，阴阳和则万物育，万物育则奇瑞出。视今天下，安乎？危乎？安则平矣，瑞虽未具，无害于平。故夫王道定事以验[6]，立实以效，效验不彰，实诚不见[7]。时或实然，证验不具。是故王道立事以实，不必具验。圣王治世，期于平安[8]，不须符瑞[9]。

且夫太平之瑞，犹圣王之相也。圣王骨法未必同，太平之瑞何为当等[10]？彼闻尧、舜之时，凤皇、景星皆见，《河图》、《洛书》皆出，以为后王治天下，当复若等之物[11]，乃为太平。用心若此，犹谓尧当复比齿[12]，舜当复八眉也[13]。夫帝王圣相，前后不同，则得瑞古今不等。而今王无凤鸟、《河图》[14]，谓未太平，妄矣。孔子言凤皇、《河图》者，假前瑞以为语也，未必谓世当复有凤皇与《河图》也。夫帝王之瑞，众多非一，或以凤鸟、麒麟，或以《河图》、《洛书》，或以甘露、醴泉，或以阴阳和调，或以百姓乂安[15]。今瑞未必同于古，古应未必合于今，遭以所得，未必相袭[16]。何以明之？以帝王兴起，命祐不同也[17]。周则乌、鱼[18]，汉斩大蛇[19]。推论唐、虞，犹周、汉也，初兴始起，事效物气[20]，无相袭者。太平瑞应，何故当钧[21]？以已至之瑞，效方来之应，犹守株待兔之蹊[22]，藏身破罝之路也[23]。

天下太平，瑞应各异。犹家人富殖[24]，物不同也：或积米谷，或藏布帛，或畜牛马，或长田宅。夫乐米谷不爱布帛，欢牛马不美田宅[25]，则谓米谷愈布帛，牛马胜田宅矣。今百姓安矣，符瑞至矣，终谓古瑞《河图》、凤皇不至[26]，谓之未安，是犹食稻之人入饭稷之乡[27]，不见稻米，谓稷为非谷也。实者，天下已太平矣！未有圣人何以致之，未见凤皇何以效实！问世儒不知圣，何以知今无圣人也？世人见凤皇，何以知之？既无以知之，何以知今无凤皇也？委不能知有圣与无[28]，又不能别凤皇是凤与非，则必不能定今太平与未平也。

孔子曰：“如有王者，必世然后仁[29]。”三十年而天下平。汉兴，至文帝时二十余年，贾谊创议以为天下洽和，当改正朔、服色、制度，定官名，兴礼乐。文帝初即位，谦让未遑[30]。夫如贾生之议[31]，文帝时已太平矣。汉兴二十余年，应孔子之言“必世然后仁”也。汉一代之年数已满[32]，太平立矣，贾生知之。况至今且三百年[33]，谓未太平，误也。且孔子所谓一世，三十年也；

汉家三百岁，十帝耀德，未平，如何？夫文帝之时，固已平矣，历世治平矣。至平帝时，前汉已灭，光武中兴，复致太平。

问曰："文帝有瑞，可名太平；光武无瑞，谓之太平，如何？"曰：夫帝王瑞应，前后不同，虽无物瑞，百姓宁集[34]，风气调和，是亦瑞也。何以明之？帝王治平，升封太山[35]，告安也。秦始皇升封太山，遭雷雨之变，治未平，气未和。光武皇帝升封，天晏然无云[36]，太平之应也，治平气应。光武之时，气和人安，物瑞等至[37]，人气已验[38]，论者犹疑。孝宣皇帝元康二年，凤皇集于太山，后又集于新平。四年，神雀集于长乐宫[39]，或集于上林，九真献麟。神雀二年，凤皇、甘露降集京师。四年，凤皇下杜陵及上林。五凤三年[40]，帝祭南郊，神光并见，或兴于谷[41]，烛耀斋宫[42]，十有余日。明年，祭后土[43]，灵光复至，至如南郊之时；甘露、神雀降集延寿万岁宫。其年三月，鸾凤集长乐宫东门中树上。甘露元年，黄龙至，见于新丰，醴泉滂流[44]。彼凤皇虽五六至，或时一鸟而数来[45]，或时异鸟而各至。麒麟、神雀、黄龙、鸾鸟、甘露、醴泉，祭后土、天地之时，神光灵耀，可谓繁盛累积矣。孝明时虽无凤皇[46]，亦致麒麟、甘露、醴泉、神雀、白雉、紫芝、嘉禾，金出鼎见[47]，离木复合[48]。五帝、三王，经传所载瑞应，莫盛孝明。如以瑞应效太平，宣、明之年倍五帝、三王也。夫如是，孝宣、孝明可谓太平矣。

能致太平者，圣人也。世儒何以谓世未有圣人？天之禀气[49]，岂为前世者渥[50]，后世者泊哉[51]！周有三圣，文王、武王、周公并时猥出[52]。汉亦一代也，何以当少于周？周之圣王，何以当多于汉？汉之高祖、光武，周之文、武也。文帝、武帝、宣帝、孝明、今上，过周之成、康、宣王。非以身生汉世，可褒增颂叹，以求媚称也[53]；核事理之情，定说者之实也[54]。俗好褒远称古，讲瑞则上世为美，论治则古王为贤，睹奇于今[55]，终不信然。使尧、舜更生[56]，恐无圣名。猎者获禽[57]，观者乐猎，不见渔者，之心不顾也[58]。是故观于齐不虞鲁[59]，游于楚不欢宋。唐、虞、夏、殷同载在二尺四寸[60]，儒者推读[61]，朝夕讲习，不见汉书，谓汉劣不若，亦观猎不见渔，游齐、楚不愿宋、鲁也[62]。使汉有弘文之人[63]，经传汉事[64]，则《尚书》、《春秋》也，儒者宗之[65]，学者习之，将袭旧六为七，今上、上王至高祖皆为圣帝矣[66]。观杜抚、班固等所上《汉颂》，颂功德符瑞，汪濊深广[67]，滂沛无量，逾唐、虞，入皇域[68]，三代隘辟[69]，厥深洿沮也[70]。殷监不远[71]，在夏后之世[72]。且舍唐、虞、夏、殷[73]，近与周家断量功德[74]，实商优劣[75]，周不如汉。

何以验之？周之受命者文、武也，汉则高祖、光武也。文、武受命之降怪[76]，不及高祖、光武初起之祐[77]；孝宣、孝明之瑞，美于周之成、康、宣王。孝宣、孝明符瑞，唐、虞以来，可谓盛矣。今上即命[78]，奉成持满[79]，四海混一[80]，天下定宁，物瑞已极，人应订隆[81]。唐世黎民雍熙[82]，今亦天下修仁，岁遭运气，谷颇不登[83]，迥路无绝道之忧[84]，深幽无屯聚之奸[85]。周家越常献白雉[86]，方今匈奴、鄯善、哀牢贡献牛马。周时仅治五千里内，汉氏廓土[87]，收荒服之外[88]。牛马珍于白雉，近属不若远物[89]。古之戎狄，今为中国；古之躶人，今被朝服[90]；古之露首，今冠章甫[91]；古之跣跗[92]，今履商舄[93]。以盘石为沃田，以桀暴为良民，夷坎坷为平均[94]，化不宾为齐民[95]，非太平而何？夫实德化则周不能过汉，论符瑞则汉盛于周，度土境则周狭于汉[96]，汉何以不如周？独谓周多圣人，治致太平？儒者称圣泰隆[97]，使圣卓而无迹[98]；称治亦泰盛，使太平绝而无续也。

---

①已：通"以"。

②凤鸟：凤凰。

③颇：略微，稍微。

④病：为难。　　诸：之乎。

⑤而：则。

⑥定：判定。

⑦见：现。

⑧期：期望。

⑨须：盼望。

⑩等：同。

⑪若等：这类。

⑫比齿：长成一片的牙齿。传说帝喾（kù，音库）长有“比齿”。

⑬八眉：所谓“眉八采”。传说尧的眉毛八种颜色。

⑭而：如果。

⑮乂（yì，音义）：安宁。

⑯袭：承袭。

⑰祜：应为“祐”。

⑱乌、鱼：见前文注。

⑲汉斩大蛇：据说汉高祖刘邦夜行斩死了一条拦路白蛇。

⑳事：一统天下之大业。效：功效。　　物气：瑞应。

㉑钧：通“均”。

㉒蹊：路，指方法。

㉓罝（jū，音拘）：捕兔之网。

㉔家人：老百姓。　　殖：生财，经营。

㉕欢：喜。　　美：慕。

㉖终：竟。

㉗饭：吃。

㉘委：确实，委实。

㉙世：古代三十年为一世。

㉚遑：暇，空。

㉛如：照，依。

㉜代：应为“世”。

㉝且：将。

㉞宁集：安定。

㉟升：登。

㊱晏：晴明。

㊲等：等待。

㊳人气：指“人安”“气和”。

㊴神雀：神爵，宣帝年号。

㊵五凤：宣帝年号。

㊶子：应为“于”。　　谷：山谷。

㊷烛：照。

㊸后土：土地神。

㊹甘露：宣帝年号。　　滂流：涌流。

㊺或时：也许，或许。

㊻孝明：汉明帝。

㊼金出：汉明帝时在巢湖发现十余斤黄金。　　鼎现：汉明帝时在庐江郡挖出一铜鼎。

㊽离木复合：见《指瑞篇》。

㊾禀：给。

㊿渥：厚，多。
(51)泊：通“薄”，少。
(52)并：同。　猥（wěi，音伟）：多。
(53)媚：宠爱。
(54)定：判。
(55)睹：应为“睹”。
(56)更生：再生。
(57)禽：禽兽。
(58)之：其。
(59)虞：通“娱”，喜爱。
(60)二尺四寸：汉时儒家的经书用二尺四寸长竹简，一般书籍则大都用一尺左右竹简。
(61)推：推究。
(62)愿：慕。
(63)弘：大。　弘文之人：善作文章之人。
(64)经传：作动词用。
(65)宗：尊崇。
(66)今上：当今皇上。　上：上溯。　王至：“王”应为衍文。
(67)汪濊（wèi，音为）：水既深且广。
(68)入皇域：意谓达到三皇之境界。
(69)隘：狭。　辟：通“僻”，偏僻。　三代：夏、商、周。
(70)厥：其。　洿：同“污”。　沮：沮洳（rù，音入），低湿之地。
(71)监：通“鉴”。
(72)后：君王。
(73)且：姑且。　舍：舍开不谈。
(74)周家：周代。　断量：衡量。
(75)商：评定，商略。
(76)降：出现。
(77)祐：瑞象；瑞兆。
(78)即命：即位。
(79)奉：捧。　奉成持满：意谓承袭前业，十分完满。
(80)混一：统一。
(81)应：瑞应。　订：并，同。
(82)雍：和睦。　熙：熙洽，清明安宁。
(83)登：成熟。
(84)迥（jiǒng，音窘）：偏远。　绝道：意思是被拦路打劫。
(85)屯聚：聚集。
(86)越常：周代时一民族。
(87)廓（kuò，音扩）：开扩，扩大。
(88)荒服：边远之地。
(89)属（zhǔ，音煮）：纳付。
(90)被：通“披”。
(91)章甫：一种帽子。
(92)跣（xiǎn，音显）：赤脚。　跗（fū，音夫）：脚背。
(93)商：应为“高”。　高舄（xì，音戏）：厚底的鞋子。
(94)夷：平。
(95)宾：宾服，臣服。　齐民：平民。
(96)度（duó，音夺）：计量，估量。

㊼泰：过甚。

㊽无迹：无法效法圣迹。

恢国

颜渊喟然叹曰[1]："仰之弥高[2]，钻之弥坚[3]。"此言颜渊学于孔子，积累岁月，见道弥深也。《宣汉》之篇，高汉于周，拟汉过周[4]，论者未极也[5]。恢而极之[6]，弥见汉奇。夫经熟讲者[7]，要妙乃见[8]；国极论者[9]，恢奇弥出[10]。恢论汉国在百代之上，审矣。何以验之？黄帝有涿鹿之战，尧有丹水之师，舜时有苗不服[11]，夏启有扈叛逆[12]，高宗伐鬼方三年克之[13]，周成王，管、蔡悖乱[14]，周公东征。前代皆然，汉不闻此。高祖之时，陈狶反，彭越叛，治始安也。孝景之时，吴、楚兴兵，怨晁错也。匈奴时扰，正朔不及[15]，天荒之地，王功不加兵，今皆内附[16]，贡献牛马。此则汉之威盛莫敢犯也。

纣为至恶[17]，天下叛之。武王举兵，皆愿就战，八百诸侯，不期俱至。项羽恶微，号而用兵[18]，与高祖俱起，威力轻重，未有所定，则项羽力劲[19]。折铁难于摧木，高祖诛项羽，折铁；武王伐纣，摧木，然则汉力胜周多矣。凡克敌一则易，二则难。汤、武伐桀、纣，一敌也；高祖诛秦杀项，兼胜二家，力倍汤、武。武王为殷西伯[20]，臣事于纣，以臣伐周[21]，夷、齐耻之，扣马而谏[22]，武王不听，不食周粟，饿死首阳。高祖不为秦臣[23]，光武不仕王莽，诛恶伐无道，无伯夷之讥[24]，可谓顺于周矣。

丘山易以起高，渊洿易以为深[25]。起于微贱，无所因阶者难[26]；袭爵乘位[27]，尊祖统业者易[28]。尧以唐侯入嗣帝位[29]，舜以司徒因尧授禅[30]，禹以司空缘功代舜，汤由七十里，文王百里为西伯，武王袭文王位三郊[31]。五代之起，皆有因缘，力易为也。高祖从亭长提三尺剑取天下，光武由白水奋威武，帝海内，无尺土所因，一位所乘[32]，直奉天命推自然[33]。此则起高于渊洿，为深于丘山也。比方五代，孰者为优？

传书或称武王伐纣[34]，太公阴谋食小儿以丹[35]，令身纯赤，长大教言殷亡。殷民见儿身赤，以为天神，及言殷亡，皆谓商灭[36]。兵至牧野，晨举脂烛[37]，奸谋惑民，权掩不备[38]，周之所讳也[39]，世谓之虚[40]。汉取天下，无此虚言。《武成》之篇言，周伐纣，血流浮杵[41]。以《武成》言之[42]，食儿以丹，晨举脂烛，殆且然矣[43]。汉伐亡新[44]，光武将五千人[45]，王莽遣二公将百万人，战于昆阳，雷雨晦冥，前后不相见。汉兵出昆阳城击二公军，一而当十[46]，二公兵散。天下以雷雨助汉威敌，孰与举脂烛以人事谲取殷哉[47]！

或云武王伐纣，纣赴火死，武王就斩以钺[48]，悬其首于大白之旌[49]。齐宣王怜衅钟之牛[50]，睹其色之觳觫也[51]。楚庄王赦郑伯之罪，见其肉袒而形暴也[52]。君子恶[53]，不恶其身。纣尸赴于火中，所见凄怆，非徒色之觳觫[54]，袒之暴形也。就斩以钺，悬乎其首[55]，何其忍哉！高祖入咸阳，阎乐诛二世，项羽杀子婴。高祖雍容入秦[56]，不戮二尸。光武入长安，刘圣公已诛王莽，乘兵即害[57]，不刃王莽之死[58]。夫斩赴火之首，与贯被刃者之身[59]，德虐孰大也？岂以羑里之恨哉[60]！以人君拘人臣，其逆孰与秦夺周国，莽酖平帝也[61]？邹伯奇论桀、纣之恶不若亡秦，亡秦不若王莽。然则纣恶微而周诛之痛[62]，秦、莽罪重而汉伐之轻，宽狭谁也？

高祖，母妊之时[63]，蛟龙在上，梦与神遇[64]；好酒贯饮[65]，酒舍负雠[66]，及醉留卧，其上常有神怪；夜行斩蛇，蛇妪悲哭[67]；与吕后俱之田庐[68]，时自隐匿[69]，光气畅见[70]，吕后辄知；始皇望见东南有天子气[71]，及起[72]，五星聚于东井[73]；楚望汉军[74]，云气五色。光武且生[75]，凤皇集于城[76]，嘉禾滋于屋[77]，皇妣之身[78]，夜半无烛，空中光明[79]。初者[80]，苏伯阿望舂陵气郁郁葱葱；光武起过旧庐，见气憧憧上属于天[81]。五帝、三王，初生始起，不闻此怪。尧母感于赤龙，及起不闻奇祐；禹母吞薏苡，将生[82]，得玄圭[83]；契母咽燕子；汤起白狼衔钩[84]；后稷母履大人之迹；文王起得赤雀[85]；武王得鱼、乌：皆不及汉太平之瑞。黄帝、尧、舜凤皇一至，凡诸众瑞重至者希[86]。汉文帝黄龙、玉棓[87]。武帝黄龙、麒麟、连木[88]。宣帝凤皇五至，麒麟、神雀、甘露、醴泉、黄龙、神光。平帝白雉、黑雉。孝明麒麟、神雀、甘露、醴泉、白雉、黑雉、芝草、连木、嘉禾，与宣帝同奇，有神鼎黄金之怪。一代之瑞，累仍不绝[89]。此则汉德丰茂，故瑞祐多也。孝明天崩，今上嗣位，元二之间，嘉德布流。三年，零陵生芝草五本[90]。四年，甘露降五县。五年，芝复生六年[91]，黄龙见，大小凡八。前世龙见不双，芝生无二，甘露一降。而今八龙并出，十一芝累生，甘露流五县。德惠盛炽，故瑞繁夥也[92]。自古帝王，孰能致斯？

儒者论曰："王者推行道德，受命于天。"《论衡初秉》以为王者生秉天命[93]，性命难审，且两论之[94]。酒食之赐，一则为薄，再则为厚。如儒者之言[95]，五代皆一受命，唯汉独再，此则天命于汉厚也。如审《论衡》之言，生禀自然，此亦汉家所禀厚也。绝而复属，死而复生。世有死而复生之人，人必谓之神。汉统绝而复属，光武存亡[96]，可谓优矣。

武王伐纣，庸、蜀之夷佐战牧野。成王之时，越常献雉，倭人贡畅[97]。幽、厉衰微[98]，戎狄攻周，平王东走，以避其难。至汉，四夷朝贡。孝平元始元年，越常重译献白雉一、黑雉二[99]。夫以成王之贤，辅以周公，越常献一，平帝得三。后至四年，金城塞外羌豪良愿等种，献其鱼盐之地[100]，愿内属汉，遂得西王母石室，因为西海郡。周时戎狄攻王，至汉内属，献其宝地。西王母国在绝极之外，而汉属之。德孰大？壤孰广[101]？

方今哀牢、鄯善、婼羌降附归德[102]，匈奴时扰，遣将攘讨[103]，获虏生口千万数[104]。夏禹倮入吴国[105]，太伯采药[106]，断发文身[107]。唐、虞国界，吴为荒服[108]，越在九夷，罽衣关头[109]，今皆夏服[110]、褒衣、履舄[111]。巴、蜀、越嶲、郁林、日南、辽东、乐浪[112]，周时被发椎髻[113]，今戴皮弁[114]；周时重译，今吟《诗》、《书》。

春秋之义，君亲无将[115]，将而必诛。广陵王荆迷于蔓巫[116]，楚王英惑于狭客[117]，事情列见。孝明三宥[118]，二王吞药[119]，周诛管、蔡，违斯远矣[120]。楚外家许民与楚王谋议[121]，孝明曰："许民有属于王[122]，欲王尊贵，人情也。"圣心原之[123]，不绳于法。隐强侯传悬书市里[124]，诽谤圣政。今上海思[125]，犯夺爵土[126]。恶其人者憎其胥余[127]。立二王之子，安楚、广陵，隐强弟员嗣祀阴氏。二王，帝族也，位为王侯，与管、蔡同。管、蔡灭嗣，二王立后，恩已褒矣[128]。隐强，异姓也，尊重父祖，复存其祀。立武庚之义，继禄父之恩，方斯羸矣[129]。何则？并为帝王，举兵相征，贪天下之大，绝成汤之统，非圣君之义，失承天之意也。隐强，臣子也。汉统自在，绝灭阴氏，无损于义，而犹存之，惠滂沛也。故夫雨露之施，内则注于骨肉，外则布于他族。唐之晏晏[130]，舜之烝烝[131]，岂能逾此！

驩兜之行[132]，靖言庸回[133]，共工私之，称荐于尧。三苗，巧佞之人[134]，或言有罪之国。鲧不能治水，知力极尽[135]，罪皆在身，不加于上，唐、虞放流[136]，死于不毛，怨恶谋上，怀挟叛逆。考事失实[137]，误国杀将，罪恶重于四子[138]。孝明加恩，则论徙边[139]；今上宽惠，还归州里，开辟以来，恩莫斯大。晏子曰："钩星在房、心之间[140]，地其动乎！"夫地动天时，非政所致。皇帝振畏，犹归于治，广征贤良，访求过阙[141]。高宗之侧身[142]，周成之开匮[143]，励能逮此[144]。谷登岁平，庸主因缘以建德政[145]，颠沛危殆[146]，圣哲优者，乃立功化。是故微病恒医皆巧[147]，笃剧扁鹊乃良[148]。建初孟年[149]，无妄气至，岁之疾疫也。比旱不雨[150]，牛死民流，可谓剧矣。皇帝敦德，俊乂在官[151]，第五司空[152]，股肱国维[153]，转谷振赡[154]，民不乏饿，天下慕德，虽危不乱。民饥于谷，饱于道德，身流在道，心回乡内[155]。以故道路无盗贼之迹，深幽迥绝无劫夺之奸，以危为宁，以困为通，五帝、三王，孰能堪斯哉！

---

①喟（kuì，音愧）然：叹息貌。
②仰：仰慕。
③坚：艰深。
④拟：比拟。
⑤论者：王充自称。　极：尽，说尽。
⑥恢：扩大，发扬。
⑦经：经书。
⑧要妙：精要微妙之理。
⑨国极论者：越是充分论述一个朝代。
⑩恢奇：杰出，不平常。
⑪有苗：南方一民族。
⑫有扈：古国名。
⑬鬼方：西北边一民族。
⑭悖乱：叛乱。
⑮正朔：新朝建立，定立每年的正月初一在某一天，实行新历法。　及：达。
⑯内附：归降。
⑰恶：恶行。
⑱号：或释为“号称”。　而：或释为“能”，而，通“能”。
⑲则：而。　劲：强。
⑳伯：古指统辖一方的首长。
㉑周：应为“君”。
㉒扣：牵。
㉓为：作，做。
㉔讥：劝。
㉕洿（wū，音乌）：池塘。
㉖阶：阶梯，凭借。
㉗乘：依凭。
㉘统：承。
㉙嗣：继承。
㉚因：依据。
㉛三郊：可能指夏、商、周。　五代：指唐、虞、夏、商、周。
㉜位：官位，官职。
㉝直：只，仅。
㉞传：解经或经外之书。
㉟食：通“饲”，喂。　丹：朱砂。
㊱谓：以为。
㊲脂烛：沾了油脂的火把。
㊳权：权变，阴谋意。　掩：偷袭。
㊴讳：瞒。
㊵虚：虚假，谣传。

㊶杵（chǔ，音处）：舂米用木棍。　　浮杵：形容血多。
㊷以：据。
㊸殆且：大概。
㊹新：王莽所立国号。
㊺将：率。
㊻而：以。
㊼谲（jué，音绝）：欺骗。
㊽就：去。
㊾旌：旗。
㊿衅：血祭。　　衅钟：古时祭钟，用牛、羊血涂在缝隙处。
51色：神色。　　觳觫（hú sù，音湖速）：害怕发抖的样子。
52肉袒：赤膊，表示谢罪。　　形：身体。　　暴：同“曝”，露。
53恶：后应再有“恶”字，厌恶恶人。
54非徒：不只是。
55乎：有本改作“辜”，古时的裂肢刑。
56雍容：从容。
57乘：驭，此为统领。　　即：就，到。　　害：王莽被害之地。
58刃：杀害。　　死：通“尸”。
59贳：通“赦”。
60羑：yǒu，音友。
61酖（zhèn，音振）：以有毒之酒害人。
62痛：重。
63妊：孕。
64遇：配。
65贯：有本改作“贳”。贳（shì，音世）：赊帐，赊欠。
66负：应为“贠”。贠（bèi，音贝）：通“倍”，加倍。　　雠（chóu，音愁）：出售。
67妪：老年妇女。据传刘邦斩白蛇后，一老妇痛哭，说其子乃白帝之子，因挡路被赤帝之子杀了。
68吕后：刘邦之妻。　　之：去，往。　　田庐：田间的茅庐。
69时：有时。
70畅：旺。　　见：现。
71始皇：秦始皇。
72及：等到。　　起：刘邦兴起入咸阳。
73五星：金、木、水、火、土五星。　　东井：星宿名。
74楚：项羽之军。
75且：将。
76集：落。
77滋：生长。
78皇妣（bǐ，音比）：已死的母亲，指光武帝刘秀之母。　　身：身孕，此指生产。
79空：应为“室”。
80初者：起初。
81憧憧（chōng，音冲）：摇曳不定貌。　　属（zhǔ，音主）：连。
82生：当为“王”。
83玄：深青色。　　圭：一种礼器，玉质。
84白狼衔钩：据说汤做王时，有神牵一口衔金钩之白狼进入汤的宫屋。
85得赤雀：殷末，时为诸侯的周文王将兴，一只赤雀口衔朱砂写的天书飞至其室门，文为周当兴，殷将亡。
86希：少。
87棓（bēi，音背）：通“杯”。据说汉文帝时有黄龙出现，又得到一只勒有“人主延寿”的玉杯。

⑧⑧连木：见前文注。
⑧⑨仍：频仍，频繁。
⑨⓪五本：五颗。
⑨①年：应作“本”。
⑨②夥（huǒ，音火）：多。
⑨③秉：应为“禀”。
⑨④且：姑且。
⑨⑤如：照。
⑨⑥存亡：意指将已亡汉统重新恢复。
⑨⑦倭（wō，音窝）人：古时东方一民族。 畅：一种植物，可用来作作料酿酒。
⑨⑧幽、厉：周幽王、周厉王。
⑨⑨重译：辗转翻译。
⑩⓪羌豪：羌族首领。 良愿：人名。 种：种族。
⑩①壤：疆域，领土。
⑩②婼羌：汉时西北一国。 归德：服从汉朝。
⑩③攘讨：抗击，反击。 攘：排斥。
⑩④生口：俘虏。
⑩⑤倮：通“裸”。
⑩⑥太伯：周文王伯父。
⑩⑦文：刺青。
⑩⑧荒服：最边远地区。
⑩⑨罽（jì，音计）衣：毛织品做的衣服。 关头：“贯头”，将头套进去。
⑪⓪夏服：中原地区的服饰。
⑪①褒衣：大袖宽袍的衣服。 舄（xì，音细）：鞋子。
⑪②嶲：xī，音西。
⑪③被：通“披”。
⑪④皮弁：皮帽子。
⑪⑤君：王。 亲：父母。 君亲无将：指不能违犯君主和父母。
⑪⑥茇（niè，音聂）：同“孽”，妖。
⑪⑦狭：应为“侠”。
⑪⑧宥（yòu，音右）：宽恕，饶恕。
⑪⑨吞药：服毒自尽。
⑫⓪违：离。
⑫①外家：外祖父母一氏。 与：参与。
⑫②民：应作“氏”。 属：亲族关系。
⑫③原：谅，恕。
⑫④隐强：地名。
⑫⑤思：应为“恩”。
⑫⑥犯：应作“免”。
⑫⑦胥余：奴婢。
⑫⑧褒：大。
⑫⑨方：比较。 羸：弱，差。
⑬⓪唐：尧。 晏晏：和悦貌。
⑬①烝烝：淳厚貌，美盛貌。
⑬②驩（huān，音欢）兜：尧之臣。
⑬③靖：恭。 靖言：意为花言巧语。 庸：用。 回：邪恶。 庸回：意谓做事阴险。
⑬④三苗：人名。 巧：善于。

⑬⑤知：智。

⑬⑥放流：流放。

⑬⑦考：察。

⑬⑧四子：指驩兜、共工、三苗、鲧。

⑬⑨论：定。　边：边远之地。

⑭⓪房、心：两星宿名。

⑭①阙（quē，音缺）：通“缺”，失，过失。

⑭②侧身：形容小心翼翼。

⑭③开匮：据说周成王怀疑周公，天有大雷雨，成王畏惧，打开周公藏文书的金匣，发现文书上写着周公愿替武去死，成王后悔痛哭。

⑭④劢：应为“廑”，通“仅”。　逮：及。

⑭⑤因缘：凭借。

⑭⑥危殆：危险。

⑭⑦桓：一般，普通。

⑭⑧笃剧：病重。

⑭⑨孟年：初年。

⑮⓪比：连。

⑮①俊乂：贤能之人。　俊：才智过人。乂（yì，音义）：有才德之人。

⑮②第五：复姓。

⑮③股肱：比喻重要的辅佐大臣。　国维：国家栋梁。

⑮④转：运。　振：救济。

⑮⑤乡：通“向”，向往。

验　符

永平十一年，庐江皖侯国民际有湖①。皖民小男曰陈爵、陈挺②，年皆十岁以上，相与钓于湖涯③。挺先钓，爵后往。爵问挺曰：“钓宁得乎④？”挺曰：“得。”爵即归取竿纶⑤，去挺四十步所⑥，见湖涯有酒樽，色正黄，没水中。爵以为铜也，涉水取之，滑重不能举。挺望见，号曰⑦：“何取？”爵曰：“是有铜⑧，不能举也。”挺往助之，涉水未持，樽顿衍更为盟盘⑨，动行入深渊中⑩，复不见。挺、爵留顾⑪，见如钱等正黄数百千枚⑫，即共掇摝⑬，各得满手，走归示其家⑭。爵父国⑮，故免吏⑯，字君贤，惊曰：“安所得此？”爵言其状，君贤曰：“此黄金也。”即驰与爵俱往，到金处，水中尚多，贤自涉水掇取。爵、挺邻伍并闻⑰，俱竞采之⑱，合得十余斤。贤自言于相，相言太守。太守遣吏收取，遣门下掾程躬奉献⑲，具言得金状。诏书曰：“如章则可。不如章，有正法。”躬奉诏书归示太守，太守以下思省诏书，以为疑隐，言之不实，苟饰美也⑳，即复因却上得黄金实状㉑，如前章。事寝㉒。十二年，贤等上书曰：“贤等得金湖水中，郡牧献㉓，讫今不得直㉔。”诏书下庐江，上不畀贤等金直状㉕。郡上贤等所采金自官湖水，非贤等私渎㉖，故不与直。十二年，诏书曰：“视时金价㉗，畀贤等金直。”汉瑞非一，金出奇怪，故独纪之。

金玉神宝，故出诡异。金物色先为酒樽㉘，后为盟盘，动行入渊，岂不怪哉！夏之方盛㉙，远方图物㉚，贡金九牧㉛，禹谓之瑞，铸以为鼎。周之九鼎，远方之金也，人来贡之，自出于渊者，其实一也。皆起盛德，为圣王瑞。金玉之世，故有金玉之应。文帝之时，玉棓见[32]。金之与玉，瑞之最也。金声玉色，人之奇也。永昌郡中亦有金焉，纤靡大如黍粟，在水涯沙中，民采得日重五铢之金，一色正黄。土生金，土色黄。汉，土德也，故金化出。金有三品，黄比见者[33]，黄为瑞也。圯桥老父遗张良书[34]，化为黄石[35]。黄石之精，出为符也。夫石，金之类也，质异色钧[36]，皆土瑞也。

建初三年，零陵泉陵女子傅宁宅土中[37]，忽生芝草五本[38]，长者尺四五寸，短者七八寸，茎叶紫色，盖紫芝也。太守沈酆遣门下掾衍盛奉献[39]，皇帝悦怿[40]，赐钱衣食。诏会公卿郡国上计吏民皆在，以芝告示天下。天下并闻，吏民欢喜，咸知汉德丰雍，瑞应出也。四年，甘露下泉陵、零陵、洮阳、始安、冷道五县，榆柏梅李，叶皆洽薄[41]，威委流漉[42]，民嗽吮之[43]，甘如饴蜜。五年，芝草复生泉陵男子周服宅上六本[44]，色状如三年芝，并前凡十一本。

湘水去泉陵城七里，水上聚石曰燕室丘，临水有侠山[45]，其下岩淦[46]，水深不测，二黄龙见，长出十六丈[47]，身大于马，举头顾望，状如图中画龙，燕室丘民皆观见之。去龙可数十步[48]，又见状如驹马小大凡六，出水遨戏陵上[49]，盖二龙之子也。并二龙为八，出移一时乃入。宣帝时，凤皇下彭城[50]，彭城以闻。宣帝诏侍中宋翁一，翁一曰："凤皇当下京师，集于天子之郊，乃远下彭城，不可收，与无下等[51]。"宣帝曰："方今天下合为一家，下彭城与京师等耳，何可与无下等乎[52]？"令左右通经者语难翁一[53]，翁一穷，免冠叩头谢。宣帝之时，与今无异。凤皇之集，黄龙之出，钧也。彭城、零陵，远近同也。帝宅长远[54]，四表为界[55]，零陵在内，犹为近矣。鲁人公孙臣，孝文时言汉土德，其符黄龙当见。其后，黄龙见于成纪。成纪之远，犹零陵也。孝武、孝宣时，黄龙皆出。黄龙比出，于兹为四[56]。汉竟土德也[57]。

贾谊创议于文帝之朝，云："汉色当尚黄，数以五为名[58]。"贾谊，智囊之臣，云色黄数五，土德审矣。芝生于土，土气和，故芝生土。土爰稼穑[59]，稼穑作甘，故甘露集。龙见，往世不双，唯夏盛时二龙在庭。今龙双出，应夏之数，治谐偶也[60]。龙出往世，其子希出，今小龙六头并出遨戏，象乾坤六子，嗣后多也。唐、虞之时，百兽率舞[61]，今亦八龙遨戏良久。芝草延年，仙者所食，往世生出不过一二，今并前后凡十一本，多获寿考之征[62]，生育松乔之粮也[63]。甘露之降，往世一所，今流五县[64]，应土之数，德布濩也[65]。皇瑞比见，其出不空，必有象为，随德是应。

孔子曰："知者乐[66]，仁者寿。"皇帝圣人[67]，故芝草寿征生。黄为土色，位在中央，故轩辕德优，以黄为号。皇帝宽惠，德侔黄帝[68]，故龙色黄，示德不异。东方曰仁，龙，东方之兽也，皇帝圣人，故仁瑞见。仁者[69]，养育之味也，皇帝仁惠爱黎民，故甘露降。龙，潜藏之物也，阳见于外[70]，皇帝圣明，招拔岩穴也[71]。瑞出必由嘉士[72]，祐至必依吉人也。天道自然，厥应偶合[73]。圣主获瑞，亦出群贤。君明臣良，庶事以康[74]。文、武受命，力亦周、邵也。

---

①民际："民"为衍文。际：边际。

②小男：小男孩。

③涯：岸边。

④宁：岂。

⑤纶：鱼线。

⑥所：通"许"。

⑦号：大声叫。

⑧是：这儿。

⑨顿：即刻。　　衍：变。　　盟盘：诸侯会盟时用盘。

⑩动行：活动。

⑪留：守候。

⑫等：同，一样。　　枝：应为“枚”。

⑬摝（lù，音露）：捞。

⑭走：跑。

⑮国：人名。

⑯故：以往，过去。　　免吏：被免职的官。

⑰邻伍：邻居。　　并：都。

⑱竞：争。

⑲掾（yuàn，音苑）：古时属官通称。　　程躬：人名。

⑳苟：苟且。

㉑却：通“郤”，空隙，机会。上：呈上，报上。

㉒寝：息，止。

㉓郡牧：郡太守。

㉔讫：通“迄”，到。直：通“值”。

㉕畀（bì，音必）：给。

㉖渎：沟。

㉗视：比。

㉘色：品类。

㉙夏：夏朝。　　方：正。

㉚图：画。　　图物：把物产或瑞物等画成图画。

㉛九牧：九州长官。　　牧：官名，天下分九州，各州之长为“牧”。　　贡金九牧：九牧贡金。

㉜棓：通“杯”。　　见：同“现”。

㉝黄：黄金。　　比：连，屡次。

㉞圯：yí，音宜。　　老父：老人。遗（wèi，音喂）：赠。据说张良曾在圯桥遇一老人，送给他一部《太公兵法》，张良靠此书助刘邦统一天下。

㉟化为黄石：据说老父名为“黄石公”，由黄石变来，后又回变为石。

㊱钧：通“均”。

㊲傅宁：人名。

㊳本：颗。

㊴衍盛：人名。

㊵怿（yì，音忆）：喜爱。

㊶洽（xiá，音狭）：浸润。　　薄：疑为“溥”，普遍之意。

㊷威委：形容树木枝叶茂盛。　　漉：水渗下。

㊸嗽：通“漱”。　　嗽吮：吸饮。

㊹周服：人名。

㊺侠山：山名。

㊻淦：应为“唫”，通“崟”（yíng，音银），高耸貌。

㊼出：超过。

㊽可：约。

㊾遨：游玩。

㊿下：落。

51无下：没有落下。　　等：相同，一样。

52令：使。　　可：能够。

53语难：诘难。

54宅：指疆土。

⑤⑤四表：四方远地。
⑤⑥兹：这。
⑤⑦竟：毕竟。
⑤⑧名：标志，称。
⑤⑨爰：为。
⑥⓪谐偶：一致。
⑥①率：都。
⑥②寿考：寿长。
⑥③松、乔：两位仙人。
⑥④流：流布。
⑥⑤布濩（hù，音户）：广布。
⑥⑥知：通“智”。
⑥⑦人：似应为“仁”。
⑥⑧侔（móu，音谋）：等。
⑥⑨仁：有本作“甘”。
⑦⓪阳：公开。
⑦①拔：选。　　岩穴：指隐士。
⑦②由：因。
⑦③厥：其，这。
⑦④康：安。

须　颂

古之帝王建鸿德者，须鸿笔之臣。褒颂纪载，鸿德乃彰，万世乃闻。问说《书》者：“‘钦明文思’以下[1]，谁所言也?”曰：“篇家也[2]。”“篇家谁也?”“孔子也。”然则孔子鸿笔之人也，自卫反鲁[3]，然后乐正[4]，《雅》、《颂》各得其所也。鸿笔之奋[5]，盖斯时也[6]。或说《尚书》曰[7]：“尚者，上也。上所为，下所书也。”“下者谁也?”曰：“臣子也。”然则臣子书上所为矣。问儒者：“礼言制，乐言作，何也?”曰：“礼者，上所制，故曰制；乐者，下所作，故曰作。天下太平，颂声作。”方今天下太平矣，颂诗乐声，可以作未[8]? 传者不知也，故曰拘儒[9]。卫孔悝之鼎铭[10]，周臣劝行[11]。孝宣皇帝称颍川太守黄霸有治状[12]，赐金百斤，汉臣勉政。夫以人主颂称臣子，臣子当褒君父，于义较矣[13]。虞氏天下太平，夔歌舜德[14]。宣王惠周，《诗》颂其行。召伯述职[15]，周歌棠树[16]。是故《周颂》三十一，《殷颂》五，《鲁颂》四，凡颂四十篇，诗人所以嘉上也。由此言之，臣子当颂，明矣。

儒者谓汉无圣帝，治化未太平。《宣汉》之篇，论汉已有圣帝，治已太平。《恢国》之篇，极论汉德非常，实然乃在百代之上。表德颂功，宣褒主上，诗之颂言，右臣之典也[17]。舍其家而观他人之室[18]，忽其父而称异人之翁[19]，未为德也。汉，今天下之家也；先帝，今上民臣之翁也。夫晓主德而颂其美，识国奇而恢其功，孰与疑暗不能也[20]！孔子称“大哉，尧之为君也！唯天为大，唯尧则之[21]。荡荡乎民无能名焉”。或年五十，击壤于涂，或曰：“大哉，尧之德也!”击壤者曰：“吾日出而作，日入而息，凿井而饮，耕田而食，尧何等力?”孔子乃言“大哉尧之德”者，乃知尧者也。涉圣世不知圣主[22]，是则盲者不能别青黄也；知圣主不能颂，是则暗者不能言是非也[23]。然则方今盲暗之儒，与唐击壤之民，同一才矣。夫孔子及唐人言“大哉”者，知尧德，盖尧盛也。击壤之民云“尧何等力”，是不知尧德也。

夜举灯烛，光曜所及[24]，可得度也[25]；日照天下，远近广狭，难得量也。浮于淮、济[26]，皆知曲折；入东海者，不晓南北。故夫广大从横难数[27]，极深揭厉难测[28]。汉德鄷广[29]，日光海外也[30]。知者知之[31]，不知者不知汉盛也。汉家著书，多上及殷、周，诸子并作，皆论他事，无褒颂之言，《论衡》有之。又《诗》颂国名《周颂》，与杜抚、固所上《汉颂》[32]，相依类也[33]。

宣帝之时，画图汉列士，或不在于画上者，子孙耻之。何则？父祖不贤，故不画图也。夫颂言，非徒画文也[34]。如千世之后，读经书不见汉美，后世怪之。故夫古之通经之臣，纪主令功[35]，记于竹帛；颂上令德[36]，刻于鼎铭。文人涉世，以此自勉。汉德不及六代，论者不德之故也。

地有丘洿，故有高平，或以镬锸平而夷之[37]，为平地矣。世见五帝、三王为经书，汉事不载，则谓五、三优于汉矣。或以论为镬锸，损五、三，少丰满汉家之下[38]，岂徒并为平哉！汉将为丘，五、三转为洿矣。湖池非一，广狭同也，树竿测之，深浅可度。汉与百代俱为主也，实而论之，优劣可见。故不树长竿，不知深浅之度；无《论衡》之论，不知优劣之实。汉在百代之末，上与百代料德[39]，湖池相与比也。无鸿笔之论，不免庸庸之名。论好称古而毁今，恐汉将在百代之下，岂徒同哉！

谥者，行之迹也[40]。谥之美者，成、宣也；恶者，灵、厉也。成汤遭旱，周宣亦然。然而成汤加“成”，宣王言宣，无妄之灾，不能亏政[41]，臣子累谥[42]，不失实也。由斯以论尧，尧亦美谥也，时亦有洪水，百姓不安，犹言尧者，得实考也。夫一字之谥，尚犹明主[43]，况千言之论，万文之颂哉！

船车载人，孰与其徒多也[44]？素车朴船[45]，孰与加漆采画也？然则鸿笔之人，国之船车采画也。农无疆夫[46]，谷粟不登；国无强文[47]，德暗不彰。汉德不休[48]，乱在百代之间[49]，强笔之儒不著载也。高祖以来，著书非不讲论。汉司马长卿为《封禅书》，文约不具[50]。司马子长纪黄帝以至孝武，扬子云录宣帝以至哀、平，陈平仲纪光武，班孟坚颂孝明[51]，汉家功德，颇可观见[52]。今上即命[53]，未有褒载，《论衡》之人，为此毕精[54]，故有《齐世》、《宣汉》、《恢国》、《验符》。

龙无云雨不能参天[55]。鸿笔之人，国之云雨也。载国德于传书之上，宣昭名于万世之后[56]，厥高非徒参天也。城墙之土，平地之壤也。人加筑蹈之力[57]，树立临池[58]。国之功德崇于城墙，文人之笔劲于筑蹈[59]。圣主德盛功立，莫不褒颂纪载[60]，奚得传驰流去无疆乎[61]？人有高行，或誉得其实，或欲称之不能言，或谓不善不肯陈[62]。继此三者，孰者为贤？五、三之际，于斯为盛。孝明之时，众瑞并至，百官臣子不为少矣，唯班固之徒称颂国德，可谓誉得其实矣。颂文谲以奇[63]，彰汉德于百代，使帝名如日月，孰与不能言，言之不美善哉！

秦始皇东南游，升会稽山，李斯刻石，纪颂帝德，至琅琊亦然。秦，无道之国，刻石文世[64]，观读之者见尧、舜之美。由此言之，须颂明矣。当今非无李斯之才也，无从升会稽历琅琊之阶也。弦歌为妙异之曲，坐者不曰善，弦歌之人必怠不精[65]。何则？妙异难为，观者不知善也。圣国扬妙异之政，众臣不颂，将顺其美[66]，安得所施哉！今方板之书在竹帛[67]，无主名所从生出[68]，见者忽然[69]，不卸服也[70]。如题曰某甲某子之方[71]，若言已验尝试[72]，人争刻写，以为珍秘。上书于国，奏记于郡，誉荐士吏，称术行能[73]，章下记出，士吏贤妙。何则？章表其行，记明其才也。国德溢炽，莫有宣褒，使圣国大汉有庸庸之名，咎在俗儒不实论也[74]。

古今圣王不绝，则其符瑞亦宜累属[75]。符瑞之出，不同于前，或时已有，世无以知，故有《讲瑞》。俗儒好长古而短今，言瑞则渥前而薄后[76]。是应实而定之，汉不为少。汉有实事，儒者不称；古有虚美，诚心然之。信久远之伪，忽近今之实。斯盖三增九虚[77]，所以成也；能圣实圣，所以兴也[78]。儒者称圣过实，稽合于汉[79]，汉不能及。非不能及，儒者之说使难及也。实而论之，汉更难及。谷熟岁平，圣王因缘以立功化，故《治期》之篇，为汉激发。治有期，乱有时。能以乱为治者优，优者有之。建初孟年，无妄气至，圣世之期也。皇帝执德[80]，救备其灾，故《顺鼓》、《明雩》，为汉应变。是故灾变之至，或在圣世。时旱祸湛[81]，为汉论灾。是故《春秋》为汉制法，《论衡》为汉平说[82]。从门应庭[83]，听堂室之言，什而失九[84]，如升堂窥室，百不失一。《论衡》之人在古荒流之地，其远非徒门庭也。

日刻径重千里[85]，人不谓之广者，远也；望夜甚雨[86]，月光不暗，人不睹曜者，隐也。圣者垂日月之明，处在中州。隐于百里，遥闻传授，不实。形耀不实，难论。得诏书到，计吏至[87]，乃闻圣政。是以褒功失丘山之积[88]，颂德遗膏腴之美[89]。使至台阁之下，蹈班、贾之迹[90]，论功德之实，不失毫厘之微。武王封比干之墓，孔子显三累之行[91]。大汉之德，非直比干三累也[92]。道立国表[93]，路出其下，望国表者昭然知路。汉德明著，莫立邦表之言[94]，故浩广之德未光于世也。

---

①钦：恭敬。　明：智。　文：有才。　思：深思。

②篇：著家。

③反：同“返”。

④正：纯正。

⑤奋：奋起。

⑥盖：大概。

⑦或：有人。

⑧未：否。

⑨拘：拘泥，死板。

⑩孔悝（kuī，音亏）：人名。卫庄公为表扬孔悝的功劳而铸文于鼎。

⑪劝：劝勉。　行：操行。

⑫称：赞。　治状：政绩优等。

⑬较：通“皎”，明白，清晰。

⑭夔（kuí，音葵）：舜之乐官。

⑮召伯：武王之弟。

⑯周歌棠树：召伯曾离城去甘棠树下判理案件，以不误农时，因此有人作诗颂之。

⑰右：应作“古”。　典：职掌，职守。

⑱观：赞扬。

⑲翁：父。

⑳疑：糊涂。

㉑则：仿效。

㉒涉：历。

㉓喑（yīn，音阴）：哑。

㉔曜（yào，音耀）：亮。

㉕度：量。

㉖浮：指坐船。

㉗从：通“纵”。

㉘揭（qì，音汽）：提起衣服。　厉：涉深水。揭厉：指水之深浅。

㉙酆：同“丰”。

㉚外：表。

㉛前一知：同“智”。

㉜固：前应有“班”，应为“班固”。

㉝依类：类似。

㉞非徒：不只是。

㉟纪：通“记”。　　令：美。

㊱上：君上。

㊲鑺（jué，音绝）、锸（chā，音叉）：挖土器具。　　夷：平。

㊳少：稍微。

㊴料：比较。

㊵迹：表记。

㊶亏：贬低。

㊷累：积累，指生平事迹。

㊸明：彰显。

㊹徒：步行。　　多：胜过。　　孰与其徒多也：与步行比较起来，哪一种更好呢？

㊺朴：指未装饰。

㊻疆：应为“强”。强夫：强劳动力。

㊼强文：指擅写文章之人。

㊽休：美善。

㊾乱：杂。

㊿约：简约。　　具：备。

51班孟坚：班固。

52颇：稍稍。

53即命：即位。

54毕：尽。

55参：入。

56宣：宣扬。　　昭：显。

57筑：夯实。　　蹈：踩踏。

58池：指护城河。

59劲：强。

60莫：应为“若”。

61奚得：怎能。流去：流传。

62陈：述说。

63谲（jué，音绝）：奇。　　以：又。

64文：饰。

65精：精心。

66将顺：顺势相助。　　将：助。

67板：应为“技”。　　方技之书：指医书。

68主名：作者名字。

69忽：漠视，不重视。

70卸：应为“御”，用。

71方：药方。

72若：及。

73术：通“述”。行能：操行才能。

74咎：错。

75累属：连续不断。

76渥：厚，重。

77三增：《论衡》子篇中有“增”字的三篇。　　九虚：带“虚”字的九篇。

78兴：作。

⑲稽合：考核。

⑳执德：坚持一贯之德政。

㉑湛：水涝。

㉒平说：公平地论说。

㉓从：仆从。从门应庭：指在门庭间做侍从。

㉔什而失九：十有八九听不确切。　什：十个单位合成一组。

㉕日刻径重千里：据《谈天篇》，应为“日刺径千里”。刺径：直径。

㉖望：每月十五、六。甚雨：大雨。

㉗计吏：汉时各郡国年终遣往中央汇报情况，并带回指示的官吏。

㉘失丘山之积：遗漏了丘山一样大的功绩。

㉙膏腴：肥沃之地。

㉚班：班固。　贾：贾逵，写过颂汉文章。

㉛显：扬。　三累：三个被连累致死的人，指忠君的孔父嘉、仇牧、荀息。可参见《春秋公羊传》。

㉜非直：不仅。

㉝表：指路标。

㉞邦：国。

佚　文

孝武皇帝封弟为鲁恭王。恭王坏孔子宅以为宫①，得佚《尚书》百篇，《礼》三百，《春秋》三十篇，《论语》二十一篇，闾弦歌之声②，惧复封涂，上言武帝。武帝遣吏发取③，古经《论语》，此时皆出。经传也而有闾弦歌之声，文当兴于汉，喜乐得闾之祥也。当传于汉，寝藏墙壁之中。恭王闾之④，圣王感动弦歌之象。此则古文不当掩，汉俟以为符也⑤。孝成皇帝读百篇《尚书》，博士、郎吏莫能晓知，征天下能为《尚书》者⑥。东海张霸通《左氏春秋》，案百篇序⑦，以《左氏》训诂造作百二篇⑧，具成奏上。成帝出秘《尚书》以考校之，无一字相应者，成帝下霸于吏，吏当器辜大不谨敬⑨。成帝奇霸之才，赦其辜，亦不减其经⑩。故百二《尚书》传在民间。孔子曰“才难”，能推精思，作经百篇，才高卓遹，希有之人也。成帝赦之，多其文也⑪。虽奸非实⑫，次序篇句，依倚事类⑬，有似真是，故不烧灭之。疏一椟⑭，相遣以书⑮，书十数札，奏记长吏⑯，文成可观，读之满意，百不能一。张霸推精思至于百篇，汉世实类⑰，成帝赦之，不亦宜乎！杨子山为郡上计吏，见三府为《哀牢传》不能成⑱，归郡作上，孝明奇之，征在兰台⑲。夫以三府掾吏⑳，丛积成才，不能成一篇。子山成之，上览其文。子山之传，岂必审是，传闻依为之有状㉑，会三府之士，终不能为，子山为之，斯须不难㉒。成帝赦张霸，岂不有以哉㉓！

孝武之时，诏百官对策㉔，董仲舒策文最善。王莽时，使郎吏上奏，刘子骏章尤美。美善不空，才高知深之验也。《易》曰：“圣人之情见于辞㉕。”文辞美恶，足以观才。永平中，神雀群集，孝明诏上《爵颂》㉖，百官颂上，文皆比瓦石，唯班固、贾逵、傅毅、杨终、侯讽五颂金玉㉗，孝明览焉。夫以百官之众，郎吏非一，唯五人文善，非奇而何？孝武善《子虚》之赋，征司马长卿。孝成玩弄众书之多㉘，善扬子云㉙；出入游猎，子云乘从㉚。使长卿、桓君山、子云作吏㉛，书所不能盈牍㉜，文所不能成句，则武帝何贪，成帝何欲？故曰：玩扬子云之篇，乐于居千石之官；挟桓君山之书，富于积猗顿之财[33]。

韩非之书，传在秦庭，始皇叹曰："独不得与此人同时。"陆贾《新语》，每奏一篇，高祖左右称曰万岁。夫叹思其人与喜称万岁，岂可空为哉！诚见其美[34]，欢气发于内也[35]。候气变者[36]，于天不于地，天，文明也[37]。衣裳在身，文着于衣，不在于裳，衣，法天也[38]。察掌理者左[39]，不观右，左，文明也。占在右，不观左，右，文明也。《易》曰："大人虎变其文炳[40]，君子豹变其文蔚[41]。"又曰："观乎天文，观乎人文。"此言天人以文为观，大人君子以文为操也。高祖在母身之时，息于泽陂[42]，蛟龙在上，龙觩炫耀[43]；及起，楚望汉军，气成五采；将入咸阳，五星聚东井，星有五色。天或者憎秦灭其文章[44]，欲汉兴之，故先受命以文为瑞也[45]。

恶人操意[46]，前后乖违[47]。始皇前叹韩非之书，后惑李斯之议；燔《五经》之文[48]，设挟书之律[49]。《五经》之儒，抱经隐匿，伏生之徒[50]，窜藏土中[51]。殄贤圣之文[52]，厥辜深重，嗣不及孙。李斯创议，身伏五刑[53]。汉兴，易亡秦之轨[54]，削李斯之迹。高祖始令陆贾造书，未兴《五经》。惠、景以至元、成[55]，经书并修。汉朝郁郁，厥语所闻，孰与亡秦？王莽无道，汉军云起，台阁废顿，文书弃散。光武中兴，修存未详[56]。孝明世好文人[57]，并征兰台之官，文雄会聚。今上即令[58]，诏求亡失，购募以金，安得不有好文之声！唐、虞既远，所在书散；殷、周颇近，诸子存焉。汉兴以来，传文未远，以所闻见，伍唐、虞而什殷、周[59]，焕炳郁郁，莫盛于斯。天晏旸者[60]，星辰晓烂[61]，人性奇者掌文藻炳[62]。汉今为盛，故文繁凑也[63]。

孔子曰："文王既殁[64]，文不在兹乎！"文王之文，传在孔子。孔子为汉制文，传在汉也。受天之文，文人宜遵《五经》、六艺为文[65]，诸子传书为文，造论著说为文，上书奏记为文，文德之操为文。立五文在世，皆当贤也。造论著说之文，尤宜劳焉[66]。何则？发胸中之思，论世俗之事，非徒讽古经、续故文也[67]。论发胸臆，文成手中，非说经艺之人所能为也。周、秦之际，诸子并作，皆论他事，不颂主上，无益于国，无补于化。造论之人，颂上恢国，国业传在千载，主德参贰日月[68]，非适诸子书传所能并也[69]。上书陈便宜[70]，奏记荐吏士，一则为身，二则为人。繁文丽辞，无上书文德之操。治身完行，徇利为私[71]，无为主者[72]。夫如是，五文之中，论者之文多矣，则可尊明矣。

孔子称周曰："唐、虞之际，于斯为盛，周之德，其可谓至德已矣！"孔子，周之文人也，设生汉世[73]，亦称汉之至德矣。赵佗王南越[74]，倍主灭使[75]，不从汉制，箕踞椎髻[76]，沉溺夷俗。陆贾说以汉德，惧以帝威，心觉醒悟，蹶然起坐。世儒之愚，有赵佗之惑；鸿文之人，陈陆贾之说[77]。观见之者，将有蹶然起坐[78]，赵佗之悟。汉氏浩烂，不有殊卓之声。文人之休[79]，国之符也。

望丰屋知名家，睹乔木知旧都。鸿文在国，圣世之验也。孟子相人以眸子焉[80]，心清则眸子瞭[81]，瞭者，目文瞭也。夫候国占人[82]，同一实也。国君圣而文人聚，人心惠而目多采[83]。蹂蹈文锦于泥涂之中，闻见之者莫不痛心。知文锦之可惜，不知文人之当尊，不通类也[84]。天文人文，文[85]，岂徒调墨弄笔为美丽之观哉！载人之行，传人之名也。善人愿载，思勉为善；邪人恶载，力自禁裁[86]。然则文人之笔，劝善惩恶也。谥法所以章善，即以著恶也[87]。加一字之谥，人犹劝惩，闻知之者莫不自勉。况极笔墨之力，定善恶之实，言行毕载，文以千数，传流于世，成为丹青，故可尊也！

扬子云作《法言》，蜀富人赍钱千万[88]，愿载于书，子云不听[89]。夫富无仁义之行[90]，犹圈中之鹿，栏中之牛也，安得妄载！班叔皮续《太史公书》，载乡里人以为恶戒。邪人枉道，绳墨所弹[91]，安得避讳？是故子云不为财劝[92]，叔皮不为恩挠。文人之笔，独已公矣[93]。贤圣定意于笔，笔集成文，文具情显，后人观之，以见正邪，安宜妄记！足蹈于地，迹有好丑；文集于礼[94]，志有善恶。故夫占迹以睹足，观文以知情。“《诗》三百，一言以蔽之，曰：思无邪。”《论衡》篇以十数，亦一言也，曰：疾虚妄㉟。

---

①坏：拆毁。
②闾：应为“闻”，下“闾弦歌之声”同。
③发：打开。
④闿（kāi，音开）：开，掘。
⑤俟：等。
⑥为：治。
⑦案：据。
⑧造作：编造。
⑨当：判罪。　器：应为“霸”。　辜：罪。　大不谨敬：罪名，指欺君之罪。
⑩减：应作“灭”。
⑪多：赞。
⑫奸：伪。
⑬依倚：指组织，组合。
⑭疏：整治。　椟：书匣。
⑮遣：应作“遗”，赠。
⑯奏记：向上级陈述书面意见。
⑰实：应作“寡”。
⑱三府：汉时三个最高官府。
⑲兰台：汉宫藏书之地。
⑳吏：应为“史”。　掾吏：属官通称。
㉑依为：依违，模棱两可。
㉒斯须：一会。
㉓以：原由。
㉔对策：汉时举官用的一种考试方法。
㉕见：现。
㉖爵颂：前应有“神”。
㉗五颂金玉：意思是五人之颂美如金玉。
㉘玩弄：欣赏。
㉙善：赞赏。
㉚乘从：乘车跟从。
㉛使：如果。
㉜所：如果。　牍：木简。
㉝猗顿：春秋时富翁。
㉞诚：确实。
㉟欢气：高兴之气。
㊱候：观测。
㊲文：文采。
㊳法：效法。
㊴掌理：手掌纹理。
㊵炳：鲜明。
㊶蔚：华丽。君子的变革，如同豹子身上的毛色图案一样，文采华丽。
㊷陂（bēi，音杯）：水边，岸。
㊸觓（qiú，音球）：角。

㊹文章：文采。
㊺受：通“授”。
㊻意：思想。
㊼乖：逆，违。
㊽燔（fán，音凡）：烧。
㊾挟（xié，音斜）：藏。
㊿伏生：指伏胜，汉初一儒生。　徒：辈。
(51)土：应为“山”。
(52)殄（tiǎn，音舔）：灭绝。
(53)伏：受。五刑：指墨、劓、刖、宫、大辟。
(54)轨：法度。
(55)惠、景、元、成：四位皇帝。
(56)详：完备。
(57)世：时代。
(58)令：应为“命”。　即命：即位。
(59)伍：五倍。　什：十倍。
(60)晏：晴朗。　旸（yáng，音羊）：晴。
(61)晓烂：明亮。
(62)掌文：手掌纹路。　藻：文采。
(63)凑：聚。
(64)歾：死。
(65)为：是。
(66)劳：慰劳。
(67)徒：仅，只。　讽：背诵。
(68)参贰：参，即“叁”，鼎三足，立为三，并列为二。意谓并列。
(69)适：适才，刚才。
(70)便宜：意指治国方略。
(71)徇：曲从。
(72)无为主者：没有一点为了君主。
(73)设：假设。
(74)赵佗：人名，刘邦曾封其为南越王。
(75)倍：通“背”，叛。灭：绝。灭使：不往汉朝派使臣。
(76)箕踞：两足张开，象簸箕一样坐着。
(77)说（shuì，音税）：劝说。
(78)蹶然：猛然。
(79)休：美善。
(80)眸子：瞳人。
(81)瞭：明亮。
(82)候：占。
(83)惠：通“慧”。
(84)不通类：不会举一反三。
(85)天文人文文：有本改作“夫文人文章”。
(86)裁：节制。
(87)即：或。
(88)赍：将钱物送人。
(89)不听：后应有“曰”。
(90)富：据《初学记》，后有“贾”，商人。

㉛绳墨：比喻法规制度。 弹：弹劾。

㉜劝：诱。

㉝已：最。

㉞礼：有本改作“札”。

㉟疾：仇视，痛恨。

论死

世谓人死为鬼，有知[①]，能害人。试以物类验之，死人不为鬼，无知，不能害人。何以验之？验之以物。

人，物也；物，亦物也。物死不为鬼，人死何故独能为鬼？世能别人物不能为鬼，则为鬼不为鬼尚难分明；如不能别，则亦无以知其能为鬼也。人之所以生者，精气也。死而精气灭，能为精气者，血脉也。人死血脉竭，竭而精气灭，灭而形体朽，朽而成灰土，何用为鬼[②]？人无耳目则无所知，故聋盲之人比于草木。夫精气去人[③]，岂徒与无耳目同哉！朽则消亡，荒忽不见[④]，故谓之鬼神。人见鬼神之形，故非死人之精也[⑤]。何则？鬼神，荒忽不见之名也。人死精神升天，骸骨归土[⑥]，故谓之鬼。鬼者，归也；神者，荒忽无形者也。或说：鬼神，阴阳之名也，阴气逆物而归，故谓之鬼；阳气导物而生[⑦]，故谓之神。神者，伸也[⑧]。申复无已[⑨]，终而复始。人用神气生，其死复归神气。阴阳称鬼神，人死亦称鬼神。气之生人，犹水之为冰也。水凝为冰，气凝为人；冰释为水，人死复神。其名为神也，犹冰释更名水也。人见名异[⑩]，则谓有知，能为形而害人，无据以论之也。

人见鬼若生人之形[⑪]，以其见若生人之形，故知非死人之精也。何以效之？以囊橐盈粟米[⑫]，米在囊中，若粟在橐中[⑬]，满盈坚强[⑭]，立树可见[⑮]。人瞻望之[⑯]，则知其为粟米囊橐。何则？囊橐之形，若其容可察也。如囊穿米出，橐败粟弃，则囊橐委辟[⑰]，人瞻望之，弗复见矣。人之精神藏于形体之内，犹粟米在囊橐之中也。死而形体朽、精气散，犹囊橐穿败，粟米弃出也。粟米弃出，囊橐无复有形，精气散亡，何能复有体而人得见之乎？禽兽之死也，其肉尽索[⑱]，皮毛尚在，制以为裘，人望见之似禽兽之形。故世有衣狗裘为狗盗者，人不觉知。假狗之皮毛，故人不意疑也[⑲]。今人死，皮毛朽败，虽精气尚在，神安能复假此形而以行见乎[⑳]？夫死人不能假生人之形以见，犹生人不能假死人之魂以亡矣。六畜能变化象人之形者，其形尚生，精气尚在也。如死，其形腐朽，虽虎兕勇悍，不能复化。鲁公牛哀病化为虎，亦以未死也。世有以生形转为生类者矣，未有以死身化为生象者也。

天地开辟，人皇以来[㉑]，随寿而死[㉒]。若中年夭亡，以亿万数。计今人之数不若死者多，如人死辄为鬼，则道路之上，一步一鬼也。人且死见鬼[㉓]，宜见数百千万，满堂盈廷[㉔]，填塞巷路，不宜徒见一两人也。人之兵死也[㉕]，世言其血为磷[㉖]。血者，生时之精气也。人夜行见磷，不象人形，浑沌积聚，若火光之状。磷，死人之血也，其形不类生人之血[㉗]。鬼，死人之形也，其形不类生人之形。精气去人，何故象人之体？人见鬼也皆象死人之形，则可疑死人为鬼或反象生人之形。病者见鬼，云甲来。甲时不死[㉘]，气象甲形。如死人为鬼，病者何故见生人之体乎？

天地之性，能更生火，不能使灭火复燃；能更生人，不能令死人复见。能使灭灰更为燃火，吾乃颇疑死人能复为形[㉙]。案火灭不能复燃以况之[㉚]，死人不能复为鬼，明矣。夫为鬼者，人谓死人之精神。如审鬼者死人之精神[㉛]，则人见之宜徒见裸袒之形，无为见衣带被服也[㉜]。何则？

衣服无精神，人死与形体俱朽，何以得贯穿之乎？精神本以血气为主，血气常附形体。形体虽朽，精神尚在，能为鬼可也。今衣服，丝絮布帛也，生时血气不附着，而亦自无血气，败朽遂已，与形体等[33]，安能自若为衣服之形[34]？由此言之，见鬼衣服象人，则形体亦象人矣。象人，则知非死人之精神也。

夫死人不能为鬼，则亦无所知矣。何以验之？以未生之时无所知也。人未生，在元气之中，既死，复归元气。元气荒忽，人气在其中。人未生，无所知，其死，归无知之本，何能有知乎？人之所以聪明智惠者[35]，以含五常之气也；五常之气所以在人者，以五藏在形中也[36]。五藏不伤，则人智惠；五藏有病，则人荒忽[37]；荒忽，则愚痴矣。人死，五藏腐朽，腐朽则五常无所托矣，所用藏智者已败矣，所用为智者已去矣。形须气而成，气须形而知。天下无独燃之火，世间安得有无体独知之精？

人之死也，其犹梦也。梦者，殄之次也[38]；殄者，死之比也[39]。人殄不悟，则死矣。案人殄复悟，死从来者[40]，与梦相似。然则梦、殄、死，一实也。人梦不能知觉时所作，犹死不能识生时所为矣[41]。人言谈有所作于卧人之旁[42]，卧人不能知，犹对死人之棺为善恶之事，死人不能复知也。夫卧，精气尚在，形体尚全，犹无所知，况死人精神消亡，形体朽败乎！

人为人所殴伤[43]，诣吏告苦以语人[44]，有知之故也。或为人所杀，则不知何人杀也[45]，或家不知其尸所在。使死人有知，必恚人之杀己也[46]，当能言于吏旁，告以贼主名[47]，若能归语其家，告以尸之所在。今则不能，无知之效也。世间死者，今生人殄而用其言[48]，及巫叩元弦下死人魂[49]，因巫口谈，皆夸诞之言也。如不夸诞，物之精神为之象也。或曰："不能言也。"夫曰不能言，则亦不能知矣。知用气，言亦用气焉。人之未死也[50]，智惠精神定矣，病则惽乱，精神扰也[51]。夫死，病之甚者也。病，死之微，犹惽乱，况其甚乎[52]！精神扰，自无所知[53]，况其散也！

人之死，犹火之灭也。火灭而耀不照[54]，人死而知不惠，二者宜同一实。论者犹谓死有知，惑也。人病且死，与火之且灭何以异？火灭光消而烛在，人死精亡而形存，谓人死有知，是谓火灭复有光也。隆冬之月，寒气用事[55]，水凝为冰，逾春气温，冰释为水。人生于天地之间，其犹冰也。阴阳之气，凝而为人，年终寿尽，死还为气。夫春水不能复为冰，死魂安能复为形？

妒夫媢妻[56]，同室而处，淫乱失行[57]，忿怒斗讼，夫死妻更嫁[58]，妻死夫更娶。以有知验之，宜大忿怒。今夫妻死者寂寞无声，更嫁娶者平忽无祸[59]，无知之验也。

孔子葬母于防[60]，既而雨甚至[61]，防墓崩。孔子闻之，泫然流涕曰："古者不修墓。"遂不复修。使死有知，必恚人不修也。孔子知之，宜辄修墓，以喜魂神[62]。然而不修，圣人明审，晓其无知也。

枯骨在野，时呜呼有声，若夜闻哭声，谓之死人之音，非也。何以验之？生人所以言语吁呼者[63]，气括口喉之中[64]，动摇其舌，张歙其口[65]，故能成言。譬犹吹箫笙，箫笙折破，气越不括[66]，手无所弄，则不成音。夫箫笙之管，犹人之口喉也；手弄其孔，犹人之动舌也。人死口喉腐败，舌不复动，何能成言！然而枯骨时呻鸣者，人骨自有能呻鸣者焉，或以为秋也[67]，是与夜鬼哭无以异也。秋气为呻鸣之变，自有所为，依倚死骨之侧，人则谓之骨尚有知，呻鸣于野。草泽暴体以千万数[68]，呻鸣之声，宜步属焉[69]。

夫有能使不言者言，未有言者死能复使之言，言者亦[70]，不能复使之言。犹物生以青为气[71]，或予之也，物死青者去，或夺之也。予之物青，夺之青去，去后不能复予之青，物亦不能复自青。声色俱通，并禀于天，青青之色，犹枭枭之声也[72]。死物之色不能复青，独为死人之声能复自言，惑也。

人之所以能言语者，以有气力也；气力之盛，以能饮食也。饮食损减，则气力衰，衰则声音嘶[73]。困不能食，则口不能复言。夫死，困之甚，何能复言？或曰：“死人歆肴食气[74]，故能言。”夫死人之精，生人之精也。使生人不饮食，而徒以口歆肴食之气，不过三日则饿死矣。或曰：“死人之精，神于生人之精，故能歆气为音。”夫生人之精在于身中，死则在于身外，死之为生何以殊？身中身外何以异？取水实于大盎中[75]，盎破水流地，地水能异于盎中之水乎？地水不异于盎中之水，身外之精，何故殊于身中之精？

人死不为鬼，无知，不能语言，则不能害人矣。何以验之？夫人之怒也，用气，其害人用力；用力须筋骨而强，强则能害人。忿怒之人，呴呼于人之旁[76]，口气喘射人之面[77]，虽勇如贲、育[78]，气不害人；使舒手而击，举足而蹶[79]，则所击蹶无不破折。夫死，骨朽筋力绝，手足不举，虽精气尚在，犹呴吁之时[80]，无嗣助也[81]，何以能害人也？凡人与物所以能害人者，手臂把刃，爪牙坚利之故也。今人死，手臂朽败，不能复持刃；爪牙隳落[82]，不能复啮噬，安能害人？儿之始生也，手足具成，手不能搏，足不能蹶者，气适凝成[83]，未能坚强也。由此言之，精气不能坚强，审矣。气为形体，形体微弱，犹未能害人，况死，气去精神绝。微弱犹未能害人，寒骨谓能害人者邪？死人之气不去邪，何能害人！

鸡卵之未字也[84]，濒溶于鷇中[85]，溃而视之[86]，若水之形。良雌伛伏[87]，体方就成[88]，就成之后，能啄蹶之。夫人之死犹濒溶之时[89]，濒溶之气，安能害人？人之所以勇猛能害人者，以饮食也，饮食饱足则强壮勇猛，强壮勇猛则能害人矣。人病不能饮食，则身羸弱，羸弱困甚，故至于死。病困之时，仇在其旁[90]，不能咄叱[91]，人盗其物，不能禁夺，羸弱困劣之故也。夫死，羸弱困劣之甚者也，何能害人？有鸡犬之畜，为人所盗窃，虽怯无势之人[92]，莫不忿怒，忿怒之极，至相贼灭[93]。败乱之时，人相啖食者，使其神有知，宜能害人。身贵于鸡犬，已死重于见盗[94]，忿然于鸡犬，无怨于食已，不能害人之验也。蝉之未蜕也为复育[95]，已蜕也去复育之体，更为蝉之形。使死人精神去形体，若蝉之去复育乎！则夫为蝉者不能害为复育者[96]。夫蝉不能害复育，死人之精神，何能害生人之身？

梦者之义疑。惑言[97]梦者精神自止身中[98]，为吉凶之象；或言精神行与人物相更[99]。今其审止身中，死之精神亦将复然。今其审行，人梦杀伤人[100]，梦杀伤人若为人所复杀，明日视彼之身，察已之体，无兵刃创伤之验。夫梦用精神，精神，死之精神也。梦之精神不能害人，死之精神安能为害？火炽而釜沸，沸止而气歇，以火为主也。精神之怒也，乃能害人，不怒不能害人。火猛灶中，釜涌气蒸；精怒胸中，力盛身热。今人之将死，身体清凉[101]，凉益清甚，遂以死亡[102]。当死之时，精神不怒。身亡之后，犹汤之离釜也，安能害人？

物与人通。人有痴狂之病，如知其物然而理之[103]，病则愈矣。夫物未死，精神依倚形体，故能变化，与人交通[104]；已死，形体坏烂，精神散亡，无所复依，不能变化。夫人之精神犹物之精神也。物生，精神为病；其死，精神消亡。人与物同，死而精神亦灭，安能为害祸！设谓人贵[105]，精神有异，成事，物能变化，人则不能。是反人精神不若物，物精神奇于人也。

水火烧溺。凡能害人者，皆五行之物。金伤人，木殴人，土压人，水溺人，火烧人。使人死，精神为五行之物乎？害人；不为乎？不能害人。不为物，则为气矣。气之害人者，太阳之气为毒者也。使人死，其气为毒乎？害人；不为乎？不能害人。

夫论死不为鬼，无知，不能害人。则夫所见鬼者，非死人之精；其害人者，非其精所为，明矣。

---

①知：知觉。

②用：靠，以。
③去：离。
④荒忽：恍惚。
⑤故：本来。
⑥归：死后归于地。
⑦导：引导。
⑧伸：展。
⑨申：通“伸”。　　复：复原。
⑩名异：称呼不一样，指生时称人，死时称神。
⑪若：象。
⑫囊、橐（tuó，音驮）：口袋。
⑬若：或。
⑭坚强：坚固强硬。
⑮立树：竖立。
⑯瞻望：自远处看。
⑰委：通“萎”。　　辟：通“襞”（bì，音必），折。　　委辟：口袋瘪了。
⑱索：尽。
⑲意疑：怀疑。
⑳见：现。
㉑人皇：三皇（天皇、人皇、地皇）之一。
㉒寿：寿数。
㉓且：将。
㉔廷：通“庭”。
㉕兵死：死于兵器。
㉖磷：磷火。
㉗生人之血：据下文，“血”疑为“形”。
㉘时：当时。
㉙颇：稍稍。
㉚案：据。　　况：比照。
㉛审：确实。
㉜无为：不应。　　被：披。
㉝等：相同。
㉞自若：依旧。
㉟惠：通“慧”。
㊱藏：同“脏”。
㊲荒忽：恍惚，神志不清。
㊳殄：昏迷。
㊴比：类，类似。
㊵从：应为“复”。
㊶识：记。
㊷卧人：睡着之人。
㊸臤：应为“殴”。
㊹诣：往，到。
㊺则：而。
㊻恚（huì，音会）：恨。
㊼贼主名：杀人者的名字。
㊽今：应为“令”。

㊾叩：弹。
㊿死：应为“病”。
51扰：乱。
52其：病。
53自：尚且。
54耀：光。
55用事：主事。
56媢（mào，音冒）：嫉妒。
57失行：行为不正当。
58更：改。
59平忽：平静。
60防：山名。
61既而：不一会。
62喜：使喜。
63吁：叹息。
64括：包括。
65翕（xī，音西）：合。
66越：散开。
67秋：后应有“气”。
68暴：同“曝”。
69属：接连。　宜步属焉：应该是每一步都可听见了。
70亦：应为“死”。
71气：疑为“色”。
72枭：xiāo，音消。
73嘶：哑。
74歆：鬼神享用供品。
75盎（àng，音肮，第四声）：盆。
76呴：通“吼”。
77喘射：喷射。
78贲、育：传说中的两个大力士。
79蹶：踢。
80呴吁：大声呵斥。
81嗣：续。
82隳（huī，音恢）：毁。
83适：刚才。
84字：有本作“孚”，孵化。
85澒（hòng，音哄）溶：浑沌一片。 縠（kòu，音寇）：蛋壳。
86溃：打破。
87伛（yǔ，音语）：弓背。　伛伏：指孵化。
88就成：形成。
89犹：有本作“归”。
90仇：仇敌。
91咄叱：呵叱。
92势：力。
93贼：害。
94见：被。
95复育：蝉幼虫。

⑯则夫：那么。

⑰惑：应为“或”。

⑱止：留。

⑲相更：相交。

⑳梦杀伤人：多重。

㉑凊：通“清”（jìng，音竟），凉。下句同。

㉒遂以：于是。

㉓理：治。

㉔交通：发生关系。

㉕设：假设。

死 伪

传曰：周宣王杀其臣杜伯而不辜[①]，宣王将田于囿[②]，杜伯起于道左[③]，执彤弓而射宣王[④]，宣王伏韔而死[⑤]。赵简公杀其臣庄子义而不辜[⑥]，简公将入于桓门[⑦]，庄子义起于道左，执彤仗而捶之，毙于车下。二者，死人为鬼之验；鬼之有知，能害人之效也。无之，奈何？

曰：人生万物之中，物死不能为鬼，人死何故独能为鬼？如以人贵能为鬼，则贵者皆当为鬼。杜伯、庄子义何独为鬼也？如以被非辜者能为鬼[⑧]，世间臣子被非辜者多矣，比干、子胥之辈不为鬼[⑨]。夫杜伯、庄子义无道忿恨，报杀其君[⑩]。罪莫大于弑君[⑪]，则夫死为鬼之尊者当复诛之，非杜伯、庄子义所敢为也。凡人相伤，憎其生，恶见其身，故杀而亡之。见杀之家诣吏讼其仇[⑫]，仇人亦恶见之。生死异路，人鬼殊处。如杜伯、庄子义怨宣王、简公不宜杀也，当复为鬼，与己合会。人君之威固严[⑬]。人臣，营卫卒使固多众[⑭]。两臣杀二君，二君之死亦当报之，非有知之深计，憎恶之所为也。如两臣神，宜知二君死当报己；如不知也，则亦不神。不神，胡能害人[⑮]？世多似是而非，虚伪类真。故杜伯、庄子义之语，往往而存。

晋惠公改葬太子申生。秋，其仆狐突适下国[⑯]，遇太子，太子趋登仆车而告之曰[⑰]：“夷吾无礼，余得请于帝矣[⑱]，将以晋畀秦[⑲]，秦将祀余。”狐突对曰：“臣闻之，神不歆非类[⑳]，民不祀非族，君祀无乃殄乎[㉑]！且民何罪，失刑乏祀，君其图之！”太子曰：“诺，吾将复请。七日新城西偏[㉒]，将有巫者而见我焉[㉓]。”许之，遂不见。及期，狐突之新城西偏巫者之舍[㉔]，复与申生相见。申生告之曰：“帝许罚有罪矣，毙之于韩。”其后四年，惠公与秦穆公战于韩地，为穆公所获。竟如其言，非神而何？

曰：此亦杜伯、庄子义之类。何以明之？夫改葬，私怨也；上帝，公神也。以私怨争于公神，何肯听之？帝许以晋畀秦，狐突以为不可，申生从狐突之言，是则上帝许申生非也。神为上帝，不若狐突[㉕]，必非上帝，明矣。且臣不敢求私于君者，君尊臣卑，不敢以非干也[㉖]。申生比于上帝，岂徒臣之与君哉！恨惠公之改葬，干上帝之尊命，非所得为也。骊姬谮杀其身[㉗]，惠公改葬其尸。改葬之恶，微于杀人[㉘]；惠公之罪，轻于骊姬。请罚惠公，不请杀骊姬，是则申生憎改葬，不怨见杀也。秦始皇用李斯之议，燔烧诗书[㉙]，后又坑儒。博士之怨[㉚]，不下申生；坑儒之恶，痛于改葬[㉛]。然则秦之死儒，不请于帝，见形为鬼[㉜]，诸生会告以始皇无道[㉝]，李斯无状[㉞]。

周武王有疾，不豫[35]，周公请命，设三坛同一墠[36]，植璧秉圭[37]，乃告于太王、王季、文王，史乃策祝[38]，辞曰："予仁若考[39]，多才多艺，能事鬼神。乃元孙某不若旦多才多艺[40]，不能事鬼神。"鬼神者，谓三王也[41]。即死人无知[42]，不能为鬼神。周公，圣人也。圣人之言审，则得幽冥之实[43]；得幽冥之实，则三王为鬼神，明矣。

曰：实人能神乎[44]？不能神也。如神，宜知三王之心，不宜徒审其为鬼也。周公请命，史策告祝。祝毕辞已，不知三王所以与不[45]，乃卜三龟，三龟皆吉，然后乃喜。能知三王有知为鬼，不能知三王许己与不，须卜三龟，乃知其实。定其为鬼[46]，须有所问，然后知之。死人有知无知，与其许人不许人，一实也。能知三王之必许己，则其谓三王为鬼，可信也；如不能知，谓三王为鬼，犹世俗之人也，与世俗同知，则死人之实未可定也。且周公之请命，用何得之，以至诚得之乎？以辞正得之也？如以至诚，则其请命之说，精诚致鬼[47]，不顾辞之是非也。董仲舒请雨之法，设土龙以感气。夫土龙非实，不能致雨，仲舒用之致精诚，不顾物之伪真也。然则周公之请命，犹仲舒之请雨也；三王之非鬼，犹聚土之非龙也。

晋荀偃伐齐[48]，不卒事而还，瘅疽生疡于头[49]，及著雍之地[50]，病目出，卒而视[51]，不可含[52]。范宣子浣而抚之曰[53]："事吴敢不如事主[54]。"犹视。宣子睹其不瞑[55]，以为恨其子吴也[56]。人情所恨，莫不恨子，故言吴以抚之，犹视者，不得所恨也。栾怀子曰："其为未卒事于齐故也乎？"乃复抚之曰："主苟死，所不嗣事于齐者[57]，有如河。"乃瞑受含。伐齐不卒，荀偃所恨也，怀子得之，故目瞑受含，宣子失之，目张口噤[58]。

曰：荀偃之病，卒苦目出[59]。目出则口噤，口噤则不可含。新死气盛，本病苦目出。宣子抚之早，故目不瞑，口不闿[60]。少久气衰，怀子抚之，故目瞑口受含。此自荀偃之病[61]，非死精神见恨于口目也。凡人之死，皆有所恨，志士则恨义事未立，学士则恨问多不及[62]，农夫则恨耕未畜谷[63]，商人则恨货财未殖[64]，仕者则恨官位未极，勇者则恨材未优[65]。天下各有所欲乎，然而各有所恨。必有目不瞑者为有所恨[66]，夫天下之人，死皆不瞑也。且死者精魂消索[67]，不复人之言[68]。不能闻人之言，是谓死也。离形更自为鬼，立于人傍，虽人之言，已与形绝，安能复入身中瞑目闿口乎？能入身中以尸示恨，则能不免与形相守[69]。案世人论死，谓其精神有若能更以精魂立形见面，使尸若生人者，误矣。楚成王废太子商臣，欲立王子职[70]。商臣闻之，以宫甲围王[71]。王请食熊蹯而死[72]，弗听。王缢而死，谥之曰"灵"，不瞑；曰"成"，乃瞑。夫为"灵"不瞑，为"成"乃瞑，成王有知之效也。谥之曰"灵"，心恨故目不瞑，更谥曰"成"，心喜乃瞑。精神闻人之议，见人变易其谥，故喜目瞑。本不病目，人不抚慰，目自翕张，非神而何？

曰：此复荀偃类也。虽不病目，亦不空张。成王于时缢死[73]，气尚盛，新绝，目尚开，因谥曰"灵"。少久气衰，目适欲瞑[74]，连更曰"成"[75]。目之视瞑，与谥之为"灵"[76]，偶应也。时人见其应"成"乃瞑，则谓成王之魂"有所知"，则宜终不瞑也[77]。何则？太子杀己，大恶也；加谥为"灵"，小过也。不为大恶怀忿，反为小过有恨，非有神之效，见示告人之验也[78]。夫恶谥非"灵"则"厉"也，纪于竹帛为"灵"、"厉"者多矣，其尸未敛之时[79]，未皆不瞑也。岂世之死君不恶，而独成王憎之哉！何其为"灵"者众，不瞑者寡也？

郑伯有贪愎而多欲[80]，子皙好在人上。二子不相得[81]，子皙攻伯有。伯有出奔，驷带率国人以伐之，伯有死。其后九年，郑人相惊以伯有[82]，曰："伯有至矣。"则皆走，不知所往。后岁[83]，人或梦见伯有介而行[84]，曰："壬子，余将杀带也。明年壬寅，余又将杀段也。"及壬子之日，驷带卒，国人益惧。后至壬寅日，公孙段又卒，国人愈惧。子产为之立后以抚之，乃止矣[85]。伯有见梦曰："壬子，余将杀带，壬寅，又将杀段。"及至壬子日，驷带卒，至壬寅，公孙段死。其后子产适晋[86]，赵景子问曰："伯有犹能为鬼乎？"子产曰："能。人生始化曰魄，既生魄，阳曰魂。

用物精多则魂魄强，是以有精爽至于神明。匹夫匹妇强死[87]，其魂魄犹能凭依人以为淫厉[88]。况伯有，我先君穆公之胄[89]，子良之孙，子耳之子，弊邑之卿[90]，从政三世矣。郑虽无腆[91]，抑谚曰蕞尔小国[92]，而三世执其政柄，其用物弘矣[93]，取精多矣。其族又大，所凭厚矣。而强死，能为鬼，不亦宜乎！"伯有杀驷带、公孙段不失日期，神审之验也。子产立其后而止，知鬼神之操也。知其操，则知其实矣。实有不空，故对问不疑[94]。子产，智人也，知物审矣。如死者无知，何以能杀带与段？如不能为鬼，子产何以不疑？

曰：与伯有为怨者，子皙也。子皙攻之，伯有奔，驷带乃率国人遂伐伯有。公孙段随驷带，不造本辩[95]，其恶微小。杀驷带不报子皙，公孙段恶微，与带俱死。是则伯有之魂无知，为鬼报仇轻重失宜也。且子产言曰："强死者能为鬼。"何谓强死？谓伯有命未当死而人杀之邪？将谓伯有无罪而人冤之也[96]？如谓命未当死而人杀之，未当死而死者多。如谓无罪人冤之，被冤者亦非一。伯有强死能为鬼，比干、子胥不为鬼。春秋之时，弑君三十六。君为所弑，可谓强死矣。典长一国[97]，用物之精可谓多矣。继体有土[98]，非直三世也[99]。贵为人君，非与卿位同也。始封之祖[100]，必有穆公、子良之类也。以至尊之国君，受乱臣之弑祸，其魂魄为鬼，必明于伯有[101]，报仇杀仇，祸繁于带、段。三十六君无为鬼者，三十六臣无见报者。如以伯有无道，其神有知，世间无道莫如桀、纣，桀、纣诛死，魄不能为鬼。然则子产之说，因成事者也。见伯有强死，则谓强死之人能为鬼。如有不强死为鬼者，则将云不强死之人能为鬼。子皙在郑，与伯有何异？死与伯有何殊[102]？俱以无道为国所杀。伯有能为鬼，子皙不能。强死之说通于伯有[103]，塞于子皙[104]。然则伯有之说，杜伯之语也。杜伯未可然，伯有亦未可是也。

秦桓公伐晋，次于辅氏[105]。晋侯治兵于稷[106]，以略翟土[107]，立黎侯而还[108]。及[109]，魏颗败秦师于辅氏[110]，获杜回。杜回，秦之力人也[111]。初，魏武子有嬖妾[112]，无子，武子疾，命颗曰："必嫁是妾。"病困，则更曰："必以是为殉[113]。"及武子卒，颗不殉妾。人或难之[114]，颗曰："疾病则乱，吾从其治也[115]。"及辅氏之役，魏颗见老人结草以亢杜回[116]，杜回踬而颠[117]，故获之。夜梦见老父曰："余，是所嫁妇人之父也。尔用先人之治命，是以报汝。"夫嬖妾之父知魏颗之德，故见体为鬼，结草助战。神晓有知之效验也。

曰：夫妇人之父能知魏颗之德，为鬼见形以助其战，必能报其生时所善，杀其生时所恶矣。凡人交游必有厚薄，厚薄当报，犹嫁妇人之当谢也。今不能报其生时所厚，独能报其死后所善，非有知之验，能为鬼之效也。张良行泗水上，老父授书。光武困厄河北，老人教诲[118]。命贵时吉，当遇福喜之应验也。魏颗当获杜回，战当有功，故老人妖象结草于路人者也[119]。

王季葬于滑山之尾[120]，栾水击其墓，见棺之前和[121]。文王曰："嘻！先君必欲一见群臣百姓也夫！故使栾水见之于是。"也而为之张朝[122]，而百姓皆见之，三日而后更葬。文王，圣人也，知道事之实。见王季棺见，知其精神欲见百姓，故出而见之。

曰：古今帝王死，葬诸地中，有以千万数，无欲复出见百姓者，王季何为独然？河、泗之滨[123]，立冢非一[124]，水湍崩壤[125]，棺椁露见[126]，不可胜数，皆欲复见百姓者乎？栾水击滑山之尾，犹河、泗之流湍滨圻也[127]。文王见棺和露，恻然悲恨，当先君欲复出乎，慈孝之心，幸冀之意[128]，贤圣恻怛[129]，不暇思论。推生况死[130]，故复改葬。世俗信贤圣之言，则谓王季欲见百姓者也。

齐景公将伐宋，师过太山[131]。公梦二丈人立而怒甚盛[132]。公告晏子，晏子曰："是宋之先[133]，汤与伊尹也。"公疑以为泰山神。晏子曰："公疑之，则婴请言汤、伊尹之状。汤晰以长[134]，颐以髯[135]，锐上而丰下[136]，据身而扬声[137]。"公曰："然！是已。""伊尹黑而短，蓬而髯，丰上而锐下，偻身而下声[138]。"公曰："然！是已。今奈何？"晏子曰："夫汤、太甲、武丁、祖己[139]，天下之盛君也，不宜无后。今唯宋耳，而公伐之，故汤、伊尹怒。请散师和于宋[140]。"公不用，终伐宋，军果败。夫汤、伊尹有知，恶景公之伐宋，故见梦盛怒以禁止之[41]。景公不止，军果不吉。

曰：夫景公亦曾梦见彗星，其时彗星不出，然而梦见之者，见彗星其实非梦，见汤、伊尹实亦非也。或时景公军败[42]，不吉之象也。晏子信梦，明言汤、伊尹之形，景公顺晏子之言，然而是之。秦并天下，绝伊尹之后，遂至于今，汤、伊尹不祀[43]，何以不怒乎？

郑子产聘于晋[44]，晋侯有疾，韩宣子逆客[45]，私焉，曰："寡君寝疾[46]，于今三月矣，并走群望[47]，有加而无瘳[48]。今梦黄熊入于寝门，其何厉鬼也？"对曰："以君之明[49]，子为大政，其何厉之有！昔尧殛鲧于羽山[50]，其神为黄熊，以入于羽渊，实为夏郊[51]，三代祀之。晋为盟主，其或者未之祀乎！"

韩子祀夏郊，晋侯有间[52]。黄熊，鲧之精神，晋侯不祀，故入寝门。晋知而祀之，故疾有间。非死人有知之验乎？夫鲧殛于羽山[53]，人知也。神为黄熊，入于羽渊，人何以得知之？使若鲁公牛哀病化为虎[54]，在，故可实也。今鲧远殛于羽山，人不与之处，何能知之！且文曰其神为熊，是死也。死而魂神为黄熊，非人所得知也。人死世谓鬼，鬼象生人之形，见之与人无异，然犹非死人之神，况熊非人之形，不与人相似乎？审鲧死，其神为黄熊，则熊之死，其神亦或时为人，人梦见之，何以知非死禽兽之神也？信黄熊谓之鲧神，又信所见之鬼以为死人精也，此人物之精未可定，黄熊为鲧之神未可审也。且梦，象也，吉凶且至，神明示象，熊罴之占[55]，自有所为。使鲧死其神审为黄熊，梦见黄熊，必鲧之神乎？诸侯祭山川，设晋侯梦见山川[56]，何复不以祀山川[57]，山川自见乎？人病，多或梦见先祖死人来立其侧，可复谓先祖死人求食，故来见形乎？人梦所见，更为他占[58]，未必以所见为实也。何以验之？梦见生人，明日所梦见之人[59]，不与己相见[60]。夫所梦见之人不与己相见，则知鲧之黄熊不入寝门；不入，则鲧不求食；不求食，则晋侯之疾非废夏郊之祸；非废夏郊之祸，则晋侯有间，非祀夏郊之福也。无福之实，则无有知之验矣。亦犹淮南王刘安坐谋反而死，世传以为仙而升天。本传之虚，子产闻之，亦不能实。偶晋侯之疾适当自衰[61]，子产遭言黄熊之占[62]，则信黄熊鲧之神也。

高皇帝以赵王如意为似我而欲立之[63]，吕后恚恨，后鸩杀赵王[64]。其后，吕后出，见苍犬，噬其左腋，怪而卜之，赵王如意为祟，遂病腋伤[65]，不愈而死。盖以如意精神为苍犬，见变以报其仇也。

曰：勇士忿怒，交刃而战，负者被创[66]，仆地而死。目见彼之中己[67]，死后其神尚不能报，吕后鸩如意时，身不自往，使人饮之，不知其为鸩毒，不知杀己者为谁，安能为祟以报吕后？使死人有知，恨者莫过高祖。高祖爱如意，而吕后杀之，高祖魂怒宜如雷霆，吕后之死宜不旋日[68]。岂高祖之精，不若如意之神，将死后憎如意[69]，善吕后之杀也[70]？

丞相武安侯田蚡与故大将军灌夫杯酒之恨，事至上闻[71]。灌夫系狱，窦婴救之，势不能免，灌夫坐法，窦婴亦死。其后，田蚡病甚，号曰"诺诺"[72]。使人视之，见灌夫、窦婴俱坐其侧，蚡病不衰，遂至死。

曰：相杀不一人也[73]，杀者后病，不见所杀，田蚡见所杀。田蚡独然者，心负愤恨[74]，病乱妄见也。或时见他鬼，而占鬼之人闻其往时与夫、婴争[75]，欲见神审之名[76]，见其狂"诺诺"，则言夫、婴坐其侧矣。

淮阳都尉尹齐为吏酷虐，及死，怨家欲烧其尸，亡去归葬[77]。夫有知，故人且烧之也[78]；神，故能亡去。

曰：尹齐亡，神也，有所应。秦时三山亡[79]，周末九鼎沦[80]，必以亡者为神，三山、九鼎有知也？或时吏知怨家之谋，窃举持亡，惧怨家怨己，云自去。凡人能亡，足能步行也。今死，血脉断绝，足不能复动，何用亡去？吴烹伍子胥，汉菹彭越[81]。烧、菹，一僇也[82]；胥、越，一勇也。

子胥、彭越不能避烹亡菹，独谓尹齐能归葬，失实之言，不验之语也。

亡新改葬元帝傅后[83]，发其棺[84]，取玉柙印玺送定陶[85]，以民礼葬之。发棺时，臭憧于天[86]，洛阳丞临棺[87]，闻臭而死。又改葬定陶共王丁后，火从藏中出[88]，烧杀吏士数百人。夫改葬礼卑，又损夺珍物，二恨怨[89]，故为臭出火，以中伤人。

曰：臭闻于天，多藏食物，腐朽猥发[90]，人不能堪毒愤，而未为怪也。火出于藏中者，怪也，非丁后之神也。何以验之？改葬之恨，孰与掘墓盗财物也？岁凶之时[91]，掘丘墓取衣物者以千万数，死人必有知，人夺其衣物，倮其尸骸[92]，时不能禁，后亦不能报。此尚微贱，未足以言。秦始皇葬于骊山，二世末，天下盗贼掘其墓，不能出臭为火以杀一人。贵为天子不能为神，丁、傅妇人，安能为怪？变神非一，发起殊处[93]，见火闻臭，则谓丁、傅之神，误矣。

---

①不辜：无罪。

②田：畋，打猎。

③杜伯：指杜伯之鬼。　起：出现。

④彤：红色。

⑤韔（chàng，音畅）：装弓的袋。

⑥赵：应为“燕”。

⑦桓门：军营门。

⑧被：受，遭。

⑨辈：类。

⑩报：报复，报仇。

⑪弑（shì，音示）：臣杀君、子杀父叫弑。

⑫见：被。　诣：到，往。　讼：诉讼。

⑬严：尊严。

⑭卒使：差役。

⑮胡：何。

⑯适：去。

⑰趋：快走。

⑱余：我。

⑲畀（bì，音毕）：给予。

⑳非类：不同类。

㉑殄（tiǎn，音舔）：断绝。

㉒西偏：西侧。

㉓而：通“尔”，你。

㉔前一“之”：到。

㉕若：如。

㉖非：私仇。　干：求。

㉗骊姬：申生后母。　谮（zèn，音怎，第四声）：中伤，诬陷。

㉘微：轻。

㉙燔（fán，音烦）：燃，烧。

㉚博士：官名。

㉛痛：恨。

㉜见：现。

㉝诸生会告：应为“会告诸生”。

㉞无状：不贤。

㉟不豫：生病。
㊱墠（shàn，音善）：为祭祀平整过的地面。
㊲植：立。　　圭：玉器。
㊳史：史官。　　策：写有祝辞的简。
㊴若：而。　　考：通“巧”。
㊵元：大，长。
㊶三王：太王、王季、文王。
㊷即：假如。
㊸幽冥：阴间。
㊹人：前似应有“圣”。
㊺所以与不：“所以”，据下文似应为“许已”。不：同“否”。
㊻定：判定。
㊼致：给。
㊽荀偃：人名。
㊾瘅疽（dàn jū，音淡居）：毒疮。　　疡（yáng，音洋）：烂。
㊿及：到。
51卒：死。　　视：睁着眼。
52含：人死后嘴里含珠玉之类。
53浣：洗手。
54吴：荀吴，荀偃之子。　　主：指荀偃。
55瞑：闭眼。
56恨：遗憾。
57嗣：继续。
58噤（jìn，音禁）：闭着嘴巴。
59苦：患病。
60闿（kǎi，音开）：开。
61自：原本是。
62问：学问。
63畜：同“蓄”。
64殖：增殖。
65材：才能。
66有：应为“以”。
67消索：消失。
68人之言：前似应有“闻”等。
69免：脱离。
70职：商臣同父异母弟。
71宫甲：宫中卫士。
72蹯（fán，音繁）：兽足。
73于时：在那时。
74适：恰。
75连：接着。
76灵：后应有“成”。
77则宜终不瞑也：前应有“有所知”。
78见示：显示。
79敛：通“殓”。
80伯有：人名。　　愎（bì，音毕）：刚愎。
81不相得：不相融洽。

㉜相惊以伯有：拿伯有之名互相惊吓。
㉝后岁：又一年。
㉞人或：有人。　　介：盔甲，穿盔戴甲。
㉟“乃止矣”：后有三十二字，文与前重复，应删。
㊱适：去。
㊲匹夫匹妇：老百姓。　　强死：无病之死，指被杀而死。
㊳淫厉：邪恶。
㊴胄：后代。
㊵弊：通“敝”，自谦之词。
㊶腆：富庶。
㊷抑：然而，但是。　　蕞（zuì，音醉）尔：小貌。
㊸弘：多，大。
㊹对问：指子产对赵景子问话的回答。
㊺不造本辨：意思是说没有导致根本纠纷。有本疑“辩”为“仇”。
㊻将：还是。
㊼长：掌握。
㊽继体：继承国体。　　有土：拥有国土。
㊾非直：不仅。
⑩始：最初。
⑩明：灵。
⑩死：指子皙之死。子皙谋叛未成，为子产逼而自尽。
⑩通：适合。
⑩塞：不适合。
⑩次：停驻。
⑩治兵：出兵。
⑩略：夺。　　翟：即“狄”，一少数民族。
⑩黎侯：黎国君主，曾被狄人侵占国家而丢失君位。
⑩及：据《左传》后有“雒”，同“洛”，古地名。
⑩魏颗：人名。
⑪力人：力大之人。
⑪魏武子：魏颗之父。　　嬖：宠爱。
⑪殉：殉葬。
⑪难：责难。
⑪治：合理。
⑪结：编织。　　亢：通“抗”。
⑪踬（zhì，音至）：被绊倒。　　颠：倒下。
⑪老人教诲：据《后汉书》，刘秀一次兵败逃过滹沱河，不知所归，一白衣老人给以指点。
⑪于路人者也：“人”字为衍文。
⑫尾：脚。
⑫和：棺材两头的板。
⑫也而为之张朝：“也”应为“出”。　　张朝：设立朝廷。
⑫河：黄河。　　泗：河名。
⑫立冢：有本作“丘冢”，坟堆。
⑫崩：使塌。
⑫椁（guǒ，音果）：套在棺材外的大棺材。
⑫圻（qí，音奇）：通“碕”，岸。
⑫幸冀：期望。

⑫⑨恻怛（dá，音达）：悲伤。
⑬⓪况：比照。
⑬①师：军队。　太山：即泰山。
⑬②丈人：老年人。
⑬③先：先人，祖先。
⑬④晰：白。　以：而且。
⑬⑤颐（yì，音意）：下巴。　颐以髯：下巴长满胡须。
⑬⑥锐：尖。
⑬⑦据：应为“倨”，傲。　倨身：昂头挺胸貌。　扬声：语声大。
⑬⑧偻（lǚ，音侣）：弯背。　下声：低声。
⑬⑨己：应为“乙”。
⑭⓪散师：退兵。
⑭①见：现。
⑭②或时：或许。
⑭③不祀：无祭祀。
⑭④聘：访问。
⑭⑤逆：迎。
⑭⑥寝疾：卧病在床。
⑭⑦并：俱。　望：祭祀山川。
⑭⑧瘳（chōu，音抽）：病愈。
⑭⑨明：英明。
⑮⓪殛（jí，音急）：杀。
⑮①郊：祭天。
⑮②间：病有好转。
⑮③夫鲧：前似应有“曰”。
⑮④使：假如。　若：象。　公牛哀：人名，据说其病七日后化为虎。
⑮⑤罴（pí，音皮）：一种熊。　占：兆。
⑮⑥设：假设。
⑮⑦何复不以：有本改作“可复以不”。
⑮⑧更：另外。
⑮⑨明日：后应有“问”。
⑯⓪不：未。
⑯①衰：减。
⑯②遭：碰巧。
⑯③高皇帝：指刘邦。　似我：似自己。
⑯④鸩（zhèn，音振）：一种毒酒。
⑯⑤病：患。
⑯⑥创：伤。
⑯⑦中：伤中。
⑯⑧不旋日：不过一天。
⑯⑨将：还是。
⑰⓪善：赞许。
⑰①上闻：报告给朝廷。
⑰②诺诺：表示认错。
⑰③相杀不一人：杀害他人之人非止一人。
⑰④心负：心亏。　愦：闷。
⑰⑤往时：以前。

⑰⑥见：现，显现。
⑰⑦亡去：前应有“尸”字。
⑰⑧故人：中似应有“知”字。
⑰⑨三山亡：三座山不见了。
⑱⓪沦：亡。
⑱①菹（zū，音租）：剁成肉泥。
⑱②一：同样。　僇（lù，音露）：通“戮”。
⑱③新：王莽政权。
⑱④发：打开。
⑱⑤柙（xiá，音狭）：匣子。
⑱⑥憧：通“冲”。
⑱⑦临：靠近。
⑱⑧藏：指坟墓。
⑱⑨二：傅后、丁后。
⑲⓪愤：发。
⑲①猥（wěi，音委）：多。
⑲②岁凶：年有灾。
⑲③倮：同“裸”。
⑲④殊处：不同地方。

纪　妖

卫灵公将之晋[1]，至濮水之上[2]，夜闻鼓新声者[3]，说之[4]，使人问之，左右皆报弗闻。召师涓而告之曰：“有鼓新声者，使人问，左右尽报弗闻，其状似鬼，子为我听而写之[5]。”师涓曰：“诺！”因静坐抚琴而写之。明日报曰：“臣得之矣，然而未习[6]，请更宿而习之[7]。”灵公曰：“诺！”因复宿。明日已习，遂去之晋[8]。晋平公觞之施夷之台[9]，酒酣，灵公起曰：“有新声，愿请奏以示公。”公曰：“善[10]！”乃召师涓令坐师旷之旁，援琴鼓之[11]。未终，旷抚而止之，曰：“此亡国之声，不可遂也[12]。”平公曰：“此何道出？”师旷曰：“此师延所作淫声，与纣为靡靡之乐也。武王诛纣，悬之白旄，师延东走[13]，至濮水而自投[14]，故闻此声者必于濮水之上。先闻此声者其国削[15]，不可遂也。”平公曰：“寡人好者音也，子其使遂之。”师涓鼓究之[16]。平公曰：“此所谓何声也？”师旷曰：“此所谓清商。”公曰：“清商固最悲乎？”师旷曰：“不如清徵。”公曰：“清徵可得闻乎？”师旷曰：“不可！古之得听清徵者，皆有德义之君也。今吾君德薄，不足以听之。”公曰：“寡人所好者音也，愿试听之。”师旷不得已，援琴鼓之。一奏，有玄鹤二八从南方来[17]，集于郭门之上危[18]；再奏而列，三奏延颈而鸣，舒翼而舞。音中宫商之声[19]，声彻于天。平公大悦，坐者皆喜。平公提觞而起，为师旷寿，反坐而问曰[20]：“乐莫悲于清徵乎？”师旷曰：“不如清角。”平公曰：“清角可得闻乎？”师旷曰：“不可！昔者黄帝合鬼神于西大山之上[21]，驾象舆[22]，六玄龙，毕方并辖[23]，蚩尤居前，风伯进扫[24]，雨师洒道[25]，虎狼在前，鬼神在后，虫蛇伏地，白云覆上，大合鬼神，乃作为清角。今主君德薄，不足以听之。听之，将恐有败[26]。”平公曰：“寡人老矣，所好者音也，愿遂听之。”师旷不得已而鼓之。一奏之，有云从西北起；再奏之，风至，大雨随之，裂帷幕，破俎豆[27]，堕廊瓦，坐者散走。平公恐惧，伏于廊室。晋国大旱，赤地三年[28]。平公之身遂癃病[29]。

何谓也？曰：是非卫灵公国且削[30]，则晋平公 且病，若国且旱亡妖也[31]？师旷曰"先闻此声者国削"。二国先闻之矣。何知新声非师延所鼓也？曰：师延自投濮水，形体腐于水中，精气消于泥涂[32]，安能复鼓琴？屈原自沉于江。屈原善著文，师延善鼓琴。如师延能鼓琴，则屈原能复书矣。扬子云吊屈原，屈原何不报？屈原生时，文无不作；不能报子云者，死为泥涂，手既朽，无用书也。屈原手朽无用书，则师延指败无用鼓琴矣[33]。孔子当泗水而葬[34]，泗水却流[35]，世谓孔子神而能却泗水。孔子好教授，犹师延之好鼓琴也。师延能鼓琴于濮水之中，孔子何为不能教授于泗水之侧乎？

赵简子病，五日不知人[36]，大夫皆惧，于是召进扁鹊。扁鹊入视病，出。董安于问扁鹊，扁鹊曰："血脉治也[37]，而怪[38]？昔秦缪公尝如此矣[39]，七日悟。悟之日，告公孙支与子舆曰：'我之帝所，甚乐。吾所以久者，适有学也[40]。帝告我晋国且大乱，五世不安，其复将霸[41]，未老而死；霸者之子且令而国男女无别[42]。'公孙支书而藏之于箧于是[43]，晋献公之乱，文公之霸，襄公败秦师于崤而归纵淫[44]。此之所谓[45]。今主君之病与之同，不出三日，病必间[46]，间必有言也。"居二日半[47]，简子悟，告大夫曰："我之帝所，甚乐，与百神游于钧天[48]，靡乐九奏万舞[49]，不类三代之乐，其声动人心。有一熊欲授我[50]，帝命我射之，中熊，熊死；有罴来，我又射之，中罴，罴死。帝甚喜，赐我一笥[51]，皆有副。吾见儿在帝侧，帝属我一翟犬[52]，曰：'及而子之长也[53]，以赐之。'帝告我：'晋国且衰[54]，十世而亡[55]；嬴姓将大败周人于范魁之西，而亦不能有也。今余将思虞舜之勋，适余将以其胄女孟姚配而十世之孙[56]。'"董安于受言而书藏之，以扁鹊言告简子，简子赐扁鹊田四万亩。他日，简子出，有人当道[57]，辟之不去[58]。从者将拘之[59]，当道者曰："吾欲有谒于主君[60]。"从者以闻，简子召之，曰："嘻！吾有所见子游也[61]。"当道者曰："屏左右[62]，愿有谒。"简子屏人。当道者曰："日者主君之病[63]，臣在帝侧。"简子曰："然，有之。子见我何为?"当道者曰："帝令主君射熊与罴皆死。"简子曰："是何也?"当道者曰："晋国且有大难，主君首之。帝令主君灭二卿，夫罢罴皆其祖也[64]。"简子曰："帝赐我二笥皆有副，何也?"当道者曰："主君之子将克二国于翟，皆子姓也。"简子曰："吾见儿在帝侧，帝属我一翟犬，曰'及而子之长以赐之'，夫儿何说以赐翟犬[65]?"当道者曰："儿，主君之子也。翟犬，代之先也[66]。主君之子，且必有代。及主君之后嗣，且有革政而胡服[67]，并二国翟[68]。"简子问其姓而延之以官。当道者曰："臣野人，致帝命[69]。"遂不见。是何谓也？曰：是皆妖也。其占皆如当道者言，所见于帝前之事。所见当道之人，妖人也。其后晋二卿范氏、中行氏作乱，简子攻之，中行昭子、范文子败，出奔齐。始，简子使姑布子卿相诸子，莫吉；至翟妇之子无恤，以为贵。简子与语，贤之[70]。简子募[71]。诸子曰："吾藏宝符于常山之上，先得者赏。"诸子皆上山，无所得。无恤还曰："已得符矣。"简子问之，无恤曰："从常山上临代，代可取也。"简子以为贤，乃废太子而立之。简子死，无恤代，是为襄子。襄子既立，诱杀代王而并其地。又并知氏之地。后取空同戎。自简子后，十世至武灵王[72]，吴庆入其母姓嬴[73]，子孟姚[74]。其后，武灵王遂取中山，并胡地。武灵王之十九年，更为胡服，国人化之。皆如其言，无不然者。盖妖祥见于兆[75]，审矣，皆非实事。曰：吉凶之渐[76]，若天告之。何以知天不实告之也？以当道之人在帝侧也。夫在天帝之侧，皆贵神也。致帝之命，是天使者也。人君之使，车骑备具，天帝之使，单身当道，非其状也。天官百二十，与地之王者无以异也。地之王者，官属备具，法象天官[77]，禀取制度。天地之官同，则其使者亦宜钧[78]。官同人异者，未可然也。

何以知简子所见帝非实帝也？以梦占之，知楼台山陵，官位之象也。人梦上楼台，升山陵，辄得官位。实楼台山陵非官位也，则知简子所梦见帝者非天帝也。人臣梦见人君，人君必不见，又必不赐。以人臣梦占之，知帝赐二笥、翟犬者，非天帝也。非天帝，则其言与百鬼游于钧天，非天也。鲁叔孙穆子梦天压己者，审然是天下至地也。至地则有楼台之抗[79]，不得及己，及己则楼台宜坏。楼台不坏，是天不至地。不至地则不得压己。不得压己则压己者非天也，则天之象也[80]。叔孙穆子所梦压己之天非天，则知赵简子所游之天非天也。

或曰：人亦有直梦[81]。见甲，明日则见甲矣；梦见君，明日则见君矣。曰：然。人有直梦，直梦皆象也，其象直耳。何以明之？直梦者梦见甲，梦见君，明日见甲与君，此直也。如问甲与君，甲与君则不见也。甲与君不见，所梦见甲与君者，象类之也。乃甲与君象类之，则知简子所见帝者象类帝也。且人之梦也，占者谓之魂行。梦见帝，是魂之上天也。上天犹上山也。梦上山，足登山，手引木，然后能升。升天无所缘，何能得上？天之去人以万里数[82]。人之行，日百里。魂与体形俱，尚不能疾[83]，况魂独行安能速乎？使魂行与形体等，则简子之上下天，宜数岁乃悟，七日辄觉，期何疾也！

夫魂者精气也，精气之行与云烟等。案云烟之行不能疾，使魂行若蜚鸟乎[84]，行不能疾。人或梦蜚者用魂蜚也，其蜚不能疾于鸟。天地之气尤疾速者，飘风也[85]，飘风之发，不能终一日。使魂行若飘风乎，则其速不过一日之行，亦不能至天。人梦上天，一卧之顷也[86]，其觉，或尚在天上，未终下也。若人梦行至雒阳，觉，因从雒阳悟矣。魂神蜚驰何疾也！疾则必非其状。必非其状，则其上天非实事也。非实事则为妖祥矣。夫当道之人，简子病见于帝侧，后见当道象人而言，与相见帝侧之时无以异也。由此言之，卧梦为阴候[87]，觉为阳占，审矣。

赵襄子既立。知伯益骄[88]，请地韩、魏[89]，韩、魏，予之；请地于赵，赵不予。知伯益怒，遂率韩、魏攻赵襄子。襄子惧，乃奔保晋阳。原过从[90]，后[91]，至于托平驿[92]，见三人，自带以上可见[93]，自带以下不可见，予原过竹二节，莫通，曰："为我以是遗赵无恤[94]。"既至，以告襄子。襄子齐三日[95]，亲自割竹[96]，有赤书曰[97]："赵无恤，余霍大山山阳侯[98]，天子[99]。三月丙戌，余将使汝灭知氏，汝亦祀我百邑，余将赐汝林胡之地[100]。"襄子再拜受神之命。

是何谓也？曰：是盖襄子且胜之祥也。三国攻晋阳岁余，引汾水灌其城，城不浸者三板[101]。襄子惧，使相张孟谈私于韩、魏[102]，韩、魏与合谋，竟以三月丙戌之日，大灭知氏[103]，共分其地。盖妖祥之气象人之形，称霍大山之神，犹夏庭之妖象龙，称褒之二君；赵简子之祥象人，称帝之使也。何以知非霍大山之神也？曰：大山，地之体，犹人有骨节，骨节安得神？如大山有神，宜象大山之形。何则？人谓鬼者死人之精，其象如生人之形。今大山广长不与人同，而其精神不异于人。不异于人则鬼之类人。鬼之类人则妖祥之气也。

秦始皇帝三十六年，荧惑守心[104]，有星坠下，至地为石，民刻其石曰："始皇死而地分。"始皇闻之，令御史逐问莫服[105]，尽取石旁家人诛之，因燔其石。妖[106]，使者从关东夜过华阴平野[107]，或有人持璧遮使者[108]，曰："为我遗镐池君[109]。"因言曰："今年祖龙死[110]。"使者问之，因忽不见，置其璧去[111]。使者奉璧具以言闻，始皇帝默然良久，曰："山鬼不过知一岁事，乃言曰'祖龙'者人之先也。"使御府视璧，乃二十八年行渡江所沉璧也。明三十七年，梦与海神战如人状。

是何谓也？曰：皆始皇且死之妖也。始皇梦与海神战，恚怒入海[112]，候神，射大鱼，自琅邪至劳、成山不见。至之罘山[113]，还见巨鱼，射杀一鱼，遂旁海西至平原津而病[114]，到沙丘而崩。当星坠之时，荧惑为妖，故石旁家人刻书其石，若或为之，文曰"始皇死"，或教之也。犹世间童谣，非童所为，气导之也。凡妖之发[115]，或象人为鬼，或为人象鬼而使，其实一也。

晋公子重耳失国[116]，乏食于道，从耕者乞饭，耕者奉块土以赐公子。公子怒，咎犯曰[117]："此吉祥，天赐土地也。"其后公子得国复土，如咎犯之言。齐田单保即墨之城，欲诈燕军，云天神下助我。有一人前曰："我可以为神乎？"田单却走[118]，再拜事之，竟以神下之言闻于燕军。燕军信其有神，又见牛若五采之文，遂信畏惧，军破兵北[19]。田单卒胜，复获侵地[20]。此人象鬼之妖也。

使者过华阴，人持璧遮道，委璧而去[21]。妖鬼象人之形也。夫沉璧于江，欲求福也。今还璧示不受物，福不可得也。璧者，象前所沉之璧，其实非也。何以明之？以鬼象人而见，非实人也。人见鬼象生存之人，定问生存之人，不与己相见。妖气象类人也。妖气象人之形，则其所赍持之物，非真物矣。祖龙死，谓始皇也。祖，人之本；龙，人君之象也。人物类[22]，则其言祸亦放矣[23]。

汉高皇帝以秦始皇崩之岁为泗上亭长，送徒至骊山[24]，徒多道亡[25]，因纵所将徒[26]，遂行不还。被酒[27]，夜经泽中，令一人居前，前者还报曰："前有大蛇当道，愿还[28]。"高祖醉，曰："壮士行何畏！"乃前，拔剑击斩蛇，蛇遂分两。径开[29]，行数里，醉因卧。高祖后人至蛇所，有一老妪夜哭之，人曰："妪何为哭？"妪曰："人杀吾子。"人曰："妪子为何见杀[30]？"妪曰："吾子，白帝子。化为蛇，当径。今者，赤帝子斩之，故哭。"人以妪为妖言，因欲笞之，妪因忽不见。何谓也？曰：是高祖初起威胜之祥也。何以明之？以妪忽然不见也。不见，非人；非人，则鬼妖矣。夫以妪非人，则知所斩之蛇非蛇也。云"白帝子"，何故为蛇夜而当道？谓蛇"白帝子"，高祖"赤帝子"；白帝子为蛇，赤帝子为人。五帝皆天之神也，子或为蛇，或为人。人与蛇异物，而其为帝同神，非天道也。且蛇为白帝子，则妪为白帝后乎[31]！帝者之后，前后宜备[32]，帝者之子，官属宜盛。今一蛇死于径，一妪哭于道。云白帝子，非实明矣。夫非实则象，象则妖也，妖则所见之物皆非物也，非物则气也。高祖所杀之蛇，非蛇也。则夫郑厉公将入郑之时，邑中之蛇与邑外之蛇斗者，非蛇也，厉公将入郑，妖气象蛇而斗也。郑国斗蛇非蛇，则知夏庭二龙为龙象。为龙象，则知郑子产之时龙战非龙也。天道难知，使非，妖也；使是，亦妖也。

留侯张良椎秦始皇[33]，误中副车，始皇大怒，索求张良[34]。张良变姓名，亡匿下邳[35]，常闲从容步游下邳泗上[36]，有一老父衣褐至良所[37]，直堕其履泗下[38]，顾谓张良："孺子下取履[39]。"良愕然，欲殴之，以其老，为强忍下取履，因跪进履。父以足受履，笑去。良大惊。父去里所复还[40]，曰："孺子可教矣。后五日平明[41]，与我期此[42]。"良怪之，因跪曰："诺！"五日平明，良往，父已先在，怒曰："与老人期，后，何也？去。后五日早会。"五日鸡鸣复往，父又已先在，复怒曰："后，何也？去，后五日复早来。"五日，良夜未半往，有顷，父来，喜曰："当如是矣。"出一篇书，曰："读是则为帝者师。后十三年，子见我济北，谷成山下黄石即我也。"遂去，无他言，弗复见。旦日视其书[43]，乃《太公兵法》也。良因异之，习读之。

是何谓也？曰：是高祖将起，张良为辅之祥也。良居下邳任侠[44]，十年陈涉等起，沛公略地下邳，良从，遂为师将，封为留侯。后十三年，后高祖过济北界[45]，得谷成山下黄石，取而葆祠之[46]。及留侯死，并葬黄石。盖吉凶之象神矣，天地之化巧矣，使老父象黄石，黄石象老父，何其神邪？

问曰：黄石审老父[47]，老父审黄石耶？曰：石不能为老父[48]，老父不能为黄石。妖祥之气见，故验也[49]。何以明之？晋平公之时，石言魏榆。平公问于师旷曰："石何故言？"对曰："石不能言，或凭依也。不然，民听偏也。"夫石不能人言，则亦不能人形矣。石言与始皇时石坠车郡[50]，民刻之，无异也。刻为文，言为辞。辞之与文，一实也。民刻文，气发言。民之与气，一性也。夫石不能自刻，则亦不能言。不能言，则亦不能为人矣。《太公兵法》，气象之也。何以知非实也？以老父非人，知书亦非太公之书也。气象生人之形，则亦能象太公之书。

问曰：气无刀笔，何以为文？曰：鲁惠公夫人仲子，生而有文在其掌，曰"为鲁夫人"；晋唐叔虞文在其手曰"虞"；鲁成季友文在其手曰"友"，三文之书，性自然。老父之书，气自成也。性自然，气自成，与夫童谣口自言无以异也。当童之谣也，不知所受[51]，口自言之。口自言，文自成，或为之也。推此以省太公钓得巨鱼，刳鱼得书[52]，云“吕尚封齐”，及武王得白鱼，喉下文曰“以予发”，盖不虚矣。因此复原《河图》、《洛书》言兴衰存亡、帝王际会[53]，审有其文矣，皆妖祥之气，吉凶之端也。

---

①之：去。
②濮：pú，音葡。
③鼓新声：演奏新乐曲。
④说：通“悦”，喜爱。
⑤写：摹拟。
⑥习：熟练。
⑦更宿：再一夜。
⑧去：离。
⑨觞（shāng，音商）：盛酒器。
⑩善：好。
⑪援：拿。
⑫遂：终，此指奏尽。
⑬走：逃跑。
⑭自投：投水自尽。
⑮国削：国亡。
⑯涓：选。　　究：终。
⑰二八：十六。
⑱集：落。　　郭：应为“郎”，通“廊”。　　上：高。　　危：房脊。
⑲中：合。
⑳反：返。
㉑合：集。
㉒象舆：大象拉的车。
㉓毕方：神名。　　辖：车轴键。
㉔风伯：风神。
㉕雨师：雨神。
㉖败：凶。
㉗俎（zǔ，音阻）、豆：两种祭器。
㉘赤：光。
㉙癃（lóng，音龙）病：手脚麻痹之病。
㉚是：这。
㉛若：或者。　　亡：应为“之”。
㉜泥涂：污泥。
㉝指败：手指腐烂。
㉞当：面对。
㉟却：倒，反。
㊱不知人：不省人事。
㊲治：平。
㊳而：你。据《史记》，“而”后有“何”。
㊴秦缪（mù，音目）公：即秦穆公。
㊵适：恰。

㊶复：据《史记》为“后”。

㊷男女无别：淫乱。

㊸于篋于是：据《史记》为“秦讖于是出”。讖（chèn，音衬）：预兆。

㊹崤：xiáo，音淆。

㊺此之所谓：据《史记》，为“此子之所闻”。

㊻间：好转。

㊼居：留。

㊽钧天：中天，天中央。

㊾靡：有本作“广”。　九：多次。

㊿授：据《史记》为“援”，抓。

51一：应为“二”。　笥（sì，音四）：盛物竹器。

52属：托给。　翟：通“狄”。

53而：你。

54襄：据《史记》为“衰”。

55十：据《史记》为“七”。

56孟姚：人名。　十：应为“七”。

57当道：挡路。

58辟：驱除。

59拘：捕。

60谒：陈告。

61游：据《史记》为“晰”（zhé，音哲）。

62屏：屏退。

63日者：前些天。

64罢：应为“熊”。

65何说：意即“什么意思”。

66先：祖先。

67革：改革。

68翟：据《史记》，前有“于”。

69致：传达。

70贤：看重。

71募：招。

72十世：据《史记》应为“七世”。

73庆、母姓羸：据《史记》，分别为“广”、“女娃羸”。　人：献。　娃羸：人名。

74子孟姚：据《史记》，应为“孟姚也”。

75见：现。

76渐：事物发展之开始。

77法象：效法。

78钧：通“均”。

79抗：顶抗。

80则：而是。

81直梦：直接相应的梦。

82数：计。

83疾：迅速。

84蜚：通“飞”。

85飘风：狂风。

86顷：顷刻。

87阴候：梦里的兆头。

⑱知伯：人名。
⑲请地：索地。
⑳原过：人名。
㉑后：落在后面。
㉒托平驿：据《史记》为“王泽”，地名。
㉓带：腰带。
㉔遗（wèi，音位）：送。
㉕齐：通“斋”，斋戒。
㉖割：据《史记》，为“剖”。
㉗赤书：红字。
㉘大：应为“太”，下同此。
㉙天子：据《史记》，为“天使也”。
⑩林胡：胡族一支。
⑩板：筑城用板。
⑩相：官名。　张孟谈：人名。
⑩大：据《史记》为“反”。
⑩荧惑：火星。　守：迫，犯。　心：星宿名。
⑩服：畏服，慑服。
⑩妖：据《史记》为“秋”。
⑩平野：据《史记》为“平舒”，地名。
⑩遮：拦挡。
⑩镐池君：此指水神。
⑩祖龙：指秦始皇。
⑪置：搁。
⑪恚（huì，音会）：愤恨。
⑪罘：fú，音福。
⑪旁（bàng，音棒）：沿，顺。
⑪发：现。
⑪失国：此指流亡他国。
⑪咎犯：重耳之舅。
⑪田单：人名。
⑪北：败北。
⑫侵地：被侵之地。
⑫委：弃。
⑫人物类：意思是说持璧人与璧均为类似人与璧的幻象。
⑫放：通“仿”，相似。
⑫徒：服役人。
⑫道亡：半路逃走。
⑫纵：放。
⑫被酒：中酒。　被：加。
⑫愿：希望。
⑫径：小路。　开：通。
⑬见：被。
⑬后：帝后。
⑬备：指配备护卫之人。
⑬椎：同“槌”，击。
⑬索求：搜捕。

135邳：pī，音批。
136常：曾。　泗：据《史记》，为“圯”，下同。　圯（yí，音夷）：桥梁。
137褐：粗布衣裳。
138直：故意。
139孺子：后生。
140里所：一里左右。
141平明：天才亮。
142期：约。
143旦日：天亮。
144任侠：以侠义自任。
145后高祖：他本作“从高祖”。
146葆：通“宝”，珍贵。
147审：确实（是）。
148石：前应有“黄”。
149故验：似应为“吉验”。
150车郡：应为“东郡”，地名。
151受：授。
152刳（kū，音枯）：剖。
153复：再。　原：排究、考察。　际会：遇合。

订　鬼

凡天地之间有鬼，非人死精神为之也，皆人思念存想之所致也[1]，致之何由？由于疾病。人病则忧惧，忧惧见鬼出。凡人不病，则不畏惧，故得病寝衽[2]，畏惧鬼至，畏惧则存想，存想则目虚见，何以效之？传曰：“伯乐学相马，顾玩所见无非马者[3]，宋之庖丁学解牛[4]，三年不见生牛[5]，所见皆死牛也。”二者用精至矣。思念存想，自见异物也。人病见鬼，犹伯乐之见马，庖丁之见牛也。伯乐、庖丁所见非马与牛，则亦知夫病者所见非鬼也。病者困剧身体痛，则谓鬼持箠杖殴击之[6]，若见鬼把椎锁绳纆立守其旁[7]，病痛恐惧，妄见之也。初疾畏惊，见鬼之来；疾困恐死，见鬼之怒；身自疾痛，见鬼之击：皆存想虚致，未必有其实也。夫精念存想[8]，或泄于目，或泄于口，或泄于耳。泄于目，目见其形；泄于耳，耳闻其声；泄于口，口言其事。昼日则鬼见[9]，暮卧则梦闻。独卧空室之中，若有所畏惧，则梦见夫人据案其身哭矣[10]。觉见卧闻[11]，俱用精神[12]，畏惧存想，同一实也。

一曰：人之见鬼，目光与卧乱也[13]。人之昼也[14]，气倦精尽，夜则欲卧，卧而目光反，反而精神见人物之象矣。人病，亦气倦精尽，目虽不卧，光已乱于卧也，故亦见人物象。病者之见也，若卧若否，与梦相似。当其见也，其人能自知觉与梦[15]，故其见物，不能知其鬼与人，精尽气倦之效也，何以验之？以狂者见鬼也[16]。狂痴独语，不与善人相得者[17]，病困精乱也。夫病且死之时，亦与狂等。卧、病及狂，三者皆精衰倦，目光反照，故皆独见人物之象焉。

一曰：鬼者人所见得病之气也。气不和者中人[18]，中人为鬼，其气象人形而见。故病笃者气盛[19]，气盛则象人而至，至则病者见其象矣。假令得病山林之中，其见鬼则见山林之精。人或病越地者，病见越人坐其侧[20]。由此言之，灌夫、窦婴之徒，或时气之形象也。凡天地之间气皆纯于天[21]，天文垂象于上，其气降而生物。气和者养生[22]，不和者伤害。本有象于天[23]，则其降下，有形于地矣。故鬼之见也，象气为之也。众星之体为人与鸟兽，故其病人则见人与鸟兽之形[24]。

一曰：鬼者，老物精也，夫物之老者，其精为人，亦有未老，性能变化，象人之形。人之受气，有与物同精者，则其物与之交；及病精气衰劣也，则来犯陵之矣[25]。何以效之？成事，俗间与物交者，见鬼之来也。夫病者所见之鬼，与彼病物何以异？人病见鬼来，象其墓中死人来迎呼之者，宅中之六畜也。及见他鬼非是所素知者，他家若草野之中物为之也[26]。

一曰：鬼者本生于人，时不成人[27]，变化而去。天地之性，本有此化，非道术之家所能论辩。与人相触犯者病，病人命当死，死者不离人。何以明之？《礼》曰："颛顼氏有三子[28]，生而亡去为疫鬼：一居江水[29]，是为虐鬼[30]；一居若水，是为魍魉鬼[31]；一居人宫室区隅沤库[32]，善惊人小儿。"前颛顼之世，生子必多，若颛顼之鬼神以百数也。诸鬼神有形体法，能立树与人相见者[33]，皆生于善人，得善人之气，故能似类善人之形，能与善人相害。阴阳浮游之类[34]，若云烟之气，不能为也。

一曰：鬼者，甲乙之神也[35]。甲乙者，天之别气也，其形象人，人病且死，甲乙之神至矣。假令甲乙之日病，则死见庚辛之神矣。何则？甲乙鬼，庚辛报甲乙[36]，故病人且死，杀鬼之至者[37]，庚辛之神也。何以效之？以甲乙日病者，其死生之期，常在庚辛之日。此非论者所以为实也。天道难知，鬼神暗昧，故具载列，令世察之也。

一曰：鬼者物也，与人无异。天地之间，有鬼之物，常在四边之外，时往来中国[38]，与人杂则[39]，凶恶之类也。故人病且死者，乃见之。天地生物也，有人如鸟兽。及其生凶物，亦有似人象鸟兽者。故凶祸之家，或见蜚尸，或见走凶，或见人形，三者皆鬼也。或谓之鬼，或谓之凶，或谓之魅，或谓之魑，皆生存实有，非虚无象类之也。何以明之？成事，俗间家人且凶[40]，见流光集其室，或见其形若鸟之状，时流人堂室[41]，察其不谓若鸟兽矣[42]。夫物有形则能食，能食则便利[43]。便利有验，则形体有实矣。《左氏春秋》曰："投之四裔[44]，以御魑魅。"《山海经》曰："北方有鬼国[45]。"说螭者，谓之龙物也，而魅与龙相连，魅则龙之类矣。又言：国，人物之党也[46]。《山海经》又曰：沧海之中，有度朔之山，上有大桃木，其屈蟠三千里[47]，其枝间东北曰鬼门，万鬼所出入也。上有二神人，一曰神荼[48]，一曰郁垒[49]，主阅领万鬼[50]。恶害之鬼，执以苇索[51]，而以食虎[52]。于是黄帝乃作礼以时驱之[53]，立大桃人，门户画神荼、郁垒与虎，悬苇索，以御凶魅。有形，故执以食虎。案可食之物，无空虚者，其物也性与人殊，时见时匿，与龙不常见，无以异也。

一曰：人且吉凶，妖祥先见。人之且死，见百怪。鬼在百怪之中，故妖怪之动，象人之形，或象人之声为应。故其妖动不离人形。天地之间，妖怪非一，言有妖，声有妖，文有妖，或妖气象人之形，或人含气为妖。象人之形，诸所见鬼是也。人含气为妖，巫之类是也。是以实巫之辞[54]，无所因据，其吉凶自从口出，若童之谣矣[55]。童谣口自言，巫辞意自出。口自言，意自出，则其为人，与声气自立，音声自发，同一实也。

世称纣之时，夜郊鬼哭，及仓颉作书[56]，鬼夜哭。气能象人声而哭，则亦能象人形而见，则人以为鬼矣，鬼之见也，人之妖也。天地之间，祸福之至，皆有兆象，有渐不卒然[57]，有象不猥来[58]。天地之道，人将亡，凶亦出，国将亡，妖亦见。犹人且吉，吉祥至；国且昌，昌瑞到矣。故夫瑞应妖祥，其实一也。而世独谓鬼者不在妖祥之中，谓鬼犹神而能害人，不通妖祥之道，不睹物气之变也。国将亡，妖见，其亡非妖也。人将死，鬼来，其死非鬼也。亡国者兵也，杀人者病也。何以明之？齐襄公将为贼所杀，游于姑棼[59]，遂田于贝丘[60]，见大豕[61]。从者曰："公子彭生也。"公怒曰："彭生敢见！"引弓射之，豕人立而啼，公惧，坠于车，伤足丧履，而为贼杀之。

夫杀襄公者贼也。先见大豕于路，则襄公且死之妖也。人谓之彭生者，有似彭生之状也。世人皆知杀襄公者非豕，而独谓鬼能杀人，一惑也[62]。

天地之气为妖者，太阳之气也。妖与毒同，气中伤人者谓之毒，气变化者谓之妖。世谓童谣，荧惑使之[63]，彼言有所见也。荧惑火星，火有毒荧[64]。故当荧惑守宿[65]，国有祸败。火气恍惚，故妖象存亡[66]。龙，阳物也，故时变化。鬼，阳气也，时藏时见。阳气赤，故世人尽见。鬼，其色纯朱。蜚凶，阳也。阳，火也。故蜚凶之类为火光，火热焦物[67]，故止集树木，枝叶枯死。《鸿范》五行二曰火，五事二曰言[68]。言火同气，故童谣诗歌为妖言，言出文成，故世有文书之怪。世谓童子为阳，故妖言出于小童。童巫含阳，故大雩之祭，舞童暴巫[69]，雩祭之礼，倍阴合阳[70]。故犹日食阴胜，攻社之阴也。日食阴胜，故攻阴之类；天旱阳胜，故愁阳之党[71]。巫为阳党，故鲁僖遭旱，议欲焚巫。巫含阳气，以故阳地之民多为巫。巫党于鬼，故巫者为鬼巫。鬼巫比于童谣[72]，故巫之审者[73]，能处吉凶[74]。吉凶能处，吉凶之徒也，故申生之妖见于巫。巫含阳，能见为妖也。申生为妖，则知杜伯、庄子义厉鬼之徒皆妖也。杜伯之厉为妖[75]，则其弓矢投措皆妖毒也[76]，妖象人之形，其毒象人之兵。鬼毒同色，故杜伯弓矢，皆朱彤也。毒象人之兵，则其中人，人辄死也。中人微者即为腓[77]，病者不即时死。何则？腓者，毒气所加也。妖或施其毒[78]，不见其体；或见其形，不施其毒；或出其声，不成其言；或明其言，不知其音。若夫申生，见其体，成其言者也；杜伯之属，见其体，施其毒者也；诗妖童谣石言之属[79]，明其言者也；濮水琴声、纣郊鬼哭，出其声者也。

妖之见出也，或且凶而豫见[80]，或凶至而因出，因出，则妖与毒俱行。豫见，妖出不能毒。申生之见，豫见之妖也。杜伯、庄子义厉鬼至，因出之妖也。周宣王、燕简公、宋夜姑时当死[81]，故妖见毒因击。晋惠公身当获[82]，命未死，故妖直见而毒不射[83]。然则杜伯、庄子义厉鬼之见，周宣王、燕简、夜姑且死之妖也。申生之出，晋惠公且见获之妖也。伯有之梦[84]，驷带、公孙段且卒之妖也[85]。老父结草，魏颗且胜之祥，亦或时杜回见获之妖也。苍犬噬吕后，吕后且死，妖象犬形也。武安且卒，妖象窦婴、灌夫之面也。故凡世间所谓妖祥、所谓鬼神者，皆太阳之气为之也。太阳之气，天气也，天能生人之体，故能象人之容[86]。夫人所以生者，阴阳气也。阴气主为骨肉，阳气主为精神。人之生也，阴阳气具，故骨肉坚、精气盛。精气为知，骨肉为强，故精神言谈，形体固守。骨肉精神，合错相持[87]，故能常见而不灭亡也。太阳之气，盛而无阴，故徒能为象不能为形，无骨肉有精气，故一见恍惚，辄复灭亡也。

---

①存：寄。

②衽（rèn，音认）：席子。

③顾：看。　玩：玩味。

④庖（páo，音袍）丁：厨师。　解：剖。

⑤生：活。

⑥箠（chuí，音垂）：鞭子。

⑦若：或。　把：执，拿。　椎：同“槌”。　锁：链。　绳纆（mò，音墨）：绳。

⑧念：思。

⑨见：现。

⑩夫：无实义。　据：按。　案：通“按”。　哭矣：有他本无“哭”。

⑪觉：醒。

⑫用：由。

⑬与：以，由。　　乱：昏乱，昏花。
⑭之：于。
⑮能自知："能"前当有脱文，宜加"不"。
⑯以：据。　　狂者：精神失常者。
⑰善人：健康人，精神正常的人。
⑱中：伤。
⑲笃：病重。
⑳病见越人："病"改为"则"似佳。
㉑纯于天："纯"应为"统"，归。
㉒生：生物。
㉓象：星象。
㉔病：使病。
㉕陵：欺。
㉖他：别的。　　若：或。
㉗时：有时。
㉘颛顼（zhuān xū，音砖需）：上古君王。
㉙江水：指长江。
㉚虐：暴。
㉛魍魉（wǎng liǎng，音往两）：精怪，鬼怪。
㉜区：小屋子。　　隅：角。　　沤：久泡。　　宫室区隅沤库：阴湿的人迹罕至的地方。
㉝立树：站立。
㉞浮游：同"蜉蝣"，一种生存期极短的昆虫。
㉟甲、乙：天干名。
㊱报：克。
㊲杀：通"煞"。
㊳中国：中原地区。
㊴则：应为"厕"，杂。
㊵俗间：民间。　　家人：老百姓。　　且：将。
㊶流人："人"应为"入"。
㊷察其不："不"字应误，有本改作"形"。
㊸便利：大小便。
㊹四裔：四方远地。
㊺国：《山海经》中的鬼国。
㊻党：类。
㊼屈蟠（pán，音盘）：绕。
㊽神荼（shēn shū，音伸舒）：门神。
㊾郁垒：门神。
㊿阅：检、查。
51执：捆。　　苇：芦苇。
52食（sì，音四）：通"饲"。
53作礼：指定立一些礼仪。　　以：按。
54实：查实，核实。
55谣：歌谣。
56作书：造字。
57渐：事物之开端。　　卒：同"猝"。
58猥（wěi，音伟）：仓猝。
59棼（fén，音坟）：地名。

⑩田：通“畋”，打猎。
⑪豕：猪。
⑫一：实。
⑬荧惑：星名。
⑭荧：光。
⑮守：迫，犯。　　宿：星宿。
⑯存亡：或有或无。
⑰焦：烤焦。
⑱五事：指貌、言、视、听、思。
⑲暴：同“曝”，晒。
⑳倍：加。
㉑愁：使愁。
㉒比：等。
㉓审：察。
㉔处：断。
㉕杜伯之厉：“厉”据下文应为“属”。
㉖投、措：疑有误。
㉗腓（féi，音肥）：通“痱”，瘫病。
㉘施：放。
㉙石言：石头说话。
㉚豫：通“预”。
㉛夜姑：宋文公重病，夜姑主祭，奉厉鬼以去病。祭品不丰，夜姑被厉鬼打死。
㉜获：被捕获、被俘。
㉝直：仅。
㉞伯有：见《死伪》。
㉟卒：死。
㊱容：貌。
㊲合错：交错。

言　毒

或问曰：“天地之间，万物之性，含血之虫，有蝮蛇蜂虿[①]，咸怀毒螫[②]，犯中人身，谓护疾痛[③]，当时不救，流遍一身。草木之中，有巴豆野葛，食之凑懑[④]，颇多杀人。不知此物，禀何气于天？万物之生，皆禀元气，元气之中，有毒螫乎？”

曰：夫毒，太阳之热气也[⑤]，中人人毒。人食凑懑者，其不堪任也，不堪任，则谓之毒矣。太阳火气常为毒螫，气热也。太阳之地，人民促急，促急之人，口舌为毒[⑥]。故楚、越之人促急捷疾[⑦]，与人谈言，口唾射人，则人脤胎[⑧]，肿而为创[⑨]。南郡极热之地，其人祝树[⑩]，树枯；唾鸟，鸟坠。巫咸能以祝延人之疾、愈人之祸者，生于江南，含烈气也。夫毒，阳气也，故其中人，若火灼人。或为蝮所中，割肉置地焦沸，火气之验也。四方极皆为维边[⑪]，唯东南隅有温烈气[⑫]。温烈气发，常以春夏[⑬]。春夏阳起。东南隅，阳位也。他物之气，入人鼻目，不能疾痛。火烟入鼻鼻疾，入目目痛，火气有烈也。物为靡屑者多[⑭]，唯一火最烈[⑮]，火气所燥也[⑯]。食甘旨之食[17]，无伤于人。食蜜少多[18]，则令人毒。蜜为蜂液，蜂则阳物也。人行无所触犯，体无故痛，痛处若箠杖之迹。人腓，腓谓鬼殴之。鬼者，太阳之妖也。微者，疾谓之边[19]，其治用蜜与丹[20]。蜜丹阳物，以类治之也[21]。夫治风用风，治热用热，治边用蜜丹。则知边者阳气所为，流毒所加也。

天地之间，毒气流行，人当其冲，则面肿疾，世人谓之火流所刺也。人见鬼者，言其色赤，太阳妖气，自如其色也。鬼为烈毒，犯人辄死，故杜伯射周宣立崩。鬼所赍物，阳火之类，杜伯弓矢，其色皆赤。南道名毒曰短狐[22]，杜伯之象，执弓而射，阳气因而激[23]，激而射，故其中人象弓矢之形。火困而气热，血毒盛，故食走马之肝杀人，气困为热也；盛夏暴行，暑暍而死[24]，热极为毒也。人疾行汗出，对炉汗出，向日亦汗出，疾温病者亦汗出[25]。四者异事而皆汗出，困同热等，火日之变也。天下万物，含太阳气而生者，皆有毒螫。毒螫渥者[26]，在虫则为蝮蛇蜂虿，在草则为巴豆冶葛，在鱼则为鲑与鯸鲐[27]。故人食鲑肝而死，为鯸鲐螫有毒。鱼与鸟同类，故鸟蜚鱼亦蜚[28]，鸟卵鱼亦卵，蝮蛇蜂虿皆卵，同性类也。

其在人也为小人。故小人之口，为祸天下。小人皆怀毒气，阳地小人，毒尤酷烈，故南越之人，祝誓辄效[29]。谚曰："众口烁金[30]。"口者火也，五行二曰火，五事二曰言，言与火直[31]，故云烁金。道口舌之烁[32]，不言拔木焰火[33]，必云烁金，金制于火[34]，火口同类也。

药生非一地，太伯辞之吴[35]。铸多非一工[36]，世称楚棠溪[37]。温气天下有，路畏入南海[38]。鸩鸟生于南[39]，人饮鸩死。辰为龙，巳为蛇，辰巳之位在东南。龙有毒，蛇有螫，故蝮有利牙，龙有逆鳞[40]。木生火，火为毒，故苍龙之兽含火星。冶葛巴豆，皆有毒螫，故冶在东南，巳在西南[41]。土地有燥湿，故毒物有多少。生出有处地[42]，故毒有烈不烈。蝮蛇与鱼比[43]，故生于草泽；蜂虿与鸟同，故产于屋树。江北地燥，故多蜂虿；江南地湿，故多蝮蛇。生高燥比阳[44]，阳物悬垂，故蜂虿以尾刺；生下湿比阴，阴物柔伸，故蝮蛇以口齰[45]。毒或藏于首尾，故螫齰有毒；或藏于体肤，故食之辄懑；或附于唇吻，故舌鼓为祸。

毒螫之生，皆同一气，发动虽异，内为一类[46]。故人梦见火，占为口舌；梦见蝮蛇，亦口舌。火为口舌之象，口舌见于蝮蛇[47]，同类共本，所禀一气也。故火为言，言为小人。小人为妖，由口舌。口舌之征，由人感天，故五事二曰言。言之咎征[48]，僭恒旸若[49]。僭者奢丽，故蝮蛇多文。文起于阳，故若致文[50]。旸若则言从[51]，故时有诗妖[52]。

妖气生美好[53]，故美好之人多邪恶。叔虎之母美，叔向之母知之，不使视寝[54]。叔向谏，其母曰："深山大泽，实生龙蛇。彼美，吾惧其生龙蛇以祸汝[55]。汝弊族也[56]，国多大宠，不仁之人间之[57]，不亦难乎[58]！余何爱焉[59]？"使往视寝，生叔虎，美有勇力，嬖于栾怀子[60]。及范宣子逐怀子[61]，杀叔虎，祸及叔向。夫深山大泽，龙蛇所生也，比之叔虎之母者，美色之人怀毒螫也。生子叔虎，美有勇力，勇力所生，生于美色；祸难所发[62]，由于勇力。火有光耀，木有容貌。龙蛇东方木，含火精，故美色貌丽。胆附于肝，故生勇力。火气猛，故多勇；木刚强，故多力也。生妖怪者，常由好色[63]，为祸难者，常发勇力[64]，为毒害者，皆在好色。

美酒为毒，酒难多饮[65]；蜂液为蜜，蜜难益食[66]。勇夫强国，勇夫难近。好女说心[67]，好女难畜[68]。辩士快意，辩士难信。故美味腐腹，好色惑心，勇夫招祸，辩口致殃。四者，世之毒也。辩口之毒，为害尤酷。何以明之？孔子见阳虎却行[69]，白汗交流[70]，阳虎辩，有口舌，口舌之毒，中人病也。人中诸毒，一身死之。中于口舌，一国溃乱。《诗》曰："谗言罔极[71]，交乱四国[72]。"四国犹乱，况一人乎？故君子不畏虎，独畏谗夫之口[73]。谗夫之口，为毒大矣。

①虿（chài，音拆，第四声）：一类有毒之虫。
②螫（shì，音示）：蜂等刺人或动物。
③谓护疾痛："谓护"疑有误，有本改为"渭濩（hù，音户）"，散开，漫延。
④凑：积。
⑤太阳：盛极之阳。　　太：盛，极。
⑥为：生。
⑦楚、越：南方。
⑧脤胎："胎"似误，应为"胀"。　　脤（shèn，音甚）胀：肿胀。
⑨创：通"疮"。
⑩祝：通"咒"，诅咒。
⑪维：地维，地之四角。
⑫温：热。
⑬以：于。
⑭靡屑：粉碎。
⑮一：单，独。
⑯燥：烧干。
⑰甘旨：味美。
⑱少：稍微。
⑲疾：病。　　边：病的名字。
⑳丹：朱砂。
㉑以类治之：用同类事物治。
㉒南道：南方。　　短狐：据《汉书》为"短弧"，说中一种毒虫。
㉓阳气因："因"似应为"困"。
㉔暍（yé，音耶）：受热。　　暑暍：指中暑。
㉕疾：害病，得病。
㉖渥：多，厚。
㉗鲑（guī，音归）、鲹、鯄（shū，音淑）：都为毒鱼。
㉘蜚（fēi，音飞）：通"飞"。
㉙祝誓："誓"应为"禁"，一种咒法。
㉚烁（shuò，音朔）：通"铄"，化。
㉛直：通"值"，遭、逢。
㉜道：言，说。
㉝拔：取。　　焰：烧。
㉞制：克。
㉟之：往，到。
㊱铸：铸剑。　　工：善。
㊲称：赞。
㊳路：行路。
㊴鸩鸟：传说中的毒鸟，用其羽泡酒可毒杀人。
㊵逆鳞：传说龙脖下有倒长的鳞，人遇之即会被杀死。
㊶巳在西南："巳"应作"巴"。
㊷处地：地方。
㊸比：类。
㊹比：近。
㊺齰（zé，音择）：咬。
㊻内：通"纳"。
㊼见：现。

㊽咎征：恶兆。

㊾僭（jiàn，音健）：越过本分。　恒：常。　暘（yáng，音羊）：晴。

㊿致：招致。

51言从：恶言相从。

52诗妖：指含有怨恨不满的诗歌、民谣等，被认为是预示凶祸的妖象。

53美好：此指容颜美丽。

54视寝：指妻妾等事奉丈夫睡觉。

55汝：你。

56弊：小、弱。

57间：离间。

58难：遇到灾难。

59爱：惜。

60嬖（bì，音必）：宠爱。

61遂：应作“逐”，驱逐。

62发：产生。

63好：美。

64发：起于，发端于。

65难：不可。

66益：多。

67说：通“悦”，使悦。

68畜：养。

69阳虎：人名。　却行：后退而走。

70白：意即面色吓得苍白。

71罔：无。

72四国：意即天下。

73谗夫：进谗言之人。

薄　葬

圣贤之业，皆以薄葬省用为务[①]。然而世尚厚葬，有奢泰之失者[②]，儒家论不明，墨家议之非故也。墨家之议右鬼[③]，以为人死，辄为神鬼而有知，能形而害人，故引杜伯之类，以为效验。儒家不从，以为死人无知，不能为鬼，然而赙祭备物者[④]，示不负死以观生也[⑤]。陆贾依儒家而说，故其立语，不肯明处[⑥]。刘子政举薄葬之奏，务欲省用，不能极论。是以世俗内持狐疑之议[⑦]，外闻杜伯之类；又见病且终者[⑧]，墓中死人来与相见，故遂信是，谓死如生。闵死独葬[⑨]，魂狐无副[⑩]，丘墓闭藏[⑪]，谷物乏匮，故作偶人以侍尸柩[⑫]，多藏食物，以歆精魂。积浸流至[⑬]，或破家尽业以充死棺[⑭]，杀人以殉葬，以快生意[⑮]。非知其内无益[⑯]，而奢侈之心外相慕也；以为死人有知，与生人无以异。孔子非之而亦无以定实。然而陆贾之论两无所处[⑰]。刘子政奏，亦不能明儒家无知之验，墨家有知之故。事莫明于有效，论莫定于有证，空言虚语，虽得道心，人犹不信，是以世俗轻愚信祸福者，畏死不惧义，重死不顾生，竭财以事神[⑱]，空家以送终。辩士文人有效验，若墨家之以杜伯为据，则死无知之实可明，薄葬省财之教可立也。今墨家非儒，儒家非墨，各有所持，故乖不合，业难齐同，故二家争论。世无祭祀复生之人，故死生之义未有所定。实者死人暗昧与人殊途，其实荒忽[19]，难得深知[20]。有知无知之情不可定，为鬼之实不可是。通人知士，虽博览古今，窥涉百家[21]，条入叶贯[22]，不能审知。唯圣心贤意，方比物类[23]，为能实之。夫论不留精澄意[24]，苟以外效立事是非[25]，信闻见于外，不诠订于内[26]，是用耳目论，不以心意议也。夫以耳目论，则以虚象为言；虚象效，则以实事为非，是故是非者不徒耳目，必开心意。墨议不以心而原物[27]，苟信闻见，则虽效验章明[28]，犹为失实。失实之议难以教[29]，虽得愚民之欲，不合知者之心，丧物索用[30]，无益于世。此盖墨术所以不传也。

鲁人将以玙璠敛[31]，孔子闻之，径庭丽级而谏。夫径庭丽级[32]，非礼也，孔子为救患也[33]。患之所由，常由有所贪。玙璠，宝物也，鲁人用敛，奸人侗之[34]，欲心生矣。奸人欲生，不畏罪法，不畏罪法，则丘墓抽矣[35]。孔子睹微见著，故径庭丽级，以救患直谏。夫不明死人无知之义，而著丘墓必抽之谏，虽尽比干之执[36]，人人必不听[37]。何则？诸侯财多不忧贫，威强不惧抽。死人之议，狐疑未定，孝子之计，从其重者[38]。如明死人无知，厚葬无益，论定议立，较著可闻[39]，则玙璠之礼不行，径庭之谏不发矣。今不明其说而强其谏[40]，此盖孔子所以不能立其教。孔子非不明死生之实，其意不分别者，亦陆贾之语指也[41]。夫言死无知，则臣子倍其君父[42]，故曰："丧祭礼废，则臣子恩泊[43]，臣子恩泊，则倍死亡先[44]，倍死亡先，则不孝狱多[45]。"圣人惧开不孝之源，故不明死无知之实。异道不相连，事生厚，化自生[46]，虽事死泊，何损于化？使死者有知，倍之非也。如无所知，倍之何损？明其无知，未必有倍死之害。不明无知，成事已有贼生之费[47]。

孝子之养亲病也，未死之时，求卜迎医，冀祸消、药有益也。既死之后，虽审如巫咸[48]，良如扁鹊，终不复生[49]，何则？知死气绝，终无补益，治死无益，厚葬何差乎？倍死恐伤化，绝卜拒医，独不伤义乎[50]！亲之生也，坐之高堂之上，其死也，葬之黄泉之下。黄泉之下非人所居，然而葬之不疑者，以死绝异处，不可同也[51]。如当亦如生存，恐人倍之，宜葬于宅，与生同也。不明无知，为人倍其亲[52]，独明葬黄泉，不为离其先乎？亲在狱中，罪疑未定，孝子驰走以救其难。如罪定法立，终无门户，虽曾子、子骞[53]，坐泣而已。何则？计动无益，空为烦也。今死亲之魂，定无所知，与拘亲之罪决不可救何以异[54]？不明无知，恐人倍其先，独明罪定，不为忽其亲乎[55]！圣人立义，有益于化，虽小弗除[56]；无补于政，虽大弗与[57]。今厚死人，何益于恩？倍之弗事，何损于义？

孔子又谓：为明器不成[58]，示意有明，俑则偶人[59]，象类生人。故鲁用偶人葬，孔子叹，睹用人殉之兆也[60]，故叹以痛之。即如生当备物[61]，不示如生[62]，意悉其教[63]，用偶人葬，恐后用生殉，用明器，独不为后用善器葬乎！绝用人之源，不防丧物之路，重人不爱用，痛人不忧国[64]，传议之所失也。救漏防者[65]，悉塞其穴，则水泄绝[66]，穴不悉塞，水有所漏，漏则水为患害。论死不悉，则奢礼不绝。不绝则丧物索用，用索物丧，民贫耗之，至危亡之道也。

苏秦为燕使，齐国之民高大丘冢，多藏财物，苏秦身弗以劝勉之[67]，财尽民贫[68]，国空兵弱，燕军卒至，无以自卫，国破城亡，主出民散[69]。今不明死之无知，使民自竭，以厚葬亲，与苏秦奸计同一败[70]。墨家之议自违其术，其薄葬而又右鬼，右鬼引效以杜伯为验[71]。杜伯死人，如谓杜伯为鬼，则夫死者审有知[72]，如有知而薄葬之，是怒死人也。情欲厚而恶薄[73]，以薄受死者之责[74]，虽右鬼，其何益哉？如以鬼非死人，则其信杜伯非也，如以鬼是死人，则其薄葬非也。术用乖错，首尾相违，故以为非。非与是不明，皆不可行。夫如是，世俗之人，可一详览。详览如斯，可一薄葬矣。

①用：财用。
②泰：过分。　　失：缺点。
③右：崇尚。
④赙（fù，音付）：赠财物给办丧事人家。
⑤负：背弃。　　观：通“劝”，规劝。　　生：活着的人。
⑥处：断定。
⑦狐疑：怀疑。
⑧且：将。
⑨闵：怜。
⑩无副：孤独无伴。
⑪丘墓：坟墓。
⑫偶人：用木料等制作的假人。
⑬浸：渐渐。　　流至：影响所及。
⑭或：有的人。
⑮生：生人。
⑯内：通“纳”。
⑰两：死人有知觉和无知觉两种观点。
⑱事：奉。
⑲荒忽：同“恍惚”。
⑳知：通“智”。
㉑窥涉：关涉。
㉒条入叶贯：意即细致贯通。
㉓方：比。
㉔澄：清。
㉕苟：只，但。外效：犹言外部现象。
㉖诠订：考订，判别。
㉗原：推究。
㉘章：同“彰”。
㉙教：教导，教育。
㉚索：尽。
㉛玙璠（yú fán，音余凡）：君王所佩之玉。　　敛：通“殓”。此指将玉佩放进死者棺木之中。
㉜径：径直（走过）。　　丽：跨越。　　级：台阶。
㉝救：防。
㉞侗（jiàn，音见）：通“瞯”，窥视。
㉟抽：应作“扫”，hú，音胡，挖掘。
㊱执：通“挚”，诚。
㊲人人：多一字。
㊳其：葬事。
㊴较著：明显。
㊵说：观点，主张。
㊶指：通“旨”，意。
㊷倍：通“背”，违反。
㊸泊：通“薄”。
㊹亡：通“忘”。
㊺狱：罪案。
㊻化：教化。
㊼贼：害。

⑱审：精。
⑲生：有本作“使”，用。
⑳独：难道，岂。
㉑同：聚。
㉒为：通“畏”。　倍：背叛，违反。
㉓虽：即使。
㉔决：判罪，判决。
㉕忽：轻视。
㉖除：去除，取消。
㉗与：赞同，赞许。
㉘明器：葬品。　不成：指器物粗糙。
㉙俑：殉葬用假人。
㉚用人殉：用真人殉葬。
㉛即：假使。　如：如同。　生：生人。
㉜示：表示。
㉝悉：尽。
㉞痛：惜。
㉟防：堤，坝。
㊱绝：止。
㊲弗：通“绋”（fú，音浮），牵引灵柩的大绳。
㊳贪：疑作“贫”。
㊴主：君主。
㊵败：祸。
㊶引效：意指举事例以证明。
㊷则夫：那么。　审：的确。
㊸情欲厚：前似应有“人”。　恶：厌恶。
㊹以：用。　薄：薄葬。

四　讳

俗有大讳四。一曰讳西益宅[①]，西益宅谓之不祥，不祥必有死亡，相惧以此，故世莫敢西益宅，防禁所从来者远矣。传曰：鲁哀公欲西益宅，史争以为不祥[②]。哀公作色而怒[③]，左右数谏而弗听[④]，以问其傅宰质睢曰[⑤]：“吾欲西益宅，史以为不祥，何如?”宰质睢曰：“天下有三不祥，西益宅不与焉[⑥]。”哀公大说[⑦]。有顷，复问曰：“何谓三不祥?”对曰：“不行礼义，一不祥也。嗜欲无止，二不祥也。不听规谏，三不祥也。”哀公缪然深惟[⑧]，慨然自反，遂不益宅。令史与宰质睢止其益宅[⑨]，徒为烦扰，则西益宅祥与不祥未可知也。令史、质睢以为西益宅审不祥，则史与质睢与今俗人等也。夫宅之四面皆地也，三面不谓之凶，益西面独谓不祥，何哉？西益宅何伤于地体，何害于宅神？西益不祥，损之能善乎？西益不祥，东益能吉乎？夫不祥必有祥者，犹不吉必有吉矣。宅有形体，神有吉凶，动德致福[⑩]，犯刑起祸[⑪]，今言西益宅谓之不祥，何益而祥者？且恶人西益宅者[⑫]，谁也？如地恶之，益东家之西，损西家之东，何伤于地？如以宅神不欲西益，神犹人也，人之处宅欲得广大，何故恶之？而以宅神恶烦扰，则西而益宅[⑬]，皆当不祥。诸工技之家[14]，说吉凶之占，皆有事状。宅家言治宅犯凶神[15]，移徙言忌岁月，祭祀言触血忌，丧葬言犯刚柔，皆有鬼神凶恶之禁，人不忌避，有病死之祸。至于西益宅，何害而谓之不祥？不祥之祸，何以为败[16]？实说其义，不祥者义理之禁，非吉凶之忌也。夫西方，长老之地，尊者之位也，尊长在西，卑幼在东。尊长，主也；卑幼，助也。主少而助多，尊无二上，卑有百下也。西益主[17]，益主不增助，二上不百下也，于义不善，故谓不祥。不祥者，不宜也，于义不宜，未有凶也，何以明之？夫墓，死人所藏；田，人所饮食；宅，人所居处。三者于人，吉凶宜等。西益宅不祥，西益墓与田，不言不祥。夫墓，死人所居，因忽不慎。田，非人所处，不设尊卑。宅者长幼所共，加慎致意者，何可不之讳？义祥于宅，略于墓与田也。

二曰讳被刑为徒，不上丘墓[18]。但知不可，不能知其不可之意。问其禁之者，不能知其讳，受禁行者亦不要其忌[19]。连相放效[20]，至或于被刑[21]，父母死，不送葬；若至墓侧[22]，不敢临葬。甚失至于不行吊伤[23]，见佗人之柩[24]。夫徒，善人也，被刑谓之徒。丘墓之上，二亲也[25]，死亡谓之先。宅与墓何别，亲与先何异？如以徒被刑，先人责之，则不宜人宅与亲相见。如徒不得与死人相见，则亲死在堂，不得哭柩。如以徒不得升丘墓，则徒不得上山陵，世俗禁之，执据何义？实说其意，徒不上丘墓有二义，义理之讳，非凶恶之忌也。徒用心以为先祖全而生之[26]，子孙亦当全而归之。故曾子有疾，召门弟子曰："开予足[27]，开予手，而今而后，吾知免夫，小子[28]。"曾子重慎，临绝效全，喜免毁伤之祸也。孔子曰："身体发肤，受之父母，弗敢毁伤。"孝者怕入刑辟[29]，刻画身体，毁伤发肤，少德泊行[30]，不戒慎之所致也。愧负刑辱[31]，深自刻责，故不升墓祀于先。古礼庙祭，今俗墓祀，故不升墓。惭负先人，一义也。墓者，鬼神所在，祭祀之处。祭祀之礼，齐戒洁清[32]，重之至也。今已被刑，刑残之人，不宜与祭，供侍先人，卑谦谨敬，退让自贱之意也。缘先祖之意[33]，见子孙被刑，恻怛憯伤[34]，恐其临祀，不忍歆享，故不上墓，二义也。昔太伯见王季有圣子文王，知太王意欲立之。人吴采药，断发文身[35]，以随吴俗。太王薨，太伯还，王季辟主[36]，太伯再让，王季不听，三让，曰："吾之吴越[37]，吴越之俗，断发文身，吾刑余之人[38]，不可为宗庙社稷之主。"王季知不可，权而受之[39]。夫徒不上丘墓，太伯不为主之义也，是谓祭祀不可，非谓柩当葬，身不送也。葬死人，先祖痛，见刑人，先祖哀。权可哀之身[40]，送可痛之尸，使先祖有知[41]，痛尸哀形，何愧之有！如使无知[42]，丘墓田野也，何惭之有？惭愧 先者，谓身体刑残，与人异也。古者用刑，形毁不全，乃不可耳[43]。方今象刑[44]，象刑重者，髡钳之法也[45]。若完城旦以下[46]，施刑[47]，彩衣系躬[48]，冠带与俗人殊，何为不可？世俗信而谓之皆凶，其失至于不吊乡党尸[49]，不升佗人之丘，惑也。

三曰讳妇人乳子[50]，以为不吉。将举吉事，人山林，远行度川泽者[51]，皆不与之交通[52]。乳子之家，亦忌恶之。丘墓庐道畔[53]，逾月乃人[54]，恶之甚也。暂卒见[55]，若为不吉[56]，极原其事，何以为恶？夫妇人之乳子也，子含元气而出。元气，天地之精微也，何凶而恶之？人，物也，子亦物也。子生与万物之生何以异？讳人之生谓之恶，万物之生又恶之乎？生与胞俱出[57]，如以胞为不吉，人之有胞，犹木实之有扶也[58]，包裹儿身[59]，因与俱出，若鸟卵之有壳，何妨谓之恶？如恶以为不吉，则诸生物有扶壳者，宜皆恶之。万物广多，难以验事。人生何以异于六畜，皆含血气怀子，子生与人无异，独恶人而不憎畜，岂以人体大气血盛乎？则夫牛马体大于人，凡可恶之事，无与钧等[60]，独有一物，不见比类，乃可疑也。今六畜与人无异，其乳皆同一状，六畜与人无异，讳人不讳六畜，不晓其故也。世能别人之产与六畜之乳，吾将听其讳，如不能别，则吾谓世俗所讳妄矣。

且凡人所恶，莫有腐臭[61]。腐臭之气，败伤人心。故鼻闻臭，口食腐，心损口恶，霍乱呕吐[62]。夫更衣之室[63]，可谓臭矣；鲍鱼之肉[64]，可谓腐矣。然而有甘之更衣之室[65]，不以为忌；肴食腐鱼之肉，不以为讳。意不存以为恶，故不计其可与不也[66]。凡可憎恶者，若溅墨漆，附著人身。今目见鼻闻，一过则已，忽亡辄去[67]，何故恶之？出见负豕于涂，腐澌于沟[68]，不以为凶者，洿辱自在彼人[69]，不著己之身也。今妇人乳子自在其身，斋戒之人，何故忌之？

江北乳子不出房室，知其无恶也。至于犬乳，置之宅外，此复惑也。江北讳犬不讳人，江南讳人不讳犬，谣俗防恶[70]，各不同也。夫人与犬何以异，房室宅外何以殊，或恶或不恶，或讳或不讳，世俗防禁，竟无经也[71]。月之晦也，日月合宿，纪为一月，犹八日[72]，日月中分谓之弦[73]；十五日，日月相望谓之望[74]；三十日，日月合宿谓之晦。晦与弦望一实也，非月晦日月光气与月朔异也。何故逾月谓之吉乎？如实凶，逾月未可谓吉；如实吉，虽未逾月犹为可也。实说，讳忌产子乳犬者，欲使人常自洁清，不欲使人被污辱也。夫自洁清则意精，意精则行清，行清而贞廉之节立矣。

四曰讳举正月、五月子[75]。以为正月、五月子杀父与母，不得[76]，已举之，父母祸死[77]，则信而谓之真矣。夫正月、五月子，何故杀父与母？人之含气在腹肠之内，其生十月而产，共一元气也，正与二月何殊，五与六月何异，而谓之凶也？世传此言久，拘数之人[78]，莫敢犯之。弘识大材，实核事理，深睹吉凶之分者，然后见之。昔齐相田婴贱妾有子，名之曰文[79]。文以五月生，婴告其母勿举也[80]，其母窃举生之。及长，其母因兄弟而见其子文于婴[81]，婴怒曰："吾令女去此子[82]，而敢生之[83]，何也？"文顿首[84]，因曰："君所以不举五月子者，何故？"婴曰："五月子者长至户，将不利其父母。"文曰："人生受命于天乎，将受命于户邪[85]？"婴嘿然[86]。文曰："必受命于天，君何忧焉。如受命于户，即高其户，谁能至者？"婴善其言，曰："子休矣！"其后使文主家，待宾客，宾客日进，名闻诸侯。文长过户，而婴不死，以田文之说言之，以田婴不死效之，世俗所讳，虚妄之言也。夫田婴俗父[87]，而田文雅子也。婴信忌不实义，文信命不辟讳[88]。雅俗异材，举措殊操，故婴名暗而不明，文声驰而不灭。实说，世俗讳之亦有缘也。夫正月岁始，五月盛阳，子以生，精炽热烈，厌胜父母[89]，父母不堪，将受其患，传相放效，莫谓不然，有空讳之言，无实凶之效，世俗惑之[90]，误非之甚也。

夫忌讳非一，必托之神怪，若设以死亡[91]，然后世人信用。畏避忌讳之语，四方不同，略举通语，令世观览。若夫曲俗微小之讳[92]，众多非一，咸劝人为善，使人重慎，无鬼神之害，凶丑之祸[93]。世讳作豆酱恶闻雷，一人不食，欲使人急作，不欲积家，逾至春也。讳厉刀井上[94]，恐刀堕井中也；或说以为刑之字[95]，井与刀也，厉刀井上，井刀相见，恐被刑也。毋承屋檐而坐，恐瓦堕击人首也。毋反悬冠[96]，为似死人服，或说恶其反而承尘溜也[97]。毋偃寝[98]，为其象尸也。毋以箸相受[99]，为其不固也。毋相代扫[100]，为修冢之人冀人来代己也。诸言毋者[101]，教人重慎，勉人为善。礼曰："毋抟饭[102]，毋流歠[103]。"礼义之禁，未必吉凶之言也。

---

①益：此指扩建。

②史：指史官。　　争：通"诤"，直言相劝。

③作色：变色。

④数（shuò，音搠）：多次，屡次。

⑤傅：官名。

⑥与：参与，意思是包含在其中。

⑦说：通"悦"，喜。

⑧缪：通"穆"，静穆。　　惟：思。

⑨令：假使。

⑩动德：行动合德。
⑪刑：法。
⑫恶：厌、憎。
⑬而：疑应为“面”。
⑭工技：指手工技艺。
⑮宅家：占算宅屋凶吉之人。
⑯败：害。
⑰主：应为“宅”。
⑱丘墓：坟墓。
⑲要：疑作“晓”。
⑳放：通“仿”。
㉑于：应作“子”。
㉒若：或。
㉓甚：似应为“其”。　　吊伤：吊丧。
㉔佗：同“他”。
㉕二亲：指父母双亲。
㉖全而生之：完善无缺地生下后代。
㉗开：避讳汉景帝刘启名，《论语》原作“启”。
㉘小子：称呼学生。
㉙怕：通“迫”。　　人：遭到，遭受。　　刑辟：刑罚。
㉚泊：通“薄”。
㉛负：受。
㉜齐：通“斋”。　　洁清：指洗浴使身净。
㉝缘：推究。
㉞恻怛（dá，音达）：十分伤悲。　　憯：同“惨”。
㉟文：刺花纹。
㊱辟：通“避”。
㊲之：去，到。
㊳刑余之人：指肢体有损伤之人。
㊴权：权变。
㊵权：权且。
㊶使：假如。
㊷如使：假如。
㊸乃不可耳：才不可去送葬。
㊹象刑：自文帝始，改墨等刑为杖刑，并穿以特殊颜色的衣裳服役等。
㊺髡（kūn，音坤）：剃去头发之刑。　　钳：以铁圈套住颈子的刑。
㊻完城旦：迫使犯人白天御敌，夜间筑城。
㊼施：通“弛”（shǐ，音始），免。
㊽系躬：指穿在身体之上。
㊾乡党：同乡亲族等。
㊿乳：生。
51度：通“渡”。
52交通：交往，往来。
53丘墓：有本前加“舍”。
54入：归家。
55卒：猝。
56若：好象。

㊼胞：胎衣。
㊽扶：应为“柎”（fū，音夫），花萼。
㊾裹：应为“裹”。
㊿钧：通“均”。
㉛有：通“为”，象，如。
㉜霍乱：指患有泻吐、肚腹剧痛一类的病。
㉝更衣之室：指厕所。
㉞鲍（bào，音抱）：腐，盐渍。
㉟有：通“又”。甘：自愿。
㊱（可与）不：同“否”。
㊲忽：迅速。
㊳澌（sī，音斯）：死。
㊴洿：同“污”。
㊵谣俗：民俗，风俗。　防：止、禁。
㊶经：常，指标准。
㊷犹：如。
㊸中分：月半圆。
㊹相望：相看。
㊺举：养。
㊻不得：据《太平御览》，后有“举也”。
㊼父母祸死：《太平御览》“祸”作“偶”。
㊽拘：拘泥，不变通。　数：指术数。
㊾文：即“孟尝君”。
㊿举：养。
㉛见：引见。
㉜女：通“汝”。　去：弃。
㉝而：然而。
㉞顿首：磕头。
㉟将：还是。
㊱嘿：同“默”。
㊲俗：庸俗，一般。
㊳辟：通“避”。
㊴厌：通“压”。
㊵惑：迷。
㊶若：或。
㊷曲：局部，小。
㊸丑：怪。
㊹厉：同“砺”。
㊺刑：刑左似“井”，右为“刀”，故有此讳。
㊻反悬：倒挂。
㊼尘溜：灰尘水滴。
㊽偃寝：仰卧。
㊾受：通“授”。
⑩扫：指祭扫墓地。
⑩诸：众，各。
⑩抟（tuán，音团）：把东西揉成团。　毋抟饭：指不要一块块地装饭，因为这样表示抢吃，有失礼貌。
⑩歠（chuò，音啜）：吸，喝。此句意为不要大口喝汤。

调 时[1]

世俗起土兴功，岁月有所食，所食之地必有死者。假令太岁在子，岁食于酉，正月建寅，月食于巳，子、寅地兴功，则酉、巳之家见食矣。见食之家，作起厌胜[2]，以五行之物悬金木水火。假令岁月食西家，西家悬金；岁月食东家，东家悬炭。设祭祀以除其凶，或空亡徙以辟其殃。连相仿效，皆谓之然。如考实之，虚妄迷也。

何以明之？夫天地之神，用心等也。人民无状[3]，加罪行罚，非有二心两意，前后相反也。移徙不避岁月，岁月恶其不避己之冲位[4]，怒之也。今起功之家，亦动地体，无状之过，与移徙等。起功之家，当为岁所食，何故反令巳、酉之地受其咎乎？岂岁月之神怪移徙而不咎起功哉！用心措意，何其不平也。鬼神罪过人，犹县官谪罚民也。民犯刑罚多非一，小过宥罪，大恶犯辟，未有以无过受罪。无过而受罪，世谓之冤。今巳、酉之家，无过于月岁，子、寅起宅，空为见食，此则岁冤无罪也。且夫太岁在子，子宅直符[5]，午宅为破，不须兴功起事。空居无为，犹被其害。今岁月所食，待子宅有为，巳、酉乃凶。太岁，岁月之神，用罚为害，动静殊致，非天从岁月神意之道也。

审论岁月之神，岁则太岁也，在天边际，立于子位。起室者在中国一州之内，假令扬州在东南，使如邹衍之言，天下为一州，又在东南，岁食于酉，食西羌之地，东南之地安得凶祸。假令岁在人民之间，西宅为酉地，则起功之家，宅中亦有酉地，何以不近食其宅中之西地，而反食佗家乎[6]！且食之者审谁也[7]？如审岁月，岁月天之从神，饮食与天同，天食不食人，故郊祭不以为牲。如非天神，亦不食人。天地之间，百神所食，圣人谓当与人等。推生事死，推人事鬼，故百神之祀皆用众物，无用人者。物食人者，虎与狼也。岁月之神，岂虎狼之精哉？仓卒之世[8]，谷食乏匮，人民饥饿，自相啖食。岂其啖食死者，其精为岁月之神哉？岁月有神，日亦有神，岁食月食，日何不食？积日为月，积月为时，积时为岁，千五百三十九岁为一统，四千六百一十七岁为一元，增积相倍之数，分余终竟之名耳，安得鬼神之怪、祸福之验乎？如岁月终竟者宜有神，则四时有神，统元有神，月三日魄，八日弦，十五日望，与岁月终竟何异？岁月有神，魄与弦复有神也？一日之中，分为十二时，平旦寅，日出卯也。十二月建寅卯，则十二月时所加寅卯也。日加十二辰不食，月建十二辰独食，岂日加无神，月建独有哉？何故月建独食，日加不食乎！如日加无神，用时决事非也。如加时有神，独不食非也。

神之口腹，与人等也。人饥则食，饱则止，不为起功乃一食也。岁月之神，起功乃食，一岁之中，兴功者希，岁月之神饥乎？仓卒之世，人民亡，室宅荒废，兴功者绝，岁月之神饿乎？且田与宅俱人所治，兴功用力，劳佚钧等[9]。宅掘土而立木，田凿沟而起堤，堤与木俱立，掘与凿俱为。起宅，岁月食；治田，独不食。岂起宅时岁月饥，治田时饱乎？何事钧作同，饮食不等也？

说岁月食之家，必铨功之小大[10]，立远近之步数。假令起三尺之功，食一步之内，起十丈之役，食一里之外，功有小大，祸有近远。蒙恬为秦筑长城，极天下之半，则其为祸宜以万数。案长城之造，秦民不多死。周公作雒，兴功至大，当时岁月宜多食。圣人知其审食，宜徙所食地置于吉祥之位。如不知避，人民多凶。经传之文，贤圣宜有刺讥。今闻筑雒之民四方和会[11]，功成事毕，不闻多死。说岁月之家，殆虚非实也。且岁月审食，犹人口腹之饥必食也。且为巳、酉地有厌胜之故，畏一金刃，惧一死炭，岂闭口不敢食哉！

如实畏惧，宜如其数。五行相胜，物气钧适。如泰山失火，沃以一杯之水，河决千里，塞以一掊之土[12]，能胜之乎？非失五行之道，小大多少不能相当也。天地之性，人物之力，少不胜多，小不厌大。使三军持木杖，匹夫持一刃，伸力角气[13]，匹夫必死。金性胜木，然而木胜金负者，木多而金寡也。积金如山，燃一炭火以燔烁之，金必不消，非失五行之道，金多火少，少多小大不钧也。五尺童子与孟贲争，童子不胜，非童子怯，力少之故也。狼众食人，人众食狼。敌力角气，能以小胜大者希；争强量功，能以寡胜众者鲜。天道人物，不能以小胜大者，少不能服多。以一刃之金，一炭之火，厌除凶咎，却岁之殃，如何也！

---

①谰（lán，音兰）：通“谰”。诬妄，胡说。

②厌胜：指用符咒等迷信手段制胜人或鬼怪的巫术。

③无状：缺乏礼貌，举止放荡。

④冲位：相忌相克的位置。

⑤直符：方位正好符合。

⑥佗：通“他”。

⑦审：究竟。

⑧仓卒之世：指战乱灾荒的年代。

⑨钧：通“均”。

⑩铨：衡量。

⑪和会：和睦相聚。

⑫掊：捧。

⑬伸：施展。

讥 日

世俗既信岁时，而又信日。举事若病死灾患，大则谓之犯触岁月，小则谓之不避日禁。岁月之传既用[①]，日禁之书亦行。世俗之人，委心信之；辩论之士，亦不能定。是以世人举事，不考于心而合于日，不参于义而致于时。时日之书，众多非一，略举较著[②]，明其是非，使信天时之人，将一疑而倍之。夫祸福随盛衰而至，代谢而然。举事曰凶，人畏凶有效；曰吉，人冀吉有验。祸福自至，则述前之吉凶以相戒惧：此日禁所以累世不疑，惑者所以连年不悟也。

《葬历》曰：“葬避九空、地臽及日之刚柔、月之奇耦[③]。日吉无害，刚柔相得，奇耦相应，乃为吉良。不合此历，转为凶恶。”夫葬，藏棺也；敛，藏尸也。初死藏尸于棺，少久藏棺于墓。墓与棺何别？敛与葬何异？敛于棺不避凶，葬于墓独求吉。如以墓为重，夫墓，土也，棺，木也，五行之性，木土钧也。治木以羸尸[④]，穿土以埋棺，治与穿同事，尸与棺一实也。如以穿土贼地之体，凿沟耕园，亦宜择日。世人能异其事，吾将听其禁；不能异其事，吾不从其讳。日之不害，又求日之刚柔；刚柔既合，又索月之奇耦。夫日之刚柔，月之奇耦，合于《葬历》，验之于吉，无不相得。何以明之？春秋之时，天子、诸侯、卿、大夫死以千百数，案其葬日，未必合于历。

又曰："雨不克葬，庚寅日中乃葬。"假令鲁小君以刚日死，至葬日己丑，刚柔等矣。刚柔合，善日也。不克葬者，避雨也。如善日，不当以雨之故，废而不用也。何则？雨不便事耳。不用刚柔，重凶不吉，欲便事而犯凶，非鲁人之意，臣子重慎之义也。今废刚柔，待庚寅日中，以暘为吉也。《礼》："天子七月而葬，诸侯五月，卿、大夫、士三月。"假令天子正月崩，七月葬；二月崩，八月葬。诸侯、卿、大夫、士皆然。如验之《葬历》，则天子、诸侯葬月常奇常耦也。衰世好信禁，不肖君好求福。春秋之时，可谓衰矣；隐、哀之间，不肖甚矣。然而葬埋之日，不见所讳，无忌之故也。周文之世，法度备具，孔子意密，《春秋》义纤，如废吉得凶，妄举触祸，宜有微文小义贬讥之辞。今不见其义，无《葬历》法也。

祭祀之历，亦有吉凶。假令血忌月杀之日固凶，以杀牲设祭，必有患祸。夫祭者，供食鬼也；鬼者，死人之精也。若非死人之精，人未尝见鬼之饮食也。推生事死，推人事鬼，见生人有饮食，死为鬼，当能复饮食，感物思亲，故祭祀也。及他神百鬼之祠，虽非死人，其事之礼亦与死人同，盖以不见其形，但以生人之礼准况之也。生人饮食无日，鬼神何故有日？如鬼神审有知，与人无异，则祭不宜择日。如无知也，不能饮食，虽择日避忌，其何补益？实者，百祀无鬼，死人无知。百祀报功，示不忘德。死如事生，示不背亡。祭之无福，不祭无祸。祭与不祭，尚无祸福，况日之吉凶，何能损益？如以杀牲见血，避血忌月杀，则生人食六畜亦宜辟之。海内屠肆，六畜死者日数千头，不择吉凶，早死者未必屠工也。天下死罪，各月断囚亦数千人，其刑于市，不择吉日，受祸者未必狱吏也。肉尽杀牲，狱具断囚。囚断牲杀，创血之实，何以异于祭祀之牲？独为祭祀设历，不为屠工、狱吏立见，世俗用意不实类也。祭非其鬼，又信非其讳，持二非往求一福，不能得也。

《沐书》曰[⑤]："子日沐，令人爱之。卯日沐，令人白头。"夫人之所爱憎，在容貌之好丑；头发白黑，在年岁之稚老。使丑如嫫母，以子日沐，能得爱乎？使十五女子以卯日沐，能白发乎？且沐者去首垢也，洗去足垢，盥去手垢，浴去身垢，皆去一形之垢，其实等也。洗盥俗不择日，而沐独有日。如以首为最尊，则浴亦治面，面亦首也。如以发为最尊，则栉亦宜择日。栉用木，沐用水，水与木，俱五行也。用木不避忌，用水独择日。如以水尊于木，则诸用水者宜皆择日。且水不若火尊，如必以尊卑，则用火者宜皆择日。且使子沐人爱之，卯沐其首白者，谁也？夫子之性，水也；卯，木也。水不可爱，木色不白。子之禽鼠，卯之兽兔也。鼠不可爱，兔毛不白。以子日沐，谁使可爱？卯日沐，谁使凝白者？夫如是，沐之日无吉凶，为沐立日历者，不可用也。

裁衣有书，书有吉凶，凶日制衣则有祸，吉日则有福。夫衣与食俱辅人体，食辅其内，衣卫其外。饮食不择日，制衣避忌日，岂以衣为于其身重哉？人道所重，莫如食急，故八政一曰食，二曰货。衣服，货也。如以加之于形为尊重，在身之物莫大于冠。造冠无禁，裁衣有忌，是于尊者略，卑者详也。且夫沐去头垢，冠为首饰；浴除身垢，衣卫体寒。沐有忌，冠无讳；浴无吉凶，衣有利害。俱为一体，共为一身，或善或恶，所讳不均，俗人浅知，不能实也。且衣服不如车马。九锡之礼[⑥]，一曰车马，二曰衣服。作车不求良辰，裁衣独求吉日，俗人所重，失轻重之实也。

工伎之书，起宅盖屋必择日。夫屋覆人形，宅居人体，何害于岁月而必择之？如以障蔽人身者神恶之，则夫装车、治船、着盖、施帽，亦当择日。如以动地穿土神恶之，则夫凿沟耕园亦宜择日。夫动土扰地神，地神能原人无有恶意[⑦]，但欲居身自安，则神之圣心，必不忿怒。不忿怒，虽不择日，犹无祸也。如土地之神不能原人之意，苟恶人动扰之，则虽择日何益哉？王法禁杀伤人，杀伤人皆伏其罪，虽择日犯法，终不免罪；如不禁也，虽妄杀伤，终不入法。县官之法[⑧]，犹鬼神之制也。穿凿之过，犹杀伤之罪也。人杀伤不在择日，缮治室宅何故有忌？

又学书讳丙日，云仓颉以丙日死也[⑨]。礼不以子卯举乐，殷、夏以子卯日亡也。如以丙日书，子卯日举乐，未必有祸，重先王之亡日，凄怆感动，不忍以举事也。忌日之法，盖丙与子卯之类也，殆有所讳，未必有凶祸也。《堪舆历》[⑩]，历上诸神非一，圣人不言，诸子不传，殆无其实。天道难知，假令有之，诸神用事之日也，忌之何福？不讳何祸？王者以甲子之日举事，民亦用之，王者闻之，不刑法也。夫王者不怒民不与己相避，夫神何为独当责之？王法举事以人事之可否，不问日之吉凶。孔子曰："卜其宅兆而安厝之[⑪]。"《春秋》祭祀不言卜日。《礼》曰："内事以柔日，外事以刚日。"刚柔以慎内外，不论吉凶以为祸福。

①传：记载。　　用：流传。

②较著：较为突出的例子。

③九空、地臽：均为葬历上的忌日。

④羸：裹；装。

⑤《沐书》：选择洗头日子的书。

⑥九锡：古代君主赐给立有大功的诸侯或大臣的九样礼器。

⑦原：考察。

⑧县官：指皇帝。

⑨仓颉：传说中上古创造文字的人。

⑩《堪舆历》：一种选择吉日的历书。

⑪兆：坟；墓。　　厝：埋葬。

卜　筮

俗信卜筮，谓卜者问天，筮者问地，蓍神龟灵[①]，兆数报应，故舍人议而就卜筮，违可否而信吉凶。其意谓天地审告报，蓍龟真神灵也。如实论之，卜筮不问天地，蓍龟未必神灵。有神灵，问天地，俗儒所言也。

何以明之？子路问孔子曰："猪肩羊膊可以得兆[②]，雚苇藁芼可以得数[③]，何必以蓍龟？"孔子曰："不然！盖取其名也。夫蓍之为言耆也，龟之为言旧也，明狐疑之事当问耆旧也。"由此言之，蓍不神，龟不灵，盖取其名，未必有实也。无其实则知其无神灵，无神灵则知不问天地也。且天地口耳何在，而得问之？天与人同道。欲知天，以人事。相问，不自对见其人，亲问其意，意不可知。欲问天，天高，耳与人相远。如天无耳，非形体也。非形体则气也，气若云雾，何能告人？蓍以问地，地有形体，与人无异。问人，不近耳则人不闻，人不闻则口不告人。夫言问天，则天为气，不能为兆；问地，则地耳远，不闻人言。信谓天地告报人者，何据见哉？

人在天地之间，犹虮虱之着人身也。如虮虱欲知人意，鸣人耳傍，人犹不闻。何则？小大不均，音语不通也。今以微小之人，问巨大天地，安能通其声音？天地安能知其旨意？或曰："人怀天地之气。天地之气，在形体之中，神明是矣。人将卜筮，告令蓍龟，则神以耳闻口言，若己思念，神明从胸腹之中闻知其旨。故钻龟揲蓍[④]，兆见数著。"夫人用神思虑，思虑不决，故问蓍龟，蓍龟兆数，与意相应，则是神可谓明告之矣。时或意以为可，兆数不吉；或兆数则吉，意以为凶。夫思虑者己之神也，为兆数者亦己之神也。一身之神，在胸中为思虑，在胸外为兆数，犹人入户而坐，出门而行也。行坐不异意，出入不易情。如神明为兆数，不宜与思虑异。天地有休，故能摇动。摇动，有生之类也；生，则与人同矣。问生人者须以生人，乃能相报。如使死人问生人，则必不能相答。今天地生而蓍龟死，以死问生，安能得报？枯龟之骨，死蓍之茎，问生之天地，世人谓之天地报应，误矣。如蓍龟为若版牍，兆数为若书字，象类人君出教令乎，则天地口耳何在，而有教令？孔子曰："天何言哉？四时行焉，百物生焉。"天不言，则亦不听人之言。天道称自然无为，今人问天地，天地报应，是自然之有为以应人也。案《易》之文，观揲蓍之法，二分以象天地，四揲以象四时，归奇于扐⑤，以象闰月。以象类相法⑥，以立卦数耳，岂云天地告报人哉？

人道，相问则对，不问不应。无求，空扣人之门；无问，虚辨人之前：则主人笑而不应，或怒而不对。试使卜筮之人空钻龟而卜，虚揲蓍而筮，戏弄天地，亦得兆数，天地妄应乎？又试使人骂天而卜，瞰地而筮，无道至甚，亦得兆数。苟谓兆数天地之神，何不灭其火，灼其手，振其指，而乱其数，使之身体疾痛，血气凑踊，而犹为之见兆出数，何天地之不惮劳，用心不恶也？由此言之，卜筮不问天地，兆数非天地之报，明矣。然则卜筮亦必有吉凶。论者或谓随人善恶之行也，犹瑞应随善而至，灾异随恶而到。治之善恶，善恶所致也，疑非天地故应之也。吉人钻龟，辄从善兆；凶人揲蓍，辄得逆数。何以明之？纣，至恶之君也。当时灾异繁多，七十卜而皆凶，故祖伊曰："格人元龟⑦，罔敢知吉。"贤者不举，大龟不兆，灾变亟至。周武受命，高祖龙兴，天人并佑，奇怪既多，丰、沛子弟，卜之又吉。故吉人之体，所致无不良；凶人之起，所招无不丑。卫石骀卒，无適子⑧，有庶子六人，卜所以为后者，曰："沐浴佩玉则兆。"五人皆沐浴佩玉。石祁子曰："焉有执亲之丧而沐浴佩玉！"不沐浴佩玉，石祁子兆。卫人卜，以龟为有知也。龟非有知，石祁子自知也。祁子行善政，有嘉言，言嘉政善，故有明瑞。使时不卜，谋之于众，亦犹称善。何则？人心神意同吉凶也。此言若然，然非卜筮之实也。

夫钻龟揲蓍，自有兆数，兆数之见，自有吉凶，而吉凶之人，适与相逢。吉人与善兆合，凶人与恶数遇，犹吉人行道逢吉事，顾睨见祥物⑨，非吉事祥物为吉人瑞应也。凶人遭遇凶恶，于道亦如之。夫见善恶非天应答，适与善恶相逢遇也。钻龟揲蓍有吉凶之兆者，逢吉遭凶之类也。何以明之？周武王不豫⑩，周公卜三龟，公曰："乃逢是吉。"鲁卿庄叔生子穆叔，以《周易》筮之，遇明夷之谦⑪。夫卜曰逢，筮曰遇，实遭遇所得，非善恶所致也。善则逢吉，恶则遇凶，天道自然，非为人也。推此以论，人君治有吉凶之应，亦犹此也。君德遭贤，时适当平，嘉物奇瑞偶至。不肖之君，亦反此焉。

世人言卜筮者多，得实诚者寡。论者或谓蓍龟可以参事，不可纯用。夫钻龟揲蓍，兆数辄见，见无常占，占者生意。吉兆而占谓之凶，凶数而占谓之吉，吉凶不效，则谓卜筮不可信。周武王伐纣，卜筮之逆，占曰："大凶。"太公推蓍蹈龟而曰："枯骨死草，何知而凶！"夫卜筮兆数，非吉凶误也，占之不审吉凶，吉凶变乱，变乱，故太公黜之。夫蓍筮龟卜，犹圣王治世；卜筮兆数，犹王治瑞应。瑞应无常，兆数诡异。诡异则占者惑，无常则议者疑。疑则谓世未治，惑则谓占不良。何以明之？夫吉兆数，吉人可遭也；治遇符瑞，圣德之验也。周王伐纣，遇乌鱼之瑞，其卜曷为逢不吉之兆？使武王不当起，出不宜逢瑞；使武王命当兴，卜不宜得凶。由此言之，武王之卜，不得凶占，谓之凶者，失其实也。鲁将伐越，筮之，得鼎折足，子贡占之以为凶。何则？鼎而折足，行用足，故谓之凶。孔子占之以为吉，曰："越人水居，行用舟不用足，故谓之吉。"鲁伐越，果克之。夫子贡占鼎折足以为凶，犹周之占卜者谓之逆矣。逆中必有吉，犹折鼎足之占宜以伐越矣。周多子贡直占之知⑫，寡若孔子诡论之材，故睹非常之兆，不能审也。世因武王卜无非而得凶，故谓卜筮不可纯用，略以助政，示有鬼神，明已不得专。

著书记者，采掇行事⑬，若韩非《饰邪》之篇，明已效之验，毁卜訾筮⑭，非世信用。夫卜筮非不可用，卜筮之人占之误也。《洪范》稽疑，卜筮之变，必问天子卿士，或时审是。夫不能审占，兆数不验，则谓卜筮不可信用。晋文公与楚子战，梦与成王搏，成王在上而盬其脑，占曰"凶"。咎犯曰："吉！君得天，楚伏其罪。盬君之脑者，柔之也。"以战果胜，如咎犯占。夫占梦与占龟同。晋占梦者不见象指，犹周占龟者不见兆者为也。象无不然，兆无不审。人之知暗，论之失实也。传或言武王伐纣，卜之而龟熸⑮，占者曰"凶"。太公曰："龟熸，以祭则凶，以战则胜。"武王从之，卒克纣焉。审若此传，亦复孔子论卦，咎犯占梦之类也。盖兆数无不然，而吉凶失实者，占不巧工也。

---

①著：算卦用的一种草。俗称锯齿草。

②髆：肩胛骨。

③雚（huán，音环）：芦苇类的植物。　　茅（máo，音毛）：草名。

④揲（shé，音蛇）：用蓍草算卦时，按一定的数目和程序将蓍草分份儿。

⑤扐（lè，音勒）：手指缝。

⑥象类：相似；类似。

⑦格人：贤人。　　元龟：大版龟。

⑧適子：嫡子。

⑨顾睨：瞥一眼。

⑩不豫：古代帝王生病称"不豫"。

⑪明夷：《周易》六十四卦之一。　　谦：《周易》六十四卦之一。

⑫直占：指死板地解释兆数吉凶。

⑬采掇：收集。　　行事：已发生的事件。

⑭訾：指责。

⑮熸：不明；不清。

辨祟①

世俗信祸祟，以为人之疾病死亡，及更患被罪、戮辱欢笑②，皆有所犯。起功、移徙、祭祀、丧葬、行作、入官、嫁娶③，不择吉日，不避岁月，触鬼逢神，忌时相害。故发病生祸，絓法入罪④。至于死亡，殚家灭门⑤，皆不重慎，犯触忌讳之所致也。如实论之，乃妄言也。

凡人在世，不能不作事，作事之后，不能不有吉凶。见吉则指以为前时择日之福，见凶则刺以为往者触忌之祸⑥。多或择日而得祸，触忌而获福。工伎射事者欲遂其术⑦，见祸，忌而不言；闻福，匿而不达；积祸以惊不慎，列福以勉畏时。故世人无愚智贤不肖、人君布衣，皆畏惧信向⑧，不敢抵犯；归之久远，莫能分明，以为天地之书，贤圣之术也。人君惜其官，人民爱其身，相随信之，不复狐疑。故人君兴事，工伎满閤⑨；人民有为，触伤问时⑩。奸书伪文，由此滋生。巧惠生意，作知求利，惊惑愚暗，渔富偷贫，愈非古法度圣人之至意也。

圣人举事，先定于义。义已定立，决以卜筮，示不专己，明与鬼神同意共指，欲令众下信用不疑。故《书》列七卜，《易》载八卦，从之未必有福，违之未必有祸。然而祸福之至，时也；死生之到，命也。人命悬于天，吉凶存于时。命穷，操行善，天不能续；命长，操行恶，天不能夺。天，百神主也。道德仁义，天之道也；战栗恐惧，天之心也。废道灭德，贱天之道，险隘恣睢[11]，悖天之意。世间不行道德，莫过桀、纣；妄行不轨，莫过幽、厉。桀、纣不早死，幽、厉不夭折。由此言之，逢福获喜，不在择日避时；涉患丽祸[12]，不在触岁犯月，明矣。孔子曰："死生有命，富贵在天。"苟有时日，诚有祸祟，圣人何惜不言，何畏不说！案古图籍，仕者安危，千君万臣，其得失吉凶，官位高下，位禄降升，各有差品。家人治产，贫富息耗，寿命长短，各有远近。非高大尊贵举事以吉日，下小卑贱以凶时也。以此论之，则亦知祸福死生不在遭逢吉祥，触犯凶忌也。然则人之生也，精气育也；人之死者，命穷绝也。人之生，未必得吉逢喜，其死独何为谓之犯凶触忌？以孔子证之，以死生论之，则亦知夫百祸千凶，非动作之所致也。孔子，圣人，知府也[13]。死生，大事也；大事，道效也。孔子云："死生有命，富贵在天。"众文微言不能夺，俗人愚夫不能易，明矣。人之于世，祸福有命；人之操行，亦自致之。其安居无为，祸福自至，命也。其作事起功，吉凶至身，人也。人之疾病，希有不由风湿与饮食者。当风卧湿，握钱问祟；饱饭餍食，斋精解祸[14]。而病不治，谓祟不得；命自绝，谓筮不审，俗人之知也。

夫倮虫三百六十[15]，人为之长。人，物也，万物之中有知慧者也。其受命于天，禀气于元[16]，与物无异。鸟有巢栖，兽有窟穴，虫鱼介鳞各有区处，犹人之有室宅楼台也。能行之物，死伤病困，小大相害。或人捕取以给口腹，非作窠穿穴有所触[17]，东西行徙有所犯也。人有死生，物亦有终始，人有起居，物亦有动作，血脉、首足、耳目、鼻口与人不别，惟好恶与人不同，故人不能晓其音，不见其指耳[18]。及其游于党类，接于同品，其知去就，与人无异。共天同地，并仰日月，而鬼神之祸独加于人，不加于物，未晓其故也。天地之性，人为贵，岂天祸为贵者作不为贱者设哉！何其性类同而祸患别也？

刑不上大夫，圣王于贵者阔也。圣王刑贱不罚贵，鬼神祸贵不殃贱，非《易》所谓大人与鬼神合其吉凶也。或有所犯，抵触县官[19]，罗丽刑法[20]，不曰过所致，而曰家有负。居处不慎，饮食过节，不曰失调和，而曰徙触时。死者累属，葬棺至十，不曰气相污，而曰葬日凶。有事归之有犯，无为归之所居。居衰宅耗[21]，蜚凶流尸[22]，集人室居，又祷先祖，寝祸遗殃。疾病不请医，更患不修行，动归于祸，名曰犯触，用知浅略，原事不实，俗人之材也。犹系罪司空作徒，未必到吏日恶，系役时凶也。使杀人者求吉日出诣吏，髡罪者推善时入狱系[23]，宁能令事解，赦令至哉？人不触祸不被罪，不被罪不入狱。一旦令至，解械径出，未必有解除其凶者也。天下千狱，狱中万囚，其举事未必触忌讳也。居位食禄，专城长邑，以千万数，其迁徙日未必逢吉时也。历阳之都，一夕沉而为湖，其民未必皆犯岁月也。高祖始起，丰、沛俱复[24]，其民未必皆慎时日也。项羽攻襄安，襄安无噍类[25]，未必不祷赛也[26]。赵军为秦所坑于长平之下，四十万众同时俱死，其出家时，未必不择时也。辰日不哭，哭有重丧。戊己死者，复尸有随。一家灭门，先死之日，未必辰与戊己也。血忌不杀牲，屠肆不多祸，上朔不会众，沽舍不触殃[27]。涂上之暴尸[28]，未必出以往亡；室中之殡柩，未必还以归忌。由此言之，诸占射祸祟者皆不可信用。信用之者，皆不可是。

夫使食口十人居一宅之中[29]，不动䦆锸，不更居处，祠祀嫁娶，皆择吉日，从春至冬不犯忌讳，则夫十人比至百年，能不死乎？占射事者必将复曰："宅有盛衰，若岁破直符，不知避也。"夫如是，令数问工伎之家，宅盛即留，衰则避之，及岁破直符，辄举家移。比至百年，能不死乎？占射事者必将复曰："移徙触时，往来不吉。"夫如是，复令辄问工伎之家，可徙则往，可还则来。比至百年，能不死乎？占射事者必将复曰："泊命寿极㉚。"夫如是，人之死生竟自有命，非触岁月之所致，无负凶忌之所为也。

---

①祟：迷信说法指鬼神害人。
②更：遭遇。
③起功：盖房子。 行作：出门办事。
④结（guà，音挂）法：触犯法律。结，绊。
⑤殚：尽；全部。
⑥刺：责怪；责备。
⑦工伎射事者：指以算卦推测吉凶祸福之人。
⑧信向：信奉。
⑨阁：同"阁"。官署。
⑩触伤：打听遭禁忌而带来的祸害。
⑪恣睢：放肆；放荡。
⑫丽：通"罹"。遭遇。
⑬知府：智慧丰富。
⑭斋精：诚心实意地祭祀。
⑮倮：通"裸"。
⑯元：元气。构成人和万物的原始物质。
⑰窠（kē，音科）：鸟窝。
⑱见：明白；知晓。 指：通"旨"，意图；意思。
⑲县官：指皇帝。
⑳罗丽：遭受。
㉑居衰宅耗：家道败落。
㉒蜚：通"飞"。 凶：怪物。
㉓剬（duān，音端）：判断；审定。
㉔复：免除赋税。
㉕噍类：指活人。 噍：咬；吃。
㉖赛：祭祀酬神。
㉗沽舍：酒店。
㉘涂：通"途"。
㉙食口：活人。
㉚泊：通"薄"。

难岁

俗人险心①，好信禁忌，知者亦疑②，莫能实定。是以儒雅服从，工伎得胜。吉凶之书，伐经典之义；工伎之说，凌儒雅之伦。今略实论，令世观览，总核是非，使世一悟。

《移徙法》曰："徙，抵太岁凶③，负太岁亦凶。"抵太岁名曰"岁下"，负太岁名曰"岁破"，故皆凶也。假令太岁在甲子，天下之人皆不得南北徙，起宅嫁娶亦皆避之；其移东西，若徙四维[4]，相之如者皆吉[5]。何者？不与太岁相触，亦不抵太岁之冲也。实问：避太岁者何意也？令太岁恶人徙乎？则徙者皆有祸。令太岁不禁人徙，恶人抵触之乎？则道上之人南北行者皆有殃。太岁之意，犹长吏之心也。长吏在涂[6]，人行触车马，干其吏从[7]，长吏怒之，岂独抱器载物、去宅徙居触犯之者而乃责之哉！昔文帝出，过霸陵桥，有一人行，逢车驾，逃于桥下，以为文帝之车已过，疾走而出，惊乘舆马。文帝怒，以属廷尉张释之[8]。释之当论[9]。使太岁之神行若文帝出乎，则人犯之者，必有如桥下走出之人矣。方今行道路者，暴溺仆死，何以知非触遇太岁之出也？为移徙者又不能处，不能处，则犯与不犯未可知；未可知，则其行与不行未可审也。

且太岁之神审行乎[10]，则宜有曲折，不宜直南北也。长吏出舍，行有曲折。如天神直道不曲折乎，则从东西四维徙者，犹干之也。若长吏之南北行，人从东如西，四维相之如，犹抵触之。如不正南北，南北之徙又何犯。如太岁不动行乎，则宜有宫室营堡，不与人相见，人安得而触之？如太岁无体，与长吏异，若烟云虹蜺直经天地[11]，极子午南北陈乎[12]，则东西徙若四维徙者亦干之，譬若今时人行，触繁雾蜮气[13]，无从横负乡皆中伤焉[14]。如审如气，人当见之，虽不移徙，亦皆中伤。且太岁，天别神也，与青龙无异。龙之体不过数千丈。如令神者宜长大，饶之数万丈，令体掩北方，当言太岁在北方，不当言在子。其东有丑，其西有亥，明不专掩北方，极东西之广，明矣。令正言在子位触土之中，直子午者，不得南北徙耳。东边直丑巳之地，西边直亥未之民，何为不得南北徙？丑与亥地之民，使太岁左右通，不得南北徙及东西徙。何则，丑在子东，亥在子西。丑亥之民东西徙，触岁之位；巳未之民东西徙，忌岁所破。

儒者论天下九州，以为东西南北尽地广长。九州之内五千里，竟三河土中。周公卜宅，《经》曰："王来绍上帝[15]，自服于土中。"雒则土之中也。邹衍论之，以为九州之内五千里，竟合为一州，在东南位，名曰赤县州。自有九州者九焉，九九八十一，凡八十一州。此言殆虚。地形难审，假令有之，亦一难也。使天下九州如儒者之议，直雒邑以南，对三河以北，豫州、荆州、冀州之部有太岁耳。雍、梁之间，青、兖、徐、扬之地，安得有太岁？使如邹衍之论，则天下九州在东南位，不直子午，安得有太岁？如太岁不在天地极，分散在民间，则一家之宅，辄有太岁，虽不南北徙，犹抵触之。假令从东里徙西里，西里有太岁，从东宅徙西宅，西宅有太岁，或在人之东西，或在人之南北，犹行途上，东西南北皆逢触人。太岁位数千万亿，天下之民，徙者皆凶，为移徙者何以审之？如审立于天地之际，犹王者之位在土中也。东方之民，张弓西射，人不谓之射王者，以不能至王者之都，自止射其处也。今徙岂能北至太岁位哉！自止徙百步之内，何为谓之伤太岁乎！且移徙之家禁南北徙者，以为岁在子位，子者破午，南北徙者抵触其冲，故谓之凶。夫破者须有以椎破之也，如审有所用，则不徙之民皆被破害；如无所用，何能破之！

夫雷，天气也，盛夏击折，折木破山，时暴杀人。使太岁所破若迅雷也，则声音宜疾，死者宜暴。如不若雷，亦无能破。如谓冲抵为破，冲抵安能相破？东西相与为冲，而南北相与为抵。如必以冲抵为凶，则东西常凶而南北常恶也。如以太岁神其冲独凶，神莫过于天地，天地相与为冲，则天地之间无生人也。或上十二神登明、从魁之辈，工伎家谓之皆天神也。常立子丑之位，俱有冲抵之气，神虽不若太岁，宜有微败。移徙者虽避太岁之凶，犹触十二神之害。为移徙时者何以不禁？冬气寒，水也，水位在北方。夏气热，火也，火位在南方。案秋冬寒、春夏热者，天下普然，非独南北之方水火冲也。今太岁位在子耳，天下皆为太岁，非独子午冲也。审以所立者为主，则午可为大夏，子可为大冬。冬夏南北徙者，可复凶乎？立春，艮王震相[16]，巽胎离没，坤死兑囚，乾废坎休。王之冲死，相之冲囚，王相冲位，有死囚之气。乾坤六子，天下正道，伏羲、文王象以治世[17]。文为经所载，道为圣所信，明审于太岁矣。人或以立春东北徙，抵艮之下，不被凶害。太岁立于子，彼东北徙，坤卦近于午，犹艮以坤，徙触子位，何故独凶？正月建于寅，破于申，从寅申徙，相之如者无有凶害。太岁不指午，而空曰岁破，午实无凶祸，而虚禁南北，岂不妄哉！

十二月为一岁，四时节竟，阴阳气终，竟复为一岁，日月积聚之名耳，何故有神而谓之立于子位乎？积分为日，累日为月，连月为时，纪时为岁。岁则日月时之类也。岁而有神，日月时亦复有神乎？千五百三十九岁为一统，四千六百一十七岁为一元。岁犹统元也。岁有神，统元复有神乎？论之以为无。假令有之，何故害人？神莫过于天地，天地不害人。人谓百神，百神不害人。太岁之气，天地之气也，何憎于人，触而为害？且文曰："甲子不徙。"言甲与子殊位，太岁立子不居甲，为移徙者运之，而复居甲，为之而复居甲，为移徙时者，亦宜复禁东西徙。甲与子钧，其凶宜同。不禁甲而独忌子，为移徙时者，竟妄不可用也。人居不能不移徙，移徙不能不触岁，触岁不能不得时死。工伎之人，见今人之死，则归祸于往时之徙。俗心险危，死者不绝，故太岁之言，传世不灭。

---

①险心：侥幸免祸的心理。

②知：通"智"。

③抵：面对。

④四维：指东北、东南、西北、西南四角。

⑤之如者：来来往往的人。指搬徙之人。

⑥涂：通"途"。道路。

⑦干：触犯。　吏从：随员；随从。

⑧属：交给。

⑨当论：判罪定刑。

⑩审：确实；真的。

⑪虹蜺（ní，音尼）：彩虹。　经：贯穿。

⑫极：尽。　陈：分布。

⑬蝛气：有毒之气。

⑭从：通"纵"。　负：背向。乡：通"向"，面向。

⑮绍：继承。

⑯艮王震相：均为八卦之说。

⑰象：效法；仿照。

诘术

图宅术曰："宅有八术，以六甲之名数而第之①，第定名立，宫商殊别②。宅有五音，姓有五声。宅不宜其姓，姓与宅相贼，则疾病死亡，犯罪遇祸。"诘曰：夫人之在天地之间也，万物之贵者耳。其有宅也，犹鸟之有巢，兽之有穴也。谓宅有甲乙，巢穴复有甲乙乎？甲乙之神独在民家，不在鸟兽何？夫人之有宅，犹有田也。以田饮食，以宅居处，人民所重，莫食最急，先田后宅，田重于宅也。田间阡陌可以制八术，比土为田，可以数甲乙，甲乙之术独施于宅，不设于田，何也？府廷之内，吏舍比属，吏舍之形制何殊于宅，吏之居处何异于民，不以甲乙第舍，独以甲乙数宅，何也？民间之宅，与乡亭比屋相属，接界相连，不并数乡亭，独第民家，甲乙之神何以独立于民家也？数宅之术行市亭，数巷街以第甲乙。入市门曲折，亦有巷街。人昼夜居家，朝夕坐市，其实一也。市肆户何以不第甲乙？州郡列居，县邑杂处，与街巷民家何以异？州郡县邑何以不数甲乙也？

天地开辟有甲乙邪？后王乃有甲乙。如天地开辟本有甲乙，则上古之时巢居穴处，无屋宅之居、街巷之制，甲乙之神皆何在？数宅既以甲乙，五行之家数日亦当以甲乙。甲乙有支干，支干有加时[3]。支干加时，专比者吉[4]，相贼者凶。当其不举也，未必加忧辱也。事理有曲直，罪法有轻重，上官平心原其狱状，未有支干吉凶之验，而有事理曲直之效。为支干者何以对此？武王以甲子日战胜，纣以甲子日战负。二家俱期，两军相当，旗帜相望，俱用一日，或存或亡。且甲与子专比，昧爽时加寅，寅与甲乙不相贼，武王终以破纣，何也？

日，火也，在天为日，在地为火。何以验之？阳燧乡日[5]，火从天来。由此言之，火，日气也。日有甲乙，火无甲乙，何日十而辰十二？日辰相配，故甲与子连。所谓日十者，何等也？端端之日有十邪，而将一有十名也？如端端之日有十，甲乙是其名，何以不从言甲乙，必言子丑？何日廷图甲乙有位，子丑亦有处，各有部署，列布五方，若王者营卫，常居不动？今端端之日中行，旦出东方，夕入西方，行而不已，与日廷异，何谓甲乙为日之名乎？术家更说日甲乙者，自天地神也。日更用事，自用甲乙胜负为吉凶，非端端之日名也。夫如是，于五行之象，徒当用甲乙决吉凶而已，何为言加时乎？案加时者，端端之日加也。端端之日安得胜负？

五音之家，用口调姓名及字，用姓定其名，用名正其字。口有张歙，声有外内，以定五音宫商之实。夫人之有姓者，用禀于天。天得五行之气为姓邪？以口张歙声外内为姓也？如以本所禀于天者为姓，若五谷万物禀气矣，何故用口张歙、声内外定正之乎？古者因生以赐姓，因其所生赐之姓也。若夏吞薏苡而生[6]，则姓苡氏；商吞燕子而生，则姓为子氏；周履大人迹，则姬氏。其立名也，以信、以义、以像、以假、以类[7]。以生名为信，若鲁公子友生，文在其手曰“友”也。以德名为义，若文王为昌、武王为发也。以类名为像，若孔子名丘也。取于物为假，若宋公名杵臼也。取于父为类，有似类于父也。其立字也，展名取同义，名赐字子贡，名予字子我。其立姓则以本所生，置名则以信、义、像、假、类，字则展名取同义，不用口张歙、声外内。调宫商之义为五音术，何据见而用？古者有本姓，有氏姓。陶氏、田氏，事之氏姓也；上官氏、司马氏，吏之氏姓也；孟氏、仲氏，王父字之氏姓也。氏姓有三，事乎，吏乎，王父字乎？以本姓则用所生，以氏姓则用事、吏、王父字，用口张歙调姓之义何居？匈奴之俗，有名无姓字，无与相调谐，自以寿命终，祸福何在？礼，买妾不知其姓则卜之。不知者，不知本姓也。夫妾必有父母家姓，然而必卜之者，父母姓转易失实，礼重取同姓，故必卜之。姓徒用口调谐姓族，则礼买妾何故卜之！

图宅术曰：“商家门不宜南向，徵家门不宜北向[8]。”则商金，南方火也；徵火，北方水也。水胜火，火贼金，五行之气不相得，故五姓之宅门有宜向。向得其宜，富贵吉昌；向失其宜，贫贱衰耗。夫门之与堂何以异？五姓之门，各有五姓之堂，所向无宜何？门之掩地，不如堂庑，朝夕所处，于堂不于门。图吉凶者，宜皆以堂。如门，人所出入，则户亦宜然。孔子曰：“谁能出不由户？”言户不言门。五祀之祭，门与户均。如当以门正所向，则户何以不当与门相应乎？且今府廷之内，吏舍连属，门向有南北；长吏舍传，闾居有东西。长吏之姓必有宫、商，诸吏之舍必有徵、羽。安官迁徙，未必角姓门南向也，失位贬黜，未必商姓门北出也，或安官迁徙，或失位贬黜何？姓有五音，人之质性亦有五行。五音之家，商家不宜南向门，则人禀金之性者，可复不宜南向坐、南行步乎？一曰五音之门，有五行之人，假令商姓口食五人，五人中各有五色，木人青，火人赤，水人黑，金人白，土人黄。五色之人，俱出南向之门，或凶或吉，寿命或短或长，凶而短者未必色白，吉而长者未必色黄也，五行之家何以为决？南向之门，贼商姓家，其实如何？南方火也，使火气之祸，若火延燔，径从南方来乎，则虽为北向门犹之凶也。火气之祸，若夏日之热，四方洽浃乎，则天地之间皆得其气，南向门家何以独凶？南方火者，火位南方，一曰其气布在四方，非必南方独有火，四方无有也，犹水位在北方，四方犹有水也。火满天下，水辨四方。火或在人之南，或在人之北。谓火常在南方，是则东方可无金，西方可无木乎？

---

①第：依次排列。

②宫商：泛指五音。

③支干加时：天支地干用在时辰上。

④专比：指天干与地支上下相生。

⑤阳燧：借日取火用的凹面镜。

⑥薏苡：草名。传说大禹的母亲吃薏苡仁而怀孕生禹。

⑦信：特征。　义：意义。　像：形象。假：借用。　类：类似。

⑧徵家：姓徵这音的人家。

解　除

世信祭祀，谓祭祀必有福；又然解除[1]，谓解除必去凶。解除初礼，先设祭祀。比夫祭祀，若生人相宾客矣，先为宾客设膳食；已，驱以刃杖。鬼神如有知，必恚止战，不肯径去，若怀恨反而为祸；如无所知，不能为凶，解之无益，不解无损。且人谓鬼神何如状哉？如谓鬼有形象，形象生人，生人怀恨，必将害人。如无形象，与烟云同。驱逐云烟，亦不能除。形既不可知，心亦不可图，鬼神集 止人宅，欲何求乎？如势欲杀人，当驱逐之时，避人隐匿，驱逐之止，则复还立故处。如不欲杀人，寄托人家，虽不驱逐，亦不为害。贵人之出也，万民并观，填街满巷，争进在前。士卒驱之，则走而却，士卒还去，即复其处；士卒立守，终日不离，仅能禁止。何则？欲在于观，不为壹驱还也。使鬼神与生人同，有欲于宅中，犹万民有欲于观也。士卒驱逐，不久立守，则观者不却也。然则驱逐鬼者，不极一岁，鬼神不去。今驱逐之，终食之间，则舍之矣。舍之鬼复还来，何以禁之！

暴谷于庭，鸡雀啄之，主人驱弹则走，纵之则来，不终日立守，鸡雀不禁。使鬼神乎，不为驱逐去止；使鬼不神乎，与鸡雀等，不常驱逐，不能禁也。虎狼入都，弓弩巡之，虽杀虎狼，不能除虎狼所为来之患。盗贼攻城，官军击之，虽却盗贼，不能灭盗贼所为至之祸。虎狼之来，应政失也；盗贼之至，起世乱也。然则鬼神之集，为命绝也。杀虎狼，却盗贼，不能使政得世治。然则盛解除，驱鬼神，不能使凶去而命延。

病人困笃，见鬼之至，性猛刚者挺剑操杖，与鬼战斗，战斗壹再，错指受服[2]，知不服必不终也。夫解除所驱逐鬼，与病人所见鬼无以殊也，其驱逐之与战斗无以异也。病人战斗，鬼犹不去；宅主解除，鬼神必不离。由此言之，解除宅者，何益于事。信其凶去，不可用也。且夫所除，宅中客鬼也。宅中主神有十二焉，青龙白虎列十二位，龙虎猛神天之正鬼也，飞尸流凶安敢妄集，犹主人猛勇，奸客不敢窥也。有十二神舍之，宅主驱逐，名为去十二神之客，恨十二神之意，安能得吉？如无十二神，则亦无飞尸流凶，无神无凶，解除何补？驱逐何去？

解逐之法，缘古逐疫之礼也。昔颛顼氏有子三人，生而皆亡，一居江水为虐鬼，一居若水为魍魉，一居欧隅之间主疫病人。故岁终事毕，驱逐疫鬼，因以送陈、迎新、内吉也[③]。世相仿效，故有解除。夫逐疫之法，亦礼之失也。行尧、舜之德，天下太平，百灾消灭，虽不逐疫，疫鬼不往；行桀、纣之行，海内扰乱，百祸并起，虽日逐疫，疫鬼犹来。衰世好信鬼，愚人好求福。周之季世，信鬼修祀，以求福助。愚主心惑，不顾自行，功犹不立，治犹不定。故在人不在鬼，在德不在祀。国期有远近[④]，人命有长短。如祭祀可以得福，解除可以去凶，则王者可竭天下之财，以兴延期之祀；富家翁妪可求解除之福，以取逾世之寿。案天下人民，夭寿贵贱，皆有禄命；操行吉凶，皆有衰盛。祭祀不为福，福不由祭祀。世信鬼神，故好祭祀；祭祀无鬼神，故通人不务焉[⑤]。祭祀，厚事鬼神之道也，犹无吉福之验，况盛力用威，驱逐鬼神，其何利哉？

祭祀之礼，解除之法，众多非一，且以一事效其非也。夫小祀足以况大祭[⑥]，一鬼足以卜百神。世间缮治宅舍，凿地掘土，功成作毕，解谢土神，名曰“解土”。为土偶人，以像鬼形，令巫祝延以解土神。已祭之后，心快意喜，谓鬼神解谢，殃祸除去。如讨论之，乃虚妄也。何以验之？夫土地犹人之体也，普天之下皆为一体，头足相去以万里数。人民居土上，犹蚤虱着人身也。蚤虱食人，贼人肌肤，犹人凿地，贼地之体也。蚤虱内知有欲解人之心，相与聚会，解谢于所食之肉旁，人能知之乎？夫人不能知蚤虱之音，犹地不能晓人民之言也。胡、越之人，耳口相类，心意相似，对口交耳而谈，尚不相解，况人不与地相似，地之耳口与人相远乎？今所解者地乎，则地之耳远，不能闻也；所解一宅之土，则一宅之土犹人一分之肉也，安能晓之！如所解宅神乎，则此名曰“解宅”，不名曰“解土”。礼，入宗庙，无所主意[⑦]，斩尺二寸之木，名之曰主，主心事之，不为人像。今解土之祭，为土偶人，像鬼之形，何能解乎？神荒忽无形，出入无门，故谓之神。今作形像，与礼相违，失神之实，故知其非。象似布藉，不设鬼形，解土之礼，立土偶人；如祭山可为石形，祭门户可作木人乎？

晋中行寅将亡，召其太祝欲加罪焉，曰：“子为我祀，牺牲不肥泽也，且齐戒不敬也[⑧]，使吾国亡，何也？”祝简对曰：“昔日吾先君中行密子，有车十乘，不忧其薄也，忧德义之不足也。今主君有革车百乘，不忧义之薄也，唯患车之不足也。夫船车饬则赋敛厚，赋敛厚则民谤诅[⑨]。君苟以祀为有益于国乎？诅亦将为亡矣。一人祝之，一国诅之，一祝不胜万诅，国亡不亦宜乎？祝其何罪？”中行子乃惭。今世信祭祀，中行子之类也。不修其行而丰其祝，不敬其上而畏其鬼。身死祸至，归之于祟，谓祟未得；得祟修祀，祸繁不止，归之于祭，谓祭未敬。夫论解除，解除无益；论祭祀，祭祀无补；论巫祝，巫祝无力。竟在人不在鬼，在德不在祀，明矣哉！

---

①解除：一种消除灾祸的祭祀活动。

②错指：停下手。

③内：通“纳”。

④期：期数。

⑤通人：通晓事理之人。

⑥况：比喻。

⑦主：通“注”，表达，倾心。

⑧齐：通“斋”。

⑨谤：指责。诅：诅咒。

祀义

世信祭祀，以为祭祀者必有福，不祭祀者必有祸。是以病作卜祟，祟得修祀，祀毕意解，意解病已；执意以为祭祀之助，勉奉不绝。谓死人有知，鬼神饮食，犹相宾客[①]，宾客悦喜，报主人恩矣。其修祭祀，是也；信其享之，非也。实者，祭祀之意，主人自尽恩勤而已，鬼神未必歆享之也[②]。何以明之？今所祭者报功，则缘生人为恩义耳，何歆享之有？今所祭死人，死人无知，不能饮食。何以审其不能歆享饮食也？夫天者，体也，与地同。天有列宿，地有宅舍。宅舍附地之体，列宿着天之形。形体具，则有口，乃能食。使天地有口能食，祭食宜食尽；如无口，则无体；无体，则气也。若云雾耳，亦无能食。如天地之精神，若人之有精神矣。以人之精神，何宜饮食？中人之体七八尺，身大四五围，食斗食，歠斗羹[③]，乃能饱足，多者三四斗。天地之广大，以万里数。圜丘之上，一茧栗牛[④]，粢饴大羹不过数斛[⑤]。以此食天地，天地安能饱？天地用心，犹人用意也。人食不饱足，则怨主人，不报以德矣。必谓天地审能饱食[⑥]，则夫古之郊者负天地[⑦]。山，犹人之有骨节也；水，犹人之有血脉也。故人食肠满，则骨节与血脉因以盛矣。今祭天地，则山川随天地而饱。今别祭山川，以为异神，是人食已，更食骨节与血脉也。

社稷[⑧]，报生谷物之功。万民生于天地，犹毫毛生于体也。祭天地，则社稷设其中矣；人君重之，故复别祭。必以为有神，是人之肤肉当复食也。五祀初本在地[⑨]。门、户用木与土，土木生于地，井、灶室中霤皆属于地。祭地，五祀设其中矣。人君重之，故复别祭。必以为有神，是人食已，当复食形体也。风伯、雨师、雷公，是群神也。风犹人之有吹煦也[⑩]，雨犹人之有精液也，雷犹人之有腹鸣也。三者附于天地，祭天地，三者在矣；人君重之，故别祭。必以为有神，则人吹煦、精液、腹鸣当复食也。日月犹人之有目，星辰犹人之有发，三光附天，祭天，三光在矣。人君重之，故复别祭。必以为有神，则人之食已，复食目与发也。

宗庙，己之先也。生存之时，谨敬供养，死不敢不信，故修祭祀，缘生事死，示不忘先。五帝、三王，郊宗黄帝、帝喾之属[⑪]，报功重力[⑫]，不敢忘德，未必有鬼神审能歆享之也。夫不能歆享，则不能神；不能神，则不能为福，亦不能为祸。祸福之起，由于喜怒；喜怒之发，由于腹肠。有腹肠者辄能饮食，不能饮食则无腹肠，无腹肠则无用喜怒，无用喜怒则无用为祸福矣。

或曰："歆气[⑬]，不能食也。"夫歆之与饮食，一实也。用口食之，用口歆之。无腹肠则无口，无口无用食，则亦无用歆矣。何以验其不能歆也？以人祭祀有过，不能即时犯也。夫歆不用口则用鼻矣。口鼻能歆之，则目能见之，目能见之，则手能击之。今手不能击，则知口鼻不能歆之也。

或难曰："宋公鲍之身有疾。祝曰夜姑掌[⑭]，将事于厉者[⑮]。厉鬼杖楫而与之言曰：'何而粢盛之不膏也[⑯]？何而刍牺之不肥硕也[⑰]？何而珪璧之不中度量也[⑱]？而罪欤[⑲]？其鲍之罪欤？'夜姑顺色而对曰：'鲍身尚幼，在繦褓，不预知焉。审是掌之罪也。'厉鬼举楫而掊之[⑳]，毙于坛下。"此非能言用手之验乎？

曰：夫夜姑之死，未必厉鬼击之也，时命当死也。妖象厉鬼，象鬼之形，则象鬼之言；象鬼之言，则象鬼而击矣。何以明之？夫鬼者，神也。神则先知，先知则宜自见粢盛之不膏，珪璧之失度，牺牲之臞小[㉑]，则因以责让夜姑以楫击之而已，无为先问。先问，不知之效也；不知，不神之验也。不知不神，则不能见体出言以楫击人也。夜姑，义臣也，引罪自予己，故鬼击之。如无义而归之鲍身，则厉鬼将复以楫掊鲍之身矣。且祭祀不备，神怒见体以杀掌。祀如礼备神喜，肯见体以食赐主祭乎？人有喜怒，鬼亦有喜怒。人不为怒者，身存；不为喜者，身亡。厉鬼之怒，见体而罚。宋国之祀，必时中礼，夫神何不见体以赏之乎？夫怒喜不与人同，则其赏罚不与人等。赏罚不与人等，则其掊夜姑不可信也。

且夫歆者，内气也；言者，出气也。能歆则能言，犹能吸则能呼矣。如鬼神能歆，则宜言于祭祀之上。今不能言，知不能歆，一也。凡能歆者，口鼻通也。使鼻鼽不通[22]，口钳不开，则不能歆矣。人之死也，口鼻腐朽，安能复歆？二也。《礼》曰："人死也，斯恶之矣[23]。"与人异类，故恶之也。为尸不动，朽败灭亡，其身不与生人同，则知不与生人通矣。身不同，知不通，其饮食不与人钧矣。胡、越异类，饮食殊味，死之与生，非直胡之与越也。由此言之，死人不歆，三也。当人之卧也，置食物其旁，不能知也。觉乃知之，知乃能食之。夫死，长卧不觉者也，安能知食？不能歆之，四也。

或难曰："祭则鬼享之，何谓也？"曰：言其修具谨洁，粢牲肥香，人临见之，意饮食之。推己意以况鬼神[24]，鬼神有知，必享此祭，故曰"鬼享之"也。难曰："《易》曰：'东邻杀牛[25]，不如西邻之礿祭[26]。'夫言东邻不若西邻，言东邻牲大福少、西邻祭少福多也。今言鬼不享，何以知其福有多少也？"曰：此亦谓修具谨洁与不谨洁也。

纣杀牛祭，不致其礼。文王礿祭，竭尽其敬。夫礼不至，则人非之；礼敬尽，则人是之。是之则举事多助，非之则言行见畔。见畔若祭，见不享之祸；多助若祭，见歆之福：非鬼为祭祀之故有喜怒也。何以明之？苟鬼神，不当须人而食[27]。须人而食，是不能神也。信鬼神，歆祭祀，祭祀为祸福，谓鬼神居处何如状哉？自有储偫邪，将以人食为饥饱也？如自有储偫[28]，储偫必与人异，不当食人之物。如无储偫，则人朝夕祭乃可耳。壹祭壹否，则神壹饥壹饱。壹饥壹饱，则神壹怒壹喜矣。且病人见鬼，及卧梦与死人相见，如人之形，故其祭祀如人之食。缘有饮食则宜有衣服，故复以缯制衣，以象生仪。其祭如生人之食，人欲食之，冀鬼飨之。其制衣也，广纵不过一尺若五六寸，以所见长大之神贯一尺之衣，其肯喜而加福于人乎？以所见之鬼为审死人乎？则其制衣，宜若生人之服。如以所制之衣审鬼衣之乎？则所见之鬼宜如偶人之状。夫如是也，世所见鬼非死人之神，或所衣之神 非所见之鬼也。鬼神未定，厚礼事之，安得福祐而坚信之乎？

---

①相：招待；接待。

②歆享：享受。

③歠（chuò，音绰）：喝。

④茧：蚕茧。栗：栗子。茧栗牛：刚长出似蚕茧和栗子那样大角的牛犊。

⑤粢：泛指用于祭祀的谷物。饴：麦芽糖。大羹：即太羹，祭祀用不加调料的肉汤。

⑥审：真的；确实。

⑦郊：古代帝王在南郊祭天称"郊"。

⑧社稷：祭祀社稷的仪式。

⑨五祀：五种祭祀。一般指门神、户神、井神、灶神、中霤（在家里祭祀的土地神）。

⑩吹煦（xǔ，音许）：呼气。

⑪郊宗：祭天时以祖先配祭。

⑫重：尊重；重视。力：辛劳。

⑬歆气：指鬼神吸取祭品的香味。

⑭祝：巫师；掌祭祀之官。

⑮厉者：恶鬼。

⑯粢盛：装在祭器里供祭祀用的谷物。

⑰刍牺：祭祀用的食草牲畜，如牛羊马等。

⑱中：符合。

⑲而：通“尔”，你。

⑳掊：击打。

㉑臞：瘦。

㉒鼽（qiú，音球）：鼻子堵塞。

㉓斯恶之矣：就会被人厌恶。

㉔况：类推；比喻。

㉕东邻：指商王朝。

㉖西邻：指周王朝。礿（yuè，音月）：春天用新生长的菜蔬祭祀。

㉗须：等待。

㉘偫（zhì，音志）：储备。

祭意

礼，王者祭天地，诸侯祭山川，卿大夫祭五祀，士庶人祭其先；宗庙社稷之祀，自天子达于庶人。《尚书》曰：“肆类于上帝[①]，禋于六宗[②]，望于山川，遍于群臣。”《礼》曰：“有虞氏禘黄帝而郊喾[③]，祖颛顼而宗尧。夏后氏亦禘黄帝而郊鲧，祖颛顼而宗禹。殷人禘喾而郊冥，祖契而宗汤。周人禘喾而郊稷，祖文王而宗武王。燔柴于大坛，祭天也；瘗埋于大折[④]，祭地也；用骍犊[⑤]。埋少牢于大昭[⑥]，祭时也。相近于坎坛，祭寒暑也。王宫，祭日也。夜明，祭月也。幽宗，祭星也。雩宗，祭水旱也。四坎坛，祭四方也。山林川谷丘陵能出云，为风雨，见怪物，皆曰神。有天下者祭百神。诸侯在其地则祭，亡其地则不祭。”此皆法度之祀，礼之常制也。

王者，父事天，母事地，推人事父母之事，故亦有祭天地之祀。山川以下，报功之义也。缘生人有功得赏，鬼神有功亦祀之。山出云雨润万物，六宗居六合之间，助天地变化，王者尊而祭之。故曰六宗。社稷报生万物之功：社报万物，稷报五谷。五祀报门户井灶室中霤之功：门户人所出入，井灶人所饮食，中霤人所托处。五者功钧，故俱祀之。

《周书》曰：“少昊有四叔，曰重，曰该，曰修，曰熙，实能金木及水[⑦]。使重为句芒，该为蓐收，修及熙为玄冥。世不失职，遂济穷桑。此其三祀也。颛顼氏有子曰犁，为祝融。共工氏有子曰句龙，为后土。此其二祀也。后土为社。稷，田正也。有烈山氏之子曰柱，为稷。自夏以上祀之。周弃亦为稷，自商以来祀之。”《礼》曰：“烈山氏之有天下也，其子曰柱，能殖百谷。夏之衰也，周弃继之，故祀以为稷。共工氏之霸九州也，其子曰后土，能平九土，故祀以为社。”传或曰：“炎帝作火，死而为灶。禹劳力天下，水死而为社。”《礼》曰：“王为群姓立七祀，曰司命，曰中霤，曰国门，曰国行，曰泰厉[⑧]，曰户，曰灶。诸侯为国立五祀，曰司命，曰中霤，曰国门，曰国行，曰公厉[⑨]。大夫立三祀，曰族厉[⑩]，曰门，曰行。适士立二祀，曰门，曰行。庶人立一祀，或立户，或立灶。”社稷五祀之祭，未有所定，皆为思其德，不忘其功也。中心爱之，故饮食之。爱鬼神者祭祀之。自禹兴修社稷，祀后稷，其后绝废。

高皇帝四年诏天下祭灵星，七年使天下祭社稷。灵星之祭，祭水旱也，于礼旧名曰雩。雩之礼，为民祈谷雨，祈谷实也。春求雨，秋求实，一岁再祀，盖重谷也。春以二月，秋以八月，故《论语》曰："暮春者，春服既成，冠者五六人，童 子六七人，浴乎沂，风乎舞雩[11]，咏而归[12]。"暮春，四月也。周之四月，正岁二月也[13]。二月之时，龙星始出，故传曰：龙见而雩。龙星见时，岁已启蛰而雩。春雩之礼废，秋雩之礼存，故世常修灵星之祀，到今不绝。名变于旧，故世人不识；礼废不具，故儒者不知。世儒案礼，不知灵星何祀；其难晓而不识，说县官名曰明星。缘明星之名，说曰岁星，岁星东方也。东方主春，春主生物，故祭岁星求春之福也。四时皆有力于物，独求春者，重本尊始也。审如儒者之说求春之福，及以秋祭，非求春也。《月令》："祭户以春，祭门以秋，各宜其时。"如或祭门以秋，谓之祭户，论者肯然之乎？不然，则明星非岁星也，乃龙星也。龙星二月见，则雩祈谷雨。龙星八月将入，则秋雩祈谷实。儒者或见其义，语不空生。春雩废，秋雩兴，故秋雩之名，自若为明星也。实曰灵星，灵星者神也，神者谓龙星也。群神谓风伯雨师雷公之属。风以摇之，雨以润之，雷以动之，四时生成，寒暑变化。日月星辰，人所瞻仰。水旱，人所忌恶。四方，气所由来。山林川谷，民所取材用。此鬼神之功也。

凡祭祀之义有二：一曰报功，二曰修先[14]。报功以勉力，修先以崇恩。力勉恩崇，功立化通，圣王之务也。是故圣王制祭祀也，法施于民则祀之，以死勤事则祀之，以劳定国则祀之，能御大灾则祀之，能捍大患则祀之。帝喾能序星辰以著众，尧能赏均刑法以义终，舜勤民事而野死。鲧勤洪水而殛死[15]，禹能修鲧之功。黄帝正名百物以明民共财，颛顼能修之。契为司徒而民成，冥勤其官而水死，汤以宽治民而除其虐。文王以文治，武王以武功去民之灾。凡此功烈，施布于民，民赖其力，故祭报之。宗庙先祖，己之亲也，生时有养亲之道，死亡义不可背，故修祭祀，示如生存。推人事鬼神，缘生事死。人有赏功供养之道，故有报恩祀祖之义。

孔子之畜狗死，使子赣埋之，曰："吾闻之也，弊帷不弃，为埋马也；弊盖不弃，为埋狗也。丘也贫无盖，于其封也，亦与之席，毋使其首陷焉。"延陵季子过徐，徐君好其剑。季子以当使于上国，未之许与。季子使还，徐君已死，季子解剑带其冢树。御者曰："徐君已死，尚谁为乎？"季子曰："前已心许之矣。可以徐君死故负吾心乎？"遂带剑于冢树而去。祀为报功者，其用意犹孔子之埋畜狗也；祭为不背先者，其恩犹季子之带剑于冢树也。圣人知其若此，祭犹斋戒畏敬，若有鬼神；修兴弗绝，若有祸福。重恩尊功，殷勤厚恩，未必有鬼而享之者。何以明之？以饮食祭地也。人将饮食，谦退，示当有所先。孔子曰："虽疏食菜羹瓜，祭，必斋如也。"《礼》曰："侍食于君，君使之祭，然后饮食之。"祭，犹礼之诸祀也。饮食亦可毋祭，礼之诸神，亦可毋祀也。祭祀之实一也，用物之费同也。知祭地无神，犹谓诸祀有鬼，不知类也。经传所载，贤者所纪，尚无鬼神，况不著篇籍，世间淫祀非鬼之祭，信其有神为祸福矣？好道学仙者，绝谷不食，与人异食，欲为清洁也。鬼神清洁于仙人，如何与人同食乎？论之以为人死无知，其精不能为鬼。假使有之，与人异食。异食，则不肯食人之食。不肯食人之食，则无求于人。无求于人，则不能为人祸福矣。

凡人之有喜怒也，有求得与不得，得则喜，不得则怒。喜则施恩而为福，怒则发怒而为祸。鬼神无喜怒，则虽常祭而不绝，久废而不修，其何祸福于人哉？

---

①肆：于是。类：常规之外的祭天活动。

②禋：一种升烟祭天的仪式。六宗：说法不一，一称为四时、寒暑、日、月、星、水旱六种神，一称为上、下、四方之间的游神。

③禘：祭名。君主祭祀始祖以前的远祖。

④瘗（yì，音义）：埋。大折：即太折，祭地的地方。

⑤骍：纯赤色。

⑥少牢：只用羊、猪的祭祀。大昭：即太昭，祭时的地方。

⑦能：能够管理。

⑧泰厉：没有后嗣的帝王的鬼魂。

⑨公厉：没有后嗣的诸侯的鬼魂。

⑩族厉：没有后嗣的大夫的鬼魂。

⑪舞雩：舞雩台，祭天。

⑫咏：唱歌。

⑬正岁：指夏历。

⑭修先：敬奉先祖。

⑮殛死：处死。

实　知

儒者论圣人，以为前知千岁，后知万世；有独见之明，独听之聪；事来则名[①]；不学自知，不问自晓。故称圣则神矣，若蓍龟之知吉凶，蓍草称神，龟称灵矣。贤者才下不能及，智劣不能料，故谓之贤。夫名异则实殊，质同则称钧。以圣名论之，知圣人卓绝，与贤殊也。

孔子将死，遗谶书曰[②]：“不知何一男子，自谓秦始皇，上我之堂，踞我之床[③]，颠倒我衣裳，至沙丘而亡。”其后秦王兼吞天下，号始皇，巡狩至鲁，观孔子宅，乃至沙丘，道病而崩。又曰：“董仲舒乱我书。”其后江都相董仲舒，论思《春秋》，造著传记。又书曰：“亡秦者胡也。”其后二世胡亥竟亡天下。用三者论之，圣人后知万世之效也[④]。孔子生不知其父，若母匿之，吹律自知殷宋大夫子氏之世也。不案图书，不闻人言，吹律精思，自知其世，圣人前知千岁之验也。

曰：此皆虚也。案神怪之言，皆在谶记，所表皆效图书。“亡秦者胡”，《河图》之文也。孔子条畅增益以表 神怪，或后人诈记以明效验。高皇帝封吴王，送之，拊其背曰：“汉后五十年，东南有反者，岂汝邪?”到景帝时，濞与七国通谋反汉。建此言者，或时观气见象，处其有反，不知主名。高祖见濞之勇，则谓之是。原此以论，孔子见始皇、仲舒，或时但言“将有观我之宅”、“乱我之书”者，后人见始皇入其宅，仲舒读其书，则增益其辞，著其主名。如孔子神而空见始皇、仲舒，则其自为殷后子氏之世，亦当默而知之，无为吹律以自定也。孔子不吹律，不能立其姓，及其见始皇，睹仲舒，亦复以吹律之类矣。案始皇本事，始皇不至鲁，安得上孔子之堂，踞孔子之床，颠倒孔子之衣裳乎？始皇三十七年十月癸丑出游，至云梦，望祀虞舜于九嶷。浮江下，观藉柯，度梅渚，过丹阳。至钱唐，临浙江，涛恶，乃西百二十里，从陕中度，上会稽，祭大禹，立石刊颂，望于南海。还过，从江乘，旁海上，北至琅邪。自琅邪北至劳、成山，因至之罘，遂并海西，至平原津而病，崩于沙丘平台。既不至鲁，谶记何见而云始皇至鲁？至鲁未可知，其言孔子曰“不知何一男子”之言，亦未可用。“不知何一男子”之言不可用，则言“董仲舒乱我书”亦复不可信也。行事，文记谲常人言耳[⑤]，非天地之书，则皆缘前因古，有所据状[⑥]。如无闻见，则无所状。凡圣人见祸福也，亦揆端推类[⑦]，原始见终，从闾巷论朝堂，由昭昭察冥冥[8]。谶书秘文，远见未然，空虚暗昧，豫睹未有，达闻暂见，卓谲怪神，若非庸口所能言。

放象事类以见祸[9]，推原往验以处来事[10]，贤者亦能，非独圣也。周公治鲁，太公知其后世当有削弱之患；太公治齐，周公睹其后世当有劫弑之祸：见法术之极，睹祸乱之前矣。纣作象箸而箕子讥，鲁以偶人葬而孔子叹，缘象箸见龙干之患[11]，偶人睹殉葬之祸也。太公、周公俱见未然，箕子、孔子并睹未有，所由见方来者，贤圣同也。鲁侯老，太子弱，次室之女倚柱而啸，由老弱之征，见败乱之兆也。妇人之知，尚能推类以见方来，况圣人君子，才高智明者乎！秦始皇十年，庄襄王母夏太后薨，孝文王后曰华阳后，与文王葬寿陵；夏太后子庄襄王葬于芷阳，故夏太后别葬杜陵，曰："东望吾子，西望吾夫，后百年，旁当有万家邑。"其后皆如其言。必以推类见方来为圣，次室、夏太后圣也。秦昭王十年，樗里子卒，葬于渭南章台之东，曰："后百年，当有天子宫挟我墓。"至汉兴，长乐宫在其东，未央宫在其西，武库正值其墓，竟如其言 。先知之效，见方来之验也。如以此效圣，樗里子圣人也。如非圣人，先知见方来不足以明圣，然则樗里子见天子宫挟其墓也，亦犹辛有知伊川之当戎。昔辛有过伊川，见被发而祭者，曰："不及百年，此其戎乎！"其后百年，晋迁陆浑之戎于伊川焉，竟如其言。辛有之知当戎，见被发之兆也。樗里子之见天子挟其墓，亦见博平之基也。韩信葬其母，亦行营高敞地[12]，令其旁可置万家，其后竟有万家处其墓旁。故樗里子之见博平土有宫台之兆，犹韩信之睹高敞万家之台也。先知之见，方来之事，无达视洞听之聪明，皆案兆察迹，推原事类。春秋之时，卿大夫相与会遇，见动作之变，听言谈之诡，善则明吉祥之福，恶则处凶妖之祸。明福处祸，远图未然，无神怪之知，皆由兆类。以今论之，故夫可知之事者，思虑所能见也；不可知之事，不学不问不能知也。不学自知，不问自晓，古今行事，未之有也。夫可知之事，惟精思之，虽大无难；不可知之事，厉心学问，虽小无易。故智能之士，不学不成，不问不知。

难曰：夫项託年七岁教孔子。案七岁未入小学而教孔子，性自知也。孔子曰："生而知之，上也。学而知之，其次也。"夫言生而知之，不言学问，谓若项託之类也。王莽之时，勃海尹方年二十一，无所师友，性智开敏，明达六艺。魏都牧淳于仓奏："方不学，得文能读诵，论义引《五经》文，文说议事厌合人之心。"帝征方，使射蜚虫[13]，筴射无非知者[14]，天下谓之圣人。夫无所师友，明达六艺，本不学书，得文能读，此圣人也。不学自能，无师自达，非神如何？

曰：虽无师友，亦已有所问受矣；不学书，已弄笔墨矣。儿始生产，耳目始开，虽有圣性，安能有知？项託七岁，其三四岁时，而受纳人言矣。尹方年二十一，其十四五时，多闻见矣。性敏才茂，独思无所据，不睹兆象，不见类验，却念百世之后，有马生牛，牛生驴，桃生李，李生梅，圣人能知之乎？臣弑君，子弑父。仁如颜渊，孝如曾参，勇如贲、育，辩如赐、予，圣人能见之乎？孔子曰："其或继周者，虽百世可知也。"又曰："后生可畏，焉知来者之不如今也？"论损益，言"可知"；称后生，言"焉知"。后生难处，损益易明也。此尚为远，非所听察也。使一人立于墙东，令之出声，使圣人听之墙西，能知其黑白、短长、乡里、姓字所自从出乎？沟有流澌[15]，泽有枯骨，发首陋亡，肌肉腐绝，使圣人询之，能知其农商、老少、若所犯而坐死乎？非圣人无知，其知无以知也。知无以知，非问不能知也。不能知，则贤圣所共病也。

难曰：詹何坐，弟子侍，有牛鸣于门外。弟子曰："是黑牛也而白蹄。"詹何曰："然。是黑牛也而白其蹄。"使人视之，果黑牛而以布裹其蹄。詹何贤者也，尚能听声而知其色。以圣人之智，反不能知乎？

曰：能知黑牛白其蹄，能知此牛谁之牛乎？白其蹄者以何事乎？夫术数直见一端，不能尽其实。虽审一事，曲辩问之，辄不能尽知。何则？不目见口问，不能尽知也。鲁僖公二十九年，介葛卢来朝，舍于昌衍之上，闻牛鸣，曰：“是牛生三牺，皆已用矣。”或问：“何以知之?”曰：“其音云。”人问牛主，竟如其言。此复用术数，非知所能见也。广汉杨翁仲能听鸟兽之音，乘蹇马之野，田间有放眇马者[16]，相去数里，鸣声相闻。翁仲谓其御曰：“彼放马目眇。”其御曰：“何以知之?”曰：“骂此辕中马蹇[17]，此马亦骂之眇。”其御不信，往视之，目竟眇焉。翁仲之知马声，犹詹何、介葛卢之听牛鸣也。据术任数，相合其意，不达视听，遥见流目以察之也。夫听声有术，则察色有数矣。推用术数，若先闻见，众人不知，则谓神圣。若孔子之见兽，名之曰狌狌[18]，太史公之见张良似妇人之形矣。案孔子未尝见狌狌，至辄能名之；太史公与张良异世，而目见其形。使众人闻此言，则谓神而先知。然而孔子名狌狌，闻《昭人之歌》；太史公之见张良，观宣室之画也。阴见默识，用思深秘。众人阔略，寡所意识，见贤圣之名物，则谓之神。推此以论，詹何见黑牛白蹄，犹此类也。彼不以术数，则先时闻见于外矣。方今占射事之工，据正术数，术数不中，集以人事，人事于术数而用之者，与神无异。詹何之徒，方今占射事者之类也。如以詹何之徒，性能知之，不用术数，是则巢居者先知风，穴处者先知雨，智明早成，项託、尹方其是也。

难曰：黄帝生而神灵，弱而能言；帝喾生而自言其名。未有闻见于外，生辄能言，称其名，非神灵之效，生知之验乎?

曰：黄帝生而言，然而母怀之二十月生，计其月数，亦已二岁在母身中矣。帝喾能自言其名，然不能言他人之名，虽有一能，未能遍通。所谓神而生知者，岂谓生而能言其名乎？乃谓不受而能知之，未得能见之也。黄帝、帝喾虽有神灵之验，亦皆早成之才也。人才早成，亦有晚就，虽未就师，家问室学。人见其幼成早就，称之过度。云项託七岁，是必十岁，云教孔子，是必孔子问之。云黄帝、帝喾生而能言，是亦数月。云尹方年二十一，是亦且三十。云无所师友，有不学书，是亦游学家习。世俗褒称过实，毁败逾恶。世俗传颜渊年十八岁升太山，望见吴昌门外有系白马。定考实，颜渊年三十升太山[19]，不望吴昌门。项託之称，尹方之誉，颜渊之类也。

人才有高下，知物由学，学之乃知，不问不识。子贡曰：“夫子焉不学，而亦何常师之有?”孔子曰：“吾十有五而志乎学。”五帝、三王，皆有所师。曰：是欲为人法也。曰：精思亦可为人法。必以学者，事难空知，贤圣之才能立也。所谓神者，不学而知。所谓圣者，须学以圣。以圣人学，知其非圣。天地之间，含血之类，无性知者。狌狌知往，鳱鹊知来，禀天之性，自然者也。如以圣人为若狌狌乎？则夫狌狌之类，鸟兽也。僮谣不学而知，可谓神而先知矣。如以圣人为若僮谣乎？则夫僮谣者，妖也。世间圣神，以为巫与？鬼神用巫之口告人。如以圣人为若巫乎？则夫为巫者亦妖也。与妖同气，则与圣异类矣。巫与圣异，则圣不能神矣。不能神，则贤之党也。同党，则所知者无以异也。及其有异，以入道也。圣人疾，贤者迟；贤者才多，圣人智多。所知同业，多少异量；所道一途，步骀相过。

事有难知易晓，贤圣所共关思也。若夫文质之复，三教之重，正朔相缘，损益相因，贤圣所共知也。古之水火，今之水火也；今之声色，后世之声色也。鸟兽草木，人民好恶，以今而见古，以此而知来。千岁之前，万世之后，无以异也。追观上古，探察来世，文质之类，水火之辈，贤圣共之。见兆闻象，图画祸福，贤圣共之。见怪名物，无所疑惑，贤圣共之。事可知者，贤圣所共知也；不可知者，圣人亦不能知也。何以明之？使圣空坐先知雨也，性能一事知远道，孔窍不普，未足以论也。所论先知性达者，尽知万物之性，毕睹千道之要也。如知一不通二，达左不见右，偏驳不纯，踦校不具，非所谓圣也。如必谓之圣，是明圣人无以奇也。詹何之徒圣，孔子之党亦称圣，是圣无以异于贤，贤无以乏于圣也。贤圣皆能，何以称圣奇于贤乎？如俱任用术数，贤何以不及圣?

实者，圣贤不能性知，须任耳目以定情实。其任耳目也，可知之事，思之辄决；不可知之事，待问乃解。天下之事，世间之物，可思而知，愚夫能开精；不可思而知，上圣不能省。孔子曰："吾尝终日不食，终夜不寝以思，无益，不如学也。"天下事有不可知，犹结有不可解也。儿说善解结，结无有不可解。结有不可解，儿说不能解也。非儿说不能解也，结有不可解。及其解之，用不能也。圣人知事，事无不可知。事有不可知，圣人不能知。非圣人不能知，事有不可知。及其知之，用不知也。故夫难知之事，学问所能及也；不可知之事，问之学之，不能晓也。

---

①名：知道名目；道出来历。
②谶：预测未来的神秘语言。
③踞：蹲坐。
④效：证明；证据。
⑤谲：诡异；诡秘。
⑥状：描述；描绘。
⑦揆：估量。
⑧昭昭：显而易见。冥冥：昏暗不明。
⑨放象：仿效。放：通"仿"。
⑩推原：推究。
⑪龙干：传说中的一种珍贵食品。
⑫营：营建。
⑬射：猜测；辨认。蜚：通"飞"。
⑭筴：同"策"。筴射：考试；考核。
⑮澌：尸体。
⑯眇：一眼瞎。
⑰蹇：跛足。
⑱狌狌：即猩猩。
⑲太山：即泰山。

知　实

凡论事者，违实不引效验，则虽甘义繁说[①]，众不见信。论圣人不能神而先知，先知之间，不能独见，非徒空说虚言，直以才智准况之工也[②]。事有证验，以效实然。何以明之？

孔子问公叔文子于公明贾曰："信乎，夫子不言、不笑、不取[③]，有诸[④]？"对曰："以告者过也。夫子时然后言[⑤]，人不厌其言；乐然后笑，人不厌其笑；义然后取，人不厌其取。"孔子曰："岂其然乎？岂其然乎？"天下之人，有如伯夷之廉，不取一芥于人，未有不言不笑者也。孔子既不能如心揣度，以决然否，心怪不信，又不能达视遥见，以审其实，问公明贾，乃知其情。孔子不能先知，一也。

陈子禽问子贡曰："夫子至于是邦也，必闻其政。求之与？抑与之与？"子贡曰："夫子温良恭俭让以得之。"温良恭俭让，尊行也。有尊行于人，人亲附之。人亲附之，则人告语之矣。然则孔子闻政以人言，不神而自知之也。齐景公问子贡曰："夫子贤乎？"子贡对曰："夫子乃圣，岂徒贤哉！”景公不知孔子圣，子贡正其名；子禽亦不知孔子所以闻政，子贡定其实。对景公云“夫子圣，岂徒贤哉”，则其对子禽，亦当云“神而自知之，不闻人言”。以子贡对子禽言之，圣人不能先知，二也。

颜渊炊饭，尘落甑中[⑥]，欲置之则不清，投地则弃饭，掇而食之。孔子望见以为窃食。圣人不能先知，三也。

涂有狂夫[⑦]，投刃而候；泽有猛虎，厉牙而望。知见之者，不敢前进。如不知见，则遭狂夫之刃，犯猛虎之牙矣。匡人之围孔子，孔子如审先知，当早易道以违其害；不知而触之，故遇其患。以孔子围言之，圣人不能先知，四也。

子畏于匡，颜渊后，孔子曰：“吾以汝为死矣。”如孔子先知，当知颜渊必不触害，匡人必不加悖[⑧]。见颜渊之来，乃知不死；未来之时，谓以为死。圣人不能先知，五也。

阳货欲见孔子，孔子不见，馈孔子豚。孔子时其亡也而往拜之，遇诸涂。孔子不欲见，既往，候时其亡，是势必不欲见也，反遇于路。以孔子遇阳虎言之，圣人不能先知，六也。

长沮、桀溺耦而耕，孔子过之，使子路问津焉。如孔子知津，不当更问。论者曰：欲观隐者之操。则孔子先知，当自知之，无为观也。如不知而问之，是不能先知，七也。

孔子母死，不知其父墓，殡于五甫之衢[⑨]。人见之者以为葬也，盖以无所合葬，殡之谨，故人以为葬也。邻人邹曼甫之母告之，然后得合葬于防。有茔自在防，殡于衢路，圣人不能先知，八也。

既得合葬，孔子反[⑩]，门人后，雨甚。至，孔子问曰：“何迟也?”曰：“防墓崩。”孔子不应，三，孔子泫然流涕曰：“吾闻之，古不修墓。”如孔子先知，当先知防墓崩，比门人至，宜流涕以俟之。门人至乃知之，圣人不能先知，九也。

子入太庙，每事问。不知故问。孔子未尝入庙，庙中礼器，众多非一。孔子虽圣，何能知之？或以尝见，实已知，而复问，为人法。孔子曰：“疑思问。”疑乃当问邪！实已知，当复问，为人法。孔子知《五经》，门人从之学，当复行问以为人法，何故专口授弟子乎？不以已知《五经》复问为人法；独以已知太庙复问为人法，圣人用心，何其不一也？以孔子入太庙言之，圣人不能先知，十也。

主人请宾饮食，若呼宾顿若舍[⑪]。宾如闻其家有轻子泊孙[⑫]，必教亲彻馔退膳[⑬]，不得饮食；闭馆关舍，不得顿宾。宾之执计，则必不往。何则？知请呼无喜，空行劳辱也。如往无喜，劳辱复还，不知其家，不晓其实，人实难知，吉凶难图。如孔子先知，宜知诸侯惑于谗臣，必不能用，空劳辱已，聘召之到，宜寝不往。君子不为无益之事，不履辱身之行；无为周流应聘[⑭]，以取削迹之辱；空说非主，以犯绝粮之厄。由此言之，近不能知。论者曰：孔子自知不用，圣思闵道不行，民在涂炭之中，庶几欲佐诸侯，行道济民。故应聘周流，不避患耻。为道不为己，故逢患而不恶；为民不为名，故蒙谤而不避。曰：此非实也。孔子曰：“吾自卫反鲁，然后乐正，雅颂各得其所。”是谓孔子自知时也。何以自知？鲁、卫，天下最贤之国也。鲁、卫不能用己，则天下莫能用己也，故退作《春秋》，删定《诗》、《书》。以自卫反鲁言之，知行应聘时，未自知也。何则？无兆象效验，圣人无以定也。鲁、卫不能用，自知极也；鲁人获麟，自知绝也。道极命绝，兆象著明，心怀望沮，退而幽思。夫周流不休，犹病未死，祷卜使痊也；死兆未见，冀得活也。然则应聘，未见绝证，冀得用也。死兆见，舍卜还医，揽笔定书。以应聘周流言之，圣人不能先知，十一也。

孔子曰：“游者可为纶[⑮]，走者可为矰[⑯]。至于龙，吾不知其乘云风上升。今日见老子，其犹龙邪！”圣人知物知事。老子与龙，人、物也；所从上下[⑰]，事也，何故不知？如老子神，龙亦神，圣人亦神。神者同道，精气交连，何故不知？以孔子不知龙与老子言之，圣人不能先知，十二也。

孔子曰："孝哉！闵子骞！人不间于其父母昆弟之言[18]。"虞舜大圣，隐藏骨肉之过，宜愈子骞。瞽叟与象，使舜治廪浚井[19]，意欲杀舜。当见杀己之情，早谏豫止[20]。既无如何，宜避不行。若病不为，何故使父与弟得成杀己之恶，使人闻非父弟，万世不灭？以虞舜不豫见，圣人不能先知，十三也。

武王不豫[21]，周公请命，坛墠既设，筴祝已毕[22]，不知天之许己与不，乃卜三龟，三龟皆吉。如圣人先知，周公当知天已许之，无为顿复卜三龟[23]。知圣人不以独见立法，则更请命，秘藏不见。天意难知，故卜而合兆，兆决心定，乃以从事。圣人不能先知，十四也。

晏子聘于鲁，堂上不趋[24]，晏子趋；授玉不跪，晏子跪。门人怪而问于孔子，孔子不知，问于晏子，晏子解之，孔子乃晓。圣人不能先知，十五也。

陈贾问于孟子曰："周公何人也？"曰："圣人。""使管叔监殷，管叔畔也。二者有诸？"曰："然。""周公知其畔而使，不知而使之与？"曰："不知也。""然则圣人且有过与？"曰："周公，弟也；管叔，兄也。周公之过也，不亦宜乎！"孟子，实事之人也，言周公之圣，处其下，不能知管叔之畔。圣人不能先知，十六也。

孔子曰："赐不受命而货殖焉，亿则屡中[25]。"罪子贡善居积，意贵贱之期，数得其时，故货殖多，富比陶朱。然则圣人先知也，子贡亿数中之类也。圣人据象兆，原物类[26]，意而得之。其见变名物[27]，博学而识之。巧商而善意，广见而多记，由微见较[28]。若揆之今睹千载，所谓智如渊海。孔子见窍睹微，思虑洞达，材智兼倍，强力不倦，超逾伦等，耳目非有达视之明，知人所不知之状也。使圣人达视远见，洞听潜闻，与天地谈，与鬼神言，知天上地下之事，乃可谓神而先知，与人卓异。今耳目闻见与人无别，遭事睹物与人无异，差贤一等尔，何以谓神而卓绝？

夫圣犹贤也，人之殊者谓之圣，则圣贤差小大之称[29]，非绝殊之名也。何以明之？齐桓公与管仲谋伐莒，谋未发而闻于国，桓公怪之，问管仲曰："与仲甫谋伐莒，未发，闻于国，其故何也？"管仲曰："国必有圣人也。"少顷，当东郭牙至。管仲曰："此必是已。"乃令宾延而上之，分级而立。管仲曰："子邪，言伐莒？"对曰："然。"管仲曰："我不伐莒，子何故言伐莒？"对曰："臣闻君子善谋，小人善意。臣窃意之。"管仲曰："我不言伐莒，子何以意之？"对曰："臣闻君子有三色：欢然喜乐者，钟鼓之色；愁然清净者，衰绖之色[30]；怫然充满手足者，兵革之色。君口垂不噞[31]，所言莒也；君举臂而指，所当又莒也。臣窃虞国小诸侯不服者[32]，其唯莒乎！臣故言之。"夫管仲，上智之人也，其别物审事矣，云"国必有圣人者"，至诚谓国必有也。东郭牙至，云"此必是已"，谓东郭牙圣也。如贤与圣绝辈，管仲知时无十二圣之党，当云"国必有贤者"，无为言圣也。谋未发而闻于国，管仲谓"国必有圣人"，是谓圣人先知也。及见东郭牙，云"此必是已"，谓贤者圣也。东郭牙知之审，是与圣人同也。

客有见淳于髡于梁惠王者，再见之，终无言也。惠王怪之，以让客曰[33]："子之称淳于生，言管、晏不及。及见寡人，寡人未有得也。寡人未足为言邪？"客谓髡。曰："固也！吾前见王志在远，后见王志在音，吾是以默然。"客具报，王大骇曰："嗟乎！淳于生诚圣人也。前淳于生之来，人有献龙马者，寡人未及视，会生至。后来，人有献讴者[34]，未及试，亦会生至。寡人虽屏左右，私心在彼。"夫髡之见惠王在远与音也，虽汤、禹之察，不能过也。志在胸臆之中，藏匿不见，髡能知之。以髡等为圣，则髡圣人也。如以髡等非圣，则圣人之知，何以过髡之知惠王也？观色以窥心，皆有因缘以准的之。

楚灵王会诸侯，郑子产曰："鲁、邾、宋、卫不来。"及诸侯会，四国果不至。赵尧为符玺御史，赵人方与公谓御史大夫周昌曰："君之史赵尧且代君位。"其后尧果为御史大夫。然则四国不至，子产原其理也；赵尧之为御史大夫，方与公睹其状也。原理睹状，处著方来[35]，有以审之也。鲁人公孙臣，孝文皇帝时，上书言汉土德，其符黄龙当见。后黄龙见成纪。然则公孙臣知黄龙将出，案律历以处之也。

贤圣之知，事宜验矣。贤圣之才，皆能先知；其先知也，任术用数，或善商而巧意，非圣人空知。神怪与圣贤，殊道异路也。圣贤知不逾，故用思相出入；遭事无神怪，故名号相贸易。故夫贤圣者，道德智能之号；神者，眇茫恍惚无形之实。实异，质不得同；实钧，效不得殊[36]。圣神号不等，故谓圣者不神，神者不圣。东郭牙善意以知国情，子贡善意以得货利，圣人之先知，子贡、东郭牙之徒也。与子贡、东郭同，则子贡、东郭之徒亦圣也。夫如是，圣贤之实同而名号殊，未必才相悬绝，智相兼倍也。

太宰问于子贡曰："夫子圣者欤？何其多能也！"子贡曰："故天纵之将圣，又多能也。"将者，且也，不言已圣言且圣者，以为孔子圣未就也。夫圣若为贤矣，治行厉操，操行未立，则谓且贤。今言且圣，圣可为之故也。孔子曰："吾十有五而志于学，三十而立，四十而不惑，五十而知天命，六十而耳顺。"从知天命至耳顺，学就知明，成圣之验也。未五十、六十之时，未能知天命至耳顺也，则谓之"且"矣。当子贡答太宰时，殆三十、四十之时也。

魏昭王问于田诎曰："寡人在东宫之时，闻先生之议曰'为圣易'，有之乎？"田诎对曰："臣之所学也。"昭王曰："然则先生圣乎？"田诎曰："未有功而知其圣者，尧之知舜也。待其有功而后知其圣者，市人之知舜也。今诎未有功，而王问诎曰若圣乎，敢问王亦其尧乎？"夫圣可学为，故田诎谓之易。如卓与人殊，禀天性而自然，焉可学？而为之安能成？田诎之言"为圣易"，未必能成。田诎之言为易，未必能是；言"臣之所学"，盖其实也。

贤圣可学，为劳佚殊，故贤圣之号，仁智共之。子贡问于孔子："夫子圣矣乎？"孔子曰："圣则吾不能。我学不餍，而教不倦。"子贡曰："学不餍者，智也；教不倦者，仁也。仁且智，夫子既圣矣。"由此言之，仁智之人，可谓圣矣。孟子曰："子夏、子游、子张得圣人之一体，冉牛、闵子骞、颜渊具体而微。"六子在其世，皆有圣人之才，或颇有而不具，或备有而不明，然皆称圣人，圣人可勉成也。孟子又曰："非其君不事，非其民不使，治则进，乱则退，伯夷也。何事非君，何使非民，治亦进，乱亦进，伊尹也。可以仕则仕，可以已则已，可以久则久，可以速则速，孔子也。皆古之圣人也。"又曰："圣人，百世之师也，伯夷、柳下惠是也。故闻伯夷之风者，顽夫廉，懦夫有立志；闻柳下惠之风者，薄夫敦，鄙夫宽。奋乎百世之上，百世之下闻之者，莫不兴起，非圣而若是乎！而况亲炙之乎[37]！"夫伊尹、伯夷、柳下惠不及孔子，而孟子皆曰"圣人"者，贤圣同类，可以共一称也。宰予曰："以予观夫子，贤于尧、舜远矣。"孔子圣，宜言圣于尧、舜，而言贤者，圣贤相出入，故其名称相贸易也。

---

①甘义：动听的大道理。

②准况：类推。工：巧妙。

③不取：不要别人的东西。

④有诸：有这样的事情吗？

⑤时：认为合适。

⑥甑：蒸饭用的瓦器。

⑦涂：通"途"。道路。

⑧悖：加害；杀害。

⑨衢：大路。

⑩反：通“返”。

⑪顿：住宿。

⑫轻：轻浮。泊：通“簿”，轻簿。

⑬亲：父母。彻：通“撤”。

⑭周流：周游。

⑮游者：在水中游动的生物。纶：用鱼线钓。

⑯矰：系有细绳便于收回的箭。

⑰所从上下：指龙的活动从上到下。

⑱间：离间。

⑲浚：疏通；淘挖。

⑳豫：通“预”，预先。

㉑不豫：古代帝王生病称“不豫”。

㉒筴：同“策”，竹简；木简。祝：祈祷。

㉓顿：紧接着。

㉔趋：小步快走。

㉕亿：通“臆”，猜测；估测行情。

㉖原：推究。

㉗变：奇异。

㉘较：通“皎”，显著。

㉙差：差别。

㉚衰绖：丧服。

㉛唫：闭嘴。

㉜虞：猜想；料想。

㉝让：责备。

㉞讴者：歌手。

㉟处著：判明。方来：将来；未来。

㊱效：表现。

㊲炙：熏陶。

定　贤

圣人难知，贤者比于圣人为易知。世人且不能知贤，安能知圣乎？世人虽言知贤，此言妄也。知贤何用？知之如何？

以仕宦得高官身富贵为贤乎？则富贵者天命也。命富贵，不为贤；命贫贱，不为不肖[①]。必以富贵效贤不肖，是则仕宦以才不以命也。

以事君调合寡过为贤乎？夫顺阿之臣，佞倖之徒是也，准主而说，适时而行，无廷逆之郄[②]，则无斥退之患。或骨体娴丽，面色称媚，上不憎而善生，恩泽洋溢过度，未可谓贤。

以朝庭选举皆归善为贤乎？则夫著见而人所知者举多，幽隐人所不识者荐少，虞舜是也。尧求，则咨于鲧、共工，则岳已不得[③]。由此言之，选举多少，未可以知实。或德高而举之少，或才下而荐之多。明君求善察恶于多少之间，时得善恶之实矣。且广交多徒，求索众心者，人爱而称之；清直不容乡党，志洁不交非徒，失众心者，人憎而毁之。故名多生于知谢[4]，毁多失于众意。

齐威王以毁封即墨大夫，以誉烹阿大夫。即墨有功而无誉，阿无效而有名也。子贡问曰："乡人皆好之，何如?"孔子曰："未可也。""乡人皆恶之，何如?"曰："未可也。不若乡人之善者好之，其不善者恶之。"夫如是，称誉多而小大皆言善者，非贤也。善人称之，恶人毁之，毁誉者半，乃可有贤。

以善人所称，恶人所毁可以知贤乎？夫如是，孔子之言可以知贤。不知誉此人者，贤也？毁此人者，恶也？或时称者恶而毁者善也！人眩惑无别也。

以人众所归附，宾客云合者为贤乎？则夫人众所附归者，或亦广交多徒之人也。众爱而称之，则蚁附而归之矣。或尊贵而为利，或好士下客，折节俟贤[5]。信陵、孟尝、平原、春申食客数千，称为贤君。大将军卫青及霍去病门无一客，称为名将。故宾客之会，在好下之君。利害之贤，或不好士，不能为轻重，则众不归而士不附也。

以居位治人，得民心歌咏之为贤乎？则夫得民心者，与彼得士意者，无以异也。为虚恩拊循其民[6]，民之欲得，即喜乐矣。何以效之？齐田成子、越王勾践是也。成子欲专齐政，以大斗贷、小斗收而民悦。勾践欲雪会稽之耻，拊循其民，吊死问病而民喜。二者皆自有所欲为于他，而伪诱属其民，诚心不加，而民亦说。孟尝君夜出秦关，鸡未鸣而关不闿[7]，下坐贱客鼓臂为鸡鸣，而鸡皆和之，关即闿，而孟尝得出。夫鸡可以奸声感[8]，则人亦可以伪恩动也。人可以伪恩动，则天亦可巧诈应也。动致天气，宜以精神，而人用阳燧取火于天，消炼五石[9]，五月盛夏，铸以为器，乃能得火。今又但取刀剑、恒铜钩之属[10]，切磨以向日，亦得火焉。夫阳燧刀剑钩能取火于日，恒非贤圣，亦能动气于天。若董仲舒信土龙之能致云雨，盖亦有以也。夫如是，应天之治，尚未可谓贤，况徒得人心，即谓之贤，如何?

以居职有成功见效为贤乎？夫居职何以为功效？以人民附之，则人民可以伪恩说也。阴阳和，百姓安者，时也。时和，不肖遭其安；不和，虽圣逢其危。如以阴阳和而效贤不肖，则尧以洪水得黜，汤以大旱为殿下矣。如功效谓事也，身为之者，功著可见。以道为计者，效没不章[11]。鼓无当于五音，五音非鼓不和；师无当于五服，五服非师不亲；水无当于五采，五采非水不章。道为功本，功为道效，据功谓之贤，是则道人之不肖也。高祖得天下，赏群臣之功，萧何为赏首。何则？高祖论功，比猎者之纵狗也。狗身获禽，功归于人。群臣手战，其犹狗也；萧何持重，其犹人也。必据成功谓之贤，是则萧何无功。功赏不可以效贤，一也。

夫圣贤之治世也有术，得其术则功成，失其术则事废。譬犹医之治病也，有方，笃剧犹治；无方，才微不愈。夫方犹术，病犹乱，医犹吏，药犹教也。方施而药行，术设而教从，教从而乱止，药行而病愈。治病之医，未必惠于不为医者。然而治国之吏，未必贤于不能治国者，偶得其方，遭晓其术也。治国须术以立功，亦有时当自乱，虽用术，功终不立者；亦有时当自安，虽无术，功犹成者。故夫治国之人，或得时而功成，或失时而无效。术人能因时以立功，不能逆时以致安。良医能治未当死之人命，如命穷寿尽，方用无验矣。故时当乱也，尧、舜用术，不能立功；命当死矣，扁鹊行方，不能愈病。射御巧技百工之人，皆以法术，然后功成事立，效验可见。观治国，百工之类也；功立，犹事成也。谓有功者贤，是谓百工皆贤人也。赵人吾丘寿王，武帝时待诏，上使从董仲舒受《春秋》，高才通明于事，后为东郡都尉。上以寿王之贤，不置太守。时军发，民骚动，岁恶，盗贼不息。上赐寿王书曰："子在朕前时，辐凑并至，以为天下少双，海内寡二，至连十余城之势，任四千石之重，而盗贼浮船行攻取于库兵，甚不称在前时，何也?"寿王谢言难禁，复召为光禄大夫，常居左右，论事说议，无不是者；才高智深，通明多见。

然其为东郡都尉，岁恶，盗贼不息，人民骚动，不能禁止。不知寿王不得治东郡之术邪？亡将东郡适当复乱，而寿王之治偶逢其时也？夫以寿王之贤，治东郡不能立功，必以功观贤，则寿王弃而不选也。恐必世多如寿王之类，而论者以无功不察其贤。燕有谷，气寒不生五谷。邹衍吹律致气，既，寒更为温，燕以种黍，黍生丰熟，到今名之曰“黍谷”。夫和阴阳，当以道德至诚。然而邹衍吹律，寒谷更温，黍谷育生。推此以况诸有成功之类，有若邹衍吹律之法。故得其术也，不肖无不能；失其数也，贤圣有不治。此功不可以效贤，二也。

人之举事，或意至而功不成，事不立而势贯山。荆轲、医夏无且是矣。荆轲入秦之计，本欲劫秦王生致于燕，邂逅不偶，为秦所擒。当荆轲之逐秦王，秦王环柱而走，医夏无且以药囊提荆轲[12]。既而天下名轲为烈士，秦王赐无且金二百镒。夫为秦所擒，生致之功不立；药囊提刺客，益于救主，然犹称赏者，意至势盛也。天下之士不以荆轲功不成，不称其义。秦王不以无且无见效，不赏其志。志善不效成功，义至不谋就事，义有余，效不足，志巨大而功细小，智者赏之，愚者罚之。必谋功不察 志，论阳效不存阴计，是则豫让拔剑斩襄子之衣，不足识也；伍子胥鞭笞平王尸，不足载也；张良椎始皇误中副车，不足记也。三者道地不便，计画不得，有其势而无其功，怀其计而不得为其事，是功不可以效贤，三也。

以孝于父、弟于兄为贤乎[13]？则夫孝弟之人，有父兄者也，父兄不慈，孝弟乃章。舜有瞽瞍，参有曾皙，孝立名成，众人称之。如无父兄，父兄慈良，无章显之效，孝弟之名，无所见矣。忠于君者，亦与此同。龙逢、比干忠著夏、殷，桀、纣恶也；稷、契、皋陶忠暗唐、虞，尧、舜贤也。故萤火之明，掩于日月之光；忠臣之声，蔽于贤君之名。死君之难，出命捐身，与此同。臣遭其时死其难，故立其义而获其名。大贤之涉世也，翔而有集，色斯而举；乱君之患，不累其身；危国之祸，不及其家，安得逢其祸而死其患乎？齐詹问于晏子曰：“忠臣之事其君也，若何？”对曰：“有难不死，出亡不送。”詹曰：“列地而予之，疏爵而贵之，君有难不死，出亡不送，可谓忠乎？”对曰：“言而见用，臣奚死焉？谏而见从，终身不亡，臣奚送焉？若言不见用，有难而死，是妄死也；谏而不见从，出亡而送，是诈伪也。故忠臣者能尽善于君，不能与陷于难。”案晏子之对，以求贤于世，死君之难、立忠节者，不应科矣。是故大贤寡可名之节，小贤多可称之行，可得筭者小[14]，而可得量者少也。恶至大，筭弗能；数至多，升斛弗能。有小少易名之行，又发于衰乱易见之世，故节行显而名声闻也。浮于海者迷于东西，大也。行于沟，咸识舟楫之迹，小也。小而易见，衰乱亦易察 。故世不危乱，奇行不见；主不悖惑，忠节不立。鸿卓之义，发于颠沛之朝；清高之行，显于衰乱之世。

以全身免害，不被刑戮，若南容惧白圭者为贤乎？则夫免于害者幸而命禄吉也，非才智所能禁、推行所能却也。神蛇能断而复属[15]，不能使人弗断。圣贤能困而复通，不能使人弗害。南容能自免于刑戮，公冶以非罪在缧绁[16]，伯玉可怀于无道之国[17]；文王拘羑里，孔子厄陈、蔡，非行所致之难，掩己而至，则有不得自免之患，累己而滞矣。夫不能自免于患者，犹不能延命于世也。命穷，贤不能自续；时厄，圣不能自免。

以委国去位，弃富贵，就贫贱为贤乎？则夫委国者，有所迫也。若伯夷之徒，昆弟相让以国，耻有分争之名；及大王亶甫重战其故民，皆委国及去位者，道不行而志不得也。如道行志得，亦不去位。故委国去位，皆有以也，谓之为贤；无以者可谓不肖乎？且有国位者，故得委而去之，无国位者何委？夫割财用及让下受分，与此同实。无财何割？口饥何让？仓廪实民知礼节，衣食足知荣辱。让，生于有余；争，生于不足。人或割财助用，袁将军再与兄子分家财多有，以为恩义。昆山之下，以玉为石；彭蠡之滨，以鱼食犬豕。使推让之人，财若昆山之玉、彭蠡之鱼，家财再分，不足为也。韩信寄食于南昌亭长，何财之割？颜渊箪食瓢饮，何财之让？管仲分财取多，无廉让之节。贫乏不足，志义废也。

以避世离俗，清身洁行为贤乎？是则委国去位之类也。富贵人情所贪，高官大位人之所欲，乐去之而隐，生不遭遇，志气不得也。长沮、桀溺避世隐居，伯夷、於陵去贵取贱，非其志也。

以恬憺无欲[18]，志不在于仕，苟欲全身养性为贤乎？是则老聃之徒也。道人与贤殊科者，忧世济民于难。是以孔子栖栖[19]，墨子遑遑[20]。不进与孔、墨合务，而还与黄、老同操，非贤也。

以举义千里，师将朋友无废礼为贤乎[21]？则夫家富财饶，筋力劲强者能堪之。匮乏无以举礼，羸弱不能奔远，不能任也。是故百金之家，境外无绝交；千乘之国，同盟无废赠：财多故也。使谷食如水火，虽贪吝之人越境而布施矣。故财少则正礼不能举一，有余则妄施能于千。家贫无斗筲之储者，难责以交施矣。举檐千里之人，杖策越疆之士，手足胼胝，面目骊黑，无伤感不任之疾，筋力皮革，必有与人异者矣。推此以况为君要证之吏[22]，身被疾痛而口无一辞者，亦肌肉骨节坚强之故也。坚强则能隐事而立义，软弱则诬时而毁节。豫让自贼，妻不能识；贯高被棰，身无完肉。实体有不与人同者，则其节行有不与人钧者矣。

以经明带徒聚众为贤乎？则夫经明，儒者是也。儒者，学之所为也。儒者学，学儒矣，传先师之业，习口说以教，无胸中之造，思定然否之论。邮人之过书[23]，门者之传教也[24]，封完书不遗，教审令不误者，则为善矣。儒者传学，不妄一言；先师古语，到今具存，虽带徒百人以上，位博士、文学，邮人、门者之类也。

以通览古今，秘隐传记无所不记为贤乎？是则儒者之次也。才高好事，勤学不舍，若专成之苗裔[25]，有世祖遗文，得成其篇业。观览讽诵，若典官文书，若太史公及刘子政之徒，有主领书记之职，则有博览通达之名矣。

以权诈卓谲，能将兵御众为贤乎？是韩信之徒也。战国获其功，称为名将；世平能无所施，还入祸门矣。高鸟死，良弓藏；狡兔得，良犬烹。权诈之臣，高鸟之弓，狡兔之犬也。安平身无宜，则弓藏而犬烹。安平之主，非弃臣而贱士，世所用助上者，非其宜也。向令韩信用权变之才，为若叔孙通之事，安得谋反诛死之祸哉？有攻强之权[26]，无守平之智；晓将兵之计，不见已定之义。居平安之时，为反逆之谋 。此其所以功灭国绝，不得名为贤也。

以辩于口，言甘辞巧为贤乎？则夫子贡之徒是也。子贡之辩胜颜渊，孔子序置于下。实才不能高，口辩机利，人决能称之。夫自文帝尚多虎圈啬夫[27]，少上林尉[28]，张释之称周勃、张相如，文帝乃悟。夫辩于口，虎圈啬夫之徒也，难以观贤。

以敏于笔，文墨雨集为贤乎？夫笔之与口，一实也。口出以为言，笔书以为文。口辩，才未必高。然则笔敏，知未必多也。且笔用何为敏，以敏于官曹事。事之难者莫过于狱，狱疑则有请谳[29]。盖世优者莫过张汤，张汤文深，在汉之朝，不称为贤。太史公序累[30]，以汤为酷，酷非贤者之行。鲁林中哭妇，虎食其夫，又食其子，不能去者，善政不苛，吏不暴也。夫酷，苛暴之党也，难以为贤。

以敏于赋颂，为弘丽之文为贤乎？则夫司马长卿、扬子云是也。文丽而务巨，言眇而趋深，然而不能处定是非，辩然否之实。虽文如锦绣，深如河、汉，民不觉知是非之分，无益于弥为崇实之化。

以清节自守，不降志辱身为贤乎？是则避世离俗，长沮、桀溺之类也。虽不离俗，节与离世者钧，清其身，而不辅其主；守其节，而不劳其民。大贤之在世也，时行则行，时止则止，铨可否之宜[31]，以制清浊之行。子贡让而止善，子路受而观德 。夫让，廉也；受则贪也。贪有益，廉有损。推行之节，不得常清眇也。伯夷无可，孔子谓之非，操违于圣，难以为贤矣。

或问于孔子曰："颜渊何人也？"曰："仁人也。丘不如也。""子贡何人也？"曰："辩人也。

丘弗如也。”“子路何人也?”曰:“勇人也。丘弗如也。”客曰:“三子者皆贤于夫子,而为夫子服役,何也?”孔子曰:“丘能仁且忍,辩且诎,勇且怯。以三子之能,易丘之道,弗为也。”孔子知所设施之矣。有高才洁行,无知明以设施之,则与愚而无操者,同一实也。夫如是,皆有非也。无一非者,可以为贤乎?是则乡原之人也。孟子曰:“非之无举也,刺之无刺也,同于流俗,合于污世,居之似忠信,行之似廉洁,众皆说之,自以为是,而不可与人尧、舜之道。”故孔子曰:“乡原,德之贼也。”似之而非者,孔子恶之。夫如是,何以知实贤?知贤竟何用?世人之检,苟见才高能茂,有成功见效,则谓之贤。若此甚易,知贤何难!《书》曰:“知人则哲[32],惟帝难之[33]。”据才高卓异者则谓之贤耳,何难之有?然而难之,独有难者之故也。

夫虞舜不易知人,而世人自谓能知贤,误也。然则贤者竟不可知乎?曰:易知也。而称难者,不见所以知之,则虽圣人不易知也;及见所以知之,中才而察之。譬犹工匠之作器也,晓之则无难,不晓则无易。贤者易知于作器。世无别,故真贤集于俗士之间[34]。俗士以辩惠之能[35],据官爵之尊,望显盛之宠,遂专为贤之名。贤者还在闾巷之间,贫贱终老,被无验之谤。若此,何时可知乎?然而必欲知之,观善心也。夫贤者,才能未必高也而心明,智力未必多而举是。何以观心?必以言。有善心,则有善言。以言而察行,有善言,则有善行矣。言行无非,治家亲戚有伦,治国则尊卑有序。无善心者,白黑不分,善恶同伦,政治错乱,法度失平。故心善,无不善也;心不善,无能善。心善则能辩然否。然否之义定,心善之效明,虽贫贱困穷,功不成而效不立,犹为贤矣。故治不谋功,要所用者是;行不责效,期所为者正。正是审明,则言不须繁,事不须多,故曰:“言不务多,务审所谓。行不务远,务审所由。”言得道理之心,口虽讷不辩[36],辩在胸臆之内矣。故人欲心辩,不欲口辩。心辩则言丑而不违,口辩则辞好而无成。

孔子称少正卯之恶曰:“言非而博,顺非而泽,内非而外以才能饰之,众不能见则以为贤。”夫内非外饰,是世以为贤,则夫内是外无以自表者,众亦以为不肖矣。是非乱而不治,圣人独知之。人言行多若少正卯之类,贤者独识之。世有是非错缪之言[37],亦有审误纷乱之事。决错缪之言,定纷乱之事,唯贤圣之人为能任之。圣心明而不暗,贤心理而不乱。用明察非,非无不见;用理铨疑,疑无不定。与世殊指,虽言正是,众不晓见。何则?沉溺俗言之日久,不能自还以从实也。是故正是之言为众所非,离俗之礼为世所讥。管子曰:“君子言堂满堂,言室满室。”怪此之言,何以得满?如正是之言出,堂之人皆有正是之知,然后乃满。如非正是,人之乖刺异,安得为满?夫歌曲妙者,和者则寡;言得实者,然者则鲜。和歌与听言,同一实也。曲妙人不能尽和,言是人不能皆信。鲁文公逆祀,去者三人;定公顺祀,畔者五人[38]。贯于俗者,则谓礼为非。晓礼者寡,则知是者希。君子言之,堂室安能满?夫人不谓之满,世则不得见。口谈之实语,笔墨之余迹,陈在简筴之上,乃可得知。故孔子不王,作《春秋》以明意。案《春秋》虚文业,以知孔子能王之德。孔子圣人也,有若孔子之业者,虽非孔子之才,斯亦贤者之实验也。夫贤与圣同轨而殊名,贤可得定,则圣可得论也。

问:周道不弊,孔子不作《春秋》。《春秋》之作,起周道弊也。如周道不弊,孔子不作者,未必无孔子之才,无所起也。夫如是,孔子之作《春秋》,未可以观圣;有若孔子之业者,未可知贤也。曰:周道弊,孔子起而作之,文义褒贬是非,得道理之实,无非僻之误,以故见孔子之贤,实也。夫无言则察之以文,无文则察之以言。设孔子不作,犹有遗言,言必有起,犹文之必有为也。观文之是非,不顾作之所起。世间为文者众矣,是非不分,然否不定,桓君山论之,可谓得实矣。论文以察实,则君山汉之贤人也。陈平未仕,割肉闾里,分均若一,能为丞相之验也。夫割肉与割文,同一实也。如君山得执汉平,用心与为论不殊指矣。孔子不王,素王之业在于《春秋》。然则桓君山素丞相之迹,存于《新论》者也。

①不肖：不贤。
②郄：隔阂。
③岳：四岳。传说尧时东、南、西、北四方部落的首领。
④谢：笼络。
⑤俟：等待。
⑥拊循：安抚；讨好。
⑦闿：开。
⑧奸：伪造的；假的。
⑨五石：指丹砂、雄黄、曾青、白矾石、磁石五种冶铸铜器的矿物质。
⑩恒：普通的。
⑪章：通“彰”。
⑫提：击打。
⑬弟：同“悌”，尊敬兄长。
⑭筭（suàn，音算）：筹码，古代计数用的器具。
⑮属（zhǔ，音主）：连接。
⑯缧绁：指监狱。
⑰怀：藏。
⑱恬憺：清心寡欲。
⑲栖栖：忙碌不停的样子。
⑳遑遑：匆忙不安定的样子。
㉑将：长官。
㉒况：对比。
㉓邮人：传递文书的差役。过书：递送文书。
㉔门者：守门人。
㉕苗裔：后代。
㉖权：权谋；计谋。
㉗多：称赞。
㉘少：斥责；批评。
㉙谳（yàn，音厌）：审判定罪。
㉚序累：排列高下。
㉛铨：权衡。
㉜哲：明智。
㉝帝：指舜。
㉞集：混杂。
㉟惠：通“慧”，聪明。
㊱讷：口吃。
㊲缪：通“谬”，错误。
㊳畔：通“叛”，离去。

正　说

儒者说《五经》，多失其实。前儒不见本末，空生虚说；后儒信前师之言，随旧述故，滑习辞语。苟名一师之学，趋为师教授，及时蚤仕，汲汲竞进，不暇留精用心，考实根核。故虚说传而不绝，实事没而不见，《五经》并失其实。《尚书》、《春秋》事较易，略正题目粗粗之说，以照篇中微妙之文。

说《尚书》者，或以为本百两篇，后遭秦燔《诗》、《书》，遗在者二十九篇。夫言秦燔《诗》、《书》，是也；言本百两篇者，妄也。盖《尚书》本百篇，孔子以授也。遭秦用李斯之议，燔烧《五经》，济南伏生抱百篇藏于山中。孝景皇帝时，始存《尚书》。伏生已出山中，景帝遣晁错往从受《尚书》二十余篇。伏生老死，《书》残不竟①，晁错传于倪宽。至孝宣皇帝之时，河内女子发老屋，得逸《易》、《礼》、《尚书》各一篇，奏之，宣帝下示博士，然后《易》、《礼》、《尚书》各益一篇，而《尚书》二十九篇始定矣。至孝武帝时，鲁共王坏孔子教授堂以为殿，得百篇《尚书》于墙壁中。武帝使使者取视，莫能读者，遂秘于中，外不得见。至孝成皇帝时，征为古文《尚书》学，东海张霸案百篇之序，空造百两之篇，献之成帝。帝出秘百篇以校之，皆不相应，于是下霸于吏。吏白霸罪当至死，成帝高其才而不诛，亦惜其文而不灭。故百两之篇，传在世间者，传见之人则谓《尚书》本有百两篇矣。

或言秦燔诗书者，燔《诗经》之书也，其经不燔焉。夫《诗经》独燔其诗。书，《五经》之总名也。传曰：男子不读经，则有博戏之心。子路使子羔为费宰，孔子曰："贼夫人之子。"子路曰："有民人焉，有社稷焉，何必读书，然后为学。"《五经》总名为书。传者不知秦燔书所起，故不审燔书之实。秦始皇三十四年，置酒咸阳宫，博士七十人前为寿。仆射周青臣进颂秦始皇。齐人淳于越进谏，以为始皇不封子弟，卒有田常、六卿之难，无以救也，讥青臣之颂，谓之为谀。秦始皇下其议丞相府。丞相斯以为越言不可用，因此谓诸生之言惑乱黔首，乃令史官尽烧《五经》，有敢藏诗书百家语者刑，唯博士官乃得有之。《五经》皆燔，非独诗家之书也。传者信之，见言诗书则独谓《诗经》之书矣。

传者或知《尚书》为秦所燔，而谓二十九篇其遗脱不烧者也。审若此言，《尚书》二十九篇，火之余也。七十一篇为炭灰，二十九篇独遗邪？夫伏生年老，晁错从之学，时适得二十余篇。伏生死矣，故二十九篇独见，七十一篇遗脱。遗脱者七十一篇，反谓二十九篇遗脱矣。

或说《尚书》二十九篇者，法斗四七宿也②，四七二十八篇，其一曰斗矣，故二十九。夫《尚书》灭绝于秦，其见在者二十九篇，安得法乎？宣帝之时，得佚《尚书》及《易》、《礼》各一篇，《礼》、《易》篇数亦始足，焉得有法？案百篇之序，阙遗者七十一篇，独为二十九篇立法，如何？或说曰：孔子更选二十九篇，二十九篇独有法也。盖俗儒之说也，未必传记之明也。二十九篇残而不足，有传之者，因不足之数，立取法之说，失圣人之意，违古今之实。夫经之有篇也，犹有章句。有章句也，犹有文字也。文字有意以立句，句有数以连章，章有体以成篇，篇则章句之大者也。谓篇有所法，是谓章句复有所法也。《诗经》旧时亦数千篇，孔子删去复重，正而存三百篇，犹二十九篇也。谓二十九篇有法，是谓三百五篇复有法也。

或说《春秋》十二月也，《春秋》十二公犹《尚书》之百篇。百篇无所法，十二公安得法？

说《春秋》者曰：二百四十二年，人道浃[3]，王道备。善善恶恶，拨乱世反诸正，莫近于《春秋》。若此者，人道、王道适具足也。三军六师万二千人，足以陵敌伐寇，横 行天下，令行禁止，未必有所法也。孔子作《春秋》，纪鲁十二公，犹三军之有六师也；士众万二千，犹年有二百四十二也。六师万二千人，足以成军；十二公二百四十二年，足以立义。说事者好神道恢义[4]，不肖以遭祸[5]。是故经传篇数，皆有所法。考实根本，论其文义，与彼贤者作书诗，无以异也。故圣人作经，贤者作书，义穷理竟，文辞备足，则为篇矣。其立篇也，种类相从，科条相附。殊种异类，论说不同，更别为篇。意异则文殊，事改则篇更。据事意作，安得法象之义乎？

或说《春秋》二百四十二年者，上寿九十，中寿八十，下寿七十。孔子据中寿三世而作，三八二十四，故二百四十年也。又说为赤制之中数也。又说二百四十二年，人道浃，王道备。夫据三世，则浃备之说非；言浃备之说为是，则据三世之论误。二者相伐而立其义，圣人之意何定哉？凡纪事言年月日者，详悉重之也。《洪范》五纪，岁月日星，纪事之文，非法象之言也。纪十二公享国之年，凡有二百四十二，凡此以立三世之说矣。实孔子纪十二公者，以为十二公事适足以见王义邪？据三世，三世之数，适得十二公而足也。如据十二公，则二百四十二年不为三世见也。如据三世，取三八之数，二百四十年而已，何必取二？说者又曰："欲合隐公之元也，不取二年。隐公元年，不载于经。"夫《春秋》自据三世之数而作，何用隐公元年之事为始？须隐公元年之事为始，是竟以备足为义，据三世之说不复用矣。说隐公享国五十年，将尽纪元年以来邪，中断以备三八之数也？如尽纪元年以来，三八之数则中断；如中断以备三世之数，则隐公之元不合，何如？且年与月日小大异耳，其所纪载，同一实也。二百四十二年谓之据三世，二百四十二年中之日月必有数矣。年据三世，月日多少何据哉？夫《春秋》之有年也，犹《尚书》之有章。章以首义，年以纪事。谓《春秋》之年有据，是谓《尚书》之章亦有据也。

说《易》者皆谓伏羲作八卦，文王演为六十四。夫圣王起，河出图，洛出书。伏羲王，《河图》从河水中出，《易》卦是也。禹之时得《洛书》，书从洛水中出，《洪范》九章是也。故伏羲以卦治天下，禹案《洪范》以治洪水。古者烈山氏之王得河图，夏后因之曰《连山》；归藏氏之王得河图，殷人因之曰《归藏》；伏羲氏之王得河图，周人曰《周易》。其经卦皆六十四，文王、周公因彖十八章究六爻[6]。世之传说《易》者，言伏羲作八卦，不实其本，则谓伏羲真作八卦也。伏羲得八卦，非作之；文王得成六十四，非演之也。演作之言，生于俗传。苟信一文，使夫真是几灭不存，既不知《易》之为河图，又不知存于俗何家《易》也，或时《连山》、《归藏》，或时《周易》。案礼夏、殷、周三家相损益之制，较著不同。如以周家在后，论今为《周易》，则礼亦宜为周礼。六典不与今礼相应，今礼未必为周，则亦疑今《易》未必为周也。案左丘明之《传》，引周家以卦，与今《易》相应，殆《周易》也。

说《礼》者皆知礼也，礼为何家礼也？孔子曰："殷因于夏礼，所损益，可知也。周因于殷礼，所损益，可知也。"由此言之，夏、殷、周各自有礼。方今周礼邪？夏、殷也？谓之周礼，《周礼》六典。案今《礼经》不见六典，或时殷礼未绝，而六典之礼不传，世因谓此为周礼也。案周官之法不与今礼相应，然则《周礼》六典是也。其不传，犹古文《尚书》、《春秋左氏》不兴矣。

说《论》者皆知说文解语而已，不知《论语》本几何篇，但周以八寸为尺，不知《论语》所独一尺之意。夫《论语》者，弟子共纪孔子之言行，敕记之时甚多，数十百篇，以八寸为尺，纪之约省，怀持之便也。以其遗非经，传文纪识恐忘，故以但八寸尺，不二尺四寸也。汉兴失亡，至武帝发取孔子壁中古文得二十一篇，齐、鲁、河间九篇：三十篇。至昭帝女读二十一篇，宣帝下太常博士。时尚称书难晓，名之曰传，后更隶写以传诵。初孔子孙孔安国以教鲁人扶卿，官至荆州刺史，始曰《论语》。今时称《论语》二十篇，又失齐、鲁、河间九篇。本三十篇，分布亡失，或二十一篇，目或多或少，文赞或是或误。说《论语》者，但知以剥解之问，以纤微之难，不知存问本根篇数章目。温故知新，可以为师，今不知古，称师如何?

孟子曰："王者之迹熄而《诗》亡，《诗》亡然后《春秋》作。晋之《乘》，楚之《梼杌》，鲁之《春秋》，一也。"若孟子之言，《春秋》者，鲁史记之名，《乘》、《梼杌》同。孔子因旧故之名以号《春秋》之经，未必有奇说异意，深美之据也。今俗儒说之："春者岁之始，秋者其终也，《春秋》之经，可以奉始养终，故号为《春秋》。"《春秋》之经何以异《尚书》?《尚书》者以为上古帝王之书，或以为上所为下所书，授事相实而为名，不依违作意以见奇。说《尚书》者得经之实，说《春秋》者失圣之意矣。《春秋左氏传》："桓公十有七年冬十月朔，日有食之。不书日，官失之也。"谓官失之言，盖其实也。史官记事，若今时县官之书矣，其年月尚大难失，日者微小易忘也。盖纪以善恶为实，不以日月为意。若夫公羊、谷梁之传，日月不具，辄为意使，失平常之事，有怪异之说，径直之文有曲折之义，非孔子之心。夫《春秋》实及言冬夏，不言者，亦与不书日月，同一实也。

唐、虞、夏、殷、周者，土地之名。尧以唐侯嗣位，舜从虞地得达，禹由夏而起，汤因殷而兴，武王阶周而伐，皆本所兴昌之地，重本不忘始，故以为号，若人之有姓矣。说《尚书》谓之有天下之代号，唐、虞、夏、殷、周者，功德之名，盛隆之意也。故唐之为言荡荡也，虞者乐也，夏者大也，殷者中也，周者至也。尧则荡荡民无能名；舜则天下虞乐；禹承二帝之业，使道尚荡荡，民无能名；殷则道得中；周武则功德无不至。其立义美也，其褒五家大矣，然而违其正实，失其初意。唐、虞、夏、殷、周，犹秦之为秦，汉之为汉。秦起于秦，汉兴于汉中，故曰犹秦、汉；犹王莽从新都侯起，故曰亡新。使秦、汉在经传之上，说者将复为秦、汉作道德之说矣。

尧老求禅，四岳举舜，尧曰："我其试哉!"说《尚书》曰："试者，用也。我其用之为天子也。"文为天子也。文又曰："女于时，观厥刑于二女。"观者，观尔虞舜于天下，不谓尧自观之也。若此者，高大尧、舜，以为圣人相见已审，不须观试，精耀相照，旷然相信。又曰："四门穆穆，人于大麓，烈风雷雨不迷。"言大麓，三公之位也。居一公之位，大总录二公之事，众多并吉，若疾风大雨。夫圣人才高，未必相知也。成事，舜难知佞，使皋陶陈知人之法。佞难知，圣亦难别。尧之才，犹舜之知也。舜知佞，尧知圣。尧闻舜贤，四岳举之，心知其奇而未必知其能，故言"我其试哉"，试之于职，妻以二女，观其夫妇之法，职治修而不废，夫道正而不僻。复令人庶之野，而观其圣，逢烈风疾雨，终不迷惑。尧乃知其圣，授以天下。夫文言"观"、"试"，观试其才也。说家以为譬喻增饰，使事失正是，诚而不存；曲折失意，使伪说传而不绝。造说之传，失之久矣。后生精者，苟欲明经不原实，而原之者亦校古随旧，重是之文，以为说证。经之传不可从，《五经》皆多失实之说。《尚书》、《春秋》，行事成文，较著可见，故颇独论。

---

①竟：全。

②斗：北斗星。

③浃：周全。

④恢：夸大。

⑤肖：相同；相似。

⑥爻：组成卦象的符号。

书　解

或曰："士之论高，何必以文[①]？"

答曰：夫人有文质乃成[②]。物有华而不实，有实而不华者。《易》曰："圣人之情见乎辞。"出口为言，集扎为文[③]。文辞施设[④]，实情敷烈[⑤]。夫文德，世服也[⑥]。空书为文，实行为德，著之于衣为服。故曰：德弥盛者文弥缛，德弥彰者人弥明。大人德扩，其文炳[⑦]；小人德炽，其文斑[⑧]。官尊而文繁，德高而文积。华而睆者[⑨]，大夫之箦[⑩]，曾子寝疾，命元起易[⑪]。由此言之，衣服以品贤，贤以文为差。愚杰不别，须文以立折[⑫]。非唯于人，物亦咸然。龙鳞有文，于蛇为神；凤羽五色，于鸟为君；虎猛，毛蚡蛇[⑬]；龟知，背负文：四者体不质，于物为圣贤。且夫山无林则为土山，地无毛则为泻土，人无文则为仆人。土山无麋鹿，泻土无五谷，人无文德不为圣贤。上天多文而后土多理。二气协和，圣贤禀受，法象本类，故多文彩。瑞应符命，莫非文者。晋唐叔虞、鲁成季友、惠公夫人号曰仲子，生而怪奇，文在其手。张良当贵，出与神会，老父授书，卒封留侯。河神故出图，洛灵故出书。竹帛所记，怪奇之物，不出潢洿[⑭]。物以文为表，人以文为基。棘子成欲弥文，子贡讥之。谓文不足奇者，子成之徒也。

著作者为文儒，说经者为世儒。二儒在世，未知何者为优。或曰："文儒不若世儒。世儒说圣人之经，解贤者之传，义理广博，无不实见，故在官常位，位最尊者为博士，门徒聚众，招会千里，身虽死亡，学传于后。文儒为华淫之说，于世无补，故无常官，弟子门徒不见一人，身死之后，莫有绍传[⑮]，此其所以不如世儒者也。"

答曰：不然。夫世儒说圣情，共起并验，俱追圣人。事殊而务同，言异而义钧[⑯]。何以谓之文儒之说无补于世？世儒业易为，故世人学之多；非事可析第[⑰]，故官廷设其位。文儒之业，卓绝不循，人寡其书，业虽不讲，门虽无人，书文奇伟，世人亦传。彼虚说，此实篇。折累二者[⑱]，孰者为贤？案古俊乂著作辞说[⑲]，自用其业，自明于世。世儒当时虽尊，不遭文儒之书，其迹不传。周公制礼乐，名垂而不灭。孔子作《春秋》，闻传而不绝。周公、孔子，难以论言。汉世文章之徒，陆贾、司马迁、刘子政、扬子云，其材能若奇，其称不由人。世传《诗》家鲁申公，《书》家千乘欧阳、公孙，不遭太史公，世人不闻。夫以业自显，孰与须人乃显？夫能纪百人，孰与廑能显其名[⑳]？

或曰："著作者思虑间也，未必材知出异人也。居不幽，思不至。使著作之人，总众事之凡，典国境之职，汲汲忙忙[㉑]，何暇著作？试使庸人积闲暇之思，亦能成篇八十数。文王日昃不暇食[㉒]，周公一沐三握发，何暇优游为丽美之文于笔札？孔子作《春秋》，不用于周也。司马长卿不预公卿之事，故能作《子虚》之赋。扬子云存中郎之官，故能成《太玄经》，就《法言》。使孔子得王[㉓]，《春秋》不作。长卿、子云为相，赋玄不工籍[㉔]。"

答曰：文王日昃不暇食，此谓演《易》而益卦。周公一沐三握发，为周改法而制。周道不弊，孔子不作。休思虑间也！周法阔疏，不可因也。夫禀天地之文，发于胸臆，岂为间作不暇日哉？感伪起妄，源流气烝。管仲相桓公，致于九合[㉕]；商鞅相孝公，为秦开帝业。然而二子之书，篇章数十。长卿、子云，二子之伦也。俱感，故才并；才同，故业钧，皆士而各著，不以思虑间也。问事弥多而见弥博，官弥剧而识弥泥。居不幽，则思不至；思不至，则笔不利。嚚顽之人[26]，有幽室之思，虽无忧，不能著一字。盖人材有能，无有不暇。有无材而不能思，无有知而不能著。有鸿材欲作而无起，细知以问而能记。盖奇有无所因，无有不能言，两有无所睹，无不暇造作。

或曰："凡作者精思已极，居位不能领职。盖人思有所倚着，则精有所尽索。著作之人，书言通奇，其材已极，其知已罢。案古作书者多位，布散槃解[27]，辅倾宁危，非著作之人所能为也。夫有所逼，有所泥[28]，则有所自。篇章数百，吕不韦作《春秋》，举家徙蜀；淮南王作道书，祸至灭族；韩非著治术，身下秦狱。身且不全，安能辅国？夫有长于彼，安能不短于此？深于作文，安能不浅于政治？"

答曰：人有所优，固有所劣；人有所工，固有所拙。非劣也，志意不为也；非拙也，精诚不加也。志有所存，顾不见泰山；思有所至，有身不暇徇也[29]。称干将之利[30]，刺则不能击，击则不能刺，非刃不利，不能一旦二也[31]。蚈弹雀则失鶵[32]，射鹊则失雁；方员画不俱成[33]，左右视不并见；人材有两为，不能成一。使干将寡刺而更击，蚈舍鹊而射雁，则下射无失矣。人委其篇章，专为政治，则子产、子贱之迹，不足侔也。古作书者，多立功不用也。管仲、晏婴，功书并作。商鞅、虞卿，篇治俱为。高祖既得天下，马上之计未败，陆贾造《新语》，高祖粗纳采。吕氏横逆，刘氏将倾，非陆贾之策，帝室不宁。盖材知无不能，在所遭遇，遇乱则知立功，有起则以其材著书者也。出口为言，著文为篇。古以言为功者多，以文为败者希。吕不韦、淮南王以他为过，不以书有非；使客作书，不身自为；如不作书，犹蒙此章章之祸。人古今违属，未必皆著作材知极也。邹阳举疏，免罪于梁；徐乐上书，身拜郎中。材能以其文为功于人，何嫌不能营卫其身？韩蚤信公子非[34]，国不倾危。及非之死，李斯始奇非以著作材极，不能复有为也。春物之伤，或死之也，残物不伤，秋亦大长。假令非不死，秦未可知。故才人能令其行可尊，不能使人必法己；能令其言可行，不能使人必采取之矣。

或曰："古今作书者非一，各穿凿失经之实传，违圣人质，故谓之蕞残[35]，比之玉屑。故曰：蕞残满车，不成为道；玉屑满箧，不成为宝。前人近圣，犹为蕞残，况远圣从后复重为者乎？其作必为妄，其言必不明，安可采用而施行？"

答曰：圣人作其经，贤者造其传，述作者之意，采圣人之志，故经须传也。俱贤所为，何以独谓经传是，他书记非？彼见经传，传经之文，经须而解，故谓之是。他书与书相违，更造端绪，故谓之非。若此者，韪是于《五经》[36]。使言非《五比》，虽是，不见听。使《五经》从孔门出，到今常令人不缺灭，谓之纯壹，信之可也。今《五经》遭亡秦之奢侈，触李斯之横议，燔烧禁防。伏生之休，抱经深藏。汉兴，收《五经》，经书缺灭而不明，篇章弃散而不具。晁错之辈，各以私意，分拆文字，师徒相因相授，不知何者为是。亡秦无道，败乱之也。秦虽无道，不燔诸子。诸子尺书，文篇具在，可观读以正说，可采掇以示后人。后人复作，犹前人之造也。夫俱鸿而知[37]，皆传记所称，文义与经相薄。何以独谓文书失经之实？由此言之，经缺而不完，书无佚本，经有遗篇。折累二者，孰与蕞残？《易》据事象，《诗》采民以为篇，《乐》须民欢，《礼》待民平。四经有据，篇章乃成。《尚书》、《春秋》，采掇史记。史记兴，无异书。以民事一意，《六经》之作皆有据。由此言之，书亦为本，经亦为末，末失事实，本得道质。折累二者，孰为玉屑？知屋漏者在宇下，知政失者在草野，知经误者在诸子。诸子尺书，文明实是。说章句者终不求解扣明[38]，师师相传，初为章句者，非通览之人也。

---

①文：文采。

②质：质朴。
③扎：同“札”。
④施设：陈列。
⑤敷烈：充分表达。
⑥世服：众人穿的衣服。
⑦炳：鲜明。
⑧斑：华丽。
⑨脘（huǎn，音缓）：光滑。
⑩箦：席子。
⑪起易：更换。
⑫折：区别；判断。
⑬蚡蛇：花纹多的样子。
⑭潢洿：小水坑。
⑮绍：继承。
⑯钧：通“均”，相同。
⑰非事：不急之务。
⑱折累：比较；对比。
⑲俊乂：贤人智士。
⑳廑：通“仅”。
㉑汲汲忙忙：忙忙碌碌之意。
㉒日昃：太阳偏西。
㉓王（wàng，音旺）：为王。
㉔工籍：精妙，有文采。
㉕九合：多次召集诸侯会盟。
㉖嚚（yín，音银）：顽固。
㉗桀：快乐。解：通“懈”，懈怠。
㉘泥：拘泥；坚持。
㉙徇：谋求。
㉚干将：传说中的名剑。
㉛一旦：同时。
㉜蝉：用弹丸射击。
㉝员：通“圆”。
㉞蚤：通“早”。
㉟蕞（zuì，音最）残：支离破碎。
㊱韪（wěi，音委）：对。
㊲鸿：博学。知：通“智”，智慧。
㊳扣明：问明白；弄清楚。

案 书

儒家之宗，孔子也；墨家之祖，墨翟也。且案儒道传而墨法废者①，儒之道义可为，而墨之法议难从也。何以验之？墨家薄葬右鬼②，道乖相反违其实③，宜以难从也。乖违如何？使鬼非死人之精也，右之未可知；今墨家谓鬼审死人之精也④，厚其精而薄其尸，此于其神厚而于其体薄也。薄厚不相胜，华实不相副，则怒而降祸，虽有其鬼，终以死恨。人情欲厚恶薄，神心犹然。用墨子之法，事鬼求福，福罕至而祸常来也。以一况百[5]，而墨家为法，皆若此类也。废而不传，盖有以也。

《春秋左氏传》者，盖出孔子壁中。孝武皇帝时，鲁共王坏孔子教授堂以为宫，得佚《春秋》三十篇，《左氏传》也。公羊高、谷梁寘、胡毋氏皆传《春秋》，各门异户，独《左氏传》为近得实。何以验之?《礼记》造于孔子之堂，太史公，汉之通人也，左氏之言与二书合，公羊高、谷梁寘、胡毋氏不相合。又诸家去孔子远，远不如近，闻不如见。刘子政玩弄《左氏》，童仆妻子皆呻吟之。光武皇帝之时，陈元、范叔上书，连属条事是非[6]，《左氏》遂立。范叔寻因罪罢。元、叔天下极才，讲论是非，有余力矣。陈元言讷[7]，范叔章诎，左氏得实，明矣。言多怪，颇与孔子“不语怪力”相违返也，《吕氏春秋》亦如此焉。《国语》，《左氏》之外传也。左氏传经，辞语尚略，故复选录《国语》之辞以实。然则左氏《国语》，世儒之实书也。

公孙龙著“坚白”之论，析言剖辞，务折曲之言，无道理之较，无益于治。齐有三邹子之书，瀇洋无涯[8]，其文少验，多惊耳之言。案大才之人，率多侈纵，无实是之验；华虚夸诞，无审察之实。商鞅相秦，作耕战之术；管仲相齐，造“轻重”之篇：富民丰国，强主弱敌，公赏罚，与邹衍之书并言。

而太史公两纪，世人疑惑，不知所从。案张仪与苏秦同时，苏秦之死，仪固知之，仪知秦审，宜从仪言以定其实，而说不明，两传其文。东海张商亦作列传，岂苏秦商之所为邪？何文相违甚也?《三代世表》言五帝、三王皆黄帝子孙，自黄帝转相生，不更禀气于天。作《殷本纪》，言契母简狄浴于川，遇玄鸟坠卵，吞之，遂生契焉。及《周本纪》言后稷之母姜嫄野出，见大人迹，履之则妊身，生后稷焉。夫观《世表》，则契与后稷，黄帝之子孙也；读《殷》、《周本纪》，则玄鸟、大人之精气也。二者不可两传，而太史公兼纪不别。案帝王之妃，不宜野出、浴于川水。今言浴于川，吞玄鸟之卵；出于野，履大人之迹：违尊贵之节，误是非之言也。

《新语》，陆贾所造，盖董仲舒相被服焉[9]，皆言君臣政治得失，言可采行，事美足观。鸿知所言，参贰经传，虽古圣之言，不能过增。陆贾之言，未见遗阙，而仲舒之言雩祭可以应天[10]，土龙可以致雨，颇难晓也。夫致旱者以雩祭，不夏郊之祀，岂晋侯之过邪？以政失道，阴阳不和也。晋废夏郊之祀，晋侯寝疾，用郑子产之言，祀夏郊而疾愈。如审雩不修，龙不治，与晋同祸，为之再也。以政致旱，宜复以政，政亏而复。修雩治龙，其何益哉!《春秋》公羊氏之说，亢阳之节，足以复政。阴阳相浑，旱湛相报[11]，天道然也，何乃修雩设龙乎？雩祀，神喜哉？或雨至亢阳不改，旱祸不除，变复之义，安所施哉！且夫寒温与旱湛同，俱政所致，其咎在人。独为亢旱求福，不为寒温求祐，未晓其故。如当复报寒温，宜为雩龙之事。鸿材巨识，第两疑焉[12]。

董仲舒著书不称子者，意殆自谓过诸子也。汉作书者多，司马子长、扬子云，河、汉也，其余泾、渭也。然而子长少臆中之说，子云无世俗之论。仲舒说道术奇矣，北方三家尚矣。谶书云“董仲舒乱我书”，盖孔子言也。读之者或为“乱我书者，烦乱孔子之书也”，或以为“乱者理也，理孔子之书也”，共一“乱”字，理之与乱，相去甚远。然而读者用心不同，不省本实，故说误也。夫言“烦乱孔子之书”，才高之语也。其言“理孔子之书”，亦知奇之言也。出入圣人之门，乱理孔子之书，子长、子云无此言焉。世俗用心不实，省事失情，二语不定，转侧不安。案仲舒之书不违儒家，不反孔子，其言“烦乱孔子之书者”，非也。孔子之书不乱，其言“理孔子之书”者，亦非也。孔子曰：“师挚之始，《关雎》之乱，洋洋乎盈耳哉!”乱者，终孔子言也。孔子生周始其本，仲舒在汉终其末尽也。皮续太史公书，盖其义也。赋颂篇下其有“乱曰”章，盖其类也。孔子终论，定于仲舒之言；其修雩始龙，必将有义，未可怪也。

颜渊曰："舜何人也？予何人也？"五帝、三王，颜渊独慕舜者，知己步骀有同也⑬。知德所慕，默识所追，同一实也。仲舒之言道德政治，可嘉美也。质定世事，论说世疑，桓君山莫上也。故仲舒之文可及，而君山之论难追也。骥与众马绝迹，或蹈骥哉？有马于此，足行千里，终不名骥者，与骥毛色异也。有人于此，文偶仲舒，论次君山，终不同于二子者，姓名殊也。故马效千里，不必骥騄；人期贤知，不必孔、墨。何以验之？君山之论难追也。两刃相割，利钝乃知；二论相订，是非乃见。是故韩非之四《难》，桓宽之《盐铁》，君山《新论》之类也。世人或疑，言非是伪，论者实之，故难为也。卿决疑讼，狱定嫌罪，是非不决，曲直不立，世人必谓卿狱之吏，才不任职。至于论，不务全疑，两传并纪，不宜明处；孰与剖破浑沌，解决乱丝，言无不可知，文无不可晓哉？案孔子作《春秋》，采毫毛之善，贬纤介之恶。可褒，则义以明其行善；可贬，则明其恶以讥其操。《新论》之义，与《春秋》会一也。

夫俗好珍古不贵今，谓今之文不如古书。夫古今一也。才有高下，言有是非，不论善恶而徒贵古，是谓古人贤今人也。案东番邹伯奇、临淮袁太伯袁文术、会稽吴君高、周长生之辈，位虽不至公卿，诚能知之囊橐，文雅之英雄也。观伯奇之《元思》，太伯之《易章句》，文术之《咸铭》，君高之《越纽录》，长生之《洞历》，刘子政、扬子云不能过也。盖才有浅深，无有古今；文有伪真，无有故新。广陵陈子回、颜方，今尚书郎班固，兰台令杨终、傅毅之徒，虽无篇章，赋颂记奏，文辞斐炳：赋象屈原、贾生，奏象唐林、谷永，并比以观好，其美一也。当今未显，使在百世之后，则子政、子云之党也。韩非著书，李斯采以言事；扬子云作《太玄》，侯铺子随而宣之。非斯同门，云、铺共朝。睹奇见益，不为古今变心易意；实事贪善，不远为术并肩以迹相轻。好奇无已，故奇名无穷。扬子云《反离骚》之经，非能尽反，一篇文往往见非，反而夺之。《六略》之录万三千篇，虽不尽见，指趣可知⑭。略借不合义者，案而论之。

---

①案：考察。

②右：尊奉；信奉。

③乖：违背；背离。

④审：确实；实在。

⑤况：推论。

⑥连属：接连不断。条陈：上书陈述。

⑦讷：口吃；说话不流利。

⑧汒（wǎng，音往）洋：汪洋。

⑨被服：意谓深受影响。

⑩雩（yú，音于）祭：求雨之祭。

⑪湛：大水；洪水。

⑫第：只；但。

⑬步骀：步调。骀：通"骤"，快跑。

⑭指：宗旨；大意。

对　作

或问曰："贤圣不空生，必有以用其心。上自孔、墨之党，下至荀、孟之徒，教训必作垂文[①]。何也？"

对曰：圣人作经，贤者传记[②]，匡济薄俗，驱民使之归实诚也。案《六略》之书万三千篇，增善消恶，割截横拓，驱役游慢，期便道善，归正道焉。孔子作《春秋》，周民弊也。故采求毫毛之善，贬纤介之恶，拨乱世，反诸正，人道浃[③]，王道备，所以检押靡薄之俗者，悉具密致。夫防决不备，有水溢之害；网解不结，有兽失之患。是故周道不弊，则民不文薄，民不文薄，《春秋》不作。杨、墨之学不乱传义，则孟子之传不造。韩国不小弱，法度不坏废，则韩非之书不为。高祖不辨得天下，马上之计未转，则陆贾之语不奏。众事不失实，凡论不坏乱，则桓谭之论不起。故夫贤圣之兴文也，起事不空为，因因不妄作，作有益于化，化有补于正。故汉立兰台之官，校审其书，以考其言。董仲舒作道术之书，颇言灾异政治所失，书成文具，表在汉室。主父偃嫉之，诬奏其书。天子下仲舒于吏，当谓之下愚。仲舒当死，天子赦之。夫仲舒言灾异之事，孝武犹不罪而尊其身，况所论无触忌之言，核道实之事，收故实之语乎！故夫贤人之在世也，进则尽忠宣化，以明朝廷；退则称论贬说，以觉失俗。俗也不知还，则立道轻为非；论者不追救，则迷乱不觉悟。

是故《论衡》之造也，起众书并失实，虚妄之言胜真美也。故虚妄之语不黜，则华文不见息；华文放流，则实事不见用。故《论衡》者，所以铨轻重之言，立真伪之平，非苟调文饰辞为奇伟之观也。其本皆起人间有非，故尽思极心，以讥世俗。世俗之性，好奇怪之语，说虚妄之文。何则？实事不能快意，而华虚惊耳动心也。是故才能之士，好谈论者增益实事，为美盛之语；用笔墨者造生空文，为虚妄之传。听者以为真然，说而不舍；览者以为实事，传而不绝。不绝，则文载竹帛之上；不舍，则误入贤者之耳。至或南面称师，赋奸伪之说；典城佩紫[④]，读虚妄之书。明辨然否，疾心伤之，安能不论？孟子伤杨、墨之议大夺儒家之论，引平直之说，褒是抑非，世人以为好辩，孟子曰："予岂好辩哉？予不得已！"今吾不得已也！虚妄显于真，实诚乱于伪，世人不悟，是非不定，紫朱杂厕，瓦玉集糅。以情言之，岂吾心所能忍哉！卫骖乘者越职而呼车，恻怛发心，恐上之危也。夫论说者，闵世忧俗，与卫骖乘者同一心矣。愁精神而幽魂魄，动胸中之静气，贼年损寿，无益于性。祸重于颜回，违负黄、老之教，非人所贪，不得已，故为《论衡》。文露而旨直，辞奸而情实。其《政务》言治民之道。《论衡》诸篇，实俗间之凡人所能见，与彼作者无以异也。若夫九《虚》、三《增》、《论死》、《订鬼》，世俗所久惑，人所不能觉也。人君遭弊，改教于上；人臣愚惑，作论于下。实得，则上教从矣。冀悟迷惑之心，使知虚实之分。实虚之分定，而华伪之文灭。华伪之文灭，则纯诚之化日以孳矣。

或曰："圣人作，贤者述。以贤而作者，非也。《论衡》、《政务》可谓作者。"曰：非作也，亦非述也，论也。论者，述之次也。《五经》之兴，可谓作矣。太史公《书》、刘子政《序》、班叔皮《传》，可谓述矣。桓君山《新论》、邹伯奇《检论》，可谓论矣。今观《论衡》、《政务》，桓、邹之二论也，非所谓作也。造端更为，前始未有，若仓颉作书，奚仲作车是也。《易》言伏羲作八卦，前是未有八卦，伏羲造之，故曰作也。文王图八，自演为六十四，故曰衍。谓《论衡》之成，犹六十四卦，而又非也。六十四卦以状衍增益，其卦溢，其数多。今《论衡》就世俗之书，订其真伪，辩其实虚，非造始更为，无本于前也。儒生就先师之说诘而难之，文吏就狱卿之事覆而考之，谓《论衡》为作，儒生文吏谓作乎？

上书奏记，陈列便宜，皆欲辅政。今作书者，犹上书奏记，说发胸臆，文成手中，其实一也。夫上书谓之奏记，转易其名谓之书。建初孟年，中州颇歉，颖川、汝南民流四散，圣主忧怀，诏书数至。《论衡》之人，奏记郡守，宜禁奢侈，以备困乏。言不纳用，退题记草，名曰《备乏》。酒縻五谷[⑤]，生起盗贼，沉湎饮酒，盗贼不绝，奏记郡守禁民酒，退题记草，名曰《禁酒》。由此言之，夫作书者，上书奏记之文也。记谓之造作上书，上书奏记是作也？

晋之《乘》，而楚之《梼杌》、鲁之《春秋》，人事各不同也。《易》之乾坤，《春秋》之“元”，扬氏之“玄”，卜气号不均也。由此言之，唐林之奏，谷永之章，《论衡》、《政务》，同一趋也。汉家极笔墨之林，书论之造，汉家尤多。阳成子张作“乐”，扬子云造“玄”。二经发于台下，读于阙掖，卓绝惊耳，不述而作，材疑圣人，而汉朝不讥；况《论衡》细说微论，解释世俗之疑，辩照是非之理，使后进晓见然否之分，恐其废失，著之简牍，祖经章句之说，先师奇说之类也！其言伸绳，弹割俗传。俗传蔽惑，伪书放流，贤通之人，疾之无已。孔子曰：“诗人疾之不能默，丘疾之不能伏。”是以论也。玉乱于石，人不能别。或若楚之王、尹以玉为石，卒使卞和受刖足之诛。是反为非，虚转为实，安能不言？俗传既过，俗书又伪。若夫邹衍谓今天下为一州，四海之外有若天下者九州；《淮南书》言共工与颛顼争为天子，不胜，怒而触不周之山，使天柱折，地维绝；尧时十日并出，尧上射九日；鲁阳战而日暮，援戈麾日，日为却还。世间书传，多若等类，浮妄虚伪，没夺正是。心濆涌，笔手扰，安能不论？论则考之以心，效之以事，浮虚之事，辄立证验。若太史公之书，据许由不隐，燕太子丹不使日再中。读见之者，莫不称善。

《政务》为郡国守相、县邑令长陈通政事，所当尚务，欲令全民立化，奉称国恩。《论衡》九《虚》三《增》，所以使俗务实诚也；《论死》、《订鬼》，所以使俗薄丧葬也。孔子径庭丽级，被棺敛者不省。刘子政上薄葬，奉送藏者不约。光武皇帝草车茅马，为明器者不奸。何世书俗言不载？信死之语汶浊之也。今著《论死》及《死伪》之篇，明死无知，不能为鬼，冀观览者将一晓解，约葬更为节俭。斯盖《论衡》有益之验也。言苟有益，虽作何害？仓颉之书，世以纪事；奚仲之车，世以自载；伯余之衣，以辟寒暑；桀之瓦屋，以辟风雨。夫不论其利害而徒讥其造作，是则仓颉之徒有非，《世本》十五家皆受责也。故夫有益也，虽作无害也。虽无害何补？

古有命使采爵，欲观风俗知下情也。《诗》作民间，圣王可云“汝民也，何发作”，囚罪其身，殁灭其诗乎？今已不然，故《诗》传至今。《论衡》、《政务》，其犹《诗》也。冀望见采，而云有过。斯盖《论衡》之书所以兴也。且凡造作之过，意其言妄而谤诽也。《论衡》实事疾妄，《齐世》、《宣汉》、《恢国》、《验符》、《盛褒》、《须颂》之言，无诽谤之辞。造作如此，可以免于罪矣。

---

①垂文：教诲、开导之文。

②传记：指解释经书的著作。

③浹：周全。

④典城：就任地方官。佩紫：汉高级官吏的印章上均束有紫色丝带。

⑤縻：通“靡”，浪费。

自　纪

王充者，会稽上虞人也，字仲任。其先本魏郡元城，一姓孙。几世尝从军有功，封会稽阳亭。一岁仓卒国绝[①]，因家焉。以农桑为业。世祖勇任气，卒咸不揆于人[②]。岁凶，横道伤杀，怨仇众多。会世扰乱，恐为怨仇所擒，祖父 汎举家檐载[③]，就安会稽，留钱唐县，以贾贩为事；生子二人，长曰蒙，少曰诵。诵即充父。祖世任气，至蒙、诵滋甚。故蒙、诵在钱唐，勇势凌人。末[④]，复与豪家丁伯等结怨，举家徙处上虞。

建武三年，充生。为小儿，与侪伦遨戏[⑤]，不好狎侮。侪伦好掩雀、捕蝉、戏钱、林熙[⑥]，充独不肯。诵奇之。六岁教书，恭愿仁顺，礼敬具备，矜庄寂寥[⑦]，有臣人之志。父未尝笞，母未尝非，闾里未尝让[⑧]。八岁出于书馆。书馆小僮百人以上，皆以过失袒谪[⑨]，或以书丑得鞭。充书日进，又无过失。手书既成，辞师受《论语》、《尚书》，日讽千字[⑩]。经明德就，谢师而专门，援笔而众奇[⑪]。所读文书，亦日博多。才高而不尚苟作，口辩而不好谈对。非其人，终日不言。其论说始若诡于众，极听其终，众乃是之。以笔著文，亦如此焉。操行事上，亦如此焉。在县位至掾功曹，在都尉府位亦掾功曹，在太守为列掾五官功曹行事，入州为从事。不好徼名于世[⑫]，不为利害见将[⑬]。常言人长，希言人短。专荐未达，解已进者过；及所不善，亦弗誉；有过不解，亦弗复陷。能释人之大过，亦悲夫人之细非。好自周[⑭]，不肯自彰，勉以行操为基，耻以材能为名。众会乎坐，不问不言；赐见君将，不及不对。在乡里慕蘧伯玉之节，在朝廷贪史子鱼之行。见污伤不肯自明，位不进亦不怀恨。贫无一亩庇身，志佚于王公；贱无斗石之秩，意若食万锺。得官不欣，失位不恨。处逸乐而欲不放，居贫苦而志不倦。淫读古文，甘闻异言。世书俗说，多所不安，幽处独居，考论实虚。

充为人清重，游必择友，不好苟交。所友，位虽微卑，年虽幼稚，行苟离俗，必与之友。好杰友雅徒，不泛结俗材。俗材因其微过，蜚条陷之[⑮]，然终不自明，亦不非怨其人。或曰："有良材奇文，无罪见陷，胡不自陈？羊胜之徒，摩口膏舌；邹阳自明，入狱复出。苟有全完之行，不宜为人所缺；既耐勉自伸，不宜为人所屈。"答曰：不清不见尘，不高不见危，不广不见削，不盈不见亏。士兹多口，为人所陷，盖亦其宜。好进故自明，憎退故自陈。吾无好憎，故默无言。羊胜为谗，或使之也；邹阳得免，或拔之也。孔子称命，孟子言天，吉凶安危，不在于人。昔人见之，故归之于命，委之于时，浩然恬忽[⑯]，无所怨尤。福至不谓己所得，祸到不谓己所为。故时进意不为丰，时退志不为亏。不嫌亏以求盈，不违险以趋平，不鬻智以干禄，不辞爵以吊名，不贪进以自明，不恶退以怨人。同安危而齐死生，钧吉凶而一败成，遭十羊胜，谓之无伤。动归于天，故不自明。

充性恬澹[⑰]，不贪富贵。为上所知，拔擢越次，不慕高官；不为上所知，贬黜抑屈，不恚下位。比为县吏，无所择避。或曰："心难而行易，好友同志，仕不择地，浊操伤行，世何效放？"答曰：可效放者，莫过孔子。孔子之仕，无所避矣：为乘田委吏，无于邑之心；为司空相国，无说豫之色。舜耕历山，若终不免；及受尧禅，若卒自得。忧德之不丰，不患爵之不尊；耻名之不白，不恶位之不迁。垂棘与瓦同椟[⑱]，明月与砾同囊。苟有二宝之质，不害为世所同。世能知善，虽贱犹显；不能别白，虽尊犹辱。处卑与尊齐操，位贱与贵比德，斯可矣。

俗性贪进忽退，收成弃败。充升擢在位之时，众人蚁附；废退穷居，旧故叛去。志俗人之寡恩，故闲居作《讥俗》、《节义》十二篇。冀俗人观书而自觉，故直露其文，集以俗言。或谴谓之浅。答曰：以圣典而示小雅，以雅言而说丘野，不得所晓，无不逆者。故苏秦精说于赵，而李兑不说；商鞅以王说秦，而孝公不用。夫不得心意所欲，虽尽尧、舜之言，犹饮牛以酒，啖马以脯也。故鸿丽深懿之言，关于大而不通于小。不得已而强听，入胸者少。孔子失马于野，野人闭不与，子贡妙称而怒，马圄谐说而懿[19]。俗晓形露之言，勉以深鸿之文，犹和神仙之药以治齀咳[20]，制貂狐之裘以取薪菜也。且礼有所不待，事有所不须。断决知辜，不必皋陶。调和葵韭，不俟狄牙。闾巷之乐，不用《韶》、《武》。里母之祀，不待太牢。既有不须，而又不宜。牛刀割鸡，舒戟采葵，铁钺裁箸，盆盎酌卮，大小失宜，善之者希。何以为辩？喻深以浅。何以为智？喻难以易。贤圣铨材之所宜[21]，故文能为深浅之差。

充既疾俗情，作《讥俗》之书。又闵人君之政，徒欲治人，不得其宜，不晓其务，愁精苦思，不睹所趋，故作《政务》之书。又伤伪书俗文，多不实诚，故为《论衡》之书。夫贤圣殁而大义分，蹉跑殊趋[22]，各自开门，通人观览，不能钉铨[23]。遥闻传授，笔写耳取，在百岁之前，历日弥久。以为昔古之事，所言近是，信之入骨。不可自解，故作《实论》。其文盛，其辩争，浮华虚伪之语，莫不澄定。没华虚之文，存敦庞之朴，拨流失之风，反宓戏之俗。

充书形露易观。或曰："口辩者其言深，笔敏者其文沉。案经艺之文，贤圣之言，鸿重优雅，难卒晓睹。世读之者，训古乃下。盖贤圣之材鸿，故其文语与俗不通。玉隐石间，珠匿鱼腹，非玉工珠师，莫能采得。宝物以隐闭不见，实语亦宜深沉难测。《讥俗》之书，欲悟俗人，故形露其指，为分别之文。《论衡》之书，何为复然？岂材有浅极，不能为覆。何文之察与彼经艺殊轨辙也？"

答曰：玉隐石间，珠匿鱼腹，故为深覆。及玉色剖于石心，珠光出于鱼腹，其犹隐乎？吾文未集于简札之上，藏于胸臆之中，犹玉隐珠匿也；及出荴露[24]，犹玉剖珠出乎，烂若天文之照[25]，顺若地理之晓，嫌疑隐微，尽可名处，且名白事自定也。《论衡》者，论之平也，口则务在明言，笔则务在露文。高士之文雅，言无不可晓，指无不可睹。观读之者，晓然若盲之开目，聆然若聋之通耳[26]。三年盲子，卒见父母，不察察相识[27]，安肯说喜[28]？道畔巨树，堑边长沟，所居昭察，人莫不知。使树不巨而隐，沟不长而匿，以斯示人，尧、舜犹惑。人面色部七十有余，颊肌明洁，五色分别，隐微忧喜，皆可得察，占射之者[29]，十不失一。使面黝而黑丑，垢重袭而覆部[30]，占射之者，十而失九。

夫文由语也，或浅露分别，或深迂优雅，孰为辩者？故口言以明志，言恐灭遗，故著之文字。文字与言同趋，何为犹当隐闭指意？狱当嫌辜[31]，卿决疑事，浑沌难晓，与彼分明可知，孰为良吏？夫口论以分明为公，笔辩以荴露为通，吏文以昭察 为良。深覆典雅，指意难睹，唯赋颂耳！经传之文，贤圣之语，古今言殊，四方谈异也。当言事时，非务难知，使指闭隐也。后人不晓，世相离远，此名曰语异，不名曰材鸿。浅文读之难晓，名曰不巧，不名曰知明。秦始皇读韩非之书，叹曰："独不得此人同时。"其文可晓，故其事可思。如深鸿优雅，须师乃学，投之于地，何叹之有？夫笔著者，欲其易晓而难为，不贵难知而易造；口论务解分而可听，不务深迂而难睹。孟子相贤以眸子，明了者察文以义可晓。

充书违诡于俗。或难曰："文贵夫顺合众心，不违人意，百人读之莫谴，千人闻之莫怪。故管子曰：'言室满室，言堂满堂。'今殆说不与世同，故文刺于俗[32]，不合于众。"

答曰：论贵是而不务华，事尚然而不高合。论说辩然否，安得不谲常心[33]，逆俗耳？众心非而不从，故丧黜其伪而存定其真。如当从众顺人心者，循旧守雅[34]，讽习而已，何辩之有？孔子侍坐于鲁哀公，公赐桃与黍，孔子先食黍而啖桃[35]，可谓得食序矣。然左右皆掩口而笑，贯俗之日久也。今吾实犹孔子之序食也；俗人违之，犹左右之掩口也。善雅歌，于郑为人悲；礼舞，于赵为不好。尧、舜之典，伍伯不肯观。孔、墨之籍，季孟不肯读。宁危之计黜于闾巷，拨世之言訾于品俗[36]。有美味于斯，俗人不嗜，狄牙甘食[37]。有宝玉于是，俗人投之，卞和佩服。孰是孰非，可信者谁？礼俗相背，何世不然？鲁文逆祀，去者三人；定公顺祀，畔者五人。盖独是之语，高士不舍，俗夫不好；惑众之书，贤者欣颂，愚者逃顿[38]。

充书不能纯美。或曰："口无择言[39]，笔无择文。文必丽以好，言必辩以巧。言瞭于耳[40]，则事味于心；文察于目，则篇留于手。故辩言无不听，丽文无不写。今新书既在论譬，说俗为戾，又不美好，于观不快。盖师旷调音，曲无不悲；狄牙和膳，肴无淡味。然则通人造书，文无瑕秽。《吕氏》、《淮南》悬于市门，观读之者无訾一言。今无二书之美，文虽众盛，犹多谴毁。"

答曰：夫养实者不育华，调行者不饰辞。丰草多华英，茂林多枯枝。为文欲显白其为，安能令文而无谴毁？救火拯溺，义不得好；辩论是非，言不得巧。入泽随龟[41]，不暇调足；深渊捕蛟，不暇定手。言奸辞简[42]，指趋妙远；语甘文峭[43]，务意浅小。稻谷千锺，糠皮太半；阅钱满亿[44]，穿决出万。大羹必有淡味，至宝必有瑕秽，大简必有大好[45]，良工必有不巧。然则辩言必有所屈，通文犹有所黜。言金由贵家起，文粪自贱室出，《淮南》、《吕氏》之无累害，所由出者，家富官贵也。夫贵故得悬于市，富故有千金副。观读之者，惶恐畏忌，虽见乖不合，焉敢谴一字？

充书既成，或稽合于古[46]，不类前人。或曰："谓之饰文偶辞，或径或迂，或屈或舒[47]。谓之论道，实事委琐[48]，文给甘酸，谐于经不验，集于传不合，稽之子长不当，内之子云不入[49]。文不与前相似，安得名佳好，称工巧？"

答曰：饰貌以强类者失形[50]，调辞以务似者失情。百夫之子，不同父母，殊类而生，不必相似，各以所禀，自为佳好。文必有与合然后称善，是则代匠斲不伤手[51]，然后称工巧也。文士之务，各有所从，或调辞以巧文，或辩伪以实事。必谋虑有合，文辞相袭，是则五帝不异事，三王不殊业也。美色不同面，皆佳于目；悲音不共声，皆快于耳。酒醴异气[52]，饮之皆醉；百谷殊味，食之皆饱。谓文当与前合，是谓舜眉当复八采[53]，禹目当复重瞳。

充书文重。或曰："文贵约而指通，言尚省而趍明。辩士之言要而达，文人之辞寡而章。今所作新书，出万言，繁不省，则读者不能尽；篇非一，则传者不能领。被躁人之名，以多为不善。语约易言，文重难得。玉少石多，多者不为珍；龙少鱼众，少者固为神。"

答曰：有是言也。盖要言无多，而华文无寡。为世用者，百篇无害；不为用者，一章无补。如皆为用，则多者为上，少者为下。累积千金，比于一百，孰为富者？盖文多胜寡，财寡愈贫。世无一卷，吾有百篇；人无一字，吾有万言，孰者为贤？今不曰所言非而云泰多，不曰世不好善而云不能领，斯盖吾书所以不得省也。夫宅舍多，土地不得小；户口众，簿籍不得少。今失实之事多，华虚之语众，指实定宜，辩争之言，安得约径？韩非之书，一条无异，篇以十第，文以万数。夫形大，衣不得褊[54]；事众，文不得褊。事众文饶，水大鱼多。帝都谷多，王市肩磨。书虽文重，所论百种。按古太公望，近董仲舒，传作书篇百有余，吾书亦才出百，而云泰多，盖谓所以出者微，观读之者不能不谴呵也。河水沛沛，比夫众川，孰者为大？虫茧重厚，称其出丝，孰为多者？

充仕数不耦[55]，而徒著书自纪。或戏曰："所贵鸿材者，仕宦耦合，身容说纳，事得功立，故为高也。今吾子涉世落魄，仕数黜斥，材未练于事，力未尽于职，故徒幽思属文，著记美言，何补于身？众多欲以何趋乎？"

答曰：材鸿莫过孔子。孔子才不容，斥逐，伐树，接淅[56]，见围，削迹，困饿陈、蔡，门徒菜色。今吾材不逮孔子，不偶之厄[57]，未与之等，偏可轻乎？且达者未必知，穷者未必愚。遇者则得，不遇失之。故夫命厚禄善，庸人尊显；命薄禄恶，奇俊落魄。必以偶合称材量德，则夫专城食土者[58]，材贤孔、墨。身贵而名贱，则居洁而行墨。食千锺之禄，无一长之德，乃可戏也。若夫德高而名白[59]，官卑而禄泊[60]，非才能之过，未足以为累也[61]。士愿与宪共庐，不慕与赐同衡；乐与夷俱旅，不贪与蹠比迹。高士所贵，不与俗均，故其名称，不与世同。身与草木俱朽，声与日月并彰，行与孔子比穷，文与扬雄为双，吾荣之。身通而知困，官大而德细，于彼为荣，于我为累。偶合容说，身尊体佚，百载之后，与物俱殁，名不流于一嗣，文不遗于一札，官虽倾仓，文德不丰，非吾所臧[62]。德汪涉而渊懿[63]，知滂沛而盈溢，笔泷漉而雨集[64]，言溶潏而泉出[65]；富材羡知[66]，贵行尊志，体列于一世，名传于千载，乃吾所谓异也。

充细族孤门。或啁之曰[67]："宗祖无淑懿之基，文墨无篇籍之遗，虽著鸿丽之论，无所禀阶，终不为高。夫气无渐而卒至曰变，物无类而妄生曰异，不常有而忽见曰妖，诡于众而突出曰怪。吾子何祖，其先不载；况未尝履墨涂，出儒门；吐论数千万言，宜为妖变，安得宝斯文而多贤？"

答曰：鸟无世凤皇，兽无种麒麟，人无祖圣贤，物无常嘉珍。才高见屈，遭时而然。士贵，故孤兴；物贵，故独产。文孰常在，有以放贤。是则醴泉有故源，而嘉禾有旧根也。屈奇之士见[68]，倜傥之辞生，度不与俗协，庸角不能程。是故罕发之迹，记于牒籍；希出之物，勒于鼎铭。五帝不一世而起，伊、望不同家而出。千里殊迹，百载异发。士贵雅材而慎兴，不因高据以显达。母骊犊骍[69]，无害牺牲；祖浊裔清，不榜奇人。鲧恶禹圣，叟顽舜神。伯牛寝疾，仲弓洁全；颜路庸固，回杰超伦；孔、墨祖愚，丘、翟圣贤；扬家不通，卓有子云；桓氏稽可，遹出君山[70]。更禀于元，故能著文。

充以元和三年徙家，辟诣扬州部丹阳、九江、庐江，后入为治中。材小任大，职在刺割[71]，笔札之思，历年寝废。章和二年，罢州家居。年渐七十，时可悬舆。仕路隔绝，志穷无如。事有否然[72]，身有利害。发白齿落，日月逾迈，俦伦弥索[73]，鲜所恃赖，贫无供养，志不娱快。历数冉冉[74]，庚辛域际，虽惧终徂[75]，愚犹沛沛[76]。乃作《养性》之书，凡十六篇。养气自守，适时则酒。闭明塞聪，爱精自保。适辅服药引导，庶冀性命可延，斯须不老[77]。既晚无还，垂书示后。惟人性命，长短有期，人亦虫物，先死一时。年历但记，孰使留之？犹入黄泉，消为土灰。上自黄、唐，下臻秦、汉而来，折衷以圣道，析理于通材，如衡之平，如鉴之开[78]，幼老生死古今，罔不详该。命以不延，吁叹悲哉！

---

①仓卒：变乱。

②揆：谅解；原谅。

③檐载：肩挑、车载。指携带所有财物、家私。

④末：后来。

⑤侪伦：同辈伙伴。遨戏：游戏。

⑥林熙：上树。

⑦寂寥：沉默寡言。

⑧让：责备；责怪。

⑨谪：受罚。

⑩讽：背诵。

⑪援笔：写文章。

⑫徼：通"邀"，求取。

⑬将：长官。

⑭周：隐蔽。

⑮蜚条：匿名信。

⑯恬忽：满不在乎。

⑰恬澹：不追求名利。

⑱垂棘：美玉。椟：匣子；盒子。

⑲马圉：马夫。

⑳鼽（qiú，音球）：鼻塞。

㉑铨：衡量。

㉒蹉跑殊趋：长期向着不同方向发展。

㉓钉：订正。

㉔获（fū，音夫）露：展露；暴露。

㉕天文：指日月星辰。

㉖聆然：听得很真切的样子。

㉗察察：清清楚楚。

㉘说：通“悦”，兴奋；喜悦。

㉙占射：相面；算卦。

㉚重袭：重叠。

㉛嫌辜：疑案。

㉜刺：违背。

㉝谲：违背。

㉞雅：常规。

㉟啖：吃。

㊱訾：诋毁。

㊲甘：喜爱；爱好。

㊳顿：舍弃。

㊴择：挑剔。

㊵瞭：动听。

㊶随：追逐。

㊷奸：通“干”，直率。

㊸峭：通“俏”，华美。

㊹阅：聚敛；聚集。

㊺大简：写文章的好手。

㊻合：对照。

㊼屈：拐弯抹角。舒：平铺直叙。

㊽委琐：琐碎事情。

㊾内：通“纳”，纳入。

㊿强类：强求类似。

51斲（zhuó，音拙）：砍。

52醴：甜酒。

53八采：传说尧的眉毛有八种颜色。

54褊：狭小。

55不耦：不受上官赏识。

56淅：淘米。

57不偶：不得志。

58专城食土者：指地方官和有封地的高官。

59名白：名声清白。

⑥⓪泊：通“簿”。
⑥①累：缺撼。
⑥②臧：赞赏。
⑥③汪 洮：深广。
⑥④泷漉：雨大。
⑥⑤溶 滀：泉水盛涌的样子。
⑥⑥羡：余；多余。
⑥⑦啁；通“嘲”。嘲笑。
⑥⑧屈奇：杰出。
⑥⑨骊：黄黑色的牛。骍；赤色的牛。
⑦⓪遹出：脱颖而出。
⑦①劄：弹劾。
⑦②否（pǐ，音匹）：堵塞。
⑦③侪伦：同辈的朋友。
⑦④冉冉：慢慢地过去。
⑦⑤终徂：逝世。
⑦⑥沛沛：形容心情充满活力。
⑦⑦斯须：须臾。
⑦⑧鉴：铜镜。

书